唐代 自然詩史

배다니엘

남서울대학교 글로벌지역문화학과(중국지역 전공) 교수. 中國 南京大學校 연구교수, 哈爾濱 工程大學校 객좌교수, 미국 Washington 주립대학교(UW, Seattle) Visiting Scholar, 미국 Horizon Seminary(Seattle) 연구교수 등을 역임했다. 「韋應物 詩 硏究」(한국외대 박사학위 논문, 1997)를 시작으로 〈중국 자연시〉, 〈중국 詠花詩〉, 〈중국 고전문학이론〉, 〈唐詩〉, 〈중문학과 영문학 비교〉 등의 분야를 주로 연구하고 있다. 중문학 관련 저서로 『중국시의 전통과 모색』(공저, 2003), 『중국시와 시인—송대편』(공저, 2004), 『중국문학의 전통과 모색』(공저, 2008) 등이 있고, 『하늘과 바람과 별과 시』(윤동주 시집)를 中文으로 번역하여 중국 吉林大學 출판사에서 『天, 風, 星星與詩』란 제목으로 출간한 바가 있다.

唐代 自然詩史 당대 자연시사

초판 1쇄 인쇄 2015년 4월 20일 | 초판 1쇄 발행 2015년 4월 25일
초판 2쇄 인쇄 2016년 6월 30일 | 초판 2쇄 발행 2015년 7월 7일

지은이 · 배다니엘
펴낸이 · 한봉숙
펴낸곳 · 푸른사상사

편집 · 지순이, 김선도 | 교정 · 김수란
등록 제2-2876호
경기도 파주시 회동길 337-16(서패동 470-6) 푸른사상사
대표전화 031) 955-9111(2) 팩시밀리 031) 955-9114
메일 prun21c@hanmail.net
홈페이지 http://www.prun21c.com

ⓒ 2015, 배다니엘

ISBN 979-11-308-0403-3 93820
값 46,000원

이 저서는 2010년 정부(교육부)의 재원으로 한국연구재단의 지원을 받아 수행된 연구임(NRF-2010-812-A00166). ※원 과제명 : 唐代 自然詩 硏究

푸른사상 학술총서 30

唐代 自然詩史

당대 자연시사

배다니엘

Chinese Literary History of Landscape Poetry in Tang Dynasty

푸른사상
PRUNSASANG

서문

　분주한 생활 속에서 늘 아쉬운 무언가가 마음을 덮고 있었다. 매일처럼 오가는 차창 너머의 풍경을 익숙함으로 인식하면서도 계절에 따라 변화하는 자연 풍광이 주는 청아한 신선함에 목말라 했던 것이다. 청순한 자연이 제공하는 짧은 편린들을 번번이 망각 속에 던져놓고 바쁜 척하며 살면서도 자연은 언제나 푸근함을 주는 존재라는 믿음과 감사만큼은 잊지 않고 살아가고 있었다. 자연을 유난히 좋아하는 필자에게 한국의 강산은 포근한 어머님과 같았고, 중국의 산수는 신선함을 느끼게 하는 새 벗과도 같았으며, 미국과 캐나다의 우람한 자연은 도전과 응전의 역사를 일깨우는 인도자와도 같았다. 자연에 대하여 지금보다 더 큰 순화 의식을 갖고 자연 속에서 살아갔던 옛 시인들은 훨씬 더 크고 순수한 정과 감흥을 느꼈으리라. 문득 자연을 느끼고 깨달았던 정도의 차이가 순수한 인품의 깊이를 나타내는 차이가 아닐까 하는 생각마저 해보게 된다. 정경을 마주하며 출렁이는 감동을 안고 있다가 어느새 옛 시인이 자연을 노래한 구절을 마음속에서 떠올리게 되는 연유이다.

　중국의 고전시인들은 자연에서 느낀 감동을 문학으로 표현해내는 데 있어 실로 최고의 실력을 지닌 자들이었다고 할 수 있다. 그들은 단편적으로 느껴지는 심상(이미지)을 다채로운 기법을 통해 종합적인 의경으로 재현해내는 뛰어난 재주꾼이었고, 아름다운 형태미와 천연의 신비감, 그리고 정중동 속에서도 역동적인 변화를 간직한 자연의 다중 미감을 한정된 편폭의 시구 속에 농축하여 이입하는 신기를 선보인 마술사였으며, 율시의 2, 3연 부분같이 대장과 평측을 공교히 하는 작업 중에서도 자연 정경과 자신의 의식을 교묘히 융합하는 재주를 발휘한 기술자였고, 景 속에 일렁이는 情을 따뜻하고 순박한 향기로 풀어놓아 사람들의 정신에 무한한 공감과 활력을 제공했던 피스메이커였던 것이다.

중국의 자연시는 晉末 시대를 살았던 陶淵明과 謝靈運에 의해 구체적인 의미를 갖게 되었는데, 王孟韋柳를 위시한 唐代 시인들은 그들이 발견한 자연 속 미감을 진실한 창작과 연계하여 가치 있고 생명력 있는 작품으로 탄생시키며 자연시 창작의 극성기를 이루어냈다. 자연시 발전의 극점에 있는 唐代와 唐代 자연시인들에 대한 주목과 분석이 필요한 부분이라 할 수 있겠다.

본서는 중국 唐代 고전 시가의 주제 중 '자연', 즉 시인이 가장 순수하고도 진솔하게 마음을 투영할 수 있는 대상이었던 '자연'을 매개로 창작된 시가에 대한 고찰의 의도에서 집필되었다. 그간 국내 학자들의 노력에 의해 수많은 중국 고전문학 연구서들이 출간되어 풍요로운 학문의 혜택을 누리게 되었으나 필자가 관심을 갖고 있었던 중국 자연시 분야에 대한 전문서의 출간은 부족한 상황에 있었다. 특히 자연시 발전에 있어 가장 중요한 성취를 이루었던 唐代 자연시에 대한 연구는 그 중요성과 필요성에 비해 연구의 결과가 많이 늦어진 느낌을 지울 수 없었다. 그간 국내에서는 葛曉音, 小尾郊一, 馬華·陳正宏 등이 집필한 자연시 관련 서적의 번역서가 출간되어 좋은 참고자료 역할을 해왔다. 그러나 이들 저서는 중국 산수전원시의 발생으로부터 魏晋南北朝 혹은 盛唐代 까지의 흐름을 주로 기술하고 있어 唐代 전반을 아우르는 자연시 연구와 관련하여서는 한계성을 지니고 있었다. 국내 학자에 의해 전문적으로 정리된 唐代 자연시 연구서의 아쉬움과 필요성이 컸던 상황이었다 할 것이다.

필자는 지난 20여 년간 중국 자연시 분야에 관심을 갖고 집중적인 연구를 통해 관련 논문을 작성해왔다. 내용상으로는 일천함을 면할 수 없었으나 한 분야에 천착한 연구를 담당하리라는 나름대로의 소명 의식에 따른 연구 수행의 결과였던 것이다. 이제 미흡하지만 그간의 연구를 바탕으로 본서를 출간하는 결실을 맺게 되었다. 본서에서는 唐代 自然詩에 대한 심층적인 연구를 위해 먼저 중국 고전시와 연관된 '자연' 개념, 중국 자연시의 창작 심리, '自然詩'의 의미와 발전 과정 등의 문제를 살펴본 후, 唐代 詩歌史에 나타난 자연시인의 작품을 初唐, 盛唐, 中唐, 晚唐 각 시대별로 기술하여 唐代 自然詩史書의 내용에 부합된 기술을 하고자 하였으며, 唐代 자연시에 대한 역대의 평가와 영향 문제를 언급하는 것으로 내용을 정리하고자 하였다. 부족한 부분이 많은 책이지만 한편으로는 다음과 같은 자료적 가치를 담당했으면 하는 마음도 가져보게 된다.

먼저, 본서를 통해서 唐代 자연시에 대한 통시적인 관찰이 좀 더 용이하게 이루어지기를 기대해본다. 그간 국내 학자에 의해 우리 시각에 익숙하게 정리된 唐代 자연시 관련 연구서가 필요하였다는 점과 연관하여 본서가 미흡하나마 기본서 역할을 담당해주었으면 하는 바람인 것이다.

또한, 본서에서는 '자연시'라는 공통의 주제를 중심으로 하여 唐代 각 시인들의 작품을 전반적으로 조망하며 '自然詩史'를 정리하고자 하였다. 이에 본서를 통해 그간 王孟韋柳를 중심으로 盛唐과 中唐의 성취에 주로 관심이 집중되었던 唐代 자연시에 대한 시각이 唐代 전반으로 확대되기를 바라는 마음도 함께 가져본다.

아울러, 본서를 통해 그간 국내에서 꾸준히 필요성이 제기된 '唐詩史' 집필의 한 계기를 이룰 수 있었으면 하는 마음도 숨길 수 없다. 唐詩史의 집필이라는 방대한 작업에 앞서 본서의 내용이 방향성을 가늠하는 한 축이 되기를 감히 기대해보는 것이다.

인문정신의 위기가 화두가 된 현재를 살면서 전통적 산수미학이나 자연미감과 연관된 연구에 관심을 갖는 이들과 자연에 대한 심미안과 생태학적 정서를 기르기 희망하는 이들이 많아지고 있다. 자연관과 생태학, 전통 미학의 현재적 교감에 이르기까지 다양한 자연적 정서를 추구하는 사회 속에 사는 우리들로서는 한 편의 자연시가 제공하는 소박한 정서를 참으로 귀하게 여기지 않을 수 없다. "난세에는 고전을 읽는다"라는 교훈은 어려울 때일수록 선인의 지혜를 통해 정신을 참되게 하고자 하는 노력이 우리의 심신에 평안함을 제공해준다는 말씀으로 이해된다. 자연을 노래한 작품을 통해 맑은 정신과 심신의 평안을 얻기를 도모하는 것 역시 같은 맥락에서 추구해볼 만한 것이라는 생각을 해본다. 그렇기에 자연을 벗하며 맑은 의식을 펼쳐낸 唐代 시인의 작품을 살펴보았다는 점에서 필자는 보람을 느낀다. 지난 5년간 한국과 미국을 오가며 주말까지 반납하고 도서관에서 집필에 매진한 노력에 대해 스스로 보상을 받는 느낌인 것이다.

　본서를 집필함에 있어 우둔한 필자에게 지혜를 주신 하나님께 먼저 깊은 감사를 올린다. 집필을 위해 후원해주신 한국연구재단에 감사를 표하며, 唐詩 연구의 대가로서 항상 크나큰 가르침을 베풀어주시는 필자의 스승 류성준 선생님께도 마음 모아 감사의 인사를 올린다. 본서가 출간되도록 큰 도움을 주신 푸른사상사의 한봉숙 사장님과 따듯한 마음으로 수고를 담당해준 편집진들께도 깊은 감사를 드린다. 아울러 누구보다도 필자에게 큰 힘을 주는 사랑하는 아내 김준미와 의현, 서현 두 자녀에게도 감사와 사랑의 마음을 표하고 싶다. 이 저서를 집필함에 있어 가족들의 사랑이 큰 힘이 되었음을 고백하지 않을 수 없다.
　끝으로 이 책의 부족한 부분에 대하여는 겸허한 마음으로 제가의 질정을 기다리는 바이다. 본서를 읽는 이가 필자가 작품을 통해 느꼈던 허정하고 푸근한 마음을 한가지로 느끼게 된다면 그것은 실로 크나큰 기쁨이며 영광이라 할 것이다.

2015년 봄 말통골 서재에서

배다니엘

제2장 唐代 詩歌史에 나타난 自然詩 창작의 흐름

제3장 唐代 自然詩의 평가와 영향

제 1 장

自然詩 창작의 의미와
발생 과정

1. 중국 고전 시론에서의 '自然' 개념

(1) 중국 고전 시론에서 바라본 '自然'의 개념

'自然'이라는 관념은 중국의 미학과 문학 이론에 있어 끊임없이 논의되고 발전되어온 중요한 명제였다. 철학적 사유에서 시작된 '自然'의 개념은 대단히 넓고 포괄적인 의미를 함유한 것이었다. 일찍이 老子와 莊子는 道를 논함에 있어 자연관을 핵심으로 하였다. 老子는 "사람은 땅을 본받으며, 땅은 하늘을 본받고, 하늘은 도를 본받으며, 도는 자연을 본받는다.(人法地, 地法天, 天法道, 道法自然)"(『老子』, 제25장)라 했고, 莊子 역시 "성인은 천지간 미의 근원을 알고 만물의 이치에 통달한 자이다.(聖人者, 原天地之美, 而達萬物之理)"(『莊子·知北游』)라고 하였다. 莊子는 "天地의 美"와 "萬物의 이치" 사이의 유기적 관계, 즉 美와 道의 상관관계를 지적하면서 老子의 "도는 자연을 본받는다.(道法自然)"에 대한 보충 설명을 시도한 것이고 그 밖의 여러 설명을 통해 '自然'이란 "각기 그 본성에 맞는 意趣를 얻는 것"임을 설명하고자 하였다. 또한 『老子』와 『莊子』를 비롯하여 '自然'에 대한 철학적 명제상의 언급은 劉安의 『淮南子』, 揚雄의 『法言』, 許愼의 『說文解字』, 阮籍의 「樂論」, 劉義慶의 『世說新語·賞譽』 등 역대 여러 사상서와 文論書에서 다루어져왔다. 이와 같이 老莊을 대표로 하는 철학적 사유에 의하면 '自然'은 '무위의 존재', '수식과 허위를 제거한 소박함과 자연 천성을 보유한 '眞'의 개념을 지니고 있는 존재' 등으로 정의된다. 이처럼 老莊과 같은 초기 철학에서는 철학을 설명하기 위하여 자연의 속성을 언급하였는데 이때의 자연은 "일체의 비인위적이며 천연적인 존재"를 일컫는 것으로, 단순히 유물적인 형태의 자연을 가리키는 것만은 아니었지만 아직까지는 만물의 본질을 인식하는 수준 정도에 불과한 것이라고 하겠다.

초기의 철학적인 自然 개념은 부단히 확장되고 분화되다가 철학뿐 아니라 문학이론에도 이입되게 된다. 문학에서의 '自然'이라는 표현은 많은 시가와 문학이론의 발전에 따라 다양한 의미를 함유하면서 점차 애용하는 용어로 자리를 잡아가게 된다. 때로는 人爲에 대항하는 '無爲'의 개념이나 예교적 속박에 대항하는 '자유'의 정서로, 때로는 復古主義에 대한 혁신의 개념을 지닌 채 '낭만'과 '개성'을 부르짖는 의미로, 때로는 문장의 과도한 조탁이나 無病呻吟하는 것에 반대하여 '수식의 흔적이 없는 자연스럽고 천연스러운 표현'을 내세우는 논리로, 때로는 세속의 영리와 속된 의식에 반하는 '진솔한 마음의 징표'로, 때로는 번뇌 많은 현실 세계와 동떨어져 심신에 평안을 주는 고향과 같은 '자연산천'의 의미 등으로 각각 시대와 환경에 따라 문인들에 의해 다양하게 정리되고 발전되어왔다.[1] 이제 철학적 언급은 가능한 배제한 채 고전 시론에서 바라본 '自然'의 개념 몇 가지만 들어 살펴보기로 한다.

첫째, 고전 시론에서 언급한 '自然' 중 가장 광범위하게 활용되고 인식된 의미는 "인위나 수식이 배제된 天然의 경지"를 의미한다. 이 개념은 西晉의 陸機가 『文賦』에서 시의 '아름다움과 화려함(綺靡)'을 제창한 후 六朝時代를 거치며

---

[1] 역대 문인들의 언급을 보면 '自然'의 다양한 개념 중에서도 주목하는 측면이 각기 달랐으며 그 의미세계에 접근하는 방법 또한 다양했음을 살필 수 있다. 역대의 '自然' 개념에 대한 인식은 대체적으로 다음의 몇 가지 방향으로 정리된다. 먼저, 인간의 본성이나 사상적 측면에서 자유의지를 인정하며 구속함이 없는 의식의 해방을 설파한 것, 둘째, 작자의 감흥에서 나오는 자연스럽고도 강렬한 창작 의지를 주목한 것, 셋째, 작가의 자유로운 정신 세계에서 나온 감흥이 天然과 眞의 미를 간직한 채 작품으로 형상화된 것을 살핀 것, 넷째, 물리적 자연계와 인간 세상에 대한 대립구조에서 출발하여 인류의 어머니인 본향의 의미, 즉 유물적이면서도 情的인 대상으로 자연을 본 것 등으로 대략 정리할 수 있다. 그중, 첫째는 사상적 측면의 인식이고 둘째는 창작론 차원에서 의미를 살핀 것이며 셋째는 작품의 문체론이나 풍격론에 해당되는 것이고 넷째는 유물적 자연과 창작 의식과의 관계 즉 정경교융의 차원에서 살펴본 창작론이라고 각각 정리할 수 있겠다.

文采나 문학의 심미 특징에 주목하며 형식과 기교의 발전에 힘을 기울이던 추세에 반발하여 나온 개념이다. 劉勰, 鍾嶸, 顔之推 등의 문인은 用事, 聲律, 辭藻, 技巧 등에 주력하여 문장 본연의 미를 해치는 인위적 작문을 하는 시류에 대한 반론으로 '自然' 즉 '天然의 경계'를 주장하게 되었다. 이 개념은 이른바 "시는 자연스러움을 중시한다.(詩貴自然)"는 의식과 상통하는 것으로 인위적이거나 화려한 조탁을 배제한 채 작가 자신의 감정과 사물의 진면목을 자연스럽고 질박하게 표현하는 것을 주된 내용으로 한다.

이러한 '天然의 경계'는 李白의 시 「난리 후 천은으로 야랑으로 유배되어 가다가 옛날 함께 노닐며 글 짓던 것을 추억하며 강하 태수 위양재에게 쓰다(經亂離後天恩流夜郞憶舊游書懷贈江夏韋太守良宰)」一首 중 "그대가 형산에서 쓴 작품을 보노라니, 강엄이나 포조도 감탄하여 안색이 변할 정도이네. 맑은 물에서 연꽃 나오듯, 인위적 수식이 없는 자연스러움이라.(覽君荊山作, 江鮑堪動色. 淸水芙蓉出, 天然去雕飾)"는 구절에서 언급한 '맑은 물의 연꽃(淸水芙蓉)'처럼 청신하고 수식이 없는 자연의 미와도 통한다. 자구의 雕琢이나 苦吟을 통해 인위적으로 창작된 미와는 반대되는 개념을 지니고 있는 것이다. 시의 조탁은 천연의 미를 상실하게 하고 진실한 내용을 저해하는 결과로 이어지기도 하기에 시인은 시를 지을 때 시의 인위적 조탁을 경계하여야 한다. 그렇지만 창작에 있어 인위적인 면모를 완전히 배제시킬 수는 없다. 어떠한 시가 하라더라도 인공의 손길을 거쳐서 나오지 않은 것이 없기 때문이다. 결국 六朝시대를 거치며 제기되고 그 개념이 정립된 '天然의 경계'의 의미를 지닌 '自然'이란 工巧함을 완전히 배제한 미가 아니요 인공적인 조탁의 흔적이 드러나지 않고 순박함을 잃지 않은 상태에서의 미를 의미하는 것으로 이해된다. 고전 시론에서 이야기하는 자연미가 담긴 '天然의 경계'는 시가 창작상 최고도의 경계로서, 보기는 쉬우나 짓기는 실로 어려운 경지이니 예술적 수양이 고도로 발달된 시인이라야 이 '天然의 경계'에 도달할 수 있는 것이라 하겠다.

둘째, 고전 시론에서 활용된 '自然'은 "순수함과 진실함이 담긴 純眞한 경지"를 의미하는 경우가 많았다. 독자는 시가를 대하면서 智·情·意의 여러 측면을 인식하게 되는데, 이 중 순수하고 진실한 의경의 서사는 자연스럽게 읽는 이를 감동시키고 심미 의식을 불러일으키게 만드는 가장 중요한 요인이 된다. 순수하고 진실한 의경의 서사를 위해서는 먼저 시인이 내적으로 純眞한 감응이 있어야 하는 것이고 心性과 情志가 자연스러워야 한다. 가식이나 인위적인 감정을 가지고 문장을 위한 情을 서사한다면 순진성이 말살되고 감흥이 사라지기 때문이다. 고전 시가에서 말하는 '自然' 개념이란 "순수함과 진실함이 담긴 純眞한 경지"를 의미하는 경우가 많다. 이 순수함과 진실함이 담긴 純眞한 경지는 독자에게 가장 자연스러운 감동을 선사한다. 일례로 천연의 자연미를 담지는 않았지만 社會詩나 悼亡詩, 우국애정을 나타낸 시, 悲憤詩 등이 자연시 못지 않은 감동을 주는 것은 그 시가가 지닌 진실성과 純眞性이 가장 큰 작용을 했기 때문임을 지적할 수 있다. 이 경우에도 '自然'이라는 용어로 품평을 가할 수 있는 것이다.

그런데 이 '純眞한 경계'는 사실의 참과 거짓만 의미하지는 않는다. 무릇 시가의 意象이 진실하다면 이는 허구적 진실이거나 상상의 진실이라 하더라도 순진한 경계를 지니고 있는 것으로 본다. 가령 唐 張繼가 吳越을 漫遊할 시 지은 유명한 작품 「풍교에서 밤에 머물며(楓橋夜泊)」 중의 "고소성 밖 한산사, 한밤 종소리 나그네 머무는 뱃전에 이르렀네.(姑蘇城外寒山寺, 夜半鍾聲到客船)"라는 시구는 '한밤 종소리(夜半鍾聲)'의 사실성에 대해 역대로 많은 논란이 있어왔으나[2] 이 시구는 사실성 여부와 상관없이 세속의 번다함을 벗어난 밤중 종소리가 주는 청정함과 적막한 경계로 인해 많은 이들이 깊은 시적 감동을 얻은 바 있다. 요컨대 시가가 지닌 '自然'의 경계 중에서 '純眞한 경계'를 지녔느냐를 가름함에 있어서는 그 시에서 '眞情의 서사'가 이루어져 있느냐 하는 것이 중요한 관건이 된다 하겠다.

---

2 이 '姑蘇城外寒山寺' 句에 대해 宋代 歐陽脩가 『六一詩話』에서 "평론가들이 말하기를 '이 시의 구절은 아름다우나 삼경은 타종의 시간이 아니다'라고 하였다.(說者亦云：句則佳矣, 其如三更不是打鐘時)"라고 의문을 제기하였다. 이에 대해 王直方은 『詩話』에서 于鵠, 白樂天, 溫庭筠, 皇甫冉, 陳羽 등의 시에서 야밤 타종을 한 내용의 시구를 들어 歐陽脩의 설이 틀렸음을 예증하였다. 또한 宋 張邦基, 葉夢得 역시 『墨庄漫錄』과 『石林詩話』에서 歐陽脩의 의문에 반론을 제기하는 등 야밤타종의 사실성에 대해 논의한 바가 있었다.

셋째, 고전 시가에서 말하는 '自然'은 "자연 情景을 대하면서 얻은 미감 체험의 경지"를 의미하기도 한다. 대자연은 인간에게 무한한 아름다움과 미적 흥취를 제공한다. 눈앞에 펼쳐진 아름다운 자연 경물은 시인의 마음에 情을 불러일으키고 情은 어느덧 興으로 연결된다. 이것이 바로 중국 고전 문예이론에서 말하는 '情景交融'의 경지인데, 일찍이 劉勰은 『文心雕龍』「物色」에서 "산은 첩첩 물은 감돌고 나무들과 구름은 서로 섞여 합해 있네. 눈길이 한 번 둘러보면 마음도 따라 움직인다네. 봄날 해는 더디 가는데 가을바람은 스산해라. 정을 서로 건네듯이 흥이 일어나 답하는 듯하도다.(山沓水匝, 樹雜雲合. 目旣往還, 心亦吐納. 春日遲遲, 秋風颯颯. 情往似贈, 興來如答)"라고 하여 情景交融의 초기 발생 단계를 설명한 바 있다. 산과 물, 나무, 구름 등 눈앞에 펼쳐진 자연을 통해 사람의 마음에는 자연스럽게 흥취가 일어나고, 情景交融의 단계를 거치면서 시인은 창작의 의지를 더욱 불태우게 된다. 눈앞에 펼쳐진 자연으로 인해 흥취가 일어나는 경지를 맛보게 되면 시인은 그 마음에 역동하는 신선한 감성을 창조의 희열로 연결시키고자 한다. 창조는 문인이 자아를 실현하고자 하는 필연적 선택이요, 심중의 즐거움이나 정신적 자유를 한 단계 더 높은 경지로 승화시키는 하나의 방법이 된다. 작품 창조의 과정을 거쳐야만 일시적이고 개인적인 감성이 영원한 생명력을 얻게 되는 것이니, 아름답게 펼쳐진 자연 속에서 시인은 창작의 욕구를 얻게 되며 진솔한 작품을 쓰기 위한 시심을 연마하고 인성을 회복하게 되는 것이다. 이렇게 자연 情景을 대하면서 시인은 평온함과 미감을 느끼게 되고 沒我의 경계로 빠져들게 된다. 이 '미감 체험의 경계'는 인위적 조탁의 흔적이 최대한 배제된 순수한 정신상태이며 이러한 상태에서 얻어진 '自然'은 眞과 淳朴함으로 회귀하는 정신적 자유를 제공하고 物과 我를 하나로 만드는 심미적 경지를 느끼게 하는 것이다.

이상에서 언급한 몇 가지 '自然'의 특징을 종합해보면 자연미는 기본적으로 '천연적으로 이루어져 있는 상태(天然渾成)', '수식이 배제된 상태(修飾排除)', '인위를 배재한 상태(無作爲)', '진실함과 아름다움의 창조(眞美創造)', '사물과 내가 하나가 된 경지(物我一如)' 등의 경계를 지닌 것으로 이해된다. 이 중 인위나 수식이 배제된 '天然의 경지'는 작품이 창작되고 난 이후의 풍격과 연관된 부분이고, 순수함과 진실함이 담긴 '純眞한 경지'는 시인의 창작 심리와 창작 단계에서 주로 생성되는 부분이며, 자연 情景을 대하면서 생긴 '미감 체험의 경지'는 시인이 자연을 대하면서 느끼게 되는 감상과 인식의 문제라고 하겠다. 물론 작품을 창작함에 있어 작위적인 수식을 완전히 배제할 수는 없다. 그러나 역대 중국 이론에서 강조한 '자연스러움'이란 작품 전반에서 작위적인 흔적이 느껴지지 않도록 최대한 절묘한 창작을 이루어내는 것을 의미한다. 그러므로 "작가의 마음이나 작품에 이상적으로 '自然'의 경지가 담겼다."라고 함은 "시인이 진솔하고 순박한 창작 의지를 갖고 情을 불러일으키는 자연과 하나가 된 情景交融의 상태에서 조탁의 흔적을 배제한 자연스러운 풍격의 작품을 쓴 것"을 지칭하는 것이라고 이해할 수 있겠다.

(2) 중국 고전 시론에서 이루어진 '自然' 논의의 발전 양상

역대로 '自然'에 대한 언급은 『老子』와 『莊子』를 비롯한 여러 사상서에서 언급되어왔으나 여기서는 '自然'이라고 하는 의미를 철학적 명제가 아닌 문학적 입장, 즉 인위나 수식이 배제된 '天然의 경계', 순수함과 진실함이 담긴 '純眞한 경계', 자연 情景을 대하면서 생긴 '미감 체험의 경계' 등 문학적인 개념 안에 놓고 언급된 역대의 중요한 이론들을 정리해보기로 한다.

『老子』와 『莊子』 등 제가들이 주로 철학적 의미로 활용하던 '自然'을 문학의 심미 범주로 끌어들여 논설을 가한 이는 東漢의 王充이었다. 그는 "天道가 자연스러우면 그림과 글은 절로 이루어진다.(天道自然, 故圖書自成)"(『論衡』 「自然」)라고 하면서 문장에 대하여는 "화려하고 공허한 문장을 버리고 돈독한 소박한 문장을 남긴다.(沒華虛之文, 存敦寵之朴)"(『論衡』 「自紀」)는 의견을 제출하며 자연의 眞美를 중시하는 관점을 보였다. 이는 직접적으로 시가와 연관된 언급은 아니었지만 '自然'을 미로 인식하면서 소박하고 자연스러운 문장을 높이고 공허하고 화려한 문장을 낮게 본 사상으로서 문학에서의 자연관을 환기시키고 후대의 劉

勰, 鍾嶸, 李白, 司空圖 등의 의식을 선도한 언급이라 하겠다.

본격적으로 자연을 문학예술의 본체 속으로 이입시킨 이는 南北朝時代 梁나라의 劉勰(465~521)이었다. 劉勰은 魏晉 시기에 유가가 쇠미함에 따라 사대부들도 예교의 속박에서 어느 정도 벗어나 노장의 학문과 자연을 숭상하게 되고 문학 방면에서도 개인의 정감을 중시하는 기운이 일어나게 되자 이에 발맞추어 『文心雕龍』을 통해 문학예술 이론을 집대성한 인물이다. 다음에 예거하는 언급들은 시인이 사물을 대하면서 생성된 情의 자연스러운 유로를 중시하면서 동시에 문학은 개인의 성정과 감수성의 자연스러운 표현이라는 점을 劉勰이 밝힌 이론들이다.

> (천지의) 마음이 생겨남으로써 말이 이루어졌고, 말이 이루어짐으로써 문장이 분명해지니 이는 자연의 도이다.(心生而言立, 言立而文明, 自然之道也)
>
> —『文心雕龍』「原道」

> 대저 감정이 움직이면 말이 표현되고 이지가 발동하면 문장으로 나타나니, 이는 잠재에서 표현으로 옮겨지며 안에서 밖으로 나오는 작용인 것이다.(夫情動而言形, 理發而文見, 蓋沿隱以至顯, 因內而符外者也)
>
> —『文心雕龍』「體性」

> 사람에게는 칠정이 있으니 이로 인해 사물에 감응하게 된다. 사물에 감응하고 뜻을 읊조리는 것으로서 自然이 아닌 것은 아무것도 없다.(人稟七情, 應物斯感 ; 感物吟志, 莫非自然)
>
> —『文心雕龍』「明詩」

> 뜻을 정에 자연스럽게 펴내면 이치가 융화되고 감정이 드날려지지만 인위적 작위가 과도하게 되면 작가 정신은 피폐해지고 기세는 약해진다.(率志委和, 則理融而情暢 ; 鑽礪過分, 則神疲而氣衰)
>
> —『文心雕龍』「養氣」

마음과 말과 문장이 자연스럽게 이어진 것이 "自然之道"요, 자연미 개념에 있어서 논리적 기점이 되는 예술가의 '內'와 '外'의 상대적인 범주로부터 情과 辭, 和와 實, 文과 質, 體와 用, 人品과 文品 등에서 자연미에 부합된 자연스러운 조화와 창작이 두루 이루어질 것을 설파한 것이 "안에서 밖으로 나오는 작용(因內而符外者也)"이다. 劉勰은 齊梁의 조탁을 교정하기 위해 '자연'을 제창한 것으로 "사물에 감응하고 뜻을 읊조리는 것을 自然으로 보면서(感物吟志, 莫非自然)" 정을 억지로 만드는 '造情'에 대한 비판과 "자연스럽게 문장의 묘처에 도달(自然會妙)"하며 "자연스러운 대우(自然成對)"를 활용할 것 등을 통해 문학의 자연미를 강조하였다. 그러나 劉勰은 일찍이 老莊이 音律, 文彩, 藝術 등은 모두 인위적이고 자연에 부합되지 않는 것으로 인식하면서 '일체 인위의 배격'을 주장했던 것과는 대조되는 입장에 있었다. 그는 騈麗, 用典, 音律, 辭藻 등을 '文'의 고유한 본성으로 보았기에 그에게 있어 '자연'은 "질박하면서 수식이 전혀 없는 것(質朴無華)"이 아니고 '文藻'와 '雕華'가 자연스럽게 어우러진 자연을 의미하는 것이었다.

한편 劉勰과 동시대인인 鍾嶸(468?~518)은 당시의 조탁하는 풍조에 대한 반론으로 氣動物感說과 함께 자연스러운 문학의 창작을 내세웠다.

> 근래 任昉, 王元長 등은 문사가 기발하지 않고 다투어 새로운 고사를 사용했다. 그 이래로 작자들은 그것이 풍속이 되었다. 마침내 시구는 전고가 없는 말이 없고 시어는 전고가 없는 글자가 없어 얽매어 오그라지고 기워 붙인 누더기를 만드니 문장이 심히 좁먹게 되었다. 그러나 자연스럽고 영민한 뜻을 담는 이가 나오기는 드문 일이다.(近任昉, 王元長等, 辭不貴奇, 競須新事. 爾來作者, 寢以成俗. 遂句無虛語, 語無虛字, 拘攣補衲, 蠹文已甚. 但自然英旨, 罕值其人)
>
> —『詩品』「總序」

시의 자연성을 살려 창작하는 것이 가장 으뜸이요 근면한 습작이지만 고사, 전고의 활용만으로는 시다운 시를 지을 수 없다는 것이다. 당시 南朝의 沈約 등이 聲律 효과를 짜 넣어 시어를 창조하던 풍조를 반박하고 나선 것인데 鍾嶸은 用典이나 聲律 등에 대해 무조건적으로 반대한 것은 아니었고 성률 효과를 지나치게 추구함으로 인한 자연미의 상실을 경계한 것이었다. 또한 종영은 시가를 지음에 있어 수사 기교를 완전한 배제하지는 않았지만 조탁의 흔적이 드러나는 인공미를 비판하였는데 일례로 湯惠休가 謝靈運과 顔延之의 시를 평한 것을 인용한 부분을 보자.

> 湯惠休는 말했다. "謝靈運 시는 부용이 물 위에 핀 자연미를 갖추고 있고, 顏延之
> 의 시는 금을 마구 뒤섞여 새겨 놓은 듯하다." 顏延之는 내내 그것이 병폐였다.(湯惠
> 休曰："謝詩如芙蓉出水, 顏如錯采鏤金." 顏終身病之)
>
> ──『詩品』「宋光祿大夫顏延之」

　謝詩는 실제로 정교한 조탁과 세미한 수식을 가하고 있으나 그 흔적을 드러
내지 않은 수려한 풍모로 시가의 '自然英旨'를 살린 데 반해, 顏詩는 대량의 전
고를 활용하여 마치 금을 마구잡이로 새겨놓은 듯 인공의 흔적을 드러내놓고
있어 그것이 병폐라고 본 것이다. '自然英旨'와 '眞'의 개념을 자연미의 잣대로
보고 있으나 조탁과 수식에 대하여는 일정 정도 인정하는 입장이었는데 이는
당시 南朝의 문학 풍조와도 연관이 있다. 즉 鍾嶸이 가장 존중한 三大詩人 曹
植, 陸機, 謝靈運 등은 모두 "문사가 화려한(詞采華茂)" 특성을 지닌 문인이었으
며 이에 반해 曹操나 陶淵明같이 질박한 문채를 보인 문인들에 대해서는 별로
높은 평가를 내리지 않았던 점도 이러한 풍조와 연관이 있다 하겠다.
　魏晉代까지 '自然'이라는 것은 하나의 추상적 이념으로, 모든 비인위적이며
천연적인 존재로서 자연계를 포괄하면서 동시에 인간의 천성을 포괄하는 것으
로 사용되었다. 또한 '文'에는 '綺靡', '藻麗' 등의 속성이 내재되어 있으며 文에
서 駢偶, 用典, 音律, 辭藻 등을 배제한다면 이는 文의 자격도 없는 것으로 보
았다. 당시 문인들에게 있어 '文'의 '自然'이란 각종 文采가 조탁의 흔적을 보
이지 않은 채 자연스럽게 어우러져 있는 상태를 의미하는 것이었다. 그렇기에
魏晉代 자연미를 나타내는 표현인 "芙蓉出水"는 화려하면서도 자연적인 생기
를 띤 의경을 의미하는 것으로 이해할 수 있겠다.

　唐代 이후 시인들에 와서는 전대 문인들에 비해 '自然'이 다른 관념으로 정
립되기 시작하였다. 이러한 변화된 관념의 소유자로 우선적으로 꼽을 수 있는
이는 李白(701~761)이었다. 그는 道家의 영향을 받아 자유로운 逍遙의 경지를
추구하였으며, 시가의 창작에 있어서는 '天然'의 풍격을 부르짖으면서 내용 방

면에 있어서는 率直한 서술의 요구와 허의의 배제, 형식 방면에 있어서는 雕飾의 제거를 통한 청신한 자연 풍격의 형성을 추구하였다. 李白이 韋良宰의 시가를 칭찬하던 중 "芙蓉出水"를 인용한 대목과 「古風詩」를 언급한 바를 통해 그의 그러한 문학적 의식을 살필 수 있다.

> 覽君荊山作　그대가 荊山에서 지은 작품을 보노라니
> 江鮑堪動色　江淹과 鮑照도 감동할 내용이라
> 淸水出芙蓉　마치 맑은 물에서 연꽃이 나오듯
> 天然去雕飾　인위적 수식 없는 자연스러움이라
> ──「經離亂後天恩流夜郎憶舊游懷贈江夏韋太守良宰」

> 自從建安來　建安 이래의
> 綺麗不足眞　綺麗함은 진귀할 게 없다
> 聖代復元古　聖代엔 처음의 옛날로 돌아가
> 垂衣貴淸眞　옷 드리우고 淸雅하고 진솔함 귀히 여긴다
> ──「古風詩」第一首

전술한 바와 같이 "淸水出芙蓉" 비유는 湯惠休의 謝靈運 시에 대한 평어로, 이 시구만 보면 표면적인 함의는 비슷한 것 같으나 李白의 전체 문학적 취향과 연관시켜보면 그의 '天然'은 六朝人의 자연주의와는 차이가 있다. 鍾嶸 등이 시가 창작에 있어 '自然英旨'와 '眞'을 살리고 과도한 수식을 경계한 것을 '自然'으로 본 데 비해, 李白은 言辭에 있어서의 수식의 제거와 광달한 창작 정신의 세계를 동시에 논하는 文質 양면의 의미를 설파하고 있었다. 시의 구속에서 벗어나 종횡무진 詩才를 발휘하는 자연성을 언급한 것이다. 魏晉代를 거치면서 문인의 의식 속에서 점차 성숙해가던 자연미에 대한 안목이 唐代 李白에 의해 의식의 변화를 일으키게 되고 좀 더 확장된 시야를 갖게 된 것이라 하겠다.

李白에 이어 晩唐의 司空圖(837~908)는 '自然'이란 용어에 또 다른 함의를 부연하여 설명하였다. 그는 "幽人空山"의 비유를 들었는데 이는 세속을 초월하여 자연으로 회귀하는 자연 상태까지 포함된 것이었다.

> 俯拾卽是　굽혀서 집으면 곧 그것이나

不取諸隣　그것을 이웃에서 취하지는 않는다
俱道適往　다 함께 길 가는 것으로
着手歲新　손을 대면 봄 이루니
如逢花開　꽃 핀 것 만난 것 같고
如瞻歲新　해 새로워짐 바라봄 같다
眞予不奪　진정으로 준 건 빼앗지 않고
强得易貧　억지로 얻은 건 쉬 빈약해진다
幽人空山　그윽이 숨은 사람 인적 없는 산에서
過水采蘋　물을 지나며 마름 딴다
薄言情悟　말은 적으나 정에 밝으니
悠悠天鈞　유유한 천연의 가락이라

—『二十四詩品』「自然」

　　이른바 "굽혀서 집으면 곧 그것이나, 그것을 이웃에서 취하지는 않는다.(俯拾
卽是, 不取諸隣)"란 시인이 추구하는 '自然'의 虛靜한 심리로, 몸을 소박하게 굽혀
서 구하면 곧 그것이 되나 그것을 이웃 곧 속세 인간 세상에서 취하지는 않는
것을 의미한다. "幽人空山"의 상태에서 말보다는 진실하고 담박한 정을 추구하
는 경지, 이것을 司空圖는 자연의 경지로 본 것이다.

　　또한 司空圖는 『詩品』에서 시의 각 품을 논할 때 眞性과 自然天成에서 나온
시, 인위적 행위를 거치지 않고 "妙造自然"의 경지에 든 시를 높이는 자연미 사
상을 설파한 바 있다. 즉 『詩品』 「精神」에서 시의 生氣를 통해 "자연스러우면
서도 인위적이지 않게 마름질하여 마음을 뺏은 경지(自然而然, 無賴于裁奪)", 「疏
野」에서 '疏野'의 요처는 自適과 天放에 있다고 본 것, 「委曲」에서 「委曲」은 자
연이 생성하는 것이요 "하나의 형상에 구애되는 것이 아닌 것(不拘一狀)", 「實
景」에서 情에 대하여 "정이 가는 곳에 오묘함이 절로 드러나는 경지(情之所至,
妙不自尋)" 등으로 언급하면서 자연성에 대한 의식을 높였음을 살필 수 있다. 그
는 즉흥적 창작과 작품 중에 나타나는 자연의 경계를 주장하면서 의도적인 명
상이나 상상 등을 통한 인위적인 창작을 반대하였다. 이러한 주장들은 자연미
사상의 전승 맥락에서 李白의 사상과 함께 唐代에 이루어진 하나의 의미 있는
시도가 된다. 이전의 문학비평에서 이미 '自然'이라는 용어를 사용한 적은 있으

나 전문적 시학 저서 중 풍격 분류의 각도에서 '自然'을 하나의 체로 분류한 경우는 없었던 것과 비추어볼 때 司空圖의 '自然'은 새로운 풍격론의 언급이라는 의미를 가진다.

宋代에 와서도 自然美에 대한 강조는 부단히 이어져갔다. 전대의 자연미 개념에서 六朝는 '綺靡濃麗', 初·盛唐은 '高華壯麗', 中·晩唐은 '婉約秀麗' 등의 의미를 지니고 있었다면, 宋代의 자연미는 濃麗함에서 質朴함으로의 회귀를 통해 '平淡素朴'한 자연미를 추구했다는 점을 주목할 수 있다. 이는 宋初에 화려한 騈文에 대항하여 질박한 고문이 정종의 지위를 탈환한 것과도 비견될 수 있는 것이다. 梅堯臣(1002~1060)·蘇舜欽(1008~1048) 등을 비롯한 몇몇 문인이 자연미와 관련하여 가한 언급을 보자.

> 做詩無古今　시를 지음은 古今 할 것 없이
> 惟造平淡難　오직 평담하게 짓는 것이 어렵다
> 譬身有兩目　비유하자면 몸에 두 개의 눈이 있어
> 瞭然瞻視端　멀리 바라보면서도 바르게 봄 같다
>
> ―梅堯臣, 『宛陵先生集』卷46,
> 「讀邵不疑學士詩卷杜挺之忽來因出示之且伏高致輒書一時之語以奉呈」

> 作詩千篇頗振絶　천 편의 시를 지음에 실로 절묘함 다하고
> 放意吐出吘可驚　마음대로 뜻을 펼쳐놓으매 실로 놀랍도다
> 不肯低心事鍊鑿　시를 짓는 마음 깎고 다듬는 것 싫어하며
> 直欲淡泊趨杳冥　오로지 담박하여 아득한 경지로 달려가려 하는구나
>
> ―蘇舜欽 『蘇學士文集』卷2 「贈釋秘演」

고인은 시를 지음에 있어 구차하게 짓지 않고 많이 짓지 않았다. 그러나 혹 한 수의 시가 지어진다 해도 반드시 天下의 지극한 정성을 다했으니 理의 형상이면 理趣가 渾成했고 事의 형상이면 事情에 밝았으며 物의 형상이면 物態가 婉轉했으니, 지혜를 다하고 힘을 다해도 이를 수 없었던 것은 오로지 자연의 소리와의 조화였다. 무릇 天機가 절로 움직이고 天籟가 절로 울리며, 우레와 천둥소리가 나고 도리를 좇아 움직이며, 절도에서 나와 소리가 절로 문장을 이루니 이것이 詩의 道인 것이다.(古人于詩不苟作, 不多作. 而或一詩之出, 必極天下之至精, 狀理則理趣渾成, 狀事則事情昭然, 狀物則物

態婉轉, 有窮智極力之所不能到者, 猶造化自然之聲也. 蓋天機自動, 天籟自鳴, 鼓以雷霆, 豫順以動, 發自中節, 聲自成文, 此詩之道也)

— 包恢 『敝帚稿略』 卷2 「答曾子華論詩」

梅堯臣·蘇舜欽 등은 '自然'과 결부된 미의식으로 '平淡'을 논하고 있는데, 平淡한 미학풍격은 예술가의 인격과 性情, 沖淡한 예술 풍격 등이 자연스럽게 합치된 면모이다. 그러므로 예술주체인 시인의 平淡한 심성의 소유 여부는 平淡한 미학풍격 창조의 선결적 요인이 되며, 평담하고 자연스러운 미는 시인의 清化, 鍛鍊, 교묘한 기교를 통과한 졸박함, 깊이를 감추고 있으면서도 엷게 흘러나오는 "뛰어난 공교함이 지닌 소박함(大巧之樸)", "화려함 이후의 담백함(濃後之淡)" 등을 의미한다. 文理가 자연스럽고 姿態가 자연스럽게 생겨나는 자연미, 문장을 지음에 있어 天機가 절로 움직이고 天籟가 절로 울리며 절도에 들어맞아 소리가 절로 문장을 이루는 경지를 詩의 道로 본 자연미 의식은 唐詩의 화려함에 이어 맞이한 宋詩의 원숙함을 연상시킨다. 이는 中唐 이후의 예술적 심미취향이 평담하고 자연스러움을 추구하는 방향으로 발전하게 된 것과도 무관하지 않은 것이다. 또한 이는 唐代 문인들이 "清水芙蓉"의 언급을 통해 自然清眞의 미와 清新, 秀麗, 自然, 天眞한 미를 으뜸으로 여겼던 것과도 대조되는 면모라 하겠다.

蘇軾(1037~1101)은 평담하고 질박한 자연 풍격을 존중하면서 "行雲流水"와 같은 曠達한 胸懷를 자연미 개념에 이입시켜 자연미의 의경을 확대하였고 한편으로는 自然과 法度를 결합하는 모습도 보여주고 있다.

보여주신 書教와 詩賦雜文을 살펴보니 익숙합니다. 대체로 行雲流水와 같아 처음에는 정해진 바탕이 없으나 늘 행하는 곳에서는 마땅히 행하고 늘 멈추는 곳에서는 멈출 수밖에 없으니 문리가 自然스럽고 姿態가 자연스럽게 생겨납니다.(所示書教及詩賦雜文, 觀之熟矣. 大略如行雲流水, 初無定質, 但常行于所當行, 常止于所不可不止, 文理自然, 姿態橫生)

— 蘇軾 『經進東坡文集史略』 卷46 「答謝民師書」

내 문장은 마치 만곡(萬斛)이나 되는 샘물의 원천 같아서 땅을 가리지 않고 흘러나

오고 평지에서는 거침없이 도도히 흐르며 하루에 천 리를 가더라도 어려움이 없다. 그러나 그 문장은 산의 바위를 맞아서는 굽게 되며 사물에 따라 모양새가 달라지게 되는데 이 원리는 알 수 없는 것이요 그저 알 수 있는 것은 늘 행하는 곳에서는 마땅히 행하고 늘 그치는 곳에서는 마땅히 그치는 것, 이 같을 따름이다.(吾文如萬斛泉源, 不擇地而出, 在平地滔滔汨汨, 雖一日千里無難. 及其與山石曲折, 隨物賦形而不可知也, 所可知者, 常行于所當行, 常止于不可不止, 如是而已矣)

― 蘇軾『經進東坡文集史略』「自評文」

"行雲流水"와 같이 자연스럽게 흘러나오는 문장은 眞情의 서사를 이루는 것이요 胸中의 감회를 입과 손이 원하는 창작으로 연결시켜 格套를 뛰어넘는 고도의 자유를 표현하는 것이다. 이러한 자유는 사상이나 표현상의 속박도 뛰어넘는 돌출성과 변화무쌍한 신기함을 갖고 그저 마음 가는 대로 흘러가지만 淺易함에 빠지지는 않는다. "與山石曲折", "隨物賦形"이 말하듯 표현하는 대상에 따라 변화를 이루되 무형의 규율과 제약을 지키고 있는 것이다. 이렇듯 蘇軾은 '自然'을 '自由'와 결합시켜 豪放하고도 超邁한 낭만성을 부각시키면서도 무형의 규칙을 인식하고 있음을 설파하였는데, 이렇게 自然과 法度를 결합해내기 시작했다는 점은 宋代 문인들이 자연미를 의식했던 또 하나의 특징으로 생각해 볼 수 있다. 일례로 朱熹(1130~1200) 역시 '自然'을 숭상했으되 일정한 구법이 없이 지어진 시에 대하여는 비판하는 입장이었음을 살필 수 있다.

고인들의 시 중에는 잘된 구가 있으나 지금 사람들의 시에는 잘된 구가 없으니 단지 말을 쭉 해나갈 뿐이다. 이러한 시는 하루에도 100수를 지어낼 수 있다. 예를 들어 陳簡齋 詩를 보면 "어지러운 구름 비췻빛 벽에 서리고, 가는 비 청송을 적시네.", "따뜻한 해 버드나무를 기르고, 농음은 해당화를 취하게 하네." 등이 있는데 이것이 무슨 구법을 갖춘 것이란 말인가!(古人詩中有句, 今人詩更無句, 只是一直說將去. 這般詩, 一日作百首也得. 如陳簡齋詩: "亂雲交翠壁, 細雨濕靑松." "暖日薰楊柳, 濃陰醉海棠." 他是什么句法!)

― 朱熹『語類』

이는 자연스럽게 흘러나왔다고 해서 모두 '自然'의 경지에 든 시가 아니요 일정한 구법을 갖추어야 하나의 풍격을 이룰 수 있다고 보는 의견이다. 자연스럽게 흥중에서 흘러나온 의경에 시구의 단련을 결합시켜 일정한 법도를 지니게 된 시는 行雲流水처럼 자연스러우면서도 그 속에 법도가 존재한다고 보았던 것이다. 이처럼 '自然'은 시인의 흥금을 자연스럽게 묘사하는 경지이되 무형의 조탁 중에 나오며 그 속에 일정한 제약도 있다고 본 것은 宋代 문인에 의해 보강된 자연미감이라 할 것이다.

明淸代에 와서도 '自然'은 시가 창작의 주요한 명제로 인식되어 많은 언급이 가해지게 된다. 그중에서도 性靈派의 언급은 인간의 천성적인 자연과 창작과의 연계성을 중시한 의견으로 주목할 만하다.

무릇 성색의 근원은 성정에서 나오며 자연에서 비롯되는 것이니 어찌 억지로 끌어다 맞추며 이루게 할 수 있으리오? … 고로 성격이 맑고 환한 자는 音調가 자연히 순창하며, 성격이 편한 자는 音調가 자연히 여유로우며, 曠達한 자는 자연히 浩蕩하고 웅장하고 초매한 자는 자연히 장렬하며, 沈鬱한 자는 자연히 슬프고 쓰리며, 옛스럽고 기괴한 자는 자연히 奇絶하다. 이러한 격이 있으면 바로 이러한 음조가 있는 것이니 이는 모두 情性이 自然스러운 것을 이르는 것이다.(蓋聲色之來, 發于性情, 由乎自然, 是可以牽合矯强而致乎? … 故性格淸徹者, 音調自然宣暢, 性格舒徐者, 音調自然疏緩, 曠達者自然浩蕩, 雄邁者自然壯烈, 沈鬱者自然悲酸, 古怪者自然奇絶. 有是格, 便有是調, 皆情性自然之謂也)
　　　　　　　　　　　　　　　　　　　　—李贄 『焚書』 「讀律膚說」

… 고로 소리 지르고 뛰는 것은 어린아이의 운이요, 기뻐 웃고 노하며 욕하는 것은 술 취한 자의 운이다. 술 취한 자는 무심하며 어린아이 역시 무심하다. 무심한 고로 이치가 깃들 곳이 없으니 자연의 음이 거기서 나오는 것이다.(… 故叫跳反擲者, 稚子之韻也. 嬉笑怒罵者, 醉人之韻也. 醉者無心, 稚子亦無心, 無心故理無所托, 而自然之韻出焉)
　　　　　　　　　　　　　　　　　—袁宏道 『袁宏道集』 「壽存齋張公七十序」

무릇 趣라는 것은 自然에서 얻은 자는 깊고 학문에서 얻은 자는 옅다. 마땅히 어린아이가 되어야 하나니 어린아이는 趣가 있음을 모르되 그 행하는 것이 趣가 아닌 것이 없는 것이다.(夫趣, 得之自然者深, 得之學問者淺. 當其爲童子也, 不知有趣, 然而無往而非趣也)
　　　　　　　　　　　　　　　　　—袁宏道 『袁宏道集』 「敍陳正甫會心集」

대저 自然美가 뛰어난 자는 문장을 지음에 힘을 다할 수 있으나 人工美가 다한 자는 문장의 天趣를 잃어버린다. 고로 野逸과 濃麗는 왕왕 서로 겸할 수 없는 것이다.

(大都自然勝者, 窮于點綴, 人工極者, 損其天趣. 故野逸之與濃麗, 往往不能相兼)

— 袁中道 『珂雪齋文集』 卷7 「游太和記」

性靈派의 '自然'은 莊子의 自然과 眞의 의미, 禪宗, 南宋 陸九淵과 明 王守仁이 주창한 陸王心學 등의 영향을 받아 나온 개념이다. 이는 性情의 진솔한 유로를 표방하면서 '眞'과 '性靈'을 '自然'으로 본 사상이다. 李贄(1527~1602)는 개성과 자유를 존중하는 입장에서 '童心'의 상태, 즉 情性이 자연스럽고 외부의 작용이나 견식 따위에 오염되지 않은 순수하고 진실한 마음이 담긴 상태를 가장 자연스러운 경지로 보았으며 모든 창작에 있어 童心에서 출발할 것을 설파하였다. 만약 억지로 자연을 추구한다면 이는 인위적인 것으로 자연에 위배되는 것이다. 이러한 자연관은 역대의 平淡과 淸眞, 純然 등과 연계된 것으로 시인의 情志나 창작 의식과도 깊은 연관이 있다. 李贄는 개성이 진실하고도 자연스럽게 유출되는 것을 설파하였지 인위적인 예술 풍격의 자연을 강조한 것은 아니었다. 또한 李贄의 제자인 袁宏道(1568~1610)와 袁中道(1575~1630) 역시 赤子之心에서 나오는 自然의 韻과 自然의 趣를 설파하며 전통 사상의 속박이나 학문의 수양을 통한 지식을 배제하는 주장을 폈다. 宋代의 '自然' 개념이 이면에 閑寂・蕭散・簡遠・含蓄・平淡한 경지를 내포하고 있었다면 性靈派의 '自然' 개념은 이와 달리 일종의 강렬한 자아 분출을 도모하면서 사상과 형식의 틀에서 해탈하고자 하는 의미를 지니고 있었다. 袁宏道가 '술 취한 자(醉者)'와 '어린아이(稚子)'의 '無心'이 '自然之韻'이라고 하면서 童子의 趣를 자연의 趣라고 본 것이나, 自然美가 뛰어난 자는 문장의 天趣를 간직하고 人工美를 발휘한 자는 문장의 天趣를 잃어버린다고 본 袁中道의 의견 등은 모두 이러한 맥락에서 나온 것이라 하겠다.

이어 淸代 문인 중에서 錢謙益(1582~1664)과 袁枚(1716~1797)의 언급을 보기로 한다.

古人의 詩는 天眞함이 그득하면서도 自然스러운 것을 훌륭한 것으로 여겼다. 만약 다듬음이 정교했으면 시에 있어서는 훌륭한 것이 아니었다. 무릇 하늘이 생물을 탄생시킨바 소나무는 자연히 곧고 가시나무는 자연히 굽었으며 학은 목욕을 안 해도 하얗고 오리는 먹칠을 안 해도 검다. … 오늘날의 詩人은 騈章麗句로 모두 聲律을 맞추고자 하고 웃으면서 시를 짓는 것을 능사로 하며 내 性情을 의식적으로 부려가며 이에 따라 시를 지으니 詩가 主가 되고 내가 노예가 된다.(古人之詩, 以天眞爛漫自然而然者爲工；若以剪削爲工, 非工于詩者也. 夫天生物也, 松自然直, 棘自然曲, 鶴不浴而白, 烏不墨而黑. … 今之詩人, 騈章麗句, 諧聲命律, 軒然以詩爲能事, 而驅使吾性情以從之, 詩爲主, 而我爲奴)

— 錢謙益『牧齋有學集』卷19「題交蘆言怨集」

내가 가장 좋아하는 周櫟園의 論詩에서 말했다. "시는 나의 정을 말하는 것이니 고로 내가 짓고자 하면 짓고 내가 짓고자 하지 않으면 짓지 않는 것이다. 원래 억지로 시를 짓고 독려하며 그것을 반드시 시로 삼는 사람은 없었다. 그런고로『詩經』을 마음의 소리라고 하면서 성명을 기록하지 않았으며 시를 전달하고자 하는 의도나 뒷사람에게 나의 시를 전하고자 하는 의도도 없었던 것이다. 오호라! 이것의 지극함이여! 지금의 사람은 시를 빌려 박학함을 드러내고 이름을 다투니 이는 잘못된 것이라!(最愛周櫟園之論詩曰："詩, 以言我之情也, 故我欲爲則爲之, 我不欲爲則不爲. 原未嘗有人勉强之, 督責之, 而使之必爲詩也. 是以『三百篇』稱心而言, 不著姓名, 無意于詩之傳, 幷無意于後人傳我之詩. 噫! 此其所以爲至與! 今之人, 欲借此以見博學, 竟聲名, 則誤矣!")

— 袁枚『隨園詩話』卷3

錢謙益이나 袁枚의 자연미감 역시 개인의 성정을 존중하는 입장이었고 의도적인 창작보다는 흉중에서 자연스럽게 흘러나오는 성령을 펼쳐낸 시를 강조한 것이었다. 이는 前後七子의 擬古나 竟陵派의 奇僻에 대한 반발에서 나온 것이었으나 前代 宋人들의 平淡自然이 예술상의 단련을 거쳐 형성된 경계였다는 것과도 대조되는 부분이다. 宋代 시인이 행했던 "학문으로 시를 짓고 議論으로 시를 지음(以文學爲詩, 以議論爲詩)"으로써 가슴에서 우러나오는 시가 아니라 만들어진 시가 되어버리는 병폐에 대한 교정인 셈이다. 인위나 수식이 배제된 純眞한 경계와 자연 情景을 대하면서 생긴 沒我의 경계에 대한 강조와 발전의 입장에서 나온 것이었다 할 것이다. 그러나 性靈派의 眞과 自然을 동등시하는 인식은 창작의 감흥과 개성을 존중하는 면에서는 긍정적이되 예술상의 자연과 원시상태의 純然한 자연 사이의 차이점, 표현되는 감정의 아름답고 추한 면모의 차이, 감정을 발하는 인격의 고하, 예술상의 단련을 거치지 않은 거친 본성에 대한 무조건 수용 등을 완전하게 설명해내지는 못하는 '自然' 개념이라 하겠다.

明淸代 '自然' 사상에 있어 더욱 발전되고 추가된 점을 들자면 謝榛(1495~1575)이 강조하고 吳喬(1611~1695)와 王夫之(1619~1692)가 발전시킨 "情景交融"의 심미관을 거론할 수 있다.

시를 짓는 것은 정과 경에 근본을 둔다. 외롭게 스스로 이루어지는 것이 아니요 둘이 서로 어긋나지도 않는다.(作詩本乎情景, 孤不自成, 兩不相背)

— 謝榛『四溟詩話』卷3

경물에서 절로 시가 생겨남은 없고 情이 있음으로써 시가 이루어지는 것이다. 情이 슬프면 景이 슬프고 情이 즐거우면 景이 즐겁다. 唐詩는 景을 情과 융합시킴에 있어 능했다.(景物無自生, 有情所化. 情哀則景哀, 情樂則景樂. 唐詩能融景入情)

— 吳喬『圍爐詩話』卷1

情景은 이름은 둘이었으나 실은 서로 분리할 수 없는 것이었다. 혼과 시가 묘하게 합해져 있으나 그 형상은 없다. 시를 교묘하게 짓는 자는 情 중에 景이 있고 景 중에 情이 있다.(情景名爲二, 而實不可離. 神于詩妙合無垠 ; 巧者則有情中景, 景中情)

— 王夫之『薑齋詩話』

이상의 情景交融說은 직접적으로 '自然'에 대해 언급을 가한 것은 아니나 作詩에 있어 가장 자연스러운 창작의 상태를 설명해주는 중요한 대목이 된다. 謝榛은 "景은 시의 매개체가 되고 情은 시를 胚芽시키는 것이니 이것이 합해져서 시를 이룬다.(景乃詩之媒, 情乃詩之胚, 合而爲詩)"(『四溟詩話』卷3)는 인식에서 詩歌의 感情과 自然景物이 渾融一體가 된 상태가 가장 자연스러운 창작의 상태인 것으로 인식했다. 그러므로 "자연스럽게 묘처에 도달한 것이 제일이고 精工한 것이 그 다음이며, 시에 공력을 들이는 여부가 이 경계에 도달하고 못하고를 가름하는 것(自然妙者爲上, 精工者爲次之. 此着力不着力之分)"(『四溟詩話』卷4)이라고 보았다. 이는 문학 창작이란 情景이 자연스럽게 興會하는 중에 자연스러운 감흥이 일어나는 상태, 즉 天機가 自發하는 상태에서 이루어진 것이 으뜸이라 보는 자연미관인 것이다. 淸代에 들어와서 시론가는 이러한 情景交融說을 더욱 보충하여 언급하게 된다. 吳喬의 "融景入情"과 王夫之의 "情景不可離" 이론은 情景交融의 상태에서 지어진 시가 가장 높은 예술적 경계를 지닌 것으로 본 시각이다.

특히 王夫之가 "情과 景이 합일되면 自然妙語의 경지이다.(情景合一, 自然妙語)"(『明詩選評』卷5)라고 한 것이나, "景 중에 情이 생기고, 情 중에 景을 포함하고 있다. 고로 景은 情의 景이요, 情은 景의 情이라고 하는 것이다.(景中生情, 情中含景, 故曰 : 景者情之景, 情者景之情也)"(『唐詩選評』卷4)라고 하면서 情은 景 속에 들어가야 절묘해진다고 보는 시각으로 情과 景의 불가분의 관계를 언급한 것은 情景交融說의 완결과 집대성이라 하겠다. 이는 또한 작자 내심의 진실한 감흥(情)을 설파한 性靈派의 이론에다 情과 景의 상관관계를 접목시켜 '自然' 개념의 함의를 넓혀놓은 관점이 된다 하겠다.

이상에서 살펴보았듯이 중국 고전 철학에서 시작된 '自然' 개념은 인간에게 있어서는 인격과 인생의 이상, 문장에 있어서는 文采와 기교, 창작에 있어서는 감흥과 정의 서사 등 다양한 측면에서 각 시대마다 제가에 의해 정의되고 논의되어왔다. 劉勰을 위시한 魏晋代人은 文采를 중시하였기에 화려하되 조탁의 흔적을 찾을 수 없는 자연을 추종했고, 李白의 자연은 天眞하고 낭만적이면서도 진솔한 자연이었으며, 司空圖의 자연은 空活하고 超邁한 풍격의 자연이었다. 宋代에 와서는 질박하고 평담하게 자연과의 조화를 추구하는 경지를 보였고 蘇軾에 와서는 호방하고 웅장한 자유의 개념이 더욱 추가되게 되었다. 明淸代 性靈派의 個性과 眞의 추구는 참된 자아와 해탈을 희망하는 자연의 개념이며, 謝榛과 王夫之 등의 情景交融說은 性靈派의 주관적 감흥에 치우친 자연 개념을 경물과 我의 관계 속에 접목시킨 확장된 자연 개념의 성격을 갖고 있었다. 이렇듯이 '自然' 개념은 시대에 따라 철학 관념과 문학이론, 사회 개념 등의 끊임없는 보완을 수렴하면서 창작론과 풍격론, 감평론, 비평론 등에 걸쳐 부단히 인식의 발전을 이루어온 중요한 개념이었다. 인간의 감정이나 행위, 작품에 나타난 풍격, 창작에 임하는 작가 심리 등은 상호 연관 관계를 지닌 채 '自然'이라는 개념의 함의를 다양하고도 풍성하게 만들어놓은 요인들이 된다. 아울러 '自然' 개념은 각 시대 문풍이나 풍격의 발전과 흐름을 같이해가면서 개념의 발전을 이루어왔음도 또한 언급할 수 있는 것이다.

2. 中國 自然詩의 창작 심리

　"인간은 자연 속에서 태어나 자연과 함께 살다가 자연 속으로 돌아간다." 이는 지극히 평범한 말이지만 인간의 자연관과 자연시를 이해하는 데 있어 제일 먼저 떠올릴 수밖에 없는 말이라 하겠다. 인간이 살아가면서 생각하고 바라보고 자신의 감정을 토로하는 배경에는 항상 자연이라는 존재가 함께하고 있는 것이다. 초기에는 외경심을 갖고 자연을 대하거나 신비감을 지닌 두려운 존재로 인식하는 등 막연하고 모호한 시선으로 자연을 바라보았지만 인간이 점차 경험과 지식을 축적함에 따라 자연은 서서히 친근한 존재로 인식되었다. 결국 자연은 인간이 끝내 다 풀지 못하는 미지의 영역을 지니고 있다 해도 현실에서 눈앞의 드러나는 정경만으로도 미감과 안식을 제공하기에 충분한 존재가 된다. 자연 속에서 살아갔던 중국 시인들의 입장에서 본다면 그들이 자연을 느끼고 노래하였던 것은 마치 생활의 일부처럼 너무도 자연스러워 보이는 행위였다.

　중국 시가 중 자연에 대한 묘사는 魏晉代 이전까지는 시 속에서 주제를 부각시키기 위한 배경의 역할을 담당하는 정도였다. 그러다가 魏晉代 陶淵明(352~426)과 謝靈運(385~433)에 의해 자연시 창작의 기틀이 확립되었고 이후 唐代를 거치면서 수많은 시인들이 자연시 창작에 합류하게 된다. 자연시가 마치 특정 시인에 의해 주력된 창작 분야인 것처럼 보일 수도 있고 자연시파가 하나의 유파처럼 보일 수도 있지만 이는 결코 사실이 아니다. '자연'은 거의 모든 시인의 창작 속에서 다루어졌던 주제이며 시인의 의식과 행위가 자연을 떠나서 이루어진 것이 없었기 때문이다. 다만 어느 시인이 자연시의 창작에 있어 뛰어난 성과를 남겼는가 혹은 누가 여러 주제 중 좀 더 자연시 창작 방면에 공력을 기울였느냐 등이 자연시의 성취를 살펴봄에 있어 생각해볼 수 있는 문제라 하겠다. 자연시 창작의 면모를 본격적으로 살펴보기에 앞서 여기서는 어떠한 원인으로 인해 시인들이 자연시를 창작하게 되는가 하는 자연시 창작의 심리적 요인과 연관된 문제를 생각해보기로 한다.

(1) 자연미에 대한 경도

시인들이 자연시를 창작하게 된 것은 자연을 바라보고 자연이 지니고 있는 미에 대한 감탄과 경도를 이룬 데에서 그 실마리를 찾아볼 수 있다. 인간에게는 본래 자연에 대한 친화적 의식과 귀속 의식이 있다. 이는 고금을 통틀어 모두 통용되는 말이나 상고시대로 갈수록 그리고 서양보다는 동양에서 더욱 그러했다고 할 수 있다.[1] 일찍이 天人合一觀을 가장 강조했던 老莊思想에서 自然을 道의 본체로 본 것은 반드시 유물적이며 가시적인 자연을 논한 것만은 아니었다. 또한 詩經과 楚辭를 비롯한 초기 시가에서부터 자연을 묘사한 부분은 많이 있었으나 이 부분은 자연 경물 자체보다는 하나의 주제를 돋보이게 하는 매개체로 활용된 정도였었다. 초기 사상과 시가에서 담론하던 자연은 자체의 미감을 지닌 형상적 존재로는 아직 미약한 것이었다. 그러나 이처럼 사상과 주제를 부각시키기 위한 매개체로서의 자연 묘사 역시 자연에 대한 인식과 미감을 한

---

1 중국과 서구의 자연관과 자연시의 창작은 여러 가지 면에서 대조된 면을 보이고 있다. 시기적으로 중국은 魏晉代를 거치면서 산수전원시의 형식으로 발전하여 왔는 데 비해 서구(영문학의 경우)의 자연시는 대체로 18세기 낭만주의의 발흥과 더불어 창작된다. 창작에 임하는 심리도 다른 점이 많았다. 중국은 현실에서의 실의를 자연에서 서사한 것이 많은 반면 서구는 도시적 삶의 모순에 대한 불만에서 창작이 시작되었고, 중국인이 인간을 자연의 일부로 보고 친화적 개념으로 생각했다면, 서구인은 자연을 인간이 정복하고 극복하여야 하는 대상으로 보았으며, 중국인이 자연과의 합일을 이루기 위해 세속과 현실에 대한 미련을 제거하는 것을 목표로 삼은 반면 서구인은 자연을 도덕적 이상이 실현된 세계로 보고 인간과의 일정한 거리를 유지한 채 이해하려고 했던 점들을 대략적으로 꼽을 수 있다.

층 가시적으로 발전시킨 초기적 요소였다는 점에서 그 의의를 지닌다 하겠다.

자연은 아름다운 형태미와 천연의 신비감을 지닌 분위기, 그리고 정중동의 역동적인 변화와 千變萬化하는 기세 등을 통해 다중 미감을 제공하는 존재이다. 다채롭고 화려한 외경을 지닌 채 사람들의 이목을 집중시키는 기묘함, 그러면서도 자연스럽고 친숙하게 우리의 정과 마음을 풀어놓을 수 있는 푸근한 대상이라는 점은 사람들의 마음에 미감을 불러일으키고 시적인 서정을 제공하기에 충분한 것이다. 눈앞 산수 자연이 보여주는 정경은 그 아득하게 펼쳐진 비경으로 이목을 집중시키며, 장대한 광경으로 호연지기를 함양하게 해주고, 청려한 자태로 순박한 정신과 무한한 삶의 활력을 불러일으키게 해준다. 자연은 눈과 귀와 정신을 맑고도 새롭게 해주며 창작의 원천을 제공하는 제재의 濫觴이요, 오관의 서정을 따른 의식의 서사를 가능하게 해주는 자료의 총집합체인 것이다. 그러므로 자연시는 눈앞 자연의 정경에서 미감을 발견하게 된 시인의 마음을 읊은 데에서부터 최초의 서사가 시작된다.

『詩經』과『楚辭』, 漢賦를 비롯한 魏晉南北朝 이전 작품 속에 나타난 자연 묘사는 단편적이거나 시인의 의지를 드러내기 위한 배경 정도에 머무르고 있었다. 그러다가 魏晉南北朝를 거치면서 사회의 발전에 따라 이성이 각성하게 되었고 文學도 經史에서 벗어나 독립적인 지위를 차지하게 된다. 이에 따라 '자연' 역시 새로운 미적 존재로 인식되게 되었으니 이제 자연은 인간이 의지하여 생활을 도모하는 공간, 인품이나 의식을 비유하기 위한 상징물 등의 의미를 초월하여 독립적인 심미 대상이 되기에 이른 것이다. 따라서 중국 문학사상 문인들이 자연 속에서 순수한 미감을 발견하고 표현하게 되는 것은 魏晉代를 지나면서 가능해진 것이라 하겠다.

자연을 보고 느낀 일차적인 미감을 묘사한 작품으로 南朝 謝靈運(385~433)의 다음 시가를 예시하여본다.

從游京口北固應詔詩 경구 북쪽에서 노닐면서 쓴 응조시
遠巖映蘭薄　먼 바위산은 무성하게 자라는 난초로 빛나고
白日麗江皐　밝은 햇살 강가 언덕에 아름답게 비친다

原隰葓綠柳　들녘에는 푸른 버들이 싹트고
墟囿散紅桃　옛 동산에는 붉은 복숭아꽃 흩날린다

　자연시 대가의 작품답게 '蘭薄', '白日', '綠柳', '紅桃' 등의 색채어로 밝은 봄날을 화려하게 그리고 있다. 情景交融의 경지를 완벽하게 그려냈다고는 할 수 없으나 자연을 단순히 배경으로 인식했던 이전의 시인들과는 달리 謝靈運 자신이 느낀 감동을 의도적으로 묘사한 데에서 그 의의를 찾아볼 수 있다.

　이처럼 자연의 아름다운 정경을 대하면서 그 속에서 느낀 미감과 서정을 순수하게 그려내는 것은 자연시의 여러 창작 동기 중에 가장 초기적인 단계에 해당된다. 대자연의 청신하고 순박함은 사람의 마음에 풍부한 활력을 제공하고 감동된 심정에 격정과 기쁨을 불러일으키며 감각적인 미는 자연스런 감정의 분출을 통한 서사를 가능하게 한다. 따라서 자연에서 얻은 감동을 별도의 감정 없이 순수하게 서사하는 것은 모든 자연시 창작의 첫걸음이라 할 수 있다. 자연이 주는 초기의 미감을 순수하게 인식하는 과정을 겪지 않고 창작되는 자연시는 의도적 목적을 지닌 작품의 배경이나 하부구조 역할밖에 담당할 수가 없는 것이다.

(2) 자아의 발견과 정신적 해탈의 도모

　자연시는 자연에서 느낀 초기적 미감을 단순하게 묘사하는 것으로 그 본분을 다하지는 않는다. 자연을 처음 접했을 때 인간은 무한한 감개를 느끼며 그 아름다움에 압도당하지만 단순한 객관적 묘사에만 만족할 만큼 시인의 서정이 그렇게 간단하지만은 않은 것이다. 자연 산수는 형상미, 율동미, 기상 등 다중의 미감을 제공하는 존재이고 자연의 오묘한 형상미가 주는 심리적 쾌감은 인간의 마음에 기쁨 못지않게 순수함과 차분한 정화의 기회도 제공한다. 일찍이 孔子는 『論語』「雍也篇」에서 "어질도다 回는! 한 그릇의 음식, 한 표주박의 물, 더러운 길거리에서 다른 사람은 그 어려움을 견딜 수 없으나 回는 그 즐거움을 버리지 않는다.(賢哉, 回也! 一簞食, 一瓢飮, 在陋巷, 人不堪其憂, 回也不改其樂)"라고 하여 顏淵의 '安貧樂道'를 칭찬하면서 장소에 구애받지 않는 마음의 평정을 논한 바 있으나 사람의 낙은 자연 산수와 함께 할 때 그 크기가 더욱 증가하는 것이요 인생의 喜怒哀樂 등 여러 감정 역시 산수 속에서 해탈을 도모하기가 더욱 용이한 것이라 하겠다. 즉 산수 자연이라는 장소는 자체가 지닌 미적 아름다움 못지않게 인간의 감정을 투영할 수 있는 좋은 매개체인 것이다.

魏晉代 이후 현학의 흥기와 산수 심미 의식의 발전을 겪으며 朝野의 명사들은 莊子의 "천지간의 미와 만물 간의 이치를 통달(原天地之美, 而達萬物之理)"(『莊子·知北游』)하기 위한 수단으로 산수 자연 간을 유람하면서 산의 솟아오름과 물의 흘러감, 해 뜨고 달 지는 모습, 봄꽃의 화려함과 가을꽃의 청초함 등을 감상하면서 만물의 생육과 生死盛衰의 법칙 그리고 인생의 본성 등을 깨닫게 되었다. 이 시기 전원시인으로 유명했던 陶淵明은 그러한 得悟에 대해 그의 抒情小賦 「歸去來兮辭」에서 다음과 같이 읊은 바 있다.

歸去來兮辭 귀거래혜사
登東皐以舒嘯　동쪽 언덕에 올라 느릿하게 휘파람 불어보고
臨淸流而賦詩　맑은 물가에 가서 시도 지어본다
聊乘化以歸盡　이렇게 하면서 정신은 승화되고 본성으로 돌아가니
樂乎天命復奚疑　천명을 알고 즐기는데 다시 또 무엇을 의심하랴?

산수 간에 머물고 유람함이 자연의 아름다움을 감상하는 것 못지않게 개인의 자아 발견과 해탈의 한 방편이 됨을 표현한 것이다. 실제로 자연은 역대 문인들에게 있어 여러 의미의 해탈을 얻게 하는 도경이었다. 인생의 제반 고뇌와 감정을 투영할 수 있는 장소, 그리고 새로운 깨달음을 제공하여 한층 성숙한 인생의 의식을 고양하게 하는 곳, 자연은 언제나 그런 의미로 문인들의 가슴에 한 줄기 해답을 제공하여왔던 것이다.

거대한 자연은 찰나 같은 인생의 短促이나 유한함을 인식하게 해주며 자신의 운명에 대한 겸손한 인식과 성실성을 일깨워주는 존재이다. 宋代 蘇軾 (1037~1101) 같은 이는 자연을 보면서

내 생애의 짧음을 슬퍼하고 장강의 무궁함을 부러워하누나. … 만약 변화의 일면만 보자면 천지간에 사물은 일순간도 원래의 모양을 유지하지 못할 것이요, 변화하지 않는 면만 보자면 사물과 나는 모두 영원할 것이라.(哀吾生之須臾, 羨長江之無窮. … 蓋將自其變者而觀之, 則天地曾不能以一瞬 ; 自其不變者而觀之, 則物與我皆無盡也)

— 蘇軾 「赤壁賦」

라 하여 자연 속에서의 인간의 왜소함의 인식과 이에 대한 극복을 설파한 바 있다.

또 인간은 거대한 자연 속에서 "드넓은 바다 속의 좁쌀 한 알(滄海一粟)" 같은 존재이지만 자신의 성정대로 소요하며 자연을 즐기기로 마음을 먹은 문인들도 있었다. 미세한 존재로서의 자신의 모습에 대한 회의보다는 자연의 본성과 함께 하면서 충실한 의식과 생활을 추구한 경우이다. 唐代 柳宗元(773~819)이 산을 유람한 감흥을 기술한 작품 속에서 자연과 일체감을 느낀 환희를 언급한 부분을 살펴보자.

아득하구나 천지간의 正大한 기와 함께 함이여, 그 끝 간 바를 얻지 못하도다. 크고 크도다 조물주와 함께 노님이여 그 무궁한 바를 알지 못하도다. … 정신이 온전히 하나로 되고, 부지중에 만물과 일체가 되는도다.(悠悠乎與顥氣俱, 而莫得其涯 ; 洋洋乎與造物者游, 而不知其所窮 … 心凝形釋, 與萬化冥合)

— 柳宗元 「始得西山宴游記」

永州 西山에 올라 자연을 바라보면서 흉중의 塵埃가 씻겨나간 듯한 쾌감과 정경에의 도취를 느낀 이후에 얻게 되는 정신적 해탈과 자연만물과의 융합을 경험하는 감흥이 묘사되어 있다. 이렇듯 자연은 문인에게 자아의 발견과 정신적 해탈의 성취감을 맛보게 해주는 존재였던 것이다.

李白의 경우 人生世事의 풍파 속에서 고난과 환란을 잊고 산수 자연 속에서 진솔한 본성과 인간의 이상향을 찾고자 시도한 바가 있다.

山中問答 산중문답
問余何意栖碧山　내게 묻길 어째서 푸른 산속에 사느냐 하니
笑而不答心自閑　빙그레 웃을 뿐 마음 절로 한가롭다
桃花流水窅然去　복숭아꽃 물에 흘러 아득히 흘러가니

別有天地非人間　천지간에 별다른 곳이요 인간 세상 아니로다

　자연은 인간의 모든 번뇌를 잊고 새로운 정경에 심취할 수 있는 곳일 뿐만 아니라 이상을 추구할 수 있는 이상향의 귀착지도 된다. 이상향의 개념을 지닌 자연은 중국인에게 道家와 佛家의 사상적 인식이 추가될 때 더욱 실감 있게 다가오게 된다. 역대 많은 문인들이 자연과 儒道佛家의 사상을 접목한 채 자연을 바라보았으니 종교적 철학적 이상향을 추구할 때 그려지는 귀착지는 가상의 세계라 해도 결국은 유추가 가능한 현실 자연이 모델이 될 수밖에 없었던 것이다.

　산수 자연은 진솔한 즐거움을 느끼게 해주면서 자연의 천연함과 연계된 인생의 별다른 멋을 창조하게 해주는 곳이다. 역대 문인들이 이렇게 자연 속에서 물아일여의 경지와 정신적 해탈을 추구하던 전통은 자연을 대하는 시각이 자연에 대한 순응과 감상에서 자아의 초월단계로 발전해나갔음을 의미한다. 즉 단순한 감상에서 즐거움 발견의 단계를 거쳐 정신적 해탈, 그리고 나아가서는 이상향의 모델로까지 발전하는 인식의 단계별 진전을 살필 수 있는 것이다.

(3) 자연 속에서 자유의 추구

　인간은 자신이 태어나 살고 있는 자연에 강한 애착을 느낀다. 흙으로 와서 흙으로 돌아가는 존재이기에 자연을 대할 때 본능적인 집착과 편안한 감정을 갖게 되는 것이다. 대자연은 인류의 고향이다. 인류를 배출하고 양육하며 보존시키는 어머니와 같은 존재이다. 인간이 최초로 가지게 되는 기억과 향수 역시 자연과 밀접한 연관이 있으며 인간과 가장 유구하고 심각한 관계를 지니고 있는 것도 자연이다. 또한 인간은 대자연을 이루는 한 요소이며 천지만물은 인간에게 가장 친밀한 친구와도 같다. 인간은 자연을 바라볼 때마다 무한한 편안함과 '어린아이의 마음(赤子之心)' 같은 순수함을 얻게 되니 자연에게서 인간이 얻게 되는 가장 큰 힘은 바로 "자유"라 할 수 있는 것이다.

　인간이 산수 중에서 해탈을 도모한다는 것은 인간 본연의 자유 의식을 추구

하기 위한 것과도 연관이 있다. 인간의 자유의지의 발현과 추구라는 문제는 자연 속에서 "편안한 심정으로 노닐며 심신의 해탈을 이루는 것(逍遙游)"을 지향한 문학이 갖고 있는 영원한 주제이기도 하다. 인류는 인간의 욕구와 억압 사이에서 자유를 추구하며 발전해왔다. 심지어 인류 발전사의 일부분은 인류가 자연계에서의 생존의 자유, 사회에서의 활동의 자유, 자아개성의 자유 등을 위해 天地와 他人 그리고 人間 자신과의 투쟁을 지속해온 역사라 할 수 있다. 중국의 경우 魏晋代 司馬氏들이 주창한 소위 '名敎'라는 예법의 규율에 대항한 嵆康·阮籍 등의 "자연사상"이 바로 그러한 자유의 추구였다. 이 경우 "자연"이라는 말은 "자유"라는 말과도 통하며, 인생의 자유를 쟁취하며 인격의 독립을 추구하는 이에게 '자연'은 하나의 일시적인 혹은 영원한 途徑이 되었다.

역대 문인들이 자연시의 창작을 통해 산수 자연 속에서 자유를 읊었던 것은 여러 가지 의미를 내포한다. 산수 자연 속에서의 자유는 첫째, 자신 심신의 소욕을 따르는 자유를 의미한다. 봉건문인들은 忠君報國과 立身揚名의 가치관을 가지고 있었으므로 밖으로는 三綱五倫 등 禮樂의 행위 준거에 의한 제약을, 안으로는 스스로를 삼가고 제어해야 하는 의식의 구속을 항상 인식하고 살아야 했다. 늘 "이 몸이 내 것이 아님을 늘 탄식하니, 어느 때나 그러한 구속을 잊을 수 있을까.(長恨此身非我身, 何時忘却營營)"(蘇軾 「臨江仙·夜歸臨皐」) 하는 식의 비애감을 마음 한편으로 느끼고 살아갔던 것이다. 설사 세사와 俗務에서 일시적으로 자유롭다 해도 마음은 온전히 자유롭지 못한 경우가 대부분이었다. 그렇지만 인간은 속세를 벗어나 자연을 대하게 되면 "경치를 대하게 되자 감정이 발생하는(觸景生情)" 상황이 절로 이루어지게 되므로 이를 통해 심신의 평온을 느끼며 진실한 자유를 체득할 기회를 갖게 된다. 인간의 자유의지를 북돋는 데 있어 자연만큼 좋은 배경이 없는 것이다. 일례로 韓愈(768~824)의 다음 시를 보면 그러한 의식의 자유가 펼쳐져 있음을 살필 수 있다.

山石 산석
當流赤足蹋澗石　물 흐르는 곳 이르면 맨발로 개울 돌을 밟고
水聲激激風生衣　물소리 출렁이는데 바람이 옷깃에 불어댄다

人生如此自可樂 인생이 이와 같을진대 절로 즐거워라
豈必局束爲人鞿 어찌 남들이 만들어놓은 굴레에 얽매일 것인가
嗟哉吾黨二三子 아아 나와 정이 통하는 친구 두서넛이여
安得至老不更歸 늙어서 자연으로 돌아간다고 어찌 말하지 않겠는가?

韓愈가 정치적 실의를 안고 있을 때 쓴 작품이지만 자연 속에서 맑은 경치를 만끽하는 모습은 현실의 우울함을 잊기에 충분한 느낌을 준다. 암담한 내면과 대조되는 자연의 세계는 자유로운 의식으로 향하는 통로이다. 이처럼 인생의 굴레를 벗어나 자연 속에서의 자유를 읊은 시의 예는 이루 열거할 수 없을 정도로 많다.

다음으로 산수 자연 속에서의 자유는 자연을 빌려 고금을 논하는 사상적 자유와도 연관이 있다. 사상과 언론의 자유가 미약했던 봉건시대에 가슴속에 많은 지식과 사유를 담고 있는 문인일수록 是非曲直을 직언하고 싶은 욕구는 더욱 컸을 것이다. 자신의 독자적인 견해를 직언할 수 없는 현실은 무언가 대리적 존재를 찾게 되는데 그럴 때 눈앞에 펼쳐진 자연은 완곡한 방법으로 자신의 사상을 표현할 수 있는 좋은 재료이다. 산세 같은 험준한 기세를 빗대어 자신의 의지를 투영하거나 안개와 구름 같은 자연 배경을 함께 묘사하면서 보호색을 펼치면 필화나 박해를 어느 정도 피해나갈 수 있다. 천고에 絶唱되는 志士들의 많은 영사와 회고 작품이 상당수 자연시의 형식을 띠고 기술되어 있음은 이를 반증하는 것이다. 또 영사와 회고 작품 못지않게 산하를 들어 현실정치를 비판한 작품 또한 작자의 대담한 시심을 보여주는 예가 된다.

또한 산수 자연 속에서는 眞과 淳朴함으로 회귀하는 정신적 자유를 얻을 수 있다. 어머니의 품 같은 대자연을 접하게 되면 고아한 문인이나 필부 할 것 없이 푸른 물과 같은 맑은 마음, 구름과 같은 한아함, 곧은 소나무와 같은 절개를 깨닫게 되니 세상의 공명이나 허식으로부터 진실해지고 物과 我가 하나가 되는 정신적 경계를 체득하게 되는 것이다. 자연시에 자주 등장하는 '蓑笠翁'이 낚시하면서 자연에 귀의한 채 돌아가지 않는 형상은 진실한 자연을 가슴에 품고 "홀로 천지간에 정신을 왕래하는(獨與天地精神往來)" 고아하고 정결한 정신적 자유를 소유한 형상의 표현인 것이다.

산수 자연 속에서는 사람마다 개성의 자유를 각자 체험할 수 있는 기회를 갖게 된다. 봉건사회에서 개인의 개성과 소욕은 제한을 받았던 현실 속에 있었지만 개인이 자연으로 몰입하는 순간 자신의 개성과 정체성을 확인하고 확립할 수 있었다. 일례로 李白과 같은 이가 翰林學士로 있을 시 조정에서 응제문학의 창작에 임해야 하는 마음의 번뇌를 안고 있었으나 이를 벗어나 강남 산수를 유람할 때 비로소 자신의 개성을 찾을 수 있었던 것을 들 수 있다. 시인이 자신의 개성을 확인하는 방법은 여러 가지가 있을 수 있으나 자연 속에 관조된 자신의 모습을 바라보는 것처럼 진실되고 참된 방법은 없을 것이다. 자연시의 창작은 바로 이렇게 자신의 참된 위치를 확인하는 경지에서부터 시작된 것이 아니었을까?

(4) 자연미 묘사를 통한 창작 의식 고양

눈앞에 펼쳐진 자연으로 인해 흥취가 일어나는 경지를 맛보게 되면 시인은 그 마음에서 역동하는 신선한 감성을 창조의 희열로 연결시키고자 한다. 창조는 문인이 자아를 실현하고자 하는 필연적 선택이요, 심중의 즐거움이나 정신적 자유를 한 단계 더 높은 경지로 승화시키는 하나의 방법이 된다. 또한 작품 창조의 과정을 거쳐야만 일시적이고 개인적인 감성이 영원한 생명력을 얻게 되는 것이다. 인간이 자연에서 이룩한 분야는 문학, 예술, 건축, 원림 등을 비롯한 여러 과학적 영역이 있으나, 그중에서도 중국의 자연시는 참여했던 역대 문인들의 숫자와 작품 수 등이 가장 많고 괄목할 만한 성취를 이룬 부분이라 하겠다.

눈앞에 펼쳐진 아름다운 경물은 시인의 마음에 정을 불러일으키고 정은 어느덧 흥으로 연결된다. 劉勰은 자연 경물에 대해 "산은 첩첩 물은 감돌고 나무들과 구름은 서로 섞여 합해 있네. 눈길이 한번 둘러보면 마음도 따라 움직인다네. 봄날 해는 더디 가는데 가을바람은 스산해라. 정을 서로 건네듯이 흥이 일어나 답하는 듯하도다.(山沓水迎, 樹雜雲合. 目旣往還, 心亦吐納. 春日遲遲, 秋風颯颯. 情

往似贈, 興來如答)"(『文心雕龍』「物色」)라고 한 바 있다. 이는 산과 물, 나무, 구름 등 눈앞에 펼쳐진 자연을 통해 사람의 마음에 자연스럽게 흥취가 일어남을 논한 것이요, 나아가서는 소위 情景交融의 초기 발생 단계를 설명한 부분이 된다. 情景交融의 단계를 거치면서 시인은 창작의 의지를 더욱 불태우게 되는 것이다. 자연 속을 노닐며 정경을 감상하다 시흥이 올라 창작에의 의지를 설파하고 있는 작품의 예로 宋 戴復古(1167~?)의 「題萍鄕何叔萬雲山」 一首를 예거해본다.

題萍鄕何叔萬雲山 평향 하숙의 만운산을 묘사함
拄杖穿雲去 지팡이 짚고 구름 뚫고 산 위를 오르니
一坡仍一坡 언덕 하나에 또 언덕 하나라
地高山不峻 지세 높고 산은 험하지 않은데
花少竹還多 꽃은 적고 대나무는 많구나
家近登臨便 집 가까이 있어 오르기 편리한데
人賢氣味和 사람 심성 어질어지고 기운도 조화롭다
能詩老姚合 姚仲同과 함께 늙어가면서 시를 쓰며
朝夕共飮哦 아침저녁으로 함께 술 마시고 싶나니

이 시는 자연을 대함에 있어 실제적 현실과 그리 멀리 있지 않은 곳을 택했다. 사회라는 작은 곳에서 자연이라는 큰 곳으로 회귀함은 피로한 심신이 휴식과 안위의 정신적 경계에 도달함을 의미한다. 사람, 시간, 자연의 다양한 변화 속에서 얻는 가장 큰 소득은 영혼의 승화요, 이는 인정미, 인성미, 인격미를 더욱 깊게 계도하는 방법이다. "사람 심성이 어질어지고 기운도 조화로워지는" 것은 바로 이렇게 얻어지는 인성의 자연 회복을 의미한다. 이러한 경지에서 시인은 창작의 욕구를 얻게 되고 진솔한 작품을 쓰기 위한 시심을 연마하게 되는 것이다.

역대 문인들이 자연을 대하면서 창작에 임하게 되는 경우는 사람마다 같지 않았다. 어떤 이는 자연 속에서의 희락을 위해 자연을 찾아 유람했고, 어떤 이는 仕途의 실의를 느낄 때 자연에 심신을 의탁했으며, 어떤 이는 憤世嫉俗의 의식을 가지고 자연을 통해 현실을 투사하기도 했고, 본래 자연을 애호하던 초심의 순수함이 그리울 때 다시금 자연으로 향하기도 했었다. 그런 이들에게 자연은 대개 미려한 자태와 편안한 안식을 제공하곤 했으나 자연은 시인의 마음에 항상 아름다운 존재로만 인식된 것은 아니었다. 만약 천지간에 펼쳐진 흑암이나 맹렬한 바람, 이어지는 빗줄기 등의 정경을 눈앞 배경으로 하여 자연을 바라본다면 이는 사람의 마음에 참담한 심정을 야기하게 하였을 것이요, 고향을 떠나 있거나 귀양을 가 있는 등 심리적 고뇌를 안고 자연을 바라보게 될 때면 역시 깊은 비장함을 불러일으키게 하였을 것이다. 여기에 가을이나 겨울 같은 시기적 배경이 더해진다면 한층 더 우수를 느끼기에 충분했을 것이다.

그러나 자연시가 극도로 발전한 唐代와 그 이후 창작된 시를 보면 옛날 屈原이 자연 속에서 초췌한 모습으로 떠돌던 모습과는 다른 일종의 초극적인 창작의 풍격이 곧잘 등장하곤 한다. 아마도 唐代 이후의 문인들은 자연과 산수 속에서의 미적인 흥취를 발견한 이후 이를 줄기차게 창작으로 연결시켜 가치 있고 생명력 있는 작품을 창출해왔기 때문이 아닌가 한다. 이러한 한 예로 晩唐 張碧의 작품 한 편을 예거해본다. 꽃 피고 지는 모습을 보고 자신의 의식을 투영하였는데 고적한 은일 심사를 극복하고 한가로움 중에 담박함을 추구하는 그의 의지를 드러내고 있음을 발견할 수 있다.

惜花三首 其三 지는 꽃을 아쉬워하며 세 수, 제3수
朝開暮落煎人老 아침에 피었다 저녁에 지니 마음 졸이다 사람은 늙고
無人爲報東君道 동쪽 군자의 도리를 알려주는 이 없네
留取穠紅伴醉吟 붉은 꽃나무 얻어 함께 취하고 시 읊노니
莫敎少女來吹掃 소녀로 하여금 이 꽃잎 쓸게 하지 말지어다

시인은 꽃의 개화가 짧음을 아쉬워하면서 동쪽 군자(은자)의 흥취를 체득하는 이가 없는 현실을 한탄하고 있다. 그러나 시인은 꽃나무를 감상하고 시를 창작하는 것으로써 고독을 단절하는 정신적 변화를 도모하였고 세상에서의 분원을 떨쳐버리고 초탈의 의지를 밝히는 기회로 삼고자 하였다. 시인의 마음에 孤寂한 그늘이 드리워져 있기는 하지만 결국은 王維식의 物我一如를 추구하면서 한아한 여유로움을 도모한 의지가 돋보인다.

자연미 묘사를 통한 창작 의식의 고양은 단순한 寫景이나 일시적인 해탈의

경지에만 머무르지 않는다. 중국의 자연시가 현실로부터의 비애나 좌절감의 극복이라는 명제에서 출발한 것이 많음은 사실이지만 자연은 단순히 현실과 대립된 소외된 공간이라는 이분법적인 구도만을 갖고 있는 존재는 아닌 것이다. 자연은 인간 세상이나 속세의 인위적인 것에서는 발견할 수 없는 영원성을 지닌 존재이며 학문이나 지식, 사상 등 인간의 문명들 보다 더욱 값진 것을 내포하고 있는 존재이다. 스스로 순리를 지키면서 모든 것을 포용하고 재창조하는 무한한 힘의 원천, 삶의 상처를 치유하고 극복하게 함으로써 질서와 조화의 세계에 이르도록 하는 공의적인 기능을 지닌 치료자─그것이 바로 자연이 인간에게 베푸는 시혜요, 자연 자신이 갖고 있는 위대한 정화력인 것이다. 이러한 자연을 통해 시인은 삶의 위안뿐만 아니라 새로운 희열과 상상력이 동원된 작품의 창조를 얻을 수 있는 것이다.

이상으로 자연시 창작과 연관된 몇 가지 창작 심리를 살펴보았다. 자연시는 시인이 자연을 바라보고 느낀 미감을 순수하게 표현해내기 시작한 데에서부터 시작하여 자연 속에서 자아의 발견과 해탈의 도모, 자연 속에서 자유의 추구 등의 욕구에 의해 창작된 작품이다. 시인들이 반드시 일련의 의식의 단계를 따라 시를 창작한 것은 아니었지만 자연시의 발전이라는 측면에서 생각해볼 때 그러한 단계적 효용론은 생각할 만한 대목이 된다. 또한 중국 자연시의 창작은 자연에 몰입한 시인들의 物我一如 의식과도 연관성이 있다. 시인들은 종종 자연을 탐구의 대상으로 보기보다는 안식과 위안을 얻을 수 있는 편안한 공간으로 인식하였고, 자연을 위대함이나 경외감을 지닌 상대적 존재로 보기보다는 시인자신이 융화할 수 있는 일체감을 지닌 존재로 보는 경향이 강했다. 이러한 시각을 통해 배출된 창작은 자연의 형상을 단순하게 묘사하는 것을 넘어 자연 속에 투영된 시인의 감성이 자연스럽게 부각될 수 있도록 해주는 결과로 이어졌던 것이다.

자연에서 인간이 발견할 수 있는 미감은 결국 자연 자체의 정경, 그 사람의 현재 처지, 심리적 상태, 시기적 배경 등이 한데 어우러진 복합적인 감정의 결정체라 할 수 있다. 여기에다 다른 제반 요인들, 즉 지리적 배경이나 종교적 신앙, 각종 사상 역시 미감의 형성에 영향을 줄 수 있다. 자연이 인간의 눈앞에서 처음 모습을 보이게 되면 인간은 情을 가지고 景을 바라보거나 혹은 景을 보다가 情을 촉발하든가 하는 등의 과정을 통해 情景의 교융을 일으키게 된다. 그러나 시인의 손에 의해 결국 최후까지 남게 되는 것은 자연의 모습과 함께 자연에서 얻은 장엄한 교훈이나 해탈, 소요, 득도 등의 정신적 기록이다. 지속적이고 발전적인 자연미 묘사를 통한 창작 의식의 고양이야말로 중국의 자연시가 눈부신 성취를 이루게 된 힘의 원천이라 할 수 있는데 이러한 창작 성취의 발단에는 시인 자신이 자연 속에서 얻은 감성과 창작 의식이라는 일차적인 심리적 요인이 근저의 배경으로 작용하고 있었던 것이다.

3. 自然詩의 의미와 발생 과정

(1) 자연시의 의미

자연시의 의미를 논의함에 있어 우선적으로 살펴보아야 할 점은 '自然詩'라는 용어의 문제이다. 전통적으로 중국 문학에서 자연 경물을 제재로 한 시를 호칭하는 용어로는 '寫景詩', '山水詩', '田園詩', '田家詩', '山水田園詩', '山水自然詩' 등이 있다. 그 밖에 '隱逸詩', '招隱詩', '詠物詩', '玄言詩', '游仙詩', '行游詩', '行役詩' 역시 내부적으로 자연을 노래한 부분이 많기는 하지만 전적으로 자연 묘사를 가한 시가는 아니므로 여기서는 논외로 한다.

자연시와 관련된 용어를 살펴봄에 있어 고려해야 할 점으로는 시인이 마주하고 느낀 자연은 어떠한 시공간적 개념을 지닌 자연인가, 자연을 작품 속에 담아냄에 있어 자연이 차지하는 비중은 어느 정도인가, 시인이 자연을 묘사함에 있어 지향했던 주된 의도는 무엇인가, 시인이 자연 속에 몰입한 物我一體의 정도는 어떠했는가, 역대 문인들이 자연을 읊은 작품을 어떻게 평가하여왔는가 등을 들 수 있다. 전술한 바와 같이 자연을 느끼고 시로 노래하는 심리적 근저에는 자연미에 대한 경도, 자연 속에서 발견하게 되는 자아의 모습, 자신이 추구하는 해탈의 경지, 자연 속에서 얻게 되는 자유에의 추구 등의 개념이 바탕에 있었다. 여기에다 자연 정경이 지닌 특색, 시인의 처지와 심리적 상황, 작가의 작품 창작 경향, 시공간적 배경, 각종 철학과 사상들 역시 자연을 묘사하는 시에 영향력을 주는 요인으로 거론할 수 있다. 이러한 여러 측면과 연관하여 자연을 묘사한 시의 명칭에 대한 용어 개념을 정리해보면 다음과 같다.

寫景詩 : 아름다운 자연을 보고 미감을 느껴 정경에 대한 묘사를 가한 시. 일차적인 자연미의 경도에서 창작으로 이어진 경우가 대부분 이에 속하며 '行游詩'나 '行役詩' 속에도 경치 묘사(寫景)의 장면이 많이 등장한다.

山水詩 : 산수 자연의 미를 노래한 시로 전통적으로 수려한 산수나 자연 풍광을 묘사한 시를 통칭하는 용어로 많이 쓰였다. 일반적으로 南朝 謝靈運에 의해 본격적인 창작이 시작되었다고 본다.

田園詩 : 전원에 은거하면서 향촌의 모습과 전원의 삶을 묘사한 시. 일반적으로 東晉代 陶淵明에 의해 창작의 틀이 이루어졌다고 보는데 산수시가 종종 수려한 내용과 형식을 보여주는 것에 비해 전원생활의 한아한 흥취를 질박하게 표현하는 것을 주된 내용으로 한다. 陶淵明처럼 실제로 전원에 투신하여 농가생활을 체험하면서 쓴 작품이 더욱 진실성을 지닌다는 평을 듣는다.

田家詩 : 田園詩처럼 전원의 풍경이나 향촌의 삶을 묘사한 시. 전원 풍경이나 농민의 현실을 묘사하였다는 점에서 전원시와 비슷하지만 전원을 바라보는 시인 자신의 주관적인 정서나 농민의 삶 같은 현실적인 측면을 좀 더 강하게 이입해놓은 듯한 인상을 주는 시가이다.

山水田園詩 : 산수와 전원의 풍경이나 그 속에서 얻고 누리는 흥취를 표현한 시의 포괄적인 명칭. 아름다운 자연 산수에 대한 감상과 전원에 대한 내용뿐 아니라 자연 전반에 대한 미감을 표현한 작품을 총칭하는 용어로 활용되고 있다.

山水自然詩 : 산수의 미와 자연의 미를 묘사한 시를 통칭한 용어. 山水詩가 산수를 그린 작품이라는 한계적인 느낌을 주는 것에 비해 보다 폭넓은 자연을 지칭하는 느낌을 준다.

이상의 몇몇 용어는 공히 자연을 소재로 삼아 노래한 시가를 지칭한 것으로 비슷하고 중복되는 의미를 지니고 있기도 한다. 이 중 전통적으로 많이 사용된 용어로는 '山水詩', '田園詩', '田家詩', '山水田園詩' 등을 들 수 있다. 이 용어가 지닌 의미들은 주된 소재와 묘사 대상이 산수인가 전원인가, 산수와 전원의 어떤 서정을 담고 있는가, 산수와 전원을 묘사한 시들을 어떻게 명명할 것인가 하는 관점들과 연관되어 있다.[1] 또한 山水詩와 田園詩, 山水田園詩는 謝靈運과 陶淵明, 盛唐의 王孟을 각각의 시조로 하여 다른 풍격을 갖고 발전해왔고, 표현 기법에 있어서는 山水詩는 수려한 기교를 주로 구사하며 田園詩는 질박한 묘사를 특징으로 한다는 인식을 근저에 담겨 있다. 山水詩, 田園詩, 田家詩, 山水田園詩 등은 종종 혼용해서 사용할 만큼 자연을 읊은 시의 대명사로 인식되어 왔지만 그 내면에는 소재와 묘사 대상, 창작의 시원, 표현 기교 등에 대한 미묘한 차이점도 존재하고 있음을 생각해볼 수 있다.

'山水詩'와 '田園詩'라는 명칭이 주로 '山水'와 '田園'이라는 자연을 소재로 하여 음영한 작품을 지칭한다는 점에서는 표현상의 한계성도 존재함을 느끼게 된다. 시인은 전체 자연 공간과 여러 자연물이라는 소재를 대상으로 '자연'을 '자유롭게' 노래한다는 점에 비추어볼 때 음영의 대상을 '山水'와 '田園'이라는 한정된 공간으로 국한하여 묘사한 작품을 지칭한 것이라는 느낌도 얼핏 드는 것이다. 한편 '山水田園詩'라는 명칭은 唐代 王孟詩派가 陶淵明의 '淸澹'한 시 풍을 계승하여 산수와 전원의 아름다움이나 그 속에서 누리는 흥취를 표현한 작품을 지칭하며, '山水詩'와 함께 자연을 노래한 시를 지칭할 때 가장 많이 사

---

[1] 이 중 비슷한 이름과 풍격을 지닌 '田園詩'와 '田家詩'는 시가의 시제에서 그 명칭이 유래 되었음을 살필 수 있다. 盛唐 王孟詩派의 작품을 보면 시제에 「田園樂」(王維), 「春中田園作」 (王維), 「秋中雨田園卽事」(耿湋), 「想歸田園」(白居易) 등 '田園'이라는 단어가 들어간 작품이 많이 나오며, 한편으로는 「田家雜興八首」(儲光羲), 「行次田家澳梁作」(儲光羲), 「田家卽事」(儲 光羲), 「渭川田家」(王維), 「觀田家」(韋應物) 등 「○○田家」, 「田家○○」, 「○○田家○○」 하는 식의 제목을 지닌 작품도 많이 발견된다. '田園'과 '田家'가 비슷하면서도 다른 의미를 지 닌 단어로 인식되었음을 추측해볼 수 있는 부분이다. 한편 '田園詩'와 '田家詩'에 대하여 "王孟詩派의 작품들 가운데 전원생활의 흥취를 표현하는 것보다는 농촌 현실에 대한 묘사 자체가 중심이 되는 작품들에 대해서는 田家詩라는 개념의 용어를 붙이는 것이 적절하고, 전원생활의 흥취 자체를 중시하는 작품들에 대해서는 田園詩라는 개념의 용어를 붙이는 것 이 적절하다고 본다."(南在澈, 「자연시의 의미와 한국에서의 전개양상」, 『東方漢文學』 33권, 2007)라는 의견이 있는데, '田園詩'와 '田家詩' 시제에 따라 작품의 내용을 살펴보면 이 의 견은 일정 부분 타당성을 지니고 있다고 할 수 있다. '田園詩'가 전원의 풍경과 삶을 묘사 하는 것을 주된 내용으로 하며 전원을 노래한 작품의 총칭으로 사용되었던 것에 비해, '田 家詩'의 내용을 보면 주관적 의지를 갖고 田家, 즉 농부의 삶과 현실을 묘사하는 데 더욱 공을 들인 것이 많았음을 살필 수 있는 것이다.

용되어온 용어이다. 이 '山水田園詩'는 "기본적으로 산수시를 지칭하면서 陶淵明식의 목가적 풍미가 가미된 한아함이나 유유자적, 전원 풍경 등 다양한 전원의 흥취를 가미한 시까지 함께 병칭할 때 쓰는 용어"의 이미지를 지니고 있다. 요컨대 '山水田園詩'는 산수 자연, 전원 풍광, 시인의 한아한 흥취 등을 두루 포괄하는 시가 용어라고 정의할 수 있다. 역대 많은 시인의 작품을 보면 산수와 전원을 다룬 작품을 고루 창작한 경우가 많았고 한 작품 속에 산수와 전원의 풍광이 혼재되어 있는 경우도 많았기에 이 명칭은 나름대로의 보편성을 지닌다고 할 수 있다. 그러나 이 '山水田園詩'라는 명칭 역시 '山水'와 '田園'이라는 공간이 강하게 인식될 뿐 전체 자연 공간이나 자연물, 또한 시인이 독특하게 체험한 개별적인 자연 등 각종 인식의 범위를 충분히 포괄한 명칭인가에 대한 의문이 있어 이런 점에서는 일정 부분 한계성을 지니고 있는 것이 느껴진다.

현재 중국 학계에서는 전통적으로 자연을 노래한 시가에 대하여 '山水田園詩', '山水詩' 등의 명칭을 가장 보편적으로 사용하고 있다. 이에 비해 국내에서 우리 고전시 중 자연을 노래한 시가를 지칭하는 용어로는 '山水詩', '田園詩' 등이 보편적으로 사용되었으며 최근에는 '自然詩'라는 명칭도 자주 사용되고 있다. 일본 학계 역시 명칭 사용에 있어 우리 국문학계와 비슷한 경향이 있다.[2] 국내 중문학계 역시 전통적으로 중국 학계에서 사용하는 '山水田園詩', '山水詩' 등의 용어를 사용하여왔으나 2000년도 전후로 출간된 논문부터 '山水田園詩', '山水詩' 외에 '自然詩'라는 명칭을 사용한 경우도 많음을 발견할 수 있다. 이 '自然詩'라는 명칭은 '山水田園詩'와 '山水詩'라는 명칭이 갖는 소재와 공간적인 제한성을 극복하고 자연을 노래한 시가 작품을 보편적으로 지칭하기 위한 시도로 이해할 수 있다. 이러한 의견과 같은 맥락에서 필자는 본서를 집필함에 있어 자연이나 자연물을 소재로 한 시를 '自然詩'로 표현하면서 이 '自然詩'라는 명칭이 지닌 의미에 대해 다음과 같은 정리를 가하고자 한다.

---

2 일본에서는 '산수시'와 '자연시'라는 용어를 병용한다. '자연시'라는 용어를 사용하여 산수 자연을 노래한 시의 계보를 『詩經』에서부터 唐詩까지 개괄한 연구서로는 田部井文雄, 『中國自然詩の系譜 —詩經から唐詩まで』(大修館書店, 1995)가 있다(심경호, 「한국·중국의 한시와 자연」, 『민족문화연구』 제45호, 2006, 주1) 참조).

自然詩 : 각종 자연 경물이나 자연현상, 자연에서 느낀 감정 등을 주된 소재와 제재로 하여 창작한 시. 이는 전통적으로 중문학에서 언급된 '山水詩', '田園詩', '田家詩', '山水田園詩' 등의 내용을 포괄하는 용어이며, 세미한 자연물이나 광의의 자연적 서정을 주된 묘사 대상으로 한 작품까지도 이 '自然詩'의 범주에 넣을 수 있다. 영어로는 'Nature poetry', 'Landscape poetry'[3] 등으로 번역할 수 있다.

　이상과 같은 '自然詩' 명칭의 정의에 덧붙여 생각할 점은 이 '自然詩'에는 전통적으로 중국 시학에서 인지하는 자연시의 개념이 내포되어 있어야 한다는 점이다. 즉 '自然詩'에서 관찰하고 그려낸 자연은 경물 자체뿐 아니라 '사람의 정신'과 '사물의 정신'이 교감하여 이루어낸 '경물과 자아가 합일된 세계'이다. 따라서 자연을 대하고 경물을 그려냄에 있어 풍경 묘사와 시인의 정서가 조화를 이루고 자아와 자연 대상이 분리되지 않는 '情景交融', '物我一如' 등의 경지에서 이루어진 작품이야말로 진정한 '自然詩'의 의미에 부합하는 작품이라 할 수 있는 것이다.

　또한 자연시의 범주를 어디까지 정할 것인가와 연관하여 함께 생각해볼 측면도 있다. 비교적 단순한 개념으로 '산수 자연의 경치를 노래하고 묘사한 시'를 자연시로 볼 수는 있지만 각종 '隱逸詩', '招隱詩', '詠物詩', '玄言詩', '游仙詩', '行游詩', '行役詩' 속에 가해진 많은 자연 묘사 부분을 어떻게 볼 것인가, 특정한 자연물을 들어 묘사를 가한 영물시는 어떻게 볼 것인가, 자연 경물 묘사와 다른 주제가 혼재된 시를 어떠한 범주로 넣을 것인가 하는 점들이다. 즉 하나의 작품 속에 담긴 자연 형상이나 자연 묘사를 어떻게 인식할 것이며 내용상

3　영문학에서 '자연시'를 지칭하는 용어로는 'Nature poetry', 'Landscape poetry' 등이 있고 목가적 풍경을 그린 시를 'Eclogue(a pastoral or idyllic poem)'라고 한다. 그러나 이 용어들은 중문학의 '自然詩'와는 본질적인 차이점을 지니고 있다. 서양에서는 자연을 모방이나 대립의 대상으로 보는 시각을 갖고 있었고 이 용어 역시 표면적인 자연 풍경을 의미하는 경우가 많았다. 자연을 사물의 본질, 자유와 생명의 원천으로 보던 동양적인 개념의 자연관까지 내포한 용어는 아닌 것이다. 한편 동양 시학에서 말하는 '자연시'는 정서와 풍경을 유기적으로 연결하는 '정경교융(情景交融)'을 근간으로 하며 풍경 묘사와 시인의 정서가 조화를 이루고 자아와 대상이 분리되지 않는 합일의 경지에서 이루어진 작품을 말한다.

어떻게 처리할 것인가에 대한 문제인데 이 경우 보는 시각에 따라 자연시와 여타 시가로 내용상 분류도 가능할 것이다. 이에 대하여는 더욱 심도 있는 논의가 필요하겠지만 일반적인 개념상 시인이 어떠한 목적을 갖고 자연을 묘사했는가 하는 점이 자연시를 결정하는 데 있어 중요한 단서가 된다고 본다.

필자는 시인이 자연 경물을 중심적인 소재로 채택하여 자연을 감상하고 그 속에서 얻은 정취를 표현하는 것을 주로 한 시야말로 자연시의 개념에 가장 적합한 시가라고 생각한다. 아울러 눈앞의 자연을 매개로 하여 시인이 강렬한 자연 귀의의 서정을 담아 진솔하게 자연 정신을 노래한 시도 자연시로 보기에 무리가 없다고 생각한다. 그럴 경우 '자연시'란 '산수', '전원', '원림', '개별적인 자연물', '꽃과 식물', '鳥獸昆蟲', '樓亭', '자연 속에 있는 寺院', '은거지', '폄적지' 등 다양한 자연과 지역을 매개로 한 작품의 총체적인 의미를 함유한 명칭임을 생각해볼 수 있다. 실제로 역대 중국 시인들은 다양한 자연물을 접하면서 느낀 자신의 서정을 투영하여 작품을 창작하여왔고 전대 자연시인들의 정신을 계승하거나 청아한 자연 의식을 고양하는 것을 덕목으로 여기면서 한아한 작품을 창작하는 것을 선호하여왔다. 요컨대 자연 경물을 묘사하는 것을 시가에서 실천하였는가, 시인이 자연 서정 묘사의 의도를 갖고 시를 창작하였는가, 자연 묘사의 주된 방향성이 무엇인가, 시인이 자연을 진심으로 느끼거나 애호하고 있는가 등의 측면은 자연시의 경향성을 결정짓거나 자연시와 여타 시가를 구별하는 데 있어 일정한 준거가 되는 요인이라 할 것이다. 하지만 한편으로 중국의 고전 시가를 살펴볼 때 자연과 밀접한 관계를 갖고 창작된 시가가 많은 만큼 내용상 자연시와 여타 시가와의 경계가 모호한 부분이 상당 부분 존재하고 있는 것도 부인할 수 없는 사실이라 하겠다.

(2) 자연시와 儒道佛 사상과의 관계

先秦 이래 철학가들에게는 산수가 세계 만물과 마찬가지로 자연을 인식하는 하나의 매개물이었다. 그들에게 '自然'은 유물적인 형태의 자연뿐 아니라 추상

적인 개념이 강한 자연이었다. "무위의 존재", "소박함과 자연천성을 보유한 眞", "구속이 없는 자유의 경지", "일체의 비인위적이며 천연적인 존재" 등 만물의 본질을 인식하는 수준에서 이해된 경우가 많았던 것이다. 이는 자연시에서 이야기하는 "산수 자연의 아름다움"이나 "자연미에 경도된 物我一如의 경계" 등의 의미와는 거리가 있었다. 그러므로 자연시가 본격적으로 독립하기 전인 晉宋 이전의 산수·전원을 다룬 시가는 자연의 풍경을 읊은 것이라 해도 아직 "산수 전원에 정을 담아 자연과 합일을 이룬 경지"에까지는 이르지 못한 상태였다. 이러한 과정, 즉 본격적인 자연 묘사를 통해 '自然'이 철학의 이념 범주에서 문학의 심미 범주로 연계되어가는 과정을 살펴보는 것은 자연시의 발생을 구명하는 데 있어 의의를 지닌 문제라 하겠다. 이러한 문제를 푸는 데에 있어 중요한 사상적 기반이 된 儒·道·佛家思想과 자연시 흥기와의 연관성을 살펴보기로 한다.

1) 자연시와 儒家思想

儒家思想과 자연시는 얼핏 봐서는 직접적인 연관성이 별로 없는 듯한 느낌이다. 이는 일반적으로 유가에서는 "군주를 보좌하여 음양의 이치에 순조롭게 하고 교화를 밝히는(助人君陰陽, 明敎化)" 적극적인 用世와 入世의 道, 인간관계에서의 행위적 덕목 등을 강조하였지 자연 속에서의 소요나 해탈을 강조하지는 않았기 때문이다. 儒道佛 사상을 만약 入世와 出世의 두 가지 잣대로 나눈다면 儒家는 적극적인 用世와 入世를, 道·佛家는 遁世와 忘世를 통한 자아의 소요나 열반을 추구하는 것으로 분류할 수 있다.[4] 그렇게 볼 때 유가의 현실 의식은 은일 지향적인 은일이나 자연에서의 심미 의식을 추구하는 전통 산수전원시와는 그 노선을 달리하는 경향이 있는 것이다.

그러나 유가가 중국인에게 있어 모든 사상의 골간을 이루고 있듯이 자연시의 창작에 있어서도 유가는 배제할 수 없는 중요한 사상이라 할 수 있다. 일찍

---

4 章尙正, 『中國山水文學硏究』(學林出版社, 1997. 9) 제4쪽 참조.

이 商周 시대부터 사람들은 敬天思想과 자연에 대한 두려움을 소유하고 있었기에 자연계에서 발생한 현상은 사회에서 인간이 행한 행위의 상대적 결과라고 보는 인식도 지니고 있었다. 그러므로 先秦의 사상가들에게 있어 중요한 임무는 자연 속에서의 규율과 질서를 찾아내는 것이었다고도 말할 수 있다. 늘 대하는 자연은 그들이 연구하는 객관세계의 물질적 근거가 되었고 중국 철학을 비롯한 모든 일반 사유에서 자연과 그 존재 의미는 중요한 연구 대상이 될 수밖에 없었던 것이다. 유가의 한 경전인 『周易』에서 자연 중에서 天, 地, 우레, 불, 바람, 연못, 물, 산의 여덟 가지를 만물의 기원으로 보면서 사물의 대립, 발전, 변화의 규율을 찾고 탐구하는 것을 목적으로 삼았던 것은 이에 대한 반증이 된다.[5] 사상과 의식을 설명함에 있어 유가 역시 초보적으로는 모든 환경과 존재의 바탕이 되는 자연을 활용할 수밖에 없었던 것이다.

　유가의 鼻祖인 孔子 역시 자주 자연을 들어 세상의 이치를 설명하곤 했다. 그중 공자가 말한 "지혜로운 자는 물을 좋아하고, 어진 자는 산을 좋아한다.(知者樂水, 仁者樂山)"(『論語』, 「雍也」)는 후인들에 의해 산수에 대한 애호와 자연에서 얻는 낙을 일컫는 명구가 되어 있는데, 두 구의 뒤에는 "知者는 움직이고, 仁者는 고요하다 ; 知者는 낙을 누리고, 仁者는 장수한다.(知者動, 仁者靜 ; 知者樂, 仁者壽)"라는 말이 이어 나온다. 이는 知者와 仁者만이 산수의 미를 느낀다는 뜻이 아니라 물의 순통한 흐름을 들어 知者의 이치에 맞는 행동을, 산의 육중함을 들어 仁者의 깊이 있는 仁을 각각 비유한 것이 된다. 공자의 언급은 자연 자체에서 느끼는 낙을 찬양한 것이라기보다는 知와 仁에 대한 깨우침을 공용적으로 설파하기 위해 자연을 소재로 들어 예거한 것이라 하겠다. 또한 荀子도 물을 들어 군자의 미덕을 찬미한 바가 있어[6] 비슷한 인식으로 자연을 바라보고 활용

5　楊憲邦, 『中國哲學通史』 第一卷(中國人民大學出版社, 1987. 9) : "『周易』에서 우주 생성을 보는 관점에 있어서는 다양한 물질세계에서 그 통일성을 탐색하고자 하는 경향이 강했다. 天, 地, 우레, 불, 바람, 연못, 물, 산의 여덟 가지를 만물의 기원으로 보았고 그중에서 천지를 가장 큰 본원으로 본 것이다.(『易經』對宇宙生成的看法, 顯然是企圖從多樣性的物質世界探索其統一性, 認爲天, 地, 山, 澤, 火, 水, 風, 雷八種物質是崔基本的, 而其中, 天地又是最大本源"

6　『荀子』, 「宥坐」 : "무릇 물의 위대함이란 뭇 생물들에 고루 미치면서도 인위적으로 하지 않으니 이는 덕과 비슷하다. 그 흐름은 낮고 천한 곳으로 가지만 이치에 맞게 흘러가니 이는 의와 비슷하다. 그 흐름은 도도하면서도 다함이 없으니 이는 도와 비슷한 것이다.(夫水大,

한 경우를 살필 수 있다. 이처럼 유가에서 산수를 바라보는 시각은 개인적으로는 자아의 확장을, 사회적으로는 윤리 도덕과 덕치를 통한 태평성세의 구현을 이루기 위한 거울의 개념이었다. 山水-人間世上-人格 등의 세 요소가 합치된 심미 의식과 자연 의식이 유가와 자연과의 초기적 관계 설정이었다 할 것이다.

老莊사상에서는 인간이 자연 속에 침잠하고 物外에서 초연해하며 은둔의 낙을 즐기기를 주창한 바 있다. 이와 연관하여 儒家에서도 "통달하면 천하를 두루 제도하고, 궁하면 홀로 자신을 지킨다.(達則, 兼濟天下 ; 窮則, 獨善其身)"(『孟子』「盡心章句上」)"라고 하며 세상에서의 쓰임 여부에 따라 진퇴를 정한다는 처세 원칙을 설파한 것 역시 선비의 歸隱을 촉발하는 의식이라 할 수 있을 것이다. 전대 문인들의 경우를 보면 유가 의식을 가진 선비라면 득의하지 못했을 때 "獨善其身"의 의도를 지닌 채 자연을 찾는 경우가 상당히 많았던 것이다. 유가의 進退思想과 연관된 산수로의 회귀 의식 역시 중국 자연시의 흥기에 상당 부분 중요한 원인적 요소로 작용했음을 거론할 수 있다.

일찍이 儒家는 禮樂이 붕괴하던 春秋時代에 탄생하였고 七雄이 각축을 벌이던 戰國時代에 발전하였으며 국가의 기틀을 다지고 국력을 크게 신장시키던 漢武帝代에 와서 존중받고 정비된 바 있다. 名教와 대치한 魏晉代 문인들에 의해 유가는 잠시 그 효용이 경시되는 듯했으나 唐代로 들어오면서 유가는 자연시의 창작에 있어 공용성과 사회의식을 보강하게 하는 사상적 요인이 된다. 유가가 '산수', '인간 세상', '인격'의 세 요소를 합일체로 보던 것이 초기적 설정이었다면 唐代 문인들은 자연 정경에 개인 인격의 함양, 애국적이고 사회적인 의식의 강조 등의 경향성을 띤 유가 사상을 흡수하여 창작을 가하게 되었다. 唐代 문인들은 유가적 발상을 시에 투영하여 자연에서 얻은 심미 의식을 人事와 결부시키기 시작하였으며 이러한 사유 방식을 통해 탄생된 자연시들은 자연에 대한 묘사뿐 아니라 民苦나 국가의 안위를 걱정하는 모습까지 갖게 된다. 유가의 적극적인 用世精神과 大同社會의 이념은 자연시로 하여금 陽剛의 길을 걷게 하고, "먼저 천하의 근심을 생각하고 그 후에 천하의 낙을 즐기는(先天下之憂而憂, 後天

遍于諸生而無爲也, 似德 ; 其流也卑下, 裾拘必循其理. 似義 ; 其洸洸乎不淈盡, 似道"

下之樂而樂)" 유가의 정신적 신조를 자연시에 공급하는 역할을 하게 된 것이다.

또한 儒家의 詩敎說이 자연시에 끼친 영향도 홀시할 수 없다. 이른바 자연을 들어 諷諭와 美刺를 가한 것인데 이 역시 자연시가 사회적 공용 의식과 연계된 하나의 현상이라 할 수 있다. 유가에 반발한 魏晋代 문인들은 자연의 미감을 서사하였으되 상당 부분 폐쇄적이고 도피적인 심리에서 묘사를 가한 바 있다. 이에 비해 유가적 의식에 호의적이었던 唐代 이후의 문인들은 좀 더 외향적이고 호방한 풍격의 자연 묘사를 지향할 수 있었고 時弊를 지적함에 있어서도 자연을 빌린 美刺와 諷諭의 방법을 상당 부분 시가에 이입할 수 있게 되었다.[7] 따라서 유가적 의식은 자연시가 현실에 충실하면서 풍격이 강건한 작품의 창작으로 연결하는 데 도움을 주었고 道·佛家 사상에서 영향을 받은 虛無와 空寂의 관념을 일정 부분 극복할 수 있게 해주는 사상적 요인이 되었다. 비록 道·佛家 사상의 영향력만큼은 아니더라도 儒家 역시 자연시의 의식을 넓히고 품격을 높이는 방향으로 발전할 수 있게 해준 중요한 사상적 요인이 되었던 것이다.

2) 자연시와 道家思想

자연시의 흥기와 연관된 문인들의 창작 의식에서 선행되는 문제는 역시 인생관의 변화와 자연에 대한 심미 의식의 변화였다. 아울러 이 인생관과 심미 의식의 변화와 맞물린 것은 여러 사상적 요인들인데 자연시의 흥기에 연관된 모든 필요충분조건을 갖고 있었던 사상은 역시 道家였다. 일찍이 老子와 莊子는 道를 논함에 있어 자연관을 핵심으로 하였다. 老子는 "사람은 땅을 본받으며, 땅은 하늘을 본받고, 하늘은 도를 본받으며, 도는 자연을 본받는다.(人法地, 地法天, 天法道, 道法自然)"(『老子』 二十五章)라고 했고 "도의 움직임은 돌아가는 것이다.(道之動, 反者也)"라고 했다. 여기서 말하는 "도는 자연을 본받는다.(道法自然)"라는

---

7 유가적 의식이 충만했던 杜甫나 白居易, 韓愈, 歐陽脩 등과 蘇軾, 陸游 등 많은 시인들은 자연을 보고 느낀 미감을 현실과 연계시킨 작품을 다수 창작한 바 있는데 이는 자연시의 진일보한 발전을 의미한다. 한편 道家와 佛家에 심취했던 李白과 王維 역시 이러한 의식선상에서 「蜀道難」, 「夢游天姥吟留別」(李白) 등과 「送劉司直赴安西」, 「被出濟州」(王維) 등을 써서 時政에 대한 의견 개진과 時弊에 대한 공격을 시도한 바 있다.

것은 사물이 존재하는 본연의 상태인 "자연으로 돌아가는 것(反者)"을 말한다. 莊子 역시 "성인은 천지의 미의 근원이요, 만물의 이치에 달한 자이다.(聖人者, 原天地之美, 而達萬物之理)"(『莊子·知北游』)라고 하며 "天地의 美"와 "萬物의 이치" 사이의 유기적 관계 즉 美와 道의 상관관계를 지적하면서 老子의 '法道'에 대한 보충 설명을 시도하였다. 그들은 철학을 설명하기 위하여 자연의 속성을 설명하였는데 이때의 자연은 단순히 유물적인 자연만이 아니라 일체의 비인위적이며 천연적인 존재를 의미하는 것이었다. 그러나 이러한 사고는 후세의 산수 심미관에 철학적 기초를 제공하기는 했어도 자연 경물 속에서 만물의 본질을 인식하는 수준에 있을 뿐이었다. 초기 儒家에서와 마찬가지로 老莊 당시에는 자연 경물로서의 산수가 독립적인 미적 존재로 인식되지는 못한 것이었다.

인간의 자연 추구 의식 함양과 이로 인한 자연시의 흥기는 道家의 흥성과도 맥을 같이한다. 도가의 흥성은 인생관의 변화와 자연에 대한 심미 의식의 변화 모두와 깊은 연관 관계를 갖고 있다. 도가의 흥성과 인생관의 변화라는 문제에 있어서는 정변이 빈번하고 시국이 혼란스러워 선비들이 산수 속으로 들어가 明哲保身을 꾀하던 漢末·魏晉代의 시대적 배경을 우선적으로 언급할 수 있다. 後漢代 두 차례에 걸친 黨禍와 黃巾賊의 난, 董卓의 專政, 李催·郭汜의 난, 漢末 군벌의 대혼전 등으로 야기된 난국의 전개는 그동안 三綱五倫을 敎義로 공고한 제국을 이루어오던 漢나라를 뿌리째 흔들면서 망국으로 치닫게 하였다. 이에 조석의 신세를 가늠하기 어려웠던 당시 문인들에게 있어 유가적 현실 가치는 더 이상의 의미를 상실하게 되었다. 또한 徵辟, 察擧制度 등 경전을 통해 벼슬하는 제도를 채택하여 經史章句의 학문을 전에 없이 발전시켰던 漢代였으나 시대적 불안감이 가중된 東漢 시대로 오면서 今文經學은 명철보신 의식의 추구로 인해 복잡한 참위 미신과 뒤섞이게 된다. 이렇게 今文經學이 오염되고 번잡해지게 되자 유가가 지닌 사상 통제 기능은 쇠퇴하게 되고 새로운 대체 학문의 필요성이 제기되기 시작하였다. 마침내 魏晉代에 이르자 名敎와의 대립적 관계에 있었던 지식인들은 西漢·東漢 시대의 經史章句를 포기하고 周易·老子·莊子의 사상적 요소를 결합하여 소위 '玄學'을 만들게 되었다. 魏晉代 사대부들이 이처럼 名敎와의 대항을 위해 玄學을 만들고 自然과 名敎와의 관계를 연구의 대상으로 삼았던 것은 사상적 대항이라는 측면도 있으나 실제로는 보신과 연관된 인생관의 변화를 의미하는 것이기도 하였다. 高平陵의 政變, 八王의 난, 永嘉의 禍, 王敦과 蘇峻의 반역, 桓玄의 찬탈 등으로 이어지는 魏晉代 정치 현실은 당시 문인의 삶을 극도의 위기감으로 몰아넣었다. 이러한 난세에서 보신을 해야 하는 급박한 현실은 老莊 無爲保身理論의 발전을 이루게 한 요인이 되었고 이로 인해 玄學이 風靡하게 되었으니 이는 당시 문인들의 저변에 있던 위기의식의 집합과 표출의 결과라 할 수 있겠다.

阮籍·嵇康같이 名敎에 대항하기 위해 "自然崇尙"을 제창한 문인들에 의해 탄생하게 된 것이 바로 玄言詩였다.[8] 그러나 현학은 자연에 대한 깨달음을 얻게 하는 정도였지 자연 산수 자체에 대한 미감의 발견과는 아직 거리가 있었다. 西晉代 士人들은 玄風을 귀하게 여겼고 阮籍·嵇康 등을 玄言詩 창작의 시초로 볼 수 있지만 永嘉 시대 이전에는 玄風이 詩賦의 내용에 별로 큰 영향을 끼치지는 못한 상황이었다. 그러다가 玄風의 성행하게 되면서 이에 따라 현언시도 발전하게 되었고 이후 문단에서 근 100년 동안 유행을 하던 현언시는 마침내 자연시의 흥기와 발전에 있어 중요한 배경으로 등장하게 된다.[9] 초기 현언시가 명교와의 대치에서 발생하였고 산수 자체의 미감을 발견하기보다는 현언을 설파하기 위해 창작되었지만 산수 자연을 매개로 했다는 점은 자연시의 흥기에 있어 주목할 만한 원인이 되는 것이었다. 자연시화된 현언시나 현언시화된 자연시가 점차 구분이 모호해질 정도로 초기 자연시는 현언시와 깊은 연관 관계

---

8 東晉 시인은 생사, 존망, 화복, 명예, 궁달, 시비, 득실 등 哲理的 제재를 贈答, 遊覽, 行役 등의 형식과 연계하여 시를 썼는데 이 당시 유행한 玄風은 각종 작품 속에 玄言이 충만한 표현을 하게 만들었다. 이로 인해 창조된 玄風이 강한 시가 바로 玄言詩인 것이다. 결과적으로 玄言詩는 東晉 시체의 총칭이 되기에 이르렀지만 초기 阮籍·嵇康 당시의 玄風은 그저 하나의 철학적 사조였고 문학, 특히 자연시에 대한 영향력은 미미한 상태였다.

9 자연시의 발생에 있어 玄言詩는 중요한 역할을 했지만 정작 玄言詩 그 자체는 큰 발전을 보지 못하였다. 葛曉音은 「山水方滋, 老莊未退」(『學術月刊』 1985. 제2기)에서 이에 대한 원인으로 西晉代는 玄理 본질에 대한 연구가 적었고, 玄風 유행의 거두로 일컬어지는 인물로 王衍, 樂廣 등이 있지만 그들에게는 玄學에 대한 논저가 없었으며, 郭象이 현학의 완성에 공헌을 했어도 詩賦에 있어서는 별로 뛰어나지 못했던 것, 西晉 정권 전기에는 유학의 강조로 현풍을 억제했던 상황이 있었던 점 등을 꼽고 있다. 즉 당시 玄風의 유행은 名敎와의 대치에 목적이 있었지 시가의 혁신에 목적이 있었던 것은 아니었던 것이다.

에 있었던 것이다.

또한 後漢·魏晉代 유행했던 은일 풍조와 游仙詩의 창작 역시 玄言詩와 더불어 자연시의 흥기와 밀접한 연관 관계가 있는 것으로 언급할 수 있다. 玄風과 道敎의 흥성이 사상적 측면이었다면 은일과 游仙詩의 창작은 문인들이 취했던 실천적인 행위였던 것이다. 초기 老莊思想에서는 산수 자연을 수양을 위한 매개체로 인식하였는데 발전을 이어나간 후대 道家에서는 자연에의 탐닉과 신선 추구의 경향을 좀 더 지향하게 된다. 道家의 신선이 되기 위해 시행하는 자연 속 은거는 속세의 번뇌를 피할 수 있고 각종 심신의 수련을 할 수 있다는 이점을 지닌다. 그러나 초기 문인들이 추구하던 仙境은 반드시 산림의 은거를 의미하는 것은 아니었다. 玄學에서의 '자연'은 본래 사람의 행위가 예법의 속박을 받지 않는 "자연인의 경지"를 지칭한 것이었는데 소요하면서 성정에 따라 행동하는 "자연인의 경지"를 얻기 위해 반드시 산림에 은거해야만 되는 것은 아니었다.

그러다가 郭象의 『莊子注』가 나오게 되면서 노자의 자연의 도는 仙境, 산림 등과 연계되게 된다. 郭象은 『莊子注』에서 "천지는 만물의 총칭이다. 천지는 만물을 몸체로 하고 만물은 자연스러운 것으로써 바르게 하나니 자연은 인위적으로 하지 않아도 자연스러운 것이다.(天地者, 萬物之總名也. 天地以萬物爲體, 而萬物必以自然爲正, 自然者, 不爲而自然者也)"라고 했는데 여기서 말하는 '자연'은 "인위적인 것에 대립되는 스스로 능력이 있는 경지"에서 점차 "물리적 천지만물이 자연의 도를 드러내는 것"이라고 보는 관념으로 발전하게 된다. 郭象의 『莊子注』가 나온 이후 문인들은 자연산림을 신선의 경지와 동등하게 인식하게 되었고 많은 인사들이 은일을 추구하며 玄學과 물리적 자연의 결합을 시도하게 되었다. 竹林七賢이 산림에서 은거하며 도사와의 교류를 시도한 것, 王羲之가 도사와 함께 산림 체험을 한 것, 謝靈運이 修道長生을 위해 산림 속에서 생활한 것 등은 모두 魏晉代에 유행했던 여러 문인들의 은거나 도인들과의 교류를 보여준 예들이라 할 수 있다. 은거는 현언시의 '自然'보다 더욱더 물리적 의미를 지닌 자연의 체득과 해탈의 경지를 얻을 수 있는 수단이 되었던 것이다.

游仙詩 역시 後漢·魏晉代 은일 풍조와 더불어 자연시의 창작에 영향력을

제공한 요인이 되었다. 자연시가 본격적으로 창작되기 이전에 老莊 은거 사상은 실제로는 游仙詩 속에 많이 등장하고 있었다. 游仙詩는 西漢 시대에 이미 많이 출현했는데 漢 樂府 중에 묘사된 신선 추구와 약재 복용의 내용은 모두 漢代의 신선 추구 의식을 보여주는 예가 된다. 불교가 들어오기 이전 속세 외의 인사는 주로 神仙家와 方士였는데 東漢末에 와서는 더욱 많은 方士들이 나와 통치자나 세인들의 존중을 받으면서 도가의 養生說을 유행시키기 시작하였다. 이런 배경하에서 다수의 游仙詩가 탄생하게 되었는데 그때까지의 내용은 비교적 단순하였고 심오한 철학적 의미는 없었다. 그러다가 建安時代로 오면서 도사들과 문인들과의 교류가 성해지고 관계가 가까워지면서 문인들의 자연 추구 의식은 좀 더 진전을 보게 된다. 당시 문단의 주도자였던 曹氏 三父子 역시 「秋胡行」, 「七啓」 등의 작품을 통해 도사의 생활에 관심을 보인 바 있는데 그들은 현실적인 의식을 소유한 자들이었으므로 游仙詩를 빌려 자신의 희망이나 해탈 의식을 펼치는 수단으로 활용한 것이었다. 그렇기는 해도 그들의 작품은 漢代 제왕이나 귀족들이 유선시를 통해 단순히 신선을 추구하며 은둔을 표방했던 것과는 다른 새로운 변화였다고 볼 수 있다.

 '名敎'에 맞서 본격적으로 '自然'을 표방하던 西晉 시대로 오면서 문인들이 실행했던 은거와 游仙詩 창작의 풍조는 玄理를 표출하게 하면서 한편으로는 자연시 창작의 발전을 가속화시키는 역할을 하게 되었다. 이들이 추구했던 老莊의 은일 사상, 신선 추구 의식, 철학과 생활방식 등은 유선시와 현언시의 창작과 맞물려 한층 가깝게 자연을 체험하고 자연미를 각성하게 만드는 요인이 되었던 것이다. 老莊의 道家사상은 철학적 인식으로부터 시작하였지만 魏晉代를 거치면서 현학과 玄言詩, 游仙詩 등과 결합하여 철학과 문학과의 접목을 이루게 되었고 자연미의 각성과 자연시 흥기에 있어 중요한 배경이 되는 사상으로서 그 역할을 수행했던 것이다.

3) 자연시와 佛家思想

 魏晉時代에 있어 사상의 양대 산맥은 道家와 佛家에서 나온 玄學과 佛學이라 할 수 있는데 道家와 마찬가지로 佛家 역시 자연시의 흥기에 중요한 영향력을 발휘한 사상적 배경이 되었다. 수려한 산수 속에 위치한 많은 불교 사원은 이곳을 찾는 시인들에게 정신적인 위안과 시흥을 제공하였고, 詩僧들과 문인들과의 詩交는 자연 속에서 미감을 노래한 많은 시의 창작으로 이어졌으며, 시인들의 마음에 투영된 불교 의식은 시인의 예술 정신을 고양시키면서 산수를 중요한 제재로 인식하게 만들었다. 자연시가 추구한 자연 속에서의 심령의 해탈과 맑고 담백한 시가 풍격은 佛家의 涅槃精神과 虛靜한 경지의 추구와도 깊은 연관이 있는 것이다.

東漢 初年 불교가 중원에 들어온 이후 100년의 세월을 거치면서 불교는 도교의 세력을 능가하는 공전의 부흥을 이루게 된다. 불교가 선양한 기본 목표는 涅槃과 成佛인데 이는 인생의 피안을 가리키는 것으로 도교의 이생에서의 신선이 되는 것과는 상대적인 면을 지니고 있었다. 巧妙하고 莫測하면서도 청정하여 사람들의 마음을 끄는 흡인력이 있던 불교는 대중들에게 도가와는 또 다른 해탈의 희망과 인내의 역량을 제공한 사상이었다. 특히 혼탁한 亂世를 사는 사람들에게 佛理와 禪學은 심리상의 평온함을 제공하였고 空明과 虛靜함을 추구하게 하는 정신적인 배양에도 매우 좋은 방법으로 인식되었다.

초기에 불교가 들어왔을 때는 현학이 득세하던 분위기였기에 불교는 많은 부분 玄學의 논법이나 사상을 채택하면서 그 형세를 갖추어갔다. 초기 불교가 현학에서 體道의 방법을 많이 채택할 수 있었던 것은 당시 대다수 사람들이 道·佛敎 간의 구체적인 차이를 몰랐으며 道·佛敎 모두 초기 발전 단계에 있었기에 가능한 일이었다. 따라서 불교도라도 淸談을 좋아했고 도사를 모방하여 산에 올라 약을 캐는 일을 행하곤 했으며 현학을 숭상하는 사대부라 하더라도 佛理를 좋아하는 등 釋·道·玄學들이 모두 혼합된 채 논하여지는 경우가 많았다.

사대부들이 행하던 玄談은 東晉을 거치면서 佛理를 흡수하게 되었고 다시 자연 속에서 理趣를 느끼는 淸談의 성행으로 이어지게 되었다. 그러나 淸談의 기류로 인해 탄생한 시는 玄言詩였으니 자연시의 흥기는 아직 시간을 필요로 하고 있었다. 游仙을 추구하며 道를 배우는 생활은 비록 산수와 연관이 있기는 했지만 그 자체가 직접적으로 자연시의 출현을 야기시킨 것은 아니었으므로 사람들이 산수에 대한 심미 의식을 자각하게 된 것은 실제로는 佛理와 玄言이 결합한 이후가 되는 것이다.

불교사상이 자연시의 창작 풍격에 미친 영향은 다음 몇 가지로 요약될 수 있다. 먼저, 시인이 자연시 창작에 있어 불가적 심미안을 가졌다면 자연을 바라봄에 있어 象을 뛰어넘는 미감을 체득할 능력을 지녔을 가능성이 큰 것으로 볼 수 있다. 이러한 심미안은 山水－涅槃－佛土를 연결짓는 심미관을 갖고 景外의 景을 사유해낼 수 있는 능력인 것이다. 초기 자연시가 산수 자체의 미관을 주로 그려냈다면 후대로 가면서 심령 해탈을 체험한 후에 산수 이면의 眞景 묘사를 이루어낼 수 있게 해주었던 사상적 배경이 바로 불교라 할 수 있겠다. 다음으로 佛家의 열반 정신과 허정한 경지는 자연시로 하여금 寫景뿐 아니라 寫景을 통한 심정의 표출이나 깨달음의 즐거움을 표현 가능하게 해준다. 불가 사상을 투영한 자연시는 자연 속에서 세상에 대해 초연하게 되는 힘을 얻게 하며 동시에 청려한 산수와 나와의 사이에서 忘我의 경지에 이입할 수 있는 주요한 정신적 수단이 될 수 있다. 또한 佛家 사상은 자연시의 창작 풍격에도 커다란 영향을 미친다. 시문으로 하여금 繁華하고 秀麗한 색채를 배제한 채 청공한 마음을 담게 하니 허정한 마음과 담박한 품성을 갖고 산수 만물을 바라보며 지은 시는 풍격이 '冲淡'하고도 '空靈'하며 언어가 소박하면서도 함축적이다. 따라서 그 의미 역시 심원해지는 특성을 갖게 되는 것이다. 불가는 또한 자연시로 하여금 禪趣的 함축미를 지닌 언어를 구사할 수 있게 해준다. 자연시의 초기 단계인 南朝時代에는 詩人이 佛典의 禪語를 직접적으로 활용한 표현을 했기에 시어가 고삽한 맛이 있었지만 唐代 이후로 점차 性情을 '不立文字'식으로 표현해내면서 자연시는 함축적이고도 무한한 뜻을 지닌 禪意를 자연스럽게 표현하며 발전하게 된다. 道家가 자연시의 흥기에 직접적인 영향을 미쳤다면 佛家는 그 정신과 의상에 기운을 불어넣어준 주요 사상이었다라고 할 수 있겠다.

이상에서 논의한 것처럼 儒・道・佛家 사상은 자연시의 흥기에 있어 직접적으로 토대를 제공해준 사상이었고 단순한 산수 묘사 이상으로 시가의 정신적인 가치를 높여주는 역할을 한 사상이었다. 儒家 사상은 山水-人生-人格을 연결하는 정신적 계도로 자연시의 陽剛的인 창작 풍격 형성에 일조하였으며 魏晋代 때에는 名教를 통해 도가 사상과 현학의 흥성을 야기시키는 상대적인 기능을 담당한 바 있다. 道家 사상은 산수 속에서의 소요와 현학의 배태, 현언시와 유선시의 창작을 통해 자연시의 흥기를 가능하게 했던 가장 중요한 사상적 요인이 되었다. 山水-道-仙境을 연결짓는 심미적 구도와 사람의 자연스러운 천성과 자연계의 천연적인 존재를 합일시키는 데 있어 중요한 역할을 담당한 사상이었던 것이다. 한편 道家와 현학의 배양을 통해 탄생되어 100년 이상 유행했던 玄言詩는 시가 역사상으로 볼 때에는 하나의 구부러진 길이었지만 이로 인해 산수를 바라보는 의식이 고양되고 자연관이 확립된 것은 주목할 만한 것이라 할 수 있다. 佛家 사상 역시 자연을 묘사하는 데 있어 시인이 담백한 기운을 느낄 수 있게 해주고 시인이 느낀 맑고 명랑한 정신세계를 閑雅하고 함축적인 표현으로 이루어내게끔 해준 사상이다. 山水-涅槃-佛土의 현상과 정신을 인식시키면서 현언시와 유선시가 미처 발견하지 못했던 산수 자체에 대한 심미의식을 발견하게 해준 것 역시 佛家 사상의 공적으로 꼽을 수 있는 것이다. 이처럼 儒・道・佛家 사상의 계도를 거쳐 탄생된 자연시들은 산수 경물을 심미가치가 있는 대상으로 인식시키고 창작에 임하는 심리를 산수와 자아의 독립적인 관계에서 시작할 수 있도록 해주는 역할을 담당하였다. 뿐만 아니라 招隱, 游仙, 公宴, 行役, 玄言 등과 같은 이전의 시들은 궁극적으로 각자의 시가가 편향적으로 소유했던 정신과 사상적 기질을 골고루 자연시에 부여하는 역할도 수행한 바 있다. 이처럼 사상과 자연시와의 관계를 구명하는 것은 중국 자연시가 지닌 풍격과 특색을 설명하는 데 있어 중요한 열쇠가 되는 것이라 하겠다.

(3) 자연시의 발전 과정

자연이란 인간을 포함한 우주요 스스로 작동하는 유기적인 존재이며, 외형적인 아름다움을 보여주면서도 변화와 조화의 능력을 발휘하는 천연의 존재이다.

자연시의 발생과 발전은 인간이 자연의 속성과 모습을 인식하고 묘사함에서 출발하게 되었는데 시대의 흐름에 따라 그 묘사의 양상 또한 다양하게 발전을 이루어왔음을 살필 수 있다. 자연 정경이 중국 시가 속에 처음 등장하게 된 것은 역시 『詩經』과 『楚辭』의 표현 속에서라고 할 수 있다. 『詩經』과 『楚辭』의 작품을 보면 상당히 많은 부분에 자연의 모습이 등장하는데 이때의 자연은 표면적인 정경을 나타내고 있거나 시인이 모종의 의지를 표현하는 데 있어 배경 역할을 하고 있음이 발견된다. 먼저 『詩經』의 몇 작품을 보자.

魯頌·閟宮 노송·비궁
泰山巖巖　태산이 우뚝 솟아
魯邦所詹　노나라 어디서나 바라보인다

衛風·碩人 위풍·석인
河水洋洋　황하는 넘실대면서
北流活活　북쪽으로 콸콸 흐르네

周南·桃夭 주남·도요
桃之夭夭　복숭아나무 싱싱하고
灼灼其華　그 꽃 활짝 피었다
之子于歸　아가씨 시집가니
宜其室家　그 집안을 화목하게 하리라

「閟宮」(周나라 시조 后稷의 어머니인 姜嫄을 모신 사당)에서는 周公의 덕과 魯나라의 융성을 축원함에 있어 태산의 위용을 형용하였고, 「碩人」에서는 衛나라 莊姜의 인품과 훌륭한 외모를 河水에 비유하여 노래한 것이 발견된다. 또한 「桃夭」에서는 딸을 시집보내는 부모가 딸의 행복한 결혼생활과 시댁에서의 좋은 역할을 기대하는 심정을 복숭아나무에 빗대어서 표현하였다. 모두 자연물을 활용한 표현을 가하고 있으나 자연을 노래하기 위한 것이나 자연미를 감상하기 위한 목적에서 나온 것은 아니었다.

『詩經』을 보면 다양한 자연물뿐 아니라 서민들의 생활과 연계된 전원의 일상을 묘사한 부분도 많다.

小雅 · 無羊 소아 · 무양
牧人乃夢　목동들은 꿈을 꾸네
衆維魚矣　메뚜기와 물고기가 보이네
旐維旟矣　거북과 뱀을 그린 깃발과 새매 깃발 보이네
大人占之　어른에게 점을 쳐보게 하니
衆維魚矣　메뚜기와 물고기는
實維豊年　풍년 들 꿈이고
旐維旟矣　거북과 뱀을 그린 깃발과 새매 깃발은
室家溱溱　집안이 번창할 꿈이로다

이 작품은 마치 한 폭의 풍경화처럼 전원 정경을 그려낸 것이 특징이다. 양 치는 목동들의 꿈과 행동을 표현하였고 메뚜기와 물고기, 거북과 뱀, 새매 등 여러 자연물을 예거하였다. 그러나 행간을 살펴보면 시인이 그리고자 한 것은 전원의 한가로운 흥취나 자연물 그 자체가 아니라 풍년과 자손의 번창을 기원하는 마음이다. 목동이 희망하는 꿈의 이미지를 통해 번영의 뜻을 아름답게 나타내고자 한 것이다.

『楚辭』에서 발견되는 자연은 아름답고 환상적인 자태를 보이는 경우가 많다.

離騷 이소
朝發軔於天津兮　아침에 천진에서 수레를 출발시켜
夕余至乎西極　저녁엔 내가 서극에 이른다
鳳凰翼其承旂兮　봉황새 공경스럽게 깃대 받쳐 들고
高翱翔之翼翼　높이 훨훨 날며 의젓이 길을 인도한다
忽吾行此流沙兮　나는 홀연히 이 사막을 지나
遵赤水而容與　적수를 따라 노닐며 가는데
麾蛟龍使津梁兮　교룡을 지휘하여 나루터에 다리를 놓게 하고
詔西皇使涉予　서황에게 명하여 나를 건너주게 한다

少司命 소사명
秋蘭兮靑靑　가을 난초 파릇파릇한데

綠葉兮紫莖	잎 푸르고 줄기 자줏빛일세
滿堂兮美人	방 가득히 미인들 찾는데
忽獨與余兮目成	문득 나와 한 사람 눈이 맞았네

湘夫人 상부인

| 裊裊兮秋風 | 하늘하늘 가을바람 부니 |
| 洞庭波兮木葉下 | 동정호에 물결 일고 낙엽이 떨어지네 |

『詩經』에 등장한 자연물과 풍경이 주로 북방의 것임에 비해『楚辭』에 등장하는 자연과 자연물은 남방의 모습인 경우가 많고 특히 자연물의 경우 그 종류가 매우 다양하고 풍부한 것이 특색이다. 屈原이 「離騷」에서 "뜰에 蘭草나 蕙草를 심었고 봄과 가을로 목란과 국화 꽃잎에 맺힌 서리를 마셨다.(余旣滋蘭之九畹兮, 又樹蕙之百畝. 朝飲木蘭之墮露兮, 夕餐秋菊之落英)"고 노래한 구절이나, 「少司命」에서 "가을 난초가 파릇파릇하다.(秋蘭兮青青)"라고 한 부분들은『楚辭』에서 남방 특유의 각종 향초를 묘사한 여러 부분 중의 일부이다.『楚辭』에서 묘사한 자연의 경우 다분히 비현실적이거나 환상적이고 유미적인 자연물을 묘사한 측면이 많다. 서정적인 효과를 높이거나 屈原의 감상이나 의지를 부각시키기 위해서 남방의 이채로운 자연물을 등장시켰고 현실을 초월한 이상을 표현하기 위해 상상속의 자연을 환상적으로 표현한 경우가 많은 것이 또한『詩經』에 나타난 자연과 비교되는 점이라 하겠다.

『詩經』과『楚辭』에 나타난 자연 묘사를 살펴보면 전반적으로 시인의 의지나 감상을 서사하기 위한 수단으로 사용되었거나 단편적으로 그려진 묘사가 많았으며 허구적이거나 상상 속의 자연을 그린 경우도 많았다. 후대 자연시나 영물시가 본받을 만한 좋은 표현은 곳곳에서 발견할 수 있으나 자연 자체에 대한 시인의 진실한 정을 담아 자연미를 표현했다고는 할 수 없는 것이다.

『楚辭』의 영향을 받아 漢代에 나온 각종 賦에서도 자연물의 묘사가 많이 등장한다. 그러나 漢賦에 나타난 자연의 형상은 자연물의 열거라는 형식에서 크게 벗어나지 못한 상황을 보여준다. 일례로 司馬相如의 「子虛賦」와 「上林賦」의 일단을 보자.

子虛賦 자허부

雲夢者	운몽이라는 것은
方九百里	사방이 구백 리이다
其中有山焉	그 가운데 산이 있는데
其山則盤紆弗鬱	그 산은 구비가 심하고 울창하다
隆崇崒崒	우뚝 솟아 험준하고
岑崟參差	높이 솟아 험난하다
日月蔽虧	일월의 빛을 가리우며
交錯糾紛	서로 어지러이 얽혀 있다
上干靑雲	위로는 푸른 구름을 찌를 듯하고
罷池陂陀	비탈은 울퉁불퉁하고 광활하며
下屬江河	아래로는 강과 하천으로 이어진다

上林賦 상림부

君未睹夫巨麗也	그대는 아직 저 거대한 아름다움을 못 보았고
獨不聞天子之上林乎	홀로만 천자의 상림을 듣지 못했단 말인가
左蒼梧	동쪽으로는 창오에 이르고
右西极	서쪽으로는 서극에 이른다네
丹水更其南	단수는 그 남쪽에 있고
紫淵徑其北	자연수는 그 북쪽을 흘러간다네
終始灞滻	상림원의 가운데로는 패수와 산수가
出入涇渭	경수와 위수로 흘러들어오고 나간다네
酆鎬潦潏	풍수, 호수, 요수, 휼수도
紆餘委蛇	구불구불 흘러간다네
經營乎其內	상림원 내부로는 이 모든 흐름이 지나가고
蕩蕩乎八川分流	넘실넘실 여덟 개의 하천으로 나누어 흐르며
相背而异態	서로 흐르는 방향을 달리한다네

「子虛賦」에서는 산에 대한 묘사를, 「上林賦」에서는 강에 대한 묘사를 주로 하였다. 객관적으로 보이는 자연 사물을 예거하여 각각의 형태나 이름을 나열하는 방식으로 묘사하였다. '雲夢'의 모습을 설명한 「子虛賦」에서는 '雲夢'의 모습을 묘사함에 있어 그 중앙엔 무엇이 있고 그 위쪽에는 무엇이 있으며 그 아래쪽에는 무엇이 있다는 식으로 계속되는 열거를 가하였고, 천자의 원림을

묘사한 「上林賦」에서는 원림을 들어오고 나가는 여덟 개의 강을 순차적으로 열거하면서 지리적 설명문 같은 자연 묘사를 가한 것이다. 과장 섞인 묘사와 허구적인 수법을 통해 읽는 독자의 눈과 상상력을 즐겁게 하는 효과를 도모했을 뿐 자연의 아름다움을 보고 느낀 감동을 투영한 것은 아니다.

이처럼 漢賦 속에서 이루어진 자연 묘사는 극도의 과장이나 화려한 형상화를 위해 자연 산수를 나열하거나 개별적인 사물에 대한 설명을 이어나가는 방식으로 이루어졌다. 산수 자연에 대한 독립적인 인식이나 자연미에 대한 각성은 미처 이루어지지 않은 채 피상적인 정경 서술에 불과한 모습을 보이고 있던 것이다. 『詩經』의 比와 興 수법 같은 부분이나 『楚辭』의 감정 서술 같은 부분도 있었지만 사람의 감정은 아직 경물과의 깊은 융화를 이루지 못하고 있었다. 漢代의 賦뿐 아니라 詩 역시 이전 『詩經』과 『楚辭』보다 사람과 자연 정경과의 거리감을 좁혔다고는 하나 진정한 감정이입과 物我一體의 경지와는 역시 아직도 상당한 거리를 두고 있었다. 다만 漢代 詩에 와서 경물 묘사의 비율이 많아지고 자연에 대한 묘사가 좀 더 세밀해졌다는 점은 자연시의 발전 맥락에서 볼 때 고무적인 현상이라 할 수 있을 것이다.

이처럼 魏晉代 이전까지는 아직 전적으로 산수 자연을 묘사한 시가 탄생되지 않았으며 시 속에서 자연을 읊은 부분은 주제를 부각시키기 위한 배경 정도에 머무르고 있었다. 문인들이 산수 자연을 보고 그 자연미에 감동된 시가를 창작하기 위하여서는 먼저 자연 자체의 아름다움을 인식하는 과정이 필요하였다. 魏晉代 이전까지 문인들은 자연 산수를 은둔의 장소, 신선 사상을 펼치는 장소, 散會의 장소 정도로 생각하다가 魏晉代를 거치면서 비로소 감상의 시선으로 자연을 바라보고 산수를 사랑하게 된다.

魏晉代를 거치면서 시인들은 점차로 자연이 지닌 순수한 미감을 인식하게 되었고 그 결과 詩經과 楚辭 등 초기 시가에서 볼 수 없었던 자연 자체에 대한 묘사를 이룬 시가를 하나씩 창작하기에 이른다. 建安 시기에 나온 曹操(155~220)의 行役詩 「觀滄海」는 최초로 자연 자체를 묘사하여 자연시의 발단을 이룬 작품이라는 평가를 받고 있다. 이 「觀滄海」를 보면 비애나 우수의 감정을 배제한 채 눈앞의 정경이 객관적으로 묘사한 것이 발견된다.

觀滄海 푸른 바다를 바라보며

東臨碣石　동쪽으로 비석을 마주 보고 서서
以觀滄海　푸른 바다를 바라본다
水何澹澹　물은 어찌 그리 맑은가
山島竦峙　산과 섬은 우뚝 솟아 있네
樹木叢生　수목은 울창하게 자라나고
百草豊茂　온갖 풀들 무성하구나
秋風蕭瑟　가을바람 소슬하게 불어오고
洪波涌起　큰 물결 용솟음치네
日月之行　해와 달의 운행이
若出其中　마치 그 가운데서 떠오르는 듯하다
星漢燦爛　은하수 찬란히 빛나니
若出其里　이 역시 그 안에서부터 떠오는 듯하다
幸甚至哉　이처럼 행복할 수 있을까
歌以咏志　노래 불러 그 뜻을 펼쳐보노라

　끝없는 바다의 모습으로 시야의 범위를 확대시켰다. 솟아 있는 섬, 물결치는 파도 등을 아득한 윤곽으로 그렸고, 울창한 초목이 대자연에 생기를 불러일으키고 있으며, 가을바람이 일으키는 파도가 사철의 소식을 전해준다. 영원한 시공 속에서 짧은 인생의 비애를 탄식하고 있으나 시인은 우주의 기개를 대해와 함께 포용하여 하나의 合一體로 그리고 있다. 이 작품 한 수를 들어 산수 자연의 순전한 묘사가 이루어지게 되었다는 평가는 아직 이르지만 이러한 시는 산수 자연을 '心懷'를 표현하기 위한 보조 매체로만 보던 시각이 점차 교정되어 본격적인 자연시의 창작을 이루게 하는 단계와 연결되는 중간 역할로서의 의의가 있다.

　그런데 이러한 자연에 대한 감각 변화라는 시대적 배경에는 魏晉代 당시의 司馬氏 정권과 竹林七賢을 비롯한 문인들과의 대립과 반목이라는 상황이 있었다. 魏晉代 정치상 실권자들인 司馬氏들은 소위 '名敎'라고 하는 유가적 개념을 도입한 엄격한 통치 규범을 제창했는데 이 名敎는 당시 지식인들에게 반항 의식을 초래하는 굴레로 인식되었다. 그리하여 阮籍・嵇康 같은 이는 名敎가 주는 질곡에 대항하기 위해 "自然崇尙"을 제창하게 된다. 阮籍은 유가 사상인 名

敎의 예법을 통치자의 술책에 불과한 것이라고 인식하면서 사람들의 사욕을 아우르는 이상적인 사회통합 방법은 '자연'에 귀의하여 정신적인 초탈을 이루는 것이라고 생각하였고[10] 嵇康 역시 "名敎를 초월하여 자연에 심신을 맡긴다는"[11] 의식을 통해 "인간의 자연으로의 몰입"이라는 방향성을 선도하였다. 이처럼 魏晉代에 와서 문인들이 자연에 기탁하여 그 속에서 자신의 사상과 문장을 펼치기를 주장하였던 것은 자연시의 발전에 있어 하나의 배경적 요소가 된 상황이라 하겠다.

또한 魏晉南北朝를 거치며 시가 속에 순수하게 자연미를 묘사한 부분이 점차 많아지게 된 것은 儒·道·佛家 등 각종 철학을 통해 깨달은 자연미를 의식적으로 묘사한 것과도 연관이 있다. 魏晉南北朝 문인들은 道家나 佛家 같은 철학적 사유를 통해 주변 환경이 주는 아름다움을 인식하고 속세의 번뇌를 떨어버리며 나무 한 그루, 풀 한 포기, 돌 한 덩이까지도 자연의 법칙에 순종하는 생명체라는 인식을 갖게 되었다. 만물은 모두 조화의 궤적에 따라 움직이는데 각종 다른 형태로 드러나는 자연은 그 자체로 즐거움을 깨닫게 하는 존재이다. 그리하여 시인들은 각종 시가 속에 등장하는 자연 묘사를 통해 대자연이 주는 생기와 영성을 느끼게 되고 본인이 직접 자연을 찾아 체험한 산수에서 얻게 된 미감을 다시 자연시의 창작으로 연결할 수 있게 된 것이다.

정치적, 철학적 배경과 함께 자연시의 발전에 좀 더 직접적으로 영향을 끼친 문학적 요인으로 魏晉南北朝를 거치며 발전한 玄言詩, 游仙詩 등을 꼽을 수 있다. 이러한 시가들은 道家와 佛家 등 철학과 연계하여 탄생되었지만 자연을 대하고 묘사하는 문인들의 마음에 모종의 정서를 제공한 작품들이었다. 전술한 바와 같이 자연시가 본격적으로 발전하기 이전에 지어진 시가에 등장한 경물 묘사들은 대부분 情志를 위하여 배치될 뿐 자연 자체의 심미적 가치를 지니고 있지는 않았다. 그러나 玄言詩와 游仙詩는 자연을 배경으로 시가를 창작하는 과정을 통해 시인들이 자연을 바라보면서 근심을 잊고 즐거움을 얻거나 침묵

---

10 阮籍 『大人先生傳』: "夫大人者, 乃與造物同體, 天地幷生, 逍遙浮世, 與道俱成, 變化散聚, 不常其形. 天地制域于內, 而浮明開達于外."

11 『嵇康集·釋私論』: "越名敎而任自然."

중에 자연을 관조하는 체험을 가능하게 한 요소들이 되었다. 자연 속에서 창작과 감상을 수행하는 과정은 "나를 잊고(忘我)" "나와 만물과 화합하여 대자연과 혼연일치된 경계(物我一如)"로 이입하게 되는 효과가 있다. 이러한 과정 중에 탄생된 시가들은 자연스럽게 자연시의 내용과 속성을 소유한 시가의 창작으로 이어지게 되는 것이다.

魏晋代를 거쳐 東晋 시기로 가면서 玄言詩와 游仙詩가 내용 속에 자연 정경 묘사의 비율을 높여나간 것은 자연시 발흥에 있어 중요한 배경적 요인이 된다. 자연이라는 공간적 배경은 玄言詩와 游仙詩 창작에 있어 중요한 요소였던 만큼 玄言詩와 游仙詩의 유행은 시가 속에 사상적인 내용과 자연 묘사가 동시에 존재하게끔 하는 작용을 한 것이다. 西晋 초기에 지어진 郭璞의 「游仙詩」는 도가적 사상을 토대로 자연을 노래한 작품인데 문인들은 이 시로 인해 신선 사상뿐 아니라 자연에 대한 인식도 넓힐 수 있었다. 이어 창작된 孫綽의 「天台山賦」, 庾闡의 「游仙詩」 十首와 「採藥詩」 역시 그 주지가 郭璞의 「游仙詩」와 비슷한 것을 발견할 수 있다. 그 밖에 庾闡, 孫綽, 王羲之 부자, 桓玄, 殷仲堪, 湛方生, 簡文帝 등 많은 저명한 문인들 역시 신선 사상을 갖고 服食과 養生을 애호하면서 도교를 신봉한 바 있는데 그들이 창작한 시가 속에는 玄言과 游仙에 대한 추구와 함께 자연 속에서 미감을 체험하는 내용들이 공통적으로 등장하고 있었다. 이렇게 游仙과 玄言을 언급한 시는 그 속에 仙境, 景物 등 산수 묘사의 비율을 높여가다가 점차 玄言과 山水의 구별이 힘들 정도까지 되었고 이러한 경향은 마침내 자연미의 서사가 우위에 서는 자연시의 탄생으로 이어지게 되는 것이었다.

玄言詩, 游仙詩 등이 유행하던 시기에 창작된 시가의 자연 묘사 부분을 살펴보기 위해 西晋의 左思가 쓴 「招隱詩」 二首 중 첫 번째 작품을 예거해본다.

招隱詩 초은시

杖策招隱士　죽장 짚고 은사를 찾아가니
荒涂横古今　길은 거칠어 시간을 잊은 듯
巖穴無結構　바위굴이라 달리 집 지을 필요 없고
丘中有鳴琴　언덕에서는 거문고 소리 들린다

白雪停陰岡　흰 구름 산등성이에 그늘을 드리웠고
丹葩耀陽林　붉은 꽃은 햇빛 비치는 숲에서 빛난다
石泉漱瓊瑤　돌 틈의 샘은 옥돌을 씻은 듯
纖鱗或浮沉　고운 비늘의 물고기 간혹 부침을 거듭한다
非必絲與竹　반드시 거문고와 피리가 아니어도
山水有清音　산수 간에는 맑은 소리가 있는 거라
何事待嘯歌　어찌 꼭 휘파람과 노래를 부르겠는가
灌木自悲吟　관목이 절로 슬피 읊조리거늘
秋菊兼糇粮　추국을 양식으로 삼고
幽蘭間重襟　향기로운 난초를 옷 사이에 넣어 입는다
躊躇足力煩　세상에서 배회한들 힘이 들 뿐이니
聊欲投吾簪　문득 내 비녀 뽑고 투신하리라

　시가의 결미에서 '招隱'을 권하기는 했어도 서두에서 중간에 이르는 부분을 보면 한적한 자연 속 삶의 홍취를 부각시키는 내용으로 이루어져 있다. 은사의 거처를 찾아나간 여정, 은거지의 정경, 주변의 풍광, 자연 속에서 느끼는 홍취 등이 차례로 서술되어 있어 산수시의 구상 방식과 서정이 거의 완벽하게 구성되어 있는 느낌을 받게 된다.
　역시 이 시기에 지어진 작품의 예로 晉의 王羲之(303~361)가 會稽 山陰의 蘭亭에서 문우들과 함께 宴集했던 「蘭亭詩」의 일부를 보도록 한다. 이 「蘭亭詩」는 자연시의 발전상 맹아기에 출현한 작품이라 할 수 있다. 이 시집에 실린 시는 대다수가 玄風을 읊은 玄言詩인데 그중에는 자연의 정경을 직설적으로 묘사한 서경시도 섞여 있다. 당시 문인들이 자연 자체에서 미감을 느꼈고, 자연에서 얻은 감동을 순수하게 묘사하고자 했던 시도가 담겨 있는 것이다.

三月三日臨曲水 삼월 삼일에 곡수를 바라보며
高泉吐東岑　높은 샘물은 동쪽 산봉우리에서 솟아나고
迴瀾自淨㵎　굽이굽이 도는 물결은 절로 맑은 샘물이 되네
臨川疊曲流　시내 가까이 굽이도는 물결이 겹치고
豊林映綠薄　풍성한 숲은 엷고 푸르른 물결에 비추인다

―庾闡

神情 신묘한 정
春水滿四澤 봄물 온갖 못에 그득하고
夏雲多奇峰 여름날 구름 기이한 봉우리 많다
秋月揚明輝 가을 달 밝은 빛을 뿌리고
冬嶺秀寒松 겨울 산봉우리는 찬 소나무 수려하다

—顧愷之

天晴 맑은 하늘
青天瑩如鏡 푸른 하늘은 맑기가 거울과 같고
凝津奕如研 차가운 나루터 마치 닦아놓은 듯하구나

—湛方生

　맑고 깨끗한 강물과 푸른 숲의 조화와 대조, 봄 여름 가을 겨울의 물과 구름, 달과 산봉우리의 정경, 맑고 푸른 날 강가의 풍경 등을 다른 의도 없이 순수하게 묘사해놓고 있는 것을 발견할 수 있다. 이처럼 蘭亭의 문인들은 자연 속에서 마음을 풀기 위해 산수를 찾았다가 결국 아름다운 山水를 사랑하는 쪽으로 인식이 발전하게 된 것이다. 이러한 묘사들은 자연시 창작의 싹이 여기저기서 움트는 것을 발견할 수 있게 해주는 예시들이라 하겠다. 이처럼 감상의 대상으로 자연을 바라보기 시작한 것은 문인들이 자연 속에서 자연미를 추구하고 개인의 진정한 자아와 낭만성을 투영하게 되었다는 것을 의미한다. 魏晉代를 거치면서 자연을 미적 존재로 인식하고 자연미를 부각시켜 시가로 표현한 것은 자연시 발흥과 발전에 있어 매우 큰 의의가 된다 하겠다.

　東晋 후기로 오면서 시가의 표현과 내용에서 점차 玄言이 사라지고 자연의 묘사가 부각되는 경향이 강화된다. 이는 이른바 玄言詩로부터 탈태하여 본격적인 자연시의 흥기를 이루는 현상이 나타난 것을 의미한다. 비록 游仙思想과 玄言, 清談 등을 위해 자연을 찾았지만 자연 산수 속에서 자연 자체의 미감을 발견하며 창작에 임했던 많은 문인들의 노고로 인해 마침내 자연시가 본격적인 흥기를 하게 된 것이다. 자연시의 탄생에 대해 劉勰이 『文心雕龍·明詩』에서 언급한 다음 부분을 살펴보자.

東晉에 이르러 시가의 창작은 玄學의 풍조에 빠지게 되었다. 이 시기에 玄言을 논하던 시인들은 과거의 시인들이 時務에 관심을 가졌던 것을 비웃고 세정을 잊고 공담을 논하는 것을 추종하게 되었다. 袁宏과 孫綽 이후의 시인들은 비록 작품들이 서로 다른 문채와 수식을 추구하였지만 내용상으로는 현담을 향해 가는 경향이 일치하였고 다른 시가 중에서도 玄言詩와 겨루는 시가는 없게 되었다. 그리하여 郭璞의 「游仙詩」는 당시에 걸출한 가작이라 할 수 있다. 南朝 宋初의 시가는 전대의 시풍을 계승하면서도 개혁을 시도하였다. 장자와 노자의 사상이 시가에서 점차 감소하고 산수를 그린 작품이 나날이 흥성하게 된 것이다. 그리하여 시인들은 전편의 대우 중에서 문채를 보이고 매 한 구절마다 신기함을 더하기를 다투었으니 감정적으로는 반드시 경물의 형태를 생생하게 묘사하였고 文辭 방면으로는 반드시 힘써 새로운 기이함을 추구하게 된 것이라 하겠다. 이것이 바로 근래의 시인들이 다투어 추구한 바인 것이다.(江左篇制, 溺乎玄風 ; 嗤笑徇務之志, 崇盛亡機之談. 袁, 孫已下, 雖各有雕采, 而辭趣一揆, 莫與爭雄. 所以景純仙篇, 挺拔而爲俊矣. 宋初文詠, 體有因革 ; 莊老告退, 而山水方滋. 儷采百字之偶, 爭價一句之奇 ; 情必極貌以寫物, 辭必窮力而追新. 此近世之所, 競也)

여기서 "장자와 노자의 사상이 시가에서 점차 감소하고 산수를 그린 작품이 나날이 흥성하게 되었다.(莊老告退, 而山水方滋)"라고 한 부분은 玄言詩 속에서 자연시가 발전해나가다가 이후로 자연시가 전적으로 발전해나가고 玄言詩는 점차 쇠퇴의 길을 걷게 되었다고 보는 중요한 의견이 된다.[12] 이러한 각종 배경과 문학사적인 흐름을 볼 때 晉宋의 교체기에 출현한 자연시는 문인들이 자연 산수에서 느낀 미감과 득오의 경지를 당시 유행했던 현학 사조와 결합시켜 이루어낸 결과라 하겠다. 이러한 시기에 등장한 陶淵明과 謝靈運은 각각 전원시와 산수시라는 주제와 형식에 맞는 시가를 통해 자연시 창작의 토대를 세운 걸출한 문인들이다. 이들의 창작과 뒤이어 창작의 꽃을 피운 여러 시인들의 창작 의지가 결집되면서 이제 자연시는 중국 시사에서 빼놓을 수 없는 주요 제재로 발전하게 된다.

---

12 이 의견에 대해 木公은 「自然詩興起原因新探」(『湖南師範大社會科學學報』, 1996. 4)에서 "자연시는 玄言詩가 아니라 道家思想의 발흥에 따라 흥기한 것이다."라는 논지를 펼치며 이의를 제기하였고, 葛曉音는 「山水方滋, 莊老未退」(『學術月刊』1985. 제2기)에서 "자연시의 흥기 이후에도 老莊思想과 玄言은 계속 융성하고 있었다."라는 논지로 자연시의 흥기와 노장사상의 퇴진은 연관 관계가 없다고 의견을 낸 바 있다. 그러나 老莊과 玄風은 자연시에 미친 영향 관계를 논함에 있어 배제할 수 없는 주요 요인이 되는 것이라 하겠다.

이후 齊梁 시대로 오면서 시가 창작에 있어서는 華麗하고 繁多한 기풍을 숭상하는 풍조가 대세를 이루기는 했지만 자연시 흐름의 맥락에서 볼 때에는 이 시기 역시 중요한 발전을 이룬 기회라 할 수 있다. 東晉의 陶淵明이 전원에 기거하는 흥취를 시가에 부쳤다면, 謝靈運은 심산유곡의 산수를 주로 읊었는데 이러한 창작 경향은 齊梁 시대로 오면서 謝朓를 비롯한 시인들에 의해 좀 더 폭넓은 산수 묘사를 가하는 방향으로 발전하게 된다. 여기에 齊梁代에 유행한 궁정시 역시 사물의 미감에 눈을 뜨도록 도움을 준 요인이 되었다. 초기 궁정시에서는 주로 정원 내의 자연물 같은 주변 사물을 노래했으나 점차적으로 유람 중에 목도한 산수의 풍광같이 확대된 자연을 보고 느낀 서정을 표현하는 방향으로 그 시야가 확장되기에 이른다.

齊梁의 문인들이 자연 일반에 대해 폭넓은 관심을 갖고 다양한 자연물을 제재로 창작을 가하는 풍조 속에서 何遜과 陰鏗같이 謝靈運와 謝朓를 이어 자연시 창작의 성취를 이룬 문인들이 등장하게 된다. 또한 梁陳 시대를 거치면서 자연의 시각적인 아름다움에 색채감과 각종 성률을 가미한 시가도 창작되게 된다. 천연의 자연미 위에 각종 수사적인 조탁까지 가미하여 '淸麗'하면서도 '綺麗'한 풍격을 발하는 작품들이 탄생하게 된 것이다. 이렇듯 魏晉南北朝의 자연시는 자연 산수에 대한 독립적인 묘사를 통해 발흥한 것에 이어 각종 수법을 시가에 이입하여 시가미학을 고조시킴으로서 唐代 자연시를 향한 화려한 비상을 준비하게 된다. 자연시 창작의 황금기인 唐代는 물론 후대로 가면서도 산수 자연이라는 제재는 인간의 자연으로의 회귀와 조화라는 시사점을 지닌 채 항상 시인의 가슴속에 존재하는 화두와 같은 것이었다. 또한 시인의 심리, 시대적 배경, 문학적 배경, 종교나 사상의 영향, 독특한 자연 풍광, 은일 의식 등 다양한 요인들 역시 각 시인과 시대마다 다채로운 풍격의 자연시를 창작하게 한 배경이 되었고 이와 같은 풍부한 창작 의식의 발현을 통해 자연시는 그 화려한 발전을 계속해나갈 수 있었던 것이다.

제 2 장

唐代 詩歌史에 나타난
自然詩 창작의 흐름

1. 唐代 자연시 개관

　唐은 隋를 멸망시키고 東漢에서 南北朝로 이어지는 혼란과 분열의 국면을
정리함으로써 통일된 국가의 면모를 갖고 발전을 이루어간 나라였다. 각종 통
치 정책을 운용하며 민생의 안정을 이루어갔고 국력의 신장을 통해 번영을 추
구하였으니 唐代 사회가 안정되고 경제가 발전하게 되면서 문화예술과 문학 역
시 번영을 향한 일로에 접어들게 된다. 역대 군왕들은 詩文을 애호하며 궁정문
인들로 하여금 應制詩를 창작하게 하였고, 詩文을 주요 내용으로 하는 進士科
를 통해 인재를 등용함으로써 문인들로 하여금 긍지를 가지고 문학 활동에 전
념할 수 있게 하였다. 여기에 南朝 때부터 정비되어온 시체와 시율은 唐代에
들어와 더욱 공고한 개혁과 발전을 이루게 되었고, 南朝 樂府의 아름다운 서정
이 豪放質朴함으로 대표되는 北朝樂府에 흡수됨으로써 시가의 영역이 확장되
었으며, 대가로 칭송되는 여러 시인들과 유파가 나와 다양한 주제에 따라 활발
하게 시문을 창작하였으니 이제 唐代는 이전에 없던 문학의 황금기를 맞이하게
된 것이다.

　唐代 사회와 경제가 발전해나감에 따라 문인들은 자연을 찾고 즐길 기회를
한층 더 많이 갖게 되었다. 唐代 문인들은 자연을 중요한 심미 대상으로 인식
하여 유람과 여행, 별업의 소유 등을 통해 자연스럽게 자연과 소통하였고 자신
이 느낀 자연미와 감흥을 각종 시가를 통해 자유롭게 표현하고자 하였다. 문학
의 황금기를 구가하던 唐代의 흐름 속에서 자연시 역시 중국 역사상 가장 뛰어

난 성취를 이루어내고 있었던 것이다. 唐代에는 初唐, 盛唐, 中唐, 晚唐[1] 매 시기마다 개성적인 흥취를 지닌 시인들이 등장한 바 있는데 이로 인해 각 분기마다 개성적인 풍격과 내용을 지닌 자연시 작품들이 탄생하게 된다. 이른바 '山水田園詩'로 명명되면서 唐代에 융성의 극을 이룬 자연시와 그 시인들에 대해 요약된 정리를 가하고 있는 葛曉音의 다음 언급을 살펴보기로 하자.

소위 '山水田園詩派'는 실제적으로는 세 가지 의미를 포괄한 개념이다. 盛唐시대로 말하자면 왕유와 맹호연을 대표로 하여 조영, 상건, 저광희 등 내면의 풍격이 비슷하고 산수 전원 묘사에 뛰어난 시인들을 일컫는 것이고, 唐代로 말하자면 왕유, 맹호연, 위응물, 유종원을 이르는 것이며, 전체 중국 시가상으로 말하자면 도연명, 사령운, 왕유, 맹호연, 위응물, 유종원 등의 시인을 완전한 하나의 체계로 볼 수 있을 것이다. 중국 고대 문학 비평사상 산수전원시파라는 칭호는 존재하지 않았는데 이는 當代에 나온 문학사의 논저 중에서 사용된 개념이라 하겠다. 그러나 晚唐으로부터 시작하여 사람들은 이미 도연명, 맹호연, 왕유, 위응물 등의 작가가 예술 풍격이 비슷하다는 사실에 주목을 가하게 되었다. 明清 시화 속에 나오는 도연명, 사령운, 왕유, 맹호연, 위응물, 유종원 등은 산수전원시파의 최고 성취를 이룬 대표적 인물로 공인을 받았을 뿐 아니라 항상 함께 거론되는 부류의 작가가 되었고 시가상의 지위도 갈수록 높아지게 되었다. 심지어는 산수 전원이라는 창작 제재의 범위까지 뛰어넘어 중국 문인 중 심미 이상의 전형을 대표하는 인물들로까지 추종되기도 하였다.(所謂山水田園詩派, 實際上包括三層內涵, 就盛唐而言, 指以王, 孟爲代表, 包括祖咏, 常建, 儲光義等在內的一批風格相近的專長于山水田園的詩人 ; 就唐代而言, 則指王, 孟, 韋, 柳 ; 而就中國詩歌史而言, 則應以陶, 謝, 王, 孟, 韋, 柳爲一個完整的體系. 在中國古代文學批評史上, 幷不存在山水田園詩派的稱謂, 這是當代文學史論著中習用的槪念. 但是從晚唐開始, 人們已經注意到陶, 孟, 王, 韋等作家藝術風格相似的事實. 到明淸詩話中, 陶, 謝, 王, 孟, 韋, 柳不但成爲公認的山水田園詩最高成就的代表, 而且形成了經常被幷提的作家系列, 在詩歌史上的地位也愈益提高, 甚至一度超越了山水田園這一題材的範圍, 被奉爲代表中國文人審美理想的典范.)[2]

---

1 明代 高棅『唐詩品彙』의 분류에 의하면 唐代는 初唐·盛唐·中唐·晚唐으로 4분되는데 세분하면 대략 初唐은 高祖 武德 元年(618)에서 睿宗 太極 元年(712)까지의 96년간, 盛唐은 玄宗 開元 元年(741)에서 代宗 永泰 元年(765)까지 44년간, 中唐은 代宗 大曆 元年(766)에서 武宗 會昌 6年(846)까지 80년간, 晚唐은 宣宗 大中 元年(847)에서 唐이 멸망한 907년까지 60년간에 해당하는 기간이 된다.

2 葛曉音,『山水田園詩派硏究』, 遼寧大學出版社, 1993, 제349쪽.

자연시를 흥성시킨 시인들을 나열함에 있어 盛唐의 '王孟'을 우선 언급하였으며 唐代 전체로는 盛唐의 '王孟'과 中唐의 '韋柳'를 함께 거론하며 그들이 자연시의 대가임을 밝히고 있다. 전체 중국 문학사상으로는 六朝의 '陶謝'와 唐代의 '王孟韋柳'를 함께 언급하였는데 이는 전대의 평어를 반영한 시각이라 할수 있다. 이를 통해 중문학에 있어 자연시의 3대 부흥기는 六朝, 盛唐, 中唐의세 시기라는 것도 파악할 수 있겠다. 六朝, 盛唐, 中唐의 세 시기를 중국 자연시의 고조기라 할 수 있지만 각 시기를 전후한 기간에도 여러 시인들의 참여가있었고 唐代 이후로도 자연시의 창작은 그 면면한 흐름을 멈추지 않았다. 자연시를 창작하지 않은 시인들은 거의 없었으며 자연시가 창작되지 않았던 시대는없었다고 말할 수 있는 것이다.

唐代에 국한하여 자연시를 창작한 시인들을 개괄하여 보면, 初唐 시대에는沈·宋과 文章四友를 비롯한 궁정시인들이 시가 발전에 필요한 격률과 수식을다듬었고, 王績이 東晋 陶淵明 전원시의 명맥을 이어 소박한 전원시의 흥취를돋우었으며, 初唐四傑과 劉希夷, 陳子昂 등 비궁정파 시인들이 확대된 자연 소재와 묘사를 통해 자연시의 흥취를 드높인 바가 있었다. 盛唐에 들어오면서 張說과 張九齡은 자연시의 본격적인 성황을 예고하며 문단을 선도하였다. 일군의변새파 시인들이 신기하고 이채로운 자연 형상을 묘사함으로써 자연시의 의경을 확장시켰고, 동시기 王孟을 중심으로 활동했던 淸澹詩派는 다양한 작품 창작을 통해 중국 자연시의 전형적인 면모를 수립하여 나갔다. 이 시기 남방에서는 孟浩然과 張子容이 鹿門에 은거하며 劉昚虛 등과 창화하였고, 秦中에서는王維, 裵廸, 儲光羲, 綦毋潛, 崔興宗, 盧象, 丘爲 등이 서로 교류하며 수창을 하였다. 王維와 밀접한 관계는 없었지만 비슷한 작풍으로 자연을 노래한 常建도빼놓을 수 없는 인물이다. 이들은 모두 시공간적인 배경을 잘 활용하며 山水詩와 田園詩를 창작함으로써 盛唐 자연시의 성취를 최고의 자리에 올려놓은 인물들이라 할 수 있겠다.

安史亂 이후 中唐에 들어와서도 錢起와 劉長卿을 필두로 한 시인들이 王孟자연시의 전통을 이어나갔다. 大曆十才子의 일원인 錢起는 유려한 필치를 발휘하면서도 王維에게서 영향을 받은 한아한 풍격의 작품을 다수 남겼고, 劉長卿

은 '淸新閑雅'한 盛唐의 자연시가 中唐에 들어와 '沖澹蕭散'한 풍격으로 향하는 '變調'의 흐름을 주도하고 있었다. 韋應物이 陶淵明 전원시의 흥취를 재현하면서 담박한 풍격의 자연시를 창작해낸 것과 永州로 폄적 간 柳宗元이 개성적인 감정을 투영한 산수 묘사를 해냈던 성취를 통해 中唐의 자연시는 盛唐에 이은 중흥을 맛보게 된다. 이른바 '王孟韋柳'로 대변되는 唐代 자연시의 성취를 이루어내게 된 것이다. 여기에 元白一派의 사회적 의식을 투영한 자연 묘사와, 기험한 작풍을 통해 실험적 창작정신을 실천한 韓孟詩派의 이채로운 자연 묘사는 中唐의 자연시로 하여금 또 하나의 '變調'를 발하게 하는 결과를 지향하게 하였다.

晚唐代로 들어오면서 자연시는 융성 이후에 여음을 발하는 형국으로 흘러가게 된다. 그 와중에도 杜牧과 李商隱 등 유미주의 시인들은 유려한 필치를 동반한 신선한 미감을 자연 묘사 속에 투영하였고, 許渾, 張碧, 溫庭筠 등 개성적인 취향을 지닌 일군의 시인들은 시대의 흐름에 구속되지 않는 개성적인 묘사를 통해 자연시의 면모를 일신하고자 하였다. 唐朝의 멸망과 함께 자연시의 흐름은 쇠미함을 면치 못하게 되었지만 唐末 은일시인들은 자연과 함께 호흡하며 그 속에서 안위를 찾고자 하는 시도를 멈추지 않고 있었다. 唐代 자연시는 盛唐과 中唐을 거치면서 두 차례의 거대한 성취를 이루어냈는데 그 흐름의 전후에도 자연을 사랑했던 다양한 시인들이 창작이 빛을 더하고 있었음을 살필 수 있는 것이다. 이제 唐代 詩歌史에 나타난 자연시 창작의 흐름을 분기별로 나누어 좀 더 세부적으로 살펴보기로 한다.

2. 初唐의 자연시

(1) 初唐의 자연시 창작 배경

唐代의 분위기를 선도한 初唐 약 100년간은 중국 문학사에 있어 황금기의 서막을 의미한다. 唐詩의 발판을 마련하고 시가의 황금기를 열어나간 개국 초기에는 궁정문인들이 창작의 주체 역할을 했기에 纖濃하고 艶麗한 南朝風의 유미적인 기운이 우세할 수밖에 없었다. 일찍이 隋代에서는 南朝 출신 시인인 江總, 虞世基, 虞世南 등이 齊梁의 시풍을 추종하였고 北朝의 많은 시인들과 隋代의 시단을 주도했던 煬帝까지도 南朝의 염정적인 시풍을 좋아했기에 梁代 簡文帝 시기와 마찬가지로 염정시가 유행한 바 있었다. 그러나 이에 대한 반발도 있었으니 北周의 蘇綽 같은 이는 復古를 외치며 남조 유미문학에 대한 반발의 움직임을 보여주었고 隋의 文帝 같은 이는 南朝가 정치적 부패와 국력의 柔弱함에 빠졌던 이유가 浮艶한 文風에 있었다고 보고 부염한 풍조를 일소하는 노력을 가하기도 하였다. 이처럼 南朝詩風의 수용과 반발이 공존했던 문학 풍조는 初唐代로 들어오면서 宮廷詩壇에 의한 南朝 浮艶한 시풍의 계승과 四傑을 비롯한 非宮廷文人들의 시가의 개혁 도모라는 각기 다른 형국으로 이어지게 된다. 初唐 시단은 '箴規'와 '歌頌'을 위주로 흥성한 궁정문학, 上官儀에 의해 주도된 華美하고 輕艶한 창작 기풍의 유행, 沈·宋을 통해 정비되어간 시율과 수사 기교, 上官儀 사후 四傑을 비롯한 문인들에 의해 이루어진 개혁의 노력 등이 차례로 실행되면서 흐름을 이어나가는 형국에 있었다.

初唐代로 들어오면서 자연시는 그 시작이 미약하였는데 이는 당시 궁정문학이 유행했던 것과 궁정문인인 許敬宗과 上官儀가 문단의 흐름을 좌우했던 상황과도 연관이 있다. 許敬宗은 太宗 후기와 高宗代를 거치면서 문단에서 활동하며 금이나 옥을 다듬는 것처럼 箴規型 宮廷詩[1]를 썼고, 上官儀는 武德에서 貞觀 연간까지 頌美型 宮廷詩[2]를 쓰며 염체시의 발전을 가속시키고 있었다. 許敬宗은 공명욕을 지닌 당시 궁정문인들의 심리에 부합된 전아하면서도 화려한 풍격의 시가를 다수 창작해냈고, 上官儀는 각종 對偶 기법을 정비하면서 화려한 수식을 추구하는 시가를 창작해낸 바 있다. 이 '箴規型 宮廷詩'와 '頌美型 宮廷詩'는 당시 궁정시인들의 주된 문학 창작 경향을 대변하는 것이라 할 수 있는데 고아한 표현을 추구했지만 실제 내면을 보면 예술적 가치는 결핍된 상태였다. 이 중 '上官體'로 불리던 上官儀의 시체는 그가 정치적으로 득세한 龍朔 初에 최고로 성행하였다가 麟德 元年 12월 武則天을 반대하다 許敬宗의 무고로 옥사하기 전까지 문단에서 유행을 이어나간 바가 있었다.

당시 궁정문학의 위세는 대단하여 初唐四傑과 陳子昂 등의 혁신파가 주장한 이론과 작품에서도 어느 정도 궁정문학과 연관된 면모가 발견될 정도였다. 이전 齊·梁·陳·隋의 궁정시에서는 산수시가 가장 큰 비중을 차지하고 있었지

---

1 太宗 貞觀 초기에서 중기 사이에 생겨난 箴規型 궁정시는 그 내용이 정치설교적인 성격을 띠고 있었다. '貞觀之治'를 이룬 太宗은 허식을 없애고 현실적인 것을 추구해야 한다는 의식을 갖고 있었고 貞觀의 중신들도 齊·梁·陳·隋 등 전대 몇몇 군주들이 "음란하고 화려한 문장으로 치우쳐(偏向淫麗之文)", "혼란으로 인해 멸망하는 화에서 벗어나지 못한(無求亂亡之禍)"(『陳書』「後主本紀」) 교훈을 남긴 것에 대한 의식을 갖고 있었다. 이에 王珪, 陳叔達, 虞世南, 魏徵, 褚亮, 李百藥, 楊師道 등은 시가를 통해 隋·唐 정권 교체기에 필요하다고 생각되는 새 시대를 향한 의지나 "시대의 마음을 함께 느끼면서 각기 자신의 뜻을 종횡으로 펼치는(共矜然諾心, 各負縱橫志)"(虞世南「結客少年場行」) 기상 등을 노래하고자 하였다. 한편으로 太宗의 정치사상을 해석하거나 太宗의 사업을 고무하기 위하여 웅대한 뜻을 펼친 작품을 쓰기도 하였다. 箴規型 宮廷詩는 대부분 정치설교를 위주로 한 내용인데 이는 정치의 발전, 원활한 言路의 확립, 군신의 일치단결을 통해 태평성세를 이루려는 당시의 결심과 믿음을 반영하는 것이기도 하였다.

2 頌美型 宮廷詩는 箴規型 시와 거의 동시에 출현하였는데 그 내용을 보면 大唐 개국의 기상과 太宗의 문무를 찬미하는 등 주로 태평성세를 노래하는 내용으로 되어 있었다. 貞觀 후기로 가면서 箴規型 宮廷詩보다 頌美型 宮廷詩가 점차 많아지게 되었고 시가의 풍격 역시 더욱 전아함을 추구하는 방향으로 발전하게 된다.

만 初唐에 들어와 箴規型 詩와 頌美型 詩가 시단을 주도함에 따라 산수시는 그 주도적인 지위를 잃은 상태에 있었다. 당시 자연을 노래한 작품들은 齊梁의 방식을 본뜨는 수준에서 벗어나지 못하고 있었고 제재 선택이나 표현에 있어서도 새로운 시도나 변화를 도모하지 못하는 상태에 있었다. 시가에서 자연을 묘사한 부분도 대부분 宮廷, 臺閣, 山池 등의 협소한 범위에 머물거나 응제시와 증답시 속에서 부분적으로 배경 역할을 하는 정도에 그치고 있었던 것이다.

許敬宗과 上官儀로 대표되던 初唐의 華美하고 輕艶한 창작 풍조는 上官儀 사후 王勃을 비롯한 四傑의 비판을 받기에 이른다. 이전에 隋代와 初唐 시인들이 행했던 풍경의 묘사는 대부분 宮苑山池에 국한되어 있거나 '春花秋月', '細草岸柳', '魚雁鶯蝶' 등의 고정된 자연물을 제재로 활용하는 수준에 머물러 있었다. 이에 비해 四傑은 建安 정신의 계승을 강조하며 유가 사상의 제한을 타파하고자 하는 혁신 정신을 보여주었다. 四傑은 관직의 부침을 겪으면서 체험한 전국의 江山, 邊塞, 사막 등에 대해 새로운 산수미 의식을 투영하여 시가를 창작하고자 하였으니, 臺閣, 池苑을 주로 하던 자연 묘사는 四傑에 의해 강산, 변새로 옮겨갔으며 자연시의 예술성과 표현 수법 또한 뚜렷한 진전을 보기에 이르렀다.

四傑은 齊梁 이래로 행하여져왔던 풍경과 사물에 대한 단순한 묘사에서 탈피하여 情意의 용량을 넓히거나 심화시킴으로써 시의 의경을 발전시켜나가고자 하였다. 宋·齊 이래로 자연시는 기본적으로 고유의 윤곽을 먼저 그리고 평면을 칠하는 방법을 취하고 있었는데 四傑도 초기에는 단조로운 시각으로 경물을 선택했지만 점차 자신들의 독특한 심미 시각을 이입시켜 정경 속에 개성적인 감흥을 이입하는 기술을 발휘하기에 이른다. 四傑은 자구의 수식을 중시하지 않았기에 기교 방면에서는 齊梁보다 못한 감이 있지만 자신들의 정서를 발휘하며 개인의 예술적 풍격을 확립함에 있어서는 탁월한 성취를 보이고 있었다. 전대 南朝 詩人들이 문장의 구성과 배경을 선택함에 있어 예술적 기호가 유사하고 개성적인 풍격이 드물었던 것과 비교가 되는 점이라 하겠다.

初唐의 자연시는 四傑을 비롯한 문인들의 개혁적 창작 의지, 沈佺期와 宋之問에 의한 창작 기교의 발전, 儒道佛家 등 각종 사상의 수용과 은일서정의 발홍, 봉건 경제의 발전으로 인한 문인들의 田莊과 別業의 소유 등 각종 배경을 발판으로 삼아 자연시 극성의 서막을 열고 있었다. 그중 初唐 자연시의 발전과 연관하여 중요한 문제로 생각해볼 수 있는 것이 창작 기교의 정비와 발전이다. 律詩의 발전 맥락에서 볼 때 四傑 시대에 성조와 격률은 이미 기본적인 형성을 이루고 있었다. 그러나 對仗에 있어서 古詩, 歌行 및 賦體의 對偶는 뚜렷한 진전을 보이지 못하다가 결국 律詩의 造句에 힘을 쓴 沈佺期와 宋之問에 의해 句法과 對仗이 한층 진화를 하게 된다. 武則天과 中宗 시기에 활동한 陳子昂, 宋之問, 杜審言, 沈佺期 등의 시인들은 자연을 묘사하는 작품을 창작하면서 古體와 近體 두 방면 모두에 걸친 변혁을 도모하게 된다. 그들은 齊梁의 유미한 시풍이 답습되던 당시의 풍조 속에서 大謝의 五言古詩體를 모방함으로써 고전적인 자연시의 음조를 다시 부흥시켰고, 근체시의 격률이 점점 규범화되어가는 와중에서 자연시에 구상의 정교함과 함축적 표현을 부가하는 노력을 행한 바 있다. 이는 初唐 근체시가 가지고 있던 구상의 평이함, 구법의 단조로움 등을 변혁하고자 한 것인데 이로 인해 결국 고금의 풍모를 겸비한 자연시 작품이 탄생되는 결과를 맞이하게 된 것이다.

唐初에 발전을 거듭해간 五言體와 七言體 시형 역시 자연시의 창작과 어느 정도 관계가 있는 부분이다. 初唐代의 시체는 五言體가 주를 이루고 있었는데 이는 漢魏六朝 이래로 五言詩가 발전을 지속해온 것을 답습한 것이었다. 특히 貞觀 시대의 군신들은 應制와 宴會, 歌頌과 도덕 설교를 막론하고 五言詩를 선택하여 聲調를 조탁하고 對仗을 배열하는 것을 좋아하는 성향을 갖고 있었다. 이는 五言을 통해 발전해온 전대 자연시를 그대로 수용할 수 있으면서 성률과 기교도 답습할 수 있다는 점에서 편리한 요인이라 할 수 있는 것이다.

初唐代에 출현한 七言 歌行詩도 자연시와 연관된 주요 특성으로 거론할 수 있겠다. 武后 시대에 이르자 궁정시의 형식에 변화가 일어나 다수의 七言 歌行詩가 출현하게 되었다. 七言 歌行詩는 일찍이 陳代와 隋代에서 대량으로 출현한 바 있었지만 唐初에 와서는 쇠락한 양상 속에 있었는데 四傑에 의해 다시 부흥의 기세를 보이게 된 것이다. 詩와 騈文, 賦體 등에서 뛰어난 기량을 갖고 있던 四傑은 詩와 賦의 흥취를 융합하면서 새롭고 신선한 미학을 추구하고자 하였는데 七言 歌行詩는 이 과정에서 나타난 현상인 것이었다. 四傑은 歌行體를 통해 기존 궁정시의 제재를 확장하여 활용하면서 한층 길어진 편폭에다 좀 더 다양한 현상을 담아내고자 하였다. 이는 신선한 氣勢를 추구하고자 하는 의식의 발현이며 감정의 서사가 한층 깊어진 결과라고도 볼 수 있는 점이다.

武后 시대로 오면서 沈佺期와 宋之問은 七言 歌行詩를 宮廷 應制詩의 범주 안으로 이입하게 된다. 七言 歌行詩를 통해 군왕의 모습이나 궁정의 연회, 주변 정경 등을 더욱 다양하게 부연하며 묘사할 수 있었기 때문이었다. 歌頌이나 說敎를 주된 내용으로 하던 궁정시였지만 五言에서 七言, 七言 歌行詩 등으로 점차 자구를 늘려가며 묘사를 부연함으로써 좀 더 다양한 사물을 묘사하며 자연미 의식을 제고할 수 있었고 표현 기법도 향상시킬 수 있게 된 것이다. 이처럼 기존의 詩體를 새롭게 활용하여 창작 수법을 발전시킨 것 역시 자연시의 발전을 도와준 요인으로 거론할 수 있는 것이다.

唐代에 성행했던 각종 사상이나 종교 또한 문인들이 자연과 밀접한 관계를 갖게 한 요인이라 할 수 있다. 唐代에는 儒家를 기본 이념으로 한 치세를 펼쳤지만 역대 제왕들이 道敎를 많이 선호하였고 민간에서도 道家와 佛家 사상은 함께 유행하고 있었다. 대부분의 문인들은 기본적으로 유가 경전을 공부하였지만 道家와 佛家 사상에도 깊은 관심을 갖고 있었고 도사나 승려와도 빈번한 교류를 실시하고 있었다. 儒家·道家·佛家 사상의 수용은 시인으로 하여금 더욱 자연을 찾게 한 요인이 되었으며 이에 따라 문인들은 산수 경물을 점점 더 심미 가치의 대상으로 인식하게 되었다. 이와 더불어 唐代에 성행한 은일 풍조 역시 문인들로 하여금 자연을 접하고 묘사할 기회를 많이 갖게 만든 중요한 배경으로 거론할 수 있다. 각종 사상에 따른 자연 추구와 은일 풍조의 성행은 문인들에게 은거에 대한 욕망을 가중시켰는데 심지어 일부 문인들은 처세와 관직 추구를 위한 하나의 수단으로 은거에 들어가기도 하였다. 이른바 '終南捷徑'[3]으로 표현되는 당시 문인들의 은거를 통한 관직 추구는 시속의 반영인 동시에 자

---

3 '終南捷徑'이란 終南山에 은거하며 명성을 쌓은 후 그 명성으로 인해 관리가 되는 방법을 이른다. 唐代에 관리가 되기 위해 과거를 준비하는 것보다 더 빨리 등용될 수도 있어 '捷徑'이라는 명칭이 붙었다. 은거가 처세의 한 수단으로 활용된 대표적인 경우라 하겠다.

연과의 거리를 좁히게 한 하나의 계기로도 작용하게 되었다. 唐代 문인들은 魏晉 이래로 '朝隱'[4]을 영광스럽게 여기던 관념에 영향을 받아 산림의 은거하는 생활에 대해서도 어느 정도 긍정적인 인식을 갖고 있었다. 初唐 이래로 陳子昂 이전까지는 벼슬과 은거, 나아감과 물러남의 인생 원칙에 대하여 이렇게 진지하게 생각한 사람은 거의 없었다. 高宗부터 武后 시대까지는 문인들이 세속 밖에서 교유를 하는 '方外之交'를 좋아하기는 했어도 자연시 창작과 뚜렷한 연관 관계를 갖지는 못하다가 점차 은일 의식에 대한 각성이 일어나게 되면서 游仙詩와 山水詩를 서로 결합한 창작을 감행하기에 이르렀다. 자연 속에서 은거하거나 서로 교유하던 풍습은 初唐 자연시에 대하여 일종의 새로운 경계를 제공하게 되었으니 자연 속 은거와 교유는 자연시의 발전에 있어 긍정적으로 작용한 요인이라 할 수 있겠다. 初唐代에 이루어진 각종 시체를 비롯한 수사 기교의 발전과 문인들의 새로운 자연의식에 힘입어 初唐의 자연시는 거대한 도약을 위한 실천을 한 단계씩 이루어나갈 수 있게 되었다 할 수 있겠다.

(2) 初唐의 자연시 작가들

初唐은 문학사상 자연시가 가장 흥성했던 南朝 시기와 盛唐 시기 사이에 있던 중간 시기로서 양대 고조기와 비교할 때 상대적으로 성취가 낮았던 시기라 볼 수 있다. 그러나 盛唐 자연시의 극성은 初唐 자연시의 성취를 이은 결실이라 할 수 있으니 자연시 발전 과정에 있어 初唐이 지닌 중간 단계로서의 의미는 결코 간과할 수 없는 것이다. 南朝 陶淵明과 謝靈運의 시풍을 계승하여 발전한 初唐의 시단은 王績, 王梵志 등으로 이어지는 田園詩의 창작과, 沈·宋,

---

4 '朝隱' 이 말은 漢代 揚雄이 『法言·五子』에서 "柳下惠는 朝廷에 있는 隱者가 아닌가요?(柳下惠非朝隱者與?)"라고 한 말에서 기인한 것으로, 東方朔이 말한 "金馬門에서 세상을 피하는 수단(避世金馬門)"과 상통하는 의미였다. '朝隱'은 "생각은 은일을 도모하나 몸은 벼슬길에 있는 것"으로 은거와 영리의 도모 사이에서 처신하는 태도를 지칭한다. 朝隱의 풍조는 玄學의 발전에 따라 魏晉 때에 특히 성행하게 되었는데 이후 후대로 오면서 은일의 한 유형으로 자리 잡게 된다.

上官婉兒, 張說 등으로 이어지는 山水詩의 창작이라는 두 갈래에 따라 그 흐름을 진행하고 있었다.

初唐 王績은 陶淵明의 田園詩를 계승하여 창작의 성취를 이루었으나 이후 약 100여 년을 지나는 동안 田園詩의 창작은 상대적으로 쇠미한 상태를 유지하고 있었다. 盧照鄰, 宋之問 등 소수의 시인이 전원생활과 유관한 시를 몇 편 창작해내는 정도였던 것이다. 한편 山水詩는 田園詩에 비해 지속적인 창작의 흐름을 유지했지만 이 山水詩 역시 初唐 中宗 神龍 연간 이후에야 창작의 성황을 맛보게 된다. 그사이 山水詩는 初唐의 四傑로부터 盛唐의 開元 전기까지 齊梁體를 계승하거나 大謝體를 모방하는 등의 과정을 통해 발전을 추구하게 되었다. 山水詩의 표현 예술은 齊梁體의 계승과 大謝體의 모방이라는 두 가지 시풍을 반복 교체하면서 점점 完美한 상태로 나아갔으며 盛唐을 거치면서 風骨과 修飾이 결합된 이상적 풍모를 형성하기 위한 기초를 다져나가고 있었던 것이다.

初唐의 자연시는 江山을 직접 주유하며 체험한 자연미 의식을 시에 이입한 여러 비궁정파 문인들이 궁정시의 산수 묘사가 지닌 협소한 경계를 뛰어넘는 작품을 창작하는 쪽으로 발전을 해나가게 된다. 자연을 일차적인 음영의 대상으로 한 작품은 적었지만 작품 속에서 자연 의식을 추구한 부분이 점차 많아지면서 初唐 자연시는 진일보한 발전을 이루게 된 것이다. 그들이 자연을 읊은 작품은 南朝의 艷麗한 풍격에 영향을 받아 '화사하고 아름다운(綺錯宛媚)' 모습과 '아름답고 농염한(綺麗纖濃)' 모습을 내포하기도 하였지만, 점차 확대된 의경과 자연 미감을 시가에 이입하게 되었고 '淸新'하고 '閑雅'한 운치를 발휘하는 작품을 창작하는 방향으로 발전을 해나가게 된다. 初唐의 시인 중 중요한 사상적 근거를 제공한 이들로 684년부터 696년에 결성되어 활동한 문인들인 '方外十友'를 빼놓을 수 없다. 이 '方外十友'는 初唐에서 활동하던 문인 중 "현실을 벗어나 자연에서 노니는 것(方外之游)"을 애호하던 일군의 문인들이었는데[5] 이는

---

5 이 '方外十友'에 관하여는 『新唐書·陸餘慶傳』에서 "陸雅善, 趙貞固, 盧藏用, 陳子昂, 杜審言, 宋之問, 畢構, 郭襲微, 司馬承禎, 釋 懷一(史懷一)" 등을 '方外十友'라 한다. 또 『仙鑑』에서는 司馬承禎, 陳子昂, 盧藏用, 宋之問, 王適, 畢構, 李白, 孟浩然, 王維, 賀知章 등을 '仙宗十友'라 칭하고 있다.((陸)雅善, 趙貞固, 盧藏用, 陳子昂, 杜審言, 宋之問, 畢構, 郭襲微, 司馬承禎, 釋懷一(應爲史懷一), 時號'方外十友'. 『仙鑑』則稱司馬承禎與陳子昂, 盧藏用, 宋之問, 王適, 畢構, 李白,

당시 문인들과 승려, 도사 및 은사와의 왕래가 긴밀하였음을 알려주는 부분이기도 하다. 『新唐書·陸餘慶傳』에 나오는 '方外十友' 중 陳子昂, 盧藏用, 宋之問 등과 李白, 孟浩然, 王維는 시대적으로 왕래의 가능성이 없어 믿을 만하지 못하지만 당시 陳子昂, 宋之問 등의 시문에서 발견할 수 있는 王適, 田遊巖, 韓法昭, 法成, 孟詵 등은 "속세를 떠나 자연에서 교유를 가진(方外之交)" 인물로 보기에 무리가 없는 인물들이다.

初唐의 문학이 발전하면서 자연시도 점차 기존의 심미 시각에서 벗어나 체험을 통해 확대된 자연미 의식을 이입하며 그 영역을 넓혀가게 된다. 이 시기 거의 모든 시인의 작품에는 자연에 대한 묘사가 존재하였다고 할 수 있다. 그중에서도 궁정문인인 上官儀, 虞世南, 宋之問, 沈佺期 등과 文章四友로 불리는 崔融·李嶠·蘇味道·杜審言, 여류시인 上官婉兒 등의 시인은 궁정시의 범위를 넘나드는 자연 묘사를 시도했음을 살필 수 있다. 武后 中宗代를 거치면서 폄적, 귀양, 한거 등으로 인해 각지의 산수를 체험한 蘇味道, 崔融, 杜審言, 宋之問, 沈佺期 등 문인들에 의해 '自然'은 점차 일차적인 창작 대상으로 인식되게 되었고 궁정 산수가 지닌 협소한 경계는 점차 허물어지게 된다. 어느덧 자연시는 자연이라는 객관적 사물을 평면적으로 묘사하는 것에서 점차 자기의 독특한 심미 시각과 자연미를 결부시킴으로써 개성적인 예술 풍격을 건립해나가는 수단으로 자리 잡게 되었다. 자연시는 개인의 소박한 감성과 개성적인 흥취를 표출하는 데 있어 궁정시보다 용이한 시체라는 인식을 제공하면서 그 자체의 발전을 이루어나가게 된 것이다.

한편 非宮廷文人으로 시가의 혁신을 추구한 王勃·楊炯·盧照鄰·駱賓王 등의 初唐四傑은 전국을 주유하며 체험한 山水美 의식을 시가에 이입하여 初唐의 자연시를 선도하는 창작을 실행하고 있었다. 또한 전원시풍을 지닌 작품을 창작하여 陶淵明의 여음을 보인 王績, 청신하고 담백한 자연시를 창작했던 劉希夷, 古風을 지향하며 자연 묘사 속에 기개와 비애를 담아냈던 陳子昂 등 일군의 시인들 역시 다양한 묘사를 통해 자연미와 자연에 대한 자신들의 서정을

孟浩然, 王維, 賀知章爲'仙宗十友')"라고 한 기록을 참조할 수 있다.

발휘하고자 노력한 인물들로서 주목할 만하다. 이제 初唐의 시인들과 그들의 작품을 중심으로 初唐 자연시의 흐름을 살펴보기로 한다.

1) 宮廷文人의 자연시 : 조탁과 기교의 발전

서기 621년 唐 太宗 李世民(599~649)은 18명의 학사를 수집하여 文學館을 설립하였는데 이 文學館에 모인 학사들은 唐初 문화 건립의 핵심적인 역할을 담당한 인물들이었다. 당시 六旬의 노인으로 文學館을 이끌었던 虞世南(558~638), 褚亮(560~647), 許敬宗(592~672) 등은 浙江 일대 출신으로 남조 문화의 세례를 받은 이들이었고 이후 들어온 上官儀(608?~664)가 다음 세대 학사로서 궁정문학의 맥을 잇게 된다. 이들의 작품은 기본적으로 응제문학의 형식을 띠고 있었는데 개국 초기의 기백과 왕조 창업의 기풍을 구가하던 습성은 자연 묘사에도 어느 정도 영향을 미치게 된다. 이들이 자연을 읊은 몇몇 작품에서 밝고 명랑한 면모가 발견되는 것은 그 여파 때문이라 하겠다.

虞世南(558~638)은 凌烟閣 24功臣[6] 중의 한 명으로 越州 余姚人이다. 관직은 秘書監, 禮部尙書 등을 역임했고 唐 太宗에게서 德行, 忠直, 博學, 文詞, 書翰 등에 우수하다는 칭찬을 받았다 한다. 書法이 뛰어나 강함과 부드러움을 두루 갖추었으며 骨力이 강건하여 歐陽詢, 褚遂良, 薛稷 등과 함께 "唐初四大家"로 불린다. 應酬作이 많으나 詩風 역시 書風과 비슷하여 淸麗함 중에 剛健함을 지녔다는 평을 받는다. 대표작으로 「出塞」, 「結客少年場行」, 「怨歌行」, 「賦得臨池竹應制」, 「蟬」, 「奉和詠風應魏王敎」 등이 있다. 주로 應制詩나 奉和詩 작품이 많으나 그 속에 자연을 대하면서 느낀 자신의 서정을 최대한 담아내려고 노력

---

6 唐 貞觀 17年(643) 2월 28일에 唐 太宗은 "무릇 군왕이 된 자는 영재를 잘 부릴 줄 알아야 하며 마음으로 존중함으로써 선비를 우대한다.(爲人君者, 驅駕英材, 推心待士)"는 취지로 閻立本으로 하여금 凌烟閣 내에 함께 천하를 다스렸던 長孫無忌, 李孝恭, 杜如晦, 魏徵, 房玄齡, 高士廉 등을 위시한 공신 24명의 초상화를 그려놓게 하였는데 이를 〈二十四功臣圖〉라 한다. 이 〈二十四功臣圖〉에 있는 24명의 초상화는 모두 北面하게끔 하여 太宗이 늘 그들을 회고할 수 있도록 하였다. 凌烟閣은 총 3층으로 1층에는 최고 공훈 재상을, 2층에는 공이 많은 王侯 신하를, 3층에는 기타 功臣의 초상화를 각각 걸었다고 한다.

했던 부분들이 발견된다.

虞世南의 시 중 자연을 청아하게 묘사한 부분이 돋보이는 「侍宴應詔賦韻得前字」 一首를 살펴본다.

侍宴應詔賦韵得前字 연회에서 前자 운을 받들어 응수시를 짓다
芬芳禁林晚　꽃향기 그득한 천자의 숲에 저녁이 내리고
容與桂舟前　한가로운 모습으로 계수나무 배 나아간다
橫空一鳥度　하늘에는 새 한 마리 가로질러 날아가고
照水百花燃　물에 비친 온갖 꽃 불타듯 붉다
綠野明斜日　푸른 들녘에는 석양이 비추고
靑山澹晚烟　청산은 저녁 연무 속에 고요하구나
濫吹終宴賞　외람되이 천자를 모시고 주연을 즐겼으나
握管類窺天　나의 식견은 마치 대롱을 통해 하늘을 살피는 듯 좁구나

시제에서 밝혔듯이 연회에서 '應詔'하여 지은 작품이라 수연과 미연은 응제시의 한계를 보이고 있다. 그러나 3~6구를 보면 하늘과 물, 들녘과 청산이 절묘한 대치를 이루는 중에 여유와 담담함, 정태와 동태의 조화, 붉고 푸르른 색조 등이 순차적으로 표현되어 있다. 선명한 대조를 통해 아련한 의경을 창출하고 있음이 돋보이는 것이다.

應制詩와 무관하게 개인의 서정을 담고 있는 「春夜」 시를 보면 좀 더 자유로운 서정을 담고 있음을 느낄 수 있다.

春夜 봄밤
春苑月裵回　봄 정원에 달이 배회하고
竹堂侵夜開　밤 깊은 竹堂에는 문이 열려 있네
驚鳥排林度　무언가에 놀란 새들 숲 속을 날아가고
風花隔水來　꽃향기는 물 건너 이곳까지 날아오나니

봄 정원에 떠 있는 달은 내 마음처럼 배회하고 있다. 밤 깊도록 廳堂의 문은 열려 있고 무언가에 놀란 듯 새들은 밤 숲 속으로 흩어진다. 한밤중이 되도록 무언가 정리되지 못한 상황이 작자에게 펼쳐져 있는 듯하다. 그런데 문득 바람

에 실려 오는 꽃향기가 시인의 후각을 상큼하게 자극한다. 어디선가 다가온 자연의 내음은 시인의 마음에 위로와 평안을 제공하고 있는 것이다.

虞世南의 작품 중 "비 갠 후 뭇 산들 푸르고, 연기는 들녘에 시원하게 펼쳐 있다. 새들은 허공을 차 올라가 배회하며, 긴 무지개 호수 너머까지 걸쳐 있나니.(雨歇連峰翠, 烟開竟野通. 排虛翔戲鳥, 跨水落長虹)"(「奉和幽山雨後應令(太子의 「幽山雨後」 시를 받들어 화답하여,)」라는 구절은 비 온 후의 산뜻하게 펼쳐진 넓은 하늘과 호수에 대한 묘사가 빼어나고, "대는 서리 맞은 후에 푸르고, 매화는 흩날리는 눈 속에서 향기를 날린다.(竹開霜後翠, 梅動雪前香)"(「侍宴歸雁堂(귀안당에서 연회를 모시고)」)는 표현은 의상과 색감의 조화가 산뜻하며, "이른 가을 뜨겁던 해가 저물고, 새로이 뜬 초현달이 아름답다. 맑은 바람 더운 기운을 깔끔히 씻어주며, 내리는 이슬은 세속의 번다함을 정화시켜준다.(早秋炎景暮, 初弦月彩新. 淸風滌暑氣, 零露淨囂塵)"(「奉和月夜觀星應令(太子의 「月夜觀星」 시를 받들어 화답하여,)」)는 표현에서는 맑고 청명한 가을 기운 속에서 평온함을 찾는 마음이 돋보인다. 虞世南이 應制詩나 奉和詩를 짓는 중간중간에도 번득이는 佳句를 창출하고자 노력하였던 면모를 발견할 수 있는 것이다.

初唐 궁정문인의 흐름은 虞世南에서 上官儀로 이어지게 되는데 그들과 동시대인이면서 중간자의 역할을 한 이로 太宗代에 두각을 나타낸 李百藥이 있었다. 李百藥(565~648)은 字가 重規, 定州 安平人이며 史學家로도 유명하니 貞觀元年(627)에 奉詔하여 10년간 撰한 『北齊書』 五十卷이 후에 二十四史에 편입되게 된다. 성품이 침착하고 과묵하였으며 唐 太宗의 중용을 받아 中書舍人, 太子右庶子 등을 역임하였다. 五言詩에 능했으며 『北齊書』와 함께 20여 수의 시와 문장 13편이 전한다. 그의 시가 중 자연을 묘사한 부분이 비교적 많은 작품으로는 「晩渡江津」, 「渡漢江」, 「王師渡漢水經襄陽」, 「途中述懷」, 「郢城懷古」, 「秋晚登古城」 등이 있다. 그중 李百藥이 가을 저녁의 서정을 순수하게 노래한 작품을 한 수 예거해본다.

---

7 天子에 화답하는 시를 일컬어 '應詔', 太子에게 화답하는 시를 '應令', 諸王(太子를 제외한 왕자들)에게 답하는 시를 '應敎'라 한다.

晚渡江津 저녁에 강가 나루터를 건너며

寂寂江山晩　적막한 강산에 해가 저물어
蒼蒼原野暮　푸르른 들녘에 노을이 지네
秋氣懷易悲　가을 기운에 쉬이 슬픔이 감도나니
長波淼難溯　긴 물결은 거슬러 올라가기 어려워라
索索風葉下　소슬하게 부는 바람에 낙엽 떨어지고
離離早鴻度　기러기는 벌써 줄지어 날아가네
丘壑列夕陰　이어진 언덕과 골짜기마다 저녁 어둠이 깔리고
葭葰凝寒霧　갈대와 억새에는 차가운 운무가 엉겨 있다
日落亭皐遠　해 저물매 정자는 저 멀리 언덕에 있으니
獨此懷歸慕　그저 이 정경 마음에 품고 돌아가 그리워하리

　해 지는 가을 들녘의 정경을 읊고 있으나 정경 못지않게 내면에 담긴 짙은 서정이 느껴진다. 경치를 보고 마음에 감도는 세밀한 감성을 어떤 목적 없이 서술하였기에 세련된 조탁이나 의식적인 우아함의 서사와는 거리가 있다. '寂寂', '蒼蒼', '索索', '離離' 등의 첩자 활용이 조탁의 흔적을 느끼게 하나 한편으로 청명한 가을 의상을 강조하는 역할도 하고 있다. '寂寂'으로 시작된 시어가 '獨此懷'로 귀결되고 있어 가을 저녁 소슬한 경치가 제공하는 정서에 휩싸인 작자의 처연한 심정이 일관되게 그려져 있음을 알 수 있다.

　李百藥은 隨와 唐이 교체되는 시기에 여러 곳을 유람하며 시를 쓰기도 하였고 자연 풍경 속에 역사의식을 담기도 하였다. 이러한 행위는 시가에 이입된 자연의 경계를 넓히거나 비애감을 투영한 자연 묘사를 가능하게 하는 효과로 이어졌다. 그가 가을 저녁에 고성에 올라 "해 지니 갈 길이 먼데, 고성에 올라와 쓸쓸함에 잠긴다. 무너진 성벽에는 차가운 제비들이 모이고, 저물녘 황량한 성 가퀴에서 새들이 놀란다. 소소한 관목 숲 아래에는, 아득히 외로운 연기가 솟아 오른다. 저녁노을 풍경이 환하게 내게 비쳐오고, 이슬 기운은 저물녘을 맑게 씻고 있네.(日落征途遠, 悵然臨古城. 頹墉寒雀集, 荒堞晩烏驚. 蕭森灌木上, 迢遞孤烟生. 霞景煥余照, 露氣澄晩淸)"(「秋晚登古城(가을 저녁 고성에 올라)」)라고 한 부분에서는 눈앞의 자연을 그대로 서술한 참신함이 돋보인다. 고성에서 느끼는 비애감을 담고 있어 전체적으로는 소소한 기분이 느껴지나 '霞景煥', '露氣澄' 등의 표현을 통해

청신함을 투영한 부분이 시선을 끄는 것이다. 또한 그가 楚나라의 400년 역사를 회고하면서 쓴 시의 "나그네 마음은 저물녘에 슬픔이 사무쳐, 성 위에 올라 평원을 바라본다. 숲과 못은 연이어 얽혀 있고, 산과 시내는 울창하게 중복되고 있구나. 왕공들은 지형을 통한 방비를 기대했는데, 이 도시는 강의 구불대는 흐름을 방어에 이용했다네.(客心悲暮序, 登墉眺平陸. 林澤窅芊綿, 山川郁重復. 王公資設險, 名都拒江隩)"(「郢城懷古(영성을 회고하며)」)라는 부분에서는 도성 주변의 자연을 그림에 있어 회고 의식을 담아 침울하게 묘사한 것이 발견된다. 자신의 진솔한 감정을 정경에 투영한 예로서 궁정 응제시의 속박을 벗어난 순수한 표현이 돋보이는 것이다.

上官儀(608?~664)는 字가 遊韶로 陝州 陝縣人이다. 貞觀 初에 進士가 되어 弘文館直學士에 제수되었고 秘書郞, 起居郞 등을 역임했다. 그는 자주 宮中 宴會에 참가했고 『晉書』의 編撰 작업에도 참가했으며 高宗 때는 秘書少監을 거쳐 龍朔 2년(662)에는 宰相의 자리에 올랐다. 高宗에게 皇后 武則天을 폐위할 것을 건의해서 武后의 질시를 받았고 후에 梁王 李忠의 謀反사건에 연루되어 獄死했다. 上官儀는 오언시에 능했고 格律이 工整했으나 內容은 應制와 奉命의 작품이 많았고 齊梁의 詩風을 탈피하지 못했기에 「八詠應制」 二首와 같은 궁정시 작품은 浮靡하다는 평을 받는다. 六朝 이후 詩歌의 對偶方法을 귀납하여 '六對', '八對' 이론을 세웠고 당시 宮廷詩人의 形式主義 경향을 대표하며 律詩의 정형에도 기여한 바 있다. 『舊唐書』 「本傳」에서 그에 대해 "본래 문장을 수식하는 데 있어 스스로 통달한 사람으로 오언시에 뛰어났고 기려하고 완약한 아름다움을 근본으로 삼았다.(本以詞彩自達, 工于五言詩, 好以綺錯婉媚爲本)"라고 평하고 있고 당시 많은 이가 그의 시체를 모방하여 '上官體'라고 불렀던 것을 보면 華麗한 詞藻나 농염한 서정을 표현하는 데 있어 능력이 뛰어났던 인물이었음을 알 수 있겠다.

上官儀의 시는 『全唐詩』에 20수가 실려 있다. 그는 자구의 조탁에 뛰어났고 농염한 색채의 궁체시를 짓는 수법이 훌륭했기에 자연물 묘사에 있어서도 효율적인 기교를 추가할 수 있었다. 그의 작품들을 보면 대부분 詩題에 '奉和', '應

制', '和', '應詔'가 들어간 應制詩거나 귀족을 위한 몇 수의 輓歌로 이루어져 있지만 그중에서도 몇 작품에서는 아름다운 기교를 발휘한 자연 묘사가 돋보이는 부분이 있다. 그가 자연 풍경을 노래한 작품 중 수작으로 일컬어지는 「入朝 洛堤步月」을 보자.

入朝洛堤步月 조례를 위해 들어가다가 낙수 제방에서 새벽 달빛을 밟으며
脈脈廣川流　드넓은 내는 도도하게 흐르는데
驅馬歷長洲　말을 달려 긴 모래톱을 두루 다녀본다
鵲飛山月曙　까치는 새벽 여명에 산 위에 뜬 달 아래 날고
蟬噪野風秋　시끄럽게 매미 우는 들녘에는 가을바람이 인다

　東都인 洛陽의 皇城 밖에서 아침 조례를 위해 새벽녘에 도착하여 느낀 서정을 읊은 작품이다. '廣川'은 '洛水'를 가리키고 '長洲'는 시제에 나온 '洛堤'를 의미한다. 끝없이 흘러가는 洛水와 洛堤를 섭렵하는 모습을 '歷'자로 개괄하였는데 그 느낌이 유연하고도 장엄하다. 후반 두 구는 다양한 정경 속에 다면적인 의상을 투영한 부분이다. 달이 아스라이 떠 있는 새벽 여명과 가을바람에 울어대는 매미의 모습은 시간의 경계선상에서 확정되지 않은 미완의 미학을 추구하는 듯하다. 제3구에서 '鵲飛'이라 한 것은 曹操가 「短歌行(단가행)」에서 "달은 밝고 별은 희미한데, 까마귀 남쪽으로 날아가누나. 숲을 세 번씩이나 빙빙 돌면서, 결국 어느 가지에 깃들려는가?(月明星稀, 烏鵲南飛, 繞樹三匝, 何枝可依)"라고 읊은 것을 연상시킨다. 천하의 태평한 기운을 도모하고 현사를 모집하려는 의식을 재현하는 느낌을 주는 것이다. 말구의 '蟬噪' 역시 陳代 張正見가 「賦得寒樹 晚蟬疏(차가운 나무에서 때늦은 매미가 우는 것을 노래함)」에서 "차가운 날씨에 매미는 버드나무에서 울고, 삭풍은 오동나무에 닥쳐오네.(寒蟬噪楊柳, 朔吹犯梧桐)"라고 하면서 寒士가 실의하여 불평을 토로한 구절을 暗用한 것으로 보인다. 재상의 자리에 있는 이의 책임감과 세상에 대한 의식을 자연에 담아 맑고 빼어난 풍격으로 묘사하였으니 정교한 수사가 돋보이는 작품이라 하겠다.[8] 속되지 않

---

8 이 시를 지었을 때는 上官儀가 가장 득의해 있을 때인 唐 高宗 龍朔 연간(661~663)이었다. 이 시에 대해 計有功의 『唐詩紀事』 卷六과 劉餗의 『隋唐嘉話』에 "唐 高宗이 정관의 뒤를

고 얽매임이 없는 曠達함과 빼어난 흥취를 깔끔하게 표현한 飄逸함이 이 작품에서 느껴지는 것이다.

다음에 예거하는 구절들은 모두 가을날을 배경으로 한 작품들이다. '奉和'의 내용으로 지어진 작품에서 자연을 이입한 부분을 절록한 것인데 그 묘사가 비교적 맑고 청신하며 격조도 높다는 느낌을 얻게 된다.

　　奉和山夜臨秋 밤이 드는 산에서 가을을 맞아 작품에 봉화하여
　　雲飛送斷雁　날아가는 구름은 외로운 기러기를 보내고 있고
　　月上淨疏林　달은 성긴 숲에 맑게 떠올라 있다
　　滴歷露枝響　나뭇가지에는 이슬방울 떨어지는 소리
　　空蒙烟壑深　자욱한 연무는 깊은 골짜기에 그득

　　奉和潁川公秋夜 영천공의 가을밤 작품에 봉화하여
　　涸浦落遷鴻　물 마른 포구엔 기러기 내려앉고
　　長飈送巢燕　커다란 광풍에 제비 둥지마저 날아가누나
　　千秋流夕景　이 가을에 저녁 정경이 비추어지는데
　　万籟含宵喚　이 밤은 자연계의 온갖 소리를 품고 있도다

　　奉和秋日即目應制 가을날 바로 지은 응제시에 봉화하여
　　晚雲含朔氣　저녁 구름은 차가운 기운을 머금었고
　　斜照蕩秋光　비끼는 햇살은 가을 정경 속에 흐르고 있다
　　落葉飄蟬影　떨어지는 낙엽에 매미 그림자 일렁이고
　　平流寫雁行　잔잔한 수면에 무리지어 날아가는 기러기 비추인다
　　槿散凌風縟　무궁화 향기는 바람에 화려하게 날리고
　　荷銷裛露香　연꽃은 시들어가나 그 향기와 이슬은 아직도 남아라

「奉和山夜臨秋」에서는 '斷雁'와 '疏林'의 소슬한 가을 정경을 선택하였으나

이어 다스릴 때 천하가 무사하였고 上官儀가 홀로 국정을 맡았을 때 새벽에 조정에 들어가 낙수 제방을 순찰하다 고삐를 늦추고 달 아래 산보하다가 이 시를 지었는데 … 음운이 청량하여 여러 공들이 그를 바라보기를 마치 신선을 보듯 하였다.(唐高宗承貞觀之後, 天下無事. 儀獨持國政, 嘗凌晨入朝, 巡洛水堤, 步月徐轡, 詠詩曰 … 音韻淸亮, 群公望之 猶神仙焉)"라는 평이 있어 이 시에 대한 당시의 호평과 시적 가치를 가늠해볼 수 있겠다.

날아가는 구름의 '보냄(送)'과 '달의 맑게 떠올라 있음(淨)'이 깔끔한 여운을 준다. 여기에 '滴歷'과 '空蒙'의 신비로운 경지는 청각과 시각, 세미함과 드넓은 정경을 두루 포함한 넓은 의경을 선사하고 있음을 느낄 수 있다. 다음 「奉和潁川公秋夜」 一首에서도 '물 마른 포구(涸浦)'와 '광풍(長飆)'의 배경이 가을 분위기를 한껏 발산하면서 대조를 이루고 있다. 이어진 '千秋'와 '万籟'에서는 대우 기법을 활용하여 그 순간 느끼는 무한한 세월의 흐름과 대자연의 섭리를 마음껏 표현하고자 하였다. 가을이 주는 소슬한 정경은 찰나요 무한한 영겁 속에 자연의 흐름이 펼쳐지고 있음을 터득한 느낌을 준다. 「奉和秋日卽目應制」 一首는 가을날 눈앞에 펼쳐진 정경을 즉석에서 관찰하여 시인의 느낌을 가감 없이 기술한 인상을 주는 작품이다. '朔氣'는 '하늘의 기운'을 의미하는데 이는 '가을의 차가운 기운', '천자의 기운' 등의 다면적 의미를 지닌 시어이다. 여름에서 가을로 계절이 지나가는 느낌을 '斜照', '落葉', '蟬影', '雁行' 등으로 표현하였으니 아스라이 사라져가는 자연의 아쉬움이 부각되는데 그중에서도 '흩날리는 무궁화 꽃향기'와 '시들었으되 아직도 향기와 이슬을 간직하고 있는 연꽃'의 모습을 다시 등장시켜서 그 여운을 길게 이어가고 있음이 돋보인다. 上官儀의 작품들은 대부분 '奉和'의 내용과 형식으로 지은 작품이 많지만 이렇게 '奉和'라는 의미를 배제하고 구절구절만 살펴보면 자연의 서정이 담백하게 녹아 있는 佳句가 적지 않음도 발견할 수 있는 것이다.

初唐의 후기인 武后代로 들어오면서 문단에서는 李嶠, 杜審言, 蘇味道, 崔融 등 文章四友가 활약하게 되는데 이들에 의해 자연 묘사 기법은 한층 더 발전하게 된다. 文章四友 역시 조정의 요직에서 중요 문서를 많이 다루었던 궁중문인들로서 내용보다는 형식이 정교한 응제시를 주로 창작한 바 있다. 그러나 그들의 업적은 七言詩를 창작한 공로에 있다. 이는 뛰어난 五言詩를 창작하며 初唐 시가의 혁신을 도모한 初唐四傑이 七言詩에 관하여는 별다른 업적을 보이지 않았던 것과 대조되는 것이라 하겠다. 文章四友 역시 시가 형식의 정비에 있어 업적을 보였고 沈佺期, 宋之問 등과 함께 율시의 형성을 기초한 문인들이라는 명성을 얻고 있다. 자연 묘사에 있어서는 閑雅한 자연 형상을 優美한 풍격으로 창출해낸 경향을 보이고 있다.

李嶠(645~714)는 字가 巨山이고 趙州人으로 약관에 進士에 급제하여 監察御史, 給事中, 兵部尙書, 懷州刺史 등의 관직을 역임하였고 국사를 편찬한 바 있으며 '文章四友' 중 가장 장수하였고 활약도 컸던 인물이다. 처음에는 王勃과 楊炯의 자취를 계승하였고 중간에는 崔融, 蘇味道와 이름을 나란히 하였으며 만년에는 많은 시인들이 죽은 후라 홀로 문장의 원로 역할을 하였다. 高宗, 武后, 中宗, 睿宗 四朝를 거쳐 궁정에서 활약하면서 많은 應制詩를 지었고 詠物描寫도 즐겨하여 『全唐詩』에 120수의 詠物詩를 남기고 있다. 시집으로는 『李嶠雜詠』이 있다.

文章四友가 관직에 있던 武后와 中宗代에 와서는 궁정시의 내용에 자연물에 대한 묘사가 더욱 많이 이입되게 된다. 전대에 비해 제왕의 출유와 유람이 빈번해지게 되어 이로 인해 응제시에 산수 자연 묘사가 더욱 많이 이입되었고 궁정문인들이 사적으로 응수하며 개인의 취향을 드러낸 작품에도 자연 형상이 더욱 많이 등장하게 된 것이다. 이러한 추세를 반영한 李嶠의 작품 「同賦山居七夕」을 살펴보자.

同賦山居七夕 산에 거하면서 칠석을 맞아 함께 시를 짓다
明月青山夜　청산에 밤이 드니 밝은 달 뜨고
高天白露秋　높은 가을 하늘에서 백로가 내린다
花庭開粉席　정원에는 꽃들이 단장을 한 듯 펼쳐 있고
雲岫敞針樓　구름 맺힌 산봉우리에는 화려한 누대가 솟아 있다
石類支機影　기이한 바위들은 은하수 직녀 베틀의 버팀돌 같고
池似泛槎流　연못에는 마치 선계의 뗏목이 흘러가는 것 같다
暫驚河女鵲　칠석날 까치도 잠시 이 정경에 놀란 듯한데
終狎野人鷗　야인은 시종 무심한 갈매기 같은 마음을 갖나니

'同賦'라는 표현이 있어 應酬의 작품임을 짐작케 한다. 구상이 비교적 평범하지만 자연 정경을 바라보는 시야가 넓어지고 가슴속 서정이 시원하게 정화되는 느낌을 얻게 하는 작품이다. 시인은 원경을 주로 활용하면서 하늘과 구름,

호수와 산 등을 두루 통찰하며 전지적 관점으로 감흥을 서사하였는데 이로 인해 가을밤의 정경이 더욱 환상적으로 다가온다. 미연의 '河女鵠'과 '野人'의 표현이 이채로운데 이는 자연 속에 자신을 객관적인 존재로 놓고 투시하는 것과 같은 효과를 도모한 부분이다.

李嶠의 다른 시에서도 묘사가 빼어난 구절을 발견할 수 있다. "오동나무 아직 잎이 덜 자랐는데, 산의 계수나무는 꽃을 피우려 하네. 날씨는 어느덧 차가운 이슬을 맞이하고, 햇살은 저녁노을로 바뀌어간다.(梧桐稍下葉, 山桂欲開花. 氣引迎寒露, 光收向晚霞)"(「晚景悵然簡二三子(저녁 경치를 보고 창연한 마음으로 둘째와 셋째 아들에게 서신을 보내며)」)라는 구절에서는 오동과 계수나무의 잎과 꽃을 각기 다른 관점으로 관찰한 점과 날씨와 햇살을 '引迎', '收向' 등의 동사로 표현한 점이 돋보이고, "안개 걷히자 갠 산이 드러나고, 바람은 고요히 저녁 물결을 거두네. 호숫가 언덕의 꽃은 물가 나무에 밝게 피어 있고, 물새는 모래톱에서 어지러이 나는구나.(霧卷晴山出, 風恬晚浪收. 岸花明水樹, 川鳥亂沙洲)"(「和杜學士江南初霽羇懷(두학사의 「강남에서 처음 날이 개던 패수를 추억하며」 작품에 화답하여)」)에서는 맑고 고운 풍격으로 자연을 관찰하며 친구에게 송별의 정을 전하는 모습을 그린 수법이 뛰어남을 발견할 수 있다.

李嶠는 영물시에도 공을 들여 『全唐詩』에 「雜詠」이라는 영물시집을 남겨놓았는데 여기에는 日月星辰, 風雲月露, 香草美樹, 奇鳥吉獸 등 여러 자연 사물을 주제로 한 120수의 영물시가 실려 있다. 唐代 시인 중 詠物詩 분야에 있어서 가장 많은 작품을 쓴 인물이라 할 수 있겠다. 동시대 蘇味道, 崔融, 董思恭, 郭震 등 여러 문인들 역시 다수의 영물시를 남기고 있어 이 영물시 창작은 南朝 詠物詩의 전통을 이어 唐代에 와서 유행했던 풍조였음을 짐작케 한다. 李嶠의 영물시 두 수를 절록하여 살펴본다.

江 강

日夕三江望	햇살은 장강과 황하, 회하 三江에 두루 비추는데
靈潮万里回	그 영민한 조수는 만 리를 굽이쳐 흐르네
霞津錦浪動	노을 지는 나루터엔 찬란한 물결이 출렁이고
月浦練花開	달빛 비치는 포구엔 아름다운 꽃이 피어 있도다

萍 부평초
二月虹初見　이월에 무지개가 처음 그 위에 뜨더니
三春蟻正浮　늦봄이 되니 그 위에 개미가 떠 있네
靑萍含吹轉　푸르른 부평초는 바람을 머금고
紫蔕帶波流　자줏빛 꽃받침은 물결에 흔들리나니

　두 수 모두 자연물을 주제로 한 것인데 여러 다른 영물시처럼 오언율시의 형식을 띠고 있다. 강의 흐름을 묘사한 「江」에서는 시공을 바라보는 시선이 광활하여 그 의경이 드넓음을 느낄 수 있고, 비교적 세미한 자연물인 부평초를 그린 「萍」에서는 부평초 위의 개미까지 관찰한 세심함과 계절의 흐름에 주목하여 시차를 두고 묘사를 가한 빼어난 수법을 느낄 수 있겠다.

　杜審言(645~708)은 字가 必簡이며 襄陽人이다. 晋의 명장 杜預의 후손이며 杜甫의 조부이다. 670년 진사에 급제하고 武后와 중종을 섬겼으며 한때 유배당하기도 하였으나 國子監主簿, 修文館直學士 직을 역임하였다. 그의 시는 43수가 전해지며 궁정에 있던 시간이 적어 궁정시의 틀을 벗어난 작품이 많으므로 순수 문학적인 측면에서 볼 때 상대적으로 文章四友의 다른 시인들보다 성과가 뛰어나다. 대구의 변화를 잘 활용했고 복잡한 구상과 깊은 생각을 간결하게 잘 응축하였으며 광활한 경물 묘사에도 뛰어났다. 또한 격률을 맞추는 중에 청신한 시풍을 보이기도 하였으니 자연을 묘사한 부분이 뛰어난 「和晋陵陸丞早春遊望」과 「春日京中有懷」 같은 시는 성숙한 五言律詩와 七言律詩의 형식을 창출한 작품으로도 칭송을 받고 있다.
　杜審言의 대표작으로 알려져 있는 「和晋陵陸丞早春遊望」 一首를 보자.

和晋陵陸丞早春遊望 진릉의 육승이 쓴 「조춘유망」 시에 답하여
獨有宦遊人　홀로 타향에서 벼슬살이 하는 이
偏驚物候新　만물과 기후의 변화에 새삼 놀란다
雲霞出海曙　새벽 바다에서는 구름과 노을 피어나고
梅柳渡江春　매화와 버들은 봄 강을 건너오네
淑氣催黃鳥　맑은 기운 꾀꼬리를 재촉하고

晴光轉綠蘋　맑은 햇살은 부평초 위로 비추이네
忽聞歌古調　홀연히 옛 곡조 들려
歸思欲沾巾　고향 그리움에 수건 적시려 하나니

　이 시는 그가 江陰에서 임직할 때 쓴 것으로 강남의 수려한 봄 경치와 타향
에서 생활하는 신세, 고향에 대한 향수 등을 잘 융합하여 그려낸 수작이다. 매
화, 버들, 꾀꼬리, 개구리밥 등을 통해 초봄의 기후 변화를 잘 묘사하였고 신선
한 정경 묘사를 통해 선명하고 아름다운 意境을 창출하였다. '구름과 노을이 피
어난다(雲霞出)'와 '봄 강을 건너온다(渡江春)'에서 느껴지는 의상은 매우 독특하
니 이는 경물의 묘사를 뛰어넘는 새롭고 상징적인 표현이라 하겠다. 미연에서
는 陸丞의 古調가 향수를 자극하는 상황을 그렸는데 '忽'이라는 단어를 활용하
여 무의식중에 자신의 향수병을 자극한 상황을 교묘하게 표현하였다. 이전의
자연시가 새롭고 신기한 정경을 추구하며 정경 묘사에 치중한 면이 있다면 이
시는 세밀한 구상을 통해 자연미의 의경을 한 단계 높여놓은 느낌을 얻게 하는
것이다.

　杜審言의 시 중에서 칠언시의 격률을 다듬는 데 일조했다는 평을 듣는 작품
「春日京中有懷」一首를 살펴보기로 한다.

春日京中有懷 봄날 경사에서의 감회

今年游寓獨游秦　올해도 홀로 장안에서 외유하는데
愁思看春不當春　그리움이 일어 봄을 맞아도 봄 같지 않구나
上林苑里花徒發　상림원에는 꽃이 한참 만발하였고
細柳營前葉漫新　가는 버드나무 가지에 나는 잎은 점차 새로워라
公子南橋應盡興　그대들은 남쪽 다리에서 봄 흥취 즐기고
將軍西第幾留賓　將軍府에서 놀며 즐거움에 헤어질 줄 모르겠지
寄語洛城風日道　먼 낙양성을 향해 바람결에 말 전해본다
明年春色倍還人　내년 봄 누군가와 함께 이 정경 다시 맞으리라고

　이 시는 대략 그가 장안에 온 지 2~3년 정도 된 702년이나 703년경 봄에 쓴
것으로 여겨지는 작품으로 장안성에서 홀로 봄 경치를 즐기는 작자의 마음을

표현하는 내용으로 되어 있다. 만물이 새로워지고 가경이 펼쳐져도 혼자라 즐거움과 기쁨을 제대로 느낄 수 없다. 늘 떠도는 벼슬아치인 '宦游'의 신세인 데다 특별히 금년에는 혼자 봄을 맞게 된 까닭이다. 함연에서는 사물을 의인화하여 '徒發', '慢新' 등의 표현을 썼는데 이는 작자의 정이 경물에 깊이 투영된 상태임을 나타낸다. 頸聯에서는 낙양의 친구들이 봄을 즐기는 장면을 상상하였다. '西第'는 낙양 서쪽의 東漢 梁冀爲 大將軍의 집인 '起府第'를 지칭하며, '留賓'은 漢代의 游俠 陳遵이 객을 좋아하여 宴會시에 客의 수레를 우물에 빠뜨려 못 돌아가게 한 뒤 머무르게 한 고사에서 유래한 전고이다. 화사한 풍경 중에 느끼는 봄날의 우수를 유창한 기승전결의 흐름 속에 묘사한 수법이 돋보이는 작품이다.

다음은 「夏日過鄭七山齋」 중 제3~8구인데 여름날에 느끼는 청아한 흥취가 잘 표현된 부분이라 할 수 있다.

夏日過鄭七山齋 여름날 정칠의 산장을 지나며
薜蘿山逕入　벽라 덩굴 산길로 들어갔더니
荷芰水亭開　연과 마름꽃 어우러진 水亭이 펼쳐져 있네
日氣含殘雨　날씨는 덜 그친 비를 머금었는데
雲陰送晚雷　구름 껴 흐릿한 중에 저녁 우레가 지나간다
洛陽鐘鼓至　낙양의 鐘鼓 소리 이곳에 이르나
車馬繫遲回　수레에 말 매어둔 채 돌아갈 길 머뭇거리나니

鄭七의 山齋를 찾아 함께 술 마시면서 벽라 덩굴 산길과 水亭에서 노니는 장면을 그린 부분이다. 山齋 주위의 산뜻한 미경을 은자의 복장인 '薜蘿'와 '荷芰'로 그렸는데 이는 鄭七의 신분과 기호를 교묘하게 드러낸 부분이다. '殘雨'가 있는 흐릿한 날씨이지만 자연이 주는 아름다운 景과 情은 세속의 부름을 고사하고 싶은 마음을 불러일으킨다. 山齋를 찾아가는 모습, 여름 경치의 유혹, 돌아가기 아쉬워함 등을 시간의 경과에 맞추어 자연스럽게 서술한 이 작품은 경쾌하고 명랑한 풍격과 淸麗한 의경을 통해 初唐 자연시 중 청신한 일면을 족히 드러낸 작품이라 할 수 있다.

胡應麟이 『詩藪』 「內篇」에서 "初唐代에는 七言詩律이 없었으며 五言 역시 그다지 훌륭하지 못하였다. 두 체의 묘함은 杜審言이 실로 처음 제창한 것이다.(初唐無七言詩律, 五言亦未超然. 二體之妙, 杜審言實爲首倡)"라고 평한 것은 그의 律詩가 지닌 상대적인 성취를 주목한 것이다. 실제로 杜審言의 시는 전체 43수 중 41수가 율시인데 그중 28首가 五言律詩이며 단 一首가 失黏을 한 것을 빼고는 모두 近體詩의 黏式律에 부합되는 정교함을 보이고 있다. 五言律詩뿐 아니라 七言律詩도 뛰어나다. 「守歲侍宴應制」는 격률이 정확하며 「春日京中有懷」는 격률과 내용이 모두 우수하다는 등의 평을 듣고 있는 것이다. 杜審言이 율시를 통해 시가의 체제를 정비하고 격조를 높임으로써 청신하고 수려한 初唐 자연시의 기풍을 창출해내는데 일조를 했음은 특기할 만한 점이라·하겠다.

文章四友 중 일인인 崔融(653~706)은 字가 安成이고 齊州 全節人이다. 과거에 급제하여 崇文館學士, 春官郎中, 鳳閣舍人 등을 지냈다. 다른 文章四友들처럼 武后의 총애를 받던 張易之, 張昌宗 兄弟가 조정에서 득세하며 文士를 초빙할 때 그들에게 의부하여 문단에서 활약하였는데 華美한 문장을 짓기로 당시에 그보다 뛰어난 이가 없었다 한다. 武后와 張易之 형제 밑에서 응제시 형식의 작품을 지었기에 작품성이 뛰어나다고 할 수는 없지만 北征할 때 이채로운 변방의 풍광을 노래한 「關山月」, 「擬古」, 「西征軍行遇風」, 「塞上寄內」 등의 작품은 주목할 만하다. 자연시로 볼 수 있는 작품은 「和宋之問寒食題黃梅臨江驛」, 「登東陽沈隱侯八詠樓」 등을 비롯하여 3, 4수 정도인데 그중에 다음에 예거하는 「吳中好風景」 一首가 가장 우수하다는 평을 듣고 있다.

吳中好風景 오 땅의 아름다운 풍경
洛渚問吳潮　낙수 가에서 吳의 조수를 물어보고
吳門想洛橋　吳門에서는 洛橋를 떠올린다
夕煙楊柳岸　버드나무 심어진 언덕에 저녁연기 일고
春水木蘭橈　봄물 가에 목란이 피어 가지 드리웠다
城邑高樓近　성읍은 고루에서 가깝고
星辰北斗遙　별은 북두성 가에 아득하다

無因生羽翼　날개가 돋아날 리 없으나
輕擧托還飆　이 몸 旋風에 맡겨 가벼이 올라가볼까나

첫 연은 일찍이 崔融이 婺州와 袁州 등지로 폄적을 가면서 吳中을 지나가던 정경을 그린 구절이다. 폄적을 당해 洛水와 吳門 등지를 지나가게 되었지만 묘사된 광경은 별로 쓸쓸하지 않다. 전반적으로 담담한 기분으로 정경을 묘사하다가 미연에서 '가볍게 올라(輕擧)' 旋風에 맡겨 하늘로 올라가기 바란다는 청신한 표현을 가하였다. 밝은 봄기운이 주는 쾌감을 만끽하는 것으로 끝맺음을 한 것이 상큼한 여운을 주는 것이다.

蘇味道(648~705)는 趙州人이며 李嶠와 同鄕人으로 흔히 '沈宋(沈佺期 · 宋之問)'에 견주어 '李蘇'로 병칭된다. 20세에 進士에 급제하여 일찍이 咸陽尉, 鳳閣舍人, 檢樣侍郞, 集州刺史 등을 거쳤다. 張易之에게 의부한 것으로 인해 眉州長史, 益州長史 등으로 폄적되었으며 임지로 가는 도중 사망했다. 작품집으로 『蘇味道集』이 있었으나 일실되고 현재 시 16수가 전한다. 그의 시가 중 長安의 元宵節 밤풍경을 그린 「正月十五夜」, 산수시와 영물시를 결합한 「單于川對雨」二首, 영물시 5수 「詠霧」, 「詠霜」, 「詠井」, 「詠虹」, 「詠石」 등이 자연시와 연관하여 주목할 만한 작품이라 할 수 있다. 그중 「詠霧」를 살펴보기로 하자.

詠霧 안개를 읊다

氤氳起洞壑　동굴과 골짜기에 짙은 연무가 일어나
遙裔匝平疇　드넓은 밭두둑까지 멀리 퍼져 있다
乍似含龍劍　언뜻 신령한 용천검을 머금은 듯하다가
還疑映蜃樓　다시금 신기루처럼 모여든다
拂林隨雨密　숲에서 피어오르다 비와 함께 더욱 자욱해져
度徑帶烟浮　길마다 연무는 아득히 떠 있다
方謝公超步　일찍이 後漢 張楷가 발걸음을 시작했고
終從彦輔游　후에는 晋代 樂廣이 그 유람을 따랐으리니

'연무(霧)'는 그 형체가 몽롱하고 신비로워서 묘사가 쉽지 않은 자연물이다.

보통 다른 산이나 숲을 배경으로 하여 그 형상을 읊는데 여기서는 '용천검(龍泉劍)'과 '신기루(蜃樓)'에 비유하여 신령하고 몽롱한 형체로 묘사하고 있다. 미연에서는 도술에 능해 五里까지 연무를 피웠다는 後漢 張楷(字 公超)와 거울 같은 호수에 비치는 푸른 하늘을 바라보며 흥취를 즐겼다는 晋代 樂廣(字 彦輔)을 등장시켰다. 연무 낀 아득한 길에서 유람을 시작하여 자연미를 탐색해나가는 과정이 마치 전대의 시인들이 산수를 찾아 유람을 한 것과 같은 의미를 지녔음을 설파하기 위해 가한 표현이라 하겠다.

文章四友는 궁중문인이었지만 시가의 표현은 전대 문인에 비해 한층 청신한 면모를 보였다. 또한 그들은 시율을 정비해가며 시가 발전에 일조하기도 하였다. 『全唐詩』에 실린 文章四友의 시가는 모두 286수인데 그중 蘇味道의 작품은 모두 근체시이며 李嶠, 崔融, 杜審言 3인의 古體詩 역시 총 20수에 불과하다. 唐代에 들어와 시율의 진화를 이루는 과정 중에서 文章四友가 기여한 격률상의 역할이 컸음을 나타내는 부분이다. 이처럼 격률시를 통해 창작을 가한 것은 자연시의 발전과도 밀접한 영향 관계가 있다. 初唐에서 盛唐으로 가면서 자연시가 더욱 신선한 형태로 표현되도록 정형화된 율시의 틀 속에 자연 정경 묘사를 이입함으로써 한 단계 발전된 창작 수법을 발휘하도록 하였던 것이라 할 수 있는 것이다.

文章四友와 같은 시기에 활동했던 궁정시인이며 격률시와 자연시의 발전에 공을 세운 이로 沈佺期(656?~714?)와 宋之問(656?~712)이 있다. 두 사람 모두 궁정의 고위 관료를 지냈으며 남조의 궁체시를 모방하여 應制, 頌美, 應酬의 작품을 주로 지었다. 율시에 뛰어났으며 7언과 5언으로 된 율시는 발음과 성조가 조화를 이루고 대구도 잘 짜여 있어서 율시 정형화에 공을 세운 시인들이라고 말할 수 있다. 두 사람은 서로 같은 시풍으로 시가의 성률에 함께 공헌했기에 沈·宋이라고 병칭된다. 작품들은 대개 내용이 공소하고 화려한 형식을 추구했지만 생애 후반부에 관직을 잃고 실의하자 불우한 심경과 여행의 정감, 은둔의 추구 등의 내용을 담은 작품을 쓰기 시작했는데 이때의 작품을 보면 자연 정경 묘사도 한층 심화된 것을 발견할 수 있다.

沈佺期(656?~714?)는 字가 雲卿으로 相州 內黃人이다. 문장에 뛰어났고 특히 七言詩에 우수했다. 進士 급제 후 長安에서 通事舍人, 考功郎給事中 등을 역임했다. 中宗이 즉위하자 張易之에게 의부한 연고로 驩州로 유배당하였다. 후에 사면되어 睿宗 神龍 연간에 起居郎, 修文館直學士, 中書舍人, 太子少詹事 등을 역임하였다. 沈約, 庾信 등에 이어 시율을 정비한 공이 컸으며 文章四友의 蘇・李처럼 宋之問과 병칭되어 沈・宋으로 불린다. 약 150여 수의 시와 詩集 三卷이 전한다. 沈佺期의 자연시는 대부분 궁정에서 쓴 것과 驩州 등지로 유배 가던 도중에 쓴 것이 많으며 오언고시와 오언배율의 장편 묘사가 많다. 전대 謝靈運의 산수시처럼 장편의 오언시를 통해 변화하는 자연 정경과 기묘한 경치를 격률에 구속됨 없이 자유롭게 서사한 면이 뛰어난 점이라 하겠다.

沈佺期가 쓴 시가 중 四川 夔州府 巫山縣에 있는 巫山을 제재로 한 다음 작품을 보자. 初唐의 부염한 궁정시와는 다른 淸新한 풍격이 느껴진다.

巫山 무산

巫山高不極　무산은 끝없이 높고
合沓狀奇新　겹쳐진 그 모양 기이하고 새롭다
暗谷疑風雨　어두운 골짜기에는 바람과 비 모여들고
陰崖若鬼神　벼랑은 마치 귀신이 나올 듯 음침하다
月明三峽曉　달 밝게 비치는 중에 삼협에 새벽 오고
潮滿九江春　조수 가득한데 구강에는 봄이 들었구나
爲問陽臺客　陽臺의 객에게 물어야
應知入夢人　그 꿈 꾼 사람을 비로소 알리

巫山을 '끝없이 높다(高不極)'라고 한 표현은 무산이 주는 비범함을 느끼게 하는 전주곡과도 같다. 산들이 겹친 모양을 '奇新'이라고 한 것과 함께 일관된 의상을 제공하는 표현이다. 이어진 '暗谷', '風雨', '陰崖', '鬼神' 등은 전체적으로 어둡고 음침한 느낌을 주는 단어지만 이러한 이채로운 시어의 활용을 통해 구태를 一新하는 역할을 도모하였다. 나아가서 '三峽', '九江', '陽臺' 등의 여러 지명을 통해 확대된 공간을 설정하였고, 일찍이 楚 襄王이 高唐에서 놀다가 낮잠을 자던 중 꿈에 巫山 높은 언덕에 살면서 아침저녁으로 비구름이 되는 한 부인과 하룻밤을 같이한 '陽臺(高唐)'의 고사를 활용함으로써 신묘한 의경을 창출하기 위한 시도를 한 것이 시선을 끈다.

沈佺期가 쓴 「入少密溪」一首는 陶淵明 「桃花源記」의 내용을 모사한 작품인데 시율에 공력을 들이면서 소박한 내용을 세밀하게 잘 묘사한 점이 돋보인다.

入少密溪 소밀계에 들어가서

雲峰苔壁繞溪斜	구름 두른 봉우리와 이끼 낀 절벽, 그 밑으로 시내 굽이치고
江路香風夾岸花	강 양편 길가에서는 향기로운 꽃바람 인다
樹密不言通鳥道	빽빽한 숲에는 은밀히 난 새들의 길이 있고
鷄鳴始覺有人家	닭 우는 소리에 비로소 인가 있음을 알겠다
人家更在深岩口	인가는 깊은 바위 동굴 입구에 있는데
澗水周流宅前後	집 앞뒤로는 널찍한 개울물 흐르네
游魯瞥瞥雙釣童	고기 노니는 모습 언뜻언뜻 비치는데 낚싯대 걸친 두 아이
伐木丁丁一樵叟	그리고 쩡쩡 소리 내며 벌목하는 한 늙은이
自言避喧非避秦	스스로 말하길 세속의 번다함 피했지 진나라 피한 것은 아니라네
薜衣耕鑿帝堯人	벽려 옷 입고 밭 갈고 나무하니 요순시대 사람 같다
相留且待鷄黍熟	나를 머무르게 하고는 닭과 기장밥 익기를 기다리네
夕臥深山蘿月春	저녁 되어 누우니 깊은 산 박덩굴에 봄 달빛이 이누나

수구에 나온 '雲峰', '苔壁', '繞溪' 등은 선경의 모습을 환상적으로 그리기 위한 도입부인데 이 시각적 효과에 이어 후각적 이미지 '香風'을 활용하였다. 이어지는 서술은 「桃花源記」의 내용을 재현한 것으로 '樹密', '深岩', '瞥瞥' 등의 시어 활용을 통해 세속을 초월한 桃花源의 한적한 정경을 화려하게 연출하였다. 낚시질하는 아이와 벌목하는 늙은이는 秦나라의 화를 피해 온 것이 아니라 세속의 번다함을 스스로 피한 것이므로 堯舜의 태평성세를 사는 것처럼 은거하는 자의 여유가 있다. 이러한 佳境과 정취가 있기에 시인은 돌아감을 잊고 머무르고 싶은 마음을 갖게 되는 것이다. 한편 시제 「入少密溪」의 '少密溪'는 沈佺期가 허구적으로 설정한 지명이다. 화려한 상상의 세계를 설정하고 '纖濃'하고 '綺麗'한 묘사를 이입함으로써 선경이 주는 미감을 표현해보고자 하는 의도를 담은 것이라 하겠다.

沈佺期의 「夜宿七盤嶺」은 그가 쓴 오언시 중 수작으로 꼽히는 작품이다.

夜宿七盤嶺 밤에 칠반령에서 머물며
獨游千里外　홀로 천 리 밖을 돌다가
高臥七盤西　칠반령 서쪽에 한가롭게 누워 있네
山月臨窗近　산에 뜬 달 창가에 비쳐오고
天河入戶低　은하수는 집 안 낮은 곳까지 비쳐오네
芳春平仲綠　향기로운 봄 은행나무 푸르르고
淸夜子規啼　맑은 밤 두견새 울음소리 들린다
浮客空留聽　나그네 한가로이 귀 기울이면
襄城聞曙鷄　襄城에서 새벽 닭 우는 소리 들려오나니

四川 廣元 동북쪽에 있는 七盤嶺에서 나그네 된 시인의 잠 못 드는 밤을 그린 작품이다. 말구에서 말한 '襄城'은 陝西 漢中 북쪽에 있으므로 시인은 이미 襄城을 지나 蜀 경내로 들어와 있음을 짐작할 수 있다. '獨游'와 '高臥'의 표현을 활용하여 높은 곳에서 유숙함과 홀로 고아한 자연 정경 속에 있음을 동시에 표현하였다. 이 시간 달은 마치 창 앞에 있는 듯 은하수는 방으로 들어오는 듯하니 이미 자연과 가까워져 있는 경지이다. '平仲'은 銀杏의 별칭이고 '子規'는 蜀의 望帝 杜宇의 혼을 의미한다. 남방의 향토목과 두견새의 전설을 활용하여 자신의 담백한 의지와 향수를 기탁하였다. 자연의 세례를 받은 시인은 이제 고요함 중에 있어 襄城에서 새벽닭 우는 소리까지 들을 정도가 되었다. 맑고 청아한 경지를 전반적으로 잘 표현해낸 작품이라 하겠다.

沈佺期가 자연을 묘사한 작품 중 수작으로 평가받는 것은 대부분 폄적되어 오가는 길에 쓴 것들이다. 폄적 길에 올랐다 해도 비탄함에만 빠져 있지 아니하고 적극적으로 산수를 감상하며 행역에 나섰기에 궁정에서 쓴 작품들과는 다른 청신한 풍격을 창출할 수 있었던 것이다. 沈佺期는 기본적으로 자연 산수를 대하는 서정이 뛰어났던 인물이었다. 자연에 대한 회포가 큰 만큼 더욱 확대된 의경의 서사를 가할 수 있었고 자연에 대한 깊은 관찰력을 바탕으로 정제된 시어를 활용할 줄 알았기에 자연에 대한 세밀한 서사와 세련된 표현을 동시에 해낼 수 있었던 것이다. 그가 썼던 應制詩가 기려한 풍격을 지녔던 것과는 달리 자연을 묘사한 시는 청신하고 소탈할 풍격을 기본으로 하면서도 華美함과 淸雅함을 두루 갖춘 우아한 서정을 창출하고 있다. 또한 五言과 七律을 함께 활용하면서 시율의 정비를 동반한 자연 묘사를 가한 점 역시 자연시의 경계를 한 단계 높여놓은 면모라 할 것이다.

沈佺期와 함께 沈·宋으로 병칭되는 宋之問(?~712)은 汾州人이다. 上元 2年 (675) 王勃이 죽기 1년 전 進士에 급제하였고 分直內文學館, 洛州參軍 등을 맡는 등 武后代에 관직에 들어간 지 15년 만에 九品 殿中內敎에서 五品 學士로 승진하여 타인들의 부러움을 샀다. 武后가 죽고 中宗이 집정하자 張易之, 張昌宗 형제에게 아부하였다는 이유로 폄적당하여 瀧州參軍이 되었으나 다음해 洛陽으로 도망쳐왔다. 景龍 2년(708) 修文館直學士를 맡아 황제 밑에서 명승을 유람하면서 많은 응제시를 지었으나 이듬해 安樂公主와 친하다는 이유로 太平公主의 시기를 받아 越州長史로 폄적되었고 다시 睿宗이 즉위할 때 嶺外 欽州로 폄적되었다가 玄宗 즉위 후 62세에 賜死되었다. 그는 五言詩에 뛰어났고 沈佺期와 함께 齊梁의 沈約과 庾信, 初唐四傑의 뒤를 이어 律詩의 체제를 발전시키고 古體詩와 近體詩의 경계를 확정지었다는 평을 듣는다. 歌頌功德을 가한 浮華한 작품이 많으나 인생 역정을 겪으며 창작한 좋은 작품들도 많이 있다. 여러 차례 폄적을 겪으면서 깊어진 체험을 통해 창작한 자연시가 그것이라 할 것인데 「江亭晚望」, 「晚泊湘江」, 「題大庾嶺北驛」, 「度大庾嶺」 등이 유명하다.

宋之問은 젊어 관직에서 득의했을 때 유람을 즐겨 하였는데 이후 두 차례 폄적 생활을 겪으면서 산수를 더욱 가까이서 체험할 수 있게 된다. 그가 자연을 대하면서 쓴 시들을 보면 궁정시의 획일적인 제한을 벗어난 淸明한 풍격의 서사를 좋아했음을 발견할 수 있다. 대자연의 그윽한 아름다움을 경쾌한 심정과 생동한 언어로 표현하거나 밝고 참신한 색조를 통해 그린 작품을 보면 개성적인 흥취의 서사가 뛰어나다는 느낌을 받게 된다. 다음 「雨從箕山來」 1~7구의 묘사를 보면 자신만의 흥취를 추구했던 모습을 엿볼 수 있다.

雨從箕山來 기산에는 비가 오는데

雨從箕山來	기산에서 몰아치는 비
倏與飄風度	회오리바람과 함께 빠르게 지나갔다
晴明西峰日	서쪽 봉우리 해는 맑게 빛나고
綠縟南溪樹	남쪽 시냇가의 나무들 푸른빛 그득하다
此時客精廬	이때 나는 客寺의 나그네 되어 있는데
幸蒙眞僧顧	다행히 훌륭한 스님의 보살핌으로
深入清淨理	맑은 이치 속으로 깊이 들어갈 수 있게 되었네

詩題를 수구에서 그대로 취한 것이 우선 독특하게 느껴진다. 箕山에서 몰려온 비가 지나간 후의 시원한 주변 풍광과 청정한 사원의 신선함을 전체적으로 묘사하였는데, '倏', '飄風', '晴明', '綠縟' 등을 통해 역동적인 대자연의 모습을 상큼하게 느낄 수 있게 하였다. 이러한 단어는 눈앞의 모습에서 얻어진 흥취와 시심을 더욱 밝고 푸른 심상으로 확장하여 연결하게 만드는 표현이 된다. 이어진 '幸蒙', '眞', '深入', '清淨' 등은 작자 자신이 자연에서 깨달은 맑은 이치 속으로 깊이 침잠하기를 바라는 간절한 소망이면서 동시에 자연 속에서 '진실한 깨달음을 주는 훌륭한 스님(眞僧)'을 만나 청정한 이치를 얻고 속된 생각을 씻게 된 기쁨의 표현도 되는 것이다.

宋之問은 세상을 유람하는 것뿐 아니라 사찰을 방문하여 사찰과 주변 정경에서 감흥을 얻는 것도 좋아한 문인이었다. 사찰에 대한 감상을 주변 정경과 함께 묘사한 작품이 몇 수 있는데 그중 靈隱寺를 방문하며 쓴 다음 작품을 보자.

靈隱寺 영은사

鷲嶺鬱岧嶤	영취봉은 높고 아득하게 둘러져 있는데
龍宮鎖寂廖	그 속에 영은사 적막하게 잠겨 있네
樓觀滄海日	누각에서 창해로 떠오르는 해를 바라보는데
門對浙江潮	문은 전당강 조수를 대하고 있다
桂子月中落	달빛 사이로 계수나무 열매 떨어지고
天香雲外飄	하늘의 계수 향기는 구름 밖까지 퍼져나간다
捫蘿登塔遠	담쟁이 만지며 탑에 올라 멀리 바라보니
刳木取泉遙	나무배 깎아 타고 은하수 멀리 나아가고파

霜薄花更發　서리가 엷게 내린 중에 꽃은 더욱 만발하였고
冰輕葉未凋　엷은 얼음 맺혔는데 나뭇잎 아직 시들지 않았네
夙齡尙遐異　소년 때에는 이채로운 모습 보려고 멀리까지 다녔건만
搜對滌煩囂　오늘은 이 정경 차분히 대하며 세속의 먼지 씻으리라
待入天臺路　신령한 천태산 길로 오르려 하나니
看余度石橋　돌다리를 지나 선종의 승경에 이르리라

杭州 靈隱寺와 주변 자연에 대한 수려한 묘사로서 총 일곱 개의 韻을 사용하
였다. 제5운까지는 경치를 묘사한 부분인데 景 중에 情을 기탁하였고 마지막
두 韻은 抒情을 투여한 부분으로 情 중에 景을 그렸다. 경치 묘사를 시작한 처
음 2구에서는 불가의 전고를 활용하여 솟아오른 산의 위용과 적막하고 幽靜한
고찰의 모습을 그림으로써 시의 의경이 초탈한 경지에 이르기 위한 포석을 가
하였다. '桂子' 2구 역시 적막한 산이 지닌 신묘한 경지를 그린 대목인데 "하늘
의 계수 향기는 구름 밖까지 퍼져나간다(天香雲外飄)"는 환상적인 표현을 통해
영은사의 신비와 매력을 한껏 배가시켰다. 이 시에서 활용된 시어들은 세속을
초월한 느낌과 환상적인 상상력을 촉발하는 느낌들을 제공하는 역할을 한다.
格律이 工巧하고 對仗이 工整하여 자연시 작품 중에서도 初唐의 섬세한 배율
수법을 잘 보여주고 있는 작품이라 하겠다.
宋之問 시가는 大謝(謝靈運)의 산수시처럼 玄言을 정경에 이입하여 교묘한 구
상을 꾀하면서 한편으로는 근체시의 체법을 활용하는 시도를 했다는 점에서 발
전된 양상을 발견할 수 있다. 「江亭晚望」의 표현들을 보면 그러한 의도가 발견
된다.

江亭晚望 저물녘 강가 정자에서 바라보며
浩淼浸雲根　넓은 강은 구름 밑까지 이어지고
烟嵐出遠村　멀리 마을에서는 푸르른 연기가 오르네
鳥歸沙有迹　새가 돌아간 모래밭에는 흔적이 남지만
帆過浪無痕　돛배 지나간 물결에는 아무 흔적이 없다
望水知柔性　물을 바라보면서 부드러운 품성을 배우지만
看山欲斷魂　산을 바라보면 애가 끊기는 것 같다

縱情猶未已　이 모습 보면서 아직도 한참 마음이 끌리나
　　回馬欲黃昏　황혼이 내려와 할 수 없이 말머리를 돌리게 되네

　수연에서 이루어진 정경 묘사에 이어 함연에서는 새와 돛배의 '有迹'과 '無痕'을 각각 대비하였다. 이미 지나간 것이지만 어떤 것은 흔적을 남기고 어떤 것은 흔적을 남기지 않음을 보면서 인생의 한 깨달음을 얻는다. 또한 시인은 물과 산을 보면서도 각각 다른 느낌을 받는다. 유유히 흘러가는 물과 우뚝 솟은 산의 모습은 부드러운 정감과 아쉬운 회한의 서로 다른 깨달음을 각각 주고 있는 것이다. 경치에 마음을 두고 있는데 이미 날은 저물어 아쉬움을 뒤로한 채 갈 길을 가야 함을 미연에서 그림으로써 여운을 남겼다. 전반적으로 철리를 담은 자연 묘사를 지향하면서 수사 기법으로는 율시의 격률을 추구하였음을 발견할 수 있다. 村, 痕, 魂, 昏으로 이어지는 압운, 함연과 경연의 완벽한 對偶, 절묘한 평측의 조화 등의 수사 기법을 활용하며 근체시의 격률을 추구하였으며 자연에서 얻은 감흥 속에 玄言詩 같은 哲理를 담음으로써 서정성을 드높이는 성취를 도모한 작품이라 하겠다.

　宋之問이 폄적을 경험하며 쓴 작품들은 실제로 산수를 체험하면서 인생의 부침을 서사한 것이라 그 시적 가치가 높다고 할 수 있다. 그가 大庾嶺을 넘으면서 쓴 일련의 시 「題大庾嶺北驛」, 「早發大庾嶺」, 「度大庾嶺」 등이 그러한 작품인데 그중 한 수를 살펴보자.

度大庾嶺 대유령을 넘으며

　　度嶺方辭國　嶺을 넘으면 이제 중원과도 이별이라
　　停軺一望家　수레 멈추고 고향을 바라본다
　　魂隨南翥鳥　내 정신은 남쪽으로 날아가는 새를 쫓는데
　　淚盡北枝花　눈물은 북쪽 나뭇가지 꽃 위에 떨어지누나
　　山雨初含露　산에는 비까지 내려 처음으로 이슬을 머금었고
　　江方欲變霞　강은 바야흐로 노을빛으로 변해간다
　　但令歸有日　언젠가는 돌아갈 날이 있으리니
　　不敢恨長沙　어찌 長沙王 賈太傅를 한할 수 있으랴

이 시는 宋之問이 武后의 寵臣 張易之에게 의부한 연유로 中宗 神龍 元年 (705)에 瀧州參軍으로 폄적 가던 시기에 大庾嶺을 넘으면서 쓴 작품이다. 폄적의 서러움을 고향을 향한 향수 속에 이입하였고 이어 산과 강의 정경이 보여주는 서글픈 변화를 묘사하였다. 이 시의 전편이라 할 수 있는 「早發大庾嶺」에서 "새벽에 험한 大庾嶺을 올라가는데, 역에서 말을 바꿔 몰아도 숨을 다시 헐떡인다. 안개와 이슬 속에 날은 아직 밝지 않아, 길이 어딘지 측량하기 어려워라. (晨躋大庾險, 驛鞍馳復息. 霧露晝未開, 浩途不可測)"라고 막막함을 표현하던 것의 연속이다. 그러나 시인은 그래도 복권의 희망을 버리지 않고 있다. 미연에서 西漢 賈誼가 權臣들의 배척을 받아 長沙王 太傅로 폄적되었던 典故를 통해 폄적의 슬픔을 기술하면서도 자연에서 얻은 진실한 정을 매개로 하여 새로운 희망을 얻고자 하는 의식을 추구한 것이 발견되는 것이다.

궁정문인이었던 宋之問은 근체시의 격률을 따르면서 오언시에 뛰어난 수법을 보인 응제시 작품들을 많이 썼다. 한편으로 그가 자연을 묘사한 작품들은 기본적으로 남조 산수시의 기풍을 물려받아 화려한 구법과 정교한 운율을 구사하면서 현언시풍의 哲理와 개인적 비감이 짙은 서정을 이입한 오묘한 구상을 추구한 경우가 많았다. 그가 운문사에서 머물면서 쓴 「宿雲門寺」에서 "하늘에 이는 향기는 온 골짜기에 차 있고, 밤 불경 소리는 빈 앞산에 울려 나네. 출렁이는 못 가에는 달이 뜨고, 삼나무 위로는 바람이 쏴아쏴아 불어댄다. 여기에 아름다운 은둔이 많다 하나, 그대들은 이제 함께하지 말지라. 봉황은 돌아가며 처사를 슬퍼하고, 사슴은 변화하여 신선의 말을 듣는구나.(天香衆壑滿, 夜梵前山空. 漾漾潭際月, 颼颼杉上風. 茲焉多嘉遁, 數子今莫同. 鳳歸慨處士, 鹿化聞仙公)"라고 한 것은 若耶溪에서 배를 타고 운문사로 들어가면서 목도한 자연의 모습을 마치 오묘한 玄言을 설파하듯 써내려간 것이고, 大庾嶺을 넘으면서 쓴 「題大庾嶺北驛(대유령 북쪽 역에서 씀)」에서 "강이 조용한데 조수가 이제 막 잦아들고, 숲이 어두워지니 독기가 걷히지 않았구나.(江靜潮初落, 林昏瘴不開)"라고 한 것은 해 지는 강과 숲의 모습을 그림에 있어 신비하고 교묘한 의상을 추구한 예라 하겠다.

이처럼 宋之問이 자연 정경을 한층 오묘하게 묘사할 수 있었던 것은 기본적으로 官途의 부침과 폄적을 체험하는 과정에서 자연을 직접 마주할 수 있었던 연유에서 기인한 것이지만 한편으로는 송지문 자신이 좀 더 다양한 묘사를 추구한 것과도 연관이 있다. 즉 宋之問은 율시의 구법을 추구하면서도 때로는 대구의 구속에서 자유로운 모습을 보이기도 했고 한 편의 시 내부에서 5언과 7언을 혼용하기도 하였으며 초사체나 산문체를 이입한 자유로운 가행체를 구사하기도 하였다. 이런 시험은 성공 여부에 상관없이 唐初 이래 시단의 단조롭고 침울한 국면을 타파하는 데 있어 유익한 면모를 보인 부분이다.[9] 진실한 체험에서 나온 생생한 표현, 남조풍의 화사하고 세밀한 묘사, 주변 자연을 여과 없이 묘사하면서도 청신한 면모를 추구했던 시구, 아름답고 선명한 색조를 가미하여 산뜻하게 그려낸 정경 등의 묘사에 뛰어난 모습을 보였고, 여기에 시가의 격률을 고려한 율시의 수법까지 가미하였으니 唐代 자연시의 體格을 형성하는 데 있어 중요한 공헌을 했던 初唐의 시인으로 宋之問을 거론할 수 있는 것이다.

武后와 中宗 시대의 궁정문인 중 자연시 창작 방면에서 거론할 만한 시인으로 韋承慶이 있다. 韋承慶(639~705)은 字가 延休이며 陽武人이다. 武后代에 정사에 참가했다가 新龍 초 嶺南에 폄적당한 후 다시 中宗代에 조정으로 돌아왔다. 현존하는 시는 7수에 불과하나 짧은 편폭에 깊은 의미를 담는 필법이 돋보였다. 韋承慶의 시 중 남쪽으로 떠나는 동생을 송별하며 지은 「南行別弟」一首를 보자.

南行別弟 남쪽으로 떠나는 동생을 송별하며
澹澹長江水 일렁이며 길게 흘러가는 강물
悠悠遠客情 나그네 된 이 시름처럼 아득하다
落花相與恨 지는 꽃 또한 나처럼 서러운 듯
到地一無聲 땅에 떨어지면서도 소리 하나 없네

송별하는 데 있어 거론된 자연은 강물과 꽃 두 가지이다. 강물을 들어 유장한 시름을 그렸고, 꽃을 통해 한 번 가고 못 오는 생명체의 유한함과 그 슬픔을

---

9 葛曉音, 『山水田園詩派硏究』, 遼寧大學出版社, 1993, 150쪽 : "宋之問對詩歌形式作出了多種創變的嘗試. … 這些嘗試, 無論成功與否, 對于打破唐初以來詩壇單調沈悶的局面都是有益的."

말없이 받아들이는 작자의 마음을 투영하고 있다. 눈앞의 풍경을 세밀하고 소박하게 그리면서도 그 속에 깊은 정을 담고자 공력을 들인 것이 발견된다.

韋承慶은 嶺南으로 폄적되어가는 길에 기러기를 노래한 「南中詠雁영남으로 가는 도중 기러기를 노래함)」 시에서 "이 몸은 만 리 남쪽으로 떠나는데, 늦봄의 기러기는 북으로 날아가네. 그 언제가 되어서야, 나와 함께 돌아갈 수 있을꼬?(萬里人南去. 三春雁北飛. 未知何歲月, 得與爾同歸)"라고 한탄하면서 자연물에 자신의 서글픈 서정을 이입한 바 있다. 또한 「江樓(강가의 누각)」에서도 "홀로 향기로운 봄술을 마셔, 누대에 오를 때는 이미 반쯤 취했도다. 그 누가 저 줄지어 가는 저 기러기들을 놀라게 하여, 강 위 구름을 지나갈 때 대열이 끊어지게 했는가?(獨酌芳春酒, 登樓已半醺. 誰驚一行雁, 沖斷過江雲)"라고 하여 세밀한 관찰을 거친 자연 묘사를 통해 자연 속에서 얻은 느낌과 순탄치 못한 인생에 대한 회한을 함께 표현하기도 하였다. 두 수 모두 경물에 자신의 깊은 정을 투영하는 '以情入景'의 수법을 발휘한 작품이라 하겠다.

沈佺期·宋之問과 동시대에 武后 정권하의 궁정문인으로서 初唐 자연시의 흐름을 주도했던 인물로 여류문인 上官婉兒(664~710)를 빼놓을 수 없다. 上官婉兒에 대하여는 『全唐詩』 卷五 「上官昭容」에서 "上官昭容은 이름이 婉兒이고 西臺侍郎 上官儀의 孫女이다. … 늘 황제나 長寧·安樂 두 공주를 대신하여 시를 지었는데 여러 편을 함께 지었어도 문사가 날로 새로웠다. … 시 32편이 남아 있다.(昭容名婉兒. 西臺侍郎儀之孫. 婉兒常代帝及后長寧安樂二主, 衆篇幷作, 詞旨益新. 存詩三十二篇)"라고 기록하고 있다. 그녀는 高宗 麟德 元年에 조부 上官儀와 부친 上官庭芝가 함께 주살된 후 궁에 들어가게 되었고 열네 살에 武后의 부름을 받은 이래로 궐내에서 詔命을 담당하였으며 中宗 즉위 후에도 신임을 받아 결국 正二品 '昭容'을 제수받은 인물이었다. 上官婉兒의 시는 『全唐詩』 卷五에 32수가 전하는데 「彩書怨」 一首 이외에는 시제에 奉和·上幸·駕幸·應制·獻詩 등의 應制詩 형식의 용어가 붙어 있거나 長寧公主의 流杯池에 노닐면서 獻詩의 형식으로 쓴 25수의 작품들로 이루어져 있다. 전형적인 궁정문인의 모습을 지닌 시인인 것이다.

上官婉兒가 조정에 있을 때에는 궁정시인들이 시를 부염하게 짓는 풍조가 성행하였는데 그녀는 시문이 浮靡함에 빠지는 것을 경계하는 역할을 하였다. 『全唐詩』「序」에 "당시에 문사를 짓는 일에 종사하는 자는 대부분 浮靡함에 빠져 있었지만 그래도 가히 볼 만한 것이 있음은 婉兒의 공로였다.(當時屬詞者, 大抵雖浮靡, 皆有可觀, 婉兒力也)"라는 기록이 있음은 그녀의 창작 의식이 진부함보다는 청신함을 추구하였음을 밝혀주는 것이다. 이러한 의식과 연관하여 자연을 묘사한 구절에서도 진솔한 감정을 담으려고 노력했는바, 上官婉兒의 다음 시가를 보면 응제시 형식 속에서도 자연과의 합일을 통해 자아를 찾으려는 시도를 했음을 살필 수 있다.

> **奉和聖制立春日侍宴內殿出翦綵花應制** 봄날 연회하다 내전에 피어난 翦綵花 응제시에 봉화하여 짓다
> 密葉因裁吐　빽빽한 나뭇잎들 마름질한 듯 잎을 드러내고 있고
> 新花逐翦舒　새로이 핀 꽃 이에 맞추어 다듬어진 듯 펼쳐져 있네
> 攀條雖不謬　나뭇가지 다듬음은 비단 잘못되어서가 아닌데
> 摘蕊詎知虛　꽃술을 따는 것 또한 어찌 생각이 없어서겠는가
> 春至由來發　봄이 온 연유로 흥이 발하는데
> 秋還未肯疏　가을 돌아와도 사라지지 않으려나
> 借問桃將李　묻노니 복숭아와 오얏꽃이
> 相亂欲何如　서로 어지러이 피어대면 어찌할꼬

　봄날의 꽃 모습과 이를 채집하고 감상하는 멋이 펼쳐져 있는데 표면적으로는 깎고 다듬는 모습을 보였지만 실제로는 인조적인 미를 사절하고 있다. "자연의 천연적인 멋을 몰라서 나뭇가지를 다듬는 것이 아니고(攀條雖不謬)" 그 아름다움을 더 돋보이게 하기 위해 손을 가하는 것이며 "꽃술을 따는 것도 무언가 생각이 있기에(摘蕊詎知虛)" 인위적인 정성을 들이는 것이다. 미연의 桃李가 꽃피는 시절을 미리 기대하는 구절에서는 교묘한 상상력을 부가하여 화사한 정경을 연상시키고자 하였다. 천연의 자연미 속으로 시인 자신이 빨려 들어가는 즐거운 여행을 암시한 것이다. 복숭아와 오얏꽃이 시인으로 전화되는 물아의 경지를 추구하였음이 또한 느껴지는 것이다.

上官婉兒는 陶淵明의 시를 모사하여 소욕을 버리고 한거하고자 하는 소박한 욕망을 표현하기도 하였다.

游長寧公主流杯池二十五首, 其十一 장령공주의 流杯池에서 노닐며
스물다섯 수, 제11수
暫爾游山第　잠시 산을 유람하던 차
淹留惜未歸　머무르다 보니 아쉬워 돌아가지 못했네
霞窓明月滿　노을 지던 창에는 밝은 달빛 그득히 비치고
澗戸白雲飛　시냇가 집 위로 흰 구름이 흘러가네
書引藤爲架　나는 장차 등나무로 만든 시렁에 책 펼치고
人將薜作衣　벽려 덩굴로 옷 지어 입으려 하네
此眞攀玩所　이 노니는 중에 참된 뜻 있으니
臨眺賞光輝　밝은 빛 비추는 곳 바라보며 감상에 젖는다

산중에서 머물며 그 속에서 시공의 흐름을 잊어버리고자 하는 심정을 서두에 담았다. 어느덧 노을 지던 창에 달빛이 드니 부지중에 시간은 아쉽게도 흘러갔다. 자연이 좋다 하나 그 속에서 언제까지 머물 수만은 없다는 각성을 한 것이다. 그러나 작자는 결코 초조하거나 급한 기색이 없다. 시가의 후반부를 보면 '등나무로 만든 시렁(藤架)'과 '벽려 덩굴로 옷(薜衣)'을 통해 은자의 소박한 삶을 그리면서 그 속에서 '眞意'를 찾고자 노력하는 모습을 보이고 있음이 발견된다. 陶淵明이 전원의 흥취를 노래한 「飮酒」 시의 '情景合一', '物我一如'의 경지가 재현되고 있는 것이다.

上官婉兒가 자연을 노래한 시를 보면 자연스럽게 우러나온 자연미감과 흥취를 잘 표현해냈다는 느낌을 받게 되며 표현에 있어서도 '綺麗'나 '纖濃'한 풍격의 언어보다는 소박하고 평범한 시어를 선호하였음을 발견할 수 있다. 다음과 같은 작품을 통해 그러한 느낌을 얻을 수 있자.

游長寧公主流杯池二十五首 其十二 장령공주의 流杯池에서 노닐며
스물다섯 수, 제12수
放曠出烟雲　광활한 모습 속에 연기와 운무 이는데

蕭條自不群　쓸쓸한 기분에 그저 혼자이고 싶어라
漱流淸意府　흐르는 계곡물에 맑은 뜻 부치고
隱幾避囂氛　와자지껄한 분위기 감추어본다
石畵妝苔色　돌은 이끼 색으로 화장하고
風梭織水文　바람은 물에 무늬를 일으킨다
山室何爲貴　산에 거처하는 집 어째서 귀한가
唯餘蘭桂薰　그저 난초와 계수나무 향기 남아 있을 뿐인데

　대자연의 광활함과 아름다움이 눈앞에 펼쳐지지만 시인은 오히려 은일의 서정을 느낀다. 이는 인간 세상을 벗어나 자연을 찾고 그 자연 속에서도 소자아를 찾고 싶어 하는 작자의 희망이라 할 수 있다. 절대 자연과 나와의 일대일 만남, 그러한 중에 얻게 되는 참된 망아의 경지, 시인의 섬세한 미감 등을 돌과 바람의 자태를 그린 경연에서 함축적으로 표현하였다. 그렇지만 이러한 묘사 중에도 지나친 염려함에 빠지는 것을 자제한 면모가 발견된다. 미연의 '蘭桂薰'은 글자 그대로의 뜻인 '난초와 계수나무 향기'를 의미하기도 하지만 세속의 번다함을 멀리하고 자연에서 얻게 되는 기품의 향기로도 이해할 수 있는 것이다.

　上官婉兒는 평생을 궁정에서 보내면서 시가를 창작했기에 그녀의 작품은 대부분 응제시의 형식을 띠고 있다. 그러나 그녀는 응제시를 지으면서도 한편으로 자신의 자아 추구를 위한 시도를 하였는데 그러한 노력은 시가 중에서 은일 생활에의 찬미와 자연미 탐색의 형상으로 나타났다. 몇몇 시가를 통해 은거에 대한 찬미를 가하기도 하였으니 위에서 살펴본 「游長寧公主流杯池二十五首」 其十一 외에도 「游長寧公主流杯池二十五首」 其十九에서 "잠시 사람의 계교가 있는 곳에 머물렀으나, 소나무와 계수나무의 정에 숙연해진다. 은거하는 객에게 전하노라, 더 이상 봉래와 영주를 찾지 말라고(暫遊人智所, 蕭然松桂情. 寄言棲遯客, 勿復訪蓬瀛)"라고 하여 사람의 온갖 지혜를 뛰어넘는 자연물의 모습에 깊은 정을 느끼면서 그곳에 귀의하고 싶은 마음을 드러낸 바 있다. 또한 산수 속에서 자연을 조망하며 자연의 아름다움과 은거의 욕망을 동시에 표현한 「游長寧公主流杯池二十五首」 其二十에서는 "폭포 가에 오니 맑은 날에도 마치 비 오는 듯, 대숲 안은 낮에도 마치 저물녘 같다. 산속은 정말로 즐길 만하니, 잠시 그대

를 청하고 싶어라.(瀑溜晴疑雨, 叢篁晝似昏. 山中眞可玩, 暫請報王孫)"라고 하면서 폭포와 대숲의 이미지를 '雨'와 '昏'으로 묘사하며 신비감을 표출하면서 자신이 느끼는 한가로운 情을 나누고자 하였다. 또한 눈앞의 경치를 仙境에 비유한 「游長寧公主流杯池二十五首」 其二十四에서는 "푸른 봉우리 들쭉날쭉 솟은 곳에 연꽃 올라와 있고, 냇물 잔잔히 흐르는 곳에 금빛 모래 찬란하다. 어찌 선경을 찾아 멀리 가겠는가? 인간은 지금 벌써 신선의 세계에 와 있는 것을.(參差碧岫耸蓮花, 潺湲綠水瑩金沙. 何須遠訪三山路, 人今已到九仙家)"이라고 하며 가상의 신선 세계보다는 현실 눈앞의 자연이 선경임을 설파하기도 하였다. 이처럼 上官婉兒는 자연을 그림에 있어 농염하고 기려하거나 허식으로 흐르기 쉬운 應制詩의 한계를 극복하려고 노력하였다. 화려한 대장이나 聲律에 빠져 미감을 해치는 것을 자제하였고 수려한 산수에 대해 소박한 시선을 견지하면서 아름다운 자연물을 제재로 선택하기를 즐겨했던 것은 上官婉兒가 자연 속에서 기쁨을 찾기를 중요시했음을 보여주는 것이라 하겠다.

2) 非宮廷文人의 자연시 : 궁정 산수에서 대자연으로

初唐代 궁정문인들은 高宗 龍朔 연간 유행했던 上官體의 대우 수법과 沈佺期와 宋之問으로 대표되는 각종 성률 및 수사 기법의 정비와 개척, 여러 궁정문인들의 기려하고 섬농한 시가의 수창, 南朝의 유려한 풍격을 계승한 염려한 시풍의 재현 등의 성취를 이루어냈지만, 한편에서는 문단의 화미함에 반발하며 청신한 시풍을 회복하고자 하는 움직임도 흥기하고 있었다. 上官儀가 高宗에게 皇后 武則天의 폐위를 건의한 후 武后의 질시와 許敬宗의 무고를 받아 獄死한 것을 계기로 혁신 의식을 갖고 있던 일군의 시인들이 궁정문인들의 화려한 문사와 수식, 응제시의 규격화되고 제한된 창작 등에 대해 비판을 가한 것이 그 예라 할 것이다. 이 움직임의 선두에는 王勃을 비롯한 初唐四傑, 陳子昂 등이 있었는데 이들에 의해 지어진 자연시 역시 청신하고 소박한 필치를 드러내고 있었다. 初唐의 시인들 중 전원시를 개척한 王績, 비궁정문인의 대표적인 인물들이었던 初唐四傑, 청신하고 맑은 자연시를 추구했던 劉希夷, 漢魏風骨을 부

르짖으며 문단의 개혁을 주장했던 陳子昻 등의 작품을 중심으로 非宮廷派 문인들이 실행했던 자연시 창작의 면모를 살펴보기로 한다.

初唐 자연시가의 본격적인 흐름을 선도한 중요 문인으로 王績을 들 수 있다. 陶淵明 이후 주목할 만한 전원시인으로 꼽히는 王績(590~644)은 字가 無功이며 絳州人으로 隋末의 대학자 王通의 아우였다. 隋末에 秘書省正字에 제수되었으나 관직을 좋아하지 않아 揚州 六合縣丞을 자원한 후 음주하며 세월을 보내다 결국 관직을 버리고 귀향하여 은거하였고 스스로를 '東皐子'라고 불렀다. 唐 高祖 武德 初年에 揚州 六合縣丞 待詔門下省이 되었다가 貞觀 初에 사직했고 후에 다시 太樂丞이 되었다가 2년도 못 되어 관직을 버리고 귀향하였다. 이른바 '三仕三隱'한 것이다. 만년에 고향에서 거문고와 술로 세월을 보내다 貞觀 18년 (644) 자신이 직접 묘지명을 쓰고 집에서 죽었다. 술에 대한 관심과 애호가 대단하여 『酒經』 1권, 『酒譜』 1권 등과 「醉鄕記」, 「五斗先生傳」, 「酒賦」, 「獨酌」, 「醉后」 등의 詩文이 있으며 『王無功文集(東皐子集)』 5권이 전하고 있다. 彈琴, 占卜, 算卦 등에도 재능이 있었으나 王績의 가장 큰 성취는 시가였다. 唐代 五言律詩의 초석을 다지고 齊梁 여풍의 일소에 힘썼으며 陶淵明과 庚信의 뒤를 이어 전원시풍의 자연시를 창작함으로써 唐代 자연시사에 있어 중요한 역할을 한 문인이었던 것이다.

王績은 阮籍과 陶淵明을 가장 존경했고 庚信 시가에서 영향을 많이 받았으며 은거 의식을 갖고 수차례에 걸쳐 귀향과 은거를 실행한 바가 있기에 전원 풍경과 전원의 삶이 그의 시가에서 일차적인 제재로 등장하고 있음은 자연스러운 것이라 할 수 있다. 「田家」 3수, 「春庄走筆」, 「山園」, 「山家夏日」 9수, 「秋夜喜遇王處士」 등에서는 전원에 기거하는 낙을 설파했고 「贈程處士」, 「獨坐」, 「策杖尋隱士」, 「贈學仙者」, 「春日山庄言志」, 「山中敍志」 등에서는 세속과 절연한 은사의 삶을 찬양한 바 있다.

그가 東皐에 은거하면서 쓴 「野望」을 보자. 이 시는 그의 대표작으로 五言律詩의 격률 창조에 있어서도 중요한 역할을 한 작품으로 평가받는다.

野望 들녘을 바라보며

薄暮東皐望	지는 해 동쪽 언덕에서 바라보매
徙倚欲何依	내가 돌아갈 곳은 그 어디인가
樹樹皆秋色	나무마다 가을빛 물들고
山山惟落暉	산마다 낙조가 물들었네
牧人驅犢返	목동은 송아지 몰아 돌아오고
獵馬帶禽歸	사냥 말은 새를 달고 돌아온다
相顧無相識	사방 둘러보아도 아는 이 없으니
長歌懷采薇	길게 노래하며 채미가나 읊어볼까나

가을빛이 짙은 수림과 낙조에 물든 산이 전원에 펼쳐 있고 하루 일을 마치고 돌아오는 목동과 사냥꾼의 귀가가 평온한 일상을 느끼게 한다. 그러나 정작 시인은 '해질녘(博暮)'에 돌아갈 곳이 없다. 의지할 곳 없이 낙망하는 삶 속에서 그나마 자연의 평정한 모습이 시인의 마음에 귀향의 근거를 제공한다. 옛날 殷나라가 망하자 首陽山에 은거하며 고사리 캐 먹던 伯夷와 叔齊의 기개를 본받고자 하는 의지를 결미에서 부언하였다. 평측이 잘 다듬어진 율시의 형식을 띠고 있을 뿐 아니라 개인의 고뇌와 시국에 대한 감상, 전원의 평화로운 정경과 귀향의 서정 등이 잘 융합되어 있는 시가이다.

「田家」 3수는 陶淵明처럼 전원에 은거하며 사는 낙을 그린 작품인데 그중 제2수를 보자.

田家 其二 전가, 제2수

家住箕山下	箕山 아래 거거하니
門枕穎川濱	대문은 穎水 가에 서 있다
不知今有漢	마치 오늘 날 漢나라가 생겼는지도 모른 채
唯言昔避秦	그저 秦나라를 피해 은거하고 있는 듯
琴伴前庭月	앞뜰의 정원에서 달과 벗하여 거문고 뜯고
酒勸後園春	후원엔 봄빛이 그득하니 절로 술을 청한다
自得中林士	숲 속 은사의 삶을 절로 얻나니
何忝上皇人	어찌 관리의 욕된 삶 있으랴

「桃花源記」의 고사를 인용하여 시대와 무관하게 자신의 낙을 추구하는 모습을 그렸다. 세속과 절연하여 살며 전원에서 거문고와 술을 벗 삼아 지내는 삶은 누구에게도 누를 끼치지 않고 스스로를 욕되게 하지 않는 떳떳함이 있다. 관직을 벗어던지고 소욕을 따른 陶淵明의 전원 은거가 연상된다.

다음은 王績이 장안에서 있을 때 고향 사람을 만남으로 인해 고향에 대한 정이 사무치게 솟아남을 표현한 시인데 이를 통해 그의 회향 의식을 엿볼 수 있다.

在京思故園見鄕人問 경사에서 옛 동산을 그리워하다가 고향 사람을 만나 물어봄

旅泊多年歲　여러 해 동안 타향에 떠돌면서
老去不知回　늙어가면서도 돌아갈 줄을 몰랐네
忽逢門前客　문득 문 앞에서 한 손님을 만났는데
道發故鄕來　그가 말하길 내 고향에서 왔다 하네
斂眉俱握手　반가워 미간을 찌푸려 눈물 흘리면서 함께 손 잡아보다가
破涕共銜杯　눈물 거두고 함께 술잔을 기울이네
慇勤訪朋舊　마음을 다해 옛 친구들 소식을 물어보는데
屈曲問童孩　세심하게 아이들 상황까지 물어본다네
衰宗多弟姪　쇠락한 종갓집에 아이와 조카들은 많은데
若箇賞池臺　연못과 집을 제대로 갖고 있기는 한지
舊園今在否　옛 동산은 지금 제대로 있는지 어떤지
新樹也應栽　새로이 나무도 심었겠지
柳行疏密布　버드나무 줄은 얼마나 빽빽하게 심었는지
茅齋寬窄裁　초가집은 넓이가 어떤지
經移何處竹　어디서 대나무를 옮겨다 심었는지
別種幾株梅　따로 매화는 몇 그루나 심었는지
渠當無絶水　도랑물은 마르지 않고 흐르고 있는지
石計總生苔　돌에는 이끼가 끼었겠지
院果誰先熟　정원의 과수는 어떤 것이 먼저 익는지
林花那後開　나무의 꽃은 어떤 종이 늦게까지 피어 있는지
羈心只欲問　나그네 마음은 그저 묻고만 싶을 뿐
爲報不須猜　이상하다 생각 말고 잘 대답해주길
行當驅下澤　마땅히 하택거를 몰고 고향으로 내려가
去剪故園萊　옛 고원의 묵은 풀을 뽑아내야지

이 작품은 그가 경사에서 문하성의 부름을 기다리면서 있을 시 고향 사람 朱仲晦를 만나 쓴 것으로 『全唐詩』 卷38에 있는 朱仲晦의 「答王無功問故園(왕무공이 고원에 대해 물은 것에 답함)」 시와 내용상 연계성을 갖고 있다. 고향 사람을 만나게 되자 반가움에 자신의 집안 식구들과 친구들의 근황을 묻고는 이어 고향 고원의 모습, 버드나무, 집, 대나무, 매화나무, 도랑물, 이끼, 과일, 꽃, 등 자연의 모습을 생각나는 대로 물어보고 있다. 중간에 대답 부분이 없는 것으로 보아 본인의 고향 생각과 궁금증을 토로하는 것에 주력한 묘사임을 알 수 있다. 마치 『詩經』 「行露」의 시가 총 15구 중 아홉 구를 이용하여 질문한 것과 『楚辭』 「天問」에서 단숨에 백 수십 개 질문을 쏟아낸 것과 같은 인상을 주며 曹植의 樂府詩 「門有萬里客(문에서 만 리 밖에서 온 객을 맞으며)」이나 陸機의 시 「門有車馬客行(문에서 거마 타고 온 객을 맞으며)」의 내용과도 유사한 형식을 갖고 있음을 발견할 수 있다. 그의 마음속에 전원은 늘 그리움의 대상으로 존재하고 있었음을 보여주고 있는 예라 하겠다.

王績이 출사와 은거를 되풀이하면서 전원에서의 한아한 삶을 시로 지어냈던 것은 낮은 관직에서 자신의 뜻을 펼치기가 쉽지 않아서 그런 것도 있지만 그의 천성이 음주와 한거를 좋아했던 것도 있었다. 王績은 陶淵明의 은거 의식에서 큰 영향을 받기는 했지만 스스로 "동쪽 산비탈은 나의 터전, 한가로워서 스스로 편안하다. 술동이는 步兵校尉 阮籍보다 많고, 기장 밭은 彭澤 陶淵明보다 넓고(東皐余業, 悠哉自寧. 酒甕多于步兵, 黍田廣于彭澤)"(「游北山賦(북산에서 노닐며 짓다)」), "노비가 여러 명이라, 일을 맡기기에 족하다.(奴婢數人, 足以應役)"(「答處士馮子華書(처사 풍자화의 편지에 답하여)」)라고 밝혔듯이 조상 때부터 전해온 농토와 가업이 있어 생활형편은 비교적 풍족한 편이었다. 陶淵明처럼 생활이 궁핍했다거나 스스로 농사를 지어야 하는 상황은 아니었던 것이다. 그러므로 그는 전원에 기거하였되 농사보다는 산수의 유람이나 은사의 한적한 삶과 고상한 정취의 추구에 더 큰 의식을 갖고 있었다. 그가 陶淵明이나 庾信의 의식을 추종하기는 하였지만 그의 시는 '몸소 밭을 갈거나(躬耕)', '고된 일을 하는(作苦)' 표현보다는 전원에서 즐기는 낙이나 산수 경물에 대한 담백한 묘사를 상대적으로 많이 추구하였다. 따라서 그의 시에는 후대 王維 시에서 발견되는 전원 자연시가와 비슷한 풍격이 많이 담기게 되었으니 그 예로 절기를 맞아 친구에게 부친 다음 작품을 보자.

九月九日贈崔使君善爲 중양절을 맞아 최선위 사군에게
野人迷節候　　야인이 되니 절기도 기억을 못해
端坐隔塵埃　　그저 세속과 떨어져 한거할 뿐
忽見黃花葉　　문득 노란 꽃 떨어지는 것 보니
方知素節回　　비로소 가을이 돌아옴을 알겠구나
映巖千段發　　바위에는 햇살이 그득하게 비치고
臨浦萬株開　　포구에는 온갖 나무가 그득하네
香氣徒盈把　　꽃향기 온 누리에 잡힐 듯 퍼져 있으나
無人送酒來　　술 보내오는 이는 아무도 없나니

　전원에서 은자로 기거하면서 세속과 절연한 삶을 그렸다. 시간의 흐름에 연연해하지 않으니 절기의 도래도 감지하지 못한다. 그가 「贈程處士(정처사에게)」에서 "백 년을 두고 세상은 시끄러운데, 세상만사는 모두 유유히 흘러간다. 햇살은 저절로 떨어지고, 강물은 성정대로 흘러간다.(百年長擾擾, 萬事悉悠悠. 日光隨意落, 河水任情流)"라고 하여 자신의 존재감을 갖고 절로 흘러가는 자연을 설파했던 것과 같은 경지이다. 시인은 '黃花'가 떨어지는 것을 보면서 그제야 계절의 변화를 깨닫게 된다. 자연 속에서 '無念無想'의 경지를 체득하고 있는 것이다. 이런 시가는 閑雅하고도 超邁한 기운이 있어 후대 王維 시가에서 '無我之境'을 노래한 시가를 계도하고 있는 듯한 느낌을 주는 작품이라 하겠다.
　王績이 추구했던 시와 삶 중에서 자연 속에서의 소일과 함께 빼놓을 수 없는 즐거운 흥취가 바로 '飮酒의 閑情'이었다. 王績은 「醉後」, 「嘗春酒」, 「過酒家」 5수, 「題酒店壁」, 「看釀酒」, 「過酒家」, 「獨酌」 등 여러 편의 시를 통해 음주의 낙을 설파한 바 있는데 그중 「獨酌」과 「過酒家」 제2수를 살펴본다.

獨酌 홀로 마시며
浮生知幾日　　뜬구름 같은 인생 몇 날이나 살겠다고
無狀逐功名　　부질없이 명리만 쫓아다니는가

不如多釀酒　술이나 많이 담가놓고
時向竹林傾　이따금씩 대숲에 들어가 잔 기울임만 못한 것을

過酒家 其二 술집을 지나며, 제2수
此日長昏飮　오늘 길게 취하도록 흠뻑 마시니
非關養性靈　성정을 도야하는 것이 무슨 상관이랴
眼看人盡醉　눈에 들어오는 것은 온통 술에 취한 사람들뿐
何忍獨爲醒　어찌 홀로 깨어 있으랴

「獨酌」에서는 名利나 功名보다는 전원에서 음주하며 사는 낙을 선택했음을 그렸다. 「獨酌」이라는 시제가 나타내듯 홀로 세상과 절연하며 살고 알아주는 이 없어도 술에 취해 자기만의 해탈을 구하는 것이 본인의 의식임을 나타내고 있는 것이다. 「過酒家」에서는 홀로 술 마시는 흥취를 뛰어넘어 몽롱한 취중에 잠겨 있는 경지를 그렸다. '昏飮'의 경지에 이른 시인은 세상의 도리나 인격 도야는 물론 '자신의 본성(性靈)'을 닦는 것도 아랑곳하지 않고 만취의 세계를 추구한다. 술 마시는 여유나 흥취의 추구보다 술이 주는 쾌락을 쫓는 형국이라 절제가 필요한 느낌이다. 시인의 눈에는 다른 사람도 '모두 취해(人盡醉)' 있으니 결국 시인의 눈에 비친 세상은 함께할 수 없는 탁류의 흐름이라는 屈原식의 논리를 담고 있음을 파악할 수 있겠다.

王績은 隋와 唐의 교체기를 살면서 세상의 변화 속에서도 자신만의 경지를 추구한 시인이었다. 전원의 삶을 구가하고 음주의 낙을 설파하며 은일의 삶을 찬양함으로써 初唐代 시단에서 개성적인 의식을 드러낸 것이었다. 五言古詩體의 시가를 통해 陶淵明식의 흥취를 드러내고 北朝 庾信의 전원시를 발전시켜 전원시의 맥을 이은 점이 그의 업적이라 할 수 있다. 자연시 格律과 風格에 있어 初唐의 서막을 열었으며 특히 후대 盛唐代 王維를 필두로 한 문인들의 田園과 別業에서의 시가 창작을 계도한 시인이라는 점에서도 또한 의의가 있다. 한편 唐代 자연시 발전의 기초를 세운 것으로 王績의 업적은 주목받을 만하지만 스스로 가난한 생활을 영위하면서 세속을 초월한 眞意를 체득하였거나 '몸소 밭 가는(躬耕)' 수고를 한 것은 아니었으며 전원에 한거하였으되 농사보다는 산

수에 정을 더 두었기에 전대 陶淵明이나 庾信의 은거와는 비교가 되는 면모를 지니고 있었다. 직접적인 체험과 참여의 기준으로 볼 때 그의 시를 순수한 전원시로 보기에는 일정 부분 한계성을 지니고 있다 할 것이다.

王績이 시속과 구별된 자신만의 고아한 의식 세계를 추구했다면 初唐四傑은 初唐의 문단에서 궁정문인들과 대립하며 문풍의 개혁을 도모했다는 점에서 좀 더 현실적인 활동을 했던 문인으로 거론된다. 그들은 각자 뛰어난 재능을 지니고 있었으며 마음속 웅지를 바탕으로 국가를 위한 헌신과 참여의 의지를 발휘하고자 하였으나 사도의 길이 순탄치 않았고 현실적인 제한으로 인해 아쉬운 생을 살아갈 수밖에 없었던 인물이었다. 초기 그들의 시가는 南朝 民歌體처럼 평이하고 유창한 어조나 성조를 구사하거나 중복된 구상을 활용하는 등 齊梁體 모방의 풍격을 보이기도 하였다. 그러나 그들은 점차 인생의 심오한 체험이나 사회적 현실, 심오한 사색을 통한 사유 의식 등을 시가에 이입함으로써 南朝 시가에서 부족한 점으로 여겨졌던 시가의 氣骨과 정서를 보완하였고 개인의 체험과 심미 의식이 담긴 개성적인 시가를 창작해나갔다. 初唐四傑은 자연시 창작에 있어서 궁정원림이라는 한정된 자연을 주로 묘사했던 궁정문인들과는 달리 하급 문인으로 많은 행역을 체험했던 것을 바탕으로 한층 다양한 자연 형상을 시가에 이입할 수 있었다. 자신들이 지향했던 개성적인 의식과 수법을 십분 활용하여 六朝의 기풍을 탈피한 강건하고도 청신한 격조를 세워나감으로써 初唐 자연시의 경계를 한층 넓혀낸 공이 있는 것이다.

初唐四傑 중 王勃(650~676?)은 연배로는 駱賓王과 盧照鄰보다 조금 뒤지지만 궁정문풍에 대한 개혁의 기치를 가장 강하게 높였던 인물이었다. 王勃의 字는 子安이며 龍門(일설에는 山西省 太原) 출생이다. 조숙한 천재로 6세 때부터 문장을 잘하였고 17세인 666년 幽素科에 급제한 후 朝散郎, 沛王賢修撰 등을 지냈다. 왕자들이 鬪鷄로 내기하는 것을 보고 「鬪鷄檄文(투계격문)」을 지어 왕족의 우열 다툼을 닭싸움에 빗대어 풍자했다가 高宗의 노여움을 사 관부에서 쫓겨나고 말았다. 그 후 왕발은 長安을 떠나 蜀 땅을 떠돌아다니다 사면되어 虢州의 參軍

직을 얻었다. 官奴 중에 죄를 지은 자를 숨겨 주었다가 발각될까 두려워한 나머지 죽인 연고로 그의 부친 王福時가 交趾(베트남 북부)의 令으로 좌천되자 上元 2년, 27세 때 交趾에 계신 부친을 보러 가는 도중에 장강을 가던 배가 가라앉게 되어 익사했다. 『王子安集』16卷에 詩 80여 수와 文章 90여 편이 전한다.

王勃의 작품으로는 오언율시「送杜少府之任蜀州」가 유명한데 그의 자연시역시 이 시에서처럼 단순하고 소박한 경치 묘사 속에 眞情을 이입하여 감동을 고양시키고자 한 것이 특색이다. 유람하면서 쓴 경물 묘사는 각종 자연물을 세심하게 관찰함으로써 그 내면에 담긴 미학적 특징을 서사하는 것을 주로 하였다. 자구의 조탁이나 화사한 수식과는 거리를 두고 한아한 의취를 서사하기 위한 노력을 가한 것이다. 그가 자연을 찾아 노래한 시 중 숲 속 냇가에서 홀로 시심을 달래고 있는 다음 작품을 살펴보자.

林泉獨飮 숲 속 샘에서 홀로 마시며
丘壑經涂賞　산언덕 지나서 나온 개울을 감상하는데
花柳遇時春　꽃 피고 버들에 물오르니 봄을 맞이한 정경이로다
相逢今不醉　이 모습 대하여 술 마시는데 아직껏 취하지 아니하니
物色自輕人　경치가 사람을 절로 가볍게 하는 것이로구나

　　　　　　·

경물을 마주함에 있어 다른 욕심이나 걱정이 없다. 그저 눈앞의 정경이 좋아서 가다가 쉬고 쉬면서 獨酌한다. 흥취를 얻으면 그뿐이니 시인은 자연 앞에서 한껏 가벼운 마음을 잃지 않고 있는 것이다.

王勃은 五言律詩와 五言絶句에 뛰어났다. 그의 마음은 현실의 불우함으로 인해 종종 우울과 번민의 상태에 있기도 했으나 현실에 대한 개혁 의지를 지니고 있었던 시인답게 기세가 넘치고 강건한 시풍을 보이기도 하였다. 봄에 성에 올라 사방을 조망하면서 쓴 五言絶句「登城春望」一首를 보자.

登城春望 성에 올라 봄 정경을 바라보며
物外山川近　눈 앞 정경 너머에 있는 산천도 가깝고
晴初景靄新　비 갠 곳에 햇살이 처음 비치니 아지랑이도 새로워라

芳郊花柳遍　아름다운 교외에 꽃과 버들 두루 깔려 있으니
何處不宜春　그 어딘들 화창한 봄이 아니랴

　시원하게 펼쳐진 정경의 묘사를 통해 명랑하고 건강한 풍격을 구가하고 있다. '近', '初', '新' 등의 시어는 활달한 기세 속에 신선함을 느끼게 해주는 활용이 된다. 말구에서 영탄법 섞인 의문문을 통해 봄 정경을 만끽하는 시인의 정서를 다시 한 번 강조한 것이 눈길을 끈다.
　위의 시처럼 王勃은 봄의 경치를 대하면서 자신의 신선한 의식을 펼치는 것을 좋아했던 시인이었다. 「春游」, 「春莊」, 「羈春」, 「春園」, 「對酒春園作」, 「春日還郊」, 「仲春郊外」, 「早春野望」 등의 작품은 그가 春興을 돋거나 상춘 의식을 서사한 작품들인데 그중 「早春野望」을 살펴보기로 한다.

早春野望 이른 봄 들녘을 바라보며
江曠春潮白　넓은 강에 흰 봄 조수가 밀려오고
山長曉岫靑　길게 뻗은 산봉우리는 새벽에 더욱 푸르다
他鄕臨眺極　타향에 와서 다함 없이 이 정경을 바라보는데
花柳映邊亭　꽃과 버들 그림자 못 가 정자에 비치누나

　강, 산, 풍경, 꽃 등 원근을 달리하며 펼쳐지는 봄의 정경이 신선한 느낌을 준다. 특히 '曠'과 '長'으로 표현된 장엄한 정경과 '臨'과 '映'으로 표현된 감정의 서사가 사물 묘사 속에서 적절히 교차하고 있음이 돋보인다. 말구에서는 '映'자의 활용을 통해 화사한 봄 풍경 속에 비치는 추억과 우수를 표출하여 여운을 도모하였다.
　가을 정경이 배경이 된 강의 모습도 王勃이 즐겨 묘사했던 제제였다. 「臨江二首」, 「江亭夜月送別二首」, 「秋江送別二首」 「秋夜懷友雜體二首」, 「山中」 등은 가을과 강의 모습 속에 서정을 담은 작품이라 할 수 있는데 그중 가을 강과 산의 모습을 보고 나그네의 회향 의식을 떠올린 「山中」을 살펴보기로 한다.

山中 산속에서

長江悲已滯 장강은 슬픔에 막혀 있는데
萬里念將歸 만 리 너머로 돌아갈 생각뿐
況屬高風晚 더욱이 저녁 되어 가을바람 불어대니
山山黃葉飛 산마다 누런 낙엽이 흩날리누나

'長江'과 '萬里'로 정경 속에 서린 나그네의 깊은 시름과 우수를 잘 표현하였다. 적막감에 쌓여 있는 시인의 마음에 불어대는 가을바람은 흘러가는 물의 정경과 함께 더욱 소슬한 기분을 선사한다. 간결한 자연 정경 속에 담은 깊은 정의 묘사가 돋보이는 작품이라 하겠다.

王勃이 滕王閣을 보고 누각의 장엄함과 회고의 정, 변해가는 자연의 모습 등을 우아한 문체로 그려낸 다음 작품을 살펴보자.

滕王閣 등왕각

滕王高閣臨江渚 滕王閣은 강가에 높이 솟아 있는데
佩玉鳴鸞罷歌舞 패옥과 방울 울리던 천자의 가무도 지금은 끝났구나
畵棟朝飛南浦雲 화려한 누각 위로 아침에는 남포의 구름 날고
珠簾暮卷西山雨 저녁에 주렴을 걷어 올리면 서산에 비 내리네
閑雲潭影日悠悠 한가로운 구름 연못에 잠기고 해는 유유히 지나가는데
物換星移幾度秋 만물이 바뀌고 별자리 옮겨가니 그 몇 해가 지나갔나
閣中帝子今何在 누각 안에 있던 제왕들은 지금 어디 있는가
檻外長江空自流 난간 밖 장강은 부질없이 절로 흐르는데

이 작품은 長江 가에 있는 滕王閣과 주변 자연경관을 시공을 넘나들며 조망하는 수법으로 묘사한 것이다. 수연에서 滕王閣의 위용과 가무가 끝난 뒤의 모습을 그리고는 이어 아침저녁으로 이어지는 자연의 변화와 이와 조화된 주변 모습을 그렸는데 그 풍경의 묘사가 실로 장엄하고 화려하다. 시의 후반부에서는 등왕각을 둘러싼 역사적 회한을 자연에 부쳐 고찰하였다. 현재의 모습과 시간의 흐름, 회고를 통해 느끼는 비애감 등을 기품 있게 묘사한 것이 발견되는 것이다.

王勃에 대해 楊炯은 「王勃集序」에서 "왕발의 시는 장엄하면서도 공허하지 않고, 강직하면서도 풍부하며, 수식을 가하면서도 자질구레하지 않고, 잘 다듬어져 있어 두루 굳건하다.(壯而不虛, 剛而能潤, 雕而不碎, 按而彌堅)"라고 하여 충실한 내용과 풍격을 지녔으면서도 우아한 수식까지 잘 구사할 줄 알았던 것을 칭찬한 바 있다. 王勃은 순탄치 못한 인생 역정으로 인해 세상을 유력하였지만 애호의 마음으로 자연을 대하면서 건강한 필치로 그 모습을 표현하려고 노력한 시인이었다. 현란한 기교를 구사하는 대신 자연을 보고 발견하게 된 세밀한 변화와 기운을 감지하여 그것을 시가에 담아내기 위해 노력하였으니 그의 시를 보면 꽃과 이슬, 구름과 안개, 산 그림자와 물의 형상 같은 아련한 존재가 마치 프리즘처럼 사물을 바라보는 매개체 역할을 하고 있음이 발견된다. 아름다운 묘사를 가하면서도 예술적 안목과 자신의 의식을 담은 개성적인 작품을 써서 初唐 자연시가의 경지를 한 단계 높인 작자인 것이다.

楊炯(650~692)은 華陰人이고 高宗 顯慶 6년(661) 11세 나이로 神童이 되었고 上元 3년(676) 과거에 급제하여 校書郎이 되었다. 후에 崇文館學士 등을 맡았고 武后 때 從祖弟의 사건에 연루되어 梓州司法參軍으로 강등되었다가 洛陽宮中 習藝館을 거쳐 盈川縣令으로 간 후 임지에서 사망하였다. 四傑 중 가장 장수하였고 應制와 酬唱의 작품이 많이 전하고 있는데 五言律詩와 五言排律의 和韻이 많은 것이 특징이다. '骨氣'있고 '剛健'한 文風을 주장한 작자답게 「夜途趙縱」, 「從軍行」, 「途劉校書從軍」, 「出塞」 등의 변새시풍 작품으로 유명하다. 자연시로 볼 수 있는 작품이 많지는 않은데 長江 三峽을 묘사한 「廣溪峽」, 「巫峽」, 「西陵峽」 등과 기유시 「游廢觀」을 꼽을 수 있다. 이 중 「巫峽」의 전반부를 절록하여 살펴보기로 한다.

巫峽 무협

三峽七百里　三峽은 칠백 리 이어지는데
唯言巫峽長　그중 무협이 가장 길다 한다
重巖窅不極　이어진 바위는 끝을 알 수 없고
疊嶂凌蒼蒼　첩첩이 포개진 산들은 푸른 하늘에 솟아 있네

絶壁橫天險	절벽은 하늘가에 위태롭게 비스듬한데
莓苔爛錦章	그곳의 이끼는 마치 아름다운 휘장처럼 빛난다
入夜分明見	밤 되어서도 주변이 또렷이 보이나니
無風波浪狂	바람이 없어도 파도가 요동을 하는구나

칠백 리 이어진 三峽 중에서 가장 길다고 하는 巫峽을 지나면서 쓴 정경이다. 배를 타고 長江을 가면서 올려다보는 산과 바위는 그 끝을 알 수 없을 정도로 크나큰 위용을 자랑한다. 거대한 협곡을 지나면서 광대한 산하를 대하는 작자의 감동이 솔직하고 순수하게 서술되어 있다. 최대한 수식을 아끼면서 마치 풍경화를 그리듯 사실적인 필치를 발휘하고 있는데 이 작품은 마치 王勃의 「滕王閣」처럼 산수와 詠史, 회고를 결합한 자연시라는 특징이 있다. 初唐四傑이 쓴 이러한 작품들은 자연시의 제재를 넓히는 데 있어서도 충분한 의미와 가치를 지닌 시가들이라 할 수 있겠다.

盧照鄰(632~695)은 字가 升之이며 范陽人이다. 어려서 대단히 총명하여 都尉의 관직에 올랐으나 소아마비나 나병 같은 '風疾'이라는 질병을 앓아 부득불 퇴직할 수밖에 없었다. 후에 질병이 더욱 심해져 두 다리가 위축되었고 한 손에도 장애가 왔다. 만년에 陽翟에 장원을 사고 潁水를 끌어들여 전원생활을 도모하였으나 결국 질병의 고통을 이기지 못하고 潁水에 빠져 自殺하였다. 長詩와 騈文에 능하여 「結客少年場行」, 「長安古意」, 「行路難」, 「失群雁」 같은 歌行體가 뛰어나며 그 의경이 맑고도 강건하다.

盧照鄰의 시가 중 자연 속에 영회의 감정을 담은 작품으로 겨울 아침에 分水嶺을 넘으며 쓴 「早度分水嶺」을 살펴보자.

早度分水嶺 아침에 분수령을 넘으며

丁年游蜀道	한참 때 촉 땅을 떠돌다가
班鬢向長安	귀밑머리 희끗희끗해져서 장안으로 돌아온다
徒費周王粟	헛되이 주왕의 곡식을 소비하였던 것과
空彈漢吏冠	한나라 관리가 되었던 것을 부질없이 한탄한다
馬蹄穿欲盡	말은 울음소리 내며 분수령을 넘으려 하는데

貂裘敝轉寒　담비가죽 옷 해진 곳으로 추위가 엄습하네
層冰橫九折　층층이 쌓인 얼음 구절구절 가로질러 있고
積石凌七盤　쌓여진 바위는 저 하늘 끝까지 솟아 있다

　총 16구 중 전반부에 해당하는 부분으로 建功立身의 포부에도 불구하고 관직에서 뜻을 못 펼치고 유랑하며 詩酒로 근심을 달래다가 咸享 4년에 長安으로 돌아오면서 지은 작품이다. 장안으로 오기 전 세월은 자신에게 결코 만족스러운 것이 아니었음을 '徒費', '空彈' 등의 시어로 표현하였고, 이어진 分水嶺의 모습 또한 험준하기 그지없으니 자신의 전후 생이 험난한 중에 있음을 암시하고 있는 것이다.

　盧照鄰은 王績처럼 몇 수의 전원시풍 시가를 통해 初唐代 시단에서 개성적인 성취를 이루어낸 바 있다.[10] 봄이 오자 산장에서의 흥취를 읊은 다음 작품을 보면 세속을 초월한 밝고 소박한 흥취가 서사되어 있음을 살필 수 있다.

春晚山莊率題 其二 늦은 봄 산장에서 쓰다, 제2수
田家無四隣　전가에는 사방 이웃도 없고
獨坐一園春　홀로 봄 정원에 앉아 있다
鶯啼非選樹　꾀꼬리는 나무를 가리지 않고 우짖고
魚戱不驚綸　물고기는 낚싯줄에도 놀라지 않고 노닌다
山水彈琴盡　산수 속에서 마음껏 거문고 타고
風花酌酒頻　꽃바람 맞으며 자주 술 마시네
年華已可樂　화려한 세월 가히 즐거웠으니
高興復留人　그 고상한 흥취는 다시금 사람을 붙잡는구나

　田家에 기거하는 한적함과 평화로움이 느껴지며 시인의 마음이 한껏 흥에

---

10 初唐의 문인 중 『新唐書』, 「舊唐書」에서 은일의 행적을 보이거나 『全唐詩』에 시를 남긴 이는 王績(590~644), 武平一(生卒年不詳), 盧照鄰(632~695), 田遊巖(生卒年不詳), 盧藏用(?~713?), 徐彦伯(?~714), 韓思復(652~725) 등 7명에 불과하다. 게다가 이 가운데서 진정한 의미에서의 '은일'의 행적을 보이고 또한 이를 시로 승화시켜 후세에 소위 '은일시인'으로 일컬어지는 이는 王績 한 명에 불과하며, 이를 제외하고 은일시를 창작하여 『全唐詩』에 수록된 시인은 盧照鄰과 田遊巖 두 명에 불과하다.(최우석, 「초당 시가 속의 은일형상 고찰」, 『중국문화연구』 제16집, 2010. 6. 참조)

겨워 있어 읽는 이 역시 산뜻한 田園美를 느끼게 된다. 꾀꼬리, 물고기, 거문고, 술, 꽃 등이 한거하는 이의 평온한 심정을 대변하고 있으며 '樂', '高興' 등의 밝은 시어가 시 전반을 飄逸한 풍격으로 유도하고 있다. 자연 속에서의 유유자 적과 세속의 구애 없는 曠達함을 추구하는 소박한 마음이 없다면 이러한 창작의 세계를 펼치기가 쉽지 않았을 것이다.

盧照鄰은 예거한 「春晚山莊率題」 一首 외에도 관직에 있으면서 휴가를 맞아 산장에서 한거하는 내용을 담은 「山莊休木」, 「山林休日田家」 등의 시가를 통해 전원과 자연 산수에서의 흥취를 표현하기도 하였다. 그러나 盧照鄰은 「行路難 (행로난)」에서 "하루아침에 영락하니 찾아와 문안하는 이 없네, 자고로 몰락할 줄을 그 누가 알 수 있으리. 인생의 귀천은 그 시작과 끝을 알 수 없으니, 순식 간에 지나가 오래 지속되기 어려운 것.(一朝零落無人問, 萬古催殘豈君知. 人生貴賤無 終始, 倏忽須臾難久持)"이라 한 것처럼 일신의 한과 외로움이 깊은 시인이었다. 그 러므로 그의 작품을 보면 그가 자연을 대하면서 감회를 표현한 시가보다 회한 에 차 있는 심신을 표현한 내용이 상대적으로 많은 편이다. 산중에서 병든 몸을 요양하면서 쓴 「羈臥山中(기려의 신세로 산중에 누워)」에서는 "밤이면 굶주린 다람 쥐와 벗하고, 아침이면 순한 꿩 따라서 길을 걷네. 개울을 건너고 나니 생각도 깊어지고, 동굴을 찾아도 이름도 모른다. 매일 도가의 경전을 읽는데, 단약은 그 언제나 완성이 될까.(夜伴飢鼯宿, 朝隨馴雉行. 度溪猶憶處, 尋洞不知名. 紫書常日閱, 丹藥幾年成)"라고 하여 자연 속에서 양생하는 모습을 표현하기도 했고, 長安의 光德坊 관사에서 앓고 있으면서 쓴 「病梨樹賦(병든 배나무를 노래하다)」에서는 쇠 약해져가는 자신의 육체를 정원의 병든 梨樹에 빗대어 묘사하기도 하였다. 盧 照鄰이 걸작 「長安古意(장안고의)」를 통해 장안의 번화함과 허영을 비판하였거 나 「五悲文」(「悲才難」, 「悲窮通」, 「悲昔遊」, 「悲今日」, 「悲人生」)을 지어 스스로를 위 로하였던 것도 질병과 소외감으로 힘들었던 그의 인생 이력과 무관하지 않았을 것이다. 자연을 좋아했고 전원의 흥취와 은자의 낙을 사모하기도 하였으나 쇠 약한 상태에 있었던 그의 심신은 그로 하여금 종래 우수를 떨쳐버리지 못하게 만들었던 요인이 되었던 것이다.

駱賓王(627?~684?)은 字는 觀光으로 婺州 義烏人이다. 어려서 神童으로 불리며 장래가 촉망되었으나 부친이 任地에서 죽은 후로는 이리저리 떠돌며 가난과 실의에 빠져 지냈다. 道王府의 막료와 武功縣의 主簿를 역임했으나 受賂의 죄를 뒤집어쓰고서 臨海縣丞으로 좌천되었다. 684년 徐敬業이 武則天에 반발하여 기병했을 때 이에 가담하여 藝文令으로「代徐敬業傳檄天下文」을 기초하였다. 그해 11월 徐敬業의 군대가 패배한 후 행적이 끊어졌다. 일찍이 蜀 지역 유랑과 서역으로의 從軍 등을 통해 산하를 두루 체험하였는데 그의 從軍詩「變邊有懷」,「軍中行路難」 등의 작품은 盛唐 변새시 발전에 선구적인 작품이었다는 평을 듣는다. 四傑 중 시 작품이 가장 많으며 의기를 나타낸 시「易水送別」,「於易水送人」,「在獄詠蟬」 등이 유명하다. 七言歌行에 뛰어나서 그의 시「帝京篇」은 初唐에서 보기 드문 長篇歌行詩로 꼽히고 있다. 자연시와 관련해서는 여행과 종군을 통해 체험한 자연 풍광 속에 자신의 기개나 감회를 담은 작품이나 전원에서의 서정을 노래한 작품들을 들 수 있다.

駱賓王이 揚州에 있는 瓜步江을 건너며 쓴 다음 작품을 보면 산수 자연을 대하는 기개가 남다름을 느낄 수 있다.

渡瓜步江 과보강을 건너며

捧檄辭幽徑　격문을 받들어 그윽한 길을 사양하고
鳴榔下貴洲　뱃전을 치는 노 소리 들으면서 귀주로 내려가네
驚濤疑躍馬　사나운 큰 물결은 말이 뛰어오르는 듯하고
積氣似連牛　그 상서로운 기세는 마치 북두성과 이어진 듯하다
月逈寒沙淨　달빛은 깨끗한 모래밭에 차갑게 비추고
風急夜江秋　바람은 가을이 든 밤 강에 세차게 불어댄다
不學浮雲影　구름 그림자처럼 떠도는 것 배우지 않았으면
他鄉空滯留　이처럼 부질없이 타향에 머무르지 않았을 것을

瓜步江(瓜甫江)의 기세 넘치는 물결에 대해 '말이 뛰어오르는 듯하다(躍馬)', '북두성과 이어진 듯하다(連牛)' 등의 이색적인 표현을 가했다. 사나운 큰 물결의 역동적인 모습이 생생하게 전달되는 느낌이다. 이어 가을 달빛과 바람의 모습을 묘사했는데 '寒'과 '急'의 표현은 이역에서 가을을 맞는 시인의 신세를 대

변하는 것 같다. 이러한 정경 속에서 시인은 서글픔을 감추지 못하니 미연을 보면 부질없이 타향에 머무르는 쓸쓸함을 토로하고 있음이 발견되는 것이다.

다음 「夏日游山家同夏少府」 一首는 여름에 친구와 함께 산채에서 노니는 흥취를 그린 작품이다.

夏日游山家同夏少府 여름에 산채에서 하소부와 함께 노닐며

返照下層岑　다시금 비추는 햇살은 산 아래까지 뻗어 있는데
物外狎招尋　세속 밖에 사는 친한 이 찾아간다
蘭徑薰幽珮　난초 핀 길에는 그윽한 향내
槐庭落闇金　회화나무 뜰에는 떨어지는 금빛 꽃잎
穀靜風聲徹　골짜기는 고요하여 바람을 거두고
山空月色深　산은 비어 있는데 달빛이 깊다
一遣樊籠累　그동안 쌓인 세속의 번뇌를 일거에 씻어내니
唯餘松桂心　오로지 소나무와 계수나무의 마음만이 남아 있네

駱賓王이 夏少府의 산채를 찾아가서 목도한 그의 생활상과 주변 정경을 살피고 있다. 활용된 시어를 보면 閑居의 서정을 담백하게 묘사하면서도 밝고 명랑한 느낌을 강조한 것이 보인다. 夏少府의 생활을 보면서 번뇌를 잊게 되니 산수에 의탁하고자 하는 시인의 마음은 어느덧 청정한 소나무와 향기로운 계수나무의 자태에 동화되고 있는 것이다.

行役 도중에 저녁이 되어 농가에서 쉬어간 모습을 읊은 다음 시를 보면 전원의 모습보다는 산수의 모습에 더 마음을 두었던 면모가 발견된다.

晚憩田家 저녁에 전가에서 쉬면서

轉蓬勞遠役　바람에 굴러가는 쑥처럼 먼 행역 길이 괴로운데
披薜下田家　덩굴 헤치며 농가로 내려간다
山形類九折　산세는 구절양장 같고
水勢急三巴　물의 흐름은 삼협처럼 급하다
懸梁接斷岸　깎아지른 절벽에 나무 구름다리 이어졌고
澁路擁崩査　험한 수로는 부서진 작은 배를 끼고 돈다
霧巖淪曉魄　안개 긴 바위 속으로 새벽달이 잠기고

風漱漲寒沙　포구에 바람 불어 차가운 모래밭에 물이 불어난다

　　행역 길에 나서서 마주친 전원 농가와 주변의 정경을 묘사한 것인데 그 주변의 모습이 매우 험준하다. "먼 행역길이 괴롭다(勞遠役)"는 표현은 제목의 "저녁이 되어 전가에서 쉬는(晩憩田家)" 전원에서의 평온한 느낌과는 거리가 멀다. 마치 자신의 내면이 어려움 속에 있기에 주변 산수도 더욱 '구부러지고(折)', '급하게(急)' 보이는 것 같다. 이어지는 '懸梁', '崩査' 역시 타향의 낯선 산수를 나타내는 표현이다. 기행하며 본 것을 사실감 있게 묘사했지만 제목을 통해 기대한 전원의 모습을 묘사한 부분은 발견하기 어렵다. 험한 산세와 강물의 세찬 기세를 그림으로써 자연을 대하는 자신의 남다른 기개를 드러내는 것을 우선했던 결과로 보인다.

　　駱賓王의 위 시처럼 初唐代 시가에 나타난 전원은 王績의 시를 제외하고 대부분 이런 식으로 산수를 유람하는 중에 마주한 모습으로 그려져 있다. 陶淵明처럼 직접적으로 전원생활을 체험하며 전원을 묘사한 시가 작품은 初唐代 시인 중에서는 찾기 어려운 것이다. 그러나 盧照鄰이나 駱賓王의 몇 수 작품에서 보이듯 전원의 모습이 은거나 행역, 산수와 연계되어 묘사된 것은 그나마 궁정시인의 작품과는 비교되는 점이라 할 수 있다. 이처럼 자연 묘사 시가의 제재를 확장시키고 궁정시가 지닌 자연 묘사의 범위와 한계를 넘어 자연시가의 의경을 넓혀놓은 것이야 말로 初唐四傑이 이룩한 가장 큰 공적이라 할 수 있을 것이다.

　　初唐四傑과 동시대 문인으로 初唐代 시단에서 개성 있는 시를 쓴 이 중 劉希夷도 빼놓을 수 없는 인물이다. 劉希夷(651~679)는 字가 延之이고 汝州人으로 上元 2년에 進士에 급제하였다. 琵琶를 잘 탔고 시가는 歌行體가 뛰어났으며 문사가 유약하고 화려하면서 감상적인 정서가 많은 편이다. 「從軍行」, 「采桑」, 「春日行歌」, 「春女行」, 「搗衣篇」, 「代悲白頭翁」, 「洛川懷古」 등의 從軍詩와 閨情詩가 유명하다. 순수하게 자연을 노래한 작품은 적은 편이지만 몇 편의 시가를 통해 청신하고 담백한 풍격의 자연 정경을 이입하기도 하였다. 자연에서의 흥취를 노래한 「春日行歌」와 「歸山」 두 수를 살펴보기로 한다.

春日行歌 봄날을 노래하며
山樹落梅花　산 매화나무에서 꽃 떨어져
飛落野人家　한거하는 이의 집에 흩날리네
野人何所有　은자는 무엇을 가지고 있나
滿甕陽春酒　한 항아리 그득히 익어 있는 봄술이라네
携酒上春臺　술 가지고 봄 누각에 올라
行歌伴落梅　떨어지는 매화꽃과 벗하여 노래해본다
醉罷臥明月　술 마시다 파하면 밝은 달 아래 누워
乘夢游天臺　선계 노니는 꿈이나 꾸어야지

　봄날 산촌에서 은자가 술 마시는 정경을 그렸는데 그 의취가 매우 한가롭다. 산꽃이 흩날리는 중에 봄에 익은 술을 갖고 높은 곳에 올라 정경과 술에 취한다. 이때 시인을 보좌하는 것은 떨어지는 매화꽃의 흥취이니 여기에는 바쁜 일도 욕심도 없다. 미연의 '醉罷' 구절은 "술 마시다 파하다", "술이 취해서 술자리를 끝내다", "술이 떨어져서 파하다" 등의 여러 상황을 연상시키는데 이 상황에 연연하지 않고 밝은 달 아래 누워 선계를 노니는 꿈을 꾸고자 하는 모습은 마치 李白 시의 호방한 흥취를 계도하는 듯한 느낌을 얻게 한다.

歸山 산으로 돌아가며
歸去嵩山道　돌아가는 길은 높이 솟은 산길
烟花覆青草　안개 머금은 꽃 핀 곳에 다시 푸른 풀 깔려 있네
草綠山無塵　초목은 푸른데 세속과 멀고
山青楊柳春　산도 푸르니 버드나무에 봄물 올랐다
日暮松聲合　해 저물매 솔방울 떨어지는 소리 더해지는데
空歌思殺人　허정한 노랫소리로 근심을 사르리니

　산으로 돌아가는 길은 언급한 것으로 보아 산속 은자의 삶을 묘사한 것으로 보인다. 높이 솟은 산길에 안개 머금은 꽃과 푸른 풀 깔려 있고 해 저물어도 솔방울 떨어지는 소리만 들릴 뿐 사방은 고요하다. 어느덧 '歸山'이라는 시제처럼 자연에 '歸依'하여 그 속에서 번뇌를 사르는 모습을 발견하게 되는 것이다.
　이 밖에도 劉希夷가 자연 정경을 시가에 많이 이입하여 쓴 작품으로는 여행

하다가 南陽의 여관에서 묵으면서 쓴 「晚憩南陽旅館(저물자 남양의 여관에서 묵으며)」, 洛水에서 친구를 전송하면서 쓴 「洛中晴月送殷四入關(낙수에서 맑은 달 아래 관문으로 들어가는 은사를 송별하며)」, 강남의 풍경 속에 여인의 서정을 이입한 「江南曲八首(강남곡 8수)」, 가을날 汝陽潭에서 느낀 감상을 노래한 「秋日題汝陽潭壁(가을날 여양담 가 벽에다 쓰다)」, 높은 산에 올라 정경을 바라보며 생황 가락을 듣는 소감을 밝힌 「嵩嶽聞笙(숭산에서 생황을 들으며)」 등이 있는데 대체로 소박하면서도 한아한 흥취를 담고 있는 것이 특색이다.

初唐 문단에서 初唐四傑에 이어 의식 있는 시가로 문풍 개혁의 기치를 내건 陳子昂은 주목할 만한 성취와 위상을 지닌 인물이다. 陳子昂(661~702)은 字는 伯玉이며 射洪人이다. 어려서 특이한 면이 있어 17, 8세까지도 글을 알지 못하다가 어느 날 뜻을 세워 방문객을 사절하고 공부에 전념하여 수년 동안 經史百家書를 독파하였다 한다. 睿宗 文明 元年(684)에 進士에 합격하여 麟臺正字, 右拾遺 등을 역임하였고 두 차례 從軍하기도 하였다. 자주 글을 올려서 정치의 득실을 알리거나 백성들의 어려움을 호소하기도 했는데 이로 인해 좌천당하기도 하였고 결국은 武三思의 공격을 받아 獄死하기에 이른다. 100여 수의 시가 전하며 「感遇詩」 38수, 「薊丘覽古贈盧居士藏用」 7수, 「登幽州臺歌」 등의 작품이 유명하다.

陳子昂은 절개가 강하고 慷慨한 성격의 소유자로 '建安風骨'을 주창하며 복고의 시문관을 피력한 시인이었다. 그의 시는 대체로 五言古詩가 많은데 현실감 있는 邊塞詩, 諷刺詩, 隱逸詩, 詠物詩 등을 통해 자신의 기개를 담았다. 자연을 읊은 몇 수의 시들 역시 자연 정경 속에 강개한 의지를 담거나 比興의 기법을 활용하여 비애감을 투영하는 식으로 개성적인 면모를 드러낸 것이 발견된다. 그가 배를 타고 楚 땅으로 들어가면서 목도한 자연 정경을 묘사한 다음 작품을 보자.

度荊門望楚 형문을 지나 楚 땅을 바라보며
遙遙去巫峽 아득한 무협을 지나

望望下章臺　楚 땅의 章華臺 궁궐을 향해 나아간다
巴國山川盡　巴 땅의 산천을 다 지나가니
荊門煙霧開　荊門이 연기와 운무 속에 열려 있네
城分蒼野外　푸르른 들녘 너머 성 모습 또렷한데
樹斷白雲隈　나무들 잘라진 곳에 흰 구름 굽이친다
今日狂歌客　이제 내가 미친 듯 노래하는 객이 되어
誰知入楚來　楚 땅에 올 줄 그 누가 알았으리오

　이 시는 그가 처음으로 四川을 떠나 楚 땅에 들어가면서 쓴 작품이다. 강을 지나면서 바라본 산하를 원근감을 활용하여 묘사하였는데 그 속에 허경과 실경이 적절히 섞여 있다. 세상을 향해 나아가는 벅찬 감회를 자연에 부치면서 '미친 듯 노래하는 객(狂歌客)'으로 자신의 강개한 의기를 표현하고 있는 것이 더욱 특별하게 느껴지는 점이다.

　陳子昻의 자연시에서 발견되는 하나의 특징은 시어에 '而', '以', '之', '其' 등의 虛字를 활용하여 자유롭고 개성적인 창작을 시도한 점이다. 이러한 특징과 연관하여 산의 모습을 묘사한 다음 작품을 보자.

山水粉圖 첩첩이 보이는 산과 물을 보며
山圖之白雲兮　　산 그림자와 흰 구름
若巫山之高丘　　무산의 높은 언덕과 같도다
紛群翠之鴻溶　　첩첩이 쌓인 계곡의 푸르름과 큰물의 흐름
又似蓬瀛海水之周流　마치 蓬萊와 瀛州의 바닷물이 드넓게 흐르는 것 같구나
信夫人之好道　　진실로 사람들이 좋아하는 도는
愛雲山以幽求　　구름과 산을 사랑하며 그윽함을 추구하는 것이로다

　마치 楚辭처럼 자유로운 상상력을 활용하는 듯 글자 수와 표현에 제한을 두지 않고 의경을 펼친 것이 특징이다. 시의 내용과 형식의 조화를 주장하면서 문학의 사회성과 실용성을 강조하였던 陳子昻이었지만 자연 앞에서는 평온함을 추구할 수밖에 없었으며 자연에서 얻는 자신만의 평온함이 있었기에 그의 시는 이처럼 여유롭고 개성적인 묘사를 이루어낼 수 있었던 것이다.

　陳子昻이 물가에서 객을 보내는 마음을 노래한 다음 작품을 보면 청아한 경

치 속에 이별의 비애감을 녹여내고 있는 것 같은 정서가 느껴진다.

送客 객을 보내며
故人洞庭去　친한 이 동정호 건너가는데
楊柳春風生　버드나무에 봄바람 일었어라
相送河洲晚　물가 모래톱에서 늦은 시간에 서로 보내며
蒼茫別思盈　쓸쓸히 돌아서는데 이별의 정 그득하다
白蘋已堪把　흰 개구리밥 수초는 손에 잡을 듯 자라 있고
綠芷復含榮　초록빛 구리때 풀 다시금 싱싱하다
江南多桂樹　강남에는 아름다운 나무도 많다하니
歸客贈生平　돌아가는 객 편안히 생활하기를

　동정호 호숫가에 이별을 상징하는 버드나무가 서 있지만 '春風'이 불어오니 그 이별이 비통한 것만은 아니다. 늦게까지 서로의 시간을 보내다 슬프게 돌아서는데 이별의 정은 아직도 가슴에 그득히 남아 있다. 이어진 수초와 풀의 모습은 '손에 잡을 듯(堪把)'하면서 '싱싱함을 품고(含榮)' 있으니 푸른 자연의 모습을 통해 어느덧 이별의 한이 위로를 받게 된다. 미연에서 '桂樹'를 보고 위안을 삼을 것을 권하는 구절은 자연을 통해 내적 치유를 받기를 희망하는 것이요 말구의 '편안한 생활(生平)' 역시 陳子昂 자신이 이 자연 속에서 진정으로 추구했던 평안을 대변하는 내용이다.

　陳子昂이 시가 중에서 자연을 노래한 부분을 보면 자연의 모습을 생동감 있게 묘사하거나 정경 속에 정을 이입하여 자연스럽게 情景交融의 경지를 구사한 구절이 자주 발견된다. 「春夜別友人(봄밤에 친구와 이별하며)」에서 "집을 떠나가매 거문고 가락 간절하고, 이별의 길에 산과 시내 첩첩이 둘러 있어라. 밝은 달은 높은 나무에 가리어져 있고, 긴 강에는 새벽하늘이 가라앉고 있네.(離堂思琴瑟, 別路繞山川. 明月隱高樹, 長河沒曉天)"라고 하여 이별의 서정을 음악 소리와 자연의 유장함에 투영하면서 달이 높은 나무에 가리어져 있고 새벽하늘이 강에 가라앉아 있다는 기이한 표현을 가하였고, 「秋日遇荊州府崔兵曹使宴(가을날 형주부의 병조 최사연을 만나서)」에서 "오래된 나무에는 푸른 연기가 끊어져 있고, 빈 정자에는 흰 이슬이 차갑게 내린다.(古樹蒼煙斷, 虛亭白露寒)"라는 표현을 통해 소슬한 분

위기를 풍기는 자연의 모습 속에 생동한 표현을 가한 것이 신선한 시도로 여겨진다. 또한 「晩次樂鄕縣(저녁에 악향현에 머물며)」에서는 "야영하는 곳에는 황량한 연기도 끊어지고, 깊은 산에는 고목이 가지런하다. 이 순간의 한을 어찌할까나, 밤 원숭이들은 꺼억꺼억 하고 울어대는데.(野戍荒煙斷, 深山古木平. 如何此時恨, 噭噭夜猿鳴)"라고 하여 밤에 머물며 느끼는 자연의 모습에 우수의 정을 이입하기도 하였고, 「酬暉上人秋夜山亭有贈(휘스님의 「가을 밤 산 정자」 시에 답하여 드림)」에서는 "바람과 샘물 소리 밤새 섞여 들리는데, 달빛 머금은 이슬 밤에도 차갑게 빛난다. 세상의 기심을 잊은 사람이 됨에 감사할지니, 세속의 번뇌는 종래 정리될 수 없는 것이라.(風泉夜聲雜, 月露宵光冷. 多謝忘機人, 塵憂未能整)"라고 하여 자연 속에 맡긴 심신이야말로 세상의 고뇌를 잊을 수 있는 진실한 경지임을 밝히기도 하였다. 이처럼 陳子昂이 자연을 묘사한 작품들은 내면에 우수를 담고 있기는 해도 그 風格은 대체로 질박하고 格調도 우아하다. 陳子昂이 시가에서 자연을 대하는 마음을 표현한 부분들은 비장함과 청신함을 동시에 갖고 있으면서 情景交融의 경지를 잘 드러낸 작품들이 많다. 그가 새롭게 주창했던 문학 주장처럼 자연을 묘사한 작품 역시 初唐 시단에 있어 개성적인 특성을 지니고 있음을 보여주는 것이라 하겠다.

3. 盛唐의 자연시

(1) 盛唐의 자연시 창작 배경

唐代 自然詩는 盛唐代에 들어오면서 절정을 맞게 되었다. 魏晉代를 거치며 陶淵明과 謝靈運으로 대표되는 田園詩風과 山水詩風의 자연시들은 제가의 참여와 계승을 통해 융합과 발전을 이루면서 중국 시가 중 하나의 선명한 주제로 자리 잡게 된 것이다. 魏晉代 陶淵明의 田園詩는 初唐代에 들어와 王績에 의해 계승되었고 이후 盛唐의 儲光羲를 거쳐 中唐의 韋應物로 이어졌으며, 산수 자연을 유람하며 그 아름다움을 묘사한 山水詩 역시 初唐의 宮廷文人과 初唐四傑 등을 비롯한 제가의 참여를 바탕으로 흥성의 기운을 보이다가 마침내 盛唐에 와서 王維·孟浩然을 정점으로 한 창작의 극대화를 이루게 되었다. 盛唐 시대는 순수한 자연 서정을 내포한 작품들이 왕성한 창작을 통해 다수 탄생하였고 이로 인해 후대 자연시의 모범이 된 작품들 또한 많이 등장하게 된 시기였다. 시인들 역시 王維·孟浩然을 위시한 여러 걸출한 시인들이 盛唐의 위용을 높이며 탄탄한 구성을 이루고 있었다. 盛唐 자연시의 성황은 여러 원인과 추세로 인한 것인바 몇 가지 배경적 요인을 언급해보면 다음과 같다.

唐은 정치적·사회적 안정을 이루기 위하여 均田制와 租庸調의 세법을 시행하였고 민생 안정을 위한 정책들은 성공적으로 실시되어갔다. 특히 貞觀(627~649)에서 開元(713~741)에 이르는 약 100년간, 즉 唐 초기부터 盛唐에 이르기까지의 시기는 비약적으로 발전한 농업 생산력을 바탕으로 상공업의 발전이 극대화된 시기였다. 여기에 初唐 太宗 때부터 실시한 인재의 등용과 세금과 부역의 경감 등 치세를 위한 노력까지 더하여지니 盛唐 玄宗代에 와서는 문물이 발전한 극성한 唐代의 황금 시기를 맞게 된 것이다. 개국 이후 자리를 잡아나간 정치와 경제의 안정을 통해 문화가 발전하게 되었고 외부 영토 확장이나 외교 면에서의 성공 역시 대내외적인 문화 교류와 사상과 문물의 발전을 가능하게 했던 사회적 배경이 되었다. 경제력의 성장과 도시의 발전, 외국과 교류의 확대, 그리고 시민계급의 성장과 과거를 통한 신흥 지식인의 세력 형성 등은 이전 魏晉代에 비해 한층 발전한 사회적 환경으로 접어들었음을 의미하는 것이었다.

唐代는 문학의 발전 못지않게 사상의 개방성을 추구한 시기였다. 일찍이 秦代에 일어났던 焚書坑儒, 漢 武帝가 百家思想을 몰아내고 오로지 유학만을 존숭했던 儒學 편향 정책, 그리고 隋代의 崇佛反儒 등과 비교해볼 때 唐代는 사상적으로 상당히 개방되어 있던 시대였다고 할 수 있다.[1] 이와 같이 사상과 문학이 발전을 지향하는 분위기 속에서 盛唐의 文學은 初唐代와 구별되는 명확한 방향성을 지니고 있었다. 그 방향성은 "宮廷에서 山林으로" 혹은 "池苑에서 江湖로"라고 표현될 수 있는데 이는 문학 창작의 영역이 근본적으로 확대되어 가거나 개편되어간 것을 의미하는 것이었다.[2] 또한 문학 창작의 공간이 확대되면서 새로운 계층의 문인들이 문단의 주류로 편입되게 되었는데 이러한 변화의 기저에는 唐代에 실시된 '시문으로 인재를 뽑는(以詩取士)' 과거제가 가장 큰 요

---

1 唐 王朝는 高祖가 武德 8년에 道敎를 제일의 지위로 하고 유교와 불교를 그 다음으로 하기는 했으나 기본적으로 儒敎道 三敎를 공식적으로 허용하였고 景敎, 이슬람교 등의 외래 종교에 대하여도 배척하지 않았다. 이는 隋의 멸망을 교훈으로 국가의 기초를 다지기 위해 취해진 일련의 정치 및 경제 방면의 개혁적 조치와 동일선상에서 단행된 정책이라 하겠다.

2 高宗과 武后 시기를 거치며 제왕들의 문학 애호로 인해 궁체시는 발전을 이루기도 했지만 初唐에서 盛唐으로 향하면서 시가 창작에 있어서 궁체시풍을 탈피하려는 시도가 점차 결실을 맺게 된다. 일찍이 初唐四傑에 의해 "宮廷에서 市井으로", "臺閣으로부터 江山과 변새의 군막으로" 제재가 넓혀지기도 했지만 그들 역시 궁체시의 영향에서 완전히 벗어나지 못하고 있었다. 그러다가 '吳中四士'를 비롯하여 吳越 지방을 중심으로 흥기한 문인들과 京洛間의 문인들 사이에 교류가 일어나고 여행과 관직의 변화로 인한 이동이 활발해지면서 서로의 창작 경험을 교류할 수 있는 기회가 확대되게 되었다. 이는 初唐 시기에 협소한 궁정과 京洛을 중심으로 이루어졌던 시가 창작 활동이 광활한 대자연으로 그 배경을 옮기게 되었음을 의미하는 것이었다.

인으로 작용한 것이었음을 거론할 수 있겠다.

孟浩然과 王維, 杜甫와 李白 등이 활약한 盛唐 시기는 唐詩의 발전뿐 아니라 자연시의 발전에 있어서도 최고의 경지에 이른 시기가 된다. 唐 개국 이후 일시적으로 왕정을 장악한 武后는 왕위를 찬탈했다는 부정적 측면도 있지만 唐朝 발전에 있어 일조한 면모도 갖고 있었다. 과거를 통해 관리를 선발함에 있어 계층과 지역의 편협함을 보완하여 문벌의 배경이 없는 關東과 江左의 士人 계층이 정치무대에 진출할 수 있게 하였고 進仕科를 중시하여 고시 과목 중에 '詩賦'를 채택하는 등 文治의 토대를 다진 공로도 있었다. 그 뒤 武后 천하로부터 唐 王朝가 회복되었지만 한동안은 통치 세력의 부패와 음모가 팽배했던 시기를 겪게 되었고 이후 玄宗이 제위에 올라 불안정한 국면을 수습하고 새롭게 나라의 기틀을 다지게 되니 이로부터 盛唐의 융성을 의미하는 '開元之治'의 開元 시기(713~741)가 열리게 된 것이었다.

그러나 盛唐 시대는 '開元之治'의 번영과 '安史의 亂'에 따른 쇠락의 명암이 공존한 시기였다. '開元盛世'의 치적으로 인한 안정과 번영이 있었으나 玄宗 정권 후기로 가면서 나타난 여러 부작용과 天寶 14년(755) 발발한 安綠山의 亂으로 인한 국가적 위기는 민생이 파탄하고 백성이 극심한 질고를 겪게 한 주된 원인이 되었다. 이러한 상황은 시인의 마음에 현실 고난에 따른 책임의식의 자각과 안위의 추구라는 이율배반적인 심리를 갖게 하는 배경적 요인이 된다. 또한 이러한 배경으로 인해 시인들은 현실 의식에 대한 고뇌와 자연 추구를 통한 은일 사상의 서사라는 반대적 성향 사이에서 갈등하는 형국을 자주 보이게 되었다. 현실에 대한 참여 의식을 발휘하여 변새나 전장에 자신을 투신하기도 하였고 자연을 찾아 정신적인 위안을 도모하거나 唐代에 발전한 불가와 도가 사상에 귀의하여 심리적 평정을 추구하기도 하였다. 여러 형국으로 드리워진 사회적 암운 속에서도 盛唐代까지의 자연시 작품은 산수 자연 자체에 대한 미감과 흥취의 서사로 인해 전반적으로 명랑하고 한아한 풍격을 유지하고 있었던 것이 그 특징이라 할 수 있다.

盛唐代에 와서 사회가 장기적인 안정기로 접어들고 均田制의 파괴 후 장원 경제가 보편화된 현상 역시 자연시의 창작과 연관된 중요한 변화였다. 이전에는 소수에 국한되었던 田庄의 소유가 盛唐에 오면서 다수에게 확대되었는데 이로 인해 田庄을 소유한 많은 庶族地主들이 등장하게 되었다. 이는 본래 농업 생산력을 기반으로 한 경제력의 확대를 의미하는 것이었는데 시인들에게는 주변 장원의 활용과 감상을 통한 '자연에 대한 친밀감' 즉 '자연과의 근거리화'를 가능하게 한 요인으로 작용하게 되었다. 田庄 소유의 확대는 자연시 창작의 융성과 연관 관계를 갖고 있는 또 하나의 사회적 여건이었던 것이다.

盛唐代 자연시의 융성과 연관된 중요한 원인으로 園林의 발전도 빼놓을 수 없다. 唐代 園林은 대략 皇家園林, 寺觀園林, 私家園林 등으로 삼분되는데 이 중 私家園林은 경제적 성격과 규모에 따라 귀족 원림, 사대부 원림, 서족 원림 등으로 세분된다. 唐代 경제의 발전으로 인해 서족 출신 지주들도 "세상에 나아가면 실력을 발휘할 수 있고, 관직에서 물러나면 자기 자신을 지킬 수 있었으며(進可攻, 退可守)" "은자(隱者)의 정원을 소유할 수 있는 자본(三徑之資)"을 지닐 수 있었는데 이는 園林 산수를 쉽게 대할 수 있는 여건을 가진 것을 의미하며 자연시의 창작에 있어서도 유리한 배경으로 작용하였다. 일례로 孟浩然 같은 이는 종신 布衣로서 "사도에 나가는 것과 은거하는 것(仕隱進退)" 사이에서 갈등을 보였는데 이는 근본적으로 그가 「南山下與老圃期種瓜(남산 아래에서 노포기와 박을 심으며)」 시에서 밝힌 것처럼 "선인이 남겨놓은 별업과 천 그루의 나무가 있는 장원(先人遺素業. … 植果盈千樹)"을 소유했기에 가능했던 것이라 할 수 있다. 생활의 어려움 없이 獨善의 원칙과 고결한 품덕을 유지할 수 있었던 것은 어느 정도 소유한 경제력을 바탕으로 한 것이었다. 전대 陶淵明이 동란과 찬탈의 시대 속에서 인생의 진정한 뜻과 자신의 위치를 찾고자 전원에 은거했다면 唐代, 특히 盛唐代에 자연시를 창작한 시인들은 그보다는 상대적으로 여유로운 현실 속에 있었다고 말할 수 있는 것이다.

唐代 자연시 창작과 연관하여 園林과 함께 흥성한 別業 역시 중요한 배경적 요인이 되었다. 別業은 역대로부터 여러 형태로 존재해왔으나 唐代에 들어와서는 別業이 더욱 흥성하게 되었고 시가에서도 '別業'이라는 용어가 더욱 많이 등장하게 되었다.[3] 晋代 石崇이 金谷園, 王羲之가 會稽 蘭亭을 각각 소유했던 것처럼 唐代에 와서 王維가 輞川莊, 裵度가 牛橋莊, 李德裕가 平泉莊, 司空圖가

王官谷莊을 각각 소유하고는 그곳에서 여가를 보내며 창작 활동을 하였던 것은 唐代 별업의 흥성을 말해주는 단면이다. 唐代의 別業은 별장주택의 역할뿐 아니라 시인들이 자연미 의식을 배양하고 창작을 수행했던 공간의 역할까지 담당하였기에 별업의 흥성은 시가의 발전과 밀접한 인과관계에 있었다. 대부분 관리로 있던 唐代 문인들이 자연을 대하는 방법은 여러 가지가 있었겠지만 실제 세속과 절연하고 자연 속에 기거하지 않는 이상 삶 속에서 자연을 대하는 것은 어느 정도 제한성을 갖고 있었을 것이다. 이 경우 別業은 자연을 대하는 데 있어 매우 좋은 매개체가 된다. 문인들은 別業에서의 기거를 통해 스쳐가는 자연이 아니라 기거하는 자연으로서의 의미를 느낄 수 있었으며 한 발자국 더 가까이에서 실제적인 자연을 체험할 수 있었으니, 별업에서의 기거는 그들의 자연시로 하여금 소박한 전원 목가풍의 풍격을 이룰 수 있게 한 요인이 되었던 것이다. 또한 別業은 그 자체가 대자연의 축소판이었다. 別業 주변 산수의 수려함과 청정함은 원거리 자연 묘사에서는 놓치기 쉬운 세밀한 모습을 깨닫게 해주며 이 속에서 수행하는 차분한 묵상은 자연의 眞意를 깨닫게 해주는 귀한 행위가 되었다. 게다가 別業에서 기거하는 동안에는 일종의 고향 의식이나 심리적 피난처 같은 느낌도 얻을 수 있었으니 여러 시가에서 別業을 문인들의 마지막 귀향지로 묘사한 것 역시 이러한 맥락에서 이루어진 것임을 알 수 있다.

　唐代에 와서 흥성한 불교와 도교 사상과 이와 연관하여 盛唐에서 더욱 성행한 은일 풍조 역시 자연시의 창작과 밀접한 관계를 지닌다. 은일 숭상의 기풍은 현언과 유선을 중시했던 魏晋代에 이어 初唐代에도 유행하고 있었다. 『新唐書』와 『舊唐書』 등의 기록에 의하면 王績, 武平一, 盧照鄰, 田遊巖, 盧藏用, 徐彦伯, 韓思復 등이 은일을 실행한 바 있으며 그중 王績 같은 이는 陶淵明식의 은일을 추구한 시인으로 유명하다. 그러나 盛唐에 와서는 은일의 모습이 좀 더

---

3 '別業'은 '舊業' 혹은 '第宅'과 상대되는 용어로서 주인이 하나의 주택 이외에 소유한 다른 별장으로 특히 '園林 분위기'가 나는 별장주택을 의미한다. 주로 한적한 지역에 지어져 시인의 은거지로 활용되거나 창작이나 집회, 閑情을 나누는 장소 등으로 활용되었는데 唐詩 중에 나오는 명칭은 莊宅, 田莊, 莊田, 莊園, 田園, 田業, 草堂, 郊館, 山池, 茅茨 등 여러 이름으로 부르고 있으며 그 소유자에 따라 官莊, 皇莊, 官僚莊, 地主莊, 寺院田莊 등 몇 종류로 구분된다.(王志淸, 『盛唐生態詩學』, 北京 : 北京大學出版社, 2007. 4, 113쪽 참고)

전문화된 형상을 갖게 된다. 평생을 은일하다시피 한 孟浩然, 終南山에 별업을 소유하고 '半官半隱'의 삶을 추구한 王維, 한때 도사를 꿈꾸며 은거했던 李白, 大曆 연간에 잠시 관직을 떠나 陽羨에 은거했던 劉長卿, 종남산을 배경으로 은 거를 실천했던 祖咏, 裵迪, 常建 등 비교적 명망이 높은 시인들이 은일을 실천 하면서 창작을 실행한 바 있다. 이러한 풍조는 후대 中唐에 와서까지 이어졌으 니 劉常이 진사 급제 이전 도술과 도사에 매력을 느꼈던 것, 竇常이 代宗 大曆 14년 진사 급제 후 揚州에서 은거한 것, 그의 동생 竇群이 청년기에 常州에서 은거한 것, 李端이 소싯적 신선 이야기를 좋아하여 廬山·嵩山 등지에서 도를 닦다가 大曆 5년에 비로소 진사에 급제한 것 등의 일화가 있는 것을 보면 唐代 여러 인사들의 은일은 실로 성행했던 풍조였음을 알 수 있는 것이다.

唐 이전의 은일은 대부분 정치상에서의 실의를 통해 실행한 것임에 비해 盛 唐代의 은일은 仕途에 들기 이전에 거쳐가는 하나의 경력이나 은퇴 이후 한가 한 삶을 통해 스스로 흥취를 추구하기 위한 방편으로 이루어졌다. 이러한 은일 풍조는 성세에 이루어진 것으로서 盛唐의 시대적 특징을 보여주는 일면이기도 하다. 이와 같은 盛唐 은일 풍조의 성황 이면에는 朝廷에서 이루어진 은일 숭 상의 분위기와 은일 인사를 관직에 등용한 정치적 요인도 있었으며 佛敎와 道 敎의 성행이라는 사상적 요인도 있었다. 조정에서 은거하던 인재를 등용한 사 례, 과거시험에 낙방한 선비들이 산림 속에서 수행하며 이름을 날림으로써 관 직에 등용되게 된 경우 등으로 인해 은거는 수천 명의 응시자 중에서 불과 몇 십 명밖에 이루지 못한 과거 급제보다 더욱 쉬운 등용문으로 인식되었다. 이로 인해 장안 남쪽 終南山에 은거하며 정치적 입문을 노리는 것이 정식 과거보다 더 빠른 길임을 나타내는 '終南捷徑'이라는 말까지 생겨날 정도였다. 佛敎와 道 敎 사상이나 정치적 이유로 이루어진 은일의 추구로 인해 盛唐 시기에는 그 유 례를 찾아볼 수 없을 정도로 은일의 풍조가 만연하게 되었다. 목적과 동기가 어 떠했든지 간에 佛敎와 道敎의 유행이나 은일 풍조의 성행은 자연스럽게 자연을 찾고 자연을 묘사하게 한 요인이 되었기에 자연시의 창작과 상당 부분 연관성 을 갖고 있다고 할 수 있다. 이전의 魏晉代 문인들이 현존하는 사회질서를 부 정하고 어지러운 세상에 대한 玄理를 표현하는 수단으로 은일을 추구하고 자연

시를 창작했다면, 盛唐代 문인들은 잠시의 좌절과 세상에 대한 실의에도 불구하고 은일을 통해 청정한 자아를 추구하고 세상에서 쓰임받기 위한 의식을 소유한 채 자연시를 창작에 임했던 것이었다고 말할 수 있는 것이다.

園林과 別業을 통한 자연과의 친화, 불가와 도가의 흥성, 은일 풍조의 성행 등은 자연에 대한 인식뿐 아니라 자연시 묘사에 있어서도 변화된 풍모를 갖게 하였다. 인간은 자연을 대하면서 일신상의 감성을 투영하여 보는 경향이 있는 바, '情景'에서 얻어진 '感情'을 창작에 연결시키거나 자신의 어떠한 감정이나 논지를 펴기 위해서 산수를 시가에 끌어들였던 '목적을 위한 자연 묘사'가 盛唐 이전까지의 주된 자연 묘사 경향이었다고 할 수 있다. 이에 비해 盛唐代에 와서는 '情景' 그 자체를 묘사 대상으로 하는 '자연을 그리기 위한 자연시' 즉 純然한 景物詩가 발전하게 되었으니 이는 盛唐代 자연시가 지닌 가장 큰 특징이라 할 수 있다. 唐代에 와서 경제의 발달로 인해 생활에 여유를 갖거나 수많은 園林과 別業을 소유하고 감상하게 된 것, 佛道家에 귀의함으로써 은일을 행하거나 자연을 찾게 된 현상은 현실과 대치된 공간으로 느껴지던 자연을 한층 가까운 가시 대상으로 느끼게 한 요인들이 되었다. 이러한 현상은 '자연을 자연 그대로 묘사하는' 자연시 창작 의식의 변화와도 밀접한 연관이 있었던 것이다.

盛唐 自然詩人들은 공통적으로 陶詩의 意趣를 계승했으나 盛唐代에 이룩해 낸 시대적 번영의 영향으로 陶詩가 보여준 것과 같은 인생에 대한 강한 사고나 인간탐구적인 면은 결여되어 있었다. 그들 역시 현실 중에서 좌절한 적도 많았지만 산수에 대한 미감 표현에 있어서는 陶淵明같이 사회와 인생의 문제를 깊이 이입시키지는 않았던 것이다. 그들은 좀 더 나은 시대에 대한 희망과 환상을 갖는 것이 가능했으므로 종신토록 은일을 해야 하는 상황과 연관하여서는 좀 더 자유로울 수 있었기 때문이었다. 그리하여 그들은 자연 속에서 얻게 되는 陶謝의 우주관과 인생관을 계승하고는 여기에다 좀 더 순수한 산수미감을 투영한 후 절충과 조화를 거친 자연 묘사를 이루어낼 수 있었다. 또한 南朝시대에 이루어진 外在美 치중에 대한 반성으로 唐代에 들어와서는 소박하고 담박한 외형에다 내재된 내면의 미를 부가시킨 '古澹'한 풍격을 중시하게 되었다. 아울러 이러한 창작 의식에서 진일보하여 盛唐의 자연시는 인위적인 수식을 피하면서

시가의 아름다운 묘사와 의경의 창조를 동시에 이루어내는 이른바 '문사와 내용이 모두 빼어난(文質彬彬)' 풍모를 지닌 작품의 창작을 추구할 수 있게 되었다.

또한 盛唐의 시인들은 작품의 소재를 자유로운 주관에 의해 선정하였으므로 이들의 시가에는 주관적인 감정이 농후하게 서사되게 된다. 이들은 주관적인 소재 선택에 이어 새로운 의경을 창조하는 언어나 풍부한 색채미를 표현하였고 정밀한 경물 묘사를 가하거나 聲律美와 理趣를 투영하는 등의 수법을 통해 盛唐 자연시의 특성을 이루어나갔다. 그렇기에 盛唐 시대에 묘사된 자연은 시인 자아의 외적 표현이라고 말할 수 있다. 시인은 더 이상 객관 현실을 단순하게 모사하는 사람이 아니었고 그들의 작품 속에는 상당 부분 주관적 의식의 가공을 거친 밝은 자연의 모습이 많이 담기게 되었다. 盛唐 開元 · 天寶의 안정적인 전원은 더욱 그러한 풍격이었을 것이며 자신이 零落한 처지에 있지 아니하였다면 이전보다 더욱 표일하고 명랑한 창작의 색채를 발휘할 수 있게 되었다. 이로 인해 盛唐 시인의 자연시는 대체적으로 '청신하고 한아한(淸新閑雅)' 풍격을 지니게 된다. 이 '淸新閑雅'는 맑고 깨끗한 시적 운치로 독자의 이목을 집중시키는 신선함에다 한가롭고 우아한 의경이 가미된 경지를 말한다. 이러한 풍격으로 창작된 자연시는 대자연의 그윽하고 청아한 아름다움을 생동한 언어와 밝은 신선한 색조를 통한 참신한 표현으로 그려내면서 그 속에 한아한 정취까지 담고 있어 時俗을 떠난 여유가 새롭게 창출되어 있는 느낌을 얻게 하는 것이다.

이상과 같은 배경에 힘입어 盛唐代의 자연시는 張九齡 · 孟浩然 등에 의해 하나의 독립된 시가 창작 주체로 자리 잡게 되었고 王維에 의해 발전의 극을 이루게 된다. 전원의 홍취와 산수 자체에 대한 미감 묘사를 근간으로 하여 객관적 景을 위주로 하는 순수한 抒景詩的 측면이 강해졌고 마침내 盛唐 시기에 와서 중국 시가사상 '山水田園詩'로 지칭되는 자연시의 틀을 완성하게 되는 것이다.[4]

---

4 盛唐 자연시인들의 자연시 작품들은 몇 가지 공통점이 있다. 첫째로, 이들의 자연시가는 오언시 작품이 많은데 이는 이전의 陶淵明과 謝靈運이 주로 창작했던 산수전원시의 형식을 이어받은 것으로 보인다. 둘째, 이들이 창작한 시가는 전원의 한적한 생활과 산수의 아름다운 풍경을 노래한 것이 대부분이며 전반적으로 한아하고도 질박한 풍격을 근간으로 하고 있다. 또한 자연을 노래한 작품들은 현실에 대한 참여 의식보다는 자연 속에서의 한아

(2) 盛唐의 자연시 작가들

盛唐 시기에 주류를 이룬 문학 유파로는 王維와 孟浩然을 중심으로 한 '王孟詩派' 혹은 '山水田園詩派'와 王昌齡, 岑參, 高適을 대표로 하는 '邊塞詩派'가 있었다. 자연시와 연관하여서는 盛唐代 시인들 중 인구에 회자되는 자연시를 창작해낸 인물이 특히 많은데 王·孟과 儲光義·常建·祖咏·綦毋潛·裵迪 등 산수전원시 분야에 뛰어난 성취를 남긴 시인들뿐 아니라 高適이나 岑參같이 邊塞派 창작에 주력했던 시인들 역시 자연을 노래하는 낭만성을 공유하고 있었음을 살필 수 있다. 이들이 산수 자연을 노래한 작품은 대개 五言을 위주로 하였는데 이는 전대의 자연시들이 대부분 五言詩였던 전통을 따른 것이기도 하지만 산수의 아름다움과 신비스러움을 산뜻하게 표현하면서 여운과 함축미를 드러내는 데 있어서는 상대적으로 자구가 많은 七言詩보다 효과적이라고 판단했기 때문이었다. 이들 盛唐 시인군에 의해 落花·流水·草木·白雲 등 각종 자연이 발산하는 무한한 정취는 기묘하게 시 속으로 이입되었고 산수에서 느끼는 아득한 정서는 시가미학을 구현하는 중요한 요인으로 자리매김하게 된 것이다.

盛唐 자연시 창작의 성취를 계도한 초기의 인물로는 '吳中四士'(張若虛, 賀知章, 張旭, 包融)와 張說, 張九齡 등이 있었다. 吳中四士는 강남을 중심으로 활동하며 수려한 남방 산수를 낭만적인 필치로 표현한 시인들이고 吳中四士에 이어 자연시 창작에 공을 세운 張說과 張九齡은 陶淵明식의 초월의식과 大謝와 小謝의 산수 묘사 기법을 진작시키고자 노력한 인물이었다. 張說과 張九齡에 의해 창작된 淸淡하고 淸高한 자연시는 王孟을 위시한 盛唐 山水自然詩派의 탄생을 계도하였다는 의의를 갖고 있다. 특히 張九齡은 陶謝와 王孟 사이에서 청담한 시풍 창작의 흐름을 잇고 王維와 孟浩然 이후 儲光義, 常建, 韋應物, 柳宗元 등을 계도한 淸澹派 시인으로 특기할 만하다. 明代 胡應麟은 『詩藪』外編 卷四에서 다음과 같이 언급하면서 張九齡을 영수로 한 孟浩然, 王維, 儲光義, 常建, 韋應物, 柳宗元 등의 시인을 淸澹派로 분류한 바 있다.

한 생활을 노래한 것이 대부분이므로 그들의 시가에는 사회나 민생 등의 현실문제가 깊이 있게 다루어지지 않고 있는 것도 하나의 특색이라 할 수 있다.

陶淵明은 淸遠하고 謝靈運은 淸麗하며 張九齡은 淸淡하고 孟浩然은 淸曠하며 常建은 淸僻하고 王維는 淸秀하며 儲光義는 淸適하고 韋應物은 淸潤하며 柳宗元은 淸峭하다.(靖節淸而遠, 康樂淸而麗, 曲江淸而澹, 浩然淸而曠, 常建淸而僻, 王維淸而秀, 儲光義淸而適, 韋應物淸而潤. 柳子厚淸而峭)

胡應麟은 이들의 자연시가 共히 ‘淸’자를 통해 설명될 수 있는 풍격을 지니고 있다고 보았던 것이다. 즉 ‘淸澹’이란 말은 盛唐 시기 산수전원시파 시인이 지녔던 공통적인 특성을 지칭하는 말이며 陶謝에 이어 盛唐代 王維와 孟浩然이 추구한 산수문학의 풍격을 개괄하는 풍격 용어임을 알 수 있는 것이다.

明代 胡應麟이 『詩藪』에서 張九齡을 영수로 하여 淸澹派 시인으로 분류한 孟浩然, 王維, 儲光義, 常建 외에도 동시대에 활약한 淸澹派 시인들로는 祖咏, 綦毋潛, 裴廸, 盧象, 丘爲, 薛據 등이 있었다. 이들 시인을 지역적으로 크게 나누어 王維, 儲光義, 常建, 祖咏, 盧象 등이 주로 북방에서 거주하면서 북방의 산하나 전원을 묘사한 시인이었다고 한다면, 孟浩然, 綦毋潛, 丘爲, 薛據 등은 주로 남방을 근거로 하여 강남의 수려한 산수를 청아하게 표현한 시인들이 된다. 그중에서도 張說과 張九齡을 이어 활약한 王維와 孟浩然은 자연시 분야에 있어서 李白과 杜甫 못지않은 대가로서의 지위를 지닌 인물이다. 이들에 의해 각종 시체와 시가 내용, 풍격이 발전의 정점에 이른 盛唐代의 위상에 걸맞게 자연시 발전의 극대화를 이루었기 때문이다. 또한 儲光義, 常建, 祖咏, 綦毋潛, 裴廸, 盧象 등의 시인 역시 王孟과 밀접한 교유 관계에 있었고 그들의 자연시에서 보이는 제재, 풍격, 기법 역시 상호 간 비슷한 체제를 지니고 있었다. 이들 시인들은 이른바 ‘王孟詩派’를 구성하는 중요 인물들이면서 자연시 창작에 일가를 이룬 시인들이니 이들 諸家에 의해 盛唐 자연시는 최고로 높은 품격을 지니게 된 것이라 하겠다.

1) 吳中四士와 張說, 張九齡 : 優美한 강남 산수의 묘사

盛唐 초기에 활약한 대표적 시인으로 ‘吳中四士’를 꼽을 수 있는데 이 ‘吳中四士’(張若虛, 賀知章, 張旭, 包融)라는 명칭은 네 명이 모두 江浙(吳中) 일대 출신인

것에서 기인한다. 이들은 初唐 후기에서 盛唐 전기에 해당하는 시기, 즉 화사한 풍격 속에 개인의 의식이 가려져 있던 궁정시풍의 창작 수법에서 벗어나 개인의 자유로운 性情과 盛唐의 새로운 운율이 합치되는 창작을 시도했던 시점에서 활약한 작가들이다. 그중 賀知章과 張若虛는 그 당시 시인으로 문명을 날린 인물이고, 張旭은 書法家로도 유명하였으며, 包融은 작품 수는 많지 않지만 陶淵明식의 시를 쓴 시인으로 이름을 얻고 있었다. 이들의 자연시 작품은 전반적으로 성격이 자유분방하고 낭만주의적인 색채가 농후한 편인데 그들의 손에 의해 남방 산수의 수려한 면모가 정제되어 표현된 것을 공으로 거론할 수 있겠다.

'吳中四士' 중 張若虛(660?~720?)는 揚州人으로 兗州兵曹를 지냈다. 唐 玄宗 開元 初年에 賀知章, 張旭, 包融 등과 함께 '吳中四士'로 칭해졌는데 그 이전인 唐 中宗 神龍 연간에 이미 賀知章과 함께 吳越名士로 경사에서 이름을 날리고 있었다. 『全唐詩』에는 그의 작품이 겨우 두 수만 남아 있는데 한 수는 五言排律 「代答閨夢還」이고 다른 한 수는 바로 천고의 절창으로 평가받는 「春江花月夜」이다. 「春江花月夜」는 陳隋 樂府의 옛 제목을 따서 長篇歌行體로 창작한 七言古詩로 4句 1章, 총 9章으로 되어 있다.

春江花月夜 강가 꽃 위로 달빛이 비추는 봄밤

春江潮水連海平　봄 강의 조수는 바다와 닿아 평평한데
海上明月共潮生　바다 위의 밝은 달 조수와 함께 떠오르네
灎灎隨波千萬里　넘실대는 물결은 천 리 만 리 흐르니
何處春江無月明　그 어느 곳인들 밝은 달빛 없으랴
江流宛轉繞芳甸　강물은 굽이치며 꽃 핀 들을 휘감아 돌고
月照花林皆似霰　꽃과 숲에 비치는 달빛은 흰 눈과 같구나
空里流霜不覺飛　달이 밝아 허공에 서리 내리는 것 보이지 않고
汀上白沙看不見　강가 백사장도 눈이 부셔 보이지 않네
江天一色無纖塵　강물과 하늘 한빛 되어 티끌 하나 없이 맑은데
皎皎空中孤月輪　휘영청 밝은 달만 외로이 공중에 떠 있구나
江畔何人初見月　강가의 달을 처음 본 이는 그 누구인가?
江月何年初照人　강가의 달이 처음 사람을 비춘 것은 또 언제일까?

人生代代無窮已	인생은 대대로 끝없이 이어져가고
江月年年只相似	강과 달은 해마다 이렇게 서로 같이할 뿐
不知江月待何人	강가의 달은 그 누구를 기다리는지
但見長江送流水	그저 장강이 물 흘려보내는 것만 보일 뿐이라
白雲一片去悠悠	흰 구름 한 조각 유유히 흘러가고
青楓浦上不勝愁	포구의 푸른 단풍 시름을 못 이기네
誰家今夜扁舟子	그 누가 오늘밤 쪽배를 띄웠는가
何處相思明月樓	그 어느 달 밝은 누대에서 님 그리는가
可憐樓上月徘徊	누대 위를 배회하는 저 달이 애처롭구나
應照離人妝鏡臺	헤어진 이의 거울에도 비추겠지
玉戶簾中卷不去	화려한 집 주렴 속 달은 걷어도 사라지지 않고
搗衣砧上拂還來	다듬잇돌에서 떨쳐버리려 해도 다시 찾아온다
此時相望不相聞	지금 서로 달을 바라봐도 님의 소식은 알 수 없어
願逐月華流照君	그저 달빛이 님을 따라가며 환하게 비추었으면
鴻雁長飛光不度	기러기는 멀리 날아도 달빛을 건널 수 없고
魚龍潛躍水成文	어룡은 뛰어올라도 물결만 일렁이게 할 뿐
昨夜閑潭夢落花	지난 밤 꿈에 고요한 연못에 꽃이 지던데
可憐春半不還家	안타깝게도 봄 다가도록 집에 돌아가지 못하네
江水流春去欲盡	강물에 흐르는 봄은 벌써 다 가려 하고
江潭落月復西斜	호수에 비친 달도 다시 서쪽으로 기우네
斜月沉沉藏海霧	기우는 달 어둑어둑 바다 안개 속으로 숨는데
碣石瀟湘無限路	갈석 땅 소상 하늘에 끝이 없는 길
不知乘月幾人歸	그 몇이나 저 달빛 받으며 집에 돌아갈까
落月搖情滿江樹	지는 달 내 마음 흔들어놓는데 강가에는 나무만 그득하구나

이 시는 내용상 제16구를 중심으로 전후반부로 나눌 수 있다. 강과 달빛이 제공하는 환상적인 모습과 시인이 강가에서 달빛을 받으며 대자연을 보고 느끼는 哲理를 서사한 내용이 전반부라면, 후반부에서는 이 정경을 보고 떠올리게 되는 그리움과 고향에 있는 님, 귀향을 향한 소원 등을 묘사한 내용으로 이루어져 있다. 전반부에서 강의 조수와 달빛의 환상적인 조화, 그 속에서 환하게 빛나는 대자연의 모습을 보면서 작자는 어느새 인생과 우주의 기원을 생각하게 된다. '人生代代無窮已' 구를 통해 인생을 '유구히 이어지는 것'이라고 보는 낙관적 감정을 설파하고 있고 '江月年年只相似' 구를 통해 자연은 변치 않는 무

한한 존재임을 확인하고 있다. 인간과 자연은 서로 영원히 조화를 이루는 존재이며 그 속에서 인간을 대대로 삶을 이어가는 생명체로 인식한 것이다. 제16구 이하에는 님을 향한 마음과 회향 의식을 투사한 작가의 '고독한 그리움'이 나타나 있다. 우주와 인생에 대한 탐구에서 나그네 된 이의 회한으로 감정이 전이되고 있는데 '妝鏡臺', '玉戶帘', '搗衣砧' 등으로 여인네의 서정을 이입하여 그리움에 싸인 모습을 표현하고 있고, '鴻雁', '魚龍' 등으로 이별에 따른 회한을 한층 깊게 묘사하였다. '江水流春' 구를 통해 흘러가버리는 강물과 봄이 시인의 마음을 더욱 아련하게 만들고 있음을 그렸고, 반의적 의미를 지닌 '不還家', '幾人歸' 등을 통해 귀향하지 못하는 나그네의 감정을 부각한 것이 돋보인다. 이 시는 吳越 산수시의 총결이며 初唐과 盛唐 과도기에 지어진 시가 중 가장 뛰어난 자연시라는 평을 듣고 있는 작품이다.[5]

'吳中四士' 중 賀知章(659~744)은 字가 季眞, 維摩이고 號가 石窓으로 會稽永興人이다. 証聖 元年(695)에 進士가 되어 集賢院 學士, 禮部侍郞, 秘書監 등을 역임하여 '賀秘監', '賀監'으로 불리기도 했다. 賀知章은 어려서부터 詩文으로 이름을 떨쳤으며 '四明狂客'이라 자호할 정도로 성격이 曠達하였으며 음주를 좋아하고 음주 중에 詩文을 잘 짓기도 하였다. 李白, 張旭과 교유가 두터웠고 張旭과 함께 '賀張'으로 병칭되기도 한다. 天寶 2년(743) 사직을 청하자 천자가 鏡湖의 剡川 한 굽이를 하사하고 御製詩로 전송했다 한다. 귀향한 후 道士가 되었으며 그 이듬해 세상을 떴다. 그는 '吳中四士' 가운데 가장 많은 시를 썼는데 그중 20수의 시가 현존하며 郊廟樂章, 奉和應制詩, 抒情詩, 寫景詩, 送別詩 등이 그 내용을 이루고 있다. 그의 작품 중 그의 고향 鏡湖의 경치를 묘사한 작품 두 수를 살펴보기로 한다.

---

5 明 鍾惺은 『唐詩歸』 卷六에서 "淺淺說去, 節節相生, 使人傷感. 未免有情, 自不能讀, 讀不能厭. … 將春江花月夜五字煉成一片奇光. 分合不得, 眞化工手."이라 하였고, 淸 王闓運은 『王志』 卷二, 「論唐詩諸家源流」에서 "張若虛「春江花月夜」用「西洲」格調, 孤篇橫絶, 竟爲大家."라 칭찬하였다. 또 近人 聞一多가 『美的歷程』 第七章에서 "在這種詩面前, 一切的贊嘆是饒舌, 幾乎是褻瀆. … 這是詩中的詩, 頂峰上的頂峰."라고 극찬을 가하고 있는 것을 비롯하여 「春江花月夜」는 역대 많은 평가에 의해 호평을 받고 있는 작품이라 하겠다.

回鄕偶書 其二 고향에 돌아와서 지은 시, 제2수
離別家鄕歲月多　고향을 이별한 지 많은 세월이 흘러
近來人事半銷磨　근래 아는 사람들은 반이나 없어졌네
唯有門前鏡湖水　오직 문 앞의 鏡湖 호수 물만이
春風不改舊時波　봄바람에도 옛 파도 모습을 지니고 있나니

答朝士 朝士에게 답하여
鈒鏤銀盤盛蛤蜊　아로새긴 은 소반에 담은 대합조개
鏡湖蓴菜亂如絲　실처럼 얽혀 있는 경호의 순채 나물
鄕曲近來佳此味　고향에서는 요즈음 이 맛이 좋으리니
遮渠不道是吳兒　도랑 치는 이는 말하지 않아도 오 땅의 아이라

「回鄕偶書」를 통해 고향을 떠난 시간이 오래됨과 시간이 흘러서 사람은 바뀌어도 산천은 의구함을 그렸다. 제2구의 '銷磨'와 제4구의 '時波'라는 표현은 유한한 인간과 무궁한 자연에 대한 묘사이지만 한편으로는 시대의 흐름이나 세상인심에 따라 마음을 달리하는 인간사와 대조되는 관념으로 변치 않는 자연을 거론한 것으로도 인식된다. 「答朝士」에서는 '대합조개(蛤蜊)'와 '순채(蓴菜)' 같은 鏡湖의 특산물을 들어 토속적인 흥취를 잘 표현하였다. 고향의 자연물과 산수의 아름다움을 자랑하고 있는 이 시를 통해 작자가 지닌 고향에 대한 깊은 정을 살필 수 있다.

　다음 「題袁氏別業」은 賀知章이 지닌 호방한 성격과 자연에 대한 애호 의식을 보여주는 작품이다.

題袁氏別業 원씨의 별장에 대하여
主人不相識　별장 주인과 나는 서로 알지는 못했는데
偶坐爲林泉　숲 속 샘으로 인해 마주앉게 되었네
莫謾愁沽酒　그대여 술 받아올 것 걱정 마시라
囊中自有錢　내 수중에는 얼마든지 돈이 있나니

　袁氏의 別業을 방문하였는데 주인과는 평소에 친분이 없던 사이였다. 그러나 숲과 샘 등 자연이 좋은 곳이 있으면 안면이 있든 없든 마주 앉아서 정을 쌓고

싫어 하며 그 밖에 다른 문제는 중요한 것이 아님을 설파하고 있다. 자연 속에서 순수함과 호방함을 추구하던 賀知章의 속내를 잘 드러낸 작품이라 하겠다.

다음 「詠柳」一首는 버드나무를 읊은 작품인데 賀知章이 평범한 소재를 기이하게 표현해낸 수법이 시선을 끈다.

詠柳 버드나무를 노래함
碧玉妝成一樹高　　푸른 옥이 높은 나무를 단장한 듯
萬條垂下綠絲條　　만 가지 온통 초록 실을 드리웠네
不知細葉誰裁出　　작은 잎을 그 누가 오려냈을까
二月春風似剪刀　　이월 봄바람이 마치 가위와 같구나

봄에 싹을 피운 버들잎을 보며 그 푸르름에 반해 '碧玉', '絲條' 등으로 신선한 느낌을 주는 표현을 가하였다. 돋아나는 새잎의 모습을 보며 '봄바람이 가위가 되어 오려냈다'라는 기이한 표현을 가한 부분은 賀知章의 창의적인 사고와 표현 기법을 보여주는 부분이라 하겠다.

'吳中四士' 중 張旭(생졸년 미상)은 著名한 書法家이자 詩人으로 字는 伯高이고 蘇州人이다. 常熟尉와 金吾長史를 지냈으므로 세칭 張長史라고도 한다. 李白과 교우가 두터웠고 書法 중에서도 특히 草書에 뛰어났다. 음주를 좋아하여 매번 만취하면 고성을 지르고 발광한 듯 소동을 부린 후에야 붓을 놓았다 한다. 때로 머리털에 먹을 묻혀 붓 삼아 글을 쓰기도 하여 '張顚'이라 하였는데 이는 李白의 詩歌, 裴旻의 劍舞와 함께 '三絶'로 꼽힌다. 七言絶句에 능했다 하나 현존하는 시가는 寫景詩 6수에 불과하여 이를 통해 그의 시가가 지닌 淸麗하고 深幽한 풍격을 짐작해볼 뿐이다.

그의 작품 중 「桃花溪」는 수려한 아름다움을 지닌 桃花溪(湖南省 桃源縣 西南에 위치)를 陶淵明의 「桃花源記」에 나오는 桃花洞과 연결하여 지은 작품으로 盛唐 李白의 飄逸함을 계도하는 듯한 느낌을 준다.

桃花溪 도화계

隱隱飛橋隔野煙	들녘 안개 너머로 은은히 걸쳐 있는 다리 보이는데
石磯西畔問漁船	서쪽 물가 바위에서 고깃배 탄 어부에게 물어본다
桃花盡日隨流去	복사꽃이 하루 종일 물 따라 흘러가니
洞在淸溪何處邊	이 맑은 물 어디쯤에 도화동이 있는가 하고

건너편 들녘에 깔린 안개의 모습을 형용한 '隱隱'은 마치 仙景을 황홀하게 묘사한 표현과 같은 느낌을 준다. 물을 따라 종일토록 흘러가는 복사꽃을 통해 눈앞에 펼쳐진 자연이 맑고 빼어난 자태를 지녔음을 인식할 수 있다. 결구에서는 아름다운 정경에 아득하게 도취한 작가의 감정을 그리면서 이러한 정취의 내원이 어디인가를 탐문하는 듯한 느낌을 담아 여운을 남겼다. 전 4구가 마치 한 편의 「桃花源記」의 흥취를 요약해놓은 것 같은 느낌을 주며 李白의 「山中問答」 시구 '桃花流水杳然去'를 선도하는 청신한 의경을 발하고 있음을 살필 수 있다.

張旭이 맑은 시내에 배를 띄우고 노니는 중에 지은 시 「淸溪泛舟」를 통해서도 그의 시가 지닌 幽遠한 경지를 발견할 수 있다.

淸溪泛舟 맑은 시내에 배를 띄우고

旅人倚征棹	여행하는 이 노에 의지하는데
薄暮起勞歌	해 저무는 중에 뱃노래 시작되네
笑攬淸溪月	맑은 시내에 뜬 달 웃으며 맞이하는데
淸輝不厭多	그 맑게 빛남 오랫동안 싫증이 나지 않는구나

산하를 노니는 중에 그 수려한 모습에 흠뻑 취해 시간의 흐름을 망각한 채 자연과 합일의 경지에 들어 있음을 그렸다. 여기서 '勞歌'는 일반적으로 백성들이 노동할 때 부르는 '民歌'를 지칭한 것이지만 시인 자신이 흥겹게 부르는 자연에 대한 情歌로도 볼 수 있으며 자연 속에서 오랜 시간 曠達한 경지에 빠져 있음을 나타내는 표현도 된다. 외견상 시인은 野人의 모습으로 소요하는 듯하지만 이러한 풍류는 단순히 자연을 대하기만 해서 얻을 수 있는 것은 아니다. 자연에 대해 열린 마음과 세속을 초월할 수 있는 진정한 여유가 있는 사람만이

체득할 수 있는 경지라 할 수 있겠다.

包融(생졸년 미상)은 潤州 延陵人이다. 일찍이 于休烈, 賀朝, 萬齊融과 함께 '文詞之友'라는 칭호를 들었는데 開元初에 다시 '吳中四士'의 문명을 얻게 되었다. 張九齡이 그를 천거하였고 集賢直學士, 大理司直 등을 역임하기도 하였다. 그의 아들 包何, 包佶도 유명하여 '二包'라 일컬어지기도 했다. 그의 작품은 『全唐詩』에 8수가 남아 있는데 그중 情景과 사물을 읊은 시는 3수가 있다. 산과 강을 찾아 자연을 즐기는 내용을 담은 「登翅頭山題儼公石壁」一首를 보자.

登翅頭山題儼公石壁 시두산에 올라 엄공의 석벽에 대하여 읊음
晨登翅頭山　새벽에 시두산에 오르니
山暝黃霧起　산에 어스름한 누런 연무가 이네
卻瞻迷向背　언뜻 쳐다보니 앞뒤가 분간이 안 되고
直下失城市　아래를 내려 보아도 성읍이 보이지 않네
曒日銜東郊　밝은 해가 동쪽 교외에 깃들더니
朝光生邑里　아침 햇살이 마을에 퍼져 나누나
掃除諸煙氛　햇살은 여러 안개를 쓸어내고
照出衆樓雉　다시금 모든 누각과 작은 성곽까지 비추네
青爲洞庭山　바라보이는 파란 것은 洞庭山이요
白是太湖水　하얀 것은 太湖의 물이로다
蒼茫遠郊樹　아득히 먼 교외의 나무가
倏忽不相似　홀연히 서로 같지 않게 보이네
萬象以區別　만물이 모두 구별되니
森然共盈幾　삼라만상이 모두 얼마나 그득한지
坐令開心胸　앉아서 마음을 열고 보니
漸覺落塵滓　점차 세속의 때가 씻기는 것 깨닫는다
北巖千餘仞　북쪽 바위는 천 길 낭떠러지
結廬誰家子　초가 얽은 집은 그 누구의 집인가
願幷中峯遊　원컨대 모시고 중봉으로 놀러 가서
朝暮白雲裏　아침저녁 흰 구름 속에 있었으면

새벽에 翅頭山에 올라 시간의 추이에 따라 바라본 정경의 변화를 순차적으

로 그렸고 결미에서는 그 과정에서 깨달은 이치와 은일을 지향하는 마음을 피력하였다. 어스름한 새벽에는 분간이 잘 안 되던 사물이 햇살이 떠오름에 따라 또렷해짐을 '掃除', '照出' 등으로 표현하였는데 이는 마치 세속에 있던 시인이 자연 속에서 큰 깨달음을 얻어 자연의 이치를 분별하고 그 속에 귀의하는 듯한 느낌을 갖게 한다. 가깝고 먼 곳에 있는 사물을 바라보던 시인은 시의 결미로 갈수록 은일의 정을 분명하게 드러낸다. '結廬', '白雲裏' 등을 통해 陶淵明식의 은거를 찬양하고 있는 것이다. 그의 이러한 속내는 다른 시에서도 나타난다. 「酬忠公林亭」에서는 강 밖에 사는 은사를 묘사하여 "강 밖에 참 은사 있어, 적거하여 이미 세월이 한참이네. 서쪽 고을 가까이 오두막 짓고, 나무를 심어 오랜 그늘을 이루었네. 사람의 발자취는 언뜻 문에 미치지만, 수레 소리는 멀리 숲에 막혀 있네. … 내가 지닌 흥취를 들어, 국화꽃 따다가 서로를 찾네.(江外有眞隱, 寂居歲已侵. 結廬近西術, 種樹久成陰. 人迹乍及戶, 車聲遙隔林. … 持我興來趣, 採菊行相尋)"이라 하였으니 마치 陶淵明 「飮酒」의 흥취를 그대로 베낀 듯한 면모를 보여주고 있는 것이다. 包融은 은일의 서정을 펼치고 은자의 낙을 찬양하였지만 陶淵明을 모의한 흔적이 강하고, 청신하고 신선한 시가 창작이라는 점에 있어서는 미흡한 측면이 있어 '吳中四士' 중 상대적으로 낮은 평가를 받고 있다.

'吳中四士'로 대표되는 吳越 지역의 시인들은 初唐에서 開元 前期까지 시단에 영향을 미친 중요한 문인들이었다. 그들은 齊梁 시풍을 새롭게 재현하면서도 수려하고 맑은 풍격을 자연에 담아내었고 이러한 창작 경향은 宮廷詩를 주로 창작하던 京洛의 시인들에게도 영향을 미치게 되었다. 吳越 지역의 시인들과 그 영향을 받은 시인들은 南朝로부터 初唐까지 이어져간 齊梁의 시풍을 바탕으로 경물 묘사에 있어 신선한 미감을 창출하였고 산수와 사람과의 흥취, 정취, 감촉이 서로 어울리는 청신한 시가를 창조해나갔던 것이다.[6]

開元 前期에 '吳中四士'가 齊梁 시풍이 지닌 장점을 살려 수려한 자연시를

---

6 葛曉音, 『山水田園詩派研究』, 瀋陽 : 遼寧大學出版社, 1993, 161쪽 : "吳越詩人打破了南朝到初唐在相對距離下靜態觀照的模式, 賦與景物以新鮮活躍的生命, 使山水與人的興趣, 情趣和感觸渾成一片." 참조.

창작한 것에 이어 齊梁 시풍이 지녔던 華美한 수식과 기교적인 면을 걸러내고 陶淵明식의 초월의식과 함께 大謝와 小謝의 청신한 산수미감을 자연시에 투사하고자 하는 시도가 있었다. 이러한 역할을 한 문인으로 張說과 張九齡을 꼽을 수 있는데 이들은 初唐과 盛唐에 걸쳐 활동하며 盛唐 山水自然詩派의 탄생을 계도하는 역할을 했던 중요 문인들이라 할 수 있다.

張說(667~730)은 字가 道濟, 說之이고 洛陽人이다. 唐 中宗·玄宗 때 재상을 지냈는데 일찍이 武后 때에 賢良方正으로 추천되었다가 弱冠의 나이에 太子校書에 제수되었다. 鳳閣舍人에 올랐다가 欽州에 유배되었고 中宗 때 다시 소환되어 修文館學士를 지냈다. 玄宗 開元初에 中書令으로 승진하고 燕國公에 봉해졌으나 정쟁에 연루되어 相州, 岳州 등지의 刺史로 폄적 생활을 하게 된다. 후에 集賢院學士 및 尙書左丞相 등을 지냈는데 문장과 碑文에 능하여 나라의 큰 저술을 도맡아 하였으며 許國公 蘇頲과 함께 '燕許大手筆'로 불리어졌다. 張說은 開元 13년에 그를 중심으로 하여 문인 집단을 형성하였고 趙冬曦, 張九齡, 孫逖, 賀知章을 비롯한 여러 시인들을 추천하는 등 전후 약 30년 동안 문단의 文宗 역할을 하면서 시가의 발전을 선도한 인물이다. 빼어난 기세와 奇異한 멋을 새롭게 펼치고자 하면서도 中和의 기운을 잃지 않는 '天然壯麗'한 풍격을 盛唐代의 서두에서 창출했던 시인이었다. 『全唐詩』卷85~卷89에 325수의 시가 실려 있고 저서로 文集 30卷과 武英殿聚珍本 『張燕公集』 25卷과 『四部叢刊』 明 嘉靖 丁酉本 『張說之集』 25卷 등이 있다. 新·舊『唐書』本傳에 사적이 보인다.

張說의 시가 325수 중 應酬作은 약 절반에 해당하는데 그중 宮廷을 제재로 한 시가와 祭祀樂章, 應制奉和詩가 129수로 가장 많다. 자연 묘사나 자연의 감흥을 서사한 시는 약 41수에 달하는데 이러한 시들은 궁정이라는 협소한 공간을 벗어나 강남의 수려한 산수를 몸소 목도하며 창작한 山水詩나 폄적된 신하의 회한과 哲理를 이입하여 자연 속에서의 해탈을 추구한 내용들이 주를 이루고 있다. 그의 자연시는 대부분 欽州, 相州, 岳州 등 몇 차례에 걸친 강남 폄적 생활과 밀접한 관계가 있다. 폄적 생활을 통해 직접 자연을 체험하게 되자 궁정을 주제로 한 시가 창작에서 자연을 배경을 한 창작으로 변환할 수 있게 되었고 그 속에 폄적된 신하의 悲感을 이입함으로써 '凄然'하고 '凄凉'한 풍격을 창출할 수 있게 되었다. 경위는 다르지만 陶淵明식의 자연 회귀를 체험하게 된 것이니 '謫臣'의 심리 묘사가 담긴 자연시는 張說 자연시가 지닌 중요한 특성이 되는 것이다.

張說은 일생 동안 네 번의 폄적 생활을 경험했는데 특히 開元 4년(716) 岳州 刺史로 폄적당하게 된 사건은 그의 시가에 있어서 커다란 변화 요인으로 작용한다. 이 시기 창작한 시가를 통해 江南山水의 빼어난 풍광과 湖湘文化의 淸高하고 純粹한 경지가 결합된 풍격을 창출해냈으며 때로는 '行吟澤畔'하며 屈原과 賈誼의 원망을 투영하기도 했고 때로는 옛 사적지를 돌아보며 司馬遷의 역사의식을 떠올리기도 하였다. 심도 있게 자연을 관찰하며 그 속에 폄적된 신세로 느끼는 비감과 역사의식을 함께 투영했던 것이었다. 張說이 폄적의 여정 중에 深渡驛에 머물 때 쓸쓸한 감회를 자연물에 투영하여 묘사한 작품을 보자.

深渡驛 심도역

旅泊靑山夜 여정 중 深渡驛에 머무니 청산에 밤이 들어
荒庭白露秋 황량한 정원에 백로 내리는 가을이로다
洞房懸月影 깊은 방에는 달그림자 걸려 있고
高枕聽江流 편안히 누워 강 흐르는 소리 듣는다
猿響寒岩樹 원숭이 소리는 차가운 바위와 나무 사이에서 들리고
螢飛古驛樓 반딧불이는 옛 역 누각으로 날아든다
他鄕對搖落 타향에서 떨어지는 낙엽을 대하노라니
幷覺起離憂 고향 떠난 근심이 함께 복받치누나

'荒庭', '白露' '寒岩', '搖落' 등이 황량한 가을을 배경으로 한 풍경 묘사이고, 이 밤에 들리는 원숭이 소리와 기약 없이 흩어지는 반딧불이는 객지에 있는 작자의 쓸쓸한 심사를 대변하는 매개체가 된다. 가을이라는 시공간 속에 '月影', '猿響', '螢飛' 등의 시청각 묘사가 적절하게 배합되어 분위기를 고조시키고 시가의 의경을 드높이는 역할을 하고 있는 것이다. 말구에서 표현된 '離憂'는 『史記』「屈原賈生傳」에서 "「離騷」는 버림받은 이의 근심을 비유한 것이다.('「離騷」者, 猶

離憂也"라고 한 표현을 인용한 것으로, 이러한 정경 속에서 야기된 작자의 서글픈 회향 의식과 폄적된 신하의 고독한 심리를 강렬히 드러내는 부분이 된다.

다음은 趙侍御와 함께 북쪽으로 떠나가는 배를 바라보면서 폄적된 신세를 한탄한 내용이다. 떠나가는 배와 주변 산수를 묘사하며 서글픈 회향 의식을 담았지만 의도적으로 淡白하고 淸雅한 필치를 지향하고 있다.

同趙侍御望歸舟 趙侍御와 함께 북쪽으로 떠나가는 배를 바라보며
山庭迥迥面長川　이 산은 아득히 긴 내와 면하여 있고
江樹重重極遠煙　강의 나무는 저 멀리 연기 속에 빽빽한 모습이다
形影相追高翥鳥　높이 나는 새 모습과 그림자는 서로 따르는데
心腸幷斷北風船　북풍에 떠나는 배와 함께 못하는 나는 애간장 끊어지나니

'迥迥'과 '重重'의 첩어를 통해 아득하게 펼쳐진 산과 나무를 그렸는데 이 속에다 '長川'과 '遠煙'의 배경까지 이입시켰다. 시어의 중첩과 배경의 이입을 통해 아득하고 먼 귀향지를 상징적으로 묘사하면서도 신선한 시어를 잘 활용한 것이 발견된다. 제3구에서는 새와 그림자라는 형상과 허상에 주목하였다. '높이 나는 새(高翥鳥)'의 모습과 그 그림자를 보며 '서로 따른다(相追)'라는 표현을 썼는데 이는 자신의 희망과 그 희망이 현실이 되는 합일의 경지를 연상하게 한다. 결구에서 북풍에 떠나는 배를 보면서 애간장이 타는 모습을 언급하였는데 절제된 표현 속에 격정을 담아 여운을 남기고 있다. 이 시는 첩어와 함께 '山川', '樹煙', '形影' 등의 대조적인 시어를 잘 활용하여 신선한 이미지를 얻게 하였으며 짧은 편폭 속에 광활한 시공간을 함께 묘사하여 청명한 기세를 드높이는 등 뛰어난 창작 수법을 발휘하고 있는 칠언시라 하겠다.

張說은 자연을 제재로 한 창작을 통해 개인의 감정을 희석하려는 시도를 했을 뿐 아니라 治世나 濟世의 이상, 태평성세에 대한 갈망이나 세사에 초연함 등을 추구하기도 하였다. 대자연 속에서 해탈을 추구하게 되면 그 시의 풍격은 대체로 화려함보다는 담백한 면모를 지향하게 된다. 정경 묘사 속에 세사에 달관한 작자의 자연관이나 미학적 사고를 담기도 하므로 張說이 자연 속에서 초월의 경지를 추구한 작품은 張說 개인의 개성적 면모를 드러낸 작품이 되는 것

이다. 그가 폄적지 岳州의 산수를 묘사하면서 자신의 인생에 대한 철학적 사고를 투영한 다음 작품을 보자.

岳陽早霽南樓 악양의 날 갠 아침에 남쪽 누각에서

山水佳新霽　날 개자 산수는 새롭게 산뜻한 모습이라
南樓玩初旭　남루에서 노닐며 해 뜨는 모습 바라본다
夜來枝半紅　지난 밤 가지에 단풍이 반쯤 올랐더니
雨後洲全綠　비 온 후라 물가 섬 주변까지 온통 푸르르다
四運相終始　사시의 운행은 서로 잘 연결되고
万形紛代續　천지는 서로 질서 있게 이어져간다
適臨青草湖　마침 푸르른 호수에 찾아오니
再變黃鶯曲　꾀꼬리 노랫소리 두 번 변했다
地穴穿東武　땅은 東武로 이어져 있고
江流下西蜀　강은 西蜀으로 흐른다
歌聞枉渚遺　굽은 모래톱 휘도는 곳에 노랫소리 들리고
舞見長沙促　長沙王의 춤사위가 보이는 듯
心阻意徒馳　마음 막혀도 생각은 내달리고
神和生自足　정신이 자유로워 삶이 절로 넉넉하다
白髮悲上春　백발 늙은이 봄 됨을 서러워하나
知常謝先欲　과한 욕심 사양해야 함을 깨닫나니

그가 岳州刺史로 있던 唐 玄宗 開元 5年 봄, 비 그친 청명한 날씨에 南樓에 올라 사방을 조망하는 내용을 담고 있다. 사시절기가 서로 이어지고 천지의 운행이 착오 없이 이어져 있기에 이러한 좋은 정경을 얻었다고 봄으로써 자연의 질서에 감복하는 모습을 보였다. 여기에 '青草湖'와 '黃鶯曲'으로 이어지는 시청각 묘사는 이 시가의 의경을 더욱 참신하게 하는 역할을 하고 있다. 폄적된 신하의 '凄然'한 심정묘사에만 머물러 있지 않고 산수 속에서 자아 극복의 의지를 펼치고 있음을 발견할 수 있다. 이어진 '長沙王'의 고사[7]와 말구의 '謝先

---

7 西漢의 長沙王 劉發이 漢 武帝를 위해 '장수를 기원하는 가무(稱壽歌舞)'를 열었을 시 "신의 나라는 지역이 협소하여 둘러볼 만하지 못합니다.(臣國小地狹, 不足回旋)"라고 하며 자신의 영지가 적다고 하자 漢 景帝가 "武陵, 零陵, 桂陽 세 곳을 더 하사하였다.(乃以武陵, 零陵, 桂陽益焉)"는 고사가 『漢書·長沙定王傳』에 실려 있다.

欲' 구절은 수려한 산수의 모습을 즐기는 중에 인생의 '安分自足'을 추구하는 의식을 잃지 말 것을 설파한 대목이다. 자연 산수를 보며 자신의 자연관과 역사의식, 인생에서 체득한 느낌 등을 투영한 시가는 단순히 자연 풍경을 묘사한 시가보다 더욱 진지한 자연미 의식이 담겨 있음을 느끼게 한다.

다음 작품은 岳州의 西城岳陽樓에 올라 사방을 조망하며 지은 것인데 이 시에서는 도가적 신선 의식을 언급하고 있어 그가 또 다른 초탈 의식을 추구했던 면모를 살필 수 있다.

岳州西城 악양루에 올라

水國何遼曠 이 호수는 얼마나 드넓은지
風波逐極天 바람과 물결 하늘 끝까지 이어진다
西江三紀合 서쪽으로 세 줄기 강이 합해지고
南浦二湖連 남쪽 포구로 두 호수가 다시 연결된다
危堞臨淸境 위태한 西城의 성가퀴는 맑은 경치와 연해 있어
煩憂暫豁然 이 모습에 우울한 번뇌 잠시나마 해소된다
九圍觀掌內 사방을 둘러봐도 내 손바닥 안 같고
萬象閱眸前 천지만물은 눈앞에 펼쳐져 있네
日去長沙渚 물가 긴 모래톱에 해가 저물고
山橫雲夢田 비스듬한 산과 이어진 곳에 雲夢澤 밭이 있다
汀葭變秋色 물가의 갈대는 어느덧 가을 색을 띠고
津樹入寒煙 포구가 나무는 차가운 연기를 머금었구나
潛穴探靈詭 잠룡이 사는 동굴에서 신령한 奇詭를 찾아
浮生揖聖仙 덧없는 이 인생 신선되기나 기대해볼까나
至今人不見 아직도 인적은 보이지 않고 있어
跡滅事空傳 어느덧 세상사 사라지고 허허로움만 이어지나니

초반에서 호수의 드넓음을 묘사하였는데 사방과 상하가 하늘, 강, 호수 등과 연결된 광활한 경지임을 사실적으로 잘 묘사하고 있다. 이 모습 위에 서 있는 西城의 성가퀴는 위태롭고 나의 심정 역시 번뇌에 차 있으나 결국 이 멋진 정경은 '掌內'와 '眸前'이라는 표현처럼 잠시나마 호기를 부리게 하는 요인이 된다. 해 저무는 모래톱, 비스듬히 누운 산, 가을 색을 띤 갈대, 연기 머금은 나무

터 등은 호수의 모습을 더욱 아름답게 해주는 정경들이니 어느덧 자연에 취한 시인은 이 속에서 시인은 '聖仙'을 떠올리며 망아의 경지까지 도모하게 되는 것이다. 인적 없는 자연 속에서 '부질없이 흘러감(空傳)'을 느끼게 된 것은 시가 초반에서 언급한 '맑은 정경(淸境)'으로 인해 평안과 위로를 얻은 작자의 초탈한 의식이 담겨 있기 때문으로 생각해볼 수 있다.

張說이 岳州 남쪽에 있는 灃湖의 山寺에 들렀을 때 선취에 매료되어 쓴 다음 작품은 담담한 필치로 山水에 대한 情 속에 佛理를 담고 있음이 보인다.

灃湖山寺 옹호의 산사

空山寂歷道心生　빈산 적막하여 道心이 생겨나는데
虛谷迢遙野鳥聲　빈 골짜기에는 들새 울음소리 아득하게 들린다
禪室從來塵外賞　선실을 오가면서 속세 밖에서 감상했는데
香臺豈是世中情　산사에 어찌 세간의 정이 있겠는가
雲間東嶺千尋出　구름 사이로 동쪽 고개 천 겹 드러나고
樹里南湖一片明　숲 속에서 남쪽 호수가 한 점 밝게 보이네
若使巢由知此意　巢父와 許由에게 이 뜻을 알게 한다면
不將蘿薜易簪纓　은자의 벽라 옷을 冠帽와 바꾸지는 않으리라

'空山', '虛谷' 등이 자연 속에서 허정한 심리를 추구하는 작자의 정신세계를 대변하는 것 같다. 이미 호수와 산의 아름다운 경치를 마음에 담고 있는 시인에게 禪室과 香臺(山寺)는 세상의 정을 잊게 하는 좋은 정신적 피난처가 된다. 현실의 어려움이나 장애가 있어도 자연은 현실 너머에서 그 아름다운 모습을 밝히 드러내고 있다. 제3연에서 "구름 사이로 동쪽 고개가 천 겹으로 드러나고 숲 속에서 남쪽 호수가 한 점 밝게 보인다."라고 말한 부분이 바로 그것이다. 여타 시에서 보어는 탁 트인 대자연의 일차적인 모습과 달리 어둠과 장애를 극복한 후에 볼 수 있는 자연의 모습을 그리고 있음이 이채롭게 느껴진다. 미연에서 작자는 巢父와 許由의 은일 의지를 따를지언정 관직의 영화는 멀리하리라는 뜻을 밝히고 있어 자연 속에서 한껏 고무된 초월 의지를 드러내고 있음이 발견된다. 폄적의 고뇌를 극복하고 산수의 낙을 얻은 자득의 경지를 서사하고자 노력하고 있는 것이다.

張說은 唐代 자연시 특히 산수시가의 체재 형식 방면에서도 공헌이 큰 작가이다. 그는 자연시를 창작함에 있어 내용과 창작 수법상 大謝와 小謝의 두 가지 상이한 풍격과 晉宋體와 齊梁體를 잘 통합하였고 각종 시체를 잘 활용한 면모도 보이고 있다. 이전에는 주로 五言으로 창작되었던 자연시가 張說에 와서는 五絶, 七絶, 五律, 七律, 排律 등 다양한 형식을 통해 그 표현 수법이 확장된 면모가 보이기 때문이다. 張說이 시도한 다양한 시가 편폭의 활용은 시가의 구조와 구법의 확충을 통해 자유로운 서사를 가능하게 하고 시가의 예술성과 자연미 의식의 확장을 도모하는 효과도 얻게 한다. 자연시를 편폭의 구속 없이 편안한 필치로 쓴 작품의 예로 그의 작품 중 七言 歌行體로 이루어진 「同趙侍御乾湖作」(절록)을 보자.

同趙侍御乾湖作 조시어와 함께 건호에서 짓다

江南湖水咽山川　강남의 호수는 뭇 산과 들의 목구멍과도 같아
春江溢入共湖連　봄 강물 넘쳐 나와 모두 호수에 모여든다
氣色紛淪橫罩海　그 기상은 마치 바다가 어지럽게 횡행하는 듯하고
波濤鼓怒上漫天　세찬 파도는 분노하듯 서로 부딪히며 하늘로 솟구친다
鱗宗殼族嬉爲府　온갖 물고기와 어패류가 그 속에서 즐겁게 노니는데
弋叟罛師利焉聚　주살 쏘는 노인과 투망 던지는 어부는 이때다 싶어 모여든다
欹帆側柁弄風口　높이 올린 돛과 배에 달린 키는 바람을 희롱하고
赴險臨深繞灣浦　험난하고 깊은 만과 포구를 돌아나간다
一灣一浦悵邅迴　만과 포구를 하나하나 지날 때면 서글픔에 머뭇거리고
千曲千逶悅迷哉　굽이도는 천 개의 강마다 정신이 황홀하고 아득하네
乍見靈妃含笑往　신령한 여신 娥皇과 女英을 언뜻 보니 웃음을 머금고 가는 듯
復聞遊女怨歌來　유랑하는 여인네의 원망 노래 다시금 들려온다
暑來寒往運洄洑　추위가 가고 더위가 오는 것이 이어지다가
潭生水落移陵谷　소가 생기고 폭포가 떨어지니 큰 계곡이 옮겨진 듯
雲間墜翮散泥沙　구름 사이 날던 새는 깃털을 모랫벌에 떨어뜨리더니
波上浮査樓樹木　물결 위에 떠 있던 나무의 둥지에 깃드네

　총 27구에 달하는 七言 歌行體 시로서 기격이 빼어나고 흐름이 유창한 작품이다. 처음 4구는 주변 산과 강이 모두 이 호수와 연결된 모습을 그렸는데 '紛

淪', '鼓怒' 등의 역동적인 묘사가 이 시가의 스케일을 더욱 크게 만들어주고 있다. 이어진 '弄風口', '繞灣浦', '一灣一浦', '千曲千涏', '暑來寒往' 등의 시어는 과장과 반복의 수법을 잘 활용한 것으로 七言 歌行體답게 여유 있게 시어 활용을 시도한 예라 할 것이다. 남방 산수를 묘사함에 있어 이처럼 七言과 歌行體의 함께 운용한 것은 五言律詩나 七言律詩가 수려하고 다양한 산수의 매력을 수식하는 데 있어 자구와 표현에 따른 한계성을 지닌 점을 타파할 수 있는 좋은 시도였다고 볼 수 있겠다.

張說은 歌行體 형식을 통해 산수의 다양한 모습을 순차적으로 서술하는 수법을 구사하기도 하였다. 그가 岳陽의 한 禪堂에서 천하의 절경을 바라보면서 지은 五言 歌行詩를 한 수 예거하여 살펴보기로 한다.

岳陽石門墨山二山相連有禪堂觀天下絕境 岳陽의 石門山과 墨山 두 산이 연결된 곳에 있는 한 禪堂에서 천하의 절경을 바라보면서 짓다

困輪江上山　구불구불한 강 위로 산이 솟아 있는데
近在華容縣　화용현 가까운 곳이라네
常涉巴丘首　파구 입구를 늘 지나다니는데
天晴遙可見　하늘이 맑으면 멀리까지 보인다
佳遊屢前諾　좋은 유람 하려고 하면 자주 선약 있어서
芳月怨幽眷　꽃다운 달 그리워하며 안타깝게 느끼곤 했었다
及此符守移　이에 군수 자리를 옮기게 되어
歡言臨道便　자연을 보러 가는 길이 편해졌다고 기쁘게 말한다
旣攜賞心客　마음에 맞는 손님의 손 잡아끌고 가면 되고
復有送行掾　또 나를 배웅하는 아전도 있다
竹徑入陰窅　대숲 길은 그늘로 이어지고
松蘿上空蒨　소나무에 얽힌 덩굴 공중으로 우거졌다
草共林一色　풀은 숲과 한 색을 이루고
雲與峰萬變　구름은 봉우리와 더불어 다채롭게 변화하네
探窺石門斷　살펴보니 석문은 끊어져 있으나
緣越沙澗轉　푸르른 모습은 모래밭 물가 너머로 구불구불 이어진다
兩山勢爭雄　두 산의 형세는 영웅이 다투는 듯하여
峰巘相顧眄　멧부리가 서로를 흘겨보고 있다
藥妙靈仙寶　이 산에서 나는 영묘한 약은 신선의 보물이요

境華巖壑選　바위와 골짜기는 마치 엄선해놓은 듯 화려하다
清都西淵絶　자미원은 서쪽 못에서 끊어지고
金地東歊宴　동쪽 큰 집이 있는 좋은 곳에서는 잔치가 열리네
池果接園畦　연못가 열매나무는 밭두둑까지 이어졌고
風煙邇臺殿　연기와 바람은 누대와 전당 가까운 곳에서 인다
高尋去石頂　높은 곳 바위 꼭대기를 찾아가니
曠覽天宇遍　넓게 펼쳐진 하늘을 두루 볼 수 있다
千山紛滿目　뭇 산들은 어지럽게 눈에 가득하고
百川諤對面　온 시내가 넓게 그 모습을 보여주고 있네
騎來雲氣迎　말 달려와서 구름 기운 마주하니
人去鳥聲戀　사람 가는 곳 따라 들리는 새소리 사랑스러워
長揖桃源士　길게 무릉도원 선비에게 읍하니
擧世同企羨　온 세상 사람들 모두 이 모습을 부러워한다네

　이 시는 장편시가의 형식을 통해 율시처럼 응축된 시상에서 벗어나 유람하는 순서에 따라 느낀 경물과 환경에 대한 감상을 그리고 있다. 관직을 옮기게 되어 이전보다 산수를 찾기에 유리해졌고 마음에 맞는 이와도 자유롭게 함께할 수 있다. 편안한 마음으로 숲 속 산수를 찾아가는 일정을 그렸는데 점차 계곡과 산 위로 시야를 옮기고 있어 이동하는 여정을 담고 있음을 살필 수 있다. 세속의 약속과 업무에서 자유를 얻어 산수를 즐기고 결국 '도원의 선비(桃源士)'의 경지까지 이르게 되니 이 모습은 온 세상 사람들이 흠모하는 지극한 낙의 경지임을 설파하고 있는 것이다. 이 작품은 유람할 때 나타나는 경물을 그대로 나열하는 大謝體의 흔적을 지워버리고 경물과 경물 사이의 관계성을 주목하여 차례차례로 각기 다른 경계를 묘사하였고 산을 유람하는 노선과 이 여정에서 발생하는 유람객의 흥취를 순차적으로 기술하여놓음으로써 장편 記游詩의 좋은 본보기를 보이는 작품이라 하겠다.

　張說은 初唐代부터 開元 中期까지의 문단에서 文宗의 지위를 갖고 시가의 발전에 큰 영향을 미친 인물이었다. 趙冬曦, 張九齡, 孫逖, 賀知章 등 문인들을 추천함으로써 盛唐代 시가 발전을 계도한 문인들의 참여를 이끌었고, 岳州를 비롯한 여러 폄적지에서의 생활을 통해 수려한 강남 산수를 체험하고 그 속에

서 체득한 자연미감을 다양한 시체를 통해 표현해낸 공이 있는 작가인 것이다. 특히 吳中四士를 비롯한 吳越 문인들이 開元 초기에 齊梁風의 자연시를 부흥시켜 수려한 풍격의 南方 산수시를 京洛에 전하는 풍조 속에서 張說 자신 역시 폄적지에 있으면서 다양한 시가로 여러 시인들과 교류하며 청아한 자연시풍을 건립하는 데 일조를 가한 면이 주목된다. 또한 張說이 開元 초기에 齊梁의 맑고 수려한 시풍이 유행하는 시점에서 大謝와 小謝를 비롯한 전대 시인들의 풍격을 적절히 조합하고 五絶, 七絶, 五律, 七律, 排律 등 다양한 형식을 통해 표현 수법을 확장시킨 것은 그가 齊梁 시가 일변도의 편향성을 극복하고 盛唐 자연시가 발전을 이루도록 하는 데 있어 중요한 역할을 했던 것임을 보여주는 것이라 할 수 있겠다. ·

張說이 齊梁의 시풍을 바탕으로 경물에 신선한 미감을 부여하고 산수와 사람과의 흥취, 정취, 감촉이 서로 어울리는 청신한 시가를 창작하였다면, 開元 시대의 賢相 張九齡은 시가에 내적 풍격과 웅건한 필치를 이입함으로써 자연시의 품위를 한 단계 높인 문인이었다. 張九齡(673~740)은 字가 子壽이며 韶州 曲江人이다. 景龍 初에 진사에 급제한 후 張說의 추천으로 中書舍人, 太常少卿 등을 역임했고 張說 사후에도 玄宗에 의해 祕書少監, 集賢院學士, 知院事 등에 임명되었다. 그러나 開元 4년 姚崇과의 불화로 인해 낙향하기도 했고 이후에 李林甫의 시기를 받아 荊州長史로 좌천당하기도 하였다. 직언과 명확한 논변을 좋아했고 文史를 즐기는 인품이었다고 한다. 開元 28년(63세)에 병사하였고 文集 20권이 있다.

현존하는 張九齡의 詩歌는 218수인데 四言詩 3수, 雜言 1수, 七言詩 2수를 제외하면 나머지 시가는 모두 五言詩이며 그 風格은 대체로 '맑고 담백하며 자연스러운 면모(淸澹自然)'를 보이고 있다. 張九齡의 자연시는 창작 시기적으로는 神龍에서 開元 연간 사이에 고향에서 廣州로 오가는 길에 山水詩를 쓰거나『詩經』,『楚辭』, 陳子昂 시처럼 자연물을 들어 자신의 의기를 밝히는 수법을 활용하여 시를 지은 시기, 京都에서 관직을 맡으며 주변 산수와 별장의 자연 풍광을 읊은 시기, 開元 15년 洪州都督으로 폄적된 이후부터 荊州長史로 좌천된 시기에 남방의 산수를 제재로 하여 시를 쓴 시기 등 대략 세 시기로 분류된다. 이 중 張九齡 자연시의 주요한 성취는 주로 洪州都督 폄적기 이후의 작품에서 이루어지는바 이 시기 작품에서는 넓어진 의경과 호방한 자연 묘사, 淸澹하고 자연스러운 풍격의 창조 등이 이루어졌음을 살필 수 있다. 張九齡 자연시의 특징은 전대 자연시의 풍격을 집성한 점, 호방한 묘사를 통해 자연시의 의경을 확대한 점, 淸澹 풍격의 지향을 통해 盛唐 자연시를 계도한 점 등으로 요약할 수 있으며 이는 張九齡이 자연시를 창작했던 시기적 순서와도 어느 정도 맥을 같이 하고 있다.

張九齡은 『詩經』, 『楚辭』, 『古詩十九首』 등 전대 시문에서 많은 계도를 받아 시가를 창작한 인물로서[8] 이러한 성향은 그의 자연시가 창작과도 연관되어 있다. 전대 자연시인의 학습을 바탕으로 자연 묘사 속에 강건하고 의기에 찬 의식을 담거나 비흥의 형식으로 자신의 고결한 품격을 잘 표현한 점이 특징이다. 또한 開元 15년(727)에 洪州都督으로 임명되어 3년 이상 체험한 洪州에서의 폄적 생활을 바탕으로 다양한 산수의 모습을 제재로 취하면서 산수의 경관을 장엄하게 표현하는 시도를 가하였다. 이는 그의 자연시로 하여금 깊어진 인생의 의미를 풍경 묘사 속에 투영하고 웅대한 풍경과 호방한 의식을 결합할 수 있게 한 요인이 되었다. 張九齡 자연시의 가장 큰 특색이라면 남방 자연시가 지닌 세밀한 필치에다 강직하고 장엄한 내면의 기운을 투영하여 청신하면서도 격조가 있는 작품을 창작해낸 점이라 할 것이다. 盛唐의 기운을 한껏 발휘하면서 자연시의 예술미를 한 단계 높이고 새로운 의경을 창출한 것이 張九齡 자연시의 가장 큰 성과라 할 수 있다.

張九齡이 전대 시인의 창작 정신을 재현하고자 노력한 것과 연관하여 陶淵明식의 歸隱意識을 노래한 다음 작품을 살펴본다.

---

8 顧建國은 「張九齡詩歌的藝術淵源和美學風格成因新探」(學術論壇, 2005. 第8期)에서 "筆者從其詩歌語言材料的層面分析統計發現. 張九齡現存的219首詩歌中, 所涉的典籍及前人作品凡140餘種, 740餘次(人, 事, 詩). 其中, 『詩經』86次, 占11.6% ; 『楚辭』37次, 占5% ; 『古詩十九首』等漢代詩賦40次, 占5.4% ; 魏晉六朝詩賦69次, 占9.3% ; 隋唐詩文賦6次, 占0.8%. 若以總集而言, 所涉頻度最高的就是『詩經』, 其次是『楚辭』和『古詩十九首』."라 하여 張九齡의 시 219수 중 전대 전적이나 시인의 작품에서 계도받아 인용한 것이 140종, 740차례에 이르며 그 내용은 『詩經』, 『楚辭』, 『古詩十九首』 순이라는 연구결과를 밝히고 있다.

晨坐齋中偶而成詠 새벽에 군재에 앉아서 우연히 시를 쓰다

寒露潔秋空　찬 이슬 가을 하늘에 깨끗한데
遙山紛在矚　먼 산 바라보니 눈이 어지럽구나
孤頂午修聳　외로운 봉우리 차분하게 솟아 있던 모습 언뜻 보이더니
微雲復相續　희미한 구름이 다시금 서로 이어진다
人茲賞地偏　사람은 땅이 외진 이곳을 감상하고
鳥亦愛林旭　새도 숲의 아침을 사랑하누나
結念憑幽遠　생각을 정리하는 것 자연의 그윽함에 의지하고
撫躬曷羈束　자신을 몸소 잘 가다듬으니 어찌 구속됨이 있으랴
仰霄謝逸翰　하늘을 우러러 빼어난 글에 감사하고
臨路嗟疲足　길을 다니면서는 발이 피곤함을 한탄할 뿐
徂歲方睽攜　흘러가는 세월 바야흐로 내 뜻과 달라
歸心亟躑躅　돌아갈 마음으로 삼가 머뭇거려본다
休閑倘有素　한가롭게 지내도 내 근본이 있으니
豈負南山曲　어찌 남산을 향한 노래를 저버릴 수 있으랴

　청명한 가을 새벽에 먼 산과 구름을 바라보며 시야의 한계를 넓힌다. 맑은 가을 하늘과 먼 산, 그 위에 흘러가는 희미한 구름 등 시인의 눈앞에 보이는 사물은 세속의 진애를 벗어난 깨끗한 경치이다. 시야의 한계를 제한하지 않는 모습은 마음의 구속을 벗어나게 하고 작자의 마음에 희열이 그득하게 고인다. 제2연에서 언급한 "희미한 구름이 다시금 서로 이어짐"은 마치 시인의 마음 한쪽에 존재하고 있는 은일의 서정을 은유하며 이러한 생각은 다시 제4연에서 보이는 것처럼 자연을 향한 심원한 뜻으로 귀결된다. '地偏', '愛林', '幽遠', '南山' 등 陶淵明 시의 시어를 활용하여 그 의경을 얻고자 한 것이 특히 눈길을 끈다.
　다음은 洪州에 폄적되어 있을 시 東湖를 구경하며 쓴 작품으로 陶淵明과 謝靈運 시가의 장점을 모아놓은 듯한 느낌을 주는 작품이다.

臨泛東湖(時任洪州) 동호에 배를 띄우고(홍주에 임직했을 시 지음)

郡庭日休暇　군내의 정청에서 하루 휴가를 얻어
湖曲邀勝踐　호수 굽이굽이 빼어난 곳 누벼본다
樂職在中和　관직에서 즐거움을 얻음은 중화에 있으며

靈心挹上善　신령한 마음은 뛰어난 선을 담는 데 있다
乘流坐淸曠　배에 앉아 물 흐름에 맡기며 맑고 넓은 모습보고
擧目眺悠緬　눈 들어 멀리 아득한 모습 바라본다
林與西山重　숲은 서산에 무겁게 펼쳐져 있고
雲因北風捲　구름은 북풍에 말아지고 있다
晶明畵不逮　밝고 화려한 풍경은 그림이 미칠 바 아니요
陰影鏡無辨　어두운 정경은 거울에 비쳐져도 판별이 안 된다
晩秀復芬敷　저녁에 피어난 꽃 다시금 향기를 내뿜고
秋光更遙衍　가을빛은 다시금 아득히 흘러간다
萬族紛可佳　모든 정경 얽혀 있는 이 모습 가히 아름다워
一遊豈能展　한 번 노님에 어찌 흥을 다 펼칠 수 있으랴
羈孤忝邦牧　고독한 기려의 신세 된 나는 나라의 목민관 되기 부끄럽고
顧己非時選　스스로 돌아봐도 이 시대의 인재는 아니라
梁公世不容　梁公은 세상에서 용인받지 못했고
長孺心亦褊　연장자와 어린아이 마음 역시 한계가 있다
永念出籠縶　오랜 시간 구속에서 벗어남 추구하고
常思退疲蹇　이 피로한 관직에서 물러남을 늘 생각하네
歲徂風露嚴　세월의 흐름에 세찬 바람과 찬 이슬 엄격하여
日恐蘭茝剪　매일 난초와 능소화 잘려나갈까 두려워한다
佳辰不可得　좋은 세월 얻지 못하니
良會何其鮮　좋은 모임은 그 얼마나 드문가
罷興還江城　흥이 다 파하면 성으로 돌아가
閉關聊自遣　빗장 걸어놓고 스스로 시름을 사르리니

　　시제의 "時任洪州"라는 표현을 통해 그가 폄적지에서 쓸쓸한 환경에 있었음을 살필 수 있다. 시가의 전반부는 주로 寫景인데 그 필법이 大謝와 매우 비슷하다. 出游하게 된 연유를 필두로 다섯 연을 통해 정경을 묘사하고 있는데 '淸曠', '悠緬', '晶明', '陰影', '芬敷', '遙衍' 등의 추상적인 표현을 통해 아스라한 정경을 그린 것은 大謝가 寫景을 할 때 자주 활용했던 수법을 연상시킨다. 또한 시가의 후반부에서 자신이 謫居할 때의 曠達함과 한적한 정회를 그리고 있는 부분은 마치 陶淵明의 시가에 나타난 경지를 보는 듯하다. 詩句 또한 의식적으로 도연명을 모방하고 있어 도연명의 수법을 적극 수용한 면모를 숨기지

못하고 있는 것이다. 張九齡이 洪州에 폄적되어 있던 시기에 전대 시인의 마음을 계승하고 깊어진 산수 의식을 담기 위해 노력하였던 흔적을 살피는 데 있어 좋은 예가 되는 시라 할 수 있겠다.

張九齡은 初唐代 陳子昂에 대해서도 흠모의 정을 갖고 陳子昂 「感遇詩」를 답습한 「感遇十二首」, 「雜詩」 5수를 비롯한 약 35수의 詠物詩나 「感遇詩」를 창작한 바 있다. 자신의 감정을 사물에 기탁하여 표현한 陳子昂 시가의 풍격이 張九齡에 와서 재현되었고 이러한 흥취는 다시 盛唐의 풍격에 영향을 주게 되니 張九齡 자연시가 지닌 하나의 특색이라 할 수 있다. 그가 「感遇十二首」에서 자연을 들어 자신의 청명한 이상을 읊은 부분을 살펴본다.

> **感遇十二首 其二** 감우시 열두 수, 제2수
> 幽林歸獨臥　그윽한 숲으로 돌아가 그 속에 홀로 누워
> 滯慮洗孤淸　막힌 생각과 고독을 맑게 씻어버린다
> 持此謝高鳥　이러한 정을 지니니 높이 나는 새에 감사하고
> 因之傳遠情　멀리까지 나의 마음을 실어 보내리니
>
> **感遇十二首 其四** 감우시 열두 수, 제4수
> 孤鴻海上來　외로운 기러기 바다에서 날아오니
> 池塘不敢顧　연못에는 감히 들어갈 수 없어라
> 側見雙翠鳥　쌍쌍이 노는 물총새 훔쳐보니
> 巢在三珠樹　그들의 둥지는 화사한 나무 위에 있네

「感遇十二首」 其二에서는 그윽한 숲에서 고독을 즐기며 청아한 기운을 도야하고 있으며 높이 나는 새처럼 세상과 구별되는 고아한 풍격을 지닌 자신의 모습을 노래하였다. 「感遇十二首」 其四에서도 '孤鴻'을 통해 세속의 화려함을 배제한 고고한 인품을 지닌 인물을 칭송하고 있다. 이러한 시들은 屈原의 '香草美人' 같은 비유법이나 陳子昂의 興寄手法을 계승한 것으로 맑고 그윽한 표현 속에 興을 이입하여 脫俗의 경지를 추구한 것임을 살필 수 있겠다.

張九齡은 산하를 장중하게 묘사하는 것을 좋아하였는데 때로는 그 속에 깊이 있는 내면 의식을 담기도 하였고 여기에 일신의 비애감까지 이입하여 호방

하면서도 頓挫한 멋을 내포한 시가를 창작하기도 하였다. 洪州都督으로 폄적된 시기를 겪으면서 한층 깊어진 인생의 안목이 인생사와 대비되는 대자연의 모습을 더욱 장엄하게 인식하고 그려낼 수 있게 만든 요인이 된 것으로 추측해볼 수 있다. 그의 시가 중 「江上使風呈裵宣州耀卿」, 「湖口望廬山瀑布泉」, 「江上遇疾風」 같은 작품들은 웅건한 필치 속에 청담하고 담박한 면모도 담고 있어 初唐에서 盛唐으로 가는 길목에서 자연시의 경계를 한 층 넓힌 작품이라 하겠다. 그중 張九齡이 廬山 瀑布의 절경을 읊은 작품 중 湖口(현 江西省 북부 위치)에서 폭포의 원경을 바라보며 느낀 감정을 쓴 「湖口望廬山瀑布泉」 一首를 살펴보기로 한다.

湖口望廬山瀑布泉 호구에서 여산 폭포를 바라보면서

萬丈紅泉落　만 길 높은 곳에서 무지개 인 폭포 떨어지고
迢迢半紫氣　아득히 먼 곳에 자색 구름이 반쯤 섞여 있다
奔飛下雜樹　폭포수 어지럽게 이 나무 저 나무에 흩날리고
灑落出重雲　흩뿌리는 물보라에 층층이 연무가 인다
日照虹霓似　연무에 햇살 비추니 무지개 같고
天淸風雨聞　날씨 맑은데도 비바람 소리 들리는 듯
靈山多秀色　신령스런 이 산에는 빼어난 정경이 많아
空水共氤氳　허공에서 날리는 물과 함께 아득한 모습 이루나니

‘萬丈’과 ‘迢迢’로 장엄한 폭포의 모습을 그렸는데 물의 자태를 ‘紅’, ‘紫’ 등의 색깔로 표현함으로써 신령한 기운을 부가하였다. ‘어지럽게 날리고(奔飛)’ ‘시원하게 떨어지는(灑落)’ 폭포의 자태를 해와 하늘이라는 배경 속에 그림으로써 커다란 스케일 속에 신묘한 기운을 담아내는 효과를 창출하였다. 미연에서는 빼어난 ‘靈山’이 천지의 기와 조화를 이루는 모습을 그림으로써 마치 선계에 이른 것 같은 인상을 창출하였다. 웅장하면서도 화려한 기세를 투영하여 齊梁과 初唐의 빼어남과 盛唐의 氣格을 함께 얻고 있으니 盛唐 자연시의 기상을 선도하는 작품이라 할 수 있겠다.

위 작품에 이어 廬山에 들어가서 바로 앞에서 폭포를 올려다보고 쓴 작품을 보면 웅장한 묘사 중에 세밀한 필치를 가하고 있음이 발견된다.

入廬山仰望瀑布水 廬山에 들어가 폭포를 올려다보며

絶頂有懸泉　산꼭대기에 여산폭포가 걸려 있나니
喧喧出煙杪　요란한 소리를 내며 연무 밖으로 흘러나온다
不知幾時歲　그 얼마나 오랜 세월을 지나왔는지 모르지만
但見無昏曉　새벽이고 저녁이고 한결 같은 모습이라
閃閃青崖落　아득한 푸른 벼랑에서 떨어지는 물
鮮鮮白日皎　대낮 햇살 아래 선명하게 빛나는 모습이다
灑流濕行雲　흩뿌리는 폭포수에 지나가는 구름도 젖어들고
濺沫驚飛鳥　흩어지는 포말에 날던 새도 놀랄 지경이다
雷吼何噴薄　우레와 같은 소리 내는데 물살인들 어찌 가늘 것인가
箭馳入窈窕　쏜살같이 달려 아득한 곳으로 흘러내린다

아래에서 위를 투시하면서 본 장면을 생생한 느낌으로 묘사하였다. 폭포는 시공을 초월한 채 장엄함을 유지하면서 밝고 선명한 정경을 연출하니 이 모습을 바라보는 시인의 마음에는 어느덧 경외감이 가득 차오르게 된다. 폭포의 모습을 그림에 있어 '閃閃'과 '鮮鮮'으로 시각적 효과와 음운미를 동시에 도모하였고 '青崖'와 '白日'로 산뜻한 색감을 구사한 점이 돋보인다. 제4연 이하에서는 폭포수에 대해 세밀한 묘사를 가하였다. '흩뿌리는 폭포수(灑流)', '흩어지는 포말(濺沫)' 등의 비슷한 표현으로 대비되는 의경을 조성하였으며, 폭포 소리와 물살의 시원스러운 추락을 과장된 수법을 가미하여 핍진하게 그리고 있다. 호쾌한 묘사와 세밀한 필법을 동시에 활용한 점이 이채로운 것이다. 위에서 살펴본 「湖口望廬山瀑布泉」 작품과 다른 각도, 다른 묘사 수법을 보이고 있어 張九齡 자연시의 다양한 면모를 살필 수 있게 해준다.

張九齡의 자연시가의 가장 걸출한 특징은 "淸澹派의 제창자"라는 칭호에 걸맞게 청담하고 자연스러운 풍격을 주창하며 盛唐 자연시의 개화를 선도한 점이라 할 수 있다. 張九齡이 전대 시인을 흠모하며 자연과 융화된 淸高한 人品을 표현하기를 즐겼던 것은 그의 시로 하여금 淸淡한 풍격을 지향하게 만든 시발점이 된다. 여기에다 시어를 운용함에 있어 '淸朗'하고 '疏淡'한 의미를 지닌 시어를 활용하거나 청담한 시어 속에 屈原, 陳子昂식의 興寄手法을 결합해냈는데 이는 결국 청신한 의경의 창조라는 결과로 이어졌다. 이와 연관하여 자연의

맑은 모습을 평이한 필치로 구사한 다음 작품을 살펴보자. 淸雅한 기운 속에 산뜻한 여운을 담고 있음이 발견된다.

耒陽溪夜行 뢰양계에서 밤에 노닐며

乘夕櫂歸舟　저녁 배 타고 노 저어 가는데
緣源路轉幽　수원을 따라가는 길 갈수록 그윽해진다
月明看嶺樹　달은 밝아 고개 위 나무 모습 또렷하고
風靜聽溪流　바람은 고요하여 시냇물 흐르는 소리 들리네
嵐氣船間入　산의 운무가 배 안으로 들어와
霜華衣上浮　서리가 옷 위에 앉는구나
猿聲雖此夜　이 밤에 원숭이 소리 들리나
不是別家愁　집과 이별하는 근심은 아닐지니

맑은 바람과 밝은 달이 그득한 밤중에 시인은 배를 몰고 자연 속으로 들어간다. '幽', '靜' 등의 시어를 통해 자신은 고요한 중에 맑고 빼어난 기운을 충만히 느끼고 있음을 드러내고 있고 이때 옷 위로 내리는 운무와 서리는 신령한 이미지를 제공한다. '猿聲'에도 근심을 느끼지 못함은 그만큼 작자가 현재의 탈속적인 분위기를 즐기고 있음이다. 산수를 즐기며 그 속에서 맑은 기운을 얻고자 하는 淸澹 지향의 심리가 잘 표현된 작품이라 하겠다.

다음은 張九齡이 湘水를 따라 南行할 때 지은 작품으로 역시 '淸澹'한 느낌의 시어가 많이 활용된 것을 발견할 수 있다.

自湘水南行 湘水에서 남쪽으로 가며

落日催行舫　해 저물자 배 가는 것 더욱 빨라져
逶迤洲渚間　평온한 모습으로 물가 모래섬 사이를 흘러가네
雖云有物役　비록 외물에 얽매인 생활을 하였지만
乘此更休閑　이 기회를 갖게 되니 한껏 한가롭구나
暝色生前浦　눈앞 포구에는 어스름한 정경이 펼쳐져 있는데
淸暉發近山　가까운 산은 아직도 맑은 빛을 띠고 있다
中流澹容與　물 한가운데서 평온하고 한적한 모습이니
唯愛鳥飛還　그저 새들이 날아드는 것 즐기고 있을 뿐

시어 중에 나타난 '淸暉', '中流颺'과 '休閑', '容與' 등을 통해 청담하고 한아한 풍격이 그득 담겨 있음을 알 수 있다. 함연에서는 '사물에 얽매임(物役)'과 '한가로움(休閑)'을 대조함으로써 현실의 번다함 속에 얻은 이 귀중한 시간을 활용하여 눈앞의 경치를 한가로이 즐기려는 시인의 서정을 크게 부각하였으며, 경연에서 눈앞 포구의 '어스름한 정경(暝色)'과 근처 산의 '맑은 빛(淸暉)'을 이채롭게 대비시킨 부분이 눈길을 끄는데 이로 인해 청아한 맛이 배가된 느낌이다. 정경을 단순히 나열만 한 것에 그치지 않고 정경 묘사 속에 정을 담고 있는 것이 더욱 강렬한 느낌을 얻게 하는 것이다.

저녁 무렵 王六의 東閣에 올라 쓴 다음 작품에서는 '晴', '青', '情', '淸' 등 동음어를 연이어 활용함으로써 청담한 의경을 무한히 펼치고자 한 의도가 발견된다.

晩霽登王六東閣 맑게 갠 저녁 王六의 東閣에 올라서
試上江樓望　강가 누각에 처음 올라 사방을 바라보니
初逢山雨晴　비 그친 산의 모습 첫눈에 들어온다
連空青嶂合　하늘은 푸른 산들과 이어져 있고
向晚白雲生　저녁 무렵엔 흰 구름이 피어난다
俊美要殊觀　빼어난 아름다움 속에 기이한 모습이 있어
蕭條見遠情　쓸쓸하게 먼 정경을 바라다 본다
情來不可極　이 서정은 실로 끝없이 몰려오는데
日暮水流清　해 저물매 물 흐르는 모습만 그저 맑구나

張九齡의 친구인 王六의 東閣에 올라 바라본 정회를 그린 작품이다. 비 그친 푸른 산들은 하늘과 이어져 있는데 이때 활용된 '晴'과 '青'은 끝없이 공활한 느낌을 주는 시어이다. 이어 '俊美', '蕭條' 등으로 빼어난 정경을 감상하는 시인의 마음과 가경 속에 느끼는 쓸쓸한 심리를 대조적으로 묘사하여 '境中有情'의 여운을 불러일으켰다. '遠情', '情來'에서는 同字를 활용하면서도 '먼 정경'과 '서정'이라는 각기 다른 의미를 표현함으로써 同字 同音異議語를 잘 활용한 것이 보인다. 총 6회에 걸쳐 '淸'과 연관한 음을 활용함으로써 청담한 풍격의 극대화를 도모한 것이 또한 매우 이채로운 점이라 하겠다.

張九齡은 청아한 풍격을 드러내는 데 있어 '물'과 '淸'자와 같이 각종 신선한 느낌을 주는 소재와 시어를 활용하였다. "한가로운 정을 느끼는 중에 감탄도 많아, 잠시 높은 곳에 올라 맑은 정경을 바라보네.(閑情多感嘆, 淸景暫登臨)"(「陪王司馬登薛公逍遙臺(왕사마를 모시고 설공의 소요대에 올라)」), "맑은 서리 백 길 물에 어리고, 바람은 만 겹 숲에 흩날린다.(霜淸百丈水, 風落萬重林)"(「赴使瀧峽(용협으로 나아가며)」), "남쪽 강물로 돌아가보니, 졸졸 물 흐르는 속에 맑은 바닥이 보이네.(歸去南江水, 磷磷見底淸)"(「自豫章南還江上作(예장으로부터 남쪽으로 돌아오는 강 위에서 짓다)」), "상수의 흐름은 남쪽 뫼를 굽이쳐 돌고, 빼어난 절경은 푸르고 푸르게 눈에 들어온다.(湘流繞南岳, 絶目轉靑靑)"(「湘中作(상수에서 짓다)」) 등은 "淸"자의 활용을 통해 맑고 그윽한 정경을 추구한 시구이다. 이에 비해 "교목은 푸른 이내 사이로 솟아 있고, 깨끗한 대나무는 푸른 계곡에서 아름답다.(喬木凌靑靄, 修篁媚綠渠)"(「南山下舊居閑放(남산 아래 옛집에서 한가로이 노닐며)」), "해는 푸른 바위 위로 저물고, 개울가에는 푸른 조릿대가 심어져 있네.(日落靑巖際, 溪行綠筱邊)"(「自始興夜上赴嶺(시흥에서 출발하여 밤에 부령에 올라)」), "처마 끝에는 천 개의 봉우리 펼쳐져 있고, 구름 속에는 한가로운 새 한 마리.(檐際千峰出, 雲中一鳥閑)"(「登城樓望西山作(성루에 올라 서산을 바라보며 짓다)」), "구불구불 성 기슭을 둘러싼 울타리, 유유히 흐르는 한강 물결.(宛宛樊城岸, 悠悠漢水波)"(「登襄陽峴山(양양의 현산에 올라)」), "먼 숲의 푸른 곳 하늘과 맞닿아 있고, 눈앞 포구에는 화사한 해가 떠 있다.(遠林天翠合, 前浦日華浮)"(「候使登石頭驛樓作(석두역 누각에 올라 짓다)」) 등 구절은 비록 "淸"자를 직접 활용하지는 않았지만 청아한 멋과 홍취를 한껏 드러낸 표현들이 된다. 모두 張九齡이 '淸澹自然'한 風格을 추구하였음을 잘 드러내는 시구들인 것이다.

일찍이 屈原과 陶淵明이 산수에 의연한 기개를 담아 창작했던 자연 묘사는 晉宋代에 이르러서는 미려한 자연 묘사로 전환되어 그 기상이 많이 약해진 바 있었다. 唐代 들어와 王績이 陶淵明의 의경을 재현하려 했지만 陶淵明의 실천과 깊은 사고에는 미치지 못하였고, 陳子昻의 「感遇詩」는 인생과 사회의 의의를 탐구하고 인간사의 도리를 심도 있게 다루었지만 산수자연시와 연계된 것은 아니었으며, 沈宋의 자연시는 폄적된 신하의 감개를 갖고 있었지만 궁정문인이었기에 문학적으로 높은 평가를 받지는 못하였다. 또한 張若虛, 包融 등을 비롯한 吳越 文人들과 張說이 淸澹한 기풍을 지향하면서 창작을 수행하였지만 吳越 文人들은 재야 문인들이었기에 문단에서의 영향력이 한계가 있었고 張說 역시 張九齡에 비해 작품수가 적어 상대적으로 영향력이 작았다고 할 수 있다. 이에 비해 張九齡은 盛唐 초기의 哲人이자 文宗으로 정치가의 역량과 시단에서의 영향력을 두루 갖춘 인물답게 여러 시인들을 발탁하였고 사상과 문학적 공유 관계를 형성하고 있었다. 그로 인해 일찍이 淸澹한 시풍을 지향하였어도 영향력이 미미했던 前代 시인들에 비해 상대적으로 커다란 영향력을 발휘할 수 있게 되었고 그 후로 王維, 孟浩然, 盧象, 皇甫冉 등으로 대표되는 盛唐 淸澹詩派가 본격적인 발흥의 시대를 맞이할 수 있게 되었다. 중국 자연시가 가장 융성했던 盛唐 시기가 張九齡의 문학적 계도를 바탕으로 이루어졌다는 점은 盛唐 시단에 있어서 張九齡의 역할과 淸澹 風格의 제창이 매우 큰 의미를 지닌 것임을 시사하는 것이라 하겠다.

2) 孟浩然과 王維 : 산수 전원 묘사의 최고 경지

王維보다 조금 앞선 시기에 태어난 孟浩然(689~740)은 字가 浩然이고 號는 鹿門處士이며 襄陽人이다. 생애의 전반기에는 고향에서 시 짓는 일을 즐기고 채소와 대숲을 가꾸면서 동네 사람들의 재난을 구제해주고 분쟁을 풀어주는 등의 처사의 삶을 살았다. 한때 鹿門山에 은거하였다가 開元 12, 3년경 洛陽으로 여행을 나가 綦毋潛, 包融, 張九齡 등과 교유하였고, 開元 15년 초 漢水와 長江을 거쳐 揚洲에 갔으니 孟浩然이 李白과 사귄 것도 이때 즈음으로 여겨진다. 40세 때인 그해 연말 다시 장안으로 가서 王維, 張九齡 등과 사귀며 進士試에 응시하였으나 실패했다. 그 후 江淮와 吳越 지역에서 몇 년간 방랑 생활을 경험하면서 산수시 창작에 임한 바 있다. 49세 때에 張九齡이 荊州刺史로 있을 때 한동안 그의 막료로 있다가 은퇴하고 귀향한 후 開元 28년(740)에 52세로 세상을 떴다.

孟浩然은 일생 동안 은거 생활을 즐겼는데 이는 그가 가산이 있어 평생 복록을 받지 않아도 안정된 생활을 누릴 수 있었기 때문이었다. 그러나 그의 내면에는 벼슬을 해보겠다는 열망도 있었기에 은거와 출사의 모순된 심리 상태가 공존하고 있었다. 이로 인해 그가 노래한 자연 정경 속에는 주관적인 감정이 섞여 있는 부분도 많이 발견되는데 이는 王維가 객관적으로 자연미를 읊고 불교적인 관조의 삶을 통해 고요하고 靜的인 묘사를 선호한 것과 대조를 이루는 부분이다. 孟浩然의 작품은 四部叢刊本에 영인된 明 刊本『孟浩然詩集』4권에 총 263수의 시가 실려 있는데 五言詩가 대부분이고 絶句는 27수에 달한다. 자연시를 창작함에 있어 그 자신은 의식적으로 陶淵明의 시를 배웠다고 하나[9] 그 표현법은 오히려 謝靈運에 가깝다. 이는 孟浩然이 계속 고향에서의 은거에만 머무르지 않고 여러 명승지를 돌아다니면서 산수시를 창작한 경력과 무관하지 않을 것이다.

孟浩然의 일생은 '隱逸'과 '漫遊'라는 두 단어로 요약될 수 있다. 마음 한편에는 관직을 갈망하는 의식도 있었지만 시종 관직에서 자유로운 신세였기에 자연에 대해 더욱 친화적인 의식을 갖고 자연시를 창작해낼 수 있었던 것이다. 孟浩然의 자연시는 대체로 전원의 은일 생활과 산수간 여행에서 느낀 감회를 서술한 내용이 주를 이룬다. 그의 자연시의 내용을 보면 고향 襄陽 지역에서 자신 소유의 田庄인 澗南園과 그 인근의 峴山, 鹿門山, 萬山, 漢水 등 명승지를 노래한 작품들, 과거 응시나 벗을 방문하기 위해 여행길에 올라 長安과 洛陽, 桂北, 蜀, 三峽, 吳越 등 여러 지역의 산수 정경을 감상하고 읊은 시들, 또한 고향 및 각처의 명승지에 자리한 사찰과 도관의 풍경을 묘사한 작품들과 전원생활의 정취와 풍미를 담고 있는 시가들이 주된 내용을 이루고 있다.

孟浩然이 고향 襄陽 지역을 중심으로 자신의 田庄과 주변 명승지를 유람하

---

9 孟浩然이 38세 때에 낙양에서 지은 「李氏園臥疾(이씨의 원림에서 질병으로 누워서)」 시를 보면 陶淵明식의 전원생활에 대한 흠모와 그의 시를 추구하고 있음이 보인다. "나는 陶淵明의 멋을 사랑해왔는데, 李氏의 원림에도 속인의 정이 없네. 봄철 우렛소리에 온갖 풀들 피어나고, 한식 맞아서 사방은 해맑구나. 베개에 엎드렸던 公幹을 탄식하고, 산에 돌아갔던 子平을 부러워한다. 해마다 백사의 나그네 된·나는, 하릴없이 낙양성에 머물고 있다네.(我愛陶家趣, 園林無俗情. 春雷百卉坼, 寒食四隣淸. 伏枕嗟公幹, 歸山羨子平. 年年白社客, 空滯洛陽城)" 수연에서 "陶淵明의 멋을 사랑해왔다."라고 하고는 2구에서 아예 陶淵明 「辛丑歲七月赴假還江陵夜行塗口」 시의 "詩書에 집중하여 머무는 이 밤 정말 좋구나. 원림에도 속인의 정이 없네.(詩書敦宿好, 園林無俗情)" 구절을 그대로 옮겨놓고 있다. 그의 陶淵明에 대한 애호 의식을 살필 수 있는 일례라 하겠다.

면서 쓴 산수시 형식의 자연시에는 대체로 유쾌하고 청아한 필치로 현실 문제를 벗어난 자족의 경지를 추구한 흔적이 강하다. 이러한 작품들은 기본적으로 그의 은일 사상에 기초한 작들로서 주로 은일 생활의 한적한 체험이나 고향 주변 산수에서 얻는 진솔한 경지를 구가한 작품들이 많다. 고향 전원의 정서를 기본으로 했기에 陶淵明식의 소박하고 진솔한 정취를 얻을 수 있었고, 주변 산수를 유람하면서 미경을 발견하고 표현하는 모습을 보였기에 謝朓나 謝靈運이 창출했던 유려한 풍격의 산수시를 재현시킬 수도 있었던 것이다. 전원 풍격의 시가와 산수 제재를 담은 시가를 아우르거나 결합시킨 작품들을 창작함으로써 盛唐의 청신하고도 수려한 자연시 풍격을 선도한 공이 있는 것이다.

한편으로 孟浩然이 과거 응시나 벗을 방문하기 위한 여행길에 올라 京洛이나 蜀, 吳越 등 원지의 산수 정경을 감상하고 읊은 시가를 보면 수려한 자연을 대하는 이의 희열감과 여정에 오른 이의 고독과 향수를 동반한 우울한 의식이 공존하고 있음이 발견된다. 자연 속에서 세사를 잊고 청아한 미감을 소유하고자 한 면모, 현실적 문제가 주는 그늘에서 벗어나려고 한 흔적, 자연과 친화를 이루면서도 근원적인 고독을 소유한 시인의 의식, 자연 속에 자신의 감정을 감춰두고 청아한 면모를 추구한 흔적 등이 고루 공존하고 있는 것이다. 그의 시가 淸新하고 淸雅한 풍격을 기본으로 하면서도 종종 '以情入景', '有我之境'의 면모를 보여주고 있는 소이라 하겠다. 이에 비해 그가 각처의 유람을 마치고 歸隱하여 쓴 작품에는 비교적 담적한 필치로 반성적 사고를 담아낸 부분이 많고, 30여 수에 달하는 사찰과 도관의 풍경을 묘사한 작품들에는 정신적 평온을 추구하거나 관조의 의식을 투영한 성찰의 면모를 담은 작품들이 많다. 유가 사상을 기본으로 했던 孟浩然에게 佛·道家가 지향하는 청정한 정신세계는 그로 하여금 전원 은일의 한적한 정서 이상으로 존재하는 깨달음의 세계와 시가의 담백한 정취를 배가시키는 한아한 풍미를 느끼게 하는 하나의 배경이 되었을 것이다. 盛唐의 '淸新閑雅'하고 '自然沖澹'한 자연시 풍격을 형성하는 데 있어 孟浩然의 창작 체험과 역할이 컸던 점과 연계하여 생각해볼 부분이라 할 수 있겠다.

孟浩然의 시가 중 먼저 그의 생활의 터전이었던 襄陽 지역의 수려한 산수를 묘사한 작품들을 살펴보기로 한다. 襄陽 지역을 배경으로 하여 창작한 작품들

속에는 평생 布衣로 살면서 陶謝를 흠모하면서 은자의 생활을 했던 그의 삶과 의식이 잘 담겨 있다. 그의 은거는 "몸소 전원에서 시를 쓴 생활(躬耕賦詩)"과 "산수를 즐긴 생활(樂山樂水)"로 요약할 수 있다. 그가 고향 襄陽의 산하를 아끼는 마음을 표현한 다음 작품을 보자.

登望楚山最高頂 楚 땅의 최고봉에 올라 바라보며
山水觀形勝　산수를 보니 그 형상이 빼어나
襄陽美會稽　襄陽은 會稽에서 가장 아름다운 곳
最高唯望楚　가장 높은 봉우리에서 楚 땅을 볼 수 있는데
曾未一攀躋　일찍이 한 번도 오른 적이 없었다
石壁疑削成　석벽은 마치 돌로 깎아놓은 듯
衆山比全低　뭇 산들은 모두 눈 아래에 있네
晴明試登陟　날 맑을 때 한번 올라보니
目極無端倪　눈 닿는 데가 끝이 없네
雲夢掌中小　구름도 마치 손아귀에 있는 듯
武陵花處迷　꽃 피어 있는 무릉도원처럼 아득하다
暝還歸騎下　어둑어둑해질 때 말 타고 돌아오니
蘿月映深谿　하얀 달빛이 깊은 계곡에 비치누나

　襄陽의 아름다운 산수를 제대로 보기 위해서 시인은 그 지역의 가장 높은 산에 올라 楚 땅을 살펴본다. 처음 오른 楚山의 최고봉은 그동안 작자가 마음으로 소원하던 조망을 가능하게 해주며 그 기쁨은 "뭇 산들이 모두 눈 아래에 있고(衆山比全低)"과 "눈 닿는 데가 끝이 없다.(目極無端倪)"는 묘사로 표현되었다. '武陵' 표현을 통해 작자가 이 시에 은일의 서정을 비치고 있음을 알 수 있겠다. 자연 속에서 하루를 보내고 산수에 마음을 온통 뺏긴 채 저물녘에야 돌아오는 작자의 모습에서 한가로운 여유가 느껴진다.
　鹿門山을 찾아 은자를 회고한 「登鹿門山懷古」一首는 孟浩然의 초기작으로서 그가 고향에서 한거하여 살면서 은자의 삶을 칭송했던 면모를 살필 수 있다.

登鹿門山懷古 鹿門山에 올라 회고함
淸曉因興來　새벽 밝아옴에 흥이 솟아나

乘流越江峴　漢水에 떠가는 배에 올라 峴山을 지나간다
沙禽近方識　모래톱의 새들은 가까이 가서야 알겠고
浦樹遙莫辨　물가의 나무는 멀어서 분간할 수 없다
漸到鹿門山　점차 녹문산에 가까워질수록
山明翠微淺　산은 밝아지고 푸르름이 엷어진다
巖潭多屈曲　바위 있는 못엔 굴곡도 많아
舟楫屢回轉　배와 노는 자주 방향을 바꾼다
昔聞龐德公　듣건대 예전 東漢의 은자 龐德公이
采藥逐不返　약초 캐러 가서는 결국 돌아오지 않았다 한다
金澗養芝術　연단하던 계곡에 영지를 길렀다는데
石床臥苔蘚　돌 침상 위에는 이끼만 깔려 있구나
紛吾感耆舊　나는 龐德公 그분께 많은 감회를 느껴
結纜事攀踐　배 묶어놓고는 산을 오른다
隱迹今尙存　은자의 유적은 지금도 남아 있건만
高風邈已遠　고아한 풍격은·아득히 멀기만 하구나
白雲何時去　흰 구름 언제 사라졌는가?
丹桂空偃蹇　붉은 계수나무만 부질없이 솟아있네
探討意未窮　옛 추억 찾기 아직 다하지 않았는데
回艇夕陽晩　배 돌려 돌아오자니 저녁 햇살이 기우는구나

　　鹿門山 유람이 새벽의 흥취에서 시작하여 석양이 질 때까지 하루 동안 이어
진 것임을 제1구와 결구를 통해 알 수 있다. 제1~8구에서는 배를 타고 가는 鹿
門山까지의 여정이 원근감 있게 차례차례 펼쳐지는데 백묘적 수법으로 눈앞의
청아한 경치를 생동감 있게 그려나가고 있다. 9구 이하에서는 고향의 옛 은자
인 龐德公을 추억하는 마음을 갖고 바라보는 지금의 자연 풍경을 대조적으로
묘사하고 있다. 龐德은 東漢시대 襄陽 땅에 살던 은사로 三國時代에 荊州刺史
劉表가 여러 차례 出仕를 권유하였으나 식솔을 이끌고 鹿門山에 들어가 약초
를 캐며 살면서 끝내 나오지 않았다는 인물이다. 새벽에 시작된 작자의 흥은 유
람 자체의 흥취보다는 이전 시대의 한 인물에 대한 회고의 정으로 변환되고 있
는데 이는 작자가 추구하는 은거 의식과도 연관이 있다. 미연에서 "추억 찾기
가 아직 다하지 않았다.(意未窮)"라고 표현한 것을 통해 은일이나 산수의 정을
추구함에 있어 아직도 만족한 상태가 아님을 보여준다. 작자의 자연 추구 의식

과 은일 지향 서정이 강렬했음을 나타내는 대목이다.

다음 작품 역시 그가 은거의 심정을 담아 지은 작품으로 역시 鹿門山을 배경으로 하고 있다.

夜歸鹿門山歌 밤에 녹문산으로 돌아가면서 부르는 노래
山寺鐘鳴晝已昏　산사의 종소리에 날은 이미 저물고
漁梁渡頭爭渡喧　어량 나루터엔 배 타려는 사람들의 떠들썩한 소리
人隨沙路向江村　사람들은 모랫길 따라 강마을로 향하고
余亦乘舟歸鹿門　나도 배 타고 녹문산으로 돌아가네
鹿門月照開煙樹　녹문산 밝은 달이 안개 핀 나무를 비추더니
忽到龐公棲隱處　어느새 龐德公이 은거하던 곳에 이르렀네
巖扉松徑長寂寥　바위 사립문과 소나무 오솔길은 늘 적적한데
惟有幽人自來去　오직 은자만이 홀로 오고 가누나

날 저무는 漁梁 나루터에서 시인은 다른 사람들처럼 배를 타고 鹿門山으로 귀가한다. 각자의 마을로 향하는 다른 이들과 달리 시인은 산속 은거지로 돌아가는 것이다. 귀갓길에 옛날 龐德公이 은거하던 곳을 지나치게 되는데 이곳을 보며 시인은 세사를 멀리하는 삶을 살았던 '은자(幽人)'의 삶을 떠올리며 흠모의 정을 되새긴다. 이 시에서 작자는 자신의 생활이 행해지고 감각이 느껴지는 바에 따라 순차적으로 기록을 해나갔는데 표현된 언어와 시상의 흐름이 자연스럽고 유창하여 막힌 곳이 없는 느낌이다. 특별한 詩材를 취하지 않고 학식이나 모호한 사유를 현시하는 것을 배제한 채 담백하면서도 청아한 멋을 지향하고 있음이 발견된다. 이는 襄陽 지역에서 지은 孟浩然의 작품에서 느껴지는 일반적인 풍격인 것이다.

孟浩然이 은거의 詩心을 도야한 곳으로는 위의 시에서 살펴본 鹿門山 이외에도 澗南園이 있다. 그가 22세를 전후하여 張子容과 함께 잠시 은거한 곳이 鹿門山이었다면 실제 그가 생활했던 공간은 그가 유산으로 받은 집과 전답이 소재한 澗南園이었다. 澗南園은 襄陽城 남쪽 峴山 기슭, 漢水 나루 부근에 위치한 동산인데 그의 유명한 絶句「春曉」는 바로 이 澗南園을 배경으로 창작된 작품이다.

春曉 봄 새벽

春眠不覺曉 봄잠에 날이 밝는 것도 몰랐더니
處處聞啼鳥 곳곳에서 새 울음 들려오누나
夜來風雨聲 간밤의 비바람 소리에
花落知多少 꽃잎은 그 얼마나 졌을까?

　봄날에 느끼는 청신한 서정과 꾸밈없는 전원생활을 그리고 있는데 구어체의 간결하고 평이한 시어를 통해 자연 속에서의 정취를 잘 표현하고 있다. 봄날 아침잠에서 깨어난 시인은 청각과 상상력을 최대한 동원한 채 자연이 주는 신선한 의미를 사유하고 있다. 「春曉」라는 시제에 걸맞게 '春眠', '春鳥', '春風', '春雨' 등 봄의 전령들이 시 전편을 통해 온통 봄의 서정을 수놓고 있는 것이다. 청신함과 완약함을 추구하면서 전원에서 느끼는 봄의 정취를 함축적으로 포착하여 묘사한 수작이라 하겠다.

　다음 예거하는 「過故人莊」 역시 맑고 순박한 언어를 통해 그가 추구한 전원에서의 소박한 정취를 한껏 드러내고 있는 작품이다.

過故人莊 친구의 시골집을 지나며

故人具雞黍 친구는 닭과 기장밥 준비하고서
邀我至田家 시골집으로 나를 초대하였네
綠樹村邊合 푸르른 나무숲 마을 주위를 둘러 있고
青山郭外斜 푸른 산은 성곽 밖에 비스듬히 기울어 있네
開軒面場圃 창문을 열면 마당의 채마밭이 보이고
把酒話桑麻 술잔 기울이며 뽕과 삼 농사 이야기한다
待到重陽日 중양일이 되기를 기다려
還來就菊花 다시 국화꽃 꺾어 찾아오리라

　초대된 친구의 농가에서 술을 마시며 나누는 이야기들은 농사에 관한 극히 일상적이고 평범한 소재들이다. 푸른 나무는 마을을 둘러싸고 청산은 비스듬히 외곽에 둘러 있는데 이는 푸근한 자연 속에 존재하는 보통 시골마을의 평범한 모습이다. 한 폭의 풍경화와도 같은 평온한 풍경과 한적한 시골 경치를 즐기는

순박한 마음이 자연스럽게 드러나 있다. 전원에서의 소박한 낙을 즐길 줄 알았던 작자의 의식이 잘 표현된 작품인 것이다.

孟浩然은 평생 은거를 추구하였지만 은거의 삶에만 머물러 있지는 않았다. 그는 은거를 하는 일생 동안 관직 추구의 열망도 갖고 있었으니 현실 생활과 이상 추구 사이의 갈등과 모순된 심리는 그에게 상존하는 것이었다. 그가 40세 때에 長安으로 가서 張九齡, 韓朝宗 등 조정의 권신들과 사귀면서 관직을 추구한 것이나 王維, 李白, 王昌齡 등 여러 문인들과 시문을 교류한 것, 隱者, 道士, 上人, 法師 등 道佛家의 인물들과 즐겨 담론한 모습 등은 공명 의식 추구와 은일 사이에 있던 그의 다면적인 모습을 보여주는 예들이다. 비록 은거하며 淸高한 생활을 추구하였으되 심신이 적막한 상태는 아니었던 것이다. 따라서 그는 일부의 시를 통해 '壯志', '壯圖' 등으로 표현되는 세상을 향한 큰 뜻을 담아내기도 하였고, '濟巨川' 같은 은유적 표현을 통해 관직에 대한 열망을 표현하기도 하였다. 孟浩然이 '求仕'에 몰두하던 시기에 쓴 「洞庭湖寄閻九」를 보면 그가 자연 묘사를 하는 중에 관직 추구의 심리를 담았음을 살필 수 있다.

洞庭湖寄閻九 동정호에서 염구에게 부치는 시

洞庭秋正闊　동정호는 가을에 정녕 드넓은데
余欲泛歸船　나는 돌아가는 배 띄우려 한다
莫辨荊吳地　荊과 吳 땅은 분간이 안 되고
唯餘水共天　불어난 물만이 하늘과 맞닿아 있다
渺瀰江樹沒　아득히 강가의 나무는 잠기고
合沓海潮連　거듭 밀려오는 조수 이어진다.
遲爾廻舟楫　그대 기다려 배를 돌려서
相將濟巨川　서로 함께 거대한 내 건너리라

洞庭湖를 지나면서 목도한 정경을 써서 閻防에게 기증하는 내용으로 되어 있다. 말구의 '濟巨川'은 『書經·說命上』에서 "만약 큰 내를 건너자면 그대를 배와 노로 삼겠다.(若濟巨川, 用汝作舟楫)"라고 하여 "세상을 제도하기 위하여 宰相이 되겠다."는 뜻을 표현한 전고를 인용한 것으로, 가을 물이 불어 드넓어진 洞庭湖를 건넌다는 표면적인 의미와 재상이 되어 세상을 제도해보겠다는 양면적인 뜻을 나타내는 표현이 된다. 이 시는 閭防의 출사를 축원하는 내용으로 되어 있지만 말구의 행간을 통해 "더불어 함께 세상을 제도해보면 어떤가"라는 표현을 넣어 孟浩然 자신이 지닌 세속적인 포부를 함께 밝히고자 했음을 살필 수 있다.

이 시처럼 孟浩然이 누군가의 천거를 희망하는 마음을 자연물에 부쳐 직간 접적으로 밝힌 시는 여러 편이 있다. 예를 들면 "그 누가 揚雄이 되어, 甘泉賦로 추천하리오?(誰能爲揚雄, 一薦甘泉賦)"(「田園作(전원에서 짓다)」), "누가 알리오 글과 검을 익힌 나그네가, 세월을 홀로 허송하는 것을(誰知書劍客, 歲月獨蹉跎)"(「宴張記室宅(장기실의 집에서 연회하며)」), "부질없이 侏仲의 오얏나무를 잡고 있을 뿐이니, 그 누가 재상으로 나를 추천할 것인가?(徒攀侏仲李, 誰薦和羹梅)"(「韓大使東齋會岳上人諸學士(한대사의 동재에서 악스님과 여러 학사들이 모이다)」), "아직껏 나라를 다스리는 큰 쓰임 못 얻었으니, 부질없이 내를 건너려는 마음을 가졌던 것일세. (未逢調鼎用, 徒有濟川心)"(「都下送辛大之鄂(악주로 가는 신대를 서울에서 보내며)」)라고 하였던 구절을 통해 그 면모를 살필 수 있다. 다음 살펴볼 「望洞庭湖贈張丞相」 역시 관직을 희구하는 마음을 자연 묘사에 담은 작품이의 예이다.

望洞庭湖贈張丞相 동정호를 바라보며 장승상에게
八月湖水平　팔월의 호수물은 잔잔한데
涵虛混太淸　허공을 담아 하늘과 조화를 이루네
氣蒸雲夢澤　雲夢澤에는 아지랑이 피어오르고
波撼岳陽城　물결은 악양성을 뒤흔드네
欲濟無舟楫　호수를 건너려 하니 배와 노가 없고
端居恥聖明　그저 한가롭게 지내노라니 천자의 은혜에 부끄럽구나
坐看垂釣者　앉아서 낚시 드리운 이를 바라보면서
空有羨魚情　그저 고기잡이하는 것을 부러워한다네

이 시는 開元 21년(733)에 승상 張九齡에게 자신의 出仕를 위해 추천해줄 것을 요청하기 위해 지은 干謁詩로 여겨지는 작품이다. 팔월 호수의 모습을 '平'자로 표현하면서 우주의 원기인 '太淸'과 하나 된 경지를 그렸다. 평온해 보이지만 세상의 기운을 모두 머금고 있는 상태이며 요동치는 洞庭湖의 물결은 岳

陽城을 흔들 정도의 기세를 지니고 있다. 1~4구에서 펼쳐진 웅혼한 기세는 이 시의 격조를 높이는 역할을 하고 있는 것이다. 그러나 시가의 후반부를 보면 시인은 평안함 속에 있지 않다. 관직을 얻고 싶으나 추천해줄 이가 없고 그저 세월을 보내고 있자니 천자의 은혜에 부끄럽다는 표현을 통해 벼슬을 갈망하는 자신의 속내를 드러낸 것이다. 그렇지만 시인은 차라리 아무 야망이 없는 촌부였다면 갈등도 없었으리라는 것을 미연에서 다시 설파함으로써 또 한 번 모순된 심리를 드러내고 있다. 자연과 함께하면서도 공명과 은일 사이에 갈등하던 그의 의식이 잘 드러난 구절인 것이다.

　孟浩然은 進士試에 응시하거나 '終南捷徑'이란 말처럼 隱逸(假隱)에 의해 출사를 희망하는 방법들을 시도하기도 하였지만 결국 본인이 희망하는 직위는 얻지 못하였다. 이와 연관하여 그의 일부 자연시에서는 자연 묘사 속에 세상의 복잡한 번뇌가 투영되어 있거나 전원이라는 공간이 명랑하고 한적한 곳으로부터 寂寞한 공간으로 환원되어 있는 면모도 발견된다. 세속과 자연에 대한 복잡한 감정이 이입된 채로 전원의 모습을 그린 「閑園懷蘇子」를 살펴보자.

> **閑園懷蘇子** 한가한 동산에서 소자를 추억하며
> 林園雖少事　숲 속 동산엔 비록 일은 적으나
> 幽獨自多違　깊은 고독으로 인해 스스로 어그러짐 많다
> 向夕開簾坐　저녁 무렵 발을 열고 앉으니
> 庭陰落景微　뜰의 나무그늘에 지는 햇빛이 엷구나
> 鳥從烟樹宿　새들은 연기 서린 나무를 좇아 자고
> 螢傍水軒飛　반딧불이는 물가의 난간 따라 날고 있다
> 感念同懷子　나와 한 마음을 가진 지기를 그리워하나
> 京華去不歸　서울로 떠나버려 돌아오지 않고 있나니

　세사의 번다함이 적어 한가로운 전원에서의 생활이 오히려 고독감을 촉발한다. 이러한 외로움과 고독함을 스스로 삭이지 못하는 시인은 그 외로움을 달래줄 상대를 자신의 외부에서 찾는다. 그에게 마음의 평안을 줄 수 있는 존재는 전원과 자연에만 그치지 않고 지기와 지음 등 사람과도 연결되어 있다. 시인은 은자의 삶을 지향했으되 때로 세상에서의 盛衰를 완전히 벗어버리지 못한 채

내면의 고독과 번뇌에 점령당한 면모도 보이고 있는 것이다.

　孟浩然의 작품 중 長安과 洛陽, 江淮, 蜀, 三峽, 吳越 등 여러 지역을 여행하면서 산수를 감상하고 읊은 산수시들 역시 그의 시의 뛰어난 성취를 보여주고 있다. 長安에서의 求職 실패 후 吳越 지역을 유람했을 때나 친구 방문이나 산수 감상을 위해 다니면서 쓴 작품들은 현실의 번뇌와 世事에서의 불만족을 뒤로한 채 비교적 맑고 悠遠한 경계를 지향하고 있기 때문이다. 記游詩의 예로 그가 杭州에서 錢塘江을 거슬러 올라가 漁浦潭에서 묵은 뒤 그곳에서 새벽에 출발하면서 지은 다음 작품을 보기로 한다.

早發漁浦潭 漁浦潭에서 새벽에 출발하며

東旭早光芒	동녘 아침 이른 햇살 비치니
渚禽已驚眠	물가의 새들은 벌써 놀라 재잘거리네
臥聞漁浦口	누운 채로 漁浦 어귀에서 들려오는
橈聲暗相拔	어둠 속에서 서로 부딪치는 상앗대질 소리를 듣는다
日出氣象分	해가 나와 경물들을 분간할 때면
始知江路闊	비로소 강 물길이 드넓음을 알겠구나
美人常晏起	아름다운 여인들 늘 늦게 일어나서
照影弄流沫	자태를 비춰보며 물보라를 일으키네
飲水畏驚猿	물을 마시는 원숭이 놀라게 할까 두렵고
祭魚時見獺	때로 고기 잡는 수달을 보기도 한다네
舟行自無悶	뱃길을 가자니 절로 번민이 없어지는데
況值晴景豁	하물며 맑게 트인 정경을 마주할 때야

　오언고시를 통해 漁浦潭에서 출발하여 보고 느낀 정경을 시간의 진행에 따라 차분히 묘사하고 있다. 차근차근 쓰여진 시를 통해 순서대로 경물에 대한 정을 느낄 수 있게 한 것이다. 1~6구에서는 미명에 떠오르는 햇살과 이로 인해 시작된 물새들의 재잘거림, 어둠 속에 들리는 상앗대 소리 등 여정 중에 느끼는 발랄한 느낌을 표현하였다. 지금은 어둠 속에 있지만 여정의 진행에 따라 더욱 아름다운 경치를 마주할 것이라는 믿음은 "비로소 강 물길의 드넓음을 알게 되는 것(始知江路闊)"이라는 표현으로 요약된다. 마치 자연의 모습을 통해 玄理를 깨닫는 경지에 이를 것 같으며 이러한 모습은 결국 말구에서 "더욱 맑게 트인

정경을 마주할 수 있다.(況値晴景豁)"는 확신으로 이어지고 있다. 산수 유람이 시인에게 주는 환희와 자신이 마주한 자연을 즐기면서 그 속에서 득의하고 있는 모습을 발견할 수 있는 것이다.

孟浩然이 七里灘을 지나서 建德에 이르러 지은 다음 작품 역시 역대로 많은 주목을 받은 작품이다.

宿建德江 건덕강에 머물며
移舟泊煙渚　배 옮겨 이내 끼인 물가에 정박하니
日暮客愁新　날 저물매 나그네 시름 새로워라
野曠天低樹　들녘 드넓어 하늘은 나무에 낮게 걸리고
江淸月近人　강은 맑아 달이 사람에게 더 가까워졌도다

수구에서 쓴 '배를 옮겼다(移舟)'는 표현이나 '이내 끼인 물가(煙渚)'는 여정에 오른 나그네의 시름을 대변하는 표현이다. 낮에 배가 진행하고 있을 때 산수를 보는 낙에 잠시 잊고 있었던 시름이 밤이 되니 새롭게 떠오른다. 그가 「泛湖經湖海」一首에서 "魏闕을 향한 마음이 늘 존재하며, 金馬門에서의 待詔를 잊지 못한다.(魏闕心常在, 金門詔不忘)"라고 밝혔듯이 관직에 대한 열망이 마음에 상존하고 있었기에 번뇌에서 자유롭지 못했던 것이다. 그러나 이어진 제3구에서 시인은 하늘과 들판의 광활함으로 확대된 시야를 드러냈고 결구에서는 맑은 강에 비친 달을 통해 자신의 외로움이 위로를 받고 있음을 밝히고 있다. 소슬한 외로움을 이겨내고 맑고 청담한 자연 속으로 회귀하여 마침내 한아한 정취를 얻은 경지에 이르고 있음을 설파하고 있는 것이다.

다음 작품은 開元 21년(733)경 孟浩然이 吳越을 만유한 후 고향으로 돌아왔다가 九江을 여행했을 때에 쓴 작품이다. 경물에 대한 감정과 흥취를 한껏 발휘하며 古調를 近體詩의 형식 속에 성공적으로 이입한 작품이다.

晚泊潯陽望廬山 저녁에 심양에 머물며 여산을 바라보다
掛席幾千里　돛 올리고 몇천 리나 지났건만
名山都未逢　아직도 명산에는 이르지 못하였네

泊舟潯陽郭　潯陽 외곽에 배가 머무르니
始見香爐峰　비로소 香爐峰이 보이기 시작한다
嘗讀遠公傳　일찍이 慧遠公의 小傳을 읽은 바 있는데
永懷塵外蹤　세속을 멀리한 종적이 못내 가슴에 그리움으로 남는구나
東林精舍近　東林精舍는 근처에 있지만
日暮空聞鐘　해 저물 때에야 비로소 종소리 듣게 되나니

　담백하고 자연스러운 필치로 작자가 본 정경을 순차적으로 쓰고 있어 한아
함 속에 飄逸함이 혼재되어 있는 듯한 느낌을 받게 된다. 廬山을 찾아가는 여
정은 몇천 리 이어져 있어 이 산을 감상하는 것은 많은 기다림을 필요로 한다.
潯陽 외곽에 이르러서야 비로소 香爐峰이 보이게 되니 '始見' 표현을 통해 작
자의 마음이 기다림에서 반가움으로 변한 상태임을 알 수 있다. 제6구의 '永懷'
는 작자의 고승에 대한 경도를 드러낸 부분이며, 말구의 '空'자는 비록 종소리
는 들려오지만 慧遠公의 모습은 어디서도 볼 수 없는 안타까움을 요약한 시어
가 된다. 표면적으로는 자연스러운 흐름을 보이는 시이지만 많은 精練과 用字
의 수고를 겪은 후 이루어 낸 淡泊하고 자연스러운 표현 수법인 것이다.
　孟浩然이 여행 중 지은 작품 중 湘江의 남쪽 武陵에 갔을 때 지은 다음 시를
보면 그의 심신이 허정한 경지에 이르러 있음을 살필 수 있다.

武陵泛舟 무릉에 배 띄우고
武陵川路狹　武陵으로 향하는 뱃길은 점점 좁아져
前櫂入花林　노 저어 꽃 숲으로 들어가네
莫測幽源裏　이 깊은 근원 속에 무엇이 있을까 추측할 수 없어
仙家信幾深　신선 세계는 실로 그 경지가 깊구나
水回靑嶂合　물은 굽이쳐 푸른 산과 합해지고
雲度綠溪陰　구름은 흘러와 푸른 시내에 그늘을 드리웠네
坐聽閑猿嘯　앉아서 한가로이 원숭이 울음소리 듣노라니
彌淸塵外心　오랫동안 세속 밖의 맑은 마음을 얻는도다

　시가의 전반부에서 역대 문헌에서 활용된 武陵桃源의 고사를 잘 활용하고
있어 친근한 느낌을 얻게 한다. '水回'로 시작되는 후반부는 맹호연 특유의 자

연미 서사 수법을 발견할 수 있다. 굽이쳐 흘러가다 푸른 산과 합해지는 물의 정경과 어디선가 흘러와 푸른 시내에 그늘을 드리우는 구름의 모습은 진부하고 평속한 고사에 의지함 없이 자신이 지닌 역동적인 자연미감을 잘 드러내고 있는 표현인 것이다. 이러한 경지에서 시인은 자연의 소리를 들으며 오랫동안 세속 밖의 허정한 마음을 얻는 평안에 이르고 있다. 仙境을 찾아가는 과정과 仙界로 이입하는 정신세계를 함께 보여주고 있는 작품이다.

孟浩然은 평생 전원의 삶을 추구하면서 수려한 남방 산수를 소박하고도 청신한 필체를 통해 시가에 표현해낸 시인이었다. 南朝와 初唐에 걸쳐 발전해온 吳越 산수시의 세밀하고 화사한 풍격을 산뜻하면서도 담백한 경지로 한 단계 높게 승화시킴으로써 남방 산수시의 매력을 크게 향상시킨 시인이라고 말할 수 있는 것이다. 이전의 大謝나 初唐의 문인들이 남방의 산수를 복잡하고 세밀하게 묘사하면서 조밀한 열거를 추구하던 방식과는 대조적으로 맑고 넓은 의경을 추구하면서 호방하고도 담담한 필치로 그려낸 것도 돋보이는 부분이다. 이는 王士源이 『孟浩然集序』에서 "(孟浩然은) 모습은 맑고 깨끗했으며 정신은 활달하고 명랑했었다. 환란을 구제하고 분쟁을 해소하는 것으로써 의리를 실천했으며, 채소에 물 주고 대나무를 기르면서 고상함을 온전히 하였다.(風貌淑淸, 風神散朗, 求患釋紛以立義表, 灌蔬園藝竹以全高尙)"라고 평했던 것처럼 그 자신의 인품이 맑고 순박한 모습을 띠고 있었기에 시의 의경 또한 맑고 산뜻한 경지를 발하게 된 것이라고도 생각해볼 수 있는 부분이다. 孟浩然과 직접 교유했던 杜甫는 「解悶十二首(번뇌를 푸는 시 12수)」에서 "양양의 맹호연을 추억하나니, 맑은 시는 구절마다 전해질 만하다.(回憶襄陽孟浩然, 淸詩句句盡堪傳)"라고 하며 그의 시가 지닌 '淸'의 경지를 칭송한 바 있고, 宋代 嚴羽를 비롯한 후대의 시평가들 역시 盛唐 자연시의 정점에 서 있는 중요한 시인으로 孟浩然을 칭송하면서 그의 시가 맑고 그윽한 운치와 산뜻하고 청아한 의경을 지니고 있다고 본 것은 모두 孟浩然의 시가 진술하고 청순한 의상으로 자연을 그려냈음을 주목한 것이 된다.

孟浩然은 일생 동안 隱者의 樂과 陶淵明 정신의 得悟를 지향하였으되 친히 경작을 하여 생활할 만큼 절실한 상황은 아니었던 것 같다. 그의 시를 보면 농사에 투신하는 모습보다는 전원에서 한가하게 소일하는 은사의 모습이 주로 등장하는 것도 이를 반증한다. 또한 산수에 비흥을 기탁하고 웅혼한 기상을 투여하여 남방 산수시의 내면을 충실하게 하였고 전원의 낙과 優美한 산수의 흥취를 선명한 필치로 표현해낸 맹호연이지만 종종 객관적 정경에 주관적 감정을 싣고 있는 모습도 보이고 있다. 孟浩然의 내면에는 강렬한 入世意志 및 실의로 인한 怨望의 정서가 복선으로 존재하고 있었기에 때로 그의 자연시에 주관적 감성의 이입 흔적이 드러나게 된 것이라 하겠다. 또한 孟浩然의 시가는 초연하고 빼어난 운치를 지녔다는 장점에도 불구하고 정치적 현실이나 사회생활에 대한 관심이 부족하다거나 제재의 범주가 넓지 않다는 점에서는 부족한 면도 있음이 지적된다. 인생 경력이 비교적 단순한 데다 은일 생활을 즐겼던 그로서는 어느 정도 극복하기 어려운 체험과 내용의 한계를 안고 있었을 것으로 추측되는 부분이다. 그럼에도 불구하고 후대에 모범이 되는 산수전원시를 창작함으로써 盛唐 자연시의 기격을 정점에 올려놓았다는 것은 문학사적으로 孟浩然이 공헌한 커다란 업적이라 아니할 수 없을 것이다. 孟浩然은 '王孟詩派'라는 영수의 칭호에 걸맞게 남방 자연시를 대표하는 인물로서 북방의 王維와 더불어 盛唐 자연시의 상징성을 대표하는 '자연시사'의 '거목'인 것이다.

孟浩然과 함께 '王孟'으로 명칭되는 王維(701~761)는 字가 摩詰이며 河東 蒲州人이다. 尙書右丞을 지낸 적이 있어 흔히 王右丞으로 일컬어진다. 그는 장남으로 縉, 繟, 紘, 紞 등 네 명의 남동생이 있었고 『舊唐書 · 王維傳』의 "부인이 죽은 후엔 다시 장가들지 아니하였고 30년간 홀로 독방에서 기거하였다.(妻亡不再娶, 三十年孤居一室)"는 기록을 통해 대략 31세 때 상처한 후 재혼하지 않고 독처하였음을 알 수 있다. 약 60년에 달하는 그의 생애는 대략 20년 주기로 초년의 성장기, 여러 관직을 지내다 長安의 終南山에 은거하기까지의 宦遊期, 輞川莊을 짓고 관직에 있으면서 한거를 지향하던 만년의 亦官亦隱期 등으로 3분할 수 있겠다.

王維는 어려서부터 총명하여 9세에 詩를 지었으며 15세에(開元 3년) 고향을 떠나 長安과 洛陽 등을 오가며 사회 진출을 도모하기 시작하였다. 詩, 書, 畵, 音樂 등에 다재다능한 이로 명성이 났었기에 귀족들의 환영을 받아 岐王(玄宗의 동생 李範), 寧王(玄宗의 형 李憲), 薛王(玄宗의 동생 李業) 등과도 친밀한 관계를 유지할 수 있었다. 開元 9년(21세) 進士에 급제한 후 太樂丞을 필두로 관직 생활을 시작하였으나 같은 해 王維 수하의 藝人들이 황제만을 위해서 공연할 수 있던 黃獅子舞를 사사로이 공연한 사건에 연루되어 濟州(지금의 山東省 長淸縣) 司倉參軍으로 좌천된다. 이 시기에 겪은 약 3~4년간의 폄적 생활은 후에 安綠山 반군 치하에서의 衛職 給事中 제수로 인해 그가 겪은 정치적 곤경과 함께 그에게 많은 실의를 안겨준 사건이 된다. 초기에 소유했던 兼濟天下의 진취적인 사상이 한적한 佛道思想을 추구하게 하고 출사와 은거 사이에서 갈등하게 한 전환점을 제공한 사건이었던 것이다.

그 후로 終南山에 은거하였다가 天寶 元年에 左補闕 직에 오르면서 다시 入京하게 되었고 天寶 3년(744)경 宋之問 소유의 별장이던 '輞川莊'을 구입하여 亦官亦隱의 생활을 시작하였다. 이때 裵迪과 함께 20수씩 지어 편찬한 『輞川集』의 시들은 그의 작품 중 중요한 부분을 이루고 있다. 이후 天寶 14년(755)에 給事中에 제수되었는데 그해 11월 발발한 安綠山의 난 때 미처 장안을 탈출하지 못하여 반군의 포로가 되었다. 그는 洛陽 菩提寺에 구금된 후 거짓으로 병에 걸린 척하며 위기를 모면코자 하였으나 결국 반군의 衛職 給事中을 떠맡게 되었다. 이로 인해 후에 반란이 진압된 후 사형당할 위기에 몰렸으나 반군에게 구금되었을 당시 裵迪에게 지어준 「凝碧池(응벽지)」 시와 刑部侍郎에 있던 동생 王縉의 청원으로 肅宗의 특별사면을 받게 된다.[10] 그 후 給事中, 尙書右丞 등을 제수되었고 계속 輞川莊을 오가는 생활을 하다가 上元 2년(761) 61세를 일기로 세상을 떠났다.

王維의 시가는 약 400여 수에 달하는데 그중 자연시가 가장 뛰어난 성취를 이루고 있다. 詩, 書, 畵, 音樂 등에 능한 王維답게 그의 자연시는 대체로 간결

---

10 그의 「凝碧池(응벽지)」 시는 반군 치하에서 나라를 걱정하고 천자를 그리는 내용으로 되어 있어 후에 그의 구명에 도움이 되었다. "만백성 상심하고 들판엔 전쟁의 연기 피어오르는데, 관료들 어느 날에야 다시 천자 뵈올까. 가을녘 홰나무 꽃은 빈 궁터에 떨어지고, 응벽지 가에선 반군들의 잔치 음악이 연주되는구나.(萬戶傷心生野煙, 百官何日再朝天. 秋槐花落空宮裏, 凝碧池頭奏管絃)" 이 시로 인해 安綠山의 난이 평정된 후, 安綠山에 관직을 받았던 문무 대신들이 모두 사형에 처해졌음에도 王維는 이 시에 담긴 자신의 당시 심경을 인정받아 특별사면을 받게 된 것이다.

한 시어에 색채를 적절히 운용하여 이루어낸 담백한 풍격을 보여준다. 그의 자연시를 특성에 따라 분류해보면, 웅혼한 기상과 청신한 기운을 담아 그가 둘러보았던 북방의 산수를 표현한 작품들과 한적하고 담담한 서정을 투영한 전원시 풍의 작품들, 산수 속에서 物我一如의 경지를 느끼며 孤寂하고 신선한 기운을 펼치고 있는 작품들, 空寂한 불가 사상과 禪趣를 내포하고 있는 무채색의 투명한 산수시들과 道家의 逍遙 의식과 逸趣를 드러낸 작품들로 요약될 수 있다.

王維의 초기 자연시에는 그가 활동했던 京洛, 崇山, 濟州, 凉州, 輞川 등지의 여러 북방 산수가 청신하고 명랑한 풍격으로 표현된 작품들이 여러 수 보인다. 광활한 북방 산수를 바라보면서 "적막한 중에 천지는 저물고, 마음은 넓은 내처럼 한가롭도다.(寂廖天地暮, 心與廣川閑)"(「登河北城樓作(하북성루에 올라 짓다)」)라고 호연지기를 드러내기도 하였고, "큰 황하 위로 배 띄워 가노라니, 모인 물 하늘 끝까지 흐르누나. 하늘과 강의 물결 갑자기 갈라지면서, 큰 고을 수천 수만의 집들이 나온다.(泛舟大河里, 積水窮天涯. 天波忽開拆, 郡邑千萬家)"(「渡河到淸河作(황하를 건너다 맑은 강을 만나 짓다)」)라고 하면서 광활한 자연 경치에 대한 감탄을 표현하기도 했다. 산하의 모습을 그림에 있어 산하를 들어 자신의 의지를 표현하거나 다른 목적을 위해 산수를 등장시키기보다는 산수 그 자체의 모습을 있는 그대로 표현하여 산수미를 살리는 것이 왕유 시에서 발견되는 특징적인 서사 기법이라 할 것이다. 북방의 산을 묘사한 「華岳」, 「終南山」 등의 작품에서 그러한 예를 살필 수 있다. 그중 「終南山」 一首를 살펴본다.

終南山 종남산

太乙近天都　태을봉은 하늘과 가깝고
連山到海隅　잇닿은 산은 바닷가까지 뻗어 있다
白雲廻望合　고개 돌려 보니 흰 구름 사방에서 모여들더니
靑靄入看無　깊숙이 들여다 보니 푸른 안개 자취가 안 보인다
分野中峰變　천지 星座와 九州 대응의 분야는 중봉에서 바뀌고
陰晴衆谷殊　날이 개고 흐림은 여러 계곡마다 다르다
欲投人處宿　사람 사는 곳에 투숙하려고
隔水問樵夫　개울 건너에 있는 나무꾼에게 물어본다

네 연을 통해 終南山의 모습을 각각 다른 구도로 그리고 있다. 먼저 종남산의 주봉인 太乙峰을 언급하며 높고 광활한 경계를 전체적으로 조망하였고 두 번째 연에서는 산의 원경과 근경을 역동적으로 묘사하였다. '흰 구름(白雲)'과 '푸른 안개(靑靄)'가 몽롱한 종남산의 모습은 아직까지 그 자태를 다 보여주지 않고 있어 작자는 한 걸음 더 산 위로 올라가게 된다. 中峰에서 멀리 보이는 산의 이어짐과 그 아래로 깊게 펼쳐진 계곡의 장엄한 모습들은 저마다 다채로운 모습을 하고 있다. 결연에서는 장엄한 경치에 매료되어 이 정경을 계속 즐기고자 하는 마음을 표현하였는데 '개울 건너(隔水)'라는 표현으로 역시 드넓은 정경 속에 있음을 시사하고 있다. 구도가 선명하고 스케일이 장엄하여 웅혼한 북방 산하의 모습이 잘 표현되어 있다는 느낌을 얻을 수 있는 것이다.

다음은 그가 배를 타고 襄陽에 가면서 목도한 漢水를 표현한 것으로 웅장한 기세로 도도히 흐르는 漢水를 그려낸 것이 돋보이는 작품이다.

漢江臨汎 漢江에서 바라보다

楚塞三湘接	漢江은 옛 초나라 변경 三湘에 접해 있고
荊門九派通	형문산은 장강의 아홉 갈래 물길과 통하네
江流天地外	강물은 천지 밖까지 아득히 흐르고
山色有無中	산의 모습은 있는 듯 없는 듯
郡邑浮前浦	큰 고을이 앞 포구에 떠 있고
波瀾動遠空	물결은 먼 하늘까지 요동한다
襄陽好風日	襄陽의 바람과 햇살 좋으니
留醉與山翁	여기 머물며 한껏 취해 산 늙은이를 닮아볼까나

시제의 "높은 곳에서 아래쪽을 바라본다(臨)"는 표현에 걸맞게 襄陽 주변의 경치를 전체적으로 조망하면서 마치 한 폭의 산수화처럼 정경을 그려낸 작품이다. '三湘'은 湖南省 湘陰, 湘潭, 湘鄕縣, 혹은 漓湘, 瀟湘, 蒸湘 등 湖南省 洞庭湖 남쪽 湘水 유역을 지칭한다. 아홉 갈래로 펼쳐지는 강의 지류와 은은하게 비추는 산과 물의 빛깔을 "강물은 천지 밖까지 아득히 흐르고, 산 모습은 있는 듯 없는 듯(江流天地外, 山色有無中)"이라고 하여 悠遠한 멋을 표현하였고 "큰 고을이 떠 있다(郡邑浮)"는 표현과 "물결이 먼 하늘까지 요동한다(動遠空)"라는 표

현을 부가함으로써 가없이 넓은 漢水의 풍광을 다소 과장 섞인 수법으로 묘사하였다. 말구에서는 晉代 山濤의 아들로서 襄陽을 지키며 호방하게 음주하였다고 하는 山澗을 '山翁'이라 지칭하며 그의 정취를 본받고 싶어 하는 마음을 담았다. 시야의 구속됨 없이 흥회를 드러내는 시인의 광달한 경지가 잘 나타나 있으며 빼어난 시어 구사를 통해 참신한 의경과 단아한 격조를 창출함으로써 盛唐의 氣格을 잘 보여주고 있는 작품이라 하겠다.

　광활한 북방 산수를 웅혼한 필치로 그린 작품들은 王維 시가의 멋진 면모를 보여주는 작품이기는 하지만 왕유의 시가 중 대다수를 이루고 있는 것은 그가 산수 속에서 느낀 한아한 정취를 담담하게 표현한 작품들이다. 物我一如의 경지를 보여주고 있는 이러한 작품들은 王維 자연시의 정수라 할 수 있는데 이러한 시들은 그의 자연시가 '淸逸', '澄澹', '淸淡', '閑雅', '無我之境' 등의 풍격을 띠고 있다는 평을 듣기에 족한 작품들이다. 아울러 이러한 풍격은 그의 작품뿐 아니라 盛唐 자연시의 중요한 특징이 되기도 한다. 한아하면서도 청담한 의경을 잘 표현한 작품 중 「淸溪」一首는 終南山에서 은둔 생활을 시작했을 때 쓴 것으로 淸溪의 아름다운 경관과 함께 자신의 소박한 정신세계를 잘 보여주고 있는 작품이다.

淸溪 푸른 시내

言入黃花川　황화천으로 들어갈 때면
每逐淸溪水　항상 푸른 시냇물을 따라서 간다
隨山將萬轉　시냇물은 산을 따라 한없이 굽이돌지만
趣途無百里　내가 가는 길은 백 리도 되지 않는다
聲喧亂石中　물소리는 울퉁불퉁한 돌 속에서 울려 퍼지고
色靜深松裏　개울 언저리 모습은 깊은 소나무 숲 속에서 고요하다
漾漾泛菱荇　찰랑이는 물 위로 마름과 노랑어리연꽃 떠 있고
澄澄映葭葦　맑고 맑은 물속으로 시냇가 갈대 비친다
我心素已閑　내 마음 본래 소박하고 한가로워
淸川澹如此　맑은 청계의 물처럼 이렇게 맑다
請留盤石上　원컨대, 이 개울의 반석 위에 머물면서
垂釣將已矣　낚시질하면서 살아가면 그만일 텐데

黃花川을 들어가기 위해서 淸溪가 흐르는 산기슭을 따라 들어간다. 시냇물은 굽이굽이 한참을 돌아가도 길이는 채 백 리가 되지 않는다. 이 과정에 목도한 '시끄러운 물소리(聲喧)'와 '고요한 개울가의 모습(色靜)'은 대조적인 의미이지만 조화로운 정경을 연출한다. 이어 의성어와 의태어 '漾漾'과 '澄澄'으로 소리와 색깔이 서로 어우러진 심상을 그렸는데 역시 역동적이면서도 고요한 산수의 모습이 조화롭게 잘 묘사되어 있다. 물 위에 떠 있는 마름과 노랑어리연꽃, 물속에 비치는 갈대의 모습을 형용함을 통해 작자는 자신의 자연을 사랑하는 의식을 맑고 투명하게 표출하고 있다. 그곳에서 머물며 자연과 하나가 되고 싶어 하는 物我一如의 경지를 한껏 그리고 있는 것이다.

다음은 王維가 濟州에서 폄적 생활을 마치고 돌아온 후 崇山에 은거하며 지은 작품으로 한아한 필치를 통해 자연으로 귀의하여 한거하는 樂을 표현하고 있는 것이 발견된다.

歸嵩山作 숭산에 돌아와 짓다
淸川帶長薄	맑은 냇물 긴 숲을 돌아 흐르고
車馬去閑閑	수레는 한가롭게 굴러간다
流水如有意	흐르는 물은 어떤 정을 품은 듯하고
暮禽相與還	저녁 새는 서로 어울려 돌아온다
荒城臨古渡	황폐한 성은 옛 나루터에 닿아 있고
落日滿秋山	석양은 가을 산에 그득하다
迢遞嵩高下	아득히 높고 높은 이 숭산 기슭에
歸來且閉關	나 돌아왔으니 이제 문빗장을 걸리라

맑은 냇물과 한가로운 거마의 모습은 은거지를 향하는 작자의 마음이 이미 편안한 상태에 있음을 보여준다. 2연에서 "흐르는 물이 어떤 정을 품은 듯"하다고 표현한 것은 자연에서 어떠한 깨달음이나 흥취를 얻은 작자의 마음을 표현한 것이고, 어울려 돌아오는 '歸鳥'를 등장시킨 것은 저녁이면 돌아오는 새처럼 작자 역시 결국 자연으로 귀의하는 존재임을 밝힌 것이다. 제3연에서 시인은 은거지의 쓸쓸한 모습을 보며 고적한 마음을 느끼게 되었지만, 말구를 통해 결국 세속과 절연하며 탈속의 경계를 지향하리라는 의지를 강하게 표명하고 있

다. 평안, 희열, 고적함, 안일 등의 다양한 감정이 조용하면서도 격동적으로 흐르고 있음이 발견된다.

위의 시에서 보이는 것처럼 王維의 자연시는 기본적으로 맑고 청아한 정취를 지향하고 있으면서 그 속에 허정하거나 고적한 정감을 투영하여 담백한 서정과 신선한 정경을 자연스럽게 조화시킨 것이 주된 특색이다. 눈앞의 경치를 보다가 어느덧 자연과 하나가 된 시인의 모습을 표현한 다음 작품을 보자.

書事 눈앞의 경치를 노래하다
輕陰閣小雨　가랑비 그치고 조금 흐린 날씨에
深院晝慵開　깊은 뜰엔 문이 낮에 한가롭게 반쯤 열려 있네
坐看蒼苔色　앉아서 가만히 검푸른 이끼 색을 바라보노라니
欲上人衣來　이내 올라와 옷자락으로 스며드는 듯

어떠한 의도도 없이 한적한 마음을 갖고 자연 속에서 조용히 주변을 둘러보고 있다. 눈앞에 펼쳐진 이끼를 가만히 보다 보니 어느덧 내 자신은 없어지고 자연만이 눈과 마음속에 들어온다. "자연과 내가 하나가 되고(物我一如)", "자연 속에서 생각을 잊어버리며(無念無想)", "나 자신을 잊는 경지(無我之境)"의 청아한 정경을 그린 작품이라 하겠다.

또한 화사한 정경이 아니어도 자연을 대할 때면 王維의 시심은 언제나 자연 합일 정신을 잃지 않고 정경과 하나가 되는 모습을 보여주고 있었다. 다음 작품을 보자.

山中 산중에서
荊溪白石出　형계 시냇물 줄어서 흰 돌이 드러나고
天寒紅葉稀　날씨 차가워 어느덧 단풍잎도 드물어졌구나
山路元無雨　산길에는 원래 비도 없었건만
空翠濕人衣　빈산 중의 짙푸르름이 사람의 옷을 적시나니

작자의 눈앞에 결코 풍요롭지 않은 자연의 모습이 펼쳐져 있다. 그러나 시인이 자연 속에서 추구한 것은 화사한 경치가 아니라 자연 속에서의 맑고 고적한

정신세계였다. '비도 안 온(無雨)' 상태이나 시인의 마음은 어느덧 산의 푸르른 경치에 녹아들고 있다. 결구에서 '빈산의 푸르름(空翠)'이 '사람의 옷을 적시는 (濕人衣)' 상황을 설명하는 부분을 보면 '空'과 '濕'을 연이어 활용한 서사가 이 채로우면서도 신선한 느낌을 얻게 한다.

다음 예거하는 「山居秋暝」 역시 평담한 표현 속에 청신한 풍격을 지닌 것으로 명성을 얻고 있는 시이다.

山居秋暝 산에 머물며 대하는 가을 저녁
空山新雨後　빈산에 새로이 비 내린 뒤
天氣晚來秋　어스름 저녁에 가을 기운 물씬 풍긴다
明月松間照　밝은 달빛은 솔숲 사이로 비쳐오고
清泉石上流　맑은 샘물은 산 돌 위로 흐른다
竹喧歸浣女　빨래하러 나온 여인들 돌아가매 대숲이 떠들썩하고
蓮動下漁舟　고기잡이배가 내려가니 연잎이 흔들거린다
隨意春芳歇　향기로운 봄풀 제멋대로 다 시든다 해도
王孫自可留　왕손은 의연히 산중에 머물려고 하나니

요란한 기교를 배제한 채 자신이 보고 느낀 자연 경물과 심사를 소박하게 그리고 있다. 비 온 뒤 가을 저녁의 山村 경색을 묘사하였는데 '明', '清'자의 활용으로 인해 산수 자연의 청신한 아름다움이 더욱 돋보인다. 자연 경치에다 村民의 생활을 이입하였는데 그 필치가 무겁지 않고 경쾌하며 생동하는 삶의 숨결이 느껴진다. 마치 한 편의 山村 소야곡 같은 느낌을 주는 것이다. 결연에서 "봄풀이 다 시드는(春芳歇)" 정경의 변화에도 시인은 여전히 산수에 머물 것을 피력하고 있어 자연에 대한 확고한 애호와 피세 은둔의 매력을 설파하고 있음을 볼 수 있다. 宋代 蘇軾이 王維의 시를 일러 "시 속에 그림이 있고, 그림 속에 시가 있다.(詩中有畵, 畵中有詩)"[11]라고 한 평어에 부합되는 경지라 하겠다.

王維의 자연 애호 의식과 한적한 경지의 추구를 살펴봄에 있어 그가 天寶 3

11　宋代 蘇軾은 「書摩詰藍田烟雨圖」 一文에서 왕유의 시와 그림에 대해 "마힐(왕유)의 시를 감상하면 시 속에 그림이 있고, 마힐의 그림을 관찰하면 그림 속에 시가 있다.(味摩詰之詩, 詩中有畵 ; 觀摩詰之畵, 畵中有詩)"라고 칭찬을 가한 바 있다(鐘嶸 『詩品全譯』 참조).

년(744)경 宋之問 소유의 별장이던 '輞川莊'을 구입하여 裴迪과 교유하며 함께 편찬한『輞川集』에 실린 시들은 중요한 자료가 된다. 또한 여기에 실린 20수의 작품들뿐 아니라 輞川莊 주변의 경치를 노래한 여러 수의 시들도 의미 있는 작품들로서 역시 그의 시세계를 대변하는 중요한 자료가 되는 것이다. 『輞川集』에 실린 시들을 살펴보기에 앞서 輞川莊에 기거하는 왕유의 심정을 나타낸 다음 시를 먼저 살펴보도록 한다.

輞川閑居贈裴秀才迪 輞川에서 한거하며 裴秀才 迪에게
寒山轉蒼翠　차가운 山色은 어느덧 짙은 초록으로 바뀌고
秋水日潺湲　가을 물은 날마다 졸졸 한가로이 흐르는데
倚杖柴門外　사립문 밖에서 지팡이 짚고 서서
臨風聽暮蟬　불어오는 바람 맞으며 저물녘 매미 소리 듣는다
渡頭餘落日　나루터에는 어스름 석양빛 남아 있고
墟里上孤烟　촌락엔 한 줄기 외로운 연기 피어오르네
復値接輿醉　다시 또 楚 땅의 미치광이 접여를 만나 술에 취해
狂歌五柳前　다섯 그루 버드나무 앞에서 미친 듯 노래 부르노라

裴迪과의 만남을 기뻐하며 그에게 써준 이 시를 통해 輞川에서 한거하는 왕유 심정의 일단을 살필 수 있다. 終南山에 퍼지는 차가운 가을 기운과 시간이 얼마 남지 않은 매미의 소슬한 울음소리가 심신을 둘러싸고 있으나 그래도 나루터엔 어스름 석양빛이 남아 있고 촌락에는 한 줄기 연기가 피어오른다. 시공간이 바뀌어도 자연은 시인의 마음에 늘 희망으로 남는 존재임을 설파하고 있다. 그 속에서 隱士 裴迪을 만난 것은 마치 옛날 楚 昭王 때 출사하지 않고 한거함으로써 '楚 땅의 미치광이(楚狂)' 소리를 듣던 接輿를 만난 것과 같은 반가움이며 자신 또한 '五柳先生(陶淵明)'이 된 듯한 기쁨의 경지에 있음을 표현한 것이다. 가을 저녁 山莊에서 느끼는 安穩한 느낌과 隱士의 유유자적하는 경지를 찬양하고 있음을 알 수 있는 것이다.[12]

---

12 이 시와 함께 王維가 輞川莊에 기거하는 흥취를 표현한 내용은 「輞川閑居(망천에서 한거하며)」, 「積雨輞川莊作(장마 진 망천장에서 짓다)」, 「戲題輞川別業(재미로 輞川莊에서 짓다)」, 「歸輞川作(망천으로 돌아가며 시를 짓다)」, 「別輞川別業(輞川別莊을 떠나며)」 등 여러 수의 시를

王維가 裵迪와 함께 편찬한『輞川集』에 실린 시 20수에 대하여는『全唐詩』
卷128 王維 詩中의「輞川集並序」에 실린 다음의 서문을 참조할 수 있다.

> 나의 별장이 망천 산골짜기에 있고 그곳은 한가로이 노닐기에 좋은 곳이다. 여기
> 에는 맹성요, 화자강, 문행관, 근죽령, 녹채, 목란채, 수유반, 궁괴맥, 임호정, 남타,
> 기호, 류랑, 난가뢰, 금설천, 백석탄, 북타, 죽리관, 신이오, 칠원, 초원 등이 있다. 裵
> 迪과 함께 한가한 틈을 타 각각에 대해 절구를 지어서 읊어보았다.(余別業在輞川山谷,
> 其游止有孟城坳, 華子岡, 文杏館, 斤竹嶺, 鹿柴, 木蘭柴, 茱萸沜, 宮槐陌, 臨湖亭, 南垞, 欹湖, 柳
> 浪, 欒家瀨, 金屑泉, 白石灘, 北垞, 竹里館, 辛夷塢, 漆園, 椒園等. 與裵迪閑暇各賦絶句云爾)

이 서문을 통해『輞川集』에 실린 시가들은 왕유가 20곳의 輞川 별업 주위 자
연 정경을 절구 형식으로 읊은 것임을 알 수 있다.『輞川集』의 시가들은 山水
景色에 대한 묘사에다 작가의 은거 사상과 감정이 반영되어 있는 형식이다. 총
20수의 작품은 내용상 세 종류로 분류할 수 있다. 먼저「柳浪」,「漆園」등 관직
생활에 대한 염증을 표현하며 王維가 은거하게 된 이유를 설명하는 내용, 두
번째로「文杏館」,「斤竹岭」,「木蘭柴」,「茱萸沜」,「臨湖亭」,「南垞」,「欹湖」,
「欒家瀨」,「白石灘」,「北垞」등 수려한 산수의 묘사를 통한 즐겁고 청신한 심신
의 표현, 세 번째로「華子岡」,「鹿柴」,「宮槐陌」,「金屑泉」,「竹里館」,「辛夷塢」,
「椒園」등 숲에서 느끼는 고적함을 담백하게 표현하며 선계에 대한 동경이나
인생에 대한 애상을 투영한 시들이다. 이상의 세 부류는 그 詩意가 서로 연결
되고 있으며 구조상으로 첫 번째 부류의 시를 실마리로 삼고 두 번째와 세 번
째 부류의 시를 관통하여 완정한 組詩를 형성하고 있다. 시가 한 수 한 수는 개
성적이고 독특한 화면을 연출하나 한데 모으면 조화로운 輞川 전체의 모습을
구성하고 있는 것이다.[13] 이 시가들을 통해 선별된 별장 주변의 경치들이 짧은
편폭의 시가 속에 잘 배치되어 있음을 살필 수 있고, 경물을 나타내거나 드러낸
모습이 선명하면서도 오묘하여 그림과 시를 접목시킨 王維 시가의 독창적인 필
법을 느낄 수 있다. 풍격 역시 청아하고 신선하며 한없이 담백한 의경을 느끼게

통해서 살필 수 있다.
13『輞川集』시가 20수의 내용상 분류와 내재적 관계를 언급한 부분은 柳晟俊,『王維詩比較
研究』, 北京 : 京華出版社, 1999, 제88~94쪽을 참조하였음.

해주고 있어 고도로 세련된 예술미를 지닌 작품들이라 하겠다.

『輞川集』20수 중 「鹿柴」, 「木蘭柴」, 「欒家瀨」, 「白石灘」, 「竹里館」 다섯 수를 살펴보기로 한다.

鹿柴 녹채

空山不見人 빈산에 사람 보이지 않는데
但聞人語響 그저 사람의 말소리만 들릴 뿐
返景入深林 저녁 햇빛 깊은 숲 속까지 들어와
復照靑苔上 다시금 푸른 이끼 위를 비추네

木蘭柴 목란채

秋山斂餘照 가을산은 석양빛을 거두어들이고
飛鳥逐前侶 나는 새는 앞의 짝을 찾아가는데
綵翠時分明 고운 비췻빛 이따금씩 또렷해
夕嵐無處所 저물녘 이내는 정처 없이 떠도는데

欒家瀨 난가 여울

颯颯秋雨中 쏴쏴쏴 가을비 내리니
淺淺石溜瀉 그 물은 콸콸 山石 위를 세차게 흐른다
跳波自相濺 튀어 오른 물방울들 절로 서로 부딪칠 제
白鷺驚復下 해오라기 놀라서 날아올랐다 다시 내려오누나

白石灘 백석 여울

淸淺白石灘 맑고도 얕은 백석 여울
綠蒲向堪把 그 언저리에는 푸른 부들 무성하고
家住水東西 인가 주위엔 맑은 물 동서로 흐르는데
浣紗明月下 밝은 달빛 아래에는 빨래하는 아낙네

竹里館 죽리관

獨坐幽篁里 그윽한 대숲 속에 홀로 앉아
彈琴復長嘯 거문고 뜯다가 긴 한숨 쉴 제
深林人不知 깊숙한 숲 속에 인적 없더니
明月來相照 밝은 달이 어느덧 모습 비추어주네

「鹿柴」에서는 인적 없는 빈산의 적막한 경지를 노래하고 있는데 그 속에서 얼핏 들려오는 '사람의 소리(語響)'를 등장시킴으로써 고요한 경치 중에서 푸근한 마음을 지향하는 작자의 의중을 드러내고 있다. 썰렁하던 빈산은 석양빛이 살며시 이끼 위를 비추는 모습으로 인해 오히려 한아한 경지로 전환된 느낌을 준다. 햇살과 숲 속의 어두움을 대비시켜 명암을 선명히 하였다. 개인 서정의 이입을 자제하면서 무채색 톤으로 자연을 그리고 있지만 자연스럽게 펼쳐진 忘我의 경지가 돋보이는 작품이라 하겠다.

「鹿柴」에 비해 「木蘭柴」에서는 색채감이 좀 더 뚜렷하게 느껴진다. 가을 산에 남은 석양빛은 사라지려 하지만 새들이 앞뒤로 짝하여 歸巢하는 모습이 등장하였으니 얼핏 자연의 따뜻한 면모가 드러난 느낌이다. 한 줄기 저녁 햇살이 비치는 가을 잎들은 아직도 다채로운 색감을 자랑하고 있고 저물녘에 이내가 흩어지는 모습을 보이지만 그 느낌은 오히려 깔끔하다. 담담한 마음으로 자연을 대하고 있는 작자의 심정이 느껴진다.

「欒家瀨」는 난가 여울의 모습을 통해 자연 생태계의 생동하는 아름다움을 묘사한 작품이다. 숲 속의 모습이 靜的인 데 비해 이 시에 등장하는 여울은 급하고 역동적인 모습을 보인다. 하지만 이 시에서도 작자는 자신의 감정을 최대한 배제한 채 세차게 흐르는 여울과 부딪치는 물방울, 그 정경에 놀라 비상하는 해오라기의 모습을 객관적으로 묘사하고 있다. 자연 속에서 살아 활동하는 생물들의 모습을 역동적으로 그려 생생한 느낌을 얻게 하는 것이다.

「白石灘」은 「欒家瀨」에 비해 역동적인 모습이 감소한 느낌이나 그 속에 담긴 색채감 즉 회화미는 더욱 정교하다는 느낌을 얻게 된다. 청록색의 여울과 부들, 밝은 달과 달빛을 받으며 흐르는 맑은 물은 그 대비가 교묘하며 그 속에 등장하는 빨래하는 아낙네의 모습은 마치 자연 속에서 은거의 낙을 즐기는 작자의 안온함을 투영한 듯하다.

「竹里館」은 인적이 없는 적막한 산속에서 자연 경치를 감상하는 고적한 심회와 은거 생활의 고아함을 노래한 작품이다. 인적이 배제된 모습은 얼핏 내심의 공허함을 논하고 있는 것 같지만 이어 등장하는 밝은 달은 작자의 시심과 함께하는 아름다운 자연물 역할을 하고 있는 것이다.

맑은 마음으로 산천을 돌아보거나 한가로운 은거를 지향하는 삶이 王維 시에서 흔히 보이는 모습이기도 했지만 그의 작품 중에는 향촌에 애착을 갖고 田家나 농사의 모습을 그린 시도 상당수 존재한다. 이는 그가 비록 東晉의 陶淵明과는 다른 삶을 살기는 했어도 항상 마음속에 陶淵明의 田園樂을 흠모의 대상으로 삼았기 때문으로 보인다. 실제로 그는 여러 작품을 통해 도연명을 흠모하는 마음을 표현하기도 했으니 "단술 마시며 歸去來辭 읊어, 도연명의 현명함을 함께 느끼리니.(酌醴賦歸去, 共知陶令賢)"(「送六舅歸陸渾(육혼으로 돌아가는 육구를 송별하며」), "도잠은 천성이 천진하였는데, 그 성품은 자못 술을 탐하였다.(陶潛任天眞, 其性頗耽酒)"(「偶然作」 其四(「우연히 짓다」 제4수)) 등에서 그 일단을 엿볼 수 있다. 王維가 전원의 모습이나 전원의 흥취를 그린 작품으로는 「淇上卽事田園(淇水 가의 전원 풍경을 노래하다)」, 「春中田園作(仲春에 전원에서 짓다)」, 「春園卽事(봄날의 전원 풍경을 노래하다)」, 「田園樂(전원에서의 즐거움)」 七首(일곱 수), 「渭川田家(渭水 가의 농가)」, 「新晴野望(날 갠 후 들녘을 바라보며)」, 「田家(농가)」 등을 꼽을 수 있는데 이 작품들은 대체로 농가에서 체험할 수 있는 진솔한 삶의 모습과 한가로운 목가적 흥취를 표현하고 있다. 그의 田園詩 중에서 해 질 무렵 농촌의 자연 풍경을 그린 작품 「渭川田家」를 살펴본다.

渭川田家 渭水 가의 농가
斜光照墟落　서산에 지는 해 마을에 비치는데
窮巷牛羊歸　구석진 골목길로 소, 양 떼 돌아오네
野老念牧童　시골 노인 목동이 염려스러워
倚杖候荊扉　사립문 앞에 지팡이 짚고 섰네
雉雛麥苗秀　장끼 우는데 보리 이삭 패고
蠶眠桑葉稀　누에 잠들어 뽕잎도 드물구나
田父荷鋤至　호미 멘 농부들이 돌아오다가
上見語依依　서로 만나 정다운 이야기에 헤어질 줄 모른다
卽此羨閑逸　한가한 이 정경이 하도 부러워
悵然吟式微　구슬프게 式微 시를 읊어보노라

황하의 최대 지류인 渭水의 넉넉한 물줄기가 가까워서인지 농촌의 모습이

한가로워 보인다. 석양에 돌아오는 소와 양떼들과 문밖까지 나와서 목동을 기다리는 촌로의 모습, 보리 이삭이 패고 누에가 잠자는 등의 향촌 늦봄의 순박한 계절 풍경도 이 시가 지닌 목가적 흥취를 한껏 드높인다. 농사일을 마치고 돌아오다 서로 만나자 정담을 나누며 헤어질 줄 모르는 순박한 농부들의 모습을 보면서 작자는 『詩經』「邶風」 중의 "쇠미하고 쇠미하였으니 어찌 돌아가지 않으리?(式微, 式微, 胡不歸)"(「式微」) 구절을 읊조리게 된다. 벼슬을 그만두고 전원으로 돌아가 은거하고 싶은 마음을 결국 감추지 못하고 있는 것이다.

다음은 비 갠 후의 넓은 들판을 바라보며 느끼는 청아한 심정을 그린 작품이다.

新晴野望 날 갠 후 들녘을 바라보며

新晴原野曠	비 오다 막 갠 들판은 끝없이 광활하거니
極目無氛垢	아득히 바라보아도 티끌 한 점 없다
郭門臨渡頭	外城의 성문은 나루터와 연해 있고
村樹連溪口	촌락의 나무들은 시내 어귀까지 이어져 있다
白水明田外	하얀 물은 들판 밖으로 밝게 빛나고
碧峰出山後	푸른 봉우리는 산 너머로 솟아 있다
農月無閑人	농번기라 한가한 사람 하나 없이
傾家事南畝	온 집안이 다 나서 남쪽 밭에서 일하누나

'비가 개다(新晴)'는 표현으로 시작한 이 시는 전편이 상쾌한 어조를 띠고 있다. 오던 비가 그치니 맑게 갠 초여름의 전원 경물이 멀리까지 보이고 시내와 산은 더욱 선명하게 빛난다. 원근법과 색채어를 활용한 주변 묘사는 마치 한 폭의 그림처럼 농가의 정경을 잘 표현하고 있다. "시 속에 그림이 있는(詩中有畵)" 경지를 여실히 보여주는 작품이라 하겠다.

다음 작품 역시 王維가 목도한 전원의 모습인데 이 시에서는 농가의 실생활에 대한 좀 더 세밀한 묘사가 이루어지고 있어 농사에 대해 왕유가 지닌 깊은 관심과 이해를 느끼게 한다.

田家 농가

舊穀行將盡	묵은 양곡은 어느새 다 떨어져가고

良苗未可希	잘 자란 곡식 싹도 아직은 기대할 수가 없다
老年方愛粥	노인은 바야흐로 죽 먹는 것도 아끼나니
卒歲且無衣	이 한 해를 보내며 변변한 옷조차 없다
雀乳青苔井	참새는 푸른 이끼 긴 우물에서 알을 까고
鷄鳴白板扉	수탉은 흰 판자로 된 농가 문에서 운다
柴車駕羸牸	마른 암소는 잡목 수레를 몰고 가고
草屩牧豪豨	짚신 신은 목동은 살진 돼지를 놓아 기른다
夕雨紅榴坼	많은 비에 붉은 석류 가지 떨어지고
新秋綠芋肥	초가을 되니 초록빛 토란 토실토실 영근다
餉田桑下憩	밭에 밥을 내다 주니 잠시 뽕나무 밑에서 쉬다가
旁舍草中歸	해 저물자 농막을 지나 잡초 사이로 돌아온다
住處名愚谷	한가로이 사는 이곳 이름 愚公谷이러니
何煩問是非	어찌 번거로이 세속의 시시비비를 따지겠는가?

　이 시는 농촌의 여러 정경을 계속 나열하면서 전원생활과 한거하는 삶의 흥취를 진실하게 묘사하고 있다. 추수기 전이라 풍성한 모습보다는 빈난한 생활이 언급되고 있지만 세밀한 묘사로 인해 오히려 사실성이 돋보이는 느낌이다. 각 행이 이어지는 내용은 아니지만 농촌의 실제 모습들에 대하여 靑, 白, 紅, 綠 등 여러 색채어를 활용하여 실감나게 정감을 드높였다. 가난하지만 열심히 일하고 자연의 변화에 순응하면서 마음을 편하게 갖는 삶을 찬양하고 있으며 이러한 의식은 세속적인 시시비비로 판단될 것이 아니라는 표현을 통해 작자가 지닌 건전한 의식을 읽을 수 있는 것이다.

　王維의 자연시가 중 빼놓을 수 없는 또 하나의 특징으로 자연 정경과 禪意識과의 결합을 들 수 있다. 王維는 그의 시 「終南別業(종남별장)」에서 "중년에 불도를 자못 좋아하여, 만년에 남산 기슭에 집을 두었네. 흥이 나면 매번 혼자 찾아오고, 뛰어난 경치는 그저 나만이 아네.(中歲頗好道, 晚家南山陲. 興來每獨往, 勝事空自知)"라고 하여 중년 이후 특히 선취를 추구하며 은거를 지향했음을 밝히고 있다. 그는 空과 無에 대한 허정한 의식을 체득하고 삼라만상의 진리를 스스로 깨닫는 南宗의 頓悟說을 추종한 문인인데 이는 그의 자연시가 일종의 妙悟적인 흥취를 띠고 있는 것과도 연관이 있다. 또한 禪宗思想의 영향으로 그의 시는 종종 심원한 禪意를 발하고 있거나 佛敎修行을 주제로 한 내용들이 담기게 되었으며 시어의 활용에 있어 '靜', '澹', '遠', '閑' 등의 담백한 의경을 표현한 글자와 '禪', '寂', '空', '無生' 등의 불가 용어가 실리게 된 것 역시 모두 그의 불교에 대한 흥취를 대변하고 있는 것이다. 왕유의 자연시에는 불가의 선취를 이입한 부분이 곳곳마다 많이 있어서 왕유의 시와 불리를 구분하여 논할 수 없을 정도이다. 여기서는 자연 속에서 불리를 추구하는 마음이 비교적 구체적으로 드러난 작품을 예거하여보기로 한다. 왕유가 香積寺를 찾아가면서 허허로운 마음과 고즈넉한 주변 정경을 함께 묘사한 작품을 보자.

過香積寺 향적사를 찾아가며
不知香積寺 향적사가 어딘지도 알지 못하면서
數里入雲峰 구름 봉우리 속으로 몇 리나 들어간다
古木無人徑 고목 우거져 사람 다니는 길 없건만
深山何處鍾 깊은 산속 어딘가에서 종소리 들려온다
泉聲咽危石 샘물 소리는 기암괴석 사이로 흐느끼고
日色冷青松 햇살은 푸른 소나무를 차갑게 비치고 있네
薄暮空潭曲 해질녘 고요히 굽이진 연못가에서
安禪制毒龍 편안히 참선하며 독룡을 제어한다네

香積寺를 찾아가는 과정을 그린 것으로 마치 구도자가 佛法을 찾아가는 듯한 느낌을 받게 된다. 깊은 산속 古寺를 찾아가는 길에 마주한 자연은 종소리와 물소리(청각), 기암괴석과 소나무(시각), 차가운 빛(촉각) 등 여러 감각이 결합된 천연의 자연인데 여기에 해질녘 희미한 햇살이 그윽한 분위기를 더하고 있다. 이 속에서 시인은 "온갖 마음의 망념이나 번뇌(毒龍)"를 제어하고자 하였다. 세속에 대한 욕망을 제거하고 참선의 경지에 들고자 하는 작자의 내면이 청정한 자연 속에서 고아한 흥취를 발휘하고 있는 것이다. 遠近, 大小, 明暗, 色彩, 空間, 動靜의 대비법을 잘 구사하여 한 폭의 그림 같은 경지를 펼친 작품이라 하겠다.

다음 시 역시 佛寺를 찾아간 흥취를 그린 작품인데 禪趣와 無生의 道를 이입한 자연 정경의 묘사가 돋보인다.

游感化寺 감화사에서 노닐며

翡翠香烟合	비취색 향불과 연기는 한데 어우러지고
琉利寶地平	유리로 장식한 보배로운 땅은 평온한데
龍宮連棟宇	용궁은 사찰 용마루와 처마에 잇닿아 있고
虎穴傍簷楹	호랑이 굴은 처마와 기둥에 가깝다
谷靜惟松響	계곡은 고요하여 오로지 솔바람 소리뿐
山深無鳥聲	산은 깊어 새소리조차 없네
瓊峰當戶拆	아름다운 산봉우리 문 앞에 걸려 있고
金澗透林鳴	고운 시냇물은 숲 사이로 소리 내며 흐른다
郟路雲端迥	郟州로 향하는 길 구름 끝에 아스라하고
秦川雨外晴	秦川 땅은 비 밖에 개어 있다
雁王銜果獻	기러기 왕은 열매를 물어다 바치고
鹿女踏花行	사슴 딸은 꽃을 밟으며 간다
抖擻辭貧裏	번뇌를 떨치고자 가난한 마을을 떠나
歸依宿化城	불교를 신봉하여 化城에 묵는다
繞籬生野蕨	울타리 둘레에는 온통 야생 고사리 돋아나고
空館發山櫻	텅 빈 절집에는 산 앵두가 만발하였다
香飯靑菰米	푸른 고미 밥 먹음직스럽고
佳蔬綠芋羹	맛깔스런 채소에 초록색 토란국
誓陪淸梵末	내 맹세코 독경하는 스님을 말석에서 모시고
端坐學無生	단정히 앉아서 無生無滅의 道를 배우리라

'비췻빛 향불 연기(翡翠)', '佛地(寶地)', '宋代 道林寺의 승려 達多가 수행하며 새들이 주는 열매를 받아먹음(銜果獻)', '仙人의 딸을 임신한 암사슴(鹿女)', '세속적인 번뇌를 떨쳐버림(抖擻)', '독경하는 승려(淸梵)', '無生無滅의 도(無生)' 등 많은 불가의 전고를 활용하면서 感化寺(唐代 陝西省 藍田 소재, '化感寺'의 오기라는 설도 있음)의 모습과 청정한 주변 정경을 묘사하고 있다. 화려한 시어보다 담백한 시어를 애호하는 王維 시의 특성에 비추어볼 때 불가의 전고를 활용하여 다양한 의경을 제시한 이 작품은 다소 이채롭게 느껴진다. 그러나 시어의 표현에 비해 내면에 깃든 王維의 의식은 소박하고 담백한 경지를 추구하고 있음이 발견된다. 시의 후반부에서 '푸른 고미 밥', '채소에 초록색 토란국' 등을 언급하며 無生無滅의 道를 배우고자 하는 가난하고 허탄한 마음을 드러낸 것이 주목된

다. 이 시는 佛寺의 모습을 仙境에 비유하면서 이곳에서 느끼는 감회를 記游詩의 형식으로 그림으로써 산수자연시의 내용과 표현을 한층 풍요롭게 만든 작품이라 하겠다.

王維는 시와 禪趣는 별도로 논할 수 없을 정도로 '선과 같은 경지를 지닌 시(詩如禪)'를 많이 창작하였다. 이러한 작품과 더불어 자연의 아름다움을 낭만적인 색채로 묘사하며 자신의 마음속에 있는 이상향이나 신비의 세계를 구현하고자 한 작품도 보인다. 이러한 작품들은 도교와 관련된 시어를 활용하거나 『楚辭』나 「桃花源記」의 전고를 인용하는 등 그의 다른 산수시와는 달리 풍부한 상상과 대담한 과장, 신기한 비유 등을 가하고 있음이 돋보인다. 그가 輞川별장 안에 있는 文杏館, 金屑泉, 椒園 등을 소재로 시를 쓴 시들을 그러한 작품의 예로 들 수 있는데 이들은 각각 이상적인 별도의 공간, 신령한 약수, 이상적 낙원 등의 신령한 세계로 묘사되고 있다. 『輞川集』에서 이러한 작품을 발견할 수 있는 것으로 보아 그가 輞川莊을 하나의 이상향으로 치환하여 인식하고자 한 의도를 지녔음을 추측해볼 수 있는 것이다. 文杏館, 金屑泉, 椒園을 그린 작품을 차례로 살펴보기로 한다.

文杏館 문행관
文杏裁爲梁　문행나무를 다듬어 대들보를 만들고
香茅結爲宇　향기로운 풀 엮어 지붕을 삼았네
不知棟裏雲　용마루에 서린 구름이
去作人間雨　인간 세상으로 가서 비가 될 줄 몰랐네

이 시는 『輞川集』의 세 번째 시인데, 대들보, 香茅 지붕, 용마루를 등을 통해 文杏館의 외형을 묘사했다. 文杏館의 용마루에 서려 있는 구름이 비가 되어 인간 세상에 내린다는 표현을 통해 文杏館이 높고 신비로운 분위기를 지닌 건물이라는 느낌을 조성하였다. 구름이 머물고 있다는 표현을 통해 文杏館은 인간 세상을 초월한 곳에 있고 시인 자신은 신선처럼 별천지에 머물고 있다는 느낌을 표출한 것이다.

金屑泉 금설천

日飲金屑泉　날마다 금설천 물을 마시면
少當千餘歲　젊음이 천여 년은 유지되리
翠鳳翔文螭　취봉 수레 타고 문리 용을 몰아
羽節朝玉帝　깃털 부절 들고 옥황상제를 알현하리라

이 시는 『輞川集』의 열네 번째 시로서, 輞川 12경의 하나이며 금가루 샘이란 뜻을 가진 약수 金屑泉을 그린 것이다. 한방의 약재로 쓰이는 '金屑' 명칭을 이용하여 한 번 마시면 무병장수한다는 甘露水와 같은 의미를 투영하였다. 여기에 西王母가 타는 文螭龍이 끄는 翠鳳 수레를 타고 옥황상제를 알현한다는 표현을 부가하여 道家적 흥취와 신비로운 상상력을 배가시켰다. 신령한 표현을 통해 輞川을 자신의 도화원으로 치환한 것이다.

椒園 초원

桂尊迎帝子　계수나무 술 단지로 堯임금의 딸을 맞고
杜若贈佳人　두약을 佳人에게 드리고
椒漿奠瑤席　산초 술을 옥 자리에 올려
欲下雲中君　雲中君을 강림케 하고자 한다

이 시는 『輞川集』 20수 중 마지막 시로서, 輞川 별장 안에 있는 산초나무 동산을 이상향으로 그리고 그 안에서 노니는 즐거움을 묘사한 것이다. 시제 「椒園」은 『楚辭』에 나오는 각종 향초와 연계된 신화와 전설들을 연상시키는 단어로 시가의 신비한 분위기를 선도한다. 또한 '帝子(堯임금의 딸)', '杜若(향초)', '雲中君(구름의 神)' 등의 『楚辭』에 나오는 시어, "奠桂酒兮椒漿(계화주와 산초 술을 올린다)", "'瑤兮玉瑱(옥같이 아름다운 자리 깔고 옥 제기로 눌러놓았다)" 등의 『楚辭‧九歌‧東皇太一』의 표현을 운용한 것 역시 자신이 이상적으로 여기는 자연의 아름다움을 낭만주의적인 필치로 묘사한 것이라 하겠다.

王維는 좌천과 宦游, 전쟁과 은거 생활 등 삶의 여러 부침을 겪으면서 결국 자신의 마음을 아름다운 자연과 인간 내면의 생명 가치로 향하게 하였다. 초기의 세상을 향한 적극적인 참여 의식은 점차 세사의 번다함과 다양한 체험으로 인해 소극적 인생관의 지향으로 바뀌게 되었는데 이 과정 중에서 그가 지향한 자연 귀의와 불심의 추구는 그에게 해탈의 기회로 작용하게 된 것이었다. 자연의 법칙 앞에서 無生의 진리를 배워 현실의 허망함과 괴로움에서 벗어나고자 했던 그의 노력은 그의 의식과 시가를 더욱 청정하게 하는 데 도움을 주었던 중요 요인이었다 할 수 있을 것이다. 자연에 순화하며 천연의 도를 숭상하고 佛道家의 이치에 정화되었던 결과로 王維는 피세 초탈의 한적한 逸趣를 체득할 수 있었고 전원산수에 대한 진솔한 체험과 투신을 바탕으로 한담하고 평화로운 필치의 자연시를 그려낼 수 있게 되었다. 또한 佛家의 禪趣와 道家의 逍遙意識을 바탕으로 허정하고 청공한 풍격을 담은 작품을 여러 수 창작할 수 있게 되었으니 이 모든 의식과 노력의 결집은 王維 자연시의 예술성을 고양시키는 데 있어 중요한 동인을 이루었던 점이라 할 수 있을 것이다.

王維의 자연시에는 자연의 아름다움, 은일의 정취, 인생무상의 비애 등이 결합되거나 섞여 있지만 기본적으로 아름다운 대자연에 대한 감동과 허정한 의식이 이입된 풍부한 意境과 다채로운 風格을 지니고 있다. 여기에 王維는 자신의 신선한 감각에서 비롯된 청신한 언어, 각종 색채어나 철학적 표현을 가미한 세련된 필치, 사물을 객관적으로 바라본 뒤에 가한 세심한 묘사, 情과 景, 形과 神의 완벽한 결합, 회화적 구성과 배치를 통한 신묘한 풍격의 창조 등의 필법을 발휘하여 시를 창작해냈다. 이러한 과정을 통해 창작된 王維의 자연시는 '淸新閑雅'하고 '沖澹自然'한 풍격을 지니고 있으면서도 조탁의 흔적을 찾아보기 어려운 천연의 필치를 구현해낼 수 있게 된 것이다.

王維의 자연시는 또한 회화적이고 음악적인 면에서도 특출한 성취를 이루어 냈다. 특히 '詩中有畵'로 표현되는 王維 자연시의 빼어난 회화성은 그가 詩法에 畵法을 절묘하게 결합하는 창작 방식에 의해 뛰어난 성취를 지닌 작품을 창작해냈음을 의미한다. 시인과 화가로서 두 예술 영역을 자유롭게 넘나들었던 王維였기에 色彩, 光線, 構圖의 운용 등 회화의 기교를 시가 창작에 도입하는 데 있어서 매우 독창적인 시도를 할 수 있었던 것이다. 이러한 시도는 단순히 자연의 외관을 표현하는 것 이상으로 시인의 정서나 내면세계를 표현해낼 수 있다는 점에서 장점을 지닌다. 또한 王維는 자연이나 생활 속의 갖가지 음향을 포착하여 시가 속에 이입하는 수법에도 뛰어났고 用韻이나 平仄, 句法이나 音節의 변화를 활용한 시가의 음악적 배치, 고시와 율시를 비롯하여 각종 시체를 활용한 기술 수법에도 뛰어난 면모를 보였다. 이른바 시가의 음악성 면에 있어서도 결코 뒤지지 않는 영민함을 보였던 것이다. 내용과 형식, 회화성과 음악성 등을 망라한 여러 다양한 수법을 통해 창작된 그의 자연시는 "靜과 動의 적절한 조화", "禪理의 투영", "音樂美의 이입", "자연 속 망아의 경계 실현", "情, 景, 理가 교용하는 허정한 경지의 구현" 등 여러 독특한 예술적 미감을 창출하면서 盛唐 자연시 창작의 정점에서 후대 문단의 문인들에게 심원한 영향을 미치고 있다는 커다란 의의를 갖고 있는 것이다.

3) 儲光義, 常建, 祖咏, 裵廸, 盧象, 綦毋潛, 丘爲, 薛據 : 淸澹詩派 시인들

王孟으로 지칭되는 盛唐代 자연시 창작의 거목 외에도 당시 문단에는 王孟과 비견할 만큼 빼어난 자연시를 창작한 시인들이 여럿 있었다. 앞서 언급한 것처럼 明代 胡應麟이 『詩藪』에서 張九齡을 영수로 하여 淸澹派 시인으로 분류한 孟浩然, 王維, 儲光義, 常建, 韋應物(中唐), 柳宗元(中唐) 외에도 祖咏, 綦毋潛, 裵廸, 盧象, 丘爲, 薛據 등 여러 시인들이 盛唐代 자연시의 화려한 성취를 이루어냈던 것이다. 특히 儲光義, 常建, 祖咏, 裵廸 등은 王孟과 밀접한 교유 관계에 있었고 그들의 자연시에서 보이는 제재, 풍격, 기법 역시 상호 간 비슷한 체제를 지니고 있기에 문학사에서는 그들을 '王孟詩派'로 지칭하고 있다. 이들이 활동했던 지역에 따라 살펴보면 북방에 거주하면서 북방의 산하나 전원의 묘사에 뛰어난 성취를 보인 시인으로는 王維를 위시하여 儲光義, 常建, 祖詠, 盧象 등이 있었고, 남방을 근거로 하여 수려한 강남 산수의 모습을 청신한 필치로 표현한 시인들로는 孟浩然을 위시하여 綦毋潛, 丘爲, 薛據 등이 있었음을 거론할 수 있겠다. 아울러 이들은 지역에 상관없이 상호 교유하면서 청담한 풍격의 시가를 창작함으로써 함께 盛唐 자연시 창작의 성취를 높였다는 점에서도 공히 주목을 받을 만한 가치를 지니고 있는 인물들이다. 이제 盛唐代 자연시 창작에 있어 중요한 역할을 한 시인들인 儲光羲, 常建, 祖咏, 裵迪, 盧象, 綦毋潛, 丘爲, 薛據 등의 시를 차례로 살펴보기로 한다.

王孟과 더불어 盛唐代 자연시 창작에 있어 선성 역할을 한 시인으로 儲光羲 (706?~763?)를 들 수 있다. 儲光羲는 兗州人이며 開元 24년에 嚴迪과 同榜으로 進士가 되었다. 황제의 詔令이 있어 中書省에서 文章을 지었고 일찍이 監察御史를 지낸 바 있다. 두 차례에 걸쳐 終南山에 은거한 경력이 있는데 이때 王維와 깊은 교유가 있었으며 그의 전원시는 주로 이때 창작되었다. 安綠山 반군이 장안을 함락했을 때 그 밑에서 잠시 관직을 맡은 적이 있었고 난이 평정된 후 조정에 복귀하였으나 결국 嶺南에서 貶死하였다. 시의 격조가 높았고 旨趣가 유원하며 詩情이 깊었다고 한다. 儲光羲는 『全唐詩』에 227首의 詩를 남겨놓고 있는데 특히 田園詩 분야에 있어서 初唐代 王績, 中唐代 韋應物과 함께 거론될 정도로 陶淵明을 계승하는 데 있어 뛰어난 시인이었다.[14]

儲光羲의 자연시는 내용상 명랑한 풍격을 발휘하며 산수의 아름다움을 담아낸 시, 陶淵明 정신을 계승하여 전원과 향촌에 대한 흥취와 참여 의식을 표현한 시, 은자의 낙을 찬미하거나 자연 속에 은거하고 싶은 욕망을 피력한 시 등으로 요약된다. 먼저 산수의 미감을 표현한 작품 중 吳越間의 山水를 노닐며 지은 다음 시를 살펴보자.

泛茅山東溪 모산 동쪽 개울에 배 띄우고 노닐며
淸晨登仙峯 　새벽부터 三茅山 仙峰에 올랐으나
峯遠行未極 　봉우리 아득하여 정상까진 이르지 못하였네
江海霽初景 　날씨 활짝 개어 강과 바다의 모습 이제 드러나고
草木含新色 　초목도 새 빛을 머금고 있다
而我任天和 　나 자신 자연과 조화되어
此時聊動息 　이 시간 문득 움직임을 멈추어본다
望鄕白雲裏 　멀리 흰 구름 속 고향 바라보며

---

14 儲光羲에 대하여 『四庫全書總目』에서는 "그의 시는 도연명에서 근원을 찾을 수 있는데 질박한 중에 고아한 맛을 지니고 있어 王孟 간에 놓아도 거의 손색이 없을 정도이다.(其詩源出陶潛, 質朴之中有古雅之味, 位置于王維孟浩然間, 殆無愧色)"라고 호평하고 있다.

發棹淸溪側　맑은 물가에서 배타고 노 저어간다
松柏生深山　소나무와 잣나무 깊은 산에 자라고 있는데
無心自貞直　무심한 듯 서 있으나 절로 맑고 곧구나

　茅山과 東溪를 두루 다니며 화사한 봄의 정경을 만끽하는 즐거움을 언급하고 있다. 茅山의 主峯인 仙峯에는 오르지 못하였지만 여정에서 바라보는 강과 바다의 모습과 물에서 배를 타고 노니는 낙이 작자의 정신을 기쁘게 한다. 이 정경 속에 매료되어 忘我의 경지에 이르게 되니 시인은 어느덧 "자연과 조화된 (天和)" 無心한 지경에 이르게 된다. 미연에서는 松柏의 정절을 등장시켜 자연 속에서 무위의 낙을 누림이 곧고 청아한 정신세계를 얻을 수 있는 길임을 설파하고 있다.

　다음 작품은 儲光義가 바위 위의 소나무, 시렁 위의 등나무, 못가의 학, 은자의 한거 등을 노래한 다섯 수의 시 「雜詠五首」 중 제4수인데 낚시하면서 느끼는 산수에 대한 정이 담백한 묘사 속에 펼쳐져 있음을 발견할 수 있다.

釣魚灣 조어만
垂釣綠灣春　푸른 江灣에 낚시 드리웠는데
春深杏花亂　봄 깊어 살구꽃 어지러이 피어 있네
潭淸疑水淺　못이 맑아 물이 저토록 얕을까?
荷動知魚散　연꽃이 흔들리는 것을 보니 물고기가 있음을 알겠네
日暮待情人　해 저문 못가에 님을 기다리려
維舟綠楊岸　작은 배 푸른 버들에 매어 있네

　고요한 경치 속에서 느끼는 신선함과 고아한 산수에의 정취가 한껏 잘 표현되어 있다. 시 중의 '綠'자는 정경을 아우르는 기본 색채로 '綠水', '綠荷', '綠楊' 등 봄 경치를 두루 녹색으로 점철하는 역할을 하고 있다. 이어 복사꽃이 어지럽고, 연잎이 요동하며, 고기가 흩어지는 세미한 움직임들을 통해 저물녘 낚시터의 한가로운 모습에다 동태미를 더하였다. 특히 3~4구의 표현은 못의 맑음과 물고기의 노님을 은유와 연상적인 수법으로 처리하여 시의 운미와 여운을 배가시켰으니 그 기법이 뛰어나다. 한거하며 낚시하는 이의 낙이 행간에 배어

있는데 그 낙은 고기를 잡는 데 있는 것이 아니라 정경의 아름다움을 즐기고자 함에 있음을 살필 수 있겠다.

儲光羲가 지우에게 부친 다음 작품을 보면 인물에 대한 거론보다도 산수의 서사에 공력을 들이고 있어 그가 추구한 자연 속 흥취가 중요한 의미로 존재하고 있었음을 추측해볼 수 있다.

霽後貽馬十二巽 날씨가 갠 후에 마십이손에게 주다

高天風雨散　높은 하늘에서 비바람 흩뿌린 후
淸氣在園林　맑은 기운 원림에 펼쳐져 있다
況我夜初靜　이에 나는 고요한 초저녁을 맞아
當軒鳴綠琴　헌재에서 맑은 거문고 울려본다
雲開北堂月　구름 개니 초당 북녘에 달이 뜨고
庭滿南山陰　남산의 그림자 정원에 그득하다
不見長裾者　그대의 긴 옷자락 보이지 않으니
空歌遊子吟　부질없이 유자음 불러보누나

비바람이 물러간 날씨의 서사를 통해 첫 행부터 맑고 고원한 기운을 느낄 수 있다. 중간의 두 연에서는 작자가 누리는 그윽한 정취를 그렸는데 달그림자를 정원에 등장시킨 시적 발상이 기묘하다. 한밤중의 적막감과 흥취를 그리면서 南山의 산수까지 언급하고자 했으나 화려한 묘사가 아닌 그림자로 처리한 것을 보면 보이지 않는 친우에 대한 안타까움을 투영한 것으로도 이해할 수 있다. 맑은 날씨와 청정한 산수의 기운을 묘사하면서 미연에서 "길 떠난 아들의 노래(遊子吟)"를 통해 思親의 情을 이입한 것은 시가의 정취를 높이며 여운을 남기게 하는 효과를 창출한다.

儲光羲가 吳楚 간의 山水를 유람하며 쓴 다음 작품을 보면 객지에서 나그네 된 이의 향수와 우수가 표현되어 있어 그가 쓴 자연시의 이채로운 면모를 살필 수 있다.

寒夜江口泊舟 차가운 밤 강 입구에 배를 정박하며

寒潮信未起　차가운 조수는 아직 일지도 않았는데

出浦纜孤舟　포구를 나서자 외로운 배 묶여 있네
一夜苦風浪　밤새도록 풍랑에 시달렸으니
自然增旅愁　자연스레 객려의 근심이 더하누나
吳山遲海月　吳山에는 바다에서 달이 더디게 뜨고
楚火照江流　楚 땅의 불빛은 강 흐름을 비추네
欲有知音者　나를 알아주는 이 있기를 바라지만
異鄉誰可求　타향에서 그런 이를 구할 수 있으려나

　배경이 吳楚 사이인 것을 시어 중에서 나타냈으므로 객려의 시름을 표현한 시라는 것을 알 수 있겠고, '寒夜'라는 표현을 통해 객지에서 맞이하는 차가운 밤으로 인한 우수를 또한 느낄 수 있다. 달빛과 불빛을 묘사한 함연에서는 流水對를 통해 나그네 된 이의 시름을 증가시켰는데 그 시름의 원인은 미연으로 가면서 실체를 드러낸다. 知音이 없음에서 그 근심이 연유하는 것이니 儲光羲가 자연 묘사를 통해 자신의 속마음을 서사한 면모를 읽을 수 있는 것이다.

　儲光羲의 초기 시작품이 대부분 吳越 시풍의 영향을 받아 流麗한 산수의 모습을 그려낸 것이었다면 후기에 두 차례에 걸쳐 북방(終南山)에 은거하며 王維와 교유하고부터는 북방의 자연을 주로 묘사하게 된다. 북방 산수의 묘사와 함께 주목해볼 만한 점은 儲光羲가 특히 陶淵明풍의 시가를 많이 창작한 인물이었다는 것이다. 이는 儲光羲의 생평과 작품들을 볼 때 전원에서의 은거 경력, 模陶의 시편들을 창작했던 것, 각종 자료에서 언급하고 있는 기록 등을 통해 그 근거를 찾을 수 있다. 王維도 도연명을 애호하여 도연명의 시를 재해석한 전원시를 창작하였지만 실제로 盛唐代 시인 중 도연명을 가장 잘 계승한 시인은 儲光羲였다. 따라서 儲光羲의 전원시는 그의 시가 풍격을 가장 잘 나타내주는 특징적인 작품들이라 할 수 있다. 儲光羲가 전원에 은거하면서 느낀 감흥들을 피력한 「田家雜興」八首 중 其一과 其八을 차례로 살펴본다.

田家雜興 其一 농가에서의 흥취, 제1수
春至鶬鶊鳴　봄 되어 꾀꼬리 우짖는데
薄言向田墅　그 소리 밭과 농가에 들려온다
不能自力作　스스로 농사짓는 일이 힘에 부치면

黽勉娶鄰女　이웃집 여인네 노력이라도 빌려야지
旣念生子孫　아들과 손자 낳는 것 염두에 두었을 때
方思廣田圃　바야흐로 넓은 밭도 생각했었지
閑時相顧笑　한가할 때면 서로 돌아보고 웃으며
喜悅好禾黍　벼와 기장 잘 자라는 것 기뻐하누나
夜夜登嘯臺　밤이면 소대에 올라
南望洞庭渚　남쪽으로 동정호 물가 바라본다
百草被霜露　온갖 풀에는 서리와 이슬 내리고
秋山響砧杵　가을 산에는 다듬이 방망이 소리 울리니
卻羨故年時　문득 옛날이 그리워지매
中情無所取　마음속 정취에 더할 나위 없어라

　전원에서 농사지으며 사는 낙을 사실적으로 묘사하였다. 3~8구는 人力을 들
여 농사짓는 농부의 수고로움을 그리며 작물의 성장에 기뻐하는 소박한 정을
보여준다. 9~10구는 농사일 중 밤의 여가를 틈타 嘯臺에 올라 자연을 감상하
는 모습인데, 阮籍이 휘파람을 불었다는 소대를 등장시켜[15] 竹林에 은거하는 은
자의 여유를 투영하고 있다. 전가에서 욕심 없이 땀 흘리며 일하면서도 세속을
초탈하여 소요하는 모습이 보인다. 시인이 농사에 대해 기록한 관점이 관찰자
인가 혹은 참여자인가라는 기준으로 볼 때 이 시는 참여자의 입장을 주로 보여
준다. 이는 실제 전원에 은거하며 농사에 참여하며 그 속에서 낙을 찾았던 陶淵
明의 정신과 상통하는 부분이며 여타 시인과 구별되는 儲光羲의 전원 흥취와
생활 체험인 것이다.

田家雜興 其八 농가에서의 흥취, 제8수
種桑百餘樹　뽕나무 백여 그루 심어놓고
種黍三十畝　기장도 삼십 묘나 심어놓았네
衣食旣有餘　의복과 먹을 것 이미 여유 있으니
時時會親友　때때로 친우들과 모임 갖는다

---

15 嘯臺는 현 河南 尉氏縣 東南쪽에 있는데 阮籍이 이곳에서 휘파람을 부르며 노닐었다는 기
　록이 東晉 江微 『陳留志』:"阮嗣宗善嘯, 聲與琴諧, 陳留有阮公嘯臺.", 樂史 『太平寰宇記』:
　"阮籍臺在尉氏縣東南二十步. 籍每追名賢携酒長嘯于此" 등에 전한다.

夏來菰米飯　여름 오면 줄밥 해 먹고
秋至菊花酒　가을 들면 국화주 마신다
孺人喜逢迎　어린아이 보면 기쁘게 맞이하고
雉子解趨走　꼬마들 흩어져 달려 나간다
日暮閒園裏　해 저무니 한가로운 동산에
團團蔭楡柳　느릅나무 버드나무 잔뜩 그늘을 드리웠네
酩酊乘夜歸　대취하여 밤늦게 돌아오니
涼風吹戶牖　시원한 바람이 창문에 불어대누나
淸淺望河漢　맑고 가벼운 은하수 쳐다보며
低昂看北斗　북두성 향해 고개를 들었다 숙였다하네
數甕猶未開　수많은 술 항아리 아직 열지 않았는데
明朝能飮否　내일 아침이면 마실 수 있으련가?

　전원에서 체험하고 느낀 바를 기탄없이 기술하고 있는데 행간에는 밝은 흥취와 여유가 넘쳐난다. 1~2연을 통해 田家의 삶을 풍요롭게 누릴 수 있게 된 배경을 밝혔고 3~4연으로 전가의 즐거움을 표현하였다. 세속의 어지러움은 찾아볼 수 없고 밤 되어도 취하여 자연과 벗할 뿐이다. 그저 맑은 마음으로 흉금을 열어놓으니 바람도 시원하고 은하수도 맑고 얕아 보인다. 시인은 내일 아침까지 즐거운 여운이 이어지길 기대하며 아직 개봉되지 않은 술 항아리를 거론하였다. 마치 陶淵明 시를 재현해놓은 듯 기탄없이 전원의 흥취를 표현해놓은 작품이다.
　이렇듯 儲光羲가 전원을 시가 창작의 주된 소재로 활용한 것은 開元 盛世와 安史의 亂을 차례로 겪으면서 세사의 부침을 체험한 그가 어지러운 심정을 기탁할 곳으로 전원을 선택한 때문으로 볼 수 있다. 그가 「行次田家澳梁作(오량의 전가로 가다가 짓다)」에서 "긴 길가에 田家가 있어, 나로 더위 피하도록 부르네.(田家俯長道, 邀我避炎氛)"라고 하여 한낮의 찌는 더위 속에 길을 가다 피하는 곳을 田家로 설정했는데 이는 복잡하고 고뇌가 많은 세속에서 그에게 마음의 위로와 휴식을 얻을 수 있는 곳이 전원임을 상징적으로 나타낸 것으로도 볼 수 있다. 안온한 전원에 투신하고자 하는 의식이 있었기에 저광희 시에 나타난 전원은 피상적이지 않고 실제적인 면모를 지니고 있다.

田家卽事 농가에서 짓다

蒲葉日已長　부들잎 이미 길게 드리웠고
荇花日已滋　마름꽃 벌써 우거져 있다.
老農要看此　오래 농사지어온 이는 이 모습 중히 여겨
貴不違天時　하늘이 정해준 시간 귀히 여기고 어그러뜨리지 않는다
迎晨起飯牛　새벽녘 일어나 소 여물 주고는
雙駕耕東菑　소 두 마리 몰아 동쪽 밭 간다
蚯蚓土中出　지렁이가 밭에서 기어 나오고
田烏隨我飛　밭두둑의 까마귀도 나를 따라 날아오른다
羣合亂啄噪　여럿이 한데 모여 어지러이 쪼아대니
嗷嗷如道飢　시끌시끌하여 마치 배고프다 말하는 듯하다
我心多惻隱　내 마음도 무척 측은해지니
顧此兩傷悲　이것을 바라보매 두 가지 슬픔이 인다
撥食與田烏　내 먹을 것 덜어서 들녘 까마귀에게 주고는
日暮空筐歸　해 저물자 빈 광주리로 돌아오네
親戚更相誚　친척들은 이런 내 모습 보고 더욱 비난하나
我心終不移　나의 마음 종래 변화되지가 않나니

　　농사짓는 시기를 맞추어 일하는 농민의 모습을 그렸고 농사 중 갖게 된 미물에 대한 정을 또한 설파하였다. 특히 지렁이와 까마귀를 대비시키면서 지렁이가 까마귀에 잡아먹힘과 까마귀의 배고픈 모습 모두를 안타까워하는 마음은 이 시가 지닌 독특한 감정이라 하겠다. 이처럼 세밀한 묘사를 가할 수 있었던 것은 그가 실제 농사에 참여했기에 가능했을 것이다. 그에게 전원은 실제적인 체험의 공간이요 현실의 고뇌를 잊고 마음의 안식을 얻을 수 있는 곳이었기에 친척들의 책망에도 자연을 아끼고 미물을 사랑하는 의식을 포기하지 못하는 전원의 삶을 영위할 수 있었던 것이다.

　　儲光義는 몇 수의 시를 통해 자연을 그리면서 은자의 즐거움을 찬미하거나 道家的 逸趣와 연관된 은거의 욕망을 피력하기도 하였다. 그가 「寄孫山人」에서 "묻노니 내 고향의 숨은 선비 손선생이여, 때때로 산을 내려와 인간 세상에 머물기도 하는가?(借問故園隱君子, 時時來往住人間)"라고 표현했던 것처럼 평소 그의 은자에 대한 관심은 내면세계의 한 축을 이루고 있었다. 자신의 은일 추구 의식

을 드러내고 있는 작품 한 수를 살펴보기로 한다.

遊茅山五首 其四 모산에서 노닐며 쓴 시 다섯 수, 제4수
昔賢居柱下 옛날 老子는 周柱 아래서 사관을 지냈다는데
今我去人間 나는 지금 인간 세상을 떠나 있네
良以直心曠 실로 올곧음으로 마음 넓히니
兼之外視閒 더불어 바깥세상도 한가로워 보인다
垂綸非釣國 내가 낚시를 드리움은 나라를 낚고자 함이 아니며
好學異希顏 학문을 좋아함은 顏回 같은 이 되기 바라는 것 아니다
落日登高嶼 해 저물녘 높은 곳에 올라
悠然望遠山 아스라이 먼 산을 바라본다
溪流碧水去 시내는 푸른색 띠고 흘러가고
雲帶淸陰還 구름은 맑은 그늘 드리우며 돌아오누나
想見中林士 숲 속의 隱士 만나고자 하나
巖扉長不關 바위 동굴 사립문 오래도록 닫혀 있네

서두에서부터 老子를 떠올리며 산림 속에서 소요하고자 하는 뜻을 밝히고
있다. 3연에서 자신의 낚시질은 姜太公처럼 나라에 쓰임받고자 함이 아니요 글
을 좋아하는 것도 顏回와 같이 현인의 경지를 구하고자 함이 아님을 밝혔다.
한거하며 낚시하는 것이 좋고 글이 좋아서 추구할 뿐이지 이속을 탐하여 은일
을 가장한 것이 아님을 설파한 것이다. 그러나 마음과 현실 사이에는 보이지 않
는 간극도 존재하고 있다. 미연에서 가한 은자를 못 만난다는 표현을 통해 이속
과의 완전한 단절에는 어려움도 있음을 행간에 내비치고 있는 것이다.

儲光羲 시는 편안하고 친숙한 느낌을 주는 고향의 "순채국과 농어회" 같다
는 평어[16]에 걸맞게 한아하면서도 진실한 감정을 펼치고 있다. 특히 농촌 생활

---

16 送育仁은 『三唐詩品』에서 儲光羲의 시에 대해 "그의 詩는 陶公에서부터 나왔는데 담담한
수식이 고운 모습을 이루며 자연스럽게 韻에 들어간다. 천 리까지 순채국을 먹으러 갈 정
도니 실로 남쪽의 아름다운 맛을 지니고 있으나, 오직 말에서 뜻을 다 펼침이 혐오스러울
뿐이라.(其源出於陶公, 淡飾成妍, 天然入韻. 千里蓴羹, 固是南中佳味, 猶嫌意盡於言)"고 하여 '蓴羹
鱸膾' 고사를 인용하여 설명하고 있다. 이 '蓴羹鱸膾' 고사는 직역하면 '순채국과 농어회'
의 의미인데, 晉나라 張翰이 고향의 명산인 순채국과 농어회를 먹으러 관직을 사퇴하고 고
향에 돌아간 고사에서 유래한 것으로 고향을 잊지 못하고 생각하는 정을 이르는 말이다.
이처럼 儲光羲의 시가 소박한 고향의 정을 잘 나타내고 여운이 있음을 높이 평가한 것인

에 대해 참여 의식을 갖고 체험하면서 세밀하게 관찰한 풍광을 기술한 시들은 농가의 진정한 향취를 담은 소박한 전원시라 할 수 있다. 그는 盛唐代에 들어와 陶淵明을 가장 잘 계승해낸 시인이었다. 陶淵明의 전원시가 전원의 삶과 연계된 홍취의 서사 속에 자신의 깊은 철학을 내포하고 있는 것에 비해 儲光羲의 전원시는 구상과 의경 면에서 陶淵明에는 못 미치는 느낌을 준다. 그러나 전원의 고락과 함께하며 전가의 삶에 대해 깊은 동감을 표한 점은 분명 다른 시인보다 뛰어난 점이 된다. 孟浩然이나 王維의 시가 중 전원을 노래한 작품이 초일한 풍격을 보이는 것에 비해 儲光羲의 작품은 좀 더 진실하고 소박한 정을 느끼게 하니 이는 전원에서의 삶에 대한 투신의 정도와도 연관이 있다 할 것이다. 儲光羲가 산수를 노래한 시 역시 명랑하고 청아한 풍격으로 산수의 자태를 그리고 있고 은일의 서정을 설파한 시 역시 염세적이거나 비관적이 아닌 심정으로 탈속의 경계를 지향하고 있다. 전반적으로 盛唐의 閑雅하고 明朗한 풍모에서 벗어나지 않고 있어 시를 읽고 난 뒤에도 담백하고 청아한 여운을 얻을 수 있는 것이다. 殷璠이 『河岳英靈集』에서 儲光羲 시에 대해 "품격이 높고 격조가 빼어나며 의취가 심원하고 정이 깊어 평범한 말을 깎아내버리고 풍아의 흔적과 호연지기를 지녔다.(格高調逸, 趣遠情深, 削盡常言, 挾風雅之迹, 浩然之氣)"라고 평한 것은 그의 시가 지닌 맑고 빼어난 기운을 주목한 것이라 하겠다.

盛唐代의 자연시파 시인 중 중요한 인물로 常建이 있다. 常建은 생졸년이 미상이나 대체로 唐 玄宗 天寶 연간에 활약했던 것으로 보인다. 그의 사적에 대하여는 자료가 미비하여 『新·舊唐書』에 傳記가 없고 『新唐書·藝文志』에 "肅宗과 代宗시대 사람(肅代時人)"이라는 짤막한 기록만 있을 뿐이다. 후에 元代 辛文房은 『唐才子傳』卷2 「常建」에서 "常建은 長安人이며 開元년간 王昌齡과 進士에 同榜급제했고 大曆 연간에 盱眙尉가 되었다. … 進士 급제 후 仕途가 순탄치 않아 太白山, 紫閣峰 등을 찾아다니며 은거에 뜻을 두었다. 후에 鄂渚에서 王昌齡, 張僨 등과 함께 은거했으며 당시에 시명이 있었다. 시집 한 권이 있어

데, 한편으로는 그의 시가 다 드러내는 표현을 하였다라고 하면서 아쉬움도 표하고 있다.

지금 전한다.(建, 長安人. 開元十五年與王昌齡同榜登科. 大曆中. 授盱眙尉. 仕頗不如意, 遂放浪琴酒, 往來太白,紫閣諸峰, 有肥遯之志. … 後寓鄂渚, 招王昌齡,張僨同隱, 獲大名當時. 集一卷, 今傳)"라는 기록을 남겨놓아 참조가 된다. 이 기록을 통해 그는 王昌齡과 함께 進士에 급제하였으나 벼슬은 일개 尉에 그쳤고 산수를 유람하며 은거를 지향했었음을 추측할 수 있다.[17] 『全唐詩』卷144에 실린 常建의 작품은 51題 57首에 달하는데, 자연 산수 속에서 느끼는 정회나 은자의 한적함 등을 기술한 시가 그중 약 3분의 1을 차지하니 자연에 대한 미감이 남달랐던 시인임을 알 수 있다.

常建은 자연시 중에서도 거의 山水詩의 창작에 주력한 시인이었다. 그는 산수시의 전통적인 시체인 五言詩에 능했으며 대부분 律詩나 絶句보다는 五言古詩라는 비교적 구속력이 적은 문체를 활용하였다. 주로 그가 은거하거나 유람한 산림이나 사찰 등의 풍경을 제재로 삼은 시가 많고 청담하고 고적한 경계를 묘사하여 王維와 孟浩然의 시풍과 흡사한 작품들이 많다. 또 자신만의 독특한 제재를 활용하거나 仙境이나 禪趣를 시에 이입하여 청신하고 한아한 풍격을 도모한 흔적도 보인다. 따라서 常建의 자연시는 그가 자연 속에서 자연 합일의 경지를 추구하거나 자연 정경 속에서 仙境이나 禪趣를 떠올린 작품들이 주된 내용을 이루고 있다.

常建은 진사 급제 후 잠시 盱眙縣尉로 있다가 관로가 여의치 않자 太白山 · 紫閣峰 등지를 방랑하며 술과 음악을 즐기고 鄂渚 西山에서 은거한 바 있다. 자연 속에서 마음의 안위를 도모하고 성정을 순화하려 했던 그의 이력과 의식은 그가 창작한 많은 山水詩에서 淸雅하고도 孤寂한 풍격으로 나타난다. 포구에서 강물을 바라보며 자신의 심신이 평온한 경계로 향하고 있음을 나타낸 「漁浦」 시를 보자.

---

17 殷璠은 天寶 후기에 편한 『河岳英靈集』에서 常建을 首位에 놓았고 王昌齡 다음으로 많은 수인 詩 15수를 뽑아 수록하면서 그에 대해 "'재주가 높았지만 관직은 존귀해지지 않았다.'는 이 말은 진실이로다. 옛날 劉楨은 文學職으로 죽었고, 鮑照는 參軍으로 살다 죽었다. 이제 常建 또한 일개 縣尉에만 머물러 있구나.(高才無貴士, 誠哉是言. 羲劉楨死于文學, 鮑照卒于參軍. 今建亦淪于一尉)"라고 평한 바 있다. 즉 殷璠은 常建은 높은 재주와 시적 성취를 지닌 인물임에도 불구하고 당시로서는 미처 발견되지 않았던 천재로 인식한 것이다.

漁浦 낚시터 가에서

春至百草綠　봄이 되니 온갖 풀이 파래지고
陂澤聞鶺鴒　물가 언덕에선 왜가리 우는 소리 들려온다
別家投釣翁　그 누구인가 낚싯대 던지는 저 늙은이
今世滄浪情　지금 같은 세상에 맑은 뜻 지니고 사는 분이리
漚紵爲縕袍　삼을 쪄서 옷 짓고
折麻爲長纓　삼을 벗겨 긴 끈을 만들었구나
榮譽朱本眞　부귀영화와 명예가 사람의 본심을 물들이거늘
怪人浮此生　이러한 삶을 사는 이를 이상한 사람이라 하네
碧月水自闊　달은 푸르른 물을 넓게 비추고 있고
安流靜而平　강물은 맑고 평온하게 흘러간다
扁舟與天際　일엽편주로 끝없이 가나니
獨往誰能名　홀로 오가매 그 누가 나를 알 수 있으리오

낚시터에서 목도한 평범한 노인의 모습을 들어 자신의 심신을 정화하고 자연의 서정을 찬미한 작품이다. 낚싯대 드리운 한 노인의 모습에서 소박하게 살아가는 정신을 읽고 세사에 대한 편견을 떨쳐버리고자 한다. 작자의 마음이 자연을 지향하고 있음을 나타내는 것이다. 시가의 후미에서는 푸른 물의 흐름 따라 자재, 평정, 안온한 경지에 자신이 이르고 있음을 밝혔다. 한 척의 배로 홀로 가나 천지간에서 얻은 깨달음으로 인해 세속을 초월한 지락을 얻게 되었다. 세상의 공명을 초월하고자 하는 의식은 자연과 합일된 경지에서 절정의 환희로 완성될 수 있음을 행간에서 밝히고 있는 것이다.

다음 작품에서도 자연 합일의 경지에 올라 있는 常建 내면의 평온함을 발견할 수 있다.

湖中晚霽 호수에 저녁 안개 걷히니

湖廣舟自輕　호수 넓어 배 절로 가벼이 떠가고
江天欲澄霽　강 하늘 맑게 개려 하네
是時淸楚望　이때 맑은 초 땅을 바라보니
氣色猶霢曀　하늘색은 아직 흙비라도 올 듯 흐릿하구나
踟躕金霞白　잠시 머뭇거리던 황금빛 노을 걷히니
波上日初麗　파도 위의 해는 아름답게 비치기 시작하네

煙虹落鏡中	연무 속 무지개 거울 같은 물속에 떨어지고
樹木生天際	나무는 저 하늘가에서 자라고 있네
杳杳涯欲辨	아득히 먼 하늘과 땅을 분별하려는데
蒙蒙雲復閉	흐릿한 구름이 다시금 가리우네
言乘星漢明	은하가 밝아진 틈 이용하여
又觀寰瀛勢	또다시 천하의 형세를 바라보나니
微興從此愜	작은 감흥 이로부터 흥건히 일고
悠然不知歲	마음도 유연해져 세월 가는 줄 모르네
試歌滄浪清	시험 삼아 屈原의 滄浪歌 맑은 가락 읊조려보니
遂覺乾坤細	마침내 하늘의 세미한 뜻 깨닫는도다
豈念客衣薄	객의 옷 엷음을 어찌 염려하랴
將期永投袂	장차 긴 소매 떨치고 나아가길 기약하면 되는 것을
遲回漁父間	뒤늦게 돌아오는 어부들 사이로
一雁聲嘹唳	기러기 한 마리 우는 소리 애틋하구나

　저녁 안개가 걷힌 호수를 한눈에 조망하면서 자연 정경 자체를 묘사하고 있
다. 주로 하늘 정경과 호수 물에서 얻게 되는 각종 흥취를 묘사하였는데 그 표
현이 매우 역동적이다. 시의 후반부로 가면서 시인은 넓은 호수에서 느끼는 대
자연의 세미한 깨달음으로 마음을 채워나간다. 시공의 광활함과 청정함이 신령
한 기운을 느끼게 하며 이 속에서 시인이 추구하는 밝고 맑은 시심은 현실의
난관이나 고난을 초월하는 의식을 돋우는 역할을 하고 있다. 玄學 중에서 깨달
은 적멸의 도를 산수 묘사와 접목시킨 시도에서 나온 것으로 보이며 이로 인해
형성된 탈속의 정취가 시적 운치를 더해줌을 느낄 수 있다.

　다음으로 풍부한 자연의 변화 속에 常建의 허정한 마음과 맑은 정신세계를
잘 펼치고 있는 작품을 예거해본다. 常建 시의 장점들이 모여져 있는 듯한 느
낌을 받게 된다.

西山 서산

一身爲輕舟	이 몸 가벼운 배 되어 가나니
落日西山際	해가 서산 끝에서 지는 때로다
常隨去帆影	돛단배 그림자 따라 가노라니

遠接長天勢　멀리 긴 하늘의 형세에까지 이어진다
物象歸餘淸　자연 사물은 해 진 뒤에도 맑은 경치로 돌아가고
林巒分夕麗　숲과 산은 저녁에도 고운 경치로 분명하네
亭亭碧流暗　푸른 물결 어둠 속에서도 아름답고
日入孤霞繼　해 저물어도 외로운 구름 이어진다
渚日遠陰映　물가의 해 멀리까지 그림자 비추고
湖雲尙明靆　호숫가 구름 아직 밝게 개어 있다
林昏楚色來　숲 속 해 저문 곳 楚 땅의 모습이여
岸遠荊門閉　저 언덕 멀리 荊門山이 희미하게 보인다
至夜轉淸逈　밤 되어도 맑게 빛나고
蕭蕭北風厲　북쪽에서 이는 바람 쓸쓸히 부네
沙邊雁鷺泊　모래톱에는 기러기와 백로 머무는데
宿處兼葭蔽　머무는 곳에는 갈대가 무성하다
圓月逗前浦　둥근 달은 앞 포구에 떠올라 있고
孤琴又搖曳　외로운 거문고 소리 또다시 울려 퍼지네
泠然夜邃深　그 맑은 소리 밤 깊도록 울리는데
白鷺霑人袂　흰 이슬이 옷소매를 적시누나

　가벼운 배를 타고 산수 간을 노니는 경쾌한 모습이 펼쳐진다. 가벼운 배는
나요 나는 가벼운 배이니 이미 시인은 物과 我가 혼연일치된 경지에 있다. 하
늘빛과 구름 그림자, 푸른 물과 외로운 구름들이 나를 따라 배회하고 바람 소리
와 저녁 모습, 기러기와 백로 그리고 갈대 등이 나를 맞이한다. 저녁 무렵 해
지는 서산과 강 위의 정경이 처음으로 하나 된 경치를 연출하고 있고 이어 달
빛 아래의 정경이 시간의 흐름에 따라 여러 단계로 발전되어가는 모습이 그려
져 있다. 그 이어지는 묘사는 각기 다른 저녁 모습을 한 채 정태와 동태에 따라
세밀하게 펼쳐져 있어 마치 한 폭의 그림이 시간을 두고 그 자태를 변환시키는
듯한 의경을 창조하고 있다. 자연스럽고도 평온한 기분으로 西山의 모습을 그
려낸 이 시는 常建의 정신과 시의 세계가 맑고 한아한 경지에 올라 있음을 보
여주는 작품이라 하겠다.
　常建은 피세·은둔 의식이 일반인보다 강한 시인이었다. 그의 은둔 의식은
일면 魏晉代 玄學과 은일 사상을 계승한 면이 있지만 盛唐이라는 시대적 배경

으로 인해 그의 자연시에서는 소극적 염세주의나 세상에 대한 분노의 형태가 아니라 자연 속에서 哲理를 추구하는 형식으로 나타난다. 산수를 묘사한 시의 창작 목적이 깊은 철학이나 사상을 담기 위한 것이 아니었으므로 그가 지녔던 道佛家的 의식은 자연미 속에 仙境과 禪境이 조화롭게 투영된 상태로 나타나는 형상임을 발견할 수 있다. 西山의 세 번째 봉우리를 그린 「第三峯」이 그러한 작품의 한 예가 된다.

第三峯 西山의 세 번째 봉우리

西山第三峯	서산의 셋째 봉우리
茅宇依雙松	초가집이 소나무 두 그루에 기댄 형상이라
杳杳欲至天	아득히 먼 하늘에 닿으려는 듯
雲梯升幾重	구름사다리 몇 겹으로 올려 있네
瑩魄澄玉虛	밝은 혼과 맑은 옥같이 허정한 마음 생겨
以求鸞鶴蹤	난새와 학의 발자취를 추구한다
逶迤非天人	이어져 있는 산의 모습 인간 세상 아니니
執節乘赤龍	부절을 잡고 적룡에 오르려 한다
旁暎白日光	바야흐로 하얀 햇살이 밝게 비치더니
縹緲輕霞容	노을이 어스름하게 그 모습 드러낸다
孤輝上煙霧	쓸쓸히 빛나는 산 위로 연무가 일어나나
餘影明心胸	햇살의 여운이 마음을 밝게 해준다
願與黃麒麟	원하기는 누런 기린과 함께
欲飛而莫從	날아보고자 하나 미처 따를 수가 없구나
因寂淸萬象	적막한 중에 삼라만상은 깨끗하고
輕雲自中峯	가벼운 구름은 봉우리 사이에서 절로 피어난다
山暝學棲鳥	산 어둑해지면 새가 둥지에 깃드는 것 배우려 하는데
月來隨暗蛩	달 떠오르니 어디선가 귀뚜라미가 따라 우누나
尋空靜餘響	고요한 곳 찾아가니 청정한 여향 있고
嫋嫋雲溪鐘	종소리는 구름 계곡에 은은히 퍼지고 있다

西山의 第三峰은 아득히 높아 마치 인간 세상을 초월한 선계와도 같다고 보았다. 시인은 자연의 모습에서 허정한 심리를 얻으니 난새와 학의 자취와 같이 청아한 자연물을 추구할 수 있다. 산과 구름의 그림자 역시 흉금을 씻어줄 정도

로 시원한 의경을 제공하는데 시인은 그 속에서 삼라만상이 맑게 보이는 경지를 체험하게 된다. '日光', '輕霞', '孤輝', '夕烟' 등의 시어는 시인의 마음이 虛靜한 상태에 있음을 나타낸 표현이다. 마음의 청정함이 있기에 외계 삼라만상의 모습이 더욱 맑고 곱게 느껴지는 것이다. 이러한 시는 常建이 자연 묘사 속에 이치를 담아 깊은 의경을 담아낸 晉宋期의 玄言詩人들의 창작 수법과 청신한 시어를 활용하여 산뜻한 풍격을 창출한 盛唐代 산수전원시파 시인의 창작 수법에 고루 능통한 면모를 지닌 시인이었음을 보여주는 예라 하겠다.

常建이 五度溪에 가서 仙人이 득도한 곳에서 묵으며 쓴 다음 작품을 살펴보면 仙道의 추구보다 자연이 주는 흥취에 더욱 탐닉했던 모습을 발견할 수 있다.

宿五度溪仙人得道處 五度溪에서 仙人이 득도한 곳에서 묵으며

五度溪上花	五度溪에 꽃이 피었는데
生根依兩崖	그 뿌리는 두 벼랑에 의지해 있네
二月尋片雲	이월에 한 조각의 구름을 따라가
願宿秦人家	秦 땅에 있는 사람 집에 머물기를 원했네
上見懸崖崩	위로는 무너질 듯 아득한 벼랑 보이고
下見白水湍	아래로는 흰 물줄기 소용돌이치는 것 보인다
仙人彈棋處	신선이 바둑을 두던 곳
石上青蘿盤	그 돌 위에는 푸른 넝쿨이 뻗어 있네
無處求玉童	옥동을 구할 곳 없고
翳翳唯林巒	산림만 우거져 있다
前溪遇新月	앞 계곡에서 이제 막 떠오른 달 만나매
聊取玉琴彈	옥으로 만든 거문고 뜯으며 즐겨본다

이 시는 游仙詩 같은 내용을 담고 있으나 실제 仙道에 대한 기술은 비교적 간접적이고 산수의 묘사가 더욱 핍진한 것을 살필 수 있다. 시 중에 등장하는 꽃, 구름, 아득한 벼랑, 우거진 삼림 등은 수려한 산수의 형상이면서 仙境에 이르는 佳境도 되는 자연물임을 은유하고 있다. 신선이 있었던 곳에는 푸른 넝쿨만 퍼져 있고 현재는 "옥동을 구할 수 없다.(無處求玉童)"라고 하였으니 이는 仙家에 대한 집착에서 한발 물러난 것을 나타낸 것이기도 하다. 결국은 눈앞에

뜬 달과 거문고를 뜯는 것을 통해 은자의 여유를 즐기는 것으로 시인의 의식은 귀착되고 있는 것이다.

常建이 그의 시 일부분에서 도가적 시어를 활용하여 정경을 그려낸 경우는 다른 시에서도 종종 발견된다. 「春詞(춘사)」의 미연에서 "묻노니 그대는 어디 사는 뉘신가? 파랑새 비단 깃촉을 펼친다.(問君在何所, 靑鳥舒錦翮)"라고 하여 '靑鳥'를 통해 동방삭이 파랑새를 보고 西王母가 보낸 새라고 했던 고사를 떠올리게 한 것, 「古意三首」其三(「고의 3수」 제3수)에서 "봄 시냇가에 배 묶어둠은, 모두 영험한 얼굴을 뵙기 원함이라. 자나 깨나 신녀를 보기 원하는데, 그녀는 금빛 모래에서 패옥과 환옥 울리며 걷네. 요염한 모습 가렸지만 절세의 아름다운 자태요, 사람으로 하여금 기력이 쇠하게 하는구나. 종래 말없이 웃음을 머금고는, 신선이 되어 구름을 향해 날아가누나.(駐舟春溪裏, 皆願拜靈顔. 寤寐見神女, 金沙鳴珮環. 閉豔絶世姿, 令人氣力微. 含笑竟不語, 化作朝雲飛)"라고 하면서 선녀를 묘사한 것, 「張天師草堂(장천사 초당)」 제13~18구에서 "신선이 사는 계곡을 오르나니, 취하여 들녘에서 술잔을 든다. 옥서를 펼칠 때, 하늘의 말씀 깊고 넓게 드러나누나. 마음은 동화되어 어두움 없어지고, 눈 맑아지니 어찌 번뇌가 쌓이리오.(遂登仙子谷, 因醉田生樽. 時節開玉書, 窅映飛天言. 心化便無影, 目精焉累煩)"라고 하여 玉書(신선이 전했다는 글)를 펼치자 마음이 맑아진다고 한 것, 「夢太白西峯(태백 서봉을 꿈꾸며)」第1~4句에서 "꿈에 벼랑 끝 올라, 아득한 중에 신녀를 만났네.(夢寐昇九崖, 杳靄逢元君)"라고 한 부분들을 꼽을 수 있다. 이는 모두 유선시 형식을 빌려 산수 자연의 묘사를 돋보이게 한 예들이라 할 것이다. 唐代에 들어와 初唐代 沈‧宋이 일부 산수시 중에 도교 사원을 찾는 내용을 이입하여 산수와 游仙을 융합하기는 했으나 이는 도가의 언어를 빌려 산수의 묘사를 장식하는 정도였다. 후에 盛唐代 孟浩然도 도교적 색채가 나는 언어를 통해 주변 자연의 모습을 묘사했으나 빼어난 仙境과는 거리가 있었다. 이에 비해 常建은 仙境과 산수를 결합하여 '그윽한 흥취'나 '청정한 대조'를 이루는 오묘한 경계를 창출해내었으니 이러한 수법은 常建의 자연시가 이루어낸 진일보한 성취라 할 수 있겠다.

常建의 시 중에는 자연 속 사찰을 제재로 하여 자신의 청정한 마음을 표현한 시가 여러 수 있는데 그 내용을 살펴보면 자신의 불심이나 禪道를 나타내기보다는 자연 속에서 미감을 얻고 허정한 심신을 얻기 위하여 禪趣를 투영시킨 경향이 강하다. 그의 자연시에 이입된 禪趣 역시 王維의 시처럼 청신함을 돋보이게 하는 역할을 하고 있다 할 것이다. 새벽에 江蘇 常熟에 있는 破山寺를 돌아보다가 절 뒤의 선원풍경을 본 느낌을 읊은 「題破山寺后禪院」一首를 보자.

題破山寺后禪院 파산사 뒤의 선원에서 쓰다
清晨入古寺　산뜻한 아침에 오래된 절에 들어가니
初日照高林　떠오르는 햇살 높은 나무숲을 비추네
竹徑通幽處　대숲 길은 고요한 선방으로 통하는데
禪房花木深　선방 앞엔 꽃과 나무 우거졌구나
山光悅鳥性　산빛은 새들의 성정을 기쁘게 하고
潭影空人心　못에 비친 그림자에 사람의 마음도 비워지네
萬籟此俱寂　자연계의 모든 소리 이곳에선 적멸에 드는데
但余鐘磬音　종소리 풍경 소리 여운만 남아 있네

간략하고 소박한 어조로 절 뒤 정경을 그렸는데 높은 나무숲과 고찰을 통해 신령한 분위기를 조성하면서 덕이 높은 승려가 많음을 나타냈다. 3~4구에서 화목이 그윽하게 우거진 선방으로 들어간다는 표현을 함으로써 禪趣를 향한 고요한 추구를 표현하였다. 5~6구의 해 뜨는 숲의 맑은 빛은 새들을 즐겁게 노래하게 하고 맑은 못에 비친 그림자는 세속에 대한 미련을 떨쳐버리게 함을 노래한 부분이다. 작자의 마음이 청정한 경계에 있음을 알 수 있다. 미연에서 이 맑고 텅 빈 경계에서 모든 소리는 사라져버리고 풍경 소리만이 끊임없이 귓가에 맴돈다 하여 은은한 여운을 남겼다. 속세를 떠나 은거하고자 하는 의지를 드러내놓고 표시하지는 않았지만 '幽', '靜', '空', '寂' 등의 시어를 통해 청정한 경계에 동화되고자 하는 마음을 은근히 표현하고 있는 것이다.

다음 작품 역시 사원을 제재로 하여 시인의 맑은 시심을 표현하고 있다.

題法院 설법원에 대하여 쓰다
勝景門閒對遠山　경치 좋은 곳의 문은 한가로이 먼 산을 대하고
竹深松老半含煙　대숲 깊은 곳에 노송은 반쯤 연기를 머금고 있다

皓月殿中三度磬　눈부신 달빛 전각에 비추는데 경쇠 소리 세 번 들려오니
水晶宮裏一僧禪　수정궁에서 한 승려가 참선에 들었겠구나

　　1~2구의 '빼어난 경치(勝景)'와 '대숲 깊은 곳(竹深)'은 속세를 초탈한 자연의
오묘한 경지를 표현한 시어이다. '밝은 달(皓月)'과 '세 번 들리는 경쇠 소리(三度
磬)'를 묘사하면서 시각과 청각을 활용한 부분에서는 환상적이고도 청아한 경지
를 느낄 수 있다. 法院을 '水晶宮'이라 하여 특별히 맑고 귀한 장소로 부각시켰
고 한 승려가 참선에 들었다고 하여 자신이 禪境에 들고자 하는 마음을 지녔음
을 은유하고 있어 시를 읽고 난 뒤에도 청아한 느낌을 얻을 수 있게 된다.
　　常建은 淸雅하고 閑寂한 풍격을 지닌 자연시의 창작을 통해 자연과의 합일
을 도모하기도 하였고 邊塞詩에 깊은 현실 의식을 담아 창작을 가하기도 하였
다. 이는 개인이 관직에서 느꼈던 실의의 감정을 현실 자연 정경의 묘사로 돌려
공허함을 배제한 실질적인 창작을 해내고자 한 의도에서 나온 것이었다. 한편
常建 자연을 仙境에 대비하거나 禪趣를 투영하여 한아하고 탈속적인 흥취를
창출하기도 하였는데, 자연 묘사 속에 仙境과 禪趣를 이입하여 탈속의 정취를
드러내면서도 游仙이나 禪道 자체를 중시하지는 않았다. 그의 자연시를 보면
游仙詩를 위해 산수를 묘사한 것이 아니라 엷은 禪趣를 풍경 속에 이입하여 자
연 묘사에 한껏 신비롭고도 우아한 색채를 덧입히고자 한 흔적이 발견된다. 이
는 그가 깊은 사고와 哲理를 시에 도입한 魏晉代 이후의 玄言詩 스타일을 시가
에 인용하면서도 '理趣'보다는 '자연미감'의 묘사에 더욱 주안점을 두었기에 가
능한 것이었다고 할 수 있다. 산수를 산수 자체로 본 盛唐代의 시대적 색채를
잘 따르면서도 신선한 자연 묘사 속에 老莊의 분위기를 투영함으로써 청정한
멋을 더한 것이다. 王孟과 비슷한 풍격을 지향하면서도 개성적인 창작을 추구
했던 그의 시의 면모를 파악하게 해주는 부분이다. 盛唐代라는 동시대를 살면
서 山水田園詩를 공통의 주제로 지향했던 王孟시파라는 큰 틀 속에서 常建이
同中有異의 풍격도 지니고 있었음은 주목할 만한 부분이다. 常建의 시에 대하
여 자연을 읊었으나 공허함에 빠지지 않았고, 높은 흥취를 지닌 작품의 창작을
통해 자연시의 경지를 드높였다는 평가[18]가 이를 반증하는 것이라 하겠다.

王維·孟浩然·儲光義·常建 등과 함께 盛唐代의 중요 자연시파 시인으로 거론되는 祖咏은 생졸년이 미상이며 洛陽人이다. 開元 12年 進士에 급제하였으며 開元 13年 張說의 추천을 받아 駕部員外郎이 되었으나 開元 14年 張說이 재상에서 물러난 이후로 관직에서 물러났다. 그 후 汝墳의 별업에 와서 한거하며 王維·儲光義·盧象·丘爲 등 여러 자연시파 시인들과 교분을 쌓고 시를 쓰다 생을 마쳤다.『全唐詩』卷131에「祖咏詩」一卷을 남기고 있는데 시의 편수는 35題 36首와 句 1首에 달하며 자연시에 해당하는 시가 약 18수에 이르고 기타 시들도 산수를 배경으로 한 작품이 많아서 역대 문학사서에서 祖咏을 盛唐 산수전원시파 시인으로 분류한 것이 합당했음을 알 수 있다. 祖咏은 정치상으로 득의했거나 문명이 여타 시인들보다 높았던 문인은 아니었고 그의 시가 특별히 주목을 받을 정도로 개성적 성취를 이룬 정도도 아니었다. 자신의 상황을 염세적으로 표현하거나 세상에 대한 부정적 의식을 표출하기보다는 자신 나름의 시 의식을 갖고 盛唐의 健康하고 明朗한 산수전원시 창작에 일조하였다는 점에서 이의를 찾을 수 있는 시인이라 할 것이다.

祖咏의 시를 보면 盛唐 자연시의 특징인 淸新하고 閑雅한 운치를 그대로 반영한 작품이 많다. 남방과 북방의 산수를 두루 유람하면서 여러 자연시인들과 교분을 나눈 경력은 그로 하여금 盛唐의 '淸新閑雅'한 음과 서정을 잘 드러내도록 만든 요인이 된 것이다. 그의 시를 읽어보면 산수 경물을 대하는 시인의 진정이 소박하고도 자연스럽게 표현되어 있음을 발견할 수 있다. 祖咏이 비 온 후 伊川의 굽이굽이 흐르는 물결을 조망하는 낙을 표현한 다음 작품을 보자.

---

18 일찍이 殷璠은『河岳英靈集』에서 常建의 시를 다음과 같이 평한 바 있다. "常建의 詩는 처음에는 莊子에 통하는 듯했으나, 오히려 山野의 길을 찾아 먼 백 리 밖까지 나섰다가 비로소 大道를 찾아 돌아왔으니, 그 뜻은 심원하고 그 흥은 드물게 보이는 바이며, 빼어난 구절이 언뜻언뜻 보이되 오직 뜻을 드러냄을 논하였다. '솔잎 끝에 달린 이슬 달빛에 희미하니, 맑은 빛 특별히 그대를 위함일세', 또한 '새들의 성품 산빛을 좋아하나니, 못에 비추이는 그림자 사람 마음 평온하게 하네' 이러한 예는 10여 구에 이르니 함께 가히 놀랍다 칭할 만하다.(建詩似初發通莊. 卻尋野徑, 百里之外, 方歸大道. 所以其旨遠, 其興僻, 佳句輒來, 唯論意表. 至如 "松際露微月, 淸光猶爲君", 又 "山光悅鳥性, 潭影空人心.", 此例十數句, 幷可稱警策" 이러한 기록을 통하여 殷璠이『河岳英靈集』에서 常建의 시를 首位에 놓은 이유는 자연 속에서 느낀 미감을 발휘한 山水詩가 뛰어난 흥취를 지닌 채 높은 경지에 있음을 주목한 것이라는 것을 알 수 있다.

陸渾水亭 육혼수 정자에서

晝眺伊川曲	伊川 굽이굽이 흐르는 물 한낮에 바라보는데
巖間霽色明	구름 개어 바위 사이가 밝게 빛난다
淺沙平有路	옅은 모래사장에 평탄한 길 펼쳐져 있고
流水漫無聲	흐르는 물 그득한데 물소리는 고요하구나
浴鳥沿波聚	미역 감는 새들 물결 따라 모여들고
潛魚觸釣驚	자맥질하던 고기 낚시에 닿자 놀란다
更憐春岸綠	이 봄 언덕 푸르른 모습을 더욱 아끼니
幽意滿前楹	그윽한 서정이 정자 기둥 앞에 가득하네

선명한 대낮에 한 폭의 밝은 풍경화를 감상하듯 자연을 그렸는데 고요하게 흐르는 물소리처럼 시인의 마음은 평정한 상태를 유지하고 있다. 시인은 청아한 중에서도 독창적인 시의의 표출을 위한 시어 활용을 잊지 않았다. 미연 '綠', '幽意', '前楹' 등의 시어는 관직에서 뜻을 이루지 못했던 자신이 기쁨과 슬픔, 비애와 초극의 과정을 거친 후 평정과 안온한 경지를 소유하게 되었음을 내비치는 표현이다. 한아한 자연 경치 묘사 속에 담긴 시인의 고독감이요, 밝고 평담한 색채로 자연미감을 표현한 후 여운을 남기고 있는 시인의 색채미 의식이라 할 수 있겠다.

다음은 祖咏이 과거에서 답안지로 써서 제출했던 應試詩 작품이다. 終南山의 적설을 묘사하는 데 있어 산의 높음과 눈의 색깔을 대비하여 청신한 기운을 부각시킨 것이 돋보인다.

終南望餘雪 종남산의 잔설을 바라보며

終南陰嶺秀	종남산 북쪽 마루 빼어난 자태
積雪浮雲端	눈 쌓여 있는데 그 끝에 뜬구름 걸려 있네
林表明霽色	숲 제일 높은 곳에 밝게 개는 모습 보이는데
城中增暮寒	날 저물자 성중에 한기가 더하는구나

먼 산의 설경, 숲의 밝아짐, 근경을 보며 느끼는 한기 등을 차례로 그리고 있다. 멀리 있는 종남산의 숲이 개는 모습을 밝게 표현했으나 막상 시인이 있는

이곳 長安은 한기를 느끼게 한다는 언급을 하였다. 원근법을 활용하면서 시각 묘사에 감각 묘사를 더하였고 저물녘 설경 중에 퍼지는 한기가 마치 실제처럼 느껴지게 하는 효과를 도모하였다.

祖咏의 시 중에는 명랑하고 청아하며 한가롭고 우아한 의경을 느끼게 하는 작품이 많다. 대자연의 그윽한 아름다움을 경쾌한 언어와 참신한 색조로 표현하면서 그 속에 한아한 정취까지 담고 있다. 時俗을 떠난 여유를 잘 창출한 다음 작품을 살펴보자.

贈苗發員外 員外郎 苗發에게
宿雨朝來歇　오랜 비 아침이 오자 멎고
空山天氣清　빈산의 날씨는 맑아졌다
盤雲雙鶴下　떠도는 구름 밑에 학 두 마리 날아가고
隔水一蟬鳴　물 건너편에서 매미의 한 울음소리 들려오누나
古道黃花落　옛 길에는 노란 꽃 떨어지고
平蕪赤燒生　너른 초지에는 붉은 꽃 불타듯 피어난다
茂陵雖有病　이 무성한 언덕에 아쉬움 있기는 해도
猶得伴君行　마치 그대와 함께하는 것 같나니

비 갠 후의 정경이라 '空山'과 '清'이 주는 느낌은 시원하고 飄逸하다. 푸른 하늘 위로 학 두 마리가 날아가고 있어 맑은 정경이 외롭지 않음을 느끼게 해준다. 제3연 '黃'과 '赤'은 시의 색상을 선명하게 해주는 시어이나 그 意趣가 화려함에만 머물러 있지는 않다. "노란 꽃이 지고(黃花落)", "붉은 꽃이 불타듯 피어난다(赤燒生)"는 대비 수법을 활용한 표현이나 말구에서 "마치 그대와 함께하고 있는 것 같다.(猶得伴君行)"라고 한 표현을 보면 그 의경이 산뜻해서 청신한 풍격을 만드는 역할을 효율적으로 하고 있다는 느낌을 받게 되는 것이다.

祖咏이 강남을 여행하며 쓴 다음 行游詩를 보면 산하를 그려내는 필법이 유창했음을 발견할 수 있다.

江南旅情 강남을 여행하는 마음
楚山不可極　초 땅의 산은 다함이 없는데

歸路但蕭條	돌아오는 길은 그저 쓸쓸하구나
海色晴看雨	바다는 개었다가 비 내리는 것 보이고
江聲夜聽潮	강에서는 밤 조수 소리 들려온다
劍有南斗近	검은 南斗六星 근처에 머물고
書寄北風遙	편지는 북풍 아득한 곳에 부쳐지네
爲報空潭橘	빈 못가의 귤나무 소식 알리려 하나
無媒寄洛橋	洛陽 天津橋에 보낼 방법 없구나

여행지 楚 땅을 묘사하면서 '不可極'과 '蕭條'라는 표현으로 쓸쓸한 기운과 넓고 웅건한 느낌을 함께 표현하였다. 제2연에서는 '듣고(看)'과 '보는 것(聽)'의 오감을 활용한 표현을 하여 淸幽하고도 우아한 풍격을 창조하는 시어의 활용을 도모하였다. 수연에서 백묘적 수법을 가한 것에 비교할 때 이 부분은 작자가 의식적으로 神韻의 미를 창출하기 위해 노력을 가한 느낌이다. 2연의 미려한 가경 묘사에 이어 3연에서 자신의 신세를 묘사하려 한 부분에서는 祖咏이 지닌 미감이 독특했음을 살필 수 있다. 미연에서는 자신의 고향에서 못 보는 귤나무를 거론하면서 '빈 못가의 귤나무(空潭橘)'라는 특이한 제재를 부각한 점이 독특하다. 남방의 화려한 산수에 대해 유창하고 수려한 묘사를 가하고 있으되 천연의 미와 소박한 아름다움에 대한 의식을 지향하고 있음이 행간에서 드러난다.

祖咏이 남방의 산수를 그린 작품은 神韻美와 탈속의 경지를 느끼게 하는 데 비해 북방의 산하를 그린 시들을 상대적으로 소박하고 현실적인 모습을 띠고 있다. 북방 산하와 전원의 삶, 원림 속 別業 등을 소재로 하여 지어진 전원시풍의 시가는 전원 속에서 유유자적하면서 사물의 구속에서 벗어난 광달한 경계를 담박한 필치로 그리고 있다. 陶淵明식의 소요와 자적의 흥취를 전원에서 찾고 있는 다음 작품을 보자.

田家卽事 농가에서 짓다

舊居東皐上	동쪽 언덕 위에 옛 거처 있어
左右俯荒村	왼쪽 오른쪽으로 황폐한 마을 굽어본다
樵路前傍嶺	나무꾼 길은 언덕 옆으로 이어지고
田家遙對門	농가의 문은 아득한 곳에 마주해 있네

歡娛始披拂	바람에 옷이 나부껴 먼지를 털어내게 되니 기뻐하고
愜意在郊原	가슴 넓은 뜻 교외 동산에 두었다
餘霽蕩川霧	날 개어 시내의 안개마저 쓸어버리고
新秋仍晝昏	초가을인데 낮에도 어둑어둑하다
攀條憩林麓	나뭇가지 붙잡고 숲가 녹지에서 쉬고
引水開泉源	물 끌어다 샘 근원과 통하게 하였네
稼穡豈雲倦	곡식 심고 거두는 것 어찌 게으르게 할 것인가
桑麻今正繁	뽕나무와 삼마는 지금 바로 손보기 바쁜데
方求靜者賞	이제 고요하게 지내는 이의 감상 추구하며
偶與潛夫論	은거하며 벼슬길 멀리하는 이 만나 담론해본다
鷄黍何必具	닭과 기장 어찌 꼭 장만해야 할까
吾心知道尊	내 마음은 은자의 길이 존귀한 줄 벌써 아는데

陶淵明式의 낙을 저변에 깔고 야산 조망, 산에 오름, 개천, 곡식을 심고 거둠, 뽕과 삼마 등 전원과 농가의 모습과 정취를 그렸고 자신의 생활이 반영된 단순하고도 소박한 전원의 흥취를 투영했다. 옛 거처 동쪽 언덕에서 좌우 마을을 굽어보며 멀리 농가를 대하고 樵路가 바로 옆에 있는 모습은 祖咏 고향 마을의 실록처럼 구체적인 형상을 하고 있다. 제3~5연은 작자의 한가로운 시심을 엿볼 수 있는 대목인데, 특히 7구에서 활용한 날씨나 마음이 밝아지는 상황을 의미하는 '霽'자는 祖咏의 시에서 자주 등장하는 시어로 세속을 벗어난 흥취나 은일의 정취, 혹은 官途와 대비되는 피세의 여유들을 느꼈을 때 많이 사용되는 시어이다. 제7연에서는 은둔하며 不仕하는 선비를 일컫는 '潛夫' 표현을 통해 자신의 강한 은거 의식을 설파하였다. 소박하고 자연스러운 정경 풍광 속에 자신의 담박한 의식을 담아낸 시라 하겠다.

원림에 있는 蘇氏別業을 대하면서 느낀 감정을 표현한 다음 시를 보면 세사를 뒤로한 표일한 풍격이 담겨 있음이 느껴진다.

蘇氏別業 소씨의 별장
別業居幽處	그대는 그윽한 곳 별업에서 기거하는데
到來生隱心	이곳에 오니 은거의 마음 절로 생긴다
南山當戶牖	창은 남산을 마주 대하고 있고

灃水映園林　灃水는 원림을 비추며 흐른다
屋覆經冬雪　겨울이 지나갔어도 집에는 눈 덮여 있고
庭昏未夕陽　석양이 아직 비추기도 전에 뜰은 어두워졌네
寥寥人境外　사람 밖의 세상 이토록 적막하니
閑坐聽春禽　한가로이 앉아서 봄새의 소라 듣는도다

　별업에 오니 은거의 욕망이 절로 생긴다는 표현을 통해 별업이 심산유곡에 위치해 있음과 주변 정경이 빼어남을 추측해볼 수 있다. 別業 주위에 솟아 있는 終南山과 원림을 비추며 도도하게 흐르는 灃水는 장엄한 실제 형상에 비해 소박하고 담박한 필치로 묘사되어 있는 느낌이다. 경연은 원경에 이은 근경의 묘사이다. 한겨울을 지나며 덮여 있는 눈, 쓸쓸하고 고적한 느낌을 주는 유심한 정원의 모습 등을 등장시키면서 계곡과 숲의 무성함 속에 깊이 침잠해 있는 별업을 상대적으로 부각시켰다. 미연에서 쓴 '적막하다(寥寥)'는 형용사는 시인의 심령이 세속을 초월한 영혼 정화의 경지로 들어가서 無念無想의 존재가 된 상태임을 시사한다. 시의 느낌을 차례로 살펴보면 수연에서는 평이하고 직설적인 표현을 가하였고, 함연에서는 웅혼한 기상을 서사했으며, 경연에서는 정교하고 공교하게 문자를 활용했고, 미연에서는 심오한 의취를 담고 있음이 발견된다. 단락별로 참신한 의상을 창조하려는 시도를 가했음을 살필 수 있는 것이다.
　강남의 산수를 몸소 체험하며 쓴 祖咏의 시들이 청신하고도 유려한 필치를 드러내고 있는 데 비해 북방의 전원에서 한거하며 쓴 시들은 사실적이면서도 순박하고 평담한 표현을 추구하고 있음이 발견된다. 특히 관직에서 물러나 별업에 기거하는 순간부터 祖咏은 세상의 욕심에서 벗어날 수 있었던 것으로 보인다. 이처럼 자연 속에 기거하며 공명과 부귀를 부운과 같이 여긴 마음으로 창작한 시들은 순박하고 담박한 풍격을 창출하게 된다. 祖咏은 또한 칠언시 「望薊門(계문을 바라보며)」 한 수를 제외하고는 오언시를 선호했는데 이는 전통적인 산수전원시 창작 형식을 따른 것이 된다. 시가의 표현에 있어서는 詞語의 조탁이나 典故의 다용을 배제한 채 깔끔한 필치로 은일의 홍취와 한담한 경지를 기술한 작품들이 많다. 인위적 수식이 절제된 '自然流麗'한 풍격은 祖咏의 자연시가 이루어낸 대표적 풍격이라 할 수 있을 것이다. 동시기 孟浩然이 남방의 청아한 자연 묘사에 뛰어났고 王維가 소박하고 담박한 성취를 지닌 북방 자연시 창작에 훌륭한 업적을 남긴 것과 비교해볼 때 祖咏의 성취는 상대적으로 크지 않다. 그러나 祖咏은 한아하면서도 유려한 필치의 남방 자연시와 순박하면서도 담박한 풍격을 표출하는 북방 전원시 모두에 관심을 기울인 인물이었다. 청신한 필치로 광활하고 수려한 산수를 표현하면서도 전원에 대한 소박한 정취를 소유하고 있었던 祖咏의 창작 의식이 주목받을 만한 가치가 있음을 거론할 수 있겠다.

은거하며 王維와 수창한 시인으로 유명한 裴廸(719~?)은 長安人이며 蜀州刺史와 尙書省郎을 지낸 바 있다. 王維, 王昌齡, 杜甫, 李頎, 崔興宗 등과 친분이 있었는데 특히 王維와는 天寶 2년(743)부터 輞川, 終南山 등에서 함께 은거하며 창화하였고 『輞川集』에 자연 경물을 읊은 시 20수씩을 각각 수록하였다. 『全唐詩』에 29수의 시가 전하는데 대부분 五言絶句이다. 王維와 비슷한 시풍을 지녔으며 그윽하고 적막한 경치를 잘 묘사한 시인이었다.

王維와 창화한 시인답게 裴廸이 지은 자연시들은 대체로 王維와 비슷한 淡白閑雅한 풍격을 지니고 있어 盛唐 淸澹詩派의 성세를 이루는 데 있어 일조한 시인임을 알 수 있다. 裴廸의 작품 중에서 『輞川集』에 실은 시 「臨湖亭」, 「木蘭柴」 두 수를 차례로 살펴본다.

臨湖亭 임호정에서
當軒彌滉漾　임호정 옆 물결은 더욱 출렁이고
孤月正徘徊　외로운 달은 지금 배회하고 있다
谷口猿聲發　골짜기 어귀에는 원숭이 울음소리
風傳入戶來　바람은 방향을 바꾸어 집 안으로 불어오나니

자연을 향한 특별한 바람이나 의도 없이 자연스럽게 일어나는 흥취를 기록한 글이다. '외로운 달(孤月)', '원숭이 소리(猿聲)' 등의 시어는 臨湖亭에서 바라보는 심정이 비교적 소산한 상태에 있음을 은유한다. 이때 바람은 방향을 바꾸어 시인의 가슴속으로 들어온다. 이로 인해 조용하게 자연을 바라보던 시인은

物外의 흥취와 고적한 심사를 함께 느끼게 되는 것이다.

木蘭柴 목란채

蒼蒼落日時　어둑어둑 해 지는 시간
鳥聲亂溪聲　새소리 물소리 어지러이 섞여 있다
綠溪路轉深　푸른 개울가 길은 갈수록 깊어지는데
幽興何時已　이 그윽한 흥취는 다하는 순간이 있으랴

　어둑해지는 시간에 들려오는 새와 물소리를 함께 언급하였다. '어지럽다(亂)'
는 표현을 썼지만 이어진 묘사 '푸른 개울(綠溪)'로 인해 오히려 명랑하고 신선
한 느낌을 얻게 된다. 이제 시인은 마치 깨달음을 찾아가는 구도자처럼 자연 속
으로 한 발 한 발 더욱 깊이 들어간다. 자신만이 느낄 수 있는 그윽한 흥취로
인해 시인은 어느덧 沒我의 경지로 들어가게 되는 것이다.

　친구를 송별하며 쓴 다음 작품은 아쉬운 마음을 산수에 대한 감상을 권하는
것으로 대신하고 있다.

送崔九 최구를 보내며

歸山深淺去　돌아가는 산 깊든지 얕든지
須盡丘壑美　반드시 산수의 아름다움을 다 감상하게
莫學武陵人　무릉도원 사람은 되려고 하지 말지니
暫游桃源里　잠시 복숭아 동산에서 놀다 오면 그뿐

　崔九와 헤어지는 섭섭함을 뒤로한 채 귀로에 보게 될 자연을 통해 위로받기
바라는 마음을 실었다. 송별의 정을 산수에 담은 것은 여타 시와 다를 바 없으
나 이 시는 무릉도원의 탐닉은 잠시면 족하다는 절제 의식을 함께 보이고 있어
이채롭다. 산수미감과 현실 의식을 함께 논하고 있어 미학을 추구하되 관념에
빠지지 않는 모습을 보여주는 것이다.

　裴廸의 자연시들이 王維와 비슷한 풍격을 지닐 수 있었던 것은 그가 실제로
자연 속에서 한거하였기에 가능한 것이었다. 일찍이 왕유는 배적과 많은 시를
주고받았는데 그중 「酌酒與裴廸(술 마시며 배적에게)」에서 "술 따라 권하노니 그

대 마음 풀게나, 인정의 바뀜이란 물결과 같은 것. … 세상사 뜬 구름 같으니 어찌 만족함만 바라리오, 은거하며 술안주 더 먹는 것만도 못할 수 있으리.(酌酒 與君君自寬, 人情翻覆似波瀾. … 世事浮雲何足問, 不如高臥且加餐)"라고 하며 은거의 낙 을 찬양하였는데 이 역시 서로 같은 의식을 소유하고 있었기에 가능한 것이었 다. 裵迪 시가의 성취가 크다고 할 수는 없으나 은거의 삶을 실천하며 王維, 儲 光羲, 王昌齡, 綦毋潛, 祖咏, 盧象, 李頎, 崔興宗 등 저명한 산수전원시파 시인 들과 함께 盛唐의 자연시의 청아한 기풍을 함께 세운 공은 주목을 받을 만하다 할 것이다.

북방을 근거로 한 시인 王維, 儲光羲, 綦毋潛, 祖咏, 崔興宗 등과 교유하면서 여러 수의 자연시를 남긴 시인으로 盧象이 있다. 盧象(생졸년 미상)은 字가 緯卿 이고 汝水人이다. 玄宗 開元末을 전후하여 활약하였으며 진사 급제 후 秘書郎 과 右衛倉曹掾을 역임하였다. 張九齡의 총애를 받아 司勛員外郎이 되었으나 겸 손하지 못하여 齊, 邠, 鄭 등의 司馬로 좌천되기도 하였다. 安綠山 반군 밑에서 관직을 맡았던 일로 몇 번의 폄적 생활을 겪다가 主客員外郎에 임관되어 가는 길에 武昌에서 졸하였다.『全唐詩』권122를 비롯한 각종 문헌에 약 26편의 시 가 남아 있다.[19] 특히 그가 王維, 儲光羲, 綦毋潛, 祖咏 등과 교유하며 쓴 작품 중에는 빼어난 자연 묘사가 많으며 다른 시에서도 자신의 자연관이나 전원에서 의 흥취를 드러낸 내용이 많이 발견되므로 盛唐 자연시의 창작 성향과 연계하 여 주목할 만한 문인이라 할 수 있다.

盧象이 쓴 田園詩 중 향시를 치른 후 고향에 돌아와 이웃과 반갑게 만난 상 황을 그린 다음 시를 보면 田家에 대한 그의 의식을 읽을 수 있다.

鄕試後自鞏還田家因謝鄰友見過之作 향시 후에 공현에서 전가로
돌아와 이웃 친구들과 만나서 쓴 시
鷄鳴出東邑　새벽닭 울 때 동읍에서 출발하여

---

19 盧象 시에 대한 연구 자료로는 兪聖濬,「盛唐 盧象의 詩交」,『중국학연구』제40집, 2007.
　6 ; 兪聖濬,「盛唐 盧象의 詩」,『중국연구』, 2008 등의 논문을 참조할 수 있다.

馬倦登南巒	말 힘껏 달려 남쪽 산을 오른다
落日見桑柘	해 지는데 뽕나무 바라보니
翳然丘中寒	어스름에 산언덕이 차갑다
鄰家多舊識	이웃집에 구면이 많아
投暝來相看	늦은 시간에도 서로 와서 만나본다
且問春稅苦	봄 세금의 고통을 물어보고
兼陳行路難	더불어 세상살이 어려움 말해본다
園場近陰壑	장원의 밭은 그늘진 골짝에 가까워
草木易凋殘	초목이 쉽게 시든다
峯晴雪猶積	산봉우리 개었어도 아직 눈이 쌓여 있고
澗深冰已團	계곡은 깊어 벌써 얼음이 덩어리져 있다
浮名知何用	헛된 이름 어디다 쓸 것인가
歲晏不成歡	세모에 기쁨을 이루지 못하네
置酒共君飲	술 차려 그대와 함께 마시면서
當歌聊自寬	노래 부르니 절로 너그러워지누나

　이웃과 만난 기쁨을 묘사하는 중에 사실적인 묘사도 놓치지 않았다. '춘세(春稅)', '살기가 어렵다(行路難)' 등은 농가의 삶과 인생살이의 고단함을 표현한 것이요, 그늘진 밭의 작물이 쉽게 시드는 모습은 농사의 어려움을 토로한 것이며, 산 위에 쌓인 눈은 이 어려운 현실이 밝아질 기미가 보이지 않음을 은유한 것이 된다. 어두운 필치로 전원과 자연에 대한 묘사를 사실적으로 가하였으나 시가의 결말을 통해 자연 속에서 "스스로 마음을 너그럽게 하는 것(自寬)"으로 결말지으며 마음을 추스르고 있다. 盧象이 농가를 묘사한 이 시는 전원에 대한 현실적인 안타까움과 애착이 교차하는 심리를 잘 밝히고 있는 작품인 것이다.

　盧象은 또한 은거의 흥취에도 관심을 갖고 시가를 창작한 바 있다. 이는 그가 교유하던 崔興宗, 綦毋潛, 裴迪 등의 삶에서 영향을 받은 것으로도 추측해볼 수 있다. 일례로 그의 숙부가 은거하는 초당을 묘사한 작품 「家叔征君東溪草堂二首(숙부 정군의 동계초당 두 수)」의 제1수에서는 "개간한 산 십여 리, 푸른 절벽은 숲과 함께 어우러져 있다. 요 시대 하늘의 뜻을 알고 싶으면, 동쪽 시냇가의 흰 구름이 바로 그것이라. 뇌성은 깊은 골짜기에 울리고, 구름 모습은 흐르는 물에 기묘하게 비치네.(開山十餘里, 靑壁森相倚. 欲識堯時天, 東溪白雲是. 雷聲轉幽壑, 雲

氣杳流水)"라고 하여 한아한 자연 묘사를 통해 전원에 기거하는 삼촌의 삶을 세상에서 으뜸가는 평온한 삶으로 치환하기도 하였고, 같은 시 제2수에서는 "선인의 집에 이르니, 갈매기 날아오르는 것에 놀랄 것 없어라. 물 깊어 엄자릉이 낚시하던 곳 같고, 소나무에는 소부의 옷이 걸려 있는 듯. 구름은 그윽한 골짜기에 흐르고, 시내의 흐름은 정해진 것 없어라. 명리란 부러워할 만한 것 못 되니, 좋은 고기 음식을 어찌 바란다 하리오(已到仙人家, 莫驚鷗鳥飛. 水深嚴子釣, 松掛巢父衣. 雲氣轉幽寂, 溪流無是非. 名理未足羨, 腥臊詎所希)"라고 하여 명리를 뒤로하고 은일의 삶을 택한 은자의 삶을 반추하였음을 살펴볼 수 있겠다.

盧象은 또한 몇 수의 작품을 통해 수려한 산수에 대한 감동을 기록하기도 하였고 자연이 주는 감흥을 통해 고향에 대한 서정을 기탁하기도 하였다. 그가 쓴 산수시 중 三峽을 지나가면서 巫山의 절경에 반하여 쓴 다음 작품을 살펴본다.

峽中作 삼협을 지나면서
高唐幾百里　무협은 몇백 리나 이어져 있나
樹色接陽臺　울창한 나무들은 陽臺와 이어져 있네
晚見江山霽　저물녘 강산이 개는 것 보았는데
宵聞風雨來　밤 드니 비바람 불어오는 소리 들린다
雲從三峽起　구름은 삼협에서 일어나고
天向數峯開　하늘을 향해 수많은 봉우리 솟아 있구나
靈境信難見　신령한 이 모습 실로 보기가 쉽지 않도다
輕舟那可回　나의 가벼운 이 배 어찌 돌릴 수 있으리오

四川省 奉節에 있는 巫峽을 배경으로 한 작품으로 수연에서는 宋玉이 「高唐賦」에서 楚 懷王(高唐)이 꿈에서 巫山 神女와 만나니 신녀가 "저는 무산의 양지, 높은 언덕의 험한 곳에 사는데 아침에는 구름이 되었다가 저녁이면 비가 됩니다.(妾在巫山之陽, 高丘之岨, 且爲朝雲, 暮爲行雨)"라고 했다는 기록을 인용하였다. 巫峽의 장엄한 풍경을 그림에 있어 협곡 봉우리에 그득한 나무, 밤낮으로 교차하는 햇볕과 비바람, 구름 속에 펼쳐져 있는 산봉우리의 모습들을 순차적으로 기술함으로써 역동적인 묘사를 이룩하였다. 특히 풍경 묘사 속에 무산 신녀와 고당에 대한 이야기를 자연스럽게 이입하여 경관의 아름다움에 신비감을 배가시

킨 수법이 절묘하게 느껴진다. 화려하지 않은 자연 묘사 속에 담백한 의경을 표현하고 있음을 느끼게 하는 작품이다.

盧象이 강남으로 좌천되어 갔을 때 쓴 작품에서는 자연 모습 속에서 고향의 서정을 깨닫게 되는 상황을 기술했음이 발견된다.

永城使風 영성에서 바람을 맞으며
長風起秋色　큰 바람에 가을빛 도는데
細雨含落暉　가는 비는 지는 햇살을 머금었네
夕鳥向林去　저녁 새는 숲을 향해 날아가고
晚帆相逐飛　저녁 돛은 나는 듯이 서로를 쫓는구나
蟲聲出亂草　벌레 소리는 어지러운 풀숲에서 들려오고
水氣薄行衣　물 기운은 행인의 옷을 가볍게 적시네
一別故鄕道　한번 떠나온 고향 길
悠悠今始歸　이제는 유유히 돌아가려 하나니

바람이 불어오는 중에 가을을 느끼고 석양 노을에 새와 돛배들의 귀향이 이루어짐을 응시한다. 시인은 소산한 기운에 휩싸인 채 비, 새, 돛배, 벌레, 물 기운 등을 관찰하였는데 이 사물들은 각자가 자신의 목적지를 향해 움직이거나 다양한 활동을 통해 존재감을 표현하고 있다. 이러한 형상을 보면서 시인은 문득 향수와 귀향 의식을 떠올린다. 가을과 지는 해를 배경으로 한 정경이 시인에게 수심을 갖게 하고 귀향의 정까지 일어나게 하니 시인에게 있어 자연은 내면의 가장 깊은 서정을 주관하는 섭리자 역할을 하고 있는 것이다.

강남에서 겨울 자연의 모습을 감상하던 중에 귀향 의식을 느낀 것을 기술한 작품도 있다.

竹里館 죽리관
江南冰不閉　강남의 얼음은 아직도 땅에 서려 있고
山澤氣潛通　산 연못의 기운은 땅과 서로 통하고 있다
臘月聞山鳥　납월에도 산새 소리 들리고
寒崖見蟄熊　차가운 벼랑에 곰이 칩거하는 모습 보인다
柳林春半闇　버들 숲에는 봄이 반쯤 들어 있고

荻筍亂無叢　물억새와 죽순은 어지러우나 무리를 이루지는 못했네
回首金陵岸　고개 돌려 금릉 언덕을 바라보노라니
依依向北風　북풍에 의지하고 싶은 마음뿐이라

王維의 「竹里館(죽리관)」과 같은 시제의 작품인데 王維의 「竹里館」이 "그윽한 대숲 속에 홀로 앉아, 거문고 뜯다가 긴 한숨 쉬는(獨坐幽篁里, 彈琴復長嘯)" 고요한 경지를 설파했다면 이 시는 강남의 차가운 겨울을 묘사하고 있는 것이 비교된다. 일반적으로 '江南'이 수려하고 청아한 산수를 대변하는 이미지를 지닌 것과 비교해볼 때 이 작품 속의 강남은 아직도 개화를 기다리는 추운 겨울의 형상이라 다소 이채롭게 느껴진다. 여기에 차가움의 대명사인 '北風'은 오히려 북방인 고향인 시인에게 귀향 의식을 불러일으키는 존재로 등장한다. 폄적된 신세에 있는 시인 자신의 주관적 서정은 이처럼 독특한 감성으로 자연을 바라보고 묘사하게 하는 요인이 된 것이다.

盧象이 문인들과 교유하며 쓴 시가 중에도 자연 묘사를 훌륭하게 가한 부분들이 발견된다. 祖咏과 송별하며 쓴 작품 「送祖咏(조영을 보내며)」 중에서는 "전가에서는 섣달이 좋은데, 세밑에 그대는 돌아간다 하네. 돌길에 눈이 내리기 시작하고, 쓸쓸한 마을에는 닭들이 함께 날고 있구나. 동쪽 언덕에는 밥 짓는 연기가 많이 일고, 북쪽 물가에는 차가운 햇살이 은은하구나.(田家宜伏臘, 歲晏子言歸. 石路雪初下, 荒村鷄共飛. 東原多煙火, 北澗隱寒暉)"라고 하여 쓸쓸한 이별 속에 담은 겨울 농가의 사실적인 모습을 표현하였고, 과거에 낙방하여 귀향하는 綦母潛에게 대해 쓴 시 「送綦母潛(기무잠을 보내며)」 중에서는 "준족으로 마음껏 달려보기도 전에, 빈 배 타고 헛되이 돌아가는구려. 회남에 가면 단풍이 떨어지겠네, 파안에는 복사꽃 피어 있는데. 나감과 머무름은 잠시에 그칠 뿐, 세상에서 부침에 어찌 매달리리오(高足未雲驕, 虛舟空復回. 淮南楓葉落, 灞岸桃花開. 出處暫爲耳, 沉浮安系哉)"라고 하여 뛰어난 재주에도 뜻을 펴지 못하고 귀향하는 지기에게 아름다운 자연의 변화를 보며 마음의 위안을 얻기를 기원한 바 있으며, 王維와 함께 藍田에서 은거 생활을 하고 있는 崔興宗의 별장을 방문하여 쓴 시 「同王維過崔處士林亭(왕유와 함께 최처사의 숲 속 정자를 방문하여)」에서는 "대숲 속에는 이

따금 물레 돌리는 소리 들리는데, 창 앞에는 그저 거미줄 치는 모습만 보이네. 주인은 빈궁하여 늘 한가로이 지내고 있으니, 잡초 우거진 집에 사는 한 노학자라네.(暎竹時聞轉轆轤, 當窓只見網蜘蛛. 主人非病常高臥, 環堵蒙籠一老儒)"라고 하여 한가롭고도 맑게 살고 있는 은자의 삶을 칭송하기도 하였다. 이외에도 盧象이 당시에 문명이 높았던 시인들과 활발한 교류를 한 내용을 담은 작품이 여러 수있다. 특히 청담파 시인들과의 교류는 자연에 대한 인식과 창작 표현 면에서 서로 영향을 주고받는 결과로 이어졌음을 추측해볼 수 있겠다. 현존하는 盧象의 작품이 많지는 않지만 盛唐 자연시의 성취를 이룬 제가 중 일인이었다는 점에서는 거론할 만한 가치가 있는 시인이라 하겠다.

王維, 儲光羲, 常建, 祖咏, 盧象 등이 주로 북방에서 거주하며 북방의 산하나 전원을 묘사한 시인이었다면, 孟浩然, 綦毋潛, 丘爲, 薛據 등은 남방을 근거로 하여 남방의 수려한 산수를 청아하게 표현한 시인들이었다. 孟浩然과 함께 남방에서 활약한 인물 중 綦毋潛(692?~755?)은 字가 季通이고 荊南人이다. 開元 14년(726)에 進士에 급제하여 秘書省 校書郎에 제수되었다. 한 번 관직을 떠나 江東으로 갔다가 宜壽尉로 복직하였고 集賢院 待制를 거쳐 右拾遺, 校書郎 등을 지냈다. 만년에 강남에 은거하였고 王維, 儲光羲, 李頎 등과 사이가 좋아 내왕하였다. 은일 서정을 잘 표현하여 殷璠이 『河岳英靈集』에서 "세속 외의 정을 잘 표현하였다.(善寫方外之情)"고 칭찬한 바 있다. 『全唐詩』에 26수의 시가 전하는데 사도와 은거의 생활을 넘나들었던 그의 생활과 성품을 반영하듯 주로 吳越을 배경으로 은일 서정을 표현한 시가 많으며 자연 묘사 속에 禪趣를 담은 작도 주목할 만하다.

綦毋潛은 자연을 노래함에 있어 정경 묘사 속에 서정을 투여하는 수법을 자주 활용하였고 자연에 대한 남다른 애착을 은일의 서정과 연관지어 서술하기도 하였다. '자연정경에 대한 묘사', '정경을 통해 체득하는 감흥', '은일심리의 표현'으로 이어지는 내용 전개는 그의 자연시에서 흔히 발견되는 구조라 할 수있다. 綦毋潛은 작품 속에서 시내와 숲, 연무 일고 노을 진 바위와 계곡, 사찰과 전탑 등을 즐겨 표현하였는데 수려한 남방 산수를 대하면서 화려한 필법을 구사하기보다는 청정한 필치와 담백한 의경을 펼치는 것에 더욱 주안점을 두었다. 시어 중에서 전대 은자의 이름을 언급하거나 '空', '幽' 등의 한적한 흥취를 나타내는 단어를 자주 활용한 것은 그가 담백하면서도 그윽한 의상을 창출하기 위해 노력하였음을 나타내는 부분이다. 그가 체험한 흥취는 담백하고 백묘적인 표현을 통해 더욱 閑雅하고 淡寂한 풍격으로 창출되었음을 발견할 수 있다.

綦毋潜이 茅山의 한 동굴을 그려낸 다음 작품을 보면 정경 묘사, 청아한 감흥, 은거 의식 등이 효율적으로 나열되어 있어 綦毋潜 시의 서술 기법을 살펴볼 수 있는 작품의 좋은 예라 할 수 있다.

茅山洞口 모산의 동굴 입구

華陽仙洞口 화양 동굴 입구가
半嶺拂雲看 산 중턱에 둘러 있는 구름 사이로 보이네
窈窕穿苔壁 이끼 긴 벽에 그윽하게 굴이 뚫려 있는데
差池對石壇 들쑥날쑥한 돌 제단을 대하게 된다
方隨地脈轉 동굴은 지세 따라 구불구불 이어져 있는데
稍覺水晶寒 언뜻 수정 같은 차가움이 느껴지누나
未果變金骨 아직 선골로 변하는 것 이루지도 못했는데
歸來茲路難 인간 세상으로 돌아오는 이 길은 실로 어려워라

茅山의 華陽仙洞(江蘇 西南部에 위치)을 유람한 작자의 느낌이 체험 순서에 따라 순차적으로 나열되어 있다. 원경의 묘사, 동굴 입구에서 살펴보게 된 근경, 동굴의 내부 체험 등으로 이어지는 자연 정경이 차례로 묘사되어 있으므로 독자는 경치에 대한 상상력을 쉽게 발휘할 수 있다. 정경에 이입되던 감성은 "수정 같은 차가움(水晶寒)"이라는 제6구의 표현에서 문득 신선한 느낌을 얻게 된다. 마치 선경에서 환유하다 문득 현실의 상황을 깨닫게 된 것 같은 오감의 각성인 것이다. 그러나 동굴을 통한 선계의 체험은 잠시에 불과할 뿐 다시 바꿀 수 없는 현실의 삶으로 돌아와야만 한다. 도가적 흥취와 은거 지향의식을 갖고 잠시 선계를 추구하였으나 인간은 종래 '金骨'[20]로 변하기는 어려운 존재임을

---

20 金과 骨의 형상을 표현한 '金骨'은 본래 견고한 사물을 의미한다. 『文選』에 실린 鮑照의 「代君子有所思」 시에서 "개미의 동굴에 의해 산하가 무너지고, 실 같은 눈물에 의해 금골이 훼손

미연을 통해 설파하고 있다. 한편으로는 이러한 내용을 통해 綦毋潛이 자연에 대한 애호의식을 소유하기는 했지만 현실의 갈등에서 완전히 자유롭지는 못했던 시인이었음을 추측해볼 수 있겠다.

綦毋潛이 若耶溪(浙江 紹興 동남쪽에 위치)에서 노닐면서 산수에 대한 홍취를 기록한 다음 작품을 보면 정경, 감흥, 은거 지향 의식이 혼재되어 있는 구도임을 발견할 수 있다.

春泛若耶溪 봄에 약야계에 배 띄우고
幽意無斷絶　그윽한 마음이 끊이지 않아
此去隨所偶　이번엔 그저 발길 닿는 곳으로 간다
晩風吹行舟　저녁 바람은 배를 밀어주어
花路入溪口　꽃길 따라 개울 입구로 들어간다
際夜轉西壑　밤 되자 배는 서쪽 골짜기를 돌아
隔山望南斗　산 건너 남쪽 하늘을 바라본다
潭煙飛溶溶　못에서는 물안개가 피어오르고
林月低向後　숲 뒤로 비추는 달빛 나직이 드리워져 있다
生事且瀰漫　이 세상 일은 너무 아득해
願爲持竿叟　그저 낚싯대 드리운 노인네 되고 싶어라

적막한 풍경 속에서 자연과 하나가 되기 위한 잠재의식을 발하고 있기에 시에서 느껴지는 맛이 그윽하고 한가롭다. 목적 없이 배를 타고 여정에 올라 시간의 흐름도 잊은 채 정경을 감상하는 것에만 온통 마음을 두고 있다. 밤이 되어 도착한 곳에는 피어오르는 물안개와 숲에 비추이는 달빛이 교교하면서도 환상적인 멋을 드러내고 있다. 이 정경을 보면서 작자는 마음속에 잠재해 있던 은거의식을 다시금 떠올리는 것이다.

된다.(蟻羡漏山河, 絲飛殷金骨)"라는 구절이 있는데 이에 대해 李善이 注하기를 "금골의 견고함은 마치 사랑하는 이의 두터운 정 같은 것이다. 간사한 말을 하는 사람은 그저 실 같은 눈물을 흘려도 금골이 그로 인해 상한다고 하는 것이다.(金骨之堅, 喩親之篤者. 言讒邪之人, 但下如絲之淚, 而金骨爲之傷殷也)"라고 하였다. 변하기 어려운 인간의 본성, 현실의 상황 등을 비유한 단어이나 이 시에서는 도교에서 불교의 사리와 비슷하게 쓰이는 仙體, 仙骨의 의미로 활용된 것으로 추측된다.

위 작품과 같은 장소를 배경으로 하여 쓴 다음 작품을 보면 친구 孔九를 만
난 기쁨을 그리면서도 산수의 묘사에 더욱 주력함으로써 정경의 미감을 살린
면모를 발견할 수 있다.

若耶溪逢孔九　若耶溪에서 孔九를 만나
相逢此溪曲　이 굽이진 계곡에서 서로 만나니
勝托在煙霞　멋진 정경이 연기와 노을을 배경으로 펼쳐 있네
潭影竹間動　못에 드리운 대나무 그림자 흔들거리고
巖陰簷外斜　바위는 처마 너머로 비스듬히 그늘을 드리웠네
人言上皇代　사람들은 복희씨 시대를 말하고
犬吠武陵家　개들은 무릉도원에서 짖는구나
借問淹留日　그대여 묻노니 이곳에 오래 머무르지 않으려가
春風滿若耶　봄바람이 若耶溪에 이처럼 그득한데

若耶溪의 봄 경치가 산뜻한 느낌으로 펼쳐져 있다. 연무와 노을이 배경이 된
若耶溪에는 적당한 바람과 그늘까지 있어 시인의 마음을 더욱 한가롭게 한다.
이 경치 속에서 작자는 무릉도원의 한적하고 신령한 경지를 느끼게 되며 그 정
취를 친구에게도 전하고자 한다. 미연에서 자연 속에서 기거하고자 하는 욕망
을 若耶溪에 부는 봄바람에 기탁한 것은 수려한 자연 정경을 묘사하면서 시가
의 여운을 높여낸 뛰어난 표현 수법이라 할 것이다.

綦毋潛은 進士 급제 후 관직을 떠나 江東에 있다가 宜壽尉로 복직하기 전과
만년의 일정 기간 동안 강남에서의 은거를 실행한 바 있다. 출사와 은거를 반복
한 그의 이력은 시가 창작에 있어 자연 정경에 대한 관심과 묘사를 강화하게
하였고 정경 자체에 대한 묘사뿐 아니라 은일 서정의 설파에도 마음을 쏟게 하
는 결과로 이어지게 되었다. 따라서 자연 묘사와 은일 서정의 결합은 綦毋潛
자연시에서 발견되는 중요한 경향이라 할 수 있겠다. 綦毋潛이 員外郎 沈東美
의 산지에 대해 쓴 다음 작품을 통해 눈앞 자연을 선계에 비유하면서 은일의
서정을 설파한 면모를 살펴보자.

題沈東美員外山池 員外郞 沈東美의 산지에서 쓰다

仙郞偏好道　沈東美는 도를 자못 좋아하여
鑿池象瀛洲　산의 연못을 마치 瀛洲처럼 꾸며놓았네
魚樂隨情性　물고기는 자신의 천성을 따라 노닐고
船行任去留　배는 마음대로 가다 머물다 한다
秦人辨鷄犬　도화원의 진나라 사람은 닭과 개 울음소리 들었고
堯日識巢由　요임금 시대는 巢父와 許由를 알아보았네
歸客衡門外　형문 밖에 돌아가는 객
仍憐返景幽　다시금 그윽한 이 경치를 그리워할 것이니

　沈東美는 자연과 선도를 좋아하였기에 山池를 '선계(瀛洲)'처럼 꾸며놓았다.
이 속에서 물고기와 사람은 온전한 자유를 누리며 자신의 천성에 따라 유유자
적하고 있다. 이 모습을 본 시인은 堯임금의 왕위 선양 제의에도 미련 없이 은
거를 택했던 巢父와 許由의 삶을 떠올린다. 왕위 제안에 대해 더러운 말을 들
었다며 흐르는 물에 귀를 씻었던 巢父와 許由의 고사[21]를 떠올리면서 은거의
삶을 흠모하고 있지만 현실의 자신은 세상으로 다시 돌아가야만 한다. 미연에
서 시인은 다시 이 평온한 정경 속에서 실행하는 은거에 대한 미련을 언급하고
있다. 수려한 정경을 대하자 가슴속에 일어나는 은거의 의지를 종래 떨어내지
못하는 것이 시인의 마음임을 읽을 수 있는 것이다.

　慕母潛의 시 중에는 자연 묘사 속에 禪趣나 道家의 흥취를 이입하여 탈속의
정취를 드러낸 작품들이 여러 수 있는바 그의 전체 시 26수 중 12수에 달한다.
이러한 시들은 담백한 의경을 창출하면서도 때로는 禪理의 이입이 상대적으로
강해서 자연 묘사가 부차적이 될 때도 있다. 먼저 사원을 제재로 하여 자신의

21　巢父와 許由에 관한 고사는 『昭明文選』, 『史記』, 『高士傳』 등 여러 문헌에 있는데 그중
　　唐 李善이 皇甫謐의 『高士傳』을 인용하여 注한 「逸士傳」을 보면 다음과 같은 기록이 보인
　　다. "巢父는 堯 시대의 은자였다. 堯가 왕위를 許由에게 선양하려 하자 由가 그 일을 巢父
　　에게 고하였더니 巢父는 由를 책망하여 말하길, '그대는 어찌 그대의 빛을 숨기지 않는가?
　　어떤 연고로 몸을 드러내고 이름을 알려지게 하려 하는가? 그대와 같은 이는 나의 친구가
　　아니로다.'라고 하면서 가슴을 치고 떠나갔다. 許由가 창연하여 어찌할 수 없어 마침내 맑
　　은 물이 흘러가는 곳에서 귀를 씻었다.(巢父者, 堯時隱人也. 及堯讓位乎許由也, 由以告巢父焉, 巢
　　父責由曰 : '汝何不隱汝光? 何故見若身, 揚若名令聞? 若汝, 非友也.' 乃擊其膺而下之. 由悵然不自得,
　　乃過淸冷之水洗其耳)"

선취를 표출한 작품 「登天竺寺」를 살펴보자.

登天竺寺 천축사에 올라
郡有化城最 군 내에 있는 사원 중 가장 뛰어난 곳
西窮疊嶂深 첩첩이 펼쳐진 깊은 산 서쪽 끝에 위치해 있다
松門當澗口 소나무문은 개울 입구를 마주하고
石路在峯心 돌길은 산봉우리 한가운데에 펼쳐 있구나
幽見夕陽霽 석양이 그윽하게 개는 모습 바라보는데
高逢暮雨陰 높은 봉우리에 저물녘 내리는 비 그늘을 드리웠네
佛身瞻紺髮 부처의 몸을 바라보매 머리는 감색이고
寶地踐黃金 보배로운 이 절 터 황금을 사고 얻은 듯
雲向竹磎盡 구름은 대숲이 심어진 개울가를 향하다 사라지고
月從花洞臨 달은 꽃이 피어 있는 동굴까지 따라와 머물렀다
因物成眞悟 세상의 사물로 인해 참다운 깨달음을 이루게 되니
遺世在茲岑 이 봉우리에서 세속을 떠나리라

첫 구에서 天竺寺를 '化城(번뇌를 막아주는 안식처)'에 비유한 것은 사원과 해탈
의 공간을 연계시키고 있는 이 시의 내용을 계도하는 표현이다. 제2연에서 天
竺寺가 심산유곡에 있음을 직접적으로 언급하는 대신에 주변 정경을 동원하여
실체를 부각시킨 표현 방식이 돋보인다. 석양이 지는 모습을 그윽하게 바라보
던 시인은 높은 봉우리에 어둡게 깔린 그늘을 목도하고는 이내 눈앞의 불상으
로 시선을 돌렸는데 불사를 안식처와 깨달음의 세계로 묘사하기 위하여 주변
정경을 어두운 세계로 그리고 있기에 느낌이 이채롭다. 天竺寺의 주변 외관과
내부의 풍경, 이 속에서 느끼는 해탈의 경지, 불도를 향한 집념 등을 유기적으
로 잘 융합하여 그려낸 작품이라 하겠다.
綦毋潛이 사원을 소재로 쓴 작품들 중 그가 추구하는 선취가 상대적으로 강
렬하여 자연 묘사가 선취를 위한 배경으로 존재하는 것 같은 작품을 살펴보기
로 한다.

宿龍興寺 용흥사에 머물며
香刹夜忘歸 향기로운 사찰에서 밤 깊도록 돌아갈 줄 모르는데

松青古殿扉　소나무는 오랜 전각 문 밖에 푸르게 보이네
燈明方丈室　방장스님 방에는 등불 밝혀지고
珠系比丘衣　비구스님 장삼에는 염주가 이어져 있네
白日傳心靜　밝은 해는 허정한 마음을 전하며
青蓮喩法微　푸른 연꽃은 불법을 깨닫게 하는 듯
天花落不盡　하늘에서 날리는 꽃은 다함 없이 떨어지는데
處處鳥銜飛　새들은 곳곳에서 꽃잎을 머금고 날고 있나니

　시의 시작과 결말에서 龍興寺에 머물며 본 사찰과 주변 자연에 대한 묘사를 하면서 중간 두 연을 통해 작자의 禪趣와 불심을 투영하는 내용을 담았다. 불사에 거하면서 돌아갈 생각을 잊은 '忘歸'의 경지는 옛 전각 문 밖에서 푸른 모습을 하고 있는 소나무를 바라보며 더욱 깊어간다. 이 속에서 시인은 밝은 등불과 같은 허정함과 깨달음을 느끼게 된다. 득오의 경지에 든 시인은 결미 구절을 통해 자연 묘사를 가하면서 하늘에서 끊임없이 휘날리는 꽃과 곳곳에서 나는 새의 모습을 허경에 가깝게 표현하였다. 실제적인 자연 묘사라기보다는 일종의 상징성을 띤 허상이요 이러한 묘사를 통해 見性을 추구하는 모습을 신비롭게 그린 것이라는 느낌을 얻게 된다.
　다음 작품 역시 한아한 자연 경지 속에서 眞如의 세계를 추구하는 내용을 담고 있는데 이 작품에서도 자연 정경은 선취의 깨달음을 얻기 위한 배경으로 존재하는 것 같은 인상을 제공하고 있다.

過融上人蘭若 융스님이 있는 난약사를 지나며

山頭禪室掛僧衣　산 중에 있는 선실에 장삼이 걸려 있고
窓外無人溪鳥飛　아무도 없는 창밖에는 시내 위로 새 한 마리 날아가네
黃昏半在下山路　황혼이 반쯤 깃들 즈음 산길을 내려가는데
卻聽鐘聲連翠微　들려오는 종소리는 푸르고 아스라한 산 연기에 섞였어라

　선실에 스님은 없이 장삼만이 걸려 있고 창밖 정경 속에서는 지나가는 새 한 마리의 움직임만이 포착된다. 인간 세상의 시끄러운 기운도 없고 인적도 없으니 이는 자연 본연의 허정한 세계요, 오직 새 한 마리의 움직임만이 시인의 주

의를 끌고 있다. 마치 잡힐 듯 잡히지 않는 깨달음의 세계를 시사하는 것 같다. 시의 후반부에 등장하는 고요한 산길에서 들려오는 신비로운 종소리는 산 연기와 섞이어 더욱 아스라한 의경을 창출하는 효과를 발휘하고 있다. 청각과 시각이 자연스럽게 조화를 이루는 중에 '푸르고 아스라하다(翠微)'라는 표현으로 청묘한 풍격을 형성하였으니 읽은 후에도 아련한 미감과 여운을 더하게 되는 것이다.

綦毋潛은 사원을 묘사한 작품을 상대적으로 많이 남긴 시인인데 이러한 시들은 대부분 자연 정경과 사원의 묘사, 심오한 佛理와 깨달음을 잘 융합함으로써 청정하고 허정한 의경을 연출하고 있는 것이 특징이다. 綦毋潛이 자연 속에서 見性의 경지를 추구했음을 보여주는 시가들이라 하겠다. 綦毋潛과 교유했던 시인 李頎가 綦毋潛을 송별하면서 "손에는 연화경을 잡고, 눈으로는 날아가는 새의 여운을 쫓네.(手持蓮花經, 目送飛鳥餘)"(「送綦毋三謁房給事(기무잠과 방급사를 송별하며」)라고 언급했던 것은 사원이나 불도를 주제로 창작한 綦毋潛 시가에 나타난 선취의 향기와 여운이 특별했음을 주목한 것이라 할 수 있다. 관직에서 득의하지 못하고 산수를 벗하여 은거하던 綦毋潛에게 佛寺와 道觀이 주는 청정함은 자연이 주는 해탈의 경지와 비견되는 또 하나의 위안이 되었을 것이다. 唐代 시인 중 王維와 劉脊虛를 비롯하여 불가에 심취한 시인은 많았지만 綦毋潛만큼 자신의 시가에서 많은 비율로 불사의 모습과 선취를 추구하는 의식을 그려낸 시인은 많지 않다. 綦毋潛 시가에서 발견되는 중요한 특징이라 할 수 있을 것이다.

綦毋潛은 많은 수는 아니지만 자연 풍광과 은거의 여유를 담은 시가의 창작에 주력한 시인이었다. 주로 강남의 수려한 산수를 소재로 하여 창작에 임했지만 화려한 시어의 구사보다는 자연에 심신을 기탁하고 싶은 심정을 표현하는 것에 더욱 주안점을 두었다. 殷璠이 『河岳英靈集』에서 綦毋潛이 "세속 외의 정을 잘 표현했다.(善寫方外之情)"고 말한 것은 그가 자연을 묘사해낸 작품이 지닌 담백하고 고아한 풍격을 주목한 것이다. 綦毋潛의 시가를 보면 은거 지향 의식과 함께 포기하기 어려운 현실에 대한 갈등 의식이 상존하고 있었던 것도 종종 발견되지만 전반적으로 순수한 자연 추구 의식과 은일 서정을 기저로 하여 눈앞의 화려한 산수를 담백하고 청아한 풍모로 그려내는 필법을 구사하였음이 발견된다. 시내와 숲, 이내와 노을 진 바위와 계곡, 사찰과 전탑 등을 즐겨 표현했으며 수려한 남방 산수를 화려함 없는 청정한 풍격으로 묘사하고자 하였다. 시어 중에 '花', '春', '空', '幽' 등을 자주 활용하여 청신한 자연 묘사와 함께 담백하고 그윽한 의상을 창출하기 위해 노력했고 정경을 먼저 묘사하고 서정을 투입하는 수법을 자주 활용하였다. 다만 시가의 구성과 대칭미를 의도적으로 추구하여 자연스러운 정경 융합의 경지가 부족하게 된 면모가 있어 이 점은 아쉽게 느껴지는 부분이라 하겠다.

남방 산수를 기반으로 전원의 서정을 잘 표현한 인물로 丘爲(694~789?)도 주목할 만하다. 丘爲는 嘉興人으로 여섯 차례 낙방한 후 天寶 초년에 진사에 급제하여 太子右庶子를 지냈다. 80여 세까지 관직에 있다가 퇴직한 후 검소한 삶을 살았고 96세를 전후하여 졸하였다. 劉長卿, 王維 등과 교유하였으며 『全唐詩』에 13수의 시가 남아 있다. 그의 시는 대부분 五言詩인데 격조가 '맑고 그윽하며 담담하고 표일(淸幽淡逸)'하며 전원 풍물을 주제로 한 작품이 많다. 자연시와 연관하여 「題農父廬舍」, 「尋西山隱者不遇」, 「左掖梨花」, 「泛若耶溪」 등의 작품이 뛰어나며 그의 시를 읽으면 마치 봄바람 속에 앉아 있는 듯 편안하고 밝은 느낌을 얻게 된다. 그의 고향 嘉興에는 산이 없어 浙江 紹興의 若耶山에서 은거하였는데 이 점은 그의 시풍에 영향을 미친 중요한 요인이 된다.

丘爲의 시는 대부분 전원의 한거에 대한 칭송이나 산수 유람의 흥취 서사 등 자연 정경을 배경으로 하고 있어 자연에 대한 그의 귀의 의식을 엿볼 수 있게 한다. 전원에서 한거하는 삶을 묘사한 작품 「題農父廬舍」을 살펴본다.

題農父廬舍 농부의 오두막
東風何時至 봄바람 언제 불어왔는지
已綠湖上山 호수 위의 산은 이미 푸르렀네
湖上春已早 호수 위 봄은 이미 일러
田家日不閑 농가는 나날이 바빠지누나
溝塍流水處 밭고랑과 밭두둑을 물 흘러가는 곳과 이어주고

耒耜平蕪間　잡초 무성한 사이로 쟁기질하여 땅을 고르네
薄暮飯牛罷　해거름에 소 풀 다 먹이고야
歸來還閉關　돌아와 비로소 문을 닫는다

봄바람으로 시작된 봄의 서정과 호수의 정경, 바빠진 농가와 다양한 농사 등을 차례로 묘사하면서 순박한 농촌의 삶을 그렸다. 평이한 필치로 소박한 묘사를 가하였으나 그 속에 담긴 정은 실로 진실함을 느낄 수 있다. 실제로 전원과 함께하는 丘爲의 삶을 느끼게 해주는 작품이다.

다음은 丘爲가 紹興 若耶山의 시내를 소재로 쓴 시인데 구절마다 소박한 필치로 전원 기거에 따른 즐거움을 담았음을 살필 수 있다.

泛若耶溪 약야계에 배 띄우고
結廬若耶里　약사산에 오두막 짓고 사니
左右若耶水　좌우로 약야계가 흐른다
無日不釣魚　낚시하지 않는 날 없지만
有時向城市　때로 성안으로 향하기도 한다
溪中水流急　시내 가운데는 물 흐름이 급한데
渡口水流寬　나루터 포구의 물 흐름은 넓어진다
每得樵風便　매번 나무꾼에게서 소식을 듣고
往來殊不難　왕래함에 별다른 어려움 없다
一川草長綠　시냇가의 풀은 온통 푸르니
四時那得辨　사시를 어찌 분별할지 모른다
短褐衣妻兒　짧은 갈옷은 처자가 입고
餘糧及鷄犬　남은 양식으로 닭과 개를 먹인다
日暮鳥雀稀　해 저물매 참새가 드물어지고
穉子呼牛歸　소 몰고 돌아오는 어린아이는 서로 부른다
住處無鄰里　사는 곳에 인가가 없어
柴門獨掩扉　사립문 문짝이 외로이 닫혀 있다

若耶山에 기거하면서 산수 묘사 대신에 한거하는 자신의 삶과 若耶溪 주변 정경을 읊고 있다. 전원에서의 체험을 바탕으로 특별한 의도나 목적 없이 주변에서 일어나는 소소한 삶과 눈에 보이는 정경을 순차적으로 나열하고 있다. 산수를 화려하게 묘사하지는 않았지만 '어려움 없다(不難)', '온통 푸르다(長綠)', '남은 양식(餘糧)' 등의 시어를 통해 풍요로운 남방 산수와 넉넉한 삶을 노래하고 있음이 발견된다. 자연과 함께하는 실제적 삶과 세밀한 관찰이 있었기에 이러한 소박한 묘사가 탄생한 것이라는 느낌을 얻게 되는 것이다.

다음 예거하는 시는 丘爲가 흩날리는 배꽃을 소재로 표일한 흥취를 한껏 발산한 작품이다.

左掖梨花 배꽃과 함께하며
冷艶全欺雪　차갑고도 아름다운 꽃의 자태 마치 눈이 온 듯
餘香乍入衣　여향이 언뜻언뜻 옷 속으로 들어온다
春風且莫定　봄바람은 마음대로 불어
吹向玉階飛　꽃잎을 옥계 위로 날리누나

시제의 '왼쪽 어깨에 의지하다(左掖)'라는 표현을 통해 꽃에 온통 마음을 쏟고 있는 시인의 정서를 엿볼 수 있다. 눈처럼 차가우면서도 순백의 자태와 여향으로 마음속에 파고들어오는 배꽃의 서정은 시인의 마음을 사로잡는 미적 존재이다. 이때 자유롭게 흩날리는 봄바람은 배꽃의 아름다움을 한 곳에 머무르게 하지 않고 표일하고 광달한 세계로 인도한다. 이 정경에 몰입할수록 시인에게 세상의 물욕과 미련은 이미 사라진지 오래가 된다.

丘爲는 주로 남방에서 기거하면서 산수의 묘사에 주력하였으나 화려한 남방의 산수를 그리기보다는 전원에서 느끼는 잔잔한 흥취를 소박한 필치로 묘사한 것이 특징이다. 그가 일찍이 고향에서 쓴 「尋西山隱者不遇(서산의 은자를 찾았으나 만나지 못하고)」에서 "서로 어긋나 만나지 못하였으니, 그간 간절히 사모하던 마음 부질없네. 풀빛은 빗속에 새롭고, 저녁 창밖에는 솔바람 소리. 가슴에 스미는 그윽한 정취, 마음을 씻기에 절로 족하구나.(差池不相見, 黽勉空仰止. 草色新雨中, 松聲晚窓里. 及茲契幽絶, 自足蕩心耳)"라고 하여 은자의 삶을 존중하며 앙망하는 모습을 보인 것과, 「尋廬山崔征君(여산의 최정군을 찾아)」에서 "띠집에 밤이 드니 대숲은 그윽하고, 가을 정자의 돌침대 차갑구나. 산에 사는 삶 이리 오래되었고, 선약을 복용하매 목숨 더욱 길겠구나.(夜竹深茅宇, 秋亭冷石牀. 住山年已遠, 服藥壽偏

長"라고 하여 산속 은일의 삶과 서정에 주목을 가한 것을 볼 때 그가 자연 속 평온한 삶에 대한 선호 의식이 강렬했음을 살필 수 있다.

또한 그의 시 「登潤州城(윤주성에 올라)」의 "봄 조수 평온한데 크고 작은 섬들 있고, 이내 그칠 비는 무지개 너머로 내리누나. 새들은 외로운 돛과 함께 저 멀리서 날고, 연기는 외로운 나무 밑에 펼쳐져 있다.(春潮平島嶼, 殘雨隔虹蜺. 鳥與孤帆遠, 煙和獨樹低)", 「送閻校書之越(월 땅으로 떠나는 염교서를 보내면서)」의 "남쪽 剡水를 향해 가는 길, 풀과 구름 빛 점차 희미해지네. 호숫가에서는 예쁜 꽃들이 비추고 있고, 산 입구에는 가는 시냇물이 날듯이 흐른다.(南入剡中路, 草雲應轉微. 湖邊好花照, 山口細泉飛)" 등의 구절을 보면 남방 산수의 수려한 모습을 청신하고도 담백한 필치로 담아내고 있음이 발견된다. 이처럼 丘爲는 화려한 수식보다는 陶淵明식의 진솔하고 담백한 서사와 백묘적 수법을 선호하였는데 이는 겸손하고 소박한 것을 숭상했던 그의 성품과도 합치가 되는 부분이다. 丘爲는 남방에 기거하면서 북방 전원시 풍격의 시를 쓴 이로 보기에 무리가 없는 시인일 것이다.

남방의 산수를 묘사한 시인 중 薛據(생졸년 미상) 역시 주목할 만한 시인이다. 薛據는 河東(山西 萬榮)人으로 開元 19년(731) 진사에 급제했으며 벼슬이 水部郎中에 이르렀다. 사람됨이 강직하고 기골이 있으며 문장 역시 그러한 풍격을 띠고 있다. 만년에 楚 땅 荊州에서 거한 적이 있으며 終南山에 별업을 짓고 한거하다 졸하였다. 그의 시는 『全唐詩』 권253에 11수가 남아 있어 비록 소수에 그치지만 그 시의 내용을 보면 자연 속 초탈의 경지나 과감한 경물 묘사를 통해 개성적인 필치를 발휘하고 있음이 발견된다.

薛據가 자연을 묘사한 시들은 대체로 풍격이 광달하며 호연한 기개를 내포한 작품들이라 할 수 있다. 그가 秦望山에 올라서 사방을 바라보는 장면을 쓴 다음 시를 보자.

登秦望山 진망산에 올라
南登秦望山　남쪽 진망산에 올라

目極大海空　바다와 하늘 끝까지 바라본다
朝陽半蕩漾　아침 해는 출렁이며 반쯤 떠올라
晄朗天水紅　환하게 비치매 하늘과 물이 온통 붉어졌다
磎壑爭噴薄　시내와 계곡들은 솟아남과 깊이를 다투고 있고
江湖遞交通　강과 호수는 번갈아 서로 통하여 있다
而多漁商客　강과 호수를 근간으로 하는 어부와 상인이 많아서
不悟歲月窮　세월의 곤궁함을 모르겠구나
振緡迎早潮　낚싯줄 드리운 채 아침 조수를 맞고
弭櫂候長風　노를 멈추고 길게 부는 바람을 기다린다
豫本萍泛者　나는 본래 부평초같이 유랑하는 자
乘流任西東　흘러가는 대로 동쪽 서쪽 오간다
茫茫天際帆　망망한 하늘가에 떠도는 돛대
棲泊何時同　그 언제나 함께 깃들 수 있을까
將尋會稽迹　장차 회계 땅의 흔적을 따라
從此訪任公　이곳부터 임공을 방문하려 하나니

　전반부에서는 아침에 진망산에 올라 조망하는 광경을 그렸고 후반부에서는 그 속에서 느끼는 시인의 감성을 서사하였다. 아침 해가 떠오르는 시각을 배경으로 주변의 모습을 그렸는데 '끝까지 바라보다(目極)', '출렁이다(蕩漾)', '하늘과 물이 온통 붉다(天水紅)', '솟구치다(噴薄)' 등의 표현을 통해 역동적인 자연의 형상을 자못 거대한 스케일로 표현하였다. 번갈아 서로 이어진 강과 호수의 모습 역시 거대한 형상을 하고 있는데 이를 근간으로 살아가는 어부와 상인이 많다고 한 의인법을 활용한 표현이 독특하다. 이때 시인은 문득 이 광대한 자연 속에서 외로움을 느낀다. 자연의 모습이 광활할수록 나그네가 되어 있는 본인의 처지가 작은 존재로 느껴지는 것이다. 광달한 경지를 서사하면서도 자연과 인생과의 선명한 대비를 도모한 면이 뛰어난 작품이다.

　다음은 薛據가 長江과 바다가 만난 곳의 광활한 경치를 묘사한 작품으로 역시 개성적인 서사가 돋보이는 작품이다.

西陵口觀海 서릉 입구에서 바다를 바라보며
長江漫湯湯　장강 물은 호탕하게 넘쳐흘러

近海勢彌廣	바다 가까이에 오니 그 형세 더욱 광대해진다
在昔胚渾凝	마치 그 옛날 물들이 온통 응어리져 있다가
融爲百川決	녹아내려 온 강의 충만한 흐름이 된 듯
地形失端倪	지형은 실로 그 끝을 잃어버리고
天色潰混漾	하늘빛은 물속에서 넓고 깊게 흩어진다
東南際萬里	동남쪽으로는 만 리까지 이어지고
極目遠無象	끝까지 바라보니 형태도 보이지 않는다
山影乍浮沉	산 그림자 언뜻언뜻 부침하고
潮波忽來往	조수는 홀연히 왔다 갔다 한다
孤帆或不見	외로운 돛단배 혹시 안 보여도
櫂歌猶想像	뱃노래 소리는 아직도 들리는 듯
日暮長風起	해 저물매 긴 바람이 일어
客心空振蕩	나그네 마음을 공연히 흔들어놓네
浦口霞未收	포구에 노을 아직 걷히지도 않는데
潭心月初上	못 가운데로 달이 떠오르기 시작한다
林嶼幾遭回	섬과 숲들이 얼마나 굽이치며 펼쳐져 있는지
亭皋時偃仰	언덕 정자에서 바라보며 감탄을 거듭하네
歲晏訪蓬瀛	세모에 봉래와 영주 같은 선계를 방문하게 되니
眞遊非外獎	이 참된 노님은 누가 권한 것 아니라

장강의 흐름이 바다로 이어져 드넓어지는 형상의 바다가 되는 것으로 그림으로써 시각의 확대를 도모하였다. 특히 전반부에서 '응어리졌다(凝)'가 '녹아졌다(融)'는 표현으로 강물이 대해와 합치하는 모습, '끝없는 지평선(失端倪)' 속에 '포말로 흩어지는(潰混漾)' 바다의 근경, '만 리까지 이어진(際萬里)' 수평선과 끝을 바라보아도 '형태를 알 수 없는(遠無象)' 먼 바다의 모습 등의 표현은 시인이 광대한 바다에 대하여 호방한 느낌을 갖고 실제적인 묘사를 가하였음을 보여주는 부분이다. 이어진 후반부에서는 바닷가의 다양한 정경을 담고 있다. 역동적으로 오가는 조수의 흐름, 바닷가 인근의 오가는 배, 포구와 연못에 비치는 노을과 달, 광활하게 이어진 섬과 숲의 장관 등을 차례로 예거하였는데 이는 시인이 원경과 근경에 대해 번갈아가며 관찰을 시도했음을 나타낸다. 거대한 스케일을 지닌 바다와 이를 바라보는 시인의 감동을 각종 호방한 느낌의 시어와 선계를 의미하는 표현으로 묘사하여 시가의 낭만성과 상상력을 높여놓았다. 이

시는 唐代 자연시 중 매우 개성적으로 바다를 형용한 시가이며 시인 薛據의 독특한 필법을 느끼게 해주는 작품이라는 점에서 의미가 있다.

薛據는 소수의 작품을 남기고 있으나 그 시가의 풍격은 대체로 초연하거나 호방하며 확대된 의경을 담고 있음이 발견된다. 鶴林寺를 찾아 지은 시 「題鶴林寺(학림사를 노래함)」에서는 "소나무는 산사를 차갑게 덮었고, 꽃은 계곡 길 멀리까지 숨어 있네. 사원의 깃발은 하늘거리고, 밝은 등은 활활 타오르고 있다. 지는 해 허공에 반쯤 걸렸는데, 봄바람은 호수 위로 이어지네. 조금의 물을 먹어도 나무가 흥성하는 것처럼, 잠시나마 더럽혀진 심신을 달래본다.(松覆山殿冷, 花藏溪路遙. 珊珊寶幡掛, 焰焰明燈燒. 遲日半空轂, 春風連上潮. 少憑水木興, 暫忝身心調)"라고 하여 초연한 자연 묘사에 이어 산사를 찾은 시인의 마음이 잠시나마 해탈의 경지를 느끼고 있음을 설파하였고, 벼슬길에서 벗어난 감회를 노래한 「初去郡齋書懷(처음으로 군재를 떠난 회포를 표현함)」에서는 "멀리 날아간 새는 날개를 돌이키지 않으며, 흘러간 물은 작은 시내에서 머무르지 않는다. 서리와 눈이 이미 내려 있어, 소나무와 잣나무의 굳건함을 경험하네. 고개 돌려 성읍을 바라보노라니, 구름과 연기 사이에 아득하구나. 지사는 사물에 마음 상하지 않으나, 소인은 스스로 이를 아끼네.(征鳥無返翼, 歸流不停川. 已經霜雪下, 乃驗松栢堅. 回首望城邑, 迢迢間雲煙. 志士不傷物, 小人皆自姸)"라고 하여 세속에 대해 초연한 자세를 지니고 있음을 호방한 풍격으로 노래하기도 하였다. 그 밖에 「冬夜寓居寄儲太祝(겨울 밤 우거하며 저광희에게 부침)」, 「出靑門往南山下別業(관가를 떠나 남산 아래 별업을 향하여)」 등의 시에서는 은거에 대한 열망과 사물에 대한 초연한 기개를 담기도 하였고, 「泊震澤口(진택호 입구에 정박하여)」에서는 호숫가에 머물면서 바라본 자연의 모습에 남들이 모르는 자신만의 수심을 담기도 하였다. 薛據는 盛唐의 淸澹詩派 시인들과 교류하며 자연이라는 공통의 제재를 통해 한아한 정신세계를 펼쳤지만 그 표현과 풍격 면에서는 개성적인 창작을 도모했던 시인이었다고 할 수 있을 것이다.

4) 高適, 岑參, 王昌齡, 李頎, 崔顥 : 변새시파의 자연시

盛唐 시대의 시인들은 창작 경향과 유파의 관점에서 두 부류로 분류된다. 王孟을 위시한 청담시파가 자연 합일 정신을 투영한 청명한 문체로 자연시의 격을 드높였다면, 高適, 岑參, 王昌齡, 王翰, 王之渙, 李頎, 崔顥 등으로 대표되는 변새시파 시인들은 종군이나 여행을 통해 몸소 체험한 변새 풍광을 시가에 표현함으로써 盛唐 문학의 기상을 높이고 있었다. 변새시파 시인들의 주된 창작 공간인 변새는 국가에 대한 충성과 열정을 발휘할 수 있는 곳으로 이국적인 풍경, 한족 관리와 군인들의 병영 생활, 이민족과의 전쟁으로 인한 고통, 고향에 대한 그리움, 현실에 대한 불만이나 갈등 등 다양한 시적 소재가 존재하는 곳이었다. 시국 의식을 지닌 수많은 젊은이들은 자신의 포부와 현실 참여 정신을 갖고 변새에 투신하여 창작에 임하였으니 이들의 변새시는 당시의 시대상과 문학 의식을 반영한 특유의 예술적 가치를 지닌 작품이라 하겠다.

盛唐 변새시인들의 변새시는 자연이 주는 미감을 향유한 채 산수미감과 은자의 일취를 한아하게 그려낸 청담시파 시인들의 자연시와 명백한 대조를 이룬다. 큰 틀에서 볼 때 '자연'이라는 공간적 배경을 활용한 것이 공통점이라 할 수 있지만 변새시인들이 대한 자연은 청담시파 시인들이 접한 자연과 다른 공간적 개념을 지니고 있었다. 심리적 평온과 은일 의식을 제공하는 위로의 대상이 아니라 전쟁과 긴장감이 만연한 삼엄한 자연이요, 꽃과 새가 정경을 수놓는 화사한 산수가 아니라 광활하고 아득한 이국적 풍모를 지닌 곳이었으며, 담백하고 그윽한 서정을 지닌 작품이 창작되는 정적인 장소가 아니라 격양된 현실을 반영한 역동적인 현장이라는 점이 대조된다. 변새시인들이 즐겨 활용한 시가의 체재 역시 정제되고 규칙이 까다로운 율시나 절구 같은 근체시보다는 편폭이 자유로운 악부시나 고시, 가행체인 경우가 많았다. 또한 변새시파 시인들이 순수하게 자연을 묘사한 작품은 상대적으로 많지 않았으며 자연 묘사의 의도 역시 변새 풍광 묘사의 배경으로 활용된 경우가 많았던 점도 비교가 되는 점이다.

이채로운 자연을 배경으로 창작한 변새시는 기존의 산수시와 전원시가 보여주지 못했던 별도의 스케일과 의경을 표현해낼 수 있었다. 변새시인들은 자연을 묘사함에 있어 지역적 한계성이나 체재상의 제약을 상대적으로 덜 느꼈기에 의경과 표현의 범위를 더욱 확대시킬 수 있게 된 것이다. 그들은 생경한 환경 속에서 현실적인 생존과 투쟁이 일차적으로 요구되었던 변새의 모습을 다소 거친 선으로 그려냈는데 이로 인해 그들 작품 속의 자연은 崎嶮하고 奇特한 모습과 함께 열정적이고 역동적인 기세로 표현되게 된 것이다. 또한 변새시인들은 스스로 새롭고 이채로운 자연 공간을 찾아서 그 속에 자신의 의지를 투영하기를 원했던 시인들이었다. 산수에서 한적한 정취와 심령의 위안을 추구하던 청담시파 자연시인의 창작 심리와는 달리 자신의 절망, 포부, 의기 등을 자연 속에서 좀 더 적극적으로 펼치려는 의식을 갖고 있었던 것이다. 현실에 지쳐 자연을 찾거나 현실과 대비된 공간으로 자연을 인식하던 청담시파 시인들의 심리와는 반대의 방향성을 보인 것이라 하겠다. 변새시의 자연 묘사 속에는 자연 사물이 시인 마음의 의지를 불태우는 촉매재로 작용하는 경우도 상당 부분 존재한다. 그러므로 기존의 산수자연시가 '陰柔'의 풍격을 띠고 있다면 변새시에 나타난 자연은 상대적으로 '陽剛'의 이미지가 강했다고 할 수 있겠다.

한편 변새시인들이 중원에 다시 돌아와 생활하거나 한거할 때 찾은 산수는 다시 그들의 마음에 위안과 평온을 제공하는 형상으로 존재하였을 것이다. 비록 소량이기는 하지만 변새시인들 역시 자연 속에서의 한아한 흥취를 추구했던 흔적을 시가 작품으로 남겼다. 변새 시인들의 내면에는 故園의 따뜻하고 정겨운 이미지와 변방의 황량한 이미지가 상반되게 존재하였을 것이고 이에 따라 자신이 바라보는 산수의 모습을 더욱 절실하게 표현하는 능력을 지니고 있었을 것이라는 추측도 가능하다. 그렇기에 盛唐 청담시파 시인들의 전문적인 자연미 서사와 풍격에는 못 미치지만 변새시파 시인들의 자연 묘사 역시 기존 자연시에서 볼 수 없었던 신선하고 특이한 이미지를 보여준다는 점에서 나름대로의 의미가 있다고 할 수 있다. 高適, 岑參, 王昌齡, 李頎, 崔顥 등 몇몇 시인들의 예를 통해 변새파 시인들의 자연 묘사 면모를 살펴보기로 한다.

高適(700?~765)은 字가 達夫 또는 仲武로 渤海 출신의 무인으로 알려져 있다.

20세부터 장안으로 가서 벼슬을 구했으나 여의치 않자 30년 동안 가난하게 살며 은거와 유랑 생활을 하게 되었다. 이 시기에 변경을 유랑하면서 많은 변새시를 창작하였고 생활은 곤궁하였으나 문명이 높아 顏眞卿, 張旭, 王維, 王昌齡, 王之渙, 李白, 杜甫 등과 교류한 바 있다. 후에 河西節度使 哥舒翰의 군막에서 掌書記로 있다가 安史의 난 후 散騎常侍를 맡게 된다. 高適은 기백이 강한 데다 의연한 성격을 지니고 있었고 고난에 찬 유랑 생활을 한 덕분에 서민 생활에 대한 관심과 부조리한 현실에 대한 비판 의식을 시가에 표현하는 것에 능했다. 변새시가 주된 창작 분야였기에 자연을 순수하게 묘사한 시는 소량이다. 자연 정경은 대부분 시가 중에서 단편적으로 등장하는 정도에 그치며 은거할 시쓴 전원시가 상대적으로 주목받을 만하다.

高適이 산하의 모습을 이채롭게 표현해낸 작품의 예로 다음 시를 살펴본다.

入昌松東界山行 창송 동쪽 산행 길로 들어서며

鳥道幾登頓　새들만이 다닐 수 있는 길을 몇 차례나 오르내렸던가
馬蹄無暫閑　말발굽은 잠시도 쉴 틈이 없었다
崎嶇出長阪　끝없이 이어진 험준한 첩첩산중을 벗어나나 했는데
合杳猶前山　아직도 눈앞에는 높다란 산이 솟아 있다
石激水流處　떨어지는 돌은 물 흐르는 곳을 때리고
天寒松色間　차가운 날씨에도 소나무 색 더욱 또렷하다
王程應未盡　나랏일 임무가 아직 끝나지 않았으니
且莫顧刀環　고향에 돌아갈 생각 어찌 하리오

'鳥道', '崎嶇'라는 표현을 통해 변방의 험난한 산세를 추측해볼 수 있다. 변방의 산세는 험난할 뿐만 아니라 끝없이 시선을 압도하는 커다란 스케일을 지니고 있는데 제3, 4구를 통해 그러한 경지를 잘 표현하였다. 이어서 '石激'과 '天寒'으로 아득한 절벽 아래로 굴러떨어져 물결을 때리는 돌과 변새의 차가운 날씨를 형상적으로 잘 묘사하였다. 미연을 통해 이러한 이국적인 정경 속에서 작자의 마음은 우국과 향수, 자긍과 번뇌 사이를 끝없이 왕복하고 있음을 설파하고 있다.

高適의 자연 묘사는 자신의 소회를 담기 위한 방편으로 활용된 것이 많았기

에 시가 중에서 부분적으로 묘사된 것이 많다. 다음은 高適이 天寶 9년(750) 封丘縣에서 靑夷軍(현 河北 懷來縣)으로 돌아오는 길에 薊北에서 지은 작품이다. 이 시가의 주요 내용은 변방 장수들의 태만함을 지적한 것인데 이채로운 변새 풍광 속에 수심을 담아 기록한 도입부 부분을 살펴본다.

薊中作 계중에서 짓다
策馬自沙漠　사막에서 말을 재촉해 돌아와
長驅登塞垣　오랜 시간 달려 계성의 성벽을 올라간다
邊城何蕭條　변방의 성은 그리도 쓸쓸하여
白日黃雲昏　낮에도 누런 구름이 끼어 어둑어둑하다
一到征戰處　매번 전장에 올 때마다
每愁胡虜翻　오랑캐 발호에 근심만 가득하네

　薊北의 성곽은 사막을 마주하고 있으면서 높은 구릉을 끼고 축조되어 있음을 '오랜 시간 달리다(長驅)'를 통해 알 수 있다. 邊城 주변의 황량함을 부각시켜 묘사하기 위해 제3구에서 '쓸쓸하다(蕭條)'라는 표현을 썼는데 이를 통해 변성의 고적한 모습을 상상할 수 있으며 군마와 모래바람 등으로 인한 먼지가 대낮에도 을씨년스러운 모습을 연출하고 있음을 그리고 있다. 이어지는 '전화에 대한 근심(每愁)'의 배경으로는 더없이 적절한 환경 묘사가 된다. 이처럼 변새의 풍경은 강렬한 소회를 담는 데 있어 매우 적절한 자연적 배경이 되고 있는 것이다.
　다음 시를 보면 고적이 송별의 감정을 드러내면서 자연을 묘사한 부분이 보이는데 이러한 부분적 묘사를 통해 고적의 자연미 의식을 간접적으로 파악해볼 수 있다.

送李少府貶峽中王少府貶長沙 峽中과 長沙로 각각 폄적 가는 李少府와 王少府를 보내며
嗟君此別意何如　아! 그대들 이별의 마음이 어떠한지
駐馬銜杯問謫居　말 멈추고 잔 들어 귀양지가 어떠할까 물어본다
巫峽啼猿數行淚　무협에서는 원숭이 울음에 몇 줄기 눈물을 흘리고
衡陽歸雁幾封書　형양에서는 돌아가는 기러기 편에 몇 통의 편지 보낼 것이라

青楓江上秋天遠　청풍강에 가을 들면 하늘은 더욱 아득하고
白帝城邊古木疏　백제성 주변의 고목은 쓸쓸하겠지
聖代卽今多雨露　지금은 태평성대라 황제의 은혜 많을 것이니
暫時分手莫躊躇　그저 잠시 이별하는 것이라 생각하고 주저하지 말게나

　시가의 함연과 경연에서 자연의 모습을 언급한 부분이 보이는데 자연 자체가 아니라 송별의 정을 펼치기 위한 자연 묘사를 가하고 있다. 행로에 따른 자연을 차례로 언급하고 있는데 그것도 세밀한 자연의 묘사가 아니라 정을 담기 위한 언급임을 느낄 수 있다.

　이처럼 高適의 시를 보면 정회를 담기 위한 방편으로 자연 묘사를 간략하게 처리한 부분이 많다. 「別董大(동대와 이별하며)」의 "천 리 길엔 누런 구름 해마저 가리는데, 겨울바람 기러기에 불어대고 눈발은 어지러이 날리네.(千里黃雲白日曛, 北風吹雁雪紛紛)", 「塞上聽笛(변새에서 피리 소리를 듣다)」의 "눈 갠 이국 하늘 아래 기르는 말 돌아오고, 달은 밝은데 오랑캐 피리 소리 수루에 들린다.(雪靜胡天牧馬歸, 月明羌笛戍樓間)", 「夜別韋司士(밤에 韋司士와 이별하며)」에서 "황하 굽이쳐 돌아가는 곳 모래언덕, 백마 나룻가의 버드나무 심어진 성 향한다.(黃河曲里沙爲岸, 白馬津邊柳向城)", 「燕歌行(연가행)」의 "광대한 사막은 끝없이 펼쳐져 있는데 가을 변방에 풀들은 시들었고, 외로운 성에 해는 지는데 남은 싸우는 병사도 별로 없네.(大漠窮秋塞草腓, 孤城落日鬪兵稀)" 등의 구절은 모두 자신의 감회를 펼치기 위해 자연을 배경으로 삽입하고 있는 구절이다. 세밀한 정경 묘사가 미진하다는 느낌과 감정 투영이 상대적으로 강하다는 느낌을 얻게 된다.

　高適의 자연시는 산수시보다는 전원의 모습을 진솔하게 서사한 전원시 풍격의 작품이 더욱 의미가 있다. 그가 직접 체험한 전가와 백성의 모습을 바탕으로 하여 자신의 의식을 반영한 작품을 썼기 때문인데 다음과 같은 작품에서는 전원 풍경에 盛唐 전원시풍의 담백한 흥취까지 반영되어 있음을 살필 수 있다.

淇上別業 기상의 별장
依依西山下　푸근한 서산 아래
別業桑林邊　뽕나무 숲 근처에 별업이 있다

庭鴨喜多雨　뜰의 오리들은 잦은 비 좋아하고
鄰鷄知暮天　이웃집 닭은 해 지는 것 아네
野人種秋菜　농부는 가을 채소 씨 뿌리고
古老開原田　늙은이는 들에서 밭을 일구네
且向世情遠　나는 세속의 정과는 멀어져
吾今聊自然　이제 마음껏 자연을 즐기고 있나니

　변새의 긴장감과는 거리가 먼 평온한 농가에서의 삶이 펼쳐져 있다. 특별한 수식이나 의도적인 묘사를 가하지 않은 채 눈앞 정경을 백묘적으로 묘사하고 있다. 한층 평온하고 한아한 느낌을 느끼게 되는 것이다.

　高適이 주로 주목한 농촌의 모습은 현실에 힘들어하는 농민의 삶이었다. 그는 비록 세밀한 농촌 정경이나 자연 묘사에는 재능을 발휘하지 못했지만 「自淇涉黃河途中作(기수에서 황하를 건너가는 도중에 지은 작품)」 제9수에서 "시골 사람들과 이야기해보니, 농부의 고생을 깊이 알겠구나. 지난 가을에는 수확을 조금이나마 했지만, 금년 여름에는 여태껏 비도 안 오네. 밭 갈고 김매고 매일 부지런히 일해도, 세금은 간석지 몫까지 내라 하네.(試共野人言, 深覺農夫苦. 去秋雖薄熟, 今夏猶未雨. 耕耘日勤勞, 租稅兼瀉鹵)"라고 하였거나 「過盧明府有贈(명부 노유의 집을 지나면서)」에서 "간교한 이는 집을 폐하고, 도망가서 전원으로 돌아가 밭에 씨를 뿌린다.(奸猾唯閉戶, 逃亡歸種田)"라고 하여 심도 있게 농촌의 삶을 바라보고 표현한 바 있다. 시국에 대한 의기를 갖고 농가의 고난을 고발한 그의 전원시들은 동시기 王孟의 전원시와도 구별되는 모습을 갖고 있다. 高適의 이러한 전원시는 후에 中唐 이후로 가면서 농촌의 고통을 반영한 전원시가 하나의 특징적인 흐름으로 자리 잡게 된 것과 맥을 같이하는 내용을 보이고 있다.

　高適은 성품이 괄괄한 데다 기백이 강하며 공명심도 있어 세상을 향한 의욕이 넘치는 시인이었다. 성품과 경향 면에서 盛唐의 淸澹詩派 시인들이 조용히 자연 속에서 침잠하거나 은일의 낙을 구가하던 것과는 많이 달랐으며 오히려 初唐의 陳子昻 같은 풍모를 지닌 인물이라 할 만하다. 관직에서 득의하지 못한 채 유리하며 곤궁한 삶을 살거나 전원에 기거하며 백성의 생활을 체험한 바가 있으나 그의 심신은 주로 산수 속 한거보다는 공명의 추구를 향하고 있었음을 발견할 수 있다. 변새를 읊은 작은 웅장하고 기개가 넘치지만, 그가 자연을 묘사하거나 전원 풍경을 노래한 작품을 통해 청담하고 담박한 풍격을 추출해내기가 쉽지 않은 연유인 것이다. 그렇기에 그가 자연을 묘사한 작품은 정경이나 사물에 대해 정교한 묘사를 가한 부분이 상대적으로 부족한 편이라 할 수 있다. 전체적으로 볼 때 이국적인 변새 풍광, 거칠고 황량한 자연의 자태 등을 시가에 담아낸 것이 그가 이룩해낸 자연 묘사의 성취라고 할 수 있을 것이다.

岑參(715~770)은 河南 南陽人으로 귀족 관료 집안에서 태어났다. 15세 때부터 嵩山 아래 초당에서의 기거를 시작으로 30세에 進士에 합격하기 전까지 隱居와 求仕활동, 王昌齡, 王之渙, 高適 등 문사들과의 교유, 각 지역의 유람 등을 통해 시야와 식견을 넓혀나갔는데 이 시기에 그의 寫景詩 작품들이 다수 지어지게 된다. 관직에 들어선 후 두 차례 서북 지역 종군을 경험하게 되는데 이때 지어진 변새시가 그의 대표적 작품들이다. 변새시를 통해 험산, 폭설, 광풍, 혹한, 화산, 사막 등 변방의 기이한 모습들과 유목민의 생활과 풍습, 이민족들과의 참혹한 전쟁 등을 생동감 있게 그려낼 수 있었다. 종군을 끝마치고 나서는 虢州長史를 시작으로 지방관을 전전하다가 결국 면직되고 成都에서 객사하였다. 그는 종군 후에 다시 산수를 소재로 한 사경시를 많이 창작하였는데 초기에는 청려한 느낌의 자연시를 창작하였고 만년에는 관도의 불운에서 오는 개인의 소슬한 정회를 이입한 자연시를 창작한 흔적이 보인다. 岑參은 평생 40년 동안 403수의 시가를 창작했는데 그중 변새시는 77수에 불과하고 변새시를 쓴 기간도 5년 남짓하다. 오히려 산수 자연을 읊은 시가 80수 정도에 달할 정도로 많고 오랜 기간을 통해 창작되었으니 자연시 방면으로는 동시기 王孟詩派 시인 祖咏, 丘爲, 裴迪, 盧象보다 많은 편수를 지닌 셈이 된다.

변새를 유람하기 전에 지은 岑參의 자연시는 재야에서 기거하는 선비의 낙과 산수에서 얻는 한아한 흥취를 결합한 내용이 주를 이룬다. 평이한 필체를 추구하고 있으면서 한적한 기운을 발하고 있는데 이는 그가 佛道思想과 연관된 담백한 심정을 소유하고 있었던 것과 도연명과 사령운의 의식을 배우고자 했던 것과도 연관이 있다. 岑參이 嵩山에 은거할 때 쓴 다음 작품을 보면 陶淵明 시 같은 순수하고 담백한 서정의 서사가 이루어져 있음을 살필 수 있다.

丘中春臥寄王子 봄날 언덕에 누워 왕씨에게 부침

田中開白室　밭 가운데 누추한 집 있는데
林下閉玄關　숲 아래 문 닫아놓았네
捲迹人方處　세상에서 자취 감춘 이 머무는 곳
無心雲自閑　무심한 흰 구름만 절로 한가롭다
竹深喧暮鳥　저물녘 깊은 대숲에선 새들 지저귀고
花缺露春山　성긴 꽃 사이로 봄 산이 드러나네
勝事那能說　이 은거의 즐거움 어찌 말로 할 수 있으랴
王孫去未還　왕손은 떠나서 아직 돌아오지 않고 있는데

수연에서 시어 '開'와 '閉'를 적절히 사용하여 세속과는 절연하되 자연을 향해 마음을 열어놓았음을 잘 표현하였다. 세속을 등진 삶에 평온한 자연의 본모습이 시야에 펼쳐진다. 자득의 경지에서 그 마음을 누군가에게 전하고자 하는 소박한 의지만을 담고 있는 것이다.

다음 작품에서도 소박한 시어로 일상의 삶을 한가롭게 표현한 잠삼의 수법을 발견할 수 있다.

宿東磎王屋李隱者 왕옥산 동쪽 시냇가의 이은자 집에 머물며

山店不鑿井　산의 숙사에서는 따로 우물을 파지 않고
百家同一泉　모든 사람들이 하나의 샘을 이용하네
晚來南村黑　저녁 드니 남쪽 마을 어두워지고
雨色和人煙　비 오는 모습과 밥 짓는 연기 조화롭다
霜畦吐寒菜　밭두둑엔 서리 내려 채소는 한기를 머금고 있고
沙雁噪河田　모랫벌의 기러기 강가 밭에서 요란하다
隱者不可見　은자는 보이지 않으니
天壇飛鳥邊　저 하늘 끝 새들이 날아가는 곳에 있는가

자연친화적인 태도로 사물을 둘러보는 작자의 의식이 행간에서 발견된다. 수연의 '한 우물(同一泉)'이라는 표현은 모든 사람들이 격의 없이 생활하는 이상향

을 떠올리게 하며 자연 속에서 공존과 평화를 희구하는 작자의 시심을 대변하는 듯하다. 평이하고 담백한 어투를 활용하여 농촌의 일상을 묘사한 이 시를 통해 마치 한 폭의 한적한 풍경화가 발산하는 잔잔한 감동 같은 흥취를 얻게 되는 것이다.

다음은 岑參이 1, 2차 종군 사이에 終南山에서 약 2년간 '半官半隱'의 생활을 할 때에 쓴 작품으로 天寶 11년 초가을에 高適, 薛據, 儲光羲, 杜甫 등과 함께 장안 慈恩寺의 大雁塔을 보고 지었다. 탑에 올라 사방을 조망한 감회를 묘사한 것인데 시가에서 활용된 은유적인 표현이 신선한 느낌을 얻게 한다.

與高適薛據登慈恩寺浮圖 高適, 薛據 등과 慈恩寺 浮圖塔에 올라

塔勢如湧出　탑의 형세는 마치 용솟은 듯
孤高聳天宮　고고하게 하늘 향해 우뚝 서 있다
登臨出世界　탑 위에 오르니 마치 세상을 벗어난 듯
磴道盤虛空　돌층계는 허공을 받치고 있다
突兀壓神州　탑의 기세는 우뚝 솟아 신주를 누르고
崢嶸如鬼工　높이 솟은 이 모습은 마치 귀신의 재주인 듯
四角礙白日　네 모서리 해를 가리고 있고
七層摩蒼穹　칠층탑은 푸른 하늘을 쓰다듬고 있는 것 같다
下窺指高鳥　아래로는 높이 나는 새도 보이고
俯聽聞驚風　거센 바람 소리도 굽어 듣는다
連山若波濤　이어진 산들은 마치 파도 같고
奔湊似朝東　격하게 흘러 마치 동쪽을 향하는 것 같다
靑槐夾馳道　푸른 홰나무들은 큰길을 끼고 서 있는데
宮館何玲瓏　궁궐 건물들은 어찌 저리 영롱한가
秋色從西來　가을빛이 서쪽에서 찾아와
蒼然滿關中　이 관중 땅에 그득하다
五陵北原上　오릉은 북쪽 들녘에 자리 잡고 있고
萬古靑濛濛　만고에 푸르고 울창하구나
淨理了可悟　청정한 이치는 가히 깨달을 만하고
勝因夙所宗　좋은 인연 일찍부터 귀하게 여겨왔다
誓將掛冠去　맹세컨대 장차 관직을 벗어던지고
覺道資無窮　불도를 깨달아 무궁한 깨달음의 길에 들어가리

웅장한 탑의 위세를 아래서부터 조망한 다음 올라가서 보고 느낀 점을 하나하나 열거하였다. 돌탑이 서 있는 모습에 대해 '받치다(盤)', '누르다(壓)', '쓰다듬다(摩)' 등의 은유적인 표현을 하여 이채로운 필법을 느끼게 하였다. 눈앞에 사방의 모습이 펼쳐져 있고 영화로운 궁궐도 보이며 북쪽으로는 옛날을 상징하는 漢代 五陵도 보이니 과거와 현실, 관로의 영달과 자연 속 한거의 모습들이 한꺼번에 펼쳐져 있는 듯한 느낌을 얻게 된다. 그러나 작자는 결국 장차 관직을 벗어던지고 불도를 깨달아 마음의 평안을 추구할 것을 결심하고 있다. 자연 묘사에 이어 자연 귀의의 정신으로 결미를 마무리하고 있는 것이다.

盛唐 '山水田園詩派'를 '淸澹詩派'로 별칭하듯 盛唐의 자연시는 청신하고 청려한 풍격을 지닌 것이 특징인데 岑參의 시 역시 '淸淡', '淸新', '淸曠', '淸麗' 등 '淸'자로 설명될 수 있을 만큼 맑고 기운을 고루 지니고 있어 淸澹詩派 시인들과 영향 관계에 있었음을 유추해볼 수 있다. 다양한 자연물을 예거하면서 청신한 멋을 부가시킨 다음 시는 그러한 영향 관계를 생각하게 하는 작품이다.

自潘陵尖還少室居止秋夕憑眺 潘陵에서 돌아와 소실에 거하는 중 추석에 조망하며

草堂近少室　초당은 소실에 가까워
夜靜聞風松　밤 드니 고요하여 솔바람 소리 들린다
月出潘陵尖　달은 潘陵 끝에 떠올라
照見十六峯　열여섯 개의 봉우리를 비추고 있다
九月山葉赤　구월이라 산의 잎들도 붉어지고
磎雲淡秋容　구름 긴 개울가엔 가을 모습 담담해라

달빛 비추는 밤, 서늘한 바람, 산의 소나무, 시냇물, 옅은 구름 등의 다양한 사물이 소개되고 있는데 이 모든 정경이 한눈에 들어온다. '소나무에 이는 바람(風松)', '달빛의 비추임(照見)', '구름 긴 개울(磎雲)' 등의 시어가 주는 느낌은 실로 담백하고도 청신하다. 시인의 의식이 청아한 경계에 들어 있음을 나타내주고 있는 것이다. 이러한 수법은 그가 앞에 살펴본 시 「丘中春臥寄王子(봄날 언덕에 누워 왕씨에게 부침)」에서 "저물녘 깊은 대숲에선 새들 지저귀고, 성긴 꽃 사이

로 봄 산이 드러나네.(竹深喧暮鳥, 花缺露春山)"라는 표현과 「送楊子(양자를 보내며)」에서 "배꽃이 온 나무마다 피어 있듯 눈 내려 있고, 버들잎은 갈래갈래마다 연무가 그득하다.(梨花千樹雪, 楊葉萬條煙)"라고 한 표현, 「白雪歌送武判官歸京(눈이 오는 날 武判官을 전송하며)」에서 "문득 밤사이 봄바람이 불어와, 나무 나무마다 배꽃이 피어 있듯 눈 덮여 있네.(忽如一夜春風來, 千樹萬樹梨花開)"라고 한 표현들과 맥을 같이하는 수법인 것이다.

다음 시가 역시 淸新하고 淸麗한 풍격을 지향하면서 유창한 필체로 자연을 묘사하고 있는 작품의 예가 된다.

峨眉東脚臨江聽猿懷二室舊廬 아미산의 동쪽 강에서 원숭이 소리를
들으며 옛날 머물던 두 곳을 회상하며
峨眉煙翠新　아미산의 연무는 새롭게 푸른빛을 띠고 있고
昨夜秋雨洗　어제 저녁 가을비가 씻어 내린 모습이네
分明峯頭樹　봉우리 꼭대기의 나무 형상 또렷하여
倒揷秋江底　마치 강바닥에 거꾸로 꽂힌 듯
久別二室間　崇山의 太室과 少室을 떠난 지 오래되었던 것은
圖他五斗米　그저 쌀 다섯 말의 녹봉을 탐해서이지
哀猿不可聽　처량한 원숭이 소리 차마 듣기 힘들어
北客欲流涕　북녘의 객은 눈물 흘리려 하네

嘉州刺史로 재임하던 大曆 2년(767) 가을에 옛날 崇山의 太室과 少室에서의 은거를 생각하며 쓴 작품이다. 비 온 후 아미산의 신선한 정경에 대하여 '푸른 빛이 새롭다(翠新)'라는 표현을 썼는데 이러한 표현은 "화려하지만 속되지 않고 우아하면서도 진부하지 않은(麗而不俗, 雅而不素)" 느낌을 준다. 또한 "봉우리 꼭 대기의 나무 모습 또렷하여, 마치 강바닥에 거꾸로 꽂힌 듯"하다는 표현 역시 청신한 함축미로 독자의 시선을 끄는 부분이다. 만년의 작품답게 세련된 수사 기교를 잘 발휘하였지만 시의 결미에서는 회상과 추억의 정서를 부가하여 소슬한 기운도 함께 담고자 했음을 느낄 수 있겠다.

岑參은 변새시인의 명망이 말해주듯 서북 변경 지방에서 중앙아시아 원정으로 명성이 높았던 高仙芝 장군의 막료로서 병영 생활을 체험한 시인이다. 그는

변새시를 통해 그가 직접 접했던 변새의 험난하고 혹독한 자연환경, 유목민의 생활과 풍습, 이민족과의 참혹한 전쟁 등을 생생하게 그려낸 바 있다. 다음「白雪歌送武判官歸京」一首 같은 변새시는 송별의 정을 담은 내용 속에 이국적인 환경의 묘사를 가해 자연 묘사의 의경을 넓힌 예로 거론할 수 있는 작품이다.

白雪歌送武判官歸京 경사로 돌아가는 무판관을 백설가로 송별하며
北風捲地白草折　북풍은 대지를 흔들어 마른 풀을 휩쓸고
胡天八月卽飛雪　오랑캐 하늘에선 팔월에도 눈이 날린다
忽如一夜春風來　홀연히 밤사이에 봄바람 불었는지
千樹萬樹梨花開　천 그루 만 그루 가지마다 배꽃이 피었다
散入珠簾濕羅幕　눈송이 주렴 안으로 날아들어 장막을 적시니
狐裘不暖錦衾薄　털옷도 따뜻하지 않고 이불은 얇다
將軍角弓不得控　장군의 각궁은 당길 수 없고
都護鐵衣冷難着　도호도 철갑옷 차가워 입지 못한다
瀚海闌干百丈冰　사막엔 백 길 두꺼운 얼음이 종횡으로 널려 있고
愁雲慘淡萬里凝　수심 머금은 구름은 참담히 만 리에 엉켜 있다
中軍置酒飮歸客　군막에서 술상 베풀어 돌아가는 객에 권하니
胡琴琵琶與羌笛　호금, 비파, 오랑캐 피리 소리
紛紛暮雪下轅門　저녁 눈은 분분히 영문에 내리고
風掣紅旗凍不翻　바람이 몰아쳐도 붉은 깃발 얼어붙어 날리지 않는다
輪臺東門送君去　병영의 동문에서 그대를 보내나니
去時雪滿天山路　지나갈 천산 길에 눈이 가득하다
山迴路轉不見君　산굽이 돌아 그대 보이지 않고
雪上空留馬行處　눈 위엔 헛되이 남은 말발굽 자국뿐

서북 변경의 병영 생활을 마치고 중원으로 돌아가는 동료를 전송하는 시인데 서북 변경의 가혹한 날씨와 군인들의 고통스런 생활 묘사 중에 이국적인 자연의 모습을 행간에 담았다. 특히 '눈(雪)'의 형상을 연이어 그리면서 자연을 묘사한 부분이 이채롭다. "오랑캐 하늘에선 팔월에도 눈이 날린다.(胡天八月卽飛雪)", "천 그루 만 그루 가지마다 배꽃이 피었다.(千樹萬樹梨花開)", "사막엔 백 길 두꺼운 얼음이 종횡으로 널려 있다.(瀚海闌干百丈冰)", "지나갈 천산 길에 눈이 가득하다.(去時雪滿天山路)" 등 각종 눈과 얼음이 뒤덮인 이채로운 변새에 대한 자

연 묘사는 이국적인 스산한 풍광 속에서 벌어지는 송별연, 허공에서 얼어붙은 깃발, 얼어붙은 사막을 떠나서 중원으로 돌아갈 날만을 기다리는 군인들의 안타까운 소망, 눈 위에 덩그러니 남은 말발굽 등과 함께 시가의 비장미를 더하고 있다. 이러한 이국적인 자연 풍경의 묘사는 다소 과장된 면도 있지만 박진감 넘치는 구도를 따라 역동적으로 시상을 전개하는 데 있어 중요한 배경으로 활용되었다는 점이 특히 의미를 지닌다 하겠다.

岑參이 銀山(현 新疆 吐魯番 西南)에서 있을 시 지은 다음 시를 보면 이국적 풍취를 지닌 변방의 풍광이 현실의 수심과 연결되어 있음이 발견된다.

銀山磧西館 은산의 서쪽 여관에서
銀山磧口風似箭　길목에는 바람이 화살처럼 급한데
鐵門關西月如練　서쪽엔 달빛이 흰 명주처럼 빛난다
雙雙愁淚霑馬毛　수심에 찬 눈물 줄줄 흘러 말갈기를 적시고
颯颯胡沙迸人面　쏴아 쏴아 부는 변방 모래바람 사람 얼굴로 파고든다
丈夫三十未富貴　대장부 나이 서른 되어도 부귀를 얻지 못했다면
安能終日守筆硯　어찌 종일 필묵만 지키고 있으리오

‘銀山磧(銀山)’과 ‘鐵門關’이라는 지명이 낯설고 이국적인 지역적 이미지를 대변하고 있는데 여기에 변방의 급한 바람과 환한 달빛이 등장하였으니 이채로운 감정이 극대화됨을 느끼게 된다. ‘雙雙’, ‘颯颯’ 등의 의성어와 의태어를 활용한 점과 말갈기에 떨어지는 눈물, 얼굴을 파고드는 변방의 모래바람 등의 묘사는 변새시가 아닌 여타 자연시에서는 보기 드문 이채로운 표현이 된다. 단 여섯 구의 짧은 편폭으로 이국적인 풍모와 격앙된 감정을 효과적으로 싣고 있어 변새시를 통한 자연 묘사의 특징을 잘 살펴볼 수 있게 하는 작품이라 하겠다.

岑參이 封常淸을 배웅하는 정과 변새에 대한 격정을 표현하기 위해 쓴 다음 작품에도 이국적인 자연 풍광이 배경으로 등장한다. 변새의 어려움과 군사들의 고난을 기록하는 데 있어 이채롭고 험난한 자연의 묘사는 필수적인 배경 역할을 하고 있는 것이다.

走馬川行奉送封大夫出師西征 서역으로 출정 가는 봉대부에게
주마천행을 지어 드리다

君不見走馬川行雪海邊	그대여 보이지 않는가, 주마천이 설해 가로 흐르는 것을
平沙莽莽黃入天	사막에는 끝없는 모래가 그득하고 황사가 하늘로 치솟는 것을
輪台九月風夜吼	윤대의 구월, 바람은 밤에도 부르짖고
一川碎石大如斗	온 개울엔 부서진 돌투성이요 큰 것은 한 말만 한데
隨風滿地石亂走	바람 따라 땅 위에 가득 어지러이 구르네
匈奴草黃馬正肥	흉노의 땅엔 풀이 누렇고 말은 막 살찌는 때라
金山西見烟塵飛	금산 서쪽 먼지 연기 날리는 것 보니
漢家大將西出師	한나라 대장군 서부에 출병한 것이로다
將軍金甲夜不脫	장군은 갑옷을 밤에도 벗지 아니하니
半夜軍行戈相撥	한밤에도 행렬에 창이 서로 부딪치네
風頭如刀面如割	에이는 바람은 칼같이 얼굴을 베는 듯하고
馬毛帶雪汗氣蒸	말의 털은 눈에 덮이고 땀 기운 증발되며
五花連錢旋作冰	五花馬와 連錢馬에 갑자기 얼음이 얼고
幕中草檄硯水凝	천막 안에서 격문을 짓는데 벼룻물도 어네
虜騎聞之應膽懾	적의 기첩은 이를 듣고 간담이 서늘하여
料知短兵不敢接	백병전은 감히 아니 된다 짐작하리
車師西門佇獻捷	그저 車師 서문 앞에서 승전보를 기다리고 있네

시제의 '走馬川(현 신강 위구르 자치구)'과 시어 중의 '雪海(新疆省 내의 지명)', '輪台(서역의 지명)', '金山' 등의 지명은 막연하고도 황량한 느낌을 제공한다. 여기에 끝없는 사막, 늦가을에 불어대는 세찬 바람, 한 말(斗)만 한 크기의 돌들이 부서진 채 여기저기 널려 있는 모습, 벼룻물이 얼 정도의 추위 등은 변새 자연의 기괴하고도 이채로운 정경을 잘 드러내고 있는 표현이 된다.

岑參은 저명한 변새시 작가였지만 자연시 창작에 있어서도 경물을 아름답고 청려하게 표현하면서 깊은 의경을 담아낼 줄 아는 시인이었다. 담채화 같은 담백한 표현을 하면서도 깎고 다듬은 흔적 없이 청아한 의경을 투영하고 맑고 그윽한 함축미를 부가하는 등의 수법을 잘 발휘한 인물이었던 것이다. 그가 자연 묘사를 한 부분에는 속기가 제거된 청담한 의경이 구현된 경우가 많은데 이는 인생의 깊은 철리를 거친 이후에 나온 평이한 표현의 구사로 인한 결과였다 여겨진다. 또한 岑參은 자연을 그림에 있어 자유로운 章法을 활용하며 다양한 면모를 창출해내는 실력을 보였는데 이는 그가 자연에 대해 자유로운 의식과 깊은 애호의 정을 지니고 있었기에 가능한 것이었다. 그의 변새시에 나타난 자연묘사가 신기하고도 기특한 멋을 추구했다면 그의 전원시와 산수시에 등장하는 자연은 생활과 연계된 친근한 풍경을 청신하고도 한아한 풍격으로 재현해낸 실체였다는 것을 알 수 있는 것이다.

간결하면서도 장중한 七言絶句로 인상적인 변새시를 남긴 것으로 유명한 王昌齡(698~756)은 자가 少伯이고 京兆 萬年縣人이다. 어릴 적 가정환경이 곤궁하였으며 젊은 시절 고향에서 몸소 밭을 갈며 글을 읽었다 한다. 그는 開元 12년(724, 27세)을 기점으로 장안의 동북방과 陝西, 靑海 등 서북방 변새를 두 차례에 걸쳐 여행하였는데 벼슬길에 올라 변새를 찾았던 岑參과 달리 백의종군을 하거나 여행을 통해 변새를 체험하였다. 開元 27년에 진사과에 급제하여 校書郎, 氾水尉 등을 지내다가 嶺南으로 폄적되기도 하였고 江寧丞으로 복직되었다가 다시 龍標尉로 폄적되었다. 安史의 난이 일어나 고향으로 돌아가던 중 刺史인 閭丘曉에게 피살되었다고 한다. 약 180수의 시를 남겼으며 그중 七言絶句가 74수에 달한다.[22]

王昌齡이 전적으로 자연을 묘사한 작품은 많지 않다. 자연시와 연관하여서는 과거에 합격하기 전 짧은 은거 기간에 쓴 시가 주목할 만한데 그 풍격은 孟浩然, 常建과 비슷한 면모를 지니고 있다. 王昌齡은 한때 常建과 鄂渚에서 은거한 경력이 있고, 때로는 玄學과 禪趣를 투영한 철학적 경계를 시가에 이입하여 淸空한 풍격의 시가를 짓기도 하였다. 특히 그가 은거하던 시절에 쓴 작품은 허정한 심정으로 자연을 바라보며 창작한 경우가 많았기에 王孟詩派의 경지에 많이 근접해 있는 느낌이다. 王昌齡의 변새를 묘사한 작품이 호방한 경계를 지향

---

22 王昌齡의 七言絶句는 총 74수에 달하는데 주제 면으로 볼 때 32수가 酬贈詩이고 궁원시를 비롯한 부녀자를 다룬 제재가 18수, 변새시가 10에 달한다. 그 밖에 시사를 풍자한 것, 신세를 한탄한 것, 음주와 연회를 묘사한 것, 회고, 題詩 등이 있으니 변새시와 궁원시, 송별시 등이 그의 七言絶句를 대표한다 하겠다.(류영표, 『중국시와 시인(唐代篇)』, 서울 : 사람과 책, 1998, 206쪽 참조)

했다면 산수를 묘사한 작품은 그윽하고 깊은 정을 세밀하게 서사하는 것에 주력했다는 느낌을 받게 된다. 또한 王昌齡은 자연 자체를 읊기 위한 목적으로 시를 쓰기보다는 자신의 서정을 나타내는 과정에서 자연을 효과적으로 활용하는 수법을 잘 구사했다. 이는 "한 조각 얼음 같은 마음 옥항아리에 담겨 있다 하게나.(一片冰心在玉壺)"라는 구절로 유명한 시 「芙蓉樓送辛漸(부용루에서 신점을 보내며)」 其一(제1수)에서 "강물에 연이은 차가운 밤비 호수로 흘러가고, 새벽녘에 객을 보내니 초산은 외로워라.(寒雨連天夜入湖, 平明送客楚山孤)"라고 처연한 기분을 묘사한 것, 「芙蓉樓送辛漸(부용루에서 신점을 보내며)」 其二(제2수)에서 "丹陽城 남쪽에는 가을 바다 쓸쓸하고, 丹陽城 북쪽에는 초 땅의 구름 깊다.(丹陽城南秋海陰, 丹陽城北楚雲深)"라고 하여 객을 보내는 안타까운 마음을 자연 형상을 통해 대변한 것, 「從軍行(종군행)」 其四(제4수)에서 "청해성의 긴 구름 설산에 짙게 드리우고, 외로운 성 너머로 멀리 옥문관이 보이네.(青海長雲暗雪山, 孤城遙望玉門關)"라 하여 변새의 빈번한 전투와 돌아갈 기약 없는 병사의 고통을 그리면서 변방의 황량하고 아득한 모습을 대비한 것 등을 통해 살펴볼 수 있다. 요컨대 자연 정경과 서정을 함께 서사하기를 즐겼던 것인데 그의 시가에 나타난 자연은 대체로 한적한 전원의 흥취를 도야하는 곳, 정경 속에서 철학을 느끼게 되는 곳, 서정과 격정의 배경이나 투영 대상 등의 모습으로 등장한다.

王昌齡이 진사 급제하기 전에 쓴 다음 작품을 보면 그의 은거 생활에 대한 소회가 담백하게 펼쳐져 있다. 한적한 자연에 대한 애호 의식이 투영되어 있는 작품이라 하겠다.

秋興 가을 서정

日暮西北堂　집의 서북쪽으로 해는 저물고
涼風洗脩木　서늘한 바람이 큰 나무숲을 쓸어내린다
著書在南窓　남쪽 창가에서 글을 쓰니
門館常蕭蕭　대문 앞은 언제나 고요하다
苔草延古意　이끼는 옛스러운 정치를 담고 있고
視聽轉幽獨　자연을 보고 듣는 사이에 그윽한 고독이 밀려온다
或問餘所營　누가 나에게 어떻게 살고 있냐고 묻는다면

刈黍就寒穀 기장을 베러 차가운 골짜기로 간다고 답하리라

은자의 생활과 심정이 잘 드러나 있는데 '日暮', '涼風', '肅肅', '幽獨' 등에 보이는 쓸쓸한 정취는 세상과의 인연을 찾지 못한 은자의 고독한 모습을 반영한다. 시 중에서 그윽한 고독이 밀려온다고 했는데 이는 실제로 전원에 몸담고 있는 생활인으로서 한가롭게 전원을 목도하는 입장에 있지만은 않음을 나타낸다. 전체적으로 맑은 정취를 지니고 있어 王孟詩派의 은일시에 견주어도 손색이 없을 정도이지만 행간에는 우수가 스며 있어 담담한 중에 소산한 기운을 발하고 있음이 발견된다.

다음에 예거하는 시가는 王昌齡이 철학적 흥취를 자연 묘사 속에 교묘하게 이입하여 창조해낸 작품의 예이다.

東溪玩月 동쪽 개울가에서 달빛을 감상하며
月從斷山口 달은 끊어진 산 어귀를 따라
遙吐柴門端 멀리 사립문 끝에 그 빛을 토한다
萬木分空霽 하늘이 개어 수많은 나무 또렷하고
流陰中夜攢 뜬구름은 밤중에 모인다
光連虛象白 빛은 하늘에 이어져 형상이 희미해지고
氣與風露寒 공기는 바람과 이슬과 함께 차갑다
穀靜秋泉響 고요한 골짜기에 가을 샘 소리
巖深靑靄殘 바위 깊은 곳에 푸른 노을 사라진다
澄淸入幽夢 맑았던 기운 그윽한 꿈속으로 들어가고
破影抱空巒 깨어진 그림자는 빈산을 껴안는다
恍惚琴窓里 거문고 소리 황홀하게 들리는 창 안에서
松溪曉思難 소나무 계곡에 동이 트는데 마음 심난하나니

달빛은 만물 어느 곳이나 비추지만 시인의 시선이 머무는 곳에서는 더욱 환상적으로 빛나고 있다. 작자의 시선은 다양한 초점을 지향했지만 결국 하나의 확고한 정경을 얻지 못하고 아련한 경계 속으로 빠져들게 된다. 이 맑은 세계가 달빛이 비치는 산인지 시인의 꿈인지 모호한 상황에서 시인은 또다시 심난한 고뇌 속으로 이입되고 있는 것이다. 자연 본래의 모습을 청아하게 읊기보다는

시인의 현학적인 면모를 많이 가미한 느낌이 든다.

　맑고 그윽한 산중의 경치를 묘사함에 있어 孟浩然과 비슷한 풍격을 발하고 있는 다음 작품을 보자.

山中別龐十 산중에서 방십과 이별하며

幽娟松篠徑	그윽한 소나무와 조릿대 길
月出寒蟬鳴	달뜨니 매미가 차갑게 운다
散髮臥其下	머리 풀고 숲 아래 누우니
誰知孤隱情	누가 알리요 이 고독한 은자의 정을
吟時白雲合	시 읊조릴 때 흰 구름과 함께 어울리는데
釣處玄潭淸	낚시하는 곳에 깊고 맑은 못이 있네
瓊樹方杳靄	아름다운 나무가 바야흐로 무성하니
鳳兮保其貞	봉황이여 그 속에서 지조를 지킬지라

　한적한 자연 속에서 차가운 매미 소리를 들으며 머리 풀고 누웠는데 달빛이 교교하다. 시를 짓는 마음은 흰 구름처럼 담백하고 낚시터의 물은 시인의 마음처럼 투명하다. 자연과 하나가 된 시인의 경지를 읽을 수 있다. 이 속에서 은자의 정을 한껏 나누다가 친구를 보낸다. 직접적인 이별의 정을 서술하는 것 대신 청명하면서도 소슬한 경지를 묘사하면서 자연을 통해 위안을 받을 것을 설파하고 있다. 마치 孟浩然의 시처럼 소산하면서도 담백한 의경을 펼치고 있음이 느껴지는 것이다.

　王昌齡은 산수의 미감 속에 세미한 감정을 잘 묘사한 시인이었는데 이는 자연 자체를 읊기보다는 자신의 서정을 나타내는 과정에서 자연을 효과적으로 활용하는 수법을 구사한 결과라 하겠다. 깊이 있는 서정과 아름다운 정경을 잘 결합한 자연시는 읽는 독자로 하여금 감흥을 증대하게 하고 작품에 대한 진한 여운을 느끼게 한다. 다음 송별시를 보면 자연 묘사를 활용하여 자신의 섭섭한 마음을 배가하여 표현하였음이 발견된다.

送魏二 위이를 송별하며

醉別江樓橘柚香 취중에 이별하는데 강가 누대에는 귤 향기 그득하고

江風引雨入舟涼　강바람에 빗방울 섞여 배 안은 서늘해졌네
憶君遙在瀟湘月　생각하면 그대는 멀리 소상강의 달빛 아래서
愁聽淸猿夢里長　긴 꿈에 잠기다 시름 젖은 맑은 원숭이 울음에 그 꿈을 깨리

　이별할 시 느껴지는 '귤 향기(橘柚香)'는 시의 분위기를 그윽하고 온화하게 하는 자연 매개물이 된다. 때마침 불어오는 강바람은 비와 섞여 더욱 처연한 분위기를 창출한다. 시인은 떠나가는 이가 마주할 산천을 상상으로 그리며 객수에 시름겨워할 우인의 심정을 미리 예시함으로써 자연 속에서 얻게 될 서정과 석별의 정을 함께 융합하고 있는 것이다. 진정을 드러내면서 자연스럽게 '情景交融'의 경지를 그리고 있음이 발견된다.

　다음 역시 자연 정경과 서글픈 서정을 잘 융합하여 '情景融合'의 경지를 이루어낸 작품의 예이다.

聽流人水調子　죄지어 떠도는 이의 水調子 곡을 들으며
孤舟微月對楓林　외로운 배와 희미한 달빛은 단풍나무 숲을 비추고 있고
分付鳴箏與客心　울려 퍼지는 쟁 소리에 객은 마음을 붙인다
嶺色千重萬重雨　저 산등성이 천 겹 만 겹 비가 오는 모습을 갖고 있고
斷弦收與淚痕深　줄을 끊어야 깊은 눈물 자국이 거두어질 듯

　음악을 들으며 느끼는 정회를 자연에 부친 시이다. 깊고 아련한 서정을 지닌 가락을 표현함에 있어 외로운 배와 희미한 달빛이라는 몽롱한 배경을 활용하였다. 시름진 곡조를 표현함에 있어 산등성이에 천 겹 만 겹 비가 오는 모습을 등장시킨 것은 자연만큼 객관적으로 마음을 표현해낼 수단이 없었음을 반증하는 것이다. 또한 말구에서 현을 끊어야 깊은 눈물 자국이 거두어질 것이라고 한 것은 음악을 듣는 작자의 감정이 슬픔으로 가득 차게 되어 주체하기가 어려운 상태임을 드러낸 것이다. 자연과 음악, 강렬한 감회와 서정이 교차하는 것을 살필 수 있다.

　王昌齡은 자연 자체를 묘사한 작품을 별로 남기지 않았고 시가에서 보이는 산수 묘사 부분 역시 단편적인 것이 많아 王孟시파의 성취에는 크게 못 미치는

면모를 보여준다. 그러나 변새를 유람하며 현실의 고난을 많이 체험했던 그의 경력과 대조해볼 때 그가 자연에서 한적한 경지를 추구했던 시가들은 그 역시 자연에 대하여 소탈하고 표일한 정신세계를 지녔음을 나타내는 증거가 된다. 또한 王昌齡은 자연 정경과 서정을 잘 결합하여 표현하는 것에도 능했던 시인이었다. 이는 친근한 고향 산수의 모습을 편안한 필치로 표현해냈던 동시기 청담시파 시인들과 소통하면서 변새의 자연까지 체험했던 그의 개성적인 경력과 시각이 산수 묘사에 반영된 결과라고 볼 수 있다. 자기만의 독특한 자연시 풍격을 이루기에는 부족한 감이 있지만 자연 묘사에 있어 王孟詩派와 邊塞詩派의 성향을 두루 반영한 시인이라는 점에서 의미를 찾을 수 있는 인물이라 하겠다.

李頎(690?~753?)는 趙郡(河北 趙縣) 人이다. 개원 23년경 進士에 급제하였고 天寶 연간에 新鄕縣尉로 발령받았다가 관직이 잘 풀리지 않자 후에 家園으로 돌아와서 다시 은거 생활에 들어갔다. 그는 천성이 호방하고 재능이 많은 데다 초매한 기상까지 지니고 있었다. 변새와 이역의 모습뿐 아니라 신기한 악기와 칼, 벽화, 거문고, 바둑, 도교 전설에 탐닉하는 등 다양한 잡학에도 호기심을 갖고 있던 문인이었다. 일생 동안 교유가 많아 王昌齡, 高適, 王維, 綦毋潛, 崔顥 등과 관계가 좋았으며 이로 인해 酬贈送別詩가 많은 편이다. 「古從軍行」, 「古意」, 「塞下曲」 등의 변새시로 유명하며 인물 형상 묘사에도 뛰어났으나 순수한 자연묘사 작품은 별로 많지 않은 편이다.

李頎의 시가는 풍격이 다양하여 '豪放', '悲憤慷慨', '高古', '雄渾' 등 여러 가지로 설명된다. 『唐才子傳』 권2에서 "李頎는 성품이 소탈하였으며 세상의 업무에 대하여는 염증을 느꼈다.(李頎性疏簡, 厭薄世務)"라고 한 것이나 殷璠이 『河岳英靈集』에서 그의 七言詩에 대해 "李頎의 시는 펼쳐낸 곡조가 맑고, 그 수사 역시 빼어난데 잡가가 가장 우수하고 현리를 펼침이 가장 뛰어났다.(頎詩發調旣淸, 修辭亦秀, 雜歌最善, 玄理最長)"라고 한 평을 참조할 때 그가 지녔던 소탈하고 초매한 성품이 어느 정도 파악된다.

다음은 몇 수 안 되는 그의 자연 묘사 작품 중 한 편으로, 香山寺 石樓에서 목도한 밤 풍경을 기술한 시이다. 작품을 보면 이채로운 묘사가 돋보인다.

宿香山寺石樓 香山寺 石樓에서 묵으며
夜宿翠微半　밤 되어 산중에 머무는데 푸른 산색 반쯤 희미해져
高樓聞暗泉　높은 누각에서 어둠 속 샘물 소리 듣는다
漁舟帶遠火　고기잡이배는 멀리서 불빛을 깜박이고
山磬發孤煙　산사의 경쇠 소리 한 줄기 연기와 어우러진다
衣拂雲松外　옷자락은 구름과 소나무 밖으로 흩날리고
門清河漢邊　石樓의 문은 은하수 가에서 맑다
峰巒低枕席　산봉우리가 누워 있는 베개보다 낮아
世界接人天　세상은 마치 사람과 하늘을 잇는 듯
靄靄花出霧　하늘하늘 꽃은 안개 속에 피어나고
輝輝星映川　반짝반짝 별은 냇물에 비추인다
東林曙鶯滿　꾀꼬리 소리 그득한 중에 동쪽 숲 밝아오는데
惆悵欲言鏇　돌아가려 말하려니 갑자기 쓸쓸해지누나

　　밤경치를 감상하는 것으로 시작한 시는 그사이 어느덧 여명을 맞이할 정도
로 아득한 시간의 흐름을 보냈다. 香山寺가 있는 산 밑의 강을 오가는 고깃배
의 불빛, 산사의 경쇠 소리를 묘사한 부분에서는 신선한 느낌을 얻을 수 있다.
이어진 옷자락과 石樓의 문, 산봉우리와 베개의 대비 등은 세속을 초월한 경지
를 느끼게 하며 '하늘하늘(靄靄)' 피어난 꽃과 '반짝반짝(輝輝)' 빛나는 별의 자태
역시 수려하면서도 환상적인 느낌을 얻게 한다. 도가풍의 탈속의 경지를 지니
고 있으며 다른 盛唐 자연시인들의 담백한 필치에 필적할 만한 일면을 지닌 작
품이라 하겠다.
　　다음은 李頎가 이별의 서정을 자연에 부쳐 그 정취를 한껏 드높인 칠언율시
작품이다.

送魏萬之京 위만이 서울로 가는 것을 환송하다
朝聞遊子唱離歌　아침에 나그네의 이별가를 듣고
昨夜微霜初渡河　어젯밤에 엷은 서리 긴 강을 처음 건너왔네
鴻雁不堪愁裏聽　기러기 소리도 근심스러워 차마 못 듣겠는데
雪山況是客中過　하물며 설산을 가고 있는 나그네는 어떠하랴
關城曙色催寒近　관성의 새벽빛 추위를 재촉하는 듯

御苑砧聲向晚多　장안의 다듬이 소리 저녁이면 더 많아진다
莫見長安行樂處　장안 행락처를 보지 말게나
空令歲月易蹉跎　공연히 세월 보내며 때를 잃기 쉬우니

　송별을 함에 있어 '엷은 서리 긴 강', '기러기 소리', '눈 쌓인 산', '관성에 비
추는 새벽빛' 등의 자연 경물을 적절히 활용하였다. 王孟과 같은 자연시 작가들
의 표현에 비교할 때 천연의 맛이나 세련미는 떨어지지만 나그네의 여정과 이
별의 정을 서사하는 데 있어 자연의 서정을 첨가하여 의경을 높인 점은 돋보이
는 부분이다. 변새시인들의 변방 체험 경험은 이처럼 다양한 산수미나 의경을
추구하는 데 있어 좋은 배경으로 작용하였음을 나타내는 예가 되는 것이다.
　李頎는 「寄韓鵬(韓鵬에게 부침)」에서 "정치하는 마음도 내 마음 한가하면 절로
한가해져, 아침저녁으로 날고 드는 새 보는 것 같네. 황하의 훌륭한 관리인 그
대에게 편지하노니, 성 위쪽에 고사산이 있는 것 그저 부러워라.(爲政心閑物自閑,
朝看飛鳥暮飛還. 寄書河上神明宰, 羨爾城頭姑射山)"라고 한 것처럼 세사에 얽매임과
반대의 개념으로 인식하며 자연을 마주한 시인이었다. 그에게 자연은 자유의
의미를 더욱 지닌 존재였던 것이다. 때문에 그는 자연을 찾을 것을 역설하기도
하였고 자연 속에서 흥취를 찾거나 자신의 서정을 드러내기 위해 자연 정경을
묘사하기도 하였으며 道家的 흥취를 담은 탈속의 경지를 추구하기도 하였다.
그러나 그의 작품 중 자연 자체를 담백하게 그린 작품이 적었던 것은 자연에
대한 관심 외에도 다방면으로 신기한 것들을 추구했던 그의 성품과도 연관이
있다 하겠다.

　崔顥(704~754)는 汴州人으로 字는 알려져 있지 않다. 開元 11년(723)에 진사에
급제했으나 벼슬은 司勛員外郞에 그쳤다. 현존하는 시는 42수 정도이다. 호탕
한 성격으로 술을 좋아했으며 젊어서 방탕한 생활을 했던 적이 있다고 한다. 초
기에는 염정시를 많이 썼으나 나중에 변새를 여행한 후에는 그의 시가 웅혼하
고 분방한 풍격을 지니게 된다. 崔顥는 산수를 묘사한 작품도 몇 수 쓴 바 있다.
오언고시의 「游天竺寺(천축사에서 노닐며)」, 「入若耶溪(약야계에 들어서서)」를 비롯

하여 五律, 五言排律, 七律 등을 활용한 자연시 11수를 남기고 있다. 과거의 전설과 현실의 자연을 잘 혼합하여 천고의 절창으로 칭송받는 그의 대표작 「黃鶴樓」를 살펴보자.

黃鶴樓 황학루

昔人已乘黃鶴去 　옛 사람은 황학을 타고 가버렸고
此地空餘黃鶴樓 　이곳에는 쓸쓸히 황학루만 남아 있네
黃鶴一去不復返 　황학은 한번 가면 그뿐 다시는 오지 않고
白雲千載空悠悠 　흰 구름만 유유히 천 년을 떠 있구나
晴川歷歷漢陽樹 　맑은 날 강에는 한양의 나무들이 뚜렷하고
芳草萋萋鸚鵡洲 　앵무주에는 향기로운 풀들이 무성하네
日暮鄕關何處是 　해는 저무는데 고향은 그 어디인가
煙波江上使人愁 　강 위의 물안개 나그네로 하여금 시름 젖게 하나니

湖北省 武昌 黃鵠山에 소재한 黃鶴樓는 湖南 岳陽의 岳陽樓, 江西 南昌의 騰王閣과 함께 강남의 3대 名樓로 불려진다. 누각에서 장강을 조망하는 경치가 천하절경이라는 평이 있을 정도로 수려한 경관을 자랑하는 곳이다. 신선 子安이 황학을 타고 갔다는 전설을 필두로 절경을 바라보는 가슴속의 희열을 기탄없이 표현했다. 특히 '黃鶴'이라는 시어를 세 번씩이나 사용하고 '空'과 '去'를 두 번씩 사용했음에도 자연스러운 느낌을 얻는 것은 아쉬움을 표현하는 강렬한 정서가 수사 기교를 뛰어넘고 있음을 보여준다. '漢陽樹'와 '鸚鵡洲' 등 눈앞의 경치를 바라보며 청신한 느낌을 구가하던 시인은 이내 해 저물 녘 장강을 바라보며 객수를 느끼게 된다. 아련히 피어오르는 물안개에 고향 생각과 시름을 함께 느끼게 되니 그 함축미가 뛰어나다. 李白이 황학루에서 이 시를 보고는 "눈앞에 경치 있어도 말로 표현해내지 못하는데, 이 분야에서는 최호의 시가 제일 뛰어나다네.(眼前有景道不得, 崔顥題詩在上頭)"라고 평하면서 붓을 들지 못했다는 일화는 유명하다. 宋代 嚴羽도 『滄浪詩話』에서 이 작품에 대해 "唐人들의 칠언율시 중에서 崔顥의 「黃鶴樓」가 가장 뛰어나다.(唐人七言律詩, 當以崔顥「黃鶴樓」爲第一)"라는 극찬을 가하고 있다.

崔顥는 「黃鶴樓」를 비롯하여 총 두 수의 七言律詩를 쓴 바 있다. 華陰을 지

나며 쓴 다음의 七言律詩 역시 변새를 여행한 이력을 바탕으로 쓴 자연시인데 역시 주목할 만한 풍모를 지니고 있는 작품이다.

行經華陰 화음을 지나며

岩曉太華俯咸京　높디높은 태화산은 함양성을 굽어보고 있는데
天外三峰削不成　저 하늘 너머 우뚝 선 세 봉우리 깎아서 만들 수는 없는 것이라
武帝祠前雲欲散　무제사 앞의 구름들은 흩어지려 하고
仙人掌上雨初晴　東峯 위에는 비가 막 개었구나
河山北枕秦關險　하산은 북쪽의 험준한 函谷關을 베고 있고
驛樹西連漢畤平　역수는 서쪽으로 한치와 평탄하게 이어져 있다
借問路旁名利客　길가의 명리를 추구하는 사람들에게 묻노니
何如此處學長生　이곳에 와서 장생술을 배우면 어떠한가

五嶽 중 하나인 華山의 북쪽 華陰을 지나면서 바라본 華山의 전망과 감개를 설파하고 있다. 수구에서 華山의 높음을 설명하기 위해 '굽어본다(俯)'는 표현을 하였는데 이는 호방하면서도 아름다운 멋을 보여주며 이 이미지는 아래 제6구까지 계속 이어진다. 세 봉우리인 芙蓉峰, 玉女峰, 明星峰 등을 天外에 있다 하여 신묘한 자태를 부각시켰고 "깎아서 만든 것이 아니다(削不成)"라고 하여 봉우리의 험준함을 은유한 것도 뛰어나다. 도교로 유명한 산의 이미지에 맞추어 武帝祠와 仙人掌을 거론하였고 華山의 영험한 기세와 특수한 지세를 부각시키기 위해 "函谷關을 베고 있다"는 표현을 썼으며 漢代의 祭天壇인 '漢畤'까지 등장시켰다. 결연에서는 이곳을 지나는 이에게 도가의 선도를 권하는 내용을 담고 있으나 시가 내용의 흐름상 다소 진부한 문답식 수법이라는 느낌도 받게 된다.

崔顥의 五言律詩는 총 11수에 달하는데 그 제재가 비교적 다양한 편이다. 전체적인 예술적 성취는 七言歌行이나 七言律詩보다 못한 느낌이지만 그중 潼關과 그 주변 정경을 묘사한 「題潼關樓」는 위에서 예거한 七言律詩와 비견할 만한 작품이라 할 수 있다.

題潼關樓 潼關樓에서 짓다
客行逢雨霽　객로를 걷다가 비 개자

歇馬上津樓　말을 멈추어 나루터 누각에 올라가네
山勢雄三輔　산세는 웅장하여 세 곳의 보좌를 받으며
關門扼九州　관문은 구주를 누르고 있네
川從陝路去　시내는 陝西로 흘러가고
河繞華陰流　강은 華陰 따라 흐르네
向晚登臨處　저물녘 높은 곳에 올라보니
風烟萬里愁　바람과 연기에 만 리까지 근심이 이네

　潼關은 黃河, 渭河, 洛水 등이 모이는 곳에 위치하며 秦, 晋, 豫 三省의 경계
가 된다. 關中으로 들어가는 요충지이며 長安의 목구멍 역할을 하는 곳이라 潼
關의 형세에 대하여 '세 곳의 보좌를 받는다(三輔)'라는 표현을 쓰고 있다. 이어
"관문은 九州를 누르고 있다."라고 그 삼엄한 기세를 다시 한 번 강조했다. 비
갠 누각에 올라가 사방을 바라보니 가히 興과 情이 한꺼번에 일어나고 신묘한
筆力이 살아나는 것 같다. 산하의 지세를 표현함에 있어 '山', '關', '川', '河'
등을 모두 거론했으니 潼關의 거대한 모습과 기세가 실감나게 표현되었다 할
수 있다. 黃鶴樓 같은 강남의 수려한 누각과는 완전히 다른 모습을 지닌 潼關
과 그 주변의 정경이 그려져 있다.
　崔顥는 남겨진 시가가 별로 많지 않고 산수의 묘사에 집중한 시인은 아니었
지만 호방한 성격으로 여러 지역을 유람한 경력이 돋보이는 시인이었다. 그가
시가에서 자연을 노래한 부분은 자신이 체험한 정경을 호방하고 표일하게 표현
하면서도 그 속에 깊은 우수나 서정을 담아 의미를 부가하거나 자연미의 기상
과 경계를 높이고 있다. 자연시 본연의 청아하고 담백한 맛과는 거리가 있지만
자신만의 기상을 자연에 담아 창작한 것은 崔顥 시가에서 찾아볼 수 있는 개성
적 특징이라고 할 수 있을 것이다.

5) 李白과 杜甫의 자연시 : 大家의 산수 묘사

　李白(701~762)은 字가 太白이며 號가 靑蓮居士이다. 출생지에 대해서는 이설
이 있으나 四川 章明(江由縣)의 靑蓮이 자라난 고향이라는 것에는 반론이 없다.

본인이 쓴 「上安州裵長史書(안주의 배장사께 올리는 글)」에서 "다섯 살 때 육갑을 외웠고, 열 살 때 제자백가를 공부하여 軒轅 시대 이후의 일들을 제법 알게 되었다.(五歲誦六甲, 十歲觀百家, 軒轅以來頗得開矣)"라는 기록을 참조해볼 때 어려서부터 천재성이 뛰어났음을 알 수 있다. 폭넓은 독서와 창작 활동, 검술, 신선술, 유람과 은거 등에 대한 관심은 그가 俠客의 기질을 지니고 있었음을 나타낸다. 20세부터 四川의 명승고적을 유람하고 많은 시를 창작하였고 다시 開元 14년(726, 26세)부터 집을 떠나 방랑 생활을 하여 洞庭湖, 廬山, 金陵, 揚州, 湖北, 洛陽, 太原, 泰山, 安徽, 江蘇, 浙江 등지를 여행한 바 있다. 이 시기에 많은 문인들과 교유하며 자연시를 비롯한 많은 시가를 창작하였다. 天寶 元年(742, 42세)에 吳筠의 추천에 의하여 翰林學士에 제수되어 약 3년간 봉직했으나 이 시기에는 봉건 지도자들의 부패와 부정적 사회 현실에 대한 비판의 시각을 갖고 창작에 임하게 된다. 天寶 3년(744)에 장안을 떠나 또다시 방랑 생활을 하게 되었는데 洛陽에서 杜甫를 만나고 汴州에서 高適을 만나 함께 각지를 유람하였다. 杜甫와 이별한 후 江蘇, 浙江, 河北, 山西, 山東, 河南 등지에서 방랑 생활을 계속하였는데 자신의 뜻을 펴지 못하게 된 현실을 들어 仙道를 담론하거나 산수에 정을 붙였다. 天寶 14년(755) 안사의 난 발발 후 廬山에 은거하다가 永王 李璘의 막료로 들어가 문서를 관장하는 일을 맡았으나 李璘이 반역죄로 몰리게 되자 李白도 潯陽의 옥에 갇혔다가 약 1년 반에 달하는 유배생활을 하게 된다. 乾元 2년(759) 유배에서 풀려난 후 강남 일대를 방황하다가 762년 숙부인 當涂縣令 李陽冰에 의지하던 중 병사했다. 뛰어난 문인, 협객, 자객, 은사, 도사, 모사, 주정뱅이 등 다양한 기질을 소유했던 이백의 풍모는 그가 남긴 작품에 잘 나타나 있다. 李白의 시는 1,049수가 현존하는데 82수의 율시를 제외하면 549수의 악부시를 포함하여 절대 다수가 고시와 절구이다. 격률과 대구 등 형식적인 것에 속박되기를 싫어하는 성품이 반영된 탓이다.

낭만주의적 시풍을 중요 특색으로 하는 李白의 시가 중에는 산수 자연을 묘사한 시가 상당수 존재한다. 자연시의 창작은 일생 동안 끊이지 않고 이어졌는데 시기별로 크게 나누어보면, 18세 때의 戴天山 은거에 이어 成都, 峨眉山 등 四川 각 지역을 여행하며 고향 산수 정경을 표현했던 시기, 吳越 등지를 유람하면서 시야를 넓히고 다양한 주제와 호방한 풍격의 자연시를 창작했던 시기, 장안에서 관직 생활을 하며 「蜀道難」 같은 이채로운 작품을 창작한 시기, 다시 東魯와 中原, 江南 등지를 유랑하며 인생의 비환을 산수에 담아 표일한 풍격의 자연시를 창작했던 시기, 安史의 난 후 깊어진 서정과 만년의 비애감을 갖고 자연을 관조하며 성찰했던 시기 등으로 분류할 수 있겠다.

李白은 천성적으로 산수를 좋아했고 창작에 있어서도 천연스러운 문장을 지향했으며[23] 정치적 좌절을 겪거나 자신의 도가적 흥취를 기탁하려 할 때면 언제나 자연을 찾았던 문인이었다. 산수에 대하여 마음의 해탈과 심리적 편안함을 제공하는 중요한 근원이라는 인식을 갖고 있었던 것이다. 李白의 자연시는 친히 산수 유람을 하면서 목도한 실경을 그린 작품, 실경에 허경을 이입하여 묘사한 작품, 자신의 환유 의식을 자연 묘사에 투영한 작품, 표일한 기백을 투사하여 산수를 그려낸 작품, 개성과 감정을 정경과 융합하여 이백 특유의 면모를 창출한 작품 등으로 그 특징들이 귀결된다. 이는 그가 도가 의식을 지니고 소요의 경지를 추구하였던 것과 천연의 풍격을 부르짖으면서 시가 창작을 도모하였던 것, 雕飾을 배제하고 솔직한 서술을 지향하면서 청신한 시가 풍격을 추구하였던 것들과도 상당 부분 맥을 같이하는 것이다. 李白이 창작했던 자연시는 그 풍격과 내용, 수법 등이 다양하고 작품 수도 많아 분류를 통해 정의를 내리기는 실로 쉽지 않다. 고찰의 편의상 대략적인 분류를 가해보면 정경 묘사 수법으로는 실경과 허경을 그려낸 작품, 서정 표출 면으로는 逸趣와 자연 추구 의식을 담은 작품, 풍격 면으로는 '雄奇', '豪放', '飄逸', '超邁' 등 李白 특유의 기운을 담아낸 작품 등으로 대별할 수 있겠다. 이러한 분류에 입각하여 李白의 자연시를 살펴보기로 한다.

---

23 李白이 지니고 있던 '自然'에 대한 관념은 "그대가 荊山에서 지은 작품을 보노라니, 江淹과 鮑照도 감동할 내용이라. 마치 부용이 맑은 물에서 나오는 듯, 천연의 미에 雕飾은 없어라.(覽君荊山作, 江鮑堪動色, 淸水出芙蓉, 天然去雕飾)"(「經亂離後天恩流夜郞憶舊游書懷贈江夏韋太守良宰(난리 후 천은으로 야랑으로 유배되어 가다가 옛날 함께 노닐며 글 짓던 것을 추억하며 강하태수 위양재에게 쓰다」)의 구절 중에 나오는 "부용이 맑은 물에서 나오는 듯한 문장(淸水出芙蓉)" 풍격을 비유한 것으로 집약된다. 즉 言辭에 있어서는 수식의 제거를 지향하며 형식의 구속됨 없이 종횡무진 詩才를 발휘하여 부용이 맑은 물에 피어 있는 듯한 천연의 경지로 청아하고 진솔한 자연미를 구가하는 창작 정신세계를 의미하는 것이었다.

먼저 李白의 산수를 향한 의식을 살피기 위해 李白 자신이 산수에 심취한 심경을 밝히고 있는 구절들을 몇 부분 살펴본다.

與周剛清溪玉鏡潭宴別 주강과 청계 옥경담에서의 연회 후 이별하며

回作玉鏡潭　玉鏡潭을 돌며 시를 짓나니
澄明洗心魂　마음과 정신 맑게 씻기어지네
此中有佳境　이 중에 아름다운 경치 있으니
可以絶囂喧　가히 세속의 시끄러움을 피할 수 있으리

望廬山瀑布 其二 여산폭포를 바라보며, 제2수

而我樂名山　그대와 나 명산을 즐기나니
對之心益閑　산을 대하매 마음 더욱 한가하다
無論漱瓊液　이 아름다운 물로 입을 씻음은 말할 것도 없고
還得洗塵顔　얼굴에 묻은 세속의 먼지도 씻어낸다
且諧宿所好　묵어가는 곳 또한 멋지니
永願辭人間　오래도록 인간 세상과 멀리하고 싶어라

日夕山中忽然有懷 해 저물 녘 산속에서 문득 생각이 떠올라

久臥青山雲　오랫동안 청산 구름 속에 누웠더니
遂爲青山客　마침내 청산의 객이 되었구나
山深雲更好　산이 깊으니 구름 더욱 좋아라
賞弄終日夕　이 경치 즐기다 해가 저물었네
月銜樓間峰　달빛은 樓間峰을 비치고
泉漱階下石　샘물은 계단 아래 바위를 흐른다
素心自此得　깨끗한 마음 절로 얻으니
眞趣非外借　이 참된 즐거움 다른 곳에서 얻을 수 있는 것 아니라

예거한 시구들에 나타난 이백의 자연을 찾는 이유들은 '세속의 때를 씻고(洗)', '세속의 욕망을 끊으며(絶)', '자연을 즐기고(樂)', '깨끗한 마음(素心)'과 '참된 즐거움(眞趣)'을 얻기 위함 등으로 요약된다. 그에게 자연은 허정하고 평온한 심신의 원천이요 참된 활력을 제공하는 에너지원이었던 것이다. 온갖 세속의 굴레를 벗어나 자연 속에서 자유로운 성정을 구가하려 했던 이백의 의도를 알

수 있는 구절들이다.

李白 자연시가 지닌 일차적인 특징은 李白 자신만의 필법이 돋보이는 實景과 虛景의 서사라는 점이다. 그는 자연의 實景과 虛景의 묘사에 모두 능했고 實景과 虛景을 잘 배합하여 자연미의 미감을 효율적으로 높이는 수법에도 능했다. 먼저 實景의 묘사에 뛰어난 작품들을 보면, 산수 자연을 있는 그대로 묘사하는 전통적인 자연시 표현 방법을 답습한 것으로서 눈앞의 수려한 산수를 청아하고 담백하게 묘사한 작품을 말한다. 예를 들어 「送王屋山人魏萬還王屋」, 「終南山寄紫閣隱者」, 「秋登宣城謝朓北樓」, 「過崔八丈水亭」 등의 시처럼 여러 경물이 지닌 천연적인 미를 사실적으로 그려냄으로써 시인의 진실성과 정경의 아름다움을 극대화시킨 경우가 이에 해당한다. 실경을 잘 그려낸 시가 중 몇 작품을 예거하여 살펴보기로 한다. 먼저 李白이 金陵 등지를 여행하던 開元 14년 (726) 廣陵으로 가는 길에 지은 「夜下征虜亭」을 보자.

夜下征虜亭 밤중에 정로정으로 내려감
船下廣陵去　밤중에 광릉으로 내려가니
月明征虜亭　달은 정로정에 밝았어라
山花如繡頰　산꽃은 새악시 볼처럼 수놓아져 있고
江火似流螢　강물에 비친 불 흐르는 반딧불 같구나

밤배를 타고 가면서 바라본 주변 정경에 대해 은유적 표현을 가미하여 잘 묘사하였다. 전반부에서 정자 높이 떠 있는 달빛의 모습을 직설적으로 묘사하였고 후반부에서는 그 빛을 받아 빛나는 꽃이 지닌 색다른 매력을 주목하였다. 달빛을 받으며 산에 핀 꽃과 강에 비친 불빛의 형상은 평범한 정경 같지만 묘사에 활용된 어휘로 인해 몽환적인 이미지가 부가된 느낌이다. 소탈한 감성과 曠達한 의경을 함께 느끼게 하는 필법이라 하겠다.

송별 중에 대하는 산수의 모습을 실제적으로 묘사함으로써 자신의 감성을 더욱 깊게 표현한 다음 작품을 보자.

送友人 벗을 보내며

青山橫北郭	푸른 산은 북쪽으로 비스듬히 뻗어 있고
白水繞東城	흰 강물은 동쪽 성을 둘러싸고 흐르네
此地一爲別	이곳에서 이제 한번 이별하면
孤蓬萬里征	외로운 쑥처럼 만 리를 떠돌리라
浮雲遊子意	뜬구름은 떠도는 그대의 마음 같고
落日故人情	지는 해는 옛 벗의 마음과도 같다
揮手自玆去	손을 흔들며 그대 떠나가나니
蕭蕭班馬鳴	쓸쓸하구나 머뭇거리는 말 울음소리가

벗을 떠나보내는 마음을 주변 정경에 부쳐 회화적으로 잘 묘사한 것이 돋보인다. 수연에서 '靑', '白'의 대조적인 이미지와 '北', '東'의 서로 반대되는 방향, '橫', '繞' 등의 순탄하지 못한 모습 등을 통해 이별에 임하는 섭섭한 이미지를 절묘하게 표현한 것이다. 이별 후 여기저기를 떠돌게 될 벗의 모습을 '외로운 쑥(孤蓬)', '떠도는 구름(浮雲)', '지는 해(落日)' 등으로 표현하여 황량하고 메마른 느낌이 부가된 정경과 서정을 부각시켰다. 구체적 설명을 배제한 채 단지 여러 자연물들의 형상을 제시하였을 뿐이지만 쓸쓸해하는 시인의 마음이 더욱 선명하게 강조되어 있음을 느낄 수 있겠다.

다음 시 역시 눈앞에 보이는 정경을 진솔하게 묘사하면서도 이채로운 효과를 얻고 있는 작품이다.

杜陵絶句 두릉 절구

南登杜陵上	남쪽 두릉 위에 올라
北望五陵間	북쪽 오릉 사이를 바라본다
秋水明落日	가을 강물 위에 지는 석양 눈부셔
流光滅遠山	반사된 빛에 가려 먼 산 모습 안 보이네

長安 남쪽 杜陵에 올라 북쪽 五陵을 바라보니 중간에 있는 渭水가 낙조에 빛나고 있다. 너무나 눈부시게 화사한 모습인 데다 반사된 빛이 가림으로 인해 먼 산의 모습은 볼 수 없다. 이러한 눈부신 경지에 대한 묘사는 그 모습을 실제로 체험하지 않고는 써낼 수 없는 것이며 이 모습을 체험해본 적이 있는 독자는

그 절묘한 표현에 감탄을 아끼지 않게 된다. 과장 없는 실제적 표현을 하면서도 신묘한 의경을 창출하고 있는 것이 李白 자연시가 지닌 하나의 특징이라 할 수 있다.

다음 시를 보면 자연 실경을 묘사하면서 그 속에 영롱한 기품을 담아낸 면모가 발견된다.

金陵城西樓月下吟 금릉성 서루에서 달빛 아래 시를 읊다
金陵夜寂凉風發 금릉의 고요한 밤 시원한 바람 불어
獨上高樓望吳越 홀로 높은 누대에 올라 吳越을 바라본다
白雲映水搖空城 흰 구름 물에 비쳐 빈 성 따라 출렁이고
白露垂珠滴秋月 흰 이슬 구슬 되어 가을 달 아래 맺혀 있네
月下沉吟久不歸 달 아래 길게 읊으며 오랫동안 돌아가기 잊었으니
古來相接眼中稀 옛날과 지금 사람 서로 마음 맞기 드물어라
解道澄江淨如練 맑은 강물 곱기가 비단 같다는 뜻 이제 깨달아
令人長憶謝玄暉 옛 시인 謝朓를 깊이 생각하게 되나니

금릉성 서루의 고요한 달빛 아래 혼자 사방을 둘러보고 고금을 생각하며 시를 읊어보는 모습이 맑고 고아하다. 3, 4구에서 '白'자를 연이어 써서 통일된 색감을 그렸으나 '출렁이다(搖)'와 '맺혀 있다(滴)'라는 뜻의 동사를 활용하여 실제 느껴지는 의경이 더욱 맑고 청아하게 하였다. 고요한 천지간에 흉금을 털어놓으며 시인은 어느덧 망아의 경지로 빠져드는데 이 속에서 문득 옛날 謝朓 시의 속뜻을 깨닫게 된다. 자연과 참된 교유가 있고 나서야 비로소 얻게 되는 귀한 깨우침인 것이다.

李白은 실경을 잘 묘사한 시인이지만 사실 李白 시의 특색을 가장 잘 드러낸 작품은 實景과 虛景을 교묘하게 접목한 자연시라고 할 수 있다. 李白은 때때로 순수한 實景을 묘사한 시 속에 현상을 초월하는 신선한 상상력과 자신의 의경을 투영하여 독특한 기상을 잘 표출하곤 했는데 이렇게 실제적인 정경 속에 작자의 자유로운 의식을 한껏 가미한 자연시는 현상의 묘사를 뛰어넘어 신묘한 경지를 창출하는 효과를 갖게 된다. 눈앞 경치의 사실성과 시적 상상력을 잘 혼합하여 李白 자연시의 개성미와 격조를 한층 높이고 있는 작품들이라 할 수 있

는 것이다. 實景과 虛景을 잘 묘사한 시가의 대표적 예로 「蜀道難」을 살펴본다.

蜀道難 촉으로 가는 길의 험난함이여

噫吁戱	아아
危乎高哉	높고도 험하구나!
蜀道之難	촉으로 가는 길의 험난함이여
難於上靑天	푸른 하늘 오르기보다 어려워라
蠶叢及魚鳧	일찍이 잠총과 어부가
開國何茫然	촉나라를 개국한 지 그 얼마던가
爾來四萬八千歲	그로부터 사만팔천 년 동안
始與秦塞通人煙	관중 땅 秦과는 내왕이 없었다네
西當太白有鳥道	서쪽 태백산에 새들이 가는 길 있다지만
可以橫絶峨眉顚	아미산을 어찌 가로지를 수 있으리오
地崩山摧壯士死	땅이 무너지고 산이 쪼개지고 장사들이 죽은 후에
然後天梯石棧方鉤連	그 뒤에야 구름다리와 돌길 잔도가 이어졌으니
上有六龍回日之高標	위로는 태양 수레 모는 여섯 마리 용이 돌아섰다는 高標山이 있고
下有衝波逆折之回川	아래로는 파도가 부딪쳐 꺾여 돌아가는 물결이 있다네
黃鶴之飛尙不得過	신선이 탔다는 황학도 날아 넘지 못하고
猿猱欲度愁攀援	원숭이도 건너려면 잡기가 힘들다네
靑泥何盤盤	청니령 고개는 어찌 그리 구불구불한지
百步九折縈巖巒	백 보 가는데 아홉 번을 꺾어 돌아 바위 봉우리 올라가네
捫參歷井仰脅息	參星 별자리를 만지고 井星 별자리 지나자 고개 들고 가쁜 숨 쉬고
以手撫膺坐長歎	손으로 가슴 쓸며 길게 탄식한다
問君西遊何時還	그대에게 묻노니 서쪽으로 갔다가 언제 돌아오는가
畏途巉巖不可攀	위태로운 길 칼날 같은 바위 붙잡을 곳도 없다는데
但見悲鳥號古木	그저 새들은 고목 사이에서 구슬피 울며
雄飛雌從繞林間	수컷은 암컷 따라 숲 사이를 맴돈다
又聞子規啼	또한 두견새 밤마다 울어
夜月愁空山	가을 달밤에 빈산에서 슬프게 들리누나
蜀道之難	촉으로 가는 길 험난하구나
難於上靑天	푸른 하늘 오르기보다 어려워라
使人聽此凋朱顏	사람들에게 이 말만 들어도 안색 창백해진다

連峰去天不盈尺	잇닿은 봉우리는 하늘과 한 자도 안 될 듯하고
枯松倒掛倚絶壁	말라 죽은 소나무 쓰러져 절벽에 거꾸로 매달려 있다
飛湍瀑流爭喧豗	나는 급류와 떨어지는 폭포는 다투듯 시끄러운 소리를 내고
砯崖轉石萬壑雷	벼랑을 치며 구르는 돌 소리 온 골짜기에 우레 소리 같다
其險也如此	험난하기가 이와 같거늘
嗟爾遠道之人	아! 먼 길 떠나는 그대여!
胡爲乎來哉	어찌 돌아오려 하는가
劍閣崢嶸而崔嵬	검각 봉우리들은 가파르고 뾰족하여
一夫當關萬夫莫開	한 사람이 관문을 막아서면 만 명도 뚫지 못하는 곳
所守或匪親	지키는 이도 친한 사람이 아니면
化爲狼與豺	언제 이리와 승냥이로 돌변할지 모른다네
朝避猛虎	아침에 사나운 호랑이 피하고
夕避長蛇	밤에 큰 뱀은 피한다 해도
磨牙吮血	이를 갈고 피를 빨아
殺人如麻	삼마 쓰러뜨리듯 사람을 죽이거늘
錦城雖云樂	금성이 비록 좋다고 해도
不如早還家	일찍 집으로 돌아감만 못하리라
蜀道之難難於上靑天	촉도의 험난함은 푸른 하늘 오르기보다 더 어려워라
側身西望常咨嗟	몸을 돌려 서쪽 바라보며 길게 탄식하노라

이 시가 지어진 배경과 목적에 대하여는 이견들이 있으나[24] 순수하게 작품에 담긴 면모만 고찰할 때 실경에 虛景을 교묘하게 대입시킨 것이 가장 돋보인다. 잠총과 어부의 蜀 개국 이래 오랜 시간이 지난 후에서야 蜀道가 개척되었다는 것을 신화적 수법으로[25] 묘사한 후 蜀道의 험난한 정경을 과장법을 섞어 다이

---

24 李白이 이 시를 지은 목적에 대하여 이설이 많은데 그중 明 蕭士贇이 제기한 玄宗이 安祿山의 난을 피해 蜀으로 피난한 것을 풍자한 것이라는 주장이 가장 일반적이다. 그러나 殷璠이 安史亂 발발 전인 天寶 13년(754)에 편한 『河嶽英靈集』에 이 시가 실려 있어 시기 상 이 의견도 한계가 있는 듯하다. 이 시의 창작 시기와 목적에 대한 부분은 여기서는 논외로 하기로 한다.

25 이 시의 "地崩山摧壯士死" 구절에서는 "秦 惠王이 蜀王이 여자를 좋아하는 것을 알고는 蜀王에게 다섯 명의 미녀를 보내자 蜀王은 다섯 명의 장사를 시켜 이들을 맞이했다. 이들이 돌아오다가 梓潼에 이르렀을 때 큰 뱀이 땅 구멍으로 들어가는 것을 보고 한 장사가 그 꼬리를 잡고 끌어내다가 힘이 부치자 다섯 장사들이 모두 도와 크게 소리지르며 뱀을 끌어내다가 갑자기 산이 무너져 그들이 모두 죽고 그 자리에 다섯 개의 봉(五峰)이 돋아났다.(秦惠王知蜀王好色, 許嫁五女于蜀. 蜀遣五丁迎之. 還到梓潼, 見一大蛇入穴中. 一人攬其尾掣之, 不

내밀하게 묘사하였다. 산의 높고 험난함에 대해 "태양 수레 모는 여섯 마리 용이 돌아섰다는 高標山"이 솟아 있고 "황학도 날아 넘지 못하고 원숭이도 잡고 넘어갈 곳 없으며", "青泥領 고개는 백 보 가는데 아홉 번을 꺾어 돌아야만 올라갈 수 있고", 너무 높아 "參星 별자리를 만지고 井星 별자리도 옆으로 지나갈 지경"이며 "위태로운 길에 붙잡을 곳 없는 칼날 같은 바위"로 이루어져 있음 등으로 하여 온갖 기험한 형상으로 표현을 한 것이 이채롭다. 이어 시가의 결미 부에서는 蜀道의 험준함과 검문관 수비의 어려움을 인간사에 비견하여 촉도의 험난함은 결국 수비자의 의지에 따라 안전과 위협의 존재로 변할 수도 있음을 역설하였다. 蜀道의 역사적인 배경, 주변 경관, 蜀道가 지닌 유무형의 상징적인 의미 등을 창출함에 있어 다양한 수법을 활용하여 묘사한 것이다. 이 시에서는 六朝에서 盛唐까지의 다양한 자연시 즉 山水詩, 田園詩, 游仙詩, 景物詩 등이 전통적으로 '柔美', '秀麗', '閑逸' 등의 풍격을 지향하던 수법과는 별도로 樂府 古題를 활용하고 상상력과 과장법을 가미한 虛景의 묘사를 통해 蜀道와 그 주변 산하를 독특하게 그려냈으니 이로 인해 시가의 예술성 또한 한껏 높아지게 되었다고 할 수 있겠다.

다음 李白이 廬山을 읊은 시 역시 실경에 허경을 접목하여 웅장하고 환상적인 멋을 부가시킨 점이 돋보이는 작품이다.

廬山謠寄盧侍御虛舟 여산의 노래를 지어 盧侍御 虛舟에게 주다

我本楚狂人	본시 나는 초나라 미치광이
鳳歌笑孔丘	봉황의 노래로 공자를 비웃었노라
手持綠玉杖	녹옥 지팡이 손에 잡고
朝別黃鶴樓	아침에 황학루에서 출발했네
五嶽尋山不辭遠	거리 멀다 않고 五嶽 같은 심산을 찾아
一生好入名山遊	일생을 명산에서 노닐기 즐겼다네
廬山秀出南斗傍	廬山은 빼어나 南斗星 밑에 솟아 있고
屏風九疊雲錦張	아홉 폭 병풍 펼친 듯 구름은 비단처럼 드리웠네
影落明湖青黛光	맑은 호수에 드리운 짙푸른 산 그림자

禁, 至五人相助, 大呼拽蛇, 山崩時壓殺五人及秦五女幷將從, 而山分爲五嶺)"라는 내용이 담긴 『華陽國志』 「蜀志」에 실린 고사를 인용하였다.

金闕前開二峰長	황금 궁궐 문이 앞에 열린 듯 두 봉우리 솟아 있네
銀河倒挂三石梁	은하수 거꾸로 매달린 것 같은 폭포에 세 돌다리가 걸려 있는 듯
香爐瀑布遙相望	향로폭포가 저 멀리 마주 보인다
回崖沓嶂凌蒼蒼	구불구불한 산벼랑 푸른 하늘로 아득히 치솟고
翠影紅霞映朝日	푸른 산과 붉은 노을 아침 해에 빛난다
鳥飛不到吳天長	새도 날아오르지 못한 오나라 높은 하늘
登高壯觀天地間	높이 올라 보니 천지간의 장관일세
大江茫茫去不還	장강은 도도히 흘러 돌아오지 않고
黃雲萬里動風色	누런 구름 萬里에 뻗어 풍치를 돋우며
白波九道流雪山	흰 물결 아홉 구비로 설산에서 흐르네
好爲廬山謠	즐겨 廬山의 노래를 부르나니
興因廬山發	흥취가 廬山에서 일어남일세
閒窺石鏡淸我心	한가로이 石鏡峰 바라보매 내 마음 맑아지는데
謝公行處蒼苔沒	謝靈運이 보았다는 石鏡峰은 푸른 이끼에 묻혀 있네
早服還丹無世情	일찍이 신선이 되고자 단약을 먹어 세상에 정이 없고
琴心三疊道初成	마음을 부드럽게 하고 기를 축적하여 도술을 터득했다
遙見仙人彩雲裡	멀리 오색찬란한 구름 속 신선을 바라보니
手把芙蓉朝玉京	부용꽃 손에 들고 玉京으로 모여드네
先期汗漫九垓上	먼저 하늘 끝에서 汗漫과 만날 약속을 하고
願接盧敖遊太淸	뒤이어 盧敖와 太淸에서 놀고파라

아침에 황학루(湖北 武昌)에서 출발하여 廬山(江西)에 올라 漢陽峰, 香爐峰, 瀋陽湖, 長江 등이 빚어낸 웅장하고 아름다운 모습을 감상하고 노래하여 호방한 풍모를 드러냈다. 道敎에 심취했던 李白 자신의 성향을 소개하고[26] 五嶽을 비롯한 명산을 찾아다닌 경력을 설파한 후 廬山에 드리운 구름, 호수에 비친 산봉우리의 환영, 향로폭포의 장엄함, 아득한 산벼랑과 아침에 빛나는 노을 빛 모습 등을 허경을 그리듯 환상적으로 묘사하였다. 특히 "남두성 밑에 솟아 있다(南斗

---

26 이 시의 "鳳歌笑孔丘" 구절은 『論語』「微子篇」의 "초나라의 미치광이 接輿가 노래하며 공자를 지나치면서 말하길 '봉황이여, 봉황이여, 어찌 덕이 쇠했는가. 지난 일은 간언할 수 없으나 앞날은 겨우 따라갈 수 있나니. 그만두어라, 그만두어라. 지금 세상의 정치를 따라가는 자 위태롭나니!'라고 하였다. 공자가 내려가 그와 말하고자 하였으나 빨리 피하여 말하지 못했다.(楚狂接輿歌而過孔子曰 ; 鳳兮鳳兮, 何德之衰. 往者, 不可諫, 來者, 猶可追, 已而已而. 今之從政者殆而. 孔子下, 欲與之言, 趨而辟之, 不得與之言)"라는 기록을 참조한 것이다.

傍)", "황금 궁궐(金闕)", "은하수가 거꾸로 걸려 있다(銀河倒挂)", "새도 날아가지 못한다(鳥飛不到)" 등의 표현은 虛像의 이입을 통해 광달한 의경을 잘 창출해낸 시어라 하겠다. 이 절경을 보면서 李白은 南朝 宋의 謝靈運이 永嘉太守에 임명되어 중국 남방의 수려한 경치를 두루 섭렵했던 사실을 떠올린다. 謝靈運이 그 절경에 심취하여 주옥 같은 산수시를 남기게 된 廬山 石鏡峰의 모습을 바라보면서 자신도 맑은 마음과 흥취를 얻는다. 눈앞의 실경을 기본으로 그리면서 여기에 허경을 효과적으로 섞어 표현하던 시인은 결미에 가서는 도가의 선경까지 그림으로써 결국 완전한 허경으로 내용과 표현을 마무리 짓고 있다. 廬山의 아름다운 모습을 기괴하고 장엄하게 그리면서 환상적인 여운까지 남기기 위해 李白이 채택한 수법이라 할 수 있다.

그가 安史亂 발발 후 廬山에 은거할 때 쓴 「望廬山瀑布水」를 보면 實景과 虛景뿐 아니라 과장법과 은유법을 비롯한 각종 다양한 필법까지 활용하였음을 발견할 수 있다.

望廬山瀑布水 其一 여산의 폭포를 바라보며, 제1수

西登香爐峰	향로봉 서쪽에 올라
南見瀑布水	남쪽으로 여산 폭포를 바라본다
掛流三百丈	폭포는 마치 삼백 길 흘러내리는 듯
噴壑數十里	물안개가 수십 리에 흩어진다
欻如飛電來	문득 번개가 번쩍 날아오는 듯
隱若白虹起	그 속에 하얀 무지개도 언뜻 숨어 있다
初驚河漢落	처음에는 은하수가 떨어진 줄 알고 놀라고
半灑雲天裏	하늘의 구름이 절반은 흩뿌린 듯
仰觀勢轉雄	우러러볼수록 그 기세 더욱 웅장해
壯哉造化功	장엄하도다 천지조화의 공교로움이여
海風吹不斷	바다에서 불어오는 바람 끊이지 않고
江月照還空	강에 비친 달 다시금 허공을 비추네
空中亂潀射	하늘에서는 어지러운 물줄기 쏟아져
左右洗靑壁	좌우로 푸른 절벽을 씻어내는구나
飛珠散輕霞	튀어 오르는 물방울 노을 속으로 가벼이 흩날리고
流沫沸穹石	흐르던 물거품 거대한 바위 위로 튀어 오른다

而我樂名山　이렇게 나는 명산을 즐기리니
對之心益閑　자연을 대하매 마음 더욱 한가해져
無論漱瓊液　이 맑은 물로 양치질함은 물론
還得洗塵顔　세속의 때 묻은 얼굴도 씻어내야지
且諧宿所好　이곳에 머무는 것도 좋아라
永願辭人間　영원히 인간 세상 이별할지니

望廬山瀑布水 其二 여산의 폭포를 바라보며, 제2수
日照香爐生紫烟　향로봉에 햇살 비추자 붉은 안개 피어나는데
遙看瀑布掛前川　아득히 바라본 폭포 긴 내처럼 걸려 있네
飛流直下三千尺　쏜살같이 곧바로 삼천 척을 흘러내리니
疑是銀河落九天　마치 저 하늘에서 은하수가 떨어지는 듯

「望廬山瀑布水」其一은 廬山 폭포의 원경과 근경을 묘사하고 이 경치를 보고 느낀 작자의 마음을 결미에서 기탁하는 형식으로 쓴 작품이다. 폭포와 주변 정경에 대해 사실적인 묘사를 주로 하고 있으나 중간중간에 "폭포 길이가 삼백 길(三百丈)", "물안개가 수십 리(數十里)" "은하수가 떨어지는 듯(河漢落)", "하늘의 구름이 절반은 흩뿌린 듯(半灑雲)" 같은 과장법을 활용함으로써 웅장한 폭포 모습을 더욱 효과적으로 강조한 것이 돋보인다. 세밀하고 사실적인 묘사를 하면서도 작자의 감동을 가미한 虛景을 부가하여 시가의 예술성을 드높이고 있는 것이다. 이러한 수법은 「望廬山瀑布水」其二에서도 찾아볼 수 있으니 "긴 내처럼 걸려 있다(掛前川)", "곧바로 삼천 척을 흘러내린다(直下三千尺)", "은하수가 떨어진다(銀河落九天)"는 등의 표현은 돌파적인 과장의 수법을 통해 자연스럽게 虛景을 묘사한 부분이다. 이채롭고 독특한 표현을 활용하면서도 의미상 무리 없는 의경까지 창출하고 있어 李白 특유의 개성미를 잘 발휘하고 있는 작품이라고 할 수 있겠다.

이렇듯 李白 자연시가에서 보이는 특유의 과장법과 虛景의 활용, 도가적 흥취 이입 등의 수법은 李白이 추구한 자연 의식, 자연 경물에 대한 그의 초매한 경지를 파악하게 하는 표현이 된다. "황하의 물은 은하수로부터 흘러내려온다.(黃河之水天上來)"(「將進酒(술을 권하며)」), "천로산은 하늘에 닿아 비껴 있어, 그 높

은 기세 오악을 뽑아내고 적성을 가리웠다. 사만팔천 길의 천태산도, 이 산과 마주하여 동쪽으로 기울어지려 하네. 나는 이런 생각으로 꿈에 오월 노닐려고, 하룻밤에 경호에 뜬 달을 날아서 간다. 호수에 뜬 달은 내 그림자 비추더니, 나를 섬계까지 보내버렸네.(天姥連天向天橫, 勢拔五嶽掩赤城. 天臺四萬八千丈, 對此欲倒東南傾. 我欲因之夢吳越, 一夜飛度鏡湖月. 湖月照我影, 送我至剡溪)"(「夢遊天姥吟留別(꿈에 천모산을 노닐고 와서 이별을 노래함)」), "峨眉山의 반쪽 가을 달은, 그림자만 平羌 강물 따라 흐르네.(峨眉山月半輪秋, 影入平羌江水流)"(「峨眉山月歌(아미산에서 부르는 달 노래)」) 등의 시구에서 보이는 의경도 그러한 예라고 할 수 있다.

李白의 자연시가 지닌 또 다른 중요한 특색은 자연스럽고 평이한 시어를 통한 정경 묘사 속에 특유의 飄逸한 의경을 창출하고 있다는 점이다. 많은 시가에서 발견되는 李白의 이러한 자연 묘사 수법은 그가 지닌 자연미 의식이 實景과 虛景의 묘사를 뛰어넘는 표일한 상태에 있었음을 나타내는 것이라 할 수 있다. 평이한 어휘로 무한한 경지의 자연 의식을 드러낸 작품 「山中問答」, 「獨坐敬亭山」, 「山中與幽人對酌」을 보자.

山中問答 산중문답

問余何事棲碧山	묻노니 그대는 어이해 푸른 산에 사는가
笑而不答心自閑	웃을 뿐 대답하지 않으나 마음 절로 한가롭다
桃花流水窅然去	복숭아꽃 물에 떠서 아득히 흘러가니
別有天地非人間	이곳은 별천지요 인간 세상 아니로다

獨坐敬亭山 홀로 경정산에 앉아

衆鳥高飛盡	새들은 다 높이 날아가버리고
孤雲獨去閑	외로운 구름 홀로 한적하게 떠가네
相看兩不厭	서로 바라보아도 싫증이 나지 않는 것은
只有敬亭山	오로지 이 敬亭山뿐

山中與幽人對酌 산중에서 은자와 술을 마시며

兩人對酌山花開	두 사람 대작하매 산꽃 피어 있고
一杯一杯復一杯	한 잔 한 잔에 거듭나는 또 한 잔

我醉慾眠卿且去　나는 취하여 졸리니 그대 돌아가시게
明朝有意抱琴來　내일 아침 또 생각나거든 거문고 안고 오게나

李白의 한아한 흥취를 나타낸 구절로 유명한 이 시들은 별다른 기교나 독특한 시어의 활용 없이 그저 자연 속에 기거하는 마음을 표현하고 있을 뿐이다. 각 시마다 자연 모습이 배경으로 삽입되어 있으나 자연은 그 모습보다는 말로 할 수 없는 천연의 정신적 경지를 의미하는 매개체 역할에 그치고 있다.

蜀 땅을 유람한 시기에 쓴 李白의 초기 작품에서도 현실 정경 이면에 존재하는 자연과의 친화 의식이 한껏 발휘되어 있음이 발견된다.

登錦城散花樓 금성 산화루에 올라

日照錦城頭　금관성에 아침 해 비치니
朝光散花樓　햇살 눈부시게 산화루를 비친다
金窓夾繡戶　금 창에는 화려히 수놓아진 창틀
珠箔懸銀鉤　영롱한 구슬로 만든 발 은고리에 걸렸고
飛梯綠雲中　층계는 푸른 구름 속으로 나는 듯 걸려 있다
極目散我憂　끝없이 바라보니 내 근심 사라지네
暮雨向三峽　저녁 비 삼협을 향하고
春江繞雙流　봄 강물 두 줄기 성곽을 에워싸고 굽이도네
今來一登望　이제 높이 올라 내려다보니
如上九天游　마치 하늘나라를 유람하는 것 같구나

아침 햇살(朝光)이 비칠 때 散花樓에 오른 시인은 저녁 비(暮雨)가 내릴 때까지 정경에 취해 누각에서 시간을 보낸다. 시인의 시선은 누각의 세미한 모습으로부터 층계가 뻗어나간 허공, 남쪽 雙流와 동쪽 三峽에 이르기까지 거칠 것 없이 사방을 조망한다. "층계는 푸른 구름 속으로 나는 듯 걸려 있다."는 표현은 李白 특유의 과장법을 활용한 부분으로 결미의 "하늘나라를 유람하는 것 같구나."라는 구절과 연결을 이루면서 표일한 풍격의 극치를 보여주고 있다.

李白이 지닌 초탈하고 호방한 의식은 759년 안사의 난으로 유배 생활을 하다가 사면을 받고 지은 다음 작품 「早發白帝城」의 경쾌한 필치를 보면 더욱 명

확히 파악된다.

早發白帝城 아침에 白帝城을 떠나며

朝辭白帝彩雲間　아침에 백제성 오색구름 사이를 떠나
千里江陵一日還　천 리 강릉을 하루 만에 돌아왔네
兩岸猿聲啼不住　양쪽 언덕에서는 원숭이 울음 끊이지 않는데
輕舟已過萬重山　가벼운 배 어느덧 만 겹의 산을 지나왔다네

　일 년 반에 걸친 夜郎 유배 생활에서 사면을 받아 강릉으로 돌아가면서 쓴 이 시에는 날아갈 듯 가벼운 심경이 잘 묘사되어 있다. 白帝城(四川 奉節)에서 湖北 江陵까지 천이백 리 먼 길을 하루 만에 돌아올 정도로 시인의 심신은 경쾌함의 극치에 있는 것이다. 兩岸(巫山과 峽山) 사이 협곡에서 울어대는 원숭이 소리와 첩첩산중을 뒤로한 채 가벼이 달리는 한 척의 배가 보여주는 심상에서 李白의 초일한 기상을 읽을 수 있겠다. 짧은 편폭이지만 색채감과 공간감, 의성어와 의태어, 만산의 유동을 거친 뒤 맛보는 평화로운 경계 등을 차례로 묘사하면서 情과 景의 신비로운 조화를 도모하고 있는 것이 발견된다.

　자유로운 정신 경계를 지닌 李白에게 자연은 호방하고 표일한 의식을 무한히 펼칠 수 있는 최고의 공간이었다. 洞庭湖를 노닐며 羽化登仙의 경지를 추구하는 모습을 담은 다음 시를 보자.

陪族叔刑部侍郎曄及中書賈舍人至遊洞庭 其二 숙부 刑部侍郎

李曄과 中書舍人 賈至와 함께 동정호에서 노닐면서, 제2수

南湖秋水夜無煙　남호의 가을 수면 밤 되니 더욱 맑아
耐可乘流直上天　배를 타고 곧장 하늘로 올라갈 수 있을까
且就洞庭賒月色　환상은 접어두고 동정호에서 달빛 얻어 오고
將船買酒白雲邊　흰 구름 서린 곳까지 배타고 가서 술이나 사 오자

　이 시 역시 玄宗 乾元 2년(759) 가을 李白이 夜郎으로 유배되어 가다가 대사령을 받고 돌아오던 중에 지은 작품이다. 숙부 李曄과 岳州司馬로 좌천되어 와 있던 賈至를 만나 가을밤에 동정호에 배 띄우고 자연을 감상하면서 회포를 푸

는 장면이 한껏 가벼운 분위기로 묘사되고 있다. '세속의 번뇌를 벗어난(無煙)' 맑은 호수에서 시인의 마음은 하늘로 올라갈 듯 자유롭고 신선하다. 어느덧 시인은 달빛과 구름을 벗 삼아 흥금을 털어버리고 술과 자연에 도취한 자연인의 경지에 가까이 이르고 있다. 景과 情이 혼연일체가 되어 있고 맑고 빼어난 의취가 시가 전편에 가득 흐르고 있다.

다음 시를 보면 자연적 사유를 소유한 李白이 태백산을 등반한 후 더욱더 자연과 하나가 된 심정을 표현한 것이 보인다. 등반까지의 과정과 등반 후 주변을 둘러본 감상을 담은 평범한 내용이지만 李白 특유의 표현을 가미하여 표일한 기운을 한껏 드높이고 있음이 발견된다.

登太白 태백산에 올라

西上太白峯　서쪽 태백산에 올라
夕陽窮登攀　석양에 산봉우리에 이른다
太白與我語　태백성이 나에게 전하는 말이
爲我開天關　날 위해 하늘의 관문을 열었다 하네
願乘冷風去　원컨대 냉풍 타고 가
直出浮雲間　똑바로 구름을 뚫고 올라가리
擧手可近月　손 뻗으면 달에 닿을 듯하고
前行若無山　앞에 가면 산이 없는 듯해
一別武功去　이제 무공을 떠나가면
何時復更還　언제 다시 이곳에 돌아오리오

석양 무렵 태백산 정상에 오르니 더 이상 갈 곳이 없다. 이제 등산 여정은 끝났으되 李白의 정신은 아직도 자연을 갈구한다. 이때 정상에서 보이는 하늘은 시인의 마음을 잡아당기는 별천지의 매력으로 다가온다. 별과 달에 이르는 것은 현실에서 이룰 수 없는 경지이므로 시인은 '冷風(仙風)'을 타고 하늘 끝까지 가는 상상력을 펼쳐본다. 李白 시 특유의 호방한 기개와 俊逸한 풍모가 느껴지는 것이다.

다음은 전원에서 한거하는 삶을 묘사한 작품이다. 전원을 벗하고 있으므로 작자의 자유로운 심신은 한껏 고무되어 있고 그 행간에 담긴 이미지 또한 매우 표일한 상태임을 느낄 수 있다.

下終南山過斛斯山人宿置酒 종남산을 내려오다 곡사산인의 거처에서
슬판을 벌이고

暮從碧山下　해 저물어 푸른 산 내려오니
山月隨人歸　산의 달도 나를 따라 돌아오네
卻顧所來徑　오던 길 돌아보니
蒼蒼橫翠微　푸른 숲이 아득히 비껴 있다
相攜及田家　주인 손잡고 농가에 이르자
童穉開荊扉　어린아이 사립문 열어주네
綠竹入幽徑　푸른 대숲 그윽한 길 들어가니
青蘿拂行衣　댕댕이넝쿨이 옷자락을 당긴다
歡言得所憩　즐거운 이야기로 편안해지고
美酒聊共揮　맛 좋은 술 함께 마신다
長歌吟松風　긴 '송풍곡' 노래하다가
曲盡河星稀　가락 끝나니 은하수의 별들도 희미하다
我醉君復樂　나 취했고 그대도 즐거우니
陶然共忘機　모두 몽롱하여 세상만사를 다 잊는도다

　산의 달이 나를 따라온다는 자아 중심의 시선과 그윽한 대숲 길을 걸어가는
청아한 경험, 주인과 함께하고자 하니 사립문 열어주는 시동이 등장하는 장면,
즐거운 노래와 맛있는 술, 한가로이 부르는 긴 노래 등은 자연 속에서 낙을 즐
기는 작자의 유쾌한 심신을 잘 대변하는 내용이다. 즐거운 시간이 흘러간 뒤
시인은 다시 자연의 모습을 바라본다. 친우와의 우정과 함께하는 술과 노래에
즐거워하던 시인은 어느덧 자연에 심신을 맡긴 참 자유인이 된 것이다. 세상의
소욕과 속박을 벗어난 흥취를 얻은 시인의 담백한 여유가 행간을 그득 채우고
있다.
　이상에서 살펴본 것처럼 李白의 자연시는 李白 자신의 자연 의식을 최대한
반영한 작품들이라 할 수 있다. 구속과 속박 없는 천연의 본성을 추구하던 李白
의 삶과 의식은 李白 자연시의 풍모를 더욱 한아하게 만든 바탕이 된다. 광달
한 자연 의식을 추구했기에 李白의 자연시는 속기가 없이 호방한 흥취를 나타

내고 있으며 자신의 맑고 표일한 정신세계를 잘 대변하고 있는 작품이라 할 수 있다. 아울러 李白의 자연시는 王孟이 주도하는 盛唐 淸澹詩派의 풍격과 비교되는 개성적인 면모도 지니고 있었다. 유미함을 추구하면서 자연 속에서 그윽한 서정을 도야했던 王孟詩派에 비해 李白은 「蜀道難」 등에서 보여주듯 虛景과 과장법, 상상력, 환상 등을 이입하여 장엄한 의경과 강한 풍골을 지닌 자연의 모습을 그려내기도 했다는 점이 비교된다. 李白은 변새시가 추구하던 '陽剛의 표현'을 산수전원시에 이입하고 자연 묘사의 의경을 넓힘으로써 기존의 자연시가 추구하던 음유한 풍격에 밝고 호방한 숨결을 부가시켰다. 이처럼 자연 속에서 평담하고 고요한 심신을 유지하면서도 신기하고 표일한 정신세계를 한층 이채롭게 표현해낸 것이 李白 자연시가 지닌 중요한 특징이라 할 수 있다. 이는 또한 발전을 거듭하던 자연시가 李白에 와서 한층 더 넓고 성숙한 단계로 도약하게 됨을 의미한다고 할 수 있다.

杜甫(712~770)는 字가 子美, 號는 少陵이고 鞏縣人이다. 杜審言의 손자로 부친 杜閑이 낮은 벼슬을 지내 집안이 가난했으나 어려서부터 학문을 좋아하였고 시에 대한 재능이 있었다. 20세를 전후하여 8, 9년간 江蘇, 浙江, 山東, 河北 등을 유랑했고 그 중간인 24세에 進士科에 응시했으나 낙방하였다. 이 당시 자신이 유람한 산천을 다수의 시로 읊었다고 하나 이 시기의 시는 전해지지 않고 開元 28년(740) 29세 때 지은 시가 가장 초기의 작품으로 추정된다. 天寶 3년(744)에는 궁정에서 추방되어 山東으로 향하던 李白과 洛陽에서 만나 함께 梁宋(河南) 지방으로 유람을 떠났고 高適·岑參 등과도 교유하게 되었다. 天寶 5년(746)에 장안으로 간 杜甫는 약 10년 동안 장안에서 관직을 구하며 곤궁한 생활을 계속했다. 이 시기 杜甫는 전쟁에 끌려가는 병사와 가족들의 고통을 읊은 「兵車行」을 비롯하여 사회의 모순과 불합리한 실정을 많은 시가를 통해 그려냈다. 天寶 13년에 장마와 기근으로 생활이 어려워지자 처자를 奉先縣의 친척집에 맡겼는데 이듬해 冑曹參軍에 임명되어 奉先縣에 도달하니 어린 자식은 굶어죽어 있었다. 「自京赴奉先縣詠懷五百字(장안으로부터 봉선현으로 가며 회포를 노래한 오백 자 시)」는 당시의 울분과 서글픔을 호소한 유명한 장편시가이다. 天寶

14년(755) 11월 安史의 亂이 일어나자 杜甫는 가족들을 羌村에 남겨두고 肅宗에게 가던 중 반란군에게 잡혀 장안으로 끌려왔다. 이후 至德 2년(757) 4월 杜甫는 장안을 탈출해서 鳳翔의 肅宗을 알현한 공으로 左拾遺에 임명되었다가 乾元 1년(758) 6월에는 다시 華州의 司功參軍으로 좌천되었다. 안사의 난으로 인해 낙양에서 華州로 돌아오는 길에 新安에서 쓴 「三吏三別(「新安吏」, 「潼關吏」, 「石壕吏」」, 「新婚別」, 「垂老別」, 「無家別」)은 '詩史'의 명성에 걸맞은 명작으로 일컬어진다. 乾元 2년(759) 가을에 관직을 버리고 秦州, 同谷, 成都 등을 힘들게 전전하였는데 이 여정 중 쓴 「乾元中遇居同谷縣作歌七首」 등의 기행시 여러 편은 중요한 기행시작으로 손꼽힌다. 그 후 嚴武의 도움을 받아 成都 교외 浣花溪에 초당을 짓고 평온한 나날을 보내다가 檢校工部員外郎으로 嚴武의 幕府에서 관직 생활을 하기도 하였다. 永泰 1년(756) 嚴武가 죽자 杜甫는 그곳을 떠나 처자를 이끌고 揚子江을 표류하였고 大曆 1년(766) 夔州(四川 奉節縣)에 정착하여 이곳에서 약 2년간을 지냈다. 杜甫는 夔州에서의 2년간 430여 수에 이르는 많은 시를 지었는데 이 시기 시는 格律과 字句가 더욱 정련해졌으나 격렬한 사회 비판보다는 우수와 애정 어린 회상이 더욱 주를 이루고 있었다. 이후 江陵, 公安, 岳州, 洞庭湖 등지를 전전했으나 생활은 여전히 궁핍하였고 大曆 5년(770) 겨울 潭州에서 岳陽으로 가는 도중 59세의 나이로 병사하였다.

杜甫의 시는 淸 浦起龍이 편한 『讀杜心解』에 1,458수가 전해지고 있다. 이를 생애와 결부시키면 제1기 청년기(712~745 : 34년), 제2기 長安 시기(746~755 : 10년), 제3기 전란으로 인한 유랑기(756~759 : 4년), 제4기 서남 지방을 떠돌던 시기(760~770 : 10년) 등으로 나눌 수 있으며 그중 제1기에는 약 20수, 제2기에는 110수, 제3기에는 240여 수, 제4기에는 1,060여 수의 시가 각각 창작되었다.[27] 이 중 杜甫의 대표작인 사회시들은 주로 長安 시기와 전란으로 인한 유랑기에 창작되었고 자연 경물을 읊은 寫景詩는 서남 지방을 떠돌던 시기에 가장 많이 창작되었다. 일생 동안 각 지역을 표류하거나 寓居生活을 한 경력답게 그는 약 400여 수에 달하는 자연시를 썼으며 이는 전체 시가의 1/3에 달하는 분량이다.

---

27 元鐘禮, 「杜甫」(『중국시와 시인 — 唐代편』 서울 : 사람과책, 1998, 제330면) 참조.

또한 杜甫가 쓴 자연시는 내용상으로는 젊은 날의 웅지를 산수에 투영한 시, 순수하게 자연을 읊은 경물시, 인생의 부침에 따른 자신의 정회를 산수 정경에 담은 시, 정치사회적 상황이나 시대적 고뇌를 자연 정경에 이입하여 쓴 시 등으로 분류되며, 창작 기법상으로는 畵法을 구사하듯 정경을 그려내거나 색채어, 시어 대비, 拗體, 첩운, 첩자 등 다양한 수법을 잘 활용한 면모를 보이고 있다. 이러한 杜甫의 자연시들은 盛唐 王孟詩派가 보여준 淡白하고 淸遠한 풍격과는 또 다른 雄險하면서도 장중한 풍격을 창조하고 있으니 그의 시가는 많은 편수 못지않게 내용과 기법 면에서 깊은 의의를 지니고 있는 작품들이라 하겠다.

杜甫 자연시 중 초기 작품은 세사를 깊이 체험하기 전이라 대체로 웅지를 잃지 않은 장엄한 맛을 담고 있다. 그가 山東을 여행하다 泰山을 보며 쓴 한 수의 시를 보자.

望嶽 태산을 바라보며
岱宗夫如何　태산은 무릇 그 모양이 어떠한가
齊魯靑未了　푸른 모습 齊 땅과 魯 땅에 끝없이 걸쳐 있다
造化鍾神秀　조물주는 신묘한 기운을 모아놓았고
陰陽割昏曉　산의 앞쪽과 뒤쪽은 밤과 새벽을 가르고 있다
盪胸生曾雲　층층구름 생겨나 가슴 맑게 씻기고
決眥入歸鳥　눈 크게 뜨니 돌아가는 새들 보인다
會堂凌絶頂　내 반드시 정상에 올라
一覽衆山小　뭇 산들이 작은 것 바라보리라

24세 때 진사과에 낙방한 후인 開元 25년(738)경 수년간 山東 일대를 漫遊할 때 지은 것으로 젊은 기백을 산수를 향해 펼쳐 보인 작품이다. 태산의 원경에 이어 가까이로 시선을 줄이면서 점차 세밀한 묘사를 가하다가 다시 자신의 의지를 담아 상상 속의 전경을 그려냈다. 특히 제4구에서 산의 앞쪽과 뒤쪽이 밤과 새벽을 가르고 있다고 하여 태산의 장엄함을 과장스럽게 표현한 점은 杜甫 젊은 시절의 담대한 필법을 느끼게 한다. 점층법과 과장법을 사용하여 자연을 향한 마음을 표현하면서 동시에 향후 관계에 진출하여 자신의 포부를 실현하고자 하는 저의도 함께 담고 있음이 주목된다.

다음 작품은 杜甫가 齊와 趙 지방을 유람할 때 지은 시의 앞 4구인데 여기서도 산수를 바라보는 의식이 장엄한 경지에 있음을 알 수 있다.

登兗州城樓 연주 성루에 올라

東郡趨庭日　동쪽 고을에 해 떠올라 성 안에 비치니
南樓縱目初　남쪽 누각에 올라 이 모습 처음 바라본다
浮雲連海嶽　뜬 구름은 바다와 산맥까지 이어졌고
平野入靑徐　평야는 온통 푸른빛으로 물들어 있다

"바다와 산맥까지 이어졌다(連海嶽)"는 표현과 "온통 푸른빛으로 물들어 있다(入靑徐)"는 표현을 통해 강건한 필력을 발휘한 것이 보인다. 광대한 자연의 모습을 묘사하면서 자신의 흥금과 시야를 한껏 넓히고 있는 것이다. 杜甫는 자연을 바라봄에 있어 기본적으로 깊은 애착심과 폭넓은 시각을 소유한 문인인데 그러한 점은 그의 시가가 기본적으로 장엄한 기운을 띠게 한 중요한 근원이 된다 할 것이다.

杜甫는 평생 곤궁하고 고생스러운 인생을 살면서도 기회가 되는 순간순간마다 순수한 마음으로 자연을 읊은 경물시를 쓰는 것을 잊지 않았다. 사회시를 많이 창작한 杜甫였지만 그의 시가 중에도 고적하면서도 한아한 멋을 지닌 자연시가 상당 수 있는바, 다음으로는 그러한 시들을 몇 수 예거하여 살펴보기로 한다. 다음은 그가 齊와 趙 지방을 유람할 때 左氏 성을 가진 사람의 별장에서 열린 夜宴에 초대받아 가서 쓴 시인데 야연보다는 별장 주변의 경물과 자신의 한적한 흥취를 공들여 묘사하고 있음을 느낄 수 있다.

夜宴左氏莊 左氏 별장에서의 야연에서

風林纖月落　바람 이는 숲에 조각달 지고
衣露淨琴張　옷섶에 이슬 내리는데 거문고 소리 맑다
暗水流花徑　어둠 속 개울물은 꽃길 따라 흐르고
春星帶草堂　봄별은 초당을 두르고 있다
檢書燒燭短　서적을 뒤척이다 보니 촛불이 다 탔구나
看劍引杯長　보검을 앞에 두고 잔 들어 한참을 본다

詩罷聞吳詠　시 짓기 끝나자 오나라 노래 들으니
扁舟意不忘　옛날 편주를 탔던 생각 잊을 수 없어라

앞부분에서는 초당 주변의 모습을 뒷부분에서는 실내의 모습을 그림으로써
먼저 넓은 자연을 그리고 난 후 다시 주변의 묘사를 가하는 수법을 썼다. '風
林', '纖月', '衣露', '淨琴', '暗水', '花徑', '春星', '草堂', '檢書', '燒燭', '看劍',
'引杯', '吳詠', '扁舟' 등 상당히 다양한 경물과 상황을 등장시켜 시공을 넘나드
는 자유롭고 폭넓은 구상을 하고 있음을 드러냈다. 또한 거문고, 서적, 보검, 吳
歌 등의 사물들은 문무를 넘나드는 호협한 의기를 발휘하는 소재가 된다. 특히
제2연에서 '어둠 속 개울물(暗水)'이 꽃길 따라 흐르고 '봄별(春星)'이 초당을 둘
러싸고 있다는 표현을 통해 땅과 공중에 있는 경물 묘사를 매우 효과적으로 하
고 있음이 돋보인다.

위 작품과 비슷한 작품으로 杜甫가 何장군의 별장에 초대받아 갔을 때 연작
으로 쓴 五言律詩 「何將軍山林」 10수가 있다. 이 시들은 별장과 주변 사물에
대한 세밀한 관찰력을 바탕으로 별장에서의 풍류와 한적한 시심을 잘 묘사한
작품이다. 그중 한 수를 예거해본다.

何將軍山林 其五 하장군의 산림에서, 제5수

剩水滄江破　창강에서 터져나온 물이 이곳에 흐르는 듯
殘山碣石開　갈석이 쪼개지고 남은 산이 이곳에 서 있는 듯
綠垂風折笋　녹색으로 드리운 것은 바람에 꺾인 죽순이고
紅綻雨肥梅　붉게 터져 나온 것은 비로 굵어진 매화이어라
銀甲彈箏用　은갑은 쟁을 타는 데 쓰이고
金魚換酒來　금어를 술로 바꾸어 왔도다
興移無灑掃　흥이 옮겨가니 쓸어내는 일도 없이
隨意坐莓苔　그저 마음 내키는 대로 이끼 긴 곳에 앉아 있도다

수연에서는 산과 물에 접한 곳에 위치한 산장의 배경을 그리고 있는데 그 주
변 풍경은 마치 창강에 넘쳐흐르는 물과 北海의 碣石山을 옮겨다놓은 듯 스케
일이 호방하다. 이어 '綠'과 '紅'의 색채어를 대비시키면서 바람에 꺾인 죽순과

비로 굵어진 매화를 각기 다른 느낌으로 표현하였는데 그 세밀한 관찰력이 돋보인다. 이 흥취의 배경에는 보석함인 '銀甲'과 고관이 대례복을 입을 때 허리에 차는 훈장인 '金魚'까지 거문고와 술로 바꾸어 즐기는 산장 주인 何장군의 호쾌한 호기가 있었다. 시인은 자연 풍광과 주인의 호기가 어우러진 이곳에서 편안한 심정을 느끼게 되니 자신이 있는 이곳이 바로 희열의 공간인 것이다.

다음은 杜甫가 成都의 浣花草堂에 기거할 시절에 지은 작품으로 담백한 표현과 청신한 의경이 빼어난 조화를 이루고 있는 작품이다.

春夜喜雨 봄밤에 내리는 단비
好雨知時節　좋은 비 시절을 알고 내리니
當春乃發生　봄이 되면 만물이 싹트고 자란다
隨風潛入夜　봄비는 바람 타고 밤에 내려와
潤物細無聲　소리 없이 촉촉히 만물을 적시고 있구나
野徑雲俱黑　들길은 구름이 낮게 깔려 어둡고
江船火燭明　강 위에 뜬 배는 불빛만 밝네
曉看紅濕處　새벽에 붉게 젖은 곳을 보니
花重錦官城　금관성에 꽃들 활짝 피었구나

시제의 '喜雨'는 시 전체의 느낌을 개괄하듯 기쁘고 평안한 이미지를 선도하고 있다. 1~4구에서는 '好雨'를 의인화하여 만물에 생명력을 부여하는 존재로 묘사하였고 5, 6구에서는 들과 강의 모습을 대비시킴으로써 비 내리는 천지의 모습을 선명하게 묘사하였다. 미연에서는 새벽에 바라보는 붉고 화려한 봄꽃들을 등장시켰는데 그 이미지가 밝고 청아하여 시를 읽고 난 이후에도 깔끔한 여운을 느끼도록 하고 있다.

다음 차례로 예거하는 두 수의 「絶句」시는 봄날의 풍광을 청아하게 묘사하여 산뜻한 의경을 느끼게 하는 작품이다.

絶句 其一 절구, 제1수
遲日江山麗　나른한 봄날 강산이 아름답고
春風花草香　봄바람에 화초가 향기롭구나

泥融飛燕子　진흙이 녹으니 제비가 날고
砂暖睡鴛鴦　강모래 포근해 원앙새 졸고 있네

봄이 되어 만물이 소생하고 약동하는 것을 보는 기쁨을 내면에 담은 채 순차적으로 경물을 묘사하였다. 대자연의 섭리와 조화가 순조롭게 펼쳐지고 있어 시를 읽는 내내 편안한 마음을 느끼게 한다. 힘든 여정을 보내던 杜甫 인생에서의 우수는 이 자연 정경 속에서 잠시 자취를 감추고 있는 것이다.

絶句 其二 절구, 제2수

江碧鳥逾白　강물이 푸르니 새 더욱 희고
山靑花欲然　산이 푸르니 꽃이 불타는 듯하다
今春看又過　금년 봄도 또 가고 있으니
何日是歸年　고향에 돌아가는 때 그 언제리오

이 작품은 廣德 2년(764) 53세 때 成都의 浣花草堂에서 봄을 맞아 지은 시이다. 푸르른 강과 산, 흰 새와 붉은 꽃의 묘사가 매우 선명하게 대비되어 있다. 봄이 되어 강물은 더욱 쪽빛으로 푸르러졌고 이 푸르름을 배경으로 비상하는 철새들의 깃털은 유난히 희게 보인다. 겨울의 삭막한 이미지를 벗어던진 봄 산의 모습 역시 녹음이 짙어져 있고 이 푸른 산에 피어난 봄꽃들은 마치 타오르는 불길처럼 화사하고 붉은빛을 발하고 있다. 색채어의 활용으로 산뜻한 이미지를 배가하고 있는 것이다. 시인은 귀향길에 오르지 못한 회한을 이 밝은 정경속에 펼치고 있어 화사한 봄 풍경과 대비된 우수가 한층 선명하게 포착되도록하는 효과를 잘 발휘하였다.

다음 작품 역시 上元 元年(760) 49세 때 成都의 浣花草堂에서 지은 작품으로 고난을 거듭하던 떠돌이 생활을 청산하고 정착하게 된 당시의 평온한 심정이 반영되어 있다.

江村 강마을

淸江一曲抱村流　맑은 강 한 굽이 마을을 안고 흐르고
長夏江村事事幽　긴긴 여름 강마을엔 일마다 그윽하다

自去自來梁上燕　자유로이 드나드는 것은 마루 위의 제비요
相親相近水中鷗　서로 정답게 오가는 것은 물가의 갈매기다
老妻畫紙爲棋局　늙은 아내 종이에 바둑판을 그리고
稚子敲針作釣鉤　어린아이 바늘 두들겨 낚싯바늘 만든다
多病所須唯藥物　병 많은 몸 필요한 것 그저 약뿐
微軀此外更何求　미천한 내 신세 이 밖에 또 무엇 바라리

초당이지만 이제 안주할 수 있는 내 집을 가지게 되었으니 참으로 오랜만에 평온함을 느끼게 되었을 것이다. 마을 전경으로부터 자신에 이르기까지의 정경을 시선을 축소해가며 묘사하였고 외부 경물 묘사로부터 내면 심성의 표현까지 아우르는 情景交融의 경지를 추구하고 있다. 시국의 고뇌를 잠시나마 벗어던지고 자신의 평온함을 추구하는 소박한 일면도 보인다. 정겨운 산천의 묘사 속에 자적, 평온, 애정, 행복, 만족 등의 긍정적인 감정을 투영한 시로서 沈鬱頓挫한 풍격이 상대적으로 많은 杜甫 시중에서도 밝은 면모를 보이고 있는 작품이라 하겠다.

다음은 大曆 元年(766) 55세 때의 늦봄에 雲安에서 夔州로 가는 배 안에서 하룻밤을 묵으며 목도한 주변 정경에 대한 감흥을 쓴 작품인데 차분한 묘사를 통해 서정을 돋우어낸 점이 시선을 끈다.

漫成 붓 가는 대로 짓다
江月去人只數尺　강 위의 달은 겨우 눈앞 두어 척
風燈照夜欲三更　등불은 일렁일렁 어느새 삼경일세
沙頭宿鷺聯拳靜　모래톱에 자는 백로 한 발 들어 나란히 섰고
船尾跳魚撥剌鳴　고물에 뛰는 물고기 몸을 번뜩이며 소리를 낸다

밤 깊은 시간 눈앞에서 환하게 비추는 달은 원근감을 잊게 한 채 몽환적인 이미지를 창출한다. 조용히 사물을 관조하면서 주변 정경을 사실적으로 묘사하고 있으나 생물의 습성을 간파한 세밀한 묘사가 한껏 신선한 느낌을 자아낸다. 특히 말구에서 물고기가 "몸을 번뜩이며 소리를 낸다(撥剌鳴)"는 靜中動의 의경은 시가 전체의 이미지를 생동감 있게 만드는 역할을 한다. 유랑의 인생을 사는

서글픈 시인의 감성이 한껏 정화되고 있는 듯하다.

　다음 예거하는 두 편의 시는 늦은 봄날 曲江을 찾아 자연을 보면서 뜻을 얻지 못한 자신의 신세를 반추하는 내용을 담고 있는데 평온한 묘사 속에 우수를 기탁한 면모가 뛰어난 것을 발견할 수 있다.

曲江 其一 곡강, 제1수

一片花飛減却春	꽃잎 한 장 날려도 봄날은 줄어드는데
風飄萬點正愁人	바람이 만 점 꽃잎을 흩날리니 시름 젖게 하누나
且看欲盡花經眼	지는 꽃 눈앞에서 보는 것도 잠깐이요
莫厭傷多酒入脣	병 많은 몸이라고 술 마시기 주저 말지라
江上小堂巢翡翠	강 위 작은 정자엔 물총새 깃들고
苑邊高塚臥麒麟	궁원 옆 커다란 무덤엔 돌기린상 누워 있네
細推物理須行樂	사물의 세밀한 이치 미루어보고 즐김이 옳은 것
何用浮名絆此身	어찌 헛된 명예로 이 몸을 얽매리오

　내면의 고뇌와 자연에 심신을 기탁한 채 행락을 추구하기 바라는 호기를 함께 표현한 작품이다. 꽃잎이 날리는 모습을 통해 봄날이 줄어듦을 표현하면서 득의하지 못한 채 세월이 흐르고 병이 많아지는 신세로 있지만 그래도 현실의 모습을 최대한 즐기려는 시도를 하였음을 행간을 통해 밝혔다. 봄날의 꽃과 술을 중심 제재로 하여 자연 속에서 즐기는 낭만적 서정을 이야기하다가 다시 강위 정자와 궁원 옆 무덤을 등장시켜 시선을 좀 더 넓은 시공간으로 확대시키고 있다. 상춘의 서글픔 속에서 명리 추구보다는 음주와 행락으로 심신의 해탈을 도모하고자 하는 의도를 펼치면서도 미연에서는 物理에서 벗어나지 않는 단정한 절제 의식을 소유하고 있음도 함께 설파하고 있어 깔끔한 감정 처리가 돋보인다 하겠다.

曲江 其二 곡강, 제2수

朝回日日典春衣	조회에서 돌아오면 날마다 봄옷을 저당 잡히고
每日江頭盡醉歸	날마다 강머리에서 술에 취해 돌아오네
酒債尋常行處有	술빚이야 으레 가는 곳마다 있는 것
人生七十古來稀	사람이 칠십까지 사는 것은 예로부터 드문 일이라

穿花蛺蝶深深見　꽃 사이 나는 나비 깊이 보이고
點水蜻蜓款款飛　물에 닿은 잠자리는 한가로이 난다
傳語風光共流轉　풍광에게 전하노니 우리는 함께 흐르고 바뀌는 것
暫時相賞莫相違　잠시 감상할 뿐 서로 거스르지 말지니

　曲江이 장안 근교에 있는 것과 수연의 '조회에서 돌아오다(朝回)'라는 표현을
통해 杜甫가 장안에서 左拾遺 벼슬을 했을 때 지은 작품으로 추측할 수 있다.
이 시 역시 봄날의 경물을 완상하는 내용을 담고 있어 외면적으로는 평온하고
한아한 흥취가 느껴진다. 꽃밭의 호랑나비와 물 위의 한가로운 고추잠자리를
통해 곡강의 풍경을 평화롭게 묘사하였으나 미연에서는 이러한 평화로운 경치
도 세월에 따라 흘러가고 변한다는 진리를 설파하고 있다. 일흔도 못 사는 인생
을 살며 좋은 경치를 즐길 것을 권하는 것은 杜甫의 기개인 듯 보이지만 결국
은 잠시 감상에 그칠 뿐 서로 거스르지 말자는 절제된 미학을 추구하는 것으로
결말을 맺고 있다. 曲江에서 술 마시는 흥취를 그렸으되 시인 내면에 있는 우
수는 종래 떨쳐버릴 수 없었던 것이었다.
　杜甫 자연시의 중요한 특색으로는 역시 시대적 고뇌와 사회의식을 자연에
담아 우국 의식이 내포된 뛰어난 자연 묘사를 펼친 점을 들 수 있다. 이러한 풍
격을 지닌 작품들은 특히 그의 중·만년기 작품에서 많이 발견된다. 杜甫 시
중 명작으로 꼽히는 「春望」을 살펴보자.

春望 봄을 바라보며
國破山河在　나라는 부서졌어도 산하는 그대로 남아
城春草木深　도성에 봄이 오니 초목만이 무성하구나
感時花濺淚　시절을 느끼니 꽃 보고 눈물 흘리고
恨別鳥驚心　이별이 한스러워 새소리에도 마음이 놀란다
烽火連三月　봉화는 석 달을 연이어 오르고
家書抵萬金　집에서 온 편지는 만금의 값이로다
白頭搔更短　흰머리는 긁을수록 자꾸 짧아져
渾欲不勝簪　이제는 비녀조차 꽂을 수 없네

　肅宗 至德 元年(756) 6월 安史 반란군이 수도 長安을 함락시켰을 때 장안에

갇혀 있던 9개월 동안의 감회를 그린 작품이다. 수연에서 '부서졌다(破)'는 표현으로 반군에게 유린되는 장안을 묘사하였고 백성이 도망가고 초목만이 무성한 현실을 그렸다. 이어 시국을 안타까워하는 마음을 표현하였는데 꽃과 새라는 평범한 자연물에다 작자의 심리적 고통을 심도 있게 투영한 수법이 뛰어나다. 또 제3연에서는 전란이 길어지고 있음을 '連三月'로 표현하였고 고향과 가족에 대한 그리움을 '萬金'으로 표현하는 등 수사를 활용함으로써 심각하고도 애절한 상황을 잘 묘사하였다. 미연에서는 근심으로 인해 자신이 노쇠했음을 한탄하고 있으나 당시 杜甫의 나이가 46세 때였다는 점을 고려해볼 때 이 표현은 근심과 고생을 효과적으로 묘사하기 위한 상징적인 수법으로도 볼 수 있다.

廣德 2년 閬州로부터 成都 초당으로 돌아왔을 때 누각에 올라서 읊은 다음 시를 보면 봄 풍경 속에 담은 강렬한 우국의 심지가 느껴진다.

登樓 누대에 올라

花近高樓傷客心　높은 누각 가까이 핀 꽃 나그네 마음 상하게 하고
萬方多難此登臨　천하에 어려움이 많은 중에 이곳에 올라왔네
錦江春色來天地　금강 온 천지에는 봄이 왔는데
玉壘浮雲變古今　옥루산 위의 뜬구름은 옛날과 지금처럼 변한 모습이라
北極朝廷終不改　북쪽의 조정은 끝내 바뀌지 않을지니
西山寇盜莫相侵　서산의 도적들아 이제 침범하지 말라
可憐後主還祠廟　가련한 후주는 그래도 사당에 모셔져 있는데
日暮聊爲梁甫吟　해 저물 녘 짐짓 양보음을 읊어본다

수연의 누각 가까이 핀 꽃에 자신의 마음이 상함은 현실의 처연한 모습이 화사한 자연과 대비된 연유이다. 錦江과 玉壘山에 봄이 온 정경을 표현하였는데, 토번과 경계가 되는 玉壘山을 바라보며 그 위의 '浮雲'을 등장시켰다. 이 변함 없이 떠 있는 구름은 지속적으로 이어지는 이민족과의 대치 상황을 연상시키는 이미지를 띠고 있다. 경연에서는 北極과 西山으로 시작하는 流水對를 통해 자연스러운 필법으로 唐 조정과 외적 간의 대치 상황과 국력 회복의 염원을 표현했다. 시절을 근심하고 나라를 걱정하던 시인은 미연에서 다시 成都의 춘경과 역사의 흥망성쇠, 劉禪(後主)이 諸葛亮의 덕에 의해 사당에 모셔져 있는 현실,

諸葛亮이 불렀다는 용사의 노래 「梁甫吟(양보음)」 등의 고사를 예거함으로써 우국과 충정의 심지를 표현하고 있다.

다음 역시 杜甫가 成都에 있을 때 지은 시로서 전화로 인한 아픔과 자신의 한계황, 인생의 무상함 등을 표현하고 있다.

野望 들에서 바라보다

西山白雪三城戍	서산 흰 눈 덮인 곳 삼성의 수자리
南浦淸江萬里橋	남포 맑은 강물에는 만리교 놓여 있다
海內風塵諸弟隔	온 나라 전쟁 중이라 형제들 떨어져
天涯涕淚一身遙	하늘 끝에서 눈물 흘리며 이 한 몸 멀리 있네
唯將遲暮供多病	노년에 많은 병마저 생겨나니
未有涓埃答聖朝	성스러운 조정에 티끌만큼도 보답하지 못하였네
跨馬出郊時極目	말 타고 교외로 나가 때때로 멀리 바라보매
不堪人事日蕭條	인간사 날로 쓸쓸해짐을 견딜 수가 없구나

들녘을 조망하는 시선의 폭이 넓다. 수연에서는 눈앞의 西山과 南浦를 묘사하면서 '白'과 '靑', '三'과 '萬' 등 대우의 수법을 활용하였고 이어 '海內'와 '天涯'로 전란에 휩싸인 현실과 고향과 멀리 떨어져 있는 자신의 슬픔을 그림으로써 묘사의 범위를 확대하였다. 후반부에서는 시절에 대한 걱정과 자신의 처지와 한계상황 때문에 어쩔 수 없는 안타까움을 함께 그림으로써 처연한 의경을 배가하고 있다. 자연을 그리고 있지만 우국의 심정이 내면에 흐르고 있어 자연 속에 사회의식을 담되 그 속에 沈鬱頓挫한 풍격을 효과적으로 이입하는 杜甫 특유의 서사 기법이 돋보이는 작품이라 하겠다.

代宗 大曆 3년(768) 겨울 57세의 杜甫는 동정호 주변 여러 고을을 전전하다가 岳陽樓를 관람하는 기회를 갖게 된다. 동정호를 감상하는 시인의 눈에 전쟁의 아픔이 떠나지 않고 있음이 발견된다.

登岳陽樓 악양루에 올라

昔聞洞庭水	동정호의 명성을 옛날부터 듣다가
今上岳陽樓	오늘에야 악양루에 오르는구나

吳楚東南坼　오나라와 초나라가 동남으로 갈라졌고
乾坤日夜浮　하늘과 땅이 밤낮으로 떠 있네
親朋無一字　친한 벗에게서는 한 자 글월도 없고
老去有孤舟　늙어가는 몸에게는 외로운 배 한 척뿐이로다
戎馬關山北　관산 북쪽에는 아직도 전쟁이 계속되고 있으니
憑軒涕泗流　난간에 기대어서 하염없이 눈물을 흘린다

　湖南省과 湖北省에 걸쳐 있는 洞庭湖의 동북쪽 호반에 岳陽이 있고 岳陽城西門 위에 岳陽樓가 있다. 이 악양루에서 일망무제로 펼쳐진 동정호를 한눈에 바라보면서 嚴武 사망 후 정처 없이 유랑하는 자신의 신세를 한탄하고 전쟁이 이어진 시절을 걱정하는 마음을 담은 시이다. 제1연에서는 오랜 갈망 끝에 악양루에 오르게 된 감회를 그렸고 제2연에서는 동정호의 광활한 경치를 묘사하였는데 '坼'과 '浮' 두 자를 통해 상징성을 배가시켰다. 제3연에서는 전란 중에 일가친척과 헤어지고 광활한 호수 위의 외로운 片舟처럼 홀로 떠도는 나그네 신세를 그렸는데 그 의경이 고적하고 처연하다. 미연에서는 關山 북쪽 전쟁에 대한 우려의 눈물을 묘사하였는데 이 눈물은 자신의 신세 한탄을 위한 것이 아니라 위기에 빠진 나라를 걱정하는 대승적 차원에서의 우수임을 밝히고 있다. 현실의 자연 모습을 그리면서도 작금의 시국 상황, 많은 고뇌를 거친 이의 감회가 투영된 비장한 자연미 등을 묘사하고 있어 읽는 이로 하여금 더욱 깊은 느낌을 얻게 하고 있다.

　다음 작품 역시 杜甫 만년에 지은 작품으로 늙고 병든 채 타향에서 가을을 맞이하는 자신의 비애를 그림으로써 비장한 맛을 더하고 있는 작품이다.

登高 높은 곳에 올라

風急天高猿嘯哀　바람은 급하게 불고 하늘은 높고 원숭이는 애절하게 우는데
渚淸沙白鳥飛廻　물은 맑고 모래는 희고 새들은 날며 선회한다
無邊落木蕭蕭下　가없는 숲 속엔 나뭇잎이 쓸쓸히 지고
不盡長江滾滾來　다함 없는 양자강은 힘차게 흐르누나
萬里悲秋常作客　만리타향에서 가을을 슬퍼하며 늘 나그네 되어 있고
百年多病獨登臺　평생 병이 많아 홀로 누대에 오르네

艱難苦恨繁霜鬢　어려움과 고통에 귀밑머리 다 희어지고
潦倒新停濁酒杯　늙고 쇠약한 몸이라 탁주마저 이제 끊었네

　杜甫의 만년인 大曆 2년 가을에 夔州에서 지은 작품으로 중양절에 높은 곳
에 올라가 凋落한 가을 풍경을 보면서 자신의 고독한 방랑 생활과 병든 몸에
대한 슬픔을 토로하고 있다. 수연에서 급하게 부는 가을바람과 애절한 원숭이
의 울음소리를 대비시켜 초조한 기색과 향수를 표현하였고 다시 강가의 하얀
모래와 선회하는 새를 통해 한 폭의 그림 같은 형상을 창출하였다. 한 연 안에
시각과 청각, 색채감과 절주감 등을 고루 배합하여 가을 분위기를 처연하게 묘
사하고 있는 것이다. 제2연에서도 '無邊', '不盡' 등으로 대자연의 무한함에 경
탄을 가하면서 '蕭蕭'와 '滾滾'으로 힘없이 사라져가는 낙엽과 다급한 물 흐름
을 형상적으로 잘 묘사하였다. 후반부는 대자연 앞에서 늘 나그네 된 자신의 처
량한 신세를 그린 부분으로 앞부분의 외형적인 자연 묘사에 이어 내면적인 심
리 묘사를 가한 부분이다. 전체적으로 '沈鬱頓挫'한 杜甫 시의 풍격과 자연 묘
사와의 결합이 잘 이루어져 있는 시가라 할 수 있겠다.
　살펴본 것처럼 杜甫의 자연시는 웅혼한 기상이나 한아한 서정, 사회의식과
조국 산하에 대한 애정 등을 담은 시들이 주된 내용을 이룬다. 이와 더불어 주
목할 점은 杜甫가 시율과 표현 기교에 있어 뛰어난 업적을 남긴 것만큼 자연시
의 수사 기교와 예술성 부분에도 특출한 성취를 이루어냈다는 점이다. 즉 기존
시가가 지닌 백묘적 수법의 자연 묘사, 평온한 구도를 이용한 정경 묘사, 순탄
한 성률 활용 등의 안정적인 자연 묘사 방법뿐 아니라 奇特하고 생경한 시어
활용, 다채로운 음절과 새로운 구상, 자연 실경과 시대상의 적절한 배합, 내면
의 개성과 창의성을 잘 발휘한 구도 배치 등을 통해 杜甫 특유의 '變態'를 창출
해낸 것이다. 이는 杜甫가 굴곡 많은 인생을 살았고 시대의 아픔이 함유된 격
렬한 내면을 지녔으며 시율과 시가 구도에 대한 공력을 들이면서 창작에 임했
던 것과도 관계가 있다. 이와 연관하여 자연 묘사 부분이 참신한 예술적 성취를
이루어낸 杜甫 시 작품들을 몇 수 더 살펴보기로 한다. 杜甫는 시가를 지을 때
매 구절마다 청신한 의경을 표현한 후 전체적으로 한 폭의 그림을 완성하듯 자

연을 묘사하기도 하였다. 다음 시를 보면 杜甫가 시가 창작에 있어 한 구절 한 구절을 화폭에 담듯이 쓴 모습이 발견된다.

絶句漫興九首 흥을 표현한 절구 아홉 수, 제7수

糝徑楊花鋪白氈　길에 가득한 버들꽃은 흰 모직 옷감 펼친 듯
點溪荷葉疊青錢　개울을 수놓은 연잎은 푸른 돈이 쌓인 듯하다
筍根稚子無人見　죽순 밑의 어린아이는 볼 사람이 아무도 없고
沙上鳧雛傍母眠　모래 위의 오리 새끼는 어미 곁에서 잠든다

하늘에서 춤추듯 흩날리는 버들꽃이 마치 흰 이불을 깔아놓은 듯 오솔길에 쌓여 있는 모습, 개울에 수놓듯 피어난 푸른 연잎 등이 그림처럼 묘사되어 있고 이 속에서 평화로운 모습을 하고 있는 어린아이와 오리 새끼 등을 묘사하였다. 한 구 한 구가 마치 한 폭의 그림같이 별도의 구성을 이루다가 결국 전체 4구가 모여서 아름다운 초여름 들녘 풍경을 완성하고 있는 것이다. 이렇게 정경을 한 구절 한 구절 표현하여 한 폭의 완전한 화경을 이룬 수법은 앞서 살펴본 「漫成(붓 가는 대로 짓다)」의 "모래톱에 자는 백로 한 발 들어 나란히 섰고, 고물에 뛰는 물고기 몸을 번뜩이며 소리를 낸다.(沙頭宿鷺聯拳靜, 船尾跳魚撥剌鳴)"는 구절이나 「絶句六首(절구 여섯 수)」 중 其一(제1수)의 "울타리 동쪽 물가에 해 뜨고, 구름은 집 북쪽 흙산에서 일어난다. 대나무 높은 곳에 비췻빛 새 울음소리, 모랫가 후미진 곳에는 춤추는 큰 닭 무리.(日出籬東水, 雲生舍北泥. 竹高鳴翡翠, 沙僻舞鶤雞)" 등의 구절에서도 발견할 수 있겠다.

또한 杜甫는 율시 각 구절이 성률상 대를 이루듯 구절마다 색채어나 시어의 적절한 대비를 통해 시가의 의상을 선명하게 표현하는 수법도 발휘하고 있다. 다음 「絶句」 其三를 보면 절묘하게 시어를 대비한 수법이 발견된다.

絶句 其三 절구, 제3수

兩箇黃鸝鳴翠柳　꾀꼬리 두 마리 푸른 버드나무 사이에서 울고
一行白鷺上青天　백로는 한 줄로 푸른 하늘 위를 날아간다
窗含西嶺千秋雪　창 너머 서쪽 산봉우리엔 천 년 묵은 눈
門泊東吳萬里船　문밖에 정박해 있는 만 리 길 동오로 떠날 배

寶應 元年(762) 徐知道의 난으로 成都의 초당을 떠나 梓州 등지로 유람하다 가 廣德 2년(764) 친구 嚴武가 成都尹이 됨에 따라 다시 成都 초당으로 돌아온 시기에 쓴 작품이다. 눈앞 푸른 버드나무에서 우는 꾀꼬리로부터 하늘 위를 날 아가는 백로로 시야를 옮기면서 묘사한 제1, 2구에서는 '黃', '翠', '白', '青' 등 의 대조적인 색채어를 잘 활용하면서도 각 구의 내용이 서로 연관이 있게 하였 고, 서쪽 산봉우리와 東吳를 향한 마음을 표현한 제3, 4구에서는 '西', '東', '千', '萬' 등의 방향어와 수사를 대비시켜 원경 묘사에 깊은 사향의 정을 잘 담 아냈다. 경물을 묘사하면서 정을 투영하는 것과 밝은 색채감 속에 깊은 우수를 담아내는 것을 동시에 이루어낸 수작이라 하겠다.

杜甫가 위 시와 같이 색채어와 사물을 함께 대비하여 의상을 창출한 예는 다 른 시 곳곳에서 발견된다. 「絶句(절구)」 其二(제2수)에서 "강물이 푸르니 새 더욱 희고, 산이 푸르니 꽃은 불타는 듯하다.(江碧鳥逾白, 山青花欲然)", 「曲江對酒(곡강 에서 술을 마주하다)」에서 "복사꽃은 교묘하게 배꽃 따라 떨어지는데, 꾀꼬리는 때때로 백조와 어울려 날아간다.(桃花細逐楊花落, 黃鳥時兼白鳥飛)" 등의 표현에서 발견되듯 색채어와 사물을 대비하는 수법은 杜甫가 자연시를 쓸 때 흔히 구사 했던 기법이라 하겠다. 杜甫는 또한 역동적인 정경 묘사를 위해 발음 효과를 고려한 시어 묘사 수법도 활용한 바 있다. 「絶句六首(절구 여섯 수)」 其三(제3수)에 서 "샘을 파느라 종려나무 잎을 겹쳐 깔고, 도랑을 치느라 대나무 뿌리를 자른 다.(鑿井交棕葉, 開渠斷竹根)"라 하여 '鑿', '開', '渠', '斷', '竹' 등의 파열음을 발생 시키는 단어를 활용한 것과 「絶句六首(절구 여섯 수)」 其五(제5수)에서 "집 아래 죽순은 벽을 뚫고, 뜰 가운데 등나무 처마를 찌르네. 날 개니 땅에는 아지랑이 아른아른, 강이 희고 풀은 더욱 가늘게 자라 있네.(舍下笋穿壁, 庭中藤刺簷. 地晴絲 冉冉, 江白草纖纖)"라 하여 '穿', '刺', '絲' 등의 파찰음을 활용한 것 등을 그 예로 꼽을 수 있을 것이다.[28]

杜甫는 자연을 묘사함에 있어 생동적인 의경을 창출하고자 종종 시어와 기 교, 격조, 구상 등에 있어 전통 자연시의 풍격을 뛰어넘는 다양한 변화를 시도

---

28 杜甫 시가의 서술 기법에 대하여는 葛曉音, 『山水田園詩派研究』, 潘陽 : 遼寧大學出版社, 1993, 제8장 盛唐諸家山水的界劃, 제3절 李杜的山水詩에서 가한 분석을 참조하였음.

하기도 하였다. 다음 작품을 보면 율시의 대가답게 이채로운 평측법을 활용하여 자연을 바라보는 호방한 마음을 효율적으로 표현한 필법이 발견된다.

白帝城最高樓 백제성의 가장 높은 누각

城尖徑仄旌斾愁　성루는 뾰족 길은 비탈지고 깃발은 근심스러워
獨立縹緲之飛樓　아스라하게 우뚝 서 있는 높은 누각
峽坼雲霾龍虎臥　갈라진 골짜기에 구름은 용과 호랑이처럼 누워 있고
江淸日抱黿鼉遊　맑은 강은 해를 안고 흐르는데 자라와 악어가 노닐고 있다
扶桑西枝對斷石　부상나무 서쪽 가지 깎아지른 듯한 절벽에 엉켜 있고
弱水東影隨長流　약수 동쪽에 비친 그림자 장강 따라 흐르네
杖藜嘆世者誰子　명아주 지팡이 짚고 세상을 탄식하는 자 그 누구뇨
泣血迸空回白頭　피눈물 흘리면서 하늘 바라보며 센 머리를 돌려본다

　백제성에서 가장 높은 누각의 모습과 주변 정경을 표현하기 위해 다소 기이한 착상을 가하였다. 누각이 서 있는 모습을 '아스라하다(縹緲)'라고 하여 그 신비로운 자태를 부각시켰고 주변의 구름과 강의 흐름을 '龍虎'와 '黿鼉(자라와 악어)'에 비유하여 표현한 것이 이채로운 느낌을 주는 것이다. 또한 절벽에 엉켜 있는 부상나무와 강물을 따라 흘러가는 그림자 역시 독특한 의경을 창출하는 정경이 되고 있다. 杜甫의 신선한 발상을 잘 표현한 소재인데 이 시에서 발견되는 또 하나의 특색은 頷聯을 제외한 모두 연에서 시율에 맞지 않는 拗體를 구사하고 있다는 점이다. 기묘한 정경을 묘사하는 데 있어 의경의 표현을 중시하고 시율의 구속에 얽매이지 않고자 하였던 杜甫의 창작 의식을 반영한 시도였다 하겠다.

　乾元 2년(759), 杜甫는 관직을 버리고 秦州(甘肅省)에서 4개월 머무른 후 생활이 곤궁하여 同谷을 거쳐 成都로 들어갔는데 이 과정에서 24수의 연작 기행시인 '入蜀詩'를 남긴 바 있다. 이 入蜀詩는 가난과 기아 속에서 처자를 이끌고 험준한 산천을 지나는 고난의 여정 속에서 탄생된 것이었고 기존의 「巫山高」, 「蜀道難」 같은 樂府詩의 몽환적인 의경을 뛰어넘는 생생한 자연 묘사를 가하고 있어 주목할 만한 가치를 지닌 작품이라 하겠다.[29] 入蜀詩 중 누각과 주변 정경을 묘사한 「飛仙閣」, 「石櫃閣」 두 수를 차례로 살펴본다.

飛仙閣 비선각

土門山行窄	토문산 가는 길은 좁아
微徑緣秋毫	가느다란 길 마치 가을 털 같네
棧雲闌幹峻	험한 산 잔도에 낀 구름 시야를 가로막고
梯石結構牢	계단의 돌은 단단하게 박혀 있네
萬壑欹疏林	온 골짜기마다 성긴 숲이 기울어져 있고
積陰帶奔濤	겹겹이 쌓인 그늘 중간으로 강물이 흐르네
寒日外澹泊	차가운 해 누각 너머에서 맑게 비치고
長風中怒號	누각 안에는 큰 바람이 노호하네
歇鞍在地底	땅 아래 가서 말을 쉬고 나서야
始覺所歷高	높은 곳 지나왔음을 비로소 알게 되었구나

飛仙閣을 지나가는 세미한 여정이 현실적으로 묘사되어 있다. 잔도에 이는 구름, 만학에서 바라보는 성근 숲, 골짜기에 짙게 드리운 그늘, 차가운 햇살과 격노한 바람 등 현장을 겪은 이만이 목도할 수 있는 생생한 정경이 생동감 있게 묘사되고 있는 것이다. 다채롭고도 광활한 정경 속에 깊은 의경과 광대한 구상을 펼치고 있는데 이는 李白의 「蜀道難」에서 느껴지는 虛景의 묘사와는 또 다른 느낌이라 하겠다.

石櫃閣 석궤각

季冬日已長	계절은 겨울인데 해는 이미 길어져
山晚半天赤	산에 저녁 드니 하늘 한쪽이 붉구나
蜀道多早花	촉으로 가는 길 일찍 핀 꽃 많고
江間饒奇石	강에는 기석이 흔하네
石櫃曾波上	석궤각은 여러 겹 물결 위에 있고
臨虛蕩高壁	높은 절벽 허공에 매달린 듯하다
淸暉回群鷗	맑은 햇살에 해오라기 떼 돌아오고

---

29 入蜀詩는 「鐵堂峽」, 「寒峽」, 「靑陽峽」, 「白沙渡」, 「水會渡」, 「桔柏渡」, 「飛仙閣」, 「龍門閣」, 「石櫃閣」, 「法鏡寺」, 「萬丈潭」, 「木皮嶺」 등을 비롯하여 총 24수로 이루어져 있으며 이 시들은 기행 순서에 근거하여 蜀의 산수를 묘사한 내용으로 되어 있다. 이 入蜀詩는 秦州에서 蜀으로 가는 여정 중에 바라보는 蜀 산하를 호방하고도 사실적인 필법으로 생생하게 묘사하여 기행시에 있어 큰 특색을 창출하였다. 이 시들에 대하여는 葛曉音의 상게서, 제8장 「盛唐諸家山水的界劃」의 설명이 참조가 된다.

暝色帶遠客　어두운 석양 빛은 먼 길 떠난 나그네를 비추고 있다

한쪽 산이 온통 붉게 물든 석양을 배경으로 꽃과 기석을 바라보면서 험산을 지난다. 석궤각과 주변 모습을 '奇石', '曾波', '臨虛', '高壁' 등으로 묘사하였기에 느껴지는 이미지가 더욱 험난하고 아찔하다. 특히 제4연에서 '맑은 햇살(淸暉)'을 통해 노을 속에 투명하게 비치는 햇살을 이채롭게 표현하면서 다음 구절의 '어두운 석양빛(暝色)'과 강렬한 대비를 시도한 점은 시가 전체를 돋보이게 하는 표현이라 하겠다.

杜甫의 자연시들은 그가 겪은 인생의 역정이나 사회상과 궤적을 함께한다. 이는 杜甫가 살았던 시대가 전란과 정치적 격랑으로 인해 우국의 심려를 상대적으로 크게 느꼈던 시대였고, 청담시파 시인들처럼 고요한 심신으로 자연을 관조하는 것 자체가 불가능한 시대였으며, 杜甫 자신이 심지 깊은 사색과 시대를 향한 고뇌를 반영한 침울비장한 풍격의 자연시를 지향했던 것들과 연관이 있는 부분이다. 杜甫는 개인 내면과 시대를 향한 감정이 특히 농후했고 시율과 창작 기법에 대한 의식이 상대적으로 강했던 작가였다. 또한 杜甫는 자연을 묘사함에 있어 웅혼하거나 한아한 정경 모두에 뛰어난 표현력을 발휘하였고 그 의경을 돋보이게 하는 각종 색채어, 평측, 대우 등의 다양한 기법도 잘 구사할 줄 알았던 대가였다. 이는 이른바 "정경을 대한 후 정을 불러일으키는(觸景生情)" 방식을 지향하면서 한아한 흥취를 담백하게 묘사했던 王孟詩派 자연시인들과 비교가 되는 부분이며 盛唐의 맑고 청려한 자연시가 농후한 감정의 이입을 통해 자연을 한층 사려 깊게 묘사하는 방향으로 발전을 하게 되는 계기와도 연관이 있다. 정경 묘사에 감정을 강하게 이입하는 杜甫의 자연시 창작 수법은 후대 中唐 자연시의 창작이 "감정을 경치 묘사에 이입하는(以情入景)" 수법을 지향하게 된 것과도 연관을 이루고 있다 하겠다.

4. 中唐의 자연시

(1) 中唐의 자연시 창작 배경

中唐은 代宗 大曆 元年(766)에서 武宗 會昌 6年(846)까지 약 80년간에 달하는 기간으로 安史의 난 이후 唐代 사회가 전반적인 쇠퇴기로 전락해가는 시기였다. 中唐이 시작되면서 安史의 亂이 수습되었다고는 하나 이어진 藩鎭의 발호와 전횡, 붕당의 대립, 환관의 전권 등의 정치사회적 환경은 여전히 唐 中期 이후의 사회적 불안 요인으로 남아 있었다. 조정 내부는 환관의 전횡과 붕당 분쟁으로 인해 지배 체제가 흔들리는 상황에 있었고 지방은 藩鎭 할거로 인한 전란의 국면에 있었다. 특히 약 140년 동안 이어진 藩鎭의 할거는 전란과 徭役, 병역, 부세 등의 문제를 야기하며 백성들의 고통을 가중시켰고 생산량을 쇠퇴하게 만든 요인이 되었다. 中唐 문인들은 이처럼 전란이 횡행하고 사회 혼란이 가속되던 시기에 활동하였으며 시대적 요인으로 인해 창작 성향의 변화를 맞이하게도 되었으나 기본적으로 자연시 창작의 열풍만큼은 계속 이어가고 있었다.

中唐에 와서 활동한 여러 문인들과 작품들을 통해 볼 때 자연시 창작의 흐름은 盛唐에 이어 中唐代에 와서 또 한 번의 융성을 맞게 되었음을 알 수 있다. 中唐 시가의 전반적인 흐름에 대해 요약을 가하고 있는 明代 高棅의 『唐詩品彙』「敍」 부분을 살펴보자.

大曆, 貞元 중에는 韋蘇州의 담박하고 우아함이 있었고 劉隨州의 한아하면서도 넓은 경지가 있었으며, 錢起와 郎士元의 청담과 皇甫之의 冲秀, 秦公緖의 산림 속 흥취와 李從一의 臺閣體가 있었는데 이는 中唐의 증흥이라 할 것이다. 이어 元和 시기에는 柳宗元의 초연함과 복고가 있었고 韓愈의 박학한 문사가 있었으며 張籍과 王建의 樂府가 있었다. 사실에 근거한 고로 元稹과 白居易의 사적과 노력이 분명하게 드러난 것도 꼽을 수 있다.(大曆, 貞元中則有韋蘇州之淡雅, 劉隨州之閑曠, 錢, 郎之淸瞻, 皇甫之冲秀, 秦公緖之山林, 李從一之臺閣, 此中唐之再盛也, 下曁元和之際, 則有柳愚溪之超然復古, 韓昌黎之博大其詞, 張, 王樂府, 得其故實, 元, 白, 事, 務在分明)

여기서 高棅이 언급한 "韋應物의 담박하고 우아함", "劉長卿의 한아하면서도 넓은 경지", "錢起와 郎士元의 청담", "皇甫之의 冲秀", "秦公緖의 산림 속 흥취", "柳宗元의 초연함" 등을 보면 모두 자연시의 창작 기풍과 연관된 특징들이라 할 수 있다. 高棅이 이른바 "中唐의 증흥"을 특별히 주목하고 언급한 배경에는 자연시의 흥성이 가장 큰 근저를 이루고 있다는 것이 특기할 만한 것이라 하겠다.

中唐代 문단은 大曆·貞元 약 40년간(766~805)의 상대적인 침체기를 거쳐 盛唐 開元·天寶 연간에 필적할 만한 元和·長慶 연간의 재흥성기를 창출하기도 하였다. 中唐의 시인들은 다수가 開元·天寶의 성세에 生長하여 8년의 安史亂을 겪었고 동란이 진정 국면에 들기 시작하는 시기에 살고 있었다. 그들은 開元·天寶 盛世에 대한 추억, 난세를 겪어온 경험, 쇠약해진 국력과 관리의 전횡으로 인한 암울한 상황을 경험했기에 복잡하고 거의가 암담한 심리를 소유하고 있었다. 또한 盛唐代같이 '뛰어난 인재를 발탁하거나(賢路擴張)' '세상을 경영할 인재(經世之才)'를 구하는 관료 임용의 기회도 적었기에 시인들 대다수는 과거 낙방이나 仕途의 불운으로 인한 실의를 체험하게 된다. 따라서 그들의 작품을 보면 杜甫나 李白의 시와 같은 격렬한 충정이나 불의에 대한 비판의 기백은 감소하고 일종의 공허함과 환멸감을 담게 되었으며 심지어 현실과 타협하여 權勢에 의탁하는 모습까지도 보이게 되었다. 中唐 문인들의 작품에 安史亂 이후 쇠약해가는 사회 현실에 대한 비판이 실리기도 했지만 내용의 상당 부분은 사회적 한계상황에 대한 현실적 고뇌와 소극적 避世 의식이 주를 이루고 있었다.

大曆 연간(766~779)에 들어오면서 中唐 문단은 京洛間을 중심으로 활동한 大曆十才子와 江南을 근거지로 활동한 江南詩人群 두 그룹에 의해 창작의 흐름을 이어가게 된다.[1] 大曆十才子는 정치의 중심지인 京洛間에서 창화와 응수로 시명을 얻고 있었으며 강남에 정착해 있던 江南詩人들은 강남 일원의 산수를 읊거나 한적한 시풍의 시를 창작하는 것을 주로 하고 있었다. 특히 安史亂을 피하여 강남에 피난 와 있던 문인들은 문단에서의 활동을 통해 출사의 기회도 도모할 수도 있었기에 더욱 빈번한 창작과 교유를 시행하게 되었으니 이는 강남에서 문학이 번영할 수 있었던 주요한 배경적 요인이 되는 것이었다. 두 무리의 시인들은 각기 다른 환경에서 창작에 임했기에 제재 선택과 창작 경향도 각기 달랐지만 한편으로는 두 시인군의 시인들 모두 동난 이후 변환의 시기 속에서 '재주를 지녔지만 불우했던(懷才不遇)' 하급 관료의 고뇌를 상당 부분 공유하고 있었다. 시대와 일신에 대한 감회가 컸기에 그들의 자연시 작품에는 암담하고 처연한 정서가 상당 부분 담기게 되는데 이는 中唐 大曆 시기 시인에게서 나타나는 일종의 공통적인 풍격이었다.

강남 문인들에 의해 강남이 자연시 창작의 중요한 공간으로 확대되었다는 특성과 함께 이전까지 자연시 창작에 있어 중요한 공간 역할을 하던 田庄과 莊園, 園林에 대한 시각의 변화가 일어난 점 역시 中唐代 시단에서 주목할 만한 요인이라 할 수 있다. 盛唐에서 中唐으로 넘어가는 시기에 발생한 잦은 전화와 이로 인해 발생한 사회적 불안 요인들은 장원의 정체성에도 영향을 주었다. 끊임없는 전란의 시대를 살아가던 中唐의 문인들의 눈에 비친 田庄과 莊園, 園林은 더 이상 盛唐代와 같이 평화로운 형상을 유지하는 한가로운 낙원의 형상이 아니었던 것이다. 莊園 파괴에 따른 자연관의 변화는 문인들의 은일 의식에도 영향을 미치게 된다.

---

1 皎然은 『詩式』「卷4」에서 "大曆中, 詞人在江外, 皇甫冉, 嚴維, 張繼, 劉長卿, 李嘉祐, 朱放, 竊占青山白雲, 春風芳草, 以爲己有"라 하여 大曆十才子와 구분되는 江南詩人群을 거론한 바 있고, 이러한 관점에서 傅璇琮도 『唐代詩人叢考·李嘉祐』에서 唐 肅宗·代宗 시기의 시가를 大曆十才子와 江南詩人群의 양대 시인군으로 구분한 바 있다. 근래에 나온 문학사서인 許總의 『唐詩史』下卷(江蘇敎育出版社, 1995, 89~95쪽), 吳庚舜, 『唐代文學史』(人民文學出版社, 1995, 22~50쪽) 등을 비롯한 대부분의 문학사서들도 이러한 이분법을 따르고 있다.

田庄과 莊園, 園林 등은 문인들의 은일 생활과 연계된 공간이었는데 이 공간을 배경으로 창작에 임하던 문인들이 은일 의식의 변화를 이루게 된 것 역시 중요한 시사점을 제공한다. 즉 盛唐 이전의 은일이 대부분 순진한 소요의 방편으로 이루어졌던 것에 비해 中唐 이후로 오면서 문인들의 은일은 다분히 '中隱'의 형식을 지향하는 방향으로 이루어지게 되었음을 거론할 수 있는 것이다. 이 '中隱'은 白居易가 「中隱」 시에서 은일과 별업의 관계에 대해 언급하면서 "大隱은 조정과 번화가에 거주하는 것이며 小隱은 산속에 기거하는 것이다. 산속은 너무나 쓸쓸하고 조정과 번화가는 너무나 시끄럽다. 그러므로 中隱만 못하니 中隱은 지방관 정도 벼슬을 하며 은거하는 것이다.(大隱住朝市, 小隱入丘樊. 丘樊太冷落, 朝市太囂喧. 不如作中隱, 隱在留司官)"라고 언급한 것을 기록으로 찾을 수 있다. 즉 '中隱'은 "관직에 있으면서 은거를 병행하는(半官半隱)" 형태로 관직에 대한 미련을 소유한 상태에서 전원에 몸담고 있는 은일을 의미하는 것이며 당시 은일의 풍조와 연관하여 참고할 만한 부분이라 할 수 있다. 이 '中隱'의 유행에 따라 자연을 바라보는 심리 역시 상당 부분 굴절된 면모를 소유하게 되었으니 中唐代 이후 자연시의 창작이 盛唐代와 다른 풍격을 지향하게 된 것에 있어 자연관과 은일 의식의 변화는 중요한 연유를 이루는 부분이라 할 것이다.

盛唐代에 극도의 융성을 이루었던 자연시는 中唐에 와서 大曆 시기에 강남에서 은거하며 산수풍월을 노래하던 劉長卿, 韋應物, 李嘉祐 등의 문인들에 의해 그 창작의 맥을 잇게 된다. 그런데 이들에 의해 창작된 시가를 보면 盛唐 자연시와 비교되는 일종의 '변화된 기조(變調)'를 지향한 면모가 발견되는데, 이 '變調'는 中唐 자연시의 서막을 연 劉長卿으로부터 이미 시작되었다 할 수 있다. 劉長卿은 盛唐 開元 연간에 태어나 天寶・大曆期에 활동한 시인으로 王孟과 비슷하거나 약간 늦은 시기를 살았기에 시기상으로 보면 盛唐 자연시의 계도를 받았을 것으로도 추측되지만 그 역시 中唐의 암영에서 자유로울 수 없었음을 각종 사적을 통해 살필 수 있다. 盛唐 開元・天寶 시기의 자연 합일의 경지를 지향하던 "情景交融 심미 의식"이 中唐 시기로 오게 되자 劉長卿을 필두로 하여 韋應物, 柳宗元 등 여러 문인들에 의해 "시인의 자각과 의식이 투영된 淡靜한 심미 의식"을 지향하는 방향으로 발전해나가게 되는 것이다.

자연시의 전반적인 흐름을 볼 때 盛唐에서 中唐으로 이어지는 시기는 자연 묘사에 있어 '천진하고 자연스러운(天眞自然)' 감성을 표현하는 것에서 '힘써 생 각한(苦思)' 것을 표현하는 방향으로 창작이 이루어져간 시기라 할 수 있다. 이 는 安史亂의 발발, 藩鎭의 割据, 朋黨의 交爭, 宦官의 전횡 등으로 인한 사회적 혼란, 그리고 이로 인해 唐 王朝 중흥에 대한 기대감이 점차 상실되고 자신의 濟世意志를 실현하기 어렵게 된 현실 등 각종 사회적 요인과 심리적 원인에 따 른 것이었다. 불안한 사회적 상황으로 인해 문인들은 더욱 산수를 찾게 되었으 나 그들의 마음속에는 여전히 떨쳐내지 못한 고뇌와 상실감이 존재하고 있었 다. 그런 심리에서 창작된 中唐의 자연시는 점차 '悲壯', '苦澀', '蕭散', '深僻' 등의 풍격을 띠게 된다. 이는 천연과 순진을 추구하며 '簡遠', '閑淡', '淸雅'한 풍격을 지향하던 盛唐의 자연시와 달리 中唐의 자연시가 "힘써 수식을 생각해 내는(苦思修飾)" 단련의 과정을 겪고 난 이후에 창작되었기 때문이다. 盛唐代에 절정을 이루었던 자연시는 中唐代에서도 거대한 흐름을 이어갔지만 시대와 문 학 풍조, 개인적 성향과 환경 등 中唐代의 여러 원인으로 인해 자연시의 전통 적인 '閑雅明朗'한 풍격은 점차 '沈鬱頓挫'한 분위기로 대체되어갔다. 이처럼 中唐代에 와서 자연시 창작에 있어 일종의 '變調'가 발생하고 풍격상의 변이가 일어나게 된 것은 여러 요인들과 연계하여 생각해볼 때 어찌 보면 필연적인 상 황이었다고 할 수 있는 것이다.

(2) 中唐의 자연시 작가들

　大曆 연간(766~779)으로부터 시작된 中唐 문단은 盛唐에 비해 상대적으로 시 인의 수가 적은 상태로 출발하였다. 이 시기에는 盛唐의 시인이었던 賀知章, 張 九齡, 王翰, 崔國輔, 孟浩然 등이 일찍이 開元·天寶 연간 타계하였고 이어진 至德~永泰(756~765) 연간 약 10년 동안 王昌齡, 儲光羲, 王維, 李白, 高適 등도 세상을 떠났으므로 中唐에 들어와서는 岑參과 杜甫 두 사람만 남은 상태였다. 그나마 大曆 5年(770)에 두 사람이 함께 타계함에 따라 이제 盛唐의 번영은 사

라지게 되었다. 大曆 이후로 가면서 적지 않은 시인들과 작품이 나왔지만 대체적으로 평용한 수준에서 크게 벗어나지는 못한 상태였다. 胡震亨『唐音癸籤』「集錄一」에 실린 中唐 詩文의 저자는 총 165명이며 그중 저명한 詩人도 40명에 이르니 이는 盛唐보다 세 배나 많은 숫자이다. 그렇기는 해도 中唐의 시가는 질적인 면에 있어 盛唐 시가보다 전반적으로 높은 평가를 얻고 못하고 상대적인 열세를 보이는 상황에 있다 하겠다.

中唐 大曆 시기의 자연시는 주로 京洛 간에서 활동한 大曆十才子와 安史의 난을 피해 강남으로 갔다가 그곳을 근거지로 활동했던 江南詩人群을 중심으로 창작되었다. 大曆十才子는 정치적 중심지인 京洛地區에서 주로 활동하며 權門에 의탁한 이가 대부분이라 그들의 작품에는 寄贈酬唱作이 많았고 江南詩人들은 주로 吳越地區에서 활동하며 山水에 마음을 두었기에 山水風月을 묘사한 작품이 많았다. 大曆十才子들로는 李端, 盧綸, 吉中孚, 韓翃, 錢起, 司空曙, 苗發, 崔洞, 耿湋, 夏侯審 등을 꼽을 수 있고,[2] 강남 문인들로는 皎然이『詩式』「卷4」에서 강남 핵심 문사들로 열거한 劉長卿, 李嘉祐, 嚴維, 張繼, 皇甫冉, 朱

---

2 大曆十才子에 대하여는 姚合의『極玄集』卷上「李端」名下에 "李端과 盧綸, 吉中孚, 韓翃, 錢起, 司空曙, 苗發, 崔洞(一作峒), 耿湋, 夏侯審 등과 唱和하였는데 이들을 十才子라고 불렀다.(端與盧綸, 吉中孚, 韓翃, 錢起, 司空曙, 苗發, 崔洞(一作峒), 耿湋, 夏侯審唱和, 號十才子)"라는 注가 있어 그 구성원을 알 수 있다. 또한『新唐書‧盧綸傳』에도 "盧綸과 吉中孚, 韓翃, 錢起, 司空曙, 苗發, 崔峒, 耿湋, 夏侯審, 李端 등은 모두 詩로 이름을 날렸고 大曆十才子라고 불렀다.(綸與吉中孚, 韓翃, 錢起, 司空曙, 苗發, 崔峒, 耿湋, 夏侯審, 李端皆能詩齊名, 號大曆十才子)"라는 기록이 있는데 葛立方『韻語陽秋』, 晁公武『郡齋讀書志』, 王應麟『玉海』 등도 이 설을 따르고 있다. 한편 南宋 計有功의『唐詩紀事』는 '十才子'에 대하여 "大曆十才子는 盧綸, 錢起, 郞士元, 司空曙, 李端, 李益, 苗發, 皇甫曾, 耿湋, 李嘉祐 등이다. 또는 吉頊과 夏侯審을 이에 넣기도 한다. 혹은 錢起, 盧綸, 司空曙, 皇甫曾, 李嘉祐, 吉中孚, 苗發, 郞士元, 李益, 耿湋, 李端을 말하기도 한다.(大曆十才子, … 盧綸, 錢起, 郞士元, 司空曙, 李端, 李益, 苗發, 皇甫曾, 耿湋, 李嘉祐. 又云：吉頊, 夏侯審亦是. 或云：錢起, 盧綸, 司空曙, 皇甫曾, 李嘉祐, 吉中孚, 苗發, 郞士元, 李益, 耿湋, 李端)"라는 언급으로 구성원에 대한 이견을 제시한 바 있다. 嚴羽는『滄浪詩話‧詩評』에서 '大曆才子'라는 명칭을 언급했어도 명확하게 '十才子'의 이름을 언급하지는 않았다. 淸代에 와서는 이설이 더욱 많아졌는데 王士禛『分甘餘話』卷三, 黃之雋『大曆十才子詩跋』, 管世銘『讀雪山房唐詩鈔』卷十八, 翁方綱『石洲詩話』卷二 등에서 이에 대한 辨析을 가하였다. 이들의 의견은 十才子 중에서 苗發, 崔峒, 耿湋, 夏侯審, 吉中孚 등 몇몇 사람은 현존하는 시가 수가 많지 않아 후세의 시 평가가 그들의 시를 가감하였기에 大曆十才子로 포함시키는 데 있어 출입이 있다는 의견이다. 姚合의『極玄集』과『新唐書』「文藝傳」의 기록에 의거하는 것이 무리가 없다고 본다.

放 등을 중요 문인으로 꼽을 수 있다. 또한 이 양대 시인군의 주위에서 활약했던 기타 중요 문인들도 있었다. 大曆十才子 쪽으로는 十才子들과 교왕이 친밀했던 郎士元, 冷朝陽, 戎昱, 暢當 등을 그 범위에 넣을 수 있겠고, 江南詩人群 쪽으로는 고문가로 유명한 蕭穎士, 獨孤及, 李華 등과 權皋, 劉緒, 柳鎭 등의 문인, 그리고 皇甫曾, 秦系, 包何·包佶 형제 등의 시인들을 중요 인물로 거론할 수 있겠다.

大曆十才子들이 창작한 시가의 전체적인 경향은 盛唐 청담시파의 자연시를 계승한 작품, 中唐 사회 현실 반영에 주안점을 둔 작품, 사회 현실 의식과 은거 의식 사이에서 고뇌하며 각종 서정을 설파한 작품 등으로 요약된다. 그들의 시가는 대체로 기려하고 섬농한 풍격을 보이고 있지만 그들이 창작한 자연시 작품들은 청아하면서도 정교하고 유려한 필치가 돋보이는 수법을 지향하고 있었다. 그러나 中唐의 자연시는 강남의 산수를 배경으로 자연시를 창작한 강남 시인군의 작품에서 더욱 뛰어난 성취가 이루어졌다. 강남 시인군에 속하는 주요한 성원인 劉長卿, 韋應物, 皇甫冉, 嚴維, 張繼, 李嘉祐, 朱放 등은 대부분 지방관을 역임하였거나 폄적당하여 강남의 吳越荊楚 일대에서 생활했던 강남 지방관들이었다. 그들은 장기간의 환유 생활을 통해 목도한 전란의 참상과 전화로 얼룩진 산하에 대해 안타까움을 지니고 있었기에 현실적인 애상의 정조를 담은 작품을 다수 창작하는 경향을 보이고 있었다. 이들 중 특히 주목할 만한 인물로 劉長卿과 韋應物을 들 수 있는데, 이 劉長卿과 韋應物은 王孟, 柳宗元 등과 함께 唐代 자연시를 대표하는 시인들로서 盛唐 자연시의 성취를 계승하고 中唐 자연시의 새로운 흐름을 주도했던 시인이라는 점에서 커다란 의의를 지닌 인물이라 하겠다.

中唐 貞元 시기로 가면서 문인들은 시가의 창작뿐 아니라 시가의 이론 연구에도 관심을 갖게 되었다. 盛唐 王昌齡의 『詩格』에 이어 皎然의 『詩式』 같은 시론서가 나왔다는 것은 이를 반증하는 것이라 할 수 있다. 盛唐代가 詩體의 성숙을 이룬 시기였다면 中唐代는 시가의 風格과 體式에 대한 연구가 시도된 시기였다고 할 수 있겠다. 그러나 시론 연구에 있어서 貞元 시기의 시인들은 일정한 성과를 보였지만 창작에 있어서는 신기한 심미 정서를 추구하는 경향을

보이고 있었다는 점이 비교된다. 이는 그들이 大曆 시기의 平庸한 格調에 대해 불만을 갖고서 보다 참신한 풍격을 지향하였기 때문이라 할 수 있다. 따라서 貞元 시기 시인의 특징으로 "體格法度의 착안"과 "신기한 심미 정서의 추구"를 들 수 있는데 이러한 성향의 추구는 후대 "元和 시기에 나오게 된 시가의 새로운 변화(元和詩變)"의 전주가 되는 것이었다고도 할 수 있다.

中唐 元和·長慶期로 가면서 사회는 점차 안정기에 이르게 되고 이에 따라 盛世에 대한 열망도 강해지게 되었다. 이 시기 시단은 元稹과 白居易, 韓愈와 孟郊 등 여러 시인의 출현으로 인해 일시적이나마 唐代 문학사상 특기할 만한 흥성을 이루게 되는데 자연시의 창작 역시 다양한 성향을 발휘한 문인들에 의해 발전을 이루게 된다. 특히 中唐 후기 자연시 창작에 있어 빼놓을 수 없는 중요한 인물인 柳宗元·劉禹錫 등은 순탄치 않은 경력 때문에 개인적으로는 불운한 삶을 살아갔지만 자연시 창작에 있어서는 中唐 자연시의 '變調'를 주도하며 걸출한 작품들을 창작해냈다. 이들은 관도의 불운과 폄적의 신세를 두루 경험한 이들이었기에 한아하고 명랑한 盛唐 풍격과는 거리가 있는 "中唐의 특색을 반영한 變調의 자연시 작품"을 창작하고 있었다. 즉 王孟으로 대표되는 盛唐의 자연시가 객관적 경을 위주로 하는 순연한 서경시를 추구했다면, 中唐의 자연시는 개인의 주관적 의지와 감정을 바탕으로 한 '정과 경을 융합하는(情景融合)' 자연 묘사를 상대적으로 많이 시도하며 일종의 '變調'를 창출해낸 것이라 할 수 있는 것이다.

元和·長慶期로 가면서 문단은 '元白'과 '韓孟'을 중심으로 하는 두 시파에 의해 새로운 융성기를 맞게 된다. '元白시파'는 元結, 白居易, 元稹, 劉禹錫 등이 주된 구성원이었는데 그들은 "사대부와 서민이 모두 감상할 수 있는 문학(雅俗共賞)"을 주창했던 것과 맥을 같이하여 백묘적인 수법과 "마음속의 정을 솔직하게 펼치는(直抒胸意)" 표현을 통해 천연의 詩情을 표현하는 자연시 묘사를 시도하였다. 靜態的인 산수의 모습처럼 사물에 대한 관조를 반영한 담백한 필체를 구사하는 데 있어 능한 모습을 보였던 것이다. 한편 韓愈, 孟郊, 賈島, 姚合, 盧仝, 李賀 등이 활약했던 '韓孟시파'는 험준한 산세나 사계절의 변화, 세밀하고 축소된 자연 등을 웅혼하고도 奇特한 필치로 그려내는 등 새롭고 다양한 경향을 추구하면서 자연시의 영역을 넓혀나갔다. 그들은 시가의 새로운 경지를 개척하고자 하는 미적 추구 의식을 공통적으로 지니고 있었기에 기험하고도 유심한 풍격의 자연시를 창작하는 경향을 공유할 수 있었던 것이다. 각종 신기한 기법의 활용을 통해 의경을 넓혀나간 '韓孟시파'의 창작으로 인해 자연시는 中唐의 흐름 안에서 또 다른 하나의 '變調'를 창출해낼 수 있게 되었다. "社會를 향한 의식의 서사"를 위주로 하며 한아한 정경 속에 깊은 의지를 담아낸 '元白시파'의 노력과 "藝術을 위한 인고의 노력"을 기울이며 다양한 필법을 활용한 창작을 가하였던 '韓孟시파'의 노력에 의해 자연시가는 盛唐과 中唐 大曆期에 이어 창작의 재흥성기를 맞이하게 된 것이다.

1) 大曆十才子의 자연시 : 수려한 자연 묘사 속에 담은 개인의 서정

中唐을 시작하는 大曆 연간(766~779)을 대표하는 문인으로는 大曆十才子(李端, 盧綸, 吉中孚, 韓翃, 錢起, 司空曙, 苗發, 崔洞, 耿湋, 夏侯審 등)가 있었는데 이들은 대부분 중하층 士大夫 출신의 이력을 갖고 있었다. 그들은 권문에 의지하여 태평성세를 노래하는 응제작을 짓거나 산수를 찾아 자연을 노래하면서 은일 사상을 펼치기도 하였고 사도에서 실의한 마음이나 전란으로 유람하며 목도한 상황을 시가에 담기도 하였다. 현존하는 大曆十才子의 작품은 약 1,400수 정도인데 그들 대부분은 王維를 추종했기에 그들의 작품에 盛唐 산수전원시파의 여음이 담겨 있음을 느낄 수 있다. 皎然이 『詩式』에서 "大曆 연간 시인들의 작품에는 청산과 백운, 봄바람, 방초 등을 빼어나게 묘사한 작품이 있다.(大曆中詞人, 竊占青山, 白雲, 春風, 芳草等爲己有)"라고 말한 것처럼 자연 경물과 行旅의 정을 묘사한 작품도 뛰어난 편이다. 문사가 아름답고 음률이 조화를 이루고 있으며 자구가 정교하고 치밀하다. 한편으로 제재와 풍격이 비교적 단조롭고 근체와 격률에 힘을 들여 樂府歌行體가 별로 없다는 특징도 갖고 있다. 유미적인 측면에서 빼어난 가구가 많으나 시가 전편이 가작인 작품은 많지 않은데 이러한 점 역시 大曆 연간의 풍조를 드러내는 부분이라 할 수 있다. 大曆十才子 중 현전하는 작품 수가 상대적으로 많고 자연시의 성취가 비교적 높은 시인으로 錢起, 盧綸,

李端, 韓翃, 司空曙 등을 꼽을 수 있는바 이들의 작품을 예거하여 살펴봄으로써 大曆十才子 자연시의 창작 경향을 고찰해보기로 한다.

大曆十才子 중 자연시의 창작에 있어 가장 큰 성취를 이룬 시인으로 錢起 (720?~783?)를 들 수 있다. 錢起는 字가 仲文이며 吳興(현, 浙江 湖州)人이다. 750년 「湘靈鼓瑟」이라는 제목으로 치러진 진사 시험에서 급제하였으며 벼슬은 秘書省 校書郎, 藍田尉, 祠部員外郎, 司勳員外郎 등을 거쳐 考功郎中에까지 이르렀다. 考功郎中에 있을 때 '錢考功'라는 호칭으로 불렸으며 韓翃, 李端, 盧綸 등과 함께 大曆十才子로 칭송을 받게 된다. 辛文房『唐才子傳』卷四의 「錢起」條를 보면 "錢起의 시체는 참신하고 기특하며 이치가 청담하고 풍부하여 宋과 齊의 부염함을 없애고 梁과 陳의 유미함을 떨쳐내어 홀로 우뚝 섰다. 王維가 그 고아한 풍격을 인정하였고 郎士元과 명성을 나란히 하였다. 사림에 이르기를 '전에는 沈宋이 있고 후에는 錢郎이 있다'라고 하였다. 시집 十卷이 있어 현전한다."[3]라는 기록이 있다. 錢起는『全唐詩』卷236에서 卷239 사이에 총 532수의 작품을 남겨놓고 있는데 錢起 시가 532수를 주제에 따라 분류해놓은 기존의 연구를 참조해보면 山水田園詩가 134수, 詠物詩가 28수, 유람을 하며 지은 시가 27수, 은거 생활을 노래한 시가 30수 등으로 자연시의 범주에 넣을 수 있는 작품이 대략 219수 정도에 달하고 있음을 발견할 수 있다.[4] 그는 자칭 '五言長城'이라고 할 만큼 五言詩에 뛰어났으며 그의 시가는 참신하고 기특한 기교와 함께 청담한 풍격을 지니고 있다. 南朝의 부염함을 떨쳐버리고 王維식의 고아함을 추구하고 있기에 初唐의 沈宋과 비견되는 中唐의 시인으로 거론할 수 있는 인물이다.

錢起는 자연시는 그의 전체 작품 중 가장 많은 편수를 차지하고 있는 데다

---

3 辛文房,『唐才子傳, 卷四「錢起」: "起詩體制新奇, 理致淸贍, 芟宋, 齊之浮遊, 削梁, 陳之嫚靡, 迥然獨立也. 王右丞許以高格, 與郎士元齊名, 士林語曰: '前有沈, 宋, 後有錢, 郎.' 集十卷, 今傳."

4 錢起 시를 주제에 따라 분류해보면 이 밖에도 送別 127수, 詠懷 43수, 哀悼 6수, 贈酬 66수, 友情 53수, 奉制 9수 등으로 분류된다.(류성준,『唐代 大曆才子詩 研究』, 서울 : 한국외국어대학교 출판부, 2002, 제27쪽 내용 참조)

그 표현 또한 '淸'자를 비롯한 맑고 한아한 뜻을 지닌 글자를 다수 활용하여 盛唐의 자연시처럼 청정한 미감을 함유하고 있다. 또한 다양한 시어를 구사하여 신선하고 奇特한 자연 묘사를 가하고자 하였고 작고 세미한 풍경까지 꼼꼼히 포착하면서 정밀한 묘사에 공을 들였다. 그의 자연시가는 전체적으로 청아한 풍격을 지니고 있으면서도 세부적으로는 정교하고 유려하게 잘 다듬어진 표현이 행간을 채우고 있다. 이처럼 淸淡한 의경을 지향하면서도 정밀한 표현을 이루어낸 것은 공교한 수식과 綺麗한 풍격을 수행했던 大曆十才子의 수법이 자연 묘사에 이입된 결과였다고 할 수 있다. 이는 錢起가 盛唐과 中唐의 연계선 상에서 '계승자 역할'과 '변조를 시작한 자'라는 다면적인 역할을 수행한 인물이었음을 나타내는 것이기도 하다. 錢起가 쓴 자연시를 내용상으로 살펴보면 盛唐 자연의 淸新하고 閑雅한 시풍을 계승한 작품, 풍부한 시어 활용을 통해 意境을 확대한 작품, 각종 섬세한 표현을 통해 정밀하고 공교한 표현을 이루어낸 작품, 개인 서정을 자연물에 투사하여 개성을 표출한 작품 등으로 분류할 수 있다. 또한 그의 작품은 다양한 내용과 함께 전체적으로 '淸新', '閑雅', '淸幽', '深遠', '孤寂', '蕭散' 등으로 설명되는 다양한 풍격과 창작 기교를 지니고 있어 盛唐과 中唐 자연시의 풍격 특색을 고루 함유한 특색을 보여주고 있다.

錢起가 王維의 한아한 풍격을 계승하면서 본인의 淸幽한 감성을 투영한 작품은 盛唐 자연시의 '淸新淡泊'한 흥취를 계승하고 中唐의 '淸幽深遠'한 경계를 개척하였다는 점에서 의의를 갖는다. 이와 연관하여 錢起가 전원에 대한 흥취를 표현한 「藍田溪雜詠」 22수의 시기[5] 중 새와 우물 등의 정경을 노래한 두 수를 살펴보기로 한다.

戲鷗 노니는 갈매기
乍依菱蔓聚 백구들 언뜻 마름풀 넝쿨에 모여 있더니

---

5 류성준, 『唐代 大曆十才子詩 硏究』, 서울 : 한국외국어대학교 출판부, 2002, 72쪽 : "이 「藍田溪雜詠」 22수의 시가들은 관장생활에의 혐오, 優美한 景色과 生活氣息, 현실 기피의 고독과 탈속 의식 등의 내용을 지니고 있다. 구도상으로 한의 線索을 중심으로 시의 순서와 내용이 조화를 이루면서 藍田溪의 경물 묘사가 한 폭의 그림 속에 배치되어 마치 실물을 관망하는 경지에 도달하게 한다." 내용 참조

盡向蘆花滅　갈대숲 사이로 들어가 종적을 감추었네
更喜好風來　때마침 좋은 바람이 불어와
數片翻晴雪　몇 마리가 비상하니 마치 맑은 하늘에 날리는 눈 같구나

石井 돌우물

片霞照仙井　조각 진 노을은 선계 같은 우물을 비추고
泉底桃花紅　샘물 바닥엔 복숭아꽃 붉다
那知幽石下　어찌 이 그윽한 돌 아래가
不與武陵通　저 무릉과 통하지 아니하였다 할 수 있으리

　　두 수 모두 한아한 필치로 자연물을 묘사하고 있는데 특별한 의도나 주관을 설파하지는 않고 있다. 마치 王維가 평범한 자연물을 소재로 하여 평이한 시어로 깔끔한 수식을 가했던 필법을 다시 보는 듯하다. 그러나 자세히 살펴보면 초탈한 상태에서도 세밀한 관찰을 실행하였음이 발견된다. 「戲鷗」에서 백구의 모습이 하얀 '갈대꽃(蘆花)' 사이로 들어가서 종적을 감추었다가 다시 바람에 비상하는 모습을 그리면서 '맑은 하늘의 눈(晴雪)'으로 표현한 것, 「石井」에서 '조각 진 노을(片霞)'과 '선계 같은 우물(仙井)', '桃花'와 '武陵'의 표현을 통해 환상적인 이미지를 창출한 것 등은 錢起 특유의 정밀한 관찰력이 발휘되었음을 보여주는 일면이라 할 수 있다.

　　錢起가 藍田縣尉로 있을 시 인근에 있는 輞川別業에서 기거하던 王維가 錢起에게 써준 「春夜竹亭贈錢少府歸藍田(봄밤 죽정에서 남전으로 돌아가는 전소부에게)」 작품에 화답하여 쓴 다음 시를 보면 王維식의 空寂한 필치가 담겨 있음이 발견된다.

酬王維春夜竹亭贈別 王維가 봄밤 竹亭에서 써서 준 시에 화답하여

山月隨客來　산 위에 뜬 달 객을 따라 왔나니
主人興不淺　주인장의 흥은 예사롭지 않다
今宵竹林下　오늘밤 이 죽림 정자 아래 있으니
誰覺花源遠　그 누가 무릉도원이 멀다고 하랴
惆悵曙鶯啼　안타깝구나 새벽 꾀꼬리 울어대어
孤雲還絶巘　나는 외로운 구름처럼 높은 산으로 돌아가네

시제의 '竹亭'은 王維 輞川別業의 '竹裏館'에 있는 정자이다. 두 사람이 함께한 정을 '山月'과 '花源' 등 자연에 부쳐 한아하게 표현하였고 시간이 지나서 헤어져야 하는 아쉬움을 '새벽 꾀꼬리 우는데(曙鶯啼)' '높은 산으로 돌아간다(還絶巘)'라는 표현을 통해 은유하고 있다. 王維에게 응수한 작품답게 유려한 필치보다는 청신하고 소박한 표현을 지향하고 있어 마치 盛唐 시인들의 소박한 자연미 의식을 보는 듯한 느낌이 든다.

다음 작품 역시 錢起가 穀口에서 한거하면서 주변 자연에서 얻은 만족감을 표현한 시인데 역시 한아한 홍취가 행간에 그득함을 느낄 수 있다.

穀口書齋寄陽補闕 곡구의 서재에서 시를 지어 양보궐에게 부침

泉壑帶茅茨	샘물 골짜기에 초가집 한 채
雲霞生薜帷	구름과 노을 속에 벽려가 휘장처럼 둘러 있다
竹憐新雨後	대나무는 비 갠 뒤에 더욱 예쁘고
山愛夕陽時	산은 해질녘에 좋아라
閑鷺棲常早	한가한 백로는 늘 일찌감치 둥지에 깃들고
秋花落更遲	가을꽃 떨어짐은 더더욱 더디다
家童掃蘿徑	머슴 아이 담쟁이 잎 떨어진 길 쓸고 있는 건
昨與故人期	어제 친구와 약속이 있었던 거지

샘물 골짜기에 서 있는 띠집과 휘장처럼 두른 벽려가 한거하는 주인의 모습을 대변하고 있다. '泉壑', '雲霞' 등은 세속과 거리가 먼 은일의 삶을 표현하는 배경인데 작자는 비와 석양이 지나가는 시간 속에서 편안한 마음으로 즐기고 있다. 시인이 누리는 한가로운 심신은 '한가한 백로(閑鷺)'와 '더욱 더디게(更遲)' 떨어지는 가을꽃의 표현에도 잘 나타나 있다. 자연 속에서의 삶을 만끽하면서 오직 친구의 방문에 관심을 갖는 순수한 마음을 담은 미연의 표현도 여운을 남긴다. 이렇듯 자연에 동화되어 청아한 의경을 추구하는 경지는 동시대 다른 시인보다 錢起가 의경을 잘 표현하는 능력이 있었음을 보여주는 일면이라 하겠다.

錢起가 자연을 묘사한 부분을 보면 精密하고 工巧한 수법을 잘 발휘한 부분도 보이는데 이 점은 盛唐과 달리 中唐 시인에게서 발견되는 한 특징이라고도 할 수 있다. 이는 錢起가 王維와 裵廸 등 盛唐 시인들과 교유로 인해 盛唐의 담

백하면서도 백묘적인 서술 기법에 영향을 받기는 했으나 工巧하고 綺麗한 수식을 지향했던 大曆十才子의 감각을 지닌 채 자연을 묘사했던 것과도 연관이 있다. 예를 들어 시 속에서 '나무(樹)'를 표현한 다음 부분들을 보면 같은 나무라도 창작의 배경과 의도에 따라 다양한 표현을 가미하였음이 발견된다.

片玉篇 편옥편
重溪冪冪暗雲樹 깊은 시냇가에는 구름이 무겁게 나무에 내려앉아 있고
一片熒熒光石泉 한 조각 등불 빛이 돌 위로 흐르는 샘물을 비추네

谷口新居寄同省朋故 곡구에서 새로이 기거하며 같은 성의 친구에게
汲井愛秋泉 가을 우물물 긷는 것 좋아하는데
結茅因古樹 띠집은 고목에 기대어 서 있네

送李大夫赴廣州 광주로 부임하는 이대부를 보내며
向郡海潮迎 마을로 향하면 바다 바람이 맞아주는데
指鄉關樹遠 고향의 나무를 가리키자니 멀기만 하구나

離居夜雨奉寄李京兆 밤비를 맞으면서 거소를 떠나며 이경조에게 드림
如何瓊樹枝 어찌하여 아름다운 나뭇가지를
夢里看不足 꿈속에서 볼 수는 없는가
望望佳期阻 좋은 만남을 기다리다
愁生寒草綠 차갑고 푸른 풀 위에 그리움만 생기나니

新豐主人 신풍의 주인
暮鳥栖幽樹 저녁 새는 그윽한 나무 처소에 깃들고
孤雲出舊丘 외로운 구름은 옛 언덕에서 올라오나니

裵仆射東亭 배복사의 동쪽 정자
朱戟繚垣下 붉은 창들 담 아래 둘러져 있고
高齋芳樹閑 고귀한 집은 향기로운 나무 가에 한가하나니

이상의 각 구절에 등장하는 나무들은 다양한 형상을 하고 있다. 때로는 시냇

가의 구름 낀 나무(雲樹)로, 때로는 든든하게 의지할 만한 고목(古樹)으로, 때로는 향수의 서정을 자아내는 고향의 나무(鄕關樹)로, 때로는 화사하고 아름다운 나무(瓊樹)로, 때로는 편안함을 제공하는 귀소(幽樹)로, 때로는 고귀하고 그윽한 인품을 대변하는 존재(芳樹) 등으로 다양하고 다채롭게 표현되고 있음이 발견되는 것이다. 나무를 묘사하게 된 배경과 감정에 따라 다양하고 이채로운 의상을 지닌 존재로 재창조되었음을 추측해볼 수 있겠다.

錢起가 여러 시가에서 각기 다양한 모습으로 달을 형상화한 것도 살펴볼 만하다.

縣內水亭晨興聽訟 현 내 수각에서 새벽 토론하는 소리를 듣고 흥이 돋아
昨夜明月滿　어젯밤엔 밝은 달이 그득하여
中心如鵲驚　마음속으로는 마치 까치가 놀라 요동하는 듯

東城初陷與薛員外王補闕暝投南山佛寺 동성에 처음 달이 질 때
설원외, 왕보궐과 함께 어둑어둑한 남산 불사에 들어가며
淸鍾颺虛谷　맑은 종소리는 빈 골짝에 퍼지고
微月深重巒　초승달은 첩첩산중까지 깊이 비추나니

酬郦陶六辭秩歸舊居見柬 도륙이 관직을 사양하고 옛 거소로 간다는 편지에
화답하여
花禽驚曙月　꽃 속의 새들은 새벽 달빛에 놀라고
鄰女上鳴機　이웃집 여인은 삐걱대는 베틀 위에 올라앉았네

奉使採箭簳竹穀中晨興赴嶺 새벽 대숲에서 싸릿대 화살을 캐다가 고개에
올라서
背溪已斜漢　등 뒤의 시내는 이미 은하수 향해 기울어 있고
登棧尚殘月　잔도에 오르니 아직도 아스라한 달빛이 남아 있네

美楊侍御淸文見示 양시어가 맑은 문장을 보여줌에 대하여
孤光碧潭月　푸른 못에 비치는 외로운 달빛
一片崑崙玉　마치 한 쪽의 곤륜산 옥과 같구나

春夜過長孫繹別業 봄밤 장손역의 별장을 지나며

佳期難再得 　아름다운 만남 다시 얻기 어려우니
淸夜此雲林 　맑은 밤 이 운림의 모습이라
帶竹新泉冷 　대나무는 새로이 흐르는 차가운 샘물을 얻고 있고
穿花片月深 　한 조각 달빛은 꽃을 뚫고 비추고 있네

　이상에서 등장하는 달의 모습 또한 각종 배경과 표현으로 인해 다양한 이미지를 선사하고 있다. 밝고 환한 느낌을 주는 '明月', 초승달의 형태로 희미하지만 어둠 속에서 의미를 더하는 '微月', 새들의 단잠을 깨우는 '曙月', 새벽이 다하도록 남아서 여운을 주는 '殘月', 물속에 영롱하게 투영된 '潭月', 한 조각의 달빛이지만 꽃 사이를 뚫고 비추고 있는 '片月' 등등 시기와 장소에 따라 다양하게 빛을 발하는 달의 모습을 환상적으로 그려지고 있는 것이다. 이러한 표현들은 錢起가 자연물을 대하면서 깊이 있는 감수성과 유연한 시각을 갖고 관찰한 결과에서 나온 것이며, 詩語의 활용에 따라 시가의 풍격을 더욱 다양하게 창출하는 능력을 지닌 시인이었음을 말해주는 것이라 하겠다.
　다양한 시어의 활용은 다양한 자연물의 묘사와도 연관이 있다. 楊補闕과 贈酬한 다음 시를 보면 다양하게 활용된 자연물이 등장하는 것이 발견된다.

山中酬楊補闕見訪 산중에서 양보궐의 방문에 응수하여

日煖風恬種藥時 　따뜻한 날씨에 편안한 바람 부니 작약을 심을 때요
紅泉翠壁薜蘿垂 　홍천의 푸른 절벽에는 벽라가 드리웠네
幽溪鹿過苔還靜 　그윽한 시냇가 사슴 지나가는 곳 이끼 고요히 나 있고
深樹雲來鳥不知 　깊은 숲에 구름이 몰려와도 새는 이를 알지 못한다
靑瑣同心多逸興 　대궐에 있을 때 한마음으로 많은 흥취를 느꼈더니
春山載酒遠相隨 　술을 싣고 봄 산까지 멀리서 찾아왔다
却慙身外牽纓冕 　오히려 부끄럽네 분에 넘치는 벼슬에 끌리는 정이여
未勝杯前倒接䍦 　차라리 술잔 앞에서 두건을 거꾸로 씀만 못함이라

　산중에서 楊補闕과 우정을 나누며 자연이 주는 흥취와 감흥을 묘사하는 내용인데 '芍藥', '紅泉', '薜蘿' 등의 여러 자연물 명칭을 등장시킨 것이 이채롭

다. 제2연에서 시인의 마음은 자연과 함께하는 천연의 경지에 있음을 나타냈는
데 그 표현이 流麗하고 工巧하다. 이어 '靑瑣', '纓冕', '羅' 등 벼슬을 연상시키
는 단어를 활용하여 자연과 상충되는 세속의 영리를 잘 대비시켰다. 말구에서
는 晉 山簡이 習家池의 경치에 반해 만취하여 白接䍦를 거꾸로 쓰고 오던 고
사[6]를 차용하여 산중의 逸趣가 벼슬의 영욕보다 가치가 있음을 설파하고 있다.

　錢起의 시는 廣德 연간(763)을 기점으로 하여 前後期로 구분할 수 있는데, 前
期에 錢起는 수차례 걸친 과거 낙방과 安史亂의 체험으로 인해 비감이 서린 사
회시를 많이 창작한 바 있다. 이러한 경향은 자연시 창작에도 영향을 미치게 되
어 정밀한 기교를 지향하면서도 劉長卿, 韋應物 같은 中唐 淸澹詩派 시인처럼
한적한 정경 속에 개인의 비감을 투영한 '蕭散'한 풍격을 창출하게도 하였다.
錢起 자연시에 개인적인 서정이 이입되어 中唐 시인들 특유의 '蕭散'하고 '孤
寂'한 정감을 드러낸 부분을 살펴보기로 한다. 객지에서 기러기를 보면서 느끼
게 된 처연한 정서를 표현한 장면을 살펴보자.

歸雁 돌아가는 기러기
瀟湘何事等閑回　　瀟湘 떠나 무슨 일로 한가로이 돌아왔나
水碧沙明兩岸苔　　물은 푸르고 모래는 하얗고 양쪽 강 언덕은 이끼인데
二十五弦彈夜月　　스물다섯 현의 비파를 타는 달밤
不勝淸怨卻飛來　　맑은 설움 못 견디어 문득 날아 돌아왔다

　전반부에서 '瀟湘'과 '水碧沙明'은 瀟湘八景을 떠올리는 勝景地라는 느낌을
주는 곳인데 기러기는 어떤 연고로 이곳을 떠나왔는지 의문을 던지고 있다. 이
어진 아래 연에서는 瀟湘에 흐르는 舜 임금의 두 妃 娥煌과 女英의 넋이 타는
비파 소리가 행간에 흐르고 있다. 맑은 의경 속에 처연한 감정을 담은 것이 돋
보이니 '淸新幽遠'하면서도 소슬한 감정을 자연스럽게 투영한 작품이라 하겠다.
　다음 작품에서도 청아한 의경을 발하는 중에 고독한 정서를 담은 면모가 발

---

6 '習家池'는 襄陽의 호족인 習氏의 園池로 일명 '高陽池'라고도 한다. 晉 山濤의 아들인 山
　簡이 襄陽太守로 있을 때에 峴山 아래 위치한 이 園池의 경치에 빠져 매일 그곳에 나가
　온종일 술을 마시고는 취하여 白接䍦를 거꾸로 쓰고 말을 거꾸로 탄 채 돌아오는 등의 풍
　류를 누렸던 일화에서 유래된 고사이다.

견된다.

游輞川至南山寄斛口王十六　輞川에서 南山까지 노닐며 斛口의
王十六에게 부침
山色不厭遠　산의 자태는 멀리까지 아름답고
我行隨處深　나는 깊은 곳까지 들어간다
迹幽靑蘿徑　길은 청라 그윽한 곳으로 이어지고
思絶孤霞岑　생각은 외로운 구름 언덕에서 멈추었다
獨鶴引過浦　외로운 학은 포구를 지나며 날고
鳴猿呼入林　원숭이 울음소리 숲 속에서 들린다
褰裳百泉里　백 리 뻗은 샘 길에 옷자락 날리며
一步一淸心　한 걸음 한 걸음마다 맑은 마음이라
王子在何處　그대여 어디 있는가
隔雲鷄犬音　구름 너머로 닭과 개 소리 들리나니
折麻定延佇　疏麻 꺾어 이별 한 후 한참 우두커니 서 있었지
乘月期招尋　이제 달뜨기 기다려 그대 찾아가리라

　수연에서 깊은 산을 찾은 정취를 한껏 발휘하며 시가의 서술을 시작하였으
니 특히 '遠', '深' 등으로 작자가 느낀 淸遠한 의경을 잘 귀결한 것이 돋보인다.
그러나 이어진 자연 묘사 속에는 작자의 고독함이 투영되어 있다. '迹幽', '孤
霞', '獨鶴', '鳴猿' 등의 시어 속에는 이 정경을 홀로 대하는 작자의 뜻 모를 처
연함이 묻어 있는 것이다. 샘물을 따라 가는 길 걸음걸음마다 '淸心'이나 인적
은 구름 너머에 존재하고 보이지 않는 소리만 귓가에 들려온다. 결미에서는 이
별 후 겪은 아쉬움과 또 한 번의 만남을 준비하는 희망을 교차시키고 있다. 淸
雅하면서도 소슬한 감정을 적절히 혼합하고 있어 中唐 자연시의 특징적인 면모
를 보여주는 작품이라 할 수 있다.
　錢起는 大曆十才子 중 일인이면서 盛唐 王維를 잇는 시인으로서의 중요성을
지닌 문인이었다. 그는 그의 시가 중 가장 많은 편수를 통해 산수 자연을 노래
했고 그 풍격 역시 盛唐의 자연시가 지향하던 한적한 의경을 힘써 추구하였다.
'淸'자를 비롯해 맑고 한아한 뜻을 지닌 글자를 다수 활용하여 시가의 청정미
를 더하였고 다양한 시어를 구사하여 신선하고 奇特한 자연 묘사를 가하고자

노력하였다. 또한 작고 세미한 풍경까지 꼼꼼히 포착하면서 정밀한 묘사를 가하고자 노력하였으니 그의 자연시가는 전체적으로 청아한 풍격을 지니고 있으면서도 내면과 행간에는 정교하게 잘 다듬어진 유려한 필치가 돋보이는 면모를 지니게 된 것이다. 한편으로 大曆十才子 시인들의 시가가 지향하던 小自然物이나 협소한 제재를 통한 묘사, 세련되고 정교한 수식 기교의 활용, 내면의 우수를 투영한 孤寂하고 凄然한 정서의 구현 등의 면모에서 크게 벗어나지 못한 면도 보인다. 그가 현실적 한계나 개인의 원망과 욕망 등을 초월한 경지에서 시가를 창작하지는 못하였음을 나타내는 것이기도 하다. 자연 묘사에 있어 자기 개인의 내면이 좀 더 이입된 결과 盛唐 孟浩然에게서 느껴지는 淸幽함이나 王維에게서 느껴지는 淸新하고 명랑한 색채감의 구현과는 또 다른 면모를 지니게 되었다고 할 수 있다. 이러한 점은 錢起가 盛唐과 中唐의 연계점에서 계승자 역할을 하였으면서도 또 한편으로는 시가의 변조를 가하기 시작하는 등 다면적인 역할을 수행한 인물이었음을 보여주는 대목이기도 하다.

大曆十才子 중 중요한 시인으로 언급되는 盧綸(737?~799?)은 字가 允言이고 河中 蒲(현 山西省 永濟縣)人이다. 조실부모하여 외가 韋氏 집에서 자랐으며 안사의 난 발발 후 鄱陽에서 피난 생활을 한 바 있다. 天寶 말에 進士에 응시했으나 낙방했고 代宗代에 다시 응시했으나 또 낙방하였다. 大曆 6年에 재상 元載가 추천하여 閱鄕尉에 제수되었고 이어 王縉의 추천으로 集賢學士, 秘書省 校書郞 등을 역임했다. 陝府戶曹, 河南密縣令 등의 지방관을 맡은 바 있고 785년 河中同陝虢行營副元帥인 渾瑊 아래에서 判官을 지냈다가 德宗代에 戶部郞中을 역임하였다. 代宗과 德宗 연간에 시명이 높았으며 다른 大曆十才子의 시보다는 남성적인 풍모를 보이고 있다.

자연시와 연관하여 盧綸의 시는 변방의 정서와 경물 묘사에 뛰어난 실력을 발휘한 면모가 발견된다. 盛唐代에 태어나 中唐 시기를 살아간 大曆 연간의 문인이며 10여 년을 군막에서 생활한 경력을 바탕으로 웅혼하고 명랑한 盛唐 기풍을 시가에 재현한 모습을 보였다. 「塞下曲」 六首 등 주로 邊塞를 제재로 한 시가에서 盧綸 특유의 자연 묘사 특징을 찾아볼 수 있다. 다음과 같은 변새시들 중에 나타난 자연 묘사 부분을 보면 변새 풍광 특유의 이채로운 풍격이 느껴진다.

和張僕射塞下曲 張僕射의 塞下曲에 화답하여 쓴 시
林暗草驚風　숲은 어둡고 풀은 바람에 놀라는데
將軍夜引弓　장군은 밤에 활시위를 당긴다
平明尋白羽　새벽녘에 흰 깃털을 찾으니
沒在石棱中　돌덩어리 사이에 박혀 있다
月黑雁飛高　달도 캄캄한 밤에 기러기 높이 나는데
單于夜遁逃　선우는 밤을 타 도망하누나
欲將輕騎逐　가벼운 말 타고 쫓으려 하나
大雪滿弓刀　큰 눈이 활과 칼에 그득 쌓여 있네

'林暗', '草驚' 등의 자연물을 활용한 표현으로 변방의 긴장을 나타냈고 '石棱'으로 황량한 모습을 투영하였다. 선우가 밤을 타서 도망하는 모습을 그리면서 '달이 캄캄하고(月黑)' '기러기가 높이 날아 조용한(雁飛高)' 등의 표현으로 시청각적인 효과와 자연물을 통한 묘사를 함께 도모하였다. 말을 타고 쫓으려 하지만 그득 쌓인 눈으로 추적에 어려움이 있음을 언급한 "큰 눈이 활과 칼에 그득하다(滿弓刀)"라고 한 표현에서는 이채로운 변방의 모습을 더욱 강하게 느낄 수 있다.

다음 변새시들 일각에서 묘사된 자연의 모습은 과장된 느낌을 표현하는 매개체 역할을 하고 있어 웅건하고 남성적인 묘사를 지향하고 있음을 느낄 수 있다.

塞下曲 其四 새하곡, 제4수
野幕蔽瓊筵　야외 군막에서 잔치가 벌어졌으니
羌戎賀勞旋　羌戎 오랑캐를 정벌한 전사의 환영연이라
醉和金甲舞　술이 오가는 중 갑옷 입은 병사들의 춤은
雷鼓動山川　우레와 같이 산천을 요동시키는구나

送韓都護歸邊 변방으로 돌아가는 韓都護를 송별하며
戰多春入塞　전쟁 많은 봄에 변새에 들어가니

獵慣夜登山　밤중에 산에 올라 사냥함이 습관이 되리
陣合龍蛇動　장군과 병사들 함께 진을 이루어 움직이니
軍移草木閑　군사가 이동해야 초목이 한가로이 자라누나

　이 시들에서 자연의 모습은 최소한으로 나와 있으나 그 의미는 시가 전체에 연결되고 있다. 「塞下曲」其四에서 戎狄을 혁파하고 개선한 전사들의 잔치 모습과 기뻐하는 마음을 그림에 있어 "산천을 요동시킨다(動山川)"는 표현을 한 것이나, 「送韓都護歸邊」에서 거대한 군사들의 이동 모습을 그리면서 "군사가 이동해야 초목이 한가로이 자란다(軍移草木閑)"라고 과장법이 섞인 표현을 한 것을 보면 盛唐 시가 지닌 웅혼한 풍격이 재현된 듯한 느낌을 갖게 된다.

　盧綸이 쓴 行旅詩를 보면 진솔한 정경 묘사 속에 깊이 있는 감정을 투영한 부분이 많이 발견된다. 인생의 많은 시간을 전란으로 인한 피난과 군영 생활 등으로 지낸 盧綸으로서는 자연을 바라보면서 객려의 우수를 느끼게 되는 경우가 많았기 때문이었을 것이다. 長安의 봄을 조망하며 쓴 「長安春望」 一首를 살펴본다.

長安春望 장안의 봄을 조망하며
東風吹雨過青山　봄바람 비를 실어 청산을 훑은 후
卻望千門草色閑　장안을 돌아보니 풀빛 푸르고 한가롭다
傢在夢中何日到　고향집은 꿈속에 있어 언제 갈지 모르고
春生江上幾人還　봄은 강 위에 펼쳐졌으나 돌아갈 사람 그 몇인가
川原繚繞浮雲外　강과 들은 굽이치며 뜬구름 멀리 이어지고
宮闕參差落照間　궁궐은 낙조 속에 높고 낮게 솟아 있네
誰念爲儒逢世難　그 누가 생각했으리 유생으로 이 난리를 만나
獨將衰鬢客秦關　홀로 백발 되도록 秦關에서 객이 될 줄을

　이 시는 과거에 낙방하였을 때 쓴 작품이다. 당시 바라보는 장안과 주변 산수의 모습은 시인의 마음에 우수에 찬 향수를 불러일으키기에 충분했을 것이다. 盧綸은 앞 두 구에서 정경을 묘사하고는 이어서 자신의 심정을 서사하는 수법을 활용했다. 전반부에서는 봄 되어 푸르름을 간직한 눈앞 장안의 모습을

그렸고 이어 떠나온 고향을 회상하는 심정을 담았으며, 후반부에서는 다시 장안 주변의 자연을 보며 현실의 감회를 대조하는 장면을 연출하였다. 景과 情을 적절히 교차하면서 작가의 우수를 효과적으로 투휘하는 수법을 발휘하였으니 그 느낌이 한층 생생한 것이다.

盧綸이 봄날 누각에 올라 쓴 「春日登樓有懷」에도 화사한 봄날에 느끼는 우수를 대조적으로 잘 표현하고 있음을 발견할 수 있다.

春日登樓有懷 봄날 누각에 오른 소감
花正濃時人正愁　꽃이 한창 화려할 때 이 몸의 시름도 한층 깊어져
逢花卻欲替花羞　꽃을 만나도 마음이 우울하여 꽃에게 부끄럽다
年來笑伴皆歸去　해마다 웃으며 함께하던 이 모두 돌아가고
今日晴明獨上樓　오늘 맑은 날씨에도 홀로 누각에 올랐어라

꽃과 사람, 꽃을 대하는 모습과 마음의 느낌, 타인과 함께한 추억, 고독한 개인의 존재감 등을 번갈아 대조하면서 묘사하였다. 자연의 모습이 화려할수록 자신의 마음이 축소된다는 역설적인 묘사가 이채롭다. 자신의 우수를 그림에 있어 화사한 꽃을 대조적으로 활용하여 표현하는 수법을 발휘한 것이다.

戰亂과 行旅의 생활 속에서 고난에 찬 삶을 살았던 盧綸의 인생 역정은 中唐 현실에 대해 민감하고도 깊이 있는 인식을 갖게 하였고 사물에 대해서도 더욱 투철한 투시를 할 수 있게 하였을 것이다. 이러한 면은 盧綸의 시가 세밀하게 사물을 관찰하고 정교한 묘사를 하게 된 측면과도 연결된다. 일례로 자연물을 시가에 표현한 몇몇 작품 중에서 다양한 벌레를 통해 세밀한 묘사를 가한 부분을 살펴보기로 한다.

客舍苦雨卽事寄錢起郞士元二員外 객사에서 찬 비 맞으며 전기와 양사원 두 원외에게 부침
穴蟻多隨草　풀마다 개미집이 많이 있는데
巢蜂半墜泥　벌집이 반이나 진흙에 떨어져 있네
繞池墻蘇闇　연못 돌아가는 곳에 이끼 긴 담장이 있고
擁溜瓦松齊　빗물이 방울져 떨어지는 곳에 기와와 소나무 가지런하다

秋幕中夜獨坐遲明因陪謁上公因書卽事兼呈同院諸公 가을밤
군막에 홀로 앉아서 늦게 날이 밝기에 상공을 배알하는 글을 쓰다가 그 참에
여러 사람에게 드리는 시를 쓰다

葉翻螢不定　잎사귀 뒤집어지니 반딧불이가 정처 없이 나는구나
蟲思草無邊　벌레들 생각에 풀은 끝없이 무성한 것일진대

陪中書李紓舍人夜泛東池 중서성 이서사인을 모시고 밤에 동쪽 연못에 배
띄우고

石靜龜潛上　고요한 연못 돌 위에 자맥질하던 거북이 올라와 있고
萍開果闇沈　부평초 피어난 곳에 나무열매 떨어져 있네

宿石甕寺 석옹사에 머물며

殿有寒燈草有螢　절의 전에는 차가운 등이 있고 풀숲에는 반딧불이
千林萬壑寂無聲　한없는 숲과 골짜기는 적막하고 조용하기만 하구나

　시가에서 발견되는 '개미집(穴蟻)', '벌집(巢蜂)', '螢(반딧불이)' '거북(龜)' 등 사
소한 생물들은 작자의 세밀한 관찰력을 보여주는 일면이다. 사소한 생명체에
관심을 갖고 묘사를 가할 수 있었던 것은 시인이 깊은 적막의 상태를 체험하고
창작에 임했던 결과로 추측된다. 변새의 체험을 바탕으로 광활한 자연의 모습
을 이입한 작품 못지않게 홀로 사색에 잠기거나 한가로이 주변을 탐색하면서
발견한 세미한 사물의 형상을 공교하게 그려낸 작품도 盧綸 시가의 주요한 특
징이라 하겠다. 이처럼 시가 중에 나타난 자연 묘사 부분이 精美해지기 시작하
였다는 것은 中唐 大曆詩人에 와서 자연시의 표현이 더욱 세밀하고 정교해지
게 된 것과도 맥을 같이하는 것이다.
　盧綸은 大曆十才子 중 연배가 가장 적었고 大曆 연간에서 貞元 연간에 이르
기까지 생존하며 가장 늦게 卒한 시인이었다. 현존하는 盧綸의 시가는 약 339
수 정도인데 그의 시를 보면 盛唐風으로 웅건하게 자연을 묘사한 부분과 섬세
하고 미약한 필치를 발휘하여 정교한 필치를 드러낸 부분이 공존함을 발견할
수 있다. 盛唐의 여음을 이은 면모와 자연물을 정밀하게 관찰하기 시작한 大曆
期 시인의 창작 경향, 中唐의 孤寂한 심지를 드러낸 창작 경향 등이 고루 발휘

되어 있다고 볼 수 있는 것이다. 盛唐과 大曆, 中唐의 풍모를 고루 지닌 그의 시는 大曆十才子 작품 중에서도 이채로운 경향을 드러낸 것이라 할 것이며 훗날 賈島와 姚合 등 晩唐 시인이 세밀한 묘사를 추구하게 된 것에 영향력을 미쳤다는 점에서도 의의를 찾아볼 수 있겠다.

大曆十才子 중 錢起, 盧綸 등과 두터운 친분을 유지했던 李端(?~785?)은 字가 正己이며 河北 趙縣人이다. 일찍이 廬山에서 은거하면서 저명한 僧人들과 교유하며 시가를 학습한 바 있다. 大曆 5年(770)에 進士에 급제해서 秘書省校書郎, 杭州司馬 등의 관직을 역임하였다. 長安에서 주로 활동하다 만년에는 湖南 衡山에 은거하며 '衡岳幽人'으로 자호하기도 했다. 시가에는 應酬作이 많으며 소극적 피세사상을 보이기도 했으나 사회 현실을 반영한 몇몇 작품들도 있다. 완약하게 閨情을 묘사한 시는 司空曙와도 비슷한 풍격을 발하고 있다. 『全唐詩』에 『李端詩集』 3卷이 전하며 그의 시 261수는 錢起, 盧綸 다음으로 많은 편수에 이른다. 十才子 중 나이가 적은 편이나 詩才가 출중하여 '才子中才子'라는 평을 듣기도 한다.

자연시와 연관하여서는 은거하면서 지은 시를 거론할 수 있는데 은거의 서정과 개인의 소슬한 심정을 자연 정경 속에 투영한 작품이 주목받을 만하다. 李端이 관직에 들어간 얼마 후 건강이 좋지 않아 終南山 草堂寺에 은거할 시 輞川을 둘러보며 지은 작품을 살펴보자.

雨後游輞川 비 온 후 망천에서 노닐며
驟雨歸山盡　세찬 비 산속으로 사라지고
頹陽入輞川　뉘엿뉘엿 지는 햇살 망천에 비친다
看虹登晚墅　무지개 바라보며 저녁 무렵 농막에 올라
踏石過青泉　돌다리 밟으며 맑은 물 건너간다
紫葛藏仙井　자색 칡덩굴 우물 위로 덮여 있고
黃花出野田　누런 꽃 들녘 밭에 잔뜩 피었다
自知無路去　더 이상 갈 길 없음을 스스로 알고
回步就人煙　발길 돌리니 그제야 인가가 나오누나

일찍이 宋之問, 王維, 裴廸 등이 은거했던 輞川에 와서 옛 시인들처럼 한가로이 심신을 달래는 모습이다. 세찬 비가 사라지고 난 후의 청정한 산수를 즐기려는 의도를 담았고 산수의 모습도 평온한 상태이다. 그러나 후반부에 묘사된 정경은 이전 盛唐 王維의 시에서와 같은 밝고 담백한 輞川 모습과는 다른 면모를 보여준다. 자색 칡덩굴이 우물 위를 덮은 모습과 누런 꽃이 들녘에 펼쳐진 모습은 어딘지 모르게 적막한 기운을 창출하고 있으며 미연에서 연출한 더 이상 은거의 낙을 즐기지 못하고 결국 인가로 발길을 향하게 된 모습은 中唐의 현실을 반영한 은거의 상황 같은 인상을 준다. 盛唐 자연시의 맑고 담백한 경지와 비교되는 점이라 하겠다.

다음 역시 李端이 산중 별업에 은거하며 지은 작품인데 한거하는 낙을 묘사하는 중에 비애를 담고 있는 모습이 발견된다.

題山中別業 산중 별장에서 짓다

舊宅在山中　옛집은 산속에 있고
閑門與寺通　한가로운 문은 절과 통하고 있다
往來黃葉路　누런 낙엽 깔린 길을 오가며
交結白頭翁　할미새와 교류하네
晚筍難成竹　늦은 죽순은 대나무가 되기 힘들고
秋花不滿叢　가을꽃은 무리를 짓기 어렵다
生涯只粗糲　나의 생애는 그저 거친 곡식알과도 같으니
吾豈諱言窮　내 어찌 궁색한 말을 꺼릴 수 있으리오

시가에서 활용된 '舊宅', '黃葉', '白頭翁', '晚筍', '秋花' 등의 자연물은 쇠미한 기운을 느끼게 하는 소재이다. 한거하는 시인이지만 그의 눈에 비친 자연의 모습은 신선하고 청아하기보다는 적막하고 쇠락한 상태로 인지된다. 시인의 쓸쓸한 마음을 담은 자연 묘사에 이어 미연에서 자신의 생애를 '거친 곡식알(粗糲)'에 비유하면서 궁색한 말을 기피하지 않는다고 한 솔직한 토로가 시선을 끈다. 개인의 울적한 심회를 안고 자연을 바라보면서 묘사에 임한 中唐풍의 필치가 느껴지는 것이다.

다음 작품은 李端이 巫山의 모습을 읊은 작품인데 이 시는 역대 同題의 「巫

山高」 작품 중에서도 수작으로 칭찬받고 있는 작품이다.[7]

巫山高 무산의 아득함이여
巫山十二峯　무산 열두 봉은
皆在碧虛中　모두 푸른 허공에 떠 있네
回闇雲藏月　굽이친 계곡마다 구름이 달을 감추었고
霏微雨帶風　희미한 연무 속에 내리는 비는 바람을 실었도다
猿聲寒過澗　원숭이 소리 차가운 물결 속에 더해지니
樹色暮連空　나무들의 모습 저물녘 하늘까지 이어진다
愁向高唐望　근심을 품고 高唐賦를 살펴보니
淸秋見楚宮　맑은 가을 속에 초나라 궁궐이 보이네

巫山 十二峯이 푸른 허공에 떠 있다는 표현, 계곡 속에서 보이는 구름이 달을 감춘 형상, 희미한 연기 속에 바람을 실은 비가 내리는 현상 등을 통해 巫山의 모습을 신비스럽게 표현한 것이 돋보인다. 제4연에서는 작자의 시심을 담은 묘사를 펼쳤는데 차가운 물결 속에 더해지는 원숭이 소리와 저물녘 끝없이 펼쳐진 나무들의 형상이 아스라한 비애를 전해주고 있다. 결미에서는 시인의 마음을 직설적으로 표현하여 '愁向'이라는 표현을 하였다. 표면적으로 「高唐賦」 작품을 살펴보는 이야기를 하였지만 내심으로는 근심을 품고 唐 황실을 바라보면서 맑은 가을처럼 좋은 날이 오기를 바라는 진심을 실었음을 읽을 수 있겠다.

李端은 자연시로 유명한 시인은 아니지만 그의 시 곳곳에서 佳句를 발견할 수 있다. "병중에 좋은 경치가 탐나서, 억지로 유거지를 떠나보네. 자색 칡이 산길에 드리웠고, 누런 꽃은 들녘 도랑에 둘러 있다. 황폐한 숲으로 늙은 학 날아오고, 무너진 방죽으로 물고기들이 오가네.(病中貪好景, 强步出幽居. 紫葛垂山徑, 黃花繞野渠. 荒林飛老鶴, 敗堰過遊魚)"(「臥病寄閻宷(병중에 염채에게 부침)」), "차가운 강에

7『全唐詩話』卷四에 白居易가 巫山을 찾았을 때 일찍이 劉禹錫이 이전의 「巫山高」에 대한 언급을 한 기록을 다음과 같이 적고 있다. "일찍이 劉禹錫이 삼 년간 백제성에 있으면서 시를 지으려 했어도 한 편도 못 지었다. 罷東郡을 지나가면서 천여 편의 시가 지어졌지만 단지 네 사람의 시만이 볼 만할 뿐이다.(歷陽劉郞中禹錫三年理白帝, 欲作一詩而不能. 罷郡經過, 悉去千餘詩, 但有四詩而已)" 여기서 네 사람이란 沈佺期, 王無竟, 皇甫冉, 李端을 지칭한다. 李端의 이 시에 대한 칭송의 정도를 알 수 있다.

반달이 떠 있고, 수자리 들판에는 점차 연기가 사라지네. 노 젓는 소리 높은 언덕에 울릴 때, 기러기 우는 소리 먼 밭에서 들려오나니.(寒江半有月, 野戍漸無煙. 櫂唱臨高岸, 鴻嘶發遠田)"(「曉發瓜州(새벽에 과주를 떠나며)」), "늦은 꽃으로는 오로지 국화만이 있고, 차가운 잎에서는 매미 소리가 벌써 사라졌구나.(晚花唯有菊, 寒葉已無蟬)"(「晚秋旅舍寄苗員外(만추에 여관에서 묘원외에게 부침)」) 등의 구절을 통해 빼어난 의경을 발휘하고 있는데 한편으로 적막하고 소슬한 의경을 담고 있음도 발견된다. 고뇌에 찬 개인의 심리를 자연 묘사에 투영하여 한적하되 비애가 담긴 경지를 창출하는 中唐 자연시의 풍격을 그대로 보여주고 있는 것이다.

韓翃(?~783?)은 字가 君平이며 河南 南陽人이다. 天寶 13년(754) 進士에 급제했으며 宝應 年間에 淄青節度使 侯希逸의 막부에서 掌書記로 종사하였다가 3년 후 侯希逸이 조정으로 돌아가자 장안에서 십 년간 한거한 바 있다. 이후 780년 德宗이 그의 시 「寒食(한식)」[8]을 높이 평가하여 駕部郎中을 거쳐 中書舍人이 되었다. 韓翃의 시 170여 수 중 五言律詩는 70수, 七言律詩는 33수에 달하여 율시에 치중하였음을 알 수 있다. 送別과 唱和를 題材로 한 작품이 전체 시가 중 약 70%에 달하는데 특히 그의 송별시는 唐代 시인 중 최다 편수로 이별의 심경을 경물 속에 묘사한 수법이 뛰어나다는 평을 듣는다. 시집으로『韓君平詩集』이 있고『全唐詩』에 三卷, 170여 편의 시가 수록되어 있다.

韓翃의 자연시는 청아한 풍격을 추구하면서도 그 속에 섬세한 필치를 가한 것이 특징이다. 張逸人의 원림에서 봄 풍경을 즐기는 모습을 그린 다음 두 수의 작품에서 그러한 면모를 포착할 수 있다.

題張逸人園林 張逸人의 원림에서 짓다
春深黃口傳窺樹　봄 한창인데 어린 새들 지저귐 나무 사이에서 보이고
雨後青苔散點墻　비 온 후 푸른 이끼는 담장에 두루 퍼져 있다
更道小山宜助賞　길을 바꾸어 가서 작은 산에 오르니 감상하기에 좋아

---

8 韓翃, 「寒食」: "봄 성에 꽃 날리지 않는 곳 없어, 한식에 동풍 불어 궁궐 한 버드나무 날리네. 해 저무는 한나라 궁궐 초를 나누어주니, 가벼운 연기 날아 五侯들의 집에 들어가네.(春城無處不飛花, 寒食東風御柳斜. 日暮漢宮傳蠟燭, 輕烟散入五侯家)"

呼兒舒簟醉岩芳　아이에게 꽃향기 나는 바위 위에 대자리 펴게 하고 취해보나니

　봄날 어린 새의 지저귐과 담장에 낀 푸른 이끼를 주목하면서 자신의 마음이 편안해짐을 서사하였다. 한껏 가벼워진 심신은 길을 바꾸어가며 발길 닿는 대로 향한다. 들어선 작은 산에 있는 꽃향기 나는 바위 위에 자리 깔고 누워 흥취를 돋운다. 이러한 정경은 구속이 없는 편안한 경지를 추구하면서 자연에서 얻은 섬세한 감흥을 잘 발휘한 느낌을 얻게 한다. 전반적으로 淸幽한 의경을 잘 창출하고 있다는 인상을 주는 것이다.

又題張逸人園林　張逸人의 원림에서 또 한 수 짓다

藏頭不復見時人　이곳에 은거하니 속세인은 보이지 않고
愛此雲山奉養眞　이 구름 낀 산에서 眞意를 배양함을 즐거워한다
露色點衣孤嶼曉　이슬이 옷에 떨어져 물드는 중에 외로운 섬에 새벽이 오고
花枝妨帽小園春　꽃가지가 모자에 걸리는 작은 정원에 봄이 드는구나
時攜幼稺諸峯上　때때로 어린아이 데리고 여러 봉우리에 오르기도 하고
閑濯眉須一水濱　물을 만나면 반드시 한가롭게 미간을 씻는다
興罷歸來還對酌　흥이 다하면 돌아와 술잔 기울이는데
茅簷掛著紫荷巾　자색 빛을 띤 은자의 두건이 초가집 처마에 걸려 있구나

　園林에서 孤寂한 심신을 즐기며 眞意를 배양하는 것을 즐거워하는 모습이 시 전편에 흐르고 있다. 어린아이와 같이 산에 오르기도 하고 맑은 물에 눈을 씻기도 하며 술로 흥취를 돋우기도 하는데 세상의 구속은 아득히 먼 곳에 있는 느낌이다. 일상의 한가로운 경지를 묘사함에 있어 특별한 시어를 활용하지는 않았으나 시가의 면면을 보면 그 기술 수법이 매우 섬세함을 발견할 수 있다. 생활 속에서 만날 수 있는 자연물을 표현하였기에 시어가 화려하거나 晦澁하지는 않지만 "이슬이 옷에 떨어져 색이 진다(露色點衣)"로 새벽 풍경을 묘사하거나 "꽃가지가 머리에 쓴 관에 걸린다(花枝妨帽)"로 정원에 봄이 와서 꽃이 핀 것을 언급한 구절들은 구체적이면서도 생기발랄한 느낌을 주는 표현들이다. 평범하고 소박한 시어를 구사하면서도 봄날 정원의 흥취를 생생하게 묘사해낸 것이 이 시가 지닌 장점이라 하겠다.

韓翃은 자연을 묘사함에 있어 白描的인 수법을 활용하면서도 세미한 의상 속에 유려한 필치를 구사하는 능력이 뛰어난 시인이었다. 그러나 자연시와 연관한 韓翃 시의 가장 큰 특징은 그의 시에서 가장 많은 숫자를 차지하고 있는 송별시와의 연관성에 있으니 이는 바로 정교한 묘사를 통해 송별의 정과 자연물을 효과적으로 결합하였다는 점이다. 다음 시가를 보면 송별의 정을 펼치는 중에 주변의 여러 경관을 세밀하게 잘 묘사하였음을 살필 수 있다.

送長史李少府入蜀 장사 이소부를 촉으로 송별하며
行行獨出故關遲　홀로 옛 관문을 느릿한 걸음으로 나가며
南望千山無盡期　남쪽으로 뭇 산들 바라보나 돌아올 기약 없네
見舞巴童應暫笑　巴 땅의 아이 춤추는 것 보며 잠시 웃음을 띠고
聞歌蜀道又堪悲　蜀으로 가는 길에 노랫소리 들으며 슬픔을 견딘다
孤城晚閉淸江上　맑은 강가에 있는 외로운 성은 저녁 되니 문 닫히고
匹馬寒嘶白露時　한 필 말 추위에 울어대니 백로가 내리는 시기라
別後此心君自見　이별 후 이 마음 그대는 스스로 알지니
山中何事不相思　산중에서 어찌 그대를 생각하지 않을 수 있으리오

수연에서 '行行'이라 한 표현은 「古詩十九首」 중의 '가고 또 가고(行行重行行'' 구절을 연상시키며 같은 구절에서 활용된 '遲'자가 이별의 슬픔을 더해주는 역할을 한다. '잠시 웃고(暫笑)', '슬픔을 견딘다(堪悲)'는 대조적인 표현을 가함으로써 이별의 정을 부각시켰다. 외로운 성과 맑은 강, 말 울음소리와 白露 등 시각적인 의상과 청각적인 효과를 교묘히 배합하면서 유창한 묘사가 되도록 하였다. 미연에서 이별의 서글픔을 자연에 부쳐 우회적으로 설파한 수법도 독특하여 시선을 끈다.

다음 작품은 仙臺에 올라 사방을 바라보며 정신적 해탈을 도모한 내용인데 한아한 풍격 속에 工巧한 對仗을 활용하고 있음이 돋보이는 작품이다.

同題仙遊觀 선유관과 같은 제목의 시
仙臺下見五城樓　선대에 올라가 오성루를 내려다보니
風物凄凄宿雨收　어제 내린 비 멈춘 후에 풍경은 더 쓸쓸하네

山色遙連秦樹晚　산빛은 멀리 秦 땅의 나무로 이어지며 저물어가고
砧聲近報漢宮秋　다듬이 소리는 한나라 궁궐에 가을이 들었음을 알리네
疏松影落空壇靜　성긴 소나무 그림자 빈 법단에 떨어져 고요하고
細草香閑小洞幽　가는 풀 향기 한가롭게 작은 골짜기에 그득하다
何用別尋方外去　무엇하러 따로 세상 밖을 찾아가나
人間亦自有丹丘　인간 세상에도 신선이 거처하는 丹丘가 있는 것을

　仙臺에 올라가 五城樓를 내려다보는 모습은 마치 신선이 인간 세상을 조망하는 듯한 느낌을 제공한다. 눈앞에 펼쳐진 정경은 쓸쓸한 모습을 보이고 있는데 나무에 걸려 있는 산 빛은 秦나라를 생각나게 하고 가을에 들려오는 다듬이 소리는 漢나라 궁궐을 연상하게 한다. 실경과 허경을 적절히 조합하여 환상적으로 표현한 필법이라 하겠다. '凄凄', '疏松', '影落', '小洞幽' 등으로 그윽한 적막감을 표현하였는데 미연을 보면 이러한 환경 속에서도 마음의 위안을 얻으려고 노력하는 작자의 심리가 발견된다. 정경 묘사 속에 자신의 소산한 심정을 투사하면서 工巧하고 精密한 對仗을 통한 유려한 필치를 구사하고 있는 작품임을 느끼게 한다.

　韓翃은 사회의식을 투영한 작품보다는 개인의 감정과 자연물의 조화를 통해 아름다움을 표현하는 것에 더욱 치중한 시인이었다. 淸雅한 盛唐의 풍격과 유려하고 공교한 大曆시풍의 필법을 겸비한 모습을 보여주었는데 시 한 편 전체가 훌륭하게 자연을 묘사한 작품은 드물지만 시가의 여러 부분에서 가구를 창출한 면모들이 발견된다. 예를 들어 "산 풍경 따라 말 달리다 보니, 어느새 꾀꼬리 소리 객의 옷에 와 있네.(山色隨行騎, 鶯聲傍客衣)"(「送李侍御歸宣州使幕(이시어를 선주사막으로 보내며)」), "그대가 가는 강가에 반죽 그림자 비치고, 항구 역참에 푸른 단풍이 드리웠도다.(公河映湘竹, 水驛帶青楓)"(「送趙評事赴洪州使幕(홍주사막으로 부임해가는 조평사를 보내며)」), "객의 옷에 대나무 그림자 풍성하고, 산촌 집에는 여지가 번성하다.(客衣筒布潤, 山舍荔枝繁)"(「送故人歸蜀(촉으로 돌아가는 옛 친구를 보내며)」)와 같은 구절은 사실적 상황과 자연의 홍취를 절묘하게 배합하여 표현한 구절들이 된다. 韓翃은 情과 景의 조화, 효율적인 서정의 투사, 자연 속에서 얻는 해탈의 경지를 표현함에 있어 보다 향상된 서사 기법을 발휘한 시인이라는

평가를 받을 수 있는 인물인 것이다.

　司空曙(?~789)는 字가 文初 또는 文明이며 河北 廣平人이다. 大曆 연간에 과
거급제한 후 盧綸, 錢起 등과 창화함을 통해 大曆十才子의 반열에 들어갔다.
778년경 江陵府 長林縣丞으로 좌천되었으며 788년 韋皐의 막부에 들어가 檢校
水部郎中, 虞部郎中 등을 역임한 얼마 뒤 卒했다. 그의 시는『全唐詩』에 2卷
174首가 남아 있는데 내용상 送行詩(52수), 酬贈詩(38수), 詠懷詩(29수), 寫景詩(38
수), 雜詠詩(17수) 등으로 나눌 수 있다. 대부분의 시가 개인적 정회나 교유 관계
등 일신상의 제재를 읊은 내용으로 되어 있어 제재가 협소하고 정서가 단조로
운 감이 있다. 그러나 인정이 느껴지는 감성과 세밀하고 생생한 감정의 전달,
숫자와 색감을 이용한 세밀한 묘사 등을 통해 자신만의 색채를 지닌 시가를 창
작하려는 노력도 실행했던 시인이었다.
　司空曙가 자연 경물을 노래한 다음 몇몇 작품을 보면 그가 자연물에 대해 깊
은 애착을 갖고 있었던 면모가 포착된다.

板橋 널빤지 다리
橫遮野水石　들녘 물과 돌 사이에 비스듬히 걸쳐 있는 다리
前帶荒村道　다리 앞은 황폐한 마을로 이어지는 길
來往見愁人　오가며 근심에 쌓인 이들을 보는데
淸風柳陰好　맑은 바람만 버드나무 그늘에 시원하구나

石井 돌우물
苔色遍春石　이끼는 봄빛 창연한 돌 위에 두루 끼어 있고
桐陰入寒井　계곡 그늘진 곳에 들어가니 차가운 우물이 있네
幽人獨汲時　외로운 은자 홀로 물 긷다가
先樂殘陽影　쇠잔한 태양의 그림자에서 우선 기쁜 마음을 얻나니

松下雪 소나무 밑에 쌓인 눈
不隨晴野盡　맑게 펼쳐진 들녘을 끝까지 따라가지 않고
獨向深松積　홀로 깊은 소나무 밑 눈 쌓인 곳으로 향한다

落照入寒光　낙조는 차가운 햇살을 비추고
偏能伴幽寂　오로지 그윽한 적막감만 나와 벗하누나

「板橋」에 나타난 마을은 황폐한 곳이요 이곳을 지나는 이들의 마음에는 근심이 서려 있다. 그러한 마음과 달리 물과 돌 위에 놓인 널빤지는 사람에게 길을 인도하고 버드나무에 맑게 부는 바람은 마치 근심을 씻어가는 것 같다. 근심 서린 마음에 위안이 되는 것은 변하지 않는 자연의 모습이다. 「石井」에서 은자에게 비치는 늦은 햇살은 마치 서로가 知音인 듯 마음에 기쁨을 준다. 이끼 긴 궁벽한 곳, 그늘진 골짜기, 외로운 은자, 지는 해 비낀 볕 등은 각기 소슬한 정감을 불러일으키는 존재들이지만 이 시에서는 서로의 마음을 위로하는 조화로운 존재 역할을 하고 있어 이채롭게 느껴진다. 「松下雪」에서 시인은 자신만의 선택을 견지하고자 한다. 소나무가 주는 청정함과 절개를 느끼고자 하니 눈 쌓인 곳이라 해도 시인의 마음은 외로운 선택을 주저하지 않는 것이다. 고적하면서도 그윽한 적막감에 쌓여 있는 작자의 심리를 느끼게 하는 표현이다. 이상의 시에서 발견되는 자연물들은 생명이 없는 사물이지만 시인에게는 정감 있는 존재로 다가와 의미를 전달하는 마음의 친구라 할 수 있다. 이렇듯 司空曙는 자연을 대하면서 남다른 동화의식과 친화감을 갖고 창작에 임했던 것이다. 이는 또한 자연 속에서 자신만의 세계에 침잠했기에 얻을 수 있는 표현이라 하겠다.

　司空曙는 어떤 이유인지는 모르지만 778년경 江陵府 長林縣丞으로 좌천되어 간 후 韋皋의 막부에 들어가기 전까지 몇 년간 폄적 생활을 한 적이 있다. 이때 창작한 「登硯亭(연정에 올라)」, 「過長林湖西酒家)(장림호 서쪽 술집을 지나며)」 등은 자연 묘사 속에 폄적지에서의 소슬한 감회와 개인의 비감을 이입한 작품이다. 또한 韋皋의 막부에 들어간 후 지은 「關山月(관산월)」, 「雜興(잡흥)」, 「塞下曲(새하곡)」 등의 작품은 변새 자연 묘사를 포함한 것이다. 長林縣丞으로 폄적 생활을 할 때 자연을 들어 자신의 심사를 투영했던 다음 작품을 살펴보자.

登硯亭 연정에 올라
硯山回首望秦關　연산에서 고개 돌려 진관을 바라보고
南向荊州幾日還　남쪽 형주를 향하는데 돌아갈 날 그 언제인가

今日登臨唯有淚　오늘 이곳에 올라 오직 눈물만 흘릴 뿐
不知風景在何山　어느 산 경치가 더 좋은지 모르겠구나

폄적지에 도착했을 시 지은 작품으로 기약 없는 앞날을 생각하며 바라본 산수의 모습이 그려져 있다. 그러나 산수의 모습보다는 산수에 가려 보이지 않는 고향과 궁성의 모습만 그립게 느껴진다. "남쪽으로 형주를 바라본다(南向荊州)"라는 표현은 屈原이 억울하게 추방당한 후 楚나라 도성 荊州를 그리워한 것을 활용한 표현이 된다. 자신의 비애를 산수 정경에 이입하여 호소하고 있으며 情이 景에 앞서는 의경을 창출하고 있는 것이다.

司空曙의 시 중 전원생활의 흥취를 표현하거나 자신만의 한아한 경지를 추구한 작품도 몇 수 있다. 그중 강촌에서 지내면서 마음을 여유롭게 다스리고 있는 다음 작품을 살펴보자.

江村卽事 강촌에서 눈앞의 모습을 읊다
釣罷歸來不系船　낚시 파하고 돌아와서는 배도 묶어놓지 않았는데
江村月落正堪眠　강촌에 달이 진 후 자는 잠은 더욱 달구나
縱然一夜風吹去　설사 한밤중에 바람이 휩쓸고 가도
只在蘆花淺水邊　그저 갈대꽃 핀 옅은 강가에 있으리

"배를 묶어놓지도 않았다(不系船)"라는 표현을 통해 타고 온 낚싯배를 묶어두지 않는 있는 은자의 여유를 수구에서 드러내 보였다. 주변에 신경 쓸 없이 달게 잠을 자는 시인의 모습도 여유로워 보인다. 강의 수심이나 지형을 볼 때 설사 밤중에 바람이 배를 몰아간다 해도 어딘가에 걸리게 되는 것을 알기에 신경 쓰지 않고 있는 작자의 넉넉한 마음이 잘 나타나 있는 것이다.

다음은 司空曙가 약초를 심어놓은 동산에 와서 자신만의 흥취를 얻는 상황을 그린 작품이다.

藥園 약초 동산
春園芳已遍　봄 동산 향기로운 풀이 그득 피었는데
綠蔓雜紅英　녹색 넝쿨에 온갖 붉은 꽃들이 섞여 있다

獨有深山客　홀로 깊은 산의 객이 되어
時來辨藥名　때때로 와서는 약초의 이름만 분별하나니

　봄이 좋아서 홀로 동산을 찾았는데 꽃과 풀만이 자신을 맞아주고 있다. 녹색과 붉은색이 교차하는 넝쿨과 꽃잎은 시인의 시야에 아름다움을 제공하나 정작 그것을 바라보는 시인은 고적한 심신에 빠져 있다. 약초의 이름을 분별하는 것을 도모했을 뿐 별다른 창작 목적을 발휘하거나 특별한 시어를 활용한 흔적은 보이지 않는다. 그저 자연의 변화와 혜택을 누리고 그 속에서 安分自足하고자 하는 심정을 행간에서 나타냈을 뿐이다.

　司空曙는 자연과 교감하고 자연의 아름다움을 한아하게 표현한 작품에서는 백묘적인 수법을 활용했지만 기교적인 측면에서는 숫자와 색채어를 정밀하게 활용하는 등 大曆 시인다운 특징을 보여준 인물이었다. "세 곳의 땅에 고르게 세금을 부과하고, 거마에 올라 오호로 나간다.(均賦征三壤, 登車出五湖)"(「九日送人(구일 날에 송별하며)」)라는 구절에서 '三'과 '五'의 숫자를 활용한 것이나 "붉은 진흙은 한 알의 약이요, 측백나무 잎은 만 년의 잔이 된다.(朱泥一丸藥, 柏葉萬年杯)"(「酬衛長林歲日見呈(위장림의 설날 시가에 답하여)」) 구절에서 '一'과 '萬'의 숫자를 활용한 것처럼 여러 구절에서 숫자를 활용한 묘사를 통해 세밀하고도 구체적인 표현을 하고자 한 바가 있다. 또한 景物, 紀行, 抒情 등을 묘사한 작품에서는 색채어를 특히 많이 구사하면서 생생한 감각을 표현하고자 노력한 모습도 발견된다. "푸른 밭 대숲으로 향하고, 흰 물결 단풍나무 숲 너머에 있네.(綠田通竹里, 白浪隔楓林)"(「送樂平苗明府(낙평 묘명부를 송별하며)」), "사람은 흰 구름 긴 나무에 이르고, 학은 푸른 초원에 내려앉는다.(人到白雲樹, 鶴沈青草田)"(「送僧無言歸山(무언스님을 산으로 보내며)」) 등의 구절에서 자연을 묘사하면서 '綠', '白', '青' 등의 각종 색채어를 구사한 것이 그 예라 할 수 있다.[9] 평이한 시어를 구사하면서도 精密한 推敲의 과정을 거친 표현을 구사해놓은 것, 이것이 바로 司空曙 자연시에

---

9 文航生은 「司空曙詩歌的藝術意味與表達」(『長春理工大學學報』, 第6卷 第3期, 2011. 3)에서 司空曙 시가에 활용된 색채어를 분석하여 '青', '白', '綠', '紅', '黃' 등의 색채어가 순서대로 많이 쓰였고 青白, 綠白, 紅綠, 紅黃, 紅白, 黃綠, 黃白, 青黑, 黑白, 青藍 등의 배합된 색채어도 많이 활용되어 있는 예를 분석하고 있어 참고가 된다.

서 발견되는 중요한 특색이라 할 것이다.

위에서 몇 수의 자연시를 예거하여 살펴본 시인들 외에도 大曆十才子에는 耿湋, 崔峒, 吉中孚, 苗發, 夏侯審 등의 여러 시인이 있다. 耿湋(733?~787?)는 『唐才子傳』과 『極玄集』 등에 左拾遺를 지냈다는 간단한 기록이 있으며, 774년 充括圖書使로 淮南과 江南 지역의 서책을 수집하면서 顔眞卿, 劉長卿, 嚴維, 秦系 등 현지 명사들과 창화한 경력을 바탕으로 送別詩와 酬唱詩 등을 많이 창작한 바 있다. 崔峒(?~786?)은 大曆 연간에 拾遺를 한 후 集賢殿學士를 거쳐 左補闕 등을 지냈으며 潞州 功曹參軍으로 좌천된 후 임지에서 죽었다. 崔峒의 시는 『全唐詩』에 1권이 전하며 高仲武가 『中興間氣集』에서 崔峒의 詩 9수를 수록한 후 그의 시에 대해 '문장이 화려하고 빛나며, 주제가 방정하고 문아하다.(文彩炳然, 意思方雅)'고 평한 바 있다. 吉中孚는 원래 道士였다가 大曆 연간에 환속하여 장안에서 고관을 알현하고 왕족과 어울리며 이름을 알렸는데 진사에 급제한 후 萬年縣尉, 校書郎 등에 제수되었다. 翰林學士, 諫議大夫, 戶部侍郎, 中書舍人 등을 거쳤고 『新唐書·藝文志』에 『吉中孚詩』 1권이 있었다는 기록이 있다. 苗發(?~786?)은 樂平縣令, 秘書丞, 兵部員外郎, 駕部員外郎, 都官郎中 등을 역임한 인물이다. 당시의 명사들과 많은 수창을 하였으나 소수의 시만이 현전한다. 夏侯審(약 779년 전후 在世)은 德宗 建中 元年(780)에 등과한 후 校書郎, 侍御史 등을 지냈다. 韋應物, 盧綸, 錢起, 司空曙, 李嘉祐 등과 수창했으며 華山 아래 전원을 매입하여 별장을 지은 후 만년에 은거했다. 작품은 대부분 일실되어 현재 시 한 수가 남아 있다.

大曆十才子들은 대부분 開元·天寶 연간에 청소년 시기를 보냈고 安史亂의 참상을 목도했으며 長安과 洛陽을 중심으로 관직과 연관된 활동을 경력을 갖고 있었다. 大曆十才子들의 자연시는 大曆 연간의 시풍과 연관하여 몇 가지 공통의 성향을 지니고 있음이 발견된다. 첫째로, 그들은 창작에 있어 體制와 氣格이 淸新하고 鮮明한 묘사를 지향하였는데 이는 盛唐 王孟 시풍과 연관된 면모라 할 수 있다. 둘째로, 청아하면서도 다양하고 새로운 의경을 추구하였다. 풍부한 상상력을 발휘하거나 다양한 색채어를 활용하는 등 자연 묘사에 있어 새로운 시도를 지향한 측면이 있었다. 셋째로, 경치를 묘사함에 있어 세밀하고도 정교한 필치를 발휘하는 것을 좋아하였다. 이는 세밀한 자연 생물을 주목하여 묘사하는 기교를 구사했던 晚唐 賈島와 姚合의 창작에도 영향을 미치게 된 부분이다. 넷째로, 자연을 묘사함에 있어 情景에 抒情을 혼합하는 정도가 심화되었다. 이는 安史亂 이후 사회 현실이 개인의 이상과 멀어지는 부조화의 시기를 겪음으로 인해 개인의 체험과 주관적 정감을 투영한 자연 묘사가 더욱 많아졌다는 것을 의미한다. 다섯째, 좀 더 엄정한 격률을 지향했고 어휘가 화려해졌으며 수식에 공을 들인 흔적이 농후해졌다. 따라서 盛唐의 자연시에 비해 意境이 협소해졌으며 정감도 유약해졌으나 수식에 공력을 들인 결과 예술적 기교는 더욱 향상되었다고 볼 수 있다. 이러한 양상들이 이 시대에 활동했던 大曆十才子들의 자연시에서 발견되는 특징들이라 할 수 있는 것이다.[10]

2) 劉長卿, 張繼, 李嘉祐, 韋應物, 柳宗元 : 中唐 자연시의 새로운 의경 창출

전술한 것처럼 中唐 大曆 연간(766~779) 이후 문단에서는 京洛間과 江南의 두 지역을 중심으로 문인들이 활동을 펼친 바 있다. 京洛間에서 활동했던 인물로는 大曆十才子가 있었고, 江南 吳越地區에서 활동했던 인물로는 劉長卿, 李嘉祐, 朱放, 秦系, 張繼 등 일군의 문인들이 있었으며, 韋應物, 顧況, 戴叔倫, 戎昱 등 남북 간을 오가며 활동과 은거를 실행하면서 산수를 묘사하고 서정을 표출한 문인들도 있었다. 이들은 모두 이 시기 자연시 창작의 주체가 된 문인들이라 할 수 있다. 관직에 있었는지의 여부와 각기 활동한 지역의 차이들은 있었으나 이들 中唐 前期의 文人들의 마음에는 공통적인 정서가 있었으니 그것은 바로 사회적인 혼란과 개인적 욕망의 좌절로 인해 절망과 불안을 소유하게 된 잠재의식이었다. 이러한 정서는 그들로 하여금 욕망의 실현보다는 타협을, 행동보다는 사고를 실행하게 하였으며 적당한 자기 합리화를 거쳐 불만을 토로하고 현실에 안주하려는 모습을 지니게도 만든 요인이 되었다. 또한 이러한 환경적

---

10 大曆十才子 자연시의 다섯 가지 특징에 대하여는 劉謀, 「淺析大曆山水詩的主要藝術特色」 (『鹽城師專學報』, 1987. 제2기) 논문의 분석을 참조하였다.

심리적 요인으로 인해 中唐의 문인들은 객관적인 경물 묘사보다는 시인의 의지가 주관적으로 발휘된 시가 창작을 지향하게 되었다. 여유로운 심성으로 자연을 바라볼 수만은 없었기에 냉정한 시선으로 자연을 바라보거나 깊은 슬픔이나 염려를 투영하여 시가를 창작하는 등 주관적 心志와 情을 바탕으로 한 情景融合的인 창작을 이루게 된 것이다.[11] 그들은 자연시를 지음에 있어 진솔한 감정을 투사하고 맑고 그윽한 시풍을 선호하기는 했으나 그 내면에는 시대의 숨결로 인한 蕭散한 풍격이 함유되기에 이르렀다. 주관적인 정과 현실적인 성찰을 시가에 담아냈기에 그들의 자연시는 幽深한 면모를 지니게 되었지만 한편으로는 盛唐의 웅혼한 기상이 회석되었으며 동일한 意象이 자주 중복되는 단점을 지니게 되었다. 그렇지만 中唐시대는 자연시 창작에 있어서 盛唐에 이어 또 한번의 부흥기를 이룬 시대라 할 만큼 개성적인 작가들이 활동이 왕성했던 시기였다. 劉長卿, 韋應物, 張繼, 李嘉祐, 柳宗元 등 이른바 江南詩人群에 속하는 문인들에 의하여 中唐 자연시는 그 창작의 성취를 드높였는바 이제 이들의 작품을 중심으로 中唐 자연시 작품의 성향과 특징들을 살펴보기로 한다.

大曆十才子와 동시기를 살면서 中唐 자연시 창작의 선두적인 역할을 한 인물로 劉長卿을 들 수 있다. 劉長卿에 대하여는 生平과 事迹의 기록이 적어 고증의 어려움이 있다. 『新唐書·藝文志』의 기술에 의하면 劉長卿(725?~791?)의 字는 文房이고 至德 연간 監察御史를 지낸 후 檢校祠部員外郎에서 轉運使判官이 되었다. 淮西鄂岳轉運留後를 지낼 때 鄂岳觀察使 吳中孺의 무고를 받아 潘州南巴尉로 폄적된 바 있고 그를 위해 변호해주는 자 덕분에 睦州司馬에 제수되었으며 隨州刺史를 마지막으로 지냈다는 것을 알 수 있다.[12] 또한 『唐才子傳』의 기록에 의해 "劉長卿은 재능이 출중하기로 세상에서 으뜸이며 가벼운 時俗을 자못 능멸하였고 성품이 강직하여 권문세족들에게 많이 거슬린 것으로 인해 두 차례에 걸쳐 폄적당한 바 있어 사람들이 실로 그를 애통해하였다. 시조가

---

11 배다니엘, 「盛唐과 中唐 自然詩의 風格 비교」, 『중어중문학』 제26집, 2000. 6 참조.
12 『新唐書·藝文志』 「劉長卿集」 十卷 : "字文房. 至德監察御史. 以檢校祠部員外郎爲轉運判官, 知淮西鄂岳轉運留後, 鄂岳觀察使吳中孺誣奏, 貶潘州南巴尉, 會有爲辨之者, 除睦州司馬, 終隨州刺史."

우아하고 유창하여 단련과 수식에 매우 능했다. 자신이 지은 시는 애상이 있으면서도 원망함이 없어 風雅를 발휘하기에 족한 것으로 여겼고 權德興도 '五言長城'이라 칭했던"[13] 뛰어난 인재였음을 또한 알 수 있다.

劉長卿은 盛唐 開元年間 출생하여 天寶·大曆期를 거치며 문단에서 활동한 시인이었다. 생평으로 볼 때 王孟과도 연계된 시기에 살았기에 盛唐 자연시에 계도된 바가 있었을 것이며 大曆 연간에 활동했기에 中唐의 시대적 배경으로 인한 암영에서 자유로울 수 없는 배경도 갖고 있었다. 그러나 劉長卿은 大曆 기간에 주로 활동한 大曆詩人이기도 하지만 天寶·大曆의 연계선상에서 자연시가의 變調를 창출하였다는 점에서 大曆十才子와 구별되는 인물이며 大曆 시인 중에서도 선구적 활동을 한 인물로 평가되는 시인이다. 盛唐과 中唐 자연시의 연결, 盛唐과 다른 中唐 자연시 풍격의 형성에 있어 劉長卿의 시가는 큰 의미를 갖고 있는 것이다.

明 弘治 11년 李君紀 刊本『劉隨州集』11卷에 劉長卿의 詩 510首, 文 11篇이 실려 있는데 이는 中唐 韋應物의 565首에 버금가는 많은 작품수이며 많은 작품 수만큼 그 내용도 다양하다. 劉長卿의 詩 510首를 詩題와 내용을 감안하여 분류하여 보면 送別詩 166수, 酬贈詩 74수 등에 이어 山水·行旅·隱逸을 읊은 詩가 120首에 이르고 있어 交友詩 다음으로 자연시의 창작에 주력했음을 알 수 있다. 劉長卿은 자연시를 창작함에 있어 盛唐 풍격을 반영하여 청아한 모습으로 산수를 그려내거나 자연 속에서 한가롭게 누리는 은일의 흥취를 담백하게 서술하는 것을 좋아하였다. 눈앞에 보이는 정경을 담담하게 묘사함으로써 盛唐 王維의 시처럼 객관적인 자연 묘사 속에 담백한 경지를 펼치는 것을 지향했던 것이다. 그러나 劉長卿의 시를 자세히 살펴보면 담백한 필치 속에 비애나 우수의 느낌을 투영한 면모가 상대적으로 강하게 느껴진다. 이러한 애상의 정서는 두 차례에 걸친 폄적 생활과 여러 곳을 전전하며 살았던 그의 이력에서 기인한 바가 컸다 할 것이다.[14] 따라서 劉長卿의 자연시는 기본적으로 담백한

---

13 『唐才子傳』「劉長卿」: "長卿清才冠世, 頗凌浮俗, 性剛, 多忤權門, 故兩逢遷斥, 人悉冤之. 詩調雅暢, 甚能煉飾. 其自賦傷而不怨, 足以發揮風雅, 權德興稱謂'五言長城'."
14 劉長卿은 출사하여 관로의 길을 걸었어도 실제로 관직에 있던 시간은 얼마 되지 않았다. 밝혀지지 않는 이유로 옥고를 겪기도 했고 두 차례에 걸쳐 폄적을 당한 바 있다. 또 만년

필치를 지향하면서 그 속에 비애나 우수의 느낌을 투영하고 있는 것이 그 특색이라 할 것이다.

자신의 마음 한편에 고독감이 흐르고 있었지만 劉長卿은 보이는 정경을 백묘적으로 서술하면서 청아하고 깔끔한 감성을 앞면에 내세우고자 하는 면모가 상대적으로 강했다. 자연 그 자체에 마음을 맡겨버리고자 하는 의지가 반영된 것이라 볼 수 있는데 이는 담백한 필치 속에 비애나 우수의 느낌을 투영한 劉長卿 자연시의 독특한 풍격을 형성하는 데 있어 기조가 되었던 점이라고 할 수 있다. 백묘적인 표현 속에 한아한 경지를 창출한 면모가 뛰어난 다음 작품을 살펴보자.

送靈徹上人 영철스님을 보내며

蒼蒼竹林寺　어슴푸레 저문 빛 드는 죽림사
杳杳鐘聲晚　아스라이 퍼져나가는 저녁 종소리
荷笠帶夕陽　어깨 맨 삿갓에 석양빛 받으며
青山獨歸遠　푸른 산 멀리 홀로 돌아가는 스님이여

앞 2구에서는 시각과 청각의 의미를 지닌 첩어를 활용하여 시선을 끌었고 뒤 2구에서는 삿갓을 메고 석양빛을 받으며 작자의 시야에서 멀어지는 靈徹스님의 모습을 그림으로써 정경 묘사에서 인물의 묘사로 자연스럽게 옮겨간 것이 발견된다. 말구의 '獨'자는 아무런 거리낌 없이 떠나는 行者의 자유로운 마음과 송별하는 이의 아쉬움을 함께 내포한 표현으로 '青山'의 아득한 모습과 조화를 이루고 있다. 시 속에 회화적 요소를 배어들게 함으로써 산사로 돌아가는 스님의 초탈한 모습을 그렸는데 한아한 경지가 무궁한 여운을 남겨주어 독자는 마치 한 폭의 그림을 보는 듯한 느낌을 얻게 되는 것이다.

강가에서 달을 대하면서 쓴 다음 시가는 자연 정경을 회화적 필치로 담담하

에는 그의 임지 隨州가 반군의 손에 넘어가 고난을 겪기도 하는 등 시련에 찬 생애를 보냈다. 中唐이라는 시대적 배경 속에서 개인의 굴곡진 삶은 그의 작품의 풍격에도 지대한 영향을 미쳤을 것이니 비록 산수 자연의 묘사를 통한 심정의 해탈을 도모하였으나 마음속에서는 종래 비애감을 떨칠 수 없었을 것이다. 그의 여러 자연시 작품에서 발견되는 비장한 정서는 이러한 배경에서 기인한 바가 크다 할 것이다.

게 그린 작품의 또 다른 예가 된다.

江中對月 강에서 달을 대하며

空洲夕煙斂	텅 빈 모래톱에 저녁연기 거두어지는 중에
望月秋江裏	가을 강 속에 비친 달 쳐다본다
歷歷沙上人	모래사장 위 사람 모습 또렷한데
月中孤渡水	달빛 속에 배 한 척만이 강을 건너고 있네

가을 강가에서 달을 바라보는 모습, 그 속에 등장하는 사람, 강을 지나가는 외로운 배 등을 그림으로써 청원하고 담백한 느낌을 강하게 투영하였다. '空洲'로써 넓고 구속 없는 경계를 그렸고 '江裏'라는 표현으로 강에 비친 달의 모습을 그림으로써 백묘적인 표현을 구사했지만 그 속에 시간과 공간, 신비스러운 정경과 청아한 의경들이 교묘하게 배합되어 있음을 느낄 수 있다. 3구에서 '歷歷'이라 하여 달빛이 환한 것을 뚜렷하게 나타냈고 결구에서 '孤渡'라 하여 한 척의 배가 외로이 떠가는 모습을 그렸는데 그 느낌은 오히려 산뜻하다. 달빛 아래 조각배 하나가 강을 건너는 정경에서 환상적인 畵境을 느끼게 되고 이 정경을 통해 속세를 벗어나 한아한 경지로 들어가는 듯한 깊은 意境까지 느끼게 되는 것이다.

顧況의 초당을 찾아가는 과정을 그린 다음 작품을 보면 마치 자연의 섭리를 찾아가는 구도자의 모습을 보는 듯한 느낌도 얻게 된다.

過橫山顧山人草堂 顧況의 초당을 찾아 산을 가로질러 가면서

只見山相掩	눈앞에는 그저 산이 가로막고 있는데
誰言路尙通	누가 길이 통한다고 했던가
人來千嶂外	천 길 높은 산 너머까지 왔으나
犬吠百花中	온갖 꽃 흐드러진 곳에 개 짖는 소리뿐
細草香飄雨	가느다란 풀은 날리는 비에 향기를 더하고
垂楊閑臥風	늘어진 수양버들은 비낀 바람에 여유롭네
卻尋樵徑去	나무꾼들이 다니는 길을 찾아 가고자 하는데
惆悵綠溪東	푸른 시내 동쪽에 쓸쓸하게 펼쳐져 있네

顧況의 초당을 찾아 산에 들어가 헤매면서 길을 찾는 과정을 그리고 있는데 정경과 사람의 이미지가 교대로 등장하는 것이 보인다. 눈앞을 가로막는 끊어진 길, 시야를 확보하기 위해 올라간 계곡에서 들리는 개 짖는 소리, 비와 바람에 향기와 여유를 더하는 풀과 나무, 다시 찾은 사람의 흔적 등이 지속적으로 등장하면서 시가의 이미지가 다양하게 변화되고 있다. 눈앞에 길이 보이지 않음에도 인적에 대한 믿음을 갖고 현재의 정경을 헤쳐 나가는 모습은 마치 자연 속에서 섭리를 발견해나가고자 노력하는 구도자와도 같은 느낌을 제공한다.

劉長卿이 살았던 시대는 開元·天寶期와 같이 "현명한 인재를 선발하거나(賢路擴張)", "세상을 제도할 인재(經世之才)"를 구함에 따른 관직 진출의 기회가 상대적으로 많이 축소된 시기였다. 中唐 前期의 시인들은 흔히 과거에 낙방하였거나 출사했어도 사도가 불운하여 貶謫당하는 등의 어려움을 겪었는데 劉長卿도 이러한 시대적 한계에서 자유로울 수 없었다. 심성이 곧고 강직했던 劉長卿으로서는 상대적으로 더 큰 현실의 비애와 한계를 느꼈을지도 모를 일이었다. 따라서 그의 자연시에는 애상의 정서가 곳곳에 투영되게 되었는데 이러한 암울한 서정이 스며들게 된 것은 劉長卿 자신의 생평뿐 아니라 시대 조류와도 밀접한 연관이 있었다 하겠다. 劉長卿의 자연시 중에서 산수 자연을 제재로 하면서 그 속에 자신의 비감을 이입시켜 처연한 풍격을 창출한 작품들을 몇 수 예거하여 살펴보기로 한다.

만추에 강가에서 세상의 맑은 인정을 그리워하며 산수를 바라보고 있는 모습을 그린 작품을 살펴보기로 한다.

秋杪江亭有作 가을에 秒江亭에서 쓴 작품
寂寞江亭下　쓸쓸하구나 강가 정자 아래의 모습
江楓秋氣斑　강가 단풍나무는 가을 기운에 잎이 울긋불긋하네
世情何處澹　세상의 인정 그 어느 곳이 담박한가
湘水向人閒　상수만 한가로이 사람을 대하누나
寒渚一孤雁　차가운 물가엔 한 마리 외로운 기러기
夕陽千萬山　온 산마다 석양이 드리웠네
扁舟如落葉　낙엽과도 같은 일엽편주는

此去未知還　지금 가면 돌아올 날 알지 못해라

　　쓸쓸히 폄적지로 떠나는 자신의 모습을 제5구에서 "차가운 물가에 있는 한
마리 기러기(寒渚—孤雁)"로 비유하였고 미연에서 일엽편주의 외로운 형태로 돌
아올 기약 없이 여로에 오르고 있는 모습을 그렸다. 자신의 심리를 기탁하면서
직접적인 내심의 서술을 자제하고 자연의 모습을 들어 담담하게 묘사하고 있어
감성의 처리를 깔끔하게 도모한 흔적이 돋보인다. 정경을 인위적으로 묘사한다
거나 상황에 대한 직접적인 언급을 가하지 않고도 자아를 잘 표현하면서 '情景
交融'의 경지를 이루어낸 작품이라 하겠다.
　　다음은 劉長卿이 轉運使判官으로 있을 시 淮西 鄂岳의 상황을 파악하고자
洞庭湖에 와서 묵었을 때 쓴 작품이다. 개인 비감의 이입으로 인해 동정호의
모습이 이채롭게 느껴진다.

　　　　岳陽館中望洞庭湖 악양관에서 동정호를 바라보며
　　　　萬古巴丘戍　이곳 巴丘는 만고의 謫戍地러니
　　　　平湖此望長　이곳에서 멀리까지 바라보매 호수는 드넓구나
　　　　問人何淼淼　사람들에게 얼마나 아득한가 물어보니
　　　　愁暮更蒼蒼　저물녘 근심이 이보다 더욱 아득하다 하네
　　　　疊浪浮元氣　천지간에 기운이 일어 파도 겹겹이 이는데
　　　　中流沒太陽　태양은 호수 한가운데로 흐르다가 사라졌네
　　　　孤舟有歸客　외로운 배에 돌아가는 객 있으니
　　　　早晚達瀟湘　조만간에는 瀟水와 湘水에 이르겠지

　　시인은 洞庭湖가 지닌 망망한 모습뿐 아니라 이곳 巴丘가 고래로 謫戍地였
다는 생각까지 마음속에 품고 있다. 드넓은 모습을 지닌 동정호는 이곳에 와서
시름 짓던 많은 사람들의 심신까지 포용하는 자연적 배경이 되는 것이다. 경연
에서는 洞庭湖의 변환하는 모습을 그렸는데 드넓은 호수 너머로 태양이 마치
그 속에 빠지는 것 같은 인상을 주고 있다고 하였다. 시름에 겨운 눈으로 망망
한 大湖를 바라보며 애상에 젖어 있는 유장경의 정서를 잘 표현하고 있는 시가
라 하겠다.

타지를 여행하다 여관에 묵으면서 쓴 다음 작품에는 고향에 대한 그리움이 진하게 배어 있다.

餘幹旅舍 여간의 여관에서

搖落暮天迥　저녁 하늘 멀리까지 쓸쓸한데
青楓霜葉稀　푸르던 단풍잎도 서리 맞아 희끗희끗하네
孤城向水閉　외로운 성 餘幹水를 향해 닫혀 있고
獨鳥背人飛　외로운 새는 사람 뒤로 날아가네
渡口月初上　포구 가에는 새로이 달이 뜨는데
鄰家漁未歸　이웃집 어부는 아직도 돌아오지 아니하였구나
鄉心正欲絶　고향 그리는 마음 이토록 절절한데
何處擣寒衣　그 어디서 차가운 다듬이 소리 들려오나

餘幹의 여관에서 묵으며 바라보는 주변 모습과 경물에 따라 생겨나는 고향의 정을 그린 작품으로 산수 경물에 담은 처연한 감정을 기조에 깔고 있음이 발견된다. 기구의 '搖落'은 가을의 영락함을 의미하는 말로 가을 하늘 아래 펼쳐지는 단풍, 孤城, 獨鳥 등의 이미지를 주도하는 역할을 한다. 이어진 3, 4구의 '孤', '獨'에서는 쓸쓸한 느낌을, '閉', '背'에게서는 처연한 정경을 각각 느끼게 된다. 이처럼 앞 두 연에서 펼쳤던 처량한 정경은 다시 다음 두 연으로 가면서 내심의 쓸쓸함으로 이어진다. 애절한 향수 속에 들리는 다듬이질 소리는 나그네의 시름을 더해주는 것이다. 수구로부터 한 층씩 심입해가는 감정의 전이가 돋보이며 자연 속에 기탁한 비장미가 감정의 깊이를 자연스럽게 더해주고 있음이 발견된다.

劉長卿의 시를 보면 다른 문인들처럼 산수 속에 은일하고자 하는 욕망을 드러낸 내용을 담은 작품도 여러 수 발견된다. 그의 청정한 의식과 은일 서정을 반영한 것으로 한일한 표현과 담담한 서정이 돋보이는 작품이라 하겠다. 다음과 같이 親友가 한거하는 모습을 바라보며 은일하는 한가로운 정서를 찬미하는 내용을 담은 작품이 그 예이다.

留題李明府雪溪水堂 이명부의 삽계수당에 시를 남기며

寥寥此堂上　이 서당에 있는 모습 적막한데
幽意復誰論　은거하는 깊은 뜻 그 누구와 또 논할 소냐
落日無王事　해 저물도록 나라 일 없어
靑山在縣門　푸른 산만이 현문을 대하고 있네
雲峯向高枕　편안히 누워서 구름 봉우리 마주하고
漁釣入前軒　집 앞 난간에서 낚싯대 드리운다
晩竹疏簾影　저물녘 대나무 사이로 주렴 그림자 드리웠고
苔生雙履痕　이끼가 자라 두 신발 자국 완연하게 한다
荷香隨坐臥　연꽃 향기는 앉거나 눕거나 일어나고
湖色映晨昏　호수 색은 새벽부터 저녁까지 빛난다
虛牖閑生白　빈 창문으로 한가로이 날이 새고
鳴琴靜對言　거문고 소리는 조용히 울리며 할 말을 대신한다
暮禽飛上下　저녁 새들 비상하며 오르락내리락
春草帶淸渾　봄풀은 햇살에 맑았다 어두웠다
遠岸誰家柳　먼 언덕엔 그 누구 집 버들이며
孤煙何處村　외로운 연기 이는 곳 그 어느 마을인가

　친우 李明府가 浙江省 吳興縣 雪溪江 가에 서당을 짓고 사는 모습을 읊었다. 공무의 중압감 없이 푸른 산만 마주하고 서당의 한가로운 경지를 누릴 수 있는 것은 청허한 심성에서 기인한 것임을 5~6연에서 밝히고 있다. 이어진 7~8연은 원경을 통한 한아한 생활의 묘사인데 '誰家', '何處' 등의 표현은 작자 또한 친구처럼 눈앞에 펼쳐진 경치를 누리기를 소망하고 있음을 간접적으로 표현한 것이 된다.

　다음 劉長卿이 鄭山人의 거처를 묘사한 시에서는 깊은 골짜기에서 사는 은자와 은거의 낙을 극찬하고 있음이 발견된다.

過鄭山人所居 정산인의 거처를 지나며

寂寂孤鶯啼杏園　살구꽃 핀 동산에서 외로운 꾀꼬리 울고
寥寥一犬吠桃源　복사꽃 핀 고요한 곳에서는 개가 짖는다
落花芳草無尋處　지는 꽃 향기로운 풀은 그 근원을 찾을 바 없고
萬壑千峯獨閉門　만학천봉 속에 홀로 문 닫고 있도다

은자의 처소를 '挑源'으로 표현하여 陶淵明이 「桃花源記」에서 말한 무릉도원에 비견하고 있으며 제3구의 '落花芳草'를 통해 한거하는 분위기를 더욱 배가시켰다. 개 짖는 소리로 사람이 있음을 짐작하며 인적을 찾던 시인이 드디어 찾아낸 鄭山人은 뭇 산이 둘러싼 곳에서 두문불출하고 칩거하고 있다. 은일 속에 또 다른 은일을 이야기하고 있으며 속인의 경계를 벗어난 순수한 경지를 찬양하고 있음을 느낄 수 있다.

위의 「留題李明府雪溪水堂」, 「過鄭山人所居」 두 작품이 깊은 산속에서 은거하는 낙을 찬양한 것에 비해 「題王少府堯山隱處簡陸番陽」, 「送袁處士」 등의 작품에서는 전원에서 한거하는 낙을 그리고 있다. 이러한 작품은 劉長卿이 陶淵明처럼 전원시의 창작에 주력했던 시인은 아니었으나 전원에서의 흥취 또한 그의 중요한 시적 소재였음을 보여주는 일단이 된다.

題王少府堯山隱處簡陸番陽 왕소부의 요산 은거지에서 시를 지어 육심양에게 보냄

故人滄洲吏　시골 관리였던 옛 벗은
深與世情薄　이 세상 물정과 너무도 멀어
解印二十年　벼슬 길 떠난 지 이십 년
委身在丘壑　그동안 산골짝에 몸을 맡겼다
買田楚山下　楚山 아래 밭을 사서는
妻子自耕鑿　처자와 함께 몸소 농사짓는다
群動心有營　여럿을 움직이는 것은 도모하는 마음이 있어서이니
孤雲本無著　외로운 구름은 본래 집착하는 것이 없다
因收谿上釣　시냇가에서 낚시질 마치고는
遂接林中酌　계속하여 숲에서 술잔 기울이나니
對酒春日長　술잔 대하매 봄날은 긴데
山村杏花落　산마을에 살구꽃 떨어지누나
陸生鄱陽令　鄱陽令으로 있는 陸生은
獨步建溪作　건안체의 시가 뛰어난 경지인데
早晚休此官　조만간 나도 관직 그만두고
隨君永棲託　그대 따라 함께 살고 싶나니

친우 王少府의 堯山 은거지에 와서 느긴 감회를 현직 관리인 陸生에게 부친

작품이다. 벼슬을 버리고 속세를 벗어난 곳에서 처자와 밭 갈며 은둔하니 이는 타인과 어울리며 경영을 도모하거나 집착에 사로잡힌 소욕을 멀리한 채 한가로운 경지를 재현해낸 삶이다. 이러한 은자의 모습을 자연물인 '孤雲'으로 표현하여 한결 더 고아한 느낌을 연출하였다. 5~6연에서는 王少府가 누리는 한가로운 흥취를 그렸다. 낚시질, 음주 등으로 소일하는 생활이 여유로워 보이고 '긴 봄날(春日長)'에 '살구꽃 떨어진다(杏花落)'는 표현을 통해 신선의 세계에 와 있는 듯한 한아한 흥취를 느끼게 한다. 7~8연에서는 番陽令 친구의 은거 계획을 언급하면서 같이 은거에 들고 싶다는 표현을 통해 자신이 지닌 은일 지향 의식을 밝히고 있음이 보인다.

送袁處士 원처사를 송별하며

閒田北川下	북천 아래 노는 밭 있어
靜者去躬耕	이제 조용히 사는 이 몸소 갈려고 하네
萬里空江莢	만 리까지 이어진 강가엔 물억새풀이 그득한데
孤舟過郢城	외로운 배 한 척 郢州를 지나가누나
種荷依野水	연 심는 일은 들 물에 맡겨두고
移柳待山鶯	버들 싹 옮기는 일은 산 꾀꼬리 기다린다
出處安能問	출사와 퇴거 물을 것 없네
浮雲豈有情	저 뜬구름에 무슨 情이 있던가

수연의 '조용히 사는 이 몸소 밭 간다(靜者去躬耕)'는 표현은 處士의 田居를 의미하며 '세속의 삶을 사는 이'와의 반대 개념으로 '靜者'라는 단어를 쓰고 있어 그 표현이 한결 한아하다. 다음 함연에서는 공활한 강 위에 외로이 떠가는 배 한 척의 모습을 통해 세사에 흔들림 없이 安分自足하는 경지를 표현하였다. 특히 春秋時代 楚나라의 서울로서 역사상 음탕한 도시로 이름난 郢州를 지나간다는 묘사는 세상의 樂을 뒤로한 處士의 의연한 자태를 비유한 것이 된다. 경연에서는 생물의 생장을 인위를 가하지 않은 자연 그대로의 순환에 맡겨버리는 달관의 경지를 발휘하였고, 미연에서는 속세의 정에 구애됨 없이 무심하게 살아가며 모든 욕심을 초월하는 순수의 경지에 들 것을 희망하는 작가의 詩心을 밝히고 있다.

劉長卿이 살았던 大曆 연간을 비롯한 中唐 전기 시인들의 작품을 보면 대체적으로 산수에 마음을 두거나 은거 혹은 응수의 기풍에 치중한 면모가 발견된다. 이는 시대적 한계로 인한 결과이기도 한데 이로 인해 그들의 자연시 풍격은 흔히 협착한 면모를 보여주는 경향이 있다. 劉長卿 역시 시대적 영향 아래 있었고 두 차례의 폄적 생활을 겪는 등 험난한 인생을 살았던 시인이었다. 공명의 실현과 자연 속 소요의 경지 사이에서 고뇌하던 그에게 은둔에 대한 갈망은 숙명적인 것이었는지도 모른다. 劉長卿은 창작 수법을 발휘함에 있어 정교한 묘사보다는 인간의 모습을 자연에 투영하고 인간과 자연이 융합하기를 바라는 순수한 마음과 은일 의식을 담는 것에 더욱 관심을 기울인 인물이었다. 한편 그가 시가 창작을 통해 자연에 대한 순수한 마음을 표현하는 동시에 현실과 인생에 대한 울분을 삽입하여 비감 어린 정서를 표출해낸 부분은 盛唐의 자연시가 "자연에서 흥을 불러일으키며(興于自然)", "사물을 대하면서 정을 느끼는(觸物起情)" 情景交融의 면모를 보여주었던 것과는 비교되는 부분이다. 이는 이른바 "주관적 서정을 기본으로 하여 정경을 포착하는 방식"에 해당하는 것으로서 자연시 창작에 있어 "심리상의 의식을 강화하는 情景交融의 경지"를 지향한 것이 된다. 이러한 경향은 劉長卿을 필두로 이후 中唐의 자연시에서 주류를 이루게 되는 창작 의식으로 中唐의 자연시를 특징짓는 중요한 특성이 된다. 劉長卿은 이러한 중당 자연시 창작의 경향을 계도한 시인이라는 점에서 의의가 큰 인물인 것이다.

中唐 大曆 연간(766~779)의 시단에서 京洛間에서 唱和와 應酬로 시명을 얻었던 이들은 大曆十才子였으나 자연시 창작의 주된 성취는 劉長卿과 韋應物을 필두로 한 江南詩人群에 속한 문인들에 의해 이루어졌다. 이들은 대부분 환유의 신세로서 개인적인 비감을 소유하고 있었으며 전화의 상처를 입은 채 고난의 시국 속에 펼쳐진 산수를 애상 어린 감정으로 바라보면서 자연을 노래한 시인들이었다. 수려한 산수 묘사 속에 현실 의식과 소산한 정서를 투영하는 中唐 자연시의 독특한 풍격을 형성하면서 唐代 자연시 창작의 두 번째 부흥기를 선도했던 인물인 것이다. 劉長卿과 韋應物을 위시한 일군의 시인 중 大曆 연간의

자연시 창작 방면에서 성취를 이룬 인물로 張繼와 李嘉祐를 들 수 있다. 이들은 그간 문학사에서 중요하게 언급하여온 시인은 아니지만 개성적인 작품으로 中唐 大曆時期 강남 시인 중에서도 일가를 이룬 시인이 中唐 자연시 창작의 거목인 柳宗元의 등장에 앞서 자연시 창작에 성취를 이룬 시인이었다는 점에서 의미를 지닌 인물들이다.

「楓橋夜泊(풍교에서 밤에 머물며)」 시로 유명한 張繼(715?~779?)는 字가 懿孫이며 襄州人이다. 天寶 12년(753)년에 진사가 되어 大曆 연간에 檢校祠部員外郞으로 발탁되어 洪州에서 鹽鐵判官으로 세무를 관장하다가 그곳에서 사망하였다고 한다. 일찍이 시명을 얻었고 劉長卿, 顧況 등과 친교가 두터웠다. 『全唐詩』 卷242에 47수의 시를 남겨놓고 있는데 이 시들 중 9수는 郞士元, 陸沈, 皇甫冉, 韓翃 등 다른 시인들의 작품과 정확한 구별이 안 되는 상황이라 순수하게 張繼의 작품으로 볼 수 있는 것은 38수 정도에 불과하다.

『新唐書·藝文志』와 『全唐詩』에 실려 있는 張繼의 시 47수 중 張繼의 시로 판단되는 38수의 작품을 내용적으로 분류해보면 山水詩 7수, 閑寂詩 5수, 詠懷詩 6수, 懷古詩 4수, 酬贈·送別詩 10수, 景物詩 3수, 기타 시(仙道, 哲理, 사회 현실 등) 3수 등으로 분류된다. 그는 進士科에 등제한 후 약 3년 뒤 발발한 安史의 난으로 인해 江東 吳越 일대에서 피난 생활을 한 바 있는데 그의 자연시는 대부분 이 江東 시기에 창작된 것이다. 당시 지어진 작품으로 「登丹陽樓」, 「遊靈巖」, 「楓橋夜泊」, 「題嚴陵釣臺」, 「城西虎跑寺」, 「春申君祠」, 「會稽秋晚奉呈于太守」, 「會稽郡樓雪霽」, 「春夜皇甫冉宅歡宴」 등이 있는데 그중 자연 경물을 묘사한 작품이 가장 많은 편수를 차지하고 있다. 그의 자연시는 주로 자연 속에서 한가로운 경지를 추구하거나 나그네 된 신세를 토로하는 내용을 담고 있는데 그 표현이 맑고 그윽하며 절제된 슬픔과 초극의 이미지를 잘 창출하고 있는 것이 특색이다. 자연을 청아하게 묘사한 張繼의 작품에 대해 高仲武는 『中興間氣集』에서 "시체가 맑고 빼어나며 道人의 풍격이 있다.(詩體淸逈, 有道者風)"라고 칭찬을 가한 바 있다.

張繼의 자연시는 대부분 청신하고 맑은 정경을 그려내거나 산수의 정경 속

에 비애감을 투영한 우수를 담고 있는 것이 특징이다. 맑고 청아한 경지의 자연
정경을 그린 작품의 예로 다음 六言詩 작품을 살펴본다.

山家 산가

板橋人渡泉聲　나무다리를 건너는 중에 샘물 소리 들리고
茅簷日午雞鳴　해는 초가집 처마 위에 중천인데 낮닭이 우네
莫嗔焙茶煙暗　차 말리는 연기 검다 이상히 여기지 말라
卻喜曬穀天晴　곡식 말리는데 날이 좋아 기쁘구나

한 구가 여섯 자라 구속 없는 한아함을 표현하기에 좋은 느낌이며 내용도 무
척 여유롭다. 산속 나무다리와 시냇물 소리는 한가로움을 전하는 매개물인데
그 속에 담긴 동적 이미지와 청각적 의상이 신선하다. 제2구에 등장하는 때늦
은 닭 울음 역시 청각적 효과와 한가한 서정을 제공한다. 제3구의 '茶煙暗'은
적절한 시간에 차 덖는 일을 끝내야 함에도 내버려두어 결국 차 잎이 타서 검
은 연기가 나는 것을 이르는데 이는 무욕과 한가로움의 극치를 보여주는 부분
이다. 말구를 보면 작자는 맑은 날 곡식 말리는 것을 기뻐할 뿐 별다른 소욕을
갖고 있지 않다. 그저 속박과 번뇌를 벗어난 경지를 기뻐하고 즐길 뿐이다. 한
가로운 서정이 시가 전편에 넘치고 있는 것이다.

눈 내린 會稽의 정경을 읊은 다음 작품은 눈앞의 자연미를 주로 노래하면서
詠史 의식을 함께 이입시킨 작품이다.

會稽郡樓雪霽 회계 군루에 눈이 갠 후

江城昨夜雪如花　강가 마을에 어젯밤 꽃처럼 눈이 내렸더니
郢客登樓望霽華　영도의 길손 누대에 올라 화창하게 갠 모습 바라본다
夏禹壇前仍聚玉　하우씨 제단 앞엔 여전히 옥 같은 눈 쌓여 있고
西施浦上更飛沙　서시 빨래하던 포구엔 다시금 싸락눈이 날리는구나
簾櫳向晚寒風度　저녁 되자 주렴 발엔 찬바람 들이치고
睥睨初晴落景斜　날 개자 성가퀴에 석양이 비껴드네
數處微明鎖不盡　곳곳에 비치던 희미한 햇살 아직도 남아 있는데
湖山清映越人家　호수에 맑게 비친 산에 越 땅의 인가도 보이네

시에서 '雪'자를 한 번만 사용하였지만 시가의 내용은 온통 설경을 담고 있다. '雪', '花', '華' 세 글자는 눈에서 아름다움을 느끼는 작자의 시심인데, 수연에서 가한 현실 눈앞의 정경 묘사는 함연으로 오면서 영사 의식이 투영된 복합적인 묘사로 발전을 하게 된다. "夏나라 禹王이 동쪽으로 수렵을 나갔다가 會稽에서 卒하자 후인들이 세운 사당(夏禹壇)", "일찍이 西施가 빨래한 적이 있는 若耶溪(西施浦)" 이 두 사적지를 제재로 활용하였는데 신령스런 夏禹氏 제단 위에 내린 눈이 그대로 있다고 한 것에 비해 西施 포구에는 싸락눈이 마치 그 자태를 펼치듯 아름답게 날리고 있는 것으로 묘사했다. 장소와 고사에 부합하는 이미지로 설경을 그리고 있는 것이다. 후반 4구에서는 차가운 바람 속에 석양이 사라지는 쓸쓸한 이미지를 서사하면서도 '不盡'이라는 표현을 통해 아직도 희미하게 펼쳐져 있는 가경을 아쉬워하는 모습을 그렸다. 호수에 비친 산을 '淸映'이라 하여 밝고 상쾌하게 묘사한 것이나 '越人家'를 통해 인간의 삶과 연결된 자연 정경을 그린 것도 시선을 끈다. 눈앞의 아름다운 정경, 회고를 통한 비감 투영, 변화하는 날씨와 정경, 마음에서 놓지 못하는 현실의 모습 등을 다면적으로 묘사한 것이 이 시의 특징이라 하겠다.

張繼가 嚴陵釣臺를 찾아 가서 은거에 대한 회한을 밝힌 다음 작품 역시 寫景, 敍事, 議論, 諷諭 등의 수법을 고루 발휘하여 창작한 시가이다.

題嚴陵釣臺 엄릉조대에서 짓다

舊隱人如在　옛 은자 여전히 여기 있는 듯하여
淸風亦似秋　마치 가을처럼 맑은 바람이 인다
客星沈夜壑　혜성은 밤 계곡에 침잠해 있고
釣石俯春流　낚시하던 바위는 봄물의 흐름 굽어본다
鳥向喬枝聚　새는 높은 나무 가지로 모여들고
魚依淺瀨遊　물고기는 야트막한 개울에서 노닌다
古來芳餌下　예로부터 좋은 미끼 있는데
誰是不吞鉤　낚싯바늘 삼키지 않은 이 누구인가?

'嚴陵釣臺'는 漢代의 嚴光이 光武帝의 부름에 응하지 않은 채 성과 이름을 감추고 富春山에 숨어서 낚시질하던 장소를 가리킨다. 수연에서는 "淸風이 불고 있다"는 표현을 통해 선인의 청고한 인품을 칭송하였고 함연에서는 "客星이 밤 계곡에 가라앉아 있음"으로 옛 은자가 벼슬을 사양하고 황제 곁을 떠나 은거하였던 고사[15]와 '釣石'이 묵묵히 봄물 흐르는 것을 굽어보는 현재의 형상을 대비함으로써 교묘한 느낌이 담긴 정경의 묘사를 시도하였다. 후반부에서는 새와 물고기처럼 인간도 자신의 소욕을 따라 유유상종하는 것이 자연의 법칙임을 언급하였고 이어서 좋은 조건에 마음을 두는 것이 일반적인 선택이지만 작자는 욕망을 뒤로한 채 은자 嚴子陵처럼 자신의 절조를 지키고자 하는 의지를 밝혔다. 전고와 경치 묘사의 결합을 통해 풍경 이상의 의미를 창조하였고 청아한 풍격을 지향함으로써 깔끔한 여운을 남긴 것이 이 시의 특징이라 할 것이다.

張繼는 청신하고 깔끔한 필치로 자연미감을 그려낸 작품 못지않게 산수의 정경 속에 비애감을 투영시킨 작품도 여러 수 지었다. 張繼의 자연시 작품 역시 中唐 肅宗·代宗·德宗期 강남 산수시인에게서 공통적으로 보이는 "한적하고 소슬한(閒寂蕭散)" 분위기를 함유했던 측면이 강했던 것이다. 張繼가 吳越에서 지은 명시 「楓橋夜泊」 역시 객이 된 자신에게 밀려오는 수심을 주제로 하고 있음을 살필 수 있다.

楓橋夜泊 풍교에서 밤에 머물며

月落烏啼霜滿天 　달은 지고 까마귀 울고 하늘엔 서리 가득한데
江楓漁火對愁眠 　강가 단풍나무와 고깃배 등불 대하며 수심 중에 잠드네
姑蘇城外寒山寺 　고소성 밖에는 한산사
夜半鍾聲到客船 　한밤의 종소리 나그네 머무는 뱃전에 이르렀네

이 작품은 그가 吳越을 여행할 시 蘇州城 밖 吳江의 한 포구에서 쓴 것으로 추측된다. 첫 구절에서 지는 달, 까마귀, 하늘 그득한 서리 등의 소슬한 분위기

---

15 '客星'이란 혜성처럼 나타났다 사라졌다 하는 별을 가리키는데『後漢書』卷八十三「逸民傳·嚴光傳」: "論道舊故, 相對累日. 帝從容問光曰 : '朕何如昔?' 對曰 : '陛下差增于往.' 因共偃臥, 光以足加帝腹上. 明日, 太史奏 : '客星犯御座甚急.' 帝笑曰 : '朕故人嚴子陵共臥耳!' 除爲諫議大夫, 不屈, 乃耕于富春山, 後人名其釣處爲嚴陵瀨焉."에 나온 은자 嚴光의 일화에서 유래하여 "隱者가 제왕에게 인정을 받음", "은사가 예의에 구속됨 없이 자유롭게 행동함" 등을 표현할 때 사용되는 전고이다.

를 열거하였는데 서리 그득한 추운 날씨에 울어대는 까마귀의 울음소리는 특히 처연한 분위기를 주도한다. 이 강렬한 정경 묘사는 제2구에서 애수 어린 표현으로 이어진다. 나그네 된 신세로 강가 단풍나무와 고깃배 등불만을 대하며 수심 중에 잠드는 모습을 '對愁眠'으로 표현했는데 이 '對愁眠'은 "마주 보고 잠든다, 함께 잠든다" 등의 의미가 있는 구절로, 차가운 정경을 벗 삼아 안온한 경지를 추구하던 작자의 의식을 느끼게 한다. 이 두 구에는 달, 강가의 단풍, 고깃배 등불 등의 시각적 표현, 까마귀 울음과 종소리 등의 청각적 표현, 차가운 서리 등의 촉감이 모두 포함되어 있어 가을 야경을 전체적으로 형상화하고 있고 동시에 '愁眠', '客船' 등 여로에 있음을 의미하는 시어와도 조화를 이루고 있다. 제3구에서 '姑蘇城'과 '寒山寺'라는 명칭이 등장하여 앞 두 구의 신비로운 의상이 갑자기 단절된 듯한 느낌도 받게 되지만 결국 이 명칭들은 결구의 종소리를 묘사하기 위한 포석이었음을 알게 된다. 밤중에 들려오는 종소리는 포구의 번다함이 사라진 시간에 들려와 청정한 기운을 느끼게 하며 나그네로 하여금 더욱 아련한 향수를 느끼게 만드는 외적인 요인이 되고 있는 것이다. 타향의 풍경 묘사와 나그네의 회한을 함께 그리면서도 절제된 표현으로 깔끔한 감성 처리를 도모한 점이 돋보이는 작품이라 하겠다.

張繼가 강남 淮陽에서 쓴 「晚次淮陽」 역시 청정한 정경 속에 나그네의 쓸쓸한 회한을 담아낸 작품의 예이다.

晚次淮陽 저녁 되어 회양에 머물며
微涼風葉下　서늘한 미풍 나뭇잎 아래로 불어내는데
楚俗轉淸閒　초나라 가을 풍속은 맑고도 한가롭다
候館臨秋水　망루는 가을 물에 잇닿아 있고
郊扉掩暮山　교외의 사립문 해 저무는 산을 가리웠네
月明潮漸近　달 밝아오니 조수 점차 밀려오고
露溼雁初還　이슬 내리는 중에 기러기 비로소 돌아온다
浮客了無定　정처 없는 나그네가 되어
萍流淮海間　부평초 흐르듯 淮海 사이를 떠도는 신세여

淮陽이 泗州 淮陽縣이고 미연의 "淮海 사이를 떠돈다"는 내용을 통해 張繼

가 강남 피난 시기에 지은 작품임을 추측할 수 있다. 수연에서는 "나뭇잎 아래로 불어오는 미풍(風葉下)"을 언급함으로써 전란 없이 평온한 楚 땅과 난리에 처해 있는 지역의 어려움을 행간에서 대비하였다. 함연에서는 사립문 가까이에서 저녁 산을 바라보는 모습을 그렸는데 이는 집으로 돌아오는 시간에 바라보게 된 먼 산의 정경이다. 표현상으로는 거리감을 지칭하였으나 시각에 대한 설명이 들어 있어 시공간을 한꺼번에 묘사한 함축미가 뛰어남을 살필 수 있다. 경연에서 시간이 흐름에 따라 조수와 기러기가 돌아온다는 표현을 한 것은 미연에서 이야기하고자 하는 주제 의식과 강한 연관성을 지닌다. 부평초와 같은 나그네 신세로는 수연에서 설파한 한가로운 경지를 내 것으로 만들 수 없다는 의미를 내포한 것이다. 일관된 흐름으로 시공간을 묘사하면서 자연 속에서 느끼는 자신의 소회를 강렬하게 펼치고 있음을 발견할 수 있겠다.

張繼가 산수 정경을 묘사한 시들은 산수의 정경 속에 절제된 비감을 투영시킨 면모가 강했다. 나그네 된 신세와 자신이 느낀 한계 의식을 산수에 부쳤으나 비교적 평담한 시체를 구사하면서 비애감을 희석시키고자 노력하였음을 엿볼 수 있는 대목이다. 강렬한 표현보다는 枯淡한 풍격을 선호하였고 화사한 시어를 통한 유창한 표현보다는 진솔한 정의 서사에 더욱 공력을 들였던 것이 발견된다. 이는 大曆十才子가 주도한 당시의 綺麗한 서사 기법과 비교되는 점이며 맑고 담백한 풍격을 지향한 강남 산수시의 특징을 함유하고 있는 부분이다. 張繼는 강남 자연시의 풍격을 한층 고아하게 만드는 데 일조한 인물로서의 위상을 지니고 있는 문인이라 하겠다.

大曆 시기에 강남에서 활동하며 자연시를 창작한 문인 중 李嘉祐 역시 주목할 만한 시인이라 할 수 있다. 李嘉祐(728~787?)는 字가 從一이며 趙州人이다. 天寶 7년(748)에 진사에 급제했으며 秘書省正字, 監察御使를 지낸 후 至德 2년(757) 30세에 鄱陽令으로 좌천되었다. 그 후 지방과 장안을 오가며 江陰縣令, 尙書司勳員外郎, 袁州刺史, 貢部員外郎 등을 역임하였고 貞元 2년(786) 마지막으로 台州刺史를 지냈다. 李嘉祐는 安史亂으로 인해 강남으로 피신한 후 주로 강남을 돌아다니면서 창작을 실행한 시인인데 강남 문인인 嚴維, 劉長卿, 冷朝陽,

皎然 등과 친분이 두터웠다. 『全唐詩』 등에 그의 시 134수 정도가 남아 있다.

李嘉祐의 시가를 창작 시기에 따라 구분하면 초기, 중기, 후기 세 부분으로 나눌 수 있다. 초기는 安史亂이 발발하기까지인데 섬세하고 아름다운 격조를 지닌 시를 창작한 시기로, 「春日淇上作」, 「古興」, 「雜興」, 「傷吳中」 등 문사가 뛰어난 작품을 주로 썼다. 중기는 李嘉祐가 吳越에 폄적되면서 楚 지역의 처연한 정서와 屈原, 宋玉, 賈誼, 張衡 등의 전대 문인들에게서 정신적 훈도를 받으며 작품을 창작한 시기로 선명한 필치로 남방의 정서를 묘사한 작품이 많다. 후기는 袁州刺史, 台州刺史 등을 맡아 외지로 임관한 후의 체험을 바탕으로 민생에 관심을 갖고 현실을 반영한 작품을 주로 창작한 시기이다. 李嘉祐는 경물을 이용한 감정 표현을 잘 해냄으로써 심리적 상황과 부합한 자연 묘사를 효율적으로 창조하였으며 典故의 사용을 극소화하면서도 심원한 의경을 지닌 자연시를 창작하는 능력에 뛰어났던 시인이다. 진솔하지만 처연한 정서를 띤 작품을 다수 창작하였는데 이는 李嘉祐 뿐 아니라 大曆期 다른 강남 시인의 시에서도 공통적으로 발견되는 면모이기도 하다. 李嘉祐의 시에 대해 高仲武는 『中興間氣集』에서 '袁州(李嘉祐)는 당시 조대에서 문장으로 이름을 떨치고 명예를 얻었으며 中興 기간의 시인 중 격조가 높은 인물로 錢起나 郞士元과는 다른 체를 이룬 시인이다. 가끔 齊梁의 화려하면서도 완약한 시풍을 드러낼 때가 있어 吳均과 何遜과도 필적할 만하다.(袁州自振藻天朝, 大收芳譽, 中興高流, 於錢郞, 別爲一體. 往往涉於齊梁, 綺靡婉麗, 皆吳均何遜之敵也)"라고 칭찬을 가한 바 있다.

李嘉祐의 자연시에는 순수한 마음으로 자연을 바라보거나 은일을 찬미한 작품도 있지만 많은 수의 작품을 통해 지방관 된 이의 소외감이나 관직에 대한 회한을 자연 묘사 속에 담고 있으며 화려하지 않은 시어와 완약한 느낌을 주는 표현을 잘 활용한 것이 특징이라 할 수 있다. 이러한 점에 착안하여 그의 시가들을 몇 수 살펴보기로 한다. 봄날 淇水 가에서 풍경을 즐기는 모습을 담은 다음 작품은 李嘉祐가 지향했던 청아한 의식을 살필 수 있게 해주는 작품이다.

春日淇上作 봄날 기수에서 지음
淇上春風漲 기수에 봄바람 불고 물이 불어나니

鴛鴦逐浪飛　원앙은 물결 따라 비상하는구나
淸明桑葉小　청명이라 뽕잎은 아직 작고
度雨杏花稀　비 온 후라 살구꽃은 듬성듬성하네
衛女紅妝薄　위 땅의 여자들 엷게 붉은색 화장을 하고
王孫白馬肥　왕손의 백마는 살이 쪄 있다
相將踏靑去　서로 함께 답청을 가는데
不解惜羅衣　좋은 옷 입는 것 아까워하지 않는구나

봄날에 재자가인이 淇水 가 언덕에 올라 賞春하는 모습을 그리고 있다. 봄바람과 봄비, 뽕잎과 살구꽃으로 봄의 경물을 그렸고 이 속에 짝지어 노니는 원앙과 청춘남녀를 배치시켜 청춘의 젊은 기운과 봄의 신선한 정경을 효과적으로 잘 묘사하였다. 미연에서 '좋은 옷(羅衣)'을 아까워하지 않는다는 표현을 한 것은 작자가 이 좋은 정경을 귀하게 생각하는 마음을 갖고 있음을 내비친 것이다. 사욕이나 번뇌 없이 객관적으로 보이는 푸릇푸릇한 정경만을 즐기고자 하였음을 그린 작품이라 하겠다.

山房의 스님에게 부친 다음 시에서도 담담한 묘사를 통해 한가로운 경지를 찬양하고 있음이 보인다.

題道虔上人竹房 도건스님의 대숲 속 선방에 제하여
詩思禪心共竹間　대숲 속에선 詩心이나 禪心 모두 한가롭게 일어
任他流水向人間　다른 것은 흐르는 물 따라 속세에 보내리
手持如意高窓裏　손에 如意를 들고 절간에서 기거할 제
斜日沿江千萬山　석양은 강과 뭇 산들 따라 지누나

대숲 속 청정한 경지에서 詩와 禪은 모두 한가롭게 일어나니 시인은 어느덧 이외의 것을 세상에 흘려보낼 정도로 '逍遙自在'의 경지에 들어가 있다. 은거하는 공간을 '高窓'으로 표현하였는데 '如意'라는 사물을 등장시켜서 내 소욕대로 행해도 거칠 것 없는 지경에 있음을 간접적으로 표현하였다. 말구에서 강과 뭇 산들 아래로 사라지는 '지는 해(斜日)'는 제2구의 '流水'와 함께 세속의 번뇌를 사라지게 하는 매개체 역할을 하고 있다. 우수를 자연에 실어 보내고자 하는 시

인의 마음을 효과적으로 표현하고 있는 것이다.

李嘉祐는 은거하는 이를 부러운 시선으로 바라보며 은거 지향 의식을 찬미하기도 했다. 王舍人이 한거하는 竹樓를 보면서 자신의 마음을 밝힌 다음 작품을 보자.

寄王舍人竹樓 왕사인의 죽루에서 부침
傲吏身閑笑五侯 관직을 하찮게 보는 몸 한가하여 고관을 부러워하지 않네
西江取竹起高樓 서쪽 강에서 대나무를 취하여 높은 누각을 지었다
南風不用蒲葵扇 남풍 불어도 시원하니 부들부채 필요 없고
紗帽閑眠對水鷗 하릴없는 관모는 조용히 두고 물오리 대하며 잠든다

관직과 고관에 연연하지 않는 마음을 대나무를 들어 묘사한 것과 한거하며 자신만의 의지를 지키고 있음을 '높은 누각(高樓)'에 비유한 것이 돋보인다. 자연에 몸과 마음을 맡기고 인위적인 욕심을 조용히 내려놓는 마음을 후반부에서 설파함으로써 한아한 정경의 묘사를 창출하고 있다.

담백한 묘사를 통해 한아하게 서정을 표현한 작품도 있지만 대부분의 李嘉祐 자연시가는 그가 「春日歸家(봄날 귀가하여)」에서 "고향 꿈의 고단함 나만이 알아, 나그네 마음을 알아주는 이 아무도 없구나. 텅 빈 정원에는 풀빛만 남아, 날마다 근심스런 이 마음과 짝을 이루누나.(自覺勞鄕夢, 無人見客心. 空餘庭草色, 日日伴愁襟)"라고 하여 좌천된 이후 겪게 된 타향살이의 서러움을 노래한 것처럼 상당 부분 번뇌와 소슬한 기분을 함유하고 있는 것이 발견된다. 李嘉祐는 특히 칠언율시를 활용하여 정밀한 표현을 가함으로써 자신의 표현력을 드러낸 바 있다. 이러한 점과 연관하여 그의 七言律詩 작품을 몇 수 살펴보기로 한다. 다음은 담백한 필치를 사용하면서 경물의 교묘한 배치와 효율적인 우수의 서사를 이루어낸 예가 되는 시가이다.

晩登江樓有懷 저녁에 강루에 올라 소감을 읊다
獨坐南樓佳興新 홀로 남루에 앉아 있으니 아름다운 감흥이 새로 이는데
靑山綠水共爲鄰 푸른 산과 물은 함께 벗하고 있다

爽氣遙分隔浦岫　상쾌한 날씨에 먼 포구와 산꼭대기도 또렷이 보이고
斜光偏照渡江人　석양은 온통 강 건너는 이에게 드리워져 있다
心閑鷗鳥時相近　마음 한가하여 때로 갈매기와 가까이하고
事簡魚竿私自親　번거로운 일 별로 없어 고기 잡는 일 절로 친근하다
只憶帝京不可到　그저 아쉬운 것은 경사에 이르지 못함이니
秋琴一弄欲沾巾　가을 거문고 한번 타며 수건을 적셔 볼까나

　"홀로 앉아 있다(獨坐)"로 시작한 첫 구는 "새로이 일어나는 아름다운 흥취(佳興新)"로 인해 고적하지 않은 느낌을 갖게 되었고 다음 구의 "푸른 산과 물을 함께 이웃하는(共爲鄰)" 상황과 넉넉한 대비를 이루고 있다. 자연을 찾은 시인의 마음을 잘 표현한 것은 함연과 경연이다. 먼 포구와 산꼭대기가 또렷이 보이고 해 지는 석양 무렵에 마음의 동요 없이 갈매기와 서로 가까이하는 모습은 다소 과장이 섞인 표현이지만 그만큼 작자가 회열의 상태에 있음을 역설적으로 보여주는 부분이다. 그러나 자연 속에 마음을 모두 내려놓았다고 보기에는 결미의 내용이 심상치 않다. 거문고 소리 한 자락에 슬픔을 떠올리는 모습은 앞에서 자연 풍경을 추구한 것이 의도적인 것이었음을 드러내는 부분이다. 자연을 통해 얻을 수 있는 해탈이 아직은 마음속의 번뇌에 못 미치고 있음을 살필 수 있다.
　李嘉祐가 이별을 앞두고 친구와 함께 누각에 올라 쓴 다음 시는 정경 묘사와 석별의 심정을 순차적으로 묘사하면서 우수의 강도를 점증시키는 수법을 발휘한 작품이다.

同皇甫冉登重玄閣 황보염과 함께 중현각에 올라

高閣朱欄不厭遊　높은 누각 붉은 난간에 노니는 것 싫증나지 않은데
蒹葭白水繞長洲　갈대는 물가에 희게 피어 먼 모래톱을 두르고 있다
孤雲獨鳥川光暮　외로운 구름과 홀로 나는 새, 냇가에는 해가 저물고
萬井千山海色秋　마을마다 산마다 바다 빛 가을 색
清梵林中人轉靜　숲 속에서 울리는 맑은 범종 소리에 마음은 허정해지고
夕陽城上角偏愁　석양 지는 성곽 위로 펼쳐진 근심 한 자락
誰憐遠作秦吳別　그 누가 멀리 秦 땅과 吳 땅으로 이별함을 슬퍼하는가
離恨歸心雙淚流　이별의 한과 돌아가고픈 마음에 두 줄기 눈물 흐르네

눈앞에 있는 멋있는 "높은 누각과 붉은 난간(高閣朱欄)"에 이어 먼 강가 모래
톱을 두르고 있는 갈대, 하늘의 구름과 새, 먼 마을과 산 등 근경과 원경을 아
우른 정경 묘사가 펼쳐져 있는데 그 속에 울려 퍼지는 종소리는 문득 정적을
깨는 역할을 한다. 석양에 울리는 범종 소리를 들으면서 근심을 느끼는 과정은
자연에서 자신으로 시야가 축소되는 과정이며 한아한 외경에서 번뇌에 찬 내면
으로 의식이 흐르는 과정이다. 이 과정의 출발점이 바로 범종 소리인 것이다.
전반부에서 신선한 필치로 자연 풍경을 묘사했으나 결미로 갈수록 '愁', '恨' 등
의 표현을 통해 점차 깊어가는 내면의 비애를 표출하고 있음이 돋보인다.

李嘉祐가 江陰縣令으로 이관하여 가면서 쓴 다음 작품에서는 大曆 시기의
시인에게서 보이는 특유의 비애 어린 정감의 서사가 담겨 있다.

承恩量移宰江邑臨鄱江悵然之作 은혜를 입어 江陰縣令으로 부임하다가
파강에서 쓴 서글픈 시

四年謫宦滯江城	사 년 적신의 신세로 강성에 머무르니
未厭門前鄱水淸	문 앞 파수의 맑음 종래 싫증나지 않는다
誰言宰邑化黎庶	임지에 부임하면 백성과 조화 이루라고 그 누가 말했나
欲別雲山如弟兄	첩첩이 쌓인 산과의 이별은 마치 형제와 헤어지는 듯
雙鷗爲底無心狎	쌍쌍이 나는 기러기는 낮게 날아도 근심이 없지만
白髮從他繞鬢生	그 모습 바라보던 나는 흰머리에다 흰 귀밑머리까지 둘러 나네
惆悵閑眠臨極浦	슬픈 마음에 잠을 청했다가 아득한 포구에 닿으니
夕陽秋草不勝情	석양이 가을 풀에 비치는 모습에 슬픔 견디기 어려워라

鄱陽令으로 좌천되었던 李嘉祐가 江陰縣令으로 부임하며 새 임지에 닿기 전
鄱陽의 강가에서 소회를 밝힌 글이다. 시제에서 '承恩'이라 하여 이관이 천자의
은혜라고 말하고 있지만 지방관을 전전하는 宦游의 신세를 못 벗어난 상황이라
내심은 종래 슬픔을 떨쳐버리지 못하고 있다. 자신의 신세는 이곳저곳을 떠돌
지만 자연은 여전히 청아한 기쁨을 제공하는 존재다. 기러기가 자유롭게 나는
것을 부럽게 바라보지만 자신을 돌아보면 흰머리만 늘어나는 처지에 있다. 미
연에서 '한가하게 잠들다(閑眠)'는 표현과 '슬픔(惆悵)'을 함께 기술하여 閑逸한
서정 속에 비애감을 담았고 석양과 가을 풀을 보면서 슬픔을 떠올리는 상황을

기술함으로써 자연 정경과 개인의 감정을 효과적으로 배치하는 수법을 활용하였다. 大曆 시기 시인에게서 흔히 발견할 수 있는 비애 어린 자연 묘사의 예가 되는 부분이라 하겠다.

李嘉祐를 비롯한 강남 문인들은 강남에 정착한 후 수려한 자연 풍광에 도취된 상태로 세월을 보내기도 했지만 그들의 자연시를 세밀히 살펴보면 내면의 비애와 관직에 대한 미련을 완전히 떨쳐버리지 못했던 면모도 종종 발견된다. 시인은 평정심을 추구하며 자연 경물을 관조하기는 하지만 때로는 개인이 체험한 현실적 한계나 실패의 경험, 잔존하는 현실적 욕망 등으로 인해 자연에 완전히 동화되지 못한 면모를 보이기도 하는 것이다. 강남 지역 시인의 시에서 '孤城'이나 '遠村'과 같이 심리적 거리감을 둔 시어나 '秋風', '落葉', '夕照', '寒雁' 등 사라져가는 형상을 묘사하는 시어를 활용한 경우는 상당 부분 이런 성향을 반영한 예라고 볼 수 있을 것이다. 李嘉祐는 많은 시의 창작을 통해 자연에 대한 애착을 보이면서도 결국은 서글픈 정서를 시가에 투영한 경우가 많았다. 이러한 면모는 大曆 시기 자연시가 지닌 특징과도 연관이 있으니 李嘉祐의 자연시를 통해 大曆 시기 자연시의 일면을 살필 수도 있는 것이다.

韋應物은 劉長卿과 함께 中唐 자연시의 부흥을 선도하였으며 唐代 四大 자연시인 '王孟韋柳' 중 일인으로 거론되는 인물이다. 韋應物(737~795?)은 京兆 萬年(현 陝西 西安)人이다. 대략 玄宗 開元 25년(737)경에 태어나 15세 때에 蔭德으로 唐 玄宗의 三衛近侍가 되었으며 한때 방탕한 생활을 하였으나 安史亂을 겪으면서 독서에 매진하게 된다. 進士에 급제한 후 廣德 元年(763)에 洛陽丞을 필두로 大曆 13년경에 京兆府功曹參軍, 建中 4년(783)에 滁州刺史, 貞元 元年(785) 가을에 江州刺史, 貞元 4년(788)에 蘇州刺史 등을 역임하였다. 貞元 7년(791)에 파직된 후 蘇州城 밖 永定寺에 기거하다가 대략 貞元 8년(792)을 전후하여 졸한 것으로 보인다. 後人이 그를 韋江州, 韋左司, 韋蘇州 등으로도 부르고 있으며 『全唐詩』 등에 그의 시 작품 565수가 전한다. 그는 洛陽丞 이후, 櫟縣令 이후, 滁州刺史 이후, 蘇州刺史 이후 등 총 네 번에 걸쳐 출사에 이어 은거 생활을 실행한 바 있다. 보통 2~3년을 기간으로 하여 한거를 되풀이한 것이었는데 이로 인해 각 시기마다 특성 있는 자연시 작품이 탄생하게 되었다. 韋應物의 시는 530제 565수에 달하는데 이를 시제와 내용에 따라 분류하여보면, 交友詩 284수, 山水田園詩 109수, 詠物詩 9수, 詠懷詩 75수, 社會詩 34수, 悼亡詩 19수, 擬古詩 12수, 遊仙詩 12수, 懷古詩 6수, 기타 雜感을 읊은 시 5수 등으로 구성되어 있다.[16] 交友詩 다음으로 山水田園과 景物을 묘사한 시가 많은 편이며 작품 편수나 내용상에 있어 中唐 최고의 자연시 시인으로 꼽기에 무리가 없다. 일생 동안 출사와 은거를 되풀이하면서 지속적으로 뛰어난 자연시를 창작한 시인이었던 것이다.

韋應物을 여타 자연시인들과 비교할 때 첫 번째로 거론할 수 있는 점은 그가 中唐代에 와서 陶淵明을 가장 잘 모의한 시인이라는 점이다. 韋應物은 시류와 영합하기를 싫어한 인물이었고 현직 지방 관리로 재직하면서 疾苦를 겪는 백성에게 賦稅를 재촉해야 하는 신분과 역할에 대해 염증을 느끼고 있었기 때문에 陶淵明의 사상과 작품에서 많은 정신적 위안과 동질성을 얻을 수 있었다. 따라서 그는 陶淵明의 사상과 정서를 흠모하여 "陶淵明의 시를 배우거나(學陶)", "그의 시를 모의하고(擬陶)", "흠모의 정을 밝힌(慕陶)"의 시편[17]들을 창작하였으니 그의 시는 風格, 意象, 內容, 情感의 표현에 있어 陶淵明 詩와 매우 유사한 풍모를 가졌다고 말할 수 있다. 初唐代 王績을 비롯하여 전대 여러 문인들이 陶淵明의 인품과 은거 생활을 흠모하며 그의 시를 모의한 바 있지만 中唐 韋應物처럼 실제 생활과 시풍에 있어 陶淵明을 잘 계승한 시인을 찾아보기란 쉽지 않

---

16 배다니엘, 「韋應物 詩 硏究」(한국외국어대학교 박사학위 논문, 1997. 2) "제3장 韋應物 시의 내용 분석" 참조.

17 韋應物의 시 중 陶淵明의 詩를 모의한 詩로는 「效陶彭澤」, 「與友人野飮效陶體」, 「秋郊作」, 「東郊」, 「西澗種柳」, 「贈令狐士曹」, 「新理西齋」, 「送丘員外歸山居」 등과 澧上閑居 기간에 지은 「澧上西齋吟藁」 등이 있다. 이처럼 韋應物의 시가 陶詩와 유사한 풍모를 갖고 있음에 대해 『四庫總目提要』에서는 "그의 시는 근원이 陶淵明에서 나왔고 三謝에 융화되었으니 고로 진실하면서도 졸박하지 않고 화려하면서도 기려하지 않다.(源出于陶, 而融化于三謝, 故眞而不樸, 華而不綺)"라고 평했고, 施補華는 『峴傭說詩』에서 "후대인이 陶淵明을 배움에 있어 韋公이 가장 뛰어났다. 마음을 풀어냄이 맑고 담담하여 陶淵明의 시와 연결됨이 있었던 것이다.(後人學陶, 以韋公爲最深, 蓋其襟懷澄澹, 有以契之也)"라고 하여 韋應物 詩의 근원을 陶淵明과 연결시키고 있고 기타 많은 시평에서도 韋應物과 陶淵明을 연계하여 논하고 있음을 발견할 수 있다.

은 것이다. 陶淵明 시가의 계승과 연관하여 韋應物이 "陶淵明을 모의한(擬陶)" 작품인 「效陶彭澤」, 「與友生野飲效陶體」 등을 차례로 살펴본다.

效陶彭澤 도팽택을 본받아서 쓴 시

霜落悴百草　서리가 내려 풀은 모두 시드는데
時菊獨妍華　때 맞은 국화꽃은 홀로 고이 피었다
物性有如此　사물의 본성 제각기 이러하니
寒暑其奈何　추위 더위인들 그 어찌 본성을 거스리리오
掇英泛濁醪　국화잎 따서 막걸리에 띄우고
日入會田家　저녁이 되면 농가에 모여
盡醉茅簷下　초가지붕 아래에서 한껏 취하리니
一生豈在多　일생에 어찌 많은 영화를 바람이랴

시 전반부에서 陶淵明이 좋아했던 '국화꽃의 모습(菊色)'과 '속성(菊性)'을 잘 묘사하였다. 1연에서는 陶淵明 「形贈影」 제2연의 "초목은 변함없는 섭리를 얻으니 서리와 이슬이 이들을 꽃피우고 시들게 한다.(草木得常理, 霜露榮悴之)"는 구절과 상통하는 의식을 보여주고 있고, 제2연에서는 추위와 더위에도 아랑곳하지 않고 피어나 자신의 본분을 지키고 있는 국화의 품격을 칭송하였다. 제3연에서는 陶詩 「飲酒」 其七의 제1, 2연 "가을 국화 빛이 아름다워, 이슬 젖은 꽃잎을 딴다. 수심 있는 술에 띄워 마시니, 속세를 버린 심정 더욱 깊어라.(秋菊有佳色, 裛露掇其英. 汎此忘憂物, 遠我遺世情)"는 구절을 농축해놓은 듯한 느낌을 얻게 된다. 제4연의 "초가지붕 아래에서 한껏 취한다.(盡醉茅簷下)"는 표현에서도 역시 陶詩 「飲酒」 제5연 "새삼 참 삶을 되찾은 듯하여라.(聊復得此生)"의 만족감과 정서를 공유하고 있는 것이 발견된다.

與友生野飲效陶體 친구 生과 함께 들녘에서 술 마시며 도연명 시를 흉내내다

携酒花林下　술병 들고 꽃나무 숲 아래에 이르니
前有千載墳　눈앞에 천 년 된 고분이 보인다
於時不共酌　어찌 지금 함께 술잔 기울이지 못하고
奈此泉下人　땅속 사람이 되어 있는가

始自翫芳物　바야흐로 아름다운 풍경 절로 즐기려 하며
行當念徂春　다니면서 봄을 그저 머무르게 하고 싶은 거라
聊舒遠世蹤　문득 먼 앞 세계까지 생각을 펼쳐보고자
坐望還山雲　앉아서 산을 둘러싸고 있는 구름 바라본다
且逐一歡笑　그리고는 환한 웃음을 한번 지어보니
焉知賤與貧　천하고 빈한함 그 어찌 느끼겠는가?

이 작품은 陶淵明의 「諸人共遊周家墓柏下」[18] 작품을 모의하여 지은 것으로 교외 들녘에서 음주하면서 분묘를 앞에 두고 서정을 펼치는 배경이 같고 내재된 詩意 역시 陶淵明의 작품과 거의 흡사한 면모를 보인다. 시 전체를 통해 유람의 흥취를 표현한 것 역시 陶詩 제1, 3연의 유유자적하는 흥취를 이 시 1, 3, 4연에서 잘 재현해놓은 느낌이다. 또한 陶詩 4연에서 언급한 내일 일을 알지 못하는 중에서도 구속이 없는 소요의 경지를 추구한 장면이 이 시 5연에서도 나타나고 있다. 비록 시어를 똑같이 모의하지는 않았지만 도연명의 시와 의경을 잘 재현해놓고 있음을 발견할 수 있는 것이다.

이 두 수의 시 이외에도 '學陶', '慕陶', '擬陶'의 내용과 형식으로 지어진 여러 수의 詩가 있다. 「東郊(동쪽 교외)」에서는 "隱居를 즐기는 마음 자주 억누름은, 公事를 갑자기 버리지 못해서이다. 그러나 끝내 여기 草堂 지으면, 陶公을 그리던 뜻 거의 이루리(樂幽心屢止, 遵事跡猶遽. 終罷斯結廬, 慕陶直可庶)."라고 하여 만년에는 陶淵明이 초가 지어 은거하며 한적한 생활로 도심을 양성했던 모습을 종래 따를 뜻을 보여주었고, 「園林晏起奇昭應韓明府盧主簿(원림에서 늦게 일어나 소응 한명부 노주부 등에게 보냄)」에서는 陶淵明 시의 필치로 "다시금 초가집 처마 밑에 앉아, 술을 대하며 많은 현인들을 생각한다. 허리에는 관인을 차고 있고, 공문서들이 눈앞에 그득하다. 이제 숲 속에서의 감상을 떠올리고, 모든 산천에서 사물을 두루 둘러봄을 생각한다.(還復茅簷下, 對酒思猷賢. 束帶理官府, 簡牘盈目前.

---

18 陶淵明, 「諸人共遊周家墓柏下(여러 사람들과 주가묘의 잣나무 아래에서 노닐며)」: "오늘 아름다운 날씨에, 맑은 바람과 거문고 소리 어우러진다. 저 잣나무 아래 있는 이 감개 느끼매, 어찌 기뻐하지 않으랴. 맑은 노랫소리 새 곡조에 울려 퍼지고, 푸르름 속에 술 따르니 얼굴빛 환하다. 내일 일 느끼지 못하리니, 내 마음 실로 벌써 흥금을 다하고 있음에랴.(今日天氣佳, 淸吹與鳴彈. 感彼柏下人, 安得不爲歡. 淸歌散新聲, 綠酒開芳顏. 未知明日事, 余襟良已殫)"

當念中林賞, 覽物遍山川)"라 하여 陶淵明이 관인을 풀어버리고 은거하던 것을 추억하였으며, 「郊居言志(교외에서 기거하며 뜻을 펼치다)」에서는 "숲에 깃드는 새와 무엇이 다른가, 그리워하던 이곳 다시 돌아왔다.(何異林棲鳥, 戀此復來還)"라고 하여 陶詩 「歸園田居」 其一의 "羈鳥는 옛 숲을 그리워하고, 池魚는 옛 연못을 생각한다.(羈鳥戀舊林, 池魚思故淵)"와 같은 의경을 창출하였다. 또한 행유 중에 官友에게 부친 「九日灃上作寄崔主簿倬二李端繫(구일 풍상에서 지어 최주부 탁이와 이단계에게 함께 부침)」이라는 작품도 陶淵明 「己酉歲九月九日」의 詩意를 모의하여 지은 작품이며, 「晩出灃上贈崔都水(저녁에 풍상에 나가 최도수에게)」에서도 직접적으로 陶淵明을 지칭하지는 않았지만 시구의 행간을 통해 자신의 정서와 행동, 깨달음 등이 陶淵明을 따르고 있음을 드러낸 바 있다.[19] 唐代의 많은 시인이 전원 풍경이나 산수의 아름다움을 묘사하면서도 실제 시인이 쟁기를 들고 전가의 고락을 체험하면서 쓴 시는 별로 많지 않다. 韋應物 역시 陶淵明이 살았던 삶과 비교할 때 실제적인 차이가 있었지만[20] 그의 삶의 여정과 시편을 볼 때 다른 시인들보다 田家와 함께하고자 했던 참여 의식이 상대적으로 강했음을 발견

---

19 韋應物의 작품 중 이렇게 陶淵明을 직접적으로 지칭하거나 혹은 생활태도와 정신상에 있어 陶淵明의 생활을 의식하며 쓴 시들은 위에서 열거한 몇 수에 그치지 않는다. 陶淵明의 深意를 취하여 창작하거나 陶詩 중 한두 句를 개조하여 詩의 수법이나 意象에 있어 비슷한 효과를 꾀한 여타의 작품도 여러 편 있는 것이다. 「答長安丞裴說(장안승 배열에게 답함)」의 "臨流意已盡, 採菊露未晞, 擧頭見秋山, 萬事都若遺" 句는 陶詩 「飮酒(음주)」 其五의 "採菊獨籬下, 悠然見南山" 句를 개조한 것이며, 「晩歸灃川(저녁에 풍천으로 돌아와)」의 "昆弟欣來集, 童稚滿眼前, 適意在無事, 携手望秋田." 句는 陶詩 「酬劉柴桑(유시상의 시에 답하여)」의 "命室携童弱, 良日登遠遊." 句를 부연하여 전환시킨 것이고, 「灃上西齋寄諸友(풍상의 서재에서 여러 벗들에게)」의 "開襟納遠颸" 句는 陶詩 「和郭主簿(곽주부에 답함)」 其一의 "回飆開我襟" 句와 유사하다 하겠다. 이외에도 韋應物의 시 중에는 意象과 技巧상 陶詩와 근사한 작품이 다수 있다.

20 韋應物에 있어서도 陶淵明과 비교할 때 각기 다른 환경과 성품에서 기인하는 不同한 면도 보여주고 있다. 이를테면 陶淵明은 歸田했으나 韋應物은 佛寺에 우거한 시간도 많았고 陶淵明은 田夫와 함께하며 관인들과 거의 내왕을 하지 않았으나 韋應物은 寺僧과 함께하며 관인들과도 交友했고 陶淵明은 五斗米에 折腰함을 싫어하며 결연한 태도로 다시는 出仕하지 않고 자신의 존엄을 지켰으나 韋應物은 때로 출사의 기회를 기다렸으며, 陶淵明은 田園의 風光과 농가의 즐거움을 감상했으나 韋應物은 山水의 美와 한적 생활의 情趣를 즐겼고, 陶淵明은 田園으로 들어가 거하였으나 韋應物은 田園에의 出入을 되풀이하여 山水田園에 때로 일정치 않은 태도를 보인점 등은 韋應物과 陶淵明의 생활과 의식상의 차이라 할 수 있겠다.

할 수 있다. 韋應物은 때로 전원생활에 실제적으로 참여하기도 하였고 스스로 가난한 생활을 하면서 농부의 삶을 동정하고 자족하는 흥취도 지니고 있었다. 이러한 의식과 생활태도가 있었기에 韋應物을 들어 陶淵明을 가장 잘 계승한 시인으로 언급할 수 있는 것이다.

韋應物의 시 작품은 대부분 그가 永秦 元年(765)에 洛陽丞으로 出仕한 이후에 창작되었다. 그의 시가는 洛陽丞에서 京兆府에 임직하기 전까지의 소회를 밝힌 시, 滁州刺史로 나가서 지방관 생활을 한 기간에 느낀 현실의 한계와 비애를 담아 창작한 시, 江州刺史로 출사했다가 蘇州刺史를 마친 후에 永定寺에 우거하는 기간 동안 안일과 자족의 생활을 추구하면서 쓴 시 등으로 나눌 수 있는데 이 시기들은 각각 10년 정도의 창작 기간을 갖고 있다. 韋應物의 자연시는 이와 연관하여 洛陽丞期, 江淮旅行期, 灃上閑居期, 滁州刺史期, 江州·蘇州刺史期 등으로 5분할 수 있다.[21] 각 시기별 작품의 성향에 관심을 갖고 韋應物의 자연시를 분석해보기로 한다.

자연시 창작의 초기에 해당하는 洛陽丞 시절에 韋應物은 전란으로 파괴된 洛陽의 현실을 반영한 시가를 상대적으로 많이 지었다. 이 시기에는 소수의 자연시가 창작되었지만 소박하고 맑은 의식을 갖고 자연을 바라보았던 면모가 담겨 있다. 이 시기 작품 중 洛陽丞에서 파직한 韋應物이 同德精舍에서 약 3년 정도 한거할 때 쓴 「龍門游眺」를 살펴본다.

龍門游眺 용문에서 조망하며
鑿山導伊流　산을 뚫고 흐르던 伊水가
中斷若天闢　중간에 끊겨 하늘이 열린 듯하다
都門遙相望　도성문에서 멀리 용문산을 바라보니
佳氣生朝夕　아름다운 기운이 조석으로 일어난다
素懷出塵意　세속을 벗어나고 싶은 마음 오래였는데
適有攜手客　마침 나그네가 손을 잡고 이끌어주는구나
精舍遶層阿　절들은 층층이 언덕에 둘러 있고

---

21 배다니엘, 「韋應物 詩 硏究」(한국외국어대학교 박사학위 논문, 1997. 2) "제3장 韋應物 시의 내용 분석"의 구분 참조

千龕隣峭壁　가파른 벼랑에 불상을 모신 동굴 천 곳이 있다
緣雲路猶緬　푸른 구름 속으로 길은 계속 이어지고
憩澗鐘已寂　계곡에서 쉬자니 종소리 이미 그쳤다
花樹發煙華　꽃과 나무들은 봄 경치를 더하고
淙流散石脈　흐르던 샘물은 이어진 바위 위에서 흩어진다
長嘯招遠風　긴 휘파람을 불며 먼 바람을 부르고
臨潭漱金碧　못에 이르러 아름다운 물에 입을 헹군다
日落望都城　황혼의 도성을 바라보니
人間何役役　인간 세상 어찌 저리도 수고로운고

　龍門 산수의 뛰어난 풍경과 용문석굴의 기묘함을 묘사하면서 세속을 벗어나 자연과 조우한 기쁨을 펼치고 있다. 龍門山과 香山을 사이에 두고 伊水가 흐르는 형상을 묘사하면서 눈앞의 정경에 아득한 상고사를 결합하여 한층 깊은 느낌을 창출하였다. 제2연의 '都門'은 洛陽城의 定鼎門을 가리키는데 龍門山의 정기와 대조된 세속의 의미로 비쳐지고 있으며 다음 구에서는 자신이 찾은 이 정경이 평소의 소원이 성취를 이룬 기쁨임을 밝혔다. 龍門寺院과 석굴의 장엄한 모습을 조망하면서 운무에 쌓인 산로를 등반할 때 사원의 종소리도 듣지 못할 정도의 적막감이 펼쳐지니 세속을 떠난 허허로운 마음은 이 정경과 더욱 조화를 이루게 된다. '發', '散', '招', '漱' 동사는 경물을 바라보는 흥취를 동태적으로 나타내면서 시의 생동감을 더하는 시어이다. 龍門山에서 멀리 洛陽을 바라보며 현지의 적막함과 都城의 번다함, 公務로 인한 속세 생활과 현재의 한적함 등을 대비시킨 미연의 표현이 여운을 준다.
　다음 「經少林精舍寄都邑親友」 역시 청년기의 韋應物이 목도한 산수의 모습을 산뜻한 필치로 묘사한 작품이다.

經少林精舍寄都邑親友 소림사를 지나가며 도읍의 친구에게
息駕依松嶺　소나무 고개에서 수레 잠시 멈춰서보니
高閣一攀綠　높은 누각에 걸친 나뭇가지 푸르르다
前瞻路已窮　눈앞에 보이는 길 이미 다했는데도
旣詣喜更延　기쁜 마음에 더 가고자 한다
出巘聽萬籟　봉우리에 올라 온갖 자연의 소리 들어보고

入林濯幽泉　숲에 들어가 그윽한 물에 발 담가본다
鳴鐘生道心　울리는 종소리에 道心이 피어나는 듯하고
暮磬空雲煙　저녁 경쇠 소리 들리는데 하늘에는 구름 연기 일어난다
獨往雖暫適　홀로 와서 비록 잠시 거닐어보나
多累終見牽　종래 많은 시름에 끌리게 되는구나
方思結茅地　바야흐로 땅 위에 초막집 지어
歸息期暮年　暮年에 돌아가 쉴 기약하나니

　登封縣 少林寺를 지나가던 중의 지은 작품으로 자연의 청정함에 귀의하고픈 소망을 담은 시이다. 소나무 골짜기에 들어간 작자는 길이 다한 듯해도 자연으로 더욱 깊이 들어가고픈 마음을 갖게 된다. 忘我의 경지에 든 모습으로 온갖 새소리에 심취하며 산속 시내에 발을 담가보기도 하는데 '萬籟'와 '幽泉'이 청각적인 효과를 더하면서 더욱 한아한 경지를 창출한다. 이 속에서 시인은 시름에 찬 생활을 떠올리게 되니 좋은 경치에도 현실의 업무는 그의 뇌리에서 떠나지 않고 있는 것이다. 훗날에 때가 되면 한거하리라는 희망을 밝히는 것으로 마무리할 뿐이다.

　大曆 8年(773) 가을에 洛陽丞職에서 물러나 長安에 기거하던 韋應物은 長安의 杜陵을 출발하여 洛陽, 鞏縣, 淮陰, 楚州, 寶應, 廣陵을 거쳐 다시 長安으로 돌아오는 淮海로의 여행을 한 바 있는데 이 시기는 韋應物 자연시 창작의 제2기에 해당하는 시기이다. 이 1년 남짓한 江淮와 江漢에서의 유람은 그의 자연시 창작에 있어 좋은 체험이 되었다. 북방보다 전화의 상처가 적었던 淮南 지역의 수려한 산수를 견학하고 남방 시우들과 폭넓게 교제할 수 있었던 것은 淮海 여행에서 얻게 된 자산이었으며 자연시의 예술성을 한층 성숙하게 향상시킬 수 있었던 중요한 요인이 되었다. 이 시기의 작품 중 洛陽으로부터 鞏縣을 거쳐 黃河로 가면서 쓴 「自鞏洛舟行入黃河卽事寄府縣僚友」를 살펴본다.

自鞏洛舟行入黃河卽事寄府縣僚友 공현과 낙양에서 배로 황하에 들어가며 부현의 관우들에게 씀
夾水倉山路向東　夾水는 倉山을 거쳐 동쪽으로 향하고
東南山豁大河通　동남쪽 산골짜기는 큰 강으로 이어진다

寒樹依微遠天外　차가운 나무들 멀리 하늘 밖까지 아득하고
夕陽明滅亂流中　석양은 어지러이 흐르는 물에 비치며 명멸하는구나
孤村幾歲臨伊岸　저 언덕에 있는 외로운 마을은 얼마나 오래되었을까
一雁初晴下朔風　기러기 한 마리 구름 개자 삭풍 타고 내려오네
爲報洛橋遊宦侶　洛水 다리를 다니는 그대들과 함께 하고픈 마음 알리고자 하나
扁舟不繫與心同　한 조각 배는 내 마음처럼 머물러 있지 않는구나

　배를 타고 鞏縣에서 洛水를 통해 黃河에 들어갈 때 목도한 정경을 洛陽의 친구에게 부친 시이다. 수연에서는 뱃길을 따라 동쪽으로 항해할 때 양안의 청산이 이어지다 黃河로 진입한 정경을 그렸고 이어서 黃河로 들어섰을 때의 심정과 경치를 시간과 공간적으로 표현하였다. 가을 저녁에 하늘가까지 늘어선 나무들이 추풍에 낙엽 지는 모습, 파도 속에 명멸하는 석양을 그림으로써 자신의 가슴에 있는 산수의 회화미를 잘 표현하였다. 경연에서 정경을 표현한 부분은 눈앞의 정경보다 마음의 정경에 더욱 치중하였다. 난리를 겪은 후 영락한 '孤村'과 객이 되어 江淮로 향하는 여정에 오른 자신을 풍상을 두려워하지 않고 내려오는 기러기로 치환하여 대비하였다. 미연에서는 官友에게 자신이 현실 참여와 현실적 한계 사이에서 갈등하고 있음을 전하고 있어 경물 감상 중 떠오르는 현실에 대한 고뇌를 행간에 투영하였음이 발견된다. 이른바 "경치 속에 마음을 담은(景中有情)" 경지를 표현하고 있는 것이다.
　다음은 강남 산수 유람을 마친 韋應物이 廣陵을 떠나 長安으로 올라가면서 쓴 작품이다.

淮上卽事寄廣陵親故 회상에서 지어서 광릉의 친구에게 보냄
前舟已眇眇　앞의 배는 이미 아득히 멀어졌는데
欲渡誰相待　건너려 한들 누가 나를 기다리리오
秋山起暮鐘　가을 산에 저녁 종 울리는데
楚雨連滄海　楚 땅에 내리는 비 滄海에도 이어지는구나
風波離思滿　淮上의 풍파 이별의 정으로 가득 차고
宿昔容鬢改　얼굴색과 귀밑머리 모두 변해 어제 같지 않구나
獨鳥下東南　오직 새 한 마리 동남쪽으로 날아가니
廣陵何處在　광릉은 그 어느 곳에 있는가?

앞배를 나루에서 바라보나 보이지 않아 불안한 마음을 갖게 된 것을 시작으로 먼 山寺의 저녁 종소리, 해 저물고 비 내리는 淮水의 가을 산, 인적 없는 나루터의 고독감 등을 언급하며 이별에 임하여 바라보는 산수의 소슬한 경치를 잘 표현하였다. 마치 그동안 객지에서 쌓여온 고독한 정서가 한순간 터진 것처럼 배경을 묘사하였고 "淮上의 風波가 그득하다."는 표현을 통해 정경을 대하면서 느끼는 석별의 정을 극대화했다. 미연에서 무리와 떨어져 홀로 날아가는 새의 형상을 통해 자신의 마음을 투영한 것 역시 시선을 끈다. 여로에서 느끼는 정과 친우에 대한 그리움, 산수의 처연함 등을 혼합하여 아련한 분위기를 창출해낸 작품이라 하겠다.

韋應物의 자연시 창작의 제3기에 해당하는 기간인 澧上에서 閑居할 때에 쓴 시는 전원의 잘 흥취를 표현한 작품이 많은 것이 특색이라 하겠다. 韋應物은 建中 2년(781) 比部員外郎을 제수받기 전까지 약 2년간 長安 서쪽 교외 澧水의 善福精寺에서 한거한 바 있는데 이 善福精寺의 생활은 韋應物로 하여금 그간 小吏職을 담당하며 겪던 번민에서 벗어나 전원의 낙을 즐기면서 여러 詩友들과의 교분을 이루게 하였다. 이 시기의 작품들[22]을 보면 隱逸을 실현한 陶淵明에 대한 정신적 계승을 추구하면서 자신만의 즐거움을 스스로 추구하고자 하였음

---

22 韋應物이 善福精寺에서 우거하면서 지은 詩로는 「澧上西齋寄諸友」, 「獨遊西齋寄崔主簿」, 「晚歸澧川」, 「九日澧上作寄崔主簿倬二李端繫」, 「寺居獨夜寄崔主簿」, 「澧上精寺答氏外甥侊」, 「西郊養疾聞暢校書有新什見贈久佇不至先寄此詩」, 「澧上寄幼遐」, 「晚出澧上贈崔都水」, 「善福精寺答韓司錄清都觀會宴見憶」, 「善福閣對雨寄李儋幼遐」, 「答暢校書當」, 「澧上醉題寄張武」, 西郊寄滌武不至書示」 등의 매우 많은 작품이 있다. 이 작품들은 澧上에 한거할 때 느낀 전원 은거의 낙을 주로 표현하고 있다. 「西郊養疾聞暢校書有新什見贈久佇不至先寄此詩(서쪽 교외에서 병을 치료하며 있을 시 당교서가 새로운 시를 지어 보냈다 하나 아직 도착하지 아니하여 이 시를 먼저 보냄)」에서 "저녁 창은 시원한 개울물 소리 머금고 있고, 비 온 후 대숲의 푸르름 사랑스럽다. 마음을 활짝 열어 크게 읊조리기 시작하고, 거문고 대하매 혼자의 그윽한 경지로 들어간다.(窓夕含澗凉, 雨餘愛筠綠. 披懷始高詠, 對琴轉幽獨)"라고 하여 홀로 바라보는 자연 정경에 마음을 붙이고 있음을 나타내기도 하였고, 「澧上醉題寄滌武(풍상에서 취하여 척무에게 보냄)」에서 "함께 즐길 없다 그 누가 말하는가, 술 취한 꽃 사이에서 다 함께 있는 것.(誰言不同賞, 俱是醉花間)"이라 하여 자연 속에서 취한 넉넉한 마음을 표현하기도 했으며, 「春日郊居寄萬年吉少府中孚三原少府偉夏侯校書審(봄날 교외에 거하며 만년 소부 길중부와 삼원소부위 교서 하후심에게 부침)」에서 "홀로 계곡물을 마시면서, 老子書를 읊조린다. 궁궐 내에는 응당 많은 일이 있으리니, 그 누가 이 한거함을 헤아릴 수 있으리오(獨飮澗中水, 吟詠老氏書. 城闕應多事, 誰憶此閒居)"라 하여 궁궐에서의 번다한 생활과 한거하는 삶과의 대조를 통해 자연과 벗하는 낙을 강조하기도 하였다.

을 살필 수 있다. 灃上에서 한거하는 정취를 드러낸 작품 중 「灃上西齋寄諸友」를 살펴보자

灃上西齋寄諸友 풍상의 서재에서 여러 벗에게

絕岸臨西野　깎아지른 언덕 사방 들녘으로 임해 있고
曠然塵事遙　그 드넓음에 세속 번뇌 사라진다
淸川下邐迤　맑은 물은 아래로 끝없이 흘러가고 있고
茅棟上岧嶢　초가집 위로는 높은 산 솟아 있다
玩月愛佳夕　저녁 달빛 즐기며 좋은 이 밤 아끼나니
望山屬淸朝　멀리 산 바라보는 것 맑은 아침까지 이어진다
俯砌視歸翼　섬돌에 구부리고 앉아 歸鳥의 날갯짓 바라보고
開襟納遠飆　흉금을 열어 멀리 부는 바람 맞는다
等陶辭小秩　陶淵明처럼 小吏질 사양하고
效朱方負樵　朱買臣처럼 나무꾼 되어본다
閒遊忽無累　한가로이 노닐매 홀연히 시름 사라지고
心跡隨景超　마음속 발자취 경치 따라 넘나든다
明世重才彦　밝은 세상은 재주 있는 선비 중히 여기나니
雨露降丹宵　임금의 은택 붉은 하늘에 내리는 우로 같다
群公正雲集　뭇 선비들 구름같이 모여드는데
獨予炘寂寥　오직 나만이 적막함을 즐기누나

　깎아지른 언덕 아래에는 맑은 내가 완연히 흘러가고 그 위에는 소박한 초가가 솟아 있다. 이는 시인이 많고 고상한 경지에 있음을 드러낸 것이다. 5~8구를 보면 자연을 즐기는 흥취가 절정에 달했음이 나타난다. 속세를 벗어나 바라보는 달빛과 산의 자태는 시간의 흐름과 무관한 勿我의 경지요 '돌아가는 새의 날갯짓(歸翼)'과 '멀리서 부는 바람(遠飆)'은 자연 속에서 거칠 것 없이 자유의 경지를 만끽하는 작자의 흥금이다. 이 경지는 陶淵明의 歸園田居와 朱買臣의 나무꾼 생활처럼 세속의 번뇌를 차단한 해탈의 경지이다. 이러한 초월의식은 세속의 다른 이가 알 수 없는 오묘한 깨달음이니 말구의 '獨欣'을 통해 드러내놓고 기뻐하는 심정을 밝히고 있는 것이다.

　그러나 灃上에서 閑居할 때의 韋應物의 시를 보면 閑居의 낙을 묘사하는 모

습 이면에 홀로 된 고독감과 政務를 향한 참여 의식이 숨어 있음도 종종 발견할 수 있다. 灃上閑居期의 시들이 비록 평소 소망하던 한거를 실행한 모습을 표현하고 있지만 모든 것을 다 털어버린 자유인으로서의 삶을 영위하기에는 모종의 미련이 남아 있음을 살필 수 있다.[23] 자연 속 맑은 정취를 묘사하면서도 官場에서 생활하는 친구들에 대한 떠올림을 연결하고 있는 여러 시들에서 그 이중적 갈등 구조를 발견할 수 있는 것이다. 다음 「九日灃上作寄崔主簿倬二李端繫」 같은 시가는 灃上의 자연을 벗하는 순간순간 마음속에 일어나던 쓸쓸한 감정을 행간에 내비친 작품의 예가 된다.

九日灃上作寄崔主簿倬二李端繫 구일 풍상에서 지어 최주부 탁이와
이단계에게 함께 부침

凄凄感時節	시절을 느끼매 쓸쓸하고
望望臨灃涘	灃上의 물가에 서니 아득하구나
翠嶺明華秋	푸른 산언덕은 가을빛 받아 찬란하게 빛나고
高天澄遙滓	높은 하늘은 맑아 멀리까지 아득하다
川寒流愈迅	시냇물 차가워지고 물 흐름 더욱 빨라졌는데
霜交物初委	서리가 만물에 닿으니 움츠러들기 시작한다
林葉索已空	숲의 나뭇잎은 떨어져 가지가 비어 있고
晨禽迎颷起	새들은 새벽부터 이는 바람 맞는다
時菊乃盈泛	이때는 국화가 넘실대는 때요
濁醪自爲美	탁주가 절로 맛 나는 때라
良遊雖可娛	즐겁게 노니는 것 비록 기쁘지만
殷念在之子	그대들에 대한 생각이 무성히 일어난다
人生不自省	인생이란 스스로 살피지 않으면
營慾無終已	욕심을 영위함이 끝이 없는 것
孰能同一酌	그 누구와 능히 함께 잔 기울이며
陶然冥斯理	이러한 이치 밝힐 수 있으리오

---

23 韋應物은 京兆府功曹, 鄠縣令 등을 거치면서 뜻하지 않게 大曆 13년 아내의 죽음, 大曆 14년 黎幹의 貶死 등 일련의 사건들을 맞이하게 된다. 무엇보다 官路上 커다란 버팀목이었던 黎幹의 서거는 관직에서의 위기감을 느끼게 하는 사건이 되었을 것이며 이로 인해 병을 핑계로 하여 櫟縣令을 사양하게 된다. 이러한 배경을 뒤로하고 灃上에서 한거하게 된 韋應物로서는 은거 생활이 거리낌 없는 즐거움만으로 느껴지지는 않았을 것이다.

澧上에서 한거하는 낙과 자연에서 느끼는 소슬한 정을 함께 그린 작품이다. 1연의 '凄凄'와 '望望' 표현이 주는 쓸쓸함은 시인의 마음속에 일어나는 처연한 의경이며 이 시 전체의 분위기를 주도하는 단어이다. 2~4연은 가을을 맞은 澧上의 풍경을 묘사한 부분인데 '明', '澄' 등으로 자연에 씻긴 맑은 마음을 산뜻하게 표현하였으나 이어진 3연에서 빠르게 흘러가는 세월 속에 자신의 마음이 위축되고 있음도 표현하였다. 5연의 '菊'과 '濁醪'는 陶淵明의 국화 사랑과 음주의 정을 예거하면서 은자의 심정을 상징적으로 표현한 부분이다. 6~8연을 통해 친구들에게 그리움을 표현하면서도 안빈낙도하는 자족의 도를 설파하고 있어 한거의 낙과 쓸쓸한 정을 조화롭게 융합시키고자 노력하였던 것을 살필 수 있다.

韋應物이 澧上閑居期를 마친 후 滁州刺史로 나가 있던 시기는 그의 자연시 창작의 제4기에 해당한다. 이 시기의 작품을 보면 한적하게 자연을 묘사하는 중에 현실에 대한 우려와 비장한 정서를 상대적으로 많이 함유하고 있다. 그렇기에 자연 속에서의 여유를 노래하면서도 쓸쓸한 감정을 완전히 털어내지는 못했지만 특별히 산수를 어둡게 묘사하거나 자신만의 편향적인 시각을 담고 있는 것은 아니었다. 오히려 소슬한 정감을 펼치면서도 淡遠한 필치를 지향하고 있으며 한적한 중에도 따뜻한 인간의 정을 투사하고 있어 이른바 '淡遠'한 의경 속에 처연하고 '蕭散'한 정서를 담은 특징을 소유하게 되었다 하겠다. 이 시기의 작품 중 滁州에 부임하는 도중에 지은 「夕次盱眙縣」을 살펴보기로 한다.

夕次盱眙縣 저녁에 우이현에 머물며
落帆逗淮鎭　淮水 가에서 돛을 내리고
停舫臨孤驛　외로운 역참에 배를 대었다
浩浩風起波　바람이 일어 물결 아득하고
冥冥日沈夕　해가 저물어 어둑거린다
人歸山郭暗　사람은 어두운 산성으로 돌아가고
雁下蘆洲白　기러기는 갈대 핀 모래톱에 내려 앉는다
獨夜憶秦關　외로운 밤에 秦關을 생각하고
聽鍾未眠客　객이 된 나는 종소리에 잠 못 이루누나

주행하던 배가 淮水 가 역참에 머무르자 작자의 눈에 바람이 이는 물결과 고요한 달빛 속에 잠긴 강가의 풍경이 눈에 들어온다. 쓸쓸하고 적막한 자연 풍경이 펼쳐져 있는데 이 모습은 마치 외로움의 본질 같은 것을 느끼게 한다. 각기 자신의 처소를 향해 돌아가는 사람과 기러기에 대해 '歸'와 '下'자를 통해 사라지는 어감을 표현했고 '暗'과 '白'을 통해 명암의 대조를 시도했으니 소멸하는 정경에 대한 묘사가 뛰어나다. 홀로 밤새며 고향을 그리는 중에 들려오는 종소리는 객으로 하여금 잠 못 들게 하는데 宦游의 신세가 된 작자는 이러한 그리움을 더욱 절절히 느끼게 된다. 情과 景이 혼연일체를 이루고 있는 경지라 하겠다.

韋應物은 자연시를 쓸 때 의식적인 조탁보다는 눈앞에 보이는 경치를 맑고 담담하게 그려나가는 것을 더욱 애호하였다. 산수에서 느낀 감상을 맑고 담백한 기분으로 서술하여 평담하면서도 기품이 있는 '고아하고 한담한(高雅閑淡)' 정취를 지닌 시를 잘 창작해냈던 시인이었던 것이다. 다음 작품 「游溪」를 보면 들녘 정취 속에 자연 속에서의 초월의식이 잘 투영되어 있어 이른바 '高雅閑淡'의 경지를 잘 구현하였음을 발견할 수 있다.

游溪 개울에서 노닐며

野水烟鶴唳　들녘 물안개 속에 학 울음 들리는데
楚天雲雨空　楚 땅의 하늘은 비 갠 뒤 공활하다
玩舟淸景晚　배 저어 늦도록 맑은 경치 느끼며
垂釣綠蒲中　푸르른 냇버들 사이로 낚싯대 드리웠다
落花飄旅衣　낙화는 여행객 옷 위로 흩날리고
歸流澹淸風　돌아가는 물결 잔잔한데 맑은 바람 인다
綠源不可極　푸르른 들녘 끝간 데 없으니
遠樹但青葱　멀리 나무들 그저 푸르게만 보이누나

비 온 뒤 황혼녘에서는 학 울음소리가 맑게 들리고 시인은 이 속에서 배를 띄워 낚시하며 유람한다. 시냇물을 '野水'라고 표현하여 마치 구속을 벗어난 듯한 느낌을 창출하였고 白鶴이나 仙鶴이 아닌 '烟鶴'이라는 특이한 표현을 통해 미묘한 풍경을 연출하였다. 제2구의 "비 갠 뒤 공활하다(雲雨空)"는 표현 역시 구름 걷히고 비 뿌린 후의 상쾌한 하늘을 함축적으로 표현함으로써 초연한 의경을 느끼게 하는 부분이 된다. 후반부에서는 낙화가 옷 위로 흩날리는 선경 속에서 물결이 이는 대로 담담히 나아가는 여유로운 모습이 펼쳐진다. 景을 묘사하는 중에 은일의 한가로운 정취를 듬뿍 담고 있음이 보인다. 자연을 통한 의경의 서사가 마치 승화된 道의 경지로 들어간 듯한 느낌을 제공한다.

滁州 서쪽 시냇가에서 저녁비로 물든 자연을 회화적 필치로 그려낸 「滁州西澗」은 그의 자연시 중 명작으로 평가받는 작품이다.

滁州西澗 저주의 서쪽 시냇가에서
獨憐幽草澗邊生　시냇가 그윽한 풀들 나 홀로 아끼고 있는데
上有黃鸝深樹鳴　꾀꼬리는 울창한 나무 위에서 울고 있다
春潮帶雨晚來急　봄 시내 비 내린 저녁에 급히 흐르는데
野渡無人舟自橫　교외 나루터 건너는 이 없이 배만 홀로 비껴 있누나

이 詩는 建中 2년(781) 滁州의 西澗에서 쓴 시로서 짧지만 자연에 대한 깔끔한 감성이 돋보이는 작품이다. 전반부에서는 봄날 시냇가에 靑草가 무성하게 깔려 있고 다시 그 위에 짙은 나무 그늘이 덮여 있는 畫景을 그렸다. 2구의 '鳴'은 이 畫景의 평정을 깨뜨리면서 경물의 생기를 더하는 역할을 하는데 이 속에는 시냇가 풀들을 사랑하는 중에 느끼는 작자의 적막감이 이입되어 있다. '獨憐'에서 느껴지는 외로움이 '幽'자와 함께 시 전반에 투영되고 있어 시냇가와 靑草의 적적한 정경 속에 작자가 서 있음을 느끼게 해준다. 靜에서 動으로, 지상에서 공중으로, 草木에서 禽鳥로 이어지면서 묘사되고 있는 봄날의 풍경 속에 적막하게 존재하는 작자의 감성을 기탁한 것이다. 다음 후반부는 저녁 봄비 내린 후 황량한 교외 나루터의 묘사이다. 제3구에서 '急'자를 통해 빠른 조수의 모양을 묘사하였고 다시 제4구에서 '橫'자를 통해 '孤舟'가 조수에 떠 있는 아스라한 정감을 표현한 것이 돋보인다. 전반부가 정적인 경물 묘사라면 후반부는 동적인 입체감의 표출이 되는 것이다. 맑은 들녘 정취 속에서 느끼게 되는 고독함, 세속을 벗어난 한아한 경지 등이 함축적인 필치로 잘 표현되어 있는 작품이라 하겠다.

韋應物은 관리로 재직하면서도 道人, 隱士들과의 교유하거나 산사를 자주 찾은 바 있는데 이는 그의 은일 생활에 대한 욕망과도 연계된 부분이었다. 그는 「神靜師院(신정사원)」, 「藍嶺精舍(남령정사)」, 「遊開元精舍(개원정사에서 노닐며)」 등의 작품을 통해 官府와 대조되는 은거지로서 佛·道家 사원을 묘사하거나 불승이나 도사들과의 교유를 언급하기도 하였다. 全椒山에 있는 道士 친구에게 쓴 다음 시는 청려한 자연 풍경 속에 쓸쓸한 의경을 담은 작품이다.

寄全椒山中道士 전초산의 도사에게 부침
今朝郡齋冷 오늘 아침 군재가 썰렁하여
忽念山中客 문득 산중 나그네 생각나누나
澗底束荊薪 개울가 골짝에 내려가 섶나무 주워
歸來煮白石 道人은 돌아와서 흰 돌을 삶겠지
欲持一瓢酒 한 호리병의 술을 들고 가
遠慰風雨夕 비바람 치는 저녁을 위로하고 싶으나
落葉滿空山 낙엽만 빈산에 가득하리니
何處尋行跡 어디서 그대의 자취 찾으리오

맑고 빼어난 필치를 활용하였으나 산중 깊은 곳에서 느껴지는 적막감이 내면에서 흘러나오고 있음이 발견된다. 수연에서 시인은 郡齋에서의 소슬함으로 인해 山人의 적막감을 떠올리게 되는데 이때 활용한 '冷'자는 감각상의 '寒冷' 뿐 아니라 심리적인 '淸冷'도 지칭한다. 이어진 "白石이라는 仙人이 흰 돌을 삶아 먹고 살았다는 故事"[24]를 활용한 기술은 산중에 있는 도사 친구의 청정함을 나타내기 위한 표현이다. 술병 들고 친구를 찾아 따뜻한 마음을 함께하고 싶어 하였지만 낙엽 날리는 밤 가을 산에서 행적이 일정치 않은 道士를 찾기는 현실적으로 쉽지 않다. 깊은 가을 산의 인적 없는 경지와 한곳에 마음 얽매이지 않는 자유로운 존재를 언급하고자 한 것으로 이해된다. 힘들여 자연을 묘사하지

---

24 葛洪 『神仙傳』 卷二 「白石先生」 條下에 "백석선생은 中黃文人의 자제이다. 일찍이 흰 돌을 삶아 양식으로 삼았는데 백석산에 거하였기에 당시 사람들이 백석선생이라고 불렀다.(白石先生者, 中黃文人弟子也. 嘗煮白石爲糧, 因就白石山居, 時人號曰白石先生)"라는 기록과 『晋書』 「鮑靚傳」에도 鮑靚이 南海太守로 있었을 때 "흰 돌을 취하여 삶아 먹었다.(取白石煮食之)"는 기록이 있음을 참조할 수 있다.

도 않았고 의식적인 생각을 산수에 담지도 않았으나 푸근하고도 蕭疏한 의경이 자연스럽게 표현되어 있으며 淡遠한 운치까지 느끼게 해주는 작품이라 하겠다.

簡寂觀 서쪽의 폭포를 그린 작품에서는 세속을 초월하고자 하는 마음을 좀 더 직접적으로 표현하였음을 발견할 수 있다.

簡寂觀西澗瀑布下作 간적관 서쪽 시내의 폭포 아래서 짓다

淙流絶壁散	흐르는 물소리 절벽 아래 흩어지고
虛煙翠澗深	피어오르는 물안개 푸른 시내 사이로 퍼진다
叢際松風起	소나무 우거진 숲에 바람이 일어
飄來灑塵襟	날아와 옷깃에 담긴 세속의 먼지를 씻어낸다
窺蘿玩猿鳥	쑥잎 쳐다보며 원숭이와 새 소리 즐기고
解組傲雲林	관인 풀어놓고 雲林 사이에서 노닌다
茶果邀眞侶	다과 차려놓고 친한 벗 초청하고
觴酌洽同心	술잔 기울이며 같은 마음에 흡족해한다
曠歲懷玆賞	오랜 세월 이러한 즐거움을 마음에 품어왔거늘
行春始重尋	봄놀이하며 비로소 다시 찾게 되었다
聊將橫吹笛	우선 횡적을 불어
一寫山水音	산수의 음을 한번 묘사해볼까나

전반 여섯 구를 통해 簡寂觀 西澗의 청유한 정경을 그렸고 후반 여섯 구를 통해 雲林에서 기거하는 낙을 그리고 있다. 수연은 시제 「西澗瀑布」에 대한 설명이다. '淙流'로써 나는 듯한 폭포의 소리를, '絶壁'으로 폭포의 높이를, '虛煙'으로 물안개가 퍼져 있는 모습을, '翠澗'으로 潭水의 푸르름을 각각 나타내어 시청각 효과를 가미하여 폭포의 경관을 형상화하였다. 이어진 구절에는 폭포 주위 松林에 이는 맑은 바람으로 인해 인간 세상에서 가지고 온 일체의 진애가 말끔히 씻겨나가는 상쾌한 모습이 나타나 있다. 자유롭게 노는 원숭이와 새처럼 관직을 벗어버리고 雲林에서 즐기는 낙과 知友와 西澗瀑布 아래서 다과와 음주를 즐기며 정에 흠뻑 취하는 낙은 자신이 품어온 오랜 소망임을 밝힌 부분은 마치 陶淵明의 歸去來辭를 재현해놓은 듯한 느낌을 준다.

韋應物 자연시 창작의 제5기는 德宗 貞元 元年(785)에 부임한 江州刺史期부

터 貞元 4년(788) 부임한 蘇州刺史期에 이르는 기간이라 할 수 있다. 이 시기에 창작된 자연시 역시 현실에서의 중압감과 비애감이 투영되어 있으나 이전 작품에 비해 좀 더 원숙하면서도 초탈한 자연 묘사를 지향하였다는 점이 특색이다. 江州刺史期에 유거하면서 느끼게 된 서정을 표현한 다음 작품을 살펴보자.

幽居 유거

貴賤雖異等　귀하고 천함은 비록 다르나
出門皆有營　문밖을 나서면 제각기 할 일 있는데
獨無外物牽　나 혼자 외물에 매달리지 않고
遂此幽居情　고요히 사는 정을 즐기고 있다
微雨夜來過　간밤에 보슬비 지나갔나니
不知春草生　봄풀이 돋아났는지도 모르겠다
青山忽已曙　푸른 산 갑자기 흰해지는가
鳥雀繞舍鳴　집 둘레에 어지러이 재잘대는 새소리
時與道人偶　때로는 도인과 어울려보고
或隨樵者行　때로는 나무꾼을 따라도 가고
自當安蹇劣　스스로 용렬하여 안빈낙도할 뿐
誰謂薄世榮　세상 영화를 얕본 것은 아니다

　내심의 경영함과 외적인 물욕을 모두 멀리하면서 한거하는 내용을 담고 있다. 소욕을 모두 없애려다 보니 '微雨'와 '春草'도 인식을 못하고 집 주위의 날 밝음도 느끼지 못할 정도가 되었다. 자연과 합치하고자 하는 의식을 갖고 내키는 대로 도인과 나무꾼들과 벗하면서 安貧樂道하는 모습을 보여주고 있다. 幽居의 목적은 자신에 대한 가둠이 아니라 스스로의 부족함을 성찰하고자 함임을 밝혔고 陶公의 생활을 한없이 흠모하면서도 幽居하지 못함을 토로함은 공무를 맡은 자로서 느끼는 강한 책임감의 표출로 인식된다. 결국 언젠가는 자연에 한거하리라는 희망을 갖고 세사를 벗어난 마음의 해방을 갈구하는 작자의 소망을 엿볼 수 있다.
　蘇州刺史에서 퇴직한 후 한거하는 즐거움을 그린 작품 「野居」를 살펴본다. 퇴직 후의 한가로운 심정과 만년에 느끼는 평온함이 서사되어 있다.

野居 들녘에 기거하며

結髮屢辭秩　머리 묶고 누차 관직 사양하니
立身本疏慢　내 몸은 본래 게으른 자라
今得罷守歸　이제 관직 파하고 돌아감 얻으니
幸無世慾患　다행히도 세상 욕심의 근심 없다
棲止且偏僻　머무는 곳 또한 궁벽한 곳에 있어
嬉遊無早晏　기쁘게 노닐매 아침저녁 따로 없다
逐免上坡岡　토끼를 쫓아 산언덕 오르고
捕魚緣赤澗　고기 잡으러 맑은 시냇가에 간다
高歌意氣在　높은 소리로 부르는 노래에는 意氣가 담겨 있고
貰酒貧居慣　외상술 마심은 빈한할 때의 습관이라
時啓北窓扉　때로 북창문 열어젖히니
豈將文墨間　어찌 심신이 장차 文墨間에 있으리오

제4구의 '다행히도(幸)'를 통해 전원에 퇴거하는 것이 숙원이었으며 본래 입신양명에 의연한 자세를 지녔음을 파악할 수 있다. 3, 4연은 세속 번다함을 물리치고 궁벽한 곳에서 지내는 거사의 생활을 드러낸 부분인데 유유자적하면서 토끼와 고기를 잡으러 다님은 마치 번뇌와 욕심도 모른 채 즐거움을 추구하는 아동의 모습을 연상시킨다. 전원의 생활을 즐기는 평온한 심정을 묘사한 5, 6연을 보면 빈한한 생활 중에도 歌酒를 즐기며 맑은 기운을 유지하고자 하는 작가의 淸節이 특히 돋보이는 것을 발견할 수 있다.

이상으로 韋應物의 자연시를 5기로 분류하여 살펴보았다. 출사와 한거를 되풀이하여 기복을 보인 인생 역정과 달리 韋應物의 자연시는 나름대로의 발전을 통해 自成一家의 체를 이루고 있다. 즉 洛陽丞期와 江淮旅行을 한 시기의 자연시가 자연에 대한 미감을 확대하면서 명랑한 풍격의 자연미를 표현하고 있다면 陶淵明식의 전원은거를 실시한 灃上에서의 작품은 中唐代 있어서 陶淵明의 田園詩를 가장 잘 계승한 작품이 된다. 滁州刺史期 기간에는 남방 산수의 풍경과 자신의 현실 의식을 투영한 淡泊하고 蕭散한 풍격을 지닌 자연시를 다수 창작하였음을 살필 수 있었다. 자연미를 추구하면서도 현실 의식을 씻어버리지 못한 상태에서 창작이 이루어졌기에 한아함 속에 소산한 풍격을 담은 작품이 탄

생하게 된 것이었다. 만년 蘇州刺史期로 오면서 소산한 중에 안온함을 추구하는 경지를 담은 작품도 나오게 되는데 이것 역시 韋應物 자연시의 중요한 특징이 되는 점이라 하겠다.

韋應物은 맑고 청빈한 인품을 지니고 있었으며 관직에 있을 때에는 스스로 근신하면서 백성의 질고에 깊은 동정을 표할 줄 알았던 인물이었다. 그가 中唐의 현실을 반영하여 지은 시가들은 풍유 정신을 통해 建安의 風骨을 이으면서 그가 참여 정신을 지닌 시인이었음을 나타내기도 한다. 특히 韋應物의 五言古詩는 그 뜻이 그윽하고 言外에 妙處가 있어 陶・謝, 陳子昂 등에 이어 『詩經』의 「風」, 「雅」에 근접한 시풍을 지닌 것으로 평가받기도 한다.

그러나 무엇보다도 韋應物은 詩歌史的 측면으로 볼 때 晋・宋代로부터 盛唐에 이르는 동안 山水詩와 田園詩가 각기 다른 양상으로 발전되어오는 풍조 속에서 陶淵明과 王績을 계승한 田園詩의 창작과 盛唐 王孟을 잇는 山水詩의 창작을 통해 山水田園詩의 의경을 한층 심화시켰다는 점에서 큰 의미를 지닌 시인이라 할 수 있다. 韋應物이 몇 차례의 한거를 하는 동안에 쓴 전원시풍의 자연시를 보면 그가 陶淵明의 시어 표현과 청빈한 의식을 계승함에 있어 唐代 최고의 시인이었음을 알 수 있게 해준다. 후대 평가들이 때로 韋應物을 王・孟・柳 같은 諸家와 함께 거론하며 비교를 가하면서도 陶淵明의 계승에 있어 唐代 시인 중 韋應物이 최고라는 점에 있어서는 이견이 없었음은 이를 반증하는 대목이다.

韋應物은 田園詩의 창작뿐 아니라 山水詩의 창작에 있어서도 中唐代에 와서 전대 제가의 맥을 이었던 중요 시인이었다고 할 수 있다. 그는 담박한 풍격의 산수시를 지향하면서 때로는 청신하고 유려한 멋을 드러내는 시어를 잘 구사하였고, 담담하게 산수를 표현하면서도 현실에 대한 따뜻한 정을 투영할 줄 알았으며, 시국에 대한 우려 의식을 산수의 묘사와 연계하여 준일한 표현으로 표출할 줄 알았고, 청담한 표현을 가하는 중에도 적막감이 내재된 소소한 의경을 창조해낼 줄 알았던 시인이었다. 綺麗하고 流暢한 풍격의 시가 많이 지어졌던 中唐代 창작 풍조 속에서 자연시를 중심으로 '淸新閑雅'하고 '淸澹自然'스러운 풍격의 시가를 지음으로써 時弊를 바로잡고 一家의 體를 이루었다는 점은 韋應

物의 시가사적 업적이 지대했음을 말해주는 부분이다. 이러한 공으로 인해 晚唐의 司空圖는 王維와 韋應物을 함께 거론하며 '王韋'라는 표현을 한 바 있고, 宋代의 蘇軾은 柳宗元과 병칭하여 '韋柳'라고 한 바 있다. 이후 韋應物은 明淸代를 거치는 동안 제가 시인들에 의해 '王孟韋柳'로 병칭되면서[25] 唐代 최고의 자연시인 중 一人으로 확고하게 자리를 잡게 되었다. 이는 韋應物이 전원시와 산수시 두 방면에서 六朝 陶謝와 盛唐 王孟의 성취를 이으며 자신의 개성을 담은 뛰어난 자연시를 창작함으로써 中唐 자연시의 성취를 한껏 드높인 시인이었음을 주목한 것이라 하겠다.

中唐 자연시 창작에 있어 韋應物과 함께 '韋柳'로 병칭되는 시인인 柳宗元 (773~819)은 字가 子厚이고 山西 河東人이다. 21세(792)에 進士科, 26세(798)에 博學宏辭科에 급제했다. 33세인 805년 順宗 즉위와 함께 王叔文 일파가 주도한 永貞革新運動의 핵심에서 개혁을 시도한 바 있으나 順宗의 급작스러운 서거로 혁신 운동은 좌절되고 수구파의 배척으로 永州司馬, 柳州司馬로의 좌천을 겪게 된다.(이른바 '八司馬事件') 永州에 폄적된 이후 42세(814) 겨울까지 약 10년을 그곳에서 보냈으며 憲宗 元和 10년(815) 다시 柳州刺史로 폄적되었고 그 후 4년 뒤인 元和 14년(819) 47세의 나이로 세상을 하직하였다. 永州와 柳州에 있을 시 쓴 자연시와 「永州八記」 등의 山水游記가 유명하며 唐宋八大家의 일인으로 韓愈와 함께 고문가로도 명성이 뛰어났다. 『柳河東集』45권과 『外集』2권이 전해지고 있다. 柳宗元의 시는 『全唐詩』권350에서 권353에 걸쳐 161수가 수록되어 있는데 그중 42수가 자연을 서사한 작품이고 자연을 대상으로 한 영물시도 18수에 달해 자연 애호 의식이 각별했음을 나타내고 있다.

柳宗元은 韋應物과 함께 中唐 자연시의 최고 성취를 이룬 시인이다. 韋柳는

---

25 후대 평가가들이 唐代 자연시인 四家를 들어 '王孟韋柳'로 병칭한 연유는 四家가 공히 다음과 같은 특징을 지니고 있었기 때문으로 생각된다. 첫째, '王孟韋柳' 四家는 陶淵明으로부터 이어지는 자연시의 흐름을 가장 잘 계승한 인물이었다. 둘째, 그들의 자연시가는 공히 '沖澹', '淸深', '閑雅' 등의 풍격을 잘 구현해내었다. 셋째, '王孟韋柳' 四家 시의 풍격은 모두 陶冶를 경험한 이후의 澄淡함과 鍊磨를 거친 후의 精緻함을 소유한 것이 특징이다. 넷째, '王孟韋柳' 四家 모두 전통적 자연시의 시체인 五言古詩의 창작에 있어 뛰어난 성취를 보인 인물들이었다.

盛唐의 王孟을 잇는 자연시파 시인이었으나 開元盛世의 王孟과는 달리 이들은 전란 이후의 어려운 시대를 살면서 仕途의 불운과 이상의 파괴를 절감한 인물들이었다. 자연을 찾게 된 경위 역시 王孟처럼 순수한 유람이나 감상이기보다는 울분의 서사나 서정의 기탁을 위한 경우가 많은 편이었다. 특히 永州에 폄적되었을 때 柳宗元은 자주 울분 해소를 위하여 자연을 찾았기에 이 시기의 자연시에서는 울분을 서사하거나 情志를 기탁한 부분이 많이 발견된다. 이전 王孟의 자연시가 자연 속에서 意境을 창출해내는 것을 지향했던 것에 비해 韋柳의 자연시는 상대적으로 의지 투영을 시도한 면모가 강하다고 할 수 있으며, 담백하고 한아한 풍격보다는 凄然하고 沈鬱한 성향을 띠게 된 것이 특징이다. 柳宗元은 정밀한 표현을 선호한 시인이었으나 자연을 묘사하는 중에 자신의 불우한 현실과 불만을 서사하기도 하였고 청고한 은일 사상을 숭상하는 모습을 보이기도 하였으며 한거 지향 의식과 세속에 대한 미련을 함께 보이기도 하였다. 柳宗元 자연시의 풍격은 전반적으로 '맑고 준엄하며(淸峭)', '차가우면서도 한적하고(寒寂)', '준엄하고 예리하며(峭勁)', '깊고 그윽하면서도 오롯이 빼어난(幽深孤峭)' 면모를 보인다. 그 작품의 내용과 이미지를 볼 때 적막한 정서가 함유된 청원하고 유심한 의상을 지닌 작품, 이채로운 산수에 대한 감상과 자신의 심정을 기탁한 작품, 장편의 형식으로 行游의 내용을 담은 작품 등의 경향성을 지니고 있다.

柳宗元의 자연시 창작에 가장 큰 영향을 미친 요인으로는 永貞革新運動이 좌절되고 난 후 그가 永州로 폄적되어 42세(814) 겨울까지 약 10년을 벽지에서 지낸 상황을 들 수 있다. 이 시기에 그는 모친과 딸을 잃었으며 몸은 쇠약해졌고 정치적으로는 실의와 좌절을 맛보게 되었다. 유배나 다름없는 폄적 생활을 겪고 있던 그였기에 그의 자연에의 귀의는 어쩌면 필연적인 선택이었을지도 모른다. 따라서 柳宗元 자연 추구 의식의 기저에는 폄적된 현실에 대한 분노와 회한에 대한 탈피 의식이 짙게 깔려 있었다. 폄적되어 외지에 오게 된 자신의 처지를 비관하며 답답한 심정을 떨쳐버리고자 자연을 찾은 흔적이 곳곳에 배어 있는 것이다. 이 점이 柳宗元 자연시에서 살펴볼 수 있는 일차적인 특징이라 볼 수 있으니 이러한 측면과 연계된 작품을 먼저 살펴보기로 한다. 폄적지 永州

에서 동쪽으로 약 70리 거리에 있는 黃溪를 찾았을 때의 심정을 묘사한 다음 작품을 살펴보자.

>入黃溪聞猿 황계 시내로 들어가 원숭이 소리를 듣다
>溪路千里曲　계곡은 천 리를 굽이쳐 흐르는데
>哀猿何處鳴　애달픈 원숭이 소리 어디에서 들려오나
>孤臣淚已盡　외로운 신하 눈물 이미 말랐어라
>虛作斷腸聲　창자 끊어지는 소리만 부질없이 내어보네

수구의 '千里曲'은 黃溪를 묘사한 부분이나 멀리 폄적된 심리적 거리감을 행간에 투영한 듯한 느낌을 준다. 그 서글픔은 어디선가 斷腸의 슬픔을 겪고 있는 원숭이 소리에 비견할 수 있으며 이 배경에 이어 폄적 온 작가의 서러운 형상이 이내 등장한다. "눈물이 이미 말랐다(淚已盡)"는 표현은 슬픔의 눈물이 이미 말랐을 정도로 슬픔이 깊어지고 길어진 것을 형용한 것이고, "부질없이 내어본다(虛作)"는 표현은 부질없이 애끊는 소리만 내어보는 작가의 한계상황을 담은 부분이 된다. 반어적인 표현을 사용하여 새로운 의경을 창출한 묘사가 돋보이는 것이다.

다음 작품은 柳宗元이 石角을 지나 小嶺을 거쳐 長烏村에 이르는 동안에 목도한 가을 정경을 그린 것인데 그 속에 자신의 격한 심정을 담고자 한 것이 발견된다. 일부분을 절록하여 살펴보자.

>遊石角過小嶺至長烏村 石角을 지나 小嶺을 거쳐 長烏村에 이르면서
>石角恣幽步　石角에서 마음 가는 대로 한가로이 걸어보았는데
>長烏遂遲征　長烏에까지 이르는 먼 여정이 되었네
>磴回茂樹斷　돌 비탈길로 돌아드니 무성한 나무들 모습 끊기고
>景晏寒川明　지는 햇살 차가운 내에 밝게 비추네
>曠望少行人　멀리 바라보니 오가는 이 적고
>時聞田鶴鳴　때때로 밭가에서 황새 울음 들린다
>風篁冒水遠　바람은 대숲을 휩쓰는데 물은 저 멀리 펼쳐 있고
>霜稻侵山平　서리 맺힌 벼는 산과 평행을 이루며 펼쳐 있네

가을의 풍요로움이나 한아한 정취보다는 처연한 정경을 묘사하는 것에 더욱 주안점을 두었다. '樹斷'과 '寒川'으로 단절과 차가움을, '少行人'과 '時聞'으로 주위에 내 마음을 알아주는 이 적은 고독감을, '冒'와 '侵'으로 바람과 서리 맞은 것 같은 자신의 마음을 각각 은유적으로 서사한 것이 돋보인다. '孤僻'하고도 '淸冷'한 풍격의 시어를 사용하여 감정을 묘사하였음도 발견할 수 있다.

한 사람의 문인이 흠모하고 추종했던 전대 문인이 누구였는가 하는 점은 그 사람의 창작 경향과도 연관을 갖는다. 추종하는 대상의 성향에 따라 자연시 창작의 취향도 다르게 나타날 수 있기 때문이다. 전대 문인을 추종하는 면에 있어 柳宗元은 屈原의 정신과 의경을 닮고 싶어 했고 謝靈運의 필법을 배우고 싶어 했음을 작품 속에서 언급한 바 있다. 일찍이 楚國의 신하로서 국가를 위한 충정을 펼치다 세상에 버림받은 채 생애를 마쳤던 屈原과 그의 작품 「離騷」는 현실 개혁의 충정과 세상에 대한 원분을 지닌 채 산수를 찾아 정신을 기탁하는 자신에게 계도를 해주는 바가 있었을 것이고,[26] 謝靈運이 쓴 行游詩는 복잡한 심정으로 산수를 찾아 세밀한 서정을 펼치던 그가 학습하기에 좋은 작품이었기 때문이다. 이는 韋應物이 陶淵明을 추종하여 청빈하면서도 고고한 품격을 지향하면서 한아하고 담원한 운치를 지닌 자연시를 표현하고자 했던 것과 비교가 되는 부분이다. 그가 瀟湘 二水를 찾아 지은 시가와 曹侍御의 시에 화답한 다

---

26 柳宗元은 폄적 후 「吊屈原文」을 지어 屈原에 대한 사모의 정을 표현한 바 있다. 또한 屈原을 생각하며 汨羅水 가에 선 모습을 표현한 「汨羅遇風」 一首를 살펴보면 "폄적되어 남쪽으로 왔으나 나 屈原처럼 슬퍼하지 않으리, 다시 장안 성문을 들어가리라 스스로 기약해본다. 봄바람이 멱라수 길에 왔다 알리니, 파도와 물결이 밝은 시절 거스르게 못하게 할지라.(南來不作楚臣悲, 重入脩門自有期. 爲報春風汨羅道, 莫將波浪枉明時)" 하여 멱라수에 투신했던 굴원과는 달리 자신은 다시금 장안에 가서 웅지를 펼치리라는 다짐과 희망을 서사한 것이 발견된다. 평소 시인의 마음에 굴원은 자신에게 지표가 되는 정신적 존재였으나 자신은 그의 비애를 뛰어넘고 싶어 했음을 알려주는 대목이 된다. 元明淸 시대로 내려오면서 이러한 부분을 주목하여 柳宗元의 시에 대하여 屈原 「離騷」와 비슷한 의경을 지닌 것으로 평한 평가가 다수 나오게 된다. 陸時雍은 "劉夢得의 칠언절구와 柳子厚(宗元)의 오언고시는 모두 애원함이 깊었으니 「이소」의 여파라 부를 만하다.(劉夢得七言絶, 柳子厚五言古, 俱深于哀怨, 謂騷之餘派可也)"(『意境總論』)고 하였고, 沈德潛은 "柳子厚(宗元)의 시는 애원함 속에 청절이 있어 율시 중에 소체가 있는 것 같다.(柳子厚哀怨有節, 律中騷體)"(『說詩晬語』 卷下)고 하였으며, 喬億 또한 "柳宗元 시의 애원은 「이소」의 뒤를 이은 것이니, 그윽하고 빼어난 곳 역시 「이소」에 가깝다.(柳州哀怨, 騷之苗裔, 幽峭處亦近是)"(『劍溪詩說』)라고 한 바 있다.

음의 시가들을 살펴보면 屈原 시의 풍격을 재현하고자 하였던 면모를 살필 수 있다.

湘口館瀟湘二水所會 瀟湘 두 강이 만나는 湘江 입구의 여관에서
天秋日正中　가을 하늘에 해는 한가운데 있고
水碧無塵埃　물빛 푸른데 먼지 하나 없이 맑구나
杳杳漁父吟　아득하도다 어부의 노랫소리
叫叫羈鴻哀　시끄럽구나 타향을 떠도는 기러기 슬픈 소리
境勝豈不豫　경치가 뛰어나니 어찌 즐기지 않을 것인가 마는
慮分固難裁　근심과 정분은 실로 떨쳐내기 힘든 것이라
升高欲自舒　마음을 숭고하게 하고 스스로 편안히 해서
彌使遠念來　아련한 근심 오는 것 그치게 하리라

酬曹侍御過象縣見寄 조시어가 상현을 지나가면서 써준 시에 답하여
破額山前碧玉流　파액산 앞에는 벽옥 같은 물이 흐르고
騷人遙駐木蘭舟　시인은 아득히 곳에 목란 배를 타고 머무르네
春風無限瀟湘意　봄바람 속에 소상강에 어린 뜻 무한히 펼쳐지고
欲采蘋花不自由　갈대꽃 꺾으려 하나 그것마저 자유롭지 못하구나

절록한「湘口館瀟湘二水所會」시의 앞부분에서는 瀟湘 두 강의 발원지를 묘사한 후 각각 급하고 느리게 흐르는 두 강의 다른 흐름과 경치를 그렸고 이어 강물의 모습과 광활한 공간, 파도, 푸른 하늘과의 연접 등을 통해 강에 대한 세밀한 묘사를 가하였다. 예거한 부분은 이러한 仙境을 대하는 중에 들려온 어부와 기러기의 소리로 인해 자신의 서글픈 처지를 깨닫게 된 것에 대한 표현이다. 눈앞의 정경에 마음을 맡기고 강물의 흐름에 자신의 시름을 떨쳐버리고자 하는 모습은 마치 屈原「離騷」의 정신을 답습하여 그 정취를 실현하고자 하는 느낌을 준다.「酬曹侍御過象縣見寄」에서도 '騷人', '木蘭舟' 등「離騷」에서 취한 시어를 활용하여 직접적으로 屈原 시의 의경을 표현하려고 한 점이 발견된다. 아름다운 정경을 바라보면서 娥皇과 女英 二妃와 연관된 瀟湘江 전설에 담긴 애상을 느끼게 되고 이에 갈대꽃을 꺾는 자유조차도 편치 않게 생각하는 마음을 갖게 된다. 시인의 심리 상태는 어느덧 屈原의 심정 속에 들어가 있다. 屈原처

럼 정치상 실의를 겪고 회한에 찬 채 자연을 찾아 시름을 달래고 근심에서 벗
어나고자 했으되 내면의 비애를 완전히 떨칠 수는 없었던 것이다.

柳宗元이 자연을 바라보는 시선 속에 우수와 함께 세밀하고 예민한 감성도
있었음은 특기할 만한 점이다. 이런 면모는 그의 자연시가 정밀한 묘사를 통해
"깊고 그윽하면서도 오롯이 빼어난(幽深孤峭)" 풍격을 창출하게 된 하나의 요인
으로 작용하였는데 일례로 柳州에서 西山을 보며 쓴 다음 시를 보면 산봉우리
의 형상을 창자를 베는 검에 비유하여 특이하게 묘사한 것을 발견할 수 있다.

與浩初上人同看山寄京華親故 호초스님과 함께 서산을 구경하며 경화의
친구에게 보내다
海畔尖山似劍鋩　바닷가 뾰족한 서산은 칼처럼 우뚝 솟아
秋來處處割愁腸　가을이 오니 곳곳의 모습 창자를 베는 듯 서글퍼라
若爲化得身千億　이 내 몸 천억 개로 변할 수 있다면
散上峯頭望故鄉　흩어져 산봉우리에 올라가 고향을 바라보리라

가을 西山을 찾아 바라보니 그 형세가 마치 칼과 같다. 고향에 대한 향수를
느끼는 시인에게 서산 봉우리는 더 이상 아름다운 자연이 아니요 마치 칼날이
창자를 베는 것처럼 내 슬픔을 자극하는 존재가 된다. 남방 산수가 지닌 기이한
모습에다 폄적의 감정을 이입하여 격렬하고 절박한 감성을 한층 강하게 표출한
면모가 발견된다. 柳宗元은 이 작품을 비롯하여 「遊朝陽岩遂登西亭二十韻(조양
암에서 놀다가 서정을 올라가면서 쓴 이십 운 시)」, 「法華寺石門精舍三十韻(법화사 석문
정사 삼십 운)」, 「遊南亭夜還叙志七十韻(남정에서 놀다 밤에 돌아와 뜻을 밝힌 칠십 운
시)」 등의 작품에서도 이런 식의 격렬한 표현을 시도한 바 있다.

柳宗元은 謫居하며 느낀 각종 복잡한 감정을 산수에 투영함에 있어 이처럼
이채로운 표현을 구사하기도 하였고 謝靈運 스타일의 장편 行游詩를 활용하기
도 하였다. 특히 편폭이 긴 몇몇 자연시는 주로 五言古詩體를 활용한 것으로
謝靈運의 시의 풍격을 띠고 있는 데다 마치 山水游記를 시가에 이입한 듯한 면
모도 지니고 있다.[27] 柳宗元이 장편으로 쓴 行游詩 중 전체 140句 70韻의 시가

---

[27] 이러한 行游詩들은 대체로 永州에서 쓰여진 작품들이 많은데 中長篇의 五言古詩로 된 것

인 「游南亭夜還叙志七十韻」의 일부분을 절록하여 살펴본다.

遊南亭夜還叙志七十韻 남정에서 놀다 밤에 돌아와 뜻을 펼쳐낸 칠십운 시

虛館背山郭 한가로운 객사 산등성이를 뒤로하고 있고
前軒面江皐 앞의 처마는 강 언덕을 마주하고 있다
重疊間浦潊 여러 강이 흘러가는 사이로 포구가 있는데
邐迤驅岩崿 강물은 바위 벼랑 아래를 구불구불 흘러간다
積翠浮滄灩 물총새들 강 위에 떠서 일렁이며 떠내려가니
始疑負靈鰲 마치 신령한 거북에 실려 가는 듯 하는구나
叢林留冲飆 숲 속에는 회오리바람 질주하고
石礫迎飛濤 강가의 돌들은 튀어 오르는 파도 방울 맞이하네
曠朗天景霽 광활하게 하늘 개어 있는데
樵蘇遠相號 나무꾼과 약초 캐는 이 멀리서 서로 부른다
澄潭湧沉鷗 맑은 못에서는 침잠하던 갈매기가 솟구치고
半壁跳懸猱 깎아지른 벼랑에서는 매달려 있던 원숭이가 뛰어 논다
鹿鳴驗食野 사슴은 들녘에서 먹을 것 찾아 우는데
魚樂知觀濠 강을 바라보면서 고기의 낙을 알아간다

永州의 모습은 폄적되어 간 柳宗元에게 더욱 낯선 풍경과 느낌으로 다가왔을 것이다. 柳宗元은 「與李翰林建書(한림 이건에게 준 글)」에서 "영주는 楚 땅의 가장 남쪽에 있는데, 그 모양이 鉞 땅과 비슷하다. 내 마음이 번민에 쌓일 때면 밖으로 돌아다녔는데, 다니면서도 상당히 무서웠다. 들녘을 다닐 때면 독사와 큰 벌들이 있어 사람들의 모습 중에는 부스럼과 흉터가 있는 이가 많았다.(永州 于楚爲最南, 狀與越相類. 僕悶卽出游, 游復多恐. 涉野有蝮虺大蜂, 中人形影, 動成瘡痏)"라고 하면서 永州는 자연이 험하고 그 속에 있는 짐승이나 벌레가 무서운 존재임을 밝힌 바 있다. 이러한 언급은 그의 산문 「捕蛇者說(뱀을 잡는 사람의 이야기)」 중의

이 많아 마치 謝靈運의 山水 行游詩를 보는 듯하다. 언어표현과 풍격 역시 謝靈運 시처럼 심오한 경지를 지닌 표현이 많아 그가 謝靈運의 필치를 학습한 흔적을 엿볼 수 있다. 「法華寺石門精舍三十韻」, 「游朝陽岩遂登西亭二十韻」, 「構法華寺西亭」, 「登蒲州石磯望橫江口潭島深迴斜對香靈山」 등의 시를 들 수 있는데 柳宗元은 이런 작품의 창작을 통해 불우한 정치 역정에서 오는 고뇌를 산수 유람과 창작을 통해 떨쳐버리고자 노력하였던 것이다.

"永州의 들녘에서 특이한 뱀이 생산되는데 검은 바탕에 흰 무늬가 있으며 풀과 나무에 닿으면 모두 죽고 사람을 물면 제어할 방법이 없었다.(永州之野産異蛇, 黑質而白章. 觸草木盡死, 以齧人, 無禦之者)"라는 기록에서도 발견된다. 이처럼 황량하고 거친 자연환경을 지닌 永州는 마음속에 실의와 울분이 그득한 그에게 더욱 생경한 느낌으로 다가왔을 것이다. 그러므로 이 작품같이 편폭이 긴 시를 쓴 이유는 그의 심정이 복잡했던 데다가 永州의 이채로운 풍경을 간단하게 묘사하기가 쉽지 않았기 때문일 것으로 추측된다. 예거한 부분처럼 강물의 흐름을 제3연부터 3개의 연으로 묘사하면서 다채로운 경치 속에 물총새, 거북, 갈매기, 원숭이, 사슴, 물고기 등 다양한 생물을 등장시킨 상황만 보더라도 창작에 임하는 柳宗元의 심정이 얼마나 복잡한 상황에 있었는지를 짐작해볼 수 있는 것이다.

柳宗元이 崔策과 함께 西山에 올라가 쓴 다음 작품 역시 이채로운 시어 활용으로 인해 몽롱하고 복잡한 감정을 느끼게 되는 작품의 예이다.

與崔策登西山 崔策과 함께 西山에 올라

鶴鳴楚山靜	楚 땅 고요한 산에 학 울음 들리는데
露白秋江曉	가을 강 새벽에 흰 서리 내렸구나
連袂度危橋	서로 옷깃 끌면서 외나무다리 건너
縈回出林杪	굽이굽이 돌아 숲 가장자리로 나왔다
西岑極遠目	서산에 오르니 아득한 곳까지 보여
毫末皆可了	털끝만 한 경치도 분간할 수 있네
重疊九疑高	첩첩이 쌓인 구의산 높기도 하고
微茫洞庭小	아득한 동정호도 조그맣게만 보이네
迥窮兩儀際	멀리 하늘과 땅은 맞닿아 있고
高出萬象表	온갖 사물들이 밖으로 높게 솟아 있다
馳景泛頹波	마음에 둔 경치는 물결 따라 넘실대며 흘러가고
遙風遞寒篠	멀리서 이는 바람 차가운 싸릿대에 스친다
謫居安所習	적거하는 생활 어찌 익숙할 손가?
稍厭從紛擾	어지러운 마음 따라 사는 삶이 점차 싫어지네
生同胥靡遺	삶에 대해 胥靡처럼 초연할 수 있으나
壽比彭鏗夭	이 목숨은 彭鏗보다 짧은 것이라

이 작품은 柳宗元의 산문 「始得西山宴游記(서산을 처음 유람하게 되어 쓴 유기)」의 자매편이라 할 수 있는 시가로 새벽에 西山에 오르는 모습으로부터 시작하여 숲 속을 굽이굽이 돌아 높은 곳에 올라 멀리 구의산과 동정호까지 바라보게 된 감회를 묘사하는 내용으로 되어 있다. 스케일이 비교적 큰 行游詩의 형식 속에 비장한 마음과 세상에 대한 초월의식까지 함유한 다양한 심정을 투영한 것이 특징이다. '첩첩이(重疊)' 쌓인 구의산을 바라보면서 동정호를 '아득하게 작은(微茫洞庭小)' 것으로 묘사한 것이 이채롭고, 부서지는 물결 위로 보이는 한가로운 경치와 차가운 싸릿대에 스치는 먼 바람을 묘사한 "마음에 둔 경치는 물결 따라 넘실대며 흘러가고, 멀리서 이는 바람 차가운 싸릿대에 스친다.(馳景泛穎波, 遙風遞寒篠)"는 표현도 이채롭고 환상적인 감정을 느끼게 하는 부분이다. 모두 자연 속에서 시름을 날려 보내고 싶은 작자의 심정을 오묘하게 표현한 부분인 것이다. 미연에서는 고사[28]를 인용하여 자신은 '胥靡'처럼 생사에 대해 초월하며, '彭祖'와 비교할 때 순간에 그치는 삶을 살고 가는 현실 속에 있음을 언급함으로써 자신이 지닌 한계의식을 색다르게 표현하였다.

다음은 柳宗元이 柳州로 폄적 가면서 바라본 嶺南江과 주변 산수의 특이한 모습을 읊은 시이다. 처연한 배경 중에 이채로운 묘사를 가하고 있어 柳宗元 시가의 개성적인 특징을 잘 드러낸 작품이라 할 수 있다.

嶺南江行 영남강을 지나며

嶂江南去入雲煙　습한 독기 찬 강 남쪽 물안개 속으로 들어가는데
望盡黃茅是海邊　강가의 누런 풀 다하는 곳은 북해 바닷가이겠지
山腹雨晴添象迹　비 갠 후 산등성이에는 코끼리 흔적이 더해지고
潭心日暖長蛟涎　따뜻해지니 못에는 교룡의 침 같은 포말이 인다

---

28 '胥靡'는 『莊子·庚桑楚』의 "胥靡가 높은 곳에 올라도 두려워하지 않았음은 죽고 사는 것에 대한 생각을 버렸기 때문이다.(登高而不懼胥靡登高而不懼, 遺死生也)"라는 구절로 형을 살던 胥靡가 생사를 초월하였다는 내용을 언급한 고사에서 나오는 인물이다. 죄인처럼 된 자신의 처지를 생각하며 '胥靡'를 인용하였고, '彭鏗夭'를 통해 세상에 대한 미련이 없음을 나타냈다. 이 구절에 대해 沈德潛은 『說詩晬語』 권4에서 "'胥靡가 높은 곳에 올라가도 삶과 죽음에 대한 생각을 버렸다'는 말은 죄를 지은 사람이 자신의 몸을 가볍게 생각하는 것을 말한다. 이 말은 『莊子』 「齊物論」의 뜻을 펼친 것이다.('胥靡登而不潰', 言被罪之人, 輕生身也. 此語則「齊物論」意)"라고 평한 바 있다.

射工巧伺遊人影　독충은 교묘하게 사람의 몸을 따라오고
颶母偏驚旅客船　바람의 신이 출몰하여 여행객이 탄 배를 놀라게 한다
從此憂來非一事　이처럼 근심이 오는 것 한두 번 아닐 터
豈容華髮待流年　백발 향해 흐르는 세월 어찌 감당해낼 것인가

이 시가 처연한 배경을 지닌 것은 마지막 유배지인 柳州로 가는 여정 중에 쓰여졌기 때문이고 서사가 이채로운 것은 남방의 풍속이 이전의 永州와는 또 다른 면을 지녔기 때문이라 할 수 있다. '독기 찬 강(瘴江)', '코끼리 흔적(象迹)', '독충(射工)', '바람 신(颶母)' 같은 표현은 중원에서는 볼 수 없던 이국적인 모습의 서사인데 이러한 표현은 낯선 謫居地의 편벽됨과 앞으로 어떻게 펼쳐질지 모르는 자신의 서글픈 신세를 강조하는 역할을 하고 있는 표현이 된다 하겠다.

柳宗元은 정치적 실패와 폄적생활로 인해 많은 기간 동안 번뇌를 안고 살아갔지만 그 와중에서도 자연 속에서 자신의 청정한 심성을 도야하며 맑고 청담한 멋을 창출한 노력을 기울인 바 있는 시인이었다. 이러한 시도를 반영하듯 柳宗元의 자연시 중에는 맑고 투명한 서정을 이입하여 자신이 지닌 고고한 격조를 펼친 수작들이 여러 수 있다. 「江雪(강에는 눈이 내리고)」, 「漁翁(늙은 어부)」, 「夏初雨后尋愚溪(초여름 비 갠 후 우계를 찾아서)」, 「夏晝偶作(여름 낮에 우연히 짓다)」, 「南澗中題(남쪽 시내에서 짓다)」, 「雨後曉行獨至愚溪北池(비 온 후 새벽에 홀로 거닐다 우계 북쪽 연못에 이르러)」 등의 작품들이 이에 해당하는데 이러한 시들을 읽게 되면 그가 정경 속에 자신의 감정을 시원하게 씻어버리고자 노력하였던 면모를 파악하게 된다. 비 그친 상쾌한 초여름에 시내를 찾아 자신의 맑은 시심을 한껏 고양한 다음 작품이 좋은 예이다.

初夏雨後尋愚溪 초여름 비 갠 후 우계를 찾아서
悠悠雨初霽　끊임없이 내리던 비 이제 막 개자
獨繞淸溪曲　홀로 맑은 시내를 따라 굽이굽이 걸어간다
引杖試荒泉　지팡이로 황폐한 샘의 깊이도 재어보고
解帶圍新竹　허리띠 풀고 새로 나온 대나무를 감아도 본다
沈吟亦何事　무겁게 읊조리던 것은 또한 무슨 연유였던가
寂寞固所欲　적막함이란 본래 내가 바라던 것이라

幸此息營營　다행히 이곳에서는 세상의 분주함 그쳐지고
嘯歌靜炎燠　휘파람 불며 노래하니 더위가 가시게 되누나

　비 온 후 맑은 정경을 구경하는 시인은 마치 자신의 인생처럼 "홀로 굽이굽이 돌아가는(獨繞)" 여정 속에 있다. 愚溪는 마치 桃花源에서 느낄 수 있는 청정한 분위기를 제공하고 있어 그 속에서는 소욕을 배재한 채 한가롭게 거니는 것이 자연스럽게 느껴진다. 잠시 세상의 고뇌로 마음이 흔들리기도 했으나 시인은 이내 자신이 바라던 이 고독한 경지에서 스스로 심신을 정화하는 지혜를 발휘한다. 마음의 정화에 필요한 것은 그저 자연 속에서 소요하는 것뿐이며 이 순간 대하는 정경은 심신의 번뇌와 더위를 모두 잊게 하고 해탈의 경지를 제공한다. 전반부에서 寫景을 하였고 후반부에서는 이 속에서 느끼는 자신의 마음을 담음으로써 "경치 중에 뜻이 이입되어 있는(景中入意)" 경지를 창출하였다. 고요함 속에 담백한 서정을 담고 있어 "고요하면서도 담백하고 그윽한(寧靜淡遠)" 의경을 느끼게 되는 작품이다.

　柳宗元이 강가의 모습과 어부의 모습을 묘사한 다음 두 작품을 살펴본다. 행간에 비애감을 담긴 했어도 비교적 맑고 청아한 의상을 지향하였음이 느껴진다.

江雪 강에는 눈이 내리고
千山鳥飛絶　온 산에 새 날지 않고
萬徑人蹤滅　온 길에는 사람 자취 끊어졌다
孤舟簑笠翁　외로운 배 도롱이 삿갓 쓴 늙은이
獨釣寒江雪　홀로 눈 내리는 강에서 낚시질하네

漁翁 늙은 어부
漁翁夜傍西巖宿　늙은 어부 밤이 되면 서쪽 바위 곁에서 자고
曉汲淸湘燃楚竹　새벽에는 상강 물을 길어 대나무 태워 아침밥 짓는다
煙銷日出不見人　물안개 사라지고 해 나오면 늙은 어부 보이지 않고
欸乃一聲山水綠　노 젓는 소리만 울려 퍼지는데 산수가 짙푸르다
回看天際下中流　강 가운데 흘러가다 하늘 끝 돌아보니
巖上無心雲相逐　절벽 위에는 무심한 구름만 서로 쫓아가고 있네

눈앞에 보이는 자연에 자신의 소슬한 감정을 용해하고 있으며 산수에서 느껴지는 의상을 淸幽하고 淡遠한 기운에 부쳐 서술하고 있다. 두 시 모두 맑고 한아한 경지를 추구하였으나 「江雪」에는 零陵에 司馬로 좌천되어온 현실에서 기인한 적막감이, 「漁翁」에는 泳州로 귀양 온 좌절감과 실의가 투영되어 있음을 살필 수 있다. 두 수 모두 新奇한 구상을 하였고 한적한 의경에다 '淸', '竹' 등의 시어로 고아한 절조를 나타내려 했으며 소탈하게 생활하는 늙은 어부의 삶을 묘사하는 데 공을 들였다. 그러나 한편으로는 孟浩然의 '淸幽'함이나 王維에게서 느껴지는 '淸新'한 색채에 비해서 좀 더 '蕭散'한 풍격이 함유되어 있는 듯한 인상도 받게 되어 비교가 되니 이는 盛唐의 시인과 비교가 되는 점이다.

永州 생활 7년째인 憲宗 元和 13년에 永州 남쪽 시내를 찾아 지은 다음 작품에서도 그가 적막한 자연 속에서 내면의 평정심을 지향하였던 면모를 살필 수 있다.

南澗中題 남쪽 시내에서 짓다

秋氣集南澗　가을 기운 영주 남쪽 시내에 모여 있는데
獨遊亭午時　정오가 되도록 홀로 거닐었다
週風一蕭瑟　회오리바람에 온통 쓸쓸해지고
林景久參差　숲 경치도 오랫동안 어지럽게 흔들린다
始至若有得　처음 왔을 때 마음이 흡족했더니
稍深遂忘疲　점점 자연 속에 빠져들면서 피곤함도 잊게 되는구나
羈禽響幽谷　무리 떠난 새는 깊은 계곡에서 울고
寒藻舞淪漪　차가운 물풀은 동심원을 일으키며 춤추네
去國魂已遠　장안을 떠난 내 넋은 이미 멀리 있는데
懷人淚空垂　그리운 사람 생각에 부질없이 눈물 흐른다
孤生易爲感　고독한 생활이라 마음 쉽게 움직이고
失路少所宜　사도에서 실의한 지라 외물과 부합됨 또한 적다
索寞竟何事　이 삭막함은 도대체 어인 일인가
徘徊祇自知　배회하면서 스스로 알아갈 뿐
誰爲後來者　그 누가 내 뒤에 올 사람인가
當興此心期　이런 내 마음과 꼭 맞는 이 기대해본다

南澗을 처음 찾았을 때에는 고요한 풍경으로 인해 마음에 얻은 바도 있었을 것이나 이내 서러운 자신을 자각하게 된다. 그렇기에 혼자 유람할 때의 한아한 정취를 나타내는 '獨遊'라는 표현이 이 시에서는 더욱 적막하고 고독한 이미지로 느껴지게 된다. '羈禽'으로써 조정을 떠나온 자신을, '寒藻'로써 세파를 형용하였다. 무리 떠난 새는 깊은 계곡에서 울고 차가운 물풀은 물결을 그리며 춤추니 시인의 마음속에 그 동안의 마음고생이 너울대면서 오버랩되고 있음을 살필 수 있다. '去國' 표현을 통해 장안에서 귀양 온 자신의 신세를 직접적으로 묘사하였고 '獨', '羈', '孤' 등의 글자를 통해 외로움과 울분을 담기도 했지만 결미에서는 자신의 마음을 알아줄 누군가를 향한 의지를 접지 않고 있다. 슬픔 속에서도 정신적인 해탈을 위한 도모를 하였고 자연 속에서 스스로의 마음을 조절하면서 치유하는 힘과 의지를 얻고자 한 것이다.

柳宗元이 영주 남쪽의 南谷을 지나가면서 접한 황량한 마을을 묘사한 다음 시 역시 소슬한 배경 속에서도 맑은 격조를 추구한 작품의 예가 된다.

秋曉行南谷經荒村 가을 새벽에 남곡으로 가면서 황량한 마을을 지나다
杪秋霜露重　늦가을에 서리와 이슬 이어 내리는데
晨起行幽谷　새벽에 일어나 깊은 골짜기로 간다
黃葉覆溪橋　누런 잎들은 개울 다리 위에 덮여 있고
荒村唯古木　황량한 마을에는 고목뿐
寒花疏寂歷　차가운 가을꽃은 성글어 쓸쓸한 모습 역력한데
幽泉微斷續　그윽한 샘은 끊어졌다 흘렀다 한다
機心久已忘　궤사를 도모하는 마음 이미 잊었는데
何事驚麋鹿　무슨 일로 고라니와 사슴에 놀라나

새벽에 일어나 南谷으로 향한 시점은 서리와 이슬이 그득한 늦가을로서 이는 시가의 전체적 분위기를 선도하는 시간적 배경이 된다. 다 떨어진 누런 잎, 고목만 남은 荒村, 성글고 쓸쓸한 가을 꽃, 끊어졌다 흘렀다 하는 그윽한 샘 등의 자연물들 역시 차갑고 적막한 분위기를 연출한다. 제2연에서는 '覆', '唯' 등의 표현으로 다리에 낙엽이 깔릴 정도로 나무가 많지만 모두 쇠잔하여 고목밖에 없다는 표현을 통해 역설적인 대조를 가한 수법이 돋보인다. 제1구에서 6구

까지 매 구마다 '霜露', '幽谷', '黃葉', '荒村', '寒花', '幽泉' 등의 쇠잔한 느낌을 주는 경물들을 일관성 있게 대조하여 對偶의 묘를 살리면서 시가의 풍격을 蕭散하게 응집시킨 수법도 뛰어나다. 자신이 이미 세상의 궤사를 잊고 광달한 경지에 들어가 있음을 밝힌 미연을 보면 소슬한 심정 묘사 속에 담은 의경이 맑고 그윽한 여운을 주는 것을 느낄 수 있다.

많은 수는 아니지만 柳宗元이 창작한 田園詩들 역시 中唐 田園詩의 특색을 보여주는 작품의 한 예로 볼 수 있다. 柳宗元이 田園을 묘사한 작품은 한가로운 전원 흥취를 담박하게 표현하면서도 풍유의 내용을 담고 있는 경우가 많다. 여러 작품 중 「田家」 三首 중 제1수를 살펴본다. 한가로운 전원 풍경보다는 농민의 수고로운 삶을 더욱 강조한 것이 보인다.

田家 其一 전가, 제1수

蓐食徇所務　일어난 잠자리에서 밥 먹으며 농사일 생각하고
驅牛向東阡　소 몰고는 동쪽 밭두렁으로 나간다
鷄鳴村巷白　마을 골목에서 닭이 울면 날이 밝는데
夜色歸暮田　밤이 되어 날 저물면 밭에서 돌아온다
札札耒耟聲　쩡쩡 쟁기로 밭가는 소리에
飛飛來烏鳶　까마귀와 소리개 날아든다
竭玆筋力事　이처럼 힘쓰는 노고 다해야만
持用窮歲年　일 년의 생활을 지탱할 수 있는 거라
盡輸助徭役　각종 부세를 다 바쳐야만 하니
聊就空舍眠　그저 텅 빈 집에서 잠들 수밖에
子孫日以長　애들은 나날이 커가는데
歲歲還復然　그저 해마다 이런 모습만 계속될 뿐

앞 3연에서는 농민의 노동을 사실적으로 묘사하면서 전원의 모습을 평범하게 그렸다. 시청각적 수법을 활용한 '札札' 이하 두 구는 쟁기로 밭을 갈면 땅속의 각종 벌레가 드러나는데 이 모습을 보고 하늘의 까마귀와 소리개가 벌레를 잡아먹기 위해 날아든 것을 묘사한 부분으로 이 시의 사실성을 돋보이게 하는 표현이다. 그러나 이 시의 주제는 고생에도 불구하고 부세로 모든 것을 수탈당하는 농민의 고통을 설파한 후반 3연에 있다. 전원의 모습을 눈에 보이는 데

로 묘사하면서도 시사를 평가하듯 날카로운 시각을 표출하고 있음을 살필 수 있는 것이다.[29]

柳宗元이 자연을 마주하게 된 계기는 자신의 인생 역정과 연계된 측면이 강했다. 폄적지에서 의식적으로 자연을 찾은 경향이 짙었고 창작의 動因 역시 '不平則鳴'의 성격이 강했다. 그러나 柳宗元은 마음의 소요를 위해 자연을 찾고 그 속에서 자유를 추구했으나 복잡한 심리와 외로움에서 자유롭지는 못했던 것 같다. 외부적 요인에 의해 폄적과 유랑을 하였으므로 그 지역에 정착하지 못하는 정서를 지니고 있었고 개인의 비감이 상대적으로 컸기에 美景을 대하면서도 쉽게 정리되지 않는 소회를 행간에 남기게 되었다. 마음속으로 屈原을 추종하면서 울분 어린 심정과 고향에 대한 그리움을 서사하였고, 길어지는 타향살이로 인한 민감한 심정을 자연시 작품 속에 세밀하게 이입하기도 하였으며, 복잡한 내면을 드러내기 위하여 謝靈運식의 장편 行游詩를 지어 자연 속에서의 정화 과정을 묘사하기도 하였다.

柳宗元은 자연시를 창작함에 있어 맑고 빼어난 풍격을 드러내는 시어를 주로 운용함으로써 그의 시로 하여금 '깊고 그윽한(幽深)' 중에 '맑고 준엄한(淸峭)' 기개를 창출하고자 하였고, 담담한 표현 속에 孤寂한 멋을 담거나 崎險하고 이채로운 풍광을 묘사하면서 새로운 정경에 대한 신선한 감각한 표출하기도 하였다. 이러한 면으로 인해 柳宗元은 韋應物과 함께 '韋柳'로 병칭되며 淸淡하고 '古雅閑淡'한 풍격을 창출한 中唐의 대표적 자연시인으로 자리매김할 수 있었다.[30] 전대 韋應物의 시가 大曆 시기에 와서 청담함이 쇠미해진 시풍 속에서 陶

---

29 柳宗元의 다른 시에서도 田家의 고난을 투사한 면모를 발견할 수 있다. "마당 가에서는 가을 벌레 울고, 성근 삼마는 쓸쓸하다. 누에실은 모두 세금으로 바치니, 베틀은 쓸데없어 벽에 세워두었네.(庭際秋蟲鳴, 疏麻方寂歷. 蠶絲盡輸稅, 機杼空倚壁. 里胥夜經過, 鷄黍事筵席)"(「田家」 其二(「전가」 제1수)) "늙은 농부 웃으며 염려해주는 말, 어둠에 들길을 조심해야지요 올해는 다행히 적으나마 풍년이니, 된 죽이든 묽은 죽이든 싫다 말고 드시오(田翁笑相念, 昏黑愼原陸. 今年幸少豐, 無厭饘與粥)"(「田家」 其三(「전가」 제3수))

30 '韋柳'라는 호칭은 후대인 北宋代에 와서 蘇軾으로부터 시작되었고 蘇軾 이후의 후대 문인들 역시 공감을 갖고 자연스럽게 병칭하게 되었다. 蘇軾은 『經進東坡文集事略』(卷60) 「書黃子思詩集後」에서 "李杜 後에 詩人이 계속 나와 비록 중간에 韻이 深遠한 이가 있어도 才力이 意趣에 미치지 못하였다. 오로지 韋應物, 柳宗元만이 纖穠함을 簡古하게 발하였고 그 詩의 맛을 澹泊함에 이르게 했으니 다른 이들이 미칠 바가 못 되었다.(李, 杜之后, 詩人繼出,

淵明의 '沖和'를 얻어 '淸淡' 일로로의 발전을 이루어낸 것과 비교할 때 柳宗元의 시는 아름답고 險怪한 시가를 많이 창작하던 元和 시기의 풍조 속에서 陶淵明의 '峻潔'한 측면을 배우고 謝靈運, 杜甫 등의 필법을 수용하여 청담하면서도 유려한 풍취를 작품 속에 투영시키는 공을 세웠다고 할 수 있겠다.

3) 元結, 白居易, 元稹, 張籍, 劉禹錫 : 사회시파 시인의 자연 묘사

元結과 白居易가 활동했던 中唐 貞元·元和 시기에는 중흥의 기운을 구가하는 사회적 분위기와 晩唐 쇠퇴기의 전조를 드러내는 여러 부정적 사회현상이 병존하고 있었다. 번진과 환관의 발호로 중앙 세력이 약화되는 중에 牛李黨 등의 신흥 관료 세력이 등장하여 정치적 개혁을 도모하는 등 혼란과 개혁의 양상이 사회 각 방면에서 다양하게 펼쳐지고 있었는데 이와 보조를 맞추어 이 시기 문인들 역시 唐詩와 문학의 중흥이라는 임무를 향해 다양한 시도를 실시하게 된다. 산문에 있어 載道와 明道의 실현을 향한 고문운동의 발흥이나 시가에 있어 신악부 운동을 통한 사실주의 시가 창작과 시가의 산문화 등을 이루어낸 것

雖間有遠韻, 而才不逮意. 獨韋應物, 柳宗元發纖穠於簡古, 寄至味于澹泊, 非余子所及也"라고 하여 처음으로 韋柳를 병칭하였다. 후에 劉克莊은 『後村詩話』에서 "당초에 진습유가 고아懢담한 음을 제창하였고, … 李太白, 韋應物, 柳宗元이 계속 이어서 나왔으니 모두 진자앙으로부터 펼쳐진 것이다(唐初, 陳拾遺首倡古雅沖淡之音, … 太白, 韋, 柳繼出, 皆自子昂發之)라 하여 韋柳를 같은 계열의 시인으로 인식하는 등 후대로 가며 많은 문인에 의해 양인이 자연스럽게 병칭되고 있음을 살필 수 있다. 이는 陶淵明과 韋應物·柳宗元은 같은 詩風의 詩를 창작한 시인들로 보는 통시적 관점인 것이다. 明代 胡應麟도 『詩藪』 內編 권2에서 "古雅閑淡하고 넓고 閑逸하며 맑고 심원하면서도 오묘한 이로는 六朝 시대 陶淵明이 시조이고 唐代에는 王維, 孟浩然, 儲光羲, 韋應物, 柳宗元이 있다.(以高閑, 曠逸, 淸遠, 玄妙爲宗者, 六朝則陶, 唐則王, 孟, 儲, 韋, 柳"라고 하여 陶淵明을 '平淡' 시풍의 시초로 보고 그 閑雅, 曠逸, 淸遠, 玄妙한 풍격을 따르는 자로 王孟과 儲光羲, 그리고 韋柳를 함께 예거했다. 淸代 沈德潛 역시 『唐詩別才』「凡例」에서 "陶淵明의 시는 넓은 흉금과 진솔함으로 세속을 벗어났기에 언어와 의상 밖에서 그 경지를 구해야 할 것이다. 唐代人 중에 이를 따르는 이로는 王維가 그 청유한 면을 얻었고, 孟浩然이 그 한아하고 심원한 면을 얻었으며, 저광희가 그 진솔하고 소박한 면을 얻었고, 위응물이 그 충화된 면을 얻었으며, 유종원이 그 준엄하고 고결한 면을 얻었으니 기운과 체격 풍격과 정신이 세속의 티끌을 벗어난 경지에 있는 것이다.(淵明詩胸次浩然, 天眞絕俗, 當於言語意象外求之, 唐人祖述者, 王右丞得其淸映, 孟山人得其閒遠, 儲太祝得其眞朴, 韋蘇州得其沖和, 柳柳州得其峻潔, 氣體風神, 儵然埃壒之外)"라고 하여 陶淵明을 잇는 중요한 자연시파 시인으로 여러 대가들과 함께 柳宗元을 열거하였던 것을 살필 수 있다.

이 바로 이 시기에서였던 것이다. 이러한 노력의 중심에는 韓愈와 孟郊를 중심으로 예술 풍격과 기교의 창신을 기도했던 韓孟시파와 元稹과 白居易가 중심이 되어 사상과 내용상의 개혁을 지향했던 元白시파가 있었다. 이 중 元白시파는 "식자와 일반인들 모두가 감상할 수 있는(雅俗共賞)" 신악부 운동을 추진한 시인답게 시가의 묘사에도 백묘적 표현과 명쾌한 언어를 활용하기를 좋아하였고 "자신의 뜻을 직접적으로 펼치려는(直抒胸意)" 표현을 통해 천연스러운 시정을 펼치는 것을 지향하였다. 자연시 창작에 있어서 문학의 사회화를 지향했던 元白시파 시인들의 의지가 어떻게 자연 묘사와 연계되어 있는가를 염두에 두고 元結, 白居易, 元稹, 張籍, 劉禹錫 등이 쓴 시가를 차례로 살펴보는 것은 의미 있는 작업이라 할 수 있겠다.

元結(719~772)은 字는 次山이고 河南 魯山人이다. 玄宗 天寶 12년(753) 進士에 급제하였는데 安祿山의 난이 발발하자 猗玕洞(현 湖北 大冶)에 은거하였기에 '猗玕子'라는 호를 얻었다. 肅宗 乾元 2년(759) 의병을 조직하여 史思明의 남침에 대항하는 공을 세워서 代宗 때에 道州刺史를 역임했다. 元結의 문집으로는 『元次山集』이 있고 그가 편한 『篋中集』[31]이 전한다.

元結은 유가의 仁政愛民을 신봉하였으며 우국의 충정을 가지고 정무에 임했다. 그의 시는 114수에 달하는데 전란으로 고통과 사회 현실을 묘사한 사회시 계열의 작품들이 많은 편이며 이 작품들은 中唐 元稹, 白居易, 劉禹錫 등의 사회참여시 창작을 선도하였다는 점에서 의의가 있다. 元結은 자신이 편찬한 『篋中集』에서 시가의 '政治敎化' 효능을 강조하였고 당시의 "성률의 병폐에 얽매이면서 形似를 즐겨 숭상하는(拘限聲病, 喜尙形似)" 풍속에 반기를 든 바 있다. 특히 백성들의 소리를 천자에게 들려주려는 의도에서 만든 '系樂府'는 白居易 新

---

31 『篋中集』은 元結이 沈千遠, 趙微明, 孟雲卿, 張彪, 王季友 등의 시 24수를 편찬한 시집이다. 그들의 시에는 盛唐의 강개하고 호매한 정서는 없으나 현실 인생의 고통과 비분을 담고 있는 것이 특색이다. 元結은 이들의 시를 한 편의 시집으로 엮으면서 시가는 마땅히 풍유를 기탁해야 하고, 政敎에 유익해야 하며, 일정 부분 현실을 반영해야 한다고 주장하였는데 이는 元結의 평소 문학 주장이기도 하였다. 元結의 이 시집은 白居易의 新樂府 창작에 일정한 영향을 미치기도 하였다.

樂府 運動의 선성을 이룬 작품이라 할 수 있다. 이처럼 元結은 현실성이 강한 시를 주로 썼으니 「春陵行」, 「賊退示官吏」 등으로 백성의 기아와 추위를 그렸고, 「閔荒詩」, 「系樂府十二首」 등으로 시정을 비판하기도 하였다. 질박하고 순수한 내용을 중시하면서 簡古한 필체를 선호하였는데 근체시가 적고 주로 五言古詩를 통해 창작을 한 면모가 발견된다. 「瘻論」, 「丐論」, 「處規」, 「出規」, 「大唐中興頌」 등의 散文 역시 시속에 대한 풍자나 우국의 심정을 강건하고 정련된 필체에 담아냄으로써 韓愈와 柳宗元의 古文運動에 영향을 끼친 바 있다. 특히 元結은 湖南 永州, 祁陽縣, 道縣 등 湘江 유역 및 湖北 일대의 산수를 묘사한 山水游記文 「茅閣記」, 「右溪記」, 「菊圃記」, 「殊亭記」, 「寒亭記」, 「廣宴亭記」, 「九疑山圖記」 등 7편의 산문을 지어 柳宗元의 「永州八記」에 앞서서 山水游記文의 탄생을 계도하기도 하였다. 이는 자연 유람과 기행 기록에 대한 元結의 특별한 관심과 노력을 엿볼 수 있는 부분이 된다.

元結은 「宴湖上亭作(연호 위의 정자에서 짓다)」에서 "누군가 숲과 샘을 좋아하는 이 있다면, 나와 함께 호숫가에서 늙어가시게.(誰肯愛林泉, 從吾老湖上)"라고 밝혔듯이 본래 자연에 대한 강한 애호 의식을 갖고 있었다. 그는 安祿山의 난 발발 후 猗玕洞에 은거함으로써 강남의 산수를 본격적으로 접하게 되었는데 특히 10여 년 기거한 바 있는 永州의 산하에 대한 애호가 각별하였다. 41세에 관직에 올라 54세에 卒하기까지 한 번씩의 은거와 罷官, 모친상 등을 제외한 관직 생활을 하는 중에도 산수에 대한 미련을 종래 버리지 못하였다. 그의 자연시는 永州 시기에 지은 20여 수의 산수시와 은일시가 대표적이라 할 수 있는데 현실의 중압감과 시국의 번뇌를 뒤로한 채 가벼운 마음으로 자연을 찾거나 은일을 지향하는 내용이 주를 이루고 있다. 元結이 淸幽한 산수 묘사를 통해 자신의 서정을 기탁하거나 은일의 의지를 서사한 작품들을 몇 수 예거하여 살펴보기로 한다.

다음은 관리의 삶과 대비가 되는 장소로 자연을 묘사하면서 그 자연 속에서 자유로워지고자 하는 마음을 담아낸 작품이다.

無爲洞口作 무위동 입구에서 짓다

無爲洞口春水滿　무위동 입구에는 봄물 그득하고
無爲洞旁春雲白　무위동 옆에는 봄 구름이 하얗다
愛此踟躕不能去　이곳이 좋아 한가로이 머물며 돌아갈 수 없으니
令人悔作衣冠客　관리로 살았던 삶을 후회하게 하는구나
洞傍山僧皆學禪　동굴 옆의 산승은 선을 배우고
無求無欲亦忘年　바라는 것 없는 무욕의 경지에서 세월을 잊는도다
欲問其心不能問　그 마음을 물어 얻고 싶으나 물을 수 없음은
我到山中得無悶　내가 산중에 이르러야 번뇌를 없앨 수 있기 때문이라

元結이 이 시에서 묘사한 무위동 주변의 자연환경은 봄물과 봄 구름에 불과하다. 그런데도 이곳을 떠나기를 주저하는 이유는 자연 속에서 새롭게 느끼게된 이전의 삶에 대한 후회와 회한 때문이다. 후반부에서는 선승의 경지를 찬양하며 자신도 번뇌가 사라지는 해탈을 얻기를 바라고 있는데 자신의 해탈은 물어볼 필요도 없이 "산중에 이르러야[到山中]" 가능한 것임을 밝히고 있다.

元結은 때로는 자연 속에서 하고 싶은 대로 행동하는 무한한 자유를 찬양하기도 하였다.

漫酬賈沔州 가면주의 작품에 응수하여

自家樊水上　나의 집은 번수 가에 있는데
性情尤荒慢　성정이 한껏 자유롭고 게으르다
雲山與水木　구름과 산 그리고 물과 나무는
似不憎吾漫　마치 나의 게으름을 탓하지 않는 듯
以茲忘時世　이곳에 살면서 세속의 일을 잊으니
日益無畏憚　나날이 거리낄 것 없어진다
漫醉人不嗔　질펀히 취해도 다른 이는 성내지 않고
漫眠人不喚　마음껏 잠자도 다른 이는 깨우지 않으며
漫遊無遠近　무한정 노닐어도 가깝고 먼 곳 구별 없고
漫樂無早晏　한껏 즐겨도 이르거나 늦을 일 없으며
漫中漫亦忘　맘대로 하면서도 맘대로 하는 것을 또한 잊는다
名利誰能算　이럴진대 그 누가 명리를 따질소냐

이 시는 乾元 元年(762)에 관직을 사양하고 瀼溪에 은거하며 몸소 경작하는 삶을 실천할 때 쓴 작품으로 세속의 번다함을 멀리한 은자의 한아한 서정을 시 전편에 그득 담은 것이다. 산수에 대한 서사 보다는 '漫醉', '漫眠' 등 마음대로 사는 은자의 여유와 자유로운 정신세계를 주로 묘사하였다. 자연을 묘사하는 기교보다는 자연 추구 의식을 설파하는 데 더욱 공을 들인 것이 시선을 끈다.

元結은 관리로 있을 때에도 자연 추구 의식을 늘 소유하고 있었던 것으로 보인다. 道州刺史 시기에 지는 다음 작품에서는 그가 인공적으로 산수를 개척하였던 일을 기록하고 있다.

引東泉作 동쪽 샘을 끌어와서 짓다
東泉人未知　동쪽에 샘이 있는 줄 다른 이는 몰라
在我左山東　내가 사는 곳 왼쪽 산에 있네
引之傍山來　그곳의 물을 옆 산으로 끌어오니
垂流落庭中　정원 가운데로 물이 흐르게 되었네
宿霧含朝光　아침 햇살은 짙은 연무를 머금더니
掩映如殘虹　마치 사그라지는 무지개처럼 빛을 감추었다
有時散成雨　때마침 흩어진 구름이 비가 되어
飄灑隨淸風　맑은 바람 따라 날리며 흩뿌리는 거라

산이 있으나 물이 없는 지역이라 인공으로 물을 끌어와 근처의 산과 정원을 관개하는 모습을 기록했다. 샘물이 통하게 되자 주변의 정경이 더욱 아름다워 보인다. '朝光', '殘虹', '淸風', '雨霧' 등의 묘사는 산수를 바라보는 시선이 한층 오묘해졌음을 나타내는 시어 활용이 된다. 특별한 의지의 투영 없이 눈 가는 대로 관찰한 자연의 변화하는 모습을 써내려갔지만 산수에 대한 애착만큼은 실로 대단함을 느낄 수 있다.

道州刺史로 있을 시 元結은 瀼泉 남쪽에 있는 石魚湖에 가서 「石魚湖上作(석어호에서 짓다)」, 「夜宴石魚湖(밤에 석어호에서 연회하며)」, 「石魚湖上醉歌(석어호에서 취하여 부르는 노래)」 등 세 편의 시를 쓴 적이 있다. 그중 「石魚湖上醉歌」를 살펴본다.

石魚湖上醉歌 석어호에서 취하여 부르는 노래

石魚湖　　　　　 석어호는
似洞庭　　　　　 동정호와 비슷하구나
夏水欲滿君山青　 여름이면 물이 그득하여 군산이 푸르고
山爲樽　　　　　 산을 술잔으로 삼고
水爲沼　　　　　 물을 술 못으로 삼으니
酒徒歷歷坐洲島　 술꾼들이 분명히 섬에 앉아 있으리
長風連日作大浪　 큰 바람 연일 불어와 큰 물결 일으켜도
不能廢人運酒舫　 사람들이 배로 술 나르는 것 막지 못하였네
我持長瓢坐巴丘　 나는 큰 바가지 술잔 들고 파구에 앉았더니
酌飮四坐以散愁　 사방 이곳저곳에서 앉아 술 마시며 근심을 푸는구나

민가체를 활용하여 생생한 느낌을 살리기를 도모하였다. 술꾼들의 취한 모습을 그렸으나 그 속에 담은 정취는 물과 돌을 아끼며 그곳에서 시름을 사르는 원결의 정신세계이다. 石魚湖를 洞庭湖에 비유하고 산과 물을 술잔과 술 못으로 비유한 과장법 또한 이채롭다. 元結의 시가에서 보기 쉽지 않은 과장의 표현인 것이다. 바람과 세파에도 자신의 본성을 찾고 자연이 주는 흥취를 돋우려는 작자의 강한 의지를 설파하고 있음이 발견된다.

元結은 관직에 있으면서도 자연을 그리워하는 면모를 자주 드러냈던 시인이다. 그는 「賊退示官吏(도적이 물러간 후 관리가 되어서)」, 「漫歌八曲(만가팔곡)」 등의 시를 통해 은거를 향한 염원을 밝히기도 하였고, 「題孟中丞茅閣(맹중승의 초가집에 부쳐)」에서는 은자의 거처를 칭송하기도 하였으며, 「漫酬賈沔州(가면주의 작품에 응수하여)」에서는 자신이 실제 은거하며 느끼는 즐거움을 서사하기도 하였다. 그의 자연시는 전체 작품 수에 비해 많은 비율은 아니지만 자연 속 삶을 향한 의식과 한거의 일취를 투영한 작품은 그의 자연 의식과 창작 경향을 잘 대변하는 작품들이라 할 수 있다. 특히 永州 시기에 지은 20여 수의 山水詩는 원결의 자연시를 대표하는 시가들로서의 의의를 지닌 작품들이라 할 것이다.

中唐의 현실파 시인 중 白居易, 元稹보다 다소 앞선 시기에 출생한 張籍(767?~830?)은 字가 文昌이며 和州 烏江(현 安徽 和縣)人이다. 張籍은 貞元 14년

(798)에 북쪽 지방을 유람하였는데 이때 孟郊의 소개로 韓愈를 알게 되었으며 그 후 두 사람은 서로의 시가 창작에 영향을 주고받는 사이가 되었다. 德宗 貞元 15년(799)에 進士가 되었고 憲宗 元和 元年(806)에 太常侍太祝이 되었으나 10년 동안 승진을 못한 채 곤궁한 생활을 하였고 안질에 걸려 시력이 점점 약해지게 되었다. 長慶 元年(821) 韓愈의 추천에 의해 國子博士가 되었고 水部員外郎, 主客郎中 등을 역임하였으며 大和 2년(828)에 國子司業이 되었다. 水部員外郎과 國子司業을 지냈던 고로 '張司業', '張水部'로도 불리었고 王建과 함께 '張王'으로 병칭되기도 하였다. 저서에 『張司業集』이 있다.

현존하는 張籍의 시는 약 480수 정도인데 그중 70~80수 정도가 樂府體 시이다. 張籍 시가의 창작 시기는 젊어서 40세까지인 초기, 40~50세의 중기, 50세 이후 후기 등으로 3분이 가능한데 그의 우수한 樂府歌行詩 작품은 대부분 중기에 창작되었다. 50세 이후로 생활이 점차 안정기에 접어들면서 樂府歌行詩 외에 근체시도 많이 창작하였다. 元白과 함께 中唐 新樂府運動을 대표하는 인물이며 그의 樂府詩는 평이하고 자연스러운 표현을 지향하고 있고 내용상으로는 당시의 사회 현실을 반영한 작품들이 많다. 杜甫를 배우려고 노력하였고 눈이 불편했던 고통을 시가 창작을 향한 의지로 전환하여 현실을 반영한 시를 다수 창작하였다. 白居易와 비슷한 창작 성향을 지향하며 杜甫와 白居易의 연계 선상에서 활약한 시인이다. 전란의 참상과 그로 인한 백성들의 고난, 통치 계층의 횡포와 부녀의 비극 등을 표현한 樂府體 시 「塞下曲」, 「征婦怨」, 「采蓮曲」, 「江南曲」, 「築城詞」, 「野老歌」, 「離婦」, 「成都曲」, 「西州」, 「山農詞」, 「賈樂府」, 「將軍行」, 「牧童詞」, 「征西將」 등이 유명한 작품인데 이러한 張籍의 樂府詩는 사물의 면면을 개괄적으로 묘사하면서 소박한 필치로 세밀하고도 진실하게 각종 인물과 상황을 잘 묘사한 것이 특징이다. 樂府라는 '舊題'를 사용했으나 구어와 통속어가 잘 활용된 함축된 의상을 창출함으로써 言外의 비판과 풍자 효과를 지닌 '新意'를 펼치게 된 것이다. 사회시 계통의 작가이므로 순수한 자연시 작품은 많지 않은 편이다. 자연시 방면으로는 정무를 보는 사이에 잠시 느낀 한일한 서정을 적은 시 몇 수와 國子司業으로 있던 만년에 白居易, 劉禹錫, 裵度 등과 창화하면서 자연을 감상한 내용을 표현한 시 등을 거론할 수 있겠다.

현실의 고뇌를 이입한 작품을 다수 창작한 張籍이었으나 자연을 대함에 있어서는 순수한 기쁨을 얻고자 노력하였던 면모가 발견된다. 일례로 저녁 강가에서 목도한 어민 생활의 묘사 속에 자신의 심신을 기탁하고자 하는 마음을 밝힌 작품을 살펴보자.

> **夜到漁家** 밤에 어부의 집에 도착하여
> 漁家在江口　어부의 집은 강어귀에 있는데
> 潮水入柴扉　조수는 사립문까지 밀려오네
> 行客慾投宿　나그네 하룻밤 묵고 싶은데
> 主人猶未歸　주인은 아직 돌아오지 않았다
> 竹深村路遠　대숲은 깊고 마을 들어오는 길도 먼데
> 月出釣船稀　달이 뜨니 고깃배도 드물구나
> 遙見尋沙岸　멀리 모래언덕을 바라보니
> 春風動草衣　봄바람에 도롱이가 흩날리는 모습이 보이네

봄날 저녁 무렵 강가에 도착한 시인의 눈에 강물과 근접한 어가의 사립문이 들어온다. 하룻밤 묵으려 하나 주인이 아직 안 왔다는 표현은 저녁까지 어로에 수고하는 백성들의 모습을 암유하고 있다. 기다리는 사이에 다시 사방을 둘러보니 그득한 대숲과 구불구불 펼쳐진 농촌의 소로가 아득하게 보인다. 달빛 아래 드문드문 떠 있는 고깃배는 밤이 되도록 오지 않은 주인과 연결된 기다림의 투영체이다. 결미에서는 기다리던 주인이 저 멀리서 오는 형상을 봄바람과 도롱이를 통해 묘사하고 있는데 평이한 시어를 활용하면서도 유창한 표현과 경쾌한 어조를 드러내고 있어 흥취가 더욱 고양된 느낌을 얻게 한다.

강남의 봄을 표현한 다음 작품에서 각종 사물이 신선한 봄의 흥취를 발하는 모습을 그리고 있다.

> **江南春** 강남의 봄
> 江南楊柳春　강남 버들에 봄물이 올라
> 日煖地無塵　날 따뜻해지고 땅에 먼지도 적어진다
> 渡口過新雨　포구를 지나가는데 새로이 비 내리고

夜來生白蘋　밤 되니 개구리밥풀 하얗게 피어난다
晴沙鳴乳燕　맑은 모래 가에 어린 제비 울어대고
芳樹醉遊人　상춘객은 향기로운 나무 아래서 취한다
向晚靑山下　저녁 무렵 푸른 산 아래에서
誰家祭水神　그 누가 수신에게 제사 지내는가

봄이 되면 변화를 일으키는 여러 사물의 신선한 변신을 행적에 따라 열거하고 있다. 포구 가의 버드나무, 봄비, 하얗게 피어나는 물가의 개구리밥풀 등의 정경을 시야에 들어오는 대로 자연스럽게 묘사하였다. 맑은 모래 가에 우는 제비를 통해 청각적 효과를 창출하였고 상춘객이 향기로운 나무 아래서 취한다는 표현을 통해 그 속에 젖어 있는 자신의 마음을 드러냈다. 자연스러운 시어를 활용하면서 오감을 자극하는 신선한 이미지를 부가한 것이다. 미연에서는 수신에게 제사 지내는 강남 특유의 모습을 그림으로써 한 폭의 강남 풍속도를 형용하는 듯한 효과를 창출한 것이 돋보인다.

다음 작품에서도 청명한 강남의 풍경 묘사 속에 풍속과 서정을 이입한 사실적인 묘사를 가하면서 생동한 필치를 발휘한 것을 살필 수 있다.

江南行 강남행

江南人家多橘樹　강남의 인가에는 귤나무가 많고
吳姬舟上織白苧　오 땅의 아가씨들 배 위에서 흰 모시를 짜누나
土地卑濕饒蟲蛇　토지가 낮고 습하여 벌레와 뱀도 많고
連木爲牌入江住　나무를 잇댄 판잣집 만들어 강에서도 살아간다
江村亥日長爲市　강촌에서는 亥日이라 길게 시장터를 이루니
落帆度橋來浦裏　배들은 돛대 내리고 다리 건너 포구 안으로 들어온다
淸莎覆城竹爲屋　푸른 부들이 성에 수북한데 집들은 대나무로 만들었고
無井家家飮潮水　우물이 없어 집집마다 강물을 마신다
長干午日沽春酒　장간이 정오를 가리킬 때 봄 술을 파는데
高高酒旗懸江口　높고 높은 술집 깃발 강 입구에 달려 있네
娼樓兩岸臨水柵　강 양쪽 언덕 기녀의 누각은 물가 울타리에 임해 있고
夜唱竹枝留北客　밤에 죽지사 불러 북쪽 손님 묵게 한다
江南風土歡樂多　강남 풍속에는 즐거운 것이 많아
悠悠處處盡經過　가는 곳마다 유유히 즐기며 마음껏 경험한다네

한 구절 한 구절마다 강남의 신기한 풍속을 묘사하는 내용을 담았다. 여러 모습을 보이는 것과 느끼는 것에 따라 나열식으로 기술하고 있는데 풍경, 생물, 습관, 생활상 등 이채로운 풍속의 묘사가 상당수 출현한다. 시인은 이 속에서 특별히 무언가를 도모하고자 하는 의도도 없이 주어진 경치를 즐길 뿐이다. 미연에서 '歡樂'이라는 표현을 써서 새로운 환경을 대하는 기쁨을 표현했고 '悠悠處處'라는 첩어를 활용하여 여유로운 자신의 마음을 잘 표현하고 있다. 예거한 「江南春」과 마찬가지로 풍경과 풍속, 향토의 서정과 흥취가 모두 어우러진 한 폭의 강남풍속도를 보는 듯한 느낌을 또 한 번 얻게 된다.

친구 李渤에게 부친 다음 작품에도 봄의 명랑한 서정이 펼쳐져 있음을 살필 수 있다.

寄李渤 이발에게 부치는 시
五度溪頭躑躅紅　오도계 입구에 철쭉꽃 붉고
嵩陽寺裏講時鐘　숭양사 경내에서는 강설하는 동안 종소리 들려오네
春山處處行應好　봄 산 여기저기 다니면 응당 좋았을 것인데
一月看花到幾峰　한 달 동안 꽃 보러 몇 봉우리나 다녀보았는지

봄날 한적한 마음으로 자연을 찾아 간 개울 입구에는 철쭉꽃이 흐드러지고 절에서는 강설 소리와 종소리가 울려 나와 마음을 요동하게 한다. 후반부에서는 자신이 느끼는 봄의 흥취를 벗에게도 전하는 모습인데 넌지시 건네는 추측의 인사를 통해 자연을 감상하고 즐기기를 권하고 있음이 발견된다.

張籍이 고요한 중에 느끼는 한적한 흥취를 서사한 예로 산새의 밤 자취를 주목한 다음 작품을 보자.

山禽 산새
山禽毛如白練帶　산새의 털은 흰 비단 띠 같아
棲我庭前栗樹枝　우리 뜰 앞 밤나무 가지에 깃들었네
獼猴半夜來取栗　원숭이는 한밤에 와서 밤을 따 가는데
一雙中林向月飛　산새 한 쌍이 숲 속에서 달을 향해 날아가누나

평담한 중에 자연을 즐기는 모습을 담고 있다. 산새가 자신을 찾아온 기쁨, 산새의 모습, 원숭이의 등장, 산새의 반응 등을 순차적으로 그리고 있는데 상당 시간 관찰을 가한 흔적이 보인다. 조용히 주변을 관조하는 상황과 자연에 대한 허정한 심신을 기탁하고 있다.

현실에 대한 의지와 곤궁한 자신의 신세 사이에서 세속을 향한 비판과 참여 의식을 발휘하던 張籍이었기에 자연을 찾아 한가로운 시심을 도모한 작품 중에 서도 세속의 그림자나 쓸쓸한 서정을 이입한 부분이 종종 발견된다. 張籍이 한 아한 홍취를 지향하였음을 드러낸 다음 작품이 그러한 예이다.

閑行 한가히 다니며
老身不許人間事　늙은 몸이라 세속의 일 허락지 않아
野寺秋晴每獨過　들녘 절간의 맑은 가을 길 매번 홀로 걷는다
病眼較來猶斷酒　눈병이 전보다 심해져 아직도 술을 끊고 있는데
却嫌行處菊花多　다니는 곳마다 국화가 많아 오히려 싫어지누나

'老身' 표현을 통해 만년에 쓴 작품임을 알 수 있다. 악부시체를 통해 현실을 향해 예봉을 휘두르며 참여 의식을 발하던 작자였으나 한직에 있으면서 세상의 일과 멀어지는 상황을 맞게 되니 홀로 된 기분을 감출 수 없다. 한가히 다니며 시심을 돋우어보지만 허약해가는 심신으로 인해 이내 적막함에 휩싸이게 된다. 말구에서는 은일과 가을의 상징인 국화에 대한 애증을 드러냄으로써 세상을 절 연하지 못하는 심정의 일단을 드러내고 있다.

서쪽 봉우리에 기거하는 스님에게 보낸 다음 작품에서도 적막한 중에 느끼 는 쓸쓸한 마음의 그림자를 투영하고 있다.

寄西峰僧 서봉에 있는 스님에게
松暗水涓涓　소나무 숲 어두워지고 물은 졸졸 흐르는데
夜涼人未眠　밤이 차가워 잠 못 이루고 있다
西峰月猶在　서쪽 봉우리엔 아직도 달이 떠 있누나
遙憶草堂前　초당 앞에 있을 그대를 아련히 떠올려본다

잠 못 드는 차가운 밤 깨어 있는 자신의 마음을 전할 누군가를 찾는 모습이다. 잠 못 드는 연유를 구체적으로 밝히지 않은 채 차가운 밤으로 돌렸지만 이 글을 받는 서산의 스님도 역시 마음의 심려를 안고 잠 못 들고 있을 것이라고 추측한다. 자신이 소산한 비애를 지니고 있기에 상대방도 자신과 같은 심정을 느끼거나 혹은 자신의 마음을 알아줄 것이라는 기대를 해보고 있는 것이다.

張籍은 세사에 대해 직설적인 표현을 가한 시인답게 자연을 바라보면서 쓴 시에서도 진솔하고 평이한 시어를 주로 활용하였다. 특히 강남의 풍속을 묘사한 작품에서는 소박한 표현을 하는 중에 생동한 정경을 묘사하고 있어 흥취가 횡행하는 기운을 느끼게 한다. 그러나 때로는 현실의 그림자를 담아 소산한 의경을 투영하기도 하였으니 「寒塘曲(한당곡)」에서 "차가운 못은 깊숙하고 버들잎은 성근데, 어둑한 물가에서 사람 소리 들려오자 잠자던 오리 놀란다.(寒塘沈沈柳葉疎, 水暗人語驚棲鳥)"라고 하여 정적을 깨는 사람의 모습을 행간에서 그리기도 하였고, 이별을 노래한 「春別曲(봄날 이별의 노래)」에서는 "양자강 봄물은 물들인 듯 푸른데, 물에서 뜬 연잎 크기가 엽전 같구나.(長江春水綠堪染, 荷葉出水大如錢)"라고 연잎을 동전에 묘사한 현실적인 표현을 가하기도 하였다. 또한 蜀으로 가는 벗과 이별하며 쓴 「送蜀道(촉도로 송별하며)」에서는 "산머리에 해 지고 행인이 적어지면, 때때로 나무 위에서 성성이 우는 것도 보리라.(山頭日晚行人少, 時見猩猩樹上啼)"라고 하여 인간과 자연 사이의 모습을 대조하기도 하였다. 전란의 아픔, 세상의 부조리, 눈병, 곤궁한 생활, 하급 관료의 고단한 현실 등 각종 아픈 현실을 마주하던 張籍은 시가의 창작을 삶의 의의로 생각하면서 살았기에 자연을 대하며 閑情을 돋우는 순간에도 마음 일각에 서늘하게 부는 심리적인 암영을 완전히 제거하지는 못하였던 것이었다.

白居易(772~846)는 字가 樂天이고 號는 醉吟先生, 香山居士이며 山西省 太原 人이다. 河南新鄭 출생으로 李白이 죽은 지 10년, 杜甫가 죽은 지 2년 후에 태어났으며 동시기 문인 韓愈와 더불어 '韓白'으로 병칭된다. 29세에 進士에 급제한 후 32세에 황제의 親試에 합격하였는데 이 무렵 「長恨歌」를 지었다. 807년 36세에 翰林學士를 지냈으며 이듬해 左拾遺에 올랐는데 이 시기 그는 유교적 이상주의의 입장에서 현실적인 사회시를 많이 창작하였다. 40세 때 어머니를 여의고 다음 해 어린 딸의 죽음을 맞게 되자 불교에 큰 관심을 갖게 된다. 814년 太子 左贊善太夫에 임용되었으며 諫官으로서 직무 수행을 충실히 하였는데 고위 관료들의 반감을 사서 44세에 江州司馬로 좌천되었다. 이 시기를 전후하여 그의 창작관은 큰 변화를 겪게 된다. 관리가 된 후 10여 년 동안 新樂府와 諷諭詩를 중심으로 현실 참여 의식을 드러낸 작품을 창작했던 것에 비해 江州司馬 폄적 이후 30여 년간은 소극적 守身의 삶을 통해 한적한 심정이나 감상을 드러낸 시가를 많이 창작하게 된 것이다. 그는 江州司馬 이전에는 "세상을 두루 제도하는(兼濟天下)" 의식을 갖고 창작에 임하였는데 江州司馬 이후에는 "오직 자신의 선을 추구하는(獨善其身)" 의식을 갖고 창작에 임하게 되었다. 문학의 사회적 책임과 현실적 의의를 강조하며 정치와 사회를 비판하던 실천적 창작에서 개인의 내면을 응시하는 방향으로 창작의 진로를 수정해나갔던 것이다. 시의 제재가 광범위하고 다양한 형식의 작품을 썼으며 주로 평이하고 통속적인 시어를 활용하였다. 문집으로는 『白氏長慶集』이 세상에 전한다.

白居易의 시는 약 3,800수에 달하는데[32] 내용상으로는 元和 10년에 白居易가 15권의 시집을 편찬할 때 자신의 시를 諷諭詩, 閑寂詩, 感傷詩, 雜律詩 등의 네 종류로 분류하였음을 「與元九書」에서 밝힌 바 있다.[33] 이 내용상의 분류는 白居易 스스로에 의해 이루어졌고 이러한 구분은 각각의 시가 내용상 차이점이 있

---

32 白居易 시가의 숫자는 여러 다른 판본과 학자들의 연구에 따라 출입이 있다. 본서에서는 김경동, 「白居易詩文硏究序說」, 『중국문학연구』 제21집, 2000에서 밝힌 3,783수를 참조하여 약 3,800수로 보았다.

33 白居易는 『白居易集』 「與元九書」에서 자신의 시를 四分한 내용을 다음과 같이 밝혔다. "좌습유 이래로 겪고 느끼고 풍자와 비흥에 관한 것, 또 무덕에서 원화년까지 일로 말미암아 제목을 짓고 新樂府라고 한 150수를 諷諭詩라고 합니다. 또 공무에서 물러나 홀로 기거하거나 혹은 병으로 이사하여 한거하면서 족함을 알고 온화함을 지키면서 성정을 읊조리며 완상한 작품 100수를 閑適詩라고 합니다. 또 사물이 외부에서 끌어당기고 情理가 내면에서 움직여서 느낌에 따라 영탄한 작품 100수를 感傷詩라고 합니다. 또 오언, 칠언, 장구, 절구가 있어 100운으로부터 두 운에 이르기까지의 작품 400여 수를 雜律詩라고 합니다. 모두 15권이며 대략 800수입니다.(自拾遺來, 凡所適所感, 關於美刺興比者, 又自武德訖元和, 因事立題, 題爲新樂府者, 共一百五十首, 謂之諷諭詩. 又或退公獨處, 或移病閑居, 知足保和, 吟玩情性者一百首, 謂之閑適詩. 又有事物牽於外, 情理動於內, 隨感遇而形於歎詠者一百首, 謂之感傷詩. 又有五言·七言·長句·絶句, 自一百韻至兩韻者四百餘首, 謂之雜律詩. 凡爲十五卷, 約八百首)"

음을 의미한다. 하지만 諷諭詩, 閑寂詩, 感傷詩 등은 내용상의 구분이고 雜律詩는 형식상의 구분이기에 이 분류는 정확하지 못한 측면이 있다. 또한 白居易는 총 여덟 차례에 걸쳐서 자신의 시를 편집하였는데 그중에 2차 편집이 이루어졌던 長慶 4년까지만 이 사분류법을 적용하였고 이후로는 格詩와 律詩의 이분법만을 적용하였다. 長慶 4년에 白居易의 나이가 53세였고 白居易가 30대 초반부터 75세까지 지속적으로 시를 지었다는 것을 감안하면 白居易 창작 인생의 후반부부터는 자세한 분류 없이 단지 이분법만을 적용했다는 것을 알 수 있다.

白居易의 시가를 분류함에 있어 자연시와의 연관성을 감안한다면 閑寂詩는 허심탄회하게 자연의 풍광을 읊은 점에서, 感傷詩는 인생에 대한 다양한 감회를 노래하였다는 점에서 그 연계성을 찾을 수 있다. 그러나 그는 '道'를 공통적인 속성으로 하면서 그 지향 대상이 타인에게 향한 것은 諷諭詩, 자기에게 향한 것은 閑寂詩라고 하였으며 道와는 상관없이 외물에 의해 촉발된 감정을 있는 그대로 표출한 서정시를 感傷詩라고 구분한 바 있다.[34] 이러한 점을 감안하면 閑寂詩와 感傷詩를 직접적으로 자연시와 연계시키는 것은 무리가 따른다고 할 것이다. 白居易의 시가 중 자연시로 분류할 수 있는 작품은 매우 많으며 전체적으로 다양한 내용과 형식을 지니고 있다. 그러나 白居易는 본래 時, 事와 연관된 풍유시 창작에 주된 의지를 갖고 있었고 '兼濟'와 '獨善'의 유가적 처신과 연계된 자연 추구 의식을 갖고 있었기에 中唐의 여러 자연시파 시인들이 자연을 주된 창작의 원천으로 생각하던 것과는 다소 다른 측면도 지니고 있었다. 白居易의 자연시에 대하여는 현실주의 문인의 관념이 이입된 자연시를 창작했다는 점에서 그 작품의 면모와 의의를 고찰해볼 수 있다 하겠다.

白居易가 자연시를 창작하게 된 배경을 읽을 수 있는 부분이 있다. 그가 謝靈運의 시를 읽으면서 소회를 밝힌 다음 구절을 살펴보자.

讀謝靈運詩 사령운의 시를 읽으면서
謝公才廓落 사공은 재주가 매우 뛰어났지만

---

34 이상의 白居易 시가의 분류에 관하여는 김경동, 「白居易 시가 사분류에 의한 문제」, 『중국학보』 제42집, 2000의 내용을 참조하였다.

與世不相遇	세상과는 서로 어울리지 않았다
壯志鬱不用	장엄한 뜻 깊었어도 쓰임이 없었기에
須有所泄處	그 응어리를 풀 곳이 있어야 했다
泄爲山水詩	그 마음을 산수시로 풀어냈으니
逸韻諧奇趣	한일한 운치와 기이한 흥취가 모두 있다
大必籠天海	그 작품은 크게는 하늘과 바다를 품었고
細不遺草樹	작게는 하나의 풀과 나무도 놓치지 않았다
豈唯玩景物	어찌 경물만 즐기겠는가 .
亦欲攄心素	마음이 허심탄회함을 추구하는 것이리라
往往卽事中	늘 일에 쫓기면서도
未能忘興諭	흥과 풍유를 잊을 수가 없었다
因知康樂作	사령운의 작품을 깨닫게 되었으니
不獨在章句	그저 자구에만 머물지 않으리라

謝靈運과 마찬가지로 자신도 공무를 볼 때에 늘 마음을 풀어낼 곳을 갈구하였음을 밝히고 있다. 특히 白居易는 江州司馬로 폄적된 후에 謝靈運과 같은 처지라는 심리적 동질감을 더욱 갖게 된 것 같다. 그는 謝靈運의 시를 읽고 깨닫는 것을 통해 정치 역정에서 생기는 울분을 푸는 하나의 기회로 삼았는데 특히 말구에서 사령운의 작품을 읽으면서 자구의 이해에만 머물지 않겠다는 뜻을 밝힌 것은 자신도 사령운처럼 자연 경물을 감상하며 고아한 의식을 고양하겠다는 의지를 표현한 것이 된다. 이러한 산수 추구 의식은 「和錢員外早冬玩禁中新菊(전원외랑이 이른 겨울 궁궐에 새로 핀 국화를 읊은 시에 화답하여)」에서 "차가운 향기는 맑은 구절을 이끌어내고, 구름 진 저녁 경치를 읊조리게 하네.(寒芳引淸句, 吟玩烟景夕)"라고 하면서 자연이 주는 창작의 욕구를 노래한 것이나, 「自解(자신의 마음을 밝힘)」에서 "나는 또한 숙명적으로 정해져 있기를, 평생 동안 시 짓는 것으로 갚아야 한다네.(我亦定中觀宿命, 平生債負詩歌)"라고 하며 창작을 인생의 소중한 작업으로 여긴 것과도 상통하는 부분이다.

　白居易는 또한 景物의 미와 詩歌의 미에 대하여는 서로 상통하는 관계로 간주하는 의식을 밝히기도 하였다.

江樓早秋 이른 가을의 강가 누각

湖光朝霽后　비 개고 날 밝은 뒤의 아침 호수 모습
竹氣晩涼時　대나무는 뒤늦게 서늘한 기운을 받을 때라
樓閣宜佳客　누각은 가객들이 시 짓기에 적합한 곳
江山入好詩　강산이 좋은 시 속으로 들어가는구나

시에서 밝힌 '좋은 시(好詩)' 출현의 전제조건은 호수 모습, 대나무 기운, 누각 등의 자연 경물이다. 밝고 청아한 자연이 훈도하는 기운과 정경으로 인한 감동이 좋은 시의 창작으로 이어진다고 보는 창작관을 드러내고 있는 것이다.

白居易는 기본적으로 자연에 대한 애호 의식을 소유하였을 뿐 아니라 자연 속에서 얻는 깨달음을 통해서도 큰 즐거움을 느꼈던 것 같다. 이러한 면모는 여러 편의 작품에서 발견할 수 있는데 못 가에 심어진 대나무에서 閑情을 느낀 것을 기술한 다음 시가 그 한 예이다.

池上竹下作 못 가의 대나무 아래에서 짓다

穿籬繞舍碧逶迤　집 창가 울타리는 푸른 대나무로 둘러싸였고
十畝閑居半是池　한거하는 십 묘 땅 중 반은 연못이라
食飽窓間新睡後　배불리 먹고 창가에서 낮잠을 잔 후
脚輕林下獨行時　가벼워진 다리로 숲에서 홀로 걸어본다
水能性淡爲吾友　물은 성품을 담담하게 해주니 내 벗이 되었고
竹解心虛卽我師　대나무는 마음을 허정하게 풀어주니 나의 스승이로다
何必悠悠人世上　어찌 이 어둑어둑한 세상에서
勞心費目覓親知　마음 쓰며 별도의 친구를 찾으리오

일반적으로 시인들이 못 가 연꽃의 자태에 시선을 두는 것에 비해 이 작품에서는 물과 대나무의 허정함을 주목하였다. 수연에서 자신이 한거하는 환경을 '碧逶迤'와 '半是池'로 묘사한 것은 연못과 대나무가 시인의 마음에 차지하는 정도가 지대한 상황임을 느끼게 한다. 이 경치 속에서 시인은 식사와 잠을 즐기고 가벼운 걸음으로 대숲을 거닌다. '獨行'이라는 표현이 있지만 물이 벗이 되고 대나무가 스승이 되어 자신과 함께하니 외롭지 않다. 물과 대나무라는 지기

를 찾은 환희를 미연에서 설파하였으니 虛靜함 속에 담긴 得意의 경지를 표현하는 데 있어 물과 대나무가 매우 좋은 소재로 쓰였음을 알 수 있겠다.

봄이 오는 것을 그린 다음 작품에서는 문득 깨닫게 된 자연의 섭리에 감탄하는 모습을 보여주고 있다.

府西池 관부의 서쪽 연못

柳無氣力枝先動	버드나무는 기운이 없어 가지가 먼저 흔들리고
池有波紋冰盡開	못에는 물결이 일어나니 얼음이 다 녹은 것이네
今日不知誰計會	지금의 이 모습 그 누가 계획한 것일까
春風春水一時來	봄바람과 봄물이 한순간에 찾아 왔구나

관청에서 근무하다 잠시 찾은 연못이 제공하는 봄 풍경이 작자의 마음에 신기함을 제공한다. 정경을 감상하던 시인은 문득 이 신비로운 변화와 조화가 어디서 기인한 것인지에 대한 의문을 느끼게 되고 그 모습에 더욱 경탄을 하게 된다. 정경 속에서 의미를 추구하는 이러한 모습은 순간의 逸趣나 오묘한 흥취를 중시하던 盛唐 자연시의 풍격과는 또 다른 모습이라 할 것이다.

다음 시는 자연을 본 모습을 담담하게 표현하면서도 설명이 가미된 세미한 묘사를 지향하고 있어 역시 中唐 자연시의 특색을 느끼게 하는 작품이라 할 수 있다.

錢唐湖春行 전당호로 봄 산책을 가서

孤山寺北賈亭西	고산사의 북쪽 가정의 서쪽
水面初平雲脚低	수면은 조용하고 구름은 낮게 깔려 있다
幾處早鶯爭煖樹	곳곳에서 일찍 일어난 꾀꼬리 따듯한 나무 자리를 다투고
誰家新燕啄春泥	누군가의 집에 제비가 새로 봄 진흙 물어와 둥지를 튼다
亂花漸欲迷人眼	어지럽게 핀 꽃은 사람 눈을 미혹하고
淺草纔能沒馬蹄	풀은 얇게 자라나 겨우 말발굽을 덮을 정도이다
最愛湖東行不足	호수 동쪽으로 가는 것 좋아해 끝없이 가니
綠楊陰里白沙堤	푸른 버들 그늘 속에 흰 모래 제방이 펼쳐졌어라

"일찍 일어난 꾀꼬리가 '따듯한 나무 자리(煖樹)'를 다툰다", "제비가 새로 봄

진흙 물어온다(燕啄春泥)”, “풀은 얕게 자라나 있다(淺草)” 등의 표현은 봄날의 정경을 드러내는 세미한 언급으로서 白居易의 정교한 관찰력을 반영한 표현들이라 할 수 있다. 경물 하나하나가 주는 세밀한 흥취에 취한 시인은 호수 끝까지 가는 행보를 멈추지 않는다. 말구에서는 푸른 버들 그늘 속에 감추어져 있던 새로운 정경이 눈에 들어오듯 자신의 마음속에 새로운 의미로 다가온 자연을 느끼는 기쁨을 서사하고 있다.

白居易가 44세에 江州司馬로 폄적당하게 된 사건은 그의 시가 창작에 큰 영향을 미친 계기가 되었을 뿐 아니라 그의 마음을 더욱 자연으로 향하게 해준 중요한 요인이 되었다. 전에도 白居易는 비교적 이른 나이에 은거에 대한 견해를 피력한 바 있는데 이는 공교롭게도 29세에 進士에 급제하고 32세에 황제의 親試에 합격한 후 36세에 翰林學士, 이듬해 左拾遺 등을 지내면서 현실적인 사회시를 많이 창작한 시기와도 맞물린다. 이 시기에 그가 생각한 은거는 자신의 관직 생활이 한계를 느낄 만큼 어려움이 있어서는 아니었고 다만 자신의 성품에 대한 스스로의 자각에서 비롯된 것이었다. 그는 「自題寫眞(스스로 진심을 밝힌 글)」에서 “어쩌다가 섬돌 붉은 대궐에 드나들며, 오 년이나 신하로 봉직하게 되었지. 하물며 억세고 고집 센 성격이기에, 세속의 무리들과 어울리기 어려워라. 나는 귀한 상도 아니니, 이로 인해 화근을 일으킬까 두려워라. 의당 일찌감치 사직하고, 구름이나 물 찾아 운신함이 좋으리라.(何事赤墀上, 五年爲侍臣. 況多剛狷性, 難與世同塵. 不惟非貴相, 但恐生禍因. 宜當早罷去, 收取雲泉身)”라고 한 바 있어 자신은 관직 생활에 부적합한 성격을 지녔다고 생각하는 바를 밝힌 바 있다. 이는 자신이 강직하고 고집이 세서 다른 이들과 어울리기 힘든 면이 있는데 그럴 바엔 차라리 은거함이 어떨까 하는 생각에서 나온 언급이라 여겨진다. 이러한 白居易의 생각은 관직 생활을 하면서도 종래에는 歸隱하고 말리라는 뜻을 품었던 陶淵明의 의식과도 유사하다. 그러나 42세에 彭澤令을 끝으로 은거에 들어갔던 陶淵明과는 달리 白居易는 40세에서 44세에 이르는 기간에 모친상을 당하여 관직을 그만둔 것과 이따금씩 병가로 쉰 것을 제외하고는 줄곧 지방과 중앙을 오가는 관직 생활을 하면서 살았다. 은거에 대한 열망은 있었고 은거의 삶을 체험하기도 했지만 종래 관직을 벗어던지고 歸隱하지는 못한 것이었다. 白居易가

陶淵明의 은거에서 본받고자 한 것은 그의 삶과 시가 창작 정신이었으며 관직에 있으면서도 자연을 찾을 수 있고 그 속에서 한가로운 경지를 즐길 수만 있다면 은자의 낙과 기쁨을 얻을 수가 있다고 생각하였던 것으로 보인다. 이러한 점은 盛唐의 王維와도 비교되는 점이었으니 王維가 조정에 있으면서 세속을 오가며 '大隱'을 행했다면 白居易는 중앙 관리와 지방관 등을 오가며 '朝隱', '吏隱', '中隱' 등을 반복하는 은거 형태를 지향했다고 할 수 있는 것이다.[35] 이러한 그의 은거에 대한 의식은 그의 시 「朝廻遊城南」의 일부 대목에서도 살펴볼 수 있다

朝廻遊城南 아침에 성 남쪽을 노닐며
旦隨鵷鷺末　아침에는 조관의 말단직에 있다가
暮遊鷗鶴傍　저녁에는 갈매기와 학 옆에서 노닌다
機心一以盡　궤사를 도모하는 마음 일제히 사라지니
兩處不亂行　두 곳 어디에 있어도 행동에 어지러움이 없다
誰辨心與跡　그 누가 분별하리 내 마음과 내 행적이
非行亦非藏　출사도 은둔도 아닌 것을

그는 출사한 몸으로 한거의 낙을 찾을 수 있는 것은 '궤사를 도모하는 마음(機心)'을 갖지 않고 자연을 즐길 수 있었던 것에서 연유한다고 보았다. "出仕도 隱遁도 아닌 삶(非行亦非藏)"을 살아도 이 두 가지 삶은 행동에 거리낌이 없으므로 스스로 한거의 낙을 만끽할 수 있었다고 믿었던 것이었다.

다음 역시 白居易가 교외에 기거하면서 자신의 은거 의식을 드러낸 작품의 예이다.

---

35 白居易는 그의 시 「中隱」에서 "대은은 조정에 있으면서 도시에 기거하는 것이고, 소은은 숲 속으로 들어가 은거하는 것이다. 숲 속은 너무나 영락하고, 조정과 도시는 너무 시끄럽다. 중은만 못하니, 사관의 형태로 머물며 은거하는 것이다.(大隱住朝市, 小隱入丘樊. 丘樊太冷落, 朝市太囂喧. 不如作中隱, 隱在留司官)"라 하여 은거의 여러 형태를 언급하면서 中隱에 대한 선호 의식을 나타낸 바 있다. 白居易가 말한 이 '中隱'은 儒家, 佛家, 道家 三家思想이 결합된 처세 의식으로 세속에 구애됨 없이 이익이나 공리에 초월한 상태를 말한다. 그러나 '中隱'은 실제로는 출사와 은거 중간에서 출사의 좋은 점과 은거의 좋은 점을 취하여 처신하는 형태의 은거를 띠고 있다.

秋暮郊居書懷 늦가을 교외에서 마음속 회포를 적다
郊居人事少　교외에 사니 속세의 일 적어
晝臥對林巒　낮에도 누워서 푸른 산 쳐다본다
窮巷厭多雨　궁핍한 거리에 자주 내리는 비가 싫고
貧家愁早寒　가난한 살림에 일찍 찾아오는 추위가 걱정이라
葛衣秋未煥　갈포 걸친 채 가을에도 갈아입지 못하고
書卷病仍看　병든 몸에도 여전히 책을 들여다본다
若問生涯計　평생을 어떻게 살 것이냐 묻는다면
前溪一釣竿　앞 시냇물에 낚싯대 드리울 것이라 대답하리

"교외에 사니 속세의 일 적다(郊居人事少)"는 표현은 陶淵明「飲酒」시의 "사람 사는 마을에 초가 짓고 살아도, 수레와 말의 시끄러움이 없네.(結廬在人境, 而無車馬喧)"라는 구절을 연상시킨다. 그러나 이 시의 중반 4구에서 물욕을 멀리한 삶에서 기인한 궁핍함을 묘사한 부분은 현실적인 면모를 드러내고 있어 陶淵明의 담백한 의지와는 또 다른 느낌을 얻게 하는 언급이 된다 하겠다.

白居易는 은거에 대한 선호 의식을 지녔을 뿐 아니라 그의 사가에 園林을 꾸미는 사업을 통해 자연 추구 의식을 드러내기도 하였다. 그가 元和 12년(817) 3월 廬山에 한 채의 草堂(別業)을 지어놓고는 「香爐峰下新卜山居草堂初成偶題東壁(향로봉 아래에 새로이 점지하여 초당을 짓고 살면서 동쪽 벽에 처음 글을 써 붙임)」 시에서 "새로 다섯 시렁에 세 칸짜리 초당을 지으니, 돌계단과 계수나무 기둥에 대나무 담장 둘렀다. 남쪽 처마에는 종일토록 겨울 해가 따뜻하고, 북쪽 창에서 바람을 맞으니 여름 달이 시원하다.(五架三間新草堂, 石階桂柱竹編墻. 南簷納日冬天暖, 北戶迎風夏月涼)"라고 읊으며 자신이 자연을 가까이하면서 얻게 된 소박한 기쁨을 표현한 기록을 남겨놓기도 하였다. 이처럼 白居易는 江州司馬로 폄적된 이후 그 상황을 스스로 자연과 벗하는 좋은 기회로 삼았는데, 이후 그가 杭州刺史로 임관하였을 때 西湖를 더욱 아름답게 조성한 것이나 大和 5년(831)에 河南尹으로 부임했을 때 洛陽에다 별업을 짓고 각종 식물을 배치한 것 등도 같은 맥락에서 이루어진 것으로 볼 수 있다. 이처럼 白居易가 실행했던 자연 추구 행위와 그가 평소 전대 자연시 시인인 謝靈運, 陶淵明, 韋應物 등을 추종했던 점들은[36] 그의 자연시에 대한 집착이 강렬했음을 나타내는 면모라 할 것이다.

그런데 白居易는 전대 자연시파 시인들을 숭상하고 자연을 찾아 의식적인 창작을 실행하면서도 그의 마음속에는 세사와 자신의 신세에서 기인한 근심이 상존했던 것 같다. 여러 수의 시를 통해 심중의 우수를 투영하기도 했는데 그중 한편을 살펴보자.

池上寓興二絶 못에서 흥을 얻어 지은 절구 두 수
水淺魚稀白鷺飢　물이 옅고 고기가 적어 백로가 배고픈지
勞心瞪目待魚時　고기가 오기를 기다리며 잔뜩 응시하고 있네
外容閑暇中心苦　외모는 평온하나 마음속은 괴로우니
似是而非誰得知　한가한 것 같으나 아닌 것을 그 누가 알리오

외관상으로는 평온한 정경을 그렸으나 그 내면은 정반대이다. 자신의 마음이 평온하지 못하기에 쓸쓸한 시선으로 백로를 바라본 것이다. 이처럼 그가 초기 풍유시에서 낭만적이고 진취적인 의식을 표현했던 것과는 달리 우수에 찬 내심으로 자연 경물을 바라보게 된 것은 그가 자연시 창작을 함에 있어 자신의 의지가 내포된 '有我之境'의 경지를 더욱 많이 노래하게 된 요인이 되었다 할 것이다.

白居易는 우수와 번뇌가 담긴 가을을 묘사한 작품을 10여 수 남긴 바 있는데 이는 폄적 생활과 연계된 그의 내면을 반영한 것이며[37] 이러한 작품들을 통해 그의 자연시가 지닌 소슬한 풍격을 파악할 수 있다. 白居易가 가을을 노래한 작품 중 몇 편을 예거하여본다.

---

36 白居易는 魏晋代 자연시파 시인인 謝靈運, 陶淵明 등을 흠모하여 「讀謝靈運詩(사령운의 시를 읽고)」, 「效陶潛體詩(도연명의 시체를 본따서 지은 시)」 16수 등을 비롯하여 여러 작품에서 그들의 인품과 시가를 추종하는 면모를 보였고 蔡啓가 『蔡寬夫詩話』에서 "韋蘇州의 詩律은 深妙하여 白樂天같은 이들이 실로 그를 尊稱했다.(蘇州詩律深妙, 白樂天輩固皆尊稱之)"라고 밝힌 것처럼 韋應物에 대해서도 깊은 흠모의 정을 갖고 있었다.

37 王妍, 「生命無法承受之重 : 白居易山水詩創作理論及動因分析」, 『文藝評論』 제456기, 2011 : "在白居易感傷景物的詩作中, 因秋而傷的作品尤其多. 僅詩題中標明"秋"的感傷詩就有十多首, 如「新秋」, 「秋日」, 「秋懷」, 「曲江早秋」, 「秋夕」, 「早秋曲江感懷」, 「南湖晚秋」, 「秋槿」, 「禁中秋宿」 等. 另外, 白居易還有很多詩作在題目中雖未提及秋, 但是在詩的字里行間中, 都彌漫着秋的落寞和冷清, 通過這些詩句我們可以很好地理解白居易當時作詩時的心境和情感" 참조.

暮立 저녁에 서서

黃昏獨立佛堂前　황혼에 불사 앞에 홀로 서서 보니
滿地槐花滿樹蟬　홰나무 가지에 꽃이 그득 나무엔 매미가 그득
大抵四時心總苦　무릇 네 계절 모두 마음이 괴롭지만
就中腸斷是秋天　그중에서도 가장 슬픈 것은 가을이로다

秋夕 가을 저녁

葉聲落如雨　비 오는 것처럼 잎이 떨어지는 소리
月色白似霜　달빛은 마치 서리처럼 희구나
夜深方獨臥　밤 깊었는데 홀로 누워 있으니
誰爲拂塵床　그 누가 침상의 먼지를 털어주겠는가

秋思 가을 생각

夕照紅於燒　석양은 불타는 것보다도 붉고
晴空碧勝藍　비 갠 하늘은 쪽빛보다 푸르구나
獸形雲不一　동물 모양 구름은 하나가 아니고
弓勢月初三　활모양의 달은 초삼일을 가리키는구나
雁思來天北　가족을 그리는 마음 북쪽 하늘에 일고
砧愁滿水南　근심스레 다듬이질하는 소리 강 남쪽에 그득하다
蕭條秋氣味　쓸쓸하여라 가을에 느끼는 이 기운
未老已深諳　늙기도 전에 벌써 이리 깊이 와 닿다니

　세 작품의 내면에는 가을이 주는 서늘한 정감을 뛰어넘는 심리적인 쓸쓸함이 담겨져 있다. 「暮立」 시에서 작자는 눈앞 나무에 꽃과 매미가 그득한 현실을 보면서 이제 곧 사라질 꽃과 매미의 존재를 예견하고 있다. 눈앞에 아무리 좋은 정경이 있어도 가을이라는 계절이 주는 느낌은 괴로움뿐이라고 생각하는 자신의 의식에서 벗어나지 못하고 있는 것이다. 「秋夕」에서 느껴지는 가을에 대한 감정도 주변을 감싸고 있는 외로움과 소외감이다. 특히 말구에서 '침상의 먼지를 턴다(拂塵床)'는 표현은 오랜 독거를 의미하기도 하지만 지방관으로 소외된 이가 이 상황을 털고 일어나 중앙으로 진출하리라는 실현의 의지를 담은 것으로 느끼게도 하는 표현이다. 「秋思」에서 눈앞에 펼쳐진 정경 역시 청공한 가

을 하늘이다. 그러나 석양이 지고 달이 뜬 뒤에 기러기와 다듬이질 소리가 등장하면서 연출한 가을 분위기는 근심과 슬픔을 내포하고 있는데 이는 나이 때문이 아니라 심리 때문에 소슬한 서정을 느끼는 것임을 말구에서 토로하고 있다. 이러한 작품들을 통해 白居易가 자연을 있는 그대로 묘사하기보다는 자신의 주관적 의식을 많이 이입하여 창작에 임하였음을 파악할 수 있겠다.

달을 바라보면서 지은 다음 작품에서도 白居易가 자연 묘사 속에 주관적인 번뇌를 담고자 했던 예를 발견할 수 있다.

城上對月期友人不至 성 위에서 달을 대하는데 약속했던 친구가 오지 않자

古人惜晝短　옛 사람 낮이 짧음을 애석해해서
勸令秉燭游　촛불 들고 노니는 것을 권하기도 했다
況此迢迢夜　하물며 이처럼 아득한 밤
明月滿西樓　밝은 달이 서쪽 누각에 그득한 중이랴
復有盈尊酒　게다가 술잔에는 술이 그득하니
置在城上頭　성 위에 술자리를 벌여놓은 것이라
期君君不至　약속한 그대 기다려도 오지를 않고
人月兩悠悠　사람과 달만이 유유히 있다
照水烟波白　물에 비치는 안개로 물빛이 희고
照人肌發秋　달빛이 살갗에 비치니 가을 모습이 드러난다
淸光正如此　맑은 빛 지금 이처럼 비치니
不醉卽須愁　취하지 않으면 모름지기 근심에 처할 것이라

휘영청 밝은 달이 비치는 고요한 성루에서 시인은 홀로 술잔을 대하면서 친구를 기다린다. 친구가 오지 않자 주위에는 달과 자신만이 남았는데 이 상황은 이내 근심을 불러일으킨다. "달빛이 살갗에 비치니 가을 모습이 드러난다."라고 한 구절에서 '가을(秋)'은 까닭 모를 '근심(愁)'의 또 다른 실체이다. 고요한 적막 속에 가려져 있던 작자의 내면이 달빛을 받아 투명하고 슬픈 감정의 형태로 드러나고 있는 것이다.

元和 14년에 白居易는 江州司馬에서 三峽 지역의 忠州刺史로 부임하였고 그곳에서 元和 15년 여름까지 1년 3개월간을 재직하면서 106편에 달하는 시를 남

졌다. 이 三峽 시기에 창작한 시가는 사회 현실과 폐단에 대한 풍유, 지방 치리에 대한 기록, 忠州와 巴渝 지방의 민속 서사, 花木을 묘사하거나 지인과의 창화를 한 내용 등을 담고 있다. 자연시 창작과 연관하여서는 이채롭고 다양한 풍경의 묘사와 情景交融의 경지를 지닌 작품을 다수 창작하게 된 시기라고 할 수 있다. 평이하고 간략한 표현을 지향하던 白居易였으나 三峽 지역의 이채로운 정경은 그로 하여금 깊은 의미와 함께 비유와 과장 등 각종 수사 수법을 발휘한 한적시를 창작하게 한 배경이 되었다. 다음 시는 白居易가 三峽 지역에 핀 오동나무 꽃을 보고 지은 작품이다.

桐花 오동나무 꽃
春令有常候　봄은 사계절의 으뜸으로 늘 만물을 도우므로
清明桐始發　청명이 되면 오동나무 꽃이 피게 된다
何此巴峽中　그런데 어찌하여 이 巴峽에는
桐花開十月　오동나무가 시월에 핀단 말인가?

본래 봄에 피는 꽃이라고 알고 있던 오동나무가 겨울에 피어난 것을 보고 놀란 심정을 쓴 詠花詩이다. 이채로운 현상에 신기해하면서 자연물의 미경보다는 사물의 근원에 더욱 관심을 보이고 있음이 발견된다.

이 시기에 白居易는 三峽 지역의 民俗에 관심을 갖고 네 수의 「竹枝詞」를 쓰기도 했다. 그중 다음 한 편은 정경의 묘사가 뛰어난 작품의 예이다.

竹枝詞 其三 죽지사, 제3수
巴東船舫上巴西　巴東의 배가 巴西로 향하는데
波面風生雨脚齊　물결에 바람이 일고 비는 연이어 내리네
水蓼冷花紅簇簇　물에는 여뀌와 차가운 꽃이 붉고도 빽빽하게 피었는데
江蘺濕葉碧萋萋　강가에 둘러선 젖은 나뭇잎들은 푸르고 무성하구나

白居易가 忠州刺史로 있던 忠州(현재의 四川 忠縣)는 三峽보다 조금 상류에 위치한 곳으로 「竹枝詞」 작품으로 유명한 劉禹錫이 머물렀던 夔州와도 가까운 지역이었다. 이 시에서 白居易는 巴東과 巴西를 오가는 배에 올라 물보라 치고

빗발이 내리는 모습을 보면서 물가에 핀 여뀌풀과 강가에 둘러서 있는 나무들의 모습을 사실적으로 그림으로써 현지 정경에 대한 애착을 보이고 있다.

白居易에게 지방관 생활은 자연을 좀 더 가까이에서 깊게 느낄 수 있게 되는 계기가 되었다. 경물과 서정을 깊이 있게 인식하는 것은 한층 성숙한 자연 묘사를 가하게 되는 능력을 갖게 되는 것과도 연관이 있다. 강 위에서 객을 보내면서 지은 다음 시는 그의 정경 묘사 수준이 한층 뛰어난 단계에 오른 듯한 인상을 주는 작품이다.

江上送客 강 위에서 객을 보내며
江花已萎絶　강가의 꽃은 이미 마르고 시들었고
江草已消歇　강풀도 벌써 사라지고 없다
遠客何處歸　멀리 가는 객은 어디로 돌아가나
孤舟今日發　외로운 배는 오늘 떠나는데
杜鵑聲似哭　두견새 소리 우는 듯 들리고
湘竹斑如血　상강의 대나무 피처럼 얼룩졌어라

이별 장면은 비교적 간단하게 묘사되어 있지만 주변에는 온통 소산한 기운을 발하는 분위기가 펼쳐져 있다. 시들은 꽃과 풀을 통해 이별에 임하는 처연한 분위기를 창출하였고 이별에 임하는 애상을 두견새의 통곡과 湘江의 斑竹에 비유하면서 그 정도를 심화시켰다. 이별하는 배경을 實景으로 표현하였고 이별하는 마음을 虛景을 통해 묘사함으로써 사실의 표현과 情의 투영 모두를 성공적으로 잘 운용하였다는 느낌을 받게 하는 작품이다.

白居易가 杭州刺史로 있던 長慶 3년(823)경 지은 다음 작품은 수려한 정경을 주제로 자신의 주관적인 감정을 몽환적으로 서사함으로써 빼어난 의경을 창출해낸 예라 할 수 있다.

江樓夕望招客 저녁에 강루에서 초대한 객을 기다리며
海天東望夕茫茫　동쪽으로 보이는 바다와 하늘 저녁 되니 더욱 망망하고
山勢川形闊復長　산세와 하천의 형상 역시 광활하면서도 길다
燈火萬家城四畔　등불 켜진 온 집이 성 사방에 펼쳐져 있는데

星河一道水中央　호수 중앙에는 은하수 한 줄기가 비쳐오네
風吹古木晴天雨　바람이 고목에 부니 맑은 하늘에 비가 오는 것 같고
月照平沙夏夜霜　달빛은 모래톱을 비치니 여름밤에 서리 내린 것 같다
能就江樓銷暑否　강루로 오면 능히 더위를 식힐 수 있지 아니한가
比君茅舍較淸涼　그대의 초가보다는 이곳이 한층 서늘하리니

　수연에서는 항주에서 바다를 향해 흘러가는 錢唐江과 주변의 광활한 모습을 묘사하였고 제2연에서 그 속에서 변화하게 비치는 인가의 등불과 은하수 별빛을 통해 자연과 인간 세상을 대조적으로 표시하였다. 이어 자연현상으로 인한 호수 정경의 변화를 묘사하였는데 "맑은 하늘에 비가 온다(晴天雨)"와 "여름밤에 서리 내린다(夏夜霜)"는 비정상적이고도 이채로운 표현을 통해 몽환적인 이미지를 창출하였다. 미연에서 작자는 또 한 번 자연과 인간의 모습을 대비하였는데 제2연에서 대등한 나열을 했던 것에 비해 여기서는 강루에 더 마음을 두고 있음이 보인다. 내면에는 주관적 의식을 갖고 있지만 자연 앞에서는 모든 흉금을 터놓을 수 있다는 의지의 설파가 행간에 담겨 있음을 살필 수 있는 것이다.

　자연을 추구했고 은거를 찬양했던 白居易였지만 그는 일생 동안 아홉 황제의 경질과 元和 10년 江州司馬로의 폄적을 비롯하여 지방을 전전하는 생활을 경험한 바 있다. 자연을 바라보는 시선 역시 심신이 노쇠해져감과 비견하여 淸冷한 면모를 지향하거나 세미한 자연물에도 주목을 가하는 면모를 보이기도 하였다. 젊을 때는 세상을 풍유하면서 큰 생각을 밝혔던 그였지만 만년으로 가면서는 자연의 小景物 하나에도 진지한 감정을 투영하여 창작에 임하는 면모를 일면 드러내게 된 것이다. 이러한 시각과 연관하여 白居易는 「桐花(오동나무 꽃)」, 「栽竹兩首(대나무를 심으며 쓴 시 2수)」, 「蚊蟆(모기와 두꺼비)」, 「庭松(정원의 소나무)」, 「竹窓(죽창)」, 「隔浦蓮(포구 너머에 핀 연꽃)」, 「夜雪(밤에 내리는 눈)」, 「早蟬(아침 매미)」, 「惜牡丹花二首(모란을 보고 안타까워하며 2수)」 등의 시가를 통해 주변의 세미한 경물에 대해 애상 어린 감정을 담은 묘사를 가한 바 있다. 이 중 두 수를 예거해본다.

夜雪 밤에 내리는 눈

已訝衾枕冷　이부자리 차가워진 것 이미 이상하게 여기던 차
復見窓戶明　다시 창문이 밝아오는 것을 보게 되었네
夜深知雪重　밤이 깊어가면서 눈 많이 내린 것 알겠으니
時聞折竹聲　때때로 대나무 꺾어지는 소리도 들려오누나

惜牡丹花 其一 모란을 보고 안타까워하며, 제1수

悵悵階前紅牡丹　슬프다 섬돌 앞 붉은 모란
晚來唯有兩枝殘　늦은 밤 되니 겨우 두 송이 남았네
明朝風起應吹盡　내일 아침 바람 불면 사라져버리리
夜惜衰紅把火看　그 붉은 모습 쇠함이 안타까워 밤새 불 밝혀 지켜보네

　白居易가 江州에서 지은 「夜雪」은 밤중에 홀연히 내리는 눈으로 인해 이불이 차갑게 느껴지고 주변이 환해지는 상황을 그렸다. 시의 전반부는 謝靈運「登池上樓(연못가 누각에 올라)」의 "이불 속에 있어 시절을 몰랐다가, 발 걷고 잠시 밖을 살펴본다.(衾枕昧節侯, 褰開暫窺臨)"는 구절의 의경을 떠올리게 한다. 눈이라는 하나의 외물이 등장하자 마음은 더욱 자연을 향하게 되는데 고적한 숙소에 내리는 눈은 시인으로 하여금 경이감까지 갖게 한다. 푸르른 절개의 상징인 대나무가 눈에 의해 꺾이는 장면은 마치 세상을 향해 풍유의 기치를 높이던 작자의 의식이 자연 속에 마음을 내려놓는 것과 같은 느낌을 받게 한다. 「惜牡丹花」 역시 밤이 지나면 사라질 작은 꽃처럼 자연 앞에 안타깝게 서 있는 작자의 겸허함을 느끼게 한다. 내일 아침 바람에 사라질 것을 알기에 더욱 이 꽃이 사랑스럽다. 짧은 시가지만 陰柔한 풍격이 빼어난 작품들이라 하겠다.

　일찍이 盛唐의 王維가 부득이한 정치적 상황에서 '半官半隱'의 형태로 은거하면서 조용한 전원생활의 흥취를 담은 山水田園詩를 여러 수 창작했던 것에 비해 白居易는 정치 현실을 도외시하지 않고 은거와 관직 생활의 장점을 모두 취하여 은거의 낙을 즐기는 '中隱'의 형태로 자연을 대하면서 한일한 서정을 담은 閑寂詩를 다수 창작하였다. 白居易는 閑寂詩를 통해 자신의 한아한 흥취를 돋우었고 感傷詩를 통해 진실하고 애상 어린 심정을 투영하였는데 그러한 그에게 있어 폄적된 신세는 자연을 더욱 깊게 바라보는 계기가 되었을 것이다.

소산한 비애를 자연에 부쳐 창작을 가하면서 景 속에 깊은 情을 이입하는 수법은 그의 자연시로 하여금 더욱 진실한 묘사를 가하면서 시가의 예술성을 높이는 효과를 갖게 하는 요인이 되었다. 평이한 시어를 구사하면서 담박하고 유연한 정취를 추구한 그의 자연시는 盛唐 자연시에서 보이는 것과 같은 직관적인 흥취는 비록 적게 담고 있지만 소박하고 잔잔한 흥취를 느끼게 하기에는 충분한 작품이라 할 수 있다. 평담하면서도 이른바 "경물 속에 뜻을 담은(景中有意)" 경지를 지닌 白居易 자연시는 流麗하고 平易한 기술 수법의 폭을 넓히면서 후대 자연시에 대하여 하나의 표본을 제공하게 된 작품이라는 점에서 의의를 지닌 것이라 하겠다.

元稹(779~831)은 字가 微之이며 洛陽人이다. 8세 때 부친을 잃고는 어머니의 교육을 받고 자랐다. 25세에 白居易와 同科及第하여 평생을 詩友로 지냈다. 元和 4년(809)에 監察御史가 되었는데 직간을 잘하여 宦官과 고위층의 미움을 사서 이듬해 江陵府 士曹參軍으로 폄적되었다가 通州司馬, 虢州長史 등으로 전직되었다. 元和 14년 이후로 膳部員外郞, 祠部郞中, 知制誥 등을 역임했고 長慶 元年(821) 이후로 中書舍人, 同州刺史, 浙東觀察使 등을 지냈다. 大和 3년(829)에 尙書左丞을 맡았다가 太和 5년(831) 武昌軍節度使로 재임하던 중 53세로 병사했다. 元稹은 白居易와 함께 新樂府運動을 창시했던 문인으로서 그의 「敍詩寄樂天書」, 「樂府古題序」 등에는 新樂府運動의 중요한 이론이 담겨 있다. 白居易와 함께 세칭 '元白'으로 불리었고 그들의 시는 '元和體' 혹은 '元白體' 등으로 일컬어졌다. 元稹의 시는 830여 수가 전해지는데 내용으로는 諷諭詩가 가장 많으며 서정시와 애정시, 영물시[38] 등에 뛰어났다. 문사가 평이하면서도 뜻이 애절하여 사람의 마음에 깊이 울리는 것이 있었다. 특히 그의 樂府詩는 張籍, 王建 등에 영향을 주었고 그의 新題樂府는 李紳에 의해 직접적으로 계승되었다. 저서로는 『元氏長慶集』 60권과 「鶯鶯傳」이 있다.

---

38 蘭甲雲은 「簡論唐代詠物詩發展軌迹」(『中國文學硏究』, 1995)에서 『全唐詩』에 수록된 中唐 詠物詩는 1,455수에 달하는데 그중 白居易의 작품이 323수로 가장 많고 元稹은 여섯 번째로 많은 132수의 시를 남기고 있다는 언급을 하고 있어 참고가 된다.

元稹의 시를 자연시와 연관하여 보면 영물시 방면에 공을 들인 면모가 돋보인다고 할 수 있다. 盛唐 邊塞詩人이 대자연의 묘사를 통해 자연시의 스케일을 넓혔고, 王孟을 위시한 淸澹詩派가 산수의 매력을 청담하고 청아한 필치로 담아낸 것에 비해 中唐의 元稹은 小自然의 완상을 통해 세밀한 서정을 투사하고 철학적 의경을 창출하는데 힘을 들였던 것이라 하겠다. 元稹 자연시의 대표적인 경향을 나타내는 몇몇 영물시 작품을 중심으로 그의 자연미 서사의식을 살펴보기로 한다.

元稹의 작품 중 국화를 소재로 한 다음 시를 보면 陶淵明의 흥취를 지향하며 자신이 추구하는 한일한 서정을 내면에서 설파하고자 하였음이 발견된다.

菊花 국화

秋叢繞舍似陶家　가을 국화꽃 집 둘레에 무더기로 피니 도연명의 집이런가
遍繞籬邊日漸斜　울타리에 두루 둘러 있는 위로 해가 점차 기우네
不是花中偏愛菊　꽃 중에서 국화만을 좋아하는 것은 아니지만
此花開盡更無花　이 꽃이 다 피고 나면 더는 필 꽃이 없다네

집 둘레에 피어 있는 국화는 마치 陶淵明의 은일처럼 자신의 심신을 편안하게 해주는 자연 경물이다. 그러나 제3구를 통해 자신은 하나의 경물에 얽매이지 않고 만물을 즐기는 심성을 지녔음을 언급하면서 도연명과의 직접적인 비교를 피해가는 모습을 보였다. 제4구에서는 눈앞의 사물에 애착을 갖고 순간을 즐기려는 자연 의식도 보여주고 있다.

夜池 밤 연못

荷葉團圓莖削削　연잎은 둥글고 줄기는 여린데
綠萍面上紅衣落　녹색 부평초 위로 붉은 옷 입은 연꽃이 떨어지네
滿池明月思啼螿　못 가득 달빛 밝은데 쓰르라미 소리에 그리움 일고
高層人無風張幕　높은 누각에는 사람 없이 바람에 깃발만 날린다

연못에 핀 연꽃의 외형을 묘사한 첫구에서는 '團圓'과 '削削'의 시청각적 시어를 활용하여 세심한 형상화를 시도하였다. 제2구에서도 '綠', '紅'의 색채어를

활용한 것이 돋보이는데 연꽃을 '紅衣'로 표현한 것이 이채롭다. 밝은 달이 주는 분위기는 몽환적이지만 이내 풀벌레 소리로 인해 그리움을 더하게 된다. 인적 없는 누각에 부는 바람은 작자의 마음에 부는 비애처럼 알아주는 이 없는 공허한 경지를 제공한다. 충만한 개인의 서정을 정경 속에 담은 작품이다.

元稹이 여러 화목 중 자귀나무를 노래한 다음 시를 살펴본다. 『全唐詩』중에 '夜合'이 제목으로 들어가는 작품은 총 네 수인데 元稹은 이 시와 함께 또 다른 「夜合」 시 두 수를 지은 바 있다.

感小株夜合 작은 야합화 나무를 보고 느낌

纖幹未盈把　섬세한 줄기 아직 튼실하지 못하고
高條才過眉　높은 가지가 겨우 눈높이로 자랐다
不禁風苦動　괴롭게 불어대는 바람의 요동을 견디지 못하고
偏受露先萎　한쪽만 이슬을 받아 먼저 시들게 되었다
不分秋同盡　가을은 아직 다 가지도 않은 것 같은데
深嗟小便衰　어린 나무가 쇠하게 되어 깊이 탄식한다
傷心落殘葉　다 떨어지고 몇 개 안 남은 잎으로 인해 마음 아프구나
獲識合婚期　잎이 붙어 있으면 합환할 때를 알 수 있으련만

자귀나무는 오동나무와 비슷한 나무로 밤이면 잎이 서로 붙으므로 그 꽃을 '夜合花' 혹은 '合歡花'라고 한다. 고래로 '合歡'이라는 말은 남녀 간의 정을 의미하며 집 안에 이 나무를 심으면 불안을 제거하고 질투나 화를 없애준다는 속설이 있다. 이 시는 어린 자귀나무가 세상에서 견디지 못하고 일찍 고사한 것에 대한 안타까움을 표한 내용인데 이는 재능 있는 이가 일찍 뜻을 꺾게 되거나 '紅顏薄命'에 대한 안타까움을 투시한 의미로도 전환해볼 수 있겠다.

북방 출신인 元稹은 시절을 달리하여 꽃을 피운 남방의 붉은 가시나무를 보고 느낀 소회를 다음과 같이 적고 있다.

紅荊 붉은 가시나무

庭中栽得紅荊樹　정원에 심겨진 붉은 가시나무
十月花開不待春　봄을 기다리지 않고 시월에 꽃이 피었네

直到孩提盡驚怪　어린아이까지 이 모습을 보고 모두 놀라니
一家同是北來人　집안사람들 모두 북방에서 온 까닭이라

　참나무과 식물로 북방 지역 어디서나 흔하게 자라며 오월에 꽃을 피우는 붉은 가시나무가 남방에서는 겨울로 들어가는 시절에 꽃을 피우니 모두가 신기해한다. 새로운 식물에 대하여 호기심을 보이는 元稹의 자연물 사랑이 느껴진다.
　元稹은 때로 눈앞의 정경을 수단으로 하여 친구에게 마음을 전해보고자 하는 생각을 갖기도 하였다.

夏陽亭臨望寄河陽侍御堯 하양정에서 조망하다 하양시어 요에게 부침
望遠音書絶　멀리 바라보매 소리도 글도 닿지 않아
臨川意緖長　시냇가에 임하여 생각만 길어진다
慇懃眼前水　은근하게 흘러가는 눈앞의 이 강
千里到河陽　천 리를 흘러 하양 땅까지 이르리

　河陽과 이름이 비슷한 夏陽亭에 올라보니 河陽에 있는 지기가 생각난다. 그러나 먼 간격을 사이에 두고 있어 당장 소리와 글로 부칠 수 없으니 눈앞의 자연에 심신을 맡겨보기로 한다. 은근한 자신의 정을 시냇물에 빗대면서 그 정은 언제고 지기에게 전달되리라는 믿음을 보여주고 있다. 자신의 마음을 밝히는 데 자연만큼 좋은 제재는 없다고 생각하는 면모가 발견되는 것이다.
　元稹이 이른 봄 다양한 사물을 보고 느낀 상큼한 서정을 표현한 작품을 살펴본다.

早春尋李校書 이른 봄 이교서를 찾아서
款款春風淡淡雲　봄바람 살랑살랑 부는데 구름은 엷게 펼쳐 있고
柳枝低作翠攏裙　버들가지 낮게 늘어져 비췻빛 치마가 넘실대는 듯
梅含鷄舌兼紅氣　매화는 학의 혀 같은 꽃잎과 붉은 기운을 머금었고
江弄瓊花散綠紋　강가를 수놓은 아름다운 꽃 녹색 물결 위로 흩날린다
帶霧山鴛啼尙小　운무 낀 산에는 아직 어린 원앙이 울어대고
穿沙芦笋葉才分　모랫벌 뚫고 나온 지황과 죽순 잎 또렷이 보인다
今朝何事偏相覓　오늘 아침 어찌하여 이 모든 것을 두루 찾게 되었나

撩亂芳情最是君　어지러움을 누르고 그윽한 정을 돋움은 그대가 최고일세

　　다양한 사물을 예거하며 폭넓은 정경을 그려낸 작품이다. 첫 연에서 새봄의 정경을 통해 신선한 느낌을 받게 된 시인은 '款款', '淡淡'의 의태어를 활용하였고 버들가지를 하늘거리는 비췻빛 치마로 표현하면서 가벼운 심정을 표현하였다. 함연에서 매화와 꽃의 자태를 형용함에 있어 학의 혀와 녹색 물결을 상대적으로 거론하면서 이채로운 표현을 가하였다. 초봄의 신선함을 드러내기 위해 어린 원앙과 죽순의 새잎을 등장시킨 것도 작가의 시흥이 밝고 신선한 경지에 있음을 보여주는 부분이다. 미연에서는 이러한 정경을 찾게 된 시적 흥취가 우정에서 기인한 것임을 표현하면서 시가를 마무리지었다. 다양한 정경의 묘사, 발랄하고 개성적인 정취의 표현, 우정의 가창 등을 고루 구현하면서 밝고 신선한 의경을 창출한 점이　돋보이는 작품이다.

　　元稹은 山水에 대한 정을 표현함에 있어 깊은 의지를 투영하기보다는 그의 문학적 주장처럼 통속적인 친근함과 맑은 필치를 지향한 시인이었다. 특히 작은 규모의 자연이나 세미한 자연물을 주목한 영물시의 창작에 공을 들였는데 이러한 영물시 창작은 당시 中唐代 여러 시인들처럼 화목을 직접 기르고 감상하면서 창작한 작품을 통해 폄적당하거나 지방관이 된 서러움을 묘사하고 심신의 평안을 도모하고자 했던 풍조와도 맥을 같이한다. 문인들이 관리로 부임하는 지역이 넓어질수록 영물시 역시 더욱 다양한 모습으로 창작되게 되었으니 中唐代를 들어 중국 영물시의 성숙기라 칭할 만큼 당시 영물시의 창작은 시대적인 흐름을 보이는 중에 있었다. 元稹의 영물시는 사회의 부조리 폭로나 충군애민 사상을 드러낸 내용이 많은데 살펴본 것처럼 자연 사물을 감상하면서 개인의 심정을 토로하는 내용도 다수 있었다. 이는 元稹의 사회시 창작과 비교되는 자연시 방면에서의 성취라고 볼 수 있는 점이다.

　　劉禹錫(772~842)은 字가 夢得이며 彭城(현 江蘇 徐州)人으로 祖籍은 洛陽이었다. 전란을 피해 강남으로 이사하여 살았기에 스스로 '江南客'이라 불렸는데 白居易는 『劉白唱和集解』에서 그를 '詩豪'로 칭송한 바 있다. 열아홉 살에 長安

으로 유학 간 후 柳宗元과 함께 進士科에 합격하였다. 貞元 21년(805) 順宗이 즉위한 후 王叔文이 劉禹錫, 柳宗元 등과 함께 시도한 永貞革新運動이 반년 만에 실패함에 따라 劉禹錫은 朗州司馬로 폄적당하게 되었는데 그곳에서 그는 부패한 환관과 권신들을 풍자한 「聚蚊謠」, 「飛鳶操」, 「百舌吟」, 「昏鏡詞」, 「漢壽城春望」 등의 작품을 창작한 바 있다. 朗州에서 9년을 지낸 후 잠시 長安으로 회귀했다가 다시 連州로 유배되었다. 裵度의 추천으로 太子賓客 겸 檢校禮部尙書가 되어 세칭 '劉賓客'으로 불렸다. 이후 夔州와 和州刺史 등을 전전한 후 만년인 寶曆 2년(826)에 洛陽으로 돌아가 裵度와 白居易 등과 더불어 詩酒로 소일했다. 정치적 실의를 겪어서 그의 일생은 곤고했으나 세상과 타협하지 않았고 풍골이 늠름했으며 뜻하는 바가 원대했다. 柳宗元, 白居易 등과 교분이 두텁고 문학적 성취가 뛰어나 '劉柳', '劉白' 등으로 병칭되는 시인이다. 夔州刺史 재임 시 三峽 지역 농민의 생활을 소재로 노래한 「竹枝詞」가 유명하며 『劉夢得文集』, 『劉賓客集』 등의 작품집이 있다.

劉禹錫의 시는 약 800여 수에 달하는데 대부분 간결하고 명쾌한 필치를 발휘하고 있으며 내용상 정치나 시속에 대해 풍자를 가한 시가 많다. 특히 여러 지역의 지방관으로 재직하면서 직접 체험한 각 지역의 풍속을 자신의 시가에 이입하여 활발하게 창작 활동을 한 것은 劉禹錫이 시가 창작에 대해 남다른 의식을 지녔음을 나타낸다. 일례로 그가 連州刺史로 있던 4년 반 동안 25편의 산문과 73편의 시가를 창작하면서 지역민의 문화 향상과 교육에 마음을 썼던 점은 그가 거주하는 지역에 대해 두터운 친화력을 지니고 있었음을 알게 해주는 부분이라 하겠다. 그렇기에 巴蜀 민가, 지방의 風土人情, 민중의 생활 등을 반영하거나 활용한 시가는 劉禹錫 시가의 특징을 보여주는 중요한 작품이라 할 수 있다. 大曆, 貞元 시풍에 영향을 받았으나 大曆, 貞元의 협소한 편폭과 소슬한 의상을 극복하였고 시어를 단련하면서도 흔적을 남기지 않았으며 주관적 의식을 바탕으로 한 의경을 창출하는 데에도 뛰어난 능력을 보인 시인이었다.

劉禹錫은 자연을 대하고 자연시를 창작함에 기본적으로 명랑하고 한아한 풍격을 지향한 시인이었다. 그는 朗州司馬로 폄적당한 것을 시작으로 오랜 기간 지방관을 전전하면서 심신이 어려운 상황에 있었어도 늘 강직하고 흔들림 없는 자세를 유지하고자 노력하였으며 자연을 대하면서 밝은 흥취를 얻고자 하는 의식을 잃지 않았다. 그러한 그의 기질은 자연시가를 창작함에 있어 기본적으로 한아하고 명랑한 풍격을 지닌 작품을 지향하는 것으로 이어졌다. 자연 묘사를 할 때 시공간을 적절히 조합하여 그 속에 자신의 청아한 정서를 담아내거나, 정경 묘사 속에 부임지의 향토적 서정을 이입하여 독특한 서정을 창출하기도 하였으며, 정경과 역사의식을 결합하여 의미와 깊이가 뛰어난 자연 묘사를 시도하기도 하였다. 특히 그가 각 지역을 다니면서 창작한 산수시풍의 작품에는 문사가 유창하고 함축적이며 간략하면서도 세련된 필치를 보이는 수작들이 많다. 이러한 면모에 주안점을 두고 그의 자연시 작품들을 살펴볼 수 있을 것이다.

劉禹錫은 永貞革新運動이 실패로 돌아간 후 朗州司馬로 폄적된 것을 비롯하여 이십여 년 동안 지방을 전전하면서 고단한 심정을 삭인 바 있다. 「酬樂天揚州初逢席上見贈(白居易가 양주에서 처음 만난 자리에서 준 시에 답하여)」에서 "四川과 湖北의 처량한 산수 속에서, 이십삼 년간이나 이 몸을 내버려두었네.(巴山楚水凄涼地, 二十三年棄置身)"라며 자신이 지방을 전전한 사실을 밝힌 것은 이러한 인고의 세월을 나타내는 기록이다. 그러나 그는 자연을 바라보고 묘사함에 있어서는 밝고 한아한 흥취를 도모하기 위해 많은 노력을 기울였던 시인이었다. 이로 인해 劉禹錫이 자연을 묘사한 부분은 한가로운 서정이나 명랑한 기운을 지향한 면모가 강한데 이것이 劉禹錫 자연시에서 발견되는 기본적인 풍격이라 할 수 있다. 白居易와 함께 서령사 탑에 올라간 일을 기록한 다음 작품을 보면 그의 자연 감상 의식이 한일함을 지향하고 있었음을 살필 수 있다.

同樂天登栖靈寺塔 白居易와 함께 서령사 탑에 올라
步步相携不覺難 서로 손잡고 오르는 걸음이라 힘든 것 느끼지 못했고
九層雲外倚欄杆 구름이 저 멀리 펼쳐진 구층 탑 난간에 기대었다
忽然語笑半天上 말과 웃음소리 홀연히 하늘에 퍼져나가고
無限游人擧眼看 눈 들어 자연을 바라보며 한없이 노니는 거라

지우와 함께하였기에 탑에 오르는 것이 힘들지 않다 했으나 구층탑을 '雲外'에 있다고 표현한 것으로 보아 탑 자체가 높았음을 알 수 있다. 후반부에서는

이 정경을 관람하는 자신이 얼마나 큰 즐거움 속에 있는가를 설명하였다. '語笑'로 하늘에 퍼져나가는 말과 웃음, '游人'으로 무한히 즐겁게 노니는 사람을 각각 형상화하였는데 이 표현의 중심에는 역시 사람의 흥취가 존재한다. 시인은 자연과 함께하되 인적이 사라진 淸冷한 경지가 아니라 흥취가 살아 있는 명랑한 기운 속에 있음을 설명하고 있는 것이다.

술 마시면서 꽃을 감상하는 느낌을 담은 다음 작품에서도 그가 정경 속에 한일한 서정을 펼치고자 했던 면모를 살필 수 있다.

飮酒看牧丹 술 마시면서 모란을 바라보다
今日花前飮　오늘 꽃 앞에서 술을 마시니
甘心醉數杯　기분 좋아 몇 잔에 취해버렸다
但愁花有語　그저 근심하기는 꽃이 말을 할 줄 알아
不爲老人開　늙은이를 위해 핀 것이 아니라 하면 어이할꼬

꽃을 벗하여 술을 마시는데 자연이 주는 흥취로 인해 몇 잔 만에 취해버렸다. 세속의 걱정을 잊고 꽃과 내가 하나 된 느낌으로 꽃을 바라보았다. 꽃이 자신을 위해 피었기를 바란다는 희화적 표현과 의인법의 활용을 통해 이 세상에서 나와 자연물만이 의미를 갖기를 바라는 소박한 심정을 담고 있는 것이다.

劉禹錫 시의 이미지를 비교적으로 파악해보기 위해 가을을 노래한 다음 두 작품을 함께 살펴보기로 한다. 「秋詞」에서는 가을 정경이 청공한 필치로 묘사되고 있고 「秋江早發」에서는 가을 정경이 소슬한 기분을 풀어주는 존재로 그려져 있어 비교가 된다.

秋詞 가을을 노래한 시
自古逢秋悲寂寥　예로부터 가을이 되면 적막하다고 탄식했지만
我言秋日勝春朝　나는 가을날이 봄날 아침보다 낫다고 말하네
晴空一鶴排雲上　비 갠 창공 구름 위로 학 한 마리 솟아올라
便引詩情到碧霄　푸른 하늘 끝까지 맑은 詩情을 샘솟게 하는 것을

秋江早發 아침에 가을 강에서 출발하며
輕陰迎曉日 새벽을 맞아 가볍게 흐린 날씨
霞霽秋江明 노을 질 무렵 날이 개니 가을 강이 밝다
草樹含遠思 초목들은 그윽한 뜻을 담고 있고
襟懷有餘淸 내 마음에는 맑은 생각이 넉넉하다
凝睇萬象起 집중하여 보니 삼라만상이 눈에 들어오고
朗吟孤憤平 밝게 읊조리니 외로움과 분도 다스려진다
渚鴻未矯翼 물가의 기러기 날갯짓하지 않는 중에
而我已遐征 나는 벌써 멀리 와 있다
因思市朝人 성안에 살던 사람이었을 때 생각해보면
方聽晨鷄鳴 새벽닭 울음 듣고 일어났었지
昏昏戀衾枕 어두컴컴할 때 이불 속을 연연하였으니
安見元氣英 어찌 원기가 흥성할 수 있었겠는가
納爽耳目變 이제 이목이 시원하게 되었으니
玩奇筋骨輕 기이한 곳 놀러 다녀도 온몸이 가볍다
滄洲有奇趣 창주에는 신기하고 재미있는 곳 많아
浩然吾將行 앞으로도 마음 터놓고 다니리라

「秋詞」에서는 가을을 맞는 자신의 느낌이 봄날보다 더욱 산뜻함을 그렸다. 후반부에서 밝힌 그 연유는 청공한 하늘이 주는 맑은 시심이다. 비 갠 맑은 창공을 보면 구름 위로 학 한 마리가 솟아오르듯 거침없이 샘솟는 맑은 詩情은 무엇보다 시인의 마음을 기쁘게 해주는 요인이다. 이에 비해 「秋江早發」에 나타난 가을 강 정경은 시인에게 외로움과 분을 녹여주는 심리적 위안자 같은 역할을 한다. 자연이 주는 흥취로 인해 몸 가는 대로 가는 시인은 과거의 삶과 현재의 삶을 대조하면서 새로운 기쁨을 느끼게 된다. 시정 속에서 힘없이 바쁜 삶을 살았던 자신이었지만 이제는 자연에 의탁하여 가벼운 심신을 소유하게 된 것이다. 결미에서는 이 새로운 기쁨을 계속 추구하고자 하는 의지를 밝히고 있다. 두 편의 시는 모두 가을을 읊은 시가 비애감을 창출한다는 일반적인 개념을 벗어나 웅건한 기백과 청명한 기상을 지향하면서 자연이 주는 심리적 안위를 강렬하게 추구하고 있음을 보여주고 있다. 이로 인해 시 전편에 밝고 명랑한 풍격이 흐르고 있으며 시인이 자유롭고 기쁜 심신에 있음을 효과적으로 잘 드러내고 있다 하겠다.

폄적되어 가다가 가을 강가에 배를 정박하였을 때 쓴 다음 시에서도 劉禹錫이 현실의 비애감을 가능한 억누른 채 담담한 묘사를 지향하였던 면모를 발견할 수 있다.

秋江晚泊 가을 강에 저녁에 정박하여
長泊起秋色 가을 기운 이는 중에 오랫동안 정박해 있으니
空江涵霽暉 빈 강은 비 갠 뒤 햇살을 머금고 있다
暮霞千万狀 저물녘 노을 진 온갖 형상들 속에
賓鴻次第飛 철새들이 줄지어 날아간다
古戍見旗逈 옛날 수자리에 깃발 날리는 것 아득히 보이고
荒村聞犬稀 황폐한 마을에는 가끔씩 개 짖는 소리 들린다
軻峨艑上客 높은 거룻배 위에는 손들이 있고
勸酒夜相依 밤중에 술 권하면서 서로 의지하네

폄적당하는 중에 느낀 감성을 기술하고 있는데 백묘적인 묘사를 통해 비애를 정화시키고자 노력하고 있음이 발견된다. 광활한 강가 하늘에 날아가는 철새를 통해 나그네 된 자신의 시름을 투영하였고 옛날 수자리와 황폐한 마을이 주는 적막한 모습을 그렸는데 그 느낌이 모두 생생하다. 광활한 공간, 타향의 서정, 황폐한 마을 정경을 순차적으로 배치한 후 미연에서는 배 위의 객들이 서로 술을 권하며 위로하는 모습을 그림으로써 자연이 주는 감동을 통해 자신이 위안을 얻고자 하는 마음을 투영하였다. 羈旅에 들어선 이의 고독감을 표현하였지만 비감의 정화를 향한 의지를 함께 발하였음을 알 수 있는 것이다.

劉禹錫은 자연을 묘사함에 있어 시공간을 적절하게 배합하면서 그 속에 함축적인 표현과 함께 자신의 정서를 이입하는 수법에도 뛰어난 시인이었다. 그의 자연시 「八月十五日夜玩月(8월 15일 밤에 달을 감상하며)」, 「秋江晚泊(가을 강에 저녁에 정박하여)」, 「途中早發(길 가는 중 아침에 출발하여)」, 「九華山歌(구화산가)」, 「望洞庭(동정호를 바라보며)」 등은 주관적 정서의 이입, 현실적 공간과 거리에 구애받지 않는 묘사, 虛와 實이 공존하는 경관 배치 등을 지향하였으며 함축적이면서도 유미적인 정경을 창출한 시가로 평가받는 작품들이다. 그가 공간 묘사

수법을 잘 발휘하여 쓴 작품의 예로 朗州司馬로 폄적되었을 때 동정호를 바라
보며 지은 다음 작품을 살펴보자.

望洞庭 동정호를 바라보며

湖光秋月兩相和　호수의 물빛 가을 달과 서로 어우러지고
潭面無風鏡未磨　바람 없는 수면은 갈지 않은 거울과 같네
遙望洞庭山水翠　동정호에 아득하게 비친 푸른 君山을 보노라니
白銀盤里一青螺　마치 은쟁반 속에 푸른 고둥이 놓여 있는 듯

제1구에서 동정호의 물빛이 수면에 비치는 달빛과 조화된 모습을 그렸고 제2
구에서는 좀 더 세부적인 관찰을 통해 '갈지 않아서 윤기가 없는 거울(鏡未磨)'
처럼 고요한 호수 표면에 흐릿하게 비치는 달빛을 그려냈다. 후반부에서는 호
숫가에서 아득히 먼 거리에 있는 '君山'의 모습을 그리면서 호수 표면을 은쟁
반에, 君山을 푸른 고둥에 각각 비유하였고, '白', '青'의 색채어를 통해 달빛과
동정호의 모습, 君山의 정경 등을 함축적으로 표현하였다. 이 작품은 이와 같이
이채롭고 선명한 의상을 창출함으로써 후대 문인들의 작품 창작에 많은 영향을
미친 바 있다.[39] 또한 劉禹錫의 다른 시 「和牛相公游南庄醉后寓言戱贈樂天兼見
示(우상공이 남쪽 산장에서 노닐며 취중에 장난삼아 시를 지어 白居易와 내게 보여준 작품
에 답하여)」 중의 "물 밑바닥에 깔린 먼 산의 구름은 눈과 같고, 다리 가에 언덕
위의 풀은 마치 연기와 같네.(水底遠山雲似雪, 橋邊平岸草如烟)"라는 구절이나 「春
日書懷寄東洛白二十二楊八二庶子(봄날 회포를 적어 낙양 동쪽의 백이십이와 양팔 두
서생들에게 보냄)」 중의 "들풀은 아름답게 피어 붉은 비단이 땅에 깔린 듯, 푸른
하늘가에 어지럽게 얽힌 실들 사이로 노니는 듯.(野草芳菲紅錦地, 游絲繚亂碧羅天)"
등의 표현들 역시 劉禹錫이 「望洞庭」 시에서 활용했던 함축적인 표현처럼 이채
로운 묘사 속에 환상적인 정경을 연출한 예로 거론할 수 있을 것이다.

---

39 이 시에서 호수와 君山을 표현한 부분은 후대 시인들에게 특별한 영향을 미쳤다. 雍陶가
「題君山(군산을 제목으로 한 시)」에서 "하나의 고둥이 푸른 거울 속에 있네.(一螺青黛鏡中
心)"라고 한 것이나, 黃庭堅이 「雨中登岳陽樓望君山(비 오는 중에 악양루에 올라 군산을 바라
보며)」에서 "은빛 산 같은 무더기 속에 푸른 산이 보이네.(銀山唯里看青山)"라고 하면서 이
구절을 모의한 것은 이 시의 참신한 표현과 구상으로 인한 영향력을 나타내는 부분이다.

劉禹錫 자연시에서 특기할 만한 또 하나의 중요한 특징은 그가 民歌에 영향을 받은 자연시를 창작했다는 점이다. 그는 永貞革新의 실패로 인해 朗州(현재湖南 常德), 連州(현재 廣東 連縣), 夔州(현재 重慶 奉節), 和州(현재 安徽 和縣) 등지로폄적을 간 바 있는데 이러한 지방들은 벽지였을 뿐 아니라 나름대로 고풍스러운 문화를 유지하던 곳이었다. 劉禹錫은 그곳의 독특한 풍토와 인정을 주목하였고 민가를 학습하여 창작에 활용함으로써 민속적인 흥취가 담긴 田園詩 풍격의 시가를 지어내고자 하였다. 劉禹錫이 田園詩의 풍격을 발휘하여 쓴 시가로는 朗州의 제사 풍속을 기록한 「陽山廟觀賽神」, 沅江의 端午節 용선 시합을 기록한 「競渡曲」 등과 같이 각 지역의 다양한 민속 활동을 기록한 작품, 連州에서 粵北 고산 지역 瑤族의 풍속과 생활을 기록한 「莫瑤歌」, 「蠻子歌」 등과 같이 남방 소수민족의 생활상을 기록한 작품, 「竹枝詞」, 「楊柳枝詞」, 「堤上行」, 「蹋歌詞」 등과 같이 소박하고 청신한 민가풍의 작품 등이 있다. 이들은 모두향토적 서정이 농후하며 이채로운 문화가 지닌 신선하고도 생동한 이미지를 보여주고 있는 시가들이라 할 것이다.

정경 속에 향토적 정서를 담아 쓴 작품의 예로 劉禹錫이 夔州刺史에서 和州刺史로 옮겨간 시기인 長慶 2년(822)에서 長慶 4년(824)에 쓴 것으로 추정되는「堤上行」 세 수 중 첫째와 둘째 수를 살펴본다.

堤上行 其一 제방 위의 노래, 제1수

酒旗相望大堤頭　술집의 깃발은 큰 제방 머리를 서로 바라보는데
堤下連檣堤上樓　제방 아래에는 돛대가 이어졌고 제방 위에는 누각이라
日暮行人爭渡急　해 지자 사람들 급히 강을 건너니
槳聲幽軋滿中流　멀리서 삐걱거리며 노 젓는 소리가 강물 위에 그득하네

堤上行 其二 제방 위의 노래, 제2수

江南江北望烟波　강의 남과 북에서 물안개가 서로 바라보고
入夜行人相應歌　밤 되자 지나는 이 서로 노래로 화답한다
桃葉傳情竹枝怨　'도엽가'로 전해지는 사랑과 '죽지사'로 전해지는 원망은
水流無限月明多　물이 흘러가듯 무한하고 환한 달빛처럼 가득하구나

「堤上行」제1수에서는 사람의 왕래가 빈번하고 술집과 배들이 그득한 모습으로 江南 水鄕의 풍속도를 그려놓았다. 제3구와 제4구에서는 근거리 묘사를 통해 강의 모습을 더욱 생동하게 표현했으니 '爭', '急' 두 글자는 늦은 시간에 바삐 강을 건너는 사람들의 모습과 심리 상태를 간결하고도 함축적으로 표현한 부분이다. 결미에서는 노 젓는 소리를 지칭하는 '幽軋'으로 음악 효과를 가미하여 활기찬 기분과 사실적인 면모를 더욱 부가하였다. 「堤上行」제2수에서는 강 양편의 풍속을 그렸는데 역시 향토적 색채가 농후하다. 밤이 되자 연무가 아스라이 이는데 이 몽롱한 풍경 속에서 지나는 이들은 노래로 서로 화답한다. 巴山과 楚水 지역 사람들이 즐겨 부르는 '桃葉歌'와 '竹枝詞'를 통해 사랑과 원망을 표현하였는데 그 주변으로 환한 달빛이 그득하게 비추고 있고 무한히 흐르는 강물처럼 사람들의 정과 원망도 그렇게 아련하게 흘러간다. 향토적인 풍경 속에 시각과 청각적 효과를 고루 활용하면서 우아한 이미지를 창출해낸 것이 돋보인다 하겠다.

향토적 느낌을 투영하면서 아름다운 풍경을 묘사한 작품으로 劉禹錫이 夔州 刺史로 재임하면서 三峽 일대의 노래를 바탕으로 쓴 「竹枝詞」를 빼놓을 수 없다. 劉禹錫의 「竹枝詞」는 아홉 수 연작시와 「竹枝詞」 二首의 작품이 있다. 제1, 3, 5, 9수는 민가 「竹枝」를 많이 반영하여 향토의 정이 물씬한 현지의 풍정을 그렸고 제2, 4, 6, 7, 8수와 「竹枝詞」 제1수는 현지 남녀 간의 정을 읊은 것으로 주로 여인의 일방적인 원망과 안타까움을 노래한 작품이다.[40] 그중 자연 정경의 묘사가 돋보이는 제3수와 제9수를 예거하여 살펴본다.

竹枝詞 其三 죽지사, 제3수
江上朱樓新雨晴　강가 붉은 누각에 오던 비 막 개고
瀼西春水縠紋生　양서의 봄물에 비단 같은 물결 이네
橋東橋西好楊柳　동서로 걸린 다리에는 버들이 한창인데

---

40 「竹枝詞」는 劉禹錫이 서문에서 자신이 屈原의 「九歌」에 견주어 9수로 맞추었다고 밝힌 것처럼 자신과 屈原의 억울한 폄적을 동일선상에 놓겠다는 의식을 갖고 지은 작품이다. 그러므로 「竹枝詞」가 土風을 반영하여 짓기는 했으나 제6, 7, 8수 등을 보면 자신의 폄적 생활에 대한 소회를 담은 흔적도 발견된다.(박인성, 「唐代 竹枝詞 析論」, 『중국어문논총』 제23집, 2002. 12. 참조)

人來人去唱歌行　오고가는 사람마다 노래 부르며 다니누나

竹枝詞 其九 죽지사, 제9수
山上層層桃李花　산에는 층층이 도리화 피었고
雲間烟火是人家　구름 사이 연기 피어나는 곳에 인가가 있다
銀釧金釵來負水　은팔찌 금비녀 한 여인들 물 길러 오고
長刀短笠去燒畬　긴 칼 짧은 삿갓의 남자들은 화전 일구러 가네

「竹枝詞」 11수는 모두 제1~2구에서는 현지의 자연 풍경이나 風情을 담고 있어 자연시로서의 가치도 함유하고 있다고 할 수 있다. 예거한 제2수에서는 근경을, 제9수에서는 원경을 묘사하였는데 그 형상이 선명하고 시어에서 활용된 음조가 조화를 이룬다. 그림 같은 풍경 속에 청신한 이미지를 창출하고 있으며 風情을 묘사한 작품답게 진솔한 생활상도 이입하여 자연을 배경으로 살아가는 사람들의 친근한 모습을 느끼게 하였다.

「竹枝詞」 二首 중 제1수도 빼어난 자연 묘사를 통해 애정의 고뇌를 돋보이게 한 작품이다.

竹枝詞 二首 其一 죽지사 두 수, 제1수
楊柳青青江水平　버들은 푸르고 강물은 잔잔한데
聞郎江上唱歌聲　강에서 부르는 님의 노랫소리 들리네
東邊日出西邊雨　동쪽에선 해 뜨고 서쪽에선 비 오니
道是無晴却有晴　맑지 않다 말하다가도 맑다고 하네

버들과 강물, 그 속에 들려오는 노랫소리가 어우러져 맑고 시원한 느낌을 주고 있다. 제1구에서 '青青'과 '平'으로 맑고 그윽한 이미지를 창출하였고 강에서 들리는 노랫소리를 통해 낭만적인 서정을 투영하였다. 동쪽과 서쪽의 상반된 날씨를 들어 이채로운 모습을 묘사하였고 그 풍경을 통해 교묘하게 연출된 애정 표현을 가하고 있다. 자연 정경 속에 '無晴(無情)'과 '有晴(有情)' 사이를 오가는 남녀 간의 심리가 긴장감 있게 서사되어 있는 것이다.

다음 작품은 유우석이 夔州刺史로 있을 때의 작품으로 그 지역의 밭 개간 방

식을 소재로 하여 전원시풍으로 쓴 시이다. 내용을 보면 虁州, 朗州, 連州 등지에서 실행하는 독특한 개간 방식이 담겨 있어 자료로서의 가치도 지니고 있다 하겠다.

畲田行 여전행

何處好畲田	그 어느 곳이 화전에 좋은가
團團縵山腹	둥근 민둥산 허리로다
鑽龜得雨卦	점을 쳐서 좋은 괘를 따라
上山燒臥木	산 위에 올라가 쓰러진 나무를 태우네
驚麐走且顧	놀란 노루들 달려가며 고개 돌려보고
群雉聲咿喔	꿩들도 깍깍대며 우네
紅焰遠成霞	붉은 화염 멀리서 보면 노을과 같고
輕煤飛入郭	가벼운 연기 성곽으로 날아온다
風引上高岑	바람이 불길을 높은 산 위로 끌어올리니
獵獵度青林	푸른 숲 위로 불길은 번져나간다
青林望靡靡	푸른 숲 바라보다 아득해질 때
赤光低復起	붉은빛이 밑에서 다시 일어난다
照潭出老蛟	불빛이 비치는 못에서는 늙은 교룡이 나오고
爆竹驚山鬼	폭죽 소리 산 귀신을 놀라게 한다
夜色不見山	밤 되어 산이 보이지 않자
孤明星漢間	오로지 밝은 달만이 하늘에 떠 있다
如星復如月	마치 별 같기도 하고 달 같기도 하여
俱逐曉風滅	모두 새벽바람이 사그라지기를 기다린다
本從敲石光	본래 돌을 치면 나던 빛이었으나
遂至烘天熱	타는 불로 인해 하늘이 온통 뜨겁다
下種暖灰中	따듯한 재 속에 종자를 심으면
乘陽拆牙蘖	햇살을 받아 싹을 틔운다
蒼蒼一雨後	마치 한 번 비가 오고 난 뒤에
茗穎如雲發	구름이 나오듯 이삭이 맺힌다
巴人拱手吟	파 땅의 사람들 함께 손 모아 읊조리니
耕耨不關心	밭 갈고 김매는 것에 연연하지 않는다
由來得地勢	그저 땅의 기운을 얻을 수 있다면
徑寸有餘金	조그마한 땅이라도 금 같은 것이라

시제의 '畲田'은 이른바 '刀耕火種'으로 불리는 개간 방식으로 봄이 되면 산의 나무를 베어내고 비가 오기 직전에 땅에 불을 놓아 그 재를 비료로 활용하는 방식이다. 비가 와서 불이 꺼진 후 땅에 지열이 있을 때 씨를 심으면 그 수확이 더욱 풍성해지는 것으로 생각하였으니 巴蜀의 산세가 험하고 농사지을 땅이 부족한 것에서 나온 개간법인 것이다. 지역의 풍물에 호기심을 갖고 농민이 畲田을 개간하는 과정을 기록한 것으로 향토색이 농후하며 사료로서의 가치도 높아 전원시 중에서도 독특한 풍모를 지닌 작품으로 볼 수 있겠다.

劉禹錫의 자연시와 연관하여 특기할 만한 또 한 가지는 그가 자연 정경과 영사 의식을 결합한 시의 창작에 능했다는 점이다. 그의 작품 중 「西塞山懷古(서새산에서 회고하다)」, 「烏衣巷(오의항)」, 「石頭城(석두성)」, 「蜀先主廟(촉선주묘)」, 「君山懷古(군산에서 회고하다)」, 「荊州道懷古(형주의 길에서 회고하다)」, 「經檀道濟故壘(단도제 고루를 지나며)」 등 몇몇 詠史詩들은 간결한 표현과 세련된 의상을 지닌 명작으로 회자되고 있는데 이들 시가의 면면을 보면 자연이 주는 정감을 서사 전달의 수단으로 잘 활용함으로써 역사성과 사실성을 높인 면모가 발견된다. 824년 여름에 南京에서 쓴 다음 詠史詩는 역사 회고에 이은 자연 묘사 부분이 돋보이는 작품이라 할 수 있다.

西塞山懷古 서새산에서 회고하다

王濬樓船下益州　왕준의 배가 익주로 내려가고
金陵王氣黯然收　금릉의 왕기는 암연히 사라졌다
千尋鐵鎖沉江底　오나라의 천 길 쇠사슬은 강바닥으로 가라앉고
一片降幡出石頭　한 조각 항복 깃발만이 석두성에 걸렸다
人世幾回傷往事　인간 세상 가슴 아픈 일 그 몇이던가
山形依舊枕寒流　산 모습만 옛날 그대로 차가운 강물을 베고 흐른다
今逢四海爲家日　이제 온 세상이 한집안 되는 날 왔는데
故壘蕭蕭蘆荻秋　옛 보루엔 쓸쓸히 가을 갈대가 자라고 있네

西塞山에서 멀리 장강과 石頭城을 바라보면서 司馬炎의 晉나라가 吳를 정벌하고 삼국을 통일할 때 晉나라 장군 王濬이 吳나라의 쇠사슬 방어선을 분쇄하고 남경을 점령하였던 일을 회고하고 있다. 그렇게 吳를 멸망시킨 晉이었건만

어느덧 사라지고 지금은 唐나라가 되어 옛 전쟁이 전설로 느껴진다. 시인들은 이렇게 흘러가는 역사를 노래할 때면 늘 현재 눈앞에 보이는 자연을 중요한 소재로 활용하였다. 변함없는 자태를 유지하고 있지만 시인의 눈에 비친 자연은 역사의 그림자를 뒤로한 쓸쓸한 모습을 담고 있는 현실의 그림자이다. 이 시에서는 특히 미연의 가을 갈대가 그러한 처연한 정감을 표현하는 역할을 하고 있다 하겠다.

劉禹錫은 이처럼 자연과 역사를 대비한 묘사에 뛰어난 면모를 보인 시인이었다. 金陵의 모습을 다섯 편의 시를 통해 묘사한 그의 명시 「金陵五題(금릉을 노래한 다섯 수의 시)」 중 「烏衣巷(오의항)」의 앞 두 구에서 "주작교 가에는 들풀이 피어 있고, 오의항 입구에 석양이 저무네.(朱雀橋邊野草花, 烏衣巷口夕陽斜)"라고 현재의 정경을 묘사하면서 과거 王導와 謝安의 영화를 효과적으로 대비시켰던 수법을 보인 것도 그 예로 꼽을 수 있을 것이다. 「金陵五題」 중 다음에 예거하는 「石頭城」도 자연과 회고 의식을 잘 조합한 작품으로 꼽힌다.

石頭城 석두성

山圍故國周遭在　뭇 산들은 옛 도읍을 둘러싸고 있고
潮打空城寂寞回　조수는 쓸쓸히 빈 성을 치며 돌아간다
淮水東邊舊時月　秦淮河 동쪽으로 옛 달이 떠올라
夜深還過女墻來　밤이 깊어지자 여장 넘어 비쳐오네

산과 조수만이 세월을 뒤로한 채 석두성을 둘러싸고 있다. 그 보이지 않는 세월의 적막감을 양자강의 물결만이 쓸쓸히 성벽을 치며 흘러간다고 표현하였다. 밤이 깊어지자 둥근 달이 秦淮河 강변에 떠올랐는데 옛날 도시의 영화를 뒤로한 채 오늘날 폐허가 된 성벽 위로 그 빛을 발하고 있을 뿐이다. 역사적 사실에 대한 묘사 없이 현재의 정경만을 그리고 있는데 성을 둘러싼 산들, 쓸쓸히 휘돌아가는 강물, 옛날부터 비치던 달 등을 처량하고 쓸쓸한 분위기로 묘사하여 역사를 회고하는 이들의 마음에 아련한 회한을 일으키게 하였다.

劉禹錫의 자연시가들은 대체로 비애감의 절제를 도모하면서 명랑하고 밝은 풍격을 지향하고 있으며 폄적으로 인한 분노의 표출보다는 자연 속에서의 서사를 통해 심신의 평온을 얻고자 하는˙면모를 보여주고 있다. 800여 수의 다양한 주제를 담은 시를 통해 자신의 의지를 펼친 劉禹錫이었지만 그중에서도 지방관으로서 체험한 향토적 색채 짙은 민가풍의 작품을 창작에 활용한 점은 그의 시가의 개성을 잘 드러낸 점이라 할 수 있다. 劉禹錫은 張籍, 王建, 元稹, 白居易 등과 같은 中唐의 社會詩 창작 계열의 작가로 거론되는 인물이지만 그들과 다른 면모도 갖고 있었다. 자연시를 창작함에 있어 민가와 향토 서정의 활용을 통해 시가의 제재를 확대시켰고 소박한 묘사 속에 청신하면서도 준엄한 풍격을 지향함으로써 '맑고 빼어난(淸峻)' 아름다움을 창출하였던 것이다. 이러한 점은 劉禹錫 시가를 통해 발견할 수 있는 中唐 자연시 중의 이채로운 면모라 할 수 있을 것이다.

4) 韓愈, 孟郊, 賈島, 姚合, 盧仝, 李賀 : 奇險派의 기교와 자연시의 결합

貞元 연간 이래로 中唐의 문단을 대표하는 시파로는 元白과 韓孟을 중심으로 한 두 시파를 들 수 있다. 그중 元白시파가 정태적인 산수시나 영물시같이 관조를 통해 느끼게 된 자연 정경을 비교적 담백한 필체의 구사를 통해 주로 묘사했다면, 韓愈, 孟郊, 賈島, 姚合, 盧仝, 李賀 등이 활약한 韓孟시파는 험준한 산세나 사계절의 변화, 세밀하고 축소된 자연 등을 웅혼하고도 奇特한 필치로 그려내고자 한 면모가 있어 상호 비교가 된다. 두 시파 중 韓孟시파[41]는 貞元·元和·長慶 연간에 걸쳐 활동하였는데 그 구성원들은 대부분 韓愈의 후진 양성 의지에 의해 모인 문인들이었다. 그들은 관직에 오르지 못했거나 순탄하지 못한 관직 생활을 경험한 이가 많았고 세상에 대한 비분이나 소외 의식을

---

41 韓孟시파는 貞元 7년(791) 長安에서 韓愈가 孟郊와 교유함으로써 시작되었다. 그 후 元和 2년(807) 가을에 韓愈가 國子博士로 洛陽으로 가게 되고 孟郊 역시 洛陽에서 水陸運從事로 있으면서 다시 洛陽을 중심으로 화합하게 된다. 韓孟시파는 貞元(785~804)에 형성되고 元和(806~820)에 대성했으며 長慶에 쇠미하게 되었으므로 활동 기간은 약 30년에 달한다고 할 수 있다. 구성원으로는 韓愈(768~824)와 孟郊를 중심으로 재능이 있으면서도 새로운 시가 창작에 적극적으로 동참하여 결집된 張籍(765~830), 盧仝(?~835), 賈島(793~865), 馬異(799 전후), 劉叉(813 전후), 李翶(?~844), 皇甫湜(813 전후), 張徹(?), 崔立之(?), 侯喜(?) 등이 있다.(고팔미, 「韓孟시파의 창작론과 심미성향」, 『중국학연구』 제26집, 2003. 12. 참조)

지닌 채 동병상련의 심정을 갖고 서로 간에 교류를 행하기도 하였다. 대부분 "평온하지 못하여 소리는 내는(不平則鳴)"[42] 환경을 체험한 인물들인 데다 시가의 새로운 경지를 개척하고자 하는 의식을 지니고 있었기에 기험하고도 유심한 풍격의 자연시를 창작하는 경향을 공유하게 된 것이다. 후대 문인들에 의해 '韓孟', '孟賈', '賈姚' 등으로 병칭될 정도로 비슷한 경향을 보였던 이들은 신기한 표현과 포진의 수법, 시가의 산문화, 세미한 자연의 주목, 정련되고 공교한 묘사 등을 통해 시가의 새로운 경향을 창출하고자 노력하면서 中唐 시단에 만연했던 모방의 풍조를 일신하고 시가 표현상의 새로운 기법을 창출하고자 노력했던 공이 있다. 中唐 자연시에 있어 이채롭고도 의미 있는 작품을 창작한 이들의 자연시를 살펴보면 대체로 비슷한 경지를 지향하고 있으면서도 세미한 차이점도 지니고 있음이 발견된다. 이제 韓愈, 孟郊, 賈島, 姚合, 盧仝, 李賀 등 奇險派 시인들의 작품을 중심으로 그들이 추구했던 자연 의식과 그들의 작품 세계를 살펴보기로 한다.

韓孟시파 중 영수로 거론되는 韓愈(768~824)는 河南 河陽人이다. 字는 退之인데 祖籍이 昌黎였기에 韓昌黎로도 불린다. 德宗 貞元 8년(792) 25세에 진사가 된 후 四門博士, 監察御使 등을 지냈다. 元和 14년(819) 「論佛骨表」를 통해 憲宗이 佛骨을 모신 것을 간하다가 潮州刺史로 좌천되었으며, 穆宗이 즉위한 뒤 경사로 돌아와 國子監祭酒, 兵部侍郎, 吏部侍郎, 京兆尹兼御史大夫 등을 역임하였고 이로 인해 韓吏部로 칭해지기도 하였다. 57세에 卒했는데 시호가 文이라 韓文公으로 불린다. 저서에 『昌黎先生集』40권과 『外集』10권, 『遺文』1권 등이 있다.

韓愈는 道學의 계승자로 자처하며 騈麗文을 배격하고 古文運動을 주장하여 宋代 고문 운동의 선성이 된 인물이다. 시가 창작에 있어서는 簡易한 고문을

---

42 '不平則鳴'은 韓愈가 「送孟東野序」에서 "무릇 만물이 평정을 얻지 못하면 소리를 내게 된다.(大凡物不得其平則鳴)"라고 한 구절에서 유래한다. 이때의 '소리'는 "하늘이 그 소리에 화답하는 기쁨의 소리"와 "몸이 굶주리고 마음이 근심에 젖어 스스로 자신의 불행을 노래하는 슬픔의 소리"가 모두 섞인 소리를 의미하는데 韓孟시파의 구성원들에 의한 '不平則鳴'은 주로 일신의 불우함에서 오는 울분이나 원망 쪽에 더 편중된 의미를 갖고 있었다.

창작할 것을 주장했던 것과는 대조적으로 元和 원년 孟郊, 張籍 등과 함께 장안에서 長篇聯句를 지으면서 비정상적인 章法, 句法, 韻法에다 奇字, 僻字, 險韻 등을 활용한 奇險한 시풍을 시도하였다. 이른바 韓愈, 孟郊, 賈島, 李賀 등으로 대표되는 韓孟詩派의 형성을 시동한 것이었다. 현전하는 그의 시는 402수 정도인데 李白의 호방함과 杜甫의 기교주의를 함께 배웠으며 詩趣보다도 學力을 중시하였다. 현실을 반영한 社會詩나 敍事詩, 자신의 감회를 토로한 영회시 등이 많다. 자연시와 연관하여서는 「南山詩」, 「山石」, 「送桂州嚴大夫同用南字」, 「奉酬盧給事雲夫四兄曲江荷花行見寄」, 「峋嶁山」 등의 경물시를 비롯하여 자연 경물을 묘사한 작품들이 여러 편 있다. 韓愈는 자연시를 창작함에 있어 자신의 奇險한 시가 창작 면모를 반영하기도 하였고 기험함을 제거한 평담한 묘사를 지향하기도 하였다. 자신의 문장 이론과 연계된 창작을 실천하고자 했던 흔적이 자연시 작품에서도 드러나는 것이다.

韓愈의 자연시에 나타나는 중요한 특징은 산수 자연을 묘사한 표현 속에 奇字, 기험한 표현, 새로운 느낌과 표현의 추구, 독특한 구상, 淸冷한 의경의 창출 등을 통해 전통적인 창작 수법과 다른 서사 기교를 발휘하였다는 것이다. 그러한 기험한 면모를 지닌 자연시의 대표적인 예로 총 204구의 五言古詩로 終南山을 서술한 「南山詩(종남산을 노래한 시)」를 들 수 있는데[43] 이 시는 다수의 拗句와 僻字, 奇字를 활용하여 신기하고 험괴한 형상 묘사를 가한 것이 특징이다. 다음에서 살펴볼 부분은 이 시의 제150구에서 제169구까지에 해당하는 부분으로

---

43 이 시는 내용상 세 부분으로 나눌 수 있다. 첫째 부분은 제1구에서 제52구까지로, 남산의 지리적 위치, 남산의 원경, 남산의 사계, 주봉인 太白山 등을 묘사한 부분인데 많은 동사를 활용해서 다양한 산의 자태를 그리면서 이채로운 표현을 통해 청신한 면모를 창출한 면이 보인다. 두 번째 부분은 제53구에서 제102구까지로, 昆明池의 모습, 산을 올라가는 심리, 두 차례에 걸쳐 이 산을 찾게 된 소회 등을 그리면서 그윽한 정경 속에 신비로운 색채를 투영하거나 신화를 활용한 신비감을 투사하기도 한 부분이다. 셋째 부분은 제103구에서 제204구까지인데, 貶謫 후 장안으로 회귀하여 이 산에서 노니는 흥취, 수많은 산과 골짜기의 모습 등을 다양하게 표현한 것으로 이 부분에서는 제170구에서 제184구까지 "혹은 연이어 서로 쫓는 듯하고(或連若相從)"라는 식으로 매구마다 "혹은(或)"으로 시작하는 표현을 가한 것이 이채롭다. 전체적으로 산의 원경 묘사부터 시작하여 기험하고 다양한 산의 형세를 서술함에 있어 총 51개의 排句와 14개의 疊句를 활용하면서 산과 물의 경관을 점층적이면서도 역동적인 형상으로 그려낸 면이 돋보여 대작이라는 평가를 받을 만한 시이다.

산 정상을 올라가는 여정을 순차적으로 묘사하는 내용이 실려 있다.

南山詩 종남산을 노래한 시

初從藍田入　처음 남전에 올라와
顧眄勞頸脰　힘들게 일하는 이의 목덜미를 살펴보게 되었다
時天晦大雪　때마침 하늘에 큰 눈 내리고 어두컴컴하여
淚目苦蒙督　어둠을 뒤집어쓰고 눈물 흘리며 힘들어 한다
峻涂拖長冰　높은 데서 흐르는 시내는 큰 얼음들을 운반하는데
直上若懸溜　마치 하늘 위에 얼음 방울들을 달아놓은 것 같다
褰衣步推馬　말을 밀면서 옷자락 날리며 걸으니
顚蹶退且復　넘어졌다 물러나서 또다시 넘어지네
蒼黃忘遐睎　창망한 마음에 멀리 바라봄을 잊으니
所矚鑱左右　그저 좌우만 살필 뿐이라
杉篁咤蒲蘇　삼나무와 대나무 옆에 창포가 소생하였는데
杲耀贊介胄　갑옷과 투구처럼 밝게 빛나고 있다
專心憶平道　온통 좋은 길 나오길 생각하는데
脫險逾避臭　위태로운 길을 벗어나려면 냄새나는 곳을 지나야 된다
昨來逢淸霽　지난번 왔을 때는 맑은 날이었는데
宿願忻始副　기쁘게 보리라던 숙원이 무너지기 시작한다
崢嶸躋冢頂　가파르게 뭇 언덕들 위로 올라가니
條閃雜鼯鼬　햇살 비추는 중에 다람쥐와 족제비 지나간다
前低划開闊　눈앞에는 툭 터진 시야가 확보되고
爛漫堆衆皺　산 무더기들의 주름진 모습이 펼쳐져 있네

　산을 올라가며 직접 체험하게 된 정경을 사실적으로 그리고 있다. 좋지 않은 날씨에 험산을 오르는 어려운 상황을 그리기 위해 이채로운 시어와 많은 동사를 활용함으로써 수많은 동작과 생각을 교차시키는 효과를 창출하였다. 이런 표현으로 인해 독자는 종남산과 주변의 형세에 대해 비범하다는 인상을 얻게 되며 산의 변화무쌍한 기운을 간접적으로 인식하게 된다. 특히 예거한 부분에 이어서 12구에 걸쳐 "혹은 연이어 서로 쫓는 듯하고, 혹은 서로 쫓아 겨루는 듯하며(或連若相從, 或蠻若相鬪)"라는 식으로 매 구마다 비유를 통해 정상에서 바라보는 산들에 대해 다양한 묘사를 펼친 부분은 전대 자연시인들에게서는 흔치

않았던 나열식 서술 방법이다. 마치 한 편의 賦 작품처럼 포진하는 수법을 발휘한 것으로써 韓愈가 자연을 묘사하는 데 있어 독특한 표현 기교를 활용하였던 일면을 살필 수 있겠다.

韓愈는 특이한 구상을 통해 險怪하고 幽僻한 자연 풍광을 창출하고자 하는 의식도 갖고 있었다. 이는 자신만의 창의력을 발휘하고 전통 자연시의 풍격과 대치되는 수법을 구사하기 위해 韓愈가 노력한 부분이라 할 수 있다. 衡山의 南岳인 岣嶁山을 찾아갔을 때 쓴 「岣嶁山」 같은 시에서 그의 독특한 자연 묘사 기법을 발견할 수 있다.

岣嶁山 구루산

岣嶁山尖神禹碑	구루산은 신우비가 뾰족하게 솟아 있는 듯
字青石赤形糢奇	청색 글자에 붉은색 돌 그 형상이 기이하다
科鬭拳身薤倒披	마치 과두서 글자같이 기이하고 해초가 얽혀 있는 듯
鸞飄鳳泊拏虎螭	난새와 봉황이 날며 범과 교룡을 이끌고 가는 듯
事嚴迹祕鬼莫窺	그 사적이 엄정하고 신비하여 귀신도 엿볼 수 없다
道人獨上偶見之	도인이 홀로 산에 올라 이 광경을 보는데
我來咨嗟涕漣洏	나는 올 적마다 탄식하며 눈물 흘리게 된다
千蒐萬索何處有	천 리 만 리 찾아봐도 이 같은 장면이 어디 있으랴
森森綠樹猿猱悲	빽빽한 푸른 숲에 원숭이들만 슬피 우는데

뾰족하게 솟아 있는 岣嶁山의 모습을 신령한 神禹碑의 형상에 비유하였다. 봉우리 하나를 비석으로 간주하고 그 속에 글자 같은 푸른 나무와 붉은색 돌들이 서로 얽혀 있다고 한 묘사는 그가 실로 독특하고 신기한 시각을 발휘했음을 보여준다. 또한 산의 형상을 보면서 '科鬭書' 필법을 연상하고 난새와 봉황, 범과 교룡 등 다양한 동물의 모습까지 예거한 것 역시 정경을 더욱 신비롭게 그려내는 수법이라 하겠다. 이를 보고 눈물 흘리며 탄식하는 모습이나 이와 같은 모습을 다른 곳에서도 찾기 어렵다고 하는 서술을 통해 이 산만이 지닌 독특한 기백과 매력을 부각시키고 있는 수법도 눈길을 끈다.

韓愈는 자연을 대하고 묘사함에 있어 풍부한 상상력에 기묘한 구상을 더하는 수법에도 능한 시인이었다. 일례로 長慶 2년(822) 桂林에 가본 적이 없는 韓

愈가 桂林觀察使로 떠나는 嚴謨을 송별하면서 桂林 산수를 그려본 다음 작품을 살펴보면 그가 상상력을 바탕으로 한 허경의 묘사에 얼마나 뛰어났던가를 살필 수 있다.

送桂州嚴大夫同用南字 계림관찰사로 떠나는 엄대부를 송별하며 함께
南韻으로 시를 짓다
蒼蒼森八桂　나무가 울창하다는 계림
茲地在湘南　그곳은 상 땅의 남쪽에 있다지
江作靑羅帶　강은 푸른 벽라 띠처럼 생겼고
山如碧玉簪　산은 마치 벽옥 비녀와 같다는데
戶多輸翠羽　많은 집에서 아름다운 비취새를 키우고
家自種黃甘　집에는 노란 귤을 심는다지
遠勝登仙去　먼 아름다운 곳에 신선이 가는데
飛鸞不假驂　말을 타기보다는 난새가 되어 날기를

嚴謨이 임지로 떠나는 곳 계림은 湘南에 있다는 지역적 설명을 가한 후 제2연에서 개괄적으로 桂林山水의 아름다움을 묘사하였다. 푸른 산이 비치는 비췻빛 강물이 굽이굽이 흘러가는 모습을 벽라 띠와 벽옥 비녀에 비유한 표현이 신선하고 이채롭다. 제3연에서는 桂林의 風俗과 人情을 그렸는데 비취새와 감귤을 통해 이역의 대한 신비감을 표현하였다. 미연에서는 桂州로 부임하는 지우의 앞날이 순통하기를 바라는 마음을 담아 신선과 난새의 신령한 이미지를 활용하였다. 지리-풍경-풍속-발원 등을 순차적으로 묘사함으로써 정경 묘사와 의지의 서사를 동시에 이루어낸 자연시 작품이라 하겠다.

위에서 살펴본 작품처럼 韓愈는 기험한 표현을 살린 이채로운 의경을 창출하는 데 뛰어난 시인이었으나 때로는 평범한 표현을 통해 자신의 특별한 흥취를 그려내는 수법을 발휘하기도 하였다. 다음 시는 한유의 문학 주장인 "문장처럼 시를 쓰는(以文爲詩)"는 기술 수법을 발휘한 작품이다.

山石 산석
山石犖确行徑微　산에 돌들 어지럽고 가는 길은 좁은데

黃昏到寺蝙蝠飛	황혼에 산사에 도달하니 박쥐만이 나는구나
升堂坐階新雨足	법당에 올라 계단에 앉으니 새로 내리는 비 풍족하여
芭蕉葉大梔子肥	파초 잎이 커지고 치자가 살이 쪘네
僧言古壁佛畫好	오래된 벽의 불화가 좋다고 스님이 말하여
以火來照所見稀	횃불 들고 와서 비추어보니 보기 드문 것이라
鋪床拂席置羹飯	식탁보 깔고 자리 털어 국과 밥 차리니
疏糲亦足飽我飢	거친 현미밥이나 주린 배 채우기는 족하네
夜深靜臥百虫絶	밤 깊어 고요히 누우니 모든 벌레 소리 그쳐 있고
淸月出嶺光入扉	맑은 달은 산 위에 떠올라 사립문에 달빛 비친다
天明獨去無道路	새벽 길 홀로 가는데 길은 없어지고
出入高下窮烟霏	언덕길 오르내리는데 안개가 그득하구나
山紅澗碧紛爛漫	산은 붉게 물들고 시내는 푸른데 어지럽게 뒤섞여 있고
時見松櫪皆十圍	보이는 소나무와 상수리나무마다 아름드리 굵기라
當流赤足蹋澗石	물 흐르는 곳 이르면 맨발로 개울 돌을 밟고
水聲激激風生衣	물소리 출렁이는데 바람이 옷깃에 불어댄다
人生如此自可樂	인생이 이와 같을진대 절로 즐거워라
豈必局束爲人鞿	어찌 남들이 만들어놓은 굴레에 얽매일 것인가
嗟哉吾黨二三子	아아 나와 정이 통하는 친구 두서넛이여
安得至老不更歸	늙어서 자연으로 돌아간다고 어찌 말하지 않겠는가?

貞元 17년(801)에 쓴 작품으로 관직 생활을 하던 중에 자연을 찾아 한가한 마음을 펼친 작품이다. 마치 한 편의 山水游記처럼 散文과 같은 필치를 보이며 시간의 순서에 따라 목도하고 체험한 내용을 기록하고 있다. 황혼에 도착한 산사, 벌레 소리도 종적을 감춘 고요한 밤, 새벽에 홀로 떠난 길에서 목도한 정경 등을 차례로 기록하였고 결미에서는 자연을 향한 의지를 투영하고 있다. 평이하고 자연스러운 시어를 활용하여 "새로 내리는 비가 족하다(新雨足)"와 연관된 "치자가 살이 쪘다(梔子肥)"라는 표현, "산은 붉고 시내는 푸르다(山紅澗碧)"는 색채어 활용, "언덕길을 오르내리는(出入高下)" 역동적인 기운 등을 잘 담아냈다. 독자는 읽으면서 자연의 모습을 비약 없이 기술한 표현으로 인해 편안한 느낌을 얻게 된다. 시인은 결미의 4구를 통해 자신의 의지를 투영하면서 "스스로 즐거움을 누리는(自可樂)" 정신적 자유를 구가하고자 하였다. 이러한 상태는 그가 자연 속에서 字句와 표현의 구속을 넘는 경지에 이르고 있음을 나타내는 것이

된다.

韓愈가 56세 때 吏部侍郎을 맡고 있을 시 張籍에게 마음을 전한 다음 두 수의 시에서도 회삽함을 벗어난 평담한 표현을 지향했던 면모가 발견된다.

早春呈水部張十八員外二首 其一 이른 봄 수부 장십팔원외에게 부친 두 수의 작품, 제1수

天街小雨潤如酥　장안 길에 내리는 가랑비 연유처럼 매끄럽게 적시고
草色遙看近卻無　멀리 푸르러 보이던 풀색은 가까이 보니 있는 듯 없는 듯
最是一年春好處　일 년 중 가장 좋은 계절이 바로 지금 봄이라
絕勝煙柳滿皇都　연기 낀 버드나무 장안에 그득한 모습 절경이로다

早春呈水部張十八員外二首 其二 이른 봄 수부 장십팔원외에게 부친 두 수의 작품, 제2수

莫道官忙身老大　관직이 바쁘다 하여 몸이 늙는다 말하지 마소
卽無年少逐春心　나이의 적음과 상관없이 봄을 쫓는 마음이니
憑君先到江頭看　그대가 먼저 강가에 이르러 보거든
柳色如今深未深　버들 색이 지금 짙은지 어떤지 보아주시게

구어적 표현을 통해 봄을 맞이하여 정경을 만끽하는 심리를 그리고 있다. 張籍이 형제 중 排行이 열여덟 번째에 이르기에 '張十八'이라는 호칭을 썼다. 이 시들은 풍격이 청신하고 자연스러워 평담한 느낌을 주지만 그 내면을 살펴보면 韓愈가 "괴이함과 변조를 얻기가 어려우면, 종종 평담한 시를 짓는다.(艱窮怪變得, 往往造平淡)"(「送無本師歸范陽(범양으로 돌아가는 무본사를 보내며)」)라고 하였던 것처럼 가벼운 마음으로 平淡함을 드러내기 위해 쓴 작품만은 아니다. 제1수에서 초봄에 내리는 비가 "매끄럽게 적신다(潤如酥)"라고 한 표현은 청신하고도 아름다운 느낌을 주니 마치 杜甫가 「春夜喜雨(봄밤에 내리는 단비)」에서 "좋은 비 시절을 알고 내리니, 봄이 되면 만물이 싹트고 자란다. 봄비는 바람 타고 밤에 내려와, 소리 없이 촉촉이 만물을 적시고 있구나.(好雨知時節, 當春乃發生. 隨風潛入夜, 潤物細無聲)"라고 했던 것과 유사한 뉘앙스를 발하고 있다. 이어진 다음 구에서는 초봄에 막 발아하여 멀리서 보면 푸른빛을 띠고 있지만 가까이서 보면 아직

제대로 자라지 않고 그저 비에 적셔진 채 몽롱한 형상을 발하고 있는 작은 풀의 모습을 신선한 필치로 그렸다. 후반부에서는 초봄이 늦은 봄보다 좋다는 뜻을 이입하여 신선한 멋을 더하였다. 전반부에서 경물의 세미한 면을 관찰했던 것에 이어 자신의 뜻을 이입하여 경물 묘사와 의경의 융합을 잘 도모한 것이다.

서경의 묘사를 잘 해낸 제1수에 비해 제2수는 강변의 버드나무를 관리의 신세에 비유한 묘사가 돋보이는 작품이다. 어린 나이에는 봄의 화사한 정경에 감탄하지만 나이가 들어 세상의 풍파를 겪고 난 후에 忙中閑의 상태에서 봄을 감상해보면 만물의 조화에 대한 잔잔한 감동과 기쁨을 한층 깊이 인식하게 된다. 경물의 화려함보다는 마음의 눈을 통해 봄의 미묘한 변화를 느끼고 즐길 것을 張籍에게 권하고 있는 것이다. 만년의 한유가 지향했던 평정심이 느껴진다.

韓愈의 작품 중에는 원림에서 지은 시가가 여러 수 있는데[44] 이는 唐代의 원림 추구 풍조를 반영한 창작이며 이러한 작품을 통해 韓愈의 자연에 대한 선호의식을 추가로 엿볼 수 있다. 원림 중의 못을 묘사한 작품을 두 수 예거하여 살펴본다.

月池 월지

寒池月下明　차가운 못은 달빛 아래 밝은데
新月池邊曲　새로이 뜬 달 연못 주변을 감돌고 있네
若不妬清姸　맑은 아름다움을 시기하지 않는다면
却成相映燭　서로 비춰주는 촛불과 같은 존재가 되련만

盆池五首 其三 분지 다섯 수, 제3수

瓦沼晨朝水自清　기와로 장식된 소는 새벽 물 받아 스스로 맑아지고

---

44 韓愈의 園林詩에 대하여는 王睿, 「論韓愈的園林詩」(『周口師范學院學報』 제25권, 2008. 1) 논문을 참고할 수 있다. 이 논문에서 王睿는 中唐代에 와서 더욱 발전된 園林 건축기술은 이전의 원림보다 세밀하고 인공적인 멋을 지니게 하였고, 韓愈는 이전 園林詩의 의경을 더욱 분화시켜 원림 중의 정자, 누대, 시내 등 인공으로 조성한 사물을 노래하거나 園林 중에 있는 自然景物을 읊기도 하였으며 園林 및 주변을 감상한 記游詩를 짓거나 원림을 주제로 한 唱和詩를 지었다는 내용들을 기술하고 있다. 또한 韓愈 園林詩의 특징으로는 組詩의 형식이 많고, 五言과 七言을 통한 원림의 묘사를 선호하였으며, 일반적인 자연물보다 독특한 풍격을 지닌 원림 내의 사물을 읊은 영물시를 썼고, 시가의 意境 조성에 뛰어났으며, '平淡自然'한 시어를 잘 활용하였다는 점을 언급하고 있어 참고가 된다.

小虫無數不知名　이름 모를 작은 벌레 무수히 모여든다
忽然分散無踪影　그러다가 홀연히 종적 없어 흩어지고
惟有魚兒作隊行　오로지 물고기만이 줄 지어 지나가네

달빛이 비쳐서 못이 아름다워진다는 표현을 일반적으로 하는 것에 비해 「月
池」에서는 못의 자태가 아름다워 달이 시기를 가하는 것으로 묘사하였다. 축조
된 연못의 자태를 보면서 자연물인 달과 동등한 미적 존재로 간주하면서 극찬
을 가하고 있는 것이다. 「盆池五首」제3수에서는 인공으로 조성된 소에 몰려드
는 벌레와 열 지어 다니는 물고기를 등장시켰는데 벌레에 대하여 꺼리는 마음
보다는 자연물에 대한 호기심을 더욱 발휘한 것이 느껴지며 물고기의 이동을
통해 역동적인 느낌을 부각시킨 것이 돋보인다. 인위적인 조성물이지만 그곳에
서 자연의 소박한 아름다움을 발견하려는 작자의 마음을 담고 있는 것이다.

韓愈는 자연시의 창작에 있어서 그의 奇險한 시가 창작 면모를 반영하여 奇
字와 奇險한 의상을 창출하는 시어의 활용을 시도한 문인이다. 이는 韓愈가 시
의 창작에 있어 孟郊와 함께 험괴한 시풍을 시도하던 것과 創新을 추구하며
"진부한 어투를 힘써 제거하고자(陳言務去)" 했던 주장과 연관된 창작의 실천이
다. 또한 韓愈는 기이함을 거친 후의 평담한 묘사를 통해 자연을 묘사한 기록
을 남기기도 하였는데 이는 본인이 "문자가 순통한 문장(文從字順)"을 지향했던
문학적 의지를 반영한 시가 창작의 예로 볼 수 있다. 이처럼 때로는 신기한 필
치로 자연의 모습을 재창조하거나 깊이 있는 평담함을 통해 자연미의 여운을
길게 드리우는 수법을 발휘한 韓愈의 자연시는 한유의 개성을 드러내는 동시에
中唐 자연시의 이채로운 풍격을 창출하는 데 있어서 일조를 한 작품들이라고
평가할 수 있겠다.

孟郊(751~814)의 字는 東野이고 湖州 武康人이다. 젊어서 嵩山에 은거했다가
46세가 되어서야 進士에 급제하고 貞元 17년(801)에 溧陽縣尉가 되어 유명한 작
품 「游子吟(떠돌이 아들의 노래)」을 지었다. 관리로 있으면서도 시 짓는 것을 항상
즐겨서 시를 짓지 않으면 외출을 하지 않았다 하여 '詩囚'라는 소리를 들었다.

부인이 일찍 죽고 아들 셋도 요절하였으며 仕途가 험난하고 가세도 빈한하였는데 이는 그의 창작에 영향을 미쳤다. 元和년 초에 河南尹 鄭餘慶의 추천으로 河南水陸轉運從事, 試協律郎 등을 맡게 되었고 洛陽에 정착하였으나 60세 때 모친의 사망으로 인해 관직을 떠났다. 가난과 병마에 시달리다가 元和 9년(814)에 졸했다. 韓愈의 연상 친구이며 서로 많은 聯句를 지어서 '韓孟'으로 병칭되었고 賈島와 함께 古拙하면서도 淸高한 시를 지어 唐代 張爲가 그의 시를 일러 "淸奇하고 편벽된 고뇌를 주로 한다.(淸奇僻苦主)"라고 평했고 宋代 蘇軾은 "가도의 시는 차갑고 맹교의 시는 말랐다.(島寒郊瘦)"라고 평을 가하였다. 시문집으로 『孟東野集』 10권, 500여 수의 시가를 남겼다.

孟郊는 유가적 문학관을 지녔던 문인이었으며 가난과 자식 없는 외로움, 과거 낙방 등으로 인해 곤궁한 일생을 보낸 탓에 고뇌와 우수를 담은 시가를 많이 썼다. 그의 시는 짧은 형식의 오언고시가 많다. 오랜 단련을 거치는 苦吟을 추구하였으나 시어가 화려하기보다는 古拙한 면을 지녔다. 韓愈의 시가 외부로 분방한 편이라면 孟郊의 시는 내면으로 수렴되는 느낌이다. 일생 동안 古文과 奇文을 좋아하여 漢魏六朝의 오언고시 전통을 학습하였기에 大曆, 貞元의 시인들과 비교할 때 漢魏風骨에 더욱 가까운 면을 지녔다. 내용상 大曆, 貞元의 시인들이 협착한 제재를 추구하였던 것에 비해 중하층 문인의 빈한한 생활과 근심을 반영한 정서나 사회현상에 대한 비판 의식을 표출한 작품이 많다. 그의 시 500여 수를 보면 단편 五言古詩가 가장 많고 율시가 별로 없으며 소박한 시어를 주로 활용하면서도 진부한 표현이나 전고를 배격한 채 기이한 의상을 창출해낸 것이 특색이다.

孟郊는 빈한한 가세, 여러 차례의 낙방, 長安에서의 羈旅 생활 등으로 인해 기아와 추위를 절감한 인물이었지만 백성의 고통과 사회의 부조리를 주목하였고 개성적인 풍격의 자연시도 많이 남긴 인물이다. 그의 시가에는 현실의 곤궁함을 반영한 듯 차가운 형상의 자연물이 자주 등장하는데 이는 그가 기본적으로 냉정한 심정으로 주변에서 소재와 제재를 취사한 결과였다. 이로 인해 孟郊가 자연을 묘사한 작품에는 괴이한 소리를 내는 맹수나 怪鳥, 寒風, 氷水, 雪, 얼음덩어리, 烏鴉 등 차갑고 냉랭한 이미지를 지닌 표현이 자주 등장한다. 이러한 이미지는 자신의 한랭한 심리 상태를 반영한 것이며 독자로 하여금 음산하고 공포스러운 감각과 차갑고도 처연한 의경을 느끼게 하는 효과를 발산한다. 孟郊의 자연시로는 「汝州南潭鄗陸中丞公宴」, 「與王二十一員外涯游枋口柳溪」, 「石淙」, 「寒溪」, 「送超上人歸天台」, 「峽哀」, 「游終南山」 등의 시가가 유명하다. 그의 자연시는 陶淵明이나 謝靈運 등 전대 문인들이 산수 속에서의 한담한 서정을 노래했던 것과는 달리 '처연하고 차가운 경지(凄寒)'와 '기이하고 험괴한 경지(奇險)' 그리고 '괴롭고도 떫은 경지(苦澁)'를 추구한 것이 비교된다. 孟郊 스스로 "밤에 배우면 새벽까지 쉬지 않으며, 苦吟하기에 귀신도 근심한다.(夜學曉未休, 苦吟鬼神愁)"(「夜感自遣(밤중에 느낀 것을 스스로 펼치다)」)라고 한 것도 그러한 자신의 의식을 설명한 것이 된다. 韓愈가 「荐士(인재를 추천함)」에서 孟郊의 시에 대해 "(그의 시에는) 허정하고 생경한 시어가 횡행하였는데, 평온한 주제를 힘써 배척할 정도로 고집스러웠다.(橫空盤硬語, 妥帖力排奡)"라고 평한 것이거나 「醉贈張秘書(장비서(張籍)에게 취해서 씀)」에서 "동야는 세속을 놀라게 하고, 하늘 꽃의 기이한 향기를 토해낸다.(東野動驚俗, 天葩吐奇芬)"라고 평한 것 등은 모두 孟郊 시가가 "괴로운 생각과 심원한 경지(苦思深遠)"를 담고 있는 특성을 지적한 것이라 하겠다.

孟郊의 자연시가 보여주는 '차갑고(寒)' '그윽한(幽)' 경계는 이전의 자연시가 지닌 淸冷한 느낌을 더욱 초월하는 경지에 있고, 그가 창출한 奇險한 풍경 묘사는 다른 시인의 작품과 구별이 될 정도로 특징적인 면모를 지니고 있다. 寒冷하면서도 凄然한 면모를 지닌 작품 중 洛陽의 다리에서 해 지는 모습을 바라보며 쓴 다음 시가를 보면 노을의 아름다움이나 정경의 서정을 그리는 여타 시인의 작품과 대비되는 면모를 지니고 있음이 발견된다.

洛橋晚望 낙교에서 저녁에 바라보며
天津橋下冰初結　천진교 밑에 얼음이 처음 맺히고
洛陽陌上人行絶　낙양 길거리에 행인들도 끊어졌다
楡柳蕭疏樓閣閑　느릅나무와 버드나무 성글어지고 누각도 한가한데
月明直見嵩山雪　달이 밝아 숭산의 눈이 바로 보이누나

얼음과 눈으로 인한 차가운 기운이 시 전반에 흐르고 있다. 흥청대던 낙양 다리에 행인이 끊어지고 나뭇잎이 듬성듬성 성글게 남은 상황을 '絶', '蕭疏' 등의 형용사로 묘사함으로써 고적한 의경을 강조했다. 전체적으로 어둡고 淸冷한 느낌을 받게 되며 말구에서 '달이 밝다(月明)'고 한 표현조차 숭산의 눈과 연결되어 차갑게 느껴진다. 전체적으로 간결한 표현을 지향하면서 타인의 시가와 구별되는 孟郊 특유의 寒冷한 서정을 추구하고 있음을 발견할 수 있는 것이다.

배고픈 까마귀들의 모습과 봉황새와의 비교를 도모한 다음 작품에도 냉랭한 기운을 가득 담은 자연물들이 등장한다.

饑雪吟 눈 속에서 배고파 울다

饑烏夜相啄	굶주린 까마귀 밤이면 서로 쪼아대고
瘡聲互悲鳴	서로 간에 상처 입은 소리 슬피 들려오네
冰腸一直刀	얼음처럼 차가운 뱃속은 한 자루 칼 같으니
天殺無曲情	하늘은 간절한 정도 없이 죽이려 하나
大雪壓梧桐	큰 눈이 오동나무를 누르고 있고
折柴墮崢嶸	높은 곳에서는 가지가 꺾여 떨어지네
安知鸞鳳巢	어찌 난새와 봉황새의 둥지가
不與梟鳶傾	올빼미와 솔개 둥지와 함께 무너짐을 알았으리오
下有幸災兒	아래로는 재앙에서 구해진 아이 있고
拾遺多新爭	남겨진 이들 다시금 다툰다
但求彼失所	그저 상대방이 잘못한 것만 구하고
但誇此經營	단지 이쪽의 경영함만 자랑하고자 한다
君子亦拾遺	군자는 또한 무엇인가를 남기고자 하나
拾遺非拾名	남기는 것은 이름만이 아닐지라
將補鸞鳳巢	난새와 봉황새 둥지를 지키고자 하면
免與梟鳶並	올빼미와 솔개와는 함께하지 못하리
因爲饑雪吟	눈 속에서 굶주리면서 읊조리는 것은
至曉竟不平	새벽이 와도 평온함을 얻지 못했기 때문이라

새들의 비유를 통해 자신의 득의하지 못하는 상황과 이에 따른 처연함 심정을 그린 작품인데 "차가운 눈 속에서 배고픈 괴조가 울어대는 상황(饑雪吟)"을 詩題와 배경으로 채택한 것부터 소슬한 느낌을 받게 된다. 굶주린 까마귀가 밤

이면 서로 쪼아대고 그 상처로 인해 울어대듯 시인은 괴로운 마음에 차가운 울음을 삼키고 있다. 그러한 자신에게 다시 '冰腸', '大雪' 등의 차가운 환경이 엄습한다. 봉황이 깃든다는 '梧桐'과 '峥嵘' 등의 표현을 통해 "큰 눈이 그 오동나무를 누르고 있음"과 "재능을 펼치지도 못하고 가지가 꺾여 떨어진다."고 하면서 자신의 재능과 한계를 적절히 비유한 것도 주목할 만하며, '幸災兒', '拾遺' 등의 표현, '饑烏'의 비천함과 '鸞鳳'의 숭고함 등을 통한 寓意도 독특하다. 등장하는 자연물들이 전체적으로 차갑고 서러운 감정에 휩싸여 있는 시인의 마음을 대변하고 있는 것이 느껴진다.

다음 역시 차가운 자연과 차가운 심정을 함께 표현하고 있어 孟郊 시의 寒冷한 특성을 잘 보여주고 있는 작품이다.

苦寒吟 괴로움과 추위를 노래함
天寒色青蒼　하늘빛은 푸르고 창창한데
北風叫枯桑　북풍은 마른 뽕나무에 울부짖네
厚冰無裂文　두꺼운 얼음에는 갈라진 줄 하나 없고
短日有冷光　짧은 태양에는 차가운 빛만 도사리네
敲石不得火　부싯돌을 두드려도 불이 붙지 않고
壯陰正奪陽　차가운 그늘이 태양빛을 가리고 있네
苦調竟何言　이 고통스러운 어조로 결국 무엇을 말하려는가
凍吟成此章　언 심신으로 이 문장을 작성하여 읊조리나니

각 구마다 하늘, 바람, 얼음, 태양 등의 자연물을 등장시켰는데 이 자연물의 형상은 '寒', '北', '冰', '冷', '陰' 등 모두 차가운 이미지를 발하고 있다. 차가운 배경 못지않게 묘사된 자연물 역시 극도의 차가운 형상을 보여준다. "파란 하늘에 淸冷하게 도사린 차가운 기운", "마른 뽕나무", "갈라진 곳 없는 단단한 얼음", "차가운 빛", "불붙지 않는 부싯돌", "언 심신으로 읊조림" 등 온기를 전혀 느낄 수 없는 완벽하게 차가운 경지에서 냉랭한 의경을 창출하고 있는 것이다. 시인의 마음이 철저히 메마르고 차가운 경지에 있음을 시사하는 작품이라 하겠다.

이상의 예처럼 孟郊는 산수와 자연을 묘사함에 있어 한랭하고 건조한 의상

을 선호하였다. 예거한 시 이외에도 "저문 하늘에 차가운 바람 불어 슬픔이 흩날리고, 까마귀는 나무를 돌며 우는데 샘물 소리도 목이 메었네.(暮天寒風悲屑屑, 啼鳥繞樹泉水嗢)"(「往河陽宿峽陵寄李待御(하양으로 향하다 골짜기에서 머무르며 이시어에게 부침)」), "계곡에서 늙은이 통곡하매 심히 차가워, 눈물이 방울져 흘러내리네. (溪老哭甚寒, 涕泗水珊珊)"(「寒溪九首(차가운 개울 아홉 수)」 其八(제8수)), "차가운 강에 물결도 얼어, 천 리까지도 평탄한 얼음이 없네.(寒江波浪凍, 千里無平冰)"(「寒江吟(차가운 강에서 부르는 노래)」) 등 매우 많은 구절에서 차가운 자연물이나 차가운 심경을 추출하여 노래하고 있다.[45] '凄寒', '淸冷', '寒冷', '苦寒' 등의 풍격을 띤 孟郊의 시 구절은 차갑게 식어버린 시인의 내면으로 인해 자연을 음산하고 전율에 찬 배경으로 인식하고 있었던 것을 파악하게 해주는 부분이다. 또한 그가 은거하러 별장으로 돌아가는 豆盧策을 송별하면서 "얼음과 눈 같은 한 편의 문장으로, 속세를 피하고 늘 스스로 가다듬기를.(一卷冰雪文, 避俗常自携)"(「送豆盧策歸別墅(별장으로 돌아가는 豆盧策을 송별하며)」)이라고 당부한 것 역시 세속에 대해 냉철했던 자신의 심정을 표현한 것이라 하겠다. 蘇軾이 지적한 "孟郊는 차갑고 賈島는 메말랐다.(郊寒島瘦)"에서의 '寒'은 孟郊 시가의 풍격인 동시에 생활의 고난과 마음고생의 결과로 생겨난 차가운·경지임을 짐작할 수 있는 것이다.

'窮僻'한 현실 속에서 '苦吟'의 과정을 통해 시가를 창작했던 孟郊가 애호했던 자연 형상 중에는 '險怪'한 면모를 지닌 것도 많았다. 이는 孟郊가 일반적인 자연 형상을 차갑거나 뒤틀린 시각을 통해 묘사하거나 奇特한 정경을 이입하여 신묘한 이미지를 창출하기를 시도했던 결과라 할 수 있다. 또한 孟郊는 이채로운 느낌이나 공포심을 배가시키는 자연물을 그려내기도 하였는데 이러한 시 역시 독자로 하여금 여타 시인에게서 느낄 수 없었던 '낯설게 하기', '괴벽한 의상의 재현' 등의 독특한 느낌을 얻게 한다. 孟郊가 구현해낸 괴벽하고 기험한 이미지를 지닌 자연시를 살펴보기 위해 그가 종남산을 찾아 노니는 흥취를 그린 「游終南山」를 예거해본다. 험난한·여정을 겪은 후의 평화로운 마음을 노래

---

45 필자의 조사에 의하면 『全唐詩』 卷372에서 卷381에 실린 孟郊의 시가 약 500수 중 차가운 의상을 제공하는 단어인 '寒'이 60회, '冷'이 13회, '冰'이 35회, '凍'이 19회씩 각각 등장하고 있어 孟郊가 지향한 시적 이미지가 다분히 차갑고 소슬한 경향을 띠고 있었음을 살필 수 있다.

하며 '奇險'과 '平穩'을 두루 논하고 있는 孟郊 시의 독특한 면모를 발견할 수 있다.

游終南山 종남산에서 노닐며

南山塞天地　남산은 하늘과 땅의 경계가 되어
日月石上生　해와 달도 바위 위에서 생겨난다
高峰夜留景　고봉은 밤에도 경치 또렷하고
深谷晝未明　깊은 계곡은 낮에도 어두컴컴하다
山中人自正　산중에 있는 사람 절로 반듯해져
路險心亦平　길은 험해도 마음은 평화롭다
長風驅松柏　큰 바람 송백에 몰아치고
聲拂萬壑淸　그 소리 온 계곡에 맑게 퍼진다
卽此悔讀書　이 모습 바라보며 글 읽은 것 후회하노라
朝朝近浮名　매일매일 공명을 추구하며 살았나니

終南山이 크다고 해도 첫 연에서 終南山을 '하늘과 땅의 경계(塞天地)'라고 표현하고 해와 달도 '바위 위에서 생겨난다(石上生)'라고 표현한 것은 매우 생경하고 이채로운 묘사라는 느낌을 받게 된다. 크고 깊은 終南山의 봉우리가 밤에도 또렷한 자태를 보이고 깊은 계곡은 낮에도 어둡다는 반어법적인 표현 역시 奇險하고 독특한 인상을 제공한다. 종남산의 자태를 실제로 체험한 작자는 이 속에서 심리적 위안과 깨달음을 얻는다. 제3구의 '산중(山中)'은 치우치지 않은 '중용(中)'을 연상시키고 이 속에 있는 사람은 어느덧 '스스로 공정(自正)'해지고 평온한 심리적 경지에 도달한다. 산이 크므로 바람도 강렬하나 시인의 마음은 다시금 송백처럼 의연하게 '맑은(淸)' 자태를 유지한다. 자신이 글을 읽은 것은 그저 홍진 중의 헛된 명성을 추구해서였음을 종국에 깨닫게 되는데 이는 앞 구절에서 활용한 '險', '驅' 글자처럼 많은 험난함을 경험한 후에 얻어진 깨달음이다. 생경한 시어와 기험한 언어를 활용하여 終南山의 고봉과 골짜기의 바람을 표현하면서 산속에 있을 때 마음이 공정하고 평온하며 이 험한 정경과 떨어져 있는 세속에서의 마음은 오히려 험난하고 왜곡되어 있다는 의미를 행간에서 펼치고 있다. 이전의 시인들이 終南山을 묘사할 때 평온한 정경의 묘사에 치중했던 것과 비교되는 이채로운 묘사가 이루어져 있는 것이다.

河陽으로 가는 도중에 산에서 묵으면서 친구에게 부친 다음 작품에서도 괴이하고 기벽한 풍격을 추구하고 있음이 발견된다.

往河陽宿峽陵寄李侍御 하양으로 가는 길에 산골짜기에 묵으면서 이시어에게

暮天寒風悲屑屑　저문 하늘에 부는 차가운 바람 따라 슬픔이 흩날리고
啼烏繞樹泉水噎　까마귀는 나무를 돌며 우는데 샘물 소리는 목이 메었네
行路解鞍投古陵　길 가다가 옛 무덤 가에 말안장 푸니
蒼蒼隔山見微月　또렷한 건너편 산 위로 희미하게 뜬 달 보인다
鴉鳴犬吠霜烟昏　올빼미와 개 짖는 소리 어두운 서리와 운무 속에 울리고
開囊拂巾對盤飧　자루 열고 수건 털고 앉아 간단히 요기하네
人生窮達感知己　인생이란 궁달하게 되어서야 비로소 지기를 깨닫게 되는 것
明日投君申片言　내일은 그대에게 한마디 소식 적어 보내리라

수연의 차가운 바람과 까마귀 울음, 희미한 샘물 소리 등은 시가 전체로 하여금 황량하고 처량한 이미지를 갖게 하는 배경이 되고 있다. 저물녘 머무는 곳은 뜻밖에도 옛 무덤가인데 이로 인해 공포스러운 분위기까지 느끼게 된다. 이어진 희미하게 뜬 달, 운무 속에서 들려오는 올빼미 소리와 개 짖는 소리 등의 표현 역시 독자로 하여금 음산한 기분과 공포심을 느끼게 한다. 이러한 표현들을 통해 孟郊가 청아한 자연보다는 청량하고 괴이한 이미지를 지닌 자연에서 더욱 인상적인 느낌을 얻었었음을 살필 수 있겠다.

貞元 9년에 京山으로 가며 지은 다음 작품에서도 시 전체에 괴이하면서도 苦澁한 느낌이 흐르고 있음이 발견된다.

京山行 경산으로 가며

衆虻聚病馬　등에 떼가 병든 말에 몰려들어
流血不得行　피 흘려도 멈추고 떠나지 않는다
後路起夜色　뒷길에는 어둠이 내리고
前山聞虎聲　앞산에는 호랑이 소리 들리누나
此時游子心　이 순간 떠도는 아들 된 이의 마음은

百尺風中旌　바람 속에 서 있는 백 척 깃발이라

병든 말에 몰려드는 등에 떼와 피 흘리는 말의 모습, 어디선가 들려오는 호
랑이 울음 등은 괴이한 느낌과 공포심을 자극하는 요인이다. 이러한 상황 중에
어둠이 깔리고 있어 스산하고 공포스러운 배경은 그 효과를 더하고 있다. 이전
의 자연시가 추구했던 산수에 정을 담거나 강호에서 한적하게 소요하는 모습은
사라지고 가파른 긴장감과 枯槁한 감정만이 남아 있게 된 것이다. 전체 시가를
율시 형식의 여덟 구가 아닌 여섯 구로 표현하여 무언가 안정되지 못한 느낌을
얻게 한 것과 떠도는 신세 된 이의 불안한 심리를 바람 속에 힘겹게 서 있는 깃
발에 비유한 것 역시 이채로운 느낌을 얻게 하는 수사 기교라 하겠다.
　孟郊가 자연을 奇特한 모습으로 형상화한 「巫山曲」은 전설과 고사를 활용하
여 절경을 묘사하는 독특한 수법을 보여주는 작품이다.

> **巫山曲** 무산의 노래
> 巴江上峽重復重　파강 상류 협곡에는 계곡이 첩첩이 겹쳐 있는데
> 陽臺碧峭十二峰　巫山의 남쪽 열 두 봉우리 푸르고도 가파르다
> 荊王獵時逢暮雨　옛날 형왕이 사냥할 때 저녁 비를 만났던 것은
> 夜臥高丘夢神女　밤에 높은 산에서 잠자다 꿈속에서 무산 신녀와 만난 것이라
> 輕紅流烟濕艷姿　엷은 빛으로 붉게 흐르는 강은 연기에 젖어 그 자태 아름답고
> 行雲飛去明星稀　떠도는 구름은 흘러가다 밝은 별빛에 희미해지네
> 目極魂斷望不見　눈길 다한 곳에 혼이 끊어져 신녀는 보이지 않고
> 猿啼三聲淚滴衣　원숭이 울음소리 세 번 들리니 눈물만 옷 위에 떨어지네

이 시는 樂府 鼓吹曲辭에 나오는 「巫山高」의 내용을 활용하여 여행 중에 느
끼는 다양한 감흥을 換韻하며 표현한 시이다. 수구에서 "첩첩이 겹쳐 있다(重復
重)"라고 한 것은 유명한 巫山 十二峰의 실경을 묘사한 것이 되며 '碧峭' 두 글
자를 통해 기벽하고 아득한 모습을 개괄적으로 표현하였다. 이어 神女峰의 매
력을 설명하였는데 이때 봉우리의 형상을 그리기보다는 宋玉의 賦에서 楚王이
꿈에 巫山 神女를 만나 정을 나눈 '朝雲暮雨'의 고사를 활용한 것이 이채롭다.[46]

---

46 宋玉 「高唐賦」：“楚襄王游雲夢之澤, 夢神女曰：'妾在巫山之陽, 高丘之阻. 早爲行雲, 暮爲行

특히 제5, 6구에서 神女의 등장과 퇴장 모습을 은유하면서 '暮雨'와 '朝雲'을 '流烟'과 '行雲'으로 치환하여 자신이 생각하는 神女를 여타 神女와는 다른 형상으로 묘사한 재치가 돋보인다. 협곡의 모습을 그림에 있어 神話傳說과 古代 諺語를 함께 융합하여 신비감을 돌출시키면서 '幽峭'하고 '奇艶'한 풍격을 잘 창출하였고 기벽한 면모를 잘 드러냈다. 미연에서는 위에서 언급한 神女, 三峽, 詩人, 行人 등의 각종 '哀怨'을 결집한 듯 처연한 경지를 투영하고 있어 孟郊 시의 '苦寒'한 특성을 잘 드러내고 있다.

孟郊의 작품 중 奇險하고 편벽한 정경을 연작으로 그려낸 시 몇 편도 孟郊 자연시의 특징을 드러낸 작품으로 꼽을 수 있다. 河南 登封 嵩山에 있는 명승 지 石淙을 둘러보고 쓴 「石淙(석종)」 十首와 終南山 협곡을 보고 느낀 비애감을 표현한 「峽哀(계곡에서의 비애)」 十首, 차가운 시내의 모습 속에 사회 현실을 투영한 「寒溪(차가운 시내)」 九首 등이 그러한 작품이다. 孟郊는 이러한 시가에서 기묘한 인상을 주는 감각적인 시어를 다수 활용했는데 그 표현들은 대체로 '어둡고(暗)', '차가우며(冷)', '메마르거나(枯)', '생경한(硬)' 의상을 형성하면서 작자의 울분과 고뇌를 전달하고 있다. 일례로 嵩山 石淙을 둘러보고 쓴 「石淙」 十首 중 다음의 제1수는 독자로 하여금 기험한 자연 정경에 대한 느낌이 충분히 인지되도록 하는 효과를 발휘하고 있다.

石淙 其一 석종, 제1수
嚴石不自勝　암석은 홀로 아름다운 것이 아니라
水木幽奇多　물과 나무가 있어 그윽하고 기이함을 더한다
朔方入空曲　북방 산수의 빈 모퉁이로 들어가니
涇流無大波　그 사이로 물 흐르나 큰 파도는 없다
迢遞逗難盡　아득한 모습을 머물러 보는데 더 나가기 어렵고
參差勢相羅　들쑥날쑥 산들의 모습 서로 엉키어 있다
雪霜有時洗　눈과 서리가 때때로 이 정경을 씻어 내리니
塵土無由和　먼지와 흙은 조화를 이루지 않는 것이 없다
洁泠誠未厭　맛좋은 물은 실로 질리지가 않는 것
晚步將如何　저녁에 느릿하게 걷는 이 기분 어떠한가

雨, 朝朝暮暮, 陽臺之下.'"

石淙의 전체적인 모습을 조망한 부분인데 제2구에서 '幽奇'로 청유하고 기험한 경지를 표현하였고 제5구에서 '難盡'으로 적막하고 궁벽한 모습을 표현하였다. 특히 수연에서 암석에 물과 나무가 더해지면 "그윽하고 기이하다"는 언급을 한 것은 기험한 자연을 애호하는 맹교 특유의 미감을 드러낸 것이라 할 수 있다. 그윽하게 빼어난 기이함을 즐기던 전반부의 묘사에 이어 후반 4구에서는 산속에서 직접 자연을 바라보던 시인이 느끼게 된 淸幽한 정신적 경계를 서사했다. 이러한 기벽한 산수를 싫증내지 않았던 孟郊 자신의 독특한 의식을 다시 한 번 살필 수 있는 것이다.[47]

계곡에서 느끼는 독특한 감정을 묘사한 작품 「峽哀」 十首 중 제7수는 계곡을 보면서 그 속에서 일어났던 사람의 죽음을 떠올린 것이다. 주제와 내용이 매우 독특하고 險怪하다.

峽哀 其七 계곡에서의 비애, 제7수

峽棱赴日月　골짜기 끝은 해와 달을 향해 솟아 있고
日月多摧輝　해와 달은 많은 빛을 내려주고 있다
物皆斜仄生　사물은 모두 비스듬히 살아가는 듯
鳥翼斜仄飛　새도 날개를 비스듬히 하여 난다
潛石齒相鎖　물속의 돌은 마치 이를 다문 듯 맞물려 있고
沉魂招莫歸　그 속에 가라앉은 영혼은 불러도 돌아오지 않는다
恍惚淸泉甲　맑은 시내는 그 표면이 황홀하여
班爛碧石衣　푸른 돌에 옷을 입힌 듯 찬란히 빛난다
餓咽潺溪號　물은 아직도 허기가 지는지 소리를 내며 흘러가고
涎似泓泓肥　그 포말은 두터운 깊이를 이루고 있다
峽春不可游　협곡에 봄이 왔으나 아직 노닐 만하지는 않고
腥草生微微　막 솟아나는 연한 풀도 아직도 미미하구나

---

47 정경에 대해 독특한 이미지를 형상화한 것은 石淙을 노래한 다른 시가에서도 발견된다. 「石淙十首(석종 열 수)」 其四(제4수)에서 "북방의 물 흐름 마치 칼날처럼 날카로워, 가을 돌은 벽옥처럼 선명하다. 어룡의 기세는 특별하지 않고, 소의 동굴은 납작하여 더욱 아름답다. 눈 쌓인 돌다리 계곡 입구로 향하고, 모였던 별들도 아득한 하늘에 흩어져 있다.(朔水刀劍利, 秋石瓊瑤鮮. 魚龍氣不腥, 潭洞伏更姸. 磴雪入呀谷, 掬星瀾遙天)"라고 표현하면서 칼날 같은 물 흐름과 벽옥처럼 선명한 바위의 모습 등으로 산수풍경의 기험함을 전달하였고 하늘의 별들을 흩뿌린 것으로 묘사하여 이채로운 느낌을 더한 것이 이채롭다.

하늘의 해와 달을 향해 날카롭게 솟아 있는 계곡 바위의 모습과 협곡 양쪽에 비스듬히 자라는 나무들의 묘사로 시작하였는데 그 표현이 역시 기험하다. 물 밑의 초석을 보고 "이를 다문 듯 잠겨 있다(齒相鎖)"라고 표현한 것이나 이 모습을 보고 이곳에서 생명을 잃은 사람들을 연상한 것, 물이 아직도 사람을 집어삼키기 위해 소리를 내며 흐른다고 표현한 것 등은 실로 기발한 착상이라 하겠다. 시 전체에 험괴한 이미지가 투영되어 있음을 느낄 수 있는 것이다.

孟郊의 눈에 비친 산수는 아름다운 산수라기보다는 奇險하고 苦澁한 느낌과 표현을 이루게 하는 비애의 투영체로 작용한 느낌이다. 孟郊는 소박한 시어를 주로 활용하면서도 진부한 표현이나 전고를 배격한 채 기이한 의상을 창출해내기 위해 노력하였다. 그의 작품 「贈別殷山人說易後歸幽墅(산인 은설이가 한적한 별장으로 돌아가는 것에 부쳐)」 중의 "가을 달은 흰 밤을 토해내고, 서늘한 바람은 근원 맑은 기운을 발한다.(秋月吐白夜, 凉風韻淸源)", 「濟源寒食(한식의 근원을 찾아서)」 其七 중의 "꿀벌이 주군을 위해 각기 이를 갈듯, 마을 속 온갖 꽃나무는 그 역할을 다한다네.(蜜蜂爲主各磨牙, 咬盡村中萬木花)", 「送蕭煉師入四明山(사명산으로 들어가는 소련사를 송별하며)」 중의 "천 길 곧게 쪼개진 봉우리, 백 척을 거꾸로 흘러가는 샘물.(千尋直裂峰, 百尺倒瀉泉)" 등의 구절에 나타난 '북풍이 부르짖는다(北風叫)', '차가운 빛(冷光)', '흰 밤을 토해낸다(吐白夜)', '이를 간다(磨牙)', '쪼개진 봉우리(裂峰)', '거꾸로 흘러가다(倒瀉)' 등의 표현은 마치 현대 인상파 시가에서 발견되는 듯한 기험하고 독특한 표현의 예이다.

孟郊는 사회 현실과 백성의 고통에 대해 깊은 동정심을 갖고 있었으나 실제로는 자신의 관직이 순탄하지 못했던 관계로 현실 참여에는 한계가 있었다. 현실 참여가 여의치 않았을 때 자연을 찾아 소요했던 여타 문인들과는 달리 孟郊는 냉엄한 자연현상을 예거하며 사회 현실을 풍자하고 개인의 처절한 고독감을 발산한 면모를 보인다.[48] 자연을 들어 현실의 불만과 고독감을 표출한 작품들은

---

48 孟郊는 이로 인해 생긴 고뇌와 개인적인 우수를 「征婦怨」, 「感懷」, 「殺氣不在邊」, 「傷春」, 「游子吟」, 「結愛」, 「杏殤」 등 여러 수의 영회시를 통해 표출한 바 있다. 「長安羈旅行(장안에서 기려의 신세가 되어 부르는 노래)」 : "한 달에 겨우 아홉 번 음식을 먹었고, 매번 먹는다 해도 빈한함을 벗어나지 못했네. 만물은 모두 때가 있다고 하는데, 나만이 유독 봄을 느끼지 못하는구나.(三旬九過飮, 每食唯旧貧. 萬物皆及時, 獨余不覺春)", 「秋夕貧居述懷(빈한하게 지내

'寒冷', '苦澁', '奇險', '凄然' 등 각종 풍격을 고루 반영하고 있는데 이는 현실 불만과 개인의 우수가 복합적으로 투영된 결과이기도 하며 자연시의 범주에서 볼 때 다소 이채로운 색채를 띠고 있어 이 역시 孟郊 시가 지닌 중요한 특색이라 할 수 있다. 孟郊가 자연을 들어 세속을 향해 분감을 표한 다음 작품을 살펴본다.

寓言 우언

誰言碧山曲	그 누가 푸른 산의 나무에 꺾어짐이 있어도
不廢青松直	푸른 소나무의 올곧음은 꺾이지 않는다고 말하는가
誰言濁水泥	그 누가 탁수에 진흙이 있어도
不汚明月色	밝은 달빛은 더럽혀지지 않는다고 말하는가
我有松月心	나는 소나무와 달의 마음 있으나
俗騁風霜力	세속에서는 바람과 서리가 위세를 부리네
貞明旣如此	정결하고 밝음이 이와 같으나
摧折安可得	가지가 꺾이면 어찌 그러한 뜻 얻으리오

수많은 좌절과 고통을 겪은 시인인지라 자연은 더 이상 그에게 위안을 주지 않는 존재로 인식될 경우가 많다. 시인은 푸른 산에 굴곡이 있으나 소나무는 올곧음을 유지할 수 있고, 탁수에 진흙이 있어도 밝은 달빛은 더럽혀지지 않는다는 의식을 본래 갖고 있었다. 이처럼 그의 시에 등장하는 자연물은 본래 고요하고 정갈한 형상을 지녔지만 그 내면에 담긴 의경은 처연하고 처량하다. 세속에서는 바람과 서리가 위세를 부리는 상황이니 정결한 마음을 유지하기가 어려운 실제적인 고난이 시인에게 엄습하고 있는 것이다. 이러한 작품을 통해 독자는 소화하기 어려운 苦澁한 풍격을 느끼게 되며 냉엄한 현실을 재차 인식하게 된다 하겠다.

는 가을 저녁에 술회함)」: "얕은 우물엔 마실 물도 없고, 척박한 땅은 늘 밭 갈지 못해 피폐했네. 오늘날 사귐은 옛날과 달라, 빈한하다는 말도 모두 가벼이 여기는구나.(淺井不供飮, 瘦田常廢耕. 今交非古交, 貧語聞皆輕)", 「借車(수레를 빌려)」: "수레를 빌려 가재도구를 싣고, 가재도구가 수레에 다 차지 못하였네. 빌려주는 이여 손가락질 마소, 빈궁함은 어찌할 수가 없다오(借車載家具, 家具少于車. 借者莫彈指, 貧窮何足嗟)" 등은 모두 孟郊의 빈한한 생활을 나타낸 구절의 예이다.

일신의 어려움이 많았던 孟郊에게 웅건하고 화사한 자연보다는 草木이나 鳥蟲 같은 미세한 생명체나 침울하고 소산한 기운을 드러내는 정경이 먼저 눈에 들어왔던 것 같다. 孟郊의 작품 중에는 소자연의 형체나 비감 어린 자연물들을 주목한 모습이 종종 보이는데 이는 韓孟詩派 특유의 고삽한 경지 추구에다 자신의 처연한 신세 의식과 심경을 투영한 결과에서 기인한 것이기도 했다. 특정 자연물에 자신의 심정을 투영한 시 두 편을 예거하여 살펴보기로 한다.

衰松 쇠한 소나무
近世交道衰　근래에 사귐의 도가 쇠하였는지
青松落顔色　푸른 소나무가 그 모습 잃게 되었다
人心忌孤直　사람의 마음은 외롭고 곧은 것을 싫어하는데
木性隨改易　나무의 본성도 이런 세태 따라 바뀌었는가
旣摧栖日乾　이미 꺾이어진 나뭇가지에 햇살이 비치나
未展擎天力　하늘 향해 가지를 들어 올릴 힘도 없어졌네
終是君子才　비록 군자의 재능은 다 하였다 하나
還思君子識　군자에 대한 그리움은 남나니

獨愁 홀로 근심하며
前日遠別離　그저께 멀리 이별하였더니
昨日生白髮　어제는 백발이 생겨났다
欲知萬里情　만 리 밖의 사정을 알려고 하니
曉臥半床月　새벽에 누워 있는 침상에 반달이 비치네
常恐百蟲鳴　온갖 벌레의 울음소리 늘 마음이 쓰이니
使我芳草歇　내가 아끼는 방초까지도 시들게 하는구나

한 편은 소나무, 또 한 편은 벌레라는 특정 자연물에 대해 마음을 쏟고 있음을 나타낸 작품들이다. 「衰松」에서는 세상 사람들의 "외롭게 곧은 것을 싫어하는(忌孤直)" 경향과 인재를 못 알아보는 世道에 대해 한탄을 가하고 있고 나날이 쇠해가고 있는 '사귐의 도(交道)'에 대한 비판을 가하고 있다. 「獨愁」에서도 이별 뒤에 느끼는 근심을 가장 크게 유발시키고 있는 것은 '온갖 벌레(百蟲)'인데 방초를 시들게 하는 이 벌레에 대한 작자의 심정은 '두려운(恐)' 정도에까지 달하고 있다. 소자연물에서 기인한 감상이 시인의 마음을 전체적으로 지배하고 있는데 그 감정의 농도가 참으로 깊어 보인다. 이처럼 자연물에 강한 집착을 보이거나 소자아적인 면모를 드러내는 것은 세상에서의 고난을 겪은 경력과 세상에 대한 일정한 피해의식이 합해진 처연한 경지에서 비롯된 것임을 추측해볼 수 있겠다.

孟郊는 신세의 불우함으로 인해 스스로 위축된 심정을 지니고 세상을 바라보았던 시인이었다. 사회적 책임을 인식 못하는 것은 아니었으나 개인의 환경과 서정이 적극적 참여를 제한하는 요인으로 작용한 것이다. 그렇기에 孟郊의 자연시에 나타난 자연 형상은 마음에 평온을 주는 존재이기보다는 주로 용납하기 어려운 처량함이나 괴로움 혹은 기괴한 모습을 지닌 존재로 등장한다. 孟郊에게 자연은 위안과 평온의 의미를 제공하는 안식처이기도 했지만 현실의 불만을 토로하는 분노의 투영 대상 같은 의미도 지닌 존재였던 것이다. 이러한 孟郊의 자연 정경 묘사를 통해 독자는 陶淵明이나 謝靈運 등의 자연시에서 얻는 평온함이나 소요 의식과는 다른 무언가 "기쁘지 않은 느낌"[49]을 얻게 된다. 청량하기보다는 苦澀한 느낌을 얻게 되고 자연을 향유하기보다는 그 속에서 고뇌하고 슬픔에 차 있는 심정을 느끼게 되는 것이다. 이는 孟郊의 성품이나 개인의 이력에서 기인하는 독특함이기도 하지만 사회 현실에 대한 불만이나 관리의 부패에 대한 항거 의식, 백성의 고통에 대한 동정 등의 심정이 투영된 결과이기도 하였다. 따라서 孟郊가 자연을 노래할 때 활용한 기험한 시풍이나 차가운 서정은 현실에서의 활로를 찾지 못하는 절박한 심정의 비틀어진 표현이라고도 볼 수 있겠다. 이러한 점은 '不平則鳴'의 경지를 발휘하고자 한 韓孟시파의 특색이기도 하지만 孟郊 특유의 예술적 특색을 드러내는 요인이 되기도 한다. 韓愈와 李賀의 奇特한 시풍을 잇는 연결선상에서 특색 있는 작품을 만들어낸 孟郊의 역할을 주목할 필요가 있는 것이다.

---

49 孟郊 시가가 주는 이미지에 대해 嚴羽는 『滄浪詩話』「詩辯」에서 "孟郊之詩刻苦, 讀之使人不歡"라고 하여 그의 '刻苦'가 독자로 하여금 기쁘지 않은 감정을 얻게 한다고 평한 바 있다.

賈島(779~843)는 字가 浪仙이며 范陽人이다. 일찍이 출가하여 無本이라는 법명으로 승려 생활을 하였는데 811년(33세)에 洛陽에서 韓愈를 만난 뒤 환속하였다. 과거에 누차 낙방하였다가 837년에 四川長江主簿를 지냈고 晋州司倉參軍으로 전직한 후 병사하였다. 長江主簿를 지낸 고로 賈長江이라고도 부른다. 승려로 있을 때부터 시를 지었는데 그 표현은 간결하고 세련되며 枯淡한 맛을 지녔다. 韓孟시파의 일원으로 흔히 孟郊와 더불어 '孟賈'로 병칭된다. 일찍이 빈한하여 출가했으며 비록 韓愈를 만나 환속했고 만년에 長江主簿를 지냈다고는 하나 韓愈나 孟郊와는 달리 賈島는 거의 평생을 포의로 지내면서 빈한한 생활을 영위해간 인물이었다. 그런 연고로 그의 시는 전반적으로 마치 고행승의 언어 같은 '괴롭고 떫은(苦澁)' 느낌을 창출하고 있는데 이는 세밀한 사고와 분석을 좋아하며 陰柔한 측면을 지향했던 개인의 취향과도 맞물리는 부분이 있었다. 蘇軾의 "가도의 시는 차갑고 맹교의 시는 말랐다.(島寒郊瘦)"라고 한 평이 그의 시풍을 대변한다. 약 390수의 시가 있는데 소수의 五言絶句 외에 주로 五言律詩를 많이 썼고 시집으로는 『賈浪仙長江集』 10권이 있다.

『全唐詩』 卷571에서 卷574에는 賈島의 시가가 약 390수 실려 있는데 제재별로 보면 詠懷詩, 干謁詩, 社會詩, 酬贈詩, 寫景詩 등으로 분류할 수 있다. 飢寒에 떨면서 한정된 사회생활을 했던 관계로 좀 더 폭넓은 제재를 활용하지 못하고 협착한 생활 세계를 그려낸 것을 단점으로 지적할 수 있으나 자신이 공력을 들인 분야에서는 개성적인 성취를 보이고 있는 것이 장점이라고 할 수 있겠다. 賈島의 시가 중 가장 많은 편수를 차지하는 것은 교유시로 전체의 4분의 3에 해당하는 290수 정도에 달하는데 이 교유시의 내면을 살펴보면 친구 간의 교왕을 직접적으로 묘사한 내용보다는 자신의 신세에 대한 술회와 자연 경물에 대해 묘사를 가한 내용이 많은 부분을 이루고 있다. 관직으로의 상황이 여의치 않았고 생활이 빈한했던 賈島가 교유시를 통해 자신의 마음을 표현하기를 선호했으며 자신의 마음을 정화시키기 위하여 자연을 소재로 선택한 경우가 많았음을 알 수 있는 것이다.

賈島는 자연시를 창작함에 있어 체제상으로는 五言律詩를 선호했고 풍격적인 면으로는 '맑고(淸)', '차갑고(寒)', '메마르고(瘦)', '쓸쓸한(苦)' 경지를 두루 표현해내고자 하였다. 이는 그와 병칭되는 孟郊가 五言古詩를 많이 지으면서 험괴한 풍경을 신기하게 표현한 것과 비교가 되는 부분이다. 또한 賈島는 자연을 묘사함에 있어 수식을 절제하고 과장되지 않은 표현을 선호한 경향도 보이고 있는데 이러한 작품은 표면적으로는 평담한 풍격을 지니고 있으나 행간을 보면 苦吟의 과정을 거친 후에 탄생된 것임을 파악할 수 있다. 그 밖에 賈島는 협소한 생활의 경험과 사물에 대한 세밀한 관찰력을 바탕으로 미세한 자연물이나 축소된 정경을 묘사한 시가도 상당수 남기고 있는데 이러한 작품 역시 중요한 고찰 대상이 되고 있다. 따라서 賈島 자연시의 특징은 메마르고 고삽한 이미지, 고음을 통과한 후의 평담한 풍격 재현, 세미하고 축소된 자연물에 대한 천착 등의 방면에서 정리와 설명을 가할 수 있다 하겠다.

韓愈가 언급한 '郊寒島瘦'론은 '苦吟'이라는 단어와 함께 孟郊와 賈島의 시를 품평하는 대표적인 언급이 되어왔다. 여기서 "賈島의 시가 메말랐다."는 말은 賈島의 시가 푸근한 멋이나 유미적인 경향을 띠기보다는 주로 메마른 서정을 지향하였다는 것이다. 또한 고행을 통과하며 화사함에 대한 소욕을 벗어버린 채 절제된 미감만을 함유한 산승의 언행과도 같은 면모가 있어 '씁쓸하고 떫은(苦澁)' 경지와도 밀접한 관계가 있다. "메마르고도 苦澁한 이미지"를 지닌 작품들을 먼저 몇 수 살펴보기로 한다. 賈島가 산골을 지나가는 나그네와 주변의 모습을 형용한 다음 시를 보면 소슬한 풍경 속에 적막하고 암울한 기운이 투영되어 메마른 서정이 한껏 드러남을 느낄 수 있다.

暮過山村 저물녘 산촌을 지나며
數里聞寒水　몇 리 동안을 차가운 물소리 들으면서 가도
山家少四鄰　산촌의 집은 사방에 겨우 몇 채
怪禽啼曠野　괴이한 새들은 너른 들에서 울고
落日恐行人　지는 해 나그네 마음을 두렵게 하네
初月未終夕　초승달은 이 저녁을 채 밝히지도 못하고
邊烽不過秦　변방의 봉화도 秦 땅에는 이르지 않네
蕭條桑柘外　쓸쓸한 산뽕나무 가지 너머로
煙火漸相親　인가의 연기 점점 가까이 오누나

활용된 '寒水', '少四鄰', '蕭條' 등의 표현은 적막하고 차가운 느낌을, '怪禽', '恐行人' 등의 표현은 두려움과 막막한 느낌을 주는 시어들이다. 특히 하루 저녁도 채 못 떠 있고 저버린 달빛은 시인의 가는 길에 더욱 암담함을 느끼게 하는 배경이 된다. 차라리 변방의 봉화라도 도달하면 주변이 환해지고 산중의 적막을 깰 수 있지 않을까 하는 심정까지 표현하였는데 이 또한 발상이 기괴하다. 결국은 앙상한 나뭇가지 너머로 인가의 불빛이 발견되었지만 전체적으로는 소슬하고 궁벽한 느낌이 분위기를 주도하고 있음을 살필 수 있는 것이다.

다음 시가에서 보이는 시인의 심리 역시 평온과 우수 사이를 방황하고 있으며 자연이 시인에게 주는 감성 또한 차갑고 적막한 것임을 느끼게 한다.

南池 남쪽 연못

蕭條微雨絶　쓸쓸하게 내리던 가랑비도 끊겼는데
荒岸抱淸源　황량한 언덕은 맑은 근원을 둘러싸고 있다
入舫山侵塞　거룻배에 올라보니 산은 성채와 연결되어 있고
分泉稻接村　갈라진 시내는 논과 마을을 이어가며 흐른다
秋聲依樹色　가을 소리는 나무에서 들려오고
月影在蒲根　달그림자는 부들의 뿌리에 머무는구나
淹泊方難邃　이곳에 머물고자 해도 마음을 두기가 어려워
他宵闕夢魂　또 한밤 꿈속에 넋이 잠기게 되네

첫 연의 '蕭條', '荒岸' 등의 시어는 南池 주변이 소슬하고 황량한 분위기 속에 있음을 드러내며 전체적인 분위기를 주도하고 있다. 제3연에서는 특히 세밀한 관찰력을 발휘하여 나무의 가을바람 소리와 연못 깊게 비치는 달그림자를 그려냈다. 청각과 시각을 온통 집중시킨 채 자연을 응시하고 그 정경 속에서 천착하고 있는 시인의 모습이 연상되는 것이다. 그러나 미연에서 언급한 불안전한 심리의 전개는 마치 고난과 시련에 찬 인생 경험을 가지고 자연을 바라보는 시인의 마음을 대변하는 것과도 같은 느낌을 준다. 차갑고 메마른 감성에서 벗어나지 못하고 있음을 발견하게 되는 것이다.

賈島가 달을 바라보는 심정을 노래한 다음 작품을 보면 역대 문인들이 달을 읊었던 모습과는 달리 자신만의 苦澁하고 寒冷한 감성을 투영한 면모가 보인

다. 전체 23연 중 제6~11연을 절록하여 살펴본다.

　玩月 달을 감상하며
　　　眙愕子細視　눈을 들어 달을 자세히 바라보고
　　　睛瞳桂枝劚　눈동자를 계수나무 가지 향하여 파헤치듯 살펴본다
　　　目常有熱疾　눈은 늘 뜨거워지는 병이 있었는데
　　　久視無煩炎　지금은 오래 보아도 뜨거워짐 없네
　　　以手捫衣裳　손으로 옷깃을 더듬으니
　　　零露已濡濡　이슬방울에 이미 옷이 젖어 있네
　　　久立雙足凍　오랫동안 서서 보니 두 발이 얼었고
　　　時向股髀淹　지금은 허벅지에 한기가 엄습한다
　　　立久病足折　오래 서 있으니 병든 다리 갈라지는 듯
　　　兀然蠟膠粘　똑바로 선 채로 딱딱하게 굳어버렸네
　　　他人應已睡　다른 사람은 응당 벌써 자고 있겠지
　　　轉喜此景恬　나는 오히려 이 경지를 즐기고 있는데

　이 시는 기교와 풍격 면에서 독특한 면을 지니고 있는 작품이라 할 수 있다. '久視', '久立', '立久'와 같이 비슷한 표현을 병렬하거나 '睛瞳', '濡濡'과 같은 첩자 형식을 운용함으로써 반복적인 의미나 표현상의 통일성을 도모한 독특한 수사 기교를 펼쳤고[50] 달을 바라보는 자신의 병든 눈과 아픈 다리를 언급함으로써 음산한 분위기를 창출했으며 자신만의 독특한 사물 관찰 취향을 발휘하여 달을 감상하는 정경을 그려냈다. '달'과 밤이 제공하는 陰柔한 분위기 속에 비애감을 배가하는 표현을 가하여 기존의 푸근하거나 낭만적인 달의 이미지보다는 자신이 느끼는 寒冷하고 苦澁한 달의 이미지를 그려낸 점이 독특하다. 李白을 비롯한 역대 많은 문인들이 달을 읊었던 내용에 비해 賈島가 자연을 바라보는 심정은 독특한 경지를 지향하고 있었음을 파악할 수 있겠다.
　賈島는 친구에게 "봄이 한참인 때에도 외로움에 떨고 있었다."[51]라고 토로했

---

50 그 밖에도 이 시의 수사 기교에 대해 오태석, 「賈島의 시가창작 연구」(『중국문학』 제22집, 1994. 12)에서는 "이 작품의 특징은 시의 형식적 구성미에 있다. … 앞 구의 끝말을 다음 구의 앞말로 이어가는 방식, '久立'과 '立久', '上衫'과 '相參' 등의 표현, 隔句對의 구사 등 다양한 실험정신과 다양한 각색을 시도하고 있다."는 언급을 가하고 있어 참고가 된다.
51 賈島, 「三月晦日贈劉評事(삼월 그믐날 유평사에게)」 : "이제 삼월 그믐이라, 풍경은 시 짓느

듯이 좋은 계절이나 멋진 자연환경에 상관없이 자신만이 간직했던 처연한 감정을 시가에 투영하기를 좋아했다. 이는 궁벽한 것을 선호했던 개인적 성품과 함께 메마른 감성을 갖고 자연을 바라보면서 차갑고 쓸쓸한 현실의 자의식을 시어로 재현한 결과로 여겨진다. 다음에 예거하는 시는 禪房에 대한 흥취를 갖고 주변을 바라본 감상을 적은 것인데 표면적으로는 공담한 경지를 지향하고 있으나 내면에는 차갑고 메마른 정서가 흐르고 있음이 발견된다.

題青龍寺鏡公房 청룡사 경공방에 제하여
一夕曾留宿　하루 저녁 함께 유숙하는데
終南搖落時　종남산에 낙엽 지는 시기일세
孤燈岡舍掩　외로운 등불은 산사 속에 가리어져 있고
殘磬雪風吹　불어대는 풍설에 풍경 소리 희미해진다
樹老因寒折　늙은 나무는 추위로 인해 꺾어지고
泉深出井遲　샘물은 우물 깊은 곳에서 느릿하게 흘러나온다
疏慵豈有事　게으르게 지내니 어찌 할 일 있으랴
多失上方期　스님과 만날 약속도 여러 차례 어기게 되나니

詩題에서 禪房을 언급하였기에 담적한 경지를 기대하게 되지만 실제로 시를 살펴보면 메마르고 떫은 정서가 담겨 있음이 발견된다. 이는 일차적으로 賈島가 선호했던 '寒秋'의 분위기를 시공간적 배경으로 삼고 있으면서 '搖落', '孤燈', '殘磬', '寒折', '多失' 등 한랭하고 고적한 분위기를 창출하는 시어들을 거의 매 구에 걸쳐 사용하였기 때문이다. 시를 읽고 난 후에도 고독한 배경 속에서 차갑게 사물을 응시하는 시인의 처연한 심정이 여운으로 남아 쓸쓸하고 떫은 기분을 다시금 음미하게 되는 것이다.

賈島는 자연을 묘사함에 있어 수식을 최소화한 백묘적인 표현도 선호하였고 사소하고 유벽한 사물을 평담한 풍격으로 표현해내는 기법에도 능한 시인이었다. 賈島가 지향한 백묘적인 표현은 苦吟의 과정을 거친 후에 얻게 된 초연한 흥취의 서사이며 그가 창출해낸 평담한 풍격 역시 사물에 穿鑿하면서 자신의

라 고심하는 내 몸을 떠나가누나. 그대여 이 밤을 잠들지 말고 지새울지니, 새벽종 울리기 전까지는 여전히 봄이거니.(三月正當三十日, 風光別我苦吟身. 共君今夜不須睡, 未到曉鍾猶是春)"

세밀한 감성을 투영하다 얻게 된 일종의 초극적인 경지를 표현한 것일 때도 많았다. 평담하고 한아한 풍격을 드러내는 장면은 그가 자연을 바라보면서 평온함을 추구했던 상황에서 특히 많이 등장하는데 메마르고 고삽한 감정에 휩싸여 있으면서도 자연 속에서 평온함과 한아한 흥취를 얻기를 희망했던 그의 내면을 보여주는 작품들이라 할 것이다. 賈島의 시가 중 단련을 통과한 뒤의 평담한 의경을 담아낸 예로서 '推敲' 일화로 유명한 다음 작품을 살펴보자.

題李凝幽居 이응의 유거에 부쳐
閑居少隣幷　한거함에 이웃도 드물고
草徑入荒園　황폐한 오솔길 동산으로 향하고 있다
鳥宿池邊樹　새는 못 가 나무에서 잠들고
僧敲月下門　스님은 달빛 아래 문을 두드린다
過橋分野色　다리를 건너니 들판의 모습 나누어지고
移石動雲根　구름의 움직임 마치 바위가 구름 아래로 흘러가는 듯
暫去還來此　잠시 떠나더라도 이곳에 돌아오리니
幽期不負言　이곳으로 다시 온다는 그 그윽한 기약 내 어기지 않으리

한거하는 李凝의 집이 편벽된 곳에 있음을 그리면서 한껏 한적한 정취를 배경으로 펼쳐놓았다. 제3, 4구는 '推敲' 고사로 유명한 구절이니 고요한 한밤의 정취 속에서 친구의 집 문을 '미는 것(推)'이 좋은지 '두드리는 것(敲)'이 좋은지를 고민하였으나 결정을 못하다가 길에서 우연히 만난 京兆尹 韓愈가 '推'보다는 '敲'가 더 좋겠다는 조언을 해주었다는 고사[52]가 말해주듯이 賈島가 좋은 시구 한 구절을 위해 많은 苦吟의 과정을 거쳤음을 설명해주는 대목이다. 제5, 6구의 표현 역시 매우 이채롭다. 친구의 유거지에서 돌아가다가 다리를 지난 이

---

52 '推敲' 고사에 대하여는 『唐才子傳校箋』에 "乘閑策蹇李凝幽居, 得句曰, '鳥宿池邊樹, 僧敲月下門', 又欲作'僧推', 煉之未定, 吟哦引手作推敲之勢, 傍觀亦訝. 時韓退之京兆尹, 車騎方出, … 韓駐久之曰, '敲字佳'"라는 기록이 있다. 고요한 한밤의 정취 속에서 친구의 집 문을 '미는 것(推)'이 좋은지 '두드리는 것(敲)'이 좋은지에 대해 길에서 고민하던 차에 당시 京兆尹 韓愈가 행차를 하다가 이를 목격하고는 '敲'가 좋겠다고 조언하였다. '미는 것(推)'은 친구의 방문을 미리 알았거나 문이 열려 있는 것을 의미한다고 보고 여기서는 약속 없이 찾아갔기에 '두드리는 것(敲)'이 좋겠다고 조언을 한 것으로 생각된다.

후 정경은 서로 나누어지고 구름은 마치 바위가 구름 아래로 움직이듯 무겁게 흘러간다. 담담한 표현을 지향하고 있지만 자신의 마음을 이입한 낯선 자연 정경을 독자에게 전달되고 있음이 보인다. 깊은 뜻을 담고자 하면서도 난삽함을 배제한 채 평담한 경지를 지향하고 있음을 살필 수 있는 것이다.

賈島의 오언절구 중 간결한 묘사 속에 깊은 의취를 담은 것으로 유명한 다음 시를 살펴본다.

尋隱者不遇 은자를 찾아갔다 못 만나고서
松下問童子 소나무 아래에서 동자에게 물으니
言師採藥去 스승은 약을 캐러 갔다 하네
只在此山中 이 산중에 있으련만
雲深不知處 구름 깊어 그곳을 모르겠구나

隱者를 만나러 갔다가 만나지 못한 섭섭한 심정을 선문답식으로 표현하였다. 첫구에서 묻고 이어 대답을 하는 식으로 되어 있는데 그 과정이 온통 자연을 대상으로 하고 있음이 이채롭다. '靑松', '白雲' 등으로 종적을 찾을 수 없는 은자의 모습을 孤高하고 淸雅하게 표현하면서 함축미를 더한 것도 이 시의 장점으로 꼽을 수 있다. 찾을 수 없는 은자의 실체가 그 사람 혹은 깨달음이나 진리 등인지 모호하고 관점에 따라 이 시의 의경도 달라지지만 그 깨달음 역시 결국은 자연과 연계된 모습을 하고 있다. 그렇기에 독자는 이 시를 통해 더욱 한아한 느낌을 얻게 되는 것이다.

無可스님을 송별하며 쓴 다음 시의 경우, 표면적으로는 이별의 비애를 담담하게 표현하고 있는 듯하지만 시가의 면면을 살펴보면 그 평담한 모습은 이미 苦吟의 과정을 통과한 것임을 느끼게 된다.

送無可上人 무가스님을 보내며
圭峯霽色新 규봉의 맑게 갠 모습 새로울 때
送此草堂人 이 초당에서 스님을 전송하였네
麈尾同離寺 고라니 꼬리가 함께 절을 떠나는 모습
蛩鳴暫別親 귀뚜라미 우는데 그대와 이별하누나

獨行潭底影　그림자는 연못 아래에서 홀로 가고
數息樹邊身　몸은 자주 나무 곁에서 쉬네
終有煙霞約　종래에는 연기와 노을 사이에 살자던 약속에
天臺作近鄰　천태산과 이웃이 되었다

　맑게 갠 모습으로 시작하는 이별 장면은 이미 슬픔의 정화를 거친 듯 담백하다. 함연에서도 이별을 '麈尾', '蛩鳴' 등 자연의 정경에 부쳐 슬픔을 분산시키고자 하였으나 賈島가 삼 년의 공을 들였다는 경연의 표현을 보면 분위기의 반전이 일어난다. 홀로 그림자를 벗 삼아 떠나가는 장면이 제공하는 고독감, 자주 나무 밑에서 몸을 쉬며 추스르는 미련과 섭섭한 감정 등은 마치 구도자가 고행을 감내하는 모습을 연상하게 한다. 이러한 표현들은 슬픔이 담백함으로 진화하는 과정을 묘사하기 위해 賈島가 오랜 기간을 숙려하며 고뇌하였음을 드러내는 반증이 된다.[53] 처음에는 평이한 표현이라는 인상을 받게 되지만 자세히 들여다보면 그윽한 운치가 담겨 있는 것을 또한 발견할 수 있는 것이다.

　평생 고심하며 시를 지으면서 아슬아슬한 삶의 경지에서 고투하듯 시의 창작에 골몰하던 賈島였으나 그의 시가 중에서는 긴장감을 떨쳐버리고 자연 속에서 평온함을 추구하거나 은일에 대한 서정을 갈구하던 면모를 지닌 작품도 다수 발견된다. 특히 賈島가 한가로운 일상이나 은일 지향 의식을 담고자 했던 시가들은 그 의경이나 표현에 있어 상대적으로 더욱 閒逸한 면모를 지향하고 있음이 발견된다. 자연에 마음을 맡기고자 하였던 갈망의 크기에 비례하여 그 표현도 한일해진 셈이다. 스스로 평온함을 얻고자 갈구했던 賈島의 인간적인 면모가 실린 작품을 한 수 살펴보기로 한다.

---

53 이 시의 제3연 "홀로 연못 아래 그림자와 가고, 자주 나무 곁에 몸을 쉰다.(獨行潭底影, 數息樹邊身)"에 대해 賈島 자신은 "두 구절을 삼 년 만에 얻으니, 한 번 읊조림에 두 줄기 눈물이 흐르네.(二句三年得, 一吟雙淚流)"라고 하여 공력을 들였음을 밝힌 바 있으나 이 구절에 대해 후대 여러 비평가들의 포폄은 불일치하다. 魏泰(『臨漢隱居詩話』), 王世貞(『藝苑卮言』) 등은 이 구절의 성취에 비해 賈島가 과도한 고음의 과정을 겪었다고 평한 바 있고, 紀昀이 "대체로 평생에 걸쳐 얻을 만한 구절로 처음 읽으면 평이한 듯하지만 자세히 음미해보면 그윽한 맛이 있다.(蓋平生得語之語, 初讀似率易 細玩之果有幽致)"(方回, 『瀛奎律髓』 卷47)라고 평한 것을 비롯하여 歐陽修(『六一詩話』), 方回(『瀛奎律髓』) 등은 호평을 가하고 있는 것을 살필 수 있다.

偶作 우연히 짓다

野步隨吾意	들녘을 내 마음 가는 대로 거니니
那知是與非	이 순간에 어찌 시비를 가리리오
稔年時雨足	한 해 동안 때 맞춰 비가 풍족히 내리고
閏月暮蟬稀	윤달 저물녘에 매미 소리도 드물어졌다
獨樹依岡老	외로운 나무는 산등성이 의지하여 늙어가는데
遙峯出草微	멀리 산봉우리에는 풀이 희미하다
園林自有主	원림에는 자고로 주인이 있나니
宿鳥且同歸	그 속에 머무는 새 함께 귀의하는구나

첫구의 '내 마음 가는 대로(隨吾意)' 표현은 이 시의 전체적인 분위기를 주도한다. 들녘을 거니는 시인의 마음은 시비를 초월하고 있고 자연은 순리대로 흘러가며 평온한 환경을 제공한다. 제3연의 산등성이를 의지하여 늙어가는 '獨樹'는 자신만의 의경을 간직한 채 자연을 벗 삼아 사는 賈島 자신을 연상시킨다. 미연에서는 宿鳥를 통해 陶淵明식의 귀은 사상을 투영했음이 발견된다. 평온을 희구하는 마음이 투영되어 있어서 전반적으로 평온하고 평담한 맛을 느끼게 되는 작품이다.

저물녘 강가의 정자에서 조망하는 장면을 담은 다음 작품에서도 賈島가 청공한 멋과 한아한 흥취를 지향했던 면모를 발견할 수 있다.

登江亭晚望 강가 정자에 올라 멀리 바라보며

浩淼浸雲根	넓고 아득한 모습 구름 아래까지 펼쳐지고
煙嵐沒遠村	이내가 물러간 후 먼 마을이 눈에 들어온다
鳥歸沙有迹	새 지나간 백사장엔 발자국만 남건만
帆過浪無痕	배 지나간 물결 위엔 흔적조차 없어라
望水知柔性	물을 바라보매 부드러운 성품을 깨닫게 되고
看山欲倦魂	산을 바라보매 마음이 게을러지려 한다
縱情猶未已	아직도 내 마음 가는 대로 다하지 못하여
回馬欲黃昏	말 돌려 황혼까지 즐기려 하나니

특별히 의도하는 바도 없이 담담하게 사방을 둘러보면서 시선 가는 대로 정

경을 묘사하다가 문득 본연의 소욕을 깨닫는 모습을 등장시켰다. 자연의 속성
과 자신의 본성을 깨달으면서 아직도 채우지 못한 허정한 경지를 향해 나아가
고자 하는 의욕까지 얻게 되었다. 자연 속에서 시간을 보낼수록 자연이 주는 무
한한 감동에 매료되고 있는 자신을 발견하게 되는 것이다.

먼 곳에 있어 소식을 알 수 없는 친구를 생각하는 내용을 그린 시가는 그립
고 아쉬운 정을 소재로 한다. 그런 경우에도 자연은 좋은 감정의 투영체가 될
수 있으니 담백하게 표현된 한아한 정경은 작자가 추구하는 소탈한 경지를 반
영한 것임을 살필 수 있다.

憶江上吳處士 강상의 오처사를 생각하며
閩國揚帆去　閩州로 돛을 날리고 가더니
蟾蜍虧復圓　달은 이그러졌다가 다시 둥글어졌네
秋風生渭水　가을바람 위수에 일고
落葉滿長安　낙엽은 장안에 그득
此地聚會夕　이곳에서 우리 만나던 밤
當時雷雨寒　그때는 천둥치고 찬 비 내렸었네
蘭橈殊未返　그 배는 아직 돌아오지 않은 채
消息海雲端　소식은 저 아득한 구름 너머에 있는데

떠나간 친구를 기다리는 마음과 간절한 우정을 담백한 필치로 표현하고자
한 것이 발견된다. 달의 변화를 통해 시간의 흐름을 형상화한 것이나 계절의 변
화를 가을바람과 낙엽으로 형용한 것은 우수의 서정을 자연에 희석시키고자 노
력한 작자의 노고를 반영한다. 한편 제6구에서 이별하던 당시의 상황을 '천둥
속에 차가운 비가 오던(雷雨寒)' 기억으로 표현한 것이나 돌아올 기약 없는 친구
를 아득한 구름 너머에 배치함으로써 그리움의 실체를 몽롱한 표현으로 처리한
것은 고음의 과정을 통과한 작자의 광달한 경지를 보여주는 부분이라 할 수 있
겠다.

五言排律을 통해 친구 서재의 주변 풍경을 감상한 느낌을 적은 다음 작품 역
시 백묘적 수법으로 한아한 경지를 그려낸 작품이다.

題劉華書齋 유화의 서재에 부쳐

白石床無塵　흰 돌로 만든 침상에는 세속의 먼지가 없고
靑松樹有鱗　청송은 세월을 먹어 구피가 생겼다
一鶯啼帶雨　꾀꼬리 울음소리는 비를 머금었고
兩樹合從春　두 그루의 나무는 함께 봄을 쫓아간다
荒榭苔膠砌　황량한 정자에는 섬돌에 이끼가 끼었고
幽叢果墮榛　그윽한 풀무더기에 개암나무 열매 떨어진다
偶來疏或數　우연히 와서 이 소소한 정경을 둘러보는데
當暑夕勝晨　여름이라 저녁은 덥지만 새벽 경치는 빼어나다
露滴星河水　하늘에서는 이슬이 내리고
巢重草木薪　새들은 초목 덤불 밑에 둥지를 튼다
終南同往意　종남산에는 함께 갔는데
趙北獨游身　趙 땅의 북쪽에서 홀로 노닐게 되었네
渡葉司天漏　잎사귀 사이로 하늘의 비가 떨어지고
驚蛩遠地人　놀란 귀뚜라미 소리 먼 곳의 사람에게 들린다
機淸公幹族　세속에서 공무를 맡고 있는 사람들은
也莫臥漳濱　이곳 漳江의 물가에 눕지 못할지라

　수연에 등장하는 진속을 멀리한 '白石'과 오랜 세월을 겪은 '靑松'은 산뜻한 이미지와 색감을 제공하면서 淸高한 분위기를 형성한다. 오랜 시간 고적한 자태를 유지해온 서재와 주변을 묘사한 부분에서 "꾀꼬리 울음소리가 비를 머금었다."는 표현과 "두 그루의 나무가 함께 봄을 쫓아간다."는 표현은 절묘한 의인법을 활용하여 자연과 내가 하나 된 느낌을 창출한 구절이다. 전체적으로 소박한 표현을 유지하면서도 친구와의 우정, 자연의 소소한 생명체를 통해 느끼는 환희, 한거하는 삶에 대한 찬미, 세속과 은거에 대한 대비 등을 효과적으로 그리고 있다. 고아하면서도 담박한 흥취를 한껏 드러내고 있는 것이다.

　賈島 시가의 자연 묘사 부분을 보면 자연을 한층 축소된 공간적 개념으로 인식하거나 세미한 관찰을 통해 경물 묘사를 했던 면모가 많이 발견되는데 이 점 역시 賈島 시가의 중요한 특색이 되고 있다. 賈島가 자연 속에서 무욕의 경지를 추구한 작품은 백묘적 표현으로 인해 王維와 같은 담백한 흥취를 느끼게도 하지만 그가 주목한 자연은 盛唐의 시인들보다 좀 더 작고 편벽된 정경이나 세

미한 생명체인 경우가 많았던 것이다. 賈島의 시 중 작은 벌레, 이끼, 잎사귀, 종소리 등 작은 자연물이나 축소된 정경을 묘사한 시가 많다는 점은[54] 그가 시를 지을 때 세밀한 묘사를 중요시했다는 점을 드러내는 것이다. 미세한 자연물과 축소된 정경에 대해 정밀한 묘사를 가한 작품을 살펴보는 것은 賈島 자연시의 특성을 구명하는 데 있어서 중요한 작업으로 생각된다. 이러한 면모와 연관하여 다음 작품을 살펴보자. 여러 차례 낙방한 후 자신의 신세를 한탄함에 있어 賈島는 한 철의 삶을 사는 미물 매미를 소재로 하고 있음이 발견된다.

病蟬　병든 매미

病蟬飛不得　병든 매미 날지 못하고
向我掌中行　내 손바닥에 떨어지네
拆翼猶能薄　부러진 날개는 여전히 얇고
酸吟尙極淸　시린 울음소리는 아직 더없이 맑다
露華凝在腹　맺힌 이슬로 뱃속을 채우다가
塵點誤侵睛　티끌이 잘못해서 눈에 들어갔나
黃雀幷鳶鳥　참새나 매와 같은 새들이
俱懷害爾情　모두 너를 해칠 마음을 먹고 있는데

병든 매미에게 자신을 투영한 것은 賈島가 자신의 신세에 대해 강한 한계 의식과 위축된 감정을 갖고 있었음을 나타낸다. 한 철에 불과한 삶을 사는 매미는 시간적 환경에 좌우될 수밖에 없고 병든 신세이기에 더욱 처연한 운명을 보이고 있다. 함연과 경연에서 특히 세밀한 묘사를 가함으로써 미물의 움직임에도 주목하는 賈島의 성품을 드러냈다.[55] 미연에서 매미가 위험한 상황에 처해 있음을 언급한 것 역시 賈島가 심한 위기의식을 느끼고 있음을 드러내는 대목이다. 자신의 신세가 위축된 상태에 있었을 때 작은 자연물에 대하며 천착했던 면모

---

54 필자의 조사에 의하면 『全唐詩』 卷571에서 卷574에 실린 賈島의 시가 약 390수 중 '蟬', '蟄', '螢', '蛩'과 같은 작은 벌레류가 45회, '苔', '蘚'과 같은 이끼류가 22회, '草', '葉'과 같은 작은 식물류가 39회씩 각각 등장하고 있어 賈島가 세미한 자연물을 통해 축소지향적인 묘사를 가했던 측면을 파악할 수 있다.

55 紀昀, 『瀛奎律髓刊誤』: "次句領下四句, 惟在掌中, 故得細看細事. 四句極刻畫而自然, 不得目以奇澁." 평어 참조.

가 더욱 강함을 살필 수 있다.

賈島가 벌레나 식물 등 작은 자연물에 집중력을 발휘하여 쓴 부분들을 몇 구절 더 절록하여 살펴보기로 한다.

寄無可上人 無可上人에게 부침

磬過溝水盡　경쇠 소리는 시내 끝까지 들리고
月入草堂秋　달빛이 草堂에 비치는데 가을이 들어 있네
穴蟻苔痕靜　개미구멍과 이끼는 흔적 없이 고요하고
藏蟬栢葉稠　측백나무 빽빽한데 매미가 숨어 있네

寄胡遇 호우에게

螢從枯樹出　반딧불이는 마른 고목에서 나오고
蛩入破階藏　귀뚜라미는 부서진 섬돌 사이에 숨어 있네

酬姚少府 요소부의 시에 답하여

柴門掩寒雨　사립문 찬 비에 닫혀 있는데
蟲響出秋蔬　벌레는 가을 푸성귀 사이에서 우는구나

夕思 저녁 생각

我憶山水坐　내가 산수 속에 앉아 있던 것 추억하느라니
蟲當寂寞間　벌레들 또한 적막한 중에 있구나

訪李甘原居 이감원의 거처를 방문하여

石縫銜枯草　마른 풀들 사이로 돌들이 박혀 있고
査根上淨苔　나무뿌리를 살펴보니 맑은 이끼가 피었네

酬慈恩寺文鬱上人 자은사 문울스님의 시에 답하여

籬落罅間寒蟹過　울타리 무너진 틈 사이로 가을 게가 지나가고
苺苔石上晩蛩行　이끼 낀 돌 위로는 밤 귀뚜라미가 지나간다

예거한 구절들처럼 賈島는 시를 창작함에 있어 세미한 자연물과 함께 협소한 자연 공간에 깊이 천착하는 경우를 자주 보였다.[56] 이는 賈島가 일정한 정경과 그 주변의 사물에 대해 남다른 집착을 가지고 있었음을 나타내는 것이며 자

신이 느꼈던 왜소한 감정과 한계 의식을 자신만의 방법을 통해 표현하고자 했던 연유와도 연관이 있다. 賈島는 특히 소슬한 정경을 대하면서 감성이 깊어진 면모를 보이고 있는데 그럴 때면 존재감이 적거나 유한한 존재를 언급함으로써 자신의 섬세한 마음을 표현하기 위해 노력한 면모도 보이고 있다. 유한성을 지닌 미물을 영속성을 지닌 자연과 대조하며 언급하는 수법은 상대적으로 작은 자연에 대한 주목과 환기를 불러일으키는 결과로 이어진다. '작은 자연물'이라는 주제가 지닌 제한된 의경은 기상의 협소함을 느끼게도 하지만 사물에 대한 집중력과 신기한 표현을 가할 수 있다는 점에서는 일단의 매력도 지니고 있다고 할 수 있겠다.

賈島에게는 사소한 자연물을 묘사하면서 여기에다 메마르고 소산한 분위기까지 투영한 작품들이 있다. 객지 여관에 묵으면서 친구와의 이별을 노래한 다음 작품을 보면 세미한 자연물을 묘사하면서 메마르고 차가운 賈島 시 특유의 풍격을 더 하여 한껏 고적한 분위기를 창출하고 있음을 살필 수 있다.

泥陽館 이양관

客愁何幷起	나그네의 근심 무슨 이유로 다시금 일어나나
暮送故人回	저물녘 친구를 보내고 돌아와서일세
廢館秋螢出	황폐한 여관에는 가을 반딧불이 나오고
空城寒雨來	빈 성에는 차가운 비가 내리고 있다
夕陽飄白露	석양에 백로가 흩날리는데
樹影掃靑苔	나무 그림자는 푸른 이끼 위를 쓸고 있다
獨坐離容慘	홀로 앉아서 떠나간 이의 서글픈 얼굴 생각하노라니
孤燈照不開	외로운 등불만 비칠 뿐 마음 풀어지지 않는구나

'秋螢', '白露', '靑苔' 등의 세미한 자연물은 '廢館', '空城', '寒雨', '夕陽', '樹影', '孤燈' 등의 암울하고 메마른 이미지를 드러내는 시어들과 조합을 이루

---

56 그가 협소한 자연 공간을 창작 대상으로 삼았던 예로는 長江主簿로 있으면서 쓴 「題長江廳(장강청에 글을 쓰며)」에서 묘사한 영역이 '작은 현의 관아'였던 것과 「南齋(남재)」에서의 배경이 '남쪽의 작은 집 한 칸'에 불과했던 것, 「武功縣中作三十首(무공현에서 지은 서른 수)」에서 '눈앞의 황폐한 환경과 사소한 사물들'을 등장시켰던 것 등을 예거할 수 있겠다.

면서 고적하고 처연한 풍격을 한껏 고양시키고 있다. 이와 같이 축소지향적으로 차갑고 협소한 풍경을 그려내는 것은 내면의 쓸쓸함, 자신과 외부와의 단절, 한미한 존재가 지닌 한계성 등을 표현하는 데 있어 좋은 수단이 된다. 賈島는 협소한 자연 세계에 대한 집중력을 발휘하면서 '고요함(靜)', '메마름(瘦)', '차가움(寒)', '깊은 밤(深夜)', '겨울(冬)' 등 메마르고 고삽한 풍격을 시가에 투영하여 특유의 개성적인 자연시를 창작해낼 수 있었던 것이다.

賈島는 오랜 기간 공부에 집중하였으나[57] 과거에 누차 낙방하고 궁벽하고 고적한 삶을 살았는데[58] 그의 이러한 인생 역정은 작품 창작과 지대한 영향 관계에 있었던 것으로 나타난다. 게다가 무욕의 삶을 추구했던 禪僧의 이력과 세상에서의 좌절감이 혼합된 그의 의식 역시 자연을 대하고 묘사할 때 한랭하고 건조한 의상을 선호하게 한 요인으로 작용한 것으로 보인다. 賈島가 취했던 '苦吟'의 창작 태도는 대부분의 韓孟시파 시인들이 취했던 태도였지만 孟郊와 李賀가 시가의 형식과 표현을 단련하면서 마음에 이는 '不平之鳴'을 드러내기에 힘썼다면, 賈島와 姚合 같은 이는 세상에서의 좌절감과 빈한한 생활로 인한 차갑고 메마른 감성을 시가 자체에 투영하여 좀 더 苦澁한 풍격의 시가를 창작해 낸 것이 비교된다.[59] 蘇軾이 언급한 "郊寒島瘦"의 '瘦'는 詩歌의 風格인 동시에 생활의 고난과 마음고생의 결과로 생겨난 메마른 경지임을 짐작할 수 있는 것이다.

빈한한 삶을 살아가면서도 苦吟의 노력으로 정련된 창작을 하였던 賈島는

---

57 賈島, 「劍客(검객)」: "십 년 동안 칼 하나를 갈았지만, 서릿발 같은 칼날 아직 시험도 못 했소(十年磨一劍, 霜刀未曾試)"

58 賈島, 「朝飢(굶은 날 아침에)」: "시중에는 장작이 산처럼 쌓였는데, 내 집에는 아침밥 연기가 없네. 우물 밑에는 감천이 있건만, 솥은 여전히 비었구나. 낮달을 보려 했건만, 눈이 내려 파란 하늘도 막아버리네. 하릴없이 의자에 앉아 거문고를 듣자니, 현 두세 개가 얼어서 끊어지는 소리가 들려온다. 배고프다고 함부로 남의 집에 가지 마라. 선인의 구걸담이 슬프지 않은가.(市中有樵山, 此舍朝無煙. 井底有甘泉, 釜中乃空然. 我要見白日, 雪來塞青天. 坐聞西牀琴, 凍折兩三弦. 飢莫詣他門, 古人有拙言)"

59 필자의 조사에 의하면『全唐詩』卷571에서 卷574에 실린 賈島의 시가 약 390수 중 메마르고 차가운 정서를 나타내는 '孤'와 '獨'이 83회, '哭'과 '泣'이 37회, '寒'이 81회, '靜寂'이 25회, '夕陽'과 '暮色'이 66회씩 각각 등장하고 있어 賈島가 지향한 시적 이미지가 다분히 메마르고 차가운 경향을 띠고 있음을 알 수 있다.

자신만이 간직했던 처연한 감정을 시가에 투영하거나 메마른 감성을 갖고 자연을 바라보면서 차갑고 쓸쓸한 현실의 자의식을 시어로 재현하기를 좋아했던 시인이었다. 賈島의 자연시가 전체적으로 '苦吟', '穿鑿', '세미한 자연 경물에의 집착', '유심한 묘사' 등의 면모를 지니게 된 연유인 것이다. 또한 賈島는 작은 공간이라도 밭과 집이 있다면 安分自足하고자 했고 자연이 주는 감동이 있다면 그 속에서 깨달음을 얻고자 노력하기도 하여 다수의 平淡하고 空寂한 풍격의 자연시를 창작하기도 하였다. 賈島의 자연시는 '괴롭고 떫은(苦澁)' 면모와 '공령하면서도 가볍고 한일한(空靈輕逸)' 이미지를 함께 지니고 있는 것이다. 특히 '시큼(酸)'하고 '떫다(澁)'는 인식을 지닌 그의 시는 中唐 말기와 晚唐, 五代에 걸쳐 관계로의 진출이 좌절된 많은 문인들에게 자극을 주고 후련한 만족감도 제공하게 되었다. 동시기와 晚唐의 姚合, 方干, 李頻, 李洞, 孫晟 등의 시인과 南宋代 永嘉四靈을 비롯한 많은 후대 시인들이 姚合과 함께 賈島의 시를 추종하게 된 중요한 연유가 되는 특징이라 하겠다. 한편 南宋의 胡仔는 "시를 지음에 있어 문사의 격조가 맑고 아름다운 것으로는 포조와 사령운의 작품을 보아야 할 것이다. 그것이 섞여서 正始 이래로 기풍이 되었는데 이러한 것으로는 도연명의 작품을 보아야 한다. 시가 맑고 깊으며 한담해지게 된 것으로는 韋應物, 柳宗元, 孟浩然, 王維, 賈島의 작품을 보아야 할 것이다."[60]라고 하여 賈島를 王孟韋柳와 함께 언급함으로써 賈島가 전대 자연시 시인의 한아한 풍격을 잇는 시인이라는 평가를 가한 바 있다. 賈島는 中唐에 와서 자연시의 변조를 창출한 시인이었으나 한편으로는 전통 자연시의 계보를 잇는 데 있어서도 중요한 시인이었음을 알 수 있는 것이다.

姚合(779?~846?)은 字가 大凝이며 陝州 硤石人이다. 元和 11년(816) 진사에 급제했고 武功主簿에 처음 제수되었기에 姚武功으로도 불린다. 약 40세 정도부터 仕途가 열린 셈인데 寶曆 연간(826년 전후)에 監察御史, 戶部員外郎 등을 지냈고 金州와 杭州에 刺史로 나간 바 있으며 右諫議大夫, 給事中, 陝州와 虢州觀察使

---

60 胡仔, 『苕溪漁隱叢話』 前集 卷2 : "爲詩欲詞格清美, 當看鮑照, 謝靈運. 混成而有正始以來風氣, 當看淵明. 欲清深閑澹, 當看韋蘇州, 柳子厚, 孟浩然, 王摩詰, 賈長江."

등을 거쳐 62세에 秘書監을 마지막으로 관직 생활을 마감했다. 그는 劉禹錫, 李紳, 張籍, 王建, 楊巨源, 馬戴, 李群玉 등 많은 문인들과 교류했는데 특히 賈島와 친하게 지냈고 시풍도 비슷하여 '姚賈'로 병칭된다. 그의 시는 『全唐詩』 卷433~439에 532수가 실려 있는데 그중 酬唱寄贈詩가 약 5분의 3 정도에 달하니 그의 교유 관계가 매우 넓고 왕성했음을 알 수 있겠다. 시가의 제재나 내용을 보면 내면의 심정을 토로하거나 자연 경물을 묘사한 작품이 대부분이다. 특히 五言律詩에 뛰어났고 맑고 그윽하면서도 빼어난 흥취가 있는 작품을 다수 창작했으며 자연 경물을 묘사한 작품 중 佳句가 많다. 風格과 題材가 비교적 단조롭고 경물을 세밀하게 다듬어 묘사한 면모가 있으나 南宋의 永嘉四靈 및 江湖派 시인들에게 큰 영향을 미쳤던 시인이었다. 시집으로 『姚少監詩集』 10卷이 있고 姚合 자신이 만년에 21명 시인의 작품 100수를 선별하여 편찬한 『極玄集』이 전한다.

姚合은 晩唐의 張爲가 『詩人主客圖』에서 賈島와 함께 '姚賈'로 병칭한 이후 줄곧 賈島와 함께 淸奇하고 雅正한 격조를 지닌 시인으로 평가받아왔다.[61] 아울러 중국 자연시사 측면에서 볼 때에도 '姚賈' 두 사람은 中唐에 와서 자연시의 중흥을 이룬 '韋柳'의 뒤를 이으면서도 하나의 새로운 흐름을 추구하였기에 이른바 '자연시의 變調'를 지향했던 시인들이라고 말할 수 있다.[62] 姚合의 시가는

---

61 宋人 劉克莊은 『後村詩話新集』 卷四에서 "亡友趙紫芝選姚合, 賈島詩爲『二妙集』, 其詩語往往有與姚, 島相犯者. 按賈太雕鎪, 姚差律熟, 去韋, 柳尙爭等級."이라 하여 趙紫芝가 姚合과 賈島의 시를 모아 『二妙集』을 편했다는 것을 밝히면서 姚合과 賈島의 시가 "韋柳와 병칭할 만하다."라고 평했고, 元代 辛文房은 『唐才子傳』에서 姚合의 시에 대해 "달인의 큰 관점을 지녔다.(有達人之大觀)"라는 평을 가하는 등 많은 문인들의 평에 의해 姚合과 賈島가 淸高한 풍격을 지향한 시인으로 주목을 받아왔음을 살필 수 있다. 한편 姚合은 '姚賈'로 병칭되지만 賈島보다는 약간 늦게 시명을 얻게 된 인물이다. 賈島가 元和 초년에 장안에서 應擧한 후 韓愈, 孟郊, 張籍, 王建 등과 교유하며 문명을 얻었던 것에 비해 姚合은 長慶 초년에 武功縣主簿로 나갔을 때 쓴 「武功縣中作」 三十首 등 한적한 풍격의 시가가 유명해진 것을 시작으로 寶歷 이후 문우들과의 교류를 통해 시명을 얻게 되었다.

62 여기서 말하는 '자연시의 變調'란 전통적인 자연시가 姚合, 賈島 두 사람에 와서 더욱 두드러진 특징을 띠게 됨을 이르는 것이다. 즉, 이전의 청아한 정경을 그리던 寫景詩가 미세한 사물 묘사를 주로 하는 영물시 방향으로, 전원 풍경을 그린 田園詩가 축소된 정원의 모습을 그리는 방향으로, 전체적으로 자연을 그리던 서술 기법을 국부적인 정경을 세밀하게 조탁하는 기법을 발휘하는 방향으로, 서정과 사실이 상응하던 묘사를 정경 속에 의지를 더욱 강화시킨 묘사를 하는 것 등의 방향성을 갖고 창작을 이어나간 것을 말하는 것이다. 이

당시에 '아정한 도(雅正之道)'를 지니고 있다거나 평범한 사물 중의 '그윽하고 세미한 것에 대한 지극한 이치(幽微至理)'를 잘 포착하고 사물에 대해 구체적인 묘사를 잘 했다는 평을 듣기도 했으며 王孟 일파의 淸淡한 풍격이나 大歷十才子의 創新, 詩僧들의 시가에서 보이는 淡泊한 언어 구사 등의 특징을 공유하기도 하였다. 따라서 그의 시는 '閑淡'하고 '淺易'하면서도 '雅麗'한 면모를 함께 지니고 있어 심중의 억울함과 메마른 감성을 풀어낸 賈島와는 달리 청신하고 초탈적인 면모를 상대적으로 많이 펼치고 있는 것이 발견된다. 이른바 "적막한 중에 느끼는 한적한 면모"를 담음으로써 자신만의 개성적인 특색을 상당 부분 발휘한 시인이라 하겠다.

姚合의 자연시를 보면 미세한 자연물을 소재로 활용하여 세밀한 묘사를 가하거나 축소된 공간 묘사에 대한 뛰어난 감각을 드러낸 부분이 많다. 또한 자신만의 단련을 거친 후 응축된 감정을 통해 작품을 창작하여 '纖濃'한 경지를 지니거나 산뜻한 佳句를 담은 정경 묘사를 창출해내기도 하였다. 이렇게 집중력과 관찰력을 발휘하여 자연물을 보다 세밀하게 묘사하는 수법을 발휘한 것은 王孟을 비롯한 전대 자연시인의 창작 풍격과 대비되는 주요한 면모라 할 수 있다. 이전의 자연시가 정경을 그릴 때 전반적인 묘사를 통해 넓은 폭의 의경을 고양하게 해주었다면 姚合은 특정 사물에 대한 정교한 묘사를 강화함으로써 보다 정밀하게 사물의 형상을 인지하게 하는 효과를 추구한 것이다. 이는 姚合에 와서 자연시가 일정 부분 '영물시'의 성격을 함유하게 된 것이라고도 볼 수 있다. 姚合이 자연 속에서의 감흥을 읊은 작품인 「閑居遺懷」 十首, 「武功縣中作」 三十首, 「秋日閑居」 二首, 「閑居晩夏」, 「閑居遣興」, 「春日閑居」, 「早春閑居」, 「游春」 十二首, 「題金州西園」 九首 등을 그의 대표적인 자연시 작품으로 꼽을 수 있겠다.

姚合은 자연시를 씀에 있어 자신이 느낀 의경을 펼치거나 전대 시인의 작품을 추종하여 작품을 쓸 때 자신만의 세밀한 관찰력을 잘 발휘하곤 하였다. 일례로 盛唐 王維의 『輞川集』을 계승한 작품들을 보면 전대 시인과의 비교를 통한

러한 점들은 자연시 창작에 있어서 姚合의 자연시가 발휘한 개성적인 특징의 중요성을 생각하게 하는 부분이 된다.

姚合 시의 특성을 살필 수 있다. 王維가 終南山에 기거하며 느낀 청신한 경계를 그려낸 『輞川集』의 시가들은 寫景詩의 전범으로 칭송되며 후대에 영향을 미친 수작인 만큼 中唐의 錢起가 「藍田溪雜詠」 22수, 姚合이 「題金州西園」 九首, 「杏溪」 十首, 「陝下厲玄侍御宅五題」 등의 창작을 통해 『輞川集』 의경의 계승을 시도한 바 있다. 특히 姚合의 연작시들은 의식적으로 王維와 錢起의 작품을 추종한 것으로 王維, 錢起의 시가와 함께 唐代 시가 중 비교적 체재를 갖춘 山水田園詩 작품이라는 평을 듣기에 합당한 작품들이다. 그러나 전대 두 시인들의 작품이 전체적인 정경을 遠近, 深淺, 雅俗, 濃淡, 曲直 등의 각도에서 묘사했던 것에 비해 姚合은 상대적으로 축소된 자연물을 세밀하게 묘사하기 위해 노력했던 면이 발견된다. 예리한 관찰력을 바탕으로 작은 사물의 형상을 즐겨 그려낸 면모를 살펴보기 위해 姚合이 지방관 시절에 춘흥을 돋우며 쓴 연작시 「游春十二首」 중 제2수와 제10수를 차례로 살펴보기로 한다.

游春十二首 其二 봄을 즐기며 지은 시 열두 수, 제2수

官卑長少事　관직이 비루하니 오랫동안 일도 별로 없고
縣僻又無城　현이 편벽되니 변변한 성채도 없네
未曉冲寒起　새벽 동트기 전 차가운 기운에 일어나
迎春忍病行　봄을 맞으러 아픈 몸을 참고 나들이를 한다
樹枝風掉軟　나뭇가지에 이는 바람 부드럽게 요동하고
菜甲土浮輕　막 솟아난 푸성귀 잎사귀 땅 위에 가볍게 떠 있는 듯
好個林間鵲　이때 숲 사이에서 들리는 까치 소리도 좋을시고
今朝足喜聲　오늘 아침에는 족히 기쁜 소식을 전하는 듯하다

　수연의 '官卑'와 '縣僻'이 주는 느낌부터 한계적 상황이 주는 축소된 공간을 연상케 한다. 새벽 동트기 전부터 일어나 봄을 맞으러 나들이하는 모습이 이채로운데 시인의 눈은 자연의 미세한 정경을 주목하고 있다. '나뭇가지에 이는 바람', '땅 위에 가볍게 떠 있는 듯한 작은 푸성귀 잎' 등이 이 시에서 그려지는 자연의 주된 모습이다. 미연에서는 '好個'라는 구어체적인 어투를 활용하여 친근한 인상을 창출했고 '喜聲'의 청각적인 이미지를 등장시켜 깔끔한 여운을 도모했으나 자연 정경을 그린 부분은 못내 미세한 이미지에서 벗어나지 못하고

있다는 느낌이 든다.

游春十二首 其十 봄을 즐기며 지은 시 열두 수, 제10수
卑官還不惡　관직은 낮아도 이를 싫어하지는 않아
行止得逍遙　다니다 머무는 곳에서 소요하고 있다
晴野花侵路　맑은 들녘에 핀 꽃은 길까지 들어차 있고
春陂水上橋　봄 제방 위의 물은 다리까지 넘실댄다
塵埃生煖色　먼지 속에서는 따듯한 기운이 생겨나고
藥草長新苗　약초들은 새로운 싹을 키워낸다
看卻煙光散　연기와 빛이 흩어지는 모습 보려 했으나
狂風處處飄　광풍이 곳곳에서 휘날리나니

　수연에서 낮은 관직에 연연하지 않고 자연을 찾아 마음을 이완시키며 작은 기쁨을 찾는 심정을 그렸다. 작자의 마음이 열린 서정을 추구함을 밝힌 것이다. 그러나 여기서 묘사한 정경들은 전체적인 풍경을 통해 통일된 구도를 추구하기보다는 작은 사물들을 예거하며 순간의 서정을 투영한 것들이 대부분이다. 즉 제3구에서 말구까지 각 구마다 서로 다른 자연물을 등장시키며 다양한 정경을 묘사했으나 오히려 시선이 분산되고 있는 듯한 느낌을 받는다. 佳句의 창출에는 성공을 이룬 수법으로 보이나[63] 시 전체가 주는 감동의 크기는 상대적으로 작아지게 되었다는 느낌을 얻게 되는 것이다.
　다음 예거하는 구절들 역시 작은 자연을 주목했던 姚合이 작은 화초나 '鳥蟲小物' 등에 시선을 돌려 세밀한 묘사를 이룬 부분들이다.

寄賈島 가도에게
草色無窮處　풀빛은 끝없이 무궁한 곳
蟲聲少盡時　풀벌레 소리는 희미해질 때라

---

63 紀昀은 『瀛奎律髓刊誤』 卷十에서 이 시에 대해 "如此詩三, 四自好, 五, 六不傷雅. 又云: '迎風'句'句太纖瑣"이라 하여 각 구절은 佳句를 이루나 결국 자질구레한 모습으로 완정성을 얻지 못하고 있음을 지적하고 있다.

閑居晚夏 늦여름에 한거하며

片霞侵落日　해 떨어지는데 한 조각 노을 침범하고
繁葉咽鳴蟬　무성한 잎 속에는 매미 우는 소리

寄友人 친구에게

漏聲林下靜　물 떨어지는 소리에도 숲 아래는 고요하다
螢色月中微　반딧불은 달빛 속에 희미하다

送鄭尙書赴興元 정상서가 흥원으로 부임함을 송별하며

紅旗燒密雪　붉은 깃발 함박눈 속에서 불타고
白馬踏長風　백마는 긴 바람을 밟고 간다

이상 몇 구절의 예에서 발견되는 것은 풀벌레, 반딧불이, 매미, 백마 등 특정한 생물체에 대한 심도 있는 관찰과 협착한 자연 세계를 묘사해낸 이채로운 필법이다. 특히 「閑居晚夏」에서 해가 지는 정경을 서술하면서 한 조각 노을이 '침범한다(侵)'라고 하거나 「送鄭尙書赴興元」에서 함박눈 속에 보이는 붉은 깃발을 '불탄다(燒)'라고 한 것은 축소된 사물에 기특한 표현을 가한 姚合 특유의 서술 방식이라 할 수 있다. 작은 생물체에 대한 주목, 맑고 고아한 경지의 지향, 奇僻한 사물에의 관심, 기특한 표현을 통한 자신만의 독특한 필법 발휘 등의 특성이 姚合 시가의 곳곳에서 발견되는 것이다.

姚合의 시는 中唐 錢起의 시와 같은 '工巧流麗'한 필치를 일정 부분 담고 있으면서 자신 특유의 세미한 묘사를 지향한 면모를 보인다. 이는 '淸淡白描'－'工巧流麗'－'纖麗濃厚' 등의 방향으로 풍격의 흐름을 보이는 唐代 자연시의 전반적인 풍조와도 연관되어 있다고 할 것이다. 이로 인해 姚合 시가에 투시된 자연의 모습은 전반적으로 협소한 느낌이 강하며 그가 그린 풍경 역시 거주 환경과 연계된 경우가 많았다. 즉 궁정의 관리로 있을 시엔 '廳', '臺', '閣', 스님이나 도사 등 은자의 거주지와 연관하여서는 '寺', '院', '房', '觀', 인근 지역의 경승지와 연관하여서는 '島', '湖', '堤', '岸' 등의 지명이 많이 등장하는데 이는 전반적으로 姚合 시가 축소된 자연을 지향한 것과 연관이 있다. 이러한 관점에

서 장안에서 知友의 水閣에 초청받아 가서 쓴 작품과 만년에 한거하며 쓴 작품
두 수를 살펴보자.

題長安薛員外水閣 장안의 원외랑 안설의 수각에서 쓰다

亭亭新閣成　새로이 누각 우뚝 솟았는데
風景益鮮明　그 모습 더욱 선명하다
石盡太湖色　돌은 태호석의 빛깔을 다하고 있고
水多湘渚聲　물소리는 상수 물가의 소리와 많이 닮았다
翠筠和粉長　비췻빛 대나무는 죽분을 지닌 채 길게 자라고
零露逐荷傾　이슬은 연꽃마다 조용히 맺혀 있다
時倚高窓望　이때 높은 창에서 바라보니
幽尋小徑行　그윽하고도 작은 길이 보인다
林疏看鳥語　숲이 성글어 새들이 지저귀는 모습 보이고
池近識魚情　못이 가까워 물고기의 정이 느껴진다
政暇招閑客　정사 중에 틈을 내어 한객들을 부르니
唯將酒送迎　그저 술로써 손님을 보내고 맞는 거라

閑居 한거

不自識疏鄙　세상사에 트이거나 인색한 것 연연하지 않고
終年住在城　만년에 성안에서 머문다
過門無馬迹　문을 지나면서도 말의 흔적 없고
滿宅是蟬聲　온 집안에는 매미 소리 울려난다
帶病吟雖苦　병을 안고 시를 쓰는 것이 비록 고통이나
休官夢已淸　관직을 그만두니 꿈은 이미 맑아졌다
何當學禪觀　어찌해야 선을 배우고 관조하여서
依止古先生　부처의 행동거지를 배울 수 있을까

「題長安薛員外水閣」의 내용은 水閣의 모습을 묘사한 전반부와 그곳에서 바라
보는 정경을 그린 후반부로 양분할 수 있다. 전반부에서는 水閣과 주변의 모습을
그리면서 바위와 물을 太湖石과 湘水의 모습 등에 비교하였다가 다시 정원 내부
의 대나무와 연꽃의 작은 자태로 시선을 돌리고 있다. 후반부에서는 水閣 위에서
조망하는 장면을 그리면서 소로, 새, 물고기 등 작은 자연물에 대한 느낌을 표현

했다. 창작의 공간이 水閣이었기에 제한된 제재를 갖고 묘사를 가할 수밖에 없었겠지만 의경의 펼침이 아무래도 한정적이라는 느낌을 지울 수 없다. 세상의 구속을 벗어나 자유롭게 한거하는 낙을 그린 「閑居」에서의 자연 역시 집안의 모습에 국한되고 있다. 이전 많은 시인들이 심산유곡을 찾아 한거의 낙을 즐기던 것에 비해 이 시에서는 인가를 떠나지 않은 채 만년에 욕심 없이 한거하는 정취를 그리고 있는 것이 포착된다.

姚合이 武功主簿로 있을 때에 쓴 「武功縣中作」三十首는 武功縣의 정경과 당시의 감흥을 연작시로 묘사한 것으로 姚合 자연시의 면모를 잘 보여주는 작품인데 이 작품에서도 눈앞의 정경을 축소지향적으로 묘사하고 있음이 발견된다. 몇 수를 예거해본다.

武功縣中作三十首 其九 무공현에서 지은 시 서른 수, 제9수
就架題書目　서가에 나아가 책 제목을 쓰고　•
尋欄記藥窠　울타리 안에 들어가 약초 명을 기록한다
到官無別事　관사로 와도 별다른 일 없고
種得滿庭莎　뜰 안에는 심어놓은 향부자 풀만 그득하다

武功縣中作三十首 其十八 무공현에서 지은 시 서른 수, 제18수
閉門風雨里　비바람 속에 문 닫고 있으니
落葉與階齊　낙엽만 섬돌에 그득하다
野客嫌杯小　들녘 나그네 술잔 작은 것 싫어하고
山翁喜枕低　산 늙은이 베개 낮은 것 좋아한다
聽琴知道性　거문고 소리 들으면 도성을 깨우치고
尋藥得詩題　약초를 찾다 보면 시제를 얻게 되네
誰更能騎馬　그 누가 있어 다시금 말 달리겠는가
閑行只杖藜　한가로이 거닐매 그저 지팡이 짚고 가면 될 뿐인 것을

예거된 시가의 면면을 들여다보면 한가하게 은거하는 낙이나 특정한 자연의 모습이 주로 한정된 화면 속에 묘사되어 있다. "울타리 안에 들어가 약초 명을 기록하거나(尋欄記藥窠)"(其九) "비바람 속에 문 닫고 있는(閉門風雨里)"(其十八) 등의 모습은 차폐된 공간을 추구하는 시인의 모습을 드러내는 듯하다. 이처럼 姚

슴은 자연 정경을 그림에 있어 황폐한 마을의 모습, 자신의 쓸쓸한 심리, 사소한 매일의 일상 등을 흔히 제재로 채택했는데 이때 선별된 자연의 모습은 대체로 협소한 공간이나 작은 생물에 국한된 모습을 보인다. 주변의 넓은 들녘과 드넓은 명승지를 추구하는 마음보다는 주어진 환경에 대해 더욱 깊이 있게 관찰한 성향을 엿볼 수 있다.

다음 예거하는 작품은 姚合이 세속에서의 삶에 염증을 느끼며 歸隱의 심정을 밝히고 있는 내용을 담고 있는데 여기서 그가 추구하는 공간 역시 歸隱의 열망에 비해 소박하고 협소한 범위임을 추측할 수 있다.

將歸山 산으로 돌아가려 하며
野人慣去山中住　야인의 습관은 산중에 가서 머무는 것이라
自到城來悶不勝　성내로 들어오니 번뇌를 이기지 못한다
宮樹蟬聲多卻樂　궁성 나무의 매미 소리는 시끄럽지만 오히려 즐겁고
侯門月色少於燈　궁성 문에 비치는 달빛은 등불보다도 희미하다
飢來唯擬重餐藥　배고파지면 그저 밥과 약만 중요할 것 같고
歸去還應只別僧　돌아갔다 다시 오면 그저 스님과 이별하면 될 뿐
聞道舊溪茆屋畔　듣건대 옛 계곡 가에는 띠집과 밭이 있다던데
春風新上數枝籐　봄바람이 몇 줄기 등 넝쿨 가지 위로 새로이 불어대네

성중에 기거하는 삶이 번뇌로 그득하기에 산으로 돌아가리라는 생각을 하게 되었는데 이러한 시선을 갖고 바라보니 매미 소리가 오히려 즐겁고 자연의 달빛이 더욱 간절하게 느껴진다. 그러나 姚合이 추구하는 자연의 모습은 소소한 편안함을 주는 작은 규모의 공간이며 밥과 약에만 신경 쓰고 산중의 스님과 인사만 나누면 될 뿐 별다른 소욕이나 갈구함이 없다. 미연에서는 옛 계곡을 못 잊어 하는 마음과 새롭게 일어난 '귀은 의식'을 토로하고 있는데 "등 넝쿨처럼 얽힌 심리에 새롭게 봄바람이 부는 양상(春風新上數枝籐)"으로 생활의 신선함을 갈구하는 심리를 표현한 것이 돋보인다. 공간적 크기보다는 심리적 편안함이 더 중요한 것임을 행간에서 설파하고 있는 것이다.

다음은 姚合이 자연의 근경과 원경을 아우르는 필법을 통해 다소 광대한 스케일을 추구한 작품의 예이다. 그러나 이러한 작품이라도 그 행간을 보면 그가 평소

지향했던 자연은 공간적 개념보다는 심리적 자유의 개념이 강했음을 추측해볼 수 있다.

山中述懷 산중에서 마음을 펼치다
爲客久未歸　객이 되어 돌아가지도 못하고
寒山獨掩扉　차가운 산에서 홀로 문 닫고 있다
曉來山鳥散　새벽이 오니 산새들이 흩어지고
雨過杏花稀　비 지나가니 살구꽃도 듬성듬성해졌다
天遠雲空積　하늘 멀리에 구름이 부질없이 쌓여 있고
溪深水自微　계곡 깊은 곳에 물길은 절로 희미하다
此情對春色　봄 정경을 대하면서 이러한 정이 생기니
盡醉欲忘機　맘껏 취해서 기심이나 잊어볼까나

‘객이 되었다’는 표현을 통해 지방관 시절에 쓴 작품임을 알 수 있는데 수연의 ‘홀로 문 닫고 있다(獨掩扉)’는 표현을 통해 그가 처한 공간이 상당히 제한적임을 파악할 수 있다. 제2연에서는 사라진 산새의 종적과 성근 살구꽃의 자태를 통해 姚合 특유의 쓸쓸한 서정과 협소한 시각을 투사하였다. 경연의 ‘부질없이 쌓여 있다(空積)’, ‘절로 희미하다(自微)’ 등의 표현 역시 세사에 의욕을 잃은 사람의 소극적인 시선을 반영한 자연의 모습이다. 근경에서 원경을 아우르는 전반적인 공간의 묘사를 펼치고 있으나 스케일에 비해 자연에서 얻을 수 있는 의경은 상대적으로 협소한 면모를 갖고 있음을 느낄 수 있는 것이다.

姚合은 세미한 자연물이나 축소된 정경을 표현함에 있어 苦吟의 과정을 겪거나 ‘新意’를 추구하는 의식도 소유하고 있었다. 韓孟一派와 ‘賈姚’ 등이 추구한 시가의 단련과 苦吟이 그들의 자연시로 하여금 ‘신기한 심미 정서’를 부가하게 하는 결과를 갖게 한 것이다. 姚合의 시에 등장하는 佳句는 시가의 멋을 살리거나 화려한 시상을 돌출시키는 면모를 발휘하고 있는바 그 예로 그가 武功縣에 있을 시 지은 연작시 중의 첫 수를 예거하여본다.

武功縣中作三十首 其一 무공현에서 지은 시 서른 수, 제1수
馬隨山鹿放　말은 야산의 사슴 따라 방목되고 있고

鷄雜野禽棲　닭은 야생의 조류들과 함께 깃드네
繞舍惟籐架　집을 둘러싼 것은 등나무 시렁이요
侵階是藥畦　섬돌까지 들어찬 것은 약초 심어놓은 밭이라 (제3~6구)

　진사 급제 후 처음 임지인 武功縣은 비교적 편벽된 지역이고 자신은 武功主簿라는 낮은 관직에 있지만 자연과 함께하는 삶을 추구하기에 충분하다. 말과 닭을 통해 조용히 자연을 즐기는 생활을 노래한 부분은 진술하면서도 우아한 서정을 잃지 않고 있으니 이 佳句로 인해 신선한 느낌을 얻게 되는 것이다.
　다음 예거하는 시는 산에 기거하며 친구에게 마음을 전한 것으로 중간의 함연과 경연이 특히 가구라는 칭송을 받는 작품이다.

山居寄友人 산에 기거하며 친구에게
獨在山阿里　홀로 산굽이에 기거하며
朝朝遂性情　매일매일 성정에 따라 행동하네
曉泉和雨落　새벽 샘물에 조화롭게 비가 내리고
秋草上階生　가을 풀은 섬돌 위에 자라난다
因客始沽酒　객이 와서 술 받게 되니
借書方到城　성내에 책을 맡기고 술 얻어 온다
詩情聊自遣　詩情은 문득 저절로 일어나는 것
不是趁聲名　이름을 얻기 위함이 아닌 것이라

　소박한 서술 형식을 통해 은거하며 느끼는 진솔한 감정을 잘 표현한 것이 돋보인다. 함연의 비 내리는 새벽 샘물과 섬돌에 자라나는 가을 풀의 등장은 자연스러우면서도 신선한 느낌을 주고 객의 방문에 주저 없이 책을 맡기고 술을 얻어온다는 구절 역시 두터운 정을 느끼게 하는 부분이다. 두 연 모두 청신한 기운을 발하는 佳句라 할 것이다.
　姚合의 자연시가 가구를 통해 신선하고 청아한 기운을 발하는 모습은 다른 여러 작품에서도 발견된다. 그가 한거하며 쓴 시 중의 "문을 지나가는 말의 흔적 없고, 온 집안에는 매미 소리만 그득. 병들어 시 읊음 비록 고통스러우나, 관직을 그만두리라는 꿈 벌써 이루었네.(過門無馬迹, 滿宅是蟬聲. 帶病吟雖苦, 休官夢已

淸"(「閑居(한거)」), "한 편의 노을이 지는 해를 빼앗고, 번성한 잎에는 매미 우는 소리 그득. 이 정경 대하니 마음 절로 즐거워, 그 누가 술값 없음을 알리오?(片霞 侵落日, 繁葉咽鳴蟬. 對此心還樂, 誰知乏酒錢)"(「閑居晚夏(한거하는 여름 저녁)」) 등의 표현 은 기묘한 감탄을 자아내게 한다. 또한 비 오는 밤 친구에게 보낸 시 「萬年縣中 雨夜會宿寄皇甫旬(만년현에서 비 오는 밤에 모여 자면서 황보전에게 부침)」 중에서 "맑 은 기운 속에 등불은 희미하게 빛나고, 차가운 소리 대숲에서 함께 들려오네. 벌레들은 섬돌 위에서 사람에게 기어오르고, 객은 일어나 문을 돌아 나가네.(淸 氣燈微潤, 寒聲竹共來. 蟲移上階近, 客起到門回)"라 하며 시인들이 밤중에 모였다 돌 아가는 상황을 자연현상에 부쳐 여실히 표현한 것이나, 한거 중의 흥을 그린 「閑居遣興(한거하며 흥을 돋우다)」의 제4~6구에서는 "객의 성품 괴이하여 이름 날림이 늦고, 마누라는 숙취 병이 깊어감에 짜증낸다. 처방을 많이 쓰다 보니 약에 대해 많이 알게 되고, 악보를 잃어버려 거문고 타는 일도 폐하였다.(客怪身 名晚, 妻嫌酒病深. 寫方多識藥, 失譜廢彈琴)"라고 하여 자연스럽게 한거하는 모습을 표현해낸 부분들 역시 주목할 만하다. 모두 姚合의 자연시가 창출한 가구의 면 모를 잘 보여주는 구절들이라 하겠다.

姚合은 그와 병칭되는 孟郊나 賈島에 비해 관운이 좋았기에 孟郊에 비해 寒 冷하거나 窮僻한 시가 적고 苦澁한 경지를 노래한 시가 賈島만큼 많지는 않다. 그러나 姚合은 맑은 고독을 노래하며 자신만의 협소한 내면을 즐기는 성향이 강했던 인물이었다. 내면으로 침착하는 것을 좋아했던 개인적인 성품이 반영된 결과로 여겨지는데 이러한 성향으로 인해 같은 공간 묘사라 하더라도 다른 시 인의 작품보다 姚合의 시에서는 상대적으로 협소하게 그려져 있다는 인상을 받 게 된다.[64] 외계는 비록 광대할지라도 자신의 의식이 한계성을 띤 상태에 머물

---

64 일례로 姚合의 시 「過天津橋晴望(천진교를 지나면서 맑은 하늘을 바라보다)」의 제3~6구 "황 궁은 숭산 정상을 향해 있고, 맑은 낙수는 성 가운데를 관통한다. 눈 쌓인 길이 처음으로 맑 아지니, 저물 무렵 인가가 아득히 보이누나.(皇宮對嵩頂, 淸洛貫城心.雪路初晴出, 人家向晚深)"라 는 구절에 대해 紀昀이『瀛奎律髓刊誤』卷三十四에서 "3, 4구는 매우 간절한 표현이나 조잡 하다. 5구는 진경이나 작은 경정에 머문다. 6구는 의경이 깊고 세미하여 써내기 어려운 정경 을 표현해낼 수 있었다.(三, 四極切而笨澀. 五句是眞景, 然小樣. 六句則意境深微, 能寫難狀之景)"라 고 평한 것은 그의 시가 상대적으로 협소한 공간 의식을 지니고 있었음을 지적한 것이라 할 수 있다.

러 있었음을 반영한 것이다. 이런 점으로 인해 姚合에 대하여 辛文房은『唐才
子傳』에서 "흥취를 갖추었으나 격조가 낮고 이채로워 소위 말하는 졸박하게 심
오하면서 지극히 정교한 면이 존재한다."[65]라는 평을 가하였던 것이다. 한편 소
주제가 지닌 제한된 의경은 기상의 협소함을 느끼게도 하나 사물에 대한 집중
력과 신기한 표현을 가할 수 있다는 점에서 일단의 매력도 갖추고 있다고 볼
수 있다. 南宋代 永嘉四靈 등 후대 제가 시인들이 賈島와 함께 姚合의 시를 추
종하게 된 것은 바로 이러한 배경과 연관되어 있었기 때문인 것으로 추측해볼
수 있다. 姚合은 元和 시대의 韓孟詩派가 새로운 창작 방법을 통해 신선한 이
미지를 창출하고자 했던 시도에 잘 부합되었던 시인이며, 中唐에서 晚唐으로
이어지는 시기에 韓孟 일파가 활용했던 궁벽하고 괴이한 시어를 평담하고 유창
한 시어로 희석시키는 데 있어 공을 세웠던 인물이었다고 평할 수 있겠다.

盧仝(795~835)은 號가 玉川子이며 河南 濟源人이다. 일찍이 嵩山에 은거한 바
있고 貞元 연간에는 揚州에서 은거하다가 후에 洛陽에서 살았다. 元和 2년 韓
愈가 河南令으로 있고 孟郊가 낙양에 살고 있을 때 韓愈, 賈島 등 韓孟一派의
사람들과 각별한 교분을 맺게 되었는데 이로 인해 韓孟詩派의 중요한 일인으로
일컬어진다. 그의 험괴한 시풍은 이때 조성되었다 한다. 조정의 諫議大夫 제의
에도 불응했다 하며 붕당의 횡포를 풍자한 장편시「月蝕詩(월식시)」가 특히 유
명하다. 文宗 大和 9년(835) 재상 李訓 등이 환관 소탕을 도모하다가 실패한 '甘
露之變' 전날인 11월 20일에 王涯의 집에 객으로 와 있다가 이 사건에 연루되
어 살해되었다. 그의 시는 기괴하고 험괴한 시풍을 지녔다 하여 '盧仝體'라는
별칭으로 불리기도 한다. 저서에『玉川子詩集』2권이 있고『全唐詩』권387에서
권389에 71제 107수의 시가 실려 있다.
　盧仝의 작품을 통해 본 그의 性格은 怪僻하고 독선적인 면이 보이며 일정한
해학성도 발견된다. 일생을 布衣로 지내면서 세상에 대해 격절 의식과 반항적
기질을 표출한 것은 자신의 괴벽하고 외골수적인 성격과도 연관이 있다. 그의

---

65 辛文房,『唐才子傳・姚合』: "興趣俱到, 格調少殊, 所謂方拙之奧, 至巧存焉."

성격의 편벽됨과 강직함은 孟郊와 비슷하나 일면 호방한 기운도 있어 韓愈와도 비슷한 면을 지니고 있다. 그가 쓴 시문의 형식을 보면 律詩보다는 古詩의 형태로 창작한 작품이 많으며 한 구의 자수가 東漢 악부처럼 자유로운 숫자로 되어 있는 시가도 매우 많다. 시의 내용으로는 일상이나 생활 중의 현상을 그린 시가가 가장 많고 교우들과의 贈答詩, 詠懷詩 그리고 약간의 艶情詩 등으로 이루어져 있다.[66] 盧仝 시가의 특징은 이채롭고 괴이한 소재와 제재의 선택, 산문의 특성을 시가에 이입한 '以文爲詩' 형식의 서술, 사회 현실에 대한 불만을 직접적으로 표출하여 전통적인 溫柔敦厚의 풍격과 대치되는 '直抒胸意' 방식 구사, 해학과 풍자로 세속을 비웃는 조롱과 조소의 표출 등의 모습으로 요약된다. 韓孟詩派의 일인이었으나 嚴羽가 『滄浪詩話』에서 韓愈, 李賀, 賈島, 孟郊 등과 다른 별도의 시체를 지닌 인물로 지칭하였던 것[67]을 생각해보면 한 유파 속에서도 개성을 발휘한 면모를 지녔던 시인으로 짐작할 수 있는 부분이다.

盧仝은 '盧仝體'라는 별칭이 말해주듯 특이한 내용과 기묘한 표현을 발휘하여 독자로 하여금 난해한 저항을 느끼게 하거나 냉소적이고 骨氣 어린 인식으로 서정을 직서하며 의기를 표출하기도 했으며[68] '以文爲詩'의 방식으로 산문과 시가의 경계를 넘나드는 雜言형식의 시가를 창작하기도 했다. 자연을 담아 묘사한 작품들도 상당수 있는데 이는 재야에서 布衣로 지냈던 것과도 연관이 있을 것이다. 그가 자연을 주요 대상으로 하여 창작한 시 가운데 濟源에서 몸소

---

66 盧仝은 개성적인 시가 창작을 실천한 인물이다. 그가 달의 윤회에 대한 지식을 바탕으로 풍자 의식을 발휘하여 쓴 「月蝕詩」는 '盧仝體'라고 불리는 개성적이고 독특한 호칭에 부합되는 작품이고, 음률에 대한 지식을 바탕으로 쓴 「風中琴」, 「聽蕭君嬉人彈琴」 등은 그의 박식한 면모와 풍류를 보여주는 작품들이며, 차에 대하여 쓴 「走筆謝孟諫議寄新茶」 一首는 차를 품평한 작품으로 「玉川茶歌」로 불리면서 『茶經』을 쓴 陸羽와 함께 '茶仙'으로 호칭되기에 합당한 품격을 보인 작품이다. 또한 「寄男抱孫」과 「示添丁」 등 아이들에게 쓴 '家書' 형식의 시가 역시 그의 인간적인 일면을 보여주는 작품들이다.

67 嚴羽가 『滄浪詩話·詩體』에서 "韓昌黎體, 柳子厚體, 韋柳體(蘇州與儀曹合言之), 李長吉體, 李商隱體(卽西昆體也), 盧仝體, 白樂天體, 元白體(微之, 樂天其體也), 杜牧之體, 張籍王建體(謂樂府之體同也), 賈浪仙體, 孟東野體 …" 등이라 하여 盧仝體를 韓昌黎體, 賈浪仙體, 孟東野體 등과 함께 별도의 體로 설명하였는바 이는 盧仝 등 시인들이 한 유파 안에서도 각각 개성적인 풍격의 시체를 지니고 있었음을 주목한 것이라 하겠다.

68 辛文房, 『唐才子傳』 卷五 「盧仝」: "唐詩體無遺, 而仝之所作特異, 自成一家, 語尙奇譎, 讀者難解, 識者易知. 後來仿效比擬, 遂爲一格宗師." 참조

경작하던 시절에 家園을 제재로 하여 쓴 「喜逢鄭三游山」, 「出山」 등의 전원시와 揚州에서 쓴 「寄蕭二十三慶中」, 常州에서 쓴 「觀放魚歌」 등을 주요 작품으로 꼽을 수 있다. 盧仝이 자연을 묘사했던 여러 시가를 보면 괴이한 자연물의 형상화를 통한 제재의 특화, 의인화 수법을 통한 자연과의 교감 시도, 자연물을 통한 해학적 표현의 구현 등의 특징이 발견되는바 이러한 방향성에 의거하여 그의 자연시를 분석해볼 수 있다.

盧仝이 자연을 음영 대상으로 하거나 일상에서의 소회를 밝힌 시에서는 평범하지 않은 소재나 괴이한 형상을 지닌 자연물이 자주 등장한다. 이는 險怪하고 奇特한 면을 애호했던 盧仝의 성격과 연관이 있으며 비범한 자연물의 시각화나 의도적인 뒤틀기를 통해 자신만의 특화된 제재를 창출하고자 했던 그의 노력과도 연관이 있다. 그가 자연물을 소재로 독특한 형상을 소묘하면서 강렬한 인상을 남긴 시가의 예로 濟源에서 친구와 함께 산에서 노닐면서 쓴 시 「喜逢鄭三游山」을 살펴본다.

> **喜逢鄭三游山** 정삼을 기쁘게 만나 산에서 노닐며
> 相逢之處花茸茸　서로 만난 곳에 꽃은 흐드러지게 피어 있고
> 石壁攢峯千萬重　여기저기 봉우리의 석벽 천만 근 육중하다
> 他日期君何處好　훗날 그대 만날 때면 어디가 좋을까
> 寒流石上一株松　차가운 시냇물 바위 위 소나무 한 그루 있는 곳일세

친구와 노니는 곳의 모습을 흐드러진 꽃으로 표현한 후 천만 근 육중한 바위의 모습을 등장시킨 것이 독특하다. 제3구에서는 이곳만 한 곳이 없다는 표현으로 험난한 바위가 솟은 암벽을 배경으로 한 정경을 특별히 주목하고 있다. 기험한 광경을 마음에 두었던 것이 느껴진다. 제4구에서 차가운 물과 바위 위 소나무 한 그루 있는 절경에 주목하였는데 이 부분 역시 개성적인 미감을 발하는 부분이다. 이렇듯 푸근한 자연보다 신기하고 기특한 형상을 지닌 자연을 선호한 부분은 그의 궁벽한 성격과도 잘 부합되는 듯한 느낌을 준다.

시의 행과 자구를 자유롭게 배열하면서 蕭慶中과의 우의를 그린 다음 작품속에 등장하는 자연물 역시 괴이한 느낌을 발하고 있어 盧仝이 개성적으로 소

재를 활용한 면모를 살필 수 있다.

寄蕭二十三慶中 소경중 이십삼에게 부침

蕭乎蕭乎	소경중이여 소경중이여
憶蕭者嵩山之盧	그대와 숭산의 초막을 떠올린다
盧揚州	나는 양주에 있고
蕭歙州	그대는 흡주에 있네
相思過春花	서로 그리워하다가 벌써 봄꽃이 다 졌고
鬢毛生麥秋	귀밑머리가 가을보리처럼 하얗게 되었네
千災萬怪天南道	남쪽 지방에는 천 가지 재앙과 만 가지 괴이한 일
猩猩鸚鵡皆人言	성성이와 앵무새가 모두 사람의 말을 하고
山魈吹火蟲入梳	산도깨비가 불을 불고 벌레가 밥그릇에 들어오며
鳩鳥呪詛鮫吐涎	올빼미가 저주를 하고 교룡이 침을 뱉으니
就中南瘴欺北客	남쪽으로 간 북쪽 객이 장기에 당하게 되네
憑君數磨犀角喫	그대 말 듣고 무소의 뿔을 갈아 마시고
我憶君心千百間	그대의 마음과 천리 백리 떨어져 있음을 그리워하네
千百間君何時還	천리 백리 떨어진 그대 언제 돌아오려나
使我夜夜勞魂魄	밤마다 내 넋과 혼을 힘들게 하네

蕭慶中과 서로 헤어져 있음과 그를 향한 그리움을 표현하였는데 소재로 채택한 자연물이 평범하지 않고 묘사된 지역의 모습 또한 기괴한 느낌을 담고 있다. 그리워하다가 시간이 흘러간 모습을 언급하고는 남쪽 지방에 있는 신기한 자연 풍속을 열거한 것이 특히 이채롭다. 성성이, 앵무새, 산도깨비, 이름 모를 벌레, 올빼미, 교룡 등 현실과 상상을 넘나드는 각종 생물을 예거하였는데 상당 부분 작가의 상상력을 동원한 것이 느껴진다. 각 생물이 기괴한 형상으로 묘사되어 있는데 풍토병인 장기에 무소뿔을 갈아 마신다며 민간요법을 언급한 부분에서는 향토적 색채도 느껴진다. 이렇게 시가에 신기한 표현을 가한 것은 타향에서 객이 된 盧仝 자신이 시절을 한탄하기 위해서나 자신 내면에 감추어진 남다른 시적 흥취를 발휘하기 위한 하나의 방편으로 시가 창작을 시도했던 결과가 아닐까 하는 추측도 해보게 된다.

초승달을 바라보고 새로운 상상력을 가미하여 묘사한 다음 작품에도 비범한 발상이 행간에 담겨 있다.

新月 초승달
仙宮雲箔捲 신선들 궁전의 구름 같은 발을 들어 올리자
露出玉簾卷 옥주렴이 말린 사이로 초승달이 드러나네
淸光無所贈 초승달이 뜨면 맑은 빛이 비추지 않아
相憶鳳凰樓 그 모습 바라보며 봉황루를 추억하게 되누나

초승달을 바라보면서 신선의 궁전을 떠올리고 있는데 그 궁전에는 구름으로 만든 발이 말아 올리어져 있고 이슬로 된 주렴이 주렁주렁 달려 있다는 기발한 상상력까지 동원하였다. 그가 바라본 자연물은 이처럼 환한 보름달이 아닌 빛이 덜 나는 초승달이고 이 속에 다시 맑은 빛을 그리워하는 자신의 속내까지 담고 있어 실로 기발한 발상을 느끼게 한다. 말구에서는 '鳳凰樓'를 그리워한다는 표현을 통해 자신이 그리는 성현과 군자의 이미지, 세속을 벗어난 맑은 기운, 신선의 세계가 주는 환상 등을 두루 연상시키는 시어를 구사함으로써 평범한 중에 독특한 표현을 추구하고 있음이 보인다.

매미가 새롭게 울어대는 상황을 그린 다음 작품에서도 신기한 소재를 선호했던 노동의 취향을 발견할 수 있다.

新蟬 새로이 우는 매미
泉溜潛幽咽 샘에서 떨어지는 물방울 그윽한 소리 내며 물에 잠기고
琴鳴乍往還 거문고 소리는 언뜻언뜻 들렸다 사라졌다
長風翦不斷 큰 바람은 화살처럼 끊이지 않고 불어대는데
還在樹枝間 매미는 아직도 나무줄기 사이에 남아 있다니

매미가 우는 모습을 그림에 있어 샘물이 방울지며 떨어지는 소리를 배경으로 하였고 이어서 들렸다 사라졌다 하는 거문고 소리를 등장시킴으로써 음의 조화를 도모하였다. 제3구에서 큰 바람을 화살에 비유한 것이 매우 특이하며 제4구에서 그러한 강풍에도 매미 소리가 그치지 않고 살아 있음을 표현한 내용은 독특하고도 강렬한 인상을 풍기는 시적 이미지가 된다.

예거한 몇 수의 시 외에도 盧仝이 자연물을 괴이하게 형상화한 부분은 여러 시가에서 발견된다.[69] 한편으로 盧仝의 자연 교류 의식은 시가 속에서 주로 자연과의 합일이나 의인화 수법을 통한 자연과의 교감 시도 등의 방식으로 나타남을 살필 수 있다. 자연시를 창작했던 시인들에게서 흔히 발견되는 자연 합일의 정서가 盧仝에게서는 자연물의 의인화라는 좀 더 이색적인 방법으로 나타나는 것이다. 盧仝이 揚州에서 羈旅의 신세로 있으면서 방문했던 蕭慶中의 집에서 목도한 각종 자연물들을 소재로 의인법을 활용한 「蕭宅二三子贈答詩二十首」는 의인화 수법을 통해 자연과의 교감을 시도한 작품의 대표적인 예라 할 수 있다. 이 시의 시제 중의 '二三子'는 蕭氏 집 정원에 있는 '대나무(竹)'와 '돌(石)' 등을 가리키는 것인데 '竹'과 '石'을 의인화하면서 문답식으로 써내려간 것이 특징이다. 열세 수 중 세 편을 예거하여 살펴보기로 한다.

蕭宅二三子贈答詩二十首 · 客贈石 소씨 댁 둘째와 셋째 아들과의 증답시 스무 수 · 객이 돌에게

竹下青莎中　대나무 아래 푸른 향부자 깔려 있는 중에
細長三四片　가늘고 긴 서너 편의 돌들

---

69 盧仝이 자연물을 괴이하게 형상화한 몇 구절을 더 예거하여본다. 「月蝕詩(월식시)」에서 "오호라! 인간이 호랑이를 양육하나 결국은 호랑이에게 물리고, 하늘이 두꺼비(달의 비유)를 흠모하나 결국 두꺼비에 의해 어둡게 된다(嗚呼, 人養虎, 被虎嚙. 天媚蟆, 被蟆暗)"라고 하여 國事에 대한 의견을 호랑이와 두꺼비라는 자연물을 통해 전달하고자 하였다. 특히 이 「月蝕詩(월식시)」는 1,666자에 달하는 장편의 산문화된 雜言詩이다. 당시 韓愈에게서 극찬을 받았으나 다른 이들(특히 환관)에게는 무시와 질시를 받기도 하였다.(辛文房, 『唐才子傳』 卷五 「盧仝」 : "元和間月蝕, 仝賦詩, 意切當時逆黨, 愈極稱工, 餘人稍恨之") 그리하여 韓愈는 盧仝의 「月蝕詩(월식시)」를 모방한 작품을 쓰기도 했으며 「寄盧仝」에서 "선생의 사업은 가히 측량할 수 없어, 오로지 자신의 법도로만 자신을 묶어둘 수 있을 뿐.(先生事業不可量, 惟用法律自繩己)"이라고 하면서 그의 다양하고 해박한 면에 칭찬을 가하기도 하였다. 또한 세차게 날리는 눈을 보며 韓愈에게 쓴 「苦雪寄退之(눈 내리는 괴로움 속에서 한유에게 부침)」 시에서는 바람의 형상에 대해 "듣기에 서풍은 마치 검과 창이 희롱하는 것 같다고 하니, 긴 섬돌에서 마치 마구 삼마를 베는 것처럼 사람을 죽인다 합니다.(聞道西風弄劍戟, 長階殺人如亂麻)"라고 하여 서풍이 지닌 살기 어린 차가움을 그려서 읽는 이로 하여금 전율을 느끼게 하였으며, 나루터를 건너면서 주변 정경을 보고 쓴 「揚子津」에서는 "붕새는 파도 따라 뛰어오르고 거북은 물결 따라 뒤집혀도 즐거우며, 땅과 하늘이 갈라져도 언제나 한가해 보이나니.(鵬騰縈倒且快性, 地坼天開總是閑)"라고 하여 파도의 형상과 물속 생물의 모습을 이색적으로 묘사하기도 하였다.

主人雖不歸　주인은 비록 돌아오지 않고 있으나
長見主人面　오랫동안 주인 얼굴처럼 보아왔나니

蕭宅二三子贈答詩二十首·石讓竹 소씨 댁 둘째와 셋째 아들과의

증답시 스무 수·돌이 대나무에게 겸양하며
自顧撥不轉　스스로 살펴봐도 몸을 운신하지는 못해
何敢當主人　어찌 감히 주인 노릇을 하리오
竹弟有淸風　대나무 동생은 맑은 바람이 있어
可以娛嘉賓　가히 아름다운 손님으로 즐거워했나니

蕭宅二三子贈答詩二十首·竹答客 소씨 댁 둘째와 셋째 아들과의

증답시 스무 수·대나무가 객에게 답하여
竹弟謝石兄　대나무 동생이 돌 형님에게 감사하나
淸風非所任　맑은 바람도 내 마음처럼 불지는 않네
隨分有蕭瑟　서로 헤어져 있음에 소슬한 정 있으나
實無堅重心　무겁고 굳은 마음은 진실로 없어라

주인인 蕭慶中이 일로 인해 歙州에 가 있고 盧仝 본인도 洛陽으로 돌아가려
하는 참이라 이 집의 돌과 대나무와도 이별을 하게 된 상황이다. 섭섭한 마음에
돌과 대나무를 각각 주인과 객에 비유하여 지은 시인데 「客贈石」에서는 비록
주인은 부재중이었지만 이 집의 돌을 오랜 시간 마주했으니 이는 마치 주인의
얼굴을 본 것과 마찬가지라는 재치 있는 발상을 투영하고 있다. 이어 예거한
「石讓竹」에서는 돌은 무거워서 자신의 의지대로 움직이지 않으니 주인 노릇하
기를 감당치 못하겠다고 하고는 대나무에게 맑은 바람이 있으니 그와 함께 즐
기라는 말을 함으로써 돌의 입장을 헤아리는 시인의 마음을 투영하였다. 다시
이에 대한 답을 밝힌 시 「竹答客」에서는 대나무가 돌에게 자신에게 불어오는
맑은 바람도 자신의 뜻과는 상관없이 얻어진 선물이었다는 것을 밝히면서 자신
을 헤아려준 마음에 감사함을 표현하고 있다. 이 몇 수의 시를 읽는 일련의 과
정 중에서 느껴지는 것은 작자가 주인 蕭慶中에게 그간 신세졌던 것을 감사해
하는 마음과 헤어짐에 직면하여 표현하는 소슬한 정서이다. 자연물을 들어 은
유적으로 표현을 하면서도 겸양의 언사를 충분히 발휘하고 있는 것을 느낄 수

있겠다.

「蕭宅二三子贈答詩二十首」 시의 다른 편에서도 馬蘭, 蛺蝶, 蛤蟆 등등의 사물을 등장시키며 자연물의 의인화를 시도한 바 있다. 그중 '馬蘭'을 통해 蕭慶中에 대한 친밀감을 표현한 작품을 예거해본다.

蕭宅二三子贈答詩二十首 · 馬蘭請客 소씨 댁 둘째와 셋째 아들과의 증답시 스무 수 · 마란이 객을 청하며

蘭蘭是小草　난초는 작은 풀에 불과하지만
不怕郞君罵　아끼는 이의 꾸중을 두려워하지 않는다
願得隨君行　원컨대 그대를 따라간다면
暫到嵩山下　잠시면 숭산 아래 이를 수 있으리

蕭慶中의 집에 있던 자연물 중 '馬蘭'을 들어 의인화된 설정을 함으로써 자신의 의사를 간접적으로 표현하였다. 어디든 옮겨 심기어질 수 있는 난초처럼 자신이 가고자 하는 洛陽의 嵩山은 마음만 먹으면 지척이라고 이야기하였다. 주인과 함께하고 싶은 마음과 자유롭게 가고 싶은 곳을 향하여 가고 싶어 하는 자신의 이중적인 심리를 투영한 것이다.

술에 취해 귀가하다 넘어지는 중에도 자연에 대해 친밀한 감정을 유지하고 있음을 표현한 다음 시를 살펴본다.

村醉 마을에서 취해서

昨夜村飮歸　어젯밤 마을에서 술 마시고 귀가하다가
健倒三四五　취해서 연이어 네다섯 번 넘어졌다네
摩挲靑莓苔　파란 이끼를 쓰다듬노라니
莫嗔驚著汝　너를 놀라게 하고 성나게 할 이가 나 말고 또 누구랴?

한 촌부의 일상과 같은 '村飮'이라는 평범한 구절이 기이한 사고를 즐겨 행하던 盧仝의 시에서는 오히려 이채로운 표현처럼 느껴진다. 은거하는 삶과 흥취는 술 마시고 귀가하다가 취해서 연이어 넘어질 만큼 거칠 것 없고 자유롭다. 이때 시인이 넘어져 마주한 자연물은 돌 위에 낀 파란 이끼이다. 눈앞에 보이는 모든 자연이 아름다운지라 이 시간 쓰다듬어지는 이끼 또한 시인에게 무한한 애착을 갖게 한다. 마치 이끼에게 다정한 말을 건네듯 표현한 마지막 부분에서는 자연물과 소통하려는 시인의 소박한 의지가 더욱 강렬히 투영되어 있음을 발견할 수 있다.

이상처럼 자연물을 사람에 빗대어 표현하거나 그 속에 인간의 마음을 담아 '의인화' 수법을 쓴 것과 연관된 구절은 여러 부분에서 발견된다.[70]『全唐詩』에 실린 盧仝의 시 71제 107수 중 자연물을 의인화하거나 자연과 대화하거나 교감을 나눈 작품은 「蕭宅二三子贈答詩二十首」를 비롯하여 약 30수 정도에 달한다. 이는 盧仝이 시가를 창작함에 있어 자연물과의 교감을 중시하였던 것을 나타내는 부분이다. 盧仝이 고독을 추구하고 괴벽한 면이 있었다 해도 결국 자연 앞에서는 우정을 발휘하고 싶어 했던 마음을 담아낸 부분이라고도 볼 수 있겠다.

盧仝은 세상과 분리된 자신만의 의식 세계를 표현함에 있어 자연물의 의인화와 같이 특이한 묘사를 가하거나 해학적인 수법을 활용한 묘사를 시도하기도 하였다. 이러한 해학적인 묘사 역시 기험한 표현을 선호했던 창작 수법의 일단으로 이해할 수 있겠다. 일례로 盧仝이 馬異와 친구가 되기를 소원하며 쓴 장편의 시 「與馬異結交詩」一首의 일부분을 살펴보면 자연물을 통해 자신의 의지를 묘사한 부분을 해학적인 느낌으로 처리하고 있음이 발견된다.

與馬異結交詩 馬異와의 사귐을 노래하는 시
平生結交若少人　평생 사귐을 가진 사람은 적은 듯한데

---

70 원숭이가 낚싯대를 필요로 했을 것이라는 독특한 발상을 담은 「出山作(산을 나서며 짓다)」에서는 "가동이 만약 낚싯대를 잃어버렸다면, 틀림없이 원숭이가 가지고 갔을 것.(家僮若失釣魚竿, 定是猿猴把將去)"이라는 표현을 하였고, 곤충을 활용하여 시사를 논한 「蜻蜓歌(씽씽매미의 노래)」에서는 "나는 너와 같이 다른 재주도 없고, 날개도 없어. 내가 만약 날개가 있다면, 하늘에 올라 궁궐 문을 두드릴 텐데.(吾不如汝無他, 無羽翼. 吾若有羽翼, 則上叩天關)"라고 하며 현실에 대한 한계를 곤충의 능력과 연관시키기도 하였으며, 「龜銘(거북이 비명)」에서는 거북이에게 동정을 표하며 "거북이여, 그대는 사람보다 신령하지만, 자신보다는 신령하지 않아, 나루터에서 그물에 걸리었네. 나는 자신에게는 신령하나, 남에게는 재주가 없어, 세속에 사는 삶에 이르렀네. 거북이여, 나와 그대는 이웃이로다.(龜, 汝靈於人, 不靈於身, 致網於津. 吾靈於身, 不靈於人, 致走於塵. 龜, 吾與汝鄰)"라고 하며 거북이와 대화하며 교감을 나누기도 했다. 이처럼 의인화 수법을 활용하게 된 것은 시인이 자연과의 교감을 매우 중시했음을 나타내주는 부분이다.

憶君眼前如見君　그대 생각하니 마치 눈앞에서 그대를 보는 듯
靑雲欲開白日沒　푸른 구름 개려고 하니 해가 지는데
天眼不見此奇骨　영민한 눈으로도 나의 이 괴상한 기질을 살펴지 못하네
此骨縱橫奇又奇　이 기질은 제멋대로 기이하고 또 기이하여
千歲萬歲枯松枝　천년만년 고고한 소나무 가지 같다네

　이 시의 시제나 내용을 보면 馬異와의 교제를 희망하는 내용이 주를 이루지만 한편으로는 자신의 색다른 기질을 자연물에 대비하여 나타낸 점이 또한 돋보인다. 하늘의 눈으로도 파악이 안 되는 자신만의 기질과 성품은 천년만년 마른 채로 남아 있는 고고한 소나무와 같다고 형상화한 것이 이채롭다. 이 시에는 곳곳에서 해학적인 표현을 가하면서 盧仝 자신과 馬異의 사귐을 노래하고 있는데 그 표현이 난해하면서도 흥미를 끄는 면이 있어 盧仝 시의 한 특징을 드러내고 있는 작품이라 하겠다.
　盧仝 역시 韓孟詩派의 다른 시인들처럼 작은 생물체에 천착한 면을 종종 보여주고 있는데 한밤에 지렁이의 모습에서 감흥을 얻어 쓴 다음 작품을 보면 지렁이를 통해 풍자와 해학을 가한 면을 발견할 수 있다.

夏夜聞蚯蚓吟 여름밤에 지렁이의 소리를 듣고 씀
夏夜雨欲作　여름밤 비가 내리려 하니
傍砌蚯蚓吟　섬돌 옆에 지렁이 소리가 들리네
念爾無筋骨　생각해보니 그대는 힘줄과 뼈도 없는데
也應天地心　천지에 응하는 마음을 지녔구나
汝無親朋累　그대는 연루된 친한 친구도 없고
汝無名利侵　그대는 명리에 물들 리도 없으리
孤韻似有說　고독히 내는 소리 마치 말을 하려는 듯
哀怨何其深　그 애원함이 어찌 그리 심한지?

　세미한 관찰력을 동원하여 비가 오려고 할 때 지렁이가 괴로운 소리를 내는 장면을 포착해냈다. 힘줄도 뼈도 없는 미물이건만 천기의 변화에 응할 줄 아는 영특한 생명체로 보았으며 친구와 명리에도 흔들리지 않는 거칠 것 없는 존재라고 칭송한 발상이 독특하다. 지렁이가 마치 애원하고 있는 듯 표현한 것은 주

관적 정서를 동원한 부분이다. 賈島와 姚合 등 韓孟詩派의 일부 시인들이 작은 생물체에 주목하여 관찰을 가한 것과 연관해볼 때 盧仝의 이 시는 작은 생명체를 주목하면서도 다분히 해학적인 요소를 이입하여 생물의 속성을 언급하고 있어 다른 시인들과 비교가 된다 하겠다.

盧仝이 해오라기의 모습을 통해 세인들의 생각에 대해 풍자를 가한 작품을 보자.

白鷺鷥 흰 백로

刻成片玉白鷺鷥　옥으로 다듬은 것 같은 백로 한 마리
欲捉纖鱗心自急　작은 물고기 잡는 것에도 마음이 절로 급하다
翹足沙頭不得時　모래 가에 발 세우고 기다리나 아직 못 잡았는데
傍人不知謂閒立　사람들은 영문 모르고 그 모습 한가롭다 말하네

얼핏 보기에 옥같이 아름답고 우아해 보이는 백로이지만 마음속으로는 물고기를 잡으려는 초조한 기다림을 하고 있다고 보았다. 기다리고 집중하여도 자신이 원하는 것을 얻기 어려운 세상에 살면서 타인의 왜곡된 평가와 시선에 대해 일침을 가하고자 하는 작자의 의도를 담고 있는 작품이라 하겠다.

험괴한 소재와 기특한 표현으로 독특한 풍격을 창출한 盧仝의 자연시에서는 盛唐 자연시 같은 한아하고 영롱한 흥취를 발견하기는 힘들다. 자연을 묘사함에 있어 괴이한 소재를 통한 이채로운 서사를 가하거나 신화나 전설을 끌어들여 해학적인 묘사를 가하기도 하였고 서술적인 수법을 가미하여 자신만의 독특한 의경을 창출하기도 하였으며 자연과 교감하는 의인화 수법을 발휘하기도 하였다. 또한 盧仝은 빈한한 투병 생활을 자주 겪으면서도 그가 처한 환경에서 별도의 심미적 시각을 발휘하고 일종의 초월의식을 고양하면서 해학적 의미를 담아 자연 사물을 그리기도 하였다. 자연물을 들어 해학적 표현을 가했던 것은 고난 중에서도 색다른 창작의 즐거움을 찾고자 했던 시인 정신의 발로였다는 것으로도 추측해볼 수 있겠다. 盧仝의 자연시에는 '이채로움(異)'과 '조화로움(同)'이 공통적으로 존재한다. 포의로 살면서 자신만의 세계를 추구한 그의 생활은 험괴한 시풍과 다채로운 자연물의 제재화를 이루어 '이채로운 취향(異趣)'을 창출했지만 '자연과 합일을 이루는(物我合一)' 서정을 발하거나 평이하고 통속적

인 표현을 함으로써 자연시인들 특유의 자연과의 '친화력(同)'을 발휘하기도 하였다. 이는 현실 사회에서 실망한 이후 시인이 택했던 의식의 전이요 자신만의 안위를 추구하는 또 다른 해탈 방식이었다고 할 수 있는 점이다. 이러한 각도에서 그의 작품을 이해하고 中唐 시단에서 배출된 이채로운 자연시의 한 풍격으로 인정하는 시각이 필요하다는 생각을 해보게 된다.

李賀(790~816)의 字는 長吉이며 昌谷(河南 宜陽)人이다. 唐 왕실의 후손이었지만 가난과 질병 속에서 허덕이는 삶을 살았다. 몸이 수척했고 양 눈썹이 하나로 이어졌으며 젊어서부터 흰머리가 나는 등의 남다른 외모를 가진 데다 평소 병색이 짙어 삶과 죽음의 경계에서 세상을 바라보는 시각을 발휘하곤 하였다. 어려서부터 글을 잘 지어 7세 때 韓愈와 皇甫湜 앞에서 지은 「高軒過(고귀한 저택의 허물)」라는 글로 세상을 놀라게 했다 한다. 부친의 이름이 '晉肅'이기에 '晉'과 동일한 음자가 있는 '進士科'에 응시하는 것은 家諱를 범하는 것이라 하여 과거에 응시하지 못하였다. 이를 안타깝게 여긴 韓愈가 「諱辯」을 통해 변호를 했음에도 불구하고 進士試를 보지 못하고 奉禮郎을 지냈으나 27세에 요절했다. 鬼才로 불릴 만큼 재능이 출중했으며 신기하고 기괴한 시를 많이 지었다. 240여 편의 시가를 지었으며 樂府와 七言古詩가 칠할 정도에 이른다. 시문집으로는 『李長吉歌詩』 4권이 전한다.

요절한 시인 李賀는 예리한 감각을 바탕으로 한 신선한 표현, 신기한 표현과 상상을 융합시킨 신묘한 의경, 절망적이고 퇴폐적인 시가 창작을 통한 우수의 서사, 기괴한 시어와 감각적인 색채어의 혼합을 통한 상징성의 구현, 다양한 신화와 전설을 차용한 환상적이고 유미적인 시가 창작, 楚辭와 漢, 南朝 민가의 시풍을 흡수한 자신만의 독특한 경지의 체현 등의 문학적 성취를 이루어낸 시인이었다. 낭만주의와 상징성으로 대표되는 그의 시는 실은 屈原으로부터 李白으로 이어지는 낭만주의와 杜甫·白居易·韓愈 등의 창조 정신을 이어받은 창작의 결정체였다. 전반적인 시풍은 韓孟과 같지만 韓孟이 사회 현실과 백성의 고난에 대해 풍자를 가했던 것에 비해 李賀는 귀족적인 흥취나 호화로운 삶에 대한 묘사나 비판을 더 많이 가하였다. 다양한 색채어를 활용하여 자신의 정감을 이채롭게 표현하기도 했고 귀신, 죽음, 무덤, 혼 불, 피 등 기괴한 시어와 소재도 즐겨 사용하여 타인의 작품과 구별되는 독특한 풍격의 시를 창작해냈다. 그의 시의 내용은 대체로 영사나 영회시를 통한 개인의 울분 토로, 현실에 대한 우려나 백성에 대한 동정, 환상적인 경지의 표현, 신괴 사상의 표현, 애정이나 규정의 서사, 교유 관계의 묘사, 영물시를 통한 비판 의식 표출 등을 위주로 하고 있다.

자연시와 연관하여 李賀 시에서 발견되는 특징은 순수한 자연 묘사를 가한 시가 많지 않다는 점이다. 그의 자연시는 자신의 독특한 심리 상황을 자연에 부쳐 특이한 시어로 기괴한 의상을 창출한 시, 자연 모습 속에 주관적인 정서를 이입하여 환상적이고 유미적인 경지를 노래한 시 등이 주를 이룬다. 「馬詩(말을 노래한 시)」 二十三首, 「竹(대나무)」 등 그가 지은 몇 수의 영물시에도 말, 꿩, 대나무, 어린 기러기, 소나무 등의 자연 사물이 주로 등장하는데 이 시들 역시 자연의 모습을 읊기보다는 대부분 시속을 비판하거나 자신의 감정을 서술하는 내용을 담고 있다. 또한 李賀의 시가 중에는 樂府詩가 많은데 이 樂府詩에서도 자연 묘사는 시가 중간중간에 영회나 회고를 위한 수단으로 등장하는 경우가 많다. 이는 다른 시인들은 일반적으로 개인의 울분을 자연에 토로하는 경향을 지녔는 데 반해 李賀는 자신만의 독특한 정신세계를 가지고 환상과 몽유의 세계를 추구하거나 해탈을 도모한 경향이 강했기 때문인 것으로 생각된다.[71]

李賀는 자연에 대하여 기본적으로 자신만의 독특한 시각을 소유하고 있었다. 다음 작품을 보면 그가 자연물을 근심의 대상으로 묘사하고 있어 그의 자연관이 이채로움을 파악하게 해준다.

莫種樹 나무를 심지 말라
園中莫種樹 정원 중에 나무를 심지 말지니

---

71 예를 들어 그가 과거에 응시지도 못하고 낙담하여 長安을 떠날 때 썼다고 하는 「開愁歌(근심을 여는 노래)」를 보면 "가을바람 대지에 부니 온갖 풀들 마르고, 고운 모습과 푸르른 그림자에는 저녁 한기가 일어난다. 내 나이 스물에도 뜻을 얻지 못하여, 마음에 온통 근심이 일고 시들은 난초 같구나.(秋風吹地百草乾, 華容碧影生晚寒. 我當二十不得意, 一心愁射如枯蘭)"라고 추풍과 백초를 묘사하였는데 이는 자신의 근심을 토로하기 위해 자연물을 예거한 것에 불과할 뿐 자연 자체를 주목한 것은 아니었던 것이다.

種樹四時愁　나무를 심어놓으면 사계절 근심이라
獨睡南牀月　홀로 자는 남쪽 창 위의 달
今秋似去秋　올가을도 작년 가을과 똑같구나

　나무를 심는 것과 근심을 심는 것을 동일시하는 특이한 내용이다. 나무가 자라는 만큼 근심도 자라는 것으로 생각하였고 작년에 보았던 달과 올 해의 달이 같아 근심의 시간에 변화가 없음을 암시하였다. 李賀의 마음이 너무나 비애에 젖어 있어 자연을 객관적으로 묘사하지 못하는 상황임을 느끼게 되는 것이다.
　李賀가 長安에 있을 때 南山을 보고 쓴「感諷」其三을 보아도 산의 경치가 괴이한 형태로 펼쳐지고 있음을 살필 수 있다.

感諷 其三 풍자를 함, 제3수
南山何其悲　남산은 어찌 이리도 쓸쓸한지
鬼雨灑空草　귀신이라도 나올 것 같은 빗줄기가 빈 풀밭에 흩날린다
長安夜半秋　장안의 깊은 가을밤
風前幾人老　추풍 앞에 몇 사람이나 늙어 나가는가
低迷黃昏徑　황혼 낮게 깔린 오솔길
裊裊靑櫟道　흔들거리는 푸른 상수리나무 길
月午樹立影　낮의 달인가 나무엔 그림자 없고
一山惟白曉　온 산엔 오직 하얀 새벽만이
漆炬迎新人　옻칠한 횃불은 새로 죽은 이 맞이하고
幽壙螢擾擾　으슥한 무덤에는 도깨비불만 어른어른

　전체적으로 음산하고 괴기스러워 마치 죽음을 맞이하기 전에 쓴 시 같은 느낌을 얻게 된다. 시가의 전반 4구에서는 장안의 깊은 가을밤 쓸쓸히 비 뿌리고 바람 부는 상황에 죽음을 떠올리는 심정을 담았고, 후반 제6구 이하에서는 황혼에서 새벽에 이르는 시간에 목도한 남산의 형상을 담았다. 南山의 모습은 시인의 정으로 인해 매우 기괴한 경관으로 인식된다. 계절이 주는 황량함과 밤에서 새벽에 이르는 시간이 주는 적막감, 처량한 심정에 빠진 시인의 마음이 표출하는 비애감, 죽음과 삶을 넘나드는 처량함 등이 귀신과 혼 불, 무덤 등의 괴이한 사물들과 연합하여 환상적인 신비감과 강렬한 예술 효과를 창출한다. 작자

의 강렬한 주관적 정서로 인해 南山이라는 實景이 虛景의 묘사가 되어버린 느낌을 받게 되는 것이다.

李賀가 남산의 밭 사이를 가면서 쓴 다음 시 역시 경물의 외형을 포착하면서 자신의 주관적 정서를 잘 투영한 작품의 예로 볼 수 있다.

南山田中行 남산의 밭 사이로 가며

秋野明	가을 들녘 밝게 빛나고
秋風白	가을바람은 흰데
塘水漻漻蟲嘖嘖	제방의 물 출렁출렁 벌레는 찍찍
雲根苔蘚山上石	구름 일어나는 바위에는 이끼요 산 위에는 돌
冷紅泣露嬌啼色	차갑고 빨간 이슬 맺힌 꽃 고운 모습으로 울고 있다
荒畦九月稻叉牙	구월의 거친 밭두둑에는 베고 남은 벼가 이빨처럼 들쑥날쑥
蟄螢低飛隴逕斜	반딧불이는 낮게 날고 밭두둑은 비스듬히 뻗어 있다
石脈水流泉滴沙	바위틈 물은 샘이 되어 모래밭으로 똑똑 떨어지고
鬼燈如漆照松花	鬼火는 칠처럼 빛나면서 솔방울을 비춘다

가을 들녘의 평온한 모습을 노래함에 있어 '秋風白', '冷紅', '如漆' 등의 색채어를 통해 감각적인 느낌을 창출하면서 그 속에 '漻漻', '嘖嘖', '嬌啼' 등의 의성어, 의태어를 교묘하게 배합했다. 눈앞에 보이는 고요한 가을 정경의 서사 같지만 활용된 시어는 생동한 느낌과 강렬한 감각 효과를 조성하는 역할을 효과적으로 해내고 있는 것이다. 특히 가을에 핀 붉은 꽃이 이슬을 머금은 채 울고 있다고 표현한 것이나 베고 남은 벼를 들쑥날쑥한 이빨에 비유한 것, "鬼火는 칠처럼 솔방울을 비춘다."라고 형용한 것 등은 모두 이하의 독특한 표현 수법을 보여주는 부분이 된다. 자연 정경을 묘사하면서 오감을 모두 자극하는 의상으로 청유하면서도 기묘하고 처연하면서도 맑은 슬픔을 느끼게 하는 묘사를 이루어낸 작품이라 하겠다.

다음은 李賀가 동남 지방으로 여행 갔을 때 南齊 錢塘의 명기 蘇小小의 무덤에서 그녀를 추억하며 지은 것으로 역시 李賀의 독특한 감수성이 정경 묘사 속에 이입되어 있음을 살필 수 있다.

蘇小小墓 소소소의 묘

幽蘭露	그윽한 난초에 맺힌 이슬
如啼眼	마치 흐느끼는 눈동자 같아라
無物結同心	한마음으로 맺어줄 것도 없고
烟花不堪剪	안개꽃은 자를 수도 없구나
草如茵	풀은 그녀의 자리와 같고
松如盖	소나무는 수레 덮개 같으며
風爲裳	바람은 치마가 되고
水爲佩	물은 패옥이 된다
油壁車	푸른 휘장의 마차 타고
夕相待	저녁 내내 그녀를 기다린다
冷翠燭	차가운 비취색 촛불
勞光彩	애처로운 광채만이 어른거린다
西陵下	서릉 아래에는
風吹雨	바람 불고 비만 날리는데

묘지 주변의 경물을 묘사하면서 자신의 독특한 상상력을 발휘하여 깊은 정감을 전달하려고 한 점이 시선을 끈다. 제2구의 '흐느끼는 눈(啼眼)'은 시 전체의 감정을 선도하는 시어이니 시청각적 이미지를 통해 깊은 애도와 동정의 마음을 효과적으로 그린 것이다. 풀, 소나무, 바람, 물 등 자연을 들어 종적 없는 그녀의 모습을 표현하였는데 이때 동원된 자연물은 수레 덮개, 치마, 패옥, 마차 등으로 비유되면서 그녀의 모습을 더욱 신비롭고 고아하게 형용하는 역할을 한다. 존재하지 않는 그녀의 모습이 마치 귀신처럼 자연의 형상을 한 채 등장하여 현실 속의 강렬한 이미지로 인식되고 있는 것이다. 시가의 결미에서 서릉 아래에서 비를 부르는 바람만이 ·쓸쓸히 날리는 형상을 언급한 것 역시 말할 수 없는 비애를 자연의 형상에 부쳐 서정의 깊이를 더하게 하는 기술 수법이라 하겠다.

李賀의 시에 나타난 자연은 대부분 객관적인 자연보다는 주관적인 정이 투영된 자연의 모습을 하고 있으며 음산한 면모를 지향한 작품이 많다. 그러나 李賀의 시가 중에는 소수이기는 해도 순연한 자연의 모습을 띠고 있는 작품도 존재하는데 이는 李賀가 때로 험괴한 생각을 접어두고 자연 그대로의 모습을 바라보면서 창작을 시도했던 결과라 할 수 있다. 李賀가 奉禮郎을 처음으로 맡으면서 창곡의 산속에서 기거하던 모습을 추억한 다음 시를 보면 한아한 흥취를 담백한 필치로 서사하고 있어 기괴한 표현이 많은 다른 작품과 비교가 된다.

始爲奉禮憶昌谷山居 처음 奉禮郎을 맡아 창곡 산속에서 기거하던 것을 생각하며

掃斷馬蹄痕 말발굽 흔적조차 끊어지자
衙回自閉門 관아에서 돌아와 문을 걸어 닫는다
長槍江米熟 다리 긴 솥에는 찰벼가 익어가고
小樹棗花春 작은 대추나무에는 꽃이 봄빛을 띠고 있네
向壁懸如意 벽에다 여의장 지팡이 걸어두고
當簾閱角巾 주렴 앞에서 각건 가다듬어본다
犬書曾去洛 개의 목에 묶어 보낸 편지는 일찍이 낙양으로 갔건만
鶴病悔游秦 처가 병들어 장안으로 떠도는 것 후회하네
土甌封茶葉 흙 단지에는 찻잎이 밀봉되어 있고
山杯鎖竹根 산에서 쓰던 술잔은 대나무 뿌리에 덮여 있겠지
不知船上月 모르겠네 배 위에 달이 떴는데
誰棹滿溪雲 그 누가 노 저어 구름 가득한 계곡에서 노닐지

벼슬길에 들어섰지만 자신의 신변은 적막한 환경에 있다. 귀가하여 문 걸어 잠그고 식사하는 모습, 작은 대추나무만이 서 있는 봄 정원의 초라한 모습, 벽에다 여의장 걸어놓고 주렴 앞에서 각건을 가다듬는 소박한 모습 등을 차례대로 기술하였다. 이어 후반부에서는 서정을 투영하면서 창곡의 산속에서 자유롭게 기거하던 모습을 추억하였다. 晉나라 때 陸機의 충견이 陸機의 소식을 고향에다 전해주었다는 고사와 처가 아파도 고향에 갈 수 없는 신세를 기술하며 타향살이의 서러움과 고향에 대한 자신의 그리움을 노래하였다. 미연에서는 떠나온 거처에는 주인 없는 찻잔과 술잔이 황폐한 모습으로 있을 것이라는 상상을 하며 달빛을 받으면서 계곡에서 뱃놀이 하던 추억을 회상하고 있다.

李賀의 시 중 南園의 모습을 제재로 하여 쓴 「南園」 十三首도 대부분 이채롭고 신기한 표현으로 역사성이나 개인의 비애를 표출한 작품들인데 그중에는 비교적 순수하게 자연을 묘사한 작품도 있다. 다음 두 수의 시를 예거하여

살펴본다.

南園 十三首 其八 남원 열세 수, 제8수

春水初生乳燕飛　봄물이 처음 흐르자 어린 제비 날아다니고
黃蜂小尾撲花歸　노란 꿀벌은 작은 꼬리에 꽃가루 묻히고 돌아오네
窗含遠色通書幌　창에 비치는 먼 풍경 서재의 휘장을 통해서 들어오는데
魚擁香鉤近石磯　낚싯바늘에 걸린 물고기 개울 속 돌 옆에서 퍼덕이네

南園十三首 其十三 남원 열세 수, 제13수

小樹開朝徑　작은 나무 사이로 길이 드러나는 아침
長茸濕夜煙　무성한 풀은 밤안개에 젖어 있네
柳花驚雪浦　포구에는 버들 솜 갑작스런 눈처럼 날리고
麥雨漲溪田　계곡 밭에는 봄비가 불어 넘치네
古刹疏鍾度　고찰에선 성근 종소리 들려오고
遙嵐破月懸　아득한 이내 속에 반달이 걸려 있네
沙頭敲石火　모래밭에서 부싯돌 두드려서
燒竹照漁船　대나무에 불붙이고 고깃배 밝히누나

「南園」 제8수는 제비와 꿀벌이 날아다니는 모습을 통해 봄의 형상을 생동하게 그린 작품인데 제비와 꿀벌의 모습을 세심하게 관찰한 시각이 돋보인다. 이어 창에 비친 풍경이 '서재의 휘장으로 들어온다(通書幌)'는 표현으로 유미적인 분위기를 창출하였고 낚싯바늘에 걸린 물고기가 퍼덕이는 모습으로 소소한 비감을 담은 여운을 남기고 있다. 「南園」 제13수에서는 밤에서 아침, 다시 밤으로 이어지는 하루 동안의 정경을 순차적으로 묘사하였는데 각 구마다 하나의 경물을 등장시키면서 신선한 봄 풍경을 이채롭게 그려낸 것이 발견된다. 활기 넘치던 봄의 한낮이 성근 종소리와 함께 저녁 풍경으로 바뀐 뒤 다시 불 밝히고 고기 잡는 모습으로 마무리되고 있어 자연을 향유하던 생각이 다시 현실 생활로 돌아온 듯한 느낌을 받게 된다. 두 작품 모두 자연에 대해 민감한 감수성을 바탕으로 담백한 의경을 도모하면서 李賀 자신의 서정을 잘 투영한 작품이라 하겠다.

李賀는 삶과 죽음에 대해 무저항적인 의식을 갖고 자신이 추구할 수 있는 신

비로운 정신세계를 시가 속에서 마음대로 그려낸 시인이었다. 그에게 인식되는 자연은 현실의 고뇌나 비애를 투영하고 그 속에서 평온을 얻는 귀향지이기보다는 그의 오묘한 잠재의식을 노출시킬 수 있는 대상으로서의 의미를 더욱 크게 지닌 곳이었다. 현실 세계로부터 외면당한 자신의 자아를 투영할 곳을 찾다 보니 귀신의 세계나 상상의 세계를 지향하기 일쑤였으며, 현실보다 높은 차원의 정경을 갈구하는 그였기에 평면적인 자연의 모습은 소외된 공간의 개념을 크게 뛰어넘지 못했던 것 같다. 본인 내면세계의 처량함과 세상에 대한 실망감을 표현하기 위해 차갑고 기괴한 시어를 즐겨 사용했던 그의 창작 습관은 자연을 묘사할 때에도 음산하고 기괴한 표현을 하는 범위를 크게 넘지 못했다. 눈앞에 보이는 현실적인 자연 정경보다 내면에 소유한 상상력이 더욱 자유롭고 폭넓었기 때문이라고 생각되는 부분이다. 그러므로 李賀의 자연시는 중국 자연시의 전통적인 풍격인 한아하고 청담한 풍격보다는 淸冷하면서도 神怪한 풍격을 지향하고 있었으며 이는 동시기 中唐의 여타 자연시와도 비교되는 특성을 지닌 이채로운 작품이라 할 수 있겠다.

5. 晩唐의 자연시

(1) 晩唐의 자연시 창작 배경

晩唐은 唐代 문학의 結束期였다. 高棅의『唐詩品彙』에 의하면 晩唐은 대략 文宗의 大和 원년(827)으로부터 昭宣帝의 天祐(906)까지의 약 80년간에 해당하는 시기이다. 이 시기는 唐代에 누렸던 영화가 결속되는 시기였고 문학적으로도 쇠퇴의 기운을 보이면서 각종 말기적 현상이 드러나던 시기였다. 盛唐 후반부부터 환관들의 전횡, 安史의 亂, 藩鎭의 발호 등으로 인해 어려웠던 정치 국면이 中唐을 거치면서 잠깐의 회복기를 가졌지만 藩鎭의 세력이 강성해짐에 따라 시국은 더욱 혼란한 상황 속으로 들어가게 된다. 藩鎭 할거로 인해 지역적인 고착이 진행되었고 크고 작은 전란이 발생함에 따라 중앙정부의 통치력은 더욱 약화되고 부패되어 갔으며 생활고에 시달리던 각지의 백성들까지 정부 조직에 반기를 드는 분위기로 이어지는 상황에 있었다.

자연시의 발전에 있어서도 晩唐은 쇠미한 모습을 보인 시기였다고 할 수 있다. 자연시는 六朝 시대 陶淵明과 謝靈運의 계도 이후 初唐代의 신선한 시도를 거친 후 盛唐의 開花, 中唐의 變移 등의 양상으로 발전해왔는데 晩唐에 이르러서는 하나의 대표적인 풍격을 찾기 어려운 쇠미한 국면에 이르렀기 때문이었다. 기존 문학사서들을 살펴보아도 자연시의 발전에 대하여 初唐에서 中唐에 이르는 기간까지는 어느 정도 언급이 되어 있으나, 中唐에서 晩唐으로 이어지는 轉移와 變移 등에 대하여는 체계적인 기술이 되어 있지 않은 실정이다.[1] 이에 대하여는 晩唐代를 대표할 만한 자연시파 시인이 별로 없고 자연시의 독창적인 풍격을 보여주는 작품이 많지 않다는 점을 그 주요 원인으로 추측해볼 수 있겠다. 그러나 창작성과가 상대적으로 미미하고 변용의 징후를 보이기는 했어도 晩唐代에 와서 자연시 발전의 맥이 끊어져버린 것은 아니었다. 거대한 이미지를 제공하지는 못했으나 晩唐代의 자연시는 제가의 작품 속에서 다양한 모습으로 자연 정경과 자연미의 서사를 이루면서 면면한 흐름을 이어오고 있었던 것이다.

晩唐 자연시 창작에 영향을 미친 중요한 배경들이 몇 가지 있다. 먼저, 晩唐代의 문인들로 하여금 자연을 찾게 한 가장 큰 요인은 晩唐代에 들어와 더욱 극심해진 사회의 여러 병리 현상이라 할 수 있다. 특히 그들에게 가장 심각한 폐해로 인식되었던 것은 과거의 부정이었다. 9세기 말 唐末의 과거제도는 붕당끼리의 결합과 뇌물 수수 등으로 부정이 극에 달한 상황이었는데 이로 인해 자신의 재주와 이상에 상관없이 한미한 신분 출신의 시인들은 좀처럼 기회를 얻지 못하는 실정에 있었다. 정도를 추구했던 문인들은 시속과 영합하는 일에는 부정적이거나 방관적 입장을 취할 수밖에 없었을 것이고 과거나 권력자들에 의해 발탁의 기회를 얻지 못한 시인들은 일생을 布衣로 지낼 수밖에 없었다. 方干, 劉得仁, 李洞, 周朴, 唐求 등이 그러한 시인이었고, 喩鳧, 曹松 등은 관직에 오르기는 했어도 10여 차례 실패를 겪은 뒤에 이루어낸 것이었다. 이들의 "뜻을 품고 있어도 펼칠 기회를 얻지 못했던(懷才不遇)" 험난한 운명은 시대적 배경과 자신들의 강직한 성품으로 인한 것이었다. 결국 이들은 자신들의 능력으로 세상의 변혁을 이룰 수 없다는 것을 인식하고 스스로를 위안하거나 소극적인 울분 억제의 방법을 택하게 된다. 晩唐의 문인들이 피세 심리를 갖고 자연 속

---

1 일례로 자연시에 대해 가장 심도 있는 기술을 보이고 있는 葛曉音,『山水田園詩派硏究』(瀋陽 : 遼寧大學出版社)를 보면 盛唐까지는 자세한 기술을 가하고 있으며 中唐에 대해서는 韋應物과 柳宗元을 중심으로 한 몇몇 시인들의 창작성향에 대하여 언급하고 있으나 晩唐 이후로는 개괄적 설명에 그치고 있다. 그 밖에 許總,『唐詩史』(南京 : 江蘇敎育出版社), 李從軍,『唐代文學演變史』(北京 : 人民文學出版社), 阮忠『唐宋詩風流別史』(武漢 : 武漢出版社) 등 비교적 최근에 나온 문학사서들 역시 晩唐의 山水詩나 田園詩 부분에 대하여는 기술이 소략한 편임을 살필 수 있다.

삶을 택한 배경에는 仕途에서의 실의라는 동일한 원천이 있었다. 사회적 혼란 상황은 晚唐 시인의 자연 추구와 자연시의 창작에 있어 중요한 원인이 되었던 배경이라 할 수 있다.

晚唐 자연시의 창작과 연관된 또 하나의 배경으로는 晚唐代 사회 전반에 만연되어 있던 부패 구조와 이로 인한 문인의 현실도피 의식의 형성을 들 수 있다. 晚唐 시인들이 생활하던 唐代 말기에는 통치 집단 내부의 갈등과 부조리가 극도로 심화되어 있던 시기였다. 宦官, 藩鎭勢力, 奸臣 등이 결합된 조정의 세력은 조정 내에 일부 청빈한 사대부들이 개혁의 의지를 발한다 해도 시도가 거의 불가능할 정도로 거대 세력을 형성하고 있었다. 일부 뜻있는 사대부들이 조정에 진출한다 해도 자신의 절개를 지키거나 兼濟天下의 이상을 발휘하기란 너무나 어려운 상황이었던 것이며 점차 관로에서 절망의 나락에 빠질 수밖에 없었을 것이다. 사회의 부조리에 맞서 개혁의 소리를 끝까지 높인 소수를 제외하고는 대부분의 문인들은 허약한 심정을 갖고 공허하고 퇴폐한 경지에 빠지거나 자연에 심신을 기탁할 수밖에 없게 되었다. 이 점 역시 자연시의 창작에 있어 중요한 원인으로 작용했던 배경이라 하겠다.

晚唐五代에 성행했던 禪宗의 영향 또한 문인들의 자연시 창작과 연관된 문제라 할 수 있다. 晚唐代로 오면서 문인들의 사원 출입과 불승들과의 교유, 불승들의 문단에서의 활약 등이 특히 성행하게 되었고 반불교적 입장이던 일부 사대부들까지 禪門과 교류를 하기에 이르렀으니 이러한 풍조는 문인들에게 상당한 영향을 끼치게 되었다. 저명한 불승 無可, 貫休, 齊己, 栖白 등은 당시 晚唐 시단의 주류에 서 있던 문인들로서 이들의 활동으로 인해 '禪趣의 확산'은 그 어느 시대보다 성황을 이루게 된다. 당시 유학의 큰 관심사이던 '심성 탐구'에 있어 禪宗思想은 오랜 이론을 바탕으로 논리적 해결점을 제시하는 하나의 사상적 근거가 되었다. 禪宗思想의 영향은 특히 선문과 가깝게 지내던 晚唐 은일시인들에게 더 큰 영향력을 발휘하였는데[2] 禪 사상은 현실 사회보다는 은거

---

2 晚唐 隱逸詩人 중 許渾은 南宗禪을 믿었고, 周賀는 한때 스님으로 淸塞라는 법호를 가지고 있었으며, 李洞과 喩鳧 등은 사원에서 늘 기숙한 문인이었던 사실을 晚唐 문인과 선문 사이에 있었던 밀접한 관계의 예로 거론할 수 있다. 또 鄭谷은 불승 齊己와 사제 간의 정을 가지고 있었고 方干도 「白艾原客」 시에서 "한가롭게 자신에 대해 이야기하니, 반쯤은 선을

하는 삶에서 더욱 적용이 수월했을 것이기 때문이었다. 은거 생활에의 참여 유무 간에 당시 문인들은 고찰의 선방에서 자주 禪과 詩를 논하게 되었고 이로 인해 승려들이 갖고 있던 孤寂하고 幽深한 시적 미학은 자연스럽게 晚唐의 문인들에게 영향력을 행사하게 된 것이다. 晚唐에 유행하던 禪風은 空寂하고 담백한 풍격의 자연시 창작과 큰 연관성을 갖고 있던 것이었다.

晚唐 문단에서는 문인들의 현실도피 심리가 만연하고 있었고 많은 시인들은 힘든 사회 현실 속에서 고요한 정신세계를 추구하고 있었다. 晚唐 시인들의 자연시를 살펴보면 謝靈運과 같이 수려한 산수를 전적으로 묘사하거나 李白식의 호방하면서도 웅혼한 풍격의 작품을 쓴 경우는 많지 않았고 제재와 내용이 전대에 비해 상대적으로 협소해진 느낌이다. 그들의 작품 중에도 전문적으로 산수를 묘사한 작품이 많았지만 전체 산수를 커다란 틀에서 조망한 작품이 상대적으로 드물어지게 되었다. 賈島나 姚合이 추구했던 협소한 세계로의 천착이나 영회의 표현, 小景物에 대한 묘사, 상호 간의 응수를 통한 자연 묘사 등이 이 시기 자연시 작품에서 발견되는 일반적인 경향이라 할 것이다. 특히 작은 자연이나 협소한 세계로 천착하는 경향은 산속에서 한거하던 은일시인들에게서 더욱 두드러지게 나타나게 되었다. 산속에서 생활하던 은일시인이 택할 수 있던 소재와 제재는 대부분 주변 산수 묘사, 승려들과의 酬唱, 참선, 산사의 정경 감상, 불경 듣기, 바둑, 品茶, 彈琴, 採藥, 독서 등 주변의 정경이나 생활상을 반영한 내용 등이 주를 이루었기 때문이다.

晚唐代에 와서는 盛唐代식의 호방하고 낭만적인 열정은 상당 부분 사라졌고 中唐代의 孤寂하고 蕭散한 흥취를 추종하는 모습에서 크게 벗어나지 못하는 상황을 보이고 있었다. 晚唐代 많은 문인들이 현실 참여보다는 보신을 택했으므로 이 시기 문인들에게는 李白의 曠達함보다는 孟郊 · 賈島 · 姚合의 고삽한 정서가 더욱 가깝게 느껴졌을 것이다. 晚唐 시인의 일부 자연시 작품은 고아한 閑情을 읊은 형상을 갖고 있기도 했지만 그러한 작품에도 세상에 대한 격정을 뒤로한 채 소박하고 고요한 삶을 숙명적으로 받아들인 흔적이 상당 부분 존재

배운 스님이라네.(閑言說知己, 半是學禪人)"라고 했을 정도로 晚唐의 시인들은 禪宗에 대한 깊은 흥취를 지니고 있었다.

한다. 따라서 직전의 中唐 자연시가 '苦澁', '奇僻', '深遠', '細微', '淸孤' 등의 풍격 용어로 설명되었던 것에 비해 晩唐의 자연시는 '凄淸', '疏野', '淡泊寧靜', '沉鬱細微', '幽深淸遠' 등의 용어로 설명되는 풍격을 띠고 있다고 할 수 있다.[3] 初唐의 '淸新流麗', 盛唐의 '淸淡閑雅', 中唐의 '閑寂蕭散'한 의경 등과는 확연히 다른 晩唐 특유의 풍격을 지니게 된 것이다. 晩唐 문인들의 자연 추구와 자연시 창작은 시대에 대한 소극적인 반항인 동시에 쇠미해져가는 정세 속에서 일종의 자기 위안 또는 해탈을 위해 취했던 하나의 방식이었기 때문이었다.

晩唐의 많은 시인들이 유미주의나 현실주의를 염두에 두고 창작을 하고 있었고 江南의 은일시인들도 고뇌와 해탈의 사이를 오가며 창작을 하고 있었지만 그들의 작품에는 공히 자연이라는 공간이 항상 커다란 배경으로 자리하고 있었다. 盛唐과 中唐 자연시의 성취와 부흥에서 점차 쇠미한 형국으로 나아간 晩唐의 자연시였지만 그들의 작품 속에도 시대적 풍조가 반영된 자연의 모습이 존재했던 것이다. 晩唐代 시인들의 자연시를 주목하여 그 시가의 특색을 살펴보는 작업은 唐末 혼란기에 성행했던 자연시의 특징적인 면모와 화려했던 唐代 자연시가 宋代 자연시로 이어지는 일련의 과정을 고찰해보는 데 있어서 일정한 의의를 지니고 있다 할 수 있을 것이다.

(2) 晩唐의 자연시 작가들

晩唐의 시국은 혼란의 와중에 있었으나 문단에서의 활동은 전대 못지않게 풍성하였으니 『全唐詩』에 나타난 晩唐 시단의 시인들만 해도 137명에 이른다. 晩唐으로 들어선 文宗 太和 연간에도 '元和體'가 계속 유행했을 정도로 초기에

---

3 '疏野'는 자연 속에서 편안함을 추구하며 풍부한 野氣를 지니고 있는 모습을 말하며 '淡泊寧靜'은 시인이 정감이 閑寂하고 구속이 없는 담담하면서도 자유자재한 상태에 있는 모습을 말한다. 晩唐의 자연시가 疏野한 모습을 보임은 망국의 비애와 일신상의 절망으로 좌절 의식이 좀 더 강하게 느껴졌던 상황에서 자연을 찾았기 때문이었다. 또한 '幽深'하고 '細微'한 모습을 보임은 고적한 심정을 표현하기 위해 자연을 묘사했기에 창작의 題材나 主題에 있어 다소 제한적이고 축소지향적인 모습을 갖게 된 것으로 인식되는 것이다.

는 中唐 문인들의 활동과 영향력이 존재하였었다. 그러다가 中唐의 문인들이 서거하고 會昌 연간(841~846)에 이르러 杜牧, 李商隱, 許渾, 溫庭筠, 劉滄 등이 시단의 주역이 되면서 晚唐 시단은 본격적인 모습을 갖추게 된다. 그러나 晚唐 문인들에게는 白居易와 元稹의 '元和體'와 賈島와 姚合의 '賈姚體'가 야기한 영향력이 팽배한 상태였고 이러한 기풍은 宋代 초기까지 이어질 정도로 중요한 풍조로 작용하고 있었다. 晚唐의 시단을 現實派와 唯美派로 양분하게 된 연유의 기저에는 元和體와 賈姚體의 흐름이 있었던 것이다.

晚唐代 시인과 연관하여 주목할 만한 특징 가운데 하나는 시인이 初唐, 盛唐, 中唐 어느 시기보다 많고 남겨진 시편도 가장 많다는 점이다. 흔히 晚唐을 懿宗 咸通 元年(860)을 경계로 하여 전후기로 양분하는데 전기에는 杜牧, 李商隱, 溫庭筠 등이 활동하였고 후기에는 군소 작가들의 소규모 활동이 이루어졌다. 특히 晚唐의 후반기에 와서는 盛唐이나 中唐과 같이 시단 전반에 영향력을 발휘하는 좌장이 없이 군소 작가들이 개별적으로 활동하거나 일정한 지역이나 幕府를 중심으로 소규모의 문학 활동이 이루어지기에 이른다. 대시인이 없는 대신 많은 시인들에 의해 여러 작품이 창작되었던 것이다.[4]

晚唐 시단의 시인들을 전반적으로 살펴보면 창작 경향에 따라 세 부류로 분류가 가능하다. 먼저, 현실주의 성향을 띤 시인들로 유가적 濟世주의를 계승하여 "시를 통해 시대의 사정을 살펴보도록 하고, 감정을 펼쳐내어 사람의 정을 선도하는(補察時情, 泄導人情)" 시를 창작함으로써 조정과 세속에 대한 개혁을 도모하고 쇠락한 사회를 구해보겠다는 현실적 의지를 보였던 복고파 시인들이 있었는데 이에 해당하는 시인으로는 皮日休, 聶夷中, 杜荀鶴, 劉駕, 邵謁, 于濆, 曹鄴 등을 들 수 있다. 이들은 주로 고악부 형식의 시를 창작함으로써 현실적 의지를 펼치고자 하였으며, 그들의 마음속에 비친 자연은 현실과 대비되는 공간 즉 '피안의 이미지'가 강했던 것임을 시가를 통해 살필 수 있다.

다음으로는 유미주의 경향을 보였던 시인들로서 이들은 시대의 개혁이 불가능함을 간파하고 행락을 통해 현실적 시름을 잊으며 '聲色의 미'를 추구하고자

---

4 서성, 「晚唐 詩風의 지역적 분화」, 「중국문학이론」, 제5집, 2005. 2 참조.

한 인물들이었다. 李商隱, 杜牧, 韓偓, 韋莊, 溫庭筠 등으로 대표되는 유미주의 시인들은 晚唐에 와서 중흥을 지향하던 中唐의 분위기가 식자 이전 中唐의 시인들이 敎化나 개혁과 같은 社會性에 주의를 기울였던 것과는 달리 개인적인 감정을 표현하거나 시 자체의 심미성을 추구하는 데 보다 많은 주의를 기울였다. 그리하여 그들은 고전시의 틀은 유지하였으되 시의 세부적 표현 기교를 더욱 세련되게 발전시킨 면을 보였다. 자연시의 창작과 연관하여 이들의 작품을 살펴보면 대체로 담박하고 한아한 경지를 추구하고 있으나 작품의 일각을 보면 역시 공교하고 유려한 필치를 담고 있는 면모도 발견된다. 晚唐 유미주의 풍조가 추구했던 시가 창작 기풍을 배제할 수 없었던 것으로, 전대 자연시의 유려한 필치를 재현하거나 발전해나감으로써 唐代 자연시 수사기교의 대미를 장식한 공과가 있음을 살필 수 있는 것이다.

현실파와 유미파 시인들이 주류를 이루었던 晚唐代 풍조 속에서 거론할 만한 다른 인물들로는 은거 성향을 보였던 제3의 시인군을 들 수 있다. 이들은 유가적 詩敎 이론에 대한 신봉이나 호사스러운 세속 생활에 모두 염증을 느끼면서 담백하고 고요한 생활에 마음을 두고 산수에 정을 붙여가며 창작을 했던 시인들이었다. 은일의 정과 산수의 미감 체득, 불가의 선취 등에 뜻을 둔 시인이었는데 비교적 유명한 시인이었던 許渾, 方干, 陸龜蒙, 司空圖, 鄭谷 등도 이에 속한다. 아울러 주로 江浙 일대를 배경으로 활약했던 周賀, 喩鳧, 鄭巢, 項斯, 劉得仁, 李頻, 李郢, 曹松, 李洞, 周朴, 唐求 등도 자연미와 선취를 서사했던 은일시인들로 분류할 수 있겠다. 晚唐의 자연시는 현실파나 유미주의파 시인들의 작품 중에서도 많이 발견되지만 晚唐 隱逸詩人들에 의해서 새로운 풍격으로 창출된 자연시 작품들 역시 중요성을 띠고 있다. 은일시인의 자연시가 하나의 조류로 등장하게 된 것도 晚唐代에 와서 등장한 중요한 특색이라고 하겠다.

위에서 예거한 세 부류의 시인들은 수량의 다소를 막론하고 대부분이 자연시 작품들을 남겨놓고 있지만 커다란 성취를 이룬 시인을 부각시켜서 거론하기는 어려운 상황이다. 앞서 언급한 바와 같이 晚唐代에는 자연시 창작의 기풍이 전대에 비해 쇠미해진 데다가 작품의 성향을 볼 때 순수한 자연시로 볼 만한 작품이 상대적으로 적어졌기 때문이다. 그러나 이 중에서도 자연시의 성취가 돋보이는 몇몇 작가들이 있는바 이 방면에 있어 주목할 만한 시인들로서는 유미파 계열의 작가로서 낭만적인 자연 의식을 펼쳤던 杜牧과 李商隱, 개성적인 자연 묘사 수법을 활용한 시인인 許渾, 張碧, 溫庭筠, 현실주의 시인들로서 현실의 비애와 자연 의식을 결합하여 서사한 羅隱, 皮日休, 陸龜蒙, 杜荀鶴, 그리고 산중에 은거하며 생활 정경과 결합된 자연 묘사를 가함으로써 晩唐 자연시의 대미를 장식한 隱逸詩人 등을 거론할 수 있겠다. 이제 이들의 작품을 중심으로 晩唐 자연시의 면모를 기술하여본다.

1) 杜牧, 李商隱 : 우국의 서정과 유미주의의 투영

盛唐代에 극에 달했던 자연시 창작이 晩唐代에 들어와 침체의 길로 들어가면서 이전과 같은 淸新하고 명랑한 풍격의 작품이 창작되는 것은 좀처럼 기대하기 힘들어졌다. 晩唐이 지닌 사회의 여러 병리 현상들과 부패 구조, 그리고 이로 인한 문인의 현실도피 의식의 형성, 晩唐五代에 성행했던 불교 禪宗의 당시 문인들에 대한 영향 등으로 문인들이 자연을 대하는 심리가 분명 초당의 淸麗함이나 盛唐의 閑雅함과는 달랐다. 晩唐의 자연시는 혼란한 쇠퇴기를 살면서 시인들이 고아하고 담백한 정신을 가지고 속된 기운 없이 살기를 도모했던 흔적이기도 했다. 그러나 단조롭고도 무미건조한 은일 생활에 대한 묘사가 전대보다 많아졌고, 전대 자연시인들에 비해 상대적으로 협소한 제재를 통한 묘사에 머물러 있어서 전체 산수에 대한 커다란 조망의 시각에서 나온 작품은 점차 드물어졌다. 高雅한 閑情을 읊은 형상은 있었으나 내면은 苦悶이 담긴 凄凉한 微音으로 이는 격정이나 열망을 상실한 채 혼탁한 시대를 살았던 정신적 공허감의 표현이기도 하였다.

그러나 盛唐이라는 자연시의 극성기와 中唐이라는 轉變期를 거친 이후 晩唐에 와서도 자연에 대한 묘사는 계속 이어졌다. 中唐에 와서 다시 한 번 융성기를 맞이하였던 자연시 창작은 그 餘音을 이어갔다 할 것이니 몇몇 걸출한 시인들에 의해 晩唐의 풍격을 추가로 가미한 채 발전해오고 있었던 것이다. 그 선두에 있던 시인으로 晩唐의 대표적인 유미주의 시인이었던 杜牧과 李商隱을 들 수 있다. 이들은 시대적 요인이나 세상에 대한 개인적 실의의 감정을 자연 정경 속에 이입하여 농울한 서정을 발하는 작품을 창작하는 것에 능했는데 한 편으로는 유미주의적 기풍을 추구했던 자신들의 경향을 반영하듯 화사하고 공 교한 기법을 발휘하여 자연시의 '情', '景', '意' 측면을 아우르는 다양한 작품을 그려내기도 하였다. 때로는 자유분방한 모습을 창출하기도 하였고, 때로는 비 극적인 색채를 추구하기도 하였으며, 전대 시인들의 유려한 필치를 종합한 듯 다채로운 필법을 구사한 면모를 보이기도 하였다. 이들이 유미적인 필치로 묘 사한 자연의 모습 속에는 盛唐의 표일하고 담박한 경지나 中唐의 沖澹하고 자 연스러운 필치와 비교되는 凄然하고도 清遠한 멋이 함유되어 있었던 것이다. 이들 유미주의 시인들에 의해 주도된 晩唐 자연시의 특색과 흥취를 살펴보기로 한다.

杜牧(803~852)은 字가 牧之이고 號는 樊川이며 京兆 萬年人이다. 文宗 大和 2 년(828) 진사 급제 후 弘文館校書郎을 거쳐 淮南節度使 牛僧孺의 막하에서 淮南 節度使書記를 지냈다. 監察御史와 黃州, 池州, 睦州의 刺史를 거친 후 司勳員外 郎이 되었다. 武宗 會昌 연간에 考功郎中과 知制誥를 거쳐 中書舍人까지 올랐 다. 문장과 시에 능했는데 七言絶句가 뛰어났고 詠史詩와 詠懷詩가 많다. 杜牧 이 본격적으로 시가를 창작하게 된 것은 그가 31세(833)에 淮南節度使書記를 지 낸 揚州 시절부터라고 할 수 있는데 이 시기의 시가는 주로 화려한 필치로 젊 은 날의 낭만과 풍류를 읊고 있는 모습이다. 이에 비해 만년에 지은 작품들은 이루지 못한 이상과 기백을 뒤로한 채 인생에 대한 달관 의식이나 비애감을 孤 寂한 필치로 기술하고 있어 대조적인 모습을 보이고 있다. 시 작법이 杜甫와 비슷해서 小杜로도 불린다. 문집으로 『樊川文集』 20권이 있다.

杜牧의 자연시 창작과 연관하여서는 그가 35세 때 동생 杜顗의 안질 치료를 위해 宣州에 있었을 때와 左補闕을 맡아 宣州에서 長安으로 가는 길에 썼던 寫 景詩들과 42세(844) 池州刺史, 44세(846) 睦州刺史, 48세(850) 湖州刺史 등을 지내 던 시기에 틈틈이 주변 산수를 찾아 쓴 시 등이 중요한 작품이라 할 수 있다. 자연시는 주로 杜牧의 중년기에 창작되었다고 할 수 있는데 이 자연시들은 호

방한 풍격을 지닌 감회시, 비장한 풍격을 보이는 영사시, 艶麗하고 화사한 면모
를 보이는 염정시 등과 비교할 때 수려하면서도 한아한 기풍을 보이고 있는 것
이 특징이다. 그의 자연시는 깊은 흥취를 담아 자연을 노래함으로써 王維식의
閑遠하고 淡雅한 시풍이나 청려한 멋을 발하는 전통적 산수시의 풍격을 재현하
면서 정경 속에 강렬하고 개성적인 서정을 이입하고 있음을 살필 수 있다. 비록
盛唐의 경지에는 못 미쳤지만 小杜로 불릴 만큼 시재가 뛰어났던 두목이니만큼
盛唐 제가의 담백한 풍격에다 수려하고 빼어난 각필을 부가하여 '流麗工巧'한
필치를 창출하는 성취를 이루어냈던 것이다.

杜牧 자연시의 경향은 淸幽하고도 淡白한 필치를 통해 세상의 소욕을 배제
한 자연 속 망아의 경지를 추구한 작품, 수려하고 공교한 필법을 통해 유미적인
서정을 표출한 작품, 晩唐 시국에 대한 서정을 갖고 자연을 통해 의식을 서사
한 작품 등으로 요약된다. 특히 유미주의적 기풍을 추구했던 자신의 경향을 반
영하듯 시구 속에서 화사한 색감을 대조적으로 활용하거나 정경과 강렬한 흥취
를 순차적으로 그려내는 데 능한 면모도 보이고 있어 창작 기교 방면에서 晩唐
자연시의 또 다른 성취를 이루어낸 중요 작가라 할 수 있다. 이러한 방향성에
유의하여 杜牧이 창작한 자연시의 면모와 특성을 살펴볼 수 있을 것이다.

杜牧의 자연시 중 백묘적인 표현을 통해 한아하고 淡遠한 盛唐식의 기풍을
재현하면서 청정한 흥취와 忘我의 경지를 창출해낸 작품들을 먼저 살펴보도록
한다. 그가 睦州刺史 시절에 쓴 다음 작품을 보면 자연에서 얻을 수 있는 최대
한의 평온을 성취한 것 같은 감격이 담겨 있음이 발견할 수 있다.

睦州四韻 목주에서 쓴 네 운의 시
州在釣臺邊　목주는 嚴子陵 조대 근처에 있는데
溪山實可憐　시내와 산이 실로 모두 아름다워라
有家皆掩映　집들은 모두 녹음에 덮여 있고
無處不潺湲　시냇물 잔잔히 흐르지 않는 곳이 없다
好樹鳴幽鳥　아름다운 나무에는 지저귀는 새들의 그윽한 소리
晴樓入野煙　화창한 누각에 들녘 연기가 스며들고 있다
殘春杜陵客　늦은 봄 두릉의 객은

中酒落花前　떨어지는 꽃잎 앞에서 술에 취해 있나니

睦州에서 바라보는 사방의 정경을 형용함에 있어 '實', '皆', '無處不' 등 최상의 가치를 지닌 아름다운 모습으로 칭송을 가하고 있다. 거의 매 구마다 밝고 명랑한 시어를 통해 신선한 감각을 돌출시켰고 그 속에서 느끼는 자신의 평온한 심경을 이입했다. 미연에서는 객이 된 상황을 언급했으나 꽃과 술을 즐기는 마음을 형용하면서 비애에 빠지지 않고 안온한 경지에 들어간 幽人의 모습을 그렸다. 수려한 필치로 밝고 청아한 산하의 모습을 그림으로써 산뜻한 의경을 느끼게 하고 있다.

다음은 杜牧이 茶山에 기거할 때 쓴 시로서 당시 그가 병으로 인해 술을 못 마시는 상황에 있었지만 주변 자연이 주는 매력으로 인해 초월의 경지에 이를 수 있었음을 표현한 작품이다.

春日茶山病不飮酒因呈賓客 봄날 다산에서 병으로 술을 못 마시자 시를 써 객에게 주다

笙歌登畵船　생황 가락 들리는 중에 화려한 배에 올랐는데
十日淸明前　때는 바야흐로 청명 열흘 전이라
山秀白雲膩　산은 수려하고 흰 구름은 풍성한데
溪光紅粉鮮　시냇물 빛 받아 미녀는 더욱 선명하게 곱다
欲開未開花　꽃은 피려 해도 아직 피지 않았구나
半陰半晴天　반쯤은 그늘지고 반쯤은 맑은 하늘
誰知病太守　그 누가 알았으리 병든 태수인 내가
猶得作茶仙　오히려 차 신선이 되어 있을 줄을

청명을 앞두고 배에 올라 산과 시내를 감상하는 장면인데 생황 소리와 화려한 장식의 배가 한껏 감흥을 돋우고 있다. 산과 시내를 언급하면서 '白雲'과 '紅粉'의 대조된 색깔을 활용하여 더욱 신선한 의경을 창출하였다. 제3연에서는 '開'와 '半'자를 연이어 사용하면서 아름다운 장면을 더욱 신비롭게 묘사했으니 그 필치와 기법이 실로 빼어나다. 미연에서는 병든 자신의 심신을 '茶仙'으로 치환하여 묘사하고 있어 자연 속에서 자적하면서 해탈을 추구하는 고아한 심리

를 유연하게 표현하고 있음이 발견된다.

杜牧이 만년에 長安에서 中書舍人으로 재직할 때 쓴 다음 작품에는 친구가
오지 않은 상황에도 감정의 흐트러짐 없이 자연 속에서 소요를 추구하는 모습
이 잘 표현되어 있다.

秋晚與沈十七舍人期游樊川不至 만추에 심십칠사인과 번천으로 놀러
가기로 했으나 오지 않아 지은 시

邀侶以官解　초대한 친구가 공무에 묶여 있으니
泛然成獨游　그저 나 혼자 한가롭게 소요할 뿐
川光初媚日　번천의 빛은 아침 햇살에 아름답고
山色正矜秋　산색은 가을을 자랑하고 있다
野竹疏還密　들녘의 대나무 성글다가 빽빽해졌고
巖泉咽復流　바위의 샘은 목메어 울다가 다시 흐른다
杜村連滴水　두촌은 홀수와 이어져 있어
晚步見垂鉤　저녁에 걷다가 낚시하는 이를 보게 되네

가을 햇살을 받아 빛나는 물결과 가을색 그득한 산의 정경을 이어서 언급함
으로써 풍성한 자연미를 부각시켰고 대나무와 샘물을 통해 원경의 조망에서 세
미한 부분으로 시선을 이동한 것이 포착된다. 눈앞에 보이는 대나무와 샘물의
모습에다 시간의 흐름을 투영하였는데 현재의 모습이 과거보다 더욱 풍성하여
푸근한 느낌을 얻게 된다. 강과 산, 대나무와 샘물 등을 그리면서 '媚', '矜',
'還', '咽' 등의 특별한 의미를 지닌 글자로 돌출된 의상을 갖게 한 감각과 수법
이 뛰어나다. 결미에서는 한가하게 낚시질하는 모습을 바라보는 자신의 모습을
통해 느긋하게 이 정경 속에 거하고자 하는 심정을 표현했는데 이 역시 담백하
면서도 閑遠한 풍격을 창출하고 있다. 만년에 逍遙自適하는 것이 경지가 잘 표
현되어 있는 것이다.

杜牧 자연시의 또 다른 특징으로는 각종 기교를 활용하여 자연미를 선명하
게 부각시키거나 유미적인 서정을 효과적으로 펼쳐낸 점을 들 수 있다. 杜牧이
특히 선호했던 수법은 전반부에서 선명한 필치로 자연 정경을 부각시키고 후반
부에서 자신의 감회를 투영함으로써 정경의 조화를 이루는 기법이었다. 또한

그는 情과 景의 교차, 靜態와 動態의 연결, 대조되는 색깔의 부각, 시각과 청각의 적절한 투입 등의 기교에 있어서도 능한 모습을 보였다. 이러한 기교들은 한아한 의경 속에 역동적인 기운과 리듬감을 이입하는 효과를 창출하며 서경과 서정 모두를 상대적으로 부각시키는 상승효과도 지니고 있다. 몇몇 작품을 통해 그 예를 살펴보기로 한다.

다음 시는 文宗 開成 2년(837) 동생의 눈병 치료차 杜牧이 揚州 禪智寺에 기거할 때 쓴 작품인데 산수 묘사를 함에 있어 動態와 靜態의 표현을 적절히 교차시키면서 처연한 심경을 저변에 깔고 있어 돋보이는 기술 수법을 발휘한 것을 살필 수 있다.

題揚州禪智寺 양주 선지사에서 짓다
雨過一蟬噪　비 지나간 후 매미 한 마리 울고
飄蕭松桂秋　소나무와 계수나무 향 쓸쓸히 날리는 가을
靑苔滿階砌　푸른 이끼는 섬돌에 그득하고
白鳥故遲留　흰 새는 거처를 찾아 느긋하게 머문다
暮靄生深樹　저물녘 깊은 숲에선 운무가 일고
斜陽下小樓　석양은 조그만 누각 너머로 기울어 간다
誰知竹西路　그 누가 알리 이 대숲 서쪽 길에서는
歌吹是揚州　양주의 번화함을 노래하고 있을 줄

수연에서 언급한 매미와 가을이라는 소재는 시기적으로 묘한 감흥을 자아낸다. 가을이 되면 생명이 얼마 남지 않은 터라 매미 소리는 처량하게 들리고 소나무와 계수나무 역시 쓸쓸한 풍격을 더하게 된다. 고요한 禪智寺 경내에서 들리는 매미 소리는 소슬함을 더하는 청각적 이미지요 소나무와 계수나무 역시 서정을 배가하는 감각적 요인이다. 제2연에서는 시각적 묘사를 펼쳤다. '靑'과 '白'이 주는 색감의 대조, 섬돌과 허공을 넘나드는 시선, 인적 없는 산사의 적막한 분위기 등을 통해 한아한 기운 속에 포착된 정경의 묘사를 선명한 필치로 그리고자 한 것이다. 이어진 제3연은 조망을 통해 포착한 원경인데 저물녘 숲과 석양이 지는 모습으로 쓸쓸하면서도 고즈넉한 분위기를 연출하였다. 미연에서는 번화한 거리와 가무로 시끌벅적할 揚州의 모습을 떠올리며 상대적으로 고적한 산사의 분위기를 대조하고 있다. 세상과 대비되는 자연의 모습을 그렸는데 그 내면에는 풍류를 떠나 산속에서 피곤한 심신을 달래는 자신의 신세에 대한 소회가 기탁되어 있다. 시의 처음 부분에서 고요함 속에 청각적 이미지를 기탁하였다가 결미에 와서 다시 역동적인 모습과 대비된 고요한 정취를 부각시키는 수법이 특히 빼어나다 하겠다.

杜牧이 宣州에서 지낼 때 쓴 다음 작품에서는 형상적인 언어로 자연을 묘사하여 뛰어난 예술적 효과를 창출한 후 다시 그 속에다 자신의 영회 의식을 투영한 면모가 발견된다.

江南春絶句 강남의 봄 절구

千里鶯啼綠映紅　강남 천 리 꾀꼬리 울고 푸른 잎은 붉은 꽃에 어른거리는데
水村山郭酒旗風　강촌과 산마을엔 주점 깃발 바람에 흩날리네
南朝四百八十寺　남조 때 지은 절 사백팔십 개
多少樓臺煙雨中　수많은 누대들이 가랑비에 젖어 있구나

전반부에서는 선명하고도 산뜻한 의경을 통해 강남의 봄 경치를 소개하였다. 수구에서는 신록 속에 붉은 꽃이 만발한 산수의 모습을 그리면서 그 속에 꾀꼬리의 소리를 이입한 시청각적 효과를 창출하였고 제2구에서는 산과 강을 아우르는 원대한 정경 속에 흩날리는 주점 깃발을 묘사하여 번화한 강남의 모습을 우회적으로 설명하였다. 이 시선 속에 역사적 감각을 투영한 것이 후반부의 특색이다. 南朝 때 지어진 수많은 절들을 거론하면서 이 절들이 지금은 '가랑비(煙雨)'에 젖어 있는 모습을 그렸으니 청신한 정경 묘사에 이어 역사와 현실에 대해 주목하는 자신의 의식을 담고 있는 것이다. 수려하게 서술한 넓은 정경, 청각과 시각을 활용한 산뜻한 각성, 현실에 대한 우회적인 서술, 역사와 현실을 관통하는 자신의 의식투영 등이 잘 조합되어 있는 가작이라 하겠다.

杜牧이 37세(839) 때 左補闕을 맡아 宣州에서 長安으로 가는 길에 쓴 寫景詩 한 편을 살펴본다. 이 작품 역시 신선한 감각을 갖고 자연을 묘사하면서 무리 없이 자신의 서정을 기탁한 필법이 돋보인다.

漢江 한강

溶溶漾漾白鷗飛	넓은 물결 넘실대는 곳에 흰 갈매기 날고
綠淨春深好染衣	맑고 푸르게 깊은 봄날 한강 물은 옷 염색하기 좋아라
南去北來人自老	남북을 오가다 보니 사람은 절로 늙어
夕陽長送釣船歸	석양을 멀리 보내는 중에 낚싯배가 돌아오네

漢水를 지나면서 쓴 작품으로 청아한 강의 정경과 자신의 서정을 차례로 부각시키면서 생동감을 더하였다. 특히 수구에서 漢水의 모습을 '溶溶漾漾'으로 처리하여 드넓게 흐르는 강물과 넘실대는 물결 모양을 한꺼번에 그려낸 것은 이채로운 필법이라 하겠다. 그 푸른 물결에 옷이 물들 것 같다는 과장된 표현은 정경에 몰입된 자신의 흥취를 표현한 것인데 신선한 감각이 잘 발휘되어 있다. 후반부에서는 이 모습 속에 문득 깨닫게 된 자신의 일생과 현재의 모습을 투영하였는데 자연이 지닌 아름다움과 비교되는 일신의 회한을 '自老'와 '長送'으로 표현하여 소산한 풍격을 배가시키고 있다.

다음 작품도 한아한 의경과 소슬한 서정을 효과적으로 조합하여 시적 이미지를 높인 작품이라 할 수 있다.

淸明 청명

淸明時節雨紛紛	청명이라 보슬보슬 비가 내리는데
路上行人欲斷魂	길 가는 나그네 가슴이 미어지네
借問酒家何處有	주막이 어디냐 물었더니
牧童遙指杏花村	목동은 멀리 살구꽃 핀 마을을 가리키누나

淸明節에 비가 부슬부슬 내리니 먼 길 가는 나그네는 고향 생각에 애간장이 끊어지려 한다. 나그네의 근심을 술로 풀어볼까 하고 주막이 어디 있는가를 물어보니 들녘의 목동은 멀리 杏花村을 가리킨다. 여기서 杏花村은 푸근한 고향, 쉴 곳, 주막 등의 이미지를 제공한다. 客愁의 비애 속에 있는 작자가 위안처를 찾아가는 모습이나 목동의 대답이 담긴 결구의 모습은 몽롱한 이미지와 신비감의 서사이다. 이러한 표현을 통해 李白이나 王維 자연시의 超邁하고 閑逸한 서정이 재현되어 있는 듯한 흥취를 느끼게 되는 것이다.

杜牧의 자연시 중 몇몇 작품은 자연 묘사 속에 晩唐의 시국을 반영하는 강렬한 서정이나 역사의식을 이입하여 농도 짙은 비애를 창출한 것이 보인다. 이러한 작품들은 자연에 대한 한층 민감한 감각을 드러내면서 자연시의 의미를 더욱 깊고 그윽하게 만들어주는 면모를 지니고 있다. 그 예로 자연을 바라보는 세련된 시각 속에 원숙한 사상을 함께 조합한 수작으로 회자되는 「山行」을 살펴보기로 한다.

山行 산길을 가며

遠上寒山石徑斜　　멀리 차가운 산 비탈진 돌길
白雲生處有人家　　흰 구름 이는 곳에 인가가 있다
停車坐愛楓林晚　　수레 세워놓고 앉아 황혼녘 단풍을 즐기나니
霜葉紅于二月花　　서리 맞은 잎이 이월 봄꽃보다 더욱 붉구나

시가에서 느껴지는 기운이 한아하면서도 선명하다. 가을 산을 오르면서 시선이 가는 순서대로 비스듬하게 이어지는 산길과 흰 구름, 인가 등을 묘사하였는데 그 정경을 하나의 화면에 넣고 보면 마치 한 폭의 풍경화 같은 청아함을 느낄 수 있다. 높은 산속에 구불구불 펼쳐진 돌길, 한아한 의상을 전달하는 흰 구름, 자연 속에 있어 더욱 정겹게 느껴지는 인가 등이 세련된 필치로 묘사되어 있는 것이다. 말구에서는 제2구의 흰 구름과 대비되는 붉은 나뭇잎을 부각시킴으로서 색채감을 더하였는데 이때 등장하는 단풍나무 잎은 '서리 맞은 잎(霜葉)'이니 온갖 풍상의 상처와 영화를 뒤로한 '가을 잎'의 형상을 하고 있다. 막 솟아난 봄꽃의 자태가 화려하고 신선하기는 해도 가을 단풍나무 잎 속에 담긴 인고의 세월을 뛰어넘은 미감에는 못 미친다고 보는 작자의 시각을 투영한 것이다. 선명한 의상 속에 심원한 의지를 투영함으로써 빼어난 서정을 유발하는 작품이라 하겠다.

杜牧이 黃州刺史를 지낼 때 인근에 있는 蘭溪를 찾아 자신의 심정을 기탁한 작품을 보자.

蘭溪 난계

蘭溪春盡碧汶汶　봄이 다 지나가는 난계에 푸른 물결 넘치고
映水蘭花雨發香　물에 비친 난초화는 빗속에서도 향기를 발하누나
楚國大夫憔悴日　초나라 대부 屈原은 초췌한 세월을 보냈겠지
應尋此路去瀟湘　이 길을 따라간다면 응당 소상강으로 향하리니

蘭溪는 黃州城에서 東南쪽으로 70여 리에 있으며 長江으로 유입되는 강이다. 난초가 발하는 그윽한 향기와 넘실대는 시내의 정취가 어우러진 난계의 모습을 그리면서 시인은 이윽고 깊은 감성을 느끼게 된다. 옛날 楚 땅의 屈原이 아름다운 자연 속에서도 초췌한 세월을 보내며 우국의 서정을 발하던 기억을 떠올린 것이다. 맑은 강물과 군자의 기품을 소유한 난초는 屈原과 같이 맑고 순진한 충정을 지닌 존재라는 인식을 하게 된 것이니 두목은 어느덧 경치를 보고 정을 느끼는 '觸景生情'의 경지에 이입하고 있음을 파악할 수 있겠다.

다음 시가에 나타난 자연 역시 강렬한 역사의식을 환기시키는 배경적 역할을 잘 감당하고 있음이 보인다.

泊秦淮 진회하에 정박하여

烟籠寒水月籠沙　안개는 차가운 물을 감싸고 달빛은 모랫벌을 감싸고 있는데
夜泊秦淮近酒家　한밤 진회하에 정박하니 술집이 가깝구나
商女不知亡國恨　술파는 여자는 망국의 한을 모르고
隔江猶唱後庭花　강 건너에서 아직도 후정화 곡을 노래하고 있다

이 시는 杜牧이 金陵 秦淮河를 찾았을 때 쓴 작품으로 수구의 표현이 특히 빼어난 의경을 창출하고 있다. 이 시에서 두목이 의도하고자 한 것은 경치의 서사가 아니라 시국에 대한 우려감과 회고 의식이며 망국의 노래 '玉樹後庭花'에 대한 깨우침도 없이 유희와 쾌락만을 추구하며 노래 부르는 현실을 조소하고자 하는 것이었다. 본인의 강렬한 서정을 투영함에 있어 자연과 역사의식이 중요한 배경 역할을 하고 있는 것이다.

杜牧의 자연시 작품을 보면 시대적 요인이 크거나 세상에 대한 실의의 감정, 참여 의식 등이 강할수록 서경 속에 서정을 이입하는 경향이 짙다는 것을 인식

하게 된다. 특히 晚唐이라는 우국의 시대를 살았던 杜牧으로서는 자신의 의식 세계를 자연 묘사 속에 깊이 투사하는 것이 필연적인 것이었을 수도 있다. 그러나 杜牧의 자연시 작품들을 보면 그가 강렬한 개인의식의 서사를 위해 자연을 추구한 것만은 아니었음이 발견된다. 오히려 杜牧 자연시의 주된 특징을 보여주는 작품들은 유미주의적 기풍을 추구했던 자신의 경향을 반영하듯 화사한 색감을 대조적으로 활용하거나 정경에서 얻는 강렬한 흥취를 순차적으로 그려내는 방식으로 工巧하면서도 流麗한 필치를 발휘한 작품이라 할 수 있는 것이다.[5] 杜牧은 '工巧流麗'한 시가뿐 아니라 개인적 서정이나 영사 의식을 투영한 자연시 작품을 고루 창작함으로써 자연시의 '情', '景', '意' 측면을 아우르는 아름다운 조화를 이루고자 하였다. 杜牧 자연시에서 발견되는 이러한 다양한 필치는 그가 정경의 묘사와 서정의 서사 모두에 있어 뛰어난 성취를 이루어냈다는 것을 알려주는 부분이다. 자연을 자연 그 자체로 본 王維나 孟浩然의 표일하고 담박한 경지와는 비교되는 杜牧 자연시의 특징이라 할 것이다.

李商隱(812~858)은 字가 義山이고 호는 玉谿生이며 河內 沁陽人이다. 어려서 부친을 여의고 쇠락한 집안에서 자라다가 19세 때 牛黨의 요원인 太平軍節度使 令狐楚의 눈에 들어 幕府에서 巡官을 지냈다. 25세 때 진사에 급제한 후 26세에 李黨 일파인 涇源節度使 王茂元의 막부에 들어가 書記를 하다가 王茂元의 딸과 결혼했는데 이로 인해 牛黨의 배척을 받게 되었다. 여러 막부에서 막료 생활을 전전하였으나 뜻을 제대로 펴지 못하다가 46세에 졸하였다. 李商隱은 쇠미해가는 晚唐 시단에서 개성적인 시재를 드러낸 시인으로서 杜牧과 함께

---

5 杜牧의 시 중 화사하면서도 강렬한 표현으로 정경의 흥취를 돋운 구절을 몇 부분 예거해본다. "연무에 젖은 나뭇가지 아름답고, 비 온 후 산의 자태 더욱 활발하다.(烟濕樹枝嬌, 雨餘山態活)"(「池州送孟遲先輩(지주에서 맹지 선배를 보내며)」), "맑은 바람에 배가 거울처럼 물에 비치고, 해 저무는데 물빛은 황금색으로 넘실대누나.(風淸舟在鑑, 日落水泛金)"(「金陵(금릉)」), "저녁 꽃 그윽하게 아름다운데, 높은 나무에는 새로이 신록이 돋아나네.(晚花紅艷靜, 高樹綠陰初)"(「春末題池州弄水亭(늦봄에 지주 농수정에서 짓다)」), "아름다운 연못에 마름풀과 부평초 그득 떠 있고, 여름 꾀꼬리는 장미를 희롱하며 곳곳에서 울어대네. 종일토록 이슬비 속 정경을 바라봐도 아무도 없고, 원앙만이 마주하며 붉은 자태를 씻고 있네.(菱透浮萍綠錦池, 夏鶯千囀弄薔薇. 盡日無人看微雨, 鴛鴦相對浴紅衣)"(「齊安郡後池絶句(제안군의 뒤 연못에서 지은 절구)」) 등을 보면 생기발랄하면서도 수려한 필치를 발휘한 면모가 돋보인다.

盛唐 李白, 杜甫에 빗댄 호칭인 '小李杜', 李賀, 李白 등과 함께 '三李', 溫庭筠과 함께 '溫李' 등으로 병칭되는 시인이다. 약 600수의 시가 전하며『新唐書』에 의하면 시문집으로『樊南甲集』20권,『樊南乙集』20권,『玉谿生詩』3권 등이 있다 한다.

李商隱은 정치시, 애정시, 영회시, 영사시 등을 많이 창작하였다. 특히 개인의 서정과 감개를 드러낸 애정시와 영회시는 서사 수법이 독창적이고 예술적 성취가 뛰어나 李商隱 시가의 위상을 잘 보여주는 시가라 할 수 있다. 독특한 구상과 섬농한 풍격, 기이한 정취의 투영, 몽롱하고 함축적인 시어 활용, 다채로운 전고를 통한 강렬한 의상 전달, 화려하면서도 난삽한 시어를 통한 세밀한 정서의 표현, 아름다운 서정과 유창한 어투를 활용한 정감의 표출 등은 이상은의 시가가 지닌 최고의 개성적인 성취가 되는 것이다.

李商隱의 자연시로는 宣宗 大中 원년(847)에 桂州刺史 鄭亞의 막료로 桂州로 있을 때 쓴「桂林」,「桂林路中作」,「晚晴」,「孤松」 등 남방 풍경을 담아낸 시가가 훌륭한데 이 작품들은 청신하면서도 한아한 필치로 이채로운 남방의 모습을 잘 표현해내고 있다.「登樂遊原」,「霜月」,「落花」 등의 자연시에서는 자신의 신세를 반영한 듯 자연 묘사 속에 짙은 비애감과 감상적인 어조를 담고 있어 李商隱이 자연에서 얻고자 했던 소요의식을 살필 수 있다. 그 밖에 永樂에서 한거할 때 쓴「所居」,「贈田叟」 등의 전원시는 전원 묘사 속에 자신의 분감을 담고 있어 그의 개성적인 면모가 돋보이는 작품이라 할 수 있고,「春雨」를 비롯하여 자연 묘사 속에 몽환적 의식을 투영한 시가들 역시 유미주의적인 필치를 발휘했던 그의 특징을 잘 보여주는 작품들이라 할 수 있다. 李商隱의 자연시는 전반적으로 자신의 회한을 투영한 듯 蕭散하고 凄然한 풍격을 지향하고 있는데 여기에 李商隱 특유의 유려하고 섬세한 필치를 가한 흔적이 있어 그가 시가의 예술성을 높이는 데 공헌한 작가답게 새로운 시경을 창출하기 위해 노력하였음을 파악하게 해준다.

李商隱의 자연시 중 847년 桂州에서 막료로 있던 시절에 쓴 작품들을 순수한 시각으로 자연을 바라본 느낌을 청신하게 표현함으로써 자연시 본연의 풍격을 재현한 작품들이라 할 수 있다. 다음에 예거하는「桂林」과「晚晴」은 한아하고 맑은 의경과 함께 청신한 기운을 담아낸 작품들이다.

桂林 계림

城窄山將壓	성읍이 좁음은 산이 눌러서 그런가
江寬地共浮	강은 넓어 땅과 함께 물 위에 떠 있는 듯
東南通絶域	동남으로 절경이 두루 통해 있고
西北有高樓	서북쪽으로는 높은 누각이 있다
神護靑楓岸	푸른 단풍나무 심어진 언덕에 수호신 살고
花移白石湫	백석소를 향하는 물에는 꽃이 흘러간다
殊鄕竟何禱	이 특별한 경치에서 무엇을 더 바라랴
簫鼓不曾休	맑은 북소리 쉰 적이 없었나니

전반부에서는 산과 강이 절경을 이루고 있는 계림의 형세를 그렸고 후반부에서는 전설과 풍속을 활용하여 신비롭고도 수려한 경치를 더욱 특별하게 표현하고 있다. 수연에서 가한 '산이 성읍을 눌렀다(山將壓)'는 표현과 '땅이 물 위에 떠 있는 듯하다(地共浮)'라는 언급은 계림의 이채로운 모습을 부각시키는 독특한 표현이다. 이어진 함연에서는 서로 대칭되며 절경을 이루는 누각과 산수의 모습, 신화가 서린 듯 신령한 운치를 더하는 단풍나무 언덕, 백석소와 그곳으로 한가롭게 흘러가는 꽃잎 등을 차례로 등장시켰는데 그 표현이 담백하면서도 신선 세계를 묘사한 듯 신비롭고 기묘한 경지를 창출하고 있음을 느끼게 한다.

晩晴 갠 저녁

深居俯夾城	깊이 한거하며 협성의 모습 굽어보는데
春去夏猶淸	봄이 가고 여름이 왔어도 여전히 맑은 풍경
天意憐幽草	하늘의 뜻이 그윽한 풀도 불쌍히 여기듯
人間重晩晴	사람도 이 갠 저녁을 소중히 여긴다
并添高閣逈	게다가 날 맑아지니 높은 누각 더욱 아득히 보이고
微注小窓明	세미한 물 흐름까지도 작은 창에서 밝게 보이네
越鳥巢幹後	越 땅의 새 둥지는 비 그치고 마른 후라
歸飛體更輕	둥지로 돌아가는 몸 더욱 가벼울 것이라

전고나 회삽한 언어를 사용하지 않고 담백한 시어를 활용했기에 비 갠 저녁의 맑고 산뜻한 경치를 더욱 신선하게 느낄 수 있다. '淸', '憐', '明' 등의 형용사를 통해 시원하게 펼쳐진 시야와 이 청아한 정경을 아끼는 작자의 마음을 밝게 그려냈다. 盛唐 자연시의 청신한 경지가 느껴지는 부분이다. 특히 미연에서 비 갠 후 새 둥지가 마르고 돌아가는 몸이 더욱 가벼울 것이라고 한 표현은 작가 자신이 삶의 새로운 희망을 발견하고 있음을 드러낸 부분이다. 시가 전편을 통해 맑은 정경의 묘사, 신선한 서정의 이입, 자신의 의지 투영 등을 순차적으로 잘 묘사하여 나갔음을 살필 수 있다.

李商隱이 江陵으로 가는 도중에 둘러본 강촌의 풍경을 묘사한 다음 시가도 순박한 서정을 잘 담아낸 작품의 예이다.

江村題壁 강촌에서 벽에 쓰다
沙岸竹森森　모래언덕에는 대나무가 빽빽한데
維舶聽越禽　묶어놓은 배에서 월 땅의 새 소리 듣는다
數家同老壽　몇 집이 함께 늙어가며 살아가는데
一徑自陰深　어둡고 깊은 곳에서 길 하나가 시작된다
喜客常留橘　객을 좋아해 늘 귤을 대접하고
應官說采金　관에서 금을 캐라는 말에도 잘 순응한다
傾壺眞得地　참된 경지 얻은 곳에서 술 주전자 기울이는데
愛日靜霜砧　섬돌에 고요히 서리 내린 날 더욱 사랑스러워라

강촌의 모습이 활발하고 융성하지는 않으며 등장하는 인가도 몇 집에 불과하다. 그러나 이로 인해 더욱 순박한 인심과 자연의 미를 느끼게 된다. '귤을 대접하며 머물게 하는(留橘)'는 따뜻한 인정과 '금을 캐어(采金)' 바치는 힘든 상황까지 언급함으로써 향촌 모습에 대한 남다른 관찰력을 발휘한 것도 이채롭다. 농촌 생활을 가감 없이 묘사한 이러한 표현은 독자로 하여금 진실성을 느끼게 하며 마치 한 편의 소박한 기록을 읽는 것 같은 잔잔한 감동을 제공한다. 미연에서 자신이 향촌 정경 속에 있는 것을 참된 경지 속에 있는 것으로 비유한 것은 궁벽한 한촌을 桃花源처럼 아끼는 시인의 마음을 담아낸 표현이라 할 수 있다.

李商隱이 江東의 모습을 읊은 다음 작품 역시 한아한 필치와 유연한 서정으로 정경에 대한 여운을 느끼게 하는 작품이라 할 수 있다.

江東 강동
驚魚潑剌燕翩翩 놀란 물고기 팔딱거리고 제비는 펄펄 나는데
獨自江東上釣船 나 홀로 강동에서 낚싯배에 오르네
今日春光太漂蕩 오늘 봄빛은 너무 화창하고
謝家輕絮沈郎錢 집 떠난 가벼운 버들솜 느릅나무 열매에 앉았네

시제의 '江東'은 현재의 安徽省 芙湖 이남의 장강 하류 지역을 가리킨다. 물고기가 퍼득거리는 소리와 제비의 날아오르는 형상을 묘사한 수구의 표현은 독자에게 신선하면서도 상큼한 서정을 제공한다. 이 정경 속에서 작자는 홀로 낚싯배에 오르고 있지만 주변 정경이 화창하여 오히려 고아한 흥취가 느껴진다. 결구에서는 東晋 시대의 여시인 謝道韞이 눈을 형용함에 있어 "버들솜이 바람에 일어난 것에 비유함만 못하다.(未若柳絮因風起)"라고 하였던 『世說新語』의 기록을 활용하였는데 '謝家(謝道韞)'를 '집 떠난 신세'의 의미로 활용한 기교가 신선하다. 또한 晋代의 小錢 '沈郎錢'이 漢代에는 '楡莢錢'이라고도 불렸던 것에 착안하여 '沈郎錢'을 '느릅나무 열매'에 비유한 것도 이채롭다. 청신한 의경 속에 고사를 이입하여 시가의 여운을 높여낸 작품이라 하겠다.

李商隱의 자연시는 전반적으로 곱고 청아한 표현을 선호하고 있지만 운미에서 느껴지는 의경은 소산한 경우가 많다. 특히 처연한 정경에 비애감을 담아낸 작품은 작가의 감정이 자연이 주는 한적한 감흥을 뛰어넘는 아득한 비감 속에 있음을 나타낸다. 작가의 아련한 마음을 담아낸 이러한 작품 역시 李商隱 시가 특유의 짙은 서정성과 우수를 느끼게 하는 자연시 작품이라 할 수 있다. 자연 속에서 느끼는 고적한 회포로 인해 아련한 뒷맛을 느끼게 되는 작품들을 몇 수 예거하여 살펴보기로 한다. 다음 「落花」는 떨어지는 꽃을 보고 자신의 마음을 투영한 작품이다.

落花 낙화

高閣客竟去	높은 누각의 길손 이미 떠나고
小園花亂飛	작은 동산에는 꽃이 어지러이 날린다
參差連曲陌	들쑥날쑥 구불구불 밭두둑 이어져 있는데
迢遞送斜暉	아득히 비끼는 석양빛을 떠나 보낸다
腸斷未忍掃	애간장 끊겨도 차마 꽃을 쓸지 못하는 것은
眼穿仍欲歸	뚫어지게 바라보며 가지로 다시 돌아가길 바라는 것이라
芳心向春盡	향기로운 내 마음 봄 따라 사라지니
所得是沾衣	얻은 것은 그저 옷깃 적신 눈물뿐이네

'落花'가 의미하는 이미지는 시인 자신의 신세이다. 마치 굴곡진 인생을 표현하듯 들쑥날쑥하게 굽은 밭두둑이 이어져 있고 그 너머로 아득히 비끼는 석양빛을 떠나보내는 마음이 실려 있는데 마치 인생에 대한 전반적인 회고와 회한을 드러내는 한 폭의 인생 드라마 같다. 落花의 형상을 보면서 자신의 청춘과 이별하며 생에 대한 정리를 해야 하지만 아직도 남은 미련은 자꾸만 남은 꽃을 돌아보게 만든다. 깊은 회한으로 인한 암담함과 슬프고도 아름다운 꽃의 모습이 절묘하게 대조를 이루고 있는 것이다.

夕陽樓를 찾아 사방을 조망하였을 때도 李商隱의 마음은 고독과 근심으로 가득 찬 상황에 있었음을 알 수 있다.

夕陽樓 석양루

花明柳暗繞天愁	꽃은 밝지만 버들엔 그늘이 져 근심이 하늘을 두른 듯
上盡重樓更上樓	누각에 올라간 후 다시 위층을 올라간다
欲問孤鴻向何處	외로운 기러기에게 어디 가는지 묻고 싶어라
不知身世自悠悠	자신의 신세가 절로 한아한 것을 알지 못하리니

夕陽樓는 蕭澣이 鄭州로 폄적당해 왔을 때 건설한 누각인데 李商隱은 지금 그 마음을 헤아리며 이곳에서 시를 짓고 있다. 밝은 꽃과 어두운 버들을 보며 만감이 교차하는데 '근심이 하늘을 둘렀다(繞天愁)'라는 표현을 통해 폄적당한 蕭澣의 심정을 기리면서 자신의 회한까지 투영하였다. 비애감을 품고 전망을 살피다 보니 유유히 날아가는 기러기가 어느 순간 부럽게 느껴진다. 그윽한 정

경의 묘사를 도모했으나 내면에 담긴 의경은 처연하다.

장안 남쪽에 있는 樂遊原에 올라 바라본 저녁 풍경을 그린 다음 작품은 '綺靡'한 풍격을 배제한 채 구어체와 백묘적인 표현을 활용함으로써 자연에 대한 마음을 진솔하게 표현한 작품인데 운미에서 느껴지는 서정은 역시 쓸쓸하다.

> **登樂遊原** 낙유원에 올라
> 向晚意不適　해질녘 마음 울적하여
> 驅車等高原　수레를 몰아 낙유원에 오르니
> 夕陽無限好　석양빛은 무한히 좋으나
> 只是近黃昏　다만 황혼에 가까웠구나

樂遊原의 직접적인 풍경 묘사는 생략한 채 석양빛이 좋다는 말로 조망하는 경치를 개괄하였다. 후반부에서 이 정경이 좋기는 하나 황혼이 다가와 오래 머물 수는 없다는 표현을 하였는데 이 부분을 통해 자신의 신세가 늙어감에서 오는 감상이나 쇠락해가는 唐朝에 대한 걱정, 황혼 자체가 주는 애잔한 우수 등의 다양한 의경을 느낄 수 있다. 이른바 '언외의 멋(言外之趣)'을 느끼게 하는 구절인 것이다. 평이하고 소박한 언어를 활용함으로써 진실한 서정을 전달하려하였으나 결구의 '近黃昏' 표현을 통해 시인이 이 정경을 한가로이 누릴 수만은 없는 한계 의식을 지니고 있음을 느낄 수 있는 것이다.

李商隱은 많은 수는 아니지만 永樂에서 한거하면서 「所居」, 「贈田叟」 등 몇 수의 전원시를 썼는데 그 내용을 살펴보면 전원의 한일한 서정보다는 전원생활에서 느껴지는 현실적 면모를 더욱 주목한 것이 발견된다. 「贈田叟」를 보면 전원 묘사 속에 자신의 분감을 실어놓고 있음이 보이는데 이러한 면모는 여타 시인의 전원시와는 구별되는 느낌을 주는 부분이다.

> **贈田叟** 전원의 노인에게
> 荷蓧衰翁似有情　연 따는 삼태기를 멘 노인 유정한 듯하여
> 相逢携手繞村行　서로 만나 손잡고 마을을 둘러가며 거닐었다
> 燒畬曉映遠山色　새벽에 밭두둑 불태우는 모습 먼 산에 비치고
> 伐樹暝傳深谷聲　어둑어둑한 저녁 무렵에도 벌목 소리 깊은 계곡에서 들려온다

鷗鳥忘機翻浹洽	갈매기는 기심도 잊은 채 함께 하늘을 날아가고
交親得路昧平生	친구는 벼슬길에 올랐으나 서로 모르는 사이로 지낸다
撫躬道直誠感激	몸소 스스로 살피며 도가 올바른 것에 실로 감격스러우나
在野無賢心自驚	재야에는 현명한 이 없다 하니 내 마음 절로 두려워지네

이 시는 大中 元年(847)에 쓴 작품으로 내용에 따라 전원 묘사를 가한 전반부와 자신의 속내를 투영한 후반부로 나눌 수 있다. 전반부에서는 일반적인 전원시에서 보이는 평담한 전원의 묘사가 이루어졌으나 후반부에 나타난 생각은 실로 파격적인 모습이다. 갈매기는 별다른 도모함도 없었고 길을 찾지 않았으나 마음껏 날아갈 수 있었는데 정작 자신은 벼슬길에 들어서지 못하고 관직에 든 친구와는 교류가 없는 실정에 있다. 미연에서는 일찍이 盛唐의 李林甫가 자신의 입지를 위해 玄宗에게 재야에는 더 이상 현자가 없어 과거를 볼 필요가 없다고 했던 고사를 활용하면서 用世의 길을 찾지 못한 자신의 비분을 강하게 토로하고 있다. 기존의 전원시가 지닌 한적한 경계와는 다른 모습을 보이고 있는 것이다.

李商隱은 현실을 도피하여 산수에 투신했던 전대 자연시인들과는 달리 적극적으로 세상에 들어가고 싶으나 쓰임을 받지 못해 자연을 찾게 된 시인이었다. 그의 자연시가 세상 속에서의 우려나 고뇌를 눈앞의 경치보다 앞세우는 경우는 이러한 그의 상황을 반영한 결과라 할 수 있다. 때문에 그가 지은 몇 수의 자연시 작품을 보면 정경 묘사보다 서정 묘사에 더욱 치중한 면모도 보인다. 국화의 모습을 읊은 다음 영물시가 그러한 예에 속하는 작품이다.

菊 국화

暗暗淡淡紫	흐릿하고 엷은 자줏빛
融融冶冶黃	풍성하고 요염한 노란빛
陶令籬邊色	도연명의 울타리 가에서 빛나던 색깔
羅含宅里香	나함의 집에서 날리던 기품 있는 향기
幾時禁重露	그 언제 무거운 이슬을 피한 적 있나
實是怯殘陽	사실은 쇠잔한 태양을 겁내는 것이라
願泛金鸚鵡	원컨대 황금으로 만들어진 앵무배가 되어

升君白玉堂　백옥 섬돌로 이루어진 귀한 집에 올려졌으면

　여기서 국화는 시인 자신을 의미한다. 불우한 사회적 환경을 피해 은거하던 도연명의 집안에서 빛나던 국화의 모습은 은자의 형상을 암시하지만 이 시에서 시인은 국화를 보면서 그 향기와 빛깔이 알려지고 쓰여지게 되는 것을 갈망하고 있다. 기존 국화가 지닌 소박한 은일의 이미지를 화사한 재주와 빛깔을 지닌 존재로 치환하고 있는 것이다. 현실에 대한 갈망은 이처럼 기존 자연물의 이미지를 뛰어넘어 자신의 새로운 의경을 창조하게 하는 것이다.

　꾀꼬리를 형용한 다음 시 역시 자연물보다는 자신의 신세지감을 표현하는 것에 더욱 의미를 두었음이 발견된다. 영물시에다 영회시의 성향을 많이 이입한 작품이라고 볼 수 있겠다.

流鶯 떠도는 꾀꼬리

流鶯漂蕩復參差　떠도는 꾀꼬리 이리저리 정처 없이 날다가
渡陌臨流不自持　밭고랑 넘고 물가에 이르러 어쩔 줄 모르네
巧囀豈能無本意　교묘한 지저귐 속에 어찌 속뜻이 없을까
良辰未必有佳期　좋은 시절이라도 반드시 좋은 기약 있는 것은 아니라네
風朝露夜陰晴里　바람 부는 아침, 이슬 내린 밤, 흐리거나 맑은 날에도
萬戶千門開閉時　모든 집 모든 대문 여닫을 때마다 끝없이 울어댄다
曾苦傷春不忍聽　일찍부터 봄의 시름 때문에 차마 듣지 못했거늘
鳳城何處有花枝　장안 어느 곳에 둥지 틀 꽃가지 있을까

　이 시는 文宗 開成 4년(839) 27세의 李商隱이 秘書省에서 九品 校書郎을 지내다가 弘農縣尉로 이직하여 갈 때 쓴 것으로 순탄치 못한 관로에 들어선 자신의 처지를 떠도는 꾀꼬리에 비유한 작품이다. 떠도는 꾀꼬리처럼 이리저리 다니는 환유의 신세를 '飄蕩'으로 표현한 부분에서는 갈피를 못 잡는 마음을 읽을 수 있고 秘書省에서의 좋은 시절이 더 좋은 기약인 승급으로 연결되는 것만은 아니라는 표현에서는 실망과 좌절의 심정을 투영한 것을 느낄 수 있다. 말구에서는 다시금 장안으로 돌아오길 희망하는 자신의 갈망을 투영하고 있어 꾀꼬리의 형상보다는 자신의 마음을 싣는 것에 더욱 주력하고 있음을 살필 수 있는

것이다.

李商隱은 예술적인 독창성을 풍부하게 발휘한 시인이었다. 많은 근체시의 창작을 통해 구상이 특이하고 의경이 곡절한 진기함과 몽롱함과 아름다운 함축을 추구하였고, 상징 수법과 비흥의 기법을 무한히 발휘하였으며, 정교하게 전고를 사용하여 표현하려는 대상에 여러 의미를 부여하거나 僻典을 사용하여 날카로운 조소나 풍자를 가하였고, 깊이 있고 아름다운 언어 사용과 유창한 造句를 통해 시풍의 깊이를 더하게 하는 등의 수법을 발휘하였다. 당대 시인들과는 구별되게 정이 끊임없이 솟아나게 하고, 깊고 넓게 시어를 활용함으로써 독특하고 빼어난 시가 풍격을 형성해낼 수 있었던 것이다.[6] 자연시의 창작과 연관하여 李商隱은 회한이 넘치는 자신의 생을 표현하기 위해 자연시를 창작한 것이 아닌가 싶을 정도로 자연물에 비감을 많이 이입하여 시를 창작한 시인이었다. 그가 반항과 좌절, 희미한 바람과 집착 등을 겪으면서 바라본 자연의 모습 속에는 맑고 청신한 정경도 있었지만 감상적이면서도 몽롱한 서정을 자아내는 비감의 투영체 같은 모습이 많이 담겨져 있었던 것이다. 李商隱은 자연 묘사를 통해 자신의 강렬한 서정을 표출하거나 갈피를 못 잡는 내면세계를 투영하기도 하였는데 이러한 내용을 담은 구절은 표면적인 자연 묘사를 뛰어넘는 李商隱 특유의 몽롱한 필법을 보여주기도 한다. 비감 어린 서정과 자신의 議論을 담아 창작한 李商隱의 자연시는 이전 다른 시인들의 자연시 작품이 지닌 한아하고 담백한 정취와 비교되는 비극적 색채와 애상 어린 서정을 모호하게 공유한 형상을 하고 있었다. 그의 시는 자유분방한 의경을 표현하면서도 소슬한 감정이 담긴 몽롱한 詩境을 창출한 특색을 지니고 있는 것이다.

2) 許渾, 張碧, 溫庭筠 : 개성적인 자연 묘사 수법 활용

晩唐代 대부분의 문인들은 복잡한 심리와 처세 사이에서 갈등을 겪고 있었다. 현실 세계의 거대한 반향과 避世心理의 소극적 의식 사이에서 창작을 감행

---

6 이종진, 「이상은」, 『중국시와 시인—唐代편』, 사람과책, 1994, 866~868쪽 참조

했기에 산수 자연을 다룬 작품이라 하더라도 대체로 賈島식의 협착한 세계 추구나 姚合식의 세미한 미적 감성 추구 등에 국한된 작품이 많았다. 자연시를 매개로 하나의 유파 풍격을 형성하기에는 전대의 위상이 너무 컸고 현실의 의지가 분산될 수밖에 없었을 것이다. 유미주의 작가인 杜牧과 李商隱이 晩唐의 문단을 주도하면서 자연시 창작에 있어 새로운 풍격을 창출해냈다면 재야에서 자연시의 새로운 경지를 개척해나간 몇 명의 중요한 시인들이 있었다. 그중 개성적인 시가 창작을 통해 자연시의 면모를 다채롭게 한 시인으로 許渾, 張碧, 溫庭筠 등을 주목하여 거론할 수 있겠다. 작가가 표현한 작품에 나타난 작가 정신을 '작가의 志向'과 '氣質' 두 측면으로 나누고 이러한 측면과 연관하여 볼 때 許渾과 張碧은 '入世型'이 아니라 '出世型' 인물이라고 할 수 있다. 세상에 들어가 강한 격정을 발휘하며 이성적인 시가 창작을 해낸 것이 아니라 은일의 입장에서 자신의 청정한 정신을 자연에 부친 시가를 창작해냈기 때문이다. 작품의 면모를 보면 許渾은 江南 水鄕의 면모를 주된 소재로 하여 가한 '물(水)'에 대한 묘사에 있어 타의 추종을 불허할 정도로 개성적인 작품을 남기고 있고, 張碧은 일생을 산수 속에서 살며 李白의 기품을 숭상하면서 豪放하고 俊逸한 풍격의 시가를 창작함으로써 晩唐 자연시 중에서도 신선한 시도를 가한 면모가 돋보이는 시인이었다. 또한 溫庭筠은 다채롭고 유려한 묘사를 통해 자연시의 미감을 고양하면서도 虛靜한 경지를 지닌 작품을 다수 창작하여 晩唐 문단에서 유미적인 필치와 공적한 필치를 아우르는 다양한 면모를 보여준 작자라는 점에서 의미를 지닌다. 이들 모두는 晩唐이라는 시대적 배경으로 인한 한계를 안고 살아가면서도 개성적인 창작을 통해 자연시의 또 다른 면모를 창출한 공이 있다는 점에서 중요성과 의의를 지니고 있는 시인이라 할 수 있는 것이다.

許渾(791?~854?)의 字는 仲晦, 用晦이며 潤州 丹陽人이다. 文宗 太和 6년(832)에 진사에 급제하여 當塗縣令, 太平縣令 등을 지냈고 병으로 사직했다가 潤州 司馬에 제수되었다. 이어 監察御史, 虞部員外郎, 睦州刺史, 郢州刺史 등을 역임했으나 결국 신병으로 관직을 물러났다. 만년에 潤州(현 江蘇 鎭江) 丁卯澗 村莊에 은거하였다 하여 그의 시집을 『丁卯集』이라 하였다. 그는 젊어서부터 병이 많았지만 자연을 애호했으며 현실에 대한 비분강개의 열정을 보이기도 했다. 『丁卯集』에 실린 그의 시는 대부분 근체시이며 5, 7언 율시가 특히 많다. 句法이 원숙하고 세련되며 聲調와 平仄이 하나의 격을 이루었다 하여 그의 시를 '丁卯體'라고도 별칭하고 있다. 『全唐詩』에 許渾의 시가 531수 실려 있다.

『全唐詩』卷528~538에 실린 許渾의 시 531수를 내용에 따라 살펴보면 우정이나 송별에 따른 감정 서술과 산수 자연을 보고 느낀 그윽한 심정을 서사한 시가가 전체 시가 중 4분의 3에 달한다.[7] 그의 자연시와 연관하여 특기할 만한 것은 許渾이 潤州 丹陽人으로 江南 水鄕의 문화에 익숙했고 水鄕의 풍경과 서정이 그의 시 중에 가장 큰 영향을 미친 요인이 되었다는 점이다. 강, 호수, 연못 등을 비롯하여 '雨露', '霜雪', '浪花', '波濤', '晚潮' 등 물에 대한 표현이 그의 시에 많이 나타나고 있으며 "許渾의 시 천 수는 모두 물에 젖었다.(許渾千首濕"라는 평이 있을 만큼 물과 비에 대한 묘사가 많은 것이 그의 시의 특색이다.[8] 또한 은거 경력으로 인해 許渾의 시 중에는 隱士, 僧人들과 교류하면서 자연을 읊은 작품도 많다. 隱士, 僧人들과 주고받은 작품이 67수, 사원을 제재로 한 시가 36수에 달해 許渾의 시 중 5분의 1에 해당할 정도로 많아서 禪과 은일에 대한 許渾의 관심을 읽을 수 있다.

許渾의 자연시 중 첫 번째 중요한 특성으로 꼽을 수 있는 것은 역시 다양한 물(水)의 형상화를 통해 제재의 특화를 이루어냈다는 점이다. 『全唐詩』에 수록된 許渾의 시 531수 중에 '水'자가 들어간 작품은 200수에 달하고 '雨', '露' 등 물과 연관된 글자가 들어간 작품[9]도 251수에 달한다. 그의 전체 시가의 85%에

---

[7] 柳晟俊,「對許渾與其詩」,『中國唐詩研究』, 國學資料院. 1994. 3, 卷下 제977쪽에서는 許渾의 시 531수를 내용에 따라, 友情 48수, 寄贈 138수, 送別 98수, 遊覽 45수, 敍景 30수, 季節 14수, 旅情 53수, 隱居 14수, 征行 2수, 挽歌 6수, 懷古 20수, 思君 1수, 詠物 19수, 詠懷 20수, 禪 15수, 仙 6수, 郊廟 2수 등으로 구분하고 있다. 교유 관계에 의한 友情, 寄贈, 送別詩가 총 284수에 달하고 자연을 접하면서 遊覽, 敍景, 季節, 旅情, 隱居 등을 묘사한 시가 총 156수에 달하고 있다.

[8] 胡仔는 『苕溪漁隱叢話前集』에서 宋代의 『桐江詩話』를 인용하여 "許渾集中佳句甚多, 然多用水字, 故國初人士云'許渾千首濕'是也."라고 하면서 許渾 시의 물 의상을 주목하였는데 이처럼 '許渾千首濕'은 許渾 시를 지칭하는 주요한 표현이 되고 있다.

[9] 물과 연관된 시어로는 '水'자 이외에도 '江'자가 들어간 시가 60수, '溪'자가 들어간 시가 70수, '波'자가 들어간 시가 30수, '潮'자가 들어간 시가 24수, '雨'자가 들어간 시가 93수,

해당하는 작품이 물과 연관된 묘사를 이루고 있는 것이다. 許渾의 시가에 이처럼 많은 물 의상이 등장하고 그의 시가가 물에 젖게 된 것은 일차적으로 그가 오래 기거했던 潤州 丹陽의 아름다운 강과 호수가 제공한 이미지 덕분이며 여러 지역을 전전하면서 과거 준비와 관직 생활을 했던 사이에 체험했던 각종 '물'의 형상 역시 중요한 요인이었다 할 수 있다.[10] 또한 許渾은 여러 은사나 스님들과 교류하며 불가 사상을 접한 바 있는데 이로 인해 물의 형상을 활용하여 당시 유행했던 禪宗이나 불가 사상과 연관된 묘사를 가하기도 하였다. 許渾 시에 나타난 다양한 물의 이미지는 수려한 물의 형상이나 한적한 흥취, 자유로운 심정이나 허정한 정신세계 등을 대변하는 존재인데 그중에서도 강, 호수, 연못, 여울, 샘 등 수려한 자연경관을 묘사한 작품이 가장 많은 편이다. 다음 작품들을 살펴보기로 한다.

遊錢塘青山李隱居西齋 전당 청산의 이은거 서재에서 노닐며

林間掃石安棋局　숲 사이의 바위를 깨끗이 하여 바둑판을 놓고는
巖下分泉遞酒杯　바위 아래 흐르는 샘에 술잔을 띄워둔다
蘭葉露光秋月上　난초잎 위의 이슬은 가을 달빛에 빛나고
蘆花風起夜潮來　갈대꽃에 바람이 이는데 밤 조수 밀려오네

送同年崔先輩 같은 해에 최선배를 송별하며

西風帆勢輕　서풍은 돛 위로 가볍게 불어대는데
南浦遍離情　남포에는 이별의 정이 그득하다
菊艷含秋水　국화는 가을 물을 머금어 곱고

'露'자가 들어간 시가 56수, '雪'자가 들어간 시가 51수, '海'자가 들어간 시가 27수, '浪' 자가 들어간 시가 6수, '濤'자가 들어간 시가 3수를 각각 점하고 있다. 그 밖에 河, 池, 塘, 霧, 潭, 浦, 灣, 湖, 渚, 泉, 渡, 津, 渠, 霜, 井, 淚, 濕 등의 글자를 시가 곳곳에서 발견할 수 있다.(梁必彪가『佛禪隱逸思想對許渾仕途及其創作的影響』(武夷 :『武夷學院學報』, 2008. 2. 제27권 1기)에서 羅時進의『丁卯集箋証』(南昌 : 江西人民出版社, 1988)을 인용하여 설명한 대목 참조)
10 許渾은 及第하기 전에 산림에서 은거하며 과거를 준비했는데 이 시기 그는 蘇州, 洞庭西山, 洛陽嵩山, 天台赤城, 江廬湘岳 등지를 전전하며 산수를 관람한 바 있다. 그는 入仕한 후에도 天台, 練湖, 茅山 등지에서 은거한 바 있으며 그가 오랫동안 기거했던 丹陽 역시 관직 생활과 은거를 되풀이하던 시기에 물의 이미지를 강화하게 해준 자연적 배경이 된다. 그 밖에 그는 京口(鎭江)에 別墅를 갖고 있었는데 이 京口는 長江 三角洲의 頂点에 해당하는 지역으로 長江의 정경을 즐길 만한 자연적 배경을 지닌 곳이었다는 점도 특기할 만하다.

荷花遞雨聲　연꽃은 빗소리를 전하고 있구나
扣舷灘鳥沒　뱃전을 두드리니 새는 여울로 사라지고
移櫂草蟲鳴　노를 움직여 나아가니 풀벌레가 울어댄다

晚自朝臺津至韋隱居郊園 저물녘 조대진에서 韋처사가 은거하는 교원으로 향하며

村徑繞山松葉闇　마을길은 산을 둘러 있고 솔잎은 짙게 깔려 있는데
野門臨水稻花香　들녘의 문은 물을 대하고 있고 벼꽃 향기 날리누나
雲連海氣琴書潤　구름은 바다 기운과 맞닿아 거문고와 책을 적시고
風帶潮聲枕簟涼　바람은 조수 소리를 실어와 잠자리를 서늘하게 하네

예거한 「遊錢塘青山李隱居西齋」는 전체 시 중 제3~6구인데 여기에 나타난 물은 샘물, 이슬, 조수 등 다양한 이미지를 갖고서 각자 아름다운 주변 정경을 형용하는 역할을 하고 있다. 이처럼 주변의 자연물 중 물의 형상을 특별히 부각시킨 것은 은거하는 삶을 사는 자의 맑고 고아한 정신세계를 묘사하는 데 있어 효과적인 이미지를 창출할 수 있기 때문이었다. 또한 송별시 「送同年崔先輩」에서는 '南浦'라는 상대적으로 큰 포구의 이미지로 물의 형상화를 시작하고는 연이어 국화가 '가을 물을 머금어(含秋水)' 고운 모습과 연꽃의 '빗소리를 전달하는 역할을 하는(遞雨聲)' 등의 세미한 모습까지 잘 포착하여 기술하고 있다. 사물을 아름답게 하는 물의 역할을 주목하였고 사물과 시인의 마음을 윤택하게 하는 생명력과 역동성을 잘 표현하였음을 알 수 있다. 「晚自朝臺津至韋隱居郊園」에서는 시제의 '朝臺津'에서 나타나듯 강이라는 커다란 공간에서부터 묘사를 시작한 것이 보인다. 시가의 1~2구에서는 마을을 둘러싼 산과 물을 대하고 있는 들녘의 모습을 교차시켰는데 이는 마치 은거지의 평화로운 정경을 묘사하는 데 있어 산과 물의 이미지가 절대적으로 필요한 것처럼 느껴지게 하는 역할을 한다. "仁者樂山, 知者樂水"의 이미지에 걸맞는 정경 묘사를 적절히 가한 것이라 하겠다.

다음은 南齊의 謝朓가 宣城太守로 있을 시 창건한 謝亭에서 친구를 송별하며 쓴 작품인데 이 시에 등장하는 물의 모습은 마치 흘러가는 시간처럼 스쳐가는 시공간의 흐름을 연상시키는 역할을 하고 있다.

謝亭送別 사정에서 송별하며
勞歌一曲解行舟　이별 노래 한 곡 읊으며 묶인 배 풀어 떠나가니
紅葉靑山水謝亭　푸른 산 붉은 단풍 속에 물은 謝亭 옆을 흘러가네
一暮酒醒人已遠　해 저물 녘 술 깨고 나니 벗은 이미 멀리 떠나갔구나
滿天風雨下西樓　하늘 가득 비바람 몰아치는 중에 西樓에서 내려올 뿐이라

　노래 부르면서 배를 타고 떠나가는 친구를 송별하는 모습이 한껏 소박한 흥취를 자아낸다. 친구가 떠나가는 주변 강산의 모습을 제2구에서 그렸는데 '靑山'과 '丹楓'으로 선명하고도 고운 색감의 대조를 시도하였고 여기에 배경으로 '碧綠'색 가을 강물을 그렸는데 이때 물이 흐르는 형상을 특별히 '急流'로 처리하여 이별의 슬픔을 배가시켰다. 주변의 풍경은 아름답지만 떠나보내는 심정은 초조하고 안타까운 상태임을 물을 통해 표현한 것이다. 헤어진 섭섭함을 이기고자 술을 마시고 취했다가 깨어보니 날은 저물고 비바람이 몰아친다. 아까까지의 아름다운 정경은 몽롱한 빗속에 흐릿해져버렸고 아쉬운 마음을 뒤로한 채 정자를 내려올 수밖에 없다. 산뜻한 표현 속에 슬픔과 변화하는 정경의 모습을 고루 잘 담아낸 수작이라 하겠다.

　許渾이 處士와 교유하거나 은거 생활을 묘사한 시에서는 '滄浪(漢水)'이라는 물의 명칭이 자주 등장하는데 이는 屈原이 「漁父詞」에서 지향하였던 고귀한 정신세계를 연상하게 한다. 「贈裵處士(배처사에게)」에서 "문밖에 창랑수를 보니, 그대의 갓끈을 씻으려는 뜻을 알겠네.(門外滄浪水, 知君欲濯纓)"라고 한 것과 「秋日赴闕題潼關驛樓(가을날 동관 역루에 이르러서 씀)」에서 "세월을 공허하게 관직에서 하릴없이 보냈으니, 창랑으로 돌아가 늙은 어부의 배를 타련다.(虛戴鐵冠無一事, 滄浪歸去老漁舟)"라고 한 것 등을 볼 수 있다. 滄浪峽을 묘사한 다음 시 역시 그러한 예이다.

滄浪峽 창랑협
纓帶流塵髮半霜　세속의 먼지 속에 갓끈을 묶었는데 이미 머리는 반백이라
獨尋殘月下滄浪　홀로 조각달 경치 찾아 창랑협에 내려 간다
一聲溪鳥暗雲散　계곡에서 한 마리 새 우는 소리 들리는데 어두운 구름 사라지고

萬片野花流水香　들녘 가득히 핀 들꽃에는 흐르는 물의 향기가 있네

　'滄浪'으로 대표되는 시가 전반에 나타난 물의 이미지는 마치 은자의 고아한 인품처럼 그윽한 향기를 전달하는 매개체 역할을 하고 있다. '滄浪'이 주는 물의 이미지를 통해 '맑음', '獨善其身', '고결함' 등을 표현하고자 한 시도를 읽을 수 있겠다.

　皎然의 옛 집을 찾아 읊은 다음 작품에서도 물은 중요한 배경으로 등장하고 있는데 여기서도 '滄浪' 표현이 발견된다.

湖州韋長史山居 호주 위장사의 산채에서

溪浮箬葉添醅綠　계곡 물 위에 떠 있는 대나무 잎은 짙은 초록색 더하고
泉繞松根助茗香　샘물은 소나무 뿌리를 돌아 차 향기를 더하게 한다
明日鱖魚何處釣　내일 어디서 쏘가리를 낚시질 할 것인가
門前春水似滄浪　문 앞 봄물은 창랑의 물 같은데

　湖州의 韋長史 山居는 일찍이 皎然이 기거하던 구택인데 그의 인품을 떠올리며 주변 정경을 그리고 있다. 예거한 부분은 이 시의 후반부인데 특별히 각 구절마다 물의 형상을 열거한 것이 보인다. 물 위에 떠 있는 대나무 잎, 소나무 뿌리를 돌아 차 향기를 더하는 샘물, 쏘가리 등 물고기가 사는 물, 봄물과 은자가 사는 滄浪의 물 등 각종 다양한 물의 의상이 매 구절마다 펼쳐져 있다. 물에 대한 다양한 식견을 토대로 한 묘사인 것이다.

　許渾이 물이라는 특징적인 자연 경물을 들어 아름다움을 창출한 구절은 곳곳에서 다양한 형상으로 발견된다. "아침 조수는 배 밑에 낮게 깔리고, 희미한 달 산성 아래로 지네.(早潮低水檻, 殘月下山城)"(「吳門送客早發(오문에서 일찍 떠나는 객을 송별하며)」)라는 구절에서는 시간의 변화를 나타내는 배경으로, "물고기는 가을 물 밑에서 고요하고, 새는 저녁 빈산에서 머문다.(魚沉秋水靜, 鳥宿暮山空)"(「憶長洲(장주를 추억하며)」)라는 구절에서는 고향 같은 푸근한 존재로 각각 물을 활용하였다. 또한 「灞上逢元九處士東歸(파상에서 동쪽으로 돌아가는 원구처사를 만나서)」에서는 "차가운 파수 가에서 삐쩍 마른 말 빈번하게 울어대는데, 파수 남쪽 높은

곳에서 장안을 바라보누나.(瘦馬頻嘶灞水寒, 灞南高處望長安)"라고 하여 이별의 장소로 물가를 등장시키면서 장안을 언급한 바 있다. 물가라는 장소를 잘 활용하여 이별의 비애감을 적절하게 표출해낸 것이 발견된다.

許渾은 또한 자연 속에서 자신만의 고아한 정신세계를 표현하거나 서정과 정경을 조합하여 자연 합일 의식을 기술한 작품도 많이 남기고 있다. 이러한 작품들은 대체로 천연의 자연 정경 속에 신묘한 정신세계나 철학적인 우수를 투영함으로써 각종 哲理的 관점에서 자연의 모습을 관조하는 방식으로 서술되어 있다. 白描的이고 담백한 정경 묘사를 지향하면서 그 속에 섬세하고도 심오한 정신세계를 담고자 한 것이다. 이와 연관하여 몇 수의 작품을 살펴보기로 한다. 許渾이 이른 가을을 노래하면서 정경과 서정의 묘사를 적절하게 조합하여 계절의 특색을 그려낸 다음 작품을 보자.

> **早秋 其一** 이른 가을, 제1수
> 遙夜泛淸瑟　길고 긴 밤에 맑은 거문고 가락 울려나고
> 西風生翠蘿　서풍에 비취색 담쟁이 풀 자라난다
> 殘螢棲玉露　사라지는 반딧불엔 이슬이 맺히고
> 早鴈拂金河　아침 기러기는 은하수를 스치며 날아간다
> 高樹曉猶密　높다란 나무들 새벽에 한결 빽빽하게 보이고
> 遠山晴更多　먼 산에는 갠 날이 더욱 많구나
> 淮南一葉下　잎 새 하나 떨어지며 회수 남쪽에 가을이 옴을 알리니
> 自覺老烟波　절로 연무 낀 물결을 떠올리게 되는구나

이른 가을을 노래한 작품으로 시 곳곳에서 고사를 인용하며 초가을의 감정을 배가시킨 부분이 포착된다. '遙夜', '殘螢', '早鴈', '曉還密', '一葉下' 등은 모두 가을과 연관된 시어이며 이를 통해 세월이 지나가는 모습을 더욱 사실적으로 체감할 수 있다. 미연에서는 『淮南子·說山訓』의 "하나의 나뭇잎이 지는 것을 보면 한 해가 가는 것을 알 수 있다.(見一葉落而知歲暮)"라는 구절과 『楚辭』「九歌」「湘夫人」의 "동정호에 물결이 일고 나뭇잎이 떨어진다.(洞庭波兮木葉下)"라는 구절을 함께 인용하여 자연이 보여주는 세월의 흐름을 묘사하고 있다. 초가을 정경을 바라보면서 전후좌우, 원근 등을 아우르는 고른 묘사를 가하고 있

고 세월의 흐름을 기품 있게 묘사하고 있음을 발견할 수 있다.

　許渾은 여러 관직 생활을 통해 입신을 추구하기도 했으나 결국은 관직에서의 영달보다 자연 속에서 소요를 하는 쪽으로 마음을 돌리게 되고 이로 인해 세속의 영달과 비애를 뒤로한 채 자연 속에서 평정 의식을 추구한 작품을 창작하게 된다. 이러한 작품은 다양한 체험을 겪은 그의 내면이 일정한 정신적 경지에 이르렀음을 시사하는 것이다. 역시 담백한 표현 속에 광달한 경지를 구현해 낸 작품의 예들이 된다. 다음 시는 지난날을 추억하는 영회의 감정을 자연의 모습과 적절히 조합하여 표현의 깊이를 더한 작품이라 할 수 있다.

秋思 가을 그리움

琪樹西風枕簟秋　기수 나무에 서풍이 부니 가을날 대자리 베개 같은 신세
楚雲湘水憶回遊　楚 땅 구름 아래에서와 湘 땅 물에서 놀던 추억 떠올라
高歌一曲掩明鏡　크게 노래 한 곡 부르면서 거울을 덮어 놓는다
昨日少年今白頭　어제의 소년이 오늘은 거울 속에 백발이 되어 있기 때문이라네

　가을이 발하는 소슬한 기운을 그림에 있어 시간의 흐름과 과거의 추억을 함께 투사하였다. 이로 인해 의경의 깊이가 더해진 느낌인데 특히 '楚雲湘水'에서의 추억은 시인의 가장 아름다운 시절을 연상시킨다. 세월의 흐름을 반추하고 노래함에 있어 자연의 모습은 가장 좋은 기준점이 된다고 생각하는 작자의 마음까지도 느낄 수 있는 것이다.

　許渾은 세상에서의 영욕을 뒤로한 후 자연만이 그에게 남아 있게 된 현실을 떠올리면서 그 속에서 수심을 씻는 노력을 가하기도 하였다.

秋晚雲陽驛西亭蓮池 저녁 무렵 雲陽驛 서쪽 정자의 蓮池에서

心憶蓮池秉燭遊　蓮池를 추억하며 촛불 들고 노니는데
葉殘花敗尙維舟　잎은 쇠잔하고 꽃은 시들었는데 배는 아직 묶여 있네
煙開翠扇淸風曉　비췻빛 사립문에 연무가 개고 맑은 바람 부는 이 새벽
水泥紅衣白露秋　물가의 진흙은 붉은 옷을 입고 있는데 흰 이슬 내리는 이 가을
神女暫來雲易散　무산의 신녀가 잠시 와서 구름을 흩어놓은 듯
仙娥初去月難留　항아가 달에 처음 갔을 때는 머무르기 어려웠으리

空懷遠道難持贈　관직에서 먼 길 가던 때의 어려움 부질없이 추억하며
醉倚闌幹盡日愁　취하여 난간에 기대서 하루의 근심을 사르나니

　수연에서는 蓮池에서 행락하는 모습을 『宋書·樂志三』에 실린 「西門行」 시에서 "인생이란 백세도 못 사는데, 언제나 천 년의 근심을 안고 사네. 낮은 짧고 밤은 기니, 어찌 촛불 잡고 노니지 않을 수 있으리.(人生不滿百, 常懷千歲憂. 晝短而夜長, 何不秉燭遊)"라고 했던 구절을 인용하여 '秉燭'이라는 단어로 묘사하였다. 그럼에도 불구하고 주변 정경은 "잎이 쇠잔하고 꽃이 시들어(葉殘花敗) 있는 모습이라 자못 쓸쓸함을 자아낸다. 제2연에서는 '翠', '紅', '白' 등의 다채로운 색상을 활용하여 蓮池에서의 다양한 감정을 강조하였고 제3연에서는 神仙故事에 나오는 神女와 姮娥를 등장시켜 아스라한 추억과 고독감을 투영하였다. 현실 정경의 묘사 속에 고사의 虛境을 이입하여 자연의 미감을 채색한 독특한 시도가 발견된다. 꽃 지고 잎이 시든 현실을 보면서 아련한 추억을 반추하고 있어 경과 정의 대비 효과를 도모한 시도가 이채롭게 느껴지는 것이다. 말구에서는 이러한 근심을 뒤로한 채 마음을 추스르려는 깔끔한 시도가 기록되어 있어 시의 여운을 더하고 있다.
　어느 가을날 대나무를 대하면서 자신의 감회를 서사한 다음 시 역시 정경 속에 자신의 심지를 투영한 면모가 뛰어난 작품이다.

秋日衆哲館對竹 가을날 중철관에서 대나무를 대하며
蕭蕭凌雪霜　대나무는 눈과 서리를 무릅쓰고 흔들리고 있는데
濃翠異三湘　그 짙은 녹색은 三湘의 대나무와는 다르구나
疏影月移壁　성근 달그림자 벽 쪽으로 옮겨가고
寒聲風滿堂　차가운 바람 소리 온 집안에 그득하다
捲簾秋更早　주렴을 말아 올리니 가을이 더욱 일찍 온 듯
高枕夜偏長　높은 베개를 베고 자는 밤은 길어라
忽憶秦溪路　문득 진계로 가던 길을 추억하노라니
萬竿今正涼　만 그루 대나무 지금 눈앞에 차갑게 서 있네

　가을날 衆哲館에서 바라보는 '대나무'라는 자연물은 시인에게 과거의 고사와

자신의 과거, 현재의 모든 모습을 다면적으로 생각하게 하는 哲理的 상상력을 제공한다. 수연의 '蕭蕭' 구절은 楚辭의 비애를 느끼게 하며[11] '三湘' 지명 역시 娥皇과 女英으로 인한 '瀟湘斑竹' 고사의 처연한 경지를 떠올리게 한다. 이어진 '疏影', '寒聲'의 이미지 역시 차갑고 소슬한데 가을은 한층 가깝고 밤은 더욱 길게 느껴진다. 작자의 수심과 흘러가는 영겁의 시간을 적절히 대비한 대목이다. 이 상황 속에서 秦溪로 가던 길을 추억하는데 이 회상 속에서 실제로 보게 되는 현실은 만 그루 대나무가 눈앞에 차갑게 서 있는 현재의 모습이다. 눈앞에 실재하는 '대나무'라는 하나의 자연물을 통해 현실과 과거, 허상과 현상의 조화를 도모하고 있다. 자연물과 철리, 고사와 영회 의식 등을 적절히 조합하여 한층 깊은 서정을 부각시킨 시가라 하겠다.

許渾은 젊어서부터 자연을 벗 삼아 은거하였으며 일생을 '半官半隱'으로 대변되는 삶을 살았는데[12] 이는 스스로의 선택이었으며 이는 사도의 불리함 때문에 어쩔 수 없이 은거를 택했던 晩唐의 여러 시인들과 구별되는 부분이다. 그가 潤州에 은거하면서 쓴 시가를 그의 자연시 작품의 대표작으로 꼽을 정도로 그의 은거 생활은 그의 자연시 창작과 밀접한 관계가 있었다. 아울러 그가 隱士, 僧人들과 교류한 사실 역시 자연시 창작에 영향을 준 중요 요소가 된다.[13] 세속을 벗어난 이들과의 교류로 인해 許渾은 은거를 자연스럽게 받아들이면서 공적하고 담백한 중에 심신 해탈을 지향하는 자연시 작품을 창작해낼 수 있었던 것이다. 許渾이 은거 의식을 밝힌 작품이나 은거 생활을 묘사한 작품을 몇

---

11 屈原, 『楚辭·山鬼』: "바람은 쌀쌀하고 나무는 쓸쓸히 흔들려, 그대를 생각하니 하염없는 근심이 인다.(風颯颯兮木蕭蕭, 思公子兮徒離憂)"라는 구절 참조

12 許渾은 일생 동안 세 번에 걸친 은거 생활을 경험한 바 있다. 첫 번째는 출사 전 과거 응시와 낙방 등의 경험을 겪으면서 은거하며 독서에 임하던 것을 들 수 있고, 두 번째는 출사하여 當塗縣令을 지내면서 半官半隱 형태로 가진 '吏隱'을 들 수 있다. 세 번째 은거는 여러 관직을 전전하는 과정 사이에 가진 은거의 삶과 관직에서 물러난 이후 晩年 潤州에서의 은거 생활을 들 수 있으니 그의 삶은 은거로 시작하여 은거로 끝나는 삶이었다고 말할 수 있는 것이다.

13 그의 시 중 교유 관계에 의해 창작된 友情, 寄贈, 送別詩는 전체 시가 531수 중 총 284수에 이르는데 이 중 隱士, 僧人 등과 교류한 작품은 총 67수, 사원을 제재로 한 시가는 총 36수에 달한다. 은사나 스님들과의 교류로 인한 작품은 총 113수로 전체 許渾의 작품 중 5분의 1에 해당한다. 당시에 성행한 禪風이나 은거 경향과의 영향 관계를 생각해볼 수 있는 부분이다.

수 살펴보기로 한다. 다음은 許渾이 관직 생활에 대한 염증을 시사하면서 은거 의식을 설파한 내용으로 그의 은거 지향 의식을 엿볼 수 있는 작품이 된다.

西園 서원

西園春欲盡　서원에 봄이 다 가려 하는데
芳草徑難分　방초와 길은 분간하기 어려워라
靜語唯幽鳥　오직 그윽한 새만이 고요히 말을 전해주어
閑眠獨使君　그대만 홀로 한가롭게 잠들게 하네
密林生雨氣　빽빽한 숲에 비 기운 일어나고
古石帶苔文　오래된 바위에는 이끼 무늬 서려 있다
雖去淸朝遠　비록 조정에서 멀리 떠나 있기는 해도
朝朝見白雲　아침마다 흰 구름 바라보는 즐거움이 있나니

　　조정에서 신하 된 이로 살아가는 삶에 대한 염증을 저변에 포진하고 있지만 세속에 대한 비판이나 관직 생활에 대한 혐오감을 묘사하기보다는 자연의 모습을 통해 은거 지향 의식을 설파한 것이 돋보인다. 제2구에서 "방초와 길은 분간하기 어렵다(芳草徑難分)"는 표현을 한 것은 은거의 삶과 관직에 있는 것과의 경계가 모호한 '半官半隱'의 삶을 시사하는 듯하며, 함연에서 활용한 '唯', '獨' 등의 부사는 남과는 다른 자신만의 독특한 의식을 대변하는 듯하다. 경연의 자연 묘사는 작자에게 친숙한 자연을 설파한 것이요 미연의 '白雲' 역시 세속의 삶을 벗어나 청아한 경지를 지향하는 시인의 의식을 상징적으로 나타낸 표현이라 하겠다.

　　다음은 그가 처음으로 관직에 제수되어 그의 고향 潤州 丹陽에서 長安으로 가는 중에 들른 潼關에서 바라본 자연을 그린 작품이다. 이 시에서 許渾은 물의 서사를 통해 여정의 흐름을 설명하는 특유의 수법을 보이면서도 마음속에 이는 은거 의식을 감추지는 못하고 있었음이 발견된다.

秋日赴闕題潼關驛樓 가을날 궁궐로 들어가다 동관 역사에서 쓰다

紅葉晚蕭蕭　쓸쓸한 저녁 붉게 물든 나뭇잎
長亭酒一瓢　긴 정자에 앉아 술 한 잔 마신다

殘雲歸太華　남은 구름은 화산으로 돌아가고
疎雨過中條　성긴 빗방울은 중조산을 스쳐간다
樹色隨關迥　나무의 모습은 동관을 따라 멀리 이어지고
河聲入海遙　황하의 물소리 먼 바다로 들어간다
帝鄉明日到　내일이면 장안에 닿는데
猶自夢漁樵　아직도 내 자신은 어부나 나무꾼의 삶을 꿈꾸나니

앞 두 구는 가을날 여정 속에 소슬한 기분을 느낀 작자가 붉은 단풍잎을 배경으로 음주하는 장면인데 이 모습을 통해 경치가 주는 흥취를 느낄 수 있다. 이어진 함연과 경연은 주변 산수와 먼 지역을 아우르는 풍경의 서사인데 웅건한 필치로 사방을 두루 조망한 느낌을 적고 있다. 이 속에 비와 강을 등장시킴으로써 물의 묘사에 애착을 가진 면모를 보였는데 성긴 빗방울과 웅장한 소리를 내며 흘러가는 황하의 모습은 맑고 청신한 의경을 제공하는 주체이다. "남은 구름이 돌아간다(殘雲歸)"는 표현은 자연으로 귀의하는 심정을 연상시킨다. 이 표현은 말구에서 아직도 어부나 나무꾼이 되기를 꿈꾸는 자신의 귀향 의식과 연관하여 한아한 기운을 전달하는 역할도 하고 있다. 관직에 나아가는 상황에 있으면서 아직도 은거에 대한 미련을 지니고 있는 것이 이채롭게 느껴진다.

다음은 은자와 도사 등과 교류하면서 은일에 대한 서정을 표현했던 작품의 예이다.

送宋処士歸山 산으로 돌아가는 송처사를 보내며
賣藥修琴歸去遲　약초 팔고 거문고 고쳐 돌아가는 길 더디어졌는데
山風吹盡桂花枝　산바람에 계수나무 꽃 다 떨어졌네
世間甲子須臾事　인간 세상 육십갑자 잠깐 사이의 일
逢著仙人莫看碁　신선들 바둑 놀음판 만나면 보지도 말고 가게나

은거하는 처사를 송별하는 내용인데 인간 세상을 한정된 삶을 사는 공간으로 보았고 은거하는 곳을 영원한 정신적 도피처인 것처럼 묘사하고 있다. 약 사고 거문고 고치는 것을 은자가 세상에서 은거를 위해 행했던 준비 상황으로 기록했고 가을에 은거에 들어가는 모습을 계수나무라는 자연물을 들어 설명하였

다. 말구에서 신선들 바둑 놀음판을 보지 말고 가라고 한 것은 은거하는 삶을
살더라도 생각을 가다듬고 세월을 아끼라는 조언으로 이해할 수 있다. 은거 자
체보다는 은거의 정신을 더욱 소중히 여기고 있음을 살필 수 있는 것이다.

桐江 가에 사는 隱者에게 쓴 다음 시에서도 許渾의 은일 지향 의식을 살필
수 있다.

> **寄桐江隱者** 동강의 은자에게 부치는 시
> 潮去潮來洲渚春　물가 모래톱에 봄 조수가 밀려왔다 밀려가는데
> 山花如繡草如茵　산꽃은 마치 수놓은 비단 같고 들풀은 자리와 같아
> 嚴陵臺下桐江水　嚴陵釣臺 아래 桐江 물이 흐르니
> 解釣鱸魚能幾人　여기에 낚싯대 풀어놓고 농어 낚는 이 그 몇이랴

'嚴陵釣臺'[14]를 둘러싼 자연 경경을 수려하게 묘사하였다. 물에 대한 묘사에
정통했던 시인답게 許渾은 은자의 기거지인 '洲渚'를 주목하여 묘사하였고 이
곳에 밀려왔다 밀려가는 조수의 흐름을 통해 주변 정경을 역동적으로 표현하였
다. 제2구에서는 수려하게 핀 꽃과 풀을 통해 은자 거주지 주변을 표현함으로
써 은거에 대한 미감을 증폭시켰다. 말구에서는 반어적 표현을 통해 맑은 의식
을 지닌 이라면 이처럼 수려한 자연을 대하면서 당연히 은거에 대한 생각을 갖
게 될 것이라고 생각하는 자신의 의견을 설파하였다.

許渾은 강직한 성격을 바탕으로 현실에 대한 비분강개의 감정을 표출한 작
품도 많이 썼지만 결국은 한적한 정신세계가 주는 흥취를 더욱 지향했던 시인
이었다. 그는 특히 각종 물의 형상화를 통해 '수려한 자연 산수', '유연하면서
다투지 않는 존재(柔弱不爭)', '세속의 삶과 대비되는 은거의 공간(滄浪)', '홀로
고아함을 지키는 존재(獨善其身)', '슬픔을 정화하는 매개체', '시간의 흐름', '청
정한 정신세계' 등의 다양한 정경과 감정 세계를 창출하였다. 이렇게 물이라는

---

14 桐江은 浙江 桐廬縣을 지나 동남쪽으로 향하는 강으로 동쪽을 桐溪라고 하며 이 桐溪에
는 桐廬縣에서부터 시작하는 16개의 여울이 있다. 이 중 제2여울이 바로 '嚴陵瀨'인데 이
嚴陵 여울은 漢 光武帝 때 이곳에 은거하던 嚴陵의 은거로 인해 생겨난 명칭이다. 또한 이
곳에서 嚴陵이 낚시하던 釣臺를 '嚴陵釣臺'라고 하며 이 '嚴陵釣臺'는 은거지의 별칭으로
자주 인용되는 지명이다.

특정 사물이 많이 등장하는 것은 의경이 중복되고 있다는 인상도 주지만 한편으로는 許渾이 강렬한 집중력을 갖고 자연 사물을 관찰했으며 예술적으로 원숙한 기교를 발휘하여 특화된 자연 사물을 개성적으로 묘사했음을 보여주는 부분이기도 하다. 또한 許渾은 정경 묘사 속에 철리적 감회를 담은 시가를 통해 '情景交融'의 경지에 충실하되 자연물 내면에 담긴 의미를 "한층 깊은 비범한 눈길로 바라보기"를 시도했던 시인이기도 하다. '幽婉柔美'한 물의 자태같이 맑고 담백한 의경을 지향하면서 정경과 감정의 조화를 통한 자연 합일 사상을 표출하였고 심오한 은거 의식을 시가 속에 투영하기 위해 노력하였던 것이다. 이는 시대에 대한 강렬한 의기를 현실에서 제대로 발휘하지 못하고 자연 속으로 침잠한 결과이기도 했으나 한편으로는 자연을 사랑하면서 청아한 시심을 발휘하고자 노력했던 許渾 자신의 개성적인 선택이기도 하였다. 능동적으로 자연을 바라보고자 했던 許渾이었기에 그의 자연시에 등장하는 다양한 표현 역시 더욱 의미를 지닌 것이라고 할 수 있는 것이다.

晚唐의 작가 중 이채롭고 개성적인 자연시를 쓴 중요 시인으로 張碧을 꼽을 수 있다. 張碧은 생졸년이 미상이고 字가 太碧이다. 여러 차례 진사에 낙방하여 시와 술로 인생을 살았다. 그의 시풍은 李白, 李賀, 貫休 등의 영향을 고루 받았는데 특히 李白의 홍취를 본받고자 하였다. 그의 시는 古風에 뛰어났으며 현실에 대한 비판 의식과 백성의 고난에 대해 동정을 가한 작품이 여러 수 있다. 작품집으로는 『張碧歌詩集』 1권에 전한다. 『唐才子傳』에서는 "일찍이 張碧은 李白의 높은 발자취를 사모하여 술 한 잔에 시 한 수를 지었는데 시에서는 반드시 맑은 바람(정취)이 보였다. … 재주가 뛰어났고 기운이 비범했다.(初, 慕李翰林之高蹈, 一杯一詠, 必見清風。 … 天才卓絶, 氣韻不凡"라고 하여 그가 의식과 행위 면에서 李白을 재현하기 위해 노력하였음을 밝혀놓았다. 張碧은 晚唐代라는 쇠미한 시대를 살았지만 李白의 호방하고 표일한 정신과 풍격을 추구했던 개성적인 면모를 보인 시인이었던 것이다.

張碧의 시는 총 20수 정도에 불과하다. 전체적으로 많은 작품을 남겨놓지는 않았지만 그중에서도 자연을 노래한 시가가 많은 편이다. 張碧의 시는 전체적

으로 '豪放', '淡泊', '閑雅', '凄淸', '蕭散' 등의 정취를 고루 지니고 있으면서
전반적으로 '고독하고 유정한(孤獨幽靜)' 면모를 지향하고 있다. 그 역시 다른 晚
唐 은일시인처럼 '空山', '殘月', '幽鳥', '寒鐘', '古寺' 등의 시어나 '寒', '獨',
'淸', '冷', '靜' 등의 감정어를 자주 사용하였다. 그러나 그의 작품과 생활을 살
펴보면 한적한 풍격을 드러낸 작품이 가장 많다. 張碧의 자연시는 李白 스타일
의 호방함을 연상시키는 작품과 은거 생활에서 느끼는 한적한 정취를 그린 작
품, 晚唐 시인으로서 절감한 세상에 대한 한계와 우수를 자연에 투영한 작품
등으로 이루어져 있어 이러한 면모에 근거하여 그의 자연시를 조망할 수 있다.
먼저 張碧의 자연시에서 드러나는 가장 큰 특징인 李白 스타일의 재현을 시도
한 작품의 예로 시제와 소재가 李白의 「望廬山瀑布」를 연상시키는 다음 시가
를 예거해본다.

廬山瀑布 여산폭포

誰將織女機頭練	그 누가 직녀가 베틀 짜 명주 만들게 하듯 했나
貼出靑山碧雲面	청산에 붙어 흐르면서 푸른 구름과 마주하고 있네
造化工夫不等閒	이 경정을 만들어낸 노력 예사롭지 않았을 터
剪破澄江凝一片	맑은 강을 잘라내어 한 조각으로 묶어놓은 듯
怪來洞口流嗚咽	괴이하게 동굴 입구에서 흐느끼는 소리 들리는 듯하고
怕見三冬畫飛雪	흡사 한겨울 대낮에 흩날리는 눈 보는 것 같네
石鏡無光相對愁	돌 거울은 광채 없이 수심을 마주할 수 있고
漫漫頂上沈秋月	어지러운 정상에는 가을 달 잠겼어라
爭得陽烏照山北	까마귀 떼는 산 북쪽에서 햇볕 쬐는 것 다투는데
放出靑天豁胸臆	나는 맑은 하늘 아래 나왔으니 가슴 탁 트였어라
黛花新染揷天風	검푸른 꽃 새로이 흐드러졌는데 바람이 파고들어와
鼇吐中心爛銀色	어느덧 꽃은 찬란한 은 색깔 중심을 펼쳐내누나
五月六月暑雲飛	오뉴월에 여름 구름이 흘러가는데
閣門遠看澄心機	멀리 누각 문을 바라보면 맑은 마음에 기심이 인다
參差碎碧落巖畔	크고 작은 푸른 잎은 부서지듯 바위 가에 떨어지고
梅花亂擺當風散	매화꽃은 어지러이 흔들리다 바람 맞아 흩날리네

李白의 작품이 七絶로 되어 있는 데 비해 장시의 형식으로 수식을 가하고 있

어 晚唐의 화미한 사조를 반영한 듯한 느낌이다. 李白이 「望廬山瀑布」에서 廬山의 아름다움을 호방하고 준일하게 표현했던 것처럼 이 시도 천지간에 공교하게 창조된 폭포의 모습을 광활하게 묘사하는 것으로 시작한다. 협착한 것을 추구하며 세부적인 미를 표현하던 賈島·姚合의 시풍이 당시에 풍미했음을 생각해볼 때 이러한 표현은 상당한 반전이라 하겠다. "까마귀 떼 산 북쪽에서 햇볕 쬐는 것 다투는데, 나는 맑은 하늘 아래 나왔으니 가슴 탁 트였어라.(爭得陽烏照山北, 放出靑天豁胸臆)"라고 한 것은 자신은 산 북쪽의 까마귀 떼가 햇볕 쬐는 것을 다투는 것처럼 권부에 의지하지 않고 맑은 하늘을 가슴 탁 트인 채로 대하면서 광달한 경지에 들어 있음을 표현한 부분이다. 그러나 이 시는 李白의 시풍을 표방했어도 적막한 기분을 완전히 떨쳐내지는 못하였다. 시가에서 활용된 '咽', '愁', '黛花', '爛銀色', '亂擺' 등의 시어는 전체적인 풍격이 李白의 호방함에 못 미치게 하는 표현이 되는 것이다.

岳陽樓에 올라가서 조망하는 멋을 펼친 다음 시 역시 俊逸한 풍격을 느끼게 한다.

秋日登岳陽樓晴望 가을날 악양루에 올라 맑은 경치를 바라보며

三秋倚練飛金盞　늦가을이라 금잔화가 흩날리는 광경에도 익숙한데
洞庭波定平如剗　동정호에 일던 파도는 칼로 깎아놓은 듯 평온해졌다
天高雲卷綠羅低　하늘 높고 구름 말려 있는데 그 아래 푸른 비단 펼쳐놓은 듯
一點君山礙人眼　한 점이 된 큰 산이 사람의 시야에 들어온다
漫漫萬頃鋪琉璃　드넓은 만경창파 유리를 깔아놓은 듯
煙波闊遠無鳥飛　물안개와 파도는 멀리까지 광활한데 나는 새도 없다
西南東北競無際　동서남북 정경은 경쟁하듯 끝없이 펼쳐져 있고
直疑侵斷靑天涯　마치 푸른 하늘가를 끊어다 놓은 듯하네
屈原回日牽愁吟　屈原이 돌아온다면 근심에 끌려 읊을 것이고
龍宮感激致應沈　용궁도 감격하여 마땅히 그를 받아줄 것이네
賈生憔悴說不得　賈誼 역시 초췌하여 말을 못할 것이라
茫茫煙靄堆湖心　물안개와 연기만 아득히 호수 한가운데에 쌓여 있구나

역시 盛唐代 李白·杜甫의 시를 융합해놓은 듯한 호방함과 표일한 정서를

느낄 수 있다. 1~8구는 안전의 경치 묘사요, 9~12구는 넓은 공간에서 느끼는 시간의 깊이와 호연한 의식을 담고 있다. '漫漫萬頃'과 '煙波闊遠'은 동정호의 광활한 정경을 환상적으로 묘사한 것으로 7언시를 통해 미려하면서도 지나치지 않은 수식을 가한 것이 돋보인다. 이어진 '西南東北' 두 구는 마치 杜甫「登岳陽樓(악양루에 올라)」의 "오나라와 초나라가 동남으로 갈라졌고, 하늘과 땅이 밤낮으로 떠 있네.(吳楚東南坼, 乾坤日夜浮)"라는 구절을 연상시키지만 이 시의 호방한 의상은 오히려 杜甫를 능가하는 정도이다. 가을의 푸른 하늘은 시인의 청정한 의식을 나타내고 넓은 정경은 현실을 벗어난 초월 의지를 대변한다. 그러다가 후반 4구에서 시인은 까닭 모를 우수를 드러냈다. 이는 시인이 俊逸한 표현을 이루어내기는 했지만 결국 소산한 정서를 지울 수는 없었음을 의미한다.

거대한 자연을 보고 호방함을 그려냈지만 張碧이 하나의 자연물을 보고 느끼는 마음과 표현은 어떠했는지에 대해 다음 작품은 하나의 단서를 제공하고 있다.

答友人新栽松 친구가 새로 소나무를 심었다는 시에 답하여

石門新長青龍髥　돌문 가에서 새롭게 용 수염 같은 소나무 자라니
虯身宛轉雲光黏　그 자태는 규룡이 몸을 뒤튼 듯하고 구름 빛도 어려 있네
聞君愛我幽崖前　듣자니 그대는 아득한 벼랑 가에서도 자신을 아낀다 하고
十株五株寒霜天　열 그루든 다섯 그루든 찬 서리에도 모두 굳굳하네
越溪老僧頭削雪　시내 넘어 사는 노스님은 눈 같은 머리를 깎았는데
曾云手植當庭月　그가 이르길 일찍이 손수 정원에 심었다 하네
三十年來遮火雲　삼십 년 동안 더위와 비를 가려주고
涼風五月生空門　오월이면 시원한 바람 불어 한가로운 경지를 만들었네
願君栽於清潤泉　원컨대 그대는 맑은 물가에 심기어
貞姿莫迓天桃妍　정숙한 자태로 복사꽃의 요염함을 막아내기를
□□易開還易落　□□[15]은 쉽게 피고 지나
貞姿鬱鬱長依然　그대는 올곧은 자태 울창하며 오랫동안 의연하다
山童懶上孤峯巔　나무하는 아이들 한가로이 고봉의 산꼭대기에 오르는 모습이
當窓劃破屏風煙　창 앞을 둘러싼 병풍 같은 연기 사이로 보이네

---

15 '□□' 부분은 『全唐詩』 권883 「張碧」 편에 闕字로 되어 있다.

소나무를 통해 표일한 그의 기상을 한껏 표현하였다. 하나의 자연물을 음영 대상으로 하였기에 수식을 가하는 것이 한계가 있지만 그중에서도 드넓은 의기를 찾고자 한 모습이 돋보인다. '맑은 물가(淸澗泉)'는 작자의 심령을 의미하고 '복사꽃의 고움(桃姸)'은 시세와 영합하는 아류로 인식된다. '貞姿'라는 시어를 통해 의연함과 초극의 의지를 발휘하였지만 안타깝게도 대세는 내 마음 같지 않다. 미연에서 '외로운 산꼭대기(孤峯巓)'라는 표현을 가하며 외롭게 정조를 지키려는 자신의 마음을 투영한 것과 "병풍같이 창 앞에 둘러싼 연기 사이(劃破屛風煙)"를 언급한 것은 시대의 영향에서 벗어나지 못하는 자신의 한계성을 드러낸 대목이라 할 수 있다. 張碧은 맑고 청허한 마음으로 자연을 바라보고자 했으나 의연한 의지를 지키기에는 한계가 있었던 것을 엿볼 수 있는 것이다.

張碧은 進士科에서 수차례 낙방하고 난 후 산수에 일신을 기탁하며 사는 삶이 스스로에게 어울린다 생각하고는 평생을 벼슬길에 나가지 않고 은거 생활을 실행한 것 같다. 辛文房이 『唐才子傳』 卷5에서 "張碧은 三山이 자신에게 가깝고 雲漢이 지척에 있음을 깨달았다. … 興을 山水에 기탁했고 한가한 시간을 내어 술 마시며 창작했는데 그 언사에 野意가 많았고 그 형상은 흉내 내기 어려운 경치를 그려내고 있었다.(便覺三山跬步, 雲漢咫尺. … 委興山水, 投閑飮作, 言多野意, 俱狀難摹之景焉)"라고 한 것은 그의 은일 생활과 자연시 창작과의 연관성을 지적한 언급이 된다. 張碧의 은일 의식과 생활은 어떠했는지 다음 작품을 통해 추측해볼 수 있다.

山居雨霽卽事 산중에 거하면서 비 개자 짓다
結茅蒼嶺下　푸른 산 아래 초가집 짓고
自與喧卑隔　스스로 시끄럽고 비속한 것과 멀리 한다
況値雷雨晴　하물며 뇌우가 걷혔을 때 맑은 경치의 값어치랴
郊原轉岑寂　교외 들녘의 봉우리는 한껏 적막해졌다
出門看反照　문밖을 나가 비치는 저녁노을 바라보고
繞屋殘溜滴　집을 둘러가며 잦아드는 물방울 떨어짐을 감상한다
古路絶人行　옛 길에는 사람 흔적이 끊어졌고
荒陂響螻蟈　황폐한 비탈에선 땅강아지와 청개구리 소리 들려온다
籬崩瓜豆蔓　무너진 울타리에는 박과 콩 넝쿨이 있고

圃壞牛羊跡　내버려둔 밭에는 소와 양의 발자취 있다
斷續古祠鴉　옛 사당에는 까마귀가 들락날락하고
高低遠村笛　높고 낮게 펼쳐진 먼 마을에선 피리 소리 들려온다
喜聞東皐潤　동쪽 언덕이 기름져졌다는 소식을 기쁘게 듣고
欲往未通屐　그곳에 가려 하나 나막신 준비되지 않았네
杖策試危橋　지팡이 짚고 시험 삼아 외나무다리 건너
攀蘿瞰苔壁　담쟁이넝쿨 잡고 이끼 긴 벽 쳐다본다
隣翁夜相訪　밤이 되면 이웃집 노인과 서로 방문하여
緩酌聊跂石　돌 탁자에서 천천히 한담하며 술 마신다

　陶淵明의 田園詩와 같은 한가로움과 여유가 행간마다 배어난다. 晚唐이라는
시대적 분위기나 소산한 기분도 없고 화려한 수식도 가미되지 않은 채 자연 그
대로의 삶을 소박하게 묘사하고 있는 것이다. ‘古路’, ‘荒陂’, ‘籬崩’, ‘圃壞’ 등
의 시어를 통해 세속을 떠난 청빈한 전원의 삶과 세상과의 의도적인 격절을 표
현하였고 ‘村笛’, ‘東皐潤’, ‘緩酌’ 등의 시어를 통해 부러울 것 없는 전원의 여
유를 한껏 드러내고 있다.
　張碧은 꽃 피고 지는 모습을 보면서 고적한 은일 서정을 극복하고 담백한 경
지를 추구하고자 하는 의지를 펴기도 했다.

惜花三首 其三 지는 꽃을 아쉬워하며 세 수, 제3수
朝開暮落煎人老　아침에 피었다 저녁에 지니 마음 졸이다 사람은 늙고
無人爲報東君道　동쪽 군자의 도리를 알려주는 이 없네
留取穠紅伴醉吟　붉은 꽃나무 얻어 벗하면서 취하고 시 읊노니
莫敎少女來吹掃　소녀로 하여금 이 꽃잎 쓸게 하지 말지어다

　이 작품을 보면 東晉 陶淵明 「飮酒」其五 “동쪽 울타리 아래서 국화꽃 캐어
들고, 아스라이 남산을 바라본다.(采菊東籬下, 悠然見南山)”의 의경을 원용하였고
盛唐 王維가 「田園樂(전원에서의 즐거움)」一首에서 “붉은 복사꽃 다시금 지난 밤
비 머금었고, 버드나무 푸릇푸릇 또다시 봄 연기를 띠고 있네. 꽃 떨어지는데
가동은 쓸지 않고, 꾀꼬리 우는 산에 객은 아직 잠 깨지 않고 있네.(紅桃復含宿雨,
柳綠更帶春烟. 花落家僮未掃, 鶯啼山客猶眠)”라고 한 여유를 함께 살린 것이 발견된

다. 꽃의 짧은 생명을 아쉬워함은 우리네 인생이 그와 같은 것임을 영탄한 것이요, 동쪽 군자는 은자의 모습이나 당시에 이 도리를 진정으로 깨달아 아는 이가 없음을 한탄하고 있는 것이다. 시인은 차라리 꽃나무와 함께 취하며 시를 창작하고 읊음으로써 세상과 분원을 함께하지 않고자 하는 초탈의 의지를 보인다. 인위적인 것이나 자연의 도리를 해하는 모든 것을 배격하는 시인은 꽃잎도 쓸지 않고 그대로 감상하려는 무아의 경지로 들어가고 있다. 王維式의 物我一如의 경지를 추구하면서 창작 의지를 설파하고 있는 결말이 또한 주목된다.

張碧이 추구한 풍격은 감정이 고상하고 뜻은 원대하며 몸을 잊고 마음에 집착이 없는 경지였다. 비록 문학사서에서 자주 언급되었던 시인은 아니고 많은 수의 작품을 남긴 것도 아니지만 張碧이 이처럼 담담하면서도 온화한 의식을 보였다는 것은 눈길을 끄는 대목이라 하겠다. 다음의 예거하는 작품은 춘흥을 그린 작품으로 객관적 시선을 견지하면서도 情의 세계를 벗어나지 않고 있는 것이 돋보인다.

遊春引三首 其二 봄을 노니는 것에 부쳐 세 수, 제2수
五陵年少輕薄客　오릉에 나이 어리고 가벼운 마음 지닌 객이 있어
蠻錦花多春袖窄　아름다운 꽃 그득한데 봄 소매가 좁다
酌桂鳴金玩物華　계수나무 가에서 술 따르고 징 울리며 만물의 화려함 완상하는데
星蹄繡轂塡香陌　수많은 발길과 바퀴 자국 향기로운 길가에 그득하네

봄이 오자 가벼운 마음이 들고 사물이 아름답게 보이는 작자의 심경을 '輕薄客'으로 표현하였다. 객관적 대상인 타인으로 분장했으나 자신에게 春情이 스며들어와 있음은 숨길 수 없다. "봄 소매가 좁다(春袖窄)"라고 하여 "남녀의 정이 가까워짐"을 비유한 것이 그것이다. 그러나 작자가 비속한 정서에 빠지지 않고 담박한 필치를 견지하고자 하는 의식을 지니고 있음이 행간에서 읽혀진다. 아울러 어느 정도 거리감을 갖고 세속을 바라보면서도 마음은 '향기로운 길가(香陌)'에서 크게 이탈하지 않고 있다. 다가가서는 얻을 수 없고 담담한 의식을 견지해야 얻을 수 있는 冲淡의 경지를 연상시키는 것이다.

약 20수에 불과한 張碧의 작품을 살펴보면 張碧이 초탈의 경지를 추구하여

담백한 풍격을 창출해낸 작품들이 많지만 한편으로는 '凄淸'이나 '蕭散'의 풍격으로 설명될 수 있는 작품도 몇 수 발견된다. 그런데 이러한 작품은 주로 산수의 서사 속에 사회에 대한 분감을 투영하고 있는 형태로 되어 있다. 일례로 「農父」一首 같은 작품을 보면 전원의 한가로움을 묘사하면서 현실에 대한 비감을 여운으로 담고 있음이 보인다.

農父 농부

運鋤耕劚侵星起	새벽 별 뜰 때부터 일어나 호미로 밭 갈기 시작하니
壟畝豊盈滿家喜	밭이랑에 식물 그득하면 온 집안의 기쁨이 된다
到頭禾黍屬他人	그러나 처음부터 곡식은 모두 남에게 속해 있으니
不知何處抛妻子	그 어느 곳에 처자를 내버려두었는지도 모르겠노라

1~2구는 전원의 수고를 담박하게 잘 표현한 부분이다. 자신의 수고로 온 집안이 여유로울 수 있기를 바라는 마음을 담았고 성실히 살아가는 농부의 모습은 모두에게 기쁨을 준다. 그러나 3~4구의 현실은 내 의지와는 상관없는 비애를 제공한다. 근원적으로 내 수고가 내게 돌아올 수 없는 현실을 그렸고 이로인해 처자까지 돌보지 못하는 아픔을 그리고 있다. 고생하는 백성이 아닌 다른이가 혜택을 누리는 것을 비판한 작품은 전대에도 있었지만 이 작품의 경우 처자까지 버려둔 애끊는 상황을 묘사함으로써 선명한 각성을 유발하고 있는 것이 눈길을 끄는 것이다.

전원 묘사에 백성의 노고를 이입한 작품에서 보았듯이 張碧은 평소 공의로운 의식을 갖고 자연의 섭리를 대하던 시인이었다. 봄의 도래로 만물이 두루 자연의 혜택을 입게 됨같이 인간 세상도 누구나 편애 없이 잘 풀리길 바라는 기원을 담은 작품을 살펴본다.

遊春引三首 其三 봄을 노니는 것에 부쳐 세 수, 제3수

千條碧綠輕拖水	천 갈래 푸른 가지 가볍게 물을 끌어당기는데
金毛泣怕春江死	누런색으로 마른 가지는 봄 강이 메마를까 봐 우네
萬彙俱含造化恩	만물이 모두 함께 조물주의 은혜 입어
見我春工無私理	이 봄의 공교함은 사사로운 이치가 아님을 보여주길

물을 끌어당긴 가지는 푸르고 아름다운 자태를 이루는데 메마른 누런 가지는 봄 강이 메마를까 봐 운다는 표현이 자못 비장하다. 물은 천하에 내리는 은총과 혜택과 같은데 수혜자는 즐거우나 수혜를 받지 못하는 자는 울며 죽음에 이른다고 본 것이다. 唐末 문인들이 누차에 걸친 과거응시에도 불구하고 자신의 뜻을 펼칠 수 없었던 사회적 현실을 지적한 부분이기도 한데 세사가 공의롭게 처리되기를 바라는 소망을 담은 작품이기도 하다.

晚唐代 張碧은 소수의 작품을 남겨놓았으며 후대인에게 상대적으로 주목을 덜 받은 시인이었지만 그의 자연시 작품은 다분히 시대적 환경을 초월하는 의지를 발하고 있었다. 현실 세계의 거대한 반향과 避世心理의 소극적 의식 사이에서 창작을 감행했던 晚唐의 시인들은 주로 賈島나 姚合처럼 협착한 자연물이나 세미한 감성을 추구하였는데 이에 비해 張碧은 李白을 추종하며 호방한 풍격의 자연시를 창작하고자 노력했던 이채로운 면모를 지닌 시인이었다. 일생을 산수 속에서 李白의 기품을 숭상하면서 지냈던 그였기에 그가 산수 자연을 묘사한 시가의 풍격 역시 '豪放'과 '俊逸', '閑寂'과 '淡泊' 등으로 귀결될 수 있다. 그러나 張碧은 결국 '入世型'이 아니라 '出世型' 인물이라고 할 수 있다. 세상에 들어가 강한 격정을 발휘하며 이성적인 시가 창작을 한 것이 아니라 은일의 입장에서 자신의 청정함과 세상과의 괴리를 슬퍼하였기 때문이다. 자연 속에 일신을 기탁하며 초극적 의지를 발휘하였으나 현실에 대하여는 '凄淸'하고 '蕭散'한 풍격을 지닌 작품을 창작할 수밖에 없었으니 그 역시 晚唐의 시대 속에서 살아가는 문인의 한계에서 벗어날 수는 없었던 것이다.

溫庭筠(812?~866)의 字는 飛卿이고 山西 幷州人이다. 文才가 출중하여 과거시험장에서 팔짱을 여덟 번 끼며 '八韻詩'를 완성하였다 하여 '溫八叉'라는 별명을 얻었다. 그러나 권력자들을 비난하고 거리낌 없이 행동을 한 것으로 인해 과거에서 누차 낙방하는 등 평생 뜻을 제대로 펼치지 못한 생을 살아갔고 관직은 國子助敎에 그쳤다. 과거 낙방으로 인해 실의한 그는 귀족들의 자제들과 歌樓와 妓館을 들락거리며 음주, 도박, 엽색을 즐긴 방탕한 면이 있지만 한편으로 吳歌와 西曲, 樂府 등 음률에 정통하였고 艶情詩 창작에도 뛰어난 성취를 보인 인물이었다. 晚唐의 주요 시인으로 李商隱과 함께 '溫李'로 병칭되었고 李商隱, 段成式 등과 함께 文筆로 유명하여 나란히 '三十六體'로 불리어진 시인이다.

溫庭筠은 花間派의 비조로 艶詞를 계도한 인물로 유명하지만『溫飛卿集』과 『金奩集』 등의 저서에 약 310수에 달하는 시가를 남기며 梁陳 궁체시의 여풍을 계승한 시인으로서도 유명하다. 현전하는 溫庭筠의 약 310수에 달하는 시가는 그가 살아간 다양한 인생의 편력을 반영한다. 우국, 영회, 회고, 애정, 기려와 여행, 자연 풍경, 교유, 불도와 한거에 대한 갈망, 영물 등 다채로운 주제를 지향하였는데 특히 그가 시가 중에서 자연을 묘사한 부분을 보면 艶情詩와는 확연히 다른 필치를 구사했음이 발견된다. 자연을 찾아 자신의 소산한 정감을 표현하거나 청정한 의식 세계를 추구한 부분에는 화려한 기교보다는 담백하고 백묘적인 표현을 활용한 흔적이 농후하며 전반적으로 '淸淨', '淸靜', '淸雅' 등 청담한 풍격을 지향하고 있음을 발견할 수 있다. 溫庭筠이 자연을 노래한 시의 경우 자신이 겪은 현실의 어려움을 산수에 풀거나 자연 속에서 해탈을 도모한 작품, 지방을 여행하다 자연에서 느낀 감상을 담은 작품, 허정한 자연 의식을 노래한 작품 등으로 나눌 수 있다. 溫庭筠이 추구하고 묘사한 자연 정경과 표현상의 특색은 위와 같은 몇 가지 주제와 특징에 따라 분류가 가능하다 하겠다.

溫庭筠은 '溫八叉'라는 별명이 말해주듯 뛰어난 문재를 지녔지만 여러 차례 응시한 과거에서 계속 낙방을 한 바 있다. 大中 9년(56세)에 겨우 진사에 급제한 후 咸通 6년(65세)에야 겨우 낮은 직위인 國子監助敎에 올랐고 이듬해인 咸通 7년에 方城尉로 폄적되었다가 그해에 사망하게 된다. 溫庭筠은 회한을 안고 살아가던 자신의 신세와 적막한 심정을 토로하기 위하여 자연 묘사와 연결된 창작을 하였다. 세상에서 득의하지 못한 자신의 신세를 한탄하거나 절경을 마주하면서 세속의 공명과 은거 사이에 발생하는 고민을 투영하기도 하였고 吳越, 西蜀, 塞北, 京洛, 荊襄, 江湘 등을 떠돌며 나그네의 수심을 펼치기도 하였다. 개인의 비감 어린 소산한 경지를 자연에 부쳐 처연한 기운을 발하는 것이 그의 자연시에서 발견되는 일차적인 특색이라 할 수 있다. 그러한 면모와 연관하여 溫庭筠이 나그네 신세로 역참을 머물던 중 새벽녘에 오롯이 깨어 앉아 시상을 밝힌 다음 작품을 살펴보자.

碧澗驛曉思 벽간역에서 새벽에 생각하며
香燈伴殘夢　아름다운 등불 잔몽과 벗하는데
楚國在天涯　楚 땅은 멀리 하늘 끝에 있구나
月落子規歇　달 지고 두견새도 쉬는 이 새벽
滿庭山杏花　온 정원에는 산행화만 가득해라

　본래 山西 太原이 고향인 溫庭筠이 고향과 멀리 떨어진 옛날 楚 땅 睦州 碧澗驛을 지나가면서 목도한 새벽 풍경을 그린 작품이다. '天涯'라는 표현으로 고향과 먼 이곳에 와 있는 심정을 그렸고 평안치 못한 심정을 '殘夢'으로 표현했다. 맑은 새벽에 잔몽을 깨고 보니 달빛도 없고 새소리도 끊어져 사방이 고요하다. 온 산에 그득한 살구꽃으로 자신의 마음을 대변했는데 표현은 산뜻하고 고우나 내면에 담긴 뜻은 적막하고 처연하다.

　다음 작품도 여행하던 중에 느낀 수심을 노래한 시의 예가 된다.

商山早行 상산에서 새벽길을 가며
晨起動征鐸　새벽에 일어나 말방울 울리며 길 떠나니
客行悲故鄉　나그네 가는 길 고향은 언제나 그리워
鷄聲茅店月　객주 집 위로 달 떠 있는데 닭 울음소리 들리고
人迹板橋霜　서리 내린 널빤지 위에는 사람의 발자국
槲葉落山路　산길에 떡갈나무 잎 떨어지고
枳花明驛牆　역참 담장에는 탱자꽃이 환히 피었네
因思杜陵夢　그리움에 꿈에 본 고향 두릉의 모습
鳧雁滿回塘　연못 가득히 기러기 떼 떠 있었지

　長安을 떠나 襄陽으로 가던 중 商山의 여관에서 새벽에 출발하며 쓴 작품이다. 새벽 말방울 소리가 풍기는 맑은 소리를 세밀하게 표현하였고 이어 객지에서 길 가는 이의 쓸쓸함과 고향에 대한 그리움을 묘사하였다. 총 10개의 명사로 이루어져 있는 함연의 묘사는 인구에 회자되는 가구이다. 아직 달이지 않았는데 들려오는 닭 울음소리와 일찍이 서리 내린 널빤지 위로 이미 지나간 사람의 발자국이 보이는 형상은 시청각적인 효과와 함께 아련한 운치를 더한다.

각 명사 하나하나마다 개별적 함의를 가지면서 함께 조합하여 더욱 신묘한 경지를 드러내는 '언외의 흥취(言外之趣)'를 보이고도 있다. 제3연에서는 꽃과 나무로 여정의 주변 정경을 묘사하였는데 이 부분에서 '落'과 '明'의 대조적인 표현을 통해 새벽의 청아한 기운과 나그네의 적막함을 함께 투영한 기법이 특히 시선을 끈다. 미연은 나그네가 그리는 고향의 모습으로 이 모습 속에 기러기를 등장시켜 떠나온 이의 비애와 귀향의 소망을 함께 표현하고 있다. 맑고 신선한 시어를 활용하였으나 전체적으로 엄격한 배치를 가해 여정의 어려움과 고향에 대한 그리움을 더욱 선명하게 표현해낸 작품이라 하겠다.

객지를 떠도는 시인의 마음에 우수를 제공하는 요인은 다양하다. 계절의 흐름, 낯선 풍광, 고향에 대한 그리움, 자신의 신세에 대한 회고 등 여러 경우가 있겠지만 그중에서도 나그네 신세로 있으면서 친우와 헤어지는 순간을 맞게 되면 그 수심의 정도가 더욱 극심하게 된다. 나그네 신세일 때 지은 여러 편의 송별시 중 다음 시는 溫庭筠이 객지에서 친구와 헤어지는 상황을 자연 정경과 연계하여 창작한 작품이다.

贈少年 소년에게

江海相逢客恨多　강해에서 서로 만나 한 많은 나그네
秋風落葉洞庭湖　가을바람에 낙엽 떨어지는 동정호
酒酣夜別淮陰市　한껏 술에 취해 회음 장터로 떠나는 이별의 밤
月照高樓一曲歌　달빛 비치는 높은 보루에서 불러보는 노래 한 곡

시 전체의 분위기를 볼 때 시제의 '少年'은 '소년처럼 야망을 간직하고 있으되 득의하지 못한 젊은이'의 느낌을 갖게 하는 단어이다. 이 시에 등장하는 지명인 '江海', '洞庭湖', '淮陰' 등은 거리상 연관성이 다소 떨어지는데 이는 실제적인 지명으로 보기보다는 溫庭筠이 여러 곳을 전전하는 신세로서 산만한 정신세계를 펼치고 있는 상황인 것으로 치환해볼 수 있다. 게다가 시가에 드러난 감정 역시 다양한 굴곡을 선보이고 있다. '나그네의 많은 한(客恨多)'과 '시절의 영락함(秋風落葉)'이 주는 쓸쓸함과 '술을 마시고 즐기면서(酒酣)' 노래하는 밤의 정취가 혼재되어 있기 때문이다. 그러나 시를 읽고 난 뒤의 감흥은 오히려 맑고

한아하다. 객려의 한을 술과 노래로 씻어보려는 의도와 청아한 밤기운 속에서 감흥을 높이고자 한 시인의 서정이 깔끔한 여운을 지향하고 있음을 또한 발견할 수 있기 때문이다.

다음 시는 溫庭筠이 荊南幕에서 종사할 때인 咸通 2년 가을에 지은 것으로 추정되는 작품인데 가을 강가의 정경 속에 이별의 정을 효율적으로 담아내고 있음이 보인다.

送人東游 동쪽으로 가는 친구를 보내며
荒戍落黃葉　황폐한 수자리에 누런 낙엽 떨어지고
浩然離故關　그대는 호방하게 옛 관문을 떠나가네
高風漢陽渡　세찬 가을바람 한양 나루터에 불어대고
初日郢山門　아침 해 형문산에서 솟아오른다
江上幾人在　강가에는 단지 몇 사람만 있을 뿐
天涯孤掉還　저 하늘 끝으로 외로운 배 노 저어 돌아간다
何當重相見　어느 때 다시 만나
尊酒慰離顔　술잔 들어 이별의 얼굴 위로하지 않을 수 있으리오

이별하는 친구가 누구인지는 정확치 않으나 정경 묘사를 통해 분위기가 자못 비장함을 느낄 수 있다. 끝없이 펼쳐진 황량한 가을 들판에서 아득히 떠나가는 우인과 함께하는 것은 안타깝게도 세찬 가을바람이다. 이별의 소슬한 정회가 소산한 자연 정경 속에 녹아 있는 인상을 받게 되며 한편으로 이러한 필법은 이별의 서글픈 감정이 지나치게 처량하게 표현됨을 절제하는 역할도 하고 있음을 느끼게 된다. 염려한 시어를 활용한 溫庭筠의 다른 시와는 확연히 구분되는 청아한 풍격의 시가라 할 수 있는 것이다.

溫庭筠은 일찍이 襄陽의 徐商 막하에 근무하고자 했으나 뜻대로 되지 않아 강남을 유람한 것을 비롯하여 일생 동안 吳越, 西蜀, 塞北, 京洛, 荊襄江湘 등지를 전전한 바 있다. 자연을 찾아 유람을 한 경우보다는 인생 역정에 따라 각지를 떠돌아다닌 경우가 많은 셈인데 이 경우에도 그는 자신이 목도한 향토적 서정을 시가 창작에 연결하기를 좋아하였으니 이로 인해 그의 시가 중에는 타지의 풍광을 신선한 감각으로 표착한 행유시가 여러 수 존재하게 된다.[16] 이러한

행유시는 지역의 특성에 주목하거나 그 지역의 풍류를 즐기고자 했던 그의 성벽과도 관계가 있는 부분인데 시가의 내면을 보면 溫庭筠이 여러 곳을 유람하면서 체험한 각 지역의 풍경에 대하여 특별한 감동과 감수성을 발휘한 흔적이 발견된다. 지역의 풍경을 주목하여 개성적인 묘사를 가하고 있는 작품들 중 荊門으로 가는 길에 목도한 풍경을 樂府 舊題를 통해 담아낸 「常歡林歌」一首를 살펴보자.

常林欢歌 상림에서 부르는 즐거운 노래
宜城酒熟花覆橋　의성에 술 익는데 꽃잎은 다리 위에 덮여 있고
沙晴綠鴨鳴咬咬　모랫가 맑은데 푸른 오리 떼 시끄럽다
濃桑繞舍麥如尾　뽕나무는 집 근처에 짙게 둘렀는데 보리 싹이 보이고
幽軋鳴機雙燕巢　나직이 베 짜는 소리와 쌍으로 둥지에 깃드는 제비
馬聲特特荊門道　형문으로 가는 길에 말 울음소리 들려오고
蠻水揚光色如草　만수에 햇살 비추어 풀처럼 푸르르다
錦荐金爐夢正長　연인들은 비단 자리에서 향기로운 꿈 꾸고 있는데
東家咿喔鳴鷄早　이른 아침 동쪽 집에서 들려오는 꼬끼오 닭 우는 소리

봄날 새벽 荊門을 지나가는 길에 본 시골의 순박한 풍경을 명랑한 필치로 그려냈다. 꽃잎이 깔린 다리, 강가 모랫벌과 민가 주위를 드나드는 새들의 형상, 농작물이 성장하는 모습과 백성들의 생활상 등을 순차적으로 묘사했는데 근경과 원경의 교차, 시각과 청각의 조화, 각종 색채감의 활용, 실경과 허경의 서사 등의 각종 수법을 동원하여 기술함으로써 농가의 풍경을 한아하고도 청려하게 묘사한 점이 특히 뛰어나다. 일정 지역을 그림에 있어 소박하고 평범한 일상을 소재로 하면서도 활기찬 내용을 이입시켜 그 지역의 특성을 최대한 잘 부각시키고 있는 것이 이 시의 장점이라 하겠다.

다음은 溫庭筠이 吳越로 유람을 가는 친구를 송별하며 쓴 작품인데 吳越 지

---

16 이러한 내용을 담은 시로는 「錦城曲」, 「常歡林歌」, 「吳苑行」, 「錢塘曲」, 「燒歌」 등의 樂府詩가 있어 題名을 통해 향토적 색채를 가늠해볼 수 있으며 「利州南渡」, 「回中作」, 「開聖寺」, 「盤石寺留別成公」, 「送處士游吳越」 등의 七律詩를 통해서도 溫庭筠이 지역과 연관된 서정을 시가에 담기를 즐겨했음을 살필 수 있다.

역에 대한 설명을 가미하여 정취를 높이고 있는 것이 발견된다.

送盧處士游吳越 노처사가 오월로 유람 가는 것을 전송하며
羨君東去見殘梅　그대가 동쪽으로 가 지지 않은 매화를 구경하는 것 부러워
唯有王孫獨未回　오로지 왕손만이 돌아오지 않았다는데
吳苑夕陽明古堞　오나라 정원에 비치는 석양은 옛 성가퀴를 밝히고
越宮春草上高臺　월나라 궁궐에 핀 봄풀은 높은 누대 위까지 솟아 있겠지
波生野水雁初下　파도 이는 들녘 물에 기러기가 내려앉기 시작하고
風滿驛樓潮欲來　바람 가득한 역루에는 조수가 몰려오겠지
試逐漁舟看雪浪　시험 삼아 고깃배 쫓으며 눈같이 흰 파도를 보면
幾多江燕荇花開　강가에는 많은 제비 날고 마름풀도 그득 피어 있으리

지기 盧處士가 吳越로 유람을 가는 것을 보고 자신의 여행 기억을 떠올리며 지은 작품으로 추측된다. 吳苑에 비치는 석양과 越宮에 솟아난 봄풀은 화려한 궁궐의 위세를 가늠하게 하며 세월의 흐름과 영욕의 변화를 느끼게도 한다. 吳越에 대한 溫庭筠의 기억과 느낌을 담고 있는 서술이라 할 수 있다. 吳越 궁궐에 대한 묘사를 가한 전반부에 이어 후반에서는 吳越의 물가 풍경을 집중적으로 그리고 있다. 吳越의 지역적 특색을 서술하는 데 있어 '水鄕'의 이미지를 빼놓을 수 없었던 것이다. 이러한 서술을 통해 溫庭筠이 자연을 바라보고 기술하는 데 있어 지역적 서정을 중시했던 작가였음을 또한 추측해볼 수 있겠다.

溫庭筠이 지역의 풍류를 만끽하며 자신의 감수성을 자연에 부쳐 쓴 작품은 행유시뿐 아니라 「燒歌」, 「會昌丙寅豊歲歌」 등 농촌 정경을 기술한 작품, 변새의 풍경을 기록한 작품들에서도 일정 정도 발견된다. 일례로 「燒歌」 같은 시는 溫庭筠이 목도한 화전민의 삶과 자연의 모습을 대비하여 쓴 것인데 이 시 중 산에 불을 놓는 모습을 기록한 부분을 절록하여 살펴보기로 한다.

燒歌 밭에 불을 놓는 것을 보고
起來望南山　아침에 일어나 남산을 보니
山火燒山田　산불이 이니 이는 산간의 밭을 태우는 것이라
微紅久如滅　희미한 붉 빛 오랫동안 타며 사라질 듯하다가

短焰復相連	불꽃이 짧아졌다 다시금 이어지네
差差向巖石	크고 작은 불길 바위 쪽 향하다가
冉冉凌靑碧	점차 이어져 푸른 바위를 타고 넘어가네
低隨回風盡	바람은 낮게 불어대고 있고
遠照橋茅赤	불길은 멀리 띠집의 처마까지 붉게 비추네
隣翁能楚言	초 땅 방언에 능한 이웃 노인네
倚揷欲潸然	가래 삽에 기대어 눈물 흘리면서
自言楚越俗	혼잣말로 하는 말 "이는 초 땅과 월 땅의 풍속인데
燒畬爲圼田	저 밭을 불태우면 한전이 될 것인데"

　이 시는 溫庭筠이 大中 10년 隋縣尉로 폄적되어 갔을 때 쓴 것으로 추정되는 작품이다. 襄陽 일대의 농민들이 한지를 태워 밭을 개간하는 모습을 그렸는데 불길이 타들어가는 부분에 대한 묘사가 사실적이다. 산언덕에 성대하게 만연한 불길의 모습을 먼 초가집 처마에까지 붉게 비춘다고 표현한 것과 희미하게 꺼져가다가 다시 살아나 바위를 집어삼킬 듯 맹렬히 일어나는 모습을 차례로 그린 것들은 모두 실제적인 목도를 바탕으로 그려낸 묘사인 것이다. 한편 楚 땅과 越 땅의 농사 풍속을 노래하면서 시인은 촌로의 입에서 나오는 독백을 통해 자신의 의견을 토로하고 있다. 끝없이 땅을 개간해야 하는 화전민의 고단한 삶은 마치 불처럼 한 순간 일어났다 다시 圼田으로 변하는 산등성이의 화전과 같이 한계를 안고 있는 삶임을 설파하고 있는 것이다.

　溫庭筠이 자연을 묘사한 부분을 보면 소박한 필법을 추구하면서도 빼어난 수사 기교를 발휘하여 화사한 자연미를 창출한 부분도 있음이 발견된다. 염정시의 '綺靡'와는 다른 느낌의 기려한 필치를 부가하여 정경을 수려하게 표현하기도 하였고 이채로운 구상으로 자연을 바라보는 신선한 감각을 드러내기도 하였는데 이러한 창작 수법 역시 溫庭筠 자연시에서 발견되는 하나의 개성적인 특성이라 할 수 있다. 이러한 특성과 연관하여 다리 위에서 비를 만난 평범한 상황에 속에 상큼한 운치를 가한 다음 작품을 살펴보기로 한다.

咸陽値雨 함양에서 비를 만나다
咸陽橋上雨如懸　함양 다리 위에 내리는 비 마치 하늘에 걸린 듯

萬點空夢隔釣船　만 점 빗방울 허공의 꿈 같아 저 너머 낚싯배 보일 듯 말듯
還似洞庭春水色　흡사 동정호의 봄물 색깔과도 같아
曉雲將入岳陽天　새벽 구름 악양의 하늘에 깔리려 하나니

渭水가 흐르는 함양교에서 봄비를 맞으며 쓴 작품으로 봄비에 대해 '비가 마치 하늘에 걸린 듯(雨如懸)' 하고 '허공의 꿈 같다(空夢)'고 한 묘사가 수려하다. 빗방울이 마치 구슬처럼 하늘에 걸려 있고 그득한 비로 인해 보일 듯 말 듯 펼쳐진 몽롱한 정경을 염려하게 표현한 것이다. 이 북방의 정경을 보면서 먼 남방의 동정호와 岳陽의 새벽 풍경을 떠올린다. 함양 다리에서 바라보는 '雨景'이 기억 속에 남아 있던 동정호의 아름다움을 연상하게 만든다. 허경과 실경, 현실과 연상의 묘사 수법 등을 적절히 발휘하면서 미려한 필치를 통해 자연의 미를 더욱 환상적으로 묘사하고 있는 것이다.

分水嶺을 지나면서 자신의 흥취와 산천의 절경을 절묘하게 묘사한 다음 작품에서도 시가에 나타난 구상이 기이한 면을 살필 수 있다.

過分水嶺 분수령을 지나며
溪水無情似有情　무정한 시냇물 마치 정이 있는 듯
入山三日得同行　산중에서 사흘 동안 나와 동행하였다네
嶺頭便是分頭處　고갯마루 갈 길 갈라지는 곳
惜別潺湲一夜聲　헤어지기 섭섭한 듯 밤새 졸졸 소리 내며 흐르네

시냇물을 의인화하여 묘사하였는데 내면을 살펴보면 자연을 사랑하는 시인의 따뜻한 마음이 숨어 있다. 위에서 아래로 흐르는 시냇물과 이를 거슬러 올라가는 자신의 산행 길은 반대 방향이지만 "동행하였다(得同行)"라는 표현을 가한 것은 일종의 '낯설게 하기'에 해당하는 표현법이라 할 수 있다. 또한 "나와 헤어지기 섭섭하여 밤새 소리 내며 흐른다.(惜別潺湲一夜聲)"라고 표현한 것 역시 시냇물에 대한 애정과 자연을 아끼는 마음을 이채롭게 표현한 대목이 된다. 자연에 대해 지닌 신선한 감각을 다채롭게 표현하고자 한 작자의 노력과 흥취가 느껴진다.

다음은 쉽게 잠이 오지 않는 어느 한밤에 주변을 바라보며 지은 작품인데 환상적이고 유미적인 묘사가 돋보인다.

瑤瑟怨 요슬원

冰簟銀床夢不成	잠 오지 않는 은침상 싸늘한 대방석에 누웠는데
碧天如水夜雲輕	하늘엔 파란 물, 밤 구름은 경쾌히 흘러가네
雁聲遠過瀟湘去	기러기 울음소리 소상강으로 멀어지고
十二樓中月自明	열두 누각에는 달빛만 밝게 비추누나

남방 어느 곳에서 바라보는 자연을 그림에 있어 娥皇과 女英의 고사를 이입하고 함축적인 표현을 가함으로써 몽환적인 분위기를 창출하였다. 무언가 시름에 잠긴 시인이 은침상에 누워 바라보는 하늘을 그린 제2구를 보면 푸른 하늘과 은하수, 시름에 잠겨 잠 못 이루는 시인의 마음과 달리 경쾌하게 흘러가는 밤 구름 등의 절묘한 대비가 실려 있다. 瀟湘江에 슬피 울며 날아가는 기러기를 보면서 제4구에서 仙境인 '十二樓'를 떠올린 수법 또한 상상과 허구, 현실의 정경과 이상의 세계를 절묘하게 혼합한 묘사라 할 수 있다.

다음 시는 하나의 잘 짜여진 구도 속에 기묘한 표현들을 이입하여 신선한 구상과 시어가 돋보이도록 한 작품이다.

利州南渡 이주에서 남쪽으로 건너며

澹然空水帶斜暉	맑고 광활한 물은 석양빛 머금었고
曲島蒼茫接翠微	굽이굽이 둘러선 섬들의 푸른 모습 점차 희미해진다
波上馬嘶看棹去	물가엔 말 울음소리와 노 저어가는 것 보이고
柳邊人歇待船歸	버들 가에 쉬는 사람들 배로 돌아오기 기다린다
數叢沙草群鷗散	몇몇 모래 무더기 풀에서는 갈매기 떼 흩어져 날고
萬頃江田一鷺飛	만경 강가 밭 위로 백로 한 마리 날아간다
誰解乘舟尋范蠡	그 누가 알리 성공한 뒤 배로 떠난 범려를 찾는 심정
五湖烟水獨忘機	오호의 연무 긴 물 보며 홀로 기심을 잊노라

수연에서 강가의 근경과 원경을 그렸고 함연에서는 사람의 모습, 경연에서는 강가 새들의 모습 등을 차례로 그렸다. 전체를 조망하다 가까이 있는 사람의 모

습을 살펴보고 다시 특정 자연물을 주목하여 보는 식으로 점층적인 묘사를 가하고 있는 점이 이채롭다. 세 연을 통해 강가 주변 경치를 그리면서 '澹然', '斜暉', '曲島', '波上', '柳邊' 등 각 구절마다 기묘하면서도 청신한 표현을 가하고 있음도 돋보인다. 특히 수연에서 강물에 비끼는 햇살과 푸른빛 이어가다 점차 그 푸른색이 희미해지는 구불구불한 섬들의 모습을 그린 부분은 절묘한 미감을 느끼게 한다. 경연에서 '萬頃'과 '一鷺'를 통해 광활한 중에 고독하고도 청아한 의상을 창출한 것 역시 빼어난 필법을 보이는 부분이다. 기심을 잊기 위해 스스로 담담한 모습으로 자문하고 있으나 '홀로 잊는다(獨忘)'는 표현을 통해 외로운 심정의 일단을 투영하고 있음도 살필 수 있겠다.

温庭筠의 작품 중에는 세사에서 얻은 고뇌를 자연 산수에 투영하며 그 속에서 해탈을 도모한 작품도 여러 수 있다.[17] 佳境을 찾음으로써 얻게 되는 정신적 해탈을 담은 시는 고뇌를 투영한 자연시보다도 더욱 한아한 풍격을 띠게 된다. 이러한 작품에는 백묘적 수법을 활용한 부분이 많으며 때로는 사물을 살피는 중에 얻은 깨달음이나 선취를 투영하기도 하였다. 温庭筠이 자연에서 얻은 순수한 시심을 소박한 필치로 담아낸 작품 중 실제로 한거하며 지은 다음 작품을 살펴보자.

早秋山居 초가을 산에 기거하며

山近覺寒早　산을 가까이하니 추위가 일찍 왔음을 느끼는데
草堂霜氣晴　초당에 산 기운은 맑기만 하구나
樹凋窓有日　나무 시들어 있는 창가에 햇빛 들고
池滿水無聲　못에 물 가득하니 물소리 들리지 않는구나
果落見猿過　산 열매 떨어지니 원숭이 지나갔음을 알겠고
葉乾聞鹿行　나뭇잎 다 말라 사슴 다니는 소리 들리네

---

17 温庭筠의 시가 중 「酬友人」, 「秋日」, 「鄠杜郊居」, 「早秋山居」, 「南湖」 등의 시는 세상에서의 피곤함을 뒤로한 한거의 흥취를 찬양하거나 은거에 대한 동경을 담고 있는 작품이다. 특히 그가 長安 서남쪽 鄠杜에서 한거한 기간에 쓴 「鄠杜郊居」, 「書懷百韻」, 「鄠郊別墅寄所知」, 「題城南杜邠公林亭」, 「郊居秋日有懷一二知己」, 「馬鬼騷」, 「梯望苑騷」, 「經五丈原」, 「咸陽值雨」, 「題端正樹」, 「渭上題三首」, 「登盧氏臺」, 「龍尾驛婦人圖」, 「二月十五日櫻桃盛開自所居躧履吟玩寄王澤章洋勹」, 「京兆公池上作」 등의 10여 수 작품은 한거하는 중에 세상을 바라보는 의식을 드러낸 작품이라는 점에서 의의를 찾을 수 있다.

素琴機慮靜　거문고를 타니 온갖 잡생각 고요해지고
空伴夜泉淸　부질없이 밤 샘물의 맑은 소리와 벗하네

　산속에서 기거하며 일찍 찾아드는 가을의 신선한 기분을 만끽하는 시인의 한아한 정서가 느껴진다. 초당 주변의 산 기운이 맑게 갠 모습은 자연을 찾아 탐닉하는 시인에게 주어진 선물과도 같다. 한여름에는 무성한 잎으로 창에 해를 가려주었던 나무였건만 이제 그 잎이 시들어가니 듬성듬성해진 사이로 햇살이 들어오고 물이 가득해진 연못이라 물소리가 전혀 들리지 않는다. 산의 열매가 떨어지는 흔적으로 원숭이가 지나가는 모습을 알게 되고 낙엽이 바짝 말라 있어 사슴 지나는 소리도 또렷이 들려온다. 이 모두는 분주한 시각으로 살펴보았으면 느끼지 못했을 가을의 성숙한 경지이니 자연에서 하나의 깨달음을 터득한 시인의 마음을 대변하고 있는 부분도 된다. 가을의 정취에 취한 시인은 감흥을 이어가며 줄 없는 거문고를 만져본다. 이 순간 마음속 온갖 잡생각과 세상의 번뇌는 청정한 샘물에 씻겨가듯 사라지니 시인은 어느덧 산뜻하고 텅 빈 경지에 들어가고 있는 것이다.

　은거하는 처사의 모습을 그린 다음 작품에서는 溫庭筠이 한거에 대한 간접적인 체험을 통해 흥취를 배가했던 면모도 발견된다.

處士盧岵山居 처사 노호의 산중 거처
西溪問樵客　서쪽 개울가에서 나무꾼에게 처사의 거처 물으니
遙識主人家　저 멀리 주인집 가리킨다
古樹老連石　고목은 오래된 돌들 밑으로 연이어져 있고
急泉淸露沙　급히 흐르는 샘물 맑아서 모래가 다 드러나네
千峰隨雨暗　천 개의 봉우리에 비 내리자 날 어두워지고
一徑入雲斜　길은 구름 속으로 굽이쳐 들어간다
日暮鳥飛散　해 저물자 새들도 흩어져 나는데
滿山蕎麥花　온 산에는 메밀꽃이 가득

　처사 盧岵가 사는 곳은 고목과 옛 돌들이 이어져 있는 고즈넉한 곳으로 물이 맑아 모래가 투명하게 보이는 경치를 자랑한다. 고아하고 청아한 운치를 지닌

곳에 기거한다는 표현을 통해 '山居'하는 처사의 내면을 은유하였다. 삶의 양상을 직접적으로 언급하기보다는 주변 자연을 들어 처사의 고아한 의식을 표현해 낸 수법이 돋보이는 것이다. 미연에서는 해 저물자 각자 자신의 처소로 돌아가는 새들의 모습을 통해 한적한 경지를 그리면서 흰 메밀꽃을 들어 생활과 연계된 정경의 아름다움을 거론하고 있다.

溫庭筠은 정신적 안위를 찾기 위한 방편으로 자연을 찾으면서 한편으로 불승들과의 교유나 불학에서 얻은 깨달음을 자연 묘사에 이입시키기도 하였다. 溫庭筠이 선취와 연관하여 자연 묘사를 가한 작품들로는 「題僧泰恭院二首」, 「月中宿雲居寺上方」, 「宿衛公精舍」, 「寄淸凉寺僧」, 「題陳處士幽居」, 「寄山中人」, 「和友人盤石寺逢舊友」, 「贈張煉師」, 「題造微禪師院」 등이 있는데 이러한 작품들에는 淡寂한 필치와 투명한 의상으로 자연 묘사를 가한 부분이 많이 담겨 있다. 그중 한밤중에 산사에 머무는 흥취를 그린 시가를 예거하여본다.

月中宿雲居寺上方 달빛 비치는 중 운거사 선방에 기거하며
虛閣披衣坐　허정한 누각에 옷 걸치고 앉았다가
寒階踏葉行　차가운 섬돌에 깔린 나뭇잎 밟고 지나가네
衆星中夜少　뭇 별들은 한밤이라 많이 사라졌고
圓月上方明　둥근 달만이 사방을 밝게 비춘다
靄盡無林色　아지랑이 다해도 숲의 모습 보이지 않고
喧餘有澗聲　시끄러운 시냇물 소리만이 남아 있을 뿐
只因愁恨事　그저 근심으로 인해 세상사 한하다가
還逐曉光生　마침내 새벽빛이 생겨남을 보게 되었나니

적막한 밤중 달빛만이 사방을 비추는 고요한 경지에 둘러싸인 작자는 홀로 산사 주변을 떠돌며 각종 시름을 날려 보내고자 노력한다. 캄캄한 한밤의 모습 속에 별도 드물어지고 시끄럽게 하는 것들도 사라졌으며 숲의 아지랑이도 다하고 자연의 소리만이 내 귀에 들려오나 시인은 좀처럼 근심에서 벗어나지 못하고 있다. 말구에서 '새벽빛(曉光)'이 비치게 되자 내 마음이 밝아지는 모습을 그렸는데 이는 마치 오랜 구도의 생을 추구하다 얻은 한 줄기 깨달음처럼 시인의 마음을 밝혀주는 존재와도 같다. 허정한 마음을 얻으려 자연을 찾아 노력하는

시인의 고민과 해탈을 느낄 수 있는 것이다.

溫庭筠은 제세의 포부는 갖고 있었지만 평생 뜻을 펼치지 못한 채 자신만의 한과 비극적 감성을 안고 살았던 시인이었다. 높은 관직이나 순탄한 행로에 올라보지 못한 처지를 풍류를 즐기는 것이나 기려한 시풍과 연관된 艶詞의 창작을 통해 풀어보기도 하였다. 그러나 한편으로 그는 시류나 유파에 합류하기보다는 개성을 간직한 채 고적한 정회를 펼치며 살았던 이력을 지닌 인물이기도 하다. 이러한 경지에서 나온 그의 자연시는 제재가 광범위하고 내용의 변화가 다양하다는 특색을 갖는다. 자신의 신세 의식을 투영하면서도 다채로운 경물을 통해 다양한 심정을 묘사하거나 독특한 필법으로 새로운 미감을 기록하기도 하였고 유려한 필치로 청신하고 아름다운 가경을 돋보이게 수식하는 필력을 발휘하기도 하였다. 또한 승려들과의 교유나 은거의 낙을 찬미한 시들을 통해 염려한 시어를 배제하면서 '淸冷'하면서도 '幽靜'한 무채색의 허정한 풍격을 지향하고 있는 모습도 발견할 수 있다. 溫庭筠의 자연시는 그의 다른 시가 지닌 유려한 필치와는 구별되는 소박한 서사를 대체로 지향하고 있었음을 알 수 있다. 이는 그가 시가 창작을 통해 이채로운 표현과 구상을 추구하고 함축적인 매력을 발휘하면서도 또 한편으로는 청아하고 한적한 흥취도 숭상하고 있었다는 것을 보여주는 일면이 되는 것이다. 그러나 시가사 측면에서 볼 때 溫庭筠은 陶謝와 王孟韋柳 같은 전대 자연시파 시인들처럼 시가 창작을 통하여 閑雅한 의경이나 自得의 경지에는 이르지 못한 시인이었다. 陶謝와 王孟韋柳 같은 역대 자연 시인들이 정제된 균형미를 통해 자연에 대한 미감을 차분하게 발휘한 것에 비해 溫庭筠이 시가에서 가한 자연 묘사는 소산한 의경을 표출하는 것에 주안점을 두면서 다소 비대칭적으로 묘사를 가한 측면을 보였기 때문이다. 詞, 音律, 艶情, 歌舞 등 溫庭筠의 주변을 채우고 있었던 다양한 정서는 그가 자연시의 창작에 주력하기에는 한계성을 갖게끔 한 요인이라고 할 수 있는 것이다.

3) 羅隱, 皮日休, 陸龜蒙, 杜荀鶴 : 자연 묘사 속에 담은 현실의 비애

시인들의 활동 양상을 중심으로 살펴보면 晚唐 문단은 大中 13년(859)을 분기점으로 하여 유미주의 시풍이 팽배했던 前期와 현실주의 시풍이 흥기했던 後期로 나눌 수 있다. 전기에 활동한 시인으로 앞서 살펴본 杜牧, 李商隱, 溫庭筠, 許渾 등이 있었다면, 후기에 활동한 시인으로는 羅隱, 皮日休, 陸龜蒙, 杜荀鶴 등의 현실주의 시인들을 들 수 있다. 이른바 晚唐의 현실주의파 시인으로 불리는 이들은 '황소의 난'(875)을 체험하면서 유미주의 시풍에 불만을 품고 中唐 신악부의 비판적 정신을 계승하고자 한 시인들이었다. 이들은 망국으로 치닫는 사회적 배경하에서 정치적인 모순을 정면으로 비판하기도 하였고, 스스로 느꼈던 억압과 모순을 외부로 분출하기 위하여 현실을 반영한 시가를 창작하기도 하였다. 개인의 의식과 현실 사이에서 직접적인 반응을 보이며 晚唐의 현실을 온몸으로 표현해나갔던 시인들이었다고 할 수 있는 것이다. 한편 이들은 자연을 찾거나 자연을 그려냄에 있어 분개하는 서정을 담거나 현실에 대한 강렬한 비판 의식을 투영하기도 하였지만 일면 자연 속에서 내면세계에 침잠하는 경향도 보이고 있었다. 역사의 흐름과 현실이 주는 거대한 장벽으로 인해 일정 부분 시야가 좁아져서 제한적인 자연의 모습을 서사할 수밖에 없었던 것이다. 이전 盛唐의 변새시인들이 현실을 반영하여 쓴 자연시가 '曠達'하고 '豪放'한 면모를 지녔다면 晚唐 현실주의 시인들의 자연시 작품은 상대적으로 '疏野'하고 '細微'한 측면을 지향한 면모가 보인다. 시인의 정감이 한적하고 광달한 경계를 표현하기 위해서는 일종의 구속이 없는 자유를 누리고 있을 것이 요구되지만 晚唐 현실주의 문인들은 망국의 비애와 일신상의 절망감으로 인해 상대적으로 강한 좌절 의식을 느낀 상태로 자연을 찾았기 때문일 것이다. 그러나 晚唐代에 들어와 자연시 창작의 흐름이 쇠미해지는 가운데 행해진 그들의 창작 역시 晚唐의 풍조를 대변하는 중요한 경향이라 할 수 있다. 羅隱, 皮日休, 陸龜蒙, 杜荀鶴 등의 작품을 중심으로 晚唐 현실주의 시인들이 자연 묘사 속에 담아낸 현실의 비애와 개인적 고뇌를 살펴보는 것 역시 중요한 의의를 지니고 있다 하겠다.

羅隱(833~909)은 字가 昭諫이고 江東生이라 自號했으며 餘杭人이다. 본명은 橫이었는데 20세부터 10여 차례 진사과에 낙방하자 隱으로 개명하여 급제했다 한다. 성품이 단순하고 활달하였으며 담론이 고상하고 해학을 즐겼다 한다. 호연지기가 있어 준일하고 시재가 뛰어난 장점을 지녔지만 외모가 누추했고 성격은 오만한 데다 자존심이 강했으며 괴팍한 면도 있었다 한다. 羅隱은 권력에 대한 공명심도 강한 인물로서 吳越의 錢鏐의 막료로 부름을 받아 錢塘令, 鎭海軍掌書記, 節度判官, 鹽鐵發運副使, 著作佐郎 등을 거쳐 諫議大夫給事中에 이르는 벼슬을 하였다. 세칭 羅給事로도 불렸다. 77세에 졸하였고 저서로는 『江東甲乙集』, 『淮南寓言』, 『讒書』, 『後集』 등이 전한다.

羅隱은 500여 수의 시를 남겼는데 유미 풍조가 만연했던 晩唐 시단에서 주로 사회 현실을 주제로 하여 中唐風의 시를 쓴 시인이었다. 그는 崔致遠의 스승이었으며 宋初의 실리적인 시류를 선도하는 역할을 한 시인이었다. 그는 영사시, 영물시, 자신의 소회를 피력한 영회시, 사회시 등을 주로 창작했는데 그의 시가의 가장 큰 특징은 사회에 대한 풍자를 통한 현실주의적 참여 의식을 발한 것이라 하겠다. 따라서 羅隱이 순수하게 자연을 노래한 자연시는 많지 않으며 영사나 영회 의식을 표현하기 위해 자연을 노래한 경우가 많은 편이다.

羅隱이 자연을 묘사한 부분을 보면 사회적 의식을 표출하기 위한 배경적 개념으로 활용한 경우가 많았음을 발견할 수 있다. 황하를 노래한 「黃河」의 경우 황하에 대한 정경 묘사보다는 唐代의 과거제도를 비판하기 위한 의도가 컸고, 「小松」, 「蜂」, 「雪」 등의 영물시 역시 인간사에 대한 자신의 의견이나 비판의 뜻을 담기 위한 수단으로 창작을 가한 것임을 살필 수 있는 것이다. 羅隱이 자연을 소재로 한 작품 중 눈을 읊은 「雪」을 예거해본다.

雪 눈

盡道豊年瑞　눈을 보고 모두가 풍년의 길조라고 이야기하지만
豊年事若何　풍년이 온다 해도 어떻다는 건가
長安有貧者　장안에는 가난한 이들이 있어
爲瑞不宜多　이러한 서설이라도 많다면 좋지만은 않을 터

눈을 보고 일반적으로 느끼는 평온이나 아련한 정회 같은 것을 뒤로한 채 조소 어린 시각으로 서설을 대하고 있다. 서설은 풍년을 의미하는 길조라고 하지만 시인은 더 이상 풍년이 주는 풍요가 현실로 이어지지 않는다고 보고 있다.

오히려 가난한 이들만 살기 어렵게 만드는 물질이라는 생각을 갖고 있어 자연을 바라보는 시선이 미감의 수용에만 머무르지 않음을 보여주고 있는 것이다.

다음에 예거하는 「黃河」 역시 黃河의 모습을 들어 唐代 과거제도에 대한 비판을 가하고 있음을 살필 수 있다.

黃河 황하

莫把阿膠向此傾	혼탁한 아교를 이 강에 기울여 붓지 말지니
此中天意固難明	이 속에 있는 하늘의 뜻은 참으로 밝히기 어려워라
解通銀漢應須曲	황하가 은하수로 통함은 모름지기 굽었기에 가능한 것
纔出崑崙便不淸	곤륜산에서 흘러나온들 맑아지지 않는다
高祖誓功衣帶小	漢 高祖는 공을 세우고는 황하가 옷 띠같이 작다 하였고
仙人點斗客槎輕	선인이 북두칠성을 차지하고 있어 뗏목이 가볍게 흘러간다
三千年後知誰在	삼천 년 후 그 누가 살아 있어 황하의 맑아짐을 알리오
何必勞君報太平	어찌해야 임금에 보답하여 태평성세를 만들 수 있으리

황하가 흐린 것은 이미 정해진 것이요 하늘의 뜻이고 인간의 노력에도 맑아지지 않는다고 수연에서 설파하였는데 이는 이미 황하처럼 혼탁해진 과거제도에 대한 암유의 의미를 지닌 대목이다. 황하는 굽이치며 흐르는 모습으로 인해 예로부터 '九曲'이라는 별칭을 갖고 있는데 제2연에서 '모름지기 굽었다(須曲)'라는 표현과 황제를 의미하는 '銀漢'을 통해 황제에게 가는 길은 이미 왜곡된 수단을 통해서만 가능함을 암시하였다. 제3연에서는 漢 高祖가 황하를 옷 띠같다고 표현한 것과 황하의 근원을 찾아갔던 張騫이 선인을 만났던 고사를 활용하였다. 조정의 권신들이 북두칠성이 자리한 것처럼 실권을 쥐고 있어 황하가 옷 띠처럼 가늘어지는 일이 일어나야 겨우 변화가 일어날 수 있다고 조소를 가한 부분이다. 황하는 삼천 년에 한 번 맑아진다는 속설을 활용한 미연에서는 태평성세에 대한 요원한 기대를 냉소적으로 토로하고 있음을 또한 발견할 수 있다. 기본적으로 자연 묘사를 의도한 작품은 아님을 알 수 있는 것이다.

羅隱의 시가 중 비교적 순수하게 자연을 바라본 작품의 예로 綿谷에서 자연을 주목한 다음 시를 살펴보자. 친구에게 보내는 내용으로 되어 있으나 시가 전편에서 자연의 묘사를 가하고 있어 羅隱이 정경 감상과 함께 순수한 정감을 표현하였음을 살필 수 있다.

綿谷回寄蔡氏昆仲 면곡에서 돌아가며 채씨 형제에게

一年兩度錦江遊	일 년에 두 차례 금강을 노니는데
前值東風後值秋	먼저는 동풍이 불 때요 다음은 가을이라
芳草有情皆礙馬	방초는 유정한 듯 모두 말 앞에 뭉쳐 피어 있고
好雲無處不遮樓	아름다운 구름은 정처 없이 흐르며 누각을 덮지 않는다
山牽別恨和腸斷	산 모습은 이별의 한과 단장의 아픔을 이끌고
水帶離聲入夢流	물은 이별 소리를 간직한 채 꿈속으로 흘러간다
今日因君試回首	오늘 그대가 시험으로 인해 돌아가는데
淡煙喬木隔綿州	엷은 연기 긴 교목이 면주 너머로 펼쳐져 있나니

綿谷은 四川에 있는 지명이고 시제의 '蔡氏昆仲'은 羅隱이 錦江을 건너다 만난 사람으로 成都로 돌아가던 蔡氏 형제를 의미한다. 수연에서 일 년에 두 차례 금강에 와서 노니는 것을 언급했는데 '東風'과 '秋'로 이 여정은 봄가을의 아름다운 날에 이루어졌음을 암시하였다. 이어진 함연도 제3구에서는 봄날, 제4구에서는 가을날을 의미하는 표현을 하였다. 봄이 와서 온갖 새로운 풀들이 강가에 가득한 모습과 가을 하늘에 거침없이 흘러가는 구름을 통해 계절의 감각에 부합한 장면을 연출하였고, 방초와 아름다운 구름으로 경치의 뛰어남을 그리면서 '礙馬', '遮樓' 등을 통해 사람의 흔적을 기술적으로 표현하였다. 경연에서는 산과 물을 의인화하면서 이별의 슬픔을 선명하게 강조하였으니 산수로 인한 감흥만큼 이별의 슬픔도 일어남을 시사한 것이다. 진솔한 감정을 전제로 한 자연 묘사가 전체적으로 이루어져 있으며 엄정한 구성과 정밀한 시어를 활용한 것도 돋보인다 하겠다.

羅隱은 시가를 통해 자신의 불만이나 현실에 대한 풍자 의식을 표출한 것을 비롯하여 주로 현실 참여 의식을 표현하기 위한 시가를 많이 창작했다. 자연시를 많이 쓴 다른 시인들과 비교해볼 때 강한 은거 지향 의식을 표현하거나 자연 속에서 유람을 즐긴 면모가 상대적으로 적었으며 자연을 바라보는 시선 또한 순수한 미감의 감상에만 머무르지는 않았던 것을 살필 수 있다. 그가 시를 통해 자연을 묘사한 부분을 보면 대체로 "情을 표현하기 위해 景을 묘사하거나

(以情取景)", "정경 묘사를 통해 자신의 정감을 표현하는(以景寫情)" 수단으로 자연을 주로 활용하였음을 알 수 있는 것이다.

皮日休(834?~883?)는 字가 襲美, 逸少이고 湖北 襄陽人이다. 일찍이 고향 근처 鹿門山에 은거하며 시와 술을 즐긴 바 있다. 懿宗 咸通 7년(866) 進士 시험에 낙방한 후 壽州에 퇴거하며 자신의 시문집 『皮子文藪』를 편찬했고 이듬해인 咸通 8년(867)에 進士 시험에 합격하였다. 蘇州軍事判官, 著作佐郎, 太常博士, 毗陵副使 등을 역임했다. 僖宗 乾符 5년(878) 黃巢의 군대가 江浙을 넘어온 이후 황소군 내에서 翰林學士를 맡았다. 883년 황소가 패하여 장안에서 퇴각한 이후에 그의 행적은 알 수 없으나 僖宗이 황소와 관련된 자를 모두 처벌하도록 명을 내렸던 점과 연관하여 皮日休도 이때 피살되었을 것으로 추측된다. 皮日休는 만당의 저명한 시인, 산문가로 陸龜蒙과 함께 '皮陸'으로 병칭되었고 두 사람의 唱和集인 『松陵集』이 있다. 新樂府運動을 계승한 시가의 창작을 통해 시폐를 비판하며 백성의 고통을 묘사했고 그가 쓴 「鹿門隱書」 등의 小品文은 古文運動을 이어받은 산문으로 평가받는다. 『全唐詩』에 429수의 시를 남겨놓고 있으며 『新唐書・藝文志』의 기록에 의하면 『皮日休集』, 『皮子』, 『皮氏鹿門家鈔』 등의 문집이 있다고 한다.

皮日休는 晚唐을 대표하는 현실주의 시인이다. 부정에 대한 질책을 가하거나 백성의 고통을 노래함으로써 당시의 부패 상황을 탄핵하였고 자신의 의지에 따라 조정에 항거한 황소의 난에 가담하기도 하였다. 皮日休의 시는 咸通 8년(867) 진사 시험에 합격하는 것을 경계로 양분된다. 전기에는 현실 시국을 반영한 사실주의적인 시를 구사하여 白居易를 이어서 晚唐의 新樂府를 재현하였고, 후기에는 주로 吳中에서의 작품을 중심으로 하여 韓愈풍의 奇險하고도 幽艷한 기풍을 지닌 시와 民歌風의 시를 남기고 있다. 시가의 제재상 교유시, 영물시, 서경시, 영사시 등이 많은 편이고 晚唐의 시인이지만 盛唐, 中唐, 晚唐의 풍격을 고루 포용한 면이 보인다.[18] 그의 자연시는 주로 鹿門山과 吳中에서 기거할 때

---

18 류성준, 「皮日休」, 『중국시와 시인 — 당대편』, 사람과책, 1998. 12, 922쪽 참조.

지은 작품들과 陸龜蒙과 창화한 작품들 중에서 찾아볼 수 있는데 景 속에 농도 깊은 情을 이입한 서정시의 성격이 강한 것이 특징이다.

　비록 현실주의 작품 창작에 많은 공을 들였던 皮日休였으나 일찍이 은거의 낙을 체험한 바 있었기에 그의 내면에는 자연에 대한 남다른 감회와 애착이 존재하였을 것으로 생각된다. 그의 많은 작품에 나타나는 자연에 대한 묘사는 초탈하거나 표일한 풍격을 띤 부분이 많아서 晚唐의 시인이면서도 盛唐풍의 담박한 흥취를 서사한 모습이 상당 부분 있음이 발견된다. 그가 가을 강에서 사방을 조망하며 자신의 마음을 밝힌 시 「秋江曉望」을 보자.

　　秋江曉望 추강에서 새벽에 바라봄
　　萬頃湖天碧　만 경 넓은 호수 하늘까지 푸르고
　　一星飛鷺白　하나의 별처럼 백로가 그 하늘을 날아가네
　　此時放懷望　이 순간 마음 놓고 이 정경 바라보노라니
　　不厭爲浮客　뜬구름 같은 나그네 신세 싫지만은 않구나

　숫자를 활용한 표현 '萬頃'과 '一星'으로 호수와 하늘을 대조하였고 다시 그 속에 '碧'과 '白'의 대조적인 색채감까지 이입하여 맑고 청아한 의경을 창출하였다. 공활한 가을 하늘과 푸른 호수의 모습이 사실적으로 표현된 것을 읽을 수 있다. 이어진 후반부에서는 나그네 된 자신이지만 정경이 주는 흥취가 커서 시름에도 초연하고 담담한 정신세계를 견지하고 있음을 그렸다. 맑은 경치와 호방하고 초일한 정이 함께 어우러진 한아한 풍격의 작품이라 하겠다.

　다음 작품 역시 한가하게 지내면서 술과 학문을 벗하는 낙을 표현하고 있다.

　　閑夜酒醒 한가한 밤에 술에서 깨어나
　　醒來山月高　술 깨니 달이 산 위에 높이 떴고
　　孤枕群書裏　홀로 자는 잠자리는 많은 책 속에 묻혀 있네
　　酒渴謾思茶　술 마신 후 갈증으로 자못 차 생각이 나는데
　　山童呼不起　동자는 불러도 일어나지 않는구나

　생각이 가는 대로 자유롭게 생활하는 모습을 서술하였는데 구어체를 활용하

며 담백한 표현을 이루어냈다. 술과 시를 벗 삼아 사는 은자의 정취가 한가롭게 펼쳐져 있으며 말구에서 언급한 '불러도 일어나지 않는 동자'의 모습은 盛唐 王維 시의 한적한 흥취를 연상하게 하는 부분이다. 이러한 백묘적인 표현은 무욕의 순진한 정신세계를 대변하면서 독자로 하여금 청신하고 맑은 고독감을 느끼게 하는 효과를 지닌다.

皮日休가 吳中에서 기거할 때 太湖에 유람 가서 太湖와 그 주변의 모습을 소재로 20수의 시를 쓴 바 있다. 그중 「明月灣」을 보면 아름다운 곳에서 자적하며 즐기는 모습이 그려져 있다.

太湖詩 · 明月灣 태호시 · 명월만

曉景澹無際	새벽 경치 끝없이 맑고
孤舟恣回環	외로운 배는 느긋하게 돌아가네
試問最幽處	가장 그윽한 곳이 어딘가 물어보니
號爲明月灣	이르기를 명월만이라 하네
半巖翡翠巢	바위 중간에는 비취새가 둥지를 틀었는데
望見不可攀	쳐다만 볼 뿐 오를 수 없구나
柳弱下絲網	버들은 유약하여 실처럼 드리웠고
藤深垂花鬘	등나무는 깊이 늘어진 채 꽃 장식을 하고 있다
松癭忽似狄	소나무 옹이는 얼핏 검은 원숭이처럼 보이고
石文或如虥	돌에 새겨진 문양은 마치 호랑이 털 같다
釣壇兩三處	낚싯대 두세 곳 드리운 곳에
苔老腥斒斑	이끼는 시들어 얼룩덜룩 비린내를 풍긴다
沙雨幾處霽	몇 곳에 내리던 모래비가 개어 있고
水禽相向閑	물새는 서로를 향해 한가롭게 날아간다
野人波濤上	야인은 파도 위에 이렇게 떠 있고
白屋幽深間	초가는 깊고 그윽한 곳에 있네
曉培橘栽去	새벽에 귤 재배하러 가고
暮作魚梁還	저녁이면 물고기 통발 갖고 돌아오네
淸泉出石砌	맑은 샘물이 돌 틈에서 나오고
好樹臨柴關	아름다운 나무는 사립문을 마주하고 서 있네
對此老且死	이 정경을 대하면서 늙어 죽으면
不知憂與患	우환이 무엇인지도 모르겠지

好境無處住　좋은 경치에는 머물러 살 만한 곳이 없고
好處無境刪　좋은 곳에는 터 닦을 만한 곳이 없으니
赧然不自適　자적하는 생활에 어울리지 못해 부끄럽지만
脈脈當湖山　의연하게 호수와 산을 마주하고 살리라

　첫 연부터 제5연까지는 새벽에 찾아가서 보게 된 明月灣을 점층적으로 묘사한 부분이다. 바위로 둘러싸여 있는 明月灣의 모습을 전체적으로 그렸고 이어서 버들과 등나무, 소나무와 돌 등을 하나씩 열거하면서 각 특징을 주목한 묘사를 하였다. 자연 경물에 대한 관찰력이 돋보이는 부분이다. 제6연에서 제10연까지는 이 정경 속에서 기거하는 사람을 언급한 부분이다. 물가의 정경과 초가의 모습을 배경으로 낚시와 농사의 삶을 이어나가는 사람들을 그렸는데 '淸泉', '好樹' 등의 청아한 표현이 시선을 끈다. 마치 한아한 풍경을 전원시의 형식으로 기술한 듯한 느낌을 주는 부분이다. 마지막 제11연에서 제13연을 통해서는 이 호수의 정경을 보고 느낀 감회를 술회하고 있다. 특히 늙음과 죽음, '好境'과 '好處' 등을 대조적으로 기술한 대목은 皮日休가 절묘한 기술 수법을 발휘했음을 보여주는 부분이다. 자연스러운 묘사 속에 유려한 기법을 선보이고 있어 그 흥취가 더욱 절묘했음을 느낄 수 있게 해준다.
　皮日休가 창작기 후반부에 지은 자연시는 이전의 시에 비해 "정경 중에 情을 투영한(景中有情)" 면모가 많아진 점이 발견된다. 관직에 있으면서 느끼게 된 현실 의식이나 시대에 대한 한계 의식 같은 강렬한 의기를 반영하다 보니 그러한 창작 성향을 보이게 된 것이라 생각된다. 일례로 술에서 깨어난 봄날 저녁의 감흥을 묘사한 다음 작품을 보면 情의 서사가 더욱 강렬하게 담겨 있음을 느낄 수 있다. 앞서 예거한 비슷한 내용의 「閑夜酒醒」이 초탈하고 소박한 묘사를 지향한 것과는 대비되는 면모를 발견할 수 있는 것이다.

春夕酒醒 봄날 저녁에 술에서 깨어
四弦纔罷醉蠻奴　사현의 음악 소리 파할 때쯤 비로소 술 취한 나
醹酴餘香在翠爐　영록주 술 향기는 아직도 비췻빛 화로에 남아 있다
夜半醒來紅蠟短　한밤에 깨어나니 붉은 초가 짧아져 있네

一枝寒淚作珊瑚　마치 한 줄기 차가운 눈물이 산호가 된 듯

수구에서 가한 '四弦'이라는 표현을 통해 다양한 악기가 동원된 화려한 연석이었음을 짐작할 수 있다. 앞 구의 '醉'자와 연결되는 제2구의 '餘香'은 술 취한 감흥이 이어지고 있는 듯한 느낌을 갖게 한다. 봄날 저녁이 주는 흥취에서 마음을 접지 못하는 작자의 심정을 대변하는 듯하다. 그러나 말구에서 언급한 '寒淚'는 이 정경 속에서 자신의 처지를 느끼게 된 작자의 슬픈 마음이다. 술 취한 흥겨움과 술 향기의 여운은 남아 있으되 시인의 마음은 한 가닥 촛불에서 흘러내린 차가운 눈물처럼 처량하고 서글픈 흔적을 간직하고 있다. 情을 투영하면서 화려하고 세련된 표현을 지향하고 있어 가히 奇艶한 풍격을 느끼게 되는 작품이라 하겠다.

皮日休가 은거할 때 쓴 일부 시가를 보면 내면의 평정을 추구하면서도 晩唐의 은일시인처럼 협착한 정신세계를 추구한 면모도 발견된다.

西塞山泊漁家 서새산에서 어가에 머물며

百綸巾下髮如絲　백륜건 아래 실 같은 머리가 나 있는데
靜倚楓根坐釣磯　단풍나무 뿌리에 조용히 기대 앉아 낚시하고 있다
中婦桑林桃葉去　중년의 부인은 뽕잎과 복숭아 잎을 따러 갔고
小兒沙市買蓑歸　어린아이는 포구 가 시장에서 도롱이 사서 돌아온다
雨來蒓菜流船滑　비 내리는 중에 순채 실은 배는 미끄러지듯 흘러가고
春後鱸魚墜釣肥　봄 뒤끝이라 낚시에 잡히는 농어가 실하다
西塞山前終日客　서새산 앞에는 종일토록 객이 있는데
隔波相羨盡依依　이 물결을 사이에 두고 서로 부러운 마음만 갖고 있누나

서새산의 어촌에 머물며 목도한 모습을 그린 작품인데 한아하고 조용한 경지를 잘 표현한 것이 느껴진다. 별다른 의지의 투영도 없이 시선 가는 대로 정경을 묘사하고 있다. 그러나 전반적인 내용을 보면 한 포구 가의 모습과 사소한 생활 면모에 한정된 묘사를 가했다는 느낌도 얻게 된다. 사실적 표현에 치중했으나 광달한 기개나 의지보다는 평온한 경지를 추구하는 것에 주력했음을 느낄 수 있는 것이다. 특히 '순채국(蒓菜羹)'과 '농어회(鱸魚膾)'의 고사[19]를 떠올리게

하는 함연의 표현은 귀향의 의지를 찬양하고자 했던 작자의 마음이다. 그의 내면이 조그마한 평온을 갈구하였기에 가능했던 서사라고도 볼 수 있는 것이다.

皮日休는 차를 즐기면서 차에 대한 「茶經」을 쓴 것으로도 유명한 인물이다. 이와 연관하여 차를 소재로 자연을 감상하는 내용을 쓴 작품 한 수를 살펴보기로 한다.

茶籝 차 광주리

筐筹曉攜去	차 대바구니와 키를 새벽에 들고 나갔는데
驀箇山桑塢	어느새 뽕나무 언덕에 이르렀네
開時逐紫茗	수시로 자줏빛 찻잎을 따서 내려 보내는데
負處霑淸露	잎 곳곳마다 맑은 이슬 맺혀 있네
歇把傍雲泉	구름 낀 샘물가에서 쉬다가
歸將掛煙樹	안개 낀 나무를 지나 돌아가리
滿此是生涯	한평생 이러한 생활만 한다면
黃金何足數	황금인들 어찌 족히 귀하다 하리오

일찍부터 대바구니와 키를 들고 나가 손수 차를 따며 일하는 상황을 그렸다. 찻잎을 '紫茗'이라 하고 그 잎에 맺힌 이슬을 '淸露'로 표현함으로써 색감을 추가하여 밝은 풍격을 창출한 것이 돋보인다. 제3연에서 "구름 낀 샘물가에서 쉰다."라고 표현한 부분은 이 시의 전체적 의경을 드러내는 부분이 된다. 청명한 자연 속에 심신을 의탁하면서 인생의 득오를 체험하고자 하는 마음을 담고 있는 것이다. 미연에서는 풍유법을 활용하여 한거하는 삶은 세상의 물질적 소유를 능가하는 기쁨을 지니고 있음을 설파하였다. 자연 속에서 차를 즐기는 마음과 차 따는 생활에 대한 애호가 대단하였음을 느끼게 해주는 작품이라 하겠다.

皮日休의 자연시는 소재가 다양한 편이다. 풍격 또한 전대의 자연시를 답습한 듯 淸淡하고 閑逸한 의경을 주로 창출하고 있는데 종종 그 속에 공교하고도

---

19 '순채국(蓴菜羹)'과 '농어회(鱸魚膾)' 고사는 『世說新語』에 실린 西晉의 문학가 張翰의 고사에서 유래한다. 洛陽에서 관리 생활을 하던 張翰은 洛水에 가을바람이 이는 것을 보자 고향 吳 땅의 순채국과 농어회 생각을 하면서 "인생이란 자신의 뜻에 따라 사는 것이 귀한 것, 어찌 수천 리 떨어진 곳에 와서 관리 생활을 하면서 명록을 바랄 수가 있으리오(人生貴得適意爾, 何能羈宦數千里, 以要名爵)"라고 하면서 고향으로 돌아갔다는 고사이다.

유려한 필치도 구사하여 개성적인 면모를 보이고 있다. 그의 자연시가 일면 盛唐의 풍격과 中唐의 기교를 한데 섞어놓은 듯한 모습을 갖게 된 연유라 하겠다. 그러나 皮日休는 시가의 많은 부분에서 서정을 더욱 부각시키는 자연 묘사를 시도하였고 晚唐 은일시인의 허정하면서도 축소지향적인 묘사 특성을 지닌 작품도 여러 수 창작한 바 있다. 皮日休는 현실주의 시인으로서 현실의 불의에 분노하며 살아간 인물이었기에 은거의 경력을 바탕으로 자연을 그리기는 했지만 결국 서정의 서사에서 벗어나지는 못했음을 보여주는 대목이라 하겠다.

陸龜蒙(?~881?)은 字가 魯望이고 蘇州 吳縣人이다. 江湖散人으로 자호했으며 天隨子, 甫里先生 등의 호가 있다. 부친 陸賓虞이 曾任御史직을 지냈던 명문가 출신이었고 어렸을 때부터 경서에 능통한 천재성을 보였는데 진사에 낙방하자 湖州, 蘇州 등지에서 막료로 생활하였다. 후에 고향 蘇州 甫里로 돌아와 은거하며 궁경하는 생활을 했고 기근과 수재를 겪으면서 농사에 관한 『耒耜經』을 저술하기도 하였다. 은거하며 생활을 하던 중 조정에서 제시한 左拾遺에 미처 제수되지 못한 채 졸하였다. 차를 즐기는 생활을 해서 산간에 茶園을 갖고 있었으며 밭 갈면서 독서와 낚시질하는 생활을 향유했다. 陸龜蒙은 皮日休처럼 은거를 하면서도 사회 현실에 대해 강렬한 참여 의식을 갖고 있던 시인이었다. 皮日休와 친분이 두터웠고 산수에서 노니는 것과 음주하며 작시하는 것을 즐겼기에 세칭 '皮陸'이라 불렸다. 시문집 『唐甫里先生文集』 20권과 『笠澤叢書』 4권 등이 전한다.

陸龜蒙 역시 晚唐代에 여러 작품을 통해 시정을 비판하고 현실의 어려움을 고발했던 현실주의 시인 중 한 명이다. 그는 여러 수의 소품 산문과 시를 통해 황제와 관리들의 학정을 풍자하였고 백성에 대한 동정을 표하였으며 묘당의 목상 우상에게 제사를 지내는 농민들의 미신 사상에 대해 안타까움을 피력하기도 하였다. 陸龜蒙이 주력했던 현실시와 달리 그의 자연시는 한적하게 은일의 서정을 읊은 내용이 주를 이루고 있으며 자연 정경을 묘사하면서 세사를 비판한 모습도 보인다. 「新沙(새로 생긴 모래톱)」에서 "바닷물 출렁이는 중에 불어나 생긴 작은 제방, 관가에서 먼저 안 이후에 갈매기가 알게 되누나. 봉래산에 길 있

어 사람이 이를 수 있게 된다면, 이 또한 해마다 신선초 캐는 세금을 내도록 하겠지.(渤澥聲中漲小堤, 官家知後海鷗知. 蓬萊有路敎人到, 應亦年年稅紫芝)"라고 하며 자연현상을 보면서 세금 징수의 구실을 찾는 관리들의 횡포를 고발하기도 하였다. 陸龜蒙은 비판 의식을 담아 자연 정경을 묘사하는 수법에도 재능을 보였던 시인이었다고 할 수 있는 것이다.

陸龜蒙 자연시의 일반적인 특징은 호방한 생활을 즐기며 자신의 낙을 펼쳐낸 작품에서 찾을 수 있다. 이는 산중에서 은거하며 은일시인의 면모를 갖고 세상을 살아간 그의 인생과도 부합하는 면모이다. 은거 생활에 대해 陸龜蒙 자신이 어떠한 인식을 갖고 있었는지에 대하여는 다음 두 수의 시에서 강호에서 낚시하는 흥취와 나무꾼의 모습을 묘사한 내용을 통해 짐작해볼 수 있다.

垂釣 낚시를 드리우며
揀得白雲根　흰 구름의 뿌리를 얻어
秋潮未曾沒　가을 조수는 아직 사라지지 않았다
坡陁坐螯背　언덕 비탈에 있는 거북이 등 같은 바위에 앉아
散漫垂龍髮　천천히 용의 털 같은 낚싯줄을 드리우네
持竿從掩霧　들고 있던 낚싯대는 연무 따라 가려지고
置酒待明月　술 차려놓은 중에 밝은 달 기다린다
卽此放神情　이렇게 정신을 놓고 있으면 될 뿐
何勞適吳越　오월 땅에서 또 어떤 노력이 가당하리오

樵人十詠 其一 나무꾼을 노래한 시 열 수, 제1수
縱調爲野吟　들녘에서 마음대로 곡조 따라 노래하면서
徐徐下雲磴　구름 낀 돌 비탈길을 느릿느릿 걸어 내려온다
因知負樵樂　내가 알거니와 나무하는 이의 낙은
不減援琴興　거문고 타는 흥취에 못지않다
出林方自轉　숲을 나서니 바야흐로 저절로 돌아가게 되어
隔水猶相應　물을 사이에 두고 서로 호응하며 부른다
但取天壤情　그저 하늘과 땅의 정취를 얻으면 그뿐
何求郢人稱　어찌 郢 땅의 사람으로 칭함을 받기 바라겠는가

「垂釣」에서는 낚시터 주변의 정경, 낚시로 인한 감흥, 낚시하는 생활에서 느껴지는 인생의 홍취 등을 세밀하고도 우아한 필치로 묘사하였다. 낚시터 언덕과 호수의 풍성한 자태를 묘사하면서 시인의 심신이 여유가 있음을 밝혔고 연무와 달을 통해 저녁까지 이어지는 지속적인 감흥을 노래하였다. 「樵人十詠」역시 노래하며 즐겁게 사는 나무꾼의 삶을 주목한 작품으로 자연 속에서 구속도 얽매임도 없이 자유롭게 살고 있는 자연인의 형상을 그려내고자 하였다. 소박하게 樵歌를 부르는 것은 우아한 거문고도 미치지 못하는 천연의 즐거움을 향유한 것이요 숲이 다해도 노래는 이어지게 되는 즐거움의 지속을 설파한 것이다. 자연 정경을 대하는 이의 마음속에 별도의 즐거움이 존재함을 시사한 것이라 하겠다. 미연에서는 그러한 정취를 누리면 그것으로 될 뿐 鄙 땅의 사람인 屈原과 같은 고아한 경지를 굳이 추구할 필요는 없다는 마음을 토로하였다. 자연을 즐기며 그 속에서 한적한 홍취를 누리는 모습을 淡泊하고 平靜한 상태로 그려낸 것이 陸龜蒙 시가에서 발견되는 일차적인 이미지라 할 수 있다.

가을 저녁 나루터에서 목도한 풍경을 그린 다음 작품에도 한적하면서도 홍겨운 정취가 시가 전편에 그득히 담겨 있다.

晚渡 저녁에 건너다

半波風雨半波晴　물결이 반쯤은 비바람이 일렁이다 반쯤은 개었다가
漁曲飄秋野調淸　어부의 노래는 가을 들녘에 맑은 곡조로 퍼져나가고 있다
各樣蓮船逗村去　각양각색의 배들은 연이어 마을에 머물러 들어가고
笠簹蓑袂有殘聲　대나무 삿갓과 도롱이 소맷자락에 노랫소리 여운만이 남아 있네

하루 종일 비바람과 맑은 날씨가 오락가락하는 상황을 두 개의 '半'자를 사용해서 재치 있게 표현하였고 가을 하늘에 울려 퍼지는 뱃노래 가락을 '淸'으로 표현하여 맑고 그윽한 경지를 창출하였다. 배들의 모습을 형용함에 있어서도 '各樣蓮船'이라 하여 각기 다른 모양에 주목하면서도 하나로 연결된 전체의 이미지를 창출하였으니 시어의 단련이 실로 놀랍다. 결구의 표현에서는 비와 햇볕을 모두 의미하는 복장을 언급하면서도 소박하고 진솔한 이미지를 창출하였고 '殘聲'이라는 표현을 통해 홍취가 아직도 여운을 주고 있음을 그렸다. 시

가 전반에 言外의 흥취가 담겨 있는 것이 느껴지니 神韻이 뛰어난 작품이라 할 수 있겠다.

陸龜蒙은 기묘한 풍경 묘사와 과감한 과장법을 통해 이채로운 산수에 대한 묘사를 가하기도 하였다. 四川 三峽에 갔을 때 체험한 정경을 그린 다음 작품은 한 폭의 거대한 산수화 같은 풍모를 지니고 있는 작품이다.

峽客行 협객행
萬仞峯排千劍束　만 길 봉우리들 마치 천 개의 검을 묶어 나열해놓은 듯
孤舟夜繫峯頭宿　외로운 배는 밤이 되어 봉우리 입구 여관에 묶여 있네
蠻溪雪壞蜀江傾　만계에 눈이 녹으면 촉강이 넘치게 되니
灩澦朝來大如屋　집채만 한 灩澦堆 바위가 몰려오기 때문이라

수구는 작은 배에서 바라본 삼협 주변의 거대한 산봉우리들에 대한 묘사이다. 끝없이 이어진 산들과 절벽들은 마치 칼로 잘라놓은 듯 험준한 모습으로 솟아 있다. 제2구의 묘사는 밤중에 삼협 봉우리 아래서 묵어가는 모습인데 외로운 배가 여관에 묶여 있다는 표현을 통해 나그네 된 모습을 개괄적으로 설명하였다. 제3구에서는 남방의 楚 지역을 '蠻'으로 통칭하는 것과 연관하여 삼협 주변에 쌓인 눈이 녹으면 이 蠻 강이 범람할 것이라는 상상을 가하였다. 말구에서는 長江 중에 있다는 바위 '灩澦堆'를 들어 눈 녹은 물이 집채만 한 바위도 떠내려 보낸다고 함으로써 적절하게 과장법을 활용한 부분이다. 첫구의 '千劍束'과 말구의 '大如屋'이 절묘한 호응을 이루며 시가의 스케일을 웅장하게 만들고 있음도 살필 수 있다. 전체적으로 웅장한 스케일을 구사하고 있으며 晩唐 은일시인들의 작품에서 발견하기 쉽지 않은 면모를 보이는 작품이라 하겠다.

陸龜蒙이 安徽 宣城의 옛 성터인 宛陵에 갔을 때 쓴 다음 시는 자연 정경 속에 회고와 애상의 감정을 적절히 이입하여 시상을 드높인 작품의 예이다.

懷宛陵舊游 완릉에서 옛날 놀았던 일을 추억하며
陵陽佳地昔年遊　완릉 아름다운 절경 속에서 그 옛날 놀았더니
謝朓青山李白樓　사조가 놀던 청산과 이백의 누각이 보이네

唯有日斜溪上思　해 저무는 개울가에서 오로지 아쉬워하는 것은
酒旗風影落春流　술집 깃발이 바람에 날리듯 봄이 흘러가는 것이라

　이 시의 시제에 나오는 '宛陵'은 옛날 漢代에 설치된 옛 성터로 南齊 시대
謝朓가 이곳에 宣城太守로 와서 謝公樓라는 누각을 지은 바 있고 唐代 李白도
이곳에서 시를 지은 적이 있다. 전반부에서 謝朓의 청산과 李白의 누각이 보인
다고 한 것은 옛 시인의 정취를 나도 느끼게 되었다는 의미이다. 후반부에서는
해 지는 저녁에 개울가에서 바라보는 정경을 그렸는데 휘날리는 술집 깃발의
영락함을 들어 봄을 묘사한 부분이 한 폭의 그림처럼 수려하게 느껴진다. 시구
를 다듬어서 정경을 곱게 묘사하면서 그 속에 자신의 소슬한 정을 흔적 없이
투영하였으니 실로 자연스럽게 '以情入景'의 경지를 이루어낸 구절이라 하겠다.
　陸龜蒙은 몇 수의 영물시를 통해 자신의 의지나 현실에 대한 의견을 표현하
기도 하였다. 다음 영물시를 보면 물총새의 자태를 형용하면서 사람과 동물의
기본적인 속성까지 거론하고 있음이 발견된다.

翠碧 물총새
紅襟翠翰兩參差　붉은 옷깃 푸른 날개 두 모습 뒤섞여 있는데
徑拂煙華上細枝　안개 아름답게 깔린 길을 날아와 가는 가지 위에 앉았다
春水漸生魚易得　봄물이 점차 불어나 고기 잡기도 쉬워지니
莫辭風雨坐多時　비바람 속에 앉아 있는 시간 많아져도 사양치 않는다

　물총새의 모습을 형용함에 있어 '紅', '翠' 등의 대조적인 색깔을 통해 미감
을 확대하였고 '參差'를 통해 조화된 아름다움을 언급하였다. 제2구에서 새가
날아온 경로를 안개 길을 날아온 것으로 연상한 부분도 상큼한 느낌을 제공한
다. 전반부에서 활용한 시어는 정려한 단련을 통해 수려한 모습을 표현했음을
느끼게 해준다. 후반부에서는 이 모습을 바라보는 작자의 깨달음을 담고 있다.
아름다운 외모에도 불구하고 살아가기 위해서는 환경에 개의치 않고 먹이를 잡
는 물총새처럼 인간이나 동물을 막론하고 중요한 것을 얻기 위해 노력하는 것
이 삶의 본질임을 설파하고 있는 것이다. 수려한 경물의 묘사를 하면서도 현실

적인 감각을 놓치지 않는 陸龜蒙 특유의 서사 기법을 살필 수 있는 작품이다.

　陸龜蒙은 晚唐의 여타 은일 문인들처럼 산수 속에서 은자의 삶을 살아간 인물이었고 스스로 "가난한 집에 병든 객이라 좋은 시절을 기약할 수 없네.(窮簷病客無佳期)"(「獨夜(홀로 새는 밤)」), "기아와 추위가 겹쳐 실로 고통스러워, 마음대로 편히 쉼을 얻을 수 없도다.(苦爲飢寒累, 未得恣閑暢)"(「記事(일을 기록함)」)라고 할 정도로 가난과 병으로 인한 슬픔을 간직한 시인이었다. 부패하고 어지러운 사회 현실은 그에게 고난을 주고 은거의 삶을 살도록 하였으나 그의 정신은 세상을 향해 열려 있었고 자연을 향한 의지 역시 강렬했었음을 그가 쓴 시를 통해 파악할 수 있다. 陸龜蒙은 자연 속에서 소요하며 한적한 흥취를 희구하는 내용의 작품을 쓰면서도 그 속에 단련을 통한 수려한 필치를 구사하기도 하였고, 때로는 담백한 의경을 창출하면서 그 속에 호방한 과장이나 여운이 남는 情志를 담아 특색 있는 자연시를 창작하기도 하였다. 은일시인이지만 현실을 잊지 않고 있었던 은일시인이니 晚唐의 문단에서 실로 개성을 간직하고 있었던 시인이라 할 수 있겠다.

　杜荀鶴(846~904)은 字가 彦之이고 號는 九華山人이며 池州 石埭人이다. 출신이 한미하였고 누차 진사 시험에 낙방하여 산에 은거한 바가 있다. 45세가 되어서야 進士에 급제했으나 정국의 혼란으로 인해 이듬해 다시 산으로 돌아갔다. 후에 朱溫의 추천으로 翰林學士와 主客員外郞 등을 지냈으며 天祐 初에 졸했다. 뛰어난 문재에도 불구하고 관직에서 득의하지 못했지만 시단에서는 명망이 있었으며 특히 宮詞에 뛰어난 면모를 보였다. 自序를 실은 문집으로 『唐風集』 10권과 시집 3권이 전한다.

　杜荀鶴이 살았던 시기는 宦官의 전횡과 黨爭, 藩鎭과 이민족의 침략 등으로 唐이 멸망하기 직전에 있던 혼란기였다. 杜荀鶴은 시대적 상황에 통분하며 시가를 통해 현실 비판과 폭로를 시행한 시인이었다. 남편이 전사하고 어렵게 살면서도 세금과 학정에 계속 시달리는 여인의 고통을 묘사한 「山中寡婦」를 비롯하여 사회의 흑암과 폭정, 백성의 고통 등을 읊은 사회시들을 많이 창작하였다. 그의 시는 부화함을 반대하였고 통속적이면서도 청신한 풍격을 지향했으며 후인이 '杜荀鶴體'라고 부를 정도로 一家의 體를 이루게 된다.

　杜荀鶴은 일찍이 산에서 생활한 바 있고 과거 낙방 후에 다시 은거에 들어가기도 하였다. 그러나 그의 은거는 지속적인 것이 아니었고 과거나 관직 생활 중간에 실행한 은일 생활이라 할 수 있다. 관직 진출에 대한 희망을 계속 갖고 있었기에 자연 경물이나 한거를 노래한 작품 중에서도 순수한 은일의 정취보다는 공명 추구나 현실 참여 의식을 투영한 시가가 더 많은 편이다. 자연시 방면으로는 그가 은거하던 九華山의 경치를 읊은 작품이나 한거의 정을 표현한 작품들을 거론할 수 있다. 杜荀鶴은 「山居自遣」, 「登山寺」, 「送頂山人歸天台」, 「贈彭釣者」, 「題仇處士郊居」 등의 시를 통해 은거하는 낙을 칭송하거나 타인의 은거 모습을 묘사한 바 있다. 자신의 은거 의식을 드러내고 있는 「山居自遣」 작품을 살펴보기로 한다.

> **山居自遣** 산중에 거하며 스스로 회포를 떨치다
> 茅屋周回松竹陰　초가 주위에는 송죽 그늘이 둘러져 있고
> 山翁時挈酒相尋　산촌 노인네들은 수시로 술 가지고 서로 찾는다
> 無人開口不言利　입을 열었다 하면 이해득실을 말하지 않은 이가 없지만
> 只我白頭空愛吟　나는 그저 늙은이로 시 읊기만을 좋아할 뿐
> 月在釣潭秋睡重　달은 낚시하는 연못에 떠 있는데 가을 잠은 달고
> 雲橫樵徑野情深　나무꾼 지나는 길에 구름이 가로놓여 그윽한 정취가 깊다
> 此中一日過一日　이 속에서 하루하루를 보내니
> 有底閒愁得到心　마음에 근심이 생길 무슨 틈이 있으랴

　산중에 기거하는 낙을 소탈하게 그린 작품이다. 송죽 그늘 진 곳에 있는 초가집이 자신의 안식처요 그 속에서 낚시로 세월을 보내며 그저 시 읊는 것만 즐긴다. 제3연에서는 자연 속에 기거하는 것에 대한 만족감을 가을 잠을 달게 자는 것으로 표현하였고 미연에서는 이 생활이 주는 편안함과 행복을 무념의 경지로 승화하여 칭송하고 있음이 보인다.

　다음은 杜荀鶴이 은거하는 중에 시내를 찾아 한적한 흥취를 돋우는 내용을 담은 작품이다.

溪興 시내에서의 흥취

山雨溪風卷釣絲 산에 비 오고 시내에 바람 불어 낚싯줄을 걷게 되고
瓦甌蓬底獨斟時 막사발 술을 혼자서 마실 때라
醉來睡着無人喚 취하여 잠자도 깨우는 사람 없고
流到前溪也不知 배가 앞 시내로 흘러가도 내 알 바 아니라

산에 비 오고 바람 부는 것에 별다른 동요 없이 낚싯줄을 걷는다는 표현으로 세속의 번다함과 구별되는 유유자적한 생활을 즐기는 모습을 보이고 있다. '막사발(瓦甌)'이라는 표현이 빈한한 시인의 삶을 암시하고 있지만 시가에서 표현된 술 마시거나 취해도 누구도 간섭하는 이 없는 자유로운 모습이 이 비애감을 극복하고 있다. 말구에서는 배가 멀리 가도 신경 쓰지 않는다는 표현을 통해 자신은 현재 최상의 즐거움 속에서 탐닉하고 있음을 드러내고 있다. 한일한 여유와 은거의 정취가 흠뻑 배어 있는 작품인 것이다.

위에서 예거한 것과 같은 杜荀鶴이 순수하게 은일의 흥취를 노래한 작품은 사실 별로 많지 않다. 현실에 대한 강한 참여 의식을 가진 작가였기에 은일이나 자연에의 탐닉을 전적으로 추구할 수 없었던 것이 杜荀鶴의 입장이었던 것이다. 杜荀鶴이 자연을 노래한 작품의 내면에는 대체로 비애감이 스며들어 있거나 현실에 대한 집착이 투영된 부분이 많이 발견된다. 비를 만나 여관에서 묵으면서 쓴 다음의 짧은 시에서도 그러한 면모가 드러난다.

旅舍遇雨 비를 만나 여관에 묵다

月華星彩坐來收 달무리와 별빛을 앉아서 맞이하는데
岳色江聲暗結愁 산 모습과 강물 소리에는 남모르는 수심이 맺혀 있다
半夜燈前十年事 한밤중에 등불을 대하니 지난 십 년이 생각나
一時和雨到心頭 일시에 내리는 비처럼 가슴에 와닿는구나

달무리와 별빛에 대한 묘사가 화사함을 기운을 발하는 것에 비해 산 모습과 강물 소리는 남모르는 수심을 띠고 있다. 하늘과 땅의 사물들이 서로 다른 생각과 모습을 갖고 있는 것이다. 사물을 의인화하여 표현한 것이 시선을 끄는데 이 부분에서 이루어진 자연 묘사는 자신의 서정을 통해 자연을 바라본 '有我之境'

의 경지를 보여준다. 후반부를 보면 시름 속에 잠 못 들던 시인이 문득 지난 십
년의 마음고생과 기다림의 세월을 떠올리고 한꺼번에 쏟아지는 비같이 슬픔을
느끼는 모습을 그려놓았다. '一時'라는 표현으로 더욱 강렬한 정의 서사를 도모
하였다. 이 시는 전반부에서 경물을 묘사하고는 이어 후반부에서 자신의 서정
을 투사하는 '以情入景'의 필법을 구사하고 있는 것이다.

杜荀鶴은 현실에 대한 강한 소회를 지니고 있었지만 한편으로는 선취의 고
양을 통한 평정심의 회복을 추구하고도 있었다. 평정심의 회복은 산수의 아름
다움에만 있지 아니함을 언급한 다음 시를 살펴보자.

夏日題悟空上人院 여름날 오공상인의 절에서 짓다
三伏閉門被一衲　삼복더위에 문 닫고 승복을 걸쳐 입고는
兼無松竹蔭房廊　송죽의 그늘도 없고 시원한 선방도 아닌 곳에 기거하네
安禪不必須山水　참선을 이루는 데 산수 경치가 어찌 반드시 필요할까
滅得心頭火自涼　마음의 번뇌가 사라지면 불속이라도 저절로 시원하게 된다네

고뇌를 벗고 평온을 찾아가는 과정을 마치 선문답하듯이 서술하고 있다. 현
실의 여건이 어렵거나 자연의 경치가 반드시 훌륭한 것이 아니라도 마음만 다
스리면 평온을 누릴 수 있다는 강한 의식을 설파하고 있다. 역설적인 어투와 문
답법을 활용한 필법으로 자신의 느낌과 의식을 극대화하여 서술하는 기법을 보
여주고 있음이 시선을 끈다.

杜荀鶴은 평생 가난하게 살면서 은거와 현실에 대한 집착 사이에서 고뇌하
던 시인이었기에 그에 시에 나타난 자연과 자연 묘사는 晩唐 은일시인의 소규
모적인 주제 탐구에서 크게 벗어나지 못한 면이 있다. 그의 사회시는 직설적인
화법과 강렬한 묘사로 주제를 강조하여 부각시키는 장점을 발휘하고 있으나 자
연시는 상대적으로 은거의 삶을 묘사하거나 安分自足하는 흥취의 묘사, 심령의
위안을 찾아가는 구도자적인 모습 등을 서술하는 선에서 그려진 바 있다고 정
리할 수 있겠다.

4) 晩唐 은일시인들의 자연시 : 비애를 함유한 은거의 서정 묘사

중국 은일 문화의 역사는 유구하다. 魏晉 이전의 사대부들의 은일은 대개 심산유곡에서 세상과 절연한 모습이었는데 晉代에 이르자 일군의 사대부들이 심신의 자유와 현실 물질의 결핍이라는 모순을 해결하기 위하여 몸은 관직에 있으면서 마음은 강호와 산림에 두는 새로운 은일의 형태를 취하게 된다. 이전의 은사들이 행하던 은일을 '小隱'이라 불렀던 것에 비해 이러한 새로운 은일 형태를 '大隱'이라고 한다. 이 '大隱'은 완전한 은일의 형태는 아니지만 관직에 있으면서 녹봉도 받고 심신도 자연과 함께하는 양자 절충의 모습을 띠는 것이 특징이었다. 그런데 이 '大隱' 역시 中唐 白居易에 이르러서는 또 다른 변형된 형태의 은일로 나타나게 된다. 白居易는 外郡에 출사하면 중앙 정치 무대의 박해나 화를 피할 수 있으면서 지방의 자연을 감상하고 심신을 정화하는 효과를 얻을 수 있다는 점에 착안하여 몸은 지방 관리가 되고 마음은 은거를 하는 이른바 '亦官亦隱'의 새 은일 형태인 '中隱'을 택하게 된다. 따라서 盛唐 시대에는 大隱에서 小隱으로 향하던 은일 추세가 白居易에 와서는 中隱으로 변화하였다가 이후 晩唐에 이르러서는 中隱에서 大隱으로 발전해나가게 된 것이었다.

晩唐에 이르러 은일의 풍조가 中隱에서 大隱으로 발전해나가게 된 이유에는 크게 두 가지 원인이 있었다. 환관의 전횡이나 붕당의 정쟁을 회피하고자 한 것과 지방관이 중앙관보다 실제로 봉록이 많았기에 지방관을 선호한 것이 그 이유이다. 中唐 후기를 거쳐 晩唐에 이르면서 문인의 은일은 권력 실패 후 피난이나 세속에 대한 항의의 형식이기보다는 점차 사회의 쇠망기를 살면서 자기 마음의 청정함과 위로를 추구하거나 우환을 멀리하고 심적 해탈의 소망을 이루려는 하나의 양태를 띠게 된다. 晩唐 문인의 귀은은 역대 은사의 出世 모습과 차이가 난다. 대개 그들은 과거의 반복 응시에도 불구하고 관직이 여의치 않았던 상황을 맞이하게 되는데, 이렇게 되자 공명에의 미련과 '懷才不遇'의 비감을 함께 지닌 모순적 심리 상태를 유지하면서 시대와 사회에 대한 자신감을 잃어버린 소극적 피세 심리를 발휘한 경우가 많았다. 그러한 상황으로 인해 만당 문인의 사상은 복잡한 상태에 빠지게 된다. 과거의 폐단을 조소하면서도 儒學의 쇠미에 불만을 지니게 되고, 求仙과 佛家에 탐닉을 못마땅하게 여기면서도 자신은 釋道사상을 통해 해탈을 도모하게 되며, 백성의 질고에 동정을 가하면서도 농민의 봉기에는 소극적인 태도를 보이게 되었던 것이다. 이러한 모순된 심리의 교차로 인해 은일 인사들은 방관자적 태도로 시폐를 지적하기도 하였고 행락과 염정을 추구하는 태도를 보이기도 했으며 은거로 인한 소극적이고 담박한 인생의 태도를 보이기도 하는 등 다양한 행동의식을 선보이게 된 것이었다.

이렇듯 晩唐 문단에서는 현실주의 시인들과 유미주의 시인들이 창작의 주류를 이루고 있었지만 혼란의 와중에 있던 시인들의 마음에는 피세와 은일의 형식을 통해 한적한 흥취와 淸高하면서도 초연한 운치를 추구하고자 하는 의식도 팽배하고 있었다. 현실주의 시인과 유미주의 시인 이외에 산림 속에 은거하며 평담하면서도 고요한 정신세계를 추구했던 시인들이 있었으니 이 은일시인들을 일러 이른바 晩唐의 제3시인군이라 할 수 있을 것이다.[20] 이 부류에 속하는 인물 중 비교적 유명한 이로는 許渾, 方干, 陸龜蒙, 司空圖, 鄭谷 등을 들 수 있고, 江浙一帶에서 활약하며 자연 정경의 묘사와 禪趣의 서사 방면에서 돋보이는 작품을 창작했던 周賀, 喩鳧, 鄭巢, 項斯, 劉得仁, 李頻, 李郢, 曹松, 李洞, 周朴, 唐求 등의 시인들 역시 동일한 은일시인들로 분류할 수 있다. 대부분 관직에서 실의한 문인들로서 관직에서 마음을 돌린 뒤 소야한 성품으로 산수 속에서 은일의 낙을 구가하고 자적하는 삶을 살아갔던 인물들이었다. 이들은 고대 은자의 계보를 잇는 隱士들이라 할 수 있지만 이들이 추구하던 은일은 盛唐과 中唐 문인이 실행했던 은일과는 다른 모습을 띠고 있었다. 이들이 소유했던 정

---

20 유미주의가 성행했던 晩唐代였지만 강남에서 은거하던 문인들은 淡泊하고 寧靜한 삶의 모습을 지낸 채 자연시의 창작에 있어 많은 성취를 이루어나갔음을 살필 수 있다. 통계에 의하면 『唐才子傳』 중에 나타난 唐代 은일 문인은 총 46명인데 그중 晩唐의 문인이 절반이 넘는 26인을 차지하고 있다.(任海天, 『晩唐詩風』, 哈爾濱 : 黑龍江敎育出版社, 215쪽 참조) 은일시인들은 대체로 사회의 병리 현상과 과거의 부패로 인한 좌절 의식을 경험한 이들이고 禪宗의 유행에 따른 현실도피 의식과 소극적 피세 의식을 지니고 있던 사람들이었기에 '閑寂蕭散'하면서도 '淸高脫俗'적인 경지가 담긴 시가를 다수 창작하였다. 그들의 은일은 王孟을 비롯한 盛唐의 문인들이 보여주었던 은일과는 근본적으로 다른 것이었으며 시가의 풍격이 淡泊했어도 행간의 정서는 좀 더 공적하고 한담할 수밖에 없었다. 그들은 공리적 목적이 없었기에 자연 속 정취를 무채색의 톤으로 담담하게 그려낼 수 있었고, 소박하고 고요한 삶을 숙명적으로 받아들였기에 淸淡한 풍격을 지향할 수 있었던 것이다.

신세계는 외적 현실 세계와의 거대한 격차로 인해 형성된 소극적 피세 심리였다고 할 수 있고 현실적 제약으로 인해 출구 모색에 실패한 자들의 은일이었으므로 이들의 은일은 王孟 등이 실행했던 담백한 형태의 은일과는 형성 원인이 근본적으로 달랐다고 할 수 있다. 그들의 시가 역시 한담한 의경을 이루어내기는 했지만 기본적으로 王孟의 담백함과는 현격한 차이가 있었다.

晚唐 은일시인들은 주로 산속에 은거하며 창작에 임했으므로 그들 시가의 주된 소재와 제재는 바둑, 品茶, 彈琴, 시냇물 감상, 採藥, 독서, 승려들과의 酬唱, 參禪과 論詩, 山寺 관람, 佛經 듣기 등을 위주로 하고 있었다. 이 점은 그들이 속세에 얽매이지 아니한 채 고아하고 담백한 생활을 영위했음을 의미하는 것이지만 한편으로는 단조롭고 무미건조한 산림 속 은일 생활의 표현이기도 하였다. 晚唐 은일시인들이 지향했던 창작 기풍은 진취적이었다고 말하기는 어려우며 순수한 낭만적 풍류를 지녔다고 보기에도 무리가 있다. 晚唐 은일시인들이 공명을 뒤로한 채 공리적 목적 없이 세속을 등졌다고 해도 그들 시가의 제재와 내용을 보면 전대 산수전원시인들에 비해 상대적으로 협소해졌음을 발견할 수 있는 것이다.

晚唐 은일시인들의 시를 살펴보면 이전의 謝靈運과 같이 기이하거나 수려한 풍격으로 산수 묘사를 가한 작품은 없었고, 王維식의 閑雅하고 瀟灑한 풍격도 되살리지 못한 채 작은 제재에 대한 묘사에 머물러 있는 작품이 많은 것이 발견된다. 전문적으로 산수를 묘사한 작품도 많았지만 산수에 대해 거시적 관점에서 조망을 가한 작품은 상대적으로 드물었다. 賈島나 姚合식의 협소한 자연물이나 경물에 대한 천착, 舊懷의 표현, 상호 간의 應酬와 贈答 등이 이들 시인들의 작품에서 주로 발견되는 내용이고, 산수에 대해 묘사를 가한 작품이라 해도 규모가 작거나 산림 은거와 연관된 주변 정경의 모습을 담은 작품이 대부분이었다. 엄격하게 말해 그들은 시가 창작에 있어 정통 자연시파 시인은 아니었고 단지 산수에 은거한 채 주변 자연의 모습을 그려냈던 山林隱逸詩人이었다고 할 수 있는 것이다. 그들의 작품에서는 盛唐代에 융성했던 호방하고 낭만적인 산수에 대한 열정은 이미 찾기가 어렵게 되었으니 자연시에 있어서 '盛世之音'의 회복은 이제 불가능한 상황이 되었던 것이었다.

晚唐 은일시인들의 시는 표면적으로는 고아한 閑情을 읊은 형상을 띠고 있지만 내면적으로는 실의와 고민을 반영한 처량한 여운을 품고 있었다. 그들이 표현한 산림 속 생활 정취의 모습은 생활에 대한 격정이나 열망을 상실한 채 혼탁한 시대를 살아야 했던 晚唐 사대부들의 정신적 공허감의 표현이었다. 그들의 시가에 나타난 청담한 풍격 역시 쇠락해가는 시대에 대한 무기력한 반응이나 번뇌를 잊고 해탈하는 과정에서 창출된 하나의 풍격이었다고 볼 수 있을 정도로 순수한 경지와는 거리가 있었다. 晚唐 隱逸詩人 시가를 내용에 따라 보면 산수를 들어 세상에 대한 애증을 표현한 작품, 산림 속에서 은둔하고 안주하는 삶을 묘사한 작품, 작은 자연물이나 정경을 세미하게 묘사하는 등 小主題에 탐닉한 면모를 보이는 작품, 산속에 기거하며 은자나 불승들과 교유하거나 禪風을 시가에 이입하여 한담한 흥취를 표현해낸 작품 등으로 정리된다. 이러한 관점에서 晚唐 은일시인들의 자연시 작품을 살펴보기로 한다.

晚唐 은일시인들은 대부분 한미한 신분 출신으로 과거에서 실패했거나 과거에 급제했다 해도 권력의 중심으로 접근하지 못한 채 실의에 빠져 있던 이들이 많았다. 이로 인해 이들은 세상에 대해 한과 사랑을 복합적으로 품는 애증을 지니게 되었는데 이는 은일 실행의 전 단계에서 흔히 발견되는 심리 상태라 하겠다. 이러한 상황에서 이들은 산수를 들어 세상에 대한 애증을 표현한 작품을 다수 창작하게 되었는데 이러한 내용은 은일시인들이 공통적으로 표출하는 주제가 되었다 할 수 있다. 다음에 예거한 단락들을 보면 당시 문인들이 사회에 대해 애증 어린 한의 서사를 가하고자 했음을 살필 수 있다.

池上宿 못가에서 머물며
無才堪世棄　별다른 재주 없어 세상에서 버린 바 됨 감내하나니
有句向誰夸　내 지은 문장 있으나 누구에게 칭찬 얻을꼬

—劉得仁

書懷 서회
吟詩應有罪　시 읊은 것이 죄가 되어
當路却如仇　앞에 놓인 길이 원수와 같이 되었구나

—曹松

劉得仁은 오언시의 청신함과 빼어남이 당대에 제일가는 존재였으나 과거에 20년을 응시했어도 끝내 급제하지 못한 채 평생을 布衣로 지냈던 시인이었고,[21] 曹松 역시 알아주는 사람 없이 사방을 돌아다니다가 王希羽, 劉象, 柯崇, 鄭希顔 등과 함께 일흔이 넘어서야 겨우 진사에 급제한 인물이었다.[22] 이렇듯 대부분의 은일시인들은 사회에 있을 때 시대 상황으로 인해 세상에 대한 애증을 심하게 가지고 있었다. 자신의 재주가 인정받지 못함에 따른 설움과 한의 깊이는 그들이 유랑과 방황을 했던 세월만큼이나 깊고 넓었을 것이다.

다음 예거하는 于濆의 「思歸引」 제3~8구에도 공명을 얻지 못함과 이로 인한 좌절감이 담겨 있음이 발견된다.

思歸引 돌아갈 생각에
身同樹上花　이 몸 마치 나무 위에 핀 꽃과도 같아
一落又經歲　한번 떨어진 뒤 또 세월만 훌쩍 흘러가네
交親日相薄　가까운 이 사귐도 나날이 어려워지고
知己恩潛替　지기들의 은혜도 침잠하여 사라지고 말았네
日開十二門　장안성 주위의 열두 문은 매일 열려 있는데
自是無歸計　공명을 이루지 못하여 돌아갈 기약 없나니

이는 일개인의 토로인 듯 보이지만 기실은 당시 문인들의 고뇌를 집약적으로 묘사한 내용이라 할 수 있다. 사회적 우환이 에워싸고 있어 지식인의 마음이 내내 답답하고 번뇌에 쌓여 있는 데다 자신의 벼슬길 역시 여의치 않아 뜻을 펼칠 수도 없는 상황이다. 주위 사람들과의 단절로 인한 의식의 침체를 스스로 감내해야 하니 사회 속에 있지만 심리적 유랑자의 처지를 면할 수 없는 것이다.

심리적 울화는 결국 글 읽는 일 자체에 대한 회의와 회한으로까지 이어진다. 한 예로 徐夤 같은 이는 昭宗 乾寧 元年(894)에 進士에 급제한 후 나름대로 열

---

21 辛文房 『唐才子傳』 卷6 「劉得仁」 : "得仁 … 長慶間以詩名. 五言淸瑩, 獨步文章. … 嘗立志, 必不獲科第不願儕人之爵也. 出入擧場二十年, 竟無所成."

22 辛文房 『唐才子傳』 卷10 「曹松」 : "早未達, 嘗避難來棲共都西山. 初在建州依李頻, 頻卒後, 往來一無所遇. 光化四年, 禮部侍郎杜德祥下, 與王希羽, 劉象, 柯崇, 鄭希顔同登第, 年七十餘矣, 號爲'五老榜'."

심히 일하였지만 관직에서 이름을 날리거나 뜻을 펼쳐 정치의 개혁을 이루기가 정말 어려웠음을 절감하였던 문인이었다. 徐夤가 자조 의식을 발하며 쓴 「十里烟籠」 시의 일단을 보자.

十里烟籠 십 리까지 퍼진 연기
浮世宦名渾似夢　뜬구름 같은 세상에서 벼슬로 이름 날리는 것 꿈같이 흐릿하고
半生勤苦謾爲文　글 짓는 일에 속아 반평생을 고생만 했네

세상에서 공명을 이루는 것이 꿈 같은 일임을 절감하였고 마침내 "글 짓는 일에 속았다(謾爲文)"라는 자조까지 발하게 되었다. 시대에 대한 한계 의식이 절절이 배어 있는 것이다.

劉滄, 方干 등의 시에서도 세상에서 느꼈던 절망감이 유사하게 표현되어 있음을 발견할 수 있다.

題龍門僧房 용문선방에 부쳐
偶將心地問高士　마음은 고고한 선비가 되려 하나
坐指浮生一夢中　그저 앉아서 뜬구름 같은 인생이 꿈속에 있음을 가리키나니
　　　　　　　　　　　　　　　　　　　　　　　　　　— 劉滄

感時 其三 시절을 느끼며, 제3수
世途擾擾復憧憧　세상사 어지러워 오락가락하나니
眞恐華夷事亦同　중국과 다른 민족 다를 바 없음은 실로 안타까워
歲月自消寒暑內　추위와 더위 속에 있다가 세월만 절로 흐르고
榮枯盡在是非中　옳고 그름 따지다 시절만 피었다가 저무누나
　　　　　　　　　　　　　　　　　　　　　　　　　　— 方干

당시 晩唐 문인들의 마음속에는 시가에 나타난 '浮生一夢' 같은 퇴폐적 정서가 물들고 있었는데 여기에서 예외적인 인물은 거의 없을 정도였다. 부질없이 계절의 변화만 대하고 결말 없는 시비만 따지다가 결국 희망 없는 세월만 보냈다. 이러한 구절은 시대적 비극으로 인한 사회적 절망감이 얼마나 심했는가를 보여주는 정서의 일단이 된다.

前代 中唐의 문인들 역시 다수가 관직에서의 실의를 맛보고 비분의 정을 산수와 자연의 묘사에 연결시킨 바 있지만 망국으로 치닫던 晚唐의 문인들이 느꼈던 상실감은 상대적으로 그들보다 더욱 컸을 것이다. 그러나 이들 은일시인들은 대부분 강력한 비난이나 향락 모두와는 일정한 거리감을 둔 채 나름대로 시대를 담아내기 위해 노력한 면모를 지니고 있었다. 그렇기에 晚唐 은일시인은 그들의 작품이 전대 시가보다 웅혼한 맛은 떨어지지만 시절에 대한 비감을 서사한 부분은 「國風」이나 「小雅」의 遺音을 잇듯 절절한 면모를 지니고 있으며[23] 시절에 대한 우려의식을 갖고 은일에 들어섰기에 淸音을 유지하면서 盛衰의 음을 담아낸 작품을 쓸 수 있었다[24]는 등의 평가를 받기도 하는 것이다.

자신들의 능력으로 사회의 변혁이 불가능함을 알게 될 때 皮日休, 杜荀鶴, 陸龜蒙, 羅隱 등 일부 현실 참여 시인들을 제외한 다수의 문인들이 취할 수 있는 방법은 대부분 스스로를 향한 위안이나 울분 억제, 세속을 벗어난 자아 해탈의 추구 등의 소극적 태도를 견지하는 것이었다. 결국 이들이 겪은 仕途에서의 실의와 세상에 대한 한계 의식은 침체된 자아와 맞물려 사회에서 벗어나 은일로 향하게 만드는 직접적 원인이 되었던 것이다. 이 시기 여러 은일시인의 시에서 그러한 심적 번뇌를 반영한 은일 지향 의식을 담고 있음을 발견할 수 있다. 일례로 徐夤 「北山秋晚」의 전반 4구를 보면 당시 관직에 있던 이의 실의와 이로 인한 은거희망 의식이 직접적으로 드러나 있음이 발견된다.

北山秋晚 북쪽 산에서 늦가을에
十載衣裘盡　십 년 동안 입던 가죽옷 피폐해지고
臨寒隱薜蘿　차가운 시절 만나게 되어 벽라 옷 입고 은거하노라
心閑緣事少　마음 한가로워지고 얽힌 일 적어지니
身老愛山多　몸 늙어가면서 산을 더욱 사랑스러워하네

---

23 歐陽脩 『六一詩話』: "唐之晚年, 詩人無復李·杜豪放之格, 然亦務以精意相高.", 楊萬里 『誠齋集』卷八十一 「頤庵詩草序」: "晚唐諸子雖乏二者之雄渾, 然好色而不淫, 怨誹而不亂, 猶有「國風」,「小雅」之遺音."

24 計有功 『唐詩紀事』卷六六: "唐詩自咸通以下, 不足觀矣. … 司空圖輩, 傷時思古, 退己避禍, 淸音冷然, 如世外道人, 所謂變而不失正者也. 余故盡取晚唐之作, 庶知律詩未伎, 初若虛文, 可以知治之盛衰."

'衣裘'는 戰國時代 蘇秦이 秦의 惠王에게 의견을 피력했으나 받아들여지지 않자 "상서를 열 번이나 올렸지만 그 말이 이행되지 않았고, 이에 입고 있던 검은 담비 갖옷이 전부 해졌고 가졌던 황금 백 근도 모두 소진하게 되었다.(書十上而說不行, 黑貂之裘弊, 黃金百鎰盡)"라고 했던 고사에 근거한 표현으로, 벼슬길에서 십 년간 부지런히 일했어도 자신의 뜻을 펼칠 수 없었음을 나타낸 것이다. 한계적 상황으로 인해 결국 은자의 길로 들어설 수밖에 없었음을 밝힌 것이다. 번다한 세상에 비해 맑은 경지를 지닌 것이 '은일' 같지만 '十載'라는 표현 속에는 은일을 택하기 전까지의 마음고생과 애정, 집착, 증오, 회한 등의 다양한 감정이 녹아 있음을 상상해볼 수 있는 것이다.

재주가 뛰어난 문인이라서 추천을 받기도 했지만 결국 기회를 얻지 못하고 평생 동안 布衣로 지내야 했던 方干 역시 관직에의 실망감을 감추지 못한 채 은거의 길을 택할 수밖에 없었던 배경을 「旅次洋州寓居郝氏林亭」 제5~8구에서 다음과 같이 밝히고 있다.

旅次洋州寓居郝氏林亭 여행하다 양주에서 우거하는 학씨의 정자에서 머물며

凉月照窗敧枕倦　차가운 달 창가에 비치는데 베개 비스듬히 베고 쉬는데
澄泉繞石泛觴遲　바위 돌며 맑은 샘물 흐르는 곳 띄워놓은 잔 느릿하다
靑雲未得平行去　청운의 꿈 결국 이루지 못하고 별로 힘도 쓰지 못하여
夢到江南身旅羈　꿈에서 강남에 이르고 몸은 기려의 신세 되었네

고관들은 기득권 옹호의 차원에서 뜻 있는 선비의 정치 입문을 허용하지 않으므로 재능을 지닌 것이 현실에서는 차라리 괴로움으로 느껴지기도 한다. 세상은 나를 알아주지도 않고 정치상의 길은 나와 다른 흐름을 하고 있으니 나는 차라리 산림에서 마음을 추스르며 한가로운 정취에 탐닉하고자 한다. 方干의 이 시는 어차피 순조롭지 못한 벼슬길이라면 은자가 되거나 떠도는 신세가 될 수밖에 없었던 당시 문인들의 사정을 대변하고 있는 예라 하겠다.

관직에 올라 궁내에 있으면서도 仕途上의 실의로 인해 은일의 뜻을 밝히고 있는 喩鳧의 작품을 예거해본다.

秋日將歸長安留別王尙書 가을날 장안으로 돌아가려고 왕상서에게
작별하며

朔漠正秋霖　북방 사막에 가을 비 내리고
西風傳夕砧　서풍은 저녁 다듬이 소리를 실어나간다
滄洲未歸迹　여태껏 시골에 돌아가지 않았음은
華髮受恩心　흰머리 되도록 입은 나라의 은혜 생각해서라
露色岡莎泠　이슬 영롱한데 언덕의 향부자 풀 차갑고
蟬聲塢木深　마을 나무의 깊은 곳에서 매미 소리 들린다
淸晨鐵鉞內　새벽부터 쇠도끼 등 무기와 함께하니
只獻白雲吟　그저 은거의 노래를 올릴 뿐이라

　　은거하지 못함은 나라의 은혜 입음과 나의 할 일 때문이었는데 눈앞에는 산
언덕이 펼쳐지고 귓가에는 향촌의 매미 소리가 들려온다. 은일에 대한 유혹이
마음속에 일어나니 몸은 궁내에 있으나 그저 은거의 노래를 부를 뿐이다. 할 일
을 생각하면 관직에 있어야 하나 내 의지로는 변혁을 가할 수 없는 상황이라
시가 전체의 풍격은 침울하다. 결국 마음은 은거의 결심으로 결말지어지고 있
음을 행간에서 말하고 있다.
　　李洞은 「曲江漁父」 5~7구에서 세상의 시름을 잊은 채 사는 이에 대한 부러
움을 표현하고 있다.

曲江漁父 곡강의 어부

値春游子憐蓴滑　봄날 맞아 떠도는 이 순채국 부드러움 좋아하고
通蜀行人說鱠甛　촉 땅을 다니는 이 농어회 달다 하네
數尺寒絲一杆竹　몇 자의 차가운 실 달린 낚싯대 하나 드리웠으니
豈知浮世有猜嫌　뜬구름 같은 세상에 시기와 미움 있음 어찌 알리오

　　晉나라 張翰이 고향의 음식인 순채국과 농어회를 먹으려고 관직을 사퇴하고
귀향한 고사 '蓴羹鱸鱠'를 활용하여 관직에서 고향을 잊지 못하고 은일의 의지
를 갖고 있음을 표현하였다. '떠도는 이(游子)'를 등장시킴은 세상에 마음을 붙
이지 못한 채 유리하는 인생과 은거하는 삶과의 연관 관계를 위한 것이다. 차라
리 낚싯대 드리우고 사는 것이 부질없는 세파의 번뇌를 잊는 최적의 수단이 될

지도 모른다는 현실도피적인 감각을 투영하고 있는 것이다.

이렇게 이상과 맞지 않는 현실에서 중간자적 입장을 지닌 채 고민하던 시인들은 결국 산림 속에서의 안주와 자연이 주는 평온을 추구하게 된다. 劉得仁이 은거를 귀하게 여기는 마음을 표현한 시가를 살펴본다.

中秋宿鄧逸人居 중추에 등은자의 거소에서 머물며
偶與山僧宿　산승과 만나 함께 하룻밤 머무는데
吟詩坐到明　앉아 시 짓다가 새벽을 맞았네
夜凉耽月色　차가운 밤에 달빛을 즐기고
秋渴漱泉聲　가을 다 가려 하는데 시냇물 소리 들린다
磵木如竿聳　시냇가 나무 마치 장대처럼 솟아 있고
窓雲作片生　창가에는 한 조각 구름 생겨났어라
白衣閑自貴　은거하는 마음 한가로워 절로 귀하니
不揖漢公卿　벼슬아치들에게 내 마음 굽히지 않으리라

세속의 번다함을 잊고 스님과 함께 시를 짓다가 밤을 새우는 자유스러운 경지, 이는 산림 속에 은거하는 이로서 누릴 수 있는 최고의 정신적 경지이다. 특히 마지막 두 구는 시 전체의 의지를 귀결해주는 결론으로서 은일의 낮은 세상의 어떤 공명이나 지위보다 더욱 자유롭고 귀한 것임을 나타낸 구절이다.

晚唐 隱逸詩人의 창작 배경은 사회에서의 도피를 추구한 채 산림에서 소박한 삶을 영위하며 고아한 사상을 유지하는 것과 연관성을 갖고 있었다. 세속과 거리를 둔 삶을 살았기에 그들이 창작한 시의 주제는 대체로 특정 분야로 국한된 경향을 보이고 있었다. 또한 그들이 선택한 空山, 野水, 殘月, 幽鳥, 淸泉, 古寺, 禪房 등의 제재는 세상을 벗어난 초극적 미학을 孤寂하게 표현하기에 적합한 것들이었다. 더불어 많이 활용된 琴, 棋, 僧, 鶴, 茶, 酒, 竹, 石 등의 제재 역시 '형상(象)'의 묘사를 통해 '자신이 의도하는 일정한 뜻(意)'을 표출하기에 용이한 것들이 된다. 은일시인들이 시가에서 허정한 탈속 정신을 담백하게 표현하게 된 것은 이러한 제재 선택과도 깊은 연관성을 갖고 있다 하겠다. 제재의 특성을 적절히 활용하여 '淸高淡泊'한 의경을 잘 창출해낸 몇몇 작품을 예거하여 살펴보기로 한다.

周朴이 福州 烏石山의 사원에서 은거하면서 고아하고 표일한 정신세계를 유지하고 세상의 명리를 멀리하고자 했음을 드러낸 다음 작품을 보면 千峰, 月, 鶴, 烟, 巖, 水, 花 등의 제재를 잘 활용하며 탈속적인 풍격을 창출했음을 살필 수 있다.

桐栢觀 동백관

桐栢觀 동백관
東南一境淸心目　동남쪽의 한 정경이 마음과 눈 맑게 하니
有此千峰揷翠微　이곳 천 개 봉우리마다 비췻빛 색깔 아득하구나
人在下方冲月上　봉우리 아래 사람 있는데 바야흐로 달 떠오르고
鶴從高處破烟飛　학은 높은 곳에서 구름 뚫고 비상하네
岩深水落寒侵骨　깊은 바위에서 물 떨어져 한기가 뼛속으로 들어오고
門靜花開色照衣　문 앞 고요한데 피어 있는 꽃 색깔이 옷에 비쳐오네
欲識蓬萊今便是　봉래산을 찾았더니 바로 이곳임을 알겠구나
更于何處學忘機　또다시 그 어디에서 망아의 경지 배우리오

차례로 나오는 제재들을 보면 마치 은일의 낙을 설명해주는 자료 같은 느낌이다. '東南'이라는 이미지는 은거의 본향이요, 제4구의 학이 높은 곳에서 구름 뚫고 비상한다는 구절은 세상의 구속과 번뇌를 다 벗어버린 자유인의 비상을 노래한 것이다. 시의 전체적 이미지가 주는 탈속의 흥취는 자신의 고고한 정신세계를 비유한 것이고 이러한 경지에서 표일하게 생활하는 시인의 마음은 더 이상의 다른 욕심을 배제한 채 지금 장소를 선경에 비유하며 안주하고 있는 것이다.

曹松이 쓴 「商山夜聞泉」 제1~4구를 보면 밤 샘물 소리라는 주변의 소재를 잘 활용하여 은일시인의 孤寂한 정회를 그윽하게 담아냈음을 발견할 수 있다.

商山夜聞泉 상산에서 밤중에 샘물 소리 들으며

商山夜聞泉 상산에서 밤중에 샘물 소리 들으며
瀉月聲不斷　달빛 내리 비추는데 물소리 끊임없어
坐來心益閑　앉아 있자니 마음 절로 한가해진다
無人知樂處　아무도 없으나 즐거움을 느끼는 이곳
萬木冷空山　온갖 나무만이 빈산에 차갑게 서 있네

시인은 시제가 주는 느낌처럼 적막한 야밤에 들리는 물소리를 제재로 하여

자신의 고아한 서정을 효과적으로 표현하고 있다. 이는 또한 '고적하고 충담한 (孤寂沖淡)' 내면세계를 표현하기 위해 모종의 '그윽하고 담백한(幽靜淡泊)' 속성을 지닌 외물을 통해 묘사를 가한 작품의 예시도 된다.

項斯가 개울가 정자를 제재로 쓴 「宿胡氏溪亭」 제5~8구를 보면 項斯가 지향했던 청정하면서도 담박한 은일의 흥취를 느낄 수 있다.

宿胡氏溪亭 호씨의 개울가 정자에서 머물며
鶴睡松枝定 학은 소나무 가지에서 고요히 잠들고
螢歸葛葉垂 반딧불이는 드리워진 갈잎에 돌아가 있네
寂寥猶欠伴 너무나 적막하니 이 무료함을 누구와 벗할꼬
誰爲報僧知 그 누가 있어 스님께 이를 알리리오

項斯는 산림에 은거하며 고고한 인품을 수양한 인물로 그의 시는 자연스럽고 소박한 특징을 지니고 있다. 그가 산림에 은거하며 지은 이 시에서도 은일시인이 자주 접하였던 산속의 제재를 활용하고 담백한 표현을 적절히 부가하여 청신하고 한아한 경지를 이루어낸 것이 보인다.

晚唐 은일시인들의 작품을 보면 자신이 편애하는 경물에 대해 독창적인 감수성을 표현하기 위하여 정교한 章句를 배치한다거나 문사를 수식하고 단련하는 등의 방법도 강구했음을 살필 수 있다. 은일시인들의 시에서 경물 묘사가 뛰어난 가구가 많이 발견되는 연유인데 일례로 方干의 「旅次洋州寓居郝氏林亭」 제1~4구를 예거해본다.

旅次洋州寓居郝氏林亭 여행하다 양주에서 기거하는 학씨의 정자에서 머물며
擧目縱然非我有 세상을 거리낌 없이 쳐다볼 수 있는 재주가 없어
思量似在故山時 내 생각은 마치 고향 산에 있을 때와 같다
鶴盤遠勢投孤嶼 학 한 마리 선회하며 멀리 외로운 섬에 몸을 던지고
蟬曳殘聲過別枝 매미는 여음을 남기며 다른 가지로 날아가누나

세상을 바라보는 눈과 마음이 호방하다거나 표일한 경지에 있지 않음이 느

껴진다. 이 작품은 행려시이지만 축소된 정경의 묘사를 실행해놓은 형상인데 이러한 묘사는 마치 자신이 은일 생활에 투신함을 미화하기 위한 포석처럼 보인다. 앞서 살펴본 것처럼 이 시의 후반부에서는 은거의 의지를 밝힌 내용이 등장하는 것이다. 정경 묘사에 활용된 학 한 마리와 매미의 비상은 세상을 등지고 小自我를 추구하겠다는 의미도 내포하는데 이 표현 속에는 교묘한 시적 배합도 담겨 있다. '鶴盤' 이하 두 구절은 정교한 대우와 形聲의 결합을 통해 청신하면서도 섬농한 기운을 발하고 있어 가히 晚唐의 유미한 풍조를 반영하여 지어진 은일시의 한 특색을 나타내는 작품이라 할 수 있겠다.

晚唐 은일시인의 작품에서 보이는 또 하나의 중요한 특색은 佛僧과의 교유, 禪宗에 대한 학습 등을 통한 시의 禪風 이입이었다. 은일시인들이 선풍에 물들게 된 것은 많은 이들이 은거했던 장소가 산속 선원이나 선방이었고 晚唐에 흥기한 禪社와 연계하여 활동하였던 것으로 인한 결과였다. 특히 晚唐 문인들의 禪趣 흡수와 선승과의 교유는 당 전체를 통틀어 가장 흥성했었다고 할 수 있으니 晚唐 은일시인들의 작품에 禪的 요소가 이입된 것은 당연한 결과라 하겠다. 方干의 시 중 禪趣로 인한 흥겨움을 귀한 깨달음으로 연결시키기고 있는 작품을 차례로 두 수 예거해서 살펴본다.

題報恩寺上方 보은사 상방에 쓴 시

來來先上上方看	報恩寺에 와서는 스님의 거처에 올라와보니
眼界無窮世界寬	눈앞은 무궁하고 이 세계는 드넓구나
巖溜噴空晴似雨	바위를 흘러 허공으로 흩어지는 폭포수는 맑은 날의 비 같고
林蘿碍日夏多寒	숲의 나무 덩굴이 해를 가리니 여름에도 한기가 가득해라
衆山迢遞皆相疊	뭇 산들은 아득한데 모두 서로 얽혀 있어
一路高低不記盤	오르락내리락하는 길을 몇 번이나 돌아가는지
清峭關心惜歸去	맑고 빼어난 경지에 마음 뺏겨 돌아감 아쉬워
他時夢到亦難判	다른 날 꿈에서 오려 해도 기억조차 어려워라

수연에서 "報恩寺에 와서 스님의 거처에 올라와본다."라고 한 부분은 높은 곳에서 넓은 세계를 바라보는 정경의 묘사이면서 동시에 불문에 귀의한 상태의 청정한 마음이 物我一如의 경계에 이르렀다는 의미도 내포한다. 제3구에서 "바

위에서 허공으로 흩어지는 폭포수는 맑은 날의 비 같다."라고 한 표현 역시 정경 묘사이면서도 동시에 주변의 번뇌나 굴레를 극복하고 세속에서 얻을 수 없는 깨우침이나 見性을 얻은 상태를 연상시킨다. 자연을 바라보면서 얻게 되는 맑은 깨달음은 마치 생수처럼 시인의 마음을 적셔주는 청량한 존재로 인식된다. 사원에서 속세의 먼지를 씻어버리고 담박한 정신을 얻고자 하는 마음을 미연 행간에서 설파하였다. 선취를 동반한 자연 속 깨달음을 귀히 여기는 마음을 담고 있는 것이다.

題寶林寺禪者壁 보림사 선원의 벽에 쓰다
蓬巖喬木夏藏寒　아득한 바위와 교목은 여름에도 한기를 지니고 있고
床下雲溪枕上看　처소 아래 구름 낀 개울을 枕雙峰에서 내려다본다
臺殿漸多山更重　절의 전각은 점차 많아지고 산은 더욱 깊어지겠지
却令飛去卽應難　飛來峰처럼 날아가게 하고 싶으나 이는 필시 어려울 것이라

寶林寺 지세의 높음을 나타낸 '床下' 구절은 寶林寺가 속세를 벗어난 고결한 상태에 있음을 나타낸 것이며 쉽게 도달할 수 없는 禪趣의 세계를 암유하는 것이기도 하다. 결구에서는 이 산의 명칭이 '飛來峰'인 것처럼 자신도 禪趣의 세계에 날아서 도달하고 싶으나 禪道의 세계는 첩첩이 쌓여 있는 산처럼 한 번에 뛰어넘을 수 없는 경계임을 자각하고 있다. 자연 정경 묘사 속에 선취를 향한 마음을 투영한 수법이 뛰어남을 느낄 수 있다.

張喬가 쓴 「孤雲」 작품에서도 구름 자태의 묘사 속에 禪趣를 담고 있는 것이 발견된다.

孤雲 외로운 구름 ,
舒卷因風何所之　폈다 움츠렸다 하면서 바람 따라 어디를 가는가
碧天孤影勢遲遲　푸른 하늘에 외로운 구름 그림자 느릿느릿 가네
莫言長是無心物　이 구름 언제나 무심한 것이라 말하지 말게
還有隨龍作雨時　언젠가 용을 따라 비를 뿌릴 때가 있으리니

하늘에 떠 있는 구름을 노래한 평범한 경물시 같지만 그 속에 담긴 의미로

인해 여러 가지 느낌을 떠올리게 된다. '何所之', '勢遲遲', '無心物' 등의 표현에서는 정처 없이 느긋하게 떠도는 구름처럼 자연에 의탁해서 살아가는 無心의 경지를 느끼게 되는데 이때의 '無心'이란 "일체의 마음조차도 없으며 허공처럼 막힘이 없어 주관도 없고 객관도 없으며 방향과 장소도 없이 그냥 홀로 있는 상태"[25]를 연상시킨다. 역시 표현의 근저에 불가의 禪思想이 담겨 있음을 엿볼 수 있는 것이다.

江浙에서 은일하던 唐求가 쓴 다음 작품에도 한거하면서 불경을 들음과 깨달음을 얻음을 논한 내용이 나온다.

和舒上人山居卽事 서상인이 산거하며 지은 작품에 화답하여
敗葉塡溪路 떨어진 낙엽 시냇가 길 가득 메우고
殘陽過野亭 지는 볕 들녘 정자를 지나가네
仍彈一滴水 물 한 방울이 또다시 떨어지매
更讀兩張經 불경 두 장을 더 읽는다
瞑鳥烟中見 연기 사이로 졸고 있는 새 보이고
寒鐘竹里聽 차가운 종소리 대숲에서 들려오네
不多山下居 그대가 산 아래에서 거하는 날 많지 않은 것은
人世盡膻腥 인간 세상에 더없이 염증을 느끼기 때문이겠지

수연에서 한적하고 처량한 의경을 느끼게 되었으나 함연에서 활용된 '彈', '讀' 등의 동사로 인해 다시금 활기를 얻게 된다. 청량한 정신세계를 얻게 된 것은 불경을 통해 신선한 의식을 고양할 수 있게 된 것과 연관이 있다. 이어진 경연을 보면 시인이 새롭게 禪的 흥취를 깨닫고 있음을 느끼게 된다. 연기와 같이 흐릿하고 차갑던 세상에서 새처럼 졸고 있던 자신에게 들려오는 청량한 종소리는 인간 세상의 염증으로부터 신선한 禪趣의 세계로 들어가기를 신호하는 각성제가 된다. 자연 정경에 물방울과 종소리라는 시청각적인 요소를 이입하여 선취의 세계를 진작시키는 수법을 펼쳤음을 살필 수 있다.

鄭谷은 「自貽」 시의 1~4구에서 시에 禪趣의 도입이 없으면 격조가 낮아진

---

25 權奇浩 『禪詩의 世界』(경북대학교 출판부, 1991. 9) 62쪽의 '無心'에 대한 설명 참조.

다고 함으로써 晩唐 은일시인이 선취에 경도되어 있는 정도를 드러내고 있다.

自貽 스스로에게 주는 시

飮筵博席與心違　가볍고 떠들썩한 연석은 내 마음과 어긋나
野眺春吟更是誰　봄 들녘 바라보고 시 읊는 것 그 누구인가
琴有澗風聲轉澹　거문고 소리에 시냇가의 바람이 실리면 청담해지고
詩無僧字格還卑　시에 '僧'자가 없으면 격조가 낮아질 지경이라

　세속을 떠나 산림에서 은거하는 은자에게 화려한 연회나 떠들썩한 자리는 절로 거부감이 든다. 그저 봄기운 바라보고 시 읊으며 물소리 벗하여 거문고 타는 것이 은자의 정취에는 최고라고 보았다. 그런데 결구를 보면 이 경지에 禪적인 깨우침이 없으면 그 역시 저속한 생각으로 흐를 수 있음을 경계하고 있다. 산속에서 은거함에 있어 스스로 만족하기 위한 필요조건으로 禪趣가 얼마나 중요한 요소인지를 언급한 예가 된다.

　晩唐 隱逸詩人들은 시에 禪趣를 이입하고 자신들의 '청고하고 담박한(淸苦淡泊)' 서정을 표현하기 위해 표현에 있어 모종의 형용사를 많이 사용한 것을 볼 수 있다. 그들의 작품을 보면 선취의 투영과 동시에 '空', '寒', '獨', '幽', '暗', '淸', '冷', '殘', '靜' 등의 형용사를 자주 활용하였는데 이러한 형용사는 사물의 청담하면서도 고아한 상태나 속성을 잘 나타낼 수 있는 단어가 된다. 曹松이 시가에서 '空'자를 잘 활용하여 妙語를 창출한 작품을 살펴본다.

題昭州山寺常寂上人水閣 소주 산사의 상적스님의 수각에 대해 짓다

常寂常居常寂里　常寂은 언제나 적막함 중에 거하나니
年年月月是空空　해마다 달마다 모두 空이라
階前未放巖根斷　누각의 계단은 바위 뿌리 끊어진 곳에 닿아 있지 않고
屋下長敎海眼通　누각 아래에는 바다같이 넓은 물이 눈앞에 펼쳐 있네
本爲入來尋佛窟　본래 생각으로는 부처의 굴을 찾아왔으나
不期行處踏龍宮　가다보니 생각지도 못했던 용궁을 밟고 있네
他時憶着堪圖畫　그 언젠가 생각했던 뛰어난 한 폭의 그림처럼
一朶雲山二水中　한 무더기의 구름 낀 산이 두 줄기 물 사이에 있구나

常寂上人의 水閣이 제공하는 정경과 禪的 흥취로 인해 산사를 생각하고 왔던 시인이 미처 생각 못했던 놀라운 경지를 체험하게 된다. 아름다운 정경으로 세속 밖의 세계를 묘사했으니 이곳의 적막함은 더 이상 고독하고 단조로운 적막함이 아니다. 특히 선가의 언어를 활용한 수연은 그 意趣가 무궁하다. 유창한 언어를 활용하면서도 단련의 흔적을 없애기 위해 공력을 들였음이 돋보인다. '寂'과 '空'자의 중복, 첩어를 활용한 표현을 통해 淸苦하면서도 고아한 은자의 의식과 禪的 정감을 성공적으로 표현해낸 예가 되는 것이다.

方干, 李頻, 李郢, 鄭谷 등 일군의 뛰어난 시인을 중심으로 창작된 晩唐 은일 시인의 자연시는 賈島 시의 정교하면서도 빼어난 의경에다 姚合 시의 맑고 유창한 경지를 더하여 수려하고도 평이한 필치로 자연 경치를 묘사한 특성을 지니고 있다. 그런데 盛唐人의 자연시는 '정경(景)'을 대하자 '감정(情)'이 발생하여 시를 읊은 이른바 '觸景生情'의 예가 많았는데 이에 비해 晩唐 隱逸詩人들의 시는 자신의 특정한 정서를 표현하기 위하여 일정한 주관적 감정을 경치 묘사 속에 이입하거나 제재를 협소화시키고 청담한 기운을 담은 시어를 구사하는 등 창작에 더 많은 공력을 기울였던 것이 盛唐代의 시인들과 비교되는 점이라 할 수 있다. 은일시인들이 취한 이 창작 방법은 나름대로의 장점이 있었다. 소재와 이미지에 대한 취사선택이 엄정했고 뛰어난 창작 기교를 발휘함으로써 나름의 淸美한 경지를 창조해낼 수 있었던 것이다. 그러나 晩唐의 은일시인들은 상실감이 투영된 의도적인 경물 묘사나 禪理의 이입을 통한 허정한 묘사를 담은 작품을 전대 시인들보다 상대적으로 많은 비율로 창작해내었음이 또한 발견된다. 아울러 대부분의 晩唐 은일시인들은 그들의 생활을 반영한 듯 산수 묘사에 공허하고 단조로운 정서를 이입하여 일정한 편향성을 띤 작품을 창작해내었음을 살필 수 있다. 이로 인해 晩唐 隱逸詩人들이 쓴 자연시는 이전 자연시 창작의 흐름을 대변했던 '청담하고 표일한 풍격'이 일정 부분 '의도적으로 뜻을 새기고 (刻意)' '형식화'되는 방향으로 퇴보하는 성향을 띠게 되었고 전대 자연시에 비해 기상이 축소되고 작위적인 이미지를 지닌 자연시를 창작해내게 되었다고 할 수 있을 것이다.

제 3 장

唐代 自然詩의
평가와 영향

1. 唐代 自然詩에 대한 역대 평가

중국 자연시는 각 시대마다 걸출한 시인들을 중심으로 개성적인 양상을 창출하며 발전해왔다. 자연시 창작의 태동기라고 할 수 있는 六朝 시대에는 陶淵明과 謝靈運이 전원시와 산수시 방면에서 후대에 전범이 되는 업적을 남겼고, 시가 창작의 전성기라고 할 수 있는 唐代에 와서는 王孟韋柳를 중심으로 한 창작이 자연시의 최고 성취를 이루게 되었으며, 자연시를 창작한 唐代 문인들과 그 작품들이 후대 문단에 지속적으로 영향력을 행사해왔다는 점에서 唐代 자연시의 중요성을 생각해볼 수 있다. 특히 王孟韋柳를 위시하여 다소의 차이는 있지만 거의 모든 唐代 시인들이 자연시의 창작에 노력을 기울였기에 唐代 자연시에 대한 후대의 평가와 영향 관계는 중국 시가사상 중요한 시사점을 가진다.

唐代 자연시인들에 대하여 唐代 당시에는 '山水田園詩派'와 같은 유파명을 통해 지칭하지는 않았다. 또한 唐代는 시가가 극성한 시기였지만 당시 문인들이 시가를 평가한 자료도 많지 않은 편이었다. 唐人들이 남긴 시평서인『詩格』, 『詩式』, 『詩例』 등의 내용을 보면 형식이나 기교와 관련된 문제를 다룬 것이 대부분이고, 晩唐 이전에 나온 작품집인 殷璠의『河岳英靈集』, 元結의『篋中集』, 高仲武의『中興間氣集』 등은 특정 시기 시인들의 작품을 싣거나 품평하는 내용을 담고 있었다. 이 중 殷璠의『河岳英靈集』은 唐代의 자연시인으로 꼽을 수 있는 常建, 王維, 劉昚虛, 綦毋潛, 孟浩然, 儲光羲, 祖咏, 盧象, 韋應物, 劉長卿 등이 쓴 시가 지닌 청담하고 맑은 기운에 대한 개별적 평어를 남겨놓고 있

어 자연시 창작과 연관된 개별 시인의 특성을 살필 수 있는 자료가 된다. 이외에는 唐代에 나온 평론서에서 자연시와 연관된 전문적인 평가를 찾기는 어려운 상황이다.

晚唐代 이후로 가면서 唐代 자연시파 시인들이 서로 비슷한 예술 풍격을 지향했던 면모와 唐代 자연시가 東晉의 陶淵明과 晉宋 교체기의 謝靈運, 齊梁의 謝朓 등을 얼마나 계승하고 발전시켰는가 하는 문제들을 주목한 의견들이 나오게 된다. 문학사적 측면에서 시인들의 계승 관계를 주목한 인식인데 이러한 인식은 唐代 자연시에 대한 본격적인 평가의 시작이라 할 수 있다. 그중에서도 初唐, 盛唐, 中唐, 晚唐의 각 시인들이 개인이나 유파 시인의 입장에서 자연을 주제로 한 시가를 창작한 것을 통시적으로 주목하고 본격적인 평가를 가한 것은 晚唐의 司空圖가 처음이었다고 할 수 있다. 司空圖는『司空表聖文集』卷1「與王駕評詩書」에서 唐詩史的 측면에서 자연시의 특성을 주목한 평어를 다음과 같이 남겨놓고 있다.

> 國初에 主上께서 문장을 애호하니 雅風이 특히 성하게 되었다. 沈・宋이 처음 흥기시킨 이후 江寧(王昌齡)이 뛰어났고 넓고 거침없음은 李・杜에 와서 극에 달했다. 王右丞과 韋蘇州의 (詩는) 趣味가 맑고 그윽해서 마치 맑은 물이 그 속에 흘러가는 것 같다.(國初, 主上好文章, 雅風特盛, 沈・宋始興之後, 傑出于江寧, 宏肆于李・杜極矣. 右丞, 蘇州趣味澄夐, 若清沇之貫達)

唐詩의 발전을 논하면서 시가 형식의 틀을 확립한 初唐의 沈佺期와 宋之問의 공을 거론한 후, 풍격적인 면에 있어 王昌齡의 氣格과 李・杜의 넓고 거침없는 시풍을 칭찬하였으며, 이어 王維와 韋應物의 시가 지닌 특별한 풍격에 주목을 가하였다. 司空圖가 시가의 형식이나 풍격을 구분하거나 특별히 자연시와 연관된 명칭을 사용한 것은 아니었지만 자연 정경에 대한 묘사를 주로 했던 王維와 韋應物의 시가 지닌 그윽한 의경을 주목하여 설명을 가하였다는 점에서는 의미가 있다. 이와 연관하여 司空圖가『司空表聖文集』卷2「與李生論詩書」에서 논한 평을 보면 자연시 창작에 공을 들였던 王維와 韋應物에 대한 좀 더 구체적인 의견이 실려 있다.

시가 六義를 관통하게 되면 풍유, 억양, 뜻을 간직함, 온화하고 아담함 등이 모두 그 사이에 있게 된다. 그런즉 이 경지에 이르러 시를 지었을 때는 그 격으로써 절로 奇特함을 얻게 된다. 전대 제가들의 시집을 (보면) 여기에 전적으로 힘을 들이지 않았으니 하물며 그 아래 있는 자들이랴! 王右丞과 韋蘇州의 (시는) 맑으면서도 精細하고 치밀하며 격이 그중에 있으니 어찌 시작하고 끝냄에 거칠 것이 있으리오(詩貫六義, 則 諷諭, 抑揚, 停蓄, 溫雅, 皆在其間矣. 然直致所得, 以格自奇, 前輩諸集, 亦不專工于此, 矧其下者耶. 王右丞, 韋蘇州澄澹精緻, 格在其中, 豈防於遵擧哉)

이 평어는 자연시 창작에 많은 공을 들였던 王維와 韋應物이 『詩經』 六義의 정신과 풍격을 이어받아 시를 창작하여 일가의 格을 지니고 있는 것으로 본 관점이다. 이른바 '시의 맛 너머에 있는 아름다움(味外之旨)'과 '운외의 경지(韻外之 致)'를 표방했던 司空圖가 시의 풍격을 논하는 문학론에서 위와 같이 평한 것은 王維와 韋應物의 자연시가 지닌 淸淡한 풍격을 주목한 것이 된다. 이와 같이 맑은 물의 흐름처럼 자연스럽고 담박한 풍격을 지니고 있는 자연시의 면모를 지적한 언급은 王維를 필두로 하여 맑고 그윽한 풍취로 자연을 묘사했던 唐代 淸澹詩派에 대한 주목과도 연결된다. 특기할 점은 司空圖가 王維와 韋應物을 함께 거론한 것이다. 이는 白居易가 韋應物을 陶淵明과 병칭함으로써[1] 자연시 창작에 있어 비슷한 성향을 지닌 시인들인 '陶韋'를 함께 인식하였던 것을 연상시킨다. 司空圖는 문학사를 통시적으로 보는 관점에서 王維와 韋應物이 전대의 청담한 시풍을 계승하면서 한아한 풍격으로 자연을 묘사한 시인들인 것으로 본 것이니 唐代 자연시와 연관하여 의미가 있는 언급이라 하겠다.

宋代에 와서는 北宋의 歐陽脩가 『六一詩話』를 통해 시인과 시가에 대한 논평을 가한 뒤로 宋代의 문인들은 100여 종의 詩話와 각종 論著를 통해 활발하게 詩評을 제시하게 되었다. 이에 따라 자연시를 창작한 시인들에 대한 평어

---

1 白居易는 『白氏長慶集』 卷6의 「自吟拙什因有所缺(스스로 어떤 부족한 요인을 노래함)」 시에서 "위응물과 도연명은, 나와 같은 시대 사람이 아니다. 이 밖에 또 누구를 아끼리오, 오직 원진이로다.(蘇州與彭澤, 與我不同時. 此外復誰愛, 唯有元微之)"라고 한 바 있고, 『同書』 卷7 「題 潯陽樓(심양루에서 짓다)」에서는 "늘 도연명을 아끼나니, 문사가 어찌 그리 높고 그윽한가. 또한 위응물도 기괴한 면이 있어, 시정이 역시 청아하고 한가롭다.(常愛陶彭澤, 文思何高玄. 又怪韋蘇州, 詩情亦淸閑)"라고 하며 도연명과 위응물을 병칭한 바 있다.

역시 각종 詩話에 등장하게 되는데 그 내용을 보면 각 자연시 시인들의 시가 소개, 자연시의 풍격, 자연시를 창작한 시인들을 연계한 품평, 자연시파 시인들의 우열론 등으로 되어 있어 다양한 면에서 평가가 이루어졌음이 발견된다. 자연시인들에 대하여 '山水田園詩派'라는 칭호를 쓰며 동류의 시인으로 묶지는 않았으나 자연 묘사에 뛰어난 성취를 이루었던 시인인 陶淵明·王維·孟浩然·韋應物 등의 시가가 서로 비슷한 예술 풍격을 지닌 점을 주목하여 언급하였던 晩唐代 문인들의 관점을 宋代에 와서 계승한 것이라 할 수 있다. 먼저 자연시의 흐름과 자연시파 시인들의 상호 계승 관계에 대해 가한 언급들을 살펴보기로 한다.

李杜 후에 시인이 계속 나왔는데 비록 중간에 운이 심원한 이가 있었어도 재력이 意趣에 미치지 못하였다. 오로지 韋應物, 柳宗元만이 纖穠함을 簡古하게 발하였고 그 시의 맛을 담박함에 이르게 했으니 다른 이들이 미칠 바가 못 되었다.(李,杜之後, 詩人繼出, 雖間有遠韻, 而才不逮意. 獨韋應物, 柳宗元發纖穠于簡古, 寄至味于澹泊, 非余子所及也)
　　　　　　　　　　　　　　　—『經進東坡文集事略』卷60「書黃子思詩集後」

王維, 韋應物은 모두 陶淵明에게서 배워서 자신의 시풍을 갖추게 된 것이다.(右丞, 蘇州, 皆學于陶王, 得其自在)
　　　　　　　　　　　　　　　　　　　　　　　—陳師道, 『後山詩話』

시가의 문사와 격조가 맑고 아름다운 것에 대해서는 鮑照와 謝靈運을 살펴보아야 하고, 正始 이래의 기풍이 섞인 문인으로는 마땅히 陶淵明을 살펴보아야 한다. 청원하고 한담한 면모를 보려면 응당 위응물, 유종원, 맹호연, 왕유, 가도 등을 살펴보아야 하는 것이다.(爲詩欲詞格淸美, 當看鮑照, 謝靈運. 混成而有正始以來風氣, 當看淵明. 欲淸深閑淡, 當看韋蘇州, 柳子厚, 孟浩然, 王摩詰, 賈長江)
　　　　　　　　　　　—胡仔, 『茗溪漁隱叢話』前集 卷2「雪浪齋日記」

詩律이 沈佺期·宋之問 이후로 나날이 매끄러워져 章句를 깎고 새기면서 억지로 뜻을 맞추고 부염함을 중히 하였으니, 비록 音韻이 곱고 조화가 있으나 對仗을 도모하며 綺麗하고 조밀하게 되어 한아하고 평담한 기운이 사라지게 되었다. 오로지 韋應物의 시만이 建安으로 달려 돌아갔으니 각 시마다 建安의 풍격을 얻었던 것이다.(詩律自沈,宋以後, 日益靡曼, 鎪章刻句, 揣合浮切, 雖音韻婉諧, 屬對麗密, 而閑雅平淡之氣不存矣.

獨應物之詩馳驟建安以還, 得其風格云)

　　　　　　　　　　　　　　　　　　　　—晁公武。『郡齋讀書志』

　　뒤늦게 柳宗元을 통해서 陶淵明을 알게 되었고, 일찍이 韋應物을 배워서 王維를 알 수 있었다.(晚因子厚識淵明, 早學蘇州得右丞)

　　　　　　　　　　　　　　　　　　　　—楊萬里, 「書王右丞詩後」

　　北宋의 蘇東坡는 「書摩詰藍田烟雨圖(王維의 남정연우도에 대하여 적다)」에서 王維의 시와 그림에 대하여 "마힐(王維)의 시를 음미하면 시 속에 그림이 있고, 마힐의 그림을 관찰하면 그림 속에 시가 있다(味摩詰之詩, 詩中有畵 ; 觀摩詰之畵, 畵中有詩)"라고 하면서 王維의 시가 시와 그림을 넘나드는 경지에 있음을 언급하는 등 唐代의 자연시파 시인들에 대하여 관심을 갖고 평가한 바 있다. 그가 韋應物과 柳宗元이 이루어낸 담박하고 자연스러운 경지를 평가한 구절은 韋應物과 柳宗元이라는 두 시인에 대한 평가이기도 하지만 이들 시인들에 의해 창작된 唐代 자연시가 지닌 청담하고 담박한 풍격을 주목한 의견이기도 하다. 아울러 陶淵明과 韋應物・柳宗元을 문학사적 맥락에서 조망하면서 같은 시풍의 시, 즉 산수 전원의 미학을 구현한 시를 창작한 시인들로 보는 관점을 투영한 의견인 것이다.

　　北宋 陳師道의 평어 역시 자연시 창작의 흐름을 통시적으로 보는 관점에서 王維와 韋應物 시가의 연원을 陶淵明에게서 찾은 것이다. 王維와 韋應物이 陶淵明을 흠모하며 그 시풍을 배우며 한담한 경지를 펼쳐냈던 것을 주목한 제가들이 평과 맥을 같이하고 있다.

　　宋代의 胡仔는 『苕溪漁隱叢話』를 통해 『詩經』, 漢魏六朝, 陶淵明, 李白, 杜甫, 韓愈, 蘇東坡, 黃庭堅에 이르기까지 여러 선인들의 평론을 정리한 바 있다. 위에서 언급한 『苕溪漁隱叢話』前集 卷2에서 「雪浪齋日記」를 인용하며 쓴 평어를 보면 胡仔는 韋應物, 柳宗元, 孟浩然, 王維, 賈島 등의 唐代 시인들을 전대 시인 중 鮑照, 謝靈運, 陶淵明 등과 연계하여 언급하였음이 발견된다. 비록 직접적으로 '自然詩'나 '山水田園詩'라는 명칭을 쓰지는 않았지만 '맑고 아름다움(淸美)', '正始의 竹林七賢이 보여준 자연에서 소요하는 기풍(正始以來風氣)', '청원하고 한담한 흥취(淸深閑炎)' 등의 기준으로 시가의 풍격을 분류한 것이 시선을 끈다. 예거된 시인들의 면면을 볼 때 실제적으로는 자연시파 시인들에 대한 평가라는 것을 알 수 있겠다. 자연 묘사를 많이 했던 시인들이 지녔던 공통적인 특징에 주목하면서 陶謝와 王孟韋柳 등이 추구했던 자연 산수 묘사의 가치를 강조한 분류와 평가인 것이다.

晁公武의 唐代의 시가가 화미함을 추구하는 중에 韋應物이 建安風格을 계승하였다는 의견은 唐代 시가를 통시적인 관점에서 본 평가이다. 唐初에 沈·宋이 齊梁의 유미시를 발전시켰고 大曆 시기에 大曆十才子가 綺麗한 시가를 창작하여 화미한 흐름을 이어갔으나 韋應物만큼은 王孟의 시풍을 잇는 閑淡한 자연시를 창작하였고 백성의 고통을 반영한 비분강개한 의지를 시가에 투영하며 시류와 영합하지 않는 창작을 하였던 것을 주목한 의견이 된다. 자연 묘사에 주력하면서 시사에 대한 의지도 굽히지 않았던 韋應物을 建安風格을 창출해낸 시인으로 높이 평가한 것을 알 수 있다.

南宋의 楊萬里가 "뒤늦게 柳宗元을 통해서 陶淵明을 알게 되었고, 일찍이 韋應物을 배워서 王維를 알 수 있었다."라고 한 의견 역시 자연시파 시인인 陶淵明, 王維, 韋應物, 柳宗元 등을 개괄한 관점에서 나온 것이다. 이들 자연시파 시인들은 서로 영향 관계에 있으며 柳宗元과 陶淵明, 韋應物과 王維 등이 서로 계승 관계를 가지면서 유사한 시풍을 창출했음을 언급한 것으로, 다소 주관적인 관점이 섞여 있으나 자연시에 매진했던 각 시인들의 공통적인 풍격을 주목하였다는 점에서 의미가 있다 하겠다.

宋代에 나온 평어 중 특기할 점은 자연시를 창작한 시인들을 연계한 품평이나 자연시파 시인들에 대해 우열을 논한 언급이 나왔다는 점이다. 본격적으로 시인들을 상호 비교하고 우열에 관한 품평을 가한 것은 蘇軾으로부터 시작된 셈인데, 蘇軾은 자연시 창작에 힘을 쏟았던 韋應物과 柳宗元을 상호 비교하는 의견을 다음과 같이 제시한 바 있다.

柳宗元의 詩는 陶淵明 아래 있고 韋應物의 위에 있다. 韓退之는 호방하나 奇險함
이 지나쳐서 온화하고 아름답고 정심함에 있어서는 이들 자연시인들의 시에 미치지

못한다. 枯淡이 귀하다고 일컫는 연유는 枯淡한 시가 밖은 메말랐으면서도 안쪽은 기름지고, 담담한 것 같으면서도 사실은 아름답기 때문인데, 陶淵明과 柳宗元의 시가 그러한 종류이다. 만약에 안과 겉이 다 枯淡하다면 또 무슨 말할 값어치가 있겠는가.(柳子厚詩, 在陶淵明下, 韋蘇州上. 退之豪放奇險則過之, 而溫麗精不及也. 所貴乎枯淡者, 謂其外枯而中膏, 似淡而實美, 淵明, 子厚之流是也. 若中邊皆枯淡, 亦何足道)

— 蘇軾, 『東坡題跋十七則』「評韓柳詩」

　　陶淵明과 韋應物·柳宗元을 같은 풍격의 시를 지은 시인들로 보고 陶, 柳, 韋의 순으로 우열을 평한 의견이 된다. 실제로 누가 더 우수한가 하는 질문은 차치하고 蘇東坡에 의해 자연시를 창작한 시인들이 함께 언급되고 中唐代 韋應物과 柳宗元을 같은 풍격의 시를 창작한 것으로 인식하여 '韋柳'로 병칭하기 시작한 점이 주목된다. 韋應物의 시는 大曆 시기의 청담함이 쇠미해진 시가 풍조 속에서 陶淵明의 '沖和'를 얻어 '淸淡'한 풍격을 계승 발전시키는 성과를 이루어냈다. 또한 柳宗元의 시는 元和 시기의 아름답고 險怪한 시풍을 숭상하는 풍조 속에서 陶淵明의 '峻潔'한 측면과 謝靈運, 杜甫 등의 필법을 수용하여 청담하면서도 유려한 필치를 작품 속에 투영시켰다. 그러한 측면을 주목했던 蘇東坡의 의견을 필두로 후대로 가면서 자연시를 창작한 시인들에 대하여 盛唐의 '王孟'처럼 中唐의 '韋柳'도 자연스럽게 병칭되게 되었고, 이후 '陶謝', '王孟', '韋柳', '王韋' 등의 병칭어가 나타내듯 자연시인들을 비교하고 그들 작품에 대한 비교와 우열을 가리려는 논쟁은 마치 '李杜'의 우열론처럼 후대로 이어가며 계속 이어지게 된다. 자연시 창작에 있어 비슷한 풍격의 작품을 지어낸 시인들을 거론하며 그들의 특성을 비교 분석하고자 하는 관점에서 나온 시도라 하겠다.

　　劉辰翁의 다음 평어 역시 비교적인 관점에서 孟浩然과 韋應物을 언급한 것이다.

　　이루기 어려운 시가의 표현을 하는 데 있어서는 孟浩然이 뛰어난 경지에 있으니, 의도적으로 그리기보다는 그저 흥취만 탈 뿐이다. 韋應物은 孟浩然보다 뒤져 있으나 담박한 면은 오히려 孟浩然을 능가한다. 또한 韋應物이 관리로 있을 때는 스스로 부끄러워하고 고민하며 백성을 긍휼하게 여기는 마음을 지니고 있었다. 그 시는 마치 깊은 산에서 약초를 캐고 샘물을 마시며 바위에 앉아 하루를 즐거워하고 돌아갈 것을 잊는 듯하였다. 孟浩然은 마치 매화와 버들을 찾아가며 그윽한 절에 들어가는 것 같았으니 두 사람의 의취는 서로 비슷했으나 시가에 이입하는 방향은 서로 달랐던 것이다. 韋詩의 좋은 부분은 바위와 같고 孟詩는 눈과 같은데 비록 담백하고 무채색이지만 가벼운 생각이 존재함을 면치 못하였다.(生成語難得, 浩然詩高處, 不刻畵, 只似乘興, 蘇州遠在其後, 而詹復過之. 又, 韋應物居官, 自愧悶悶, 有恤人之心. 其詩如深山採藥, 飮泉坐石, 日宴忘歸. 孟浩然如訪梅問柳, 遍入幽寺. 二人趣意相似, 然入處不同. 韋詩潤者如石, 孟詩如雪, 雖淡無彩色, 不免有輕盈之意)

— 劉辰翁, 「孟浩然集」 跋

劉辰翁은 孟浩然의 시가 청신하고 한아한 표현을 하는 중에도 일신의 비애감을 떨쳐버리지 못한 면을 예리하게 본 것 같다. 이에 비해 韋應物은 세상의 소욕을 벗어버린 채 담백한 의경을 추구했고 관직에 있을 때는 백성과 시사에 대한 책임의식을 가지고 있었다고 보았다. "韋詩의 좋은 부분은 바위와 같고 孟詩는 눈과 같다."라고 한 언급은 韋應物의 자연시는 담백하면서도 의연한 기풍을 지니고 있고, 孟浩然의 자연시는 얼핏 보아서는 소욕을 배제한 무채색의 투명한 경지를 지닌 것 같지만 그 속에 본인의 생각이 자리 잡고 있어 표일한 면모를 발하기에는 다소 부족하다고 본 의견인 것이다.

許顗의 다음 평어는 杜甫의 말을 인용하여 王維와 孟浩然에 대한 평가를 가한 언급이다.

孟浩然과 王維의 시는 李白과 杜甫 다음으로는 마땅히 제일이다. 杜甫의 시에서 이르길, '왕유만 한 이는 보지 못했다'라고 하였고 또 이르길 '나는 孟浩然을 아낀다'라고 하였다. 모두 두루 알려진 언급인 것이다.(孟浩然, 王摩詰詩, 自李杜以下, 當爲第一. 老杜詩云: '不見高人王右丞', 又云: '吾憐孟浩然'. 皆公論也)

— 許顗, 『彦周詩話』

盛唐 자연시의 성취를 최고조에 이르게 한 두 시인을 주목한 평가이다. 특히 이들 시인을 평가함에 있어 杜甫가 한 언급을 인용하여 객관성을 높이고자 한 면이 눈길을 끈다.

宋代를 내려가며 형성된 이와 같은 역대 자연시와 자연시인에 대한 평가는 宋代 문인들이 자연시가 고유의 특색을 지닌 주제이며 각 시인들 역시 확고한 위상을 가진 존재라는 것을 인식하고 있었음을 증명하는 내용이라고 할 수 있다. 南宋의 嚴羽가 시가 작품의 風格을 논하면서 唐代 자연시파 시인의 시체를 분류하여 주목을 가한 것은 이를 반증하는 것이다.

(詩體로는) 王維의 시체, 孟浩然의 시체, 韋應物의 시체, 柳宗元의 시체가 있다.(王右丞體, 孟浩然體, 韋蘇州體, 柳子厚體)
—『滄浪詩話』「詩體」

唐代 시인 중 걸출한 자연시를 창작해낸 네 명의 시체를 특별히 거론함으로써 자연시라는 공통의 풍격을 창출한 시인을 주목한 것이다. 비록 정확하게 '自然詩'나 '山水田園詩'라는 명칭을 쓰지는 않았지만 자연 묘사를 하는 데 있어 비슷한 정서와 풍격을 창출한 시인들을 분류하고 하나의 유파 시인으로 보는 관점을 형성하는 계기가 되었다는 점에서는 중요하다 하겠다. 특히 唐代 자연시 창작에 공이 컸던 시인들인 王維, 孟浩然, 韋應物, 柳宗元에 대해 우열을 언급한 蘇軾의 평가를 필두로 南宋의 嚴羽가 『滄浪詩話』「詩體」에서 가한 이 四家에 대한 평가는 唐代 자연시의 특징을 구분하는 데 중요한 기준이 된다. 후대로 가면서 더욱 많은 의견의 첨가를 거치게 되고 淸代에 이르러서는 '王孟韋柳'로 병칭되는 唐代 자연시 四家論의 성립으로까지 이어지게 되는 것이다.

金代와 元代에 이루어진 자연시에 관한 평론은 金代와 元代 시단의 상대적 열세로 인해 그 수가 많지 않은 편이다. 金은 무력으로 北宋을 정벌하였으나 문화적으로는 北宋의 연장에 있었으므로 시문의 평가 또한 아무래도 宋代 제가의 영향 아래에서 전개되지 않을 수 없었을 것이다. 金代에 와서 蘇東坡와 비견되는 명성을 누리면서 詩詞의 대가로 꼽혔던 元好問이 五言詩의 風雅를 논한 구절을 살펴본다.

五言이 (형성된) 이래로 六朝의 陶淵明과 謝靈運, 唐의 陳子昂, 韋應物, 柳子厚가 가장 風雅에 근접하였다.(五言以來, 六朝陶謝, 唐之陳子昂, 韋應物, 柳子厚最爲近風雅)
—『遺山先生文集』卷36「東坡詩雅引」

元好問은『論詩絶句』三十首를 지어 漢魏 古詩로부터 宋代 시인에 이르기까지 비평을 가한 바 있는데 이는 杜甫의 「戲爲六絶句」에 기초하여 작가에 대한 형량을 가한 것이다. 元好問은 작가들의 품평에 있어 '威骨'과 '高古'를 중시하였고 비장한 시풍을 표방하고 있었다. 위에서 가한 평은 그러한 평가 의식과 蘇東坡의 '韋柳'論, 劉克莊의 五言古詩 중의 風雅性 이론 등의 이해를 바탕으로 하여 나온 것인데 언급한 陶淵明과 謝靈運, 唐의 陳子昂, 韋應物, 柳子厚 중에서 陳子昂을 제외하고는 모두 자연시를 창작한 인물이라는 점에서 특기할 만한 평가라 할 수 있다.

元代의 문인 方回와 劉復이 唐代 자연시인에 대해 가한 다음 평가를 보면 中唐 韋應物과 柳宗元을 함께 거론함으로써 '韋柳 병칭론'의 맥락에서 의견을 개진하였음이 발견된다.

> 柳宗元의 시는 정밀함이 뛰어나고 공력이 세밀하여 고체가 특히 뛰어나다. 世人들이 '韋柳'로 병칭하는데 韋應物의 시는 담담하면서도 완만하고 柳宗元의 시는 빼어나면서도 굳건하다.(柳柳州詩, 精絶工緻, 古體尤高. 世言韋柳, 韋詩淡而緩, 柳詩峭而勁)
>
> ─ 方回,『瀛奎律髓』卷4「風土類」

> 柳宗元의 시를 世人들이 韋應物과 병칭하지만 柳宗元의 세밀함은 韋應物의 蕭散하고 자연스러움에 미치지 못한다.(柳子厚詩, 世與韋應物並稱, 然子厚之工緻, 乃不若蘇州之蕭散自然)
>
> ─ 劉復,『唐音癸籤』卷7

두 사람의 評이 모두 '韋柳'를 함께 고찰하며 그 유사한 풍격에 대한 변별을 시도하고 있는 것이 눈길을 끈다. 자연시를 창작한 시인들에 대한 주목과 관심에서 이루어진 평가이며 宋代의 평과 비교할 때 주목할 만한 이견을 제시한 평가는 아닌 것이라 하겠다.

明代에 들어와서도 唐代 자연시에 대한 평가는 다양하게 이루어졌다. 明代는 시문이 의고의 풍조에 사로잡혀 독창성이 희박한 시대였으나 문학이론 비평은 오히려 활발하게 개진되었고 여러 가지 유파가 선명한 의견을 내세웠던 시기라 할 수 있다. 明代의 문인들은 '復古'를 주장하거나 '新變'을 숭상하면서 그들 간에 격렬한 논쟁을 실시하기도 하였는데 이 점 역시 明代 문학의 한 특색이라 할 수 있을 것이다. 그러나 唐代 자연시에 대한 시평은 대체로 宋代 評論에 대한 보완과 절충의 선에서 이루어지고 있었다. 그 내용을 보면 전체 시가사상 자연시를 지은 시인들의 특성 거론, 자연시를 창작한 시인들을 연계한 품평, 자연시파 시인들의 우열론 등으로 되어 있어 역시 다양한 면에서 평가가 이루어졌음을 알 수 있다.

먼저 高棅이 唐代 詩歌史를 통시적으로 기술하면서 자연시를 창작한 시인들을 강조하여 언급한 부분을 보자.

> 開元·天寶 연간에는 李白의 표일함과 杜甫의 침울함, 孟浩然의 청아함과 王維의 세밀하고 정밀함, 儲光義의 진솔함이 있었고 王昌齡의 뛰어난 성률과 高适·岑參의 비장함, 李頎·常建의 초월하고 비범함이 있었는데 이는 盛唐 시대 인물들의 뛰어난 점이다. 大曆·貞元 연간에는 韋應物의 아담함과 劉禹錫의 한아하고 광달함, 錢起와 郎士元의 청담함, 皇甫之의 빼어남, 秦公緖의 산림에서 지은 작과 李從一이 대각에서 지은 작품들이 있는데 이는 中唐의 부흥인 것이다. 그다음 元和 연간에 이르러는 柳宗元의 빼어난 복고가 있었고, 韓愈의 문사의 드넓음이 있었으며, 張籍과 王建의 악부가 내용을 진실한 내용을 담고 있었고, 元積과 白居易는 시사를 펼침에 있어 공력을 들임이 뚜렷했다. 무릇 李賀와 盧소의 기괴함과 孟郊와 賈島의 飢寒은 晚唐의 變調라 하겠다.(開元天寶間則有李翰林之飄逸, 杜工部之沈鬱, 孟襄陽之淸雅, 王右丞之精致, 儲光義之眞率, 王昌齡之聲俊, 高适岑參之悲壯, 李頎常建之超凡, 此盛唐之盛者也. 大曆貞元中則有韋蘇州之雅澹, 劉隨州之閑曠, 錢, 郎之淸贍, 皇甫之沖秀, 秦公緖之山林, 李從一之臺閣, 此中唐之再盛也. 下曁元和之際, 則有柳愚溪之超然復古, 韓昌黎之博大其詞, 張, 王樂府, 得其故實, 元, 白序事, 務在分明, 與夫李賀, 盧소之鬼怪, 孟郊, 賈島之飢寒, 此晚唐之變也)
>
> —高棅, 『唐詩品彙』「總敍」

高棅의 이 언급은 唐代 시인 전체에 대한 조망인데 그중에서 자연시를 창작한 시인들의 창작 특성을 정확하게 짚고 있는 것은 특별히 주목할 만한 부분이다. 孟浩然의 '淸雅', 王維의 '精致', 儲光義의 '眞率', 韋應物의 '雅澹' 등은 모두 자연시의 풍격을 대변하는 평어로서 그간에 이루어진 이들 시인의 정체성에 대한 평가의 재확인이며 이 시인들이 자연을 묘사한 시가를 통해 각자 특징적인 성취를 이루었음을 주목한 것이다.

胡應麟은 『詩藪』에서 陶謝를 필두로 하여 그 시풍을 계승한 唐代 시인들을 별도로 분류한 바 있다. '자연시'나 '산수전원시'라는 표현을 통해 시인을 구분한 것은 아니지만 '淸'자를 통해 동일한 풍격을 지향한 시인군으로 기술한 것은 특기할 만할 점이라 하겠다.

詩에서 가장 귀한 것은 '맑음(淸)'이다. 그러나 맑음(淸)에는 각기 다른 경지가 있으니 격조가 맑은 것이 있고, 생각이 맑은 것이 있으며, 재주가 맑은 것이 있다. 재주가 맑은 이로는 王維, 孟浩然, 儲光羲, 韋應物 같은 부류의 시인들이 있다.(詩最可貴者淸, 然有格淸, 有調淸, 有思淸, 有才淸. 才淸者, 王孟儲韋之類是也)

— 胡應麟, 『詩藪』 「外篇」 卷4

陶淵明은 淸遠하고, 謝靈運은 淸麗하며, 張九齡은 淸淡하고, 孟浩然은 淸曠하며, 常建은 淸僻하고, 王維는 淸秀하며, 儲光羲는 淸適하고, 韋應物은 淸潤하며, 柳宗元은 淸峭하다.(靖節淸而遠, 康樂淸而麗, 曲江淸而澹, 浩然淸而曠, 常建淸而僻, 王維淸而秀, 儲光羲淸而適, 韋應物淸而潤. 柳子厚淸而峭)

— 胡應麟, 『詩藪』 「外篇」 卷4

예거된 시인들은 陶淵明과 謝靈運의 맥을 이어 唐代에 와서 청담한 시를 창작했던 이른바 '淸澹詩派' 시인들로서, 張九齡 이하 孟浩然, 王維, 儲光羲, 常建, 韋應物, 柳宗元 등은 시가 창작에 있어 '淸'자로 대변되는 풍격을 공통적으로 추구한 인물들이었다고 본 것이다. 이러한 언급에 따라 唐代에 자연시를 창작한 문인들에 대하여 이른바 '淸澹詩派'로 구분하고 정리하게 되는 중요한 계기를 맞게 되었다. 그간 산발적으로 언급되던 자연시인들을 전체적인 흐름에 따라 언급하고 이들을 하나의 유파로 간주하는 계기가 되었다는 점에서 의미를 지닌다 하겠다.

胡應麟은 또한 唐代 五言律詩의 성황을 언급하면서 시가의 기교에 대해 '典麗精工'과 '淸空閑遠'의 두 가지 기준을 통한 비교를 시도한 바 있다.

五言律詩는 唐代에 극성하였다. 그 큰 틀을 요약하자면 역시 두 가지의 격이 있다. 陳子昻, 杜甫, 沈佺期, 宋之問 등의 전아하고 공교함과 王維, 孟浩然, 儲光羲, 韋應物

등의 청공하고 한원함이 그 대강인 것이다.(五言律體, 極盛于唐. 其要大端, 亦有二格：陳,
杜, 沈, 宋, 典麗精工；王, 孟, 儲, 羲, 韋, 淸空閑遠, 此其大槪也)

— 胡應麟, 『詩藪』「內篇」卷4

　　唐代에 와서 五言律詩는 기틀을 확고히 다지면서 극성하게 되었는데 이 점
에 있어서 陳子昻, 杜甫, 沈佺期, 宋之問 등은 정려한 표현을 통해 시가의 기교
를 높여낸 공로가 있고, 王維, 孟浩然, 儲光羲, 韋應物 등은 시가의 풍격을 청공
하고 한담하게 창출해낸 공이 있는 것으로 본 의견이다. 특히 王維, 孟浩然, 儲
光羲, 韋應物 등의 자연시인들은 자연시의 비조인 陶淵明과 謝靈運이 五言詩의
창작을 통해 맑고 한담한 기운을 담아낸 것을 계승하여 五言律詩를 통해 청신
한 시가 창작을 이루었다는 것을 생각해볼 때 의미 있는 언급이라 하겠다.

　　다음 吳訥의 평 역시 五言古詩의 창작과 연관된 언급이다. 표면적으로는『詩
經』으로부터 시작된 詩體에 관한 이야기지만 그 내용을 보면 陶淵明을 필두로
하여 후대의 어떤 시인이 五言古詩의 창작을 잘 이어나갔는가에 대한 평가를
가한 것임을 살필 수 있다.

　　五言古詩는 실로 『詩經』의 國風과 雅, 頌의 뒤를 이었다. 蘇武 · 李陵의 天成과 曹
植 · 劉楨의 스스로 얻어냄으로부터 陶淵明의 높은 풍취와 한일한 여운에 이르기까
지는 더할 나위 없이 뛰어났다 하겠다. 三謝 이래로 내려오면서 正音이 나날이 쇠미
해져갔다. 唐에 들어와 沈佺期 · 宋之問이 近體로 변형시키니 陳子昻이 힘써 復古의
作을 지었다. 李 · 杜에 이르러는 그 풍격이 다시금 나왔으므로 이때 詩道는 크게 흥
하고 시를 짓는 이는 나날이 흥성하게 되었다. 그러나 그간에 있어 무릇 음절의 아름
답고 유창함과 辭意가 뒤섞이게 됨을 구함이 있게 되었으나, 절묘한 소리를 통해 陶
淵明 이래의 광활한 틈새를 채워 넣기에 족한 이로는 오직 韋應物과 柳子厚만이 그
러하였다 하겠다.(五言古詩, 實繼國風雅頌之後. 若蘇李之天成, 曹劉之自得, 以至陶靖節之高風
逸韻, 蓋卓卓乎不可尙焉. 三謝以降, 正音日靡. 唐興沈宋變爲近體, 至陳伯玉始力復古作, 迨李杜復
出, 時道大興而作者日盛矣. 然於其間求夫音節雅暢辭意渾融, 足以繼絶響而闖淵明之閫域者, 唯韋
應物柳子厚爲然爾)

— 吳訥, 『皇明文衡』卷43「晦庵詩抄序」

　　五言詩가 "(4언을 기본으로 한)『詩經』의 國風과 雅, 頌의 뒤를 이었다."라고 한

것은 시체의 문제가 아니라 시가 정신의 계승임을 언급한 것이다. "三謝 이래로 正音이 나날이 쇠미해져갔다."라는 말의 의미는 三謝가 자연시를 창작하기는 했으되 때로 유려한 필치를 통해 산수시를 정련했으므로 질박한 전원시를 썼던 陶淵明과는 궤적을 달리한 것으로 본 것이다. 따라서 吳訥이 지적하고 있는 것은 공교한 시율이 담긴 자연시의 풍모가 아니라 복고의 풍골이 담긴 고체의 담박한 자연시인 것을 알 수 있겠고, 그러한 창작 관점을 바탕으로 唐代 陳子昻, 李·杜, 韋應物, 柳宗元 등을 뛰어난 성취를 이룬 시인이라고 보는 시각을 담고 있는 것이다. 자연시 창작에 공이 컸던 韋應物과 柳宗元을 東晉 陶淵明, 唐代 陳子昻, 李白·杜甫 등과 특별히 연계하여 부각시킨 것이 돋보인다.

明代에 행해진 자연시에 대한 평가를 보면 전대와 마찬가지로 자연시 창작의 연계적 관점에서 시인들에 대한 평을 가하거나 시인들의 상호 비교를 통한 품평을 가한 것이 역시 많았던 것을 알 수 있다. 明代 각 문인들이 唐代 자연시인에 대해 가한 평가를 예거하여 그 내용을 살펴보기로 한다.

李東陽은 당대 자연시를 보면서 후대 시인이 어떻게 陶淵明을 계승하였는가하는 점에 주목한 평을 남기고 있는데 그 역시 宋代 蘇東坡 이론의 연장선상에서 中唐의 자연시인 韋應物, 柳宗元 등을 병칭한 평을 남기고 있다.

> 陶詩는 詩質이 두터워 古詩에 가까우니 읽으면 읽을수록 그 신묘함이 보이는데 韋應物은 陶詩의 平易함을 조금 잃었고 柳宗元은 精緻하게 깎음이 너무 과했다. 세간에서는 陶韋 혹은 韋柳라고 하여 특별히 그들을 일렀다. 무릇 陶淵明을 배우는 자는 반드시 韋柳로부터 들어가야만 正이라고 할 수 있는 것이다.(陶詩質厚近古, 愈讀愈見其妙, 韋應物消失之平易, 柳子厚則過於精刻. 世稱陶韋, 又稱韋柳, 特槪言之. 惟謂學陶者須自韋柳而入爲正耳)
> —李東陽, 『麓堂詩話』 卷1

이 평은 陶淵明을 계승하여 자연시를 창작함에 있어 韋應物과 柳宗元의 각기 서로 다른 풍격을 창출한 면모를 지적한 것이다. 韋應物에 대하여는 陶淵明 전원시의 질박하고 평이한 면에 조금 못 미친다 하였고 柳宗元에 대하여는 자연시를 씀에 있어 과도한 조탁을 하였음을 지적하였다. 자연시 창작의 계승 관계에 있는 陶淵明과 韋應物을 병칭한 '陶韋'나 中唐代 자연시 창작의 성취를

함께 높였던 韋應物과 柳宗元을 병칭한 '韋柳'라는 표현은 이들에 대해 하나의
유파를 이룬 인물로 보는 관점을 반영한다. 그런데 여기서 "陶淵明을 배우는
자는 반드시 '韋柳'로부터 입문해야 한다."는 언급이 시선을 끈다. 이는 李東陽
이 前後七子에 앞서 복고 의식을 고취하며 唐詩를 숭상하고 宋詩를 배격한 인
물이었기에 唐詩 학습의 한 도경으로 陶淵明의 시를 이해하려 한 것으로도 생
각할 수 있겠다.

楊愼은 司空圖의 평을 인용하여 盛唐의 王維와 中唐의 韋應物을 연계한 평
을 남기고 있다.

> 司空圖는 詩를 論하여 말했다. "右丞(王維)과 蘇州(韋應物)의 시는 취미가 맑고 아
> 름다워 마치 맑은 물이 그 속에 흘러가는 것 같다. 大曆의 십여 명 문인들은 그다음
> 에 놓여진다." 또한 이르길 '王右丞, 韋蘇州는 澄淡하고 精緻하나 그중에 格이 있으
> 니 어찌 (그 詩들을) 모아 열거함에 거리낌이 있으리오"라고 하였다. 그 의견은 모두
> 옳다 하겠으며 右丞과 蘇州를 추존함은 심히 탁월한 견식으로 보인다. 晚唐에 있어
> (마음속에) 하나의 울림이 되기에 적합하다.(司空圖論詩云: '右丞, 蘇州趣味澄蔓, 若淸沈之貫
> 達. 大曆十數公, 抑于其次.' 又曰: '王右丞, 韋蘇州, 澄淡精緻, 格在其中, 豈防於周擧哉.' 其論皆
> 是, 而推尊右丞, 蘇州, 又見卓識. 宜其一鳴於晚唐也)
>
> —楊愼, 『升俺詩話』

이 의견은 당대 자연시의 대가인 王維와 韋應物을 병거하여 언급한 唐 司空圖
의 설을 인용한 것인데 宋代 이후 '韋柳'를 병칭하는 분위기 속에서 '王韋'를 언
급한 것이라 특히 시선을 끈다. 시가에 담긴 풍취가 물이 흐르듯 맑고 아름다우
며 담담한 중에 그윽한 격조를 담고 있음을 특별히 주목하였는데 이러한 시가는
晚唐 자연시의 창작을 계도하는 영향력을 지니고 있다고 본 의견인 것이다.

許學夷 역시 『詩源辯體』에서 자연시를 창작한 '韋柳'를 병칭하면서 陶淵明
계승에 있어서 韋應物과 柳宗元이 지닌 성과를 주목한 평을 가하고 있다.

> 唐人 중 오언고시의 기상이 넓고 원대한 이는 오로지 韋應物과 柳子厚뿐이다. 그
> 근원은 陶淵明에서 나왔으며 소산하고 충담함을 주로 하고 있다. 그러나 그 歸處를
> 요약해보면 唐體의 작고 편벽됨으로 돌아가는데 이 또한 마치 孔門에서 伯夷를 보는
> 것과 같다.(唐人五言古氣象宏遠, 惟韋應物, 柳子厚. 其源出于淵明, 以蕭散冲淡爲主. 然要其歸,

乃唐體之小偏, 亦猶孔門視伯夷也)

—許學夷, 『詩源辯體』

　자연시 창작이라는 큰 틀에서 볼 때 고체시를 통한 탈속의 전원 흥취를 구현한 陶淵明에 비하여 '韋柳'는 공히 唐體라는 시율의 한계성 안에서 창작을 가한 것으로 생각하였음을 살필 수 있다. 그러나 陶淵明과 비교해볼 때 唐代 '韋柳'의 시풍이 다른 풍격을 띠고 있는 것은 개인의 인생 역정과 서로 다른 시대 사조로 인한 것임을 생각하지 않을 수 없다.

　中唐 大曆末에서 貞元初까지 활동한 韋應物과 中唐 貞元末에서 元和 시기에 활동한 柳宗元의 창작은 韋應物 당시의 大曆十才子나, 柳宗元 당시의 韓愈·孟郊·元稹·白居易 등과 서로 다른 풍격을 갖고 자연 산수를 한아하게 그려냈다는 점에서 중요한 의의를 지녔다고 할 수 있다. 시대의 흐름에 구애받지 않고 陶淵明과 盛唐의 王孟을 계승한 길을 걸었다는 점에서 '韋柳'가 창작해낸 자연시는 특별한 의미를 지니고 있는 것이다.

　明代의 문인들 역시 唐代 자연시 시인들을 상호 비교하며 품평을 가하기도 하였다. 여러 시인에 대한 평가 중 李東陽, 王世貞, 鐘惺 등이 王維와 孟浩然을 중심으로 가한 언급을 살펴보기로 한다.

　　唐詩는 李杜 이외에 王維와 孟浩然을 족히 대가로 칭할 만하다. 王維의 시는 화미하지 않은데, 孟浩然은 오히려 전심으로 고담함을 추구하여 유원하고 깊으므로 절로 차갑고 메마른 병이 없었다. 이로부터 말할진대 (王維보다) 孟浩然이 더 뛰어나다고 할 수 있다.(唐詩李杜之外, 王摩詰, 孟浩然足稱大家. 王詩豊縟而不華靡, 孟却專心古澹, 而悠遠深厚, 自無寒儉枯瘠之病. 由此言之, 則孟爲尤勝)

—李東陽, 『麓堂詩話』

　　王維의 재능은 孟浩然을 능가하니 흔적을 남기지 않으면서도 가구를 만들어낸다. … 孟浩然은 생각을 함에 있어 극도로 애를 썼는데 그로부터 초연한 경지를 이미 얻어냈다. 皮日休는 그 가구를 본뜨려 했으니 진실로 옛 시인과 잘 부합하였다.(摩詰才勝孟襄陽, 不犯痕迹, 所以爲佳. … 孟造思极苦, 旣成乃得超然之致. 皮生擷其佳句, 眞足配古人)

—王世貞, 『藝苑巵言』卷4

王維와 孟浩然은 서로 병칭되지만 필경 王維가 孟浩然보다 뛰어나다. 王維는 孟浩然의 재능을 겸할 수 있어도 孟浩然은 王維를 겸할 수 없다.(王孟並稱, 畢竟王妙于孟. 王能兼孟, 孟不能兼王也)

—鐘惺, 『唐詩歸』 卷8

儲光羲의 시는 맑은 골기와 신령한 마음이 있어 王維와 孟浩然에 뒤지지 않는다. 한 편의 침착하고 순박한 기운을 내면에 싸놓았어도 얼핏 눈치 채지 못하게 하였으니 사람들이 곧바로 맑고 신령한 것을 살피지 못한다. 이것은 소위 시문의 기묘한 쓰임인 것이다. 시에는 감추는 것도 있고 드러내는 것도 있는데, 儲光羲는 그 모두를 함께 갖추고 있다.(儲詩淸骨靈心, 不減王孟. 一片沈淳之氣, 裝裹不覺, 人不得直以淸靈之品目之. 所謂詩文妙用. 有隱有秀, 儲蓋兼之矣)

—鐘惺, 『唐詩歸』 卷7

역대 비평가들이 이처럼 王維와 孟浩然에 대하여 상호 비교의 개념을 갖고 수많은 언급을 가한 것은 이들의 시가 풍격이 唐代 자연시를 대표하는 하나의 준거가 되기 때문이다. 鐘惺이 『唐詩歸』 卷7에서 儲光羲 시에 대한 평가를 하면서도 역시 王維와 孟浩然을 비교 대상으로 삼았는데 이는 각 시인들을 평가할 때 唐代 시단에서 부동의 위치를 차지한 王孟과 비교함으로써 평가의 객관성을 높일 수 있다고 보았기 때문일 것이다. 이처럼 자연시는 淸澹하고 閑雅한 경지로 다른 시가와 구별된 평가를 받고 있을 뿐 아니라 唐代의 개별 자연시 작가들 역시 하나의 기준이 될 정도로 뛰어난 성취를 이루어냈다고 보는 것이 明代 평론가의 시각이었다. 明代에 행해진 이러한 개별 시인에 대한 평가는 결국 唐代 자연시 시인 중 '王孟韋柳'를 四大家로 확립하며 자연시 품평의 한 기준으로 간주하는 결과로 이어졌다고 볼 수 있겠다.

淸代는 중국 고전문학 사상 최후의 시기로 과거 문학의 최종 결산기라고도 할 수 있는 시기였다. 考證學의 성행으로 그동안 등장했던 중국 문학의 각종 양식이 淸代에 들어와 재삼 검토되고 창작되었으며 詩文批評 또한 전대 성과를 총괄한 전반적이고도 실증적인 검토와 이에 따른 제가의 논의에 따라 진행되었다. 전통적인 시문 비평에 대한 반론이 대두되기도 하였으나 淸代의 평가

는 대체로 답습과 계승에 편중하고 있으며 창조적 견해가 부족한 면을 보이기
도 하였다. 淸代에 이루어진 唐代 자연시에 대한 평가는 詩歌史의 흐름 속에서
각 시가와 시인의 의미를 살펴본 것이 가장 많았는데 주로 宋代·明代의 이론
에 대한 재평가의 기조에서 이루어진 것이 대부분이었다. 또한 시가 창작의 계
보와 흐름을 중시하는 인식을 바탕으로 陶淵明을 어떻게 계승하였는가와 唐代
자연시인 중 王·孟·韋·柳를 중심으로 한 평가에 관심이 많았음을 살필 수
있다. 자연시에 대한 인식이 기본적으로 唐代 四大 자연시인에 대한 평가의 틀
속에서 이루어지고 있었던 것이다.

淸代의 여러 평어 중 먼저 陶淵明을 자연시 창작의 영수로 보고 통시적인 관
점에서 陶淵明을 계승하여 자연시를 창작한 문인들을 거론한 언급들을 살펴보
기로 한다.

五言古詩는 陶靖節을 극점으로 하나 후인들이 가볍게 모방만 하므로 (陶淵明의 眞趣
를) 얻지 못하는 것이다. 王孟韋柳는 비록 陶淵明과 가까우나 역시 각기 자신의 본색
을 갖추고 있다.(五言古以陶靖節爲極, 但後人輕易模倣不得. 王孟韋柳雖與陶韋近, 亦各具其本色)
— 李重華, 『貞一齋詩說』 「詩談雜錄」

唐代 시인 중 陶淵明에 가까운 자로 儲光羲, 王維, 孟浩然, 韋應物, 柳宗元 등이
있는데 그들은 우아하고 빼어난 법도, 소박하고 풍성한 본색, 한아하고 그윽한 정신,
담백하고 대범한 기운, 풍부하고 오래가는 맛 등으로 각기 한두 가지 장점을 갖고 있
어서 모두 명가로 불리기에 족하나 종래에는 陶淵明에 미치지 못한다. 陶詩 중의 우
아하고 빼어남, 소박하고 풍성함, 한아하고 그윽함, 담백하고 대범함, 풍부하고 오래
감 등의 여러 신묘한 경지는 모두 진솔한 중에 흘러나온 것이어서 소위 '마음을 다
해 말을 하면 다른 이도 족히 쉽게 얻는 경지'이다.(唐人詩近陶者, 如儲, 王, 孟, 韋, 柳諸
人, 其雅懿之度, 朴茂之色, 閑遠之神, 澹宕之氣, 雋永之味, 各有一二, 皆足以名家, 獨其一段眞率處,
終不及陶. 陶詩中雅懿, 朴茂, 閑遠, 澹宕, 雋永, 種種妙境, 皆從眞率中流出, 所謂'稱心而言, 人亦易
足'也)
— 賀貽孫, 『詩筏』 「自序」

陶詩는 가슴이 넓고 시원한 맛이 있는데 그 속에 깊고 순박함을 간직한 그 경지에
는 가히 이르기가 어렵다. 唐代 시인 중 이를 따라 시를 쓴 이가 있는데 王維는 그
청유함을 갖고 있고, 孟浩然은 그 그윽하고 한가로운 경지를 갖고 있으며, 儲光羲는

그 소박함을 갖고 있고, 韋應物은 그 충담함을 갖고 있으며, 柳宗元은 빼어나게 맑음을 지니고 있으니 모두 陶淵明을 배웠으되 그 성품에 따라 얻기 쉬운 것을 얻은 것이다.(陶詩胸次浩然, 其中有一段淵深朴茂不可到處. 唐人祖述者, 王右丞有其清腴, 孟山人有其閑遠, 儲太祝有其朴實, 韋左司有其冲和, 柳儀曹有其峻潔, 皆學焉而得其性之所近)

— 沈德潛, 『說詩晬語』 卷上

陶淵明의 시는 청원하면서도 한아하니 본색을 갖춘 것이다. 그러나 그중에 깊은 고졸함과 많은 소박함이 있어 이르지 못한 점이 있다. 혹자는 唐代의 王孟韋柳가 그런 점을 배워서 그 품성의 펼침을 얻었다고 하는데 이 역시 일가견이 있는 의견인 것이다.(淵明清遠間放, 是其本色. 而其中有一段深古朴茂, 不可及處. 或者謂唐王孟韋柳學焉而得其性之所近, 亦有見之言也)

— 李調元, 『雨村詩話』 卷上

陶淵明의 시는 약 백여 수에 이르는데 唐代의 王孟韋柳 제공들이 그 하나의 체를 얻어 유명하지 않은 이가 없으니 좋은 시는 그 수가 많음에 있지 않음을 알 수 있는 것이다.(陶靖節詩祇百餘首, 有唐「王孟韋柳」諸公, 得其一體無不名家. 可知好詩不貴多也)

— 周中孚, 『鄭堂禮記』 卷2

李重華는 시인들이 陶淵明의 오언고시를 모방한 시를 지었지만 가벼운 모방에 그칠 뿐 그 진수를 얻지 못했음을 지적하면서 오로지 '王孟韋柳'만이 陶淵明에 가까운 시풍을 지니고 있다고 보았다. 陶詩의 기개를 흡수하고 계승하려 했던 이들 각 시인은 각자의 개성을 지닌 시가를 창작하여 각기 大家로 자리잡을 수 있었지만 그들 역시 개성에 따른 창작을 감행한 결과로 陶淵明의 경지에는 이르지 못하였다는 의견을 행간에서 암시하고 있음도 추측해볼 수 있겠다. 賀貽孫의 평어 역시 儲光羲, 王維, 孟浩然, 韋應物, 柳宗元 등이 陶淵明의 성취에 근접하였으나 그들 역시 각자 개성에 따른 한두 가지 장점을 지녔을 뿐 전체적으로 陶淵明의 경지에는 이르지 못한 것으로 보았다. 이 평어에서는 唐代 각 시인의 시가 풍격을 하나의 단어로 요약하여 품평한 것이 시선을 끈다. 沈德潛도 陶淵明을 계승한 唐代의 자연시인들을 언급하였는데 앞서 살펴본 賀貽孫처럼 王孟韋柳 四家와 함께 儲光羲를 언급한 것이 발견된다. 儲光羲가 담백하고 한아한 전원시풍의 시를 통해 陶淵明의 경지를 재현해낸 것을 주목한 언급이라 하겠다. 李調元과 周中孚의 평 역시 唐代 자연시 四家가 陶淵明과 연결된 점을 주목한 것이다. 山水와 田園을 노래한 시가는 맑고 한아한 풍취를 지향하고 있는데 통시적인 시각으로 詩史를 살펴보면 그 근원에 陶淵明이 있으며 唐代에 와서 이를 가장 잘 계승한 시인들로는 '王孟韋柳'로 대변되는 자연 시인들이라는 의견을 피력한 것이다.

살펴본 것처럼 淸代에는 陶淵明과 唐代 자연시 四大家를 연계한 평이 많이 이루어졌다. 이러한 관점은 중국 자연시 창작의 宗主는 陶淵明이며 陶淵明의 계승 여부가 자연시 창작의 정통성을 잇는 것이라는 의식을 바탕으로 한 것이라고 할 수 있다. 따라서 淸代의 唐代 자연시인들에 대한 인식은 王孟韋柳를 기준으로 하여 그 이동점에 대한 고찰과 평가를 하는 방식으로 이루어졌음을 살필 수 있다. 이 '王孟韋柳' 四家論을 중심으로 한 비평은 明代의 평어를 답습한 것이지만 淸代에 와서 그 내용이 가중되어 더욱 확고한 관점으로 자리 잡게 되었다고 할 수 있다. 唐代 자연시의 '王孟韋柳' 四家論을 펼치고 있는 許印芳의 의견을 살펴보기로 한다.

> 表聖(司空圖)이 시를 논할 때 시의 맛은 짜고 신맛의 밖에 있어야 한다고 하면서 右丞과 蘇州를 들어 표준으로 예시하였다. 이는 시인의 높은 격조를 가리키는 것으로 잘 배우지 않으면 쉽게 헛된 格套에 빠짐을 이르는 것이다. 唐人 중 王孟韋柳 四家의 시격은 서로 가까운데 그 시는 모두 고음을 좇아 얻은 것이다. 사람들은 단지 그 澄淡하고 精緻함만 보는데 그 변해온 길은 잘 다듬은 이후에 얻은 澄淡함이며 단련함을 경과한 뒤에 얻은 精緻함인 것을 알지 못한다.(表聖論詩, 味在鹹酸之外, 因擧右丞蘇州, 以示準的. 此是詩家高格, 不善學之易落空套. 唐人中王孟韋柳四家詩格相近, 其詩皆從苦吟而得. 人但見其澄淡精緻, 而不知其變經淘洗以後得澄淡, 其經鎔鍊以後得精緻)
>
> —許印芳, 『詩法萃編』 卷6

許印芳의 이 평은 唐代 司空圖의 설을 계승하는 맥락에서 전개한 것이다. 司空圖는 『全唐文』 卷807 「與李生論詩序」에서 "詩에 있어 짜고 신맛을 초월한 風味야말로 뛰어난 詩格이다.(味在鹹酸之外)"라는 의견을 펼치면서 唐代에서 그러한 시를 쓴 선구자로 王維와 韋應物을 예거한 바 있다. 許印芳은 이 의견을 바탕으로 四家의 자연시가 이루어낸 격조는 고음과 조탁을 경험한 후에 만들어진 경지로 보았다. 唐代 자연시 창작의 기치를 높인 王孟韋柳의 시가가 겉으로 볼 때는 澄淡하고 精緻해 보이지만 실제로는 수많은 단련을 거친 이후에 이루어낸 성취라고 본 의견인 것이다.

다음으로 宋犖의 평을 살펴본다. '王孟韋柳' 四家를 병칭하고는 있으나 陶淵明과 연결 짓지 않고 五言詩의 발전과 연계하여 이채로운 시각을 펼쳐낸 것이 발견된다.

> 王麟(李攀龍)은 말하기를 唐代의 시에는 古詩가 없다 하나 실제로는 古詩가 있다. 그는 蘇武와 李陵의 古詩十九首를 고시라고 할 뿐이다. 그러나 陳子昂과 李太白 등의 시는 고시가 아니고 무엇이랴. 나는 역대의 오언고시가 각기 개성이 있다고 생각한다. '王孟韋柳'에는 미치지 못하나 宋代의 蘇東坡, 黃庭堅, 梅堯臣, 陸游 등은 唐代 杜甫로 돌아갔다고 할 수 있는 것이다.(王麟(李攀龍)云 : '唐無古詩, 而有其古詩' 彼僅以 蘇(武)李(陵)十九首謂古詩耳. 然則子昂太白諸公非古詩乎. 余意歷代五古, 各有擅場. 不第王孟韋柳, 卽宋之蘇黃梅陸要是斐然, 而必以少陵爲歸處)
>
> ―宋犖, 『漫堂說詩』

淸代의 문인답게 역대 시가를 통시적으로 보면서 시가에 고시의 격조를 담아낸 唐宋代 문인들을 거론하고 있다. 陶淵明과 연계시켜 얼마나 계승을 잘했는가를 거론하기보다는 각자의 개성을 지니고 있는 것에 주목을 가하였고 그 격조의 귀결처를 唐代 杜甫로 보고 있음이 시선을 끈다. 그러나 중간에 "'王孟韋柳'에는 미치지 못하나 宋代의 蘇東坡, 黃庭堅, 梅堯臣, 陸游 등이 있다."는 평가는 五言詩의 격조에 있어 산수 자연에서 얻을 수 있는 한아함과 청담한 경지를 구현해내는 것이 얼마나 중요한 부분을 차지하는 것인가를 설파한 것이라 할 수 있겠다.

淸代의 여러 시평 중에서 王孟韋柳를 거론하면서 이들 시인들을 상호 비교한 의견도 발견된다. 이러한 설을 펼치고 있는 몇몇 의견을 예거해본다.

> 蘇東坡가 이르기를 '柳柳州(柳宗元)의 詩는 陶彭澤(陶淵明) 아래에 있고 韋蘇州(韋應物)의 위에 있다'라고 했는데 이 말은 잘못되었다. 나는 그 말을 고쳐 다음과 같이 말한다 : '韋詩는 陶彭澤 아래 있고 柳柳州의 위에 있다.' 나는 일찍이 揚州에서 論詩絶句를 지은 바 있는데 그중에 다음과 같이 일렀다. '風懷가 澄淡함으로는 韋柳를

추천하겠으니, 五字句를 따라 아름다운 시구를 많이 도모하였네. 소리 없는 현이 오묘함을 가리킴을 알겠으니, 柳州가 어찌 蘇州와 나란히 함을 얻을 수 있겠는가!' 또한 늘 다음과 같이 말하였다. '陶는 佛語와 같고 韋는 菩薩語와 같고 王右丞은 祖師語와 같다.'(東坡謂 '柳柳州詩, 在陶彭澤下, 韋蘇州上.' 此言誤矣. 余更其語曰 : '韋詩在陶彭澤下, 柳柳州上.' 余昔在揚州作論詩絶句, 有云 : '風懷澄澹推韋柳, 佳處多從五字求. 解識無聲弦指妙, 柳州那得幷蘇州!' 又常謂 : '陶如佛語, 韋如菩薩語, 王右丞如祖師語也')

— 王士禎, 『分甘餘話』 「品藻」

옛 사람들은 韋應物과 王孟 세 사람을 함께 거론하였는데 이는 이들의 작품이 모두 陶體에 가깝기 때문이었다. 馮復京은 말하였다 : 韋公은 본래 六朝의 濃麗한 뜻이 있었으나 澄淡함은 唐調를 띠고 있으며 唐人들을 뛰어넘어 있다.(昔人謂韋與王, 孟鼎立爲三, 以其皆近陶體也. 馮復京曰 : 韋公本有六朝濃麗之意, 而澄之爲唐調, 突過唐人之上)

— 錢良擇, 『唐音審體』

시 속에 그림이 있음은 시 속에 사람이 있음만 못하다. 左司(韋應物)가 右丞(王維)보다 훌륭한 점은 이것이다.(詩中有畫, 不若詩中有人. 左司高于右丞以此)

— 喬億, 『劍溪說詩·又編』

王·孟·諸公들은 비록 그 조화의 경지를 잘 이루고 있으나 그 妙處에 이르면 마치 언어로써 그것을 형용함을 얻은 것 같다. 오직 韋應物만이 기묘함이 전적으로 담박한 곳에 머물러 있으니 실로 흔적을 찾아볼 수 없는 경지이다.(王孟諸公, 雖極超詣, 然其妙處, 似猶可得以言語形容之. 獨至韋蘇州, 則其奇妙全在淡處, 實無迹可求)

— 翁方綱, 『石洲詩話』

王士禎은 자연시의 四大家를 평함에 있어 기본적으로 '韋柳'를 병칭하고 있으나 蘇東坡의 韋柳說과는 달리 '韋優柳劣論'을 펴는 입장에서 陶·韋·柳의 순으로 자연시인들을 품평하고 있다. 이는 王士禎의 神韻派가 "말은 다해도 뜻은 무궁한(言有盡而意無窮)" 경지를 추구하면서 '沖澹', '自然', '淸奇' 등의 풍격을 내세운 것과 神韻說의 원류인 司空圖 『二十四詩品』의 내용을 계승하고자 했던 것과도 연관이 있는 견해이다. 李夢陽, 何景明 등 明 前七子의 擬古詩風을 '沖澹'으로 교정하려 했던 王士禎으로서는 王維와 韋應物이 중요한 표상이 되었기 때문이었다. 다음 錢良擇의 평은 陶淵明을 잇는 자연시인으로 '韋王孟'을 정립하고 있으며 그중에서도 韋應物을 시의 澄淡한 면으로 인해 唐人 중 단연 뛰어난 인물로 본 견해이다. 喬億은 蘇東坡가 언급한 '시 속에 그림이 담긴 경지(詩中有畵)'를 이룬 것으로는 王維의 묘사가 뛰어나나 '시 속에 사람이 들어간 경지(詩中有人)'는 韋應物이 더 우수한 것으로 언급하고 있다. 翁方綱은 唐代 자연시인들이 창출했던 시가의 천연스러운 경지에 대해 칭찬을 가하고 있으면서 '언어의 흔적을 보이지 않는 면(無迹可求)'에 있어서는 韋應物이 여타 시인들보다 뛰어난 면모를 지니고 있음을 칭찬하고 있다.

이상에서 살펴본 역대 제가의 평들은 대개 자연시의 근원을 陶淵明과 謝靈運에게 두면서 六朝와 唐代를 내려오면서 발전을 이루어온 자연 묘사 양상을 주목한 평이 된다. 역대 비평가들은 자연시를 분석하고 평가함에 있어 陶謝와 비견되는 一家의 體를 갖고 있는가, 자연 묘사 속에 기개어린 風骨과 산수에 대한 묘사를 어떻게 조화롭게 담아냈는가, 성률과 자구의 조탁에 빠지지 않고 澹泊한 풍격을 창조해내었는가, 無我之境의 경지를 천연의 미로 승화하여냈는가 등에 기본적인 관심을 갖고 역대 시인들을 평가했던 것을 살필 수 있다. 또한 唐代에 자연을 창작한 여러 시인들이 있지만 그중에서도 '王孟韋柳'를 하나의 기준으로 보면서 '王孟', '王韋', '韋柳' 등으로 상호 병칭하여 언급하거나 우열을 가려낸 평도 많은 편이었다. 이들 四家를 함께 거론하는 이유는 그들이 다음과 같은 몇 가지 공통적인 특징을 갖고 있는 것으로 보았기 때문이었다. 첫째, 四家가 陶淵明으로부터 이어지는 山水田園詩의 흐름을 계승한 점, 둘째, 그들의 詩風이 淡白하고 淸澹한 풍격을 지향한 점, 셋째, 그들 시의 풍격이 도야를 경험한 이후의 澄淡함과 연마를 거친 후의 精緻함을 소유하고 있다는 점, 넷째, 이들 四家 모두 五言古詩의 명인들이라는 점을 들 수 있다. 이는 또한 陶謝가 전원시와 산수시를 통해 六朝 시대를 대표하는 자연시 창작을 이루어냈던 것처럼, 陶謝를 계승한 '王孟韋柳'가 盛唐과 中唐 시대에 활동하며 자연시의 극성시대를 열었다는 관점을 반영한 것이기도 하였다. 陶謝에 의해 형성된 淸幽하고 澹泊한 풍격이 唐代로 내려오면서 '王孟韋柳'에 의해 더욱 세련된 창작 기법을 더하게 되었고 이로 인해 자연시는 공전의 발전을 이루게 되었다고 보는 관점에는 이견이 없었던 것이다.

2. 唐代 自然詩의 후대에 대한 영향

　　唐代 자연시는 중국인들의 자연 선호 경향을 반영한 장르 중 최고의 경지에 이른 문학 분야라 할 수 있다. 사랑, 이별, 수증, 영회, 회고 등 인간의 다양한 감정을 노래한 여러 작품 속에서 자연은 늘 다양한 모습으로 등장하고 있다. 드넓은 산수와 다양한 지역 특색을 담아낸 묘사는 자연 정경의 아름다움을 느끼게 하였고, 虛와 實, 形과 神, 天然과 人工, 意境과 興象 등의 기법과 풍격을 활용한 서사는 시가의 미학을 한껏 드높이는 역할을 하였다. 다양한 풍격의 자연시 작품은 시인들에게 간접적 체험을 통한 자연미 감상을 가능하게 해주었고 풍부한 창작 영감을 불러일으키게 하였을 것이다. 자연에 대한 탐구와 묘사는 천연의 미감이 주는 맑고 청아한 감성을 일차적으로 얻게 하며 시인으로 하여금 희로애락의 서사를 통한 감정의 정화를 가능하게 한다. 자연은 인간으로 하여금 천연의 성정을 도야하게 하고 天道를 깨닫게 하는 어머니와 같은 존재이다. 전대 자연시 작품을 통해 깨달음과 미감을 체험하고 현실에 펼쳐진 자연을 두루 경험한 唐代 이후의 문인들 역시 자신의 인생 체험이나 이상을 작품 속에 담거나 좌절과 울분의 순간을 기록하면서 자연시 창작의 맥을 이어나갔던 것이다.

　　자연시의 창작은 일반적으로 자연에 대한 감수성의 서사, 정경이 주는 오묘하고도 신기한 理趣나 시대 의식의 투영, 자신의 자아와 정신의 해탈 등을 목표로 하여 창작된다. 唐代에 창작된 자연시는 중국 자연시의 典範 같은 지위와 영향력을 지니고 있었기에 후대 자연시의 창작 역시 唐代 자연시를 추앙하는 선에서 이루어져갔다. 여기에 각기 다른 시대적 환경이나 작가 생애에 있어서의 특별한 경험, 독특한 창작 의지 등의 요소는 각 시기마다 다른 풍격과 경향을 띤 작품의 탄생도 가능하게 만들었으니 唐代 이후의 자연시는 다양한 양상으로 계승되며 창작의 맥을 이어갈 수 있었던 것이다. 총체적으로 생각해볼 때 唐代의 자연시가 후대에 미친 영향력은 각 개인과 유파 시인들의 시가 사승 관계, 시인의 심리에 미치는 정신적 요인, 시가의 풍격과 기교, 다른 예술 분야와의 연관성 등의 측면에서 생각해볼 수 있을 것이다. 唐代 자연시가 후대에 미친 영향력을 살펴보기 위하여 唐代 자연시 창작의 맥을 이어나간 후대 시인들과 유파의 양상을 개략적으로 정리해보기로 한다.

唐代에 창작의 정점을 이룬 자연시는 宋元 이후로 가면서 서정, 사경, 서사에 있어 唐代 자연시의 경계에는 미치지 못했지만 여전히 다양한 서사를 추구하고 있었다. 宋初에는 山林隱士로 불리는 林逋, 魏野, 潘閬, 詩僧 九僧 등이 각종 시체를 통해 숲과 계곡, 들과 시내에 대한 그윽한 서정을 펼쳤고, 梅堯臣, 蘇東坡, 王安石, 陸游, 楊萬里, 范成大 등의 대시인도 자연시 창작에 깊은 조예를 보여주었다. 北宋 초기에는 中唐과 晩唐의 시인들을 계승하는 풍조가 강했는데 太祖~太宗(960~997) 연간에는 白居易體가 유행하였고 太宗 후기부터 眞宗 사이에는 晩唐體詩가 유행하였다가 후에 西崑體의 흥기로 이어진다. 宋初에 유행하던 白居易體는 白居易體 중에서도 말류에 해당하는 부분을 답습한 것으로서 새롭고 세련된 창작 기교를 원하던 문인들에게 천속하고 세련되지 못한 느낌을 주었다. 이에 문인들은 정교한 구상과 조탁에 탁월한 성취를 보였던 晩唐 賈島, 姚合 등의 淸苦한 시풍을 추종하게 되었고 山林隱士였던 林逋, 魏野, 潘閬, 九僧, 寇準 등은 賈島나 姚合이 그렸던 협소한 자연 묘사에서 영향을 받아 창작을 해나가게 되었다. 그들이 자연을 묘사한 시는 대부분 담백한 필치로 아름다운 주변 정경을 묘사하면서 한적하고 평화로운 생활을 읊은 작품들이 많았다. 이러한 晩唐詩風의 숭상 풍조는 특히 재야 시인들에게 반향을 불러일으켰고 宋末에 이르러는 趙師秀, 翁卷 등으로 대표되는 永嘉四靈에게 그 영향력이 이어지게 되었다. 그러나 晩唐體를 추종했던 宋代 문인들을 보면 다른 시파의 시인들과 달리 세속을 벗어나 산림 속에 은거하던 재야 문인이 주를 이루었고 그들이 창작했던 자연시 역시 대자연을 노래하고 있기는 했어도 "맑고 차가우면서 처량하고 적막한(淸冷淒寂)" 賈島풍의 시를 주로 추종하는 것이었기에 王孟韋柳가 창작했던 청담하고 한아를 흥취의 작품을 잇는 정통적인 자연시의 창작과는 차이가 있는 창작·기풍이었다고 할 수 있겠다.

南宋에 이르러 楊萬里, 范成大 등의 시인도 唐代 자연시의 영향을 받아 자연시 창작에 성취를 보였다. 楊萬里는 "옛사람을 본받는 것(師法古人)"에서 "자연을 본받는(師法自然)" 것으로의 전환을 통해 자신만의 자연 관찰과 감수성을 발휘한 예술적 풍격의 자연시를 창작하였으니 錢鐘書가 楊萬里를 일러 "(楊萬里는) 시가 전환의 주요 구심점이 되었고 새롭고도 산뜻한 필법을 개척하여 陸游, 范成大 등의 온건한 시가에도 영향을 주었다.(詩歌轉變的主要樞紐, 開創了一種新鮮潑辣的寫法, 襯得陸(游)范(成大), 都保守或穩健了)"(錢鐘書『宋詩選注前言』)라고 평한 바 있다. 그는 자연 경물에 대해 특별한 감수성과 독특한 시선을 갖고 세밀한 관찰력을 동원하여 평범한 사물 중에 이채로운 모습을 잘 포착하여 표현하였다. "새로 아무렇게나 심은 모종은 우물 정 자의 형상인데, 농부에게 말하여도 글을 알지 못하는구나.(新秧亂挿成井字, 却道農夫不解書)"(「暮行田間(저물녘 밭 사이를 걷다)」)라는 구절과 같이 평범한 표현 속에 신기한 면을 부각시키는 데 있어 뛰어난 능력을 발휘한 바 있다.

楊萬里, 陸游, 尤袤 등과 함께 南宋四大詩人으로 꼽히는 范成大는 白居易, 王建, 張籍 등의 唐代 현실주의 시인의 시를 본받았지만 한편으로 陶淵明, 王績, 韋應物을 잇는 田園詩를 창작한 인물로도 유명하다. 특히 그가 지은 총 60수에 달하는 「四時田園雜興」은 북송과 남송을 통틀어 가장 뛰어난 전원시라 할 수 있다. 입체적인 시각으로 현실적 느낌이 가미된 농가의 풍속과 서정을 그려냄으로써 동시대인 錢鐘書가 『宋詩選注』에서 "범성대의 「四時田園雜興」 60수는 현실을 벗어난 전원시에 흙과 땀의 기운을 불어넣었는데 이는 그가 친히 관찰한 느낌에 근거한 것이다. 일 년 사계절 농촌의 노동과 생활을 선명하게 그려내어 하나의 비교적 완전한 모습을 갖추고 있으니 전원시로 하여금 생명력을 얻고 경지를 확대하게 하였다. 범성대는 도연명과 함께 병칭해도 될 정도이며 심지어는 후대인으로서 도연명보다도 뛰어난 점이 있다.(范成大的「四時田園雜興」六十首使脫離現實的田園詩有了泥土和血汗的氣息, 根据他的親切的觀感. 抒一年四季的農村勞動和生活鮮明地刻畵出一個比較完整的面貌, 使田園詩又獲得了生命, 擴大同境地, 范成大就可以和陶潛相提幷稱, 甚至比他後來居上)"라는 칭찬을 가하기도 하였다.

南宋 후기로 가면서는 '永嘉四靈'과 '江湖詩人' 등이 자연 경물을 주제로 한 시를 창작하며 산수를 그려내고 한정과 일취를 서사하면서 자연시 창작의 맥을 이어나가게 되었다. 永嘉四靈의 시가 창작 의식은 江西派와 理學派에 대한 반발과 비판에서 출발하였다. 그들은 江西詩派가 학문을 바탕으로 하는 방만한 의론성을 표현하면서 성률과 자구의 조탁에 힘을 쏟아 성률의 부조화와 난삽한 시어를 남발하여 性情을 표현하는 전통적 시가의 면모를 훼손시켰음을 비판하였고 道學家의 시가 理의 표현을 지나치게 중요시한 점을 교정하고자 하였다. 그들은 이에 대한 대안으로 자연 경치 묘사를 통해 순수한 감흥과 서정을 투영하며 시가 본래의 서정성을 회복하고자 하는 의도를 갖고 있었다. 永嘉四靈은 특히 晩唐의 시인 賈島와 姚合을 추종하는 면모를 보였다. 晩唐의 賈島와 姚合은 대자연의 산수 경물을 제재로 취하여 세속에서 벗어난 청유한 의경의 시를 많이 지었는데 이러한 특색은 어지러운 시대를 살며 안식을 갈구하는 永嘉四靈 같은 시인들로부터 큰 호응을 받기에 적합한 것이었다. 永嘉四靈은 여러 주제 중에서도 자연과 자연미라는 전통적 심미 대상을 자신들의 주된 창작 대상으로 선택하여 자연 속에서 개인의 일상과 정취를 순수하게 드러낸 작품을 많이 남기게 된다. 永嘉四靈은 교우시, 기유시, 각종 생활감정을 노래한 生活詩, 철리적 사고를 담은 詠懷詩와 詠物詩 등 총 700수 정도의 시를 남겼는데 그중에서도 永嘉를 비롯한 江南의 자연 명소와 佳境을 소재로 한 자연시는 情景交融의 경지를 이룬 그들의 대표작이라 이르기에 손색이 없는 작품들이라 하겠다.

永嘉四靈은 晩唐 賈島와 姚合의 시를 숭상하면서 그들의 '工巧流麗'하고 정련된 시구를 주로 배운 결과 前代의 자연시가에 비해 묘사가 세밀해진 한편 자질구레한 자연 정경 묘사에 치중한 면이 있다. 그러므로 그들의 작품을 보면 魏晋代 陶謝나 盛唐의 王孟, 혹은 中唐의 韋柳와 같은 정통 자연시 창작의 흐름을 온전하게 계승하였다기보다는 晩唐 隱逸詩人의 여음을 잇고 있다는 느낌을 받게 된다. 또한 永嘉四靈은 자연시를 지음에 있어 '用事', '議論', '以文爲詩' 등을 반대하였고 백묘적 수법을 중시하였는데 이는 자연을 대하며 진솔한 감정의 표현을 하기 위한 일차적인 선택이었다. 그 결과 순수한 감정을 자연에 부쳐 精緻하면서도 진솔한 자연미감을 창출할 수 있었으니 이는 기이한 표현보다는 소박하고 생동감 있는 경물 표현을 중시하는 전통 자연시 창작의 순수성을 잇는 면모라고 할 수 있다. 경물 자체에 대한 미감을 자연스럽게 표출하면서 개인의 우수를 투영시킨 자연시는 자연 속에서 개인의 진솔한 성정을 노래하고자 하는 시가 본래 취지에 부합된 것이었고 唐代 자연시가 지닌 '幽靜', '蕭散', '野逸'한 풍격들을 南宋 시단에서 잘 재현해낸 것이라고도 볼 수 있겠다.

永嘉四靈과 江湖派 시인의 활동을 거쳐 南宋이 멸망하는 시기에 이르게 되자 자연시는 유민 시인들에 의해 그 창작의 흐름을 이어가게 되었는데, 이 시기에 유민 시인들의 자연을 대하는 관점에는 큰 변화가 일어나게 되었다. 유민 시인에 의해 기록된 망국의 처절한 역사는 記實的인 가치를 지니며 史書에서 볼수 없는 생동한 문장과 표현을 통해 생생한 감동을 전달하는 '亡國史詩'의 의미를 지니고 있다. 여기에 자연을 묘사하면서 투영된 유민 각 시인의 강렬한 감정도 문학 발전에 있어 특기할 만한 부분이다. 이는 "감정에서 시가 연유하게된다."는 인식을 갖고 있는 전통적 시가 창작 이론 '詩緣情說'과도 연관된 부분이다. 그동안 "情에서 發하고 禮義에서 그치며(發乎情至乎禮義)" "性에서 發하고忠厚에서 그치는(發乎性至乎忠厚)" 것을 강조하는 '詩緣情說'은 宋代에 와서도 종종 피력되곤 하였는데 '망국'이라는 민족적 고난 앞에서 이 '詩緣情'의 관념에어느 정도 변화가 일어나게 되었다. 이른바 '亡國之音'을 내는 문인들의 정서에 있어 '詩緣情'의 서사는 '그친다(至)'는 '감정의 제한'보다는 '발하는 것(發)'에 초점이 맞추어진 '끝없는 情의 서사'에 가까운 것이었고, 이러한 관념은 자연시 창작에 있어 개인의 정서를 뛰어넘는 극단적인 비애를 창출하게 만드는 의식의 변화로 이어지게 된 것이다. 그러므로 南宋 유민 시인의 자연시는 "觀物-感物-情景交融-새로운 意境의 창조"라는 전통적인 자연시 창작의 공식을 뒤엎는 "강렬한 정감을 자연을 빌려 直寫의 수법으로 기술"하는 방식, 즉 "情의 移入作業적인 측면이 강한 창작 행위"였다고 할 수 있는 것이었다.

南宋의 유민 시인이며 자연시 창작에 공헌한 시인들을 꼽는다면 文天祥, 謝枋得, 汪元量, 鄭思肖, 林景熙, 謝翶, 眞山民, 蕭立之 등을 들 수 있다. 이 중 文天祥과 汪元量은 강렬한 우국의 정으로 자연을 대하면서 역대 江湖派 시인과 다른 비장한 항전의 기개와 민족적인 정서를 투사하였고, 鄭思肖는 강대한 기골을 지닌 시와 李白풍의 曠達하고 飄逸한 풍격의 자연시를 지은 바 있으며, 林景熙는 많은 수는 아니나 孤臣의 憤淚를 悽捥한 풍격으로 산수에 부친 작품을 남겼고, 謝翶는 李賀·孟郊풍의 怪嘆派式 '苦思錘煉'의 자구에다 몽환적이고 상징적인 수법을 통해 국가를 향한 자신의 비애를 읊었으며, 眞山民은 산림에 은거하면서 여러 수의 자연시를 통해 망국의 고독을 永嘉四靈식의 의경으로 창출하는 면을 보였고, 蕭立之는 자신의 깊은 조예에서 나오는 精深한 묘사를 통해 상쾌하고 명랑한 풍격의 자연시를 쓰는 등 南宋 유민 시인들이 저마다의 개성과 예술적 의지를 발휘하며 망국의 서정을 시가 창작으로 연결시켰던 점을 거론할 수 있겠다.

南宋에 이어 발흥하게 된 元代는 몽골족이 통치한 나라였지만 문단에서는 宋과 金 두 나라 출신의 문인들이 시단을 이끌어가는 상황을 보이고 있었다. 문학사에 입각하여 元代를 분류해보면 太宗이 金을 멸망시킨 1234년으로부터 成宗 方德 元年(1297)까지를 1기, 1297년부터 順帝 至元 1년(1335)까지를 2기, 1335년부터 元이 멸망하기까지를 3기 등으로 나눌 수 있는데, 이는 각각 초창기, 흥성기, 전변기 등에 해당한다.[2] 다시 자연시 창작에 근거하여 元代를 보면 仁宗 延祐년을 경계로 하여 延祐년까지와 延祐년부터 元亡까지의 전후기로 나누는 이분법을 생각해볼 수 있다. 전기는 宋元이 교체한 후 元 왕조가 안정을 찾아가는 시기로, 새로 입조한 시인들이 신왕조 공업의 찬양 중에서도 고국을 그리워하며 출사와 은거 사이의 모순된 심리를 종종 자연시에다 투영했던 경향을 보인 시기라 할 수 있다. 후기에 와서는 元代의 쇠침에 따라 정치에 대해 담담한 마음과 歸隱의 정취를 그린 자연시가 다수 창작되게 되었는데 비교적 단

---

2 許世旭, 『중국근대문학사』, 법문사, 1996, 263쪽 참조.

순하게 산수를 묘사하는 것이 대체적인 경향이었다.

元代는 이른바 "唐代를 종지로 하여 고시의 풍격을 재현하고자(宗唐得古)"했던 시기였다.[3] 이는 元代의 자연시 역시 唐代 자연시의 영향을 강하게 받아 창작이 수행되었음을 말해주는 것이다. 元代 전기에는 주로 당대 산수전원시파의 풍격을 답습하는 것으로 시가의 창작을 시작한 劉秉忠, 王惲, 戴表元, 仇遠, 白珽, 陳孚 등과 전반적으로 唐代 자연시의 웅혼하고 낭만적인 기풍을 계승한 郝經, 劉因, 姚燧 등의 시인이 있었다. 元代 후기에 와서는 좀 더 다양한 형태의 창작이 출현하게 된다. 唐代의 여음에다 좀 더 실험적인 정신을 부가하여 다양한 정경 묘사를 가한 작품들과 조대 말기의 비애감을 자연에 투영한 작품들이 나오게 되는 것이다. 唐代 자연시에서 보여주었던 山村水鄕의 淸麗하면서도 평온한 모습을 주로 답습하였던 周權, 朱德潤, 倪瓚, 顧瑛 등과 唐代 자연시의 雄奇하고 분방하며 기이한 기풍을 계승한 吳萊, 貢師泰, 楊維楨, 그리고 劉禹錫·杜牧처럼 정경의 묘사와 詠史懷古의 결합을 도모했던 傅若金, 成廷珪, 張翥 등을 이 방면의 주요 작가로 거론할 수 있겠다.

또한 시가 창작의 주제와 제재 방면에서 보면 元代의 시는 邊塞, 山水, 田園, 題畵, 현실 서사 등에 많이 치우쳐 있음이 보이는데, 이 주제와 제재를 아우르는 가장 큰 공통분모는 역시 자연이었음이 발견된다. 元代 시인들에게 있어서

---

3 시대적 분기와 함께 元代 시단의 창작 풍조를 이야기할 때 반드시 언급되는 것이 唐風을 추종했던 '宗唐得古' 풍조이다. 이는 모든 元代 시가 창작에 있어 하나의 준거 역할을 하게 되는 것으로, 마치 明代가 "詩必盛唐"의 복고론과 분류시켜 언급되기 어려운 것과 비견된다. 金代의 시단은 宋代 蘇軾과 黃庭堅의 계승이 주류를 이루었다고 할 수 있는데, 金 왕조 南遷 이전 蘇·黃을 계승하였다고 자부한 저명한 문인으로 王庭筠을 꼽을 수 있다. 그런데 그의 제자 趙秉文은 초기에는 스승의 의식을 따랐으나 후에는 轉變하여 學唐을 들고 나왔으니 이는 스승과의 쟁명도 불사하는 새로운 주창이었다. 이어 趙秉文의 제자 元好問은 唐宋 명가를 두루 배울 것에 힘썼으나 世祖 즉위기에 입조한 元好問의 제자 王惲이 다시 宗唐說을 주장하여 金末 시단에 커다란 반향을 일으켰다. 여기에 宋에서 元으로 入朝한 戴表元, 仇遠, 白珽, 趙孟頫 등은 宋代 江西派, 四靈, 江湖派 등에 비판적이었고 理學의 문예에 대한 영향, 南宋 시단의 풍류 등에 대해 반성적 시각을 갖고 있었기에 그들 역시 "宗唐得古"와 唐音의 구가를 부르짖게 되니 '宗唐'은 元代 시단의 주류가 되기에 이른다. 당시 저명한 시인을 예로 들어본다면 張翥와 傅若金 같은 이는 李杜를, 虞集과 倪瓚 같은 이는 韋應物을, 姚燧와 吳萊는 韓愈를, 朱德潤과 迺賢 등은 白居易를, 劉因과 楊維楨은 李賀를 각각 사사한 느낌을 주었다. 또 자연시 방면으로 말한다면 耶律楚材는 岑參을, 薩都剌의 장편은 韓愈·李賀 등을, 단편은 王孟韋儲 등 제가를 닮은 모습으로 나타나게 되었다.

도 자연의 묘사는 어떤 분야보다 커다란 창작 범위를 차지하고 있었던 것이다. 아울러 이는 중국 자연시의 발전에 있어 元代가 분명 하나의 징검다리 역할을 하고 있었다는 느낌도 주는 대목이다. 현실의 중압감에서 의식을 해방하거나 해탈을 도모하는 것과 자연시의 발생 사이에는 커다란 연관성이 있다는 점을 고려해본다면 이민족이 통치했던 元代의 정치사회적 현실은 자연시의 발달에 오히려 긍정적인 측면으로 작용했다고도 볼 수 있는 것이다.

元代를 이어 등장하게 된 明代에는 復古사상과 性靈사상의 대립 속에서 자연시가 그 창작의 맥을 이어갔던 시기라고 할 수 있다. 明代의 자연시는 주로 '詩必盛唐'을 부르짖은 복고파에 의해 창작이 계승되고 발전되어갔다. '格調의 틀'에 맞추어 창작을 진행한 복고파의 시인들은 盛唐의 李杜를 주된 율례로 삼아 시가를 창작하였으나 그중에서도 唐代 자연시에 관심을 갖고 창작의 근거로 삼았던 문인들이 있었다. 복고파 前後七子 중 謝榛 같은 이는 "왕유, 맹호연, 위응물 등은 전아하면서 맑고 온화하여 오묘한 경지에 들어가고 그윽한 면에 두루 통한다(王摩詰, 孟浩然, 韋應物, 典雅冲穆, 入妙通玄)"(『四溟詩話』 권4)라고 하면서 唐代 자연시인들의 창작에 대해 관심을 보였고, 明代 중기의 理學家 시인인 陳獻章도 자연시에 관심을 갖고 창작을 가한 것이 발견된다. 특히 陳獻章은 중국 철학사에서 程朱理學과 陽明心學을 잇는 중간 인물로서 '자연'을 핵심 관점으로 하는 체계적인 시론을 내놓은 인물이었다. 그는 '자연을 종지로 삼는다(以自然爲宗)'는 개념으로 시가를 창작하면서 2천여 수에 달하는 자신의 작품 중 약 90여 수의 영물, 전원, 산수에 관한 자연시를 남기고 있어 明代에 특기할 만한 시인 중 한 명이라 할 수 있다.

晩明代에 이르자 王學과 老莊의 영향을 받은 李贄, 徐渭, 公安派 등이 '率性而眞'의 인생관과 '灑脫自然'한 시풍 창작의 기치를 드높이며 자유 성령 사상을 구가하였고 망국의 비애를 안고 은둔에 들어간 山人詩人들이 등장하게 된다. 晩明 시기의 山人詩人들은 망국으로 향하는 시대를 살면서 대체로 시국 의식과 절연된 담박한 정회를 발하고자 하였다. 그러나 晩明이라는 위기의 시대를 살았기에 문인들은 참담하고 고독한 정서를 소유하고 있었고 현실 변혁에 대한 의지와 은거 사이에서의 갈등하고 있었다. 그렇기에 그들의 자연시 역시 '憂鬱', '孤寂', '苦澁' 등의 풍격에서 크게 벗어나지 못한 면을 갖고 있었음이 발견된다.

淸代의 詩壇은 창작적인 면보다는 이론적인 면에서 더욱 큰 성과를 거두었다고 말할 수 있다. 淸初의 문인인 錢謙益·黃宗羲·顧炎武·王夫之 등이 詩論을 통해 淸代 詩風의 변화에 중요한 영향을 끼쳤고 이후 王士禎·葉燮·馮班·吳喬·趙執信 등도 각종 詩話를 통해 다양한 이론을 펼친 바 있다. 현재까지 전해지는 淸代 詩話가 300~400종에 이를 만큼 淸代의 詩論은 양적인 성장을 보였으며 그 평론 범위나 전문성에서도 탁월한 성과를 낸 바 있다. 시론의 흥성과 더불어 唐代 자연시에 대한 주목과 재평가도 이루어졌고 시대의 흐름에 따라 다양한 풍격의 자연시가 창작되기도 하였으나 대체적으로 전대의 흐름과 맥을 같이하는 창작이 이루어지고 있었다.

明淸 교체기에는 吳偉業, 錢謙益, 龔鼎孳 등의 江左三大家가 있었는데 이들은 明淸 교체기를 살면서 우국과 애증, 굴절과 참회를 담은 자연시로 망국의 회한을 산수에 부쳤다. 淸初에는 朱彝尊·王士禎·査愼行·趙執信 등을 위시한 淸初六大家와 屈大均·梁佩蘭·陳恭尹 등의 嶺南三大家, 浙派 厲鶚 등의 시인이 활동한 바 있었다. 이후로 나온 尊唐詩를 표방한 施閏章·宋琬 등과 宗宋詩를 표방한 宋犖·査愼行 같은 작가들 역시 淸詩의 발전에 많은 공헌을 한 바 있다. 그중 王士禎은 宋代 嚴羽『滄浪詩話』의 이론을 바탕으로 神韻說을 주장하면서 尊唐詩派의 영수에 오르게 되었는데 이로 인해 錢謙益의 영향으로 宋詩가 유행하고 있던 淸初 詩壇의 흐름에 변화가 생기게 된다. 唐詩에 대한 주목이 이루어졌으며 이에 따라 唐代 자연시에 대한 관심도 높아지게 된 것이다. 자연시와 연관하여서는 淸初六大家 중 朱彝尊의 紀行詩, 王士禎의 神韻美가 담긴 자연시, 査愼行의 백묘적 기행시, 趙執信의 비애에 찬 기유시 등이 기행을 통해 체득한 자연미감을 서사한 작품들로 주목할 만하다. 여기에 屈大均을 위시한 嶺南三大家의 애국적 풍모가 담긴 자연시와 浙派 厲鶚의 시에 담긴 심원한 자연미 역시 淸初 문단에서 자연시 창작과 연관하여 빼놓을 수 없는 성취를

이루었다 할 수 있다.

　淸 中葉에 이르러서는 王士禎 神韻說의 뒤를 이어 沈德潛이 盛唐詩의 格調를 모범으로 삼으면서 格調說을 주장하고 나왔다. 한편 尊唐이나 宗宋의 흐름에 휩쓸리지 않고 擬古나 形式主義를 반대하고 나선 袁枚는 明末 公安派의 정신을 계승하여 시는 자유스럽게 작가의 참된 개성을 드러내야 한다면서 性靈說을 주장하여 당시 詩壇에 큰 반향을 일으켰다. 이들 王士禎, 沈德潛, 袁枚 등 三家의 시론은 翁方綱의 肌理說과 함께 淸代의 중요한 시론으로 자리 잡게 되는데 조정에서는 沈德潛이, 재야에서는 袁枚가 각각 활약하고 있는 형국이었다. 또한 浙江이라는 지역을 중심으로 錢塘 지역의 厲鶚을 영수로 한 浙派 또한 큰 흐름을 이루게 되었는데 淸代 시인 6천여 명 중 무려 1,300여 명이 浙派에 속했을 정도로 대단한 융성을 이루었다. 그중 淸代 문단에서 唐代 자연시의 계승과 연관하여 王士禎의 神韻說은 빼놓을 수 없는 중요한 면모를 가지고 있다. 王士禎은 이른바 '시의 맛 너머에 있는 아름다움(味外之旨)'과 '운 외의 경지(韻外之致)'를 표방하는 晩唐 司空圖의 시론과 함께 『滄浪詩話』를 통해 "선으로 시를 비유하고(以禪喩詩)", 시가에 담긴 '妙悟'를 주장한 南宋 嚴羽의 학설을 계승하여 神韻說을 제창하였다. 그는 시가에 담긴 神韻의 여부를 토대로 詩史를 고찰하였고 이러한 시각으로 唐代 王維, 孟浩然, 常建을 대표로 하는 자연시가와 그 창작 풍격을 추종하였다. "한 글자 한 글자가 선의 경지에 들어가 있음(字字入禪)"과 "신운이 풍부함(富有神韻)"을 들어 王孟을 추종하였으며 王維 이하 42인의 작품을 모아 『唐賢三昧集』을 편찬하기도 하였다. 王士禎 이후로는 胡鳳丹이 唐代 자연시의 대표 작가라 할 수 있는 王孟韋柳 四家의 작품을 모아 『唐四家詩集』을 편찬하기도 하였다. 이는 淸代에 와서도 唐代 자연시인에 대해 王孟韋柳를 중심으로 한 평가가 대세를 이루게 하는 저작이 되었다는 점에서 의미를 지닌다.

　淸 중엽에 자연시 창작에 성취를 보인 시인들로는 格調派의 洪亮吉과 袁枚, 趙翼, 鄭燮 등 性靈派 시인들을 꼽을 수 있다. 이들 중 格調派의 洪亮吉은 邊塞紀游詩를 남기고 있고 袁枚, 趙翼, 鄭燮 등 性靈派 시인들 역시 性情과 自然을 부르짖으며 청신하게 자연을 묘사한 작품들을 다수 남기고 있다. 淸初에 망국

과 굴절을 체험한 시인의 참회와 회한이 있었다면 淸 중엽에는 行遊를 통해 세사를 초극하고 자연시의 창작을 통해 性情을 회복하고자 하는 시도가 일어나게 된 것이다. 이는 明代 초기와 중기에 복고파에 의한 唐詩의 존중이 이어졌고 晩明에는 公安派와 竟陵派에 의해 개성적 성령의 회복을 향한 자연 추구가 이루어졌으며 明末에는 山人詩人들이 우국의 심정을 자연시에 투입했던 것과 비교되는 부분이다.

　淸末로 오면서 시가에 學力을 중시하는 관점이 성행하게 되었고 자연시와 연관이 깊은 王士禎의 神韻說이 비평의 대상이 되기도 하였다. 方東樹를 대표로 한 淸末 桐城派와 陳衍, 陳三立을 대표로 한 同光體派는 翁方綱의 肌理說과 같은 입장에서 깊은 의미를 지닌 학자의 시를 추종하고 杜甫와 韓愈를 詩宗으로 삼으면서 王維에 대하여는 風雅와 離騷의 뜻과는 거리가 먼 시인으로 배척하는 면모를 보이기도 하였다. 또한 도학자들은 옛 시가 쇠망하게 되었다고 보면서 학력이 깊은 학자의 시를 제창하기도 하였다. 이들 시인들은 '妙悟'와 '神韻'을 위주로 하는 자연시는 고아하고 한아한 운치는 있으나 웅건하고 깊은 격조는 지니고 있지 못하여 淸末의 시대상을 담아내기에는 부족하다고 보았다. 이른바 시가의 실용적인 측면이 강조된 성향을 보인 것이다. 그러나 자연시는 자연이 주는 영감과 작가의 개성을 통해 예술적 가치를 높은 창작을 하도록 하는 데 있어서는 중요한 수단이 된다는 점에서 여전히 영향력을 행사하고 있었다. 현실적인 측면에서 사회 변화의 양상을 주도하지는 못하였지만 자연이 제공하는 청아한 창작 의지와 심신의 평온을 바탕으로 천연의 심미관을 창출해내는 데 있어 자연시만큼 격조 높은 창작 분야는 없었기 때문이다. 따라서 다소와 경중의 차이는 있으나 淸末의 많은 시인들 역시 자연을 배경으로 한 시가 창작에 공력을 기울였고 자신의 회한과 시국에 대한 의견을 자연 묘사 속에 담음으로써 시가의 예술성을 높이기 위한 노력을 가하게 된다. 중국 시가사상 자연시는 한아하고 담박한 경지와 순전한 아름다움을 통해 시인들의 가슴에 강한 영향력을 행사한 창작 분야라는 점에서는 이견이 없었던 셈이라 하겠다.

　자연시를 창작했던 역대 문인들의 시문을 보면 그 시풍이나 문학적 주안점이 각기 달랐으며 작품 속에서 자연을 묘사하는 정도도 각기 달랐음을 살필 수 있다. 또한 전대 자연시인의 작품에 대해 어느 정도 관심을 갖고 있었느냐에 따라 주고받은 영향력이 정도의 차이를 갖게 되었다는 것도 생각해볼 수 있는 점이었다. 그러나 작가마다 시대마다 차이는 있었다 해도 중국 문인들의 가슴에 자연과 함께하며 자연이 주는 위대한 영향력을 기쁘게 수용하리라는 바람과 갈망은 늘 존재하고 있었다. 자신들이 처한 시대적 환경이나 개인적 상황이 어떻게 전개되든지 간에 시인들은 "자연과 내가 서로 상통하는 것에서 감흥을 얻고(物我感興)", "자연과 내가 하나가 되는(物我一如)" 것을 최고의 경지로 여기면서 자신 심령의 울림을 시가로 표출해냈던 것이다. 역대 시인들이 육안으로 보이는 자연 경물을 감상하면서 이 속에 희로애락을 비롯한 자신의 각종 정신세계를 담아냈다는 것은 인간이라는 심미 주체가 자연이라는 심미 객체에 대하여 고도의 정신적 감응을 지향하고 있었음을 의미한다. 육안으로 보이는 경물의 실체를 넘어서 정신으로 바라보고 지향하는 '자연'의 경지, 자연 속에서 자신의 모든 시름과 고집과 자아를 내려놓고 맑고 새롭게 정화된 심신을 얻는 경지, 어느덧 자연과 함께 조화를 이루며 至樂의 경계에 들어서게 되는 경지, 이러한 경지는 비록 그동안 인간이 희구했던 각종 자유와 이상을 완전하게 충족하는 경지는 아니었다 할지라도 현실 속에서 자아가 추구하고 누릴 수 있는 최선의 기쁜 상태였다는 점에서는 의미하는 바가 크다고 할 수 있는 것이다.

참고서목

1. 단행본

(1) 기본서 및 주석류

『全唐詩』, 北京 中華書局, 1979.

高 棅, 『唐詩品匯』, 上海古籍出版社, 1988. 9.

高步瀛, 『唐宋詩擧要』(上·下), 中華書局 香港分局, 1985. 9.

郭紹虞, 『淸詩話續編』(上·下), 上海古籍出版社, 1983. 12.

皎 然 撰, 李壯鷹 校注, 『詩式校注』, 齊魯書社, 1987. 7.

歐陽脩, 宋祁, 『新唐書』, 中華書局, 1975.

臺靜農, 『百種詩話類編』(上·中·下), 臺灣 藝文印書館, 民國 63.

傅璇琮, 『唐才子傳校箋』, 中華書局, 2000. 2.

辛文房, 『唐才子傳』, 黑龍江人民出版社, 1988.

沈德潛, 『唐詩別裁集』(上·下), 上海古籍出版社, 1992. 7.

丁福保, 『續歷代詩話』(上·中·下), 中華書局, 1983.

丁福保, 『淸詩話』, 明倫出版社, 民國 60. 12.

陳君尙 輯校, 『全唐詩補遺』, 中華書局, 1979.

陳伯海, 『唐詩彙評』(上·中·下), 浙江敎育出版社, 1995. 5.

何文煥, 『歷代詩話』(上·下), 中華書局, 1981.

許學夷, 『詩源辯體』, 人民文學出版社, 1987.

胡應麟, 『詩藪』, 臺灣 廣文書局, 民國 60.

胡正亨, 『唐音癸籤』, 臺灣 木鐸出版社, 民國 71.

(2) 문학사서류

郭紹虞, 『中國文學批評史』臺灣 文史哲出版社, 1977. 4.

羅宗强, 『隋唐五代文學思想史』, 上海古籍出版社, 1986. 8.

莫林虎, 『中國詩歌源流史』, 中國社會科學出版社, 2002.

吳庚舜·董乃斌, 『唐代文學史』(上·下), 人民文學出版社, 1995. 12.

阮 忠, 『唐宋詩風流別史』, 武漢出版社, 1997. 12.

王 玫, 『六朝山水詩史』, 天津人民出版社, 1996.

劉大杰, 『中國文學發展史』(上·中·下), 上海古籍出版社, 1984. 2.

李文初, 『中國山水詩史』, 廣東高等教育出版社, 1991. 5.

李從軍, 『唐代文學演變史』, 人民文學出版社, 1993. 10.

張松如, 『中國詩歌美學史』, 吉林大學出版社, 1994. 10.

趙義山, 李修生, 『中國分體文學史·詩歌卷』, 上海古籍出版社, 2001. 7.

蔡鍾翔 等著, 『中國文學理論史』, 北京出版社, 1987. 6.

許　總, 『唐詩史』(上·下), 江蘇教育出版社, 1995. 3.

許世旭, 『中國古代文學史』, 法文社, 1987. 1.

＿＿＿＿, 『中國近代文學史』, 법문사, 1996.

(3) 개인 작가 시문집 및 唐詩 주해본

郭　振, 『古代詩人咏海』 海洋出版社, 1993. 12.

仇兆鰲, 『杜詩詳注』, 漢京文化事業公司, 1984.

김달진, 『唐詩全書』, 민음사, 1987.

김원중, 『당시감상대관』, 까치, 1993. 2.

譚　尉, 『中國古代山水田園詩賞析』, 貴州人民出版社, 1986. 11.

陶文鵬, 『盛唐山水田園詩歌賞析』, 廣西人民出版社, 1986. 11.

＿＿＿＿, 『王維孟浩然詩選評』, 三秦出版社, 2004.

陶敏·易淑瓊, 『沈佺期宋之問集校注』, 中華書局, 2001.

麻守中·張軍, 『歷代旅游詩文賞析』, 吉林文史出版社, 1991. 10.

毛谷風 選注, 『唐人五絶選』, 陝西人民出版社, 1992. 6.

白居易, 『白居易全集』, 上海古籍出版社, 1999.

樊運寬, 『古代山水田園詩精選点評』, 廣西師範大學出版社, 1986. 11.

徐定祥, 『李嶠詩注·蘇味道詩注』, 上海古籍出版社, 1995.

聶夷中·杜旬鶴, 『聶夷中詩·杜荀鶴詩』, 中華書局, 1959.

邵明珍, 『唐代詩歌評点』, 廣西教育出版社, 2001.

孫琴安, 『唐人七絶選』, 陝西人民出版社, 1982. 11.

楊文生, 『王維詩集箋注』, 成都 : 四川人民出版社, 2003.

余冠英, 『中國古代山水田園詩鑒賞辭典』, 江蘇古籍出版社, 1989.

吳功正, 『山水詩注析』, 山西人民出版社, 1986. 1.

王茂福, 『皮陸詩傳』, 吉林人民出版社, 2000.

王友懷, 『王維詩選注』, 陝西人民出版社, 1988.

廖仲安, 『山水田園詩派選集』, 北京師範大學出版社, 1995. 10.

袁闓琨, 『全唐詩廣選新注集評』, 遼寧人民出版社, 1994. 8.

劉鉄·徐應佩, 『游山玩水賞古詩』, 江蘇教育出版社, 2002. 1.

劉永濟, 『唐人絶句精華』, 人民文學出版社, 1981. 9.

殷海國, 『古代山水詩名篇賞析』, 復旦大學出版社, 1993.

李　建·康金聲, 『古代田園詩注析』, 山西人民出版社, 1989. 1.

李炳漢・李永朱 역해,『唐詩選』, 서울대학교 출판부, 1998.

李小松,『孟浩然韋應物詩選』, 臺北遠流出版事業公司, 1988. 7.

李雲逸,『盧照集校注』, 中華書局, 1998.

이종진,『李商隱詩選』, 민미디어, 2001.

儲仲君,『劉長卿詩編年箋注』(上・下) 中華書局, 1996.

田　軍 외,『中國古代田園山水邊塞詩賞析集成』, 光明日報出版社, 1991. 2

趙慧文,『歷代詠花草詩詞選』, 學苑出版社, 2005.

朱金城,『白居易集箋校』, 上海古籍出版社, 1988.

詹　鍈,『李白全集校注彙釋集評』, 百花文藝出版社, 1996.

詹福瑞 외,『李白詩全譯』, 河北人民出版社, 1997.

湯華泉・劉學忠,『古代田園詩選』, 黃山書社, 1989. 4.

許　評,『歷代山水田園詩賞析』, 明天出版社, 1986.

許文雨,『唐詩集解』(上・中・下), 臺灣 正中書局, 民國 43.

黃肅秋 選, 陳新 注,『唐人絶句選』, 中華書局, 1982. 2.

候健 等 主編,『歷代抒情詩分類感賞集成』, 北京十月文藝出版社, 1994. 2.

(4) 기타 참고도서류

柯慶明,『中國文學的美感』, 河北教育出版社, 2001. 11.

葛曉音,『山水田園詩派研究』, 遼寧大學出版社, 1993. 1.

_____,『詩國高潮與盛唐文化』, 北京大學出版社, 1998. 5.

_____,『漢唐文學的嬗變』, 北京大學出版社, 1990. 11.

강영안,『자연과 자유사이』, 문예출판사, 1998.

丘燮友,『白居易』, 河洛圖書出版社, 民國 67. 2.

權奇浩,『禪詩의 世界』, 慶北大學出版部, 1991. 9.

金雲學,『佛教文學의 理論』, 一志社, 1990. 4.

기태완,『花情漫筆』, 서울 : 고요아침, 2007,

羅時進,『唐詩演進論』, 江蘇古籍出版社, 2001. 9.

다카시마 도시오 저, 이원규 역,『이백, 두보를 만나다』, 심산, 2003.

段寶林, 江溶,『中國山水文化大觀』, 北京大學出版社, 1996. 7.

柳晟俊,『唐代 大曆才子詩 研究』, 한국외국어대학교 출판부, 2002.

_____,『唐詩의 작가론적 이해』, 신아사, 2006. 2.

_____,『中國唐詩研究』(上・下), 國學資料院, 1994. 3.

馬束田 主編,『唐詩分類大辭典』(上・中・下), 四川辭書出版社, 1992. 8.

孟二冬,『中唐詩歌之開拓與新變』, 北京大出版社, 1998. 9.

裵宗鎬,『동양철학으로 본 자연관』, 一念, 1987.

范之麟・吳庚舜 主編,『全唐詩典故辭典』(上・下), 辭書出版社, 1989. 2.

傅璇琮,『唐代詩人叢考』, 中華書局, 1996. 4.

謝凝高, 『山水審美人與自然的交響曲』, 北京大學出版社, 1992.

商友敬, 『山情水韻』, 上海古籍出版社, 1991.

小尾郊一 저, 尹壽榮 역, 『中國文學 속의 自然觀』 江原大出版部, 1988. 12.

蕭滌非, 『唐詩大觀』, 商務印書館香港分館, 1986. 1.

孫昌武, 『唐代文學與佛敎』, 陝西人民出版社, 1985.

_____, 『禪思與詩情』, 中華書局, 1997.

施蟄存, 『唐詩百話』, 上海古籍出版社, 1987. 9.

신현락, 『한국 현대시와 동양의 자연관』, 한국문화사, 1998.

안치 저, 이창숙·신하윤 역, 『영원한 대자연인 이백』, 이끌리오, 2000.

楊 義, 『李杜詩學』, 北京出版社, 2001. 3.

에머슨 저, 신문수 역, 『자연』, 문학과지성사, 1998.

呂子都, 『中國歷代禪詩精華』 東方出版中心, 1996.

伍蠡甫, 『山水與美學』, 上海文藝出版社, 1985.

吳承學, 『中國古典文學風格學』, 花城出版社, 1993. 12.

吳戰壘 저, 유병례 역, 『중국시학의 이해』, 서울 : 태학사, 2003.

王 曙, 『唐詩的故事』, 北京工業大學出版社, 2007. 1.

王開洋, 『唐詩萬象』, 百花文藝出版社, 2010. 6.

王國瓔, 『中國山水詩研究』, 臺灣 聯經出版社, 1992.

王德保, 『仕與隱』, 華文出版社, 1992.

王明居, 『唐詩風格美新探』, 農業出版社, 1987. 10.

王士菁, 『唐代文學史略』, 湖南師範文學出版社, 1992. 7.

王志淸, 『盛唐生態詩學』, 北京大學出版社, 2007. 4.

王洪·方廣錩, 『中國禪詩鑑賞辭典』, 중국인민대학출판사, 1992.

王洪·田軍 主編, 『唐詩百科大辭典』, 光明日報出版社, 1990. 10.

容肇祖, 『魏晉的自然主義』, 東方出版社, 1996. 3.

禹克坤, 『中國詩歌的審美境界』, 中國廣播電視出版社, 1992. 8.

袁行霈 외, 『中國詩學通論』, 安徽敎育出版社, 1996.

_____ 저, 姜英順 외 역, 『中國詩歌藝術研究』, 亞細亞文化社, 1990. 8.

劉開揚, 『唐詩通論』, 臺灣 木鐸出版社, 民國 72. 4.

劉若愚 저, 李章佑 역, 『中國詩學』, 동화출판공사, 1984,

윤호진, 『漢詩와 四季의 花木』, 서울 : 교학사, 1997.

李 浩, 『唐代園林別業考論』, 河北大學出版社, 1996. 4.

李文初, 『中國山水文化』 廣東人民出版社, 1996.

이병한 외, 『중국시와 시인 ─ 唐代篇』, 사람과책, 1998.

李炳漢, 『中國古典詩學의 理解』, 文學과知性社, 1992. 9.

李壯鷹, 『禪與詩』, 북경사범대학출판사, 2001.

李定廣, 『唐末五代亂世文學研究』, 中國社會科學出版社, 2006.

林繼中, 『唐詩和庄園文化』, 漓江出版社, 1996. 5.

任海天, 『晚唐詩風』, 黑龍江教育出版社, 1998.

蔣　寅, 『大歷詩人研究』上海古籍出版社, 1992. 8.

_____, 『大歷詩風』, 上海古籍出版社, 1992. 8.

章尙正, 『中國山水文學研究』, 學林出版社, 1997. 9.

臧維熙, 『中國山水的藝術精神』, 學林出版社, 1994.

張湖逛, 『唐詩分類研究』, 江蘇教育出版社, 1999.

田望生, 『空山詩魂』, 華文出版社, 2004. 1.

鄭慧霞, 『盧仝宗論』, 光明日報出版社, 2010. 5.

趙營蔚, 『晚唐士風與詩風』, 上海古籍出版社, 2004.

周德發, 『中國山水詩論稿』, 山東友誼出版社, 1994.

中國唐代文學學會, 『唐代文學研究』, 廣西師範大學出版社, 1990. 10.

陳伯海, 『唐詩學引論』, 知識出版社, 1989. 7.

陳植鍔, 『詩歌意象論』, 中國社會科學出版社, 1992. 11.

陳炎·李紅春, 『儒釋道背景下的唐代詩歌』, 崑崙出版社, 2003.

車柱環, 『中國詩論』, 서울大學出版部, 1989. 7.

蔡英俊, 『比興物色和情景交融』, 大安出版社, 1986.

蔡鍾翔·鄧光東, 『美在自然』, 百花洲文藝出版社, 2001. 9.

肖占鵬, 『韓孟詩派研究』, 南開大學出版社, 1999. 6.

崔珍源, 『國文學과 자연』, 成大出版部, 1981.

팽철호, 『중국고전문학풍격론』, 사람과책, 2001.

夏　昆, 『唐詩的江山』, 中國出版集團, 2008. 2.

胡經之, 『中國古典文藝學叢編』, 北京大出版社, 2001. 7.

洪寅杓, 『柳河東詩研究』, 瑞麟出版社. 1981. 4.

Stephen Owen, 賈晉華 역, 『盛唐詩』, 黑龍江人民出版社, 1991. 4.

2. 논문

(1) 자연시 관련 논문

葛曉音, 「山水方滋, 老莊未退」, 『中國古代近代文學研究』, 1985. 5.

_____, 「盛唐田園詩和文人的隱居方式」, 『中國古代近代文學研究』, 1990. 4.

康　萍, 「唐末詩歌中的淡泊情思及其原因」, 『復旦學報』, 1991. 제4기.

강효금, 「중국 자연시의 특성에 관한 연구」, 계명대학교 석사학위 논문, 1986.

郭道榮·嚴文琴, 「禪宗與中國山水詩」, 『成都文學學報』(社科版), 1993. 제2기.

羅時進, 「晚唐詩人的仕隱矛盾與許渾隱逸詩」, 『唐代文學研究』(廣西師大出版社), 제7집, 1998.

蘭甲雲, 「簡論唐代詠物詩發展軌迹」, 『中國文學研究』, 1995.

馬自力,「中國古代淸淡詩風與淸淡詩派」,『文學遺産』, 1994. 6.

孟二冬,「論中唐詩人審美心態與詩歌意境的變化」, 文史哲, 1991. 5.

木 公,「山水詩興起原因新探」,『湖南師範大學社會科學報』, 1996. 11.

박인성,「唐代 竹枝詞 析論」,『중국어문논총』제23집, 2002. 12.

潘知常,「唐代山水詩中美的的演進」,『益陽師傳學報』, 1996. 3.

배다니엘,「17~18세기 明淸 자연시의 미적 특색」,『중어중문학』33집, 2003. 12.

_____,「唐代 산수전원시의 분기별 특성 연구」,『중국연구』32집, 2003. 12.

_____,「唐詩 중에 나타난 꽃 묘사양상과 미학적 특징」,『중국연구』50권, 2010. 12.

_____,「도연명과 워즈워드의 시에 나타난 자연미 비교」,『중국학보』제44집, 2001. 12.

_____,「山水詩의 興起와 儒・道・佛家思想」,『중국학논총』제11집, 2001. 6.

_____,「선취가 투영된 자연시의 미적 특징」,『중국학연구』32집, 2005. 6.

_____,「盛唐과 中唐 自然詩의 風格 비교」,『중어중문학』제26집, 2000. 6.

_____,「중국 고전시론에서 이루어진 '自然'개념 논의 고찰」,『중국학연구』25집, 2003. 9.

_____,「중국 영화시 창작을 통한 힐링의 양상」,『중국학연구』68집, 2014. 8.

_____,「중국 자연시와 서구 생태시의 비교적 고찰」,『중국연구』40권, 2007. 6.

_____,「중국 자연시와 워즈워드 자연시에 나타난 자연관 서사비교」,『중어중문학』제30집, 2002. 6.

_____,「中國 自然詩의 창작심리 고찰」,『중국연구』제27권, 2001. 6.

_____,「중문학과 영문학의 自然詩 창작배경 비교」,『중어중문학』제29집, 2001. 12.

_____,「初唐과 晩唐 自然詩의 風格 비교」,『중국연구』제30권, 2002. 12.

_____,「MBTI 4대 지표를 통해 본 唐詩 표현 고찰」,『중국연구』48권, 2010. 3.

서 성,「晩唐 詩風의 지역적 분화」,『중국문학이론』제5집, 2005. 2.

徐應佩,「中國山水文學與思維方式」,『語文學刊』(呼和浩特), 1990. 5.

서현찬,「동서양의 자연시에 나타난 자연관 비교연구」, 경상대학교 석사학위 논문, 1995. 6.

蕭 馳,「兩種田園情調」,『中國古代近代文學研究』, 1990. 4.

심경호,「한국・중국의 한시와 자연」,『민족문화연구』제45호, 2006.

吳全蘭,「自然美-中國古典詩歌的一種審美理想」,『中國古代近代文學研究』, 1998. 12.

王 靑,「濟梁山水旅行詩歌折射的文化心態」,『中國古代近代文學研究』, 1991. 10.

王力堅,「山水以形媚道」,『中國古代近代文學研究』, 1996. 8.

王利軍,「禪悟對中國詩歌發展的影響」,『浙江師大學報』社科版, 1997. 3.

汪蘇娥,「淺談中國山水田園詩的審美構成因素」,『中國古代近代文學研究』, 1997. 11.

王定璋,「唐代山水旅行詩歌折射的文化心態」,『中國古代近代文學研究』, 1991. 7.

王志淸,「山水詩中物的心態和詩論」,『中國古代近代文學研究』, 1993. 5.

姚漢榮,「中國山水文學的幾個問題」,『中國古代近代文學研究』, 1993. 4.

熊有爲・孫愼鳴,「淺談古典詩歌的語言美」,『貴州教育學院學報』社科版, 1994. 4,

袁文麗,「晩唐詩人內向心理探因」,『山西大學學報』, 1997. 제4기.

劉德重,「盛唐山水田園詩派的形成及其在文學史上的地位」,『安徽大學學報』, 1980. 3.

李旦初,「中國古代文學流派理論發展梗概」,『中國古代近代文學研究』, 1989. 2.

李文初,「論東晉的山水詩」,『中國古代近代文學硏究』, 1986. 4.

_____,「中國山水詩人的審美追求」,『中國古代近代文學硏究』, 1996. 1.

李瑞騰,「唐詩中的山水」,『古典文學』 第三集, 學生書局, 民國 69. 12.

李春靑,「論自然範疇的三層內涵」,『中國古代近代文學硏究』, 1997. 5.

林繼中,「試論盛唐田園詩的心理依據」,『唐代文學硏究年鑑』, 廣西師範大出版社, 1991.

蔣 寅,「走向情景交融的詩史進程」,『文學評論』, 1991. 제1기.

張 晶,「禪與唐代山水詩派」,『社會科學戰線』(長春), 1994. 6.

章尙正,「山水審美中的生命精神」,『中國古代近代文學硏究』, 1998. 12.

田耕宇,「隱逸觀念的新變」,『中國古代近代文學硏究』, 1996. 11.

趙道衡,「山林隱逸與山水詩的興起」,『中國古典文學論叢 第五集』, 人民文學出版社, 1987.

周錫䪨,「中國田園詩之硏究」,『中國古代近代文學硏究』, 1991. 10.

陳邵明,「隱逸文化與古代文學審美視野的開拓」,『長沙水電師院學報』(社科版), 1996. 4기.

(2) 唐代 각 시인에 대한 논문

賈晋華,「皎然論大曆江南詩人辨析」,『文學評論叢刊』 第22集, 1984. 11.

姜光斗・顧啓,「韋詩初探」,『唐代文學』, 西北大學校, 1981. 제1기.

江立中,「試論張說在岳陽的貶謫詩」,『雲夢學刊』, 2003. 7.

顧建國,「張九齡詩歌的藝術淵源和美學風格成因新探」, 學術論壇, 2005. 제8기.

高橋良行,「劉長卿集傳本考, 蔣寅 譯,『揚州師院學報』, 1988. 제1기.

_____,「劉長卿札記」, 早稻田大學校 中國文學會 第2回 發表文, 1977. 6.

高菊榮,「孟郊賈島創作辨析」, 阜陽:『阜陽師範學院學報』, 2003. 제1기.

高銘銘・霍志軍,「張說山水詩之審美價値試探」,『中國鑛業大學學報』, 2003. 3.

고괄미,「韓孟시파의 창작론과 심미성향」,『중국학연구』 제26집, 2003. 12.

高海夫,「中唐詩人韋應物」,『陝西師大學報』, 第四期, 1979.

金成文,「杜牧詩硏究」, 韓國外國語大學校 博士學位 論文, 1993年 8月.

金勝心,「王維詩硏究 — 自然詩 中心으로」, 숙명여자대학교 석사학위 논문, 1980.

金周淳,「中國歷代陶學硏究」,『曉星女大論文輯』 48집, 1994. 2.

김경동,「白居易 시가 사분류에 의한 문제」,『중국학보』제42집, 2002.

金勝心,「王維詩의 畵趣美」,『솔뫼어문논총』 제12집, 2000.

金在乘,「王維의 輞川詩考」,『龍鳳論叢』 제9집, 全南大學校人文科學硏究所, 1979.

盧明瑜,「韋應物詩硏究」, 臺灣大學校 碩士學位 論文, 1990. 5.

單 輝,「論張九齡詩歌淸澹自然的美學風格」,『作家雜誌』, 2008. 제2집

唐愛霞,「飛卿亦有淸詩句 — 溫庭筠山水田園詩的淸拔曠遠之美」,『電子科技大學報』, 2009. 11권.

代 亮,「孟郊, 梅堯臣窮苦之吟異同論」,『廣西社會科學』, 2008. 6.

陶善耕,「萬卷堆胸, 三光撮眼 — 盧仝其人其詩」,『河南科技大學學報』 22卷 3기, 2004. 9.

羅時進,「晚唐詩人的仕隱矛盾與許渾隱逸詩」,『唐代文學硏究』 제7집, 廣西師大出版社, 1998.

梁麗超,「論唐代詩人許渾詩歌的崇高美」,『瀋陽農業大學學報』, 2007. 12.

_____, 「論許渾對江湖詩派的影響」, 科教文彙, 2007. 4.

梁必彪, 「佛禪隱逸思想對許渾仕途及其創作的影響」, 『武夷學院學報』 제27권 1기, 2008. 2.

雷 莎, 「論錢起的山水詩」, 『社會科學論壇』, 2010. 4.

廖 瑜, 「張九齡詩歌與盛唐氣象」, 『紅河學院學報』, 2007. 6.

劉敬軍, 「張說和張九齡的詩歌創作特点和對盛唐詩歌創作的影響」, 『黑龍江教育學院學報』, 2008. 8.

柳晟俊, 「申緯와 王維 詩의 神韻味와 繪畵技法 比較考」, 『중국학연구』 제26집, 2003.

_____, 「王維詩攷」, 서울대학교 석사학위 논문, 1968.

劉榮俊·彭天瑞, 「盛唐邊塞詩的特點與魅力」, 『文學敎育』, 2011. 8.

劉海利, 「論韓孟詩派的産生及其詩歌藝術風格」, 焦作 : 『和田師範專科學校學報』, 2009. 제1기.

馬德生, 「試論許渾七言律詩的主題內涵」, 『河北大學學報』 제25권 6기, 2000. 12.

馬自力, 「論韋柳詩風」, 『中國社會科學』, 1989. 제5기.

_____, 「韋柳詩歌與中唐詩變」, 『學術論壇』, 1990. 제5기.

万 露, 「苦吟與詩歌的陌生化效應 ─ 論孟郊, 賈島詩」, 『樂山師范學院學報』, 2010. 2.

孟國棟, 「許渾隱逸生活研究」, 『西安電子科技大學學報』 제21권 1기, 2011. 1.

文航生, 「司空曙詩歌的藝術意味與表達」, 『長春理工大學學報』, 第6卷, 2011. 3.

閔 沽, 「盧仝詩歌中的窮愁之音及其成因」, 福州 : 『福建論壇』, 2010.

朴炳仙, 「王績詩研究」, 전남대학교 박사학위 논문, 1995. 2.

朴三洙, 「王維 自然詩 形成의 詩史的 背景」, 『中國語文學』 제21집, 1993.

_____, 「王維詩 研究」, 성균관대학교 박사학위 논문, 1994.

배다니엘, 「賈島 시가에 나타난 자연묘사 양상」, 『중국연구』 63권, 2015. 4.

_____, 「綦毋潛 시가의 주제 분석」, 『중국어문학지』 제49집, 2014. 12.

_____, 「盧仝 시가에 나타난 자연묘사 양상」, 『외국문학연구』 52호, 2013. 11.

_____, 「晚唐 方干의 隱逸詩」, 『중국학연구』 제22집, 2002. 6.

_____, 「晚唐 隱逸詩人의 詩」, 『중어중문학』 제27집, 2000. 12.

_____, 「晚唐 張碧 自然詩의 풍격 특성」, 『중국학연구』 제18집, 2000. 6.

_____, 「孟郊 시가에 나타난 자연묘사 양상」, 『중국문화연구』 22집, 2013. 6.

_____, 「常建 시에 나타난 自然美感과 現實意識」, 『중국학보』 제41집, 2000. 8.

_____, 「盛唐 邊塞派 詩人의 시에 나타난 자연묘사 양상」, 『중국학보』 65집, 2012. 6.

_____, 「溫庭筠 자연시의 특징 분석」, 『중국문화연구』 제26권, 2014. 11.

_____, 「姚合 시가에 나타난 자연묘사 양상」, 『중국연구』 59권, 2013. 11.

_____, 「韋應物 詩 研究」, 한국외국어대학교 박사학위 논문, 1997. 2.

_____, 「韋應物과 柳宗元 자연시의 비교적 고찰」, 『중어중문학』 35집, 2004. 12.

_____, 「劉長卿 山水詩 研究」, 『중국학연구』 제11집, 1996. 12.

_____, 「張繼詩攷」, 『중국학연구』 제17집, 1999. 12.

_____, 「張九齡 자연시의 특징과 의의」, 『중어중문학』 51집, 2012. 4.

_____, 「張說 자연시의 특징 고찰」, 『중국학연구』 58집, 2011. 12.

_____, 「儲光羲 山水田園詩 研究」, 『중국학연구』 제13집, 1997. 12.

_____, 「錢起의 자연시 창작 경향」, 『중국연구』 55권, 2012. 7.

_____, 「祖詠 山水田園詩의 풍격 고찰」, 『중국학논총』 제10집, 2000. 8.

_____, 「初唐 山水詩와 上官婉兒의 詩」, 『중국학연구』 제19집, 2000. 12.

_____, 「許渾 시가에 나타난 자연묘사 양상」, 『중국학보』 68집, 2013. 12.

白愛平, 「姚合賈島詩歌的共時接受」, 寧夏 : 『寧夏大學學報』 제28권, 2006, 第3期.

范愛菊, 「盧仝 : 險怪詩人」, 『文學敎育』, 2010. 2.

傳璇琮, 「張繼考」, 『唐代詩人叢考』, 中華書局, 1996.

謝桃坊, 「大曆才子錢起之詩的硏究與整理」, 『四川社科界』, 1993. 第2기.

史遇春, 「試論王維詩歌的色彩運用」, 『安康師專學報』, 2005. 5기.

胥 雲, 「論韋應物詩歌的淡美風格」, 『陝西師院學報』, 1992. 第4기.

徐永麗, 「論許渾山水詩中的隱逸思想」, 『泰山鄕鎭企業職工大學學報』 제11권 1기, 2004. 3.

成松柳, 「李群玉和晩唐山水詩」, 『長沙電力學院學報』, 1997. 第4기.

續娟娟, 「論許渾山水詩的審美視角及許渾千首濕」, 『西安文理學院學報』 제10권 1기, 2007. 2.

宋天鎬, 「孟浩然詩硏究」, 성균관대학교 大東文化硏究院, 1988. 1.

沈文汎, 「大歷詩壇上一支獨異的花朶」, 『安徽師大學報』, 1989. 第1기.

_____, 「韋應物詩歌的審美觀」, 『協和師傳學報』, 1989. 第2기.

_____ · 周非非, 「唐代詩人姚合硏究綜術」, 瀋陽 : 『東北師大學報』, 2007. 第3기.

艾麗輝 · 康燕燕, 「論岑參邊塞詩的異域風情」, 『語文學刊』, 2010. 2.

楊心課, 「論王孟韋柳之詩」, 『建設』, 1960. 4. 第2기.

吳允淑, 「劉長卿 · 韋應物 自然詩 比較 硏究」, 성균관대학교 박사학위 논문 1998. 4.

吳在慶, 「論方干的隱居及其心態」, 『廈門大學學報』, 1999. 2.

오태석, 「賈島의 시가창작 연구」, 『중국문학』 제22집, 1994. 12.

王 妍, 「生命無法承受之重 : 白居易山水詩創作理論及動因分析」, 『文藝評論』 제456기, 2011.

王 睿, 「論韓愈的園林詩」, 『周口師范學院學報』, 제25권, 2008. 1.

王竟時, 「試論"二謝"與王維山水詩的藝術風格和特色」, 『遼寧敎育行政學院學報』, 1988. 1기.

王立增, 「盧仝及其詩歌創作簡論」, 『許昌學院學報』 22券 3起, 2003.

王定璋, 「評錢起詩歌」, 『鹽城師專學報』, 1987. 第3기.

姚皓華, 「論大歷十才子與盛唐邊塞詩派邊塞詩歌審美特徵的區別」, 『信陽師范學報』, 2006. 2.

_____, 「錢起的詩歌創作與唐詩演進」, 『廣東海洋大學學報』 第28卷, 2008. 4.

于 水, 「淺論孟郊詩的思想內容」, 『考試週刊』, 2011. 17기.

于展東, 「論張九齡貶謫荊州期間的心路歷程」, 安陽 : 『殷都學刊』, 2011.

牛海蓉, 「張九齡詩歌的興象創造」, 西安 : 『唐都學刊』, 2004. 7.

袁文麗, 「晩唐詩人內向心理探因」, 『山西大學學報』, 1997. 第4기.

魏景波 · 魏耕原, 「盛唐前期王灣, 祖咏, 崔曙與綦毋潛及劉眘虛合論」, 『福州大學報』, 2011. 2기.

劉 乾, 「劉長卿詩雜考」, 『復印報刊』, 1989. 7.

劉 謀, 「淺析大歷山水詩的主要藝術特色」, 『鹽城師專學報』, 1987. 第2기.

兪聖濬, 「盛唐 盧象의 詩」, 『중국연구』 제43집, 2008.

_____,「盛唐 盧象의 詩交」,『중국학연구』제40집, 2007. 6.

_____,『劉禹錫詩研究』, 韓國外國語大學校 博士學位 論文, 1994. 8.

劉惠芳,「盛唐江西詩人慕毋潜創作研究」,『古典文學新探』, 2010. 제5기.

尹占華,「論盧仝詩題材趣向與藝術風格」,『寶鷄文理學院學報』24卷 6起, 2004. 12.

李東鄕,「謝靈運과 王維의 山水詩 比較研究」,『中國文學』제33집, 2000.

李芳民,「論柳宗元山水詩的個性特徵」,『唐代文學研究』제7집, 廣西師範大學出版社, 1998.

李良銘,「試論韋應物山水田園詩的境界」,『四川教育學院學報』, 1992. 3기.

李英姿,「賈島苦吟詩探微」, 瀋陽:『遼寧師專學報』, 2006. 제1기.

李容宰,「王維詩에 나타난 '달(月)' 이미지 考」,『중국어문학논집』제26호, 2004.

_____,「王維詩에 나타난 色彩 表現과 色彩 認識」,『中國語文學論集』제39호, 2006.

이우정,「賈島 시대에 관한 소고」,『중국어문논총간』제14집, 2005. 1.

李育仁,「從眞實性看韋應物的詩歌藝術特色」,『玉林師專學報』, 1985.

이익희,「錢起 詩의 思想性과 藝術性」,『중국연구』제32집, 2003. 12.

張 軍,「詩論韋應物詩歌的思想性」,『文學評論』, 1986. 제2기.

蔣 寅,「唐代詩人李嘉祐的創作道路和藝術傾向」,『河北大學學報』(哲史版) 1994. 1.

張玉娟・趙廣榮,「試論張九齡對屈原的繼承和發展」,『山東電大學報』, 2003. 제2기.

張震英,「論姚合, 賈島對唐詩山水田園審美主題的新變」,『文藝研究』, 2006. 第1期.

_____,「姚賈與山水田園詩歌審美主題的嬗變」,『河北大學學報』제31권, 2006. 第1期.

張自華,「溫庭筠詩歌研究」, 廣西師範大學校 박사학위 논문, 2011. 4.

張天健,「試論韋應物及其詩歌」,『貴州大學學報』, 1987. 제3기.

張學忠・于展東,「簡論張說的山水詩創作」,『陝西師範大學學報』제36권 제1기, 2007.1.

儲仲君,「李嘉祐詩疑年」,『唐代文學研究』第2卷, 廣西師大出版社.

_____,「張繼的行迹及其他」,『文學遺産』, 1991. 제3기.

錢志鵬,「淺論張九齡詩歌的孤獨意識」,『江蘇教育學院學報』, 2001. 9.

丁 放,「大歷十才子詩歌的藝術特徵」,『安徽師大學報』, 哲史版, 1985. 3.

鄭德秀,「唐孟浩然, 王維, 韋應物三家山水詩論」, 復旦大學校 博士學位 論文, 1998.

鄭慧霞,「試論盧仝詩的諧趣」,『柳州師專學報』제22卷 5起, 2008. 10.

曹 健,「論王維山水田園詩的繪畫美」,『武漢科技學院學報』, 2005. 9기.

曹柯新,「苦澀而執著的吟唱 — 論賈島的咏物詩」, 長城. 2011. 5.

趙玉楨,「論王維山水田園詩藝術風格的多樣性」,『寧夏大學學報』, 1989. 3기.

趙昌平,「"吳中詩派"與中唐詩歌」,『中國社會科學』, 1984. 4.

曹治邦,「張說山水詩簡論」,『甘肅高師學報』, 2004. 제9권 6기.

趙平平,「淺議孟郊與賈島詩歌比較」,『中國古代文學研究』, 2009. 9.

朱國能,「柳宗元詩禪機理趣深討」,『唐代文學研究』제7집, 廣西師範大學出版社, 1998.

周寅賓,「論方干的浙江山水詩」,『唐代文學研究』제6집, 廣西師大出版社, 1996.

陳慶惠,「錢起和他的詩」,『浙江師範學院學報』, 1983. 제3기.

陳尙君,「張碧生活時代考」,『文學遺産』, 1992. 3기.

陳友琴, 「韋應物和白居易」, 『文學遺産』 第251期, 1959.

陳鐵民, 「情景交融與王維對詩歌藝術的貢獻」, 『中國文化研究』, 2001. 3기.

채심연, 「한국 고대 唐詩選集에 수록된 賈島 시 고찰」, 『중국학연구』 제29집, 2004. 9.

최경진, 「高適·岑參의 邊塞詩 비교연구」, 연세대학교 박사학위 논문, 1995.

_____, 「岑參·高適 邊塞詩의 藝術特性 比較研究」, 『중국학연구』 8집, 1993.

_____, 「初唐邊塞詩考」, 『중국어문학논집』 제9집, 1997.

崔雄赫, 「陶淵明田園詩의 美的 體驗에 對하여」, 『曉星女大論文輯』 46집, 1993.

沈建華, 「"郊寒島瘦"辯析」, 『理論探索』 제4권, 2007. 1.

佟培基, 「方干詩考辨」, 『唐代文學研究』 제6집, 廣西師大出版社, 1996.

夏敬觀, 「王孟韋柳詩說」, 『中國詩季刊』 제9권, 1987. 제4기.

賀秀明, 「論許渾詩中的水」, 『華中師范大學學報』, 2000. 11. 6기.

韓 敏, 「試論盧仝詩歌的平淡美」, 『和田師范專科學校』 27卷 3起, 2007.

杭 勇, 「論張九齡山水詩風的演變」, 『北方論叢』, 2008. 제5기.

杭 勇·張美麗, 「張九齡詩歌的過渡性特徵」, 『北方論叢』, 2006. 제3기.

許 總, 「論張說與盛唐詩歌審美理想」, 『遼寧大學學報』, 1997 제5기.

胡 遂, 「晚唐山林隱逸詩派」, 『湖南師範大學社會科學學報』, 1992. 6.

_____, 「從姚賈異同談到晚唐山林隱逸詩風」, 樂山 : 『樂山師范學院學報』, 1992. 제4기.

_____, 「從姚賈異同談到晚唐山林隱逸詩風」, 『樂山師專學報』, 1992. 第4期.

胡敬君·陳霞, 「張說岳州山水詩初探」, 『中國古代文學研究』, 2010. 9.

胡欣育, 「許渾詩歌詩法藝術探微」, 『佛山科學技術學院學報』 제23권 6기, 2005. 11.

홍은빈, 「柳宗元과 賈島의 시 짓기 방식 비교」, 『중국어문학논총』 제32집, 2007.